पुरुषोत्तम

डॉ. भगवतीशरण मिश्र

राजपाल

₹ 650
ISBN : 9789350643495

PURUSHOTTAM (Novel) by Bhagwati Sharan Mishra
मुद्रक : जी.एस. ऑफसेट दिल्ली

राजपाल एण्ड सन्ज़
1590, मदरसा रोड, कश्मीरी गेट, दिल्ली-110006
फोन : 011-23869812, 23865483, 23867791
e-mail : sales@rajpalpublishing.com
www.rajpalpublishing.com
www.facebook.com/rajpalandsons

यह पुस्तक

यद्यपि इस पुस्तक का लेखन प्राय: चार वर्षों में समाप्त हुआ क्योंकि 1987 में ही 'पवन पुत्र' प्रकाशित हो गया था और उसके लेखन की समाप्ति के साथ ही 'प्रथम पुरुष' में हाथ लगा दिया गया था तथापि इस उपन्यास के लेखन में मात्र चार वर्ष लगे, ऐसा कहना उचित नहीं प्रतीत होता। इसका कारण यह है कि कृष्ण के जीवन-चरित्र से सम्बन्धित पुस्तकों, विशेषकर श्रीमद्भागवत, महाभारत तथा गीता से मेरा सम्बन्ध बाल्यकाल से ही रहा। स्कूल के दिनों में जब संस्कृत पूरी तरह समझ में नहीं आती थी तब भी मैं इन ग्रन्थों का, संस्कृत-श्लोकों के साथ-साथ हिन्दी-टीका के साथ अध्ययन करता था। बाद में तो महाभारत और गीता के अनुवादों को पढ़ने की आवश्यकता नहीं रही, फिर भी श्रीमद्भागवत के मूल पाठ से काम नहीं चलने को था और उसके अनुवाद के साथ ही उसका अध्ययन सम्भव रहा क्योंकि श्रीमद्भागवत की संस्कृत अन्य ग्रन्थों की अपेक्षा कठिन है। कहा भी गया है कि विद्वानों की परीक्षा श्रीमद्भागवत में ही होती है—

विद्यावताम् भागवते परीक्षा।

कहने का तात्पर्य यह कि कृष्ण-चरित्र बाल्यकाल से ही मेरे मन में बैठा था और कृष्ण के व्यक्तित्व के प्रति एक विशेष आकर्षण बहुत पूर्व मेरे मन-मस्तिष्क में जड़ जमा चुका था। इसी के फलस्वरूप कृष्ण से सम्बन्धित जो कुछ मिला, मैं पढ़ता गया।

इस पुस्तक के लेखन के पूर्व कृष्ण सम्बन्धी ग्रन्थों का विशेष रूप से अध्ययन करना पड़ा। कृष्ण चरित्र मुख्यत: छह पुराणों में प्राप्त होता है—ब्रह्मपुराण, विष्णुपुराण, महाभारत पुराण, ब्रह्मवैवर्त पुराण, हरिवंश पुराण और श्रीमद्भागवत पुराण। इनके अलावा गर्ग संहिता और पद्मपुराण में भी कृष्ण-चरित्र विस्तार से मिलता है।

इन पुराणों में ब्रह्मपुराण और विष्णुपुराण में कथा प्राय: एक-सी है, हरिवंश पुराण, ब्रह्मवैवर्त पुराण तथा श्रीमद्भागवत की कथा कुछ हद तक मिलती-जुलती है।

पुराणों की कथाओं में भिन्नता होने के कारण किसी एक पुराण पर इस उपन्यास को आधृत करना कठिन था। ऐसी स्थिति में इन सारे ग्रन्थों के अध्ययन के पश्चात मुझे बहुत हद तक अपना स्वतन्त्र विचार निर्धारित करने को बाध्य होना पड़ा।

पुराण और इतिहास में यद्यपि अन्तर नहीं है क्योंकि पुराणों का आधार भी इतिहास ही होता है किन्तु पुराणकारों की यह विशेषता होती है कि वे अति-

शयोक्तियों और रूपकों का सहारा लेकर ऐतिहासिक गाथा को सामान्य जन के मध्य लोकप्रिय बनाने का प्रयास करते हैं। साथ ही जो पुराण जिस व्यक्ति-विशेष से सम्बन्धित होता है उसी को वह सर्वोपरि मानता है और उसे ईश्वर तक पहुंचाने का प्रयास करता है।

ऐसी स्थिति में अगर पुराणों को अतिशयोक्तियों और अनावश्यक रूपकों से मुक्त कर दिया जाए तो पौराणिक आख्यान भी इतिहास की प्रामाणिकता प्राप्त कर सकते हैं और पौराणिक उपन्यास भी ऐतिहासिक उपन्यास की श्रेणी में आ सकते हैं।

मैं यह कहने के लोभ का संवरण नहीं कर पा रहा कि मैंने इस उपन्यास को पौराणिक कम और ऐतिहासिक अधिक बनाने का प्रयास किया है। दूसरे शब्दों में मैं इसे पौराणिक उपन्यास कहने के बदले ऐतिहासिक उपन्यास कहना अधिक पसन्द करूंगा।

मेरे उपर्युक्त कथन का कुछ आधार है। कृष्ण और उनके समय के अन्य व्यक्तियों की ऐतिहासिकता पर प्रश्न-चिह्न लगाना आसान नहीं। उनके काल में मगध में जरासंध का राज्य रहा। राजगृह में जरासंध की राजधानी थी जिसके प्रमाण आज भी वहां कई रूपों में मिलते हैं। अगर जरासंध की ऐतिहासिकता असंदिग्ध है तो कृष्ण की ऐतिहासिकता को संदिग्ध करने का हमें कोई अधिकार नहीं। सारे विद्वानों ने महाभारत युद्ध की ऐतिहासिकता को स्वीकारा है और माना है कि वह आज से प्राय: पांच हजार वर्ष पूर्व लड़ा गया।

आगे चलकर पुराणों ने विशेषकर श्रीमद्भागवत ने कृष्ण-चरित्र को अतिशयोक्तियों, चमत्कारों और रूपकों से भर दिया। इसके फलस्वरूप कृष्ण मनुष्य नहीं रहकर ईश्वर बन आए। भागवतकार ने स्पष्ट कहा है कि अन्य सारे अवतार तो अंशावतार मात्र थे, कृष्ण स्वयं भगवान थे—

कृष्णस्तु भगवान स्वयम्।

मैंने इस पुस्तक में कृष्ण को भगवान के रूप में नहीं देखकर मनुष्य के रूप में देखने का प्रयास किया है। यह बात पृथक् है कि यह मनुष्य शनैः-शनैः मनुष्यत्व को लांघता हुआ देवत्व और अंततः ईश्वरत्व को प्राप्त कर लेता है। इस पुस्तक के प्रणयन के समय मेरा दृष्टिकोण स्पष्टतः यह रहा है कि भगवान पैदा नहीं होता बल्कि बनता है। राम को भी भगवान मानें तो राम भगवान के रूप में पैदा नहीं हुए थे किन्तु उनके कर्त्तव्यों—उनकी वीरता, उनके शौर्य, उनका त्याग, उनके दैवी गुणों—ने उन्हें धीरे-धीरे भगवान बनाया। आज लोग बुद्ध, महावीर जैन तथा ईसा (क्राइस्ट) को भी भगवान मानने लगे हैं। भागवतकार ने भी बुद्ध को ईश्वर का अवतार माना है। ये सारे ऐतिहासिक पुरुष हैं और ये मनुष्य से भगवान बने न कि ये भगवान् बनकर ही पैदा हुए।

इसी तथ्य को मैंने इस पुस्तक के लिखने के समय सतत् ध्यानगत रखा है। यही कारण है कि मैंने कृष्ण-चरित्र से जुड़े चमत्कारों को ग्रहण करने में संकोच किया है और हर ऐसी घटना को जिसे पुराणकारों ने चमत्कार के रूप में लिया है, मैंने प्राकृतिक अथवा वैज्ञानिक रूप देने का प्रयास किया है। यही कारण है कि मेरे कृष्ण के एक साधारण शिशु के रूप में पैदा होते ही कारागार के कपाट स्वयं नहीं खुल जाते और न भाद्रपद की उफनती यमुना केवल कृष्ण-चरणों का स्पर्श

प्राप्त कर वसुदेव को मार्ग दे देती है। इसी रूप में अन्य बातों को भी लिया जा सकता है। द्रौपदी के चीर-हरण की बात को भी उस अतिरंजना से मुक्त रखा है जिससे उसे पुराणकारों अथवा अन्य भक्त कवियों ने युक्त किया है।

इस सन्दर्भ में और कुछ कहने की आवश्यकता है। निश्चय ही कृष्ण-चरित्र के साथ बहुत अन्याय हुआ है, विशेषकर कुछेक पुराणों एवं शृंगारिक कवियों द्वारा राधा का नाम कृष्ण के साथ जोड़ कर ऐसी-ऐसी कामुक रचनाओं का प्रणयन हुआ है कि बहुतों को कृष्ण को भगवान क्या एक शिष्ट मनुष्य कहने में भी शर्म आती है। निश्चय ही ऐसे लेखकों ने या तो अपनी दमित वासनाओं को ऐसे लेखन द्वारा उजागर किया है अथवा राधा-कृष्ण की लीला का सहारा ले अपने आश्रयदाताओं—राजाओं, महाराजाओं, सामन्तों—के मनोरंजन अथवा उनकी कामभावना को संतृप्त करने का प्रयास किया है।

मेरा उपर्युक्त आरोप निराधार नहीं है। श्रीमद्भागवत कृष्ण-चरित्र का प्रामाणिक और एक तरह से आद्यतन ग्रन्थ माना जाता है। यद्यपि मेरे विचार से ब्रह्मवैवर्त पुराण की रचना भागवत की रचना के पश्चात हुई फिर भी श्रीमद्-भागवत को कृष्ण के सन्दर्भ में जो प्रतिष्ठा प्राप्त हुई वह किसी अन्य ग्रन्थ को नहीं उपलब्ध हो सकी। पाठकों को यह ज्ञात कर आश्चर्य होगा कि इस भागवत में राधा का एक बार भी उल्लेख नहीं मिलता, ऐसी स्थिति में राधा-कृष्ण की केलि-क्रीड़ाओं, प्रणय-प्रसंगों आदि का वर्णन कृष्ण-चरित्र के साथ अन्याय नहीं तो और क्या है? बात यहीं तक सीमित रहती तो कोई बात नहीं थी। कहनेवाले राधा को परकीया भी कह गए और प्रत्यक्षतः वह श्रीकृष्ण पर परस्त्री गमन का आरोप लगाने से भी नहीं चूके। ढूंढ़ने वालों ने अपनी कल्पना का कमाल दिखाया और राधा के पति का भी नाम ढूंढ़ निकाला। बंगला के एक उपन्यासकार ने तो जी भरकर इस परकीया से कृष्ण की केलि कराई। अब वह किसी पौराणिक अथवा ऐतिहासिक तथ्य को उद्घाटित कर रहा था या अपनी दमित वासनाओं और कुण्ठाओं को खुल खेलने का अवसर दे रहा था, यह तो पाठक ही कहेंगे। शृंगारिक कवियों ने जो कमाल किया उसे कहने की आवश्यकता नहीं किन्तु राधा-कृष्ण को ढाल बनाकर इस खेल को खेलने का जो अक्षम्य अपराध उन्होंने किया उसका उदाहरण अन्यत्र ढूंढ़े नहीं मिलता।

पुराणों में ब्रह्मवैवर्त पुराण में राधा का उल्लेख अवश्य आया है परन्तु भक्ति-प्रधान होने के कारण इस ग्रन्थ में राधा को कृष्ण की सहचरी होने के साथ-साथ सीता, पार्वती अथवा लक्ष्मी की तरह एक पूजनीया नारी के रूप में ही प्रस्तुत करने का प्रयास किया। कृष्ण इस ग्रन्थ में राधा को साध्वी संबोधन प्रदान करते हैं और स्पष्ट कहते हैं कि तुम श्री हो, तुम्हारे बिना मैं केवल कृष्ण होता हूं और जब तुम मुझसे संयुक्त हो जाती हो तो मैं श्रीकृष्ण बन जाता हूं।

आगच्छ शयने साध्वि कुरू वक्षः स्थलेहिमाम्।
स्वयं मे शोभास्वरूपाऽसि देहस्य भूषणं यथा॥
कृष्णं वदन्ति मां लोकस्तवयैव रहितं यदा।
श्रीकृष्णं च तदा तेऽपित्वयैव सहितं परम्॥

—ब्रह्मवैवर्त पुराणम्, पंचदशो अध्यायः।

स्पष्टतः राधा या तो एक काल्पनिक चरित्र है अथवा श्रीकृष्ण की एक

ऐसी सहचरी जो न तो उनकी परकीया थी न उनकी तथाकथित अविवाहिता प्रेमिका अथवा प्रेयसी। कई पुराणों ने तो विशेषकर ब्रह्मवैवर्त पुराण ने राधा-कृष्ण के विधिवत विवाह का भी वर्णन किया है और इसके अनुसार यह विवाह और किसी ने नहीं बल्कि स्वयं ब्रह्मा ने भांडीर वन में कराया है।

उपर्युक्त स्थिति में राधा की परकीया होने की बात तो पूर्णतया काल्पनिक और कामलोलुप कवियों की मनगढ़ंत कहानी से अधिक नहीं लगती।

एक उपन्यासकार इतिहासकार नहीं होता, न वह होता है कोई पुराणकार। पुराणों अथवा इतिहासों के अथाह सागर से चन्द मोतियों का अल्प सहारा ले उन्हें चमकदार बनाकर पाठकों के समक्ष प्रस्तुत कर देना उसका कर्त्तव्य होता है। उसकी स्थिति बहुत दयनीय होती है। न तो वह इतिहास, पुराण विशेषकर इतिहास को पूरी तरह नकार सकता है न अपनी कल्पना के पंखों को ही बेदर्दी से कुतरकर केवल तथ्यों को पाठकों के सामने परोस सकता है।

मैं इस भूमिका को अधिक लम्बा खींचना नहीं चाहता। किन्तु कुछ बातों को स्पष्ट कर देना आवश्यक था, अतः इतना दीर्घ पूर्व-कथन करना पड़ा। उपन्यासकार के रूप में मैं यही कहना चाहूंगा कि इस पुस्तक में मैंने श्रीकृष्ण के जीवन के सभी पक्षों को पूरी ईमानदारी के साथ उद्घाटित करने का प्रयास किया है और मेरा लक्ष्य यह रहा है कि उनके जन्म से लेकर मृत्यु तक की कहानी को इस ढंग से पाठकों के समक्ष प्रस्तुत कर दिया जाय कि वह रोचक और विश्वसनीय होने के साथ-साथ प्रासंगिक भी हो।

पुस्तक की अथवा कृष्ण के जीवन की आज के संदर्भ में प्रासंगिकता उपन्यास में स्वयं ही स्थान-स्थान पर प्रकट हुई है, अतः, उस पर प्रकाश डालना मैं आवश्यक नहीं समझता।

जैसा कि पूर्व में इंगित किया गया, पुस्तक दो खंडों में समाप्त हुई। पहले का नाम 'प्रथम पुरुष' और दूसरे का नाम 'पुरुषोत्तम' रखा गया। पर दोनों खंड अपने में पूर्ण हैं, अतः उन्हें दो पृथक्-पृथक् खण्डों में नहीं प्रस्तुत कर दो स्वतन्त्र पुस्तकों के रूप में ही प्रकाशित किया जा रहा है। 'प्रथम पुरुष' कंस-बध के साथ समाप्त होता है जो श्रीकृष्ण के जीवन की प्रथम सर्वोपरि उपलब्धि है।

'पुरुषोत्तम' में श्रीकृष्ण के शेष जीवन का वर्णन है और यह शेष जीवन उनकी मृत्यु-पर्यन्त विस्तृत है।

पुस्तक-प्रणयन में शीघ्रता लाने हेतु जिन कुछेक शुभेच्छुओं की प्रेरणा रही है उनमें श्री कुणाल कुमार, श्री देवेन्द्र चौधरी, शिवनारायण एवं साहित्यमर्मज्ञ डा० माहेश्वरी सिंह 'महेश' के नाम विशेषरूप से उल्लेखनीय हैं।

मैं अपने श्रम को सार्थक समझूंगा यदि मेरा प्रयास युग-पुरुष श्रीकृष्ण को सही सन्दर्भ में प्रस्तुत करने में सफल हो पाता है।

45/60 ऑफिसर फ्लैट,
बेली रोड, पटना-15

—डॉ० भगवतीशरण मिश्र

कृष्णभाव-भावित, परमसिद्ध संत
श्री 1008 श्रीपाद बाबा, ब्रज अकादमी, वृन्दावन
को सादर, सश्रद्ध —

यस्मात्क्षरमतीतोऽहमक्षरादपि चोत्तमः ।
अतोऽस्मि लोके वेदे च प्रथितः पुरुषोत्तमः ।।

— श्रीमद्भगवद्गीता
(अध्याय 15, श्लोक-18)

पुरुषोत्तम

एक

कंस-बध से जहां सम्पूर्ण मथुरा नगरी उल्लसित थी और घर-घर में नित्य दीपावली मनाई जा रही थी, देव-पूजन हो रहा था, मिष्टान्न बंट रहे थे, वहीं इसी नगरी के राजमहल के एक कक्ष में दो ऐसी मानव-मूर्तियां भी थीं जिनके दुःख का कोई ओर-छोर नहीं था। भाद्रपद की अन्धकारपूर्ण रात्रि की तरह उनका भविष्य भयावह और अन्धकारपूर्ण था। उनके जीवन में आशा की एक क्षीण लौ भी नहीं जलने वाली थी और उनका शेष जीवन, वैधव्य, नैराश्य, दुर्भाग्य, पश्चात्ताप, पीड़ा और अन्धकार का वीभत्स सम्मिश्रण बना उनके समक्ष किसी अछोर मरु-कान्तार अथवा कंटक-कुश एवं हिंस्र वन्य जीवों से पूर्ण किसी विस्तृत कानन की तरह फैला पड़ा था।

ये दो औरतें थीं—अस्ति और प्राप्ति। प्रतापी मगध-नरेश जरासंध की ये लावण्यवती पुत्रियां कंस से ब्याही गई थीं। उस समय शायद मगध-नरेश को भी यह पता नहीं होगा कि कंस एक घोर अहंकारी व्यक्ति के रूप में विकसित होगा और उसका अहम एक दिन इस तरह आसमान छूने लगेगा कि वह उसके प्राणों के लिए ही संकट बन आयेगा और उसकी प्राण-प्रिय पुत्रियां उसके महल में अपनी सीमन्त-रेखा (मांग) को भले ही सिंदूर-चर्चित कर रही हैं किन्तु शीघ्र ही वे मथुरा से अपने पति की चिता की राख ही अपनी मुट्ठियों में भरकर लौटेंगी।

अस्ति और प्राप्ति की, इस विशाल महल में कोई उपयोगिता, कोई प्रासंगिकता नहीं रह गई थी।

ऐसा नहीं कि उन्होंने कंस को उसकी मनमानी से रोकना नहीं चाहा था या उसके अपार अहंकार पर अंकुश लगाने का प्रयास नहीं किया था, पर दोनों का सम्मिलित प्रयास भी अरण्यरोदन से कुछ अधिक नहीं सिद्ध हुआ था। आहुति-पड़ी अग्नि की तरह उसके अत्याचार और अनाचार नित्य बढ़ते ही गए थे और उसने दोनों बहनों की बातों को कोई महत्त्व नहीं दिया था अपितु कई बार तो उसने यहां तक कह दिया था कि वह जानता कि महाप्रतापी मगध-नरेश जरासंध की पुत्रियां ऐसी कायरता-ग्रस्त और भीरु होंगी तो वह भूलकर भी उन्हें अपने महल में स्थान नहीं देता।

पर अब तो अस्ति और प्राप्ति के समक्ष अस्तित्व का प्रश्न था। सिंहासन पर महाराज उग्रसेन विराजमान हो गए थे, बलराम और श्रीकृष्ण उनके और उनके राज्य की सुरक्षा में तत्पर थे। नगर में नित्य उत्सव और समारोह आयोजित हो रहे थे। लोग यह भी भूल गए थे कि आखिर मथुरा के एक गलत या सही राजा की मृत्यु हुई है, उसके लिए सप्ताह-भर का औपचारिक शोक तो राज्य-भर में मनाना ही चाहिए था। पर कौन शोक करने बैठा था कंस के नाम पर? किसी

तरह उसकी अन्तिम क्रिया कर दी गई थी। न राजकीय सम्मान, न कुछ विशेष औपचारिकता। जैसे किसी सामान्य शव को अग्नि की लपटों के हवाले कर दिया जाता है, उसी तरह कालिन्दी-कूल की एक चिता पर चढ़ा दिया गया था कंस के कुचले-मसले शव को। आखिर कृष्ण के साथ उस क्षणिक ही सही, मल्लयुद्ध और फिर मंच से नीचे उछाले जाने में उसकी देह की दुर्दशा तो हो ही गई थी।

बारह दिनों का अशौच का काल भी अस्ति-प्राप्ति के लिए ही था। राजभवन और नगर के कार्य यथावत् अपितु अब कुछ अधिक ही उत्साह और उमंग से सम्पन्न होते रहे थे। केवल दोनों बहनों के इर्द-गिर्द एक संत्रासक सन्नाटा लगातार बुनता रहा था उन दिनों। इस सन्नाटे को चीरे भी, ऐसा कोई नहीं था। दास-दासियां जो कंस के जीवित रहते हाथ बांधे डोलते रहते थे, उनमें से अब कभी-कभी ही कोई दिखाई पड़ जाता था। पिंड-दान आदि की औपचारिकता पूरी हो गई तो अस्ति-प्राप्ति को वहां रहना अब सर्वथा अनावश्यक, व्यर्थ और त्रासद प्रतीत होने लगा।

उन्होंने महाराज उग्रसेन के यहां संवाद भिजवाया कि वे कुछ निवेदन करना चाहती हैं। कुछ वातावरण ही ऐसा रहा मथुरा का इन दिनों कि महाराज उग्रसेन भी प्रायः भूल ही बैठे थे कि पुत्र न रहा तो न रहा, दो पुत्र-बधुएं तो महल में हैं और उनकी सुधि भी लेनी है। उनका संवाद आते ही उन्हें अपने प्रमाद की ओर ध्यान गया। पहले तो उन्होंने सोचा कि श्रीकृष्ण को ही भेजकर उनका मन्तव्य ज्ञात कर लें पर फिर उन्हें लगा कि ऐसा करना महान् मूर्खता के सिवा और कुछ न होगा। श्रीकृष्ण ही तो उनके वैधव्य के कारण थे, उनके जीवन-क्षितिज पर जो कभी नहीं निःशेष होने वाली तमिस्रा व्याप्त हो गई थी उसके एकमात्र जनक तो श्रीकृष्ण ही थे! उनको सामने पाकर उनकी पुत्र-बधुएं अपने में रह पायेंगी क्या? उनके माध्यम से संवाद क्या जायेगा, कुछ ऐसा भी घट सकता है जो अप्रिय और अवांछित हो।

अन्ततः महाराज ने स्वयं अन्तःपुर में जाने का निर्णय लिया। पुत्र जैसा भी रहा हो, पुत्र-बधुएं तो अपनी बेटियों की तरह थीं। भय यही था कि उनके आंसुओं का सामना वे कैसे कर पायेंगे? वैधव्य नारी-जीवन का महान् अभिशाप है—सबसे भयावह दुःस्वप्न, एक ऐसी काल रात्रि जिसका अन्त ही नहीं था, जिसमें प्रातः अथवा प्रत्यूष नाम की कोई चीज ही नहीं होती। वैधव्य-ग्रस्त जीवन के क्षितिज पर प्रसन्नता और उल्लास की लालिमा को कभी भूलकर भी छिटकना नहीं था। जिस नारी का सौभाग्य-सूर्य सदा के लिए अस्ताचलगामी हो जाय, उसके जीवन में किधर से एक प्रकाश-किरण को भी प्रवेश पाना था?

महाराज उग्रसेन घबराए। अपने महल से कंस-महल की ओर चल तो दिए पर पैर साथ नहीं दे रहे थे। वृद्धावस्था तो अभी वैसी नहीं उतरी थी पर वर्षों के कारावास ने तन और मन दोनों को जर्जर अवश्य कर दिया था। कुछ समय लगता उन्हें संतुलित और स्वस्थ होने में पर तब तक पुत्रबधुओं की पुकार को अनसुनी तो नहीं किया जा सकता था?

दासियों ने अवसन्न पड़ी बहनों को महाराज के आगमन की सूचना दी। उन्हें अपने कानों पर सहसा विश्वास ही नहीं हुआ। जिनके पति ने इस निर्दोष प्रजा-पालक को सिंहासन-च्युत कर कारागार का नारकीय जीवन भोगने को बाध्य

किया था उनकी पुकार पर वे स्वयं उनसे मिलने आ जाएंगे, यह बात उनकी कल्पना के बाहर थी। वे दौड़ी थीं जैसी थीं वैसी ही उनके चरण-स्पर्श को किन्तु श्वसुर को देखते ही कुछ उनके प्रेम-प्रदर्शन और कुछ अपने जीवन की व्यर्थता के बोध ने उन्हें उनकी आंखों को जल-पूरित कर दिया और महाराज उग्रसेन के पैर जैसे तप्त जल बूंदों से ही पखार दिए गए।

नहीं रोक सके महाराज अपने को भी और जैसे पयोधर किसी पर्वत का स्पर्श पाते ही रीता होने लगता है वैसे ही उनकी आंखें भी बरस पड़ीं। आंखें ही नहीं बरस पड़ीं, हृदय भी विगलित हो गया और उन्हें जैसे पहले-पहले एक कठोर, हृदयहीन यथार्थ से आमना-सामना हुआ। पुत्र-शोक की प्रतीति प्रथम-प्रथम ही हुई और राज्य और उससे जुड़े मान-सम्मान की निस्सारता का बोध भी प्रथम-प्रथम बार ही हुआ। क्या होता अगर वे कुछ दिन और कारागार में ही बन्द रहते? क्या होता यदि सिंहासन पर उनकी मृत्यु-पर्यन्त कंस ही विराजमान रहता, अन्ततः था तो वह उनका पुत्र ही? वे तो राज्य-सुख भोग ही चुके थे। कंटक-निर्मित किरीट से अधिक क्या होता है राज-मुकुट? समस्याओं और संकटों से नित्य निपटने को विवश होने की अपेक्षा तो कारागार का वह जीवन ही अधिक शान्तिप्रद और कहें तो सुखद और निरापद था। तब कम-से-कम ऐसी स्थिति का सामना करने के लिए तो उन्हें नहीं विवश होना पड़ता।

देर तक पुत्रबधुएं पैरों पर निष्प्राण-सी पड़ी रहीं तो महाराज उग्रसेन किसी तरह अपना खोया हुआ स्वर पा सके। अब तक वे पैरों को स्नात करते, चार-चार नेत्रों से निस्सृत जल से इस तरह अन्दर-ही-अन्दर उद्वेलित और अस्थिर हो आए थे कि स्वयं उनकी आंखों से भी अश्रुपात आरम्भ हो गया था। ऐसी स्थिति में कुछ भी बोलना कठिन था।

"जो हो चुका उसे भूल जाना ही श्रेयस्कर है। नियति का विधान मान उसे शिरोधार्य करने में ही बुद्धिमत्ता है।" उन्होंने पुत्रबधुओं को संबोधित किया था। "क्या समझती हो तुम, मैं सुखी हूं? तुम्हारी पीड़ा से मेरी पीड़ा कुछ अधिक ही है। पुत्र, कुपुत्र ही सही पर होता है अपना अंश ही। व्यक्ति उसी में अपनी पूर्णता देखता है। पुत्र-शोक से बड़ा, इस लोक में कोई शोक नहीं होता, इस तथ्य को तुम नहीं जान सकतीं।"

महाराज उग्रसेन इस समय सचमुच घोर पीड़ा से ग्रस्त थे। घोर उपेक्षा और अपमान के काल उन्होंने भले ही कंस की समाप्ति में अपनी सहमति दे दी हो पर अब उनके पश्चात्ताप के सागर का कोई अन्त नहीं था।

"पुत्र-शोक की बात कह रहे हैं महाराज!" अन्ततः बड़ी बहन अस्ति ने ही अपना सिर उठाया था। अब शर्म और संकोच कैसा? नियति के एक क्रूर झटके ने ही जिसका सब कुछ समाप्त कर दिया था, उसके लिए कहां का संकोच और कैसी शर्म? आंचल सिर से सरक चुका था जिसे व्यवस्थित करने का भी उसने कोई प्रयास नहीं किया। चन्द्रमुख को काले भयावह मेघ-शावकों की तरह घेरे अव्यवस्थित केश और सिन्दूर-रहित सीमन्त तथा रोते-रोते सूज आई बड़ी-बड़ी अश्रुपूरित आंखों ने उग्रसेन को अब वास्तविकता से पूरी तरह परिचित करा दिया था। प्राप्ति यद्यपि सिर झुकाए ही बैठी रही पर उसकी स्थिति का अनुमान भी उग्रसेन सहज ही कर सकते थे।

उग्रसेन का अन्तर पूरी तरह द्रवित हो गया। कंस का दोष था, होगा, पर इन दो निरीह नारियों का क्या अपराध था? इन्होंने तो जैसा उन्होंने सुन रखा था, अपने पति को सुमार्ग पर ही लाने का सतत प्रयास किया। पर अब तो उनका संसार पूरी तरह स्वाहा हो गया। जिसका श्वसुर जीवित हो उसे वैधव्य का वरण करना पड़े यह कैसी बड़ी विडम्बना थी? उग्रसेन सोचते जा रहे थे। इसी मध्य किसी ने उनके बैठने के लिए एक रजत-जटित मंचक रख दिया था। प्रांगण-मध्य ही वे उस मंचक पर बैठ गए थे। अधिक देर वे खड़ा भी तो नहीं रह सकते थे! कारा-जीवन ने उन्हें दुर्बल तो कर ही दिया था। अस्ति और प्राप्ति नीचे ही बैठी रहीं। उनकी आंखों से अश्रुपात जारी था, यह बात महाराज उग्रसेन से छिपी नहीं रह सकी। अस्ति तो पर्दा-विहीन हो ही गई थी, अतः उसकी स्थिति वे सहज ही अवलोकित कर रहे थे, प्राप्ति की सिसकियां और उसका गीला मुखावरण उसकी करुणा-पूर्ण स्थिति का अभिज्ञान करा रहे थे।

"क्या यह हत्या आवश्यक थी महाराज? मेरे पति यदि पथभ्रष्ट हो रहे थे तो मृत्यु के अलावा और दंड-विधान भी तो हो सकता था?" अस्ति ने भरी आंखें उठाकर पूछा। आखिर वह विख्यात मगध-नरेश की लाड़ली पुत्री थी। इस संकट काल में भी उसका दर्प उसके स्वर पर चढ़ आया था।

"मृत्यु का दंड सदा मृत्यु ही तो नहीं होता। मृत्यु पर विजय जीवन से भी तो प्राप्त की जा सकती है। अपराधी को सुधरने का अवसर भी तो प्रदान किया जा सकता है?" उग्रसेन को चुप पाकर अस्ति ने ही कहा था।

महाराज उग्रसेन उसकी बात को ठीक से समझ सके थे। कंस का बध आवश्यक नहीं था। उसे उन्हीं की तरह कारागार में भी तो डाला जा सकता था? तब कम-से-कम इन दो नारियों को ऐसा दयनीय जीवन जीने को बाध्य नहीं होना पड़ता? आखिर कंस तो उन्हीं का बेटा था? आज नहीं कल, सिंहासन तो उसे ही विधिवत मिलने वाला था? क्या होता उग्रसेन अगर कारा में ही समाप्त हो जाते? तब कम-से-कम फूल-सी दो पुत्र-बधुओं को इस तरह भू-लुंठित देखने को तो बाध्य नहीं होते वे? पर इसमें उनका अधिकार ही कितना था? सब कुछ तो नियति के इंगित पर हो रहा था, उग्रसेन सोचे जा रहे थे। कंस-बध के समय तो वे स्वयं कारागार के बन्दी थे।

"तुम जानती हो, तुम मेरी पुत्रियों से कम नहीं, पर जो कुछ हुआ उसमें मेरा योगदान ही कितना था? सब कुछ दैवी इच्छा के अधीन होता है। तुम्हारे पति और मेरे पुत्र का नहीं रहना भी दैवी विधान ही है।"

"यह आप कह रहे हैं महाराज?" अस्ति ने सहसा ऊंचे स्वर में पूछा था। आंखों का पानी प्रायः सूख गया था।

"क्या आप मथुरा के राजमहल में और इसके आस-पास चल रही दुरभि-सन्धि से पूर्णतः अनभिज्ञ थे? इसे आप शपथ के साथ कह सकते हैं?" अस्ति ने आगे पूछा था, "क्या अपने ही पुत्र के बध में आपकी मूक या प्रत्यक्ष सहमति नहीं थी? हम महलों में बन्दी थीं तो क्या? महाराज हमारी बातों को सुनकर भी अनसुनी कर देते थे, उससे भी क्या? पर हमारे भी अपने स्रोत थे। आज न दास-दासियों तक ने हमसे मुंह मोड़ लिया है, कल तक तो ये ही बाहर की सारी सूचना अन्दर तक पहुंचाते थे। आपके पूर्व अमात्य ने आपका ही समर्थन पाकर पूरी प्रजा और

सेना को दिवंगत महाराज के विरुद्ध कर दिया वर्ना उस ग्यारह वर्ष के किशोर में क्या शक्ति थी कि महाराज के आंगन में ही वह उनकी हत्या कर जाता ?"

उग्रसेन क्या बोलें ? बात तो ठीक ही कह रही थी अस्ति । पर भावुकता में जो कुछ हुआ उसका उन्हें अब हार्दिक पश्चात्ताप था । उन्होंने खुले मन से कहा, "माना तुम जो कह रही हो, उसमें सत्य का भी कुछ अंश है, पर मनुष्य विधाता के विधान के समक्ष सर्वथा असहाय है । हो सकता है मेरी बुद्धि भी मारी गई हो पर अब मैं इतना कह सकता हूं कि मथुरा के राजमहल में तुम्हें कोई कष्ट नहीं होगा । तुम दोनों मेरी पुत्रियों की तरह ही यहां रह सकती हो । तुम्हें किसी प्रकार का...।"

"नहीं," महाराज उग्रसेन अपनी बात पूरी भी नहीं कर पाए थे कि अस्ति बीच में ही किसी आहत सिंहनी की तरह बिफर पड़ी, "मैंने इसलिए आप तक अपना संदेश नहीं भिजवाया था ।"

"तब ?" उग्रसेन हतप्रभ से बोले ।

"आप हम दोनों के पितृ-गृह जाने का प्रबन्ध करें, आज और अभी । मथुरा के इस अभिशप्त महल में हमें अब एक क्षण भी रहना पसन्द नहीं ।" उग्रसेन ने सुना और समझा भी । यह बात अस्ति नहीं बोल रही थी । यह स्वर था मगध-नरेश जरासंध का जो उसके स्वर पर चढ़ रहा था । वह जानती थी कि महाराज के नहीं कहने के साथ ही किसी-न-किसी उपाय से वह अपना संदेश अपने पिता तक पहुंचा ही देगी और फिर जरासंध को मथुरा पर चढ़ आने से कौन रोक सकता है ? जरासंध ऐसे भी अब मथुरा को शान्त कहां रहने देने वाला था, उग्रसेन के मन ने तर्क किया । जामाता के बध की बात जरासंध की तरह अहंकारी व्यक्ति बर्दाश्त कर ले, यह हो नहीं सकता था । भविष्य उग्रसेन के समक्ष शीशे की तरह स्पष्ट था । ऐसी स्थिति में जरासंध की इन दो पुत्रियों को राजमहल में पालना दो सर्पिणियों के पालने से कुछ कम नहीं था । व्यर्थ ही ये यहां की गतिविधियों की सूचना अपने पिता तक प्रेषित करती रहेंगी और जरासंध जब आक्रमण करेगा तब, बदले की भावना से ग्रस्त और विक्षुब्ध उनकी अपनी ही पुत्र-बधुएं उन्हीं की जड़ काटने-हेतु किसी नई दुरभिसंधि का सूत्रपात कर बैठेंगी । उग्रसेन वृद्धावस्था की ओर बढ़ चले थे तो क्या, उन्हें इतना अनुमान तो था ही कि एक नहीं, दो-दो युवती पूर्व पटरानियां अगर उनके महल में आग लगाने पर उद्धृत हो जायं तो उसे हवा देने वालों की भी कमी नहीं रहेगी । अतः, अपनी भावुकता को नियंत्रित कर उन्होंने राजनीति का सहारा लिया और स्पष्ट कहा —"तो तुम लोगों ने सोच लिया कि तुम्हें यहां नहीं रहना है ? मैं अब भी कहूंगा कि पति का घर नारियों के लिए सदा सुरक्षादायक होता है । मेरा पुत्र नहीं रहा तो क्या, उसका पिता तो अभी जीवित है ।"

"जहां पति के हत्यारे बसते हों वहां हमें अब एक क्षण भी रहने का कोई प्रश्न ही नहीं उठता । आप अपने को उस पुत्र का पिता बता रहे हैं जिसके बध के आप कारण हैं । पुत्र-हन्ता पिता के महल में रहने का हमारा अब कोई प्रयोजन नहीं ।"

बात लगने वाली थी । उग्रसेन को लगी थी । पर राजनीति का तकादा था कि बात को अधिक तूल नहीं दिया जाय वर्ना जो घटना चार-छह माह बाद घट

सकती थी, वह इन दोनों के पितृ-गृह पहुंचते ही घट सकती है और जैसा कि इनका रुख था, वे इन्हें जाने से रोक भी नहीं सकते थे। इन्हें अधिक उत्तेजित करना उचित नहीं था। उग्रसेन ने उन्हें तत्काल भेजने का निर्णय कर लिया।

"तुम दोनों प्रस्तुत हो जाओ। रथ अभी सजकर आता है और हां, मगध की राजधानी यहीं नहीं है। वहां पहुंचने में कुछ समय लगेगा। रास्ते में पड़ाव डालने होंगे। अतः, तुम्हें पूरी सुरक्षा के साथ भेजना हमारा धर्म है। तुम्हारे साथ मथुरा की सेना की एक टुकड़ी तो रहेगी ही, कोई एक महान् योद्धा भी उसके साथ जाएगा ?"

"वह महान् योद्धा कौन होगा ?" अस्ति ने सीधे पूछा।

"सेनाध्यक्ष तो मारा ही गया है। ऐसी स्थिति में श्रीकृष्ण के सिवा···!"

"क्या कह रहे हैं महाराज ?" अस्ति जैसे नागिन बन आई। प्राप्ति ने भी अपने सिर का घूंघट उतार फेंका। उसकी आंखों के आंसू भी कभी के सूख चुके थे और वे एक हिंस्र चमक से भरी थीं, ठीक वैसी ही चमक जो आक्रमण-पूर्व किसी क्रुद्ध सर्पिणी की आंखों में उभरती है, "जो व्यक्ति हमारे पति का हत्यारा है वह हमारा संरक्षक और सहायक बनकर जाएगा ? हम जिसका मुंह भी नहीं देखना चाहती हैं, उसे आप हमारा शुभचिन्तक बनाकर भेज रहे हैं ?"

"मैंने इस बात पर ध्यान नहीं दिया था।" उग्रसेन को अपनी भूल का अनुमान हुआ। "मेरा ध्यान तो तुम्हारी सुरक्षा पर था। खैर कृष्ण न सही, बलराम को तो तुम्हारे साथ करना ही पड़ेगा। तुम जो कहो किन्तु हो तो तुम मेरी पुत्र-बधुएं ही, मैं तुम्हें दुर्बल हाथों में नहीं सौंप सकता और राजधानी की जैसी स्थिति है, सहसा अभी किसी पर विश्वास भी नहीं किया जा सकता। बलराम को मैं जानता हूं, वह बल-बुद्धि में श्रीकृष्ण से बीस ही है और फिर उसके गाम्भीर्य और न्यायप्रियता का क्या कहना ? तुम्हें मेरा यह अनुरोध तो मानना ही पड़ेगा।"

इस पर किसी ने कुछ नहीं कहा और उसी दिन बलराम के संरक्षण में अस्ति और प्राप्ति मगध-नरेश के घर के लिए विदा हो गईं।

दो

जब श्रीकृष्ण ने महाराज का यह निर्णय सुना तो उन्होंने सिर पीट लिया। अस्ति और प्राप्ति को पितृ-गृह भेजने का अर्थ था प्रज्वलित अग्नि में घृत की आहुति देना। जरासंध अपनी विधवा, विवर्णमुखा और विवश पुत्रियों को अवलोकित कर अपने में रह पायेगा क्या ? यादवों से, विशेषकर श्रीकृष्ण के निरन्तर वृद्धिशील प्रभाव और उनके सम्बन्ध में फैलती जा रही चमत्कारपूर्ण कहानियों के कारण वह पहले ही से खार खाए बैठा था। अपनी पुत्रियों की दुर्दशा का प्रत्यक्षदर्शी बन तो वह साक्षात् कृतान्त (यमराज) बन आयेगा और मथुरा के अस्तित्व को ही इस धरती से समाप्त करने को कृतसंकल्प हो जायेगा। पर अब किया भी क्या जा सकता था ? बड़े भाई बलराम एक बड़ी वाहिनी के साथ महाराज की आज्ञा पर मगध की राजधानी के लिए प्रस्थान कर चुके थे। श्रीकृष्ण को लगा, ऐसे में बलराम

का एकाकी जाना उचित नहीं था। श्रीकृष्ण भी साथ रहते तो दोनों भाई किसी अप्रत्याशित विपत्ति का मिलकर सामना करते। पर उन्होंने भी सोचा, उनको नहीं भेजने का निर्णय लेकर महाराज उग्रसेन ने अच्छा ही किया। जरासंध की धधकती क्रोधाग्नि को प्रज्वलित करने के लिए अस्ति-प्राप्ति ही पर्याप्त थीं। इस आग को श्रीकृष्ण का मगध-नरेश के यहां आगमन और हवा ही देता।

श्रीकृष्ण जानते थे, उनके पास समय कम था। जरासंध बलराम का कुछ अनिष्ट नहीं करेगा क्योंकि वे उसके अतिथि बनकर गए थे। ऐसे भी बलराम की वीरता चतुर्दिक् विख्यात हो चुकी थी और उनके साथ एक सशस्त्र वाहिनी भी थी। बिना पूर्व तैयारी के अपने प्रांगण में पाकर भी वह बलराम के सदृश शूर को ललकारने की गलती नहीं कर सकता था। पर अपनी पुत्रियों के ललाट से सिंदूर पोंछनेवाले को वह शान्ति से बैठने दे यह भी उसकी प्रकृति में नहीं था। वह पहले तो कुछ विलम्ब भी करता पर उसकी बिलखती पुत्रियों की व्यथा उसे विवश कर देगी यथाशीघ्र सम्पूर्ण तैयारी के साथ मथुरा पर चढ़ आने को। अब सारी शक्ति मथुरा के सैन्यबल को सुनियोजित करने में लगानी थी। जरासंध का सामना सन्निकट था। श्रीकृष्ण ने सर्वप्रथम तो अपने माता-पिता वसुदेव, देवकी को सुव्यवस्थित किया। पुत्र-प्रेम से वंचित दम्पत्ति को भरपूर प्यार और स्नेह प्रदान करने का अवसर दिया और फिर वृन्दावन और गोकुल की भी चिन्ता की। कंस-बध के पश्चात् बहुत से गोपाल गोकुल के अपने पुराने घरों को लौट गए थे। उन्होंने दूत भिजवा कर उनका कुशल-मंगल पुछवाया। गोपियों और ग्वाल-वालों से वे शीघ्र लौटने की प्रतिज्ञा करके आए थे किन्तु अब मथुरा को असुरक्षित छोड़-कर जाने का प्रश्न ही कहां था? पर जिन गोपियों और गोपालकों ने उन्हें निश्छल और निःस्वार्थ प्रेम दिया था, उन्हें वे भूल जायें यह भी नहीं हो सकता था। गोप तो अपना समय वन में बछड़े और गाय-वृषभ चराकर भी काट लेंगे पर गोपियां? वे तो उनका मार्ग ढूंढ़ती ही रह जायेंगी। उनके वचन को वह पत्थर की रेखा मान बैठी होंगी और ऐसे में उन्हें सान्त्वना के दो शब्द भी नहीं सम्प्रेषित करना भारी क्रूरता होती।

कई-कई कार्य श्रीकृष्ण के व्यस्त जीवन को व्यस्ततम बना रहे थे। कंस का वध क्या हुआ उनका सारा चांचल्य, उनकी सारी स्वच्छन्दता, एक तरह से उनका सम्पूर्ण कैशौर्य ही कंस के शव के साथ ही भस्म हो गया। दायित्वों से भागना कालिय-नाग को भी नाथने वाले श्रीकृष्ण ने सीखा ही कब था? कर्म-पथ पुकार रहा हो तो और सारी पुकारें, प्रार्थनाएं और अनुहारें व्यर्थ थीं। नहीं, वे अब नहीं जा पायेंगे गोकुल अथवा वृन्दावन। भले ही इसके लिए उन्हें मिथ्यावादी अथवा धूर्त-धोखेबाज के विशेषणों से ही क्यों नहीं विभूषित होना पड़े।

पर वह वृषभानु-कुमारी? वह राधा? वह क्या सोचेगी उनके सम्बन्ध में? राधा का स्मरण होते ही श्रीकृष्ण की आंखें अश्रु-पूरित हो आईं। नहीं, राधा कुछ भी अन्यथा नहीं सोचेगी उनके सम्बन्ध में। वह जानती है दोनों एक-दूसरे के मन-प्राणों में रचे-बसे हैं। समय और स्थान की दूरी का उनके लिए कोई अर्थ नहीं और नहीं अर्थ है उनके वचन के भंग होने अथवा नहीं होने का। राधा को जानना

होगा कि उसके लिए श्रीकृष्ण से लिये वचन का महत्त्व होना चाहिए न कि उनके द्वारा स्वतः दिए वचन का। राधा ने श्रीकृष्ण को युग-पुरुष के रूप में देखना चाहा है तो वह उसी रूप में उन्हें देखने की प्रतीक्षा करे। कंस-वध उसने चाहा था। श्रीकृष्ण ने उसे सम्पन्न कर दिया। उसने और बहुत कुछ चाहा है, वह भी वह कर देंगे। काश, आज उनके पास इतना भी समय होता कि वे कंस-वध के उप-लक्ष्य में राधा की बधाई भी ले पाते। पर आवश्यकता नहीं इसकी। कृष्ण की विजय राधा की ही विजय नहीं है क्या? तो उन्हें बधाई देने जाना है या लेने? नहीं, राधा इसकी अपेक्षा भी नहीं करती होगी। वह तो उनके उत्कर्ष के एक-एक सोपान की गणना में ही व्यस्त रहेगी—आजीवन—उसे भौतिक औपचारिकताओं से क्या लेना-देना? आनेवाला काल भले श्रीकृष्ण की सारी उपलब्धियों के लिए उन्हें ही श्रेय दे पर वे जानते हैं कि उपलब्धियां जो हो रही हैं और जो होंगी उनके मूल में कृष्ण नहीं राधा रही है, रहेगी। राधा! राधा! उनके मुख से अनायास निकला, अब क्या इस जीवन में कभी उसका साक्षात्कार होगा? शायद हां, शायद नहीं। अगर हो भी तो शायद वह नहीं के समान ही हो। पर क्या और कैसा साक्षात्कार उसका जो सदा अन्दर ही बैठा कर्म की बागडोर संभाले हो। आंखें मूंदते ही जो दिख जाता अथवा दिख जाती हो उससे चाक्षुष-साक्षात्कार का क्या अर्थ, क्या प्रयोजन? पर गोपियां? उनको दिया वचन? इस सम्बन्ध में तो कुछ करना ही होगा। वे सभी राधा तो नहीं हैं। उनको दिए वचन की रक्षा नहीं हो तो रक्षा नहीं कर पाने की विवशता को तो उनके समक्ष प्रकट होना ही था। और श्रीकृष्ण ने एक निर्णय लिया। वे नहीं जा सकते ब्रज तो किसी और को तो भेज ही सकते हैं जो उनकी भावनाओं को ठीक-ठीक समझता ही नहीं हो, उन्हें ठीक-ठीक ब्रज-बालाओं तक संप्रेषित भी कर सकने में सक्षम हो। चुन लिया था मन-ही-मन श्रीकृष्ण ने इस व्यक्ति को और दूसरे प्रातः ही उसे प्रस्थान कर जाना था ब्रज की ओर तथा श्रीकृष्ण को पूरी तरह व्यस्त हो जाना था नगर की सैन्य-शक्ति के सुदृढ़ीकरण में।

तीन

उद्धव को अपने दायित्व के महत्त्व और उससे सम्बन्धित बाधाओं का ज़रा भी बोध होता तो वे ब्रज की तरफ मुख ही नहीं करते। यह ठीक था कि वे श्रीकृष्ण के अंतरंग सखा बन बैठे थे और उनके लिए प्राणों तक के उत्सर्ग को प्रस्तुत थे पर उन्हें कहां पता था कि उनके प्राणों के बलिदान के बल पर भी यहां शत-सहस्र कंठगत प्राणों की रक्षा असम्भव-सी थी। काश! वे कुछ दिन श्रीकृष्ण के साथ ब्रज में बिताये रहते तो उन्हें श्रीकृष्ण के प्रति ब्रजवासियों के अपार प्रेम का भान होता और तब वे श्रीकृष्ण के लाख समझाने पर भी यह दुष्कर कार्य सम्पादित करने को किसी भी प्रकार प्रस्तुत नहीं होते।

उद्धव के स्वर्ण-मंडित रथ ने ब्रज की सीमा में प्रवेश किया तो अन्धकार घिरने-घिरने को था। गोधूलि की बेला थी वह। गौएं वनों से घरों को लौट रही थीं। मयूरों की पंक्तियां पर फड़फड़ाते हुए लता-कुंजों की शरण ताक रही थीं। पश्चिमी क्षितिज पर लालिमा कुछ-कुछ निःशेष थी पर वह भी ब्रज से गए श्रीकृष्ण की तरह ही विदा लेने वाली थी। अन्धकार के अभी पूरी तरह नहीं घिर आने के कारण वृन्दावन अपनी सम्पूर्ण श्री-सुषमा और ऐश्वर्य के साथ उद्धव के नेत्रों के समक्ष बिछा पड़ा था। ऊंचे-ऊंचे आकाश-स्पर्शी वृक्ष, उनकी जड़ों से लेकर शीर्ष तक लिपटी, पल्लवित-पुष्पित लताएं। मार्ग के दोनों ओर विविध-रंगी पुष्पों से बोझिल, स्वर्गिक गन्ध बिखेरते अगणित पेड़-पौधे, लता-गुल्म। स्फटिक की तरह स्वच्छ जल से पूरित और कमल-पुष्पों तथा कुमुदिनियों से आच्छादित छोटे-बड़े सरोवर, पुष्कर और पुष्करणियां। इनके पुष्पों पर डोलती, मचलती, मदमाती द्विरेफ (भ्रमर)-पंक्तियां और इन सारे पुष्पों, खिली-अध खिली कलियों के स्पर्श से बोझिल गन्ध-वाही वायु जो उद्धव के उत्सुक नासा-पुटों में अबाध प्रवेश पा उन्हें मदहोश बनाये जा रही थी।

उद्धव को पता ही नहीं था कि इस धरती पर भी नन्दन-कानन के सौन्दर्य और रूप-गंध को मुंह चिढ़ाता एक वन था जो कहने को तो वृन्दा (तुलसी) वन था पर जहां प्राप्त वृक्षों और पौधों की शायद नन्दन वन में भी कहीं कोई उपमा नहीं थी। यह कृष्ण के यहां कुछ दिनों के वास के कारण था अथवा यह वन था ही पहले से ऐसा, इस बात का चिन्तन करने लगे श्रीकृष्ण-सखा उद्धव। उन्हें ज्ञात था उनके सुहृद् के पूर्ण ईश्वर-अंश संभूत की बात इधर अधिक ही जोर पकड़ रही थी। वृन्दावन के उनके पराक्रमों की गाथाएं हवाओं पर चढ़कर दिशाओं तक तो फैल ही चुकी थीं, जब से उन्होंने महाबलशाली कंस का बध किया था तब से उनके अवतार अथवा स्वयं ईश्वर होने की बात सबकी जिह्वा पर थी। तो जहां ईश्वर (पुरुष) का वास होगा वहां प्रकृति तो उसकी चेरी बनकर रहेगी ही। ऐसी स्थिति में अगर वृन्दावन मे पग-पग पर प्राकृतिक सुषमा विखरी पड़ी थी तो, इसमें आश्चर्य क्या, उद्धव ने सोचा।

उद्धव का गन्तव्य निर्धारित था। गोधूलि के इस अन्तिम प्रहर में यत्र-तत्र न भटककर उन्हें सीधे नन्द-गृह पहुंचना था। मुख्य कार्य तो उनका गोपियों से निबटना था। नन्द तो खैर अनुभव-पूर्ण और व्यावहारिक व्यक्ति थे। स्थिति से समझौता तो उन्होंने उसी दिन कर लिया होगा जिस दिन कंस-बध के पश्चात् कृष्ण और बलराम शेष सब कुछ भूल वसुदेव और देवकी की ओर लपके थे और चारों की आंखों से अजस्र जलधारा फूट पड़ी थी। हां, कंस ने उन्हें आठवीं सन्तान के बध के पश्चात् ही बन्धन-मुक्त कर दिया था, उद्धव ने सोचा पर इसमें वसुदेव और देवकी के प्रति उसका ममत्व सहायक बना हो यह बात नहीं, कंस क्रूर होने के साथ-साथ चतुर भी था और उसने अब विष-हीन व्याल-जोड़े को व्यर्थ में दुग्ध-पान कराते जाने की आवश्यकता नहीं समझी थी। आखिर उन दोनों के रख-रखाव और देखभाल पर नित्य कोश की कुछ राशि तो जानी ही थी।

उद्धव ने पाया, सहसा उनकी दृष्टि धूमिल हो गई थी। नहीं, यह गहराती सायंकालीन स्याही का प्रभाव नहीं था। दिशाएं तो पश्चिम में छिप चुके उस थके-हारे राही, रश्मिपुंज सविता के अवसान के पश्चात् भी अभी तक बहुत हद तक आलोकित थीं। तब क्या बात थी? उद्धव को इसके भेद का पता तब चला जब उनकी स्वयं की आंखों से निस्सृत जल-बूंदें उनके पीताम्बर पर वर्षा की बूंदों की तरह टप-टप कर आ पड़ीं। तो आंखें भर आई थीं उद्धव की! भर ही नहीं आई थीं, वर्षाकालीन कालिन्दी (यमुना) की तरह वे सीमाएं भी तोड़ चुकी थीं और जल, पलकों-रूपी तटों के बन्धन के अस्तित्व को अस्वीकार कर बाहर आने को व्याकुल था।

ऐसा क्यों हो रहा था, उद्धव ने सोचा। एक साधारण नागरिक और उस किशोर कृष्ण-सखा से सहसा दार्शनिक बन आये थे उद्धव। रुलाना इस कृष्ण की प्रकृति में ही है क्या? पता नहीं, जैसे रजक जल द्वारा वस्त्रों को वाह्य मल से मुक्त करता है वैसे ही शायद यह अद्भुत और नटखट कन्हैया दूसरों की आंखों के जल से उन्हीं के अन्तर का प्रक्षालन करता है उन्हें मल-मुक्त करता हो? वह पूरे वृन्दावन, नन्दग्राम और गोकुल को रुला ही गया। उस दिन उसने वसुदेव और देवकी को भी खूब रुलाया था। आज उसी दृश्य का स्मरण कर उद्धव की आंखें भी अश्रु-पूर्ण हो आई थीं—उनका भी अन्तर-प्रक्षालन हो रहा था। अन्ततः, एक अत्यन्त गुरुतर भार को सम्पादित करना था उन्हें! नन्द और यशोदा के साथ गोप-गोपियों के वृहत् समुदाय को सान्त्वना के सार-हीन शब्दों के आधार पर आश्वस्त करना था! उन्हें तो आन्तरिक शक्ति की आवश्यकता थी ही अतः उनका स्वयं का प्रक्षालन पहले आवश्यक था। देवकी-वसुदेव और कृष्ण-बलराम का वह मिलन-दृश्य उनके स्मृति-पटल पर सहसा पूरी तरह उभर आया था। जैसे किसी चित्रकार ने इस डूबते सूरज की असीम अनन्त, दिग्व्यापी लालिमा में अपनी तूलिका डुबोकर वह पूरा दृश्य खींच दिया हो, उनके अन्तर की आंखों के समक्ष। उन चारों का बार-बार आपस में लिपटना, यशोदा का कभी बलराम तो कभी कृष्ण को अपने अन्तर में समेटना, वसुदेव का बारी-बारी से उनका सिर सूंघना जैसे वे किन्हीं मानव-शीशों का नहीं अपितु दो प्रस्फुटित पुष्पों का पुनः-पुनः आघ्राण ले उनके सुगन्धित पराग को पीने में व्यस्त हों। वे स्मरण नहीं करना चाहते हैं, पर दृश्य लाख प्रयास के पश्चात् दृगों के सामने से हटता ही नहीं कि देवकी की कंचुकी प्रसव के ग्यारह वर्षों बाद भी पूरी तरह भीग आई थी। दुग्ध की धवल धारा वस्त्र के व्यवधान को नकार, बाहर बह चली थी। नहीं, बलराम और कृष्ण ने बालकोपम व्यवहार का परिचय नहीं दिया था—वर्ना वे व्यर्थ बहते जाते पय-धार-रूपी उस अमृत धार से अपने होंठों को लगा भी सकते थे। पर सार्वजनिक रूप से सम्पन्न यह कृत्य कुछ हास्यास्पद नहीं हो जाता क्या? बलराम ने तो फिर भी अपनी माता रोहिणी के अमृतोपम दुग्ध का पान किया था पर इस कृष्ण को अपनी जननी के पय-पान का अवसर कहां मिला था? देवकी का दूध तो व्यर्थ ही बह गया था उस रात भी, जिस काली स्याह रात में इस रहस्यमय बालक ने जन्म ग्रहण किया था। अगर उसे स्तन-पान कराने के लोभ में वह क्षण भर का भी विलम्ब करती तो उनके पयोधरों का अमृत, 'विष' में ही परिवर्तित नहीं हो जाता? नहीं, समय नहीं था देवकी के पास इसके लिए और कृष्ण को शीघ्राति-

शीघ्र कारा-मुक्त करना था उसे। और अब कैसी विडम्बना है, उद्धव सोचे जा रहे थे कि अब समय ही समय था कृष्ण को, वसुदेव और देवकी के लिए और समय नहीं था तो ब्रज के इन अभागे गोप-गोपियों के लिए जिन्होंने ग्यारह वर्षों तक अपने समय का क्षण-क्षण उन पर लुटाया — अपने सोते-जागते अस्तित्व का इन्हें साक्षी बनाया। जैसे वह सदा-सर्वदा के लिए इनका ही होकर आया हो।

उद्धव ने आंखों को पीताम्बर से पोंछा था। धूमिल पड़ी दिशाएं बहुत कुछ स्पष्ट हो गई थीं। ऐसे तो पश्चिम के क्षितिज से विदा होती लाली भी ब्रज की गलियों में कालिमा बिछाने लगी थी, पर आंखों के पानी को बरबस रोक, वह अपनी स्थिति का सही अनुमान लगाने में सफल हो रहे थे। नन्द-महल अब कुछ ही दूर रह गया था। वृन्दावन के इस भाग में स्वर्ण-मंडित, गगनस्पर्शी कंगूरे नन्द के सिवा किसी और के हो नहीं सकते थे। सारथि को उन्होंने संकेत दे दिया और फिर अपने सोच में डूब गए। क्यों आंखें भर-भर आती हैं यहां? देखा तो उन्होंने वसुदेव-देवकी और बलराम-कृष्ण के मिलन को मथुरा में ही था। सारा दरबार उठ गया था तब भी देर तक चारों एक-दूसरे से पृथक् नहीं हो रहे थे। चारों की आंखों से भी ज़लधार उसी तरह जारी थी जैसी शायद कृष्ण के जन्म के काल आकाश से मेघ-धार धरती को किसी प्रलय-पयोधि में ही बदलने को आतुर थी। पर कहां गए थे उद्धव उस समय भी वहां से? उलटे सभी के चले जाने पर वही इन चारों को समझाने पहुंचे थे—"संयोग और वियोग तो सृष्टि का नियम है। जो मिलता है वह बिछुड़ता है, जो बिछुड़ता है, वह मिलता भी है। माना, बलराम और कृष्ण को इतने दिनों तक आपसे पृथक् रख प्रकृति ने बहुत बड़ा अन्याय किया है। पर नियन्ता के हर कार्य के पीछे कोई मंगल-विधान ही छिपा रहता है। माना, कृष्ण को मां के दूध से भी वंचित रहना पड़ा," उद्धव ने भीगी कंचुकी को साड़ी के छोर से ढंकने का प्रयास करते हुए देवकी की ओर देखते हुए कहा था, "पर आप क्यों भूल जाती हैं कि आपको वंचित कर आपके पुत्र ने किसी और के आंचल को किस प्रकार धन्य किया? यशोदा को मिले सुख को, नन्दराज के मिले परितोष को अपना ही सुख, अपनी ही उपलब्धि मानें तो वियोग के ये वर्ष बहुत भारी नहीं पड़ेंगे।"

उद्धव की बात पर चारों खड़े तो हो गए थे पर कृष्ण की आंखों में सहसा एक चमक उभरी थी। शायद संकल्प का कोई भाव, किसी निर्णय की कोई झलक। उद्धव आश्चर्य-चकित थे कि जिन आंखों का पानी अभी क्षण-भर पहले तक रोके नहीं रुकता था वे आंखें सहसा ग्रीष्मकालीन नदी की तरह कैसे सूख गई थीं और सिकता-कणों की तरह ही यह चमक कैसे प्रकट हो आई थी इनमें? तो कृष्ण क्या सचमुच वही थे जो बहुत लोग कहते थे—अद्भुत, अद्वितीय और अलौकिक। क्षण-भर में ही सब कुछ विस्मृत कर नये मनोभाव में प्रतिष्ठित हो जाना इस कृष्ण के ही वश की बात थी, उद्धव ने सोचा था पर साथ ही उन्हें उसी समय लग गया था कि उनका भाषण महंगा पड़ा है और कृष्ण की आंखों की चमक इस बात की द्योतिका थी कि उद्धव की नई उपयोगिता उस नटखट किशोर के समक्ष प्रकट हो गई थी जिसके कल्पित-अकल्पित कृत्यों ने उसे बहुतों के लिए

एक अबूझ पहेली बना रखा था। उद्धव को अब अफसोस हो रहा था। नहीं देना था उन्हें वह संयोग-वियोग का भाषण उस कृष्ण की उपस्थिति में। क्या आवश्यकता थी उस पाण्डित्य-प्रदर्शन की? उद्धव को अब लग रहा है उसी क्षण कृष्ण ने निर्णय ले लिया था—यही व्यक्ति उपयुक्त है ब्रज जाने के लिए। लो, आए हो आठ आंखों के आंसू पोंछने तो जाओ, पोंछो हजार-हजार नेत्रों का पानी अपने ज्ञान-विज्ञान के बल पर।

यहां तक तो ठीक, पर यह ब्रज रुला क्यों रहा है उन्हें उतना? यह इसलिए क्या कि यही नियति है इसकी—रोना! उद्धव के ज्ञान-पूरित मस्तिष्क ने तर्क रखा। बलराम और कृष्ण क्या पुनः लौटने को हैं यहां? और इस तथ्य का क्या ब्रजवासियों को पता नहीं? तो रो नहीं रहा है पूरा ब्रज क्या और रोएगा नहीं क्या आने वाले अनिश्चित काल तक? ऐसी स्थिति में उद्धव के सदृश भावुक मन-प्राण वाले व्यक्ति को भले ही वे तर्क और सांख्य के प्रकाण्ड पण्डित हों, अगर ब्रज के कण-कण में घुली, उसकी हवाओं में पूर्णतया रची-बसी अछोर, अनन्त व्यथा, एक अकल्पनीय, अप्रत्याशित विरह-वेदना, रुला जाये तो इसमें आश्चर्य क्या? अब सही अनुमान लग रहा था उद्धव को ब्रज के दुर्भाग्य का, अपने दायित्व का भी। व्यर्थ ही यह झंझट मोल ले लिया था उन्होंने। उनकी सारी ज्ञान-गरिमा धूल-धूसरित होकर लौटने वाली है ब्रज से। भला कोई दावाग्नि को जल के चंद छींटों से बुझा सकता है? ब्रजवासियों का दुःख अनोखा और अपरिमित है, व्यर्थ ही वे उनकी विरहाग्नि में अपने हाथ झुलसाने आ जुटे हैं।

बहुत भावुक नहीं थे सांख्य-वेत्ता उद्धव। जीवन की नश्वरता और जीवन-जगत की सारी क्षण-भंगुरता से पूरी तरह परिचित थे वे। पर कहीं कुछ ऐसा भी है क्या जो मानव की सारी तार्किकता और उसकी अन्वेषक बुद्धि की पकड़ से भी परे रह जाता है? जो कुछ दिखता है सचमुच वही सब कुछ नहीं है क्या? कहीं, जो कुछ नहीं दिखता है वही इस दृश्यमान जगत से अधिक व्यापक और विशिष्ट तो नहीं? कोई और शक्तियां भी सूक्ष्म रूप से कार्यरत हैं क्या इस विश्व-ब्रह्माण्ड के संचालन में और मनुष्य समझता है कि वह सब कुछ ज्ञात कर बैठा है—हस्तामलकवत् है प्रकृति का सम्पूर्ण भेद उसके समक्ष; बल्कि जो कुछ घट रहा है वह मात्र प्रकृति की पूर्व नियोजित योजना से अधिक कुछ नहीं है—? प्रकृति ही स्वतः संचालित कर रही है सब कुछ। कहीं नहीं है कोई आत्मा, परमात्मा, कोई अज्ञात ब्रह्म, कोई अप्रकट बाह्य शक्ति, कोई दैवी विधान? तब क्यों रोए चले जा रहे हैं उद्धव ब्रज की इन गलियों में? अगर नहीं है किसी भी अदृष्ट का अस्तित्व तो किसने घोल दिया है ब्रज की इस वायु में रुदन, रुदन और केवल रुदन। कैसे प्रभावित हुए हैं यहां के कण-कण किसी अदृश्य भाव से, कह लें ऊर्जा से ही जिसने पीड़ा की, दुःख की, विरह और वेदना की ही व्यथा-गाथा घोल रखी है इन ब्रज-वीथियों में। नहीं होती मन की भी तरंगें क्या, भावनाओं की और सोच की? तब क्या कुछ छू रहा है उद्धव के तथाकथित ज्ञान-सम्पन्न मन-मस्तिष्क को कि विचलित ही होते जा रहे हैं वह जैसे उनकी नियति

रवि-रश्मियों के समक्ष पड़े एक हिम-खण्ड से अधिक कुछ नहीं है, पिघलना ही जिसका प्रारब्ध है थोड़ी भी आंच का स्पर्श पा।

चार

युद्ध, युद्ध और युद्ध ! क्या इसी विनाशकारी कृत्य के लिए ही जन्म लेना पड़ा है कृष्ण को? बचपन और किशोरावस्था से ही जो युद्धाग्नि में आहुतियां डालनी उन्होंने आरम्भ कीं, उसका सचमुच कोई अन्त नहीं था क्या ? बकासुर, अघासुर, वत्सासुर और कालिय नाग के साथ जो युद्ध आरम्भ हुआ उसकी परिणति अपने ही मातुल कंस के बध में हुई। माना, ये छिटपुट युद्ध थे। सही अर्थों में इन्हें युद्ध कह भी नहीं सकते, अधिक-से-अधिक मल्ल-युद्ध की ही संज्ञा दी जा सकती है इन्हें, पर अन्ततः परिणाम तो यही हुआ इनका जो किसी भी युद्ध का होता है—बध, मृत्यु। और कैसा लगा था कृष्ण को अपने ही मातुल का बध कर ? उस समय अतिरेक उत्साह में उन्होंने भले ही इस तरफ ध्यान नहीं दिया हो और एक अत्याचारी के अन्त का श्रेय प्राप्त कर कुछ दिनों तक मिथ्या आत्मतोष से भरे रहे हों, पर अस्ति और प्राप्ति के राजभवन छोड़ते ही उन्हें अपने कृत्य पर पश्चात्ताप होने लगा था। एक ही साथ दो मांगों को सिन्दूर-विहीन कर उन्होंने अच्छा किया था क्या ? अपने ही हाथों अपने सगे मामा के प्राणों को हर कर उन्होंने किस आदर्श की स्थापना की थी ?

मामा कंस बुरा था—अत्याचारी, क्रूर, अन्यायी और बाल-हन्ता। पर हिंसा का उत्तर, हिंसा ही होती है क्या ? घृणा से घृणा कभी विजित हुई है ? अन्याय को न्याय से दमित किया जा सकता है कि एक अन्याय के बदले असंख्य अन्यायों का सहारा लेकर ? कंस की मृत्यु में केवल कंस ही मरा है क्या ? मात्र उसी के अहंकार, दंभ अथवा क्रूरता की समाप्ति हुई है उसके प्राणों के अन्त के साथ ? अस्ति-प्राप्ति पर तो जो बीती सो बीती, कंस के और सम्बन्धी क्या कुछ कम उत्पीड़न के शिकार हुए हैं ? महाराज उग्रसेन ? भले ही ऊपर से वे संयत दिखते हों—जो हो गया उसे प्रारब्ध मानकर नियति के साथ समझौता कर लिये प्रतीत होते हों, पर अन्दर से उन्हें पुत्र-शोक उद्विग्न नहीं करता होगा ? पुत्र कैसा भी आचरण करे पर पिता का अंश-सम्भूत ही तो होता है वह ? उसके लिए पिता की ममता कभी निःशेष हो सकती है भला ? भले ही सामयिक आवेश में वह पुत्र को दण्डित करने को भी प्रस्तुत हो जाय पर उसे दण्डित-प्रताड़ित करने का अर्थ स्वयं को ही पीड़ित करना नहीं होता क्या ? और उसकी मृत्यु में पिता स्वयं अपनी मृत्यु नहीं देखता क्या ? पुत्र का अन्त, अन्ततः पिता का ही अन्त तो है—उसकी वंश-परम्परा का आकस्मिक अन्त। महाराज उग्रसेन को वह राज्य-सिंहासन पुष्पों से आच्छादित, सुकोमल और आनन्ददायी लगता होगा अथवा शूलों पर बैठा अनुभव करते होंगे वे अपने को ? कौन समझ पाएगा उनके दर्द को ? इसी तरह प्रजा-जन में सभी कंस के शत्रु ही थे क्या ? किसी का कुछ भला भी तो किया होगा उसने मथुरा गण-राज्य का अधिपति होकर ? उनकी सहानु-

भूति, स्नेह और श्रद्धा क्या उन्हें शान्त रहने दे रही होगी ? और उसके नृप-बन्धु ? कितनों से तो उसका आत्मीय सम्बन्ध था ! उनके प्राणों पर क्या बीता होगा जब उन्होंने कंस के प्राणों के अन्त की बात सुनी होगी ? एक की हिंसा कइयों को उद्वेलित, पीड़ित और व्यथित नहीं कर गई क्या ?

माना, कंस ने उनके कई भाइयों को जन्म लेते ही इस संसार से विदा कर दिया था, पर प्रतिशोध भी एक तरह से पाप नहीं होता है क्या ? क्या कंस को क्षमा नहीं किया जा सकता था ?

इन प्रश्नों ने श्रीकृष्ण को पहले भी व्यथित किया था, आज विशेष रूप से उद्विग्न कर रहे हैं वे उन्हें । और कारण है इसका। एक भयावह भविष्य—एक भीषण नर-संहार की सम्भावना कृष्ण के समक्ष अपनी सम्पूर्ण वीभत्सता और कुरूपता में खड़ी है । एक का बध शत-सहस्र के बध का कारण बनने जा रहा है। एक तथाकथित अन्यायी और अत्याचारी का अन्त कई निरीह प्राणियों के प्राणों की बलि लेने को उद्यत है। कंस-बध के साथ आरम्भ हुई श्रृंखला कहां जाकर शेष होगी, कहना कठिन है ।

जरासंध ने बलराम का कुछ बिगाड़ा तो नहीं था पर उसने अपनी दुर्भाग्य पीड़ित पुत्रियों का सिन्दूर-विहीन सिर देखते ही उन्हें आगाह कर दिया था—"जाओ, तैयारी करो । एक के बध का बदला असंख्य को मृत्यु-घाट उतारकर लिया जाएगा । धरती पर यदुवंशियों की कुल-परम्परा को आगे बढ़ाने के लिए भी कोई नहीं बचेगा । बचेंगी तो मेरी पुत्रियों की तरह ही बिलखती, विवर्णमुखा, सिन्दूर-विहीना विधवाएं—किशोरियां, युवतियां और वृद्धाएं। एक यदुवंशी-बालक भी ढूंढ़े नहीं मिलेगा इस पृथ्वी पर। कभी भृगु-पुत्र परशुराम ने क्षत्रियों से शून्य किया था, इस बार मगध-नरेश जरासंध यदुवंशियों के भार से मुक्त कर देगा इस धरती को। जाओ, वसुदेव-नन्दन, लौट जाओ मथुरा को, मैं एकाकी और वह भी अतिथि की हत्या का पाप लेने वाला कायर और अविचारी नहीं हूं। मागधी सेना कुछ ही दिनों में कूच करेगी मथुरा के लिए। जाओ, तुम्हारे पास समय कम है, तैयारी करो समर की। और हां, उस मातुल-हन्ता कृष्ण को इस मध्य कहीं छिपा नहीं देना । जिसने मेरी निरीह पुत्रियों के सिर का सिन्दूर उतारा है, उसकी ग्रीवा उतारने के लिए मेरा खड्ग व्यग्र हो रहा है। यदुवंशियों के सर्वनाश-यज्ञ की प्रथम आहुति मैं उस उद्दण्ड किशोर को ही बनाना चाहता हूं।"

कृष्ण ने सुना था यह सब बड़े धैर्य से बलराम-मुख से। अप्रत्याशित नहीं था यह । जरासंध के सदृश अहंकारी नरेश अपने जामाता के बध का बदला नहीं ले, यह हो नहीं सकता था । कृष्ण को अपने प्राणों का भी भय नहीं था। मृत्यु और जीवन तो एक ही सिक्के के दो पहलू हैं । कौन मरता है और कौन जन्मता है ? यहां या तो सभी मरे हैं या सभी जीवित। शरीर के रहने और नहीं रहने का क्या ? महत्त्व तो आत्मा का है जिसे मारना किसी के वश की बात नहीं। पर यह तो उनका अपना सोच था, अपना सिद्धान्त, स्वयं का जीवन-दर्शन जिसे समय आने पर वे पूरे विश्व पर प्रकट करना चाहते हैं और वे यह भी जानते हैं कि बचेंगे वे अपने इस दर्शन को अभिव्यक्ति देने के लिए। जरासंध और उसकी संपूर्ण

सैन्य-शक्ति उनका और अग्रज बलराम का बाल बांका भी नहीं कर पायेगी। अपने आत्म-बल, संकल्प-शक्ति और युद्ध-कौशल में उन्हें पूरी आस्था थी। पर उन निर्दोष लोगों का क्या होगा जो दोनों पक्षों की ओर से इस समराग्नि में स्वाहा होंगे? उन्हें अभी कौन समझाने जा रहा है कि शरीर जा रहा है तो जाने दो, आत्मा तुम्हारी कहीं नहीं जा रही? और अब समय है इसके लिए? जरासंध की मदान्ध सैन्य-शक्ति उन्हें अवसर देगी अपना जीवन-दर्शन प्रकट करने का, सत्य को उद्‌घाटित करने का?

नहीं, अब तो एक ही चिन्ता है और वह है मथुरा और मथुरावासियों की रक्षा। जरासंध ने सम्पूर्ण पृथ्वी को यदुवंशियों से रहित करने की प्रतिज्ञा की है। सर्वप्रथम, वह मथुरा को ही मिट्टी में मिलाने को मचल रहा होगा। और या[illegible]-संघों की बात तो बाद में आएगी। तब? अपनी प्रिय मथुरा की रक्षा के लिए उन्हें अकरणीय करने को बाध्य [illegible] होना पड़ेगा न? कंस की अक्षौहिणियों को वे मथुरा में ही समाप्त नहीं कर [illegible] तो उसकी मदांधता शेष यादव-संघों के लिए साक्षात् मृत्यु-सन्देश ही सिद्ध होगी। नहीं, पश्चात्ताप का क्षण नहीं था यह। समर में सैनिक तो फिर भी अस्त्र-शस्त्र से सज्जित हो अपनी सुरक्षा का पूर्ण प्रयास करते हुए प्राण विसर्जित करते हैं पर अस्त्र-शस्त्र-हीन निरपराध नगर-जनों को नर-संहार का लक्ष्य बनने देना कहां की बुद्धिमत्ता होगी? नहीं चाहकर भी इस युद्धाग्नि में जरासंध के अधिकाधिक सैनिकों की आहुति डालनी होगी। मथुरा को बचाना ही होगा हर मूल्य पर।

उन्होंने बलराम से बातें की थीं। युद्ध-भूमि, मथुरा-नगरी नहीं बनने जा रही थी। जरासंध का सामना मथुरा से बाहर ही करना होगा और वह भी कम-से-कम सैनिकों की सहायता से। जो कुछ करना था वह कृष्ण और बलराम को ही। मथुरा के जितने ही कम सैनिक काम आयें उतना ही अच्छा।

और दोनों ने रण-नीति निर्धारित कर ली थी। कुछ चुने हुए वीर सैनिकों को इस मध्य प्रशिक्षित कर उन्हें पुनर्गठित कर लेना था और जरासंध से जा भिड़ना था उसके नगर-प्रवेश के पूर्व ही। समय नहीं था उनके पास, यह सही था। जरासंध बैठा नहीं होगा अब तक। बलराम जब यहां पहुंच चुके थे तो वह भी पहुंचने ही वाला होगा। थोड़ा समय लेगा वह अपनी सैन्य-शक्ति को संगठित करने में और चढ़ आएगा वह मथुरा पर, पक्ष लगते-न-लगते।

पांच

उद्धव के लिए उस दिन उस घिरते अन्धकार में एक ही विकल्प बचा था कि वे किसी भी तरह सीधे नन्द-महल की शरण लें।

आसान नहीं था, नन्द और यशोदा का सामना। जिसकी यत्न से संजोई जीवन-निधि सहसा किन्हीं और हाथों में जा लगी हो, उसकी पीड़ा का साक्षी बनना अत्यन्त ही उत्पीड़क होता। नन्द-दम्पति ने श्रीकृष्ण को अपनी स्वयं की सन्तान समझ, प्रौढ़ अवस्था में प्राप्त निसर्ग का एक आकस्मिक वरदान समझ,

बड़े यत्न और स्नेह से पाला था। जैसे कोई आंगन के बिरवे को नयन जल से सींच-सींच बड़ा करे वैसे ही उन्होंने श्रीकृष्ण को अपने अथाह स्नेह से सिंचित किया था, उनकी अठखेलियों ने उनके आंगन को स्वर्ग का पर्याय तो बना ही दिया था, वृन्दा-विपिन की उनकी विभिन्न लीलाओं—गोप-गोपियों से उनका निश्छल प्रेम, असुरों के संहार में नियति की सतत सहायता, उनका अकृत्रिम मातृ-पितृ-प्रेम—ने उनके वार्द्धक्य को इतना सरस, इतना रस-पूर्ण, इतना अर्थ-पूर्ण बना दिया था कि कृष्ण का ब्रज में नहीं होना नन्द-यशोदा के प्राणों का ही नहीं होना था।

तो सामना करेंगे उद्धव पुत्र-प्रेम से अकस्मात् वंचित कर दिए गए इस दम्पति का? नियति के निष्ठुर हाथों ने जिनके नीड़ के एकमात्र शावक को भी काक के घोंसले से कोयल-सन्तान की तरह उड़ा दिया था, उनका आमना-सामना इतना आसान था क्या? सच, छले गए थे वे। जिस पर अपना सर्वस्व लुटा दिया था, वह किसी और के धरोहर से अधिक कुछ नहीं निकला था। काक की मूर्खता से वे कोयल के अण्डे को बड़े मनोयोग से सेते रहे थे और अन्ततः पर निकलते ही वह पक्षी-शावक हो गया था फुर्र। आकाश की अछोर विशालता में विलीन—अपने परों को बड़े विश्वास से तौलता, अपने नीड़ की ओर पलटकर भी नहीं देखने का संकल्प-सा पालता!

सच, बड़ा निष्ठुर और स्वार्थी है कृष्ण, उद्धव सोचे जा रहे थे। दूसरों को कष्ट में डाल ही इसको आनन्द आता है क्या? नन्द-यशोदा और इन ग्वाल-बालों तथा गोपियों के घावों को हरा करने के लिए उसने उद्धव को ही क्यों चुना? ठीक वैसे ही जैसे क्षणिक साहचर्य-सुख देकर अन्ततः दुःख और विरह के अनन्त पारावार में निमग्न करने के लिए ही उसने इन भोले ब्रजवासियों, इस वृद्ध अथवा प्रौढ़ दम्पति—नन्द-यशोदा को चुना था। क्या बिगाड़ा था उद्धव ने उसका? क्या दोष था उनका? मात्र यही न कि थोड़ा रूप-रंग, आकार-प्रकार मिलता था उनका श्रीकृष्ण से और यह भी कि जीवन के सार-तत्त्व से थोड़ा बहुत साक्षात्कार था उनका? कि वे मिलन और बिछुड़न, वियोग और संयोग, जन्म और मरण के मर्म को थोड़ा-बहुत जानते थे और यह बात अनायास कृष्ण पर प्रकट हो गई थी जब वह दीर्घ वियोग की व्यथा से व्यथित, अजस्र अश्रु-धार बहाते वसुदेव और देवकी को सान्त्वना देने की विवशता के शिकार हो गए थे!

श्रीकृष्ण सबका उपयोग जानता है। नहीं? उसने नन्द और यशोदा का उपयोग कर लिया, ग्वाल-बालों, गोपिकाओं का उपयोग कर लिया अपने स्वार्थ-साधन में और अब वह उपयोग कर रहा है इस निरीह उद्धव का। जिस स्थिति का वह स्वयं ही सामना नहीं कर सकता उससे जूझने के लिए भेज दिया है उसने कितनी निर्ममता और निष्ठुरता से अपने एक शुभेच्छु को! सच, शायद परीक्षा ही लेता है वह अपने स्वजनों की। स्वयं पूर्णतया निस्संग और तटस्थ बन दूसरों को जलते-तड़पते देख बड़ा आनन्द आता है इसको। स्वर्ण से मैल काटने के लिए उसे अंगारों के हवाले करने वाले स्वर्णकार की तटस्थता-निष्ठुरता ही भरी है इस विचित्र किशोर में। सच, सामान्य नहीं है न यह? लोग जो इसे औरों से सर्वथा भिन्न, एक हद तक ईश्वर-अंश-सम्भूत ही मानने लगे हैं इसे, तो इसमें कुछ सत्यता भी है क्या?

यह एक गुत्थी थी जो तथाकथित ज्ञानी-मानी उद्धव के खोले भी नहीं खुलती थी। वह समझ गए, उनके अहंकार को ही निःशेष करने का बहाना गढ़ा था कृष्ण ने—लो चले हो पिता-माता और पुत्र के प्रेम को अपने ज्ञान की गरिमा से सन्तुलित करने तो जाओ प्रकट करो अपनी प्रतिभा को वहां जहां इसकी सर्वाधिक आवश्यकता है—ब्रज में। जानते थे उद्धव, खाली हाथ लौटेंगे वह। सफलता ही मिल गई तो अहंकार का व्याल अपना सिर और नहीं उठा लेगा क्या? उसका क्षत्र कुछ अधिक ही तो तन आएगा। और जितना कुछ समझा था उसने इस अद्भुत किशोर, कह लें अब व्यक्ति को ही, उससे यह बात स्पष्ट होने से नहीं रही थी कि अपनों का अहंकार सह्य नहीं था उसे।

समझ रहे थे उद्धव। अब समझ रहे थे। अनावश्यक था उनका उस दिन के पचड़े में पड़ना—अप्रत्याशित और अयाचित। रो रहे थे वसुदेव और देवकी, बलराम और कृष्ण तो रो लेने देना था उन्हें जी भरकर। जल की बाढ़ को रोकना अगर मूर्खता है तो आंसुओं के प्रवाह पर ज्ञान और दर्शन की चट्टान पटकना कुछ कम अपरिपक्वता और अनुभवशून्यता का द्योतक नहीं है? बह जाना ही तो सार्थकता है आंसुओं की। निरुद्ध हो गया उनका पथ तो पीड़ा फिर उमड़ती-घुमड़ती ही रह जाएगी अन्तर में। वह तो पिघलकर बह निकलना जानती है अश्रु-धार के रूप में और इसी प्रवाह को बाधित करने की मूर्खता पर उतरे थे उद्धव उस दिन, तो अब अपनी अज्ञानता का मूल्य भी उन्हें ही चुकाना था और उसे ही चुकाने भेज दिया था अपने अन्तरंग सखा की संज्ञा दे उन्हें श्रीकृष्ण ने ब्रज में। अब जब यहां से मुंह की खाकर लौटेंगे मथुरा को तो कौन-सा मुंह दिखा पायेंगे वे श्रीकृष्ण को? क्या कहेंगे कि उनका सारा सांख्य-ज्ञान धरा-का-धरा रह गया और वे पराजित, लांछित और विजित वापस आ गए ब्रज से? कि जाओ तुम्हीं कुछ करो तो करो अपने माता-पिता, अपने सखा-मित्रों के दर्द को कुछ कम करने, उन्हें सान्त्वना का स्वर पिलाने; कि उनके साधे नहीं सधने को वे।

जिस परीक्षा का परिणाम पहले ही विदित हो, वह परीक्षा क्या देनी? पर मूर्खता जब जान-बूझकर की गई हो तो उससे मुक्ति भी कहां थी? नन्द-महल सामने था। सारथि ने अश्वों की वल्गाओं को हाथ का इंगित दिया था और वे हिनहिनाकर रुक गए थे।

छह

रथ-चक्रों के स्वर से नन्दराज पहले ही समझ गए थे कि कोई रथारोही ही उनके महल की ओर आ रहा है। घोड़ों की हिनहिनाहट ने उनके विश्वास को बल दिया और इसके पूर्व कि वे महल-द्वार की ओर प्रस्थित हों, द्वारपाल दौड़ा हुआ आया। उसकी सांस फूल रही थी। वह किसी तरह बोला—"महाराज, श्रीकृष्ण पधारे हैं।"

"श्रीकृष्ण, श्रीकृष्ण आया है।" बात यशोदा तक भी पहुंच गई थी और वह

दौड़ी हुई आंगन में आ गई। सेवक के साथ दोनों मुख्य द्वार की ओर दौड़े। "श्रीकृष्ण, कहां है हमारा श्रीकृष्ण ?" दोनों के मुंह से ये ही शब्द बार-बार निकल रहे थे।

वे दोनों रथ की ओर लपके। शाम के धुंधलके में जो व्यक्ति उन्हें रथ में विराजमान लगा वह श्रीकृष्ण ही था। वही नीलमणि की कान्ति, वही पीताम्बर, वैसी ही होंठों पर किसी पूर्ण विकसित पुष्प पर बैठी किसी सुन्दर तितली-सी मोहक मुस्कान।

"श्रीकृष्ण, नीचे उतरो न ! उतरो न मेरे लाल ! अभी तक रथ में ही क्यों बैठे हो ?" यशोदा दोनों बाँहों को फैलाकर रथ की ओर आकुल दौड़ीं। किन्तु रथ की ऊंचाई तक उनके हाथ नहीं पहुंच सकते थे, न वह रथारूढ़ ही हो सकती थीं।

"श्रीकृष्ण यहां तक आए तो अभी तक वहां कैसे बैठे हो ? तुम्हारे माता-पिता नीचे हैं और तुम अभी तक रथासीन हो ? सारी मर्यादाएं भूल गए ?" क्षण-भर को नन्द के स्वर पर उनका अनुशासन चढ़ा। किन्तु तुरन्त ही उन्हें इसका भान हुआ कि अब कहां के माता-पिता और कहां का पुत्र ? अब तक नन्दलाल कहे जाने वाले के माता-पिता तो मथुरा में बैठे हैं।

इधर उद्धव हतप्रभ। यह क्या हो गया ? उनका रंग-रूप तो श्रीकृष्ण से मिलता ही था पर यशोदा और नन्द भी उन्हें पहचानने में प्रमाद कर जाएंगे, ऐसी आशा उन्हें नहीं थी। उन्हें न तो रथ में बैठे रहते बनता था न उतरते। उतरते तो नन्द-यशोदा की आशा अनायास घोर निराशा में बदल जाती और बैठे रहते तो मर्यादा का उल्लंघन होता, यह बात बाबा नन्द ने भी स्पष्ट कर दी थी।

कोई और उपाय न देख वह रथ से तेजी से उतरे और सर्वप्रथम यशोदा के चरणों में पड़ गए। भाद्रपद की यमुना की तरह ही यशोदा की आंखें भर आई थीं और उनसे कुछ नहीं दिखाई पड़ता था। ऐसे भी बूढ़ी आंखों की ज्योति शाम के डूबते सूरज के प्रकाश की तरह मन्द पड़ने लगी थी। उस पर से दोनों कोनों से निरन्तर उमड़ते प्रेमाश्रु। यशोदा कुछ देखने-समझने की स्थिति में नहीं थी।

उन्होंने उद्धव को अपनी दुर्बल बांहों का सहारा दे पैरों से उठाकर कलेजे से लगा लिया—"बड़ी देर कर दी मेरे लाल ! मां के हाथों की माखन-मिश्री इतना शीघ्र भूल गए ?" यशोदा ने किसी तरह रुंधे गले से कहा।

"मैं श्रीकृष्ण नहीं हूं।" कलेजे से लगे उद्धव ने किसी तरह कहा। नन्द ने पहले ही देख लिया था कि वे श्रीकृष्ण नहीं थे। रथ से उतरते और यशोदा के चरणों तक पहुंचने वाले व्यक्ति की चाल से ही वे जान गए थे कि ये वे मस्त-केहरी पदक्षेप नहीं थे जो श्रीकृष्ण की स्पष्ट पहचान थे। उद्धव को वह पहचानते थे। मथुरा में उन्हें एक-दो बार देखा भी था।

"तुम श्रीकृष्ण नहीं तो और कौन हो ?" उद्धव के स्वर से यशोदा को अब रंच मात्र भी आशंका नहीं रह गई थी कि जिसको वह भावातिरेक में अंक-माल दे बैठी थीं वह व्यक्ति और चाहे जो हो, श्रीकृष्ण नहीं था और जैसे कोई लिज-लिजे सर्प को अपने स्कन्धों से झटक फेंके वैसे ही वह अपनी गर्दन के गिर्द लिपटी उद्धव की भुजाओं को झटककर पृथक् खड़ी हो गई थीं। उनकी आंखों का पानी

सहसा किसी मरु में बरसे जल बूंदों-सा सूख गया था।

"यह उद्धव हैं, श्रीकृष्ण के अन्तरंग सखा।" बाबा नन्द ने मर्माहत धर्मपत्नी को समझाना चाहा।

'तो इनका यहां क्या काम ?' यशोदा के मन में आया था कह दे पर घर आए अतिथि के साथ ऐसे व्यवहार को अनुचित समझ वह उलटे पैरों महल में वापस चली गई थीं।

"आप चलें मेरे साथ।" नन्द ने हतप्रभ से खड़े उद्धव को कन्धों से पकड़ा था और अतिथिशाला की ओर बढ़ चले थे।

जब तक नन्द उद्धव को पूरी तरह व्यवस्थित करें, बाहर रात पूरी तरह उतर आई थी। जंगली जानवरों के स्वर और झींगुरों का रव रात्रि की शान्ति को भंग कर शाला के अन्दर तक प्रवेश करने लगे थे।

"आपकी निद्रा में कुछ बाधा अवश्य होगी। किसी विपिन में निशीथ बिताने का यह पहला ही अवसर होगा। हम अरण्यवासी तो इसके आदी हो चुके हैं। हमें तो इन वन्य पशुओं का कर्ण-कटु स्वर भी किसी स्वर्गिक संगीत का ही आनन्द दे जाता है।" भोजन आदि से निवृत्त करा नन्द ने उद्धव से निवेदन किया था।

"नहीं, मुझे कोई कष्ट नहीं होगा," उद्धव ने अतिशय विनम्रता से कहा, "फिर मैं यहां सोने भी कहां आया हूं ? मुझे तो श्रीकृष्ण का सन्देश सुनाना है।"

"श्रीकृष्ण ही नहीं तो उनका सन्देश क्या ?" नन्द ने एक आह भरकर कहा था फिर यह सोचकर कि कहीं अतिथि की आत्मा को कष्ट नहीं पहुंचे, जोड़ा था—"क्या कहा है लाला ने ?"

"प्रथम बात तो यह समझने की है कि आपका वह ब्रजराज कुमार अब लाला नहीं रहा," उद्धव ने किसी विद्वान दर्शनवेत्ता के रूप में आरम्भ किया, "अब वह पूरी तरह किशोर अपितु कहिए तो युवा है। उसके चांचल्य और विविध लीलाओं के दिन समाप्त हो गए। मथुरा के साम्राज्य-संचालन का गुरुतर भार उसके अनुभवहीन स्कन्धों पर आ पड़ा है।"

नन्द की आंखों की कोरों में अनायास अश्रु-कण एकत्रित हो गए। उन्होंने उन्हें पोंछने का प्रयास भी नहीं किया और कहा, "यह तो मैं उसी दिन समझ गया जब कंस का बध कर मेरे लाला ने, क्षमा करेंगे मेरी जिह्वा पर यही सम्बोधन बार-बार चढ़ आता है, बन्दी और वृद्ध उग्रसेन के हाथों में मथुरा का शासन-सूत्र थमा दिया। यह कोई भी समझ सकता था कि उन सूत्रों का संचालन उग्रसेन के वश की बात नहीं थी, असल सूत्रधार वही था जिसने उन्हें उस स्वर्ण-सिंहासन पर विराजमान किया था। आप सन्देश सुनाएं उसका। मैं जानता हूं अब उसके सन्देश ही आया करेंगे यहां, कुछ दिनों तक आपके सदृश शुभेच्छुओं-सुहृदों के माध्यम से, बाद में हवाओं पर तैरकर। वे हवाएं जो मथुरा से होकर गोकुल की ओर बहेंगी, कुछ-न-कुछ तो उसके बारे में कह ही जायेंगी। उसे अवकाश भी कहां रहेगा संवाद-संप्रेषण का ? तो कहिए क्या कहा है कान्हा ने ?" नन्द भाव-विह्वल हो बोल गए।

"श्रीकृष्ण ने कहा है, संयोग और वियोग जीवन के साथ दिवा रात्रि की तरह जुड़े हैं। मिलन की स्वाभाविक परिणति बिछुड़न में ही है।"

"स्पष्ट शब्दों में क्यों नहीं कहते कि हम उसे भूल जाएं कि विस्मरण ही

हमारे वियोग के सहन में एकमात्र सहायक है, कि अब हमें उसके दर्शन नहीं होने जा रहे। वह मथुरा और मथुरावासियों का ही होकर रह गया। अब हमारे रुदन-हास्य, उसके रुदन-हास्य नहीं रहे, अब हमारे सुख-दुःख का सहभागी बनने से वह रहा। अब हमें अपनी व्यथा, अपनी पीड़ा और अपने सन्ताप को स्वयं झेलना-भोगना है।" नन्द भावातिरेक में धारा-प्रवाह बोल गए।

"जो उसने कहा ही नहीं, वह मैं कैसे कहूं?" उद्धव का सिर नत हो आया था। मथुरा से प्रस्थान के समय उन्हें अपने दायित्व-बोध का अभिज्ञान इतनी गहराई से हुआ रहता तो वे वृन्दावन की ओर मुंह ही नहीं करते। श्रीकृष्ण बुरा मानता तो मानता, वह इस धर्म-संकट से तो बच जाते।

"तो उसने कहा है कि वह वृन्दावन आयेगा? कब और कैसे? हमें उसके लिए निमंत्रण भेजना होगा?"

"उसने यह भी नहीं कहा है। आने की कोई स्पष्ट बात उसने नहीं कही।" उद्धव को सत्य ही बोलना था, परिणाम भले ही नन्द की पीड़ा को गहन से गहन-तर करता जाय।

"तो अब क्या जानना-सुनना शेष रह जाता है? क्यों व्यर्थ ही कष्ट दिया उसने आपको?" नन्द के स्वर पर स्वाभाविक कटुता चढ़ी थी जो उद्धव से छिपी नहीं रही।

"आपका संदेश लेने और अपना संदेश देने।"

"हमारा कोई संदेश नहीं है। कन्हैया से शून्य ब्रज में अब कुछ भी नया नहीं घटता। जहां तक उसका सन्देश है, हम समझ गए कि हमारे लिए उसके पास अब समय नहीं है।" नन्द इस बार अपने नेत्रों के कोनों को प्रत्यक्ष ही पोंछने से रोक नहीं सके।

उद्धव को लगा, उनकी उपस्थिति की प्रासंगिकता यहां समाप्त हो गई। कोई सूत्र अब समझ में नहीं आ रहा था जिसको पकड़कर वह संवाद को आगे बढ़ाते। उनका वश चलता तो वह निशीथ के उसी प्रहर में रथारूढ़ हो वहां से प्रस्थान कर जाते। पर न यह संभव था, न शोभन।

"आप क्या माताजी को यहां तक बुला देंगे अथवा मुझे उन तक ले चलेंगे?" सहसा एक विचार उद्धव के मन में कौंधा जैसे उफनती यमुना के जल में ऊब-चूब होते किसी को किसी नन्हें काष्ठ-खंड का सहारा मिल गया हो।

"आपने 'माखन' देखा है उद्धव जी?" उद्धव नन्द की इस विचित्र बात पर क्षण-भर को विस्मय-विमुग्ध हो आये।

"क्यों? ऐसी क्या बात है? वह तो नित्य ही मेरे घर में मेरी मां दधि बिलो-कर निकालती है।" उद्धव ने किसी तरह उत्तर दिया।

"तब आप यह भी जानते होंगे कि हल्का ताप ही 'माखन' को पिघला मारने को पर्याप्त होता है। और आपकी मां नित्य माखन निकालती होगी पर यशोदा का मन, कन्हैया की तथाकथित मां का मन, उस माखन से कोमल है, उस नवनीत से भी निरीह। क्यों उसे अपने वचनों की असह्य आंच देने को आतुर हैं आप?"

"श्रीकृष्ण के आदेश का पालन-मात्र कर रहा हूं।"

"क्या आदेश था उसका?"

"माता-पिता दोनों को सान्त्वना देने का।"

"कौन माता ? और कैसा पिता ? सारा रहस्य अब सार्वजनिक हो चुका है। यह आपको भी ज्ञात है। इसीलिए तो मैंने यशोदा को तथाकथित जननी कहा। और जननी कहना भी अपमान है इस शब्द का। धातृ कह लें यशोदा को और धातृ को किसी सान्त्वना, किसी सन्देश की अपेक्षा नहीं होती।"

"तो उनसे मिलना संभव नहीं ही हो पायेगा ?"

"यही समझ लें।"

"तो श्रीकृष्ण का सन्देश ही उन तक पहुंचा दें।"

"अब क्या सन्देश शेष रह गया है ?" नन्द ने थोड़ा खिन्न होकर कहा, "वही संयोग-वियोग और रात्रि-दिवस वाला ? वह यहां किसे पता नहीं है ? पता नहीं था तो इतना कि हमारा कन्हैया ऐसा हृदय-हीन निकलेगा, कि जिसे हमने हृदय के टुकड़े की तरह पाला वह हमारे हृदय को किसी जड़ पाषाण-खंड से अधिक न समझ उसे खंड-खंड कर जायेगा ।" कहते-कहते नन्द अपने को रोक नहीं सके। अब तक जो पीड़ा आंखों का पानी बन ही अपने को अभिव्यक्ति दे रही थी, उसने सहसा सारी मर्यादा तोड़ दी और नन्द किसी निर्झर की तरह ही पूरी तरह फूट पड़े। रो पड़े वह।

उद्धव स्तब्ध। क्या करें वह ? नन्द के सिर को अपने अंक में ले उन्हें सान्त्वना दें, ऐसा साहस वे अपने अन्दर विकसित नहीं कर पा रहे थे। कुछ भी हो, उद्धव ने अभी किशोरावस्था को पार ही किया था, वय के एक विशेष मोड़ पर पहुंचे वृद्ध नन्द को वे किस रूप में सान्त्वना प्रदान कर सकते थे ? उनका दर्शन-ज्ञान व्यर्थ था यहां। प्रेम, स्नेह और वात्सल्य की जो बाढ़ इस वृद्ध पिता को धार के विवश तिनके की तरह बहा रही थी, उसके समक्ष उनके पांडित्य और ज्ञान का जलयान भी अनुपयोगी और व्यर्थ था। वे समझ गए थे कि जब पिता की यह स्थिति थी तो माता का पुनर्साक्षात्कार उन्हें संकट में ही डालेगा।

"आप विश्राम करें। मैं अब चलता हूं।" नन्द उठते-उठते बोले पर विश्राम उस रात्रि को किसके भाग्य में लिखा था ? न नन्द के, न यशोदा के, न उद्धव के ही। सभी अपनी-अपनी व्यथा को लेकर व्यग्र थे। उस रात निद्रा देवी ने किसी की पलकों को सहलाने में अपने को असमर्थ पाया। तीनों अपने-अपने स्थान पर रात्रि-जागरण करते रहे। सच, यह निशा इन तीनों के लिए निराशा, उत्पीड़न तथा व्यथा और व्यग्रता का ही सन्देश लेकर आई थी।

सात

वृन्दावन में प्रातः की रवि-किरणों ने एक अद्भुत दृश्य देखा। इन्होंने नन्द की अतिथिशाला के समक्ष खड़े स्वर्ण-स्यंदन पर एक और स्वर्णिम लेप चढ़ाई और उसके पश्चात् ब्रज-वीथियों में बिछने को हुईं तो पाया सारी-की-सारी ब्रज-गोपियां नन्दगृह की ओर ही भागी जा रही हैं। सबके चेहरे पर उल्लास, हर्ष और आशा-आकांक्षा के सम्मिलित भाव चढ़-उतर रहे थे और अभी-अभी सविता की किरणों ने पद्म-पुष्पों में जो प्रसन्नता वितरित कर उनकी कलियों को कुसुमित किया

था वही अलौकिक आभा, वही स्वर्गिक प्रसन्दता उनके चेहरों पर भी चिपकी पड़ी थी।

किसी ने अतिथि-शाला के समक्ष आसीन रथ को देखकर यह समाचार फैला दिया था कि स्वयं श्रीकृष्ण पधारे हुए हैं और यह शुभ संवाद दावाग्नि का स्वरूप ग्रहण कर एक कान से दूसरे कान में पहुंचते हुए सम्पूर्ण वृन्दावन में बात की बात में फैल गया था। गोप तो फिर भी किसी-न-किसी बहाने मथुरा जा श्रीकृष्ण की एक झलक ले लेते थे पर गोपियों के लिए तो उनके कभी के प्राण उनका कन्हैया अब स्वप्न ही बन आया था। सागर-तट की ओर भागती-दौड़ती किसी आन्दोलित-आलोड़ित सागर की लहरों की तरह ही वे नन्दगृह की ओर दौड़ी जा रही थीं।···भागती-गिरतीं, एक-दूसरे से टकरातीं वे किसी अन्धी दौड़ का आखेट हो पहले और सबसे पहले वहां पहुंचने की होड़ लगा बैठी थीं। किसी से किसी को बात करने का भी अवकाश नहीं था—'तुमने सुना जी, तुमने सुना जी कि कन्हैया, नन्द-आंगन में आया है' की तरह का स्वाभाविक प्रश्न भी आंखों-ही-आंखों में पूछ लिया जाता था, उसे भी जिह्वा पर लाने का अवसर किसी के पास नहीं था। पर आशा की परिणति अक्सर निराशा में होती है। ब्रज-बालाओं-वनिताओं से अधिक अनुभूति उसकी किसे थी?

नन्दगृह पहुंचते ही उनकी सारी आकांक्षाओं पर वज्रपात हो गया, उनके सपने कालिन्दी-कूल की रेत की तरह बिखर गए। नन्द-आंगन और महल-द्वार के बाहर तक गोपियां-ही-गोपियां, पर उनके चेहरे पर अब सुबह के सूर्य की लालिमा नहीं, गोधूलि के पश्चात् की कालिमा चढ़ी थी। किसी दासी ने स्पष्ट कर दिया था, आने वाला कन्हैया नहीं, श्रीकृष्ण-सखा उद्धव था। रंग-रूप, आकार-प्रकार अवश्य मिलते थे, पर था वह बहुरूपिया से अधिक कुछ नहीं। ऊपर से नीरस और निस्संग। संयोग-वियोग और निस्संगता-तटस्थता की ऊंची-ऊंची दार्शनिक बातें करता है। अवश्य ही दासियों ने बाबा नन्द से ही ये बातें सुनी थीं। यशोदा अब भी संज्ञा-शून्य अवस्था में पड़ी थीं। उनसे बातें करने का कोई प्रश्न ही नहीं था।

"अरे, कृष्ण की तरह लगता है तो चाहे जितना नीरस और ज्ञानी-ध्यानी हो, चल उसे देखकर अपने नेत्रों को तो जुड़ा लें।" गोपियों की भीड़ से किसी एक ने ऊंचे स्वर में कहा। वहां की कोलाहल और संकुलता कुछ कहने-सुनने का किसी को कोई अवसर नहीं दे रही थी। घोर अव्यवस्था व्याप्त हो गई थी पूरे नन्द-भवन के भीतर और बाहर।

"हां जी, यह सुझाव तो अच्छा है। चलो सुनें, क्या संवाद लाया है वह माखन-चोर का सखा! यहां खड़ी रहकर क्या करना है!" विशाखा का स्वर था वह। ललिता और राधा के साथ आंगन के एक कोने में खड़ी थी वह।

"हां, चलो।" सभी ने हामी भरी और भीतर-बाहर की भीड़ अतिथिशाला की ओर मुड़ी।

"ऐसे नहीं," किसी ने समझाया, शायद ललिता थी यह "वह नन्दभवन नहीं है। अतिथि-शाला में इतने लोगों के लिए पर्याप्त स्थान नहीं है। अगर सभी वहां पिल पड़ीं तो उस उद्धव बेचारे की कचूमर निकल जायेगी। धरती पर गिरे कदम्ब-फल की तरह वह हमारे पैरों-तले ही पिसकर रह जायेगा।"

"तब क्या करें?" किसी ने पूछा, "बातें करो या न करो, एक दृष्टि डालनी

तो उस पर सबको है।"

"यह ठीक है।" ललिता ने ही नेतृत्व संभाला, "सर्वप्रथम हम पंक्तिबद्ध होकर उसकी शाला के सामने से निकलें उस पर दृष्टि-क्षेप करते हुए, फिर हममें से दो-चार-दस ही जाकर उससे बातें करें। हो सके तो उसे खूब उल्लू बनाएं। कृष्ण के स्थान पर स्वयं, उनका सान्त्वना-सन्देश लाने वाले को भी बतला दें कि ऐसी-वैसी नहीं हैं ब्रज-बालाएं।"

"ठीक है।" भीड़ ने एक स्वर से हामी भरी पर एक स्वर उसमें ऊंचा भी उठा, "मात्र दृष्टि-निक्षेप से काम चलेगा क्या? अगर वह सचमुच कृष्ण की तरह लगता है तो भरे-पूरे चांद पर बंधी चकोरी की आंखों की तरह हमारी आंखें उस पर बंध नहीं जाएंगी?"

"नहीं बधेंगी," इस बार विशाखा जोर देकर बोली, "वह कृष्ण की तरह प्रतीत ही तो होता है, कृष्ण है तो नहीं, हम ब्रज-बालाओं के लिए तो वह एक ही हमारा सर्वस्व है। भले ही वह कृतघ्न निकले, हम कृतघ्ना नहीं हो सकतीं। नहीं बंध सकतीं हमारी आंखें एक पर-पुरुष पर। देखने की उत्सुकता है तो देख लो कि क्या सादृश्य है उसमें और हमारे कन्हैया में; पर ऐसे-ऐसे सौ सहस्र उद्धव मिलकर भी श्रीकृष्ण की छाया तक तो बन ही नहीं सकते, कृष्ण बनना तो बड़ी बात है।"

"ठीक कह रही है विशाखा!" किसी अन्य गोपी ने हामी भरी। "हमें क्या लेना-देना उस मथुरा के किसी पर-पुरुष से जो हमारे कन्हैया को निगल गई। छोड़ो इस देखने-दिखाने के कार्यक्रम को भी। दो-चार सखियां उससे बातें कर लो। सुन तो लो क्या कहना है उस छलिया को, जो कहकर तो गया कि अभी आते हैं और आज आया भी तो उसका संदेशवाहक—एक अदना-सा दूत।"

"नहीं, देख लो, देखने में कोई हर्ज नहीं", ललिता ने बात संभाली, "आखिर यह भी वहां जाकर उसे बताए तो कि कैसे ब्रज-बालाओं का झुंड ही उमड़ पड़ा था कृष्ण के नाम पर और कितनी लम्बी पंक्ति उसके सामने से निकली थी — ऐसी कि जैसे यमुना मइया का कूल ही हो, जिसकी लम्बाई का पता न ब्रज में किसी को लगा है, न लगेगा।

उद्धव अभी-अभी नित्य कर्म से निवृत्त हो द्वार की ओर मुख कर पद्मासन में अवस्थित ही हुए थे। पूर्व की तरफ ही खुलने वाले द्वार से प्राची के क्षितिज पर शनैः-शनैः उठता सूर्य-बिम्ब किसी स्वर्ण-थाल की तरह आकर्षक लग रहा था। उनके मुख से सहसा सविता-स्तवन फूट चला था—ॐ भूर्भुवः स्वः... । ठीक उसी समय व्यवधान हुआ था और चींटियों के समान रेंगती कुछ मानवीय आकृतियां द्वार के सामने से सरकने लगी थीं। उन्हें आश्चर्य हुआ था। ये सबकी सब नारियां थीं—कुमारियां, किशोरियां, विवाहिताएं, यहां तक कि प्रौढ़ाएं और वृद्धाएं भी। अधिकांश रंगीन वस्त्रों में सुसज्जित रक्त, पीत, नील-परिधानों में आवेष्टित। क्षण-पूर्व, सूर्य-बिम्ब के अवलोकन में व्यस्त उनकी आंखों को एक क्षण के लिए भ्रम हुआ कि भगवान सविता ने प्रसन्न होकर इन्द्रधनुष को ही उनके द्वार पर उतार दिया है पर दूसरे ही क्षण उनका भ्रम टूट गया। ये सचमुच मानवीय आकृतियां ही थीं—ब्रज ललनाएं—क्योंकि उनके परिधान जो भ्रम खड़ा कर दें

उनकी चुभती, गहरी और कजरारी आंखें जो उन्हें अन्दर तक भेदे जा रही थीं, सारे भ्रमों को निर्मूल कर रही थीं। पर आश्चर्य बढ़ता गया उद्धव का। एक क्षण को भी कोई ललना वहां रुकती क्यों नहीं थी ? सभी अपनी शंख-ग्रीवाओं को एक हलका मोड़ दे, उन पर दृष्टि-क्षेप-मात्र कर आगे क्यों बढ़ जाती थीं ? क्या लक्ष्य था उनका ? कैसे समझ पाएं उद्धव कि कौन-सी योजना गढ़ी गई थी क्षण-पूर्व। वे तो निरीह से, निरुपाय-से सब कुछ देखते जा रहे थे। सोच रहे थे, अच्छा खेल खेला है उनके सखा कृष्ण ने उनके साथ। रात नन्द उन्हें धता बताकर चले गए और प्रातः यह अनबूझ पहेलिका उनके समक्ष आ खड़ी हुई। पर कोई अन्त नहीं था उद्धव के आश्चर्य का क्योंकि कोई अन्त ही नहीं दिख रहा था द्वार के सामने से उन पर एक दृष्टि डाल गयी आगे बढ़ती जाती ब्रज-बालाओं-वनिताओं की पंक्ति का ? आखिर कितनी थीं वे। और सभी-की-सभी प्रातः की इस बेला में ही यहां कैसे उपस्थित हो गई थीं ? अब उन्हें लगा कि ठीक ही कह रहा था उनका वह नटखट किशोर सखा कि सारी-की-सारी ब्रज-नारियां उस पर प्राण उँड़ेलती थीं। उनकी एक झलक को तरसती थीं। उसके प्रति निस्वार्थ, अमांसल और अपार्थिव प्रेम से भरी पड़ी थीं वे।

पर क्या करें उद्धव ? वे तो सन्देश-वाहक बनकर आए थे, विशेषकर इन गोपियों और गोपांगनाओं के लिए ही। पर किस तक सन्देश पहुंचाएं वह ? यहां तो कोई एक क्षण को भी रुकने को प्रस्तुत ही नहीं थी। तो फिर वे उनके सामने से निकल ही क्यों रही थीं ? इस भेद का पता करने में उद्धव को बहुत समय नहीं लगा। वे समझ गए थे। वे बताना चाहती थीं कि उनमें आज भी अगाध प्रेम भरा था श्रीकृष्ण के लिए। कृष्ण तो कृष्ण, उनके सन्देश-वाहक के नाम पर भी वे ज्वार-जगे सागर की तरह उमड़ सकती थीं। अगर उद्धव को श्रीकृष्ण का सन्देश-वाहक बनकर आना था तो उन्हें भी इन गोपियों के इस मूक सन्देश, इस श्रद्धा-प्रेम-प्रदर्शन को उन तक पहुंचाना था।

पर उद्धव का दायित्व पूर्ण कैसे होगा, अगर वे ऐसे ही उनके सामने से निकलती रहीं ? उन्हें तो उनसे कुछ कहना था, कुछ समझाना-बुझाना, कुछ सन्देश प्रदान करना था। पर प्रतीक्षा के सिवा कोई विकल्प भी क्या था ? यह पंक्ति जब समाप्त हो तो किसी के द्वारा सन्देश प्रेषित कर वह कुछ गोपांगनाओं को बुला सकते थे और अपने दायित्व के निर्वहन का प्रयास कर सकते थे। ऐसे तो उन्हें रात ही लग गया था कि यहां उनका सारा वेदान्त-दर्शन धरा-का-धरा रह जाएगा। जब वे एक नन्द को विश्वास में नहीं ले सके तो कृष्ण-प्रेम में आकंठ-पगी इन गोपियों को भला ये कौन उपदेश-सन्देश दे पाने में समर्थ हो सकेंगे।

उद्धव की प्रतीक्षा समाप्त तो हुई पर बहुत समय के पश्चात्। सूर्य-बिम्ब पता नहीं क्षितिज पर कितना ऊंचा चढ़ गया था—अब तो वह वहां बैठे-बैठे दृष्टि-पथ में भी नहीं आता था कि अन्तिम गोपी उनके सामने से निकली। कुछ देर तक वह सांस रोके द्वार की ओर निर्निमेष देखते रहे, पता नहीं इसके पीछे और हों, पर नहीं वही अन्तिम थी। पंक्ति सचमुच समाप्त हो गई थी। अब इन्हें प्रतीक्षा थी, नन्द-भवन के किसी दास-दासी की जिसके द्वारा सन्देश प्रेषित कर वे कुछ ब्रज-बालाओं को बुलाकर अपने सखा का सन्देश सुनाते। पूजा-पाठ और अर्चना-आराधना को तो आज अवकाश मिलना ही नहीं था। उनकी तो हो गई

इति-श्री, अब सखा का ही कार्य हो जाय तो वही बड़ी बात हो ।

पर उद्धव को बहुत प्रतीक्षा नहीं करनी पड़ी। अपनी योजना के अनुसार स्वयं ललिता, विशाखा, जयश्री, सुदक्षिणा आदि दस-ग्यारह गोपियां उनके समक्ष अकस्मात आ धमकीं। वे तत्काल क्या बोलें क्या नहीं बोलें, समझ नहीं पाए। उनकी घबराहट उनके चेहरे पर उभर आई।

"क्यों महाराज, रूप-रंग में लगते तो तुम कन्हैया की तरह ही हो, पर लजीले बहुत हो। हमारा कृष्ण तो ऐसे शर्माता नहीं था !" एक गोपी ने उनके चेहरे के भावों को पढ़कर चुटकी ली।

"नहीं, नहीं, ऐसी कोई बात नहीं," उद्धव ने अपने को संयत करना चाहा, "आप कहें क्या कहना चाहती हैं।" चाहकर भी नहीं कहने वाली बात उनके मुख से निकल गई।

"हम कहें ? कहने तो आप न आए हैं महाराज ! सुना, सन्देश-वाहक बनकर आए हैं आप हमारे कन्हैया के !" किसी दूसरी गोपी ने उन्हें उनकी स्थिति का स्मरण कराया।

उद्धव की घबराहट, गलत मोड़ पर पकड़ाने से और बढ़ गई और बोले : "हां, हां, कहना तो मुझे ही है, मैं तो आप लोगों को बुलाने ही वाला था।"

"तो कह ही डालिए जो कहना है, कहीं आप अपनी घबराहट में अपने मित्र का सन्देश भूल गए तो फिर क्या उत्तर देंगे आप उनको ?" ललिता ने उनकी सहायता की।

"हां, मैं कहना चाहता था—निस्संगता का नाम सुना है आप लोगों ने ?" उद्धव ने अन्ततः अपने ज्ञान की गठरी को खोलना आरम्भ किया।

"नहीं महाराज, हम गोकुल की ग्वारन ये पोथी-पत्रा की बातें क्या जानें ? आप ही समझा दें हमें। क्या यही सन्देश है हमारे कान्हा का ?"

"हां, श्रीकृष्ण ने कहा है, आप निस्संग भाव से उन्हें चाहें। अर्थात् उन्हें चाहकर भी नहीं चाहें।"

"और नहीं चाहकर भी चाहें। यही न ?" किसी गोपी ने उद्धव की बात को आगे बढ़ाया।

उद्धव सकपका गए। व्यर्थ ही ये अपने को गंवार-ग्वारन कहती हैं। इनकी बुद्धि के सामने तो बड़े-बड़े दार्शनिकों-पण्डितों की बुद्धि पानी भरे। बोले, "हां, हां, आप ठीक कह रही हैं। मैं यही कहना चाह रहा था।"

"पर यह कैसे हो सकता है ? यह तो ऐसा ही न हुआ कि आप बोल कर भी नहीं बोलें अथवा खाकर भी नहीं खाएं। तो अभी आपके बोलने को हम बोलना मानें या नहीं बोलना ?" विशाखा थी यह।

उद्धव को अब अपने पर, विशेषकर कृष्ण पर बड़ी झुंझलाहट आ रही थी। कहां फंसा दिया था उसने उन्हें ? वह तो कह रहा था वे सरल-हृदया गांव की गोपियां बड़ी आसानी से सुन-समझ लेंगी और यहां ये गोपियां थीं कि पण्डिता बनी बैठी थीं। वे अपनी बात को लाख चाहकर भी आगे नहीं बढ़ा पाते थे।

"तो आप बोले नहीं महाराज !" विशाखा कब छोड़ने वाली थी।

"क्या ?"

"यही कि आपका बोलना हम बोलना मानें या नहीं बोलना ? या दूसरे रूप

में पूछें तो आपके यहां होने को हम होना मानें या नहीं होना ?''

उद्धव की सकपकाहट और बढ़ गई। उन्होंने पहले अपने उस काष्ठ-मंचक को देखा जिस पर वे विराजमान थे। फिर पीताम्बर-वेष्टित अपने शरीर को देखा—हाथ-पांव, पेट, वक्ष-स्थल। उन सबको जो दृष्टि-पथ में आया। वे तो पूरी तरह वहां थे फिर वे अपने होने को नहीं होना कैसे मानें ? उनका मन किया वे सामने खड़े स्यन्दन पर सवार हो शीघ्र ही यहां से कूच कर जायें। व्यर्थ ही वे उस कृष्ण के झांसे में आ गए ! उन्हें वहीं समझ लेना चाहिए था कि जिन गोपियों के बीच वे पले-पुसे और बड़े हुए थे और अमित बुद्धि-विवेक तथा बल अर्जित किया था, वे साधारण स्त्रियां-किशोरियां नहीं होंगी।

''आप अब भी चुप हैं महाराज ?'' विशाखा बात बढ़ा रही थी।

''अब आप कोई दूसरी बात पूछें।'' उद्धव उद्विग्न से बोले।

''तो इस सम्बन्ध में आप निरुत्तर हो गए ?'' ललिता ने विशाखा की सहायता की।

''यही समझ लीजिए।'' उद्धव डूबे मन से बोले।

''तो हम क्या पूछें ? हम तो सुनने आई हैं। आप सुनाइए, हमारे कन्हैया ने और क्या कहा है ?'' विशाखा उद्धव के पीछे ही पड़ गई थी।

उद्धव ने कुछ देर तक सोचा, क्या कहें, क्या नहीं कहें। फिर कहीं गलत रूप में पकड़ा गए तो बड़ी भद्द होगी। पराजय—वह भी नारियों के द्वारा, नारियों में नारियां ठेठ देहात की इन तथाकथित गंवारन-ग्वालनों के द्वारा, कैसी पीड़ादायक होगी ? कुछ देर के विचार-मन्थन के पश्चात् उन्होंने एक बड़ी सरल-सी, निर्दोष-सी बात कही—''श्रीकृष्ण ने कहा है कि 'आप दुःखी नहीं होंगी'।''

''किसके लिए ?'' झट-से एक गोपी पूछ बैठी।

''किसके लिए मतलब ?'' उद्धव कुछ नहीं समझ पाये।

''मतलब कि अपने लिए या श्रीकृष्ण के लिए ?'' ललिता ने बात के सूत्र को पकड़ा, ''श्रीकृष्ण की बात लें तो हम सभी जानती हैं कि उन्हें किसी बात का दुःख नहीं। कंस-बध के पश्चात् वे तो अब मथुराधीश हैं। उग्रसेन तो नाम के नृपति हैं। तो भला मथुरापति को दुःख किस बात का ? रही हमारी बात तो हमारे भाग्य में तो दुःख उसी दिन लिख गया जिस दिन कृष्ण ने ब्रज छोड़ा। हमें दुःखी नहीं होने की बात कहना आपको और श्रीकृष्ण को शोभा देता है क्या ?''

''दुःख तो वृक्ष की छाया की तरह है, यह छाया कभी फैलकर बड़ी हो जाती है, कभी सिमटकर छोटी। दुःख को लेकर क्या रोना ?'' उद्धव को लगा, इस बार उनके दर्शन ने उनका सही साथ दिया है।

पर क्षण भी नहीं लगा कि ललिता बोल बैठी—''एक बात कहूं उद्धव जी ?''

''कहिए।'' उद्धव ने सगर्व कहा। उन्हें लगा, उनके तर्क की अब कोई काट नहीं है इनके पास।

''क्षण-भर को मान लें कि आप 'मीन' हैं—मछली।''

''वह भी यमुना-जल की।'' सुदक्षिणा ने ललिता की बात में झट से अपनी बात जड़ दी।

उद्धव सकपकाये। ये गोपियां उनका परिहास करने पर उतारू हैं क्या—

अपमान ? अपमानित और पराजित होकर ही ब्रज से वापस होने की ही उनकी नियति है ? वे क्रोध से भर आए और क्रोध जिस प्रथम वस्तु को अपना ग्रास बनाता है, वह है विवेक । उनका विवेक नष्ट हो गया और बात के मूल तक पहुंचने का प्रयास किए बिना वे बोल बैठे—"क्या बोलती हैं आप ? अतिथि के साथ व्यवहार करना भी आपको नहीं आता । भला मैं मीन क्यों बनूं ? खाद्य-अखाद्य सबको भक्षण करने वाला एक घृणित जीव ?"

"आपको मीन बनने की बात कौन कहता है महाराज ?" ललिता मुसकराती हुई बोली ।

"आप ही तो कह रही हैं ।" उद्धव का क्रोध अभी शान्त नहीं हुआ था ।

"मैं बनने की बात कहां कह रही हूं ? मैं तो मानने की बात कह रही हूं । आप तो तर्क-शास्त्र के पण्डित हैं । वहां तो बहुत कुछ मानकर ही आगे बढ़ते हैं न ?"

"और आप मीन को खाद्य-अखाद्य-भक्षी कहकर उसकी अवमानना क्यों कर रहे हैं ? क्या आपके सदृश प्रकाण्ड पण्डित को यह भी नहीं पता कि भगवान के एक अवतारों में मीनावतार भी है ?" विशाखा कहां चूकने वाली थी ।

उद्धव का मन किया, अब रो दें । क्षण-पूर्व जहां नेत्रों के समक्ष इन्द्र-धनुषी खेल चल रहा था वहीं अब नियति ने कुछ ऐसी करवट बदली है कि उनकी सारी विद्या-बुद्धि को ही चुनौती मिल रही है । शायद क्रोधाभिभूति हो विवेक-भ्रष्ट होने से ही वह गलती पर गलती करते जा रहे हैं ।

"तो माना आपने ?" ललिता अपनी बात पर अड़ी थी ।

"क्या ?" उद्धव ने लगभग झुंझलाकर पूछा ।

"मीन, पानी की मछली, कहा तो ।"

"चलो मान लिया ।" उद्धव ने कहने को कह दिया ।

"अब कल्पना कीजिए कि आपको जल से निकालकर रेत पर डाल दिया जाय तो आपको दुःख होगा या सुख ?"

"मुझे जल से निकालकर ? मैं जल में हूं कहां ?" पता नहीं उद्धव की बुद्धि को क्या होता जा रहा था ।

"आपको अर्थात् जल की मछली को ? अभी तो आपने माना न कि आप मीन हैं ?" ललिता बोली ।

"स्पष्ट है, दुःख होगा । उसमें सुख कहां है ?" उद्धव ने उत्तर देकर सन्तोष की सांस ली ।

"तो अपने सखा से कह दीजिएगा कि यही हाल हमारा है । उनसे पूछिएगा, जल से निकली मछली से यह कहना कि तुम दुःखी न होना कहां का न्याय, कहां की बुद्धिमत्ता है ?"

"अर्थात् आप मीन हैं और श्रीकृष्ण जल ?" उद्धव ने अपनी बुद्धि पर जोर देते हुए कहा ।

"बुद्धिमान हैं आप । ठीक समझा ।" विशाखा मुसकुराई ।

"अर्थात् आप दुःखी हैं ?" उद्धव की तर्क-शक्ति धीरे-धीरे वापस आने लगी थी ।

"तो आप क्या समझते हैं ? सुखी दिखाई पड़ रही हैं हम आपको ? हमारी व्यथा या हमारे मुखों पर अंकित आन्तरिक पीड़ा आपको नहीं दिखाई पड़ती ?

हमारी वाचालता को तो आपकी तर्क-शक्ति ने हवा दी है वर्ना हमारे चेहरे तो हमारे अन्दर की व्यथा-गाथा को पूरी तरह स्पष्ट कर रहे हैं। अभी तो आपका कोई विशेष वय भी नहीं हुआ, दृष्टि के दुर्बल होने का कोई प्रश्न···।"

उद्धव को लग गया कि ये गोपांगनाएं कृष्ण का बदला उन्हीं से लेने पर उतारू हूं। वे स्पष्ट शब्दों में इन्हें नेत्र-हीन कह रही थीं। थोड़ी देर पूर्व मीनावतार की बात निकाल उन्होंने इन्हें मूर्ख सिद्ध करने का भी प्रयास किया था। पर वे आसानी से पराजय स्वीकार करने वाले नहीं थे। अगर वे सचमुच उनके हाथों पराजित होकर लौट गए तो श्रीकृष्ण को कौन-सा मुंह दिखलायेंगे।

"आप सचमुच दुःखी हैं तो श्रीकृष्ण का इसके लिए भी एक बड़ा अच्छा संदेश है।"

"अच्छा !" प्रायः सभी गोपियों ने एक साथ कहा।

"क्यों आपको विश्वास नहीं हो रहा ?" उद्धव प्रायः सकपकाए।

"नहीं, नहीं, भला आपकी बातों पर अविश्वास का क्या कारण हो सकता है," सुदक्षिणा थी यह, "श्रीकृष्ण को तो हमारी सभी सम्भावित स्थितियों का पता होगा, अतः आपको उन्होंने अगर हमारी सारी समस्याओं के निदान के साथ भेजा हो तो इसमें आश्चर्य क्या ? आप अपनी ओर से थोड़े कुछ कहेंगे ?"

तो अब मिथ्यावादी भी बनाए जा रहे थे वह ! उद्धव के पश्चात्ताप का अन्त नहीं था। व्यर्थ ही ब्रज की ओर मुख किया उन्होंने ! अब मुंह बन्द रखने में ही कुशल था।

"आप चुप हो गए ?" विशाखा ने मूक बने उद्धव को कहा, "आपकी सम्पूर्ण विद्या-बुद्धि घास चरने चली गई।"

"अर्थात् वह थी भी कभी ?" कोने से किसी गोपी ने आवाज लगाई।

"क्या कहा ? आप तो पर्याप्त प्रगल्भा प्रतीत होती हैं।" उद्धव हड़बड़ाकर बोले। उनका चेहरा रक्ताभ हो आया था। क्रोध पुनः विवेक पर हावी होने लगा था। नहीं-नहीं, यह बात नहीं होनी थी, नहीं तो वे श्रीकृष्ण का प्रमुख संदेश अपने साथ ही लेते चले जाने को विवश हो जायेंगे। उन्होंने अपने पर नियंत्रण करने का प्रयास किया।

"कुछ नहीं, कुछ नहीं। उसकी बातों पर ध्यान नहीं दें। आपने हमें प्रगल्भा कहा न ? सचमुच यह सुकान्ति हम सभी में सबसे अधिक वाचाला है। उसकी बातों पर ध्यान नहीं दें। आप कुछ बता रहे थे, वही बतलाएं। श्रीकृष्ण ने हमारे दुःख को दूर करने का कौन-सा यत्न सुझाया है ?" ललिता ने बात संभाली।

"तो सुनना चाहती हैं आप इसे ?" उद्धव की स्थिति अब शास्त्रार्थ में पराजित किसी पण्डित की हो रही थी। वे अन्दर-ही-अन्दर टूट चले थे फिर भी साहस का सम्बल नहीं छोड़ा था।

"अवश्य। देखें वह हमारे कितने काम का होता है।" विशाखा ने ही कहा।

"आप दुःखी हैं तो श्रीकृष्ण का सन्देश है कि हर दुःखी को परमात्मा में ध्यान केन्द्रित करना चाहिए।" अपने स्वर में अपनी सम्पूर्ण शक्ति उंडेलकर उन्होंने अथाह आत्मविश्वास के साथ कहा।

पर जैसे जल-स्तर पर उठने वाला बड़ा-से-बड़ा बुलबुला क्षण मात्र में लुप्त हो जाता है उसी तरह उनके प्रश्न के उनके मुख से निकलते-न-निकलते एक गोपी

पूछ बैठी, सुदक्षिणा थी यह—"यह परमात्मा क्या होता है महाराज ?"

"परमात्मा अथवा परब्रह्म ! तुम परमात्मा को भी नहीं जानतीं ? कैसी गोपियां हो तुम ?" उद्धव को लगा, अब उन्होंने ठीक स्थान पर पकड़ा है उन्हें।

"ग्वारन हैं महाराज ! हम परमात्मा, परब्रह्म आदि को क्या जानें ?" विशाखा ने चुटकी ली।

"अच्छा !" उद्धव ने विजय-भावना से भरकर कहा।

"अच्छा महाराज ! आप क्या परब्रह्म को जानते हैं ?" ललिता ने प्रश्न किया।

"क्यों नहीं जानूंगा ? खूब जानता हूं।" उद्धव का आत्मविश्वास लौटता आ रहा था।

"आपने उसे देखा है ?" उसी कोने से सुकान्ति का स्वर उठा।

"देखा ? कैसी भोली हो तुम, कोई परब्रह्म को देखता है ?" उद्धव की झल्लाहट फिर उभर आई।

"क्यों ? क्यों नहीं देखता महाराज ? आप तो प्रकांड पण्डित हैं, श्रीकृष्ण के विश्वास-पात्र सखा। कुछ हम बुद्धिहीनाओं की बुद्धि को भी प्रकाशित करने की कृपा करें।" सुदक्षिणा बोली।

"क्यों क्या ? वह तो निराकार है, उसे देखने का प्रश्न कहां उठता है ?"

"तो पकड़ाए न ?" ललिता लगभग ताली बजाती बोली।

"क्या पकड़ाए, कैसे पकड़ाए ?" उद्धव ने प्रतिवाद किया।

"निराकार अर्थात् जिसका कोई रंग-रूप नहीं हो, न ही आकार-प्रकार। यही न ?"

"हां," उद्धव सगर्व बोले।

"और आप उसी का ध्यान करने को कहते हैं जिसका कोई आकार, रूप-रंग नहीं ?"

"हां !"

"आप किसे उल्लू बना रहे हैं, हमको या अपने को ?" सुकान्ति ने फिर छेड़ा। ललिता ने उसकी ओर आंखें उठाईं।

"क्यों?" उद्धव को क्रोध तो बहुत आ रहा था पर उन्होंने उसे दबाकर कहा।

"अरे जिसे देखा नहीं, सुना नहीं, उसका ध्यान कैसे सम्भव है ? अब आप सूरज-चांद को देखते हो, उसका ध्यान चाहे तो आंखें मूंद अथवा आंखें खोलकर कर लो, पर किसी जन्मजात अन्धे को कहो कि वह सूरज अथवा चांद का ध्यान करे तो वह कर लेगा क्या ?" ललिता ने तर्क दिया।

"तो निर्गुण, निराकार का ध्यान सम्भव नहीं है ?" उद्धव ने जैसे अपने से ही प्रश्न किया।

"अब निर्गुण-सगुण की तो बात आप ही जानो महाराज ! हम तो सगुण-साकार को ही जानती हैं। हमने तो सुना है कि जब से हमारे कन्हैया ने उस मस्त गजराज के साथ-साथ कंस के दुर्धर्ष मल्लों और कंस की भी हत्या कर दी और यज्ञ-धनुष को बात की बात में तोड़ डाला और आठ स्थानों से टेढ़ी कुब्जा को एक झटके में सीधा कर षोडशी बना डाला तब से मथुरावाले उसे ही परमात्मा अथवा

परब्रह्म सब कुछ मानने लगे हैं। उस श्रीकृष्ण से कह देना कि गोकुल की ग्वारनें निर्गुण-निराकार क्या जानें ? हम तो तुम कहो या न कहो, तुम्हारे साकार मनोहारी विग्रह का ही नित्य ध्यान करती रहती हैं और करती रहेंगी, उद्धव जी ! आपका सन्देश चाहे जो हो, हमारा सन्देश समाप्त हुआ और अब हम चलती हैं।" यह कहकर ललिता उठ गई। उसके साथ अन्य गोपियां भी उठने को हुईं।

उद्धव मूक ! हतप्रभ। हताश। जैसे तड़ित का ग्रास कोई वृक्ष। उनसे न उठते बने न बैठते। सहसा जैसे उन्हें कोई बात याद आई और वे प्रायः खड़ी हुई ललिता से बोले, "क्षमा करना मुझे, पर एक बात तो रह ही गई।"

"क्या ?"

"यहां राधा नाम की भी कोई गोपी है ?"

"है।" ललिता ने हामी भरी।

"वह कहां है ?"

"यहां नहीं है।"

"क्यों ?"

"एक बात ध्यान से सुन लो उद्धव जी ! राधा बहुत मानिनी है। हम सब शत-सहस्र गोपियां भी यहां आपके लिए नहीं आई थीं। हमें बताया गया कि स्वयं श्रीकृष्ण आये हैं। ऐसे तो वह आ भी जाती पर श्रीकृष्ण के नाम पर उसने आने से स्पष्ट मना कर दिया।"

"पर उसके लिए एक विशेष सन्देश है।"

"क्या ?"

"वह केवल उसी से कहा जा सकता है।"

"आप मुझसे कह दो। मेरा नाम ललिता है। श्रीकृष्ण समझ जायेंगे, बात राधा तक पहुंच गई।"

इतना सुनते ही शेष सभी गोपियां बाहर निकल गईं।

"अब बताइए।" ललिता ने कहा।

"श्रीकृष्ण ने राधा से कहा है कि वह यहां के लोगों के कहने पर नहीं जाय। मेरे हृदय में जो स्थान है उसे कोई नहीं ले सकता। मैं मथुराधिपति या चराचर-पति जो हो जाऊं, मेरी हृदयेश्वरी राधा ही रहेगी—ब्रजेश्वरी।"

"राधा को यह बताने की आवश्यकता नहीं, उद्धव जी !" ललिता ने आरम्भ किया, "उसके स्फटिक-से स्वच्छ हृदय में सब कुछ रवि-बिम्ब की तरह स्पष्ट है। और हां, राधा और ललिता में कोई विशेष भेद नहीं है। आप मेरी तरफ से श्रीकृष्ण को आश्वस्त कर देना कि वह दुःखी नहीं है। कृष्ण के अद्भुत कृत्यों की कहानी ने इसे प्रसन्नता ही पहुंचाई है। गर्व से प्रातः के पद्म-पुष्प सी प्रफुल्लित है वह—उल्लसित और हुल्लसित। कह देना कि राधा को सुखी रखना है तो कृष्ण ऐसे और भारी कृत्य करते जायं।

"आप निराकार और निर्गुण की बात व्यर्थ ही यहां उठाने चले थे। राधा एक दिन वस्तुतः श्रीकृष्ण को नर नहीं नारायण के रूप में देखना चाहती है। तुम उन्हें अभी परमेश्वर समझने का प्रयास करते हो, वह उन्हें एक दिन सभी से परमेश्वर कहलवा कर छोड़ेगी। आप श्रीकृष्ण से कहना, आगे से न तो उन्हें यहां किसी सन्देश-वाहक को भेजने की आवश्यकता है न हमारे दुःख-सुख पूछने की।

राधा खुश है तो हम सभी खुश हैं। हमें कोई दुःख नहीं।"

इतना कहकर ललिता बाहर चली गई। उद्धव कुछ देर अशक्त और सम्मोहित-से बैठे रहे फिर खड़ा होकर सारथी को सम्बोधित कर स्यन्दन में अश्व जुतवाए। तब तक नन्दबाबा भी वहां पहुंच गए। उन्होंने प्रात-रात (अल्पाहार) लेने का बहुत आग्रह किया पर खिन्न उद्धव इन्हें एक मूक अभिवादन निवेदित कर रथ पर जा बैठे।

एक पराजित योद्धा की तरह लौट रहे थे उद्धव। ब्रज की प्राकृतिक सुषमा जिसने कल उनके मन-प्राणों को सुख से भर दिया था, आज पूर्णतया श्रीहीन और व्यर्थ प्रतीत हो रही थी। वे समझ गए थे, पण्डित थे, वेद-वेदान्ताचार्य। समझ गए कि उनका सोचना एकदम सही था कि श्रीकृष्ण को गोपियों को समझाने-बुझाने से कोई सम्बन्ध नहीं था। उस निरासक्त निस्संग को किसी के दुःख-सुख से क्या लेना? हां, जैसा ललिता ने कहा, राधा के लिए उनके मन में कोई मधुर भाव हो सकता है पर उसकी भी अभिव्यक्ति कहां आवश्यक थी? दो विशुद्ध प्रेम-पगे हृदयों के मध्य संवाद का आदान-प्रदान तो स्वयं होता रहता है। तो उद्धव को ब्रज भेजने का प्रयोजन? उद्धव के मन ने अनायास यह प्रश्न फिर उनके सामने खड़ा कर दिया।

'मेरा मान-मर्दन। मेरे अहंकार का भक्षण। जैसा कि मैंने पहले ही सोच लिया था।' मन ने ही उत्तर भी दे दिया।

पर उद्धव फिर भी उद्धव थे। अहंकारी, तत्त्व ज्ञानी। उन्होंने तत्क्षण श्रीकृष्ण को उनकी अनुपस्थिति में ही श्राप दे डाला—तुमने मेरे स्वाभिमान को चोट पहुंचाई है, एक दिन तुम्हारा स्वाभिमान भी ध्वस्त होगा। बड़े वीर बनते हो तुम! अनेक राक्षसों और मल्लों के मान-मर्दन करने वाले! एक दिन एक साधारण मनुष्य तुम्हें रण-क्षेत्र से पलायन करने को बाध्य कर देगा। रणवीर नहीं, रण-छोड़ की ही संज्ञा मढ़ेगी तुम्हारे सिर पर। कहते हैं स्वच्छ मन से निकले आशीर्वाद और श्राप व्यर्थ नहीं जाते। उद्धव का श्राप भी शीघ्र ही फलित हुआ।

आठ

उद्धव के उद्विग्न मन ने अपने सखा को शापित तो कर दिया पर उन्हें भी कहां पता था कि उनके अभिशाप ने अपना कार्य आरम्भ कर दिया था? उनके पहुंचते-न-पहुंचते मथुरा के क्षितिज पर युद्ध के काले बादल घिरने लगे थे। अस्ति और प्राप्ति की व्यथा-कथा के पश्चात् जरासंध एक-दो नहीं, तेईस अक्षौहिणी सेना के साथ मथुरा के लिए प्रस्थित ही नहीं हो चुका था, वह अब यादवों की इस नगरी तक पहुंचने ही वाला था।

एक-दो दिनों के उपरान्त ही धूल के बादल दूर से ही दृष्टिगोचर होने लगे। गजों, अश्वों और पदातियों के पैरों से पीड़ित मथुरा जन-पद के आसपास की

धरती इन रज-कणों के रूप में मानो आकाश-स्थित देवताओं तक अपना संवाद प्रेषित करने लगी। पर इसकी आवश्यकता नहीं थी। श्रीकृष्ण अपने अग्रज बलराम के साथ पूरी तरह सन्नद्ध थे। दो भिन्न-भिन्न विशाल रथों पर उन्होंने सामान्य से लेकर दिव्य आयुध भर लिये थे और इस अल्पकाल में जो कुछ भी सेना व्यवस्थित कर सके थे उसे लेकर ही वे नगर के बाहर निकल आये।

निश्चय हो चुका था कि नगर को युद्ध-भूमि नहीं बनाना था। नगर-जनों को व्यर्थ ही उत्पीड़ित और अव्यवस्थित नहीं होने देना था। नगर की सम्पत्ति को सुरक्षित रखना था।

श्रीकृष्ण और बलराम जैसे ही नगर से कुछ ही दूर स्थित एक विस्तृत मैदान के पास पहुंचे, जरासंध और समुद्र की तरह उफनती उसकी विशाल सेना से उनका आमना-सामना हो गया।

क्रुद्ध केसरी की तरह अशान्त और जोर-जोर से हुंकार भरता जरासंध आगे के रथ में ही आसीन था। क्रोध ने उसे इतने संयम से भी रहित कर दिया था कि वह अपनी विशाल वाहिनी के बीच में चले। राजा अथवा सेनापति को अपने सैन्य-बल से घिरकर युद्ध-रत होना ही सर्वमान्य रणनीति है परन्तु दो-दो पुत्रियों के सूने सीमन्त-प्रदेशों के अवलोकन के पश्चात् जरासंध को सुरक्षा और आक्रमण सम्बन्धी नियमों से अभी क्या लेना-देना था? वह तो समझ रहा था कि जैसे बलोन्मत्त सिंह बात की बात में बड़े-से-बड़े गजराज का मस्तक विदीर्ण कर देता है वैसे ही वह भी बलराम और श्रीकृष्ण को सामने पाते ही उनके प्राणों को बात की बात में हर लेगा। आखिर थे भी क्या उसकी दृष्टि में ये दो बालक···अधिक-से-अधिक किशोर। कर दिया होगा उन्होंने किसी छल-प्रपंच से कंस का बध, पर जरासंध के समक्ष उनकी वही स्थिति होने वाली थी जो किसी भयंकर अंधड़ के समक्ष पड़े सामान्य पादप (वृक्ष) की होती है। मूल-धड़ विहीन हो आता है वह। वही स्थिति होने वाली थी इन दुष्ट यादव कुमारों की जिन्होंने उसके जामाता को यमपुरी पहुंचा उसकी एक नहीं, दो-दो पुत्रियों के सुहाग को इस तरह ग्रस लिया था जैसे दो-दो चन्द्रमाओं को राहु और केतु एक साथ ही ग्रस गए हों—कभी न छोड़ने के लिए। नहीं, जरासंध इन्हें क्षमा नहीं करने वाला था। मथुरा पहुंचने में उसे जो समय लगा सो लगा, इन दोनों उद्धत उद्दंड और तथाकथित चमत्कारी यादव-कुमारों को अब यमपुरी पहुंचने में अधिक समय नहीं लगने का।

जरासंध का रथ रुक गया था। साथ ही रुक गई थी उसका अनुगमन करती विशाल मगध-वाहिनी।

कृष्ण का सारथ्य करने वाले दारुक ने उनके रथ को ठीक उसके रथ के सामने खड़ा किया था।

एक भयानक झटके के साथ जरासंध का रथ रुका था। उसके रथाश्व हिन-हिनाकर दो पैरों पर खड़े हो गए थे। सारथी को सहसा उनकी वल्गाओं पर अपनी पकड़ को बढ़ाना पड़ा था। अब तक क्रोधाभिभूत जरासंध जो अपनी योजना के क्रियान्वयन की कल्पना में लीन था, अपनी गति में इस आकस्मिक व्यवधान से अपने में लौटा। सामने खड़े थे दो रथ और इनके पीछे यादव-वाहिनी। तो सचमुच चतुर थे ये बालक। जरासंध की गणना के अनुसार मथुरा कुछ नहीं तो अभी दो कोस रहा होगा। वह कृष्ण और बलराम के कटे सिरों को मथुरा की गलियों में

कंदुक की तरह उछालने के पश्चात् उस सम्पूर्ण नगर को धूल-धूसरित कर देना चाहता था। उसकी आकाश-स्पर्शी अट्टालिकाओं की ईंट से ईंट बजा देना चाहता था और छोड़ना चाहता था तो मथुरा के नाम पर एक मरघट जिसमें मनुष्यों और पशुओं के असंख्य शवों के अलावा, ईंट-पत्थर के अम्बारों के अतिरिक्त और कुछ नहीं मिलना था। कोई वेगवती नदी जब बाढ़-ग्रस्त होती है तो केवल कूल-किनारों के वृक्षों को निर्मूल नहीं करती, दूर-दूर तक का उसका जल-प्रसार असंख्य जनों के प्राण हरने के साथ-साथ क्रोशों में विस्तृत धरती को धन-धान्य रहित कर उसे दलदल, बियाबान में परिवर्तित कर छोड़ती है।

पर जरासंध का स्वप्न, स्वप्न ही रह गया। चतुर ही नहीं, नीति-कुशल इन किशोरों ने नगर-प्रवेश का उसे अवसर ही नहीं प्रदान किया था। पर कब माना है किसी क्रुद्ध मृगराज ने मार्ग के व्यवधानों को—चन्द गजराजों एवं अन्य वन्य जीवों के सम्मिलित प्रतिरोध को भी? कब चिन्ता की है उफनती सरिता ने कूल-कगारों की मर्यादा की? बात की बात में उन्हें ध्वस्त कर वह अपनी मनमानी कर जाती है अथवा नहीं? आ गए हैं कृष्ण और बलराम अपनी तुच्छ वाहिनी के साथ उसके आमने-सामने, तब भी कितनी देर टिकने जा रहे हैं वे उसके समक्ष? लाख जोर लगा ले झंझाग्रस्त तरु, पर अपने को निर्मूल होने से रोक पाता है वह क्या? जरासंध इनके सिर पर सवार हो बात की बात में नगर-प्रवेश कर जायेगा और अपने कुत्सित सपनों को साकार कर रहेगा। नहीं रहेगी दो क्षणों के उपरान्त इस धरती पर मथुरा नाम की कोई नगरी।

जरासंध अपनी इस योजना को क्रियान्वित करने की बात सोच ही रहा था कि श्रीकृष्ण ने अपने पञ्चजन्य शंख की ध्वनि की। अत्यन्त पास से हुई इस कर्ण-भेदी ध्वनि ने जरासंध को घड़ी-भर को विचलित कर दिया पर दूसरे ही क्षण उसने आंखें उठाकर देखा तो पाया एक श्यामवर्णा उद्धत किशोर को सामने खड़े स्यंदन में विराजमान, किसी केहरी की तरह ही निर्भीक, उल्लसित और आश्वस्त।

तन के रंग ने सब कुछ स्पष्ट कर दिया था। तो यही था वह व्याधा जिसने अपने जादू के जाल में फंसा उसके जामाता के प्राण हर उसकी पुत्रियों को वैधव्य के लिए अभिशप्त कर दिया था। क्रोध से अभिभूत हो आये जरासंध की आंखें अंगार उगलने लगीं। आवेश-ग्रस्त उसका मुख सुबह के सूरज की तरह रक्ताभ हो आया। बात की बात में उसने अपने स्कन्ध से लटकते विशाल धनुष की प्रत्यंचा चढ़ाई, उस पर एक अर्द्धचन्द्राकार शर का सन्धान किया और श्रीकृष्ण की ग्रीवा को लक्ष्य बना वह उसे छोड़ने ही जा रहा था कि एक बात उसके मन में बिजली की भांति चौंकी—वनराज कहीं गज-शिशु का शिकार करता है? इस किशोर ने कंस के सदृश महान् योद्धा की चाहे जो हत्या की हो पर इसका अस्तित्व ही क्या है मगध-नरेश के समक्ष? युद्ध सदा समान शक्ति वालों के मध्य वांछनीय है। रण में महारथी महारथियों के साथ, रथी रथियों के साथ, गजारोही गजारोहियों के साथ, अश्वारोही अश्वारोहियों के साथ और पदाति पदातियों के साथ भिड़ते हैं। यह नहीं कि कोई किसी के साथ जा भिड़ा। दुबिधा की स्थिति में पड़ गया जरासंध। प्रत्यंचा पर प्रखर अर्द्धचन्द्राकार शर सवार पड़ा था, उधर श्रीकृष्ण की गर्दन सामने थी, क्षण में उसे छिन्न किया जा सकता था अगर यह किशोर किसी अद्वितीय धनुर्धारी की तरह उस वार को व्यर्थ नहीं कर गया अथवा इस

प्रखर शर को किसी प्रखरतर शर से काट नहीं बैठा।

"हट जाओ मेरे समक्ष से।" जरासंध ने सहसा सिंहनाद किया।

'यह व्यक्ति अपनी पुत्रियों के वैधव्य का बदला लेने आया था अथवा मुझे प्राण बचाने का अवसर प्रदान करने? जब यह शर-संधान कर चुका था तो लक्ष्यभेदन के बदले यह मुझे सावधान क्यों कर रहा है?' श्रीकृष्ण ने सोचा।

स्थान त्यागने के बदले श्रीकृष्ण ने अपने शारंग-धनुष पर शर-सन्धान किया और बोले—"तुम तो युद्ध की कामना से आये हो फिर इस तरह कायरता-ग्रस्त हो मुझे सामने से हटने की बात क्यों कह रहे हो? हटाना हो तो अपने बाणों के बल-पर मुझे हटा दो। यों मैं तुम्हारे कहने से नहीं हटने वाला।"

"मगध-नरेश शर छोड़े और तुम पर? मैंने समझा था अच्छे-खासे योद्धा होगे तुम। कंस का बध किया है, तुमसे युद्ध कर कुछ आनन्द आयेगा पर तुम तो निकले निरे बालक। मैं बाल-हत्या के लिए नहीं आया और न तुम्हें यह सौभाग्य देने कि तुम एक दिन गर्व से कहते फिरो कि तुमने जरासंध से भी युद्ध किया है।" जरासंध ने जोर से कहा। उसके स्वर की कर्कशता से उसके रथ के अश्व तक एक बार पुनः बिदक उठे। वह क्रोधाभिभूत हो रहा था और उसकी आंखें निरन्तर दाहिने-बायें घूमकर कुछ ढूंढ़ने के उपक्रम में लगी थीं। स्थिर नहीं था वह। गर्म निःश्वासों से उसके नथुने फड़क रहे थे। उसका सारथी अपनी गर्दन पर उसकी गर्म सांसों का स्पष्ट अनुभव कर रहा था।

"हा! हा! हा!" कृष्ण ने जरासंध की बात पर जोर का अट्टहास किया, "बाल-हत्या? अच्छा कहा तुमने। और तुम्हारा वह जामाता यमपुरीवासी कंस अब तक क्या कर रहा था? कितने बालकों को मृत्यु का ग्रास बनाया उसने, इसका अनुमान भी लगाने का कभी प्रयास किया है तुमने? और जहां तक मुझे अपने साथ युद्ध-रत होने का सौभाग्य प्रदान करना है, वह तो तुम्हारी विवशता है। तुम्हें युद्ध तो करना ही पड़ेगा मुझसे, वरना इन तेईस अक्षौहिणियों का क्या होगा जिनके सहारे तुम यहां तक पहुंचने का साहस एकत्रित कर सके हो?"

जरासंध ने कृष्ण की बातों पर कोई ध्यान नहीं दिया। उसका दर्द-ग्रस्त मन एक किशोर को मुंह लगाने की भी अनुमति नहीं दे रहा था। उसकी चंचल आंखें निरन्तर अपने काम में लगी रहीं और अन्ततः स्वयं उसके मुख से निकला—"वह रहा।"

वह ताल-चित्र से युक्त बलराम के रथ-ध्वज को अवलोकित कर चुका था और उसने सारथी को उसी ओर रथ ले चलने का आदेश दिया।

"युद्ध-विमुख हो रहे हो? यह तो घोर कातर्य है।" श्रीकृष्ण ने व्यंग्य किया पर जरासंध के पास यह सब सुनने का अवसर कहां था? उसका रथ सीधे बलराम के स्यन्दन के समक्ष जा खड़ा हुआ।

"किशोर तो तुम भी हो पर हो तो अन्ततः उस कुटिल कृष्ण से बड़े ही। अब तुम्हीं पर अपना प्रथम प्रहार करना होगा। कोई और उपाय भी नहीं, आखिर वह जर्जर उग्रसेन तो समर-भूमि में उतरने से रहा।" ऐसा कहते ही जरासंध ने बड़ी सतर्कता से अपने अर्द्धचन्द्राकार शर को बलराम की ग्रीवा को लक्षित कर छोड़ दिया। बलराम उसके विशाल रथ को अपनी ओर मुड़ते देख ही सावधान हो चुके थे और उसके शर को अपने तक पहुंचने के पूर्व ही कुशलता से काट फेंका।

"वाह !" जरासंध के मुख से निकला, "धनुर्विद्या में निपुण प्रतीत होते हो। जरासंध के शर को काट देना तुम्हारे सदृश किशोर के वश की बात नहीं।"

"प्रलाप बन्द करो", बलराम प्रत्यंचा को कानों तक खींच चुके थे और उस पर शर-संधान भी हो चुका था। जरासंध उनकी बात का प्रत्युत्तर दे इसके पूर्व ही उसने पाया कि उसके धनुष की ज्या (प्रत्यंचा) बलराम के बाण से कट चुकी थी। मल्ल-युद्ध में पारंगत मगध नरेश को धनुर्धारियों के इस हस्त-लाघव का पता ही नहीं था। वह क्षण-भर को अपनी कटी प्रत्यंचा को ठीक से देखे कि उसने पाया कि उसके विशाल धनुष के भी दो टुकड़े हो गए। बलराम का दूसरा शर उसके धनुष को ठीक बीच से काट गया था।

"कपटी ! इस कपट के बल पर ही तुम लोग कंस की हत्या करने में सफल हुए हो।" वह हुंकार भरकर बोला और दूसरा धनुष लेने के लिए रथ के पीछे बैंठे सहायक की ओर उसने हाथ बढ़ाया।

"इसमें कपट कहां है और किधर से ? अगर तुम अपनी प्रत्यंचा और धनुष की भी रक्षा नहीं कर सकते तो अपने सिर की रक्षा कैसे करोगे ?"

जरासंध के हाथ में इस मध्य दूसरा धनुष आ चुका था। बलराम मन्द-मन्द मुसकराते रहे। जरासंध ने इस धनुष पर शीघ्रता में प्रत्यंचा चढ़ाई। किन्तु इसके पूर्व कि वह शर-संधान कर पाता, इस प्रत्यंचा और इस धनुष की भी वही गति हुई जो पहले वाले की हुई थी। बलराम ने निरन्तर उसके बाईस धनुष काट फेंके। एक शर भी जरासंध बलराम तक पहुंचाने में असमर्थ रहा।

"हूं !" जरासंध ने एक विषाद-पूर्ण हुंकार भरी। अब शायद कोई धनुष नहीं बच पाया था उसके रथ में।

उसने गदा हाथ में ली और रथ से कूद कर बलराम के रथ की ओर बढ़ना चाहा। बलराम तो यह चाहते ही थे। उन्होंने उसे अपने रथ तक पहुंचने का अवसर ही नहीं प्रदान किया और अपनी विशाल गदा ले रथ से कूद पड़े। दोनों रथों के मध्य ही दोनों योद्धाओं का आमना-सामना हुआ।

जरासंध जाना-माना गदा-युद्ध विशारद था तो बलराम इसी वय में गदा, मूसल और हल के प्रयोग में पारंगत थे। प्रथमतः जरासंध की गदा का सामना बलराम ने अपनी गदा से ही किया। दोनों एक-दूसरे के मर्म-स्थल को लक्ष्य बना प्रहार करना चाहते थे पर कोई किसी के हाथ नहीं आ पाता था। बस, गदा की टकराहट होती और चमकती हुई चिनगारियां फूट पड़तीं। टक्करों से निकले स्वर से आस-पास युद्ध-रत वीरों के कान के पर्दे फटने लगते। दो मस्त वृषभ की तरह दोनों भिड़ चुके थे। पैंतरेबाजी में भी दोनों कुशल थे। पैंतरे काट कर एक-दूसरे के वार बचा ले जाने में दोनों को सिद्धहस्तता प्राप्त थी। बलराम के युद्ध-चातुर्य को देखकर जरासंध क्रोधित होने के साथ-साथ विस्मित भी हो रहा था। उसे लगा, कुछ है इन दो किशोरों में तभी इन्होंने कंस के सदृश योद्धा और उसके महान मल्लों को भी यमपुर भेज दिया। पर बात अब सहनशीलता की सीमा को पार कर रही थी। जरासंध आर्यावर्त का विख्यात गदा-योद्धा था। वह इस क्रीड़ा को और अधिक नहीं चलने दे सकता था। आखिर वनराज कब तक किसी सामान्य वन्य-पशु के साथ अनावश्यक क्रीड़ा-रत रह सकता है ? वह बलराम को उससे आगे नहीं बढ़ने देना चाहता था। उसने अचानक अपनी गति को आकस्मिक

मोड़ दिया और बलराम के वक्षस्थल को लक्ष्य बना गदा का भीषण प्रहार कर दिया। बलराम उसकी मुख-मुद्रा से ही उसकी योजना पढ़ चुके थे और उन्होंने अचानक लाघव का प्रयोग कर अपने को आकाश में उछाला और नीचे आते समय जरासंध की गदा पर इतने जोर का प्रहार किया कि उसके दो टुकड़े हो गए। जरासंध रिक्त-हस्त। बलराम चाहते तो अपनी गदा के प्रहार से बात की बात में उसके विशाल मस्तक के दो टुकड़े कर देते। जरासंध इस बात को जानता था और वह किसी चीते की चपलता से ही अपने रथ की ओर भागा। बलराम उससे भी अधिक क्षिप्रता से भागकर उसके प्राण हर सकते थे। पर निःशस्त्रों पर प्रहार करना उनकी आचार-संहिता में नहीं था। वे अपने रथ की ओर मुड़े और जब तक जरासंध नई गदा लेकर मैदान में उतरे तब तक वे अपनी गदा रख अपना मूसल लिये उपस्थित हो चुके थे। उन्होंने कमर में एक प्रष्ठ पाश भी खोंस रखा था। जरासंध शर्म से कुछ भरा हुआ-सा बलराम के सामने उपस्थित हुआ। आर्य भूमि के विख्यात गदा-वीर की गदा एक किशोर के हाथों छिन्न-भिन्न हो जाय, यह उसके अहम् को आहत करने को पर्याप्त थों। दूसरे आर्य-वीर सुनेंगे उसकी इस दुर्दशा के सम्बन्ध में तो क्या सोचेंगे वे? यही चिन्ता उसके सिर को ऊपर नहीं उठने दे रही थी।

"यह खेल अब समाप्ति पर है जरासंध! मेरे पास इतना समय नहीं कि मैं तुम्हारे साथ व्यर्थ में उलझा रहूं। इधर तुम्हारी तेईस अक्षौहिणियां भी हैं जिनसे मेरा अनुज अकेले जूझ रहा है। सावधान हो जाओ। असावधानों पर प्रहार करना मैंने नहीं सीखा। गदा के ध्वस्त होने से शर्म करने की आवश्यकता नहीं। कभी-कभी अपना व्यर्थ का अहकार ही अपनी दुर्दशा का कारण बनता है।" बलराम ने जरासंध को सम्बोधित किया।

अब तक जरासंध बलराम के हाथ में पड़े मूसल को देख चुका था। उसका रहा-सहा साहस भी जा चुका था। वह जानता था कि उस किशोर ने मूसल तथा हल को शस्त्र के रूप में प्रयोग करने में ऐसी सिद्धहस्तता प्राप्त कर ली है कि इन दोनों में से किसी के उसके हाथ में होने से बड़े-बड़े योद्धाओं के प्राणों की भी खैर नहीं थी। जरासंध को इस बात का पश्चात्ताप हो रहा था कि व्यर्थ ही वह रथ से कूदकर बलराम के साथ मल्ल-युद्ध की मूर्खता पर उतरा। पर वह करता भी क्या? उसके सारे धनुष तो उस किशोर-से प्रतीत होते भयानक योद्धा ने काट दिए थे। जो धनुष की प्रत्यंचाओं को सूची-भेद शरों के द्वारा बात की बात में काट सकता था, उससे परिघ और भल्ल-आदि से भी तो युद्ध-रत नहीं हुआ जा सकता था? उन्हें काटने में उसे कितना समय लगता?

जरासंध बलराम के सामने तो आ गया पर उसे अब अपने प्राणों पर घिरा संकट स्पष्ट लक्षित हो रहा था। मूसल-युक्त बलराम के हाथों से बच निकलने का अब कोई प्रश्न ही नहीं था। तभी उसकी दृष्टि बलराम की कमर में खुंसे पाश पर पड़ी। उसकी जान में जान आई। बलराम उसकी हत्या की इच्छा नहीं रखता था, अधिक-से-अधिक वह उसे बन्धन-युक्त करना चाहता था, नहीं तो इस पाश की कोई आवश्यकता नहीं थी। जरासंध इन विचारों में निमग्न ही था कि बलराम के मूसल का अग्र भाग उसके वक्ष-स्थल से आ लगा। उसे लगा, जैसे सैकड़ों बिजलियां उसके हृदय-प्रान्तर पर एक साथ आ टूटी हों।

संज्ञा-शून्य होते-होते जरासंध बलराम के मुख से निकला वह वाक्य किसी प्रकार सुन सका, "प्रमाद सर्वत्र खतरनाक होता है मगध-नरेश ! यह रण-भूमि है, चिन्तन-ध्यान का स्थान नहीं।"

संज्ञारहित जरासंध को बलराम ने पूरी तरह बांधकर रथ के पिछले भाग में डाल दिया।

रथ पर सवार हुए तो श्रीकृष्ण का गगन-चुम्बी गरुड़-ध्वज दूर पर लक्षित हुआ। बुरी तरह घिरे हुए थे वह। जरासंध एवं बलराम को आपस में भिड़े देखकर जरासंध के साथ आए राजाओं और उसकी तेईस अक्षौहिणियों ने श्रीकृष्ण को ही जा घेरा था।

बलराम मन-ही-मन व्यथित हुए। गरुड़-ध्वज कृष्ण एकाकी और ये तेईस अक्षौहिणियां ! गरुड़ को इन सर्पों ने घेर रखा है। उन्होंने शीघ्रता से रथ को उधर दौड़ाया। वे श्रीकृष्ण के पार्श्व में आ गए। धीरे से उनके कान में कहा—"बन्दी हो गया जरासंध।"

श्रीकृष्ण का साहस द्विगुणित हो आया। उन्होंने और मनोयोगपूर्वक जरासंध की सेना का संहार आरम्भ किया। अब तक वे यही कर रहे थे। जैसे ही जरासंध उन्हें छोड़कर अग्रज की ओर भागा था; वह समझ गए थे कि सर्प स्वयं नेवला का ग्रास बनने चला है और उन्होंने अपना ध्यान उसकी विशाल वाहिनी की ओर लगा दिया था। उनका शारङ्ग धनुष, सुदर्शन चक्र की क्षिप्रता से ही चारों दिशाओं में घूमने लगा था और इनसे बाणों की अजस्र धारा निकलने लगी थी। खण्ड-मुण्ड कटकर, क्षत-विक्षत हो रणांगण में बिछने लगे थे। अश्वों और हस्तियों के बिछ जाने से रथारूढ़ों को मार्ग भी कठिनाई से मिल पा रहा था। पर सभी श्रीकृष्ण की ओर प्राणपण से बढ़े आ रहे थे। पर प्राय: तीन प्रहर के इस महासमर में श्रीकृष्ण ने जरासंध की तेईस अक्षौहिणियों में बाईस को तो समाप्त ही कर दिया था।

"साधु !" अनुज की इस अकल्पनीय वीरता को देख बलराम के मुख से सहसा निकला और उन्होंने शेष वीरों के संहार में श्रीकृष्ण का हाथ बंटाना आरम्भ किया। अपने हाथ के मूसल को तो वह कभी का फेंक चुके थे। इस बार हलधर ने हल को संभाला और रथ से कूद कर बिजली की तरह शत्रु-सेना पर टूट पड़े। इनके हल की मार को पदाति तो खैर क्या झेलते, गजारोही और अश्वारोही भी उनके उग्र रूप को देखकर भाग खड़े हुए। रथियों ने अवश्य साहस किया पर रथ भी जब हल की मार से टुकड़े-टुकड़े होने लगे और रथारोहियों को या तो रथ छोड़ प्राण लेकर भागना पड़ा या उनसे हाथ धोना, तो वे भी बलराम का सामना किए बिना ही भाग निकले। इधर मगध-नरेश के बन्दी हो जाने की सूचना से उसकी वाहिनी का मनोबल यों भी पूर्णतया गिर चुका था। वह संग्राम की मुद्रा में कम और समय पाते ही भाग खड़ी होने को अधिक प्रस्तुत थी। पर बलराम और श्रीकृष्ण इन्हें छोड़ने वाले कब थे? उन्होंने और उनकी छोटी यादव-सेना ने भागते हुए मगध-नरेश के मित्र-योद्धाओं का भी पीछा किया और उन्हें मृत्यु का मार्ग दिखलाया। आखिर ये ही तो एक दिन पुन: मथुरा पर चढ़ आने वाली सेना का अंग होंगे? सर्प और शत्रु पर दया करने की बात कहां से आती है?

रणांगण पूरी तरह सूना हो गया था। यह बात और थी कि सामने रक्त की नदी प्रवाहित थी। असंख्य योद्धाओं, गजों और अश्वों के शव बिछे पड़े थे। पर उपाय भी क्या था? जो स्वयं पतंगा बन प्रकाश पर टूटे थे उन्हें तो गत-प्राण होना ही था। श्रीकृष्ण और बलराम ने जरासंध की ओर मुख किया। मगध-नरेश की संज्ञा लौट आई थी पर भय था कि उसकी आंखों से स्पष्ट झांक रहा था। उसे लग रहा था उसके कालकवलित होने में अब थोड़ा भी विलम्ब नहीं। उसकी सेना से निबटने के पश्चात् अब ये दोनों भाई उसी से निबटेंगे। पर हुआ उलटा ही। श्रीकृष्ण ने उसकी ओर देखते हुए बलराम से कहा, "इसे बन्धन-मुक्त कर दो भैया! दुष्टों के भार से पृथ्वी दबी जा रही है। पापियों के अत्याचार, अनाचार और अविचार से जन-मानस त्रस्त हो आया है। अपने स्वार्थ के लिए सिंहासन से मात्र चिपके रहने के लिए ये सब कुछ कर रहे हैं। अपने राज्य के हितों को भी ताक पर रख ये ऐश्वर्य बटोरने में लगे हैं और इनका सम्पूर्ण जीवन मदिरा और मदिराक्षियों की आंखों डूब चुका है। इनका विनाश आवश्यक है। मैं जानता हूं इसे छोड़ेंगे तो यह फिर अपनी तरह के अन्य पापकर्मियों को लेकर शीघ्र ही पहुंचेगा और तब हम उन्हें भी समाप्त कर सकेंगे।" और जरासंध बंधन-मुक्त हो गया।

नौ

जरासंध की पराजय ने मथुरावासियों को श्रीकृष्ण के प्रति और श्रद्धानत कर दिया। श्रीकृष्ण की शौर्य-गाथा अब मथुरा और ब्रज की सीमाओं में ही सीमित नहीं रही। अकस्मात् वह प्रायः राष्ट्रव्यापी हो गई। पर्याप्त दूरी थी मथुरा और मगध-नरेश की राजनगरी गिरिब्रज (आज का राजगृह) के मध्य और उस पर मगधपति की दिगन्त-व्यापी कीर्ति। इस कीर्ति को धूल-धूसरित करने वाला श्रीकृष्ण कोई सामान्य व्यक्ति नहीं हो सकता था। श्रीकृष्ण पर आरोपित होने वाली असामान्यता, दिव्यता, देवत्व और बहुत हद तक ईश्वरत्व की भावना में सहसा सहस्रगुणा वृद्धि हो गई। हर कोई—चाहे वह कोई नरेश हो अथवा साधारण व्यक्ति—विस्मय-विमुग्ध हो एक बार बोल ही पड़ता— जरासंध की पराजय वह भी जब वह तेईस अक्षौहिणियों के साथ था? नहीं, यह नहीं हो सकता। पर सत्य तो सत्य था। सत्य की आग को अविश्वास और संशय की राख कब तक ढंक सकती थी? अपनी पराजित सेना के कुछेक बचे-खुचे घायल, अर्द्धमृत सैनिकों के साथ अपमानित लौटता जरासंध, मथुरा से लेकर मगध तक स्वयं अपनी अपमान-कथा कहता गया था और यह कथा अगर हवाओं पर सवार हो हस्तिनापुर, चेदि, अवन्तिका और काशी तक पहुंच गई थी तो इसमें आश्चर्य क्या? और सभी छोटे-बड़े नरेशों ने आर्यावर्त के राजनीतिक क्षितिज पर एक अत्यन्त देदीप्यमान नक्षत्र को उदित होते देखा था तो यह सर्वथा स्वाभाविक ही था। भले ही ये नरेश सामान्यजनों की तरह श्रीकृष्ण में ईश्वरत्व आरोपित करने को प्रस्तुत नहीं हों, पर उनकी विस्मयकारी कीर्तियों ने एक नूतन शक्ति-केन्द्र के

उभरने की बात से उन्हें पूरी तरह अवगत करा दिया था।

किन्तु कुछ थे अब भी जो जरासंध की तरह ही श्रीकृष्ण को एक सामान्य किशोर से अधिक मानने को प्रस्तुत नहीं थे—किशोर जो कुछ जादू-टोने के बल पर पहले गोकुल में कंस के बलशाली योद्धाओं को मृत्यु के घाट उतार चुका था और पुनः स्वयं कंस के बध और मगध-नरेश की घोर पराजय का कारण बना था। उन नृपतियों में कुछ अकारण ही श्रीकृष्ण के शत्रु बन बैठे थे। कीर्ति ईर्ष्या का कारण बनती ही है, विशेषकर उनके लिए जो स्वयं कुछ विशेष उपलब्ध करने में अक्षम होते हैं।

ऐसे ही लोगों में एक था चेदि-नरेश शिशुपाल। उसने जब श्रीकृष्ण के हाथों जरासंध पराजय की बात सुनी तो अपने दरबारियों के मध्य ही बोला—"यह झूठ है। सर्वथा मिथ्या। एक ग्वाल-किशोर जो कल तक यमुना-किनारे गौएं चराया करता था, क्या खाकर मगध-नरेश से दो हाथ करने का साहस करेगा?"

"पर बात केवल दो हाथ करने की नहीं, बात तो जरासंध की अपमानजनक पराजय की है। सुना तो यह भी गया है कि जरासंध पर दया कर श्रीकृष्ण और उसके अग्रज बलराम ने उसके प्राणों को नहीं लिया वर्ना बलराम ने तो उसे बन्दी तक बना लिया था।" एक सामन्त ने कहा।

"मिथ्या! घोर मिथ्या! कहां तुमने सुनी यह बात? कई हाथियों के बल रखने वाले मगध-नरेश जरासंध को बन्दी बनाना सहज है क्या? कहां-कहां की कहानी गढ़ लाते हो तुम लोग?" शिशुपाल का मुख क्रोध की लालिमा से तिल-मिला आया।

"यह मिथ्या नहीं, सत्य है महाराज!" सामन्त ने निर्भय होकर कहा, "यह बात हमारे गुप्तचरों ने जरासंध के पराजित-अपमानित सैनिकों के मुख से ही सुनी है।"

"सुनी होगी," शिशुपाल ने इस अप्रिय चर्चा को वहीं समाप्त करने की दृष्टि से कहा, "पर मैं उस तथाकथित ईश्वर-अवतार को साधारण अहीर-सुत से अधिक नहीं मानता।"

मानने को जरासंध ने भी अपनी पराजय नहीं मानी थी। वह अपने बन्धन का कारण अपने प्रमाद को मानता था। लोगों में ख्यात अपने अपराजेय गदा-योद्धा होने की बात उसे मद से अन्धा कर गई थी वर्ना वह उस बलराम कहे जानेवाले श्रीकृष्ण-अग्रज के बन्धन में नहीं आता। पर इस पराजय ने उसके प्रमाद की अग्नि में घृत की आहुति डालने से अधिक कुछ नहीं किया था। उसका आहत अहम् उसे शान्ति से बैठने देने को नहीं था। वह पुनः सेनाओं के संगठन में लग गया। मित्र-राजाओं से सम्पर्क किया और मास लगते-न-लगते पुनः एक बड़ी वाहिनी के साथ मथुरा की ओर चल पड़ा।

श्रीकृष्ण और बलराम तो उसकी प्रतीक्षा में बैठे ही थे। छोड़ा ही उसे इसलिए था कि वह अपने सदृश अन्य अत्याचारियों, अनाचारियों को लेकर पुनः मथुरा की ओर मुख करेगा और वे पुनः सबका सफाया कर सकने में समर्थ होंगे।

मथुरा की प्रजा और उसके सैनिक भी आक्रमणकारियों का सामना करने के

लिए पूरी तरह सन्नद्ध थे। उन्हें श्रीकृष्ण की अलौकिकता में दृढ़ विश्वास हो आया था और उन्हें लगता था कि श्रीकृष्ण के होते वे एक क्या सौ जरासंधों को पराजय का मुख देखने को विवश कर सकते थे।

हुआ भी वही। जरासंध की विशाल वाहिनी मथुरा-प्रवेश के पूर्व ही रोक ली गई। पूर्व की तरह ही भयंकर युद्ध हुआ। रक्त की नदियां प्रवाहित हुईं और इसके पहले कि जरासंध पुनः बन्दी बना लिया जाय, वह अपनी बची-खुची सेना के साथ भाग खड़ा हुआ।

पर मथुरावासियों को भी शान्ति से नहीं बैठने देने के लिए जैसे जरासंध ने प्रण ही कर लिया था। एक तो अकल्पित पराजय, वह भी एक अदने-से ग्वाल छोकरे के हाथों, एक अपेक्षाकृत छोटे राज्य मथुरा के हाथों, ऊपर से राजधानी लौटने पर दो पुत्रियों—अस्ति और प्राप्ति—के सूने सीमन्त-रेखा का दर्शन। उसकी क्रोधाग्नि और साथ-ही-साथ ग्लानि भी निरन्तर वृद्धिशील होती गई। अन्य राज्यों के राजाओं को मुख दिखाने लायक भी वह नहीं रहा था। कभी सम्पूर्ण आर्यभूमि में भयानक गदाधारी के रूप में विख्यात जरासंध का नाम अब मात्र पराजय का पर्याय बनकर रह चुका था। उसे मथुरा को विनष्ट कर श्रीकृष्ण, बलराम विशेषकर श्रीकृष्ण का वध तो करना ही था। बलराम अब युद्ध में कम ही रुचि ले रहा था, श्रीकृष्ण अकेले ही अपनी वाहिनी के साथ जरासंध की अनेक अक्षौहिणियों से आ भिड़ते थे। अब तक वह अपने को पूरी तरह समर्थ और सक्षम समझने लगे थे युद्ध-विजय के लिए। पराजित जरासंध अपमान का घूंट पीकर भाग खड़ा होता। उसे भी लगने लगा था, जादू-टोना जाने या नहीं जाने यह कल का छोकरा, और अब पूरी तरह युवा बन आए उसके जामाता-हन्ता की भुजाओं में अपार शक्ति आ भरी थी—शक्ति जो कहीं से सामान्य नहीं थी। अलौकिक वह उसे कहे, ऐसा उसका मन मानता नहीं था, पर वह सबसे अधिक भयभीत था तो उसके उस गोलाकार तीक्ष्ण शस्त्र से जिसे उसके पक्ष वाले सुदर्शन-चक्र के नाम से जानते थे और जिसे देखते ही उसके सैनिकों में भगदड़ मच जाती थी क्योंकि इस कौशल से वह चक्र को चलाता था कि एक ही वृत्ताकार चक्कर में वह कई सैनिकों का सिरोच्छेदन कर पुनः उसके हाथों में लौट आता था।

जरासंध को इस बात का आश्चर्य था कि अब तक उसने उस अद्भुत् शस्त्र का संचालन उस पर क्यों नहीं किया था। वह अच्छी तरह जानता था कि एक बार अगर उसकी ओर वह भयानक और तीक्ष्ण दांतों वाला शस्त्र चला तो वह उसके सिर को भी गर्दन से उतारे बिना नहीं छोड़ेगा। पर उसे कहां पता था कि श्रीकृष्ण जान-बूझकर उसे जीवित लौटने दे रहे थे। उन्हें तो उसी के बहाने उसके सदृश कइयों का सफाया करना था।

पर हर बात की सीमा होती है। जरासंध का आक्रमण भी अब सीमा लांघ चुका था। वह सत्रह बार मथुरा पर आक्रमण कर चुका था और सत्रहों बार उसे मुंह की खानी पड़ी थी।

श्रीकृष्ण सन्तुष्ट थे कि उन्होंने इन युद्धों में जरासंध और उसके मित्र राजाओं की शक्ति इतनी क्षीण कर दी कि वे अब अपने पड़ोसी राज्यों के साथ-साथ अपनी प्रजा पर भी अत्याचार-अनाचार करने योग्य नहीं रहे।

किन्तु सन्तुष्ट नहीं था तो जरासंध। प्रतिशोध की अग्नि उसे नित्य तिल-

तिल कर जलाए जा रही थी। सत्रह बार पराजय का सामना करना सामान्य बात नहीं थी। इस मध्य कुछ नहीं तो दस वर्षों का मूल्यवान समय भी निकल गया था। राज्य में इन वर्षों में विकास का कोई कार्य भी नहीं हो सका था। राज-कोष भी प्राय: रिक्त हो गया था। असंख्य लोगों को प्राणों से हाथ धोने पड़े थे वह अलग।

विकास मथुरा का भी बाधित हुआ था। निरन्तर युद्ध-रत रहने के कारण श्रीकृष्ण कोष की संवृद्धि की ओर विशेष ध्यान नहीं दे पाये थे। पर उन्होंने अपनी राजधानी को बर्बाद होने से बचा लेने में सफलता पा ली थी। जरासंध की सेना कभी भी नगर-द्वार के अन्दर प्रवेश नहीं पा सकी थी। पर उन्हें यह युद्ध अब व्यर्थ लग रहा था। सत्रह बार जरासंध की तेईस-तेईस अक्षौहिणी सेनाएं मारी जा चुकी थीं। उसके अन्यायी-कदाचारी मित्र भी शक्ति-क्षीण या विनष्ट हो चुके थे।

"अगर जरासंध इस बार भी आता है इधर तो इस खेल को समाप्त ही कर देना है।" उन्होंने बलराम को परामर्श दिया।

"तुम ठीक कह रहे हो। नेवले और सर्प का यह खेल बहुत चल चुका। अब इस सर्प को समाप्त ही कर देना है।" बलराम ने श्रीकृष्ण के विचार की संपुष्टि की।

जरासंध की अठारहवीं चढ़ाई की प्रतीक्षा में मथुरा ने सैन्य-प्रशिक्षण प्रदान कर अपने सैन्य-बल में उत्साह भरा। सम्भव था जरासंध भी इस बार सदा के लिए इस झंझट से मुक्त होना चाहता हो और इस आक्रमण में वह तेईस के बदले सत्ताईस अक्षौहिणियों का उपयोग करे।

ठीक ही जरासंध भी इस बार इस युद्ध को निर्णायक मोड़ देने को कटिबद्ध था। पर उसने इस बार एक नई चाल चली।

दस

मथुरावासियों का विस्मय चरमोत्कर्ष पर था। जैसे संध्या के आसमान पर कालिमा का विस्तार होने लगता है और नीचे का सब कुछ धूमिल और अस्पष्ट होता जाता है और जैसे दिन में ही, काले बादलों की पर्त-दर-पर्त के अन्दर सूर्य के छिप जाने से, रात्रि का अन्धकार सर्वत्र छाने लगता है अथवा पूर्ण चांद की चन्द्रिका से ज्योतित शुभ्र धवल रात्रि अकस्मात् किसी मेघ-खण्ड द्वारा चन्द्रबिम्ब के आच्छादित हो जाने से काल-रात्रि-सी घिर आती है, वैसी ही स्थिति हो आई थी नगर की।

चारों ओर आकाश के स्पर्श को आतुर रेत ही रेत, धूल ही धूल—काली और कुरूप। चारों ओर क्षितिजों पर जैसे एक ही साथ अन्धकार ने आक्रमण कर दिया हो। हाथ को हाथ नहीं सूझने की स्थिति आ गई थी। सब अपने-अपने रूप में इसका अर्थ लगाने में लीन थे।

"जरासंध चढ़ आया है पुनः।" किसी ने कहा।

"वह तो इसके पहले भी सत्रह बार आया है, पर ऐसी काल-रात्रि बनकर तो कभी नहीं आया ?" एक अन्य नागरिक ने प्रतिवाद किया।

"इस बार पर्याप्त बड़ी वाहिनी लेकर आया होगा।"

"कितनी ? उसकी तीन सौ इकानबे अक्षौहिणियां तो विनष्ट हो चुकीं अब तक। अब तो पहले की तरह तेईस अक्षौहिणियों का भी प्रबन्ध कर ले तो बड़ी बात होगी।"

"तो फिर ?"

"यह कोई नया संकट है।" एक वृद्ध नागरिक ने अनुमान लगाया।

"नया संकट ? नया संकट क्या आएगा मथुरा पर ? वह भी श्रीकृष्ण-बलराम के होते ? जरासंध की दुर्दशा से आज आर्यावर्त का कौन व्यक्ति परिचित नहीं ?" एक दूसरे वृद्ध ने ही प्रतिवाद किया।

"तो आपस में वाद-विवाद करने से क्या लाभ ? यह कालिमा तो समीप ही आती जा रही है, चलकर श्रीकृष्ण से ही क्यों नहीं मिलें ?" अब तक प्रमुख नगर-चौक पर बहुत सारे लोग एकत्रित हो गए थे।

"श्रीकृष्ण क्या अब तक हमारे परामर्श के लिए हाथ पर हाथ रखे बैठे होंगे ? इस कालिमा ने उन्हें भी सशंकित नहीं किया होगा क्या ?" और ठीक इसी समय रथ-चक्रों का स्वर सुनाई पड़ा।

"लो, आ ही रहे हैं श्रीकृष्ण। उनके स्यन्दन का ही स्वर है यह।" चिन्तित नागरिकों में से एक ने कहा।

ठीक ही क्षणार्ध में ही क्षिप्रता से भागता श्रीकृष्ण-स्यन्दन आ पहुंचा। उस घिरती कालिमा में भी लोगों ने देखा, दारुक नहीं था सारथी के स्थान पर। श्रीकृष्ण स्वयं स्यन्दन चला रहे थे।

"अब कोई चिन्ता की बात नहीं। अब सब कुछ स्पष्ट हो जाएगा, जैसे मेघों के छंटने से आसमान साफ हो आता है वैसे ही श्रीकृष्ण के आ जाने से कुछ भी अस्पष्ट नहीं रहेगा।" एक नागरिक ने सन्तोष की सांस लेकर कहा। सभी के चेहरों पर खिंच आई चिन्ता की रेखाएं स्वतः तिरोहित हो गईं।

"कालयवन है इस कालिमा का कारण। मलेच्छों का नायक कालयवन। जरासंध का परम मित्र। समुद्र की तरह ही अथाह सेना के साथ बढ़ा आ रहा है वह—मथुरा चारों ओर से घिर गई है कालयवन के काले मलेच्छ सैनिकों से।" श्रीकृष्ण सब कुछ पता करके ही आ रहे थे। पता लगाने नहीं पता देने आए थे वह नगर-चौक पर।

"आप सभी अपने-अपने शस्त्रास्त्र लेकर तैयार हो जाएं। सभी को सैन्य-प्रशिक्षण प्राप्त ही है। सैनिक अब तक स्वतः प्रस्तुत होंगे। कालयवन की सेना अब भी नगर से कुछ दूर है। किसी भी स्थिति में उसे नगर में प्रवेश नहीं करने देना है। संकट इस बार गहरा है। जरासंध के अनुरोध पर ही आया है यह इस अपार सैन्य-बल के साथ। जरासंध भी आता ही होगा। हमें एक साथ दो-दो शत्रुओं का सामना करना पड़ेगा। पर चिन्ता की कोई बात नहीं। आप सब तैयार होकर आज्ञा की प्रतीक्षा करें। अभी आपको समरांगण में नहीं उतरना है। हमारे सैनिक ही संभालेंगे स्थिति को। मैं अग्रज से परामर्श को जा रहा हूं। आप सब अपने-अपने घर लौटें। हो सके तो शस्त्रास्त्रों से सन्नद्ध होने के साथ-

साथ अपने सामानों को भी एकत्रित कर लें। उन्हें छकड़ों और वृषभों पर लाद लें। मेरे मन में एक विचार आ रहा है। भैया बलराम भी शायद उससे सहमत हो जाएं।" कहकर श्रीकृष्ण ने अपने स्यन्दन को बलराम के महल की ओर बढ़ाया।

"यह क्या कह रहे हैं श्रीकृष्ण ? यह सामानों को सहेजने की बात ?" नगर-चौक से अपने-अपने घरों को लौटते हुए नागरिकों ने बातचीत आरम्भ की।

"श्रीकृष्ण जो कह रहे हैं, वही करने में कुशल है। वह कोई सामान्य व्यक्ति नहीं।"

"पर मुझे तो लगता है वे हमसे नगर खाली करने को कहेंगे।"

"हो सकता है।"

"तो असामान्य व्यक्ति सामान्य लोगों की तरह व्यवहार करता है ? संकट आने पर पलायन कर जाने की योजना बनाता है ?" एक ने शंका की।

"संशय का शिकार नहीं बनो," किसी और ने प्रतिवाद किया, "असामान्य व्यक्तियों की बातें असामान्य लोग ही जानें। हम सामान्यों को तो आज्ञा का पालन करना है। श्रीकृष्ण जो भी करेंगे सबके मंगल को ही ध्यान में रखकर।"

बलराम ने श्रीकृष्ण की योजना को स्वीकृति दी।

श्रीकृष्ण ने नीति की बात कही कि दो-दो शत्रुओं से एक साथ लोहा लेना उचित नहीं, विशेषकर तब जब मथुरा अभी तक कंस की विध्वंसकारी नीतियों के कुफल से अपने को मुक्त नहीं कर पाई है। निरन्तर युद्धरत रहने के कारण हम मथुरा के विकास के लिए कुछ कर भी नहीं सके हैं। युद्ध के कारण अर्थ-व्यवस्था निरन्तर बिगड़ती ही गई है। कंस के शोषण से जो कुछ बचा था वह युद्धाग्नि में स्वाहा हो रहा था। जरासंध अपनी प्रतिशोधाग्नि से मुक्त होने में असमर्थ था। आज वह कालयवन को लेकर आया है, कल एक से अधिक सहायकों को लेकर पहुंच सकता है। मथुरा अब सुरक्षित नहीं रह गई है। राजधानी के लिए उपयुक्त स्थल है नहीं यह। राजधानी को पूरी तरह सुरक्षित होना चाहिए। ऐसा कि शत्रु को उस तक पहुंचने में ही अपनी सारी शक्ति लगा देनी पड़े। ऐसा एक स्थान श्रीकृष्ण ने देखा भी था, उन्होंने अग्रज को सूचित किया।

"कहां ?" बलराम की सहज जिज्ञासा थी।

"दूर, पश्चिम समुद्र के पास। युद्धों के मध्य एक बार समय निकालकर मैं वह स्थान देख भी आया हूं। उस समय आप तीर्थाटन पर थे।"

"हां, तीर्थाटन में मेरा मन बहुत रमता है। उस समय मैं शायद पूर्वी समुद्र की ओर गया था। उधर अंग देश में भुवनेश्वर में शिव के बड़े अच्छे मन्दिर हैं। लिंगराज के मन्दिर ने मेरे मन को विशेष बांधा था। फिर ठीक सागर के तीर बसा एक नगर भी जिसका नाम जगन्नाथ के नाम पर ही रखा गया है, आध्यात्मिक ऊर्जा से सम्पन्न है। कुछ दिनों तक मैं वहां भी बंधा रहा।" तीर्थों और देवी-देवताओं के प्रेमी बलराम बोलते ही गए।

"हां, तो मैं पश्चिम समुद्र की बात कर रहा था।" श्रीकृष्ण ने बलराम का ध्यान फेरा। उन्हें पता था कि कालयवन अपनी सेना के साथ निरन्तर नगर के

समीप आता जा रहा है।

"तो?" बलराम ने पूछा।

"मुझे वहां समुद्र-मध्य एक द्वीप-सा स्थान राजधानी के लिए बहुत उपयुक्त लगा।"

"समुद्र-मध्य? तब तो वह स्थान सचमुच सुरक्षित है।" बलराम ने उत्साह-पूर्वक कहा।

"हां। मैंने वहां निर्माण-कार्य भी आरम्भ कराने का आदेश दे दिया था। द्वीप पर पहुंचने के लिए नौकाओं को पुल-निर्माण की बात बता दी थी और द्वीप पर कई सुन्दर महल और विस्तृत सड़कों और वीथियों की बात भी। मेरा अनुमान है वह नगर अब तक प्रायः निर्मित हो गया होगा। बचा-खुचा निर्माण-कार्य हम वहां पहुंचकर कर लेंगे।"

"योजना तो ठीक है," बलराम ने कहा, "ऐसे हम इसी युद्ध में जरासंध का बध भी कर दें तो समस्या का बहुत सीमा तक समाधान हो सकता है। जरासंध को तो हम स्वतः छोड़ते रहे।"

"छोड़ते रहे तो अच्छा ही किया। पर अभी हम दो-दो शत्रुओं से जूझकर ही जरासंध की हत्या कर सकते हैं। उसकी शक्तियां भी क्षीण हो चुकी हैं। उसके बध में अपनी शक्ति व्यर्थ नष्ट करना उचित नहीं। उसके मारे दुष्ट मित्र भी काल के गाल में जा चुके हैं। बचा था यह मलेच्छराज कालयवन। इसे समाप्त करने की भी मेरी एक योजना है। इसके लिए किसी युद्ध की भी आवश्यकता नहीं पड़ेगी। जरासंध को हम नहीं छोड़े रहते तो कालयवन के सदृश घोर अत्याचारी मलेच्छ को वह मृत्यु-मुख तक कैसे लाता?" श्रीकृष्ण ने कालयवन से निपटने की अपनी योजना बलराम पर स्पष्ट कर दी।

"तो नगरवासियों को नगर खाली करने को कह दें?" श्रीकृष्ण ने अन्तिम रूप में अग्रज से पूछा।

"कह दो। मथुरा छोड़ते तो बहुत कष्ट हो रहा है पर अब कोई उपाय भी नहीं है। लगता है हम लोगों की नियति में एक स्थान पर स्थिर रहकर ठहरना लिखा ही नहीं है। नन्दग्राम छोड़कर वृन्दावन आए, उसे छोड़ मथुरा। अब मथुरा को भी छोड़कर···। हां, क्या नाम रखने जा रहे हो उस नगर का जहां हमें बसना है?"

"आप ही बोलें। मैंने तो द्वारिका सोचा है।"

"ठीक ही है। अच्छा ही नाम है। स्वर्ग-द्वार की स्मृति दिलाता है। द्वारिका-पुरी कह लो उसे। और हां, इसके पूर्व कि कालयवन नगर को पूरी तरह घेर ले, नागरिकों का नेतृत्व कर तुम पश्चिम की ओर से निकल जाओ। मैं कालयवन से निपट लूंगा।"

"नहीं, कालयवन की सेना विशाल है। मैं स्वयं देखकर आ रहा हूं। आपको मैं एकाकी उससे निबटने देना नहीं चाहता। इसके अतिरिक्त उसके विनाश की योजना भी मैं आपको बता चुका हूं। पश्चिम की ओर अभी कालयवन के सैनिकों का दबाव बहुत कम है। वह स्वयं उत्तर की ओर से आ रहा है। मैं नागरिकों को पश्चिम की सैन्य-पंक्ति को पार करा वापस लौटता हूं। फिर हम एक साथ मिलकर कालयवन से निपटेंगे।"

"ठीक है।" बलराम ने हामी भरी।

नागरिक श्रीकृष्ण के पूर्व निर्देशानुसार तैयार थे। श्रीकृष्ण ने उनके सामानों और गोधन के साथ उन्हें साथ लिया। पश्चिम की ओर से उनका नेतृत्व कर वे नगर के बाहर निकले। संयोग से उद्धव भी उन्हीं के रथ में आ विराजे।

"क्या योजना है श्रीकृष्ण ?" उद्धव ने पूछा।

"आप सबों को द्वारिका के मार्ग पर डाल, मैं भी पीछे से आता हूं।"

"अर्थात् युद्ध छोड़कर ?"

"कुछ देर तक तो युद्ध में मैं अग्रज का साथ दूंगा। फिर शेष वही संभालेंगे।"

"अर्थात् रण-क्षेत्र छोड़कर भागोगे तुम ?" उद्धव मन-ही-मन मुसकराते हुए बोले। उनका श्राप फल रहा था। उस दिन उद्धव का अहंकार समाप्त हुआ था तो आज श्रीकृष्ण का अहंकार गलने जा रहा था। रण-छोड़कर भागने को विवश इस नरश्रेष्ठ को बहुत लोग अब 'रणछोड़' के नाम से ही याद करेंगे।

"समय की यही मांग है," श्रीकृष्ण ने उद्धव की बात का उत्तर दिया और उसमें छिपे गूढ़ार्थ को भी समझ गए और बोले, "सत्रह बार जरासंध को पराजित कर मेरे मन में भी कहीं अहंकार का बीज अंकुरित होने लगा था। नियति ने उसे उखाड़ फेंकने का अच्छा अवसर प्रदान किया है।"

उद्धव अब क्या बोलते ? मन में आया, कह दें अपने अभिशाप की बात। पर चुप ही लगा गए। जिस बात को श्रीकृष्ण स्वयं स्वीकार कर रहे हैं, उसे क्या कहना ?

पश्चिम की सैन्य पंक्ति को श्रीकृष्ण और नगरवासी सहज ही पार कर गए। श्रीकृष्ण के सुदर्शन-चक्र ने कालयवन के सैनिकों के मध्य से वैसे ही मार्ग बना लिया जैसे कोई मृगराज, मृगों के झुंड में पथ बनाता है। अस्त्र-शस्त्र सज्जित नागरिकों ने भी इसमें श्रीकृष्ण की कुछ कम सहायता नहीं की। कालयवन के असंख्य सैनिक काम आए पर मथुरा के नागरिक पूर्णतया सुरक्षित, अपनी सम्पत्ति और गोधन के साथ द्वारिका के मार्ग पर आ गए। नगर से पर्याप्त दूर उन्हें छोड़कर और पूरी तरह पथ-निर्देश कर श्रीकृष्ण पुनः नगर को वापस आ गए। द्वारिका की ओर प्रस्थित नागरिकों के नेतृत्व का भार उन्होंने उद्धव पर ही छोड़ दिया।

"यह कोई वृन्दावन नहीं है जहां हमारे वेदान्त-ज्ञान की परीक्षा होनी है। यह युद्ध का मामला है, अगर कहीं से कोई शत्रु हम पर आक्रमण करता है तो उससे निपटने के लिए शास्त्र-ज्ञान नहीं अपितु शस्त्र-ज्ञान की आवश्यकता पड़ेगी।" उद्धव कुछ चिन्तित होकर बोले।

श्रीकृष्ण मुसकराए। वह मुसकराहट अर्थपूर्ण थी। उद्धव को लगा, बिना कहे ही जैसे श्रीकृष्ण अभिशाप वाली बात समझ गए हैं और कह रहे हैं—लो, भोगो अपनी करनी का फल। न तुम श्राप देते न यह स्थिति आती।

"तुम घबराओ नहीं। तुम लोगों पर कहीं से कोई आक्रमण नहीं करेगा। उधर हमारा कोई शत्रु नहीं है। नगर-गांव भी कम ही हैं मार्ग में। हां, दूर तक विस्तृत एक मरुकान्तर को पार करने का प्रबन्ध पहले ही कर लेना। छकड़ों में, छोटे-बड़े बर्तनों में जल भरवाकर रख लेना जो मनुष्यों और पशुओं के लिए

पर्याप्त हो। अधिकांश यात्रा रात्रि में ही करना। नक्षत्रों से दिशा-निर्देश लेना। ध्रुव तारे पर ध्यान रखना। तुम्हें सीधे पश्चिम को जाना है। समुद्र-कूल पहुंचते ही तुम्हें अट्टालिकाओं के स्वर्ण-मण्डित शिखर दिखाई पड़ेंगे। वही होगी द्वारिका। नाव के पुलों से सबको लेकर पार कर जाना। बाद में इस पुल को नष्ट कर देना। हम लोग नौकाओं से आ जाएंगे।"

ग्यारह

कालयवन के आश्चर्य की कोई सीमा नहीं थी। जिस व्यक्ति को अभी-अभी अपने पैरों की ठोकर से उसने जगाया था वह तो श्रीकृष्ण नहीं था। वह तो बड़ी-बड़ी दाढ़ी-मूंछों से युक्त कोई तपस्वी-सा प्रतीत होता था। पर यह क्या हो रहा था? उसका सम्पूर्ण शरीर क्यों सुलगने लगा था? इस व्यक्ति की आंखें ही यह आग उगल रही थीं। कैसा और कौन था यह व्यक्ति जिसकी दृष्टि पड़ने मात्र-से कालयवन जलने लगा था? पर इसके पूर्व कि कालयवन और कुछ सोचे-समझे, उसका सम्पूर्ण शरीर जलकर राख हो गया।

हुआ यह कि मथुरावासियों को उद्धव के नेतृत्व में द्वारिका की ओर प्रस्थान करा श्रीकृष्ण जब वापस आए तब तक कालयवन की सेना चारों ओर से सिमट कर महाद्वार के पास आ गई थी। वह नगर में प्रवेश करे, इसके पूर्व ही बलराम और श्रीकृष्ण ने आगे बढ़ कर उसे रोकना चाहा। दोनों ने मिलकर कालयवन और उसकी सेना पर तीखे प्रहार आरम्भ किए। कालयवन की सेना की गति तो रुक गई पर कालयवन पर किसी प्रहार का कोई असर नहीं हो रहा था। एक तो वह इतनी बड़ी सेना से घिरा था कि उसके पास तक पहुंचना श्रीकृष्ण और बलराम के लिए भी असम्भव हो रहा था और दूर से किए गए किसी प्रकार के प्रहार का उस पर कोई प्रभाव नहीं पड़ रहा था।

समय व्यर्थ व्यतीत हो रहा था और इधर कालयवन के जीवित रहते उसकी इतनी बड़ी सेना का संहार भी सम्भव नहीं था।

श्रीकृष्ण को एक उपाय सूझा। वह जानते थे कि मथुरा से कुछ दूर पर्वत की एक गुफा में नृप मान्धाता के प्रसिद्ध धीर-वीर एवं तपस्वी पुत्र मुचकुन्द बहुत दिनों के युद्ध के बाद विश्राम कर रहे हैं। उनकी निद्रा भग्न करनेवाला कोई व्यक्ति तत्काल ही जलकर भस्म हो सकता था। देवताओं को प्रसन्न कर मुचकुन्द ने यह शक्ति प्राप्त कर ली थी। अगर श्रीकृष्ण किसी तरह इस मदान्ध मलेच्छ को मुचकुन्द से भिड़ा देते तो उनका काम बन जाता।

इसका एक ही उपाय था। उन्होंने अग्रज बलराम के कानों में कुछ कहा और स्वयं रथ से उतरकर पैदल ही कालयवन के पास से भाग निकले। कालयवन युद्ध के नियमों को मान्यता देता हो या नहीं पर खाली हाथ भाग रहे श्रीकृष्ण पर अस्त्र-शस्त्र का प्रहार उसके अहंकार के अनुकूल नहीं था। किन्तु वह श्रीकृष्ण को हाथ से निकलने भी नहीं देना चाहता था। अन्ततः उन्हीं के लिए तो वह उतनी बड़ी सेना ले अपने मित्र जरासन्ध की सहायता में मथुरा पर आ चढ़ा था।

क्षण का विलम्ब किए बिना वह भी रथ से उतरकर खाली हाथों श्रीकृष्ण के पीछे भागा। श्रीकृष्ण तब तक नगर से बाहर आ उस पर्वत की दिशा में तेजी से भागे जा रहे थे। कालयवन लाख प्रयास कर भी उनकी गति को नहीं पा रहा था और उन्हें पकड़ पाना उसे असम्भव-सा लग रहा था। श्रीकृष्ण कभी-कभी जान-बूझकर अपनी गति कम कर देते कि कालयवन उनके साथ-साथ ही चले। उस समय उस मलेच्छ राज को यह लगता कि उसने श्रीकृष्ण को पकड़ ही लिया। पर दूसरे ही क्षण श्रीकृष्ण की गति तीव्र हो जाती और वह कालयवन के हाथों में आते-आते भी नहीं आते। जैसे विलाड़ अपने शिकार के साथ खिलवाड़ कर-कर उसे मार भगाता है वैसे ही श्रीकृष्ण की इस क्रीड़ा से कालयवन परेशान हो गया। अन्ततः वह गुफा समीप आ गई। श्रीकृष्ण वहां गुफा-द्वार पर थोड़ी देर रुके जिससे कालयवन उन्हें गुफा-प्रवेश करते देख ले। कालयवन प्रसन्नता से भर आया। उसे लगा कि अब वह श्रीकृष्ण को पकड़ने में सफल होकर रहेगा। उसी समय श्रीकृष्ण गुफा में प्रवेश कर गए और दूसरी ओर से गुफा के बाहर भी निकलकर रुक गए।

कालयवन ने गुफा में प्रवेश किया तो वहां मुचकुन्द को चादर ओढ़े सोया पाया। उसने समझा, श्रीकृष्ण ने नया नाटक आरम्भ किया है। भागते-भागते थक जाने के कारण वह आराम करने का बहाना बना सोने का उपक्रम यह समझकर कर रहा है कि युद्ध के नियमों के अनुसार सोए व्यक्ति पर आक्रमण नहीं किया जा सके।

अब किसी नियम आदि का पालन नहीं करना है, कालयवन मन-ही-मन कुढ़ा, इस व्यक्ति ने मुझे काफी परेशान किया है, उधर मेरी अनुपस्थिति में मेरी सेना का मनोबल गिर गया होगा और वह बलराम उसे कन्द-मूल की तरह काट रहा होगा। पता नहीं मेरी अनुपस्थिति में सेना के पैर कब उखड़ जाएं और वह जरासंध के आने की प्रतीक्षा किए बिना ही भाग खड़ी हो। नहीं, कालयवन, अब कोई कृपा नहीं करने जा रहा था, इस श्रीकृष्ण पर। ऐसा निश्चय करते ही उसने क्रूरता-पूर्वक सोए हुए व्यक्ति के वक्ष-स्थल को ही लक्ष्य बना पाद-प्रहार किया।

वज्र की तरह कालयवन के पैर को अपने कलेजे मे लगते ही मुचकुन्द की निद्रा जाती रही और उन्होंने चादर फेंककर आंखें खोल दीं। वरदान के फलस्वरूप कालयवन के शरीर में दावाग्नि ही सुलग आई और वह जलकर भस्म हो गया।

जब श्रीकृष्ण ने यह समझ लिया कि कालयवन का काम समाप्त हो गया तब वह मुचकुन्द के सामने प्रकट हुए। मुचकुन्द श्रीकृष्ण के मोहक व्यक्तित्व को देखकर अत्यन्त प्रसन्न हुए। श्रीकृष्ण अब तक पूर्ण युवा हो चुके थे और पीताम्बर-युक्त नीलमणि की कान्ति वाले तन से फूटती आभा किसी को भी आश्चर्यचकित कर देने के लिए पर्याप्त थी।

श्रीकृष्ण ने मुचकुन्द को बहुत देर तक विस्मय-विमुग्ध रखना उचित नहीं समझ, उन्हें अपना नाम बता दिया। मुचकुन्द ने श्रीकृष्ण का नाम तो सुन रखा था पर अब तक उन्हें देखा नहीं था। नाम सुनते ही वे उठ खड़े हुए और उनके मुख से स्वतः फूट पड़ा—"आज मेरे जन्म-जन्मान्तरों के पुण्यों का उदय हुआ है कि आपके दर्शन हुए। भला इस वीहड़ वनप्रान्तर, इस गुहा-गह्वर में आने का आपने कैसे कष्ट किया ?"

श्रीकृष्ण ने सारी कहानी कह सुनाई।

"चलिए, मैं आपकी सहायता में चलता हूं। अकेला और निःशस्त्र हूं तो क्या हुआ ? मैं अकेले ही इस कालयवन और जरासंध की सेना के छक्के छुड़ा दूंगा। अवश्य ही जरासंध भी पुनः मथुरा तक पहुंच ही रहा होगा।" श्रीकृष्ण से सारी बातें सुनकर मुचकुन्द चलने के लिए कमर कसकर तैयार हो गए।

"मैं आपकी वीरता से परिचित हूं। भला इच्छ्वाकुवंशीय प्रतापी नरेश मान्धाता के सुपुत्र मुचकुन्द के बाहुबल और तपशक्ति का किसे पता नहीं ? पर आपको कष्ट करने की आवश्यकता नहीं। आपकी कृपा से आप ही के सदृश बल-बुद्धि-सम्पन्न अग्रज बलराम की सहायता मुझे उपलब्ध है। अब तक वे इस दुष्ट की विशाल वाहिनी के पांव उखाड़ चुके होंगे। रहा जरासंध तो उसके सम्बन्ध में हमारी दूसरी योजना है। आप आराम करें। बहुत दिनों तक युद्ध-रत रहने के कारण आपको अभी और विश्राम की आवश्यकता है। मैं आपके विश्राम में और बाधा बन पाप का भागी नहीं बनना चाहता।"

"जैसी आपकी इच्छा। भला बलराम और श्रीकृष्ण को किसकी सहायता आवश्यक है ? आप दोनों तो अकेले सम्पूर्ण विश्व को विजित करने को पर्याप्त हैं।" मुचकुन्द ने हाथ जोड़कर प्रणाम निवेदित किया।

"नहीं, नहीं," श्रीकृष्ण ने उनके जुड़े हुए हाथों को अपने कोमल हाथों में ले लिया, "आप उम्र ही नहीं तपश्चर्या में भी मुझसे श्रेष्ठ हैं। मुझे प्रणाम कर लज्जित नहीं करें।"

"मैं किसी मनुष्य को थोड़े प्रणाम कर रहा हूं।" मुचकुन्द ने मुस्कराते हुए कहा।

"तब ?"

"मुझे क्या पता नहीं कि आप नर नहीं, साक्षात् नारायण के अवतार हैं ?" मुचकुन्द ने सिर झुकाते हुए कहा।

"आपके सदृश तपोपूत मनस्वी भी लोगों के अन्धविश्वास का आखेट हो गया ?" श्रीकृष्ण ने विनम्रता से कहा।

"इसमें अन्धविश्वास किधर से है ? किशोर-वय से ही आपने जो कीर्ति-अर्जन आरम्भ किया है वह क्या किसी साधारण नर के वश की बात है ? और अब तक तो मैं सुनता ही रहा था, आज साक्षात् देख रहा हूं। यह अंग-कान्ति क्या सामान्य व्यक्ति प्राप्त कर सकता है ? आप औरों की आंखों में धूल झोंक सकते हैं, पर आप ही के कथनानुसार अगर मैंने थोड़ी-बहुत भी तपस्या या आराधना की है तो मेरी आंखों को आप कैसे धोखा दे सकते हैं। अपितु मैं तो यह कहूंगा कि यह मेरी तपस्या का ही फल है कि आपने यहां आकर मुझे धन्य किया। जाइए, मैं आपका बहुत समय नहीं लूंगा। मेरी अन्तर्दृष्टि के समक्ष स्पष्ट है कि भविष्य में आपको और बहुत बड़े-बड़े कार्य सम्पादित करने हैं और जो आज आपको साधारण मान रहे हैं, कल उन्हीं को बाध्य होकर आपको असाधारण कहना पड़ेगा। किस-किससे और कब तक छिपाइएगा अपने को ? समय आपको छिपने नहीं देगा। मैं सब कुछ स्पष्ट देख रहा हूं। जाइए, इस अकिंचन का एक और प्रणाम लेते जाइए।"

ऐसा कहकर मुचकुन्द ने पुनः हाथ जोड़कर अपना सिर झुका दिया। श्रीकृष्ण

ने मुस्कराते हुए उन्हें अंक-माल दिया और पीछे की ओर पैर बढ़ाते वे गुफा से बाहर आ गए ।

बारह

द्वारिका पहुंचने पर श्रीकृष्ण और बलराम ने इस नगरी को सजाने-संवारने में कुछ उठा नहीं रखा। इसके पूर्व कि कोई शत्रु द्वारिका की ओर मुंह करने की सोचे, इसे पूरी तरह अभेद्य बना देना था। किनारे से पर्याप्त दूर एक द्वीपाकार स्थल पर बसी द्वारिका तो अभेद्य थी ही, प्राचीरों और द्वारों-महाद्वारों की पूरी सतर्कता से सशक्त कर इस नगर की सुरक्षा-व्यवस्था को और सुदृढ़ कर दिया गया था। ऐसे, किसी शत्रु के इधर आने की भी सम्भावना नहीं के बराबर थी। आनेवालों में मात्र एक जरासंध था किन्तु उसके मन में भी ऐसा भ्रम भर दिया था दोनों भाइयों ने आते-आते कि वह भी मगध लौटकर गाढ़ी निद्रा में सो पड़ा था।

श्रीकृष्ण को अब भी याद था कि वे मुचकुन्द से साक्षात्कार के पश्चात् लौटे तो बलराम उसकी सेना का एक बहुत बड़ा अंश समाप्त कर चुके थे। मूसल और हल की उनकी चोट को सहन करनेवाला कालयवन की सेना में कोई नहीं था। इधर श्रीकृष्ण भी अपने रथ पर सवार हो बलराम के साथ आ लगे और अपने सुदर्शन-चक्र से बची-खुची सेना का संहार आरम्भ किया। कालयवन के सैनिकों ने जब यह पाया कि श्रीकृष्ण तो आ गए पर कालयवन का कहीं पता नहीं तो वे उसके विनाश के प्रति आश्वस्त हो गए और उनका रहा-सहा धैर्य भी जाता रहा। अब किसी भी स्थिति में संग्राम में टिकना उनके लिए कठिन हो रहा था और सिर पर पैर रख भागने के सिवा उनके पास कोई चारा नहीं रहा।

कालयवन के सैनिक तो भाग चले, पर जरासंध पुनः अपनी तेईस अक्षौहिणियों के साथ आ जुटा।

"अब समय बर्बाद करना उचित नहीं।" जरासंध के साथ भी युद्ध के लिए सन्नद्ध होने को प्रस्तुत अग्रज को सम्बोधित करते हुए उन्होंने कहा था।

"क्यों? इस जरासंध को जीवित ही छोड़ दें? अब तक तो जीवित छोड़ देने के पीछे अभिप्राय था इसके माध्यम से अन्य अत्याचारियों-अनाचारियों का बध। अब तो कालयवन तक का विनाश हो गया। अब इसको जीवित छोड़कर क्या लेना है?" बलराम ने तर्क दिया था।

"इसीलिए तो अब इससे उलझने की आवश्यकता नहीं रही। बहुत सारे दुष्टों का यह बध करा चुका। अब यह थोड़े दिन आराम करे। इस मरे हुए को मारने में हम अपनी शक्ति और समय की हत्या क्यों करें?"

"और अगर यह निर्माणाधीन द्वारिका पर चढ़ आया तो?" बलराम ने आशंका व्यक्त की थी।

"नहीं चढ़ आएगा, अगर आप मेरी बात मानें।"

"क्या?" बलराम ने आश्चर्य से पूछा था।

"जरासंध के आते ही हम दोनों उसके पास से ही पैदल निकल चलें—नि:शस्त्र।"

"ताकि वह हम दोनों की साथ ही हत्या कर सके?" बलराम को श्रीकृष्ण की बात पसन्द नहीं आई थी।

"नहीं, वह मगध-नरेश है, परम अहंकारी। उसका अहम् आड़े आएगा और वह हम नि:शस्त्रों पर आक्रमण नहीं करेगा।"

"तो वह हमें यों ही निकल जाने देगा? मुझे छोड़ भी दे तो छोड़ दे, अपने जामातृ-हन्ता श्रीकृष्ण को वह क्यों छोड़ने जा रहा?"

"नहीं, वह हमें छोड़ेगा, यह बात नहीं। वह हमारा पीछा करेगा और नि:शस्त्रों से नि:शस्त्र युद्ध कर ही वह अपनी वीरता के ध्वज को और ऊंचा फहराना चाहेगा। मल्लयुद्ध में एक के स्थान पर दो-दो की हत्या कर अपने मुख की कालिमा को वह धोना चाहेगा।" श्रीकृष्ण ने तर्क दिया था।

"और उसे हम प्रसन्नतापूर्वक ऐसा करने देंगे? मल्लयुद्ध को वह उतरा भी तो तुमसे बच जाय तो बच जाय, मेरे हाथों तो वह बचने से रहा।" बलराम ने कहा।

"हम यह अवसर ही नहीं आने देंगे।"

"अर्थात् हम भागते जाएंगे और वह हमारे पीछे-पीछे भागता रहेगा? अन्तत: उसे हम द्वारिकापुरी का द्वार भी दिखा देंगे? नहीं, यह मूढ़ता होगी। मुझे इसे यहीं समाप्त कर लेने दो। तुम्हें भागना हो तो भागो। तुम्हारा बचपना अभी गया नहीं। जो कुछ गोकुल और वृन्दावन में करते रहे, वही रणभूमि में करना चाहते हो।" बलराम ने अपना मूसल संभाला था।

"याद रखें कि जरासंध के बध के पूर्व आपको उसकी तेईस अक्षौहिणियों से निपटना होगा। वह भी अकेले। हमारी सेना भी द्वारिका को प्रस्थित हो चुकी है। मान लिया कि हम इस सेना से निबटने में सफल भी हो जाएंगे पर इसमें समय कितना लगेगा? और मेरी जो योजना है उसमें समय और शक्ति की बचत तो होगी ही, जरासंध को हमारी द्वारिका की गन्ध भी नहीं लगेगी, साथ ही उसे हमारे सम्बन्ध में भी ऐसा भ्रम पैदा होगा कि वह हमें भूल ही बैठेगा। मारना ही था उसे तो पहले ही बार मार दिए रहते, आखिर बन्दी तो वह आपके ही हाथों हुआ था?"

"करो जो जी में आए। तुम्हारे हठ के समक्ष तो मुझे सदा झुकना ही पड़ता है।" यह कहकर अग्रज बलराम ने शस्त्र छोड़ दिए थे।

दोनों जरासंध के सामने से नि:शस्त्र निकले थे। जरासंध ने यह विचित्र लीला देखी तो वह भी शस्त्रास्त्र त्याग कर, रथ से कूदकर इनकी ओर लपका। सेना को हाथ के इंगित से उसने जहां की तहां रुके रहने का आदेश दिया।

दोनों भाइयों ने जब जरासंध को अपने पीछे आते देखा तो उन्होंने अपनी गति तेज कर दी। जरासंध ने भी अपनी गति बढ़ाई। तीनों युद्ध-भूमि से पर्याप्त आगे आ गए।

जरासंध जी-जान लगाकर श्रीकृष्ण, बलराम के पीछे पड़ा रहा पर वे उनकी पकड़ में आने से रहे। गदा-युद्ध में पारंगत प्रौढ़ जरासंध का शरीर अपेक्षाकृत अत्यन्त युवा श्रीकृष्ण और बलराम की तुलना में स्थूल हो आया था। वह बहुत

दौड़ने में सफल नहीं हो पा रहा था।

अन्ततः विवश हो एक छोटे-से पर्वत की तलहटी में पहुंच वह वहीं खड़ा हो गया और हांफते हुए जोर-जोर से चिल्ला-चिल्लाकर बोला—"बड़े भारी योद्धा बनते थे, तुम दोनों। अब युद्ध छोड़कर भागने में शर्म नहीं आती? यह कैसी और कहां की वीरता है का-पुत्रो!"

बलराम इस सम्बोधन पर तिलमिला गए और पहाड़ पर चढ़ते-चढ़ते रुक गए। "अब इस दुष्ट का मुंह बन्द ही करना होगा," वह श्रीकृष्ण की ओर देखकर बोले।

"यह नीति-विरुद्ध होगा।" श्रीकृष्ण ने कहा, "भले ही आप यहां अकेले ही मार दें पर संसार यही कहेगा कि दो ने मिलकर एक को मारा है। चलिए, आइए, हमारी योजना का अन्तिम चरण आ गया।" ऐसा कहकर श्रीकृष्ण उस वनाच्छादित छोटे पर्वत पर अग्रज का हाथ खींचते हुए चढ़ चले थे।

थोड़ी देर के बाद दोनों एक वृक्ष की छाया में रुके थे।

"जरासंध अब आगे नहीं बढ़ेगा," श्रीकृष्ण ने ही आरम्भ किया था। "वह समतल पर हमें नहीं पकड़ पाया तो पर्वत पर चढ़ने की मूर्खता वह नहीं करेगा, पर जहां तक मेरा अनुमान है इस सूखे वृक्षों और घासों से भरे पर्वत को देखकर वह इसमें आग लगाना नहीं भूलेगा। अगर उसने नहीं भी लगाई तो हम स्वयं ऐसा करेंगे। पूरा पर्वत बात की बात में धू-धूकर जल उठेगा और जरासंध सोचेगा कि हम भी उसी में जल मरे···।"

श्रीकृष्ण ने अपना कथन समाप्त ही किया था कि सचमुच जरासंध की दिशा से आग की लपटें उठती दिखाई पड़ीं।

"मेरा कथन सत्य हुआ," श्रीकृष्ण ने बलराम का दाहिना हाथ पकड़ते हुए कहा था, "दो पत्थरों को आपस में रगड़कर जरासंध आग प्रकट करने में शीघ्र ही सफल हो गया। उसे तो लगा होगा वह हमें अचानक इस आग में घेर लेगा पर उसे कहां पता था कि वह हमारी ही योजना को क्रियान्वित कर रहा है। चलिए, इसके पूर्व की यह आग इस पर्वत को पूरी तरह घेर ले, हम दूसरी ओर से भाग चलें।"

अग्रज के समक्ष और कोई चारा नहीं था। वह श्रीकृष्ण के साथ दूसरी ओर से उतरकर द्वारिका की ओर प्रस्थित हो गए थे। पर द्वारिका अभी बहुत दूर थी। वहां तक पैदल जाने का प्रश्न ही नहीं था। मार्ग में उन्हें कहीं-कहीं अश्वों और कहीं उष्ट्रों की व्यवस्था करनी पड़ी। शरीर पर चढ़े आभूषणों में से कुछ को अवश्य पृथक् करना पड़ा पर पशुओं की व्यवस्था में दिक्कत नहीं हुई। इधर के लोगों ने वैसे स्वर्णाभूषण एवं मणि-रत्न आदि देखे भी नहीं थे जैसे उन्हें अपने पशुओं के बदले मिल रहे थे।

रात-दिन चलकर वे पश्चिम समुद्र-तीर पहुंचे थे और फिर नावों की सहायता से द्वारिका। श्रीकृष्ण के आदेश से अस्थायी पुल विनष्ट अवश्य कर दिया गया था पर एक नौका, नाविक के साथ उनकी प्रतीक्षा में उसी दिन से खड़ी थी जिस दिन मथुरावासियों के अन्तिम झुण्ड ने इस पुल को पार कर नगर-प्रवेश किया था।

उधर जरासंध अपने शत्रुओं को विशेषकर अपने जामाता के हत्यारे को

आग की लपटों के हवाले कर प्रसन्न चित्त अपनी राजधानी लौटा था और अपनी दोनों पुत्रियों—अस्ति और प्राप्ति—के सामने प्रसन्नता से नाचते हुए बोला था—"जला मारा उस बधिक को अन्तत: आग की ज्वाला में।"

तेरह

इधर जल कोई और भी रही थी एक आग में। पर यह कोई सामान्य आग नहीं थी। यह थी प्रणय की वह आग जो अब पराकाष्ठा पर पहुंच चुकी थी। वर्षों से श्रीकृष्ण के सम्बन्ध में सुनते-सुनते विदर्भ-नरेश भीष्मक की परम रूपवती पुत्री रुक्मिणी ने मन-ही-मन उन्हें अपना सर्वस्व मान लिया था और धीरे-धीरे उसकी विरहाग्नि प्रखर से प्रखरतर ही होती गई थी किन्तु जब उसने सुना कि उसके भाई रुक्मी ने शिशुपाल से उसके विवाह की बात पक्की कर ली है और वह स्वयंवर का ढोंग कर रहा है तो उसके प्राण सचमुच आकुल हो उठे। वह श्रीकृष्ण को छोड़कर किसी और की हो नहीं सकती थी और उसका भाई था कि श्रीकृष्ण-शत्रु इस शिशुपाल के साथ ही उसे बांधने को व्यग्र हो रहा था। रुक्मिणी पिंजड़े में बन्द किसी निरीह पक्षी की तरह पर फड़फड़ाने को विवश थी। उसकी समझ में नहीं आ रहा था कि इस भीषण स्थिति का सामना कैसे किया जाए। अन्तत: उसे एक यत्न सूझ ही गया था।

श्रीकृष्ण अपने विश्राम-कक्ष में थे। अपराह्न की वेला समाप्ति पर थी। थोड़ी ही देर पश्चात् इन्हें सन्ध्या-वन्दन के लिए सागर-तीर जाना था। उनका विश्वासपात्र सारथी दारुक उनके विशाल रथ में अश्वशाला से चुनकर आठ हिमधवल श्रेष्ठ अश्वों को जोत चुका था। पता नहीं उसकी किस छठी इन्द्रिय ने इसे इंगित किया था कि सन्ध्या-वन्दन के लिए प्रयुक्त होनेवाले सामान्य अश्वों के स्थान पर आज इसने शाला के सर्वाधिक बलशाली अश्वों को ही रथ से जोड़ा था।

श्रीकृष्ण वस्त्र-परिवर्तन की बात सोच ही रहे थे कि विश्राम-कक्ष के स्वर्णमण्डित कपाटों पर किसी ने ध्वनि की।

"कौन ?" के स्वर के साथ वे उठे और कक्ष के कपाटों को उद्घाटित कर दिया।

द्वार पर प्रतिहारी के साथ एक वृद्ध व्यक्ति खड़ा था जिसके धूल-सने श्मश्रु (दाढ़ी-मूंछ) एवं तन के अव्यवस्थित एवं गर्द-भरे वस्त्र इस बात की सूचना दे रहे थे कि वह एक लम्बी दूरी तय कर आ रहा था। उसके सौम्य आनन पर चिन्ता की गहरी रेखाएं किसी वन-कानन में बन आई पगडण्डियों की तरह खिंची थीं। प्रशस्त ललाट का त्रिपुण्ड यद्यपि धो-पुंछ रहा था और उसका किंचित् अंश ही अवशेष शेष रह गया था पर वह यह स्पष्ट करने को पर्याप्त था कि यह वृद्ध एक तपोपूत ब्राह्मण के सिवा और कोई नहीं था।

"ये वृद्ध सज्जन आपसे अभी मिलना चाहते थे इसीलिए मैंने आपके विश्राम

में बाधा दी। क्षमा-प्रार्थी हूं महाराज!" प्रतिहारी ने नतमस्तक हो निवेदन किया। एक अपराध-बोध उसके चेहरे पर स्पष्टतया लक्षित था।

"ब्राह्मण और याचक के लिए मैं सदा सुलभ हूं प्रतिहारी! यह तुम्हें विदित है।" श्रीकृष्ण ने भयभीत राजसेवक को सान्त्वना दी और पुनः उस वृद्ध ब्राह्मण को सम्बोधित किया, "कहिए, यह अकिंचन आपकी क्या सेवा कर सकता है?"

"मैं ऐकान्तिक-वार्तालाप का आकांक्षी हूं महाराज!" ब्राह्मण ने कठिनाई से अपनी आकांक्षा प्रकट की। स्पष्ट था कि एक सुदीर्घ यात्रा के श्रम ने और अन्दर-ही-अन्दर व्यथित कर रही किसी विशेष चिन्ता अथवा दायित्व-बोध ने उसे श्रान्त-क्लान्त कर दिया था।

"आप मेरे कक्ष को पवित्र करें। प्रतिहारी, तुम जा सकते हो।" कहकर श्रीकृष्ण ने ब्राह्मण को अन्दर लेकर कक्ष के कपाट बन्द कर दिए।

"आप यहां आसन ग्रहण करें।" मणि-खचित कक्ष के फर्श पर ही बैठने को प्रस्तुत उस वृद्ध ब्राह्मण को श्रीकृष्ण ने अपने स्वर्ण-खचित पर्यंक की ओर अग्रसर करना चाहा।

"नहीं महाराज, मैं यहीं बैठ जाता हूं। यह पर्यंक आपका है, द्वारिकाधीश का। मैं इस पर बैठने का अधिकारी नहीं।" ब्राह्मण विह्वल स्वर में बोला।

"आप यहीं बैठेंगे। यहां कोई द्वारिकाधीश नहीं, न कोई सामान्य जन। मेरे लिए सभी समान हैं। मेरा यही जीवन-दर्शन है—समभाव, समदृष्टि। आप तो पण्डित हैं। मैंने अपने दर्शन को योग की परिभाषा दी है और मैंने इस योग को भी समत्व पर आधारित किया है। समय आएगा तो आप भी परिचित हो जाएंगे मेरे योग की अपनी अद्भुत विशेषता से। अब तक तो आपने 'योगः चित्तवृत्ति निरोधः' की ही बात सुनी होगी। मैं मानता हूं—सम योग उच्यते—समत्व ही योग है। समत्व अर्थात् सम-भावना। पर यह समय शास्त्रार्थ का नहीं, आप श्रान्त-क्लान्त प्रतीत हो रहे हैं। आप आराम से इस पर्यंक पर विराजें, तब तक मैं अर्घ्य-पाद का प्रबन्ध करता हूं। कुछ स्वल्पाहार का भी। आप प्रत्यक्षतः एक-दो दिनों से निराहार हैं।" ऐसा कहकर श्रीकृष्ण ने बलात् उस रज-स्नात द्विज को अपने चिशंकु-सज्जित स्वर्ण-पर्यंक पर आसीन कर दिया और कक्ष के कोने में रखे स्वर्ण-थाल और जल-पूरित स्वर्ण-कुम्भ को लाकर उनके पद-प्रक्षालन को उद्यत हो गए।

"अरे-अरे, यह क्या?" वृद्ध ब्राह्मण को, श्रीकृष्ण के इस अद्भुत उपक्रम को देखकर जैसे किसी स्वप्न-से जागने का बोध हुआ और उसने हड़बड़ाकर पर्यंक के ऊपर ही अपने धूल-धूसरित पैर समेट लिये। पर्यंक के ऊपर पड़ा चिशंकु (एक तरह का रेशमी वस्त्र) धूल-मिट्टी से सन गया पर श्रीकृष्ण का ध्यान इधर कहां था? उन्होंने हाथ जोड़कर पुनः निवेदन किया—"ब्राह्मण देव! आप मुझे अपनी सेवा के अवसर से वंचित नहीं करें। यह गृहस्थ के पुण्यों के उदय का प्रतीक होता है कि उसके यहां कोई अतिथि पदार्पण करे और वह भी आपके सदृश साधना-सम्पन्न ब्राह्मण। आप कितना भी छिपाएं पर यह मुझ पर पूर्णतया स्पष्ट है कि आप कोई साधारण विप्र नहीं अपितु तप और ब्रह्मचर्य के तेज से युक्त एक ऐसे वीतरागी व्यक्ति हैं जो परोपकार को ही अपने जीवन का व्रत बनाकर चलता

है।" ऐसा कहकर श्रीकृष्ण ने उस वृद्ध ब्राह्मण के पैरों को धीरे-से पर्यंक के नीचे खींच लिया और कुम्भ-जल से उनका प्रक्षालन आरम्भ कर दिया। ब्राह्मण शायद ऐसा नहीं होने देता और इसका घोर प्रतिवाद करता पर वह स्पष्टतः किन्हीं भावनाओं के प्रबल प्रवाह में बह गया था और कहां है और क्यों है यह बात जैसे पूर्णतया विस्मृत कर चुका था। उसके मुख से एक ही बात कुछ स्पष्ट, कुछ अस्पष्ट स्वर में निकल रही थी—'आखिर है कुछ ऐसा जिसने उसे इस अद्भुत पुरुष को अपना सर्वस्व मानने को बाध्य किया है।'

पद-प्रक्षालन में रत श्रीकृष्ण ने कई बार जब उस वृद्ध ब्राह्मण के मुख से यह बात सुनी तो उन्हें लगा, निश्चय ही ब्राह्मण एक सन्देश-वाहक है और उस समर्पिता नारी-रत्न का धावक बनकर यहां पहुंचा है जिसका मैं सर्वस्व हूं। श्रीकृष्ण का योग-दीक्षित तटस्थ मन भी सहसा भावुक हो आया। आंखों में अश्रु-कण झलक आए और उनमें से कुछ तप्त बूंदें ब्राह्मण के पैरों पर भी पड़ीं तो वह अपने में लौटा और देखा कि उसके कंटक-कुश की तरह रूक्ष पैर श्रीकृष्ण के नवनीत कोमल करों में पड़े हैं। वह अपने पैरों को खींचने की बात भूल गया। अब उसकी आवश्यकता भी नहीं थी, पर आंसुओं की तप्त बूंदों ने उसे मुंह खोलने को बाध्य किया, "यह क्या, आपकी आंखों से अश्रुपात? अभी-अभी आप योग की बात कर रहे थे। योगी को यह चंचलता शोभती है क्या?"

श्रीकृष्ण इस बात का क्या उत्तर दें? वे कैसे बताएं कि ये आंसू किसी योग, किसी साधना-उपासना के बाधक नहीं। ये तो एक पूर्ण योग के प्रतीक थे। राधा के लिए निस्सृत हुए ये आंसू राधा-कृष्ण के अद्भुत अपार्थिव योग के ही तो प्रतीक थे!

यह सन्देश-वाहक, वृद्ध ब्राह्मण सहसा ही राधा का स्मरण करा गया था—उस राधा का जो वृन्दाविपिन की किसी बीथि, किसी कुंज अथवा कौन जाने नन्द-गृह के किसी एकान्त कक्ष में ही बैठी उनकी याद में आंखों से आठ-आठ आंसू बहा रही थी और मुंह से उनके जीवन-लक्ष्य की चरम परिणति का वरदान अपने कल्पित देवी-देवताओं से मांग रही थी। श्रीकृष्ण का चंचल मन ब्राह्मण के प्रलाप से पूर्णतया आश्वस्त हो गया था कि वह और किसी का नहीं, राधा का ही सन्देश-वाहक बनकर आया था। पर वह स्पष्ट बोलता क्यों नहीं था? कैसी थी राधा? क्या चाहा है उसने? वृन्दाविपिन छोड़कर वह द्वारिका आना चाहती है? अथवा श्रीकृष्ण के साथ अपने मानसिक-आत्मिक सम्बन्ध को वह विधिवत वैवाहिक सम्बन्ध के सूत्रों में ।

नहीं, नहीं, श्रीकृष्ण के मन ने विद्रोह किया। राधा ऐसा कुछ नहीं चाह सकती। सोच भी नहीं सकती। उसने तो अपने जीवन की सारी सुख-शान्ति को तिलांजलि दे दी है उनके लिए। उसे द्वारिका के ऐश्वर्य और पट्टमहिषी के पद से क्या लेना-देना? वह तो दूर रहकर ही उनकी हित-साधना करना चाहती है। वह तो उन्हें अपने प्राणों में बसा चुकी है। उसे द्वारिका में बसने से क्या लेना-देना? उसके जीवन का तो एकमात्र लक्ष्य है उन्हें एक युग-पुरुष के रूप में देखना, पुरुष नहीं पुरुषोत्तम के रूप में देखना, नहीं, नहीं, उसकी बात लें तो परमात्मा के रूप में ही उन्हें प्रतिपादित करना। अविवाहिता रहकर पता नहीं किस साधना में रत वह साध्वी, पता नहीं किस ईश्वर अथवा परमेश्वर को प्रसन्न कर श्रीकृष्ण के कीर्ति-

ध्वज को आसमान में ऊंचे और ऊंचे फहराते देखना चाहती है। उसे कहां समय है द्वारिका की ओर मुंह करने का भी ? उसके जीवन का व्रत ही संयम है, साधना और त्याग, उसे भोग-विलास और सम्पति-ऐश्वर्य-पूरित जीवन-पद्धति से क्या लेना-देना ? पर है कुछ बात ऐसी जिसने इस ब्राह्मण को यहां तक भिजवाया है। है कोई सन्देश उसका। पर यह ब्राह्मण बोलता क्यों नहीं ? कैसा संकोच स्पष्टतः इसके अब अपेक्षाकृत शान्त और आश्वस्त आनन पर चिपका-बसा पड़ा है।

"आप किसी के सन्देश-वाहक लगते हैं ब्राह्मण देव !" अन्ततः श्रीकृष्ण ने ही कहा था। अपने पीताम्बर से ब्राह्मण के पैर को पोंछने के पश्चात् उसी से अपनी आंखों के कोनों को भी पोंछा था।

"अवश्य··· हां···।" ब्राह्मण का संकोच अभी समाप्त नहीं हो रहा था।

"तो आप निःसंकोच उसे सुनाएं।" श्रीकृष्ण ने आतुरता में अपना शुभ्र-आनन पूरी तरह ऊपर उठाकर कहा। पश्चिमी दीवार के ऊपर में खुलते गवाक्ष से सूरज की सुनहरी किरणें उनके नील-मणि की आभा-युक्त आनन को एक अलौकिक दीप्ति प्रदान कर गई। मुख पर उभर आई अन्तर की प्रसन्नता ने इस आभा को अनन्त-गुणित कर दिया। राधा नाम में था ही वह जादू जो स्मरण मात्र से ही श्रीकृष्ण के योग-नियन्त्रित मन को भी प्रसन्नता-उदधि की लहरों पर हिचकोले पर हिचकोले खाने को बाध्य कर देता था।

"जिसका आप सन्देश लाए हैं उसके स्वास्थ्य को लेकर चिन्ता का कोई विषय···।" ब्राह्मण के द्वारा अपने सन्देश को प्रकट करने में विलम्ब होते देख श्रीकृष्ण व्याकुल ही आए।

"स्वास्थ्य को ठीक कैसे कहेंगे ? उसे सोये तो कम-से-कम कई रात्रि हो गए।" वृद्ध ब्राह्मण की आंखों में जल उतर आया।

"क्या कहा, उसका स्वास्थ्य ठीक नहीं है ?" श्रीकृष्ण आकुलता में खड़े हो गए, "उसे रातों में नींद नहीं आती ? पर क्यों ? क्यों ? क्यों ?" वह जैसे सन्निपातग्रस्त रोगी की तरह बोल गए।

"जिसके प्राणों में आप बसे हों, उसे नींद किधर से आये ?"

ब्राह्मण की बात पर श्रीकृष्ण एक क्षण को मूक हो आए। यह प्राणों में बसने की बात तो पुरानी हुई पर नींद अब कैसे गायब होने लगी ? उन्हें याद आई कालिन्दी-कूल की वह प्रथम मुलाकात जिसमें उस नन्हीं-भोली राधिका ने कहा था—'मैं तो तुम्हारे अन्दर ही बसती हूं। आंखें मूंदो और फिर तुम्हें दिखाई पड़ जाऊंगी।' तो वह भी ऐसा क्यों नहीं करती ? क्या इतने दिनों के वियोग ने अथवा वृन्दाविपिन और द्वारिका की इस दूरी ने मुझे उसके अन्तर से निकाल फेंका है और लाख आंखें बन्द कर भी वह मेरी छवि को अपने अन्दर उतार नहीं पाती ?

"उसने कई दिनों से अन्न-जल तक भी त्याग दिया है। आपके चलने के सिवा···।" ब्राह्मण ने अपना दायित्व पूरा करना आवश्यक समझा।

"कई दिनों से अन्न-जल भी नहीं ग्रहण किया ! तब तो वह सूख कर बबूल का कांटा ही बन आई होगी। हाय राधे ! यह क्या हुआ तुम्हें ? अगर तुम कहतीं तो मैं तुम्हें साथ द्वारिका ही लिये आता। पर तुमने ही तो मेरी प्रेरणा के सिवा और कुछ बनना ही नहीं चाहा।" श्रीकृष्ण के मुख से अनायास निकला।

"राधे ! यह क्या ?" वृद्ध ब्राह्मण के मुख से अनायास धीरे से निकला।

संस्कृत के उस पण्डित ने यद्यपि राधा का नाम नहीं सुना था पर उसे यह समझने में थोड़ा भी समय नहीं लगा कि 'राधे !' राधा शब्द के ही सप्तमी अर्थात् सम्बोधन का रूप था। तो क्या श्रीकृष्ण के मन पर पहले से ही किसी और का अधिकार है ? और है तो इस बात का पता रुक्मिणी को है क्या ?

हां, वह रुक्मिणी का ही सन्देश-वाहक था। रुक्मिणी ने बहुत सोच-समझकर इस विश्वस्त ब्राह्मण को श्रीकृष्ण के पास अपना सन्देश लेकर भेजा था। पर अब तक वह बातों के वात्याचक्र में ऐसा उलझा रहा कि अपने आने का उद्देश्य भी स्पष्टतः प्रकट नहीं कर सका।

"राधा ने मुझे अभी बुलाया है ?" श्रीकृष्ण ने व्यथित होते हुए कहा, "ऐसी क्या बात हो गई ? आप थोड़ी देर रुकें, मैं अभी प्रस्तुत होकर आता हूं।"

ब्राह्मण किंकर्त्तव्यविमूढ़। नियति कैसा खेल खेल रही है उसके साथ अथवा सच पूछें तो रुक्मिणी के साथ ही। जिसे वह अपना मन दे चुकी है, उसका मन तो किसी और में बसता है। ऐसी स्थिति में वह क्या करे ? रुक्मिणी का सन्देश भी दे या नहीं ? उसके ऊपर तो गुरु-गम्भीर दायित्व आ गया है। यहां रुक्मिणी भी नहीं कि उससे परामर्श लिया जा सके।

"आप किंचित् रुकेंगे क्या ?" ब्राह्मण ने अनायास ही कक्ष-द्वार तक पहुंच गए श्रीकृष्ण को रोका। निश्चय-अनिश्चय के मध्य झूलता हुआ वह अब भी अपने कर्त्तव्य का निर्धारण नहीं कर चुका था। किन्तु एक बात स्पष्ट थी। वह तो मात्र धावक था, सन्देश-वाहक। उसे अपना काम तो पूरा करना था। दूसरी बात यह कि शिशुपाल से तो रुक्मिणी की रक्षा करनी ही थी। अब श्रीकृष्ण के मन में दो औरतें बसें या दो हजार, शिशुपाल के हाथों में जाने से रुक्मिणी को रोकने में तो वही समर्थ थे। और फिर यह रुक्मिणी जाने कि उसने किसे अपने मन-मन्दिर का आराध्य बनाया था। उसे तो पता होना ही चाहिए था कि जिसके सद्गुणों की सुगन्ध सम्पूर्ण आर्य-भूमि में आसेतु-हिमाचल बिखरी पड़ी थी उस पर प्राण न्योछावर करने वाली कामिनियों की संख्या भी कम नहीं होगी। ऐसी स्थिति में वह पहले ही अपना मन किसी और को दे चुका हो तो इसमें आश्चर्य क्या ? पर बेचारी रुक्मिणी ! वृद्ध ब्राह्मण ने सोचा, उसे तो यह पूरी तरह पता है कि श्रीकृष्ण अभी तक अविवाहित हैं, उसे क्या पता कि मनोराज्य पर किसी और का इस रूप में अधिकार हो चुका है कि उसके सन्देश को भी वे अपनी उस अनामा प्राणप्रिया का ही सन्देश समझ बैठेंगे। और अब अनामा कैसे ? ब्राह्मण को तो उस सौभाग्यशालिनी के नाम का पता लग चुका था राधा। पर कौन है यह राधा ? अवश्य ही वह श्रीकृष्ण के हृदय में तो रहती है, पर उसका स्थान यहां से पर्याप्त दूर होना चाहिए, नहीं श्रीकृष्ण तत्काल प्रस्थान करने की बात कैसे करते ? उसके रूप-रंग और धूल-धूसरित साज-सज्जा से तो उन्हें पता लग ही गया होगा कि वह द्वारिका का नहीं था।

"कहिए !" उसकी पुकार पर श्रीकृष्ण सामने खड़े हो गए थे, "मैं समझता हूं क्षण-मात्र का भी विलम्ब उचित नहीं, पता नहीं राधा के प्राणों पर क्या बीत रहा हो।"

"आप भ्रम में हैं।" सन्देश-वाहक ने आरम्भ किया। अब बात उसके समक्ष पूरी तरह स्पष्ट हो गई थी। अब छिपाना भी क्या था ?

"भ्रम में ? तो क्या राधा स्वस्थ और प्रसन्न है ?" श्रीकृष्ण का निस्तेज हो आया मुख सहसा प्रसन्नतापूरित हो आया।

"भ्रम, राधा चाहे जो हो उसकी स्वस्थता, अस्वस्थता को लेकर नहीं है।" ब्राह्मण ने स्पष्ट किया।

"तब ?" श्रीकृष्ण ने साश्चर्य पूछा।

"भ्रम सन्देश-प्रेषिका को लेकर है।" ब्राह्मण ने स्पष्ट किया।

"सन्देश-प्रेषिका ! कौन हो सकती है यह सन्देश-प्रेषिका राधा के सिवा ? मैंने अपने जीवन में अब तक एक ही नारी को महत्त्व दिया है। यहां तक सन्देश-प्रेषण का दुस्साहस कोई और सुन्दरी कर सकती है, यह मैं सोच भी नहीं सकता। अगर आप राधा के सिवा किसी और का सन्देश लाए हों तो आप अभी वापस जा सकते हैं। आपके लौटने की पूर्ण व्यवस्था कर दी जाएगी। आप तो ब्राह्मण हैं, आपकी जगह किसी अन्य जाति का भी कोई होता तो उसे भी पूर्ण सम्मान से ही यहां से विदा किया जाता। राजकीय रथ आपको तैयार मिलेगा। मैं आपके भोजनादि की व्यवस्था करता हूं। आप कृपया अपने सन्देश के साथ सकुशल अपने स्थान को लौट जाएं।"

"यह सत्य है कि मैं राधा का सन्देश लेकर नहीं आया हूं महाराज ! न मैं यह जानता हूं कि यह राधा कौन है और परिस्थिति की गम्भीरता पर ध्यान देते हुए मैं यह जानना भी आवश्यक नहीं समझता। मैं तो एक और नारी···।"

"बस ब्राह्मण, आप आगे नहीं बोलें। राधा के सिवा मैं किसी और को अपने अन्दर स्थान दे ही नहीं सकता और फिर मैं कहता हूं कि मेरा स्यन्दन बाहर तैयार है। उसमें आज मेरी अश्वशाला के सर्वश्रेष्ठ अश्व जुते हैं, आप प्रस्थान कर सकते हैं। प्रतिहारी आपकी भोज्य-सामग्री लेकर आता ही होगा।"

"मैं लौटने से रहा महात्यज !" ब्राह्मण ने मन-ही-मन कुछ निर्णय कर लिया था, "बात यहां केवल मन की होती तो चल भी जाती, बात यहां किसी के प्राणों की है और आप यह तो मानेंगे ही कि प्राणों का महत्त्व मन से अधिक होता है।"

"बात प्राणों की है ?" श्रीकृष्ण चौंके और बोले, "कोई बात नहीं ब्राह्मण-श्रेष्ठ, अगर बात किसी के प्राणों पर आ बनी है तो उसकी रक्षा करने के लिए श्रीकृष्ण सदा प्रस्तुत है। शर्त यही कि प्राणों की रक्षा के बाद कोई मन की ओर हाथ बढ़ाने का प्रयास नहीं करे।"

"तो यह रहा सन्देश।" ब्राह्मण ने पीताम्बर में लिपटे एक पत्र को श्रीकृष्ण की ओर बढ़ा दिया।

कृष्ण ने एक झटके में उस पत्र को खोला और क्षण-मात्र में उसे पढ़ गए।

"यह तो विदर्भ-नरेश रूपवती रुक्मिणी का पत्र है ब्राह्मणदेव ! वह शिशुपाल के भय से भीत हरिणी की तरह भयभीत है। वह किसी भी हालत में उसका वरण नहीं करना चाहती और उसने मुझे मन-ही-मन अपना पति मान लिया है और मैंने आपको अपनी विवशता बता दी है। मैं राधा के सिवा किसी और की बात सोच भी नहीं सकता।"

"पर राधा तो आपकी पत्नी नहीं है श्रीमान् और जैसा कि मुझे अनुमान लग रहा है वह कभी आपकी पत्नी होने भी नहीं जा रही क्योंकि तब आप उसे किसी दूर देश में छोड़ द्वारिका में नहीं बैठे रहते और मेरी मानिए तो आपको

एक पत्नी की आवश्यकता है, पत्नी ही नहीं पट्टमहिषी की। आप सम्राट् हैं द्वारिकाधीश ! यह बात पृथक् है कि कहने को वृद्ध उग्रसेन सिंहासनारूढ़ हैं। आप बिना पत्नी के रहें यह शोभनीय नहीं है और न समाज के द्वारा ग्राह्य ही। एक अविवाहित व्यक्ति विशेषकर सम्राट् के सम्बन्ध में समाज पता नहीं क्या-क्या सोचता है। आप मन भले किसी और को दिए रहें पर वैवाहिक सम्बन्ध की पूर्ति तो आपकी अनिवार्यता है—एक सम्राट् की प्रथम आवश्यकता। मैं ब्राह्मण हूं महाराज, पत्नी के अभाव में यज्ञ आदि बहुत से मांगलिक कार्य भी नहीं सम्पन्न हो सकते। आपको तो ज्ञात ही होगा कि सीता के बनवास के पश्चात् अश्वमेध-यज्ञ के समय राम को स्वर्ण की सीता को अपने पार्श्व में बैठाना पड़ा था। और अन्तिम बात यह कि विवाह—नहीं, विवाह की बात तो बाद की है, अभी तो रुक्मिणी के प्राणों की बात है, अगर वह आपके शत्रु शिशुपाल के हाथों में जाने को बाध्य हुई तो वह अपने प्राणों की रक्षा नहीं कर पाएगी और ऐसी स्थिति में एक अनावश्यक हत्या के पाप से भी आप अपने को मुक्त नहीं कर सकते।"

ब्राह्मण ने सही स्थान पर चोट की थी। श्रीकृष्ण और चाहे जो सहन कर लें, अपने शत्रु शिशुपाल की विजय-यात्रा को वह नहीं सहन कर सकते थे—यात्रा भी ऐसी-वैसी नहीं विदर्भ-सुन्दरी रुक्मिणी के साथ। शिशुपाल उनका घोषित शत्रु था और अन्त तक उसने उनके लिए इतने अपशब्द कहे थे कि उन्होंने विवश होकर उसकी माता से निवेदित कर दिया था—'शिशुपाल को पंख जम आए हैं। मैं उसकी निन्यानवीं गाली तक बर्दाश्त करूंगा, जिस दिन उसके मुंह से सौवीं गाली निकल जाएगी, उसका सिर धड़ से अलग होगा।'

"मैं चलूंगा ब्राह्मण देव ! मैं रुक्मिणी से विवाह करूं या नहीं, पर मैं शिशुपाल रूपी शृगाल से इस सिंह-पुत्री की अवश्य रक्षा करूंगा। मैं अग्रज बलराम को भी अपने पीछे आने को कहता हूं। वे नारायणी सेना की एक छोटी टुकड़ी के साथ मेरी पीठ पर आएंगे। मैं शिशुपाल और उसके साथियों के लिए एकाकी पर्याप्त हूं।"

"ऐसा नहीं सोचें महाराज," ब्राह्मण कोई खतरा मोल नहीं लेना चाहता था, "शिशुपाल के साथ उसके बहुत से मित्र राजा भी होंगे और उसमें जरासंध भी होगा, आपको पूरी तैयारी से चलना होगा। सुना, उसी जरासंध के कारण आपको मथुरा छोड़ना पड़ा।"

"आप चिन्ता नहीं करें ब्राह्मण देव ! मैं न तो शिशुपाल से डरता हूं न रुक्मिणी के दुष्ट भाई रुक्मी से और न उसके अन्य भाइयों—रुक्मरथ, रुक्मबाहु, रुक्मवेश और रुक्ममाली से ही। नहीं ही इस स्वयंवर के नाटक के स्वयंभू सूत्रधारों और रुक्मी के सहायकों शाल्य, दन्तवक्त्र, विदुरथ और प्रौंडक आदि योद्धाओं से। और आपने जरासंध का स्मरण खूब दिलाया। मैं उसके भय से भीत होकर इस सागर-मध्य नहीं बसा हूं। जरासंध के साथ तो मैं वैसे ही क्रीड़ा करता रहा जैसे वनराज अपने आखेट के साथ खेलता है—उसे तड़पा-तड़पाकर मारता है। हां, मुझे मथुरावासियों का व्यर्थ रक्त-पात अभीष्ट नहीं था, अतः मैं उन्हें लेकर यहां आ गया। पर जैसा कि इस सन्देश से स्पष्ट है, भीष्मककुमारी की व्यथा चरम का स्पर्श कर चुकी है। इसके पूर्व कि शिशुपाल के अपवित्र हाथ उसका

स्पर्श करें, मुझे उसकी रक्षा कर लेनी है। चलिए, हमारे पास समय नहीं है। मेरे ये अश्वमेघों से बात करते बात-की-बात में विदर्भ पहुंच जाएंगे और ईश्वर ने चाहा तो आपकी राजकुमारी उसी रथ पर सकुशल द्वारिका लौटती दृष्टिगोचर होगी।"

"ईश्वर तो आप ही हैं महाराज!" ब्राह्मण ने कहा और श्रीकृष्ण के पीछे बढ़ा।

"आप ब्रह्मवेत्ता होकर भी ऐसा ही कहते हैं?" श्रीकृष्ण ने प्रतिवाद किया।

"अब जनमत को तो महत्त्व देना ही पड़ेगा। जब सम्पूर्ण आर्य-भूमि आपको ईश्वर-सम्भूत ही मानती है तो मेरा ब्रह्मज्ञान इसमें किस काम आने का?" अब तक दोनों महल के द्वार पर पहुंच गए थे। दारुक रथ लेकर खड़ा था। ब्राह्मण की भोज्य-सामग्री और श्रीकृष्ण के नूतन परिधान तथा अस्त्र-शस्त्र भी रथ में ही रख लिये गए थे। क्षण का विलम्ब भी अब किसी को सह्य नहीं था।

चौदह

राधा की स्थिति दयनीय थी। चिन्ता और विषाद की रेखा तो कभी उसके शुभ्र आनन का स्पर्श भी नहीं करती थी तथा मन में बसे मुरलीधर की मनमोहक मूर्ति सदा उसको उत्फुल्ल कमल की तरह प्रसन्न रखती थी। कालिन्दी-कूल से थोड़ी दूर पर स्थित एक करील-कुंज में ही उसके दिन का अधिकांश समय व्यतीत होता था। अंशुमाली के उदयगिरि पर आरोहण के पूर्व ही वह नित्य-कर्म से निवृत्त हो, यमुना-जल में स्नान सम्पन्न कर इस अपने प्रिय कुंज में आ बैठती थी जहां उसने पता नहीं कितने दिन अपने आराध्य श्रीकृष्ण के सान्निध्य में व्यतीत किए थे। विगत की वे सारी घटनाएं, श्रीकृष्ण के साथ सम्पन्न सम्पूर्ण संवाद, चुहलें और अठखेलियां जैसे इस एकान्त कुंज के पत्ते-पत्ते और फूल-फूल से चिपकी पड़ी थीं। यहां आते ही जैसे सारी मधुर स्मृतियां उसे अपने भंवर-जाल में घेर लेती थीं और उसे अपने अस्तित्व की भी कोई सुधि नहीं रहती थी। पत्रों-पत्रों, फूलों-फूलों में श्रीकृष्ण के साथ व्यतीत क्षणों की स्मृतियां तो चिपकी पड़ी ही थीं, हर झाड़ी के पीछे से, हर फूल के अन्दर से, हर पत्ते के भीतर से उसे उस वंशीवादक के नीलपद्म छवि की ही झलक मिलती रहती थी।

पूरब में उदित अंशुधर कब पश्चिम के अस्तगिरि का स्पर्श कर गया, इसका उसे पता भी नहीं चलता था और जब पूरे कुंज को रात्रि की कालिमा पूरित कर देती थी और आकाश के टिमटिमाते नक्षत्र भी फूल-पत्रों में वह छवि नहीं उभार पाते थे जिसका दर्शन वह दिवस-पर्यन्त करती रहती थी, तब वह धीरे से इस मधुवन मे बाहर निकलती थी और नन्द-भवन की ओर प्रस्थित होती थी। हां, मधुवन ही नाम दिया था उसने इस कुंज को। जहां निरन्तर मधुक्षरण ही होता हो, शोभा, रूप-रंग और सौन्दर्य का वर्णन ही होता हो उसे वह मधु-कुंज से कम क्या कहे? उसकी विवशता थी कि यह सब कब उसे कल्पना-प्रसूत या कृत्रिम नहीं प्रतीत होता था, सब कुछ ऊपर जल रहे अंशुपति के प्रकाश की तरह ही यथार्थ

और सत्य ही भाता था। उसे पता ही नहीं था कि वह श्रीकृष्ण-वियोग का शिकार है, उसे तो उस अद्भुत कुंज में सर्वत्र कृष्ण—कृष्ण के ही दर्शन होते थे। वह उनसे बातें भी करती थी, उनकी बातें भी सुनती थी। पता नहीं ये बातें कहां से आती थीं राधा के कानों में क्योंकि कहने वाले कहते थे कि उस कुंज में वह सर्वथा एकाकी होती थी पर सदा वह किसी से वार्तालाप में ही संलग्न रहती थी।

यही कारण था कि अब वह वृन्दावन में बावरी गोपी के नाम से ही विख्यात हो गई थी। लोग मानते थे वह अपनी कल्पना के कान्हा से वार्तालाप में ऐसी मग्न रहती थी जैसे उसे पता ही नहीं कि उसका कृष्ण, कन्हैया, उसका लाला, उसका मनमोहन, उसका मुरली-वादक अब इस कुंज तो कुंज, वृन्दावन तो वृन्दावन, मथुरा तो मथुरा, सम्पूर्ण ब्रज-भूमि में भी कहीं नहीं था और था तो ऐसे स्थान पर जहां पहुंचना उसके लिए दुष्कर तो दुष्कर, असम्भव था।

पर राधा की मनोदशा में लोगों की बातों से कोई अन्तर नहीं आता था। न तो उसकी प्रसन्नता में कमी आती थी और न अपने प्राणाधिक, प्राणेश्वर, प्राणप्रिय, प्राणवल्लभ, प्राणपति, से अनवरत चलते उसके वार्तालाप में ही कोई व्यवधान आता था। न ही ये सारे नाम—प्राणाधिक, प्राणेश्वर, प्राणप्रिय आदि किसी और के दिए नहीं थे, ये सब राधा की ही प्रखर कल्पना से प्रसूत थे—उसी की भावनों की अभिव्यक्ति—सम्बोधन।

पर, आज? आज उसके प्राणों की नीड़ से प्रसन्नता के विहग अकस्मात् किधर उड़ गए? किन दिशाओं में अपने पर फड़फड़ाते वे अदृश्य हो गए? आज इस मीनाक्षी का मन जल से बाहर पड़ी किसी मीन की तरह ही आकुल-व्याकुल क्यों हो रहा था—एक-एक सांस को पकड़ बैठने की यह कैसी व्यग्रता थी? यह कैसी तीक्ष्ण वेदना अन्तर को साल रही थी। जैसे कोई करील के दीर्घकाय कांटे (जिन्हें उसने देखा भी नहीं था) उसके मर्म-स्थल में, हृत् प्रदेश में चुभाए जा रहा हो। हे कृष्ण, वह घबराई, उसका जो होगा, सो होगा, उसके अन्तर के मध्य ही विराजमान उसके आराध्य का क्या होगा? क्या ये करील-कंटक उसका मर्म-भेदन भी नहीं कर देंगे? रक्त-रंजित नहीं हो आएगा उसके श्याम का नीलोत्पल तन? अब वह क्या करे? क्यों हो रहा है ऐसा? और करील-कुंज की इन शाखाओं, फूल-पत्तों को क्या हो गया? इनमें कहीं पर उसके श्याम की वह परिचित छवि क्यों नहीं दिखाई पड़ रही? वह मुसकराता नील-आनन किधर लुप्त हो गया? पत्ते-पत्ते, फूल-फूल से झांकता, अपनी सम्पूर्ण भंगिमा और अपनी मारक मुसकान से उसे आनन्दित-उल्लसित करने वाला वह अलौकिक रूप किधर खो गया? क्या यह करील-कुंज ही कृष्ण को निगल गया? उसके पत्ते ही उसे आत्मसात कर गए? यह कैसा धोखा? वर्षों से उसका सखा-सहचर और एकाकी संगी बना यह कुंज उसके साथ उतना बड़ा छल कैसे कर गया? या कि कोई हिंस्र जीव—सिंह, व्याघ्र, वृक (भेड़िया)—ही उसके प्रियतम को···! नहीं, नहीं, राधा के मन ने विद्रोह किया। इस सृष्टि का कोई जीव उसके प्रतापी श्रीकृष्ण का कुछ नहीं बिगाड़ सकता। जिसने किशोरावस्था में ही सिंह-शावकों को नचा मारा हो, गजराजों के विशाल दन्त उखाड़ फेंके हों, वनैले वृषभों की पूंछ पकड़ उन्हें वृक्षों पर दे मारा हो, और तो और, कंस के मदमस्त हस्ती

कुवलयापीड़ के साथ-साथ उसके भयानक मल्लों और कंस तक के प्राण हर लिये हों, उसका वृन्दावन के क्षुद्र वन्य जीव क्या बिगाड़ेंगे ?

तब क्या अघटित घटित हुआ ? क्यों धूमिल पड़ गईं श्याम की स्मृतियां ? धूमिल क्या जैसे नि:शेष ही हो गईं। जैसे कोई स्वच्छ दर्पण पर चिता की राख ही लपेट कर उसे व्यर्थ कर दे। और वह स्वर ? श्याम का वह मिश्री-घुला मधु स्वर ? वह कहां लुप्त हो गया ? अब तो सम्वाद मात्र एक-तरफा होकर रह गया है। वह स्वयं प्रलाप करती जाती है, प्रश्न पूछती जाती है, पर कोई प्रत्युत्तर नहीं आता, उसकी कल्पना भी उसका साथ नहीं दे रही। सम्भ्रम की यह नियमित चली आ रही स्थिति भी आज कैसे टूट गई ? क्यों नहीं मन रम रहा है उसका इस कुंज में ? वह सदा के परीक्षित यत्न का सहारा लेती है। आंखें बन्द कर अन्दर की ओर ध्यान लगाती है। वहां तो श्याम का मुरलीवादक स्वरूप हंसता-खिलखिलाता दिख ही जाएगा उसे। पर, नहीं यह भी नहीं होता। राधा हताशा में अपने सिर के अव्यवस्थित तेल-विहीन केशों को नोंच लेती है। छाती पर पागलों की तरह मुक्के मारना शुरू करती है। जब वहां श्याम ही नहीं रहा तो यह हृदय रहे न रहे, क्या अन्तर पड़ता है ? वह कुंज के बाहर आती है। पागलों की तरह दौड़कर कालिन्दी-कूल पहुंचती है। जी में आता है उस चित्र आंकने वाली चित्रा की तरह कालिन्दी की उन लोल लहरियों के हवाले ही अपने को कर दे। जब उसका सर्वस्व ही उससे छिन गया तो उसके रहने, नहीं रहने का क्या अर्थ बचता है ?

पर नहीं, दूसरे ही क्षण वह प्रकृतिस्थ होने का प्रयास करती है। चित्रा नहीं बन सकती वह। नहीं कर सकती कालिन्दी में अपना विसर्जन। उसका जीवन अपना नहीं है। किसी प्रकार भी नहीं है। वह तो कृष्णार्पित हो चुका है। उसे जीना है। कृष्ण के लिए जीना है। उसे विश्व के सर्वश्रेष्ठ व्यक्ति के रूप में देखने के लिए जीना है। उसकी प्रेरणा के रूप में जीना है। कृष्ण के ही शब्दों में कहें तो उनकी आह्लादिनी शक्ति के रूप में जीना है।

पर कहां है कृष्ण ? कालिन्दी की ये लहरें तो उसी के रंग की प्रतिनिधि बन किल्लोल-रत हैं। करील के कुंज तो अब तक उसी की रूप-छटा को स्वयं में समेटे हुए थे पर अब कहां है वह ? आज क्या हो गया इस व्रज-भूमि को ? यहां के करील कुंजों को ? इस कालिन्दी को ही ? और तो और इसके अपने अन्तर्मन को ही ? लाख प्रयास के बाद श्रीकृष्ण की छवि कहीं भी और क्यों नहीं उभरती ?

तो ? तो ? तो ? ये 'तो' राधा को व्यथित कर जाते हैं। तो कृष्ण क्या उसका अपना नहीं रहा ? किसी और का हो गया ? तभी शायद लाख प्रयास के बाद उसकी एक झलक भी कहीं नहीं मिलती। भीतर भी नहीं, बाहर भी नहीं। तो सचमुच राधा के स्थान को किसी और ने ले लिया ? ले लिया तो ले ले, राधा ने अपने को समझाना चाहा। उसने श्रीकृष्ण पर सर्वाधिकार चाहा ही कब ? तब ? तब ऐसा क्यों हो रहा है ? क्यों चिन्ताग्रस्त हो रही है वह ? क्यों श्याम की छवि नहीं उतरती उसके अन्दर ? क्यों उसका करील-कुंज मुखर नहीं हो पा रहा आज ? क्यों उसके पत्ते-पत्ते, फूल-फूल कुम्हलाए और प्राण-हीन-से पड़े हैं। बात स्पष्ट है, मन को समझाना बहुत कठिन है। उसकी कई तहें होती हैं, राधा ने कहीं सुन रखा था। ऊपरी तह को समझ भी लो तो वह जो सबसे भीतरी

परत है, क्या बोलते हैं उसको—अन्तर्मन—उसको समझाना बहुत कठिन है। वह शीघ्र समझौता नहीं करता। वह अभीष्ट को अभीष्ट और अनिष्ट को अनिष्ट रूप में ही लेता है। तो ? तो ? तो ? फिर ये 'तो' राधा का पीछा नहीं छोड़ते। वह कालिन्दी के किनारे उसकी रेत पर पागलों की तरह दौड़ने लगती है, पर सूखे, खड़खड़ाते पत्तों की तरह ये 'तो' भी उसके पीछे-पीछे दौड़ते जाते हैं।

पर दौड़कर कहां जाएगी राधा ? यह अपने से भागना कब तक चलेगा ? दूसरों से तो भागा भी जा सकता है, पर अपने से भागने की यह प्रक्रिया ? कहां अन्त है इसका ? शायद कहीं नहीं। यह कुम्हार के चक्र की तरह निरन्तर अपनी ही धुरी पर चक्रायित होने के सदृश है। यह भागना, यह भटकना सीधा नहीं हो सकता। व्यर्थ है भीत मृगी की तरह यह व्यर्थ की दौड़। राधा रुक गई। उसकी दाहिनी भुजा कल अपराह्न से ही फड़क रही है। आज प्रातः से ही दाहिनी आंख की पलकों में भी जैसे पंख लग आए हैं। बुरे स्वप्न देखे हैं, उसने रात-भर। निस्सन्देह उसका अनिष्ट हुआ है या हो रहा है। शायद उसके सर्वस्व पर ही किसी ने सर्वाधिकार का दावा किया है।

'नहीं !!!' राधा पागलों की तरह जोर से चिल्लाई, 'यह हो नहीं सकता। श्रीकृष्ण मेरा है, मेरा होकर ही रहेगा।' उसे अपने शब्दों पर, अपने इस अमानुषिक चीत्कार पर स्वयं आश्चर्य हुआ। यह क्या कर रही है वह ! उसका जीवन तो बलिदान-हेतु बना है, त्याग ही उसका व्रत है। माना सारे अपशकुन यह चिल्ला-चिल्लाकर कह रहे हैं कि उसकी निधि लुट गई। उसका सर्वस्व स्वाहा हो गया। माना ये अपशकुन ठीक भी हों, पर इससे इसका क्या ? वह तो अपने मुख से श्रीकृष्ण को बोल चुकी है—'तुम्हारी पटटमहिषी होगी, रानियां, पटरानियां होंगी। सभी बड़े लोगों की होती हैं। पर मुझे इससे क्या अन्तर पड़ेगा। मैं तो सदा से तुम्हारी हूं, तुम्हारी रहूंगी। तुम्हारे तन पर उनका अधिकार हो सकता है पर मन तो मेरा ही रहेगा। हमारा सम्बन्ध तो आत्मिक है, अपार्थिव। उसे किसका भय है ?'

तब आज क्यों भयभीत हो रही है राधा ? क्यों अव्यवस्थित हो रही है वह ? शायद तन के साथ श्रीकृष्ण का मन भी कुछ क्षणों के लिए कहीं और चला गया। इसीलिए न ? और फिर क्षण भी कैसे कहे वह उन्हें। हो सकता है सदा के लिए ही श्रीकृष्ण अपने तन-मन दोनों से किसी और के हो गए हों।

'होने दो,' राधा व्यवस्थित हुई। कुछ अन्तर नहीं पड़ता उस पर इस सबसे। कृष्ण का किसी का होना-न-होना महत्त्वपूर्ण नहीं है। महत्त्वपूर्ण है राधा का कृष्ण को छोड़कर किसी और का न होना। और राधा का कृष्ण के मन पर नियन्त्रण नहीं हो, अपने पर तो है। और उसके पैरों में लगे पंख खुल गए। व्यवस्थित हो गई राधा। उस करील-कुंज की ओर लौट चली। त्याग, सर्वस्व त्याग का ही नाम है राधा, निःस्वार्थ त्याग का, राधा ने अपने को समझाया। वह अपने करील-कुंज के फूल-पत्तों में फिर उसी श्याम-छवि को ढूंढ़ेगी। फिर उस परिचित स्वर का सन्धान करेगी। आज नहीं कल, फिर उभरेगी श्याम-छवि इन पत्तियों पर, फूलों की इन पंखुड़ियों पर। गूंजेगा श्याम का स्वर उसकी कल्पना में। यह सब कुछ क्षणिक है। राधा की साधना सच्ची है तो बहुत देर नहीं भटकेगा श्रीकृष्ण-मन।

पन्द्रह

और ठीक ही बहुत देर नहीं भटका श्रीकृष्ण-मन। ऐसे रुक्मिणी का सौन्दर्य उस दाहक दीपशिखा से कम नहीं था जिस पर टूटा पतंगा अपने प्राणों की आहुति से कम या अधिक नहीं प्रदान कर सकता। रथ के पिछले भाग में प्राय: उनके अंक में ही अन्दर से परम सन्तुष्ट पर ऊपर से वन्य मृगिनी की तरह भयभीत रुक्मिणी का रूप श्रीकृष्ण के सोचने-समझने की सम्पूर्ण शक्तियों को ही प्राय: समाप्त कर चुका था। नहीं, स्वयंवर-सभा से ले भागने के पश्चात् वे रुक्मिणी को एक बार भी अपने आकर्षण का आश्वासन नहीं दे पाए थे। मन में कई बार आया था कि जब उसका अपहरण कर उसे अर्धांगिनी का महत्त्वपूर्ण स्थान देने ही जा रहे हैं तो भीता, आशंकिता और साथ ही वर्षों से पूर्णतया समर्पिता इस निसर्ग-सुन्दरी को अपने अंक में भर उसे अपने प्यार न सही, संरक्षण की ही सम्पूर्ण आश्वस्ति प्रदान कर दें। और प्यार भी कैसे नहीं ? रुक्मिणी के सौन्दर्य की गाथा उस धूल-धूमरित विप्र के आने के पूर्व ही उन तक हवाओं पर आरूढ़ हो पहुंच चुकी थी। कुछ क्षणों के लिए ही नहीं, कुछ पलों के लिए श्रीकृष्ण-नयन रुक्मिणी-मुख पर अपलक हो गए थे। इस समय उनके अन्दर भावनाओं का जो ज्वार उठा तो सचमुच उसमें राधा की स्मृति भी किसी असहाय तिनके की तरह ही किसी अन-जान किनारे को जा लगी थी।

और ऐसा होना भी स्वाभाविक था। रुक्मिणी का सौन्दर्य चाहे जितना अलौकिक, मादक और अद्भुत हो, उसे प्राप्त करने में भी द्वारिकाधीश को कुछ कम बल-विक्रम और बुद्धि-चातुर्य का उपयोग नहीं करना पड़ा था। ब्राह्मण की विह्वलता और रुक्मिणी के पत्र में वर्णित उसकी दयनीयता और सर्वस्व-समर्पण भी भावना और सबसे ऊपर श्रीकृष्ण द्वारा परित्याग और शिशुपाल द्वारा वरण की स्थिति में उसके प्राण-विसर्जन की प्रतिज्ञा ने उन्हें तत्काल विदर्भ-नरेश की राजधानी कुण्डिनपुर की ओर प्रस्थित तो कर दिया था पर स्थिति की दुरूहता का भान उन्हें वहां जाने पर ही हुआ था। चेदिनरेश नृप दमघोष वहां अपने पुत्र शिशुपाल के शुभ विवाह की पूर्ण तैयारी के साथ सैन्य-सज्जित होकर आ पहुंचा था। स्वयंवर तो बहाना-मात्र था, रुक्मी, शिशुपाल को अपनी बहन रुक्मिणी को देने को पूर्णतया प्रस्तुत तथा वचनबद्ध था और उसने अपनी योजना में कहीं कोई कमी नहीं रहने दी थी।

श्रीकृष्ण के सभी घोषित शत्रु; जरासंध, पौण्ड्रक, विदूरथ, शाल्व, दन्तवक्त्र आदि अपनी विशाल वाहिनियों के साथ उपस्थित थे। श्रीकृष्ण इन सबका सामना करने के लिए मात्र अपने चक्र और सारथी दारुक के साथ रुक्मिणी के त्राण के लिए प्राय: एकाकी ही पहुंच चुके थे। फिर भी उनको अपने कृत्य पर जरा भी पश्चात्ताप नहीं था। उन्हें विश्वास था कि अपने अद्भुत शौर्य और शस्त्र-संचालन के बल पर इन सभी नृपों और इनकी वाहिनियों को पराजित कर रुक्मिणी-त्राण में वे सफल होकर ही रहेंगे।

कहने वाले कहते हैं कि ईश्वर मनुष्य के अत्यन्त समीप है। ऐसा कि आप उसे

देख भी सकते हैं, स्पर्श भी कर सकते हैं, चाहें तो वार्तालाप भी कर ले सकते हैं। वह उतना ही सत्य, यथार्थ और पार्थिव है जितना आपके सामने या पीछे स्थित कोई शरीरधारी। पर उसे आप नहीं देख पाते, नहीं सुन पाते, नहीं छू पाते क्योंकि आपके और उसके मध्य सदा से एक झीनी चादर, एक पर्दा, एक हलका आवरण स्थित है और वह आवरण है काम-वासना। जहां वासना है वहां भगवान नहीं और जहां भगवान है वहां वासना नहीं।

अब अगर श्रीकृष्ण सचमुच में ईश्वर थे जैसा कि कुछ लोग तब तक मानने लगे थे तो उपर्युक्त उक्ति रुक्मिणी-हरण-प्रसंग में एकदम सटीक बैठती है।

श्रीकृष्ण अपने रथ के साथ विदर्भ-नरेश और उनके सभी सहयोगियों की पंक्ति-बद्ध सेनाओं के ठीक पीछे खड़े हो गए थे। प्रसंग गौरी-पूजन का था। रुक्मी और उसके समर्थकों को पूर्ण विश्वास था कि कृष्ण छल, बल अथवा किसी भी कौशल का प्रयोग कर रुक्मिणी-हरण का प्रयास करेंगे ही। अतः, गौरी-मन्दिर के पास सैन्य-बल की विशेष व्यवस्था थी। सेना की कई पंक्तियों की दीवार ही वहां चुन दी गई थी।

श्रीकृष्ण को ज्ञात था कि उन्हें क्या करना था। जैसे ही रुक्मिणी गौरी-मन्दिर के पास पहुंची उन्होंने अपने रथ को पंक्तिबद्ध सेनाओं के पीछे और समीप ला खड़ा किया। परम्परा के अनुसार राजमहल से मन्दिर तक रुक्मिणी को पांव-पैदल ही देवी-पूजन हेतु जाना था। और जब साक्षात् सुन्दरता ही मूर्तिमती हो भूतल पर पद-चाप करे तो किन चर्मचक्षुओं में शक्ति है कि उसकी ओर से अपने को मोड़ ले? रुक्मी के सैनिक तो रुक्मी के सैनिक, शाल्व, शिशुपाल, जरासंध, दन्तवक्त्र आदि सभी महारथियों के साथ उनके सैनिकों के नयन भी रुक्मिणी की ओर निर्निमेष हो गए। उस सुन्दरी के हर पद-तल के साथ महारथियों, रथियों, अधिरथियों और सामान्य सैनिकों के हृदय के ताल एकीभूत हो आए। किसी को और किसी तरफ देखने का अवकाश ही नहीं था। यही था ईश्वर और जीव के मध्य वासना का आवरण। ईश्वर के रूप में श्रीकृष्ण शस्त्र-सज्जित सैनिकों के ठीक पीछे खड़े थे—रथारूढ़; अपने पीताम्बर और चक्र से सुसज्जित एक पूर्ण पुरुष—स्वयं ही शोभा और आकर्षण की अप्रतिम प्रतिमूर्ति। पर उनकी ओर देखने की किसे सुधि थी? सभी तो नारी-सौन्दर्य के नख-शिखपान में मदहोश थे भले ही वह नारी उनमें से किसी के नरेश और किसी के मित्र की ही परिणीता होकर एक पवित्र-विधान को निकली थी।

श्रीकृष्ण सैनिकों से ठीक सटे प्रतीक्षारत रहे। वे स्वयं शक्ति के उपासक थे। पूजन में व्यवधान बनने की उनकी कोई योजना नहीं थी। मन्दिर-गर्भ में रुक्मिणी को अपेक्षाकृत अधिक समय ही लगा। पर उसके रूप के माधुर्य से मोहित योद्धाओं की दृष्टि गर्भ-द्वार पर ही अटकी रही। पता नहीं कब वह रूप की प्रतिमा पूजन समाप्त कर वापस निकल आए। कोई भी पूजन-पश्चात् के उसके और अत्यधिक देदीप्यमान हो आए, रोली-कुंकुम-चर्चित चेहरे की प्रथम झलक से अपने को वंचित करना नहीं चाहता था।

रुक्मिणी अर्चना-गृह से बाहर आई। सखियों ने पूजन के स्वर्ण-रजत-थाल अपने हाथों में थाम लिये। दो चार पद-विन्यास के पश्चात् ही उसने अपने नमित नयनों को थोड़ा उठाया—उनमें एक स्पष्ट व्यग्रता थी। पूजन तो समाप्त हो गया

था पर श्रीकृष्ण का कहीं पता नहीं था। तथाकथित योद्धाओं ने इन उन्मीलित नयनों की गहराइयों में अपने नयनों को डुबा देना चाहा। अब तक तो उन्हें झीनी चादर से ढंके चन्द्रमुख और बहुमूल्य आवरण में लिपटे विस्मयकारी शरीर-यष्टि के दर्शन के ही सौभाग्य मिल रहे थे। पर ये उन्मीलित नयन, ये कानों तक खिंचे काम-शर की तरह तने नयन, गहरी-से-गहरी झील की गहराई को भी मात देने वाली आंखों की यह अतल गहराई। सभी की दृष्टि अपलक हो गई। पीछे खड़े पीताम्बरधारी, चक्रपाणि पर किसका ध्यान जाना था? ईश्वर और जीव के मध्य की क्षीण पतली दूरी एक सुदृढ़ दीवार बन गई। यह रूप का जादू था या वासना-कामना का विवश नर्तन? श्रीकृष्ण नहीं जानते थे कि वे ईश्वर थे या नहीं, आज भी बहुत लोग इस बात को नहीं जानते हैं, पर इस कथन को एक बार पुनः दुहराने की इच्छा होती है कि वासना इसी तरह व्यवधान बन आती है अति समीप स्थित ब्रह्म और जीव के मध्य। वह नहीं रहे तो अभेद है ब्रह्म और जीव में, आत्मा और परमात्मा में। तब उसे कहीं ढूंढ़ने की आवश्यकता नहीं होती, वह तो समीप ही खड़ा मिलता है, खड़ा रहता है।

श्रीकृष्ण ने इस स्थिति से लाभ उठाया। रथ से उतरे। सामने की अभेद्य सैन्य-पंक्ति से धनुष से छूटे शर की तरह ही पार हुए। उनकी ओर देखने का अवकाश भी किसे था, भले ही उनके कवच-धारी शरीर से कुछेक को खरोंचें भी आई हों और कुछ गिरते-गिरते भी बचे हों। वे ठीक वहां पहुंचे जहां अब नमित-मुख रुक्मिणी पहुंच चुकी थी। सुबह की कुमुदिनी की तरह ही उसका सुन्दर मुख दुश्चिंता से म्लान हो आया था।

रुक्मिणी की दाहिनी कलाई जैसे किन्हीं लौह पंजों में जकड़ गई थी। एक क्षण को हड़बड़ा कर उसने आंखें उठाई थीं और दूसरे ही क्षण आश्वस्त-सी होती भूमि पर गिरते-गिरते बची थी। श्रीकृष्ण ने अपनी विशाल भुजाओं में उसे उठा लिया था और इसके पूर्व कि कोई समझे-बूझे, सैनिकों की पंक्तियों को दुबारा पार करते हुए वे अपने रथ में जा बैठे थे।

दारुक ने रथाश्वों को प्रदोत्त का एक हलका स्पर्श दिया था और वे वायु-वेग से भाग चले थे। रुक्मिणी-हरण हो चुका था। शिशुपाल ने सिर पीट लिया था। रुक्मी के मुख का रंग डूबते सूरज की तरह प्रभा-हीन हो आया था। जरासंध काले नाग की तरह क्रोध से फुफकारने और शब्दों के विष-वमन करने लगा था।

पर वे सँभले थे। श्रीकृष्ण को रुक्मिणी के साथ यों पलायन नहीं करने दिया जा सकता था। उन्होंने अपने सैनिकों को आदेश दिए थे और सभी शस्त्र-सज्जित रथों में सवार हो श्रीकृष्ण की दिशा में क्षिप्र गति से बढ़ चले थे।

बलराम श्रीकृष्ण से केवल वय में ही बड़े नहीं थे। बुद्धि, विद्या-बल में भी उनसे बीस पड़ते थे। यह बात पृथक् थी कि जिस आकांक्षा-महत्त्वाकांक्षा से मुक्ति की बात श्रीकृष्ण सिद्धान्त में करते थे, बलराम ने उसे व्यवहार में उतार लिया था।

सत्यनिष्ठा, तीर्थाटन और न्याय-प्रियता ही उनके जीवन के लक्ष्य थे। उन्हें आर्यावर्त की तत्कालीन राजनीति में न कोई महत्त्वपूर्ण भूमिका निभाकर अपने को पूज्य-प्रतिष्ठित करना था न परमात्मा-परमेश्वर के रूप में ही पूजित होने की कोई महत्त्वाकांक्षा थी। किन्तु एक बात थी। पूर्व की तरह ही उनके हृदय में अब भी अपने अनुज के लिए अगाध स्नेह था।

जैसे ही उन्हें पता लगा कि वृद्ध ब्राह्मण के साथ वे विदर्भ-नरेश की राजधानी कुंडिनपुर की ओर एकाकी ही प्रस्थान कर चुके हैं, उन्होंने शीघ्रता में मथुरा की यादवी सेना को संगठित किया और जो कुछ सैनिक भी उपलब्ध हो सके उनके साथ विदर्भ-नरेश की राजधानी की ओर प्रस्थित हो गए।

कुंडिनपुर से लौटते श्रीकृष्ण से उन्हें मार्ग में ही भेंट हुई पर अब श्रीकृष्ण कहने मात्र को अकेले थे। निरन्तर यात्रा के फलस्वरूप तथा भोजन-पानी की पर्याप्त व्यवस्था नहीं होने के कारण उनके रथाश्व, शिथिल-गात हो आये थे और तीव्रता से पीछा कर रही शिशुपाल, जरासंध आदि की सेनाएं प्रायः उनके पास पहुंच गई थीं। समीप था कि दोनों ओर से तुमुल युद्ध आरम्भ हो जाता और इस संघर्ष में एकाकी श्रीकृष्ण को मुंहकी भी खानी पड़ती पर बलराम के आने से बात संभल गई। उनके पास बहुत समय नहीं था, उन्होंने श्रीकृष्ण से इतना ही कहा—"तुम्हें यह दुस्साहस नहीं करना था, खैर तुम अपने मार्ग जाओ, मैं इन सबों से निबट लूंगा।"

रुक्मिणी को लिये श्रीकृष्ण का रथ आगे बढ़ गया। बलराम का सामना एक साथ कई रथियों-महारथियों और अधिरथियों से हुआ। जरासंध, शाल्व, शिशुपाल, पौंड्रक, रुक्मी, रुक्मरथ, रुक्मबाहु, रुक्मेश, रुक्ममाली—सभी ने एक साथ बलराम पर परिघ, पट्टिश, शूल, तलवार, तोमर और शक्ति से आक्रमण आरम्भ कर दिया। वे शीघ्रातिशीघ्र बलराम रूपी इस बाधा को पार कर श्रीकृष्ण और रुक्मिणी तक पहुंचना चाहते थे पर बलराम तो हिमवान बने उनके मार्ग में अडिग खड़े थे। अपने पर चलाए अस्त्र-शस्त्र वे बात की बात में अपने तीक्ष्ण शरों से काट डालते थे और अवसर मिलते ही कितनों के सिर अपने प्रिय आयुध मूसल और हल से ही चूर कर डालते थे। रुक्मी के सहायकों की संख्या फिर भी अत्यधिक थी। मुट्ठी-भर यदुवंशियों के लिए वह निश्चय ही भारी पड़ रहा था। बलराम यद्यपि श्रान्त नहीं हुए थे पर क्रोधाभिभूत हो आये रुक्मी और श्रीकृष्ण के घोषित शत्रुओं शिशुपाल, जरासंध और शाल्व तथा उनकी सेना को अब बहुत देर तक वह रोक पायेंगे, यह सन्देहपूर्ण था।

पर्याप्त आगे बढ़ गए श्रीकृष्ण ने एक अश्वत्थ वृक्ष की छाया में दारुक से अपने रथ को रुकवाया। अश्वों के खाने-पीने का प्रवन्ध किया। प्रेम से उनके शरीर पर हाथ फेरा। वे प्रसन्नता से हिनहिना पड़े।

"दारुक, हमें अब पीछे लौटना होगा।"

"क्यों?" सारथी ने आश्चर्य से पूछा।

"अग्रज संकर्षण अभी लौटे नहीं। लगता है शत्रुओं की विशाल वाहिनी ने उन्हें उलझा रखा है। हम उन्हें एकाकी नहीं छोड़ सकते।"

"आपके अग्रज को त्रैलोक्य में किससे भय है? आप व्यर्थ चिन्तित हो रहे हैं। रथ में राजकुमारी भय-वश बेसुध पड़ी हैं। शीघ्रातिशीघ्र द्वारिका लौट कर

इनकी चिकित्सा करनी होगी। इनकी संज्ञा को वापस लाना होगा। आपके पास युद्ध-रत होने का समय कहां है ?" दारुक ने निवेदन किया।

"राजकुमारी की तो रक्षा हो चुकी। इनके प्राण भी बच जायेंगे। पर अनुज के नाते अग्रज के प्रति जो मेरा कर्त्तव्य बनता है उसकी मैं उपेक्षा नहीं कर सकता। उनके प्राणों पर संकट के मेघ घिर आये हैं। जरासंध हमारा पुराना शत्रु है। अभी उसे हमारे अन्य शत्रुओं का बल भी प्राप्त हो गया है, वह अग्रज के हाथों कई बार अपमानित हो चुका है। भूखा शेर बना बैठा है वह। नहीं, हम भैया बलराम को उससे अपमानित नहीं होने देंगे। रथ लौटाओ। घोड़े भी अब स्वस्थ हो गए हैं। कोई बात नहीं, अग्रज थक गए होंगे तो हम सम्पूर्ण शत्रु-सेना से अकेले ही निपट लेंगे।"

और हुआ भी वही। श्रीकृष्ण यदुवंशियों की सेना को चीरते हुए उसके अग्रभाग में जा पहुंचे। यद्यपि बलराम सबके आक्रमण को अकेले झेल रहे थे पर श्रीकृष्ण ने उन्हें पीछे कर, विश्राम का अवसर दिया और शत्रुओं के अस्त्रों की बौछार स्वयं झेलने लगे।

"तो तुम 'रण-छोड़' पुनः वापस आ गए।" जरासंध ने कटूक्ति की।

"अभी पता चलता है कि 'रण-छोड़' कौन है।" श्रीकृष्ण ने कहा और बलराम के रथ से धनुष और तूणीर लेकर जरासंध पर वाणों की झड़ी लगा दी।

जरासंध ने भी अपना हस्तलाघव दिखलाया और देखते-देखते श्रीकृष्ण का पूरा रथ वाणों से ढंक गया। क्षण-भर को जैसे पूर्णिमा के पूर्ण चन्द्र को विशाल मेघ खंड ढंक लेते हैं, उसी तरह श्रीकृष्ण के सहायकों को लगा कि श्रीकृष्ण का रथ वाणों के झुंड में विलीन हो गया। यदुवंशियों में हाहाकार मच गया।

जरासंध ठठाकर हंसा।

"यह 19वीं बार तुम्हारी हार हो रही है यदुराज ?" जरासंध ने व्यंग्य किया। रथ में संज्ञाहीन-सी पड़ी रुक्मिणी की संज्ञा भी कुछ क्षण के लिए लौटी और रथ को शरों से आच्छादित देख वह पुनः संज्ञा-शून्य हो गई। श्रीकृष्ण को अपने दिव्य धनुष को नहीं लाने का बहुत दुख हुआ पर सुदर्शन चक्र को अपनी उंगली पर इस कुशलता से चक्रायित कर उन्होंने फेंका कि जरासंध के सारे शरों को एक ही बार में काट कर वह वापस आ गया। उसके वाणों के साथ जरासंध के धनुष और ध्वज को भी अद्भुत श्रीकृष्णास्त्र ने काट दिया।

"इस चक्र को दूसरी बार मैं छोड़ूं तो वह तुम्हारा सिर अपने साथ लिये ही लौटेगा।" श्रीकृष्ण ने मुसकरा कर जरासंध से कहा।

जरासंध को स्पष्टतः पसीना आ गया। उसने अपनी हथेली से ललाट पर चुहचुहा आई बूंदों को पोंछा और दूसरे धनुष को उठाने के लिए अपने दाहिने हाथ को पीछे करना चाहा।

"नहीं जरासंध !" श्रीकृष्ण ने मेघ-गर्जन के स्वर में उसे सम्बोधित किया, "तुम्हारे हाथ पीछे बढ़े कि मेरा चक्र चल जायेगा और तब न तो तुम्हारा यह हाथ रहेगा और न तुम्हारा सिर।"

जरासंध का हाथ जहां का तहां रुक गया।

"अब बोलो, यह हमारी उन्नीसवीं हार है अथवा तुम्हारी अन्तिम?" श्रीकृष्ण ने जरासंध को सम्बोधित किया।

जरासंध चुप अपने रथ में बैठा रहा। श्रीकृष्ण का भय उसे प्रायः पंगु कर चुका था। उसे अपनी मृत्यु समीप लग रही थी पर उसे आश्चर्य हो रहा था कि उसे असहाय पाकर भी श्रीकृष्ण उसका बध क्यों नहीं कर रहे थे! उसका उत्तर भी उसे मिल गया।

"मैं तुम्हारा बध नहीं करूंगा जरासंध! एक बार नहीं कई बार मेरे अग्रज बलराम ने तुम्हें बन्धन-युक्त कर भी तुम्हारे प्राण वापस कर दिये। तुम्हें इस बात का भी अभिमान होगा कि तुमने अपने अठारहवें आक्रमण में मुझे मथुरा छोड़ने को बाध्य कर दिया पर वह हमारा नगर छोड़ना तुम्हारे भय से नहीं, हमारी एक विशेष योजना के अन्तर्गत था और आज तो तुम्हें पता लग ही गया कि विजय-श्री तुम्हें वरण करने को व्यग्र है या हमें। यह भी नहीं समझना कि हम तुम्हें कृपा-वश प्राण-दान देते जा रहे हैं। वास्तविकता तो यह है कि अपने हाथों तुम्हारा बध कर मेरे अग्रज और मैं तुमको अतिरिक्त मान नहीं देना चाहते। मृगराज कभी शशक-शावक का शिकार नहीं करता। तुम्हारा भी आखेट कोई करेगा पर उसका नाम मैं अभी तुझे नहीं बताऊंगा।"

श्रीकृष्ण की बात सुनकर जरासंध का मुंह सर्वथा तेजहीन हो गया। उसे अपनी मृत्यु सुनिश्चित लगी। प्रश्न अब केवल समय का था। वह अपने रथ को पीछे हटा ले गया।

अब सामने आया शिशुपाल। पर उसका भी मुख विवर्ण था। निश्चय ही रुक्मिणी से उसे अथाह प्रेम था और उसका हाथ से निकल जाना उसके हृदय की धड़कन ही बन्द कर गया था।

"यादवों के कुटिल नायक! तुमने शृगाल होकर शेर के हिस्से पर हाथ लगाया है। यह तुम्हें बहुत महंगा पड़ेगा।" उसने घृणा-भरे स्वर में श्रीकृष्ण को सम्बोधित किया।

"तुम शेर हो कि नहीं, मैं यह नहीं कह सकता पर तुम्हारे शर जिसके आखेट को आतुर थे वह शिकार मेरे रथ में पड़ी है, और उसे देखकर मुझे लग रहा है कि वह शेरनी अवश्य है अतः तुम्हारे योग्य कदापि नहीं।"

"वह एक सम्मानित क्षत्रिय-वीर के योग्य नहीं और तुम्हारे सदृश ग्वाले के गोष्ठ की शोभा बढ़ाने योग्य है!" शिशुपाल आपे से बाहर होकर बोला। उसका श्री-हीन मुख पुनः सामान्य हो आया था और उसने अपने धनुष पर शर-सन्धान कर लिया था।

"जिह्वा पर लगाम दो शिशुपाल, वरना मुझे उसे काट फेंकना होगा।" श्रीकृष्ण ने क्रोधाभिभूत होकर कहा।

"जिह्वा पर लगाम और तुम्हारे सदृश चोर और धोखेबाज के लिए? गोकुल की गलियों के तुम शर्म-हीन माखन-चोर अब क्षत्रिय-बालाओं की चोरी पर भी उतर गए हो?" शिशुपाल ने वाणों की अनवरत झड़ी श्रीकृष्ण-रथ पर लगाते हुए कहा।

बात की बात में, अर्द्धचन्द्राकार शरों से उन्होंने शिशुपाल के मारे शर काट दिए और बोले, "दुर्बल नरेशों की यही गति होती है। क्षत्रिय होने से ही कोई

संग्राम-जयी योद्धा नहीं हो जाता। तुम अपनी होने वाली पत्नी की रक्षा करने में तो असमर्थ रहे, अब किस मुंह से डींग मारे जा रहे हो ?"

श्रीकृष्ण के ये वचन शिशुपाल को शूल की तरह ही लगे और उसने एक भयानक शूल ही श्रीकृष्ण के वक्ष का लक्ष्य बनाकर छोड़ दिया। निकट था कि वह भयंकर अस्त्र श्रीकृष्ण के हृदय को विदीर्ण कर जाता पर तत्काल श्रीकृष्ण ने रथ को अपने पैरों से जोर से दबाया। घोड़े जोर से हिनहिना कर घुटनों के बल बैठ गए। रथ-चक्र दो-दो अंगुल जमीन में जा गढ़े और शिशुपाल का शूल रथ-दण्ड का स्पर्श-सा करता ऊपर-ऊपर ही निकल गया।

"बच गए तुम यादव-कुल-कलंक !" जिसे सम्पूर्ण आर्यभूमि अब तक नारायण कहकर सम्बोधित करने लगी थी, उसके लिए यही सम्बोधन चुना शिशुपाल ने।

"गालियां तुम मुझे जितनी दे दो, पर मैं अभी तुम्हारे प्राण लेने नहीं जा रहा," श्रीकृष्ण ने कहा और एक साथ कई शरों का सन्धान कर उसके वाण, ध्वज-दण्ड और सारथी के साथ-साथ रथाश्वों का भी विनाश कर दिया। दूसरे ही क्षण विदर्भ-कुमारी का वरण करने आया हुआ क्षत्रिय वंशावतंश शिशुपाल असहाय और लज्जित-सा समरांगण में अपने टूटे रथ के भग्नावशेष पर निरुपाय और भीत खड़ा था। मृत्यु उसकी आंखों के सामने अपना बीभत्स मुख फैलाये खड़ी थी। वह किसी क्षण सुदर्शन-चक्र द्वारा अपने शिरोच्छेदन की बात निश्चित मान रहा था।

श्रीकृष्ण उसके मुख पर मढ़ आये उसके मनोभावों को ठीक से पढ़ सके और बोले, "नहीं चेदि कुमार ! तुम्हारे बध के लिए अभी मैं अपने सुदर्शन-चक्र को कष्ट नहीं दूंगा, यह सुनिश्चित है कि इसी चक्र से तुम्हारा शिरोच्छेदन होगा, पर अभी नहीं।" श्रीकृष्ण ने भयभीत शिशुपाल को सम्बोधित किया।

"तुम का-पुरुष, विलासिता के दास, गंवार यादवों के सामान्य सरदार, तुम क्या खाकर मेरा शिरोच्छेदन करोगे ? मैं जरासंध नहीं हूं जो तुम्हारे इस खिलौने से डर कर भाग खड़ा होऊंगा। मैं तुम्हारे इस चक्र को अपने विशाल खुले मुख में उसी तरह निगल जाऊंगा जैसे चन्द्र-बिम्ब को सिंहिकासुत अपना ग्रास बना लेता है। छोड़ो अपने चक्र को तुम निर्लज्ज जादूगर और देखो उसकी क्या गति होती है ?" शिशुपाल उसी तरह अपने ध्वस्त रथ पर खड़ा हो बोलता गया। उसके प्राण तो श्रीकृष्ण के रथ में पड़े थे -- उसकी तथाकथित परिणीता रूप-राशि रुक्मिणी। उसे अब अपने इन महत्त्वहीन प्राणों का कहां भय था ?

"गालियां मुझे छू नहीं पातीं शिशुपाल," श्रीकृष्ण ने आरम्भ किया, "तुम्हारी कृपा से मैं शब्दों की व्यर्थता और सार्थकता दोनों से परिचित हूं। मैं इन शब्दों को कोई मूल्य नहीं देता। ये अर्थहीन और मूल्यहीन ही हैं मेरे लिए। पर मेरे सुदर्शन का स्पर्श अर्थहीन होगा, ऐसा समझने की भूल नहीं करना; पर नहीं अभी नहीं ! मैं वचन की रक्षा करना जानता हूं। मैंने तुम्हारी मां को वचन दे रखा है कि तुम्हारे दुर्मुख पुत्र की मैं निन्यानवे गालियां खुशी-खुशी झेलने को तैयार हूं पर जिस दिन उसके मुख से सौवीं गाली निस्सृत होगी उस दिन उसका सिर कन्धों पर नहीं रहेगा। अभी सौवीं गाली शेष है शिशुपाल, इसीलिए तुम्हारे जीवन की संध्या में भी अभी कुछ विलम्ब है। जाओ मैंने तुम्हें जीवन-दान दिया, हो सके

तो अपनी माता तक इस घटना को पहुंचा देना।"

और श्रीकृष्ण रथ मोड़कर द्वारिका की दिशा में प्रस्थित हुए। जरासंध और शिशुपाल की पराजय के पश्चात् अब किसी योद्धा में यह हिम्मत नहीं शेष थी कि वह श्रीकृष्ण के रथ को रोके।

श्रीकृष्ण लौटे तो बलराम का रथ भी वापस हुआ। वह द्वारिका के पूर्व अपने अनुज को असुरक्षित नहीं छोड़ना चाहते थे। पता नहीं शत्रु फिर कौन दुरभिसंधि रचे और श्रीकृष्ण को व्यर्थ में परेशान करे। और हुआ भी वही। सभी तो अपनी-अपनी पराजय स्वीकार कर वापस लौट गए अपनी राजधानियों को पर रुक्मिणी का भाई रुक्मी कहां लौटे? जिसकी एकमात्र बहन का उसकी इच्छा के विपरीत अपहरण हुआ हो उसकी पीड़ा का अनुमान कोई अन्य कैसे लगा सकता था? सभी सहायक चले गए तो चले गए पर वह अपमान की इस घूंट को पीने को प्रस्तुत नहीं था। कुछ देर के निर्णय-अनिर्णय के पश्चात् वह अपनी छोटी-सी सेना को संगठित कर श्रीकृष्ण की दिशा में दौड़ा। श्रीकृष्ण अपनी विजय से आश्वस्त हो थके हुए रथाश्वों को बहुत तंग नहीं करना चाहते थे और वे धीरे-धीरे ही द्वारिका की दिशा में प्रस्थित हो रहे थे। अग्रज होने के नाते संकर्षण का रथ स्वभावतः उनसे क्रोशों आगे था पर वे श्रीकृष्ण से निरन्तर सम्पर्क बनाये हुए थे। धावकों की एक पंक्ति निरन्तर दोनों रथों के मध्य सम्पर्क बनाए हुए थी।

रुक्मी मूर्ख था। जिसे अपनी बल-बुद्धि का सम्यक् ज्ञान नहीं हो और जो अनावश्यक अहंकार से ग्रसित हो उसे आप मूर्ख के सिवा क्या कहेंगे? अगर बाज किसी पक्षी पर टूटे तो यह समझने की बात है पर पक्षी ही बाज को आखेट बनाना चाहे तो उसके प्राणान्त को आप सुनिश्चित मानेंगे अथवा नहीं? तो रुक्मी ने आव देखा न ताव, श्रीकृष्ण के रथ को दृष्टि-पथ में आते ही उस पर आक्रमण कर बैठा। इधर श्रीकृष्ण, रूप-राशि रुक्मिणी को संज्ञा-युक्त करने के प्रयास में लीन थे। उसके मुख पर सुगन्धित जल के छींटे डालकर और अपने पीताम्बर से उसके मुख पर हवा कर वह उसे बहुत कुछ प्रकृतिस्थ कर चुके थे। वह श्रीकृष्ण को अब पूर्णतया पहचान चुकी थी और एक भीत शिशु की तरह उनके कलेजे से जा चिपकी थी। ठीक उसी समय करील-कुंज में बैठी अव्यवस्थित और व्यग्र राधा के कलेजे में एक जोर की टीस उठी थी, उसने कुछ समझकर भी नहीं समझा था और एक करील-कुंज के नीचे ही निढाल पड़ गई थी। कितना संवेदनशील होता है स्नेह-सिक्त मन? सहस्रों क्रोश की दूरियों का उसके लिए कोई अर्थ नहीं होता। कहीं के कम्पन (वाइब्रेशन) को वह क्षण मात्र में पकड़ सकता है। इसी कम्पन ने राधा के मन-प्राणों को छुआ था और वह और विक्षिप्त हो आई-सी उस करील-कुंज की कंटीली सतह पर अव्यवस्थित-असन्तुलित पड़ी रह गई थी। अन्न-जल तो उसने कई दिनों से त्याग ही दिया था। पर राधा जो सदा श्रीकृष्ण के हित-प्रदेश में ही निवास करती थी, वहां से कुछ देर के लिए ही सही निष्कासित कैसे हो गई थी? रूप का जादू सब पर चलता है न? इसमें सारी प्रतिज्ञाएं, शपथें और आश्वस्तियां धरी की धरी रह जाती हैं न? सबके साथ ऐसा होता है? वह जो पुरुषोत्तम है उसके साथ भी—उस प्रथम पुरुष के साथ भी ऐसा ही कुछ

घटता है? प्रकृति का ही खेल है यह। अपनी सृष्टि की शाश्वतता बनाये रखने का षड्यन्त्र। राधा तो फिर राधा ही रहती। अपार्थिव और आत्मिक समर्पण—साधना, प्रेम और त्याग का प्रतीक; पर सृष्टि का क्या होता? यादवों की वंशावली का क्या होता अगर रुक्मिणी-श्रीकृष्ण परिणय नहीं होता? फिर राधा को उससे दुःख ही क्यों पहुंचना था? उसने तो आरम्भ में ही सारी स्थितियों से समझौता कर लिया था। एक नहीं सौ रुक्मिणियां आयें श्रीकृष्ण के जीवन में, राधा को उससे क्या? वह तो उनकी भोग्या थी नहीं। सोच भी नहीं सकती थी। वह थी तो उनकी प्रेरणा, उनके उत्थान और विकास की निरन्तर ऊर्ध्वगामी होती जाती यज्ञ-वेदी का एक सुगन्धित पुष्प। उससे अधिक उसके यहां भी क्या था? पर हृदय तो फिर हृदय होता है जैसे उसकी धड़कनों पर कोई अधिकार नहीं वैसे ही उसकी संवेदनाओं को कोई कम्पन, कोई अप्रत्याशित तरंग कहीं से झंकृत कर जाये तो उसमें व्यक्ति का कितना अधिकार है, अतः नहीं चाहते हुए भी अगर राधा की हृत्तंत्रियों पर कोई अयाचित, अनागत विराग-राग गुंजित हो रहा था और उसे अव्यवस्थित और असन्तुलित कर रहा था तो इसमें उसका क्या दोष? आज की भाषा में दूरसंवाद अथवा दूरानुभूति इसे ही कहते हैं क्या?

सोलह

मनुष्य-जीवन का बहुत कुछ पूर्व-निर्धारित है—सुख-दुःख, संयोग-वियोग, प्रसन्नता-अप्रसन्नता यहां तक कि मान-अपमान भी। सब उसके पूर्व कृत्यों का फल है—वे कृत्य इस जन्म के भी हो सकते हैं, पूर्व जन्म के भी। पर है यह एक शाश्वत सत्य जिसे किन्हीं चिन्तकों ने कर्म-फल तो किन्हीं ने कर्म-विपाक तो किन्हीं ने प्रारब्ध अथवा भाग्य की संज्ञा दी है। इस प्रारब्ध, इस तथाकथित भाग्य में विश्वास करने वाले, मूढ़-मति, अन्ध-विश्वासी और भाग्यवादी की अपमानजनक संज्ञा से भी विभूषित होते रहे हैं।

पर जिस दिन व्यक्ति इस सत्य से साक्षात्कार कर लेगा कि नियति ही उसे अपने इंगित पर नाना नाच नचा रही है—उसे कीर्ति दे रही है, अपकीर्ति दे रही है, प्रसन्नता और अप्रसन्नता के सुयोग-कुयोग उपस्थित कर रही है, उसी दिन वह सुख-दुःख, मान-अपमान, यश-अपयश के सारे द्वन्द्वों से ऊपर उठ जाएगा। फिर उसे कुछ नहीं कचोटेगा, कुछ नहीं विचलित करेगा, कुछ भी नहीं असन्तुलित कर पायेगा उसे। पर व्यक्ति तो अपनी घुट्टी में ही अहंकार लेकर उत्पन्न होता है। जीवन-जगत् का सर्वश्रेष्ठ प्राणी होने के कारण वह सब कुछ अपने ही प्रयास से घटा लेना चाहता है। नियति को मुंह चिढ़ाना ही उसके अहम् की प्रतिष्ठा है, वही उसे परितुष्टि प्रदान करता है, उसके होने, कुछ होने का सुखद अहसास कराता है।

पर नियति भी कब पराजय स्वीकार करती है? जीवन के हर मोड़, हर चौराहे पर वह उसका सामना करने को प्रस्तुत रहती है। उसे अपने अस्तित्व का

बोध कराती है और अन्ततः जीतती है वही। और सुनिश्चित पराजय प्रतीक्षा करती है निरीह मनुष्य की ही।

गलत नहीं समझे कोई। यह नियति कोई आसमान से टपकी वस्तु नहीं है और न है यह स्वयं-भू। जैसा कि पहले कहा, इसे गढ़ा है हमने ही, गढ़ते भी हम ही जा रहे हैं क्षण-क्षण, पल-पल पर इस सत्य से साक्षात्कार करने से सदा वंचित रह जाते हैं कि हम वही काट रहे हैं जो बो चुके हैं अथवा कल वही काटेंगे जो आज बो रहे हैं? अगर सचमुच इस सत्य से उसका साक्षात्कार हो जाय तो उसके जीवन से दुःख-दर्द, अपमान-उत्पीड़न, विपत्ति और दैन्य-दीनता सदा के लिए शेष हो जाय और उसका जीवन-उपवन सुगन्धित पुष्पों की खिली-अधखिली कलियों से पुर आए। सब कुछ अपने हाथ में है। सुख भी और दुःख भी, मान भी और अपमान भी, जय भी पराजय भी। दुःख नहीं भोगना है तो बुरे कर्म नहीं करने हैं, सुख चाहिए तो सत्कर्म की ओर प्रवृत्त होना पड़ेगा। और यह भी कोई बताने की बात है कि सुकर्म क्या है और दुष्कर्म क्या? एक निरीह पशु भी तो मात्र घ्राण द्वारा खाद्य-अखाद्य के मध्य भेद कर लेता है और लाख प्रयास करो, अखाद्य की ओर मुंह भी नहीं करता।

तो क्या मनुष्य पशु से भी गया-बीता है—विवेक में, बुद्धि में और अपने हित-अहित के निर्धारण में? सृष्टिकर्ता ने तो उसके हाथ में सूत्र पकड़ा दिया है उसके सुख दुःख का, चाबियों के गुच्छे फेंक दिए हैं उसके समक्ष सुख के खजाने के भी और दुःख के भी। चुनाव उसका काम है। यहां वह सृष्टिकर्ता, वह नियामक, वह अखिल ब्रह्माण्डपति और इन शब्दों से किसी को चिढ़ हो तो 'प्रकृति' ही कह ले वह उसे; पूर्णतया तटस्थ हो जाता है। चुन लो जिसे जो चुनना हो—कुकर्म को अथवा सुकर्म को। जीवन उद्यान के खिले पुष्पों को अथवा मुर्झाए, गन्ध-हीन, व्यर्थ और वृन्त से टूट पड़ने को आतुर गत-प्राण कुसुमों को।

पर एक बार चुन लो तो पश्चात्ताप नहीं करो। अगर तुम तैरना नहीं जानते हो और तुमने पूरे होशो-हवास में सागर-जल में छलांग लगाई है तो निश्चित मृत्यु भी तुम्हारी प्रतीक्षा कर रही है और किसी 'आतिशबाजी' में तुम्हारे पूर्व कृत्य कर्मों को दिखाने का प्रबन्ध होता तो तुम यह देखकर चौंक जाते कि तुम्हारे प्राणों का यह सागर-विसर्जन यों ही नहीं हो रहा—भूत में तुमने भी किसी को जल-समाधि दी है।

पर नहीं समझेगा मनुष्य यह तथ्य। नहीं सुधारेगा अपनी चिन्तन-प्रक्रिया और अपनी कार्यशैली को और फिर वह सब कुछ भोगने को अभिशप्त रहेगा जिससे वह भय खाता है। भागना चाहता है।

नहीं समझ सका यह सत्य रुक्मिणी का भाई रुक्मी भी और इसीलिए उसे वह सब कुछ भोगना पड़ा जो किसी भी राजकुमार अथवा राजा के लिए अपमान के चरम अथवा पराकाष्ठा की बात हो सकती है।

बलराम ने उसे देखा तो पहले तो उनके होंठों पर एक मुसकान खेलते-खेलते रह गई पर दूसरे ही क्षण वे सम्हले और रुक्मी की दुर्दशा पर उन्हें दया आ गई।

मुंडित, विल्व-फल के सदृश पूर्णतया केश-हीन मस्तक। शिरस्त्राण अथवा एक सामान्य शिरोवस्त्र से भी रहित! मुंडित ही दाढ़ी-मूंछ और जल-कुक्कुट के अंडे के सदृश दिखता रोम-राशिहीन म्लान मुख। श्रीकृष्ण-रथ के ध्वज-

दण्ड से बंधा, नत-मस्तक रुक्मी अपमान, क्षोभ और शर्म का साक्षात् प्रतीक बना उनके रथ में निरुपाय, निरीह पड़ा था। नियति के साथ समझौता नहीं करने का प्रतिफल भोग रहा था—धारा के विरुद्ध तैरना भी आपके साहस और पौरुष का प्रतीक है, पर प्रकृति-प्रदत्त बुद्धि अथवा विवेक को अंगूठा दिखाकर नहीं। नदी की कल-कल धार में आप विपरीत तैर लो, शौक से अपनी विजय का ध्वज गाढ़ लो पर ज्वार आन्दोलित नदी-मुख में छलांग लगाओगे अथवा आन्दोलित-उच्छ्वसित सागर की खूंखार गगन-स्पर्शी लहरों से लोहा लेकर अपनी निजता को प्रतिष्ठित करने के बाल्य-प्रयास में प्रवृत्त होओगे तो प्रकृति तो अपना काम करेगी ही। तुम्हारी नियति उस अगाध जल-राशि में डूब मरने की है और यह चुनाव भी तुम्हारा अपना है तो कोई मित्र-बन्धु, कोई देवी-देवता, कोई ईश्वर, परमेश्वर (अगर इनमें तुम्हारा विश्वास है) तो तुम्हारी रक्षा को नहीं आ रहा है। बोया है तुमने तो काटो भी तुम्हीं।

और काट रहा था रुक्मी अपने बोये का फल। हुआ यह था कि जब जरासंध, शाल्व, शिशुपाल, दन्तवक्त्र और पौंड्रक के सदृश योद्धा भी श्रीकृष्ण के पौरुष से पराजित हो वापस लौट गए तो एकाकी पड़ा रुक्मी अपमान और ग्लानि से भर आया। जिस बहन को वह विधिवत विवाह में एक प्रतिष्ठित राजकुमार (भले ही वह आर्यभूमि के सर्व-सम्मत नायक श्रीकृष्ण का शत्रु ही क्यों न हो) को देना चाहता था उसका वही श्रीकृष्ण हरण कर उससे गन्धर्व-विवाह करने जा रहा था जिसको वह देखना भी नहीं चाहता था। माता-पिता, भाई-बन्धु की अनुपस्थिति और उनकी अनिच्छा के विरुद्ध सम्पन्न विवाह, गन्धर्व-विवाह से अधिक क्या था?

और कुछ देर सोचने-समझने के पश्चात् वह अपनी सेना ले श्रीकृष्ण की दिशा की ओर बढ़ गया था। वह देख चुका था कि श्रीकृष्ण की विजय से आश्वस्त और अपने तीर्थाटन लोभ से सदा वशीभूत बलराम अपने विशाल रथ में अपने स्वर्ण-हल और दुर्धर्ष मूसल को एक किनारे फेंक उत्तराखंड की ओर प्रस्थित हो गए थे। यादवी सेना भी जरासंध और शिशुपाल की मार से अव्यवस्थित हो पहले ही छिन्न-भिन्न हो दिशाओं में भाग चली थी। ऐसे में विदर्भ-सैनिकों की बची-खुची टुकड़ी के सहारे श्रीकृष्ण को पराजित कर रुक्मिणी को वापस लाना उसे कठिन नहीं लग रहा था। हाय री नियति, वह भी उसे कैसे समझाये कि जो कुछ घटना था घट चुका था—श्रीकृष्ण और रुक्मिणी का सम्बन्ध सुनिश्चित था। उसे रोकने का प्रयास नदी-मुख को मोड़ने की मूर्खता से अधिक कुछ नहीं था।

रुक्मी का दुर्भाग्य। आश्वस्त और शनैः-शनैः प्रस्थित करते, रुक्मिणी की परिचर्या में लगे श्रीकृष्ण से सामना होने में उसे बहुत अधिक समय नहीं लगा। मध्याह्न होते-न-होते विदर्भ सेना और एकाकी श्रीकृष्ण आमने-सामने आ जुटे थे। उधर रूप की साक्षात् प्रतिमा रुक्मिणी कभी होश में आती भी तो अभी-अभी देखे-सुने भयंकर नरसंहार की बात उसे पुनः संज्ञा-शून्य कर देती।

पर रुक्मिणी को वैसे ही छोड़ना था अभी। उस रुक्मी और उसकी सैन्य-शक्ति से निपट लेने के बिना आगे बढ़ने का कोई प्रश्न भी नहीं था। सौभाग्य-वश बलराम का विशाल धनुप और शर-पूरित कई तूणीर भी उनके रथ में सुरक्षित थे। तीर्थाटन का मन बना चुके बलराम अपने सारे अस्त्र-शस्त्र श्रीकृष्ण के ही रथ में छोड़ गए थे। वे अपने स्वर्ण-हल और मूसल से बिछुड़ते यह तो हो नहीं सकता

था, अतः वे दोनों उन्हीं के रथ में सुरक्षित रह गये थे।

श्रीकृष्ण ने दारुक को रथाश्वों की वल्गाओं को ठीक से सहेजने को कहा और रुक्मिणी को अपने भाग्य पर छोड़ उन्होंने अपने कवच-कुण्डल ठीक किये और पीताम्बर को कटि प्रदेश में ठीक से वेष्टित कर बलराम के धनुष को अपने युगल करों में थाम रथाग्र में; वीरासन मुद्रा में आ बैठे। शरों से खचाखच भरे तूणीर उन्होंने अपने दाहिने-बायें, आगे-पीछे ठीक से सहेज लिये। विदर्भ-सेना कुछ भी नहीं तो पर्याप्त बड़ी थी। वस्तुतः उसे अभी समरांगण में उतरने का अवसर ही कहां मिला था? समर का मोर्चा तो जरासंध और शिशुपाल के सदृश उसके अभिन्न और उनके सैनिक संभाले हुए थे। ऐसी स्थिति में विदर्भ-सेना न प्रायः पूर्णतया सुरक्षित और अस्त्र-शस्त्र सज्जित ही थी अपितु पूर्णतया स्वस्थ और मनोबल से संयुक्त भी। पर अन्धकार चाहे जितना गहरा हो, प्रकाश की एक बलवती किरण भी उसे निःशेष करने को पर्याप्त होती है।

क्रोधाभिभूत रुक्मी और सैनिकों ने श्रीकृष्ण-रथ को शरों की वर्षा से ढंक देना चाहा। पर श्रीकृष्ण के धनुष से द्रुत गति से छूटते असंख्य शर उनके सारे शरों को बात की बात में काट देते। दो प्रहर तक तो श्रीकृष्ण ने कोई प्रहार नहीं किया। उनकी नीति थी प्रतिरक्षात्मक युद्ध कर रुक्मी और उसके सैनिकों को श्रान्त कर देने की। इसके पश्चात्,उन्होंने आक्रमण नीति अपनाई और एक-एक साथ कई-कई शरों का संधान उन्होंने आरम्भ किया तो रुक्मी के सैनिकों के सिर ताल-फल की तरह कट-कट दिशाओं में फैलने लगे। उन्होंने चौथाई सेना का संहार तो बात की बात में कर दिया और शेष सेना इस संहारक प्रहार को अधिक नहीं झेल रुक्मी को रणांगण में एकाकी छोड़ भाग खड़ी हुई।

रुक्मी की स्थिति विचित्र थी। उसके मारे सैनिक भाग चुके थे। ठीक उसी तरह जैसे फल से शून्य वृक्ष को छोड़कर पक्षी भाग खड़े होते हैं। सामने खड़ा था श्रीकृष्ण का विशाल स्यन्दन और उसके मध्य श्लथ-सी पड़ी उसकी प्रिय प्यारी अनुजा रुक्मिणी। उस तक पहुंचना भी मुश्किल था। रथ के अग्रभाग में श्रीकृष्ण अब भी वीरासन मुद्रा में विराजमान थे। वे चाहते तो एक क्षण में रुक्मी के सिर को धड़ से ठीक उसी तरह पृथक कर सकते थे जैसे देखते-देखते एक मस्त गजराज किसी अधखिले कमलिनी पुष्प को अपने सूंड में अत्यन्त सहजता से सहेज लेता है।

पर यह रुक्मी का सौभाग्य था कि श्रीकृष्ण ने न तो उसके सिर को अपने शरों का अपितु शर का लक्ष्य बनाया था, न उसके ध्वज-दण्ड को ही काटा था, न उसके रथ के किसी भाग को ही क्षति पहुंचाई थी। जो कुछ हो, वह उनकी होने वाली अर्द्धांगिनी का सहोदर तो था ही।

पर रुक्मी इस सम्बन्ध को कब मान्यता देने को प्रस्तुत था? उसने शिशुपाल से भी वीभत्स एक गाली श्रीकृष्ण के लिए निकाली (अन्ततः उसकी प्रतिष्ठा का प्रश्न था, उसकी बहन को कोई देखते-देखते उसके सामने से हरण कर ले जाय उसे वह कैसे बर्दाश्त कर सकता था?) और अपने हाथ के धनुष को फेंक हाथ में नंगी तलवार ले श्रीकृष्ण के रथ पर जा कूदा। उसने श्रीकृष्ण की ग्रीवा को लक्ष्य बनाना चाहा और बोल पड़ा, "श्वान की तरह शेर की सहोदरा को लेकर भागने के प्रयास में लीन कुटिल कृष्ण ले, तू अपने कर्म का फल भोग।"

रुक्मी का खड्ग उस आकस्मिक आक्रमण के लिए प्राय: अप्रस्तुत श्रीकृष्ण की गर्दन का छेदन भी कर देता और तब इस कहानी का भी अन्त यहीं हो जाता पर दोनों बातें साथ बहुत कम चलती हैं—प्रलाप भी और प्रहार भी। प्रलाप असन्तुलित मन का परिणाम है और असन्तुलित मन-मस्तिष्क और जो करे लक्ष्य-भेद वह शायद ही कर पाता है। रुक्मी का खड्ग-लक्ष्य चूक गया और श्रीकृष्ण-ग्रीवा के बदले वह ध्वज दंड से जा टकराया। इस लौह दंड का कुछ नहीं बिगड़ा पर इस हठी और उद्दंड राजकुमार को अधिक अवसर नहीं देना था। जैसे कोई विशाल अजगर किसी निरीह पशु को अपनी पकड़ में ले बैठता है, वैसे ही श्रीकृष्ण ने क्रोध से विक्षिप्त रुक्मी को अपने एक ही हाथ से धर दबोचा।

उसे ध्वज-दण्ड से कसकर बांध दिया और उसके अश्लील शब्दों के प्रतिकार में दारुक से कहकर उसके केश और दाढ़ी-मूंछ सभी मुड़वा दिए। रुक्मी ने निरीह आंखों से रुक्मिणी की ओर देखा। उस अव्यवस्था और हड़बड़ी में उसकी संज्ञा थोड़ी देर के लिए लौटी। उसने दाढ़ी-मूंछ विहीन एक व्यक्ति को ध्वज-दंड से किसी विवश पशु की तरह बंधा पाया पर उसकी आंखों में पहचान की कोई रेखा नहीं उभरी और उसने आंखें फेर लीं।

"हाय, मेरी बहन भी मुझे नहीं पहचानती वह बहन जिसके लिए मेरे मित्रों और मैंने सब कुछ दाव पर लगा दिया। श्रीकृष्ण, जीवन की आशा मुझे अब कुछ नहीं रही। तुम्हारी सबसे बड़ी कृपा हो अगर तुम अपने कृपाण से मेरे सिर को छिन्न कर दो।" उसने श्रीकृष्ण को सम्बोधित किया।

"मैं यही करने जा रहा हूं। जरासंध, शिशुपाल और तुम्हारे अन्य मित्रों के साथ तुमने भी मेरे प्राणों के हरण का कुछ कम प्रयास नहीं किया। सर्प हो अथवा उसका 'पोआ' (बच्चा) उसे जीवित छोड़ने वाला एक दिन विष-दंश का शिकार होता ही है। शत्रुओं पर दया कायरता है और मैं कायरता के प्रदर्शन में विश्वास नहीं करता। तुम्हारी इच्छा अभी पूर्ण होने जा रही है।" और यह कहकर श्रीकृष्ण ने अपनी कमर से कृपाण खींच लिया। उन्होंने उसे हवा में उठाया और दूसरे ही क्षण रुक्मी का सिर धड़ से पृथक् हो जाता कि कहीं से कड़कता हुआ स्वर श्रीकृष्ण के कानों में पड़ा—

"ठहरो, युद्ध के नियमों की अवमानना स्वयं मृत्यु का वरण करना है। अगर तुमने अपने हाथ नहीं रोके तो उसके पूर्व कि तुम्हारे शत्रु का सिर उसकी ग्रीवा से अलग हो, तुम्हारे सिर का ही कुशल नहीं रहेगा।"

श्रीकृष्ण के हाथ जहां-के-तहां रुक गए। उन्होंने स्वर पहचान लिया था। यह उनके न्यायप्रिय अग्रज बलराम का था। उन्हें अवश्य ही रुक्मी की दुरभिसन्धि का पता लग गया होगा और वे अनुज के रक्षार्थ, अपनी यात्रा स्थगित कर इस दिशा में बढ़ गए होंगे।

"बन्धन-युक्त, शरणागत, क्लीव और बालक तथा नारी का बध युद्ध-नीति के विपरीत है। मुझे आश्चर्य हो रहा है कि तुम यह जघन्य कार्य कैसे करने जा रहे थे?" बलराम का रथ श्रीकृष्ण के रथ के साथ ही आ लगा था।

"वह भी तब जब जिसे तुम शत्रु मान रहे हो वह अब तुम्हारा सम्बन्धी हो आया है?" बलराम का क्रोध शान्त नहीं हो रहा था। निकट था कि वे अपने हलायुध को उठा लेते और न्याय और नीति के नाम पर किसी को क्षमा नहीं

करने वाले ये दुर्धर्ष संकर्षण श्रीकृष्ण पर प्रहार कर बैठते पर परिस्थिति की गम्भीरता को देखते हुए श्रीकृष्ण ने तत्काल अपना कृपाण फेंक दिया और हाथ जोड़कर बोले, "अग्रज, क्षमा। इस विक्षिप्त हो आये व्यक्ति के अपशब्दों ने मुझे असन्तुलित कर दिया था। सचमुच मैं एक अक्षम्य अपराध का भागी बनने जा रहा था, यह अच्छा हुआ कि आप…।"

"शब्द शर नहीं होते। उन पर ध्यान नहीं दो तो वे तुम्हारा कुछ नहीं बिगाड़ते। तुम तो स्वयं योगिराज की उपाधि से युक्त हो, शब्द तुम्हारी क्रोधाग्नि की आहुति के सिवा और कुछ नहीं करते और तुम्हें बताने की आवश्यकता नहीं कि क्रोध और काम से बढ़कर मनुष्य के और कोई शत्रु नहीं होते। बन्धनमुक्त करो अपने इस स्वजन को।"

दूसरे ही क्षण मुक्त था रुक्मी पर उसने श्रीकृष्ण की ओर एक उड़ती दृष्टि भी नहीं डाली। वह सीधे बलराम के रथ पर पहुंचा और उनके पैरों पर अपना सिर रख बोला, "इस धरती पर आपसे बड़ा न्याय-प्रिय मिलना कठिन है। मुझे प्राणदान देने के लिए मेरा आभार स्वीकारें और यही आशीर्वाद दें कि मैं अपना काला मुंह लिये फिर कुंडिनपुर को नहीं लौटूं और इधर ही कहीं अपने लिए एक छोटे-मोटे राज्य का प्रबन्ध कर अपने भरण-पोषण का प्रबन्ध कर लूं।"

"एवमस्तु", बलराम ने कहा और रुक्मी के सिर पर अपना दाहिना हाथ रख दिया।

सत्रह

क्यों होता है प्रायः ऐसा? क्यों होता है अनादिकाल से ही ऐसा कि मनुष्य अपने चरित्र और कृत्यों को तो कलंकित होने से बचा लेता है पर उसकी अपनी ही सन्तान उसे समाज के समक्ष सिर नत करने को बाध्य कर देती है? जैसे सूरज से प्रकाश ग्रहण कर अपने को ज्योतित करने वाला चांद अपने धब्बों को उजागर कर छोड़ता है उसी तरह शक्तिमानों की संतति क्यों स्वयं तो कुछ उल्लेख्य नहीं उपलब्ध कर पाती पर अपने प्रतापी कुल-पुरुषों के प्रताप से ही प्रभाव ग्रहण कर अपने कुकृत्यों द्वारा उनकी कीर्ति को तो कलंकित करती ही है, स्वयं को भी कहीं का नहीं छोड़ती? क्यों अक्सर राजनीति के चौरस पर ही खेला जाता है यह घृणित खेल? इतिहास-पृष्ठ ऐसे असंख्य उदाहरणों से पटे पड़े हैं जिनमें सन्तान के दुष्कर्मों का कुफल पिता को, पितामह को भोगना पड़ा है।

श्रीकृष्ण का जीवन भी इस सामान्य से हो आए नियम का अपवाद नहीं सिद्ध हुआ।

महीनों से कुछ पता नहीं था उनके पौत्र अनिरुद्ध का। चातुर्मास भी व्यतीत हो गया। श्रावण और भाद्रपद के मेघ अपने को रीते कर आसमान से वापस लौट गए पर अनिरुद्ध फिर भी नहीं लौटे।

आया तो बहुत प्रतीक्षा के पश्चात् महा अपमानजनक संवाद कि कृष्ण-पौत्र अनिरुद्ध बन्दी पड़े हैं श्रीकृष्ण के परमशत्रु और शिव के महान् भक्त वाणासुर के

यहां। शोणितपुर में इस शिवभक्त की राजधानी थी और उसी नगर में बन्दी पड़े थे द्वारिकापति के पौत्र।

अपराध भी साधारण नहीं था। विवाहित अनिरुद्ध की विलासिता का वीभत्स उदाहरण था यह। वाणासुर की रूपसी और यौवन-प्राप्त पुत्री उषा के प्रेम-पाश में आबद्ध होने के कारण ही अनिरुद्ध को नाग-पाश में आबद्ध होना पड़ा था। अनिरुद्ध ने न केवल अनेक मास इस सुन्दरी के साहचर्य में बिताये थे अपितु उसके अक्षत यौवन को अपवित्र कर उसे गर्भावस्था में भी पहुंचा दिया था। अनिरुद्ध के इस कुत्सित कृत्य और उसके फलस्वरूप एक असुर-राज द्वारा उसके बन्धन-ग्रस्त होने की बात ने यदुवंशियों की प्रतिष्ठा को प्रतिकूल रूप से प्रभावित किया था। यदु-कुल का कोई सदस्य वाणासुर के बन्दीगृह में पड़ा रहे यह उनकी वीरता और पराक्रम पर बहुत बड़ा प्रश्न-चिह्न लगाता था।

पर विवश थे श्रीकृष्ण भी। स्वयं दुर्गा-देवी के भक्त होने के कारण शिव के प्रति भी उनकी सहज-श्रद्धा थी और इस तथ्य से वे अनभिज्ञ नहीं थे कि आध्यात्मिक शक्तियों से सम्पन्न व्यक्ति आसानी से पराभव का मुंह नहीं देखता। न लड़ने आयें शिव और दुर्गा स्वयं अपने भक्तों-उपासकों की ओर से अथवा न हो उनका अस्तित्व (पर श्रीकृष्ण को ज्ञात था कि दैवी शक्तियों का अस्तित्व ऐसे ही असंदिग्ध है जैसे व्योम में नक्षत्रों की स्थिति) किन्तु आध्यात्मिक शक्ति स्वयं में एक अपार शक्ति है और साधना-उपासना द्वारा प्राप्त ऊर्जा कठिन से कठिन कार्य को भी सहज कर देने में सक्षम है।

एक अधर्मी, अनाचारी किन्तु बलशाली योद्धा को पराजित करना एक धार्मिक, सात्विक किन्तु अपेक्षाकृत दुर्बल राजा से अधिक आसान है।

यही कारण था कि श्रीकृष्ण शिवभक्त वाणासुर की राजनगरी शोणितपुर पर आक्रमण कर अनिरुद्ध को बन्धन-मुक्त करने के लिए बहुत व्यग्र नहीं थे। ऐसे भी अनिरुद्ध को अपने दुष्कर्मों का फल भोगना ही चाहिए था। किन्तु जब यदु-वंशियों ने श्रीकृष्ण के आदेश की अधिक प्रतीक्षा नहीं कर बलराम के नेतृत्व में स्वयं शोणितपुर पर धावा बोल दिया तो उन्हें द्वारिकापुरी में बैठे रहना कठिन हो गया।

विवश उन्होंने सारथी दारुक को अपना रथ तैयार करने को कहा और वे भी शोणितपुर के लिए प्रस्थान कर गए। प्रद्युम्न, सात्यकि, साम्ब, सारण, भद्र, नन्द और उपनन्द के साथ यदुवंशियों की बारह अक्षौहिणी सेनाओं ने पहले से ही वाणासुर की राजधानी को घेर रखा था पर वे वाणासुर और उसके सैनिकों का बाल बांका भी नहीं कर पा रहे थे।

श्रीकृष्ण को देखते ही सबमें नये उत्साह का संचार हो गया और यदुवंशी पूर्ण शक्ति लगाकर वाणासुर की राजधानी के परकोटों, बुर्जों और सिंहद्वारों को तोड़ने लगे तथा नगर-उद्यान को नष्ट-भ्रष्ट करने लगे।

इधर अग्रज बलराम भी अनुज को उपस्थित देख उनके रक्षार्थ वाणासुर की सेना के दो खूंखार वीरों—कुम्भाण्ड और कूपकर्ण से भिड़ गए। वाणासुर के पुत्र के साथ साम्ब का युद्ध आरम्भ हो गया और स्वयं वाणासुर के साथ सात्यकि जा भिड़ा। बलराम ने शीघ्र ही कुम्भाण्ड और कूपकर्ण को धराशायी कर दिया पर वाणासुर सात्यकि के वश में नहीं आ रहा था।

श्रीकृष्ण कुछ देर तक तो नेवले और सर्प की तरह आपस में गुंथे सात्यकि और वाणासुर के युद्ध को देखते रहे पर जब उन्होंने सात्यकि को साहस खोते देखा तो स्वयं भी युद्ध में कूद पड़े और अपने शारंग धनुष पर तीखे शर चढ़ा वाणासुर पर टूट पड़े। देर तक युद्धरत रहने पर भी शिवार्चना से अजेय बन आये वाणासुर के वे प्राण नहीं ले सके।

प्राण भले नहीं जायं किन्तु श्रीकृष्ण के शरों की बौछार झेलना वाणासुर के लिए बहुत कठिन हो गया। उसका शरीर स्थान-स्थान पर शरों से विद्ध हो गया और उसके विशाल शरीर से रक्त के निर्झर ही फूट पड़े।

अन्ततः उसने अस्त्र-शस्त्र फेंक डाले और श्रीकृष्ण के चरणों में पड़ उनसे क्षमा-याचना की। श्रीकृष्ण भी शिवभक्त के प्राण लेने को कहां प्रस्तुत थे? उन्होंने उसे क्षमादान दे दिया और उसे अपनी राजधानी लौट जाने की अनुमति दे दी।

श्रीकृष्ण ने वाणासुर की पुत्री उषा को भी उसके दुर्भाग्य से उबारा और प्रायश्चितस्वरूप अपने पौत्र अनिरुद्ध को उसके पाणिग्रहण को बाध्य किया। वाणासुर को अभयदान प्रदान कर जब यदुवंशियों की प्रायः सारी की सारी सेना द्वारिका लौटी तो उसका नेतृत्व बलराम और श्रीकृष्ण तो कर ही रहे थे पर अग्रभाग में थे अनिरुद्ध ही अपनी गर्भवती असुर-भार्या उषा के साथ।

अनिरुद्ध के इस कुकृत्य के बाद भी श्रीकृष्ण का मुख देख द्वारिका में उनका भव्य स्वागत हुआ। स्थान-स्थान पर तोरण बनाये गए और ललनाओं ने अटारियों और गवाक्षों से पुष्प-वर्षा कर बलराम और श्रीकृष्ण के साथ अनिरुद्ध और उषा का भी स्वागत किया।

वाणासुर की शरणागति ने श्रीकृष्ण के पराक्रम को विभिन्न दिशाओं में और प्रसारित कर दिया क्योंकि शिवभक्त वाणासुर अब तक अजेय ही माना जाता था। जिस ईश्वरत्व के चक्कर से वे अपने को दूर ही रखना चाहते थे, एक बार पुनः वे उसी की चपेट में आ नर से नारायण बन बैठे—सामान्य से असामान्य।

अठारह

कहीं वृषभ भी इतने बलशाली होते हैं? ऐसा कि व्याघ्रों को विजित करना तो आसान हो पर वृषभों के समक्ष विवश हो पराजय का वरण करना पड़े? पर थे ऐसे दुर्दान्त वृषभ, एक नहीं, दो नहीं, पूरे सात। और ये थे नग्नजित् के पास। कोशल-नरेश ने इन वृषभों को बाल्यकाल से ही इस रूप में पाला-पोसा था कि वे कल्पनातीत रूप में दुर्धर्ष और दुर्दान्त हो आये थे।

ये सातों युवा वृषभ जब एक ओर को छलांग लगाते हुए दौड़ पड़ते तो इनको पकड़कर पशुशाला में लाने के लिए सैनिकों की एक टुकड़ी का ही सहारा लेना पड़ता। बाल्यकाल से ही बिगड़ा नहीं सुधरता है चाहे वह मनुष्य हो अथवा पशु। इन वृषभों को समय से नाथना था। शुक्लपक्ष के वर्द्धमान शशि की तरह बढ़ते

जाते इन जानवरों की नाक में नकेल डालनी थी भले ही वह चांदी की ही क्यों न हो ? ये अगर नाथ लिये जाते तो अब भी कुछ नहीं बिगड़ना था। वृषभ का नाथ और अश्व का अवाल (सिर के आगे के केश) पकड़ लो तो उनका वश नहीं चलता। पर अब इन मस्त सात वृषभों को नाथे तो कौन ? ये तो वन्य वृषभों से भी पुष्ट एवं अनियन्त्रित हुए नृप नग्नजित् के लिए समस्या बने हुए थे।

नग्नजित् के पास एक कन्या थी—सत्या। विवाह का वय उसने प्राप्त कर लिया था। वह ऐसी रूपसी थी कि उसे कोई वर पसन्द ही नहीं आता था। इन सात वृषभों के साथ यह यौवन-प्राप्त पुत्री भी नग्नजित् के लिए समस्या बनी हुई थी। आखिर इसके हाथ पीले किए जायं तो कैसे ? इसके मन को तो कोई भा ही नहीं रहा। सुन्दर तो वह स्वयं थी, अतः सुन्दरता से अधिक ध्यान उसका वीरता पर था। किसी असामान्य योद्धा का ही वरण करने को वह प्रस्तुत थी वरना पूरे जीवन को कौमार्य के हवाले कर देने में भी उसे कोई आपत्ति नहीं थी।

नग्नजित् के मन्त्रियों ने उसे एक ढेले से दो शिकार का परामर्श किया।

"राजन्, सत्या का शुभ-विवाह उसी वीर से सम्पन्न हो जो इन सात दुर्दान्त वृषभों को नाथने में सफल हो सके। उससे सत्या को वर के रूप में एक वीर योद्धा की प्राप्ति भी हो जाएगी और नथ जाने के पश्चात् ये महाबली वृषभ भी शशक-शावकों की तरह हमारी मुट्ठी में आ जायेंगे।"

नग्नजित् को यह प्रस्ताव पसन्द आ गया और उन्होंने चारों तरफ सत्या के स्वयंवर का संवाद भेज दिया।

निर्धारित तिथि पर सत्या के सौन्दर्य से आकर्षित हो एक-से-एक नृप कोशल-नरेश की राजधानी सरयू-तीर बसी अयोध्या पहुंचने लगे।

श्रीकृष्ण तक भी यह संवाद पहुंचा। सत्या के रूप-गुण की भी चर्चा हुई पर उन्होंने आरम्भ में इसमें कोई रुचि नहीं ली। मन के अन्दर बैठी राधा इस सत्या को स्वीकार करने को प्रस्तुत नहीं थी। वह तो खैर क्या प्रतिवाद करती, उसने तो कह ही रखा था कि 'तुम महान् बनोगे, तुम्हें कई रानियां, पटरानियां रखनी पड़ेंगी। मुझे उनसे क्या ? उनसे मेरी कैसी स्पर्धा और ईर्ष्या ? पर मैं तो केवल तुम्हारी हूं, तुम्हारी रहूंगी। तुम्हारे उत्थान-उत्कर्ष के लिए प्रार्थनारत रहना मेरा व्रत होगा। मत समझना कभी कि सहस्र नारियों के भी तुम्हारे जीवन में आने से तुम्हारे प्रति मेरे आकर्षण में कोई कमी होने जा रही है।'

पर यह तो राधा की बात हुई। कृष्ण का मन माने तो ? वह कहां राधा को छोड़कर अपने अन्दर किसी को स्थान देने को प्रस्तुत था ? सामाजिक रीति-रिवाज के कारण उन्हें रुक्मिणी और सत्यभामा को अपनी अर्द्धांगिनियों के रूप में वरण करना पड़ा था और उन्हें महत्त्व भी देना पड़ता था। शेष तथाकथित पत्नियां तो महल के कोनों में अपने-अपने कक्षों में पड़ी इसी बात से सन्तुष्ट थीं कि वे कृष्ण-पत्नियां हैं।

"मुझे नहीं जाना इस स्वयंवर में।" उन्होंने अपने सभासदों पर स्पष्ट कर दिया था।

"क्यों ?" कभी पलायन को प्रश्रय नहीं देने वाले श्रीकृष्ण को इस तरह व्यवहार करते देख उनके सामन्तों-आमात्यों को आश्चर्य हुआ था। कोशल-नरेश का दूत भी स्वयंवर का विधिवत् आमन्त्रण ले द्वारिका पहुंच चुका था।

"मुझे क्या लेना-देना नृप नग्नजित् की दुहिता से ? भले ही विश्व की सर्वश्रेष्ठ सुन्दरी हो सत्या ? मेरे यहां पहले से ही रानियों-पटरानियों की क्या कमी है ?" श्रीकृष्ण मूल बात को छिपा गये थे।

"माना, आपको नहीं लेना-देना सत्या से कुछ भी," बलराम थे यह जिन्होंने समझाना चाहा था उन्हें, "पर तुम्हें उस निरीह नग्नजित् का तो उद्धार करना है। उसके लिए काल-स्वरूप बने उन वृषभों को नियन्त्रित करना भी तो तुम्हारा कर्तव्य बनता है। आखिर कुछ सोचकर ही तो कोशल-नरेश ने तुम्हें आमन्त्रित किया है।"

"अग्रज, मुझे क्षमा करें," श्रीकृष्ण ने प्रार्थना की थी, "मुझे वितृष्णा हो आई है ऐसे नित्य के स्वयंवरों से। जिसको जाना हो जाए, उन वृषभों को नियन्त्रित कर ले और सत्या का हाथ थाम ले। बहुत देखा है सौन्दर्य मैंने व्रज से लेकर द्वारिका तक। अब उसे देखने की कोई लालसा नहीं रही।"

"व्रज की ही बात करो न ?" बलराम ने चुटकी ली थी, "कहीं वहीं के किसी के अपरूप रूप के समक्ष सबका रूप व्यर्थ लग रहा हो।"

"यही समझ लें।" श्रीकृष्ण ने एक तरह से अग्रज के समक्ष अपनी स्वीकारोक्ति ही रखी थी।

"तो मत लाना सत्या को। कम-से-कम नग्नजित् का उद्धार तो उस नर्क से करो। आखिर कब तक वह उन मत्त वृषभों को नियन्त्रित करने के लिए सेना की सहायता लेता रहेगा ? एक राजवंश से सम्बद्ध रहने के कारण तुम अच्छी तरह जानते भी हो कि सैन्यशक्ति का नागरिक कार्यों में कम-से-कम उपयोग हो, यही उचित है। वरना नग्नजित् की सेना उनकी राजधानी की गलियों में चक्कर काटते-काटते एक दिन उनके वृषभों के नियन्त्रण के बहाने उन्हें ही नियन्त्रित कर बैठेगी। वेश्याओं और सेनाओं को नगर से जितना पृथक् रखो उतना ही अच्छा।" बलराम ने तर्क दिया।

"पर यह कैसे हो सकता है ? यह तो स्वयंवर की शर्त में सम्मिलित है। वृषभों को नाथने के पश्चात् तो सत्या का वरण करना ही पड़ेगा। आखिर नग्नजित् के प्रण की भी तो रक्षा करनी होगी। उनके सत्य की मर्यादा की रक्षा भी तो मेरा दायित्व होगा। सत्या आखिर क्वांरी तो नहीं बैठी रहेगी ?"

"क्वांरी तो वह बैठने जा रही है।"

"क्यों ?"

"क्योंकि तुम्हारे सिवा कोई भी उन विशाल शृंगधारी वृषभों के पास भी फटकने नहीं जा रहा। ज्यों ही हुंकार भरते वे उन्मत्त वृषभ स्वयंवर के मैदान में उन्मुक्त छोड़े जायेंगे तभी सारे सत्याकांक्षी नृप और योद्धा अपने-अपने प्राण लेकर भाग खड़े होंगे।"

"तो मैं क्या करूं ?"

श्रीकृष्ण असमंजस में पड़कर बोले।

"वीरोचित कार्य।"

"क्या मतलब ?"

"वीर स्वयंवर और संग्राम का निमन्त्रण ठुकराया नहीं करते। तुम्हें कोशल-नरेश के यहां जाना ही पड़ेगा।" अग्रज ने अपना अन्तिम निर्णय सुनाया।

"जैसा आपका आदेश।" श्रीकृष्ण ने सिर झुकाया और दारुक को अपना रथ प्रस्तुत रखने का आदेश दे दिया।

सचमुच काल के साक्षात् स्वरूप ही थे वे सात मत्त वृषभ। सत्य ही स्वयंवर भूमि में उन्हें आते ही वहां उपस्थित सभी विवाहेच्छुकों के मध्य भगदड़ मच गई। वृषभों के भयंकर रूप-रंग और उनके गज-गज भर के सींगों ने उन्हें किसी नृप में उनके पास फटकने का साहस ही नहीं भरा।

अन्ततः श्रीकृष्ण को उठना पड़ा। उन्होंने एक वृषभ को उसके दोनों सींगों के द्वारा ही जा पकड़ा। चारों पैरों से जमीन को कुरेदते और फुंफकार मारते उस वृषभ ने अपने विशाल और पुष्ट मस्तक से ही कृष्ण के वक्ष पर प्रहार करना चाहा पर श्रीकृष्ण हर बार अपने को बचा गए। वह अपनी पूरी शक्ति लगाकर उन्हें पीछे ढकेलने और उनके बलिष्ठ करों से अपने सींगों को मुक्त करा कर उन पर चढ़ बैठने और पैरों से उन्हें रौंद देने के प्रयास में लगा रहा। पर उसका वश न चला। प्रहर-भर के युद्ध में श्रीकृष्ण ने अन्ततः उसे मूल-विच्छिन्न वृक्ष की तरह भूमि पर दे पटका और श्रान्त-क्लान्त हो आये इस पशु के नथुनों में छिद्रकर चांदी के बने लम्बे-लम्बे नथ डाल उसे नाथ दिया।

यही गति और वृषभों की भी हुई। पहले तो एक की दुर्गति देख शेष इधर-उधर भागने लगे पर स्वयंवर भूमि चारों ओर से चहारदीवारियों से घिरी थी, अतः भागकर जाते भी तो वे कहां जाते? आमन्त्रित नरेश और योद्धा भी अब निश्चिन्त होकर अपने-अपने स्थानों पर बैठ मनोरंजन में लीन हो गए थे। अब तक तो उन्होंने वृषभ और वृषभ के मध्य के द्वन्द्व का ही आनन्द उठाया था, आज वे एक मनुष्य को वृषभ से भिड़ते, प्रहार करते और पैंतरे बदलते देख रहे थे।

श्रीकृष्ण ने धीरे-धीरे सातों वृषभों को धर पकड़ा और उन्हें नाथ कर छोड़ दिया। व्यथा से व्याकुल वे वृषभ एक ओर भेड़-बकरियों की तरह शान्त पड़ गए। सभास्थल में श्रीकृष्ण की इस कृति पर जोर की करतल-ध्वनि हुई। इतना श्रम करने के बावजूद उनके सुन्दर आनन पर स्वेद की एक बूंद भी नहीं झलकी और उनका आनन उत्फुल्ल उत्पल की तरह ही सौन्दर्य-पूर्ण बना रहा।

सत्या स्वयंवर-मण्डप के मध्य बने एक उच्चासन पर हाथों में वरमाला लिये खड़ी श्रीकृष्ण के वहां तक आगमन की प्रतीक्षा करती रही। श्रीकृष्ण अपने कृत्य के सम्पादन के पश्चात् अपने स्वर्ण-आसन पर ही बैठ गए थे। उनमें वरमाला पहनने की कोई उत्सुकता न देख नृप नग्नजित् के इंगित पर उनकी पुत्री अपने आसन से उतरी और उसने श्रीकृष्ण के आसन तक पहुंचकर उनके गले में वर-माला डालनी चाही। कोई उपाय न देख श्रीकृष्ण ने गर्दन नीची कर दी और अपने कमल-नाल के सदृश कोमल करों से ही सत्या ने उनकी शुभ्र ग्रीवा में कमल-पुष्प से ही निर्मित्त जय-माला डाल दी।

नग्नजित् के साथ सभी नृपतियों ने श्रीकृष्ण की जयजयकार की पर रथ में सत्या को लेकर द्वारिका लौटते समय श्रीकृष्ण ने स्पष्ट कर दिया—"सत्या, तुम्हें अच्छा नहीं भी लग सकता है पर मुझे राज-काज तथा अन्य कारणों के कारण तुम्हें अधिक समय देने का अवसर नहीं मिलेगा। इससे तो अच्छा होता कि तुम्हारे पिता इस स्वयंवर का स्वांग न कर तुम्हारे हाथ को किसी ऐसे व्यक्ति के हाथों में

दे दिए रहते जो तुम्हें कम-से-कम अपने अन्तर का सम्पूर्ण स्नेह-भाव तो समर्पित कर पाता।"

"तब मुझे आर्यावर्त के सर्वश्रेष्ठ पुरुष की पत्नी बनने का सौभाग्य तो नहीं प्राप्त होता।" सत्या ने धीरे-से कहा।

"इसे तुम सौभाग्य मानती हो? पत्नी होकर भी उसके अधिकारों से वंचित रहना?" श्रीकृष्ण को आश्चर्य हुआ।

"कौन मूर्खा इसे दुर्भाग्य मानेगी? आपके विशाल प्रासाद का एक कोना ही मेरे लिए पर्याप्त होगा। नारियां केवल दैहिक क्षुधा की तृप्ति को व्याकुल नहीं होतीं। भावना के सहारे भी वे प्रसन्नता से जी लेती हैं। भरी स्वयंवर-सभा में आपने मुझे पत्नी के रूप में अंगीकार कर लिया। मेरे सौभाग्य-सूर्य का उदय हुआ। इससे अधिक मुझे क्या चाहिए? आप अपने अभियानों में लगे रहिए। मैं कभी आपके मार्ग की बाधा नहीं बनूंगी। आपकी सफलता ही मेरी सफलता होगी। आपकी यशोगाथा के वर्णन को सुन-सुनकर ही मैं तृप्त होती रहूंगी। मुझे और कोई आकांक्षा नहीं।" कहकर वह चुप हो गई और श्रीकृष्ण को एक क्षण को लगा, सत्या के मुंह से वे राधा की उक्ति ही सुन रहे हैं। पर दूसरे ही क्षण वे अपने में लौटे और दारुक को रथ की गति को तीव्र करने का आदेश दिया।

उन्नीस

मनुष्य में भगवान बनने की लालसा कब और कैसे उत्पन्न हो गई? अपने आचरण, व्यवहार और सत्कृत्य से कोई शनैः-शनैः देवत्व और ईश्वरत्व तक को भी प्राप्त करने का प्रयास करे यह तो समझ में आने की बात है पर इन स्वयंभू भगवानों का क्या हो जो शायद सृष्टि के आरम्भ से ही उत्पन्न होते रहे हैं। आज तो भगवानों की पंक्ति ही खड़ी हो गई है—कोई बालयोगेश्वर भगवान है तो कोई महर्षि अमुक-अमुक भगवान तो कोई भगवान निशीश तो कोई और भगवान।

भगवानों की यह पौध इधर ही पैदा हो रही हो यह बात है नहीं। हिरण्यकश्यपु ने भी एक बार अपने को भगवान घोषित कर दिया था। सारे दिग्पालों और देवताओं तक को पराजित कर कभी दशग्रीव रावण भी भगवान बन आया था। इन भगवानों की सामान्यतः एक ही गति होती रही है—प्रारम्भ में अपार श्रद्धा की प्राप्ति, जय-जयकार, भक्तों की भीड़, मध्य में क्रमशः गिरती हुई साख, लांछना, लोकापवाद और अन्ततः घृणित मृत्यु।

हिरण्यकश्यपु की मृत्यु का कारण उसका पुत्र बना तो रावण के विनाश की भूमिका उसके अनुज ने ही गढ़ी। कलियुग के अत्यन्त वैभवशाली भगवान को संसार की वीभत्ससम बीमारी अट्ठावन वर्ष की उम्र में ही अपना ग्रास बना गई।

श्रीकृष्ण काल—द्वापर—भी ऐसे भगवानों की उपस्थिति में पीछे नहीं रहा; विशेषकर श्रीकृष्ण के ईश्वरत्व के प्रचार ने और इसके फलस्वरूप उन्हें मिलनेवाली प्रतिष्ठा और सम्मान ने बहुतों को अपने को ईश्वर उद्घोषित करने को बाध्य कर दिया।

इनमें सबसे आगे निकला 'करुष' देश का अधिपति पौंड्रक जिसने न केवल अपने को ईश्वर घोषित कर दिया बल्कि श्रीकृष्ण के सदृश वस्त्राभूषण भी धारण करने आरम्भ कर दिए। पीताम्बर उसका वस्त्र हो आया। शंख, चक्र, गदा, पद्म भी बारी-बारी से वह अपने हाथों में धारण करने लगा। कौस्तुभ मणि की तरह की बहुमूल्य मणि भी वह अपने वक्ष पर धारण करने में नहीं चूका। कृत्रिम श्रीवत्स चिह्न भी उसने अपना रखी थी।

श्रीकृष्ण तक यह बात पहुंचती रही और वे इसको परिहास में ही लेते रहे।

किन्तु उस दिन तो बात सारी सीमाओं को पार कर गई जब उनके राजमहल में पौंड्रक का एक दूत ही आ पहुंचा। सजे-संवरे सभागार में पौंड्रक के दूत को श्रीकृष्ण के समक्ष उपस्थित किया गया। दूत ने बहुत यत्न से सुरक्षित, पौंड्रक का लिखित संदेश श्रीकृष्ण की ओर बढ़ा दिया। संदेश स्पष्ट था—"इस जगत् का स्वामी और कर्ताधर्ता मैं हूं। मैं सामान्य मनुष्य नहीं, साक्षात् ईश्वर हूं। तुम ईश्वरत्व का ढोंग कर मेरा अपमान कर रहे हो। यह पीताम्बर मेरा परिधान है। ये शंख, चक्र, गदा, पद्म, यह कौस्तुभ मणि और श्रीवत्स चिह्न मेरे हैं। तुम मेरी घृणित नकल कर भगवान बने फिरते हो। मेरे पराक्रम के समक्ष तुझ यादव-कुल उत्पन्न मायावी का पराक्रम कुछ नहीं है। मेरा यह आदेश है कि तुम इन सारे चिह्नों को त्याग कर या तो मेरी शरण में आ जाओ अथवा मुझसे युद्ध करने के लिए प्रस्तुत हो जाओ।"

अहंकार अत्यन्त ही आत्मघाती प्रवृत्ति है। अहंकारपूर्ण व्यक्ति आंखें रहते भी अंधा हो आता है। पौंड्रक अपने अहंकार के अतिरेक में यह भूल ही गया कि रूप-रंग में वह श्रीकृष्ण की जो नकल कर ले पर उनकी मानवीय शक्ति-साधनों के समक्ष भी वह कहीं नहीं ठहरता। उनकी अलौकिक साधना और तद्जनित उपलब्धियों को तो वह समझ भी नहीं सकता था। उनकी वृहत् नारायणी सेना के समक्ष दो अक्षौहिणी सैनिकों की उसकी सेना भी कहीं नहीं ठहरती थी।

श्रीकृष्ण के होंठों पर एक मन्द मुसकान खेली और उसने पौंड्रक के दूत को सम्बोधित कर कहा, "मैं भगवान नहीं हूं। अगर भगवान का कुछ अंश मेरे अन्दर आ भी गया हो तो मैं उसका ढिंढोरा नहीं पीटता। तुम अपने महाराज से कह दो कि अगर वे अपने को भगवान समझते हैं तो समझें। मुझे कोई आपत्ति नहीं है।"

दूत भी अच्छी तरह सिखा-पढ़ा कर ही पौंड्रक द्वारा प्रेषित किया गया था। दूत अबध्य होता है, इस तथ्य से वह भली-भांति परिचित था, अतः उसने कहा, "मेरे महाराज का आदेश है कि ऐसी स्थिति में आपको अपने ये सारे चिह्न उतारने पड़ेंगे और सार्वजनिक रूप से घोषित करना पड़ेगा कि पौंड्रक ही इस संसार के भाग्य-विधाता अर्थात् भगवान हैं।"

"दूत ! मैं ऐसी मूर्खता का आदी नहीं हूं।" श्रीकृष्ण ने मुसकराकर कहा।

"तब आपको मेरे महाराज से युद्ध करना पड़ेगा।"

"कहां हैं तुम्हारे महाराज ?"

"काशी-नरेश के यहां।"

"क्यों, अपना देश करुष छोड़कर वे काशी में क्यों टिके हैं ?"

"यह तो वही जानें।" दूत ने निवेदित किया।

"वे क्या जानें ? मैं जानता हूं। पौंड्रक अकेले मेरा सामना नहीं कर सकता, अतः वह काशी-नरेश की सहायता का आकांक्षी है। वह मूढ़ है। मूढ़ों को शिक्षा देनी ही चाहिए। जाओ, पौंड्रक और काशी-नरेश दोनों को प्रस्तुत रहने को बोलो। वे मेरी नारायणी सेना की प्रतीक्षा करें।"

बलराम बाहर थे, अतः श्रीकृष्ण अकेले ही काशी पर जा चढ़े। पौंड्रक अपनी विशेष वेश-भूषा में अपनी दो अक्षौहिणी सेनाओं के साथ समरांगण में आ जुटा। उसने पीताम्बर, शारंग धनुष, श्रीवत्स और कौस्तुभमणि तथा शंख, चक्र, पद्म आदि से अपने को विभूषित कर रखा था। इन सारे चिह्नों को धारण करने के लिए उसने दो कृत्रिम कर भी बना रखे थे।

संग्राम में श्रीकृष्ण का आमना-सामना होते ही उसने गदा, शक्ति, त्रिशूल, मुद्गर, पाश, तलवार, तोमर और पट्टिश, वाण तथा नराच आदि से उन पर आक्रमण बोल दिया।

श्रीकृष्ण मुसकराए। उन्होंने अपना हस्तलाघव दिखाया और अपने शारंग धनुष को चक्राकार घुमाते हुए उससे शरों की ऐसी अनवरत वर्षा की कि पौंड्रक द्वारा चलाए गए सारे अस्त्र-शस्त्र तो खंडित हो ही गए, पौंड्रक और काशीराज की सम्मिलित सेना भी समाप्त हो गई। श्रीकृष्ण ने यह सब अकेले कर लिया। नारायणी सेना के एक सैनिक को भी शस्त्र उठाने की आवश्यकता नहीं पड़ी।

"सावधान !" उन्होंने अब स्वयंभू भगवान पौंड्रक को ललकारा और शारंग से छूटे एक साधारण शर ने ही उसके सिर को धड़ से विच्छिन्न कर दिया।

भगवान (?) के मृत्युग्रस्त होते ही उसका मित्र काशी-नरेश प्राणों के भय से अपने महल की ओर भागा। पर श्रीकृष्ण-शर ने उसका भी पीछा किया और उसका शीश ठीक महल के सामने ही भू-लुंठित हो आया। काशी-नरेश के सभासद एवं परिवार-जन इस लीला को देखकर भयग्रस्त हो गए और अधिकांश के मुख से यही निकला—"एक ढोंगी की सहायता में जाकर हमारे नरेश व्यर्थ ही अपने प्राण गंवा बैठे। अरे यह तो स्वयं काशी के रक्षक भगवान आशुतोष के अनन्य भक्त थे, इन्हें उस स्वयंभू भगवान मूर्ख पौंड्रक से क्या लेना-देना था ?"

बीस

"भला ऐसा भी कहीं हो सकता है ?" श्रीकृष्ण ने अपने सभागार में उपस्थित उस व्यक्ति से कहा।

"यह सत्य है प्रभु ! भौम आदमी होकर सचमुच असुर है। इसीलिए तो उसका नाम भी लोगों ने भौमासुर रख छोड़ा है।"

"तो उसने साठ हजार किशोरियों को कैद कर रखा है ?" श्रीकृष्ण अभी तक अविश्वास से भरे थे।

"हां, कितने राजों-महाराजाओं और सामान्य जनों की किशोरियों का बलात्

अपहरण कर उसने एक नहीं, दो नहीं, साठ हजार निर्दोष किशोरियों को बन्दी बना रखा है।" उस व्यक्ति ने कहा।

"तो तुम मुझसे क्या चाहते हो?" कृष्ण ने स्पष्ट पूछा।

"आप इन किशोरियों को मुक्त करें।"

"कैसे?"

"भौमासुर का वध कर।"

"पर क्यों? मुझे ही तुम लोगों ने इस कार्य के लिए क्यों चुना है?"

"क्योंकि आप सर्व-समर्थ हैं। यह कार्य आप ही कर सकते हैं।" उस व्यक्ति ने निवेदन किया।

"ठीक है। ऐसा ही होगा। तुम चलो, मैं आता हूं।"

और श्रीकृष्ण ने बिना किसी सेना के सहारे भौमासुर के पास पहुंच कर अपने सुदर्शन चक्र से उसकी गर्दन उतार दी। भौमासुर की मृत्यु के साथ ही उसके सभासद और सेनापति भाग खड़े हुए। श्रीकृष्ण अपनी सेना भी साथ नहीं लाये थे क्योंकि इसमें साठ हजार किशोरियों की मर्यादा का प्रश्न था। सबके समक्ष वे उनके सम्मान को चोट नहीं पहुंचाना चाहते थे।

इसके पश्चात् वे उस बन्दीगृह में गए जहां साठ हजार किशोरियों को भौमासुर ने बन्दी बना रखा था।

उन्होंने बन्दी-गृह का ताला खोल उन्हें मुक्त कर दिया।

पर एक अप्रत्याशित विपत्ति उन्होंने मोल ले ली। वे साठ सहस्र किशोरियां उन्हें छोड़कर कहीं अन्यत्र जाने को तैयार नहीं थीं।

"अब हमें कौन अपनायेगा? अब तो आप ही हमारे सब कुछ हैं। पति, संरक्षक सब।"

कृष्ण संकट में पड़े बोले, "पर मैं तुमको पति का सुख नहीं दे सकता। मेरे यहां पहले से ही एक रानी है—रुक्मिणी। पट्टमहिषी हैं और एक सबसे बड़ी रानी मेरे हृदय में सदा विराजमान रहती हैं। मैं सबको धोखा दे दूं पर उसको नहीं दे सकता।"

"हमें न तो आपका शरीर चाहिए न आपका हृदय। हम स्वयं अपने हृदय को आपके चरणों में चढ़ाती हैं। हम आपके महल के एक कोने में पड़ी रहेंगी। कहने को हम आपकी पत्नियां होंगी पर कभी-कभार आपके श्री-मुख की एक झलक पा ही हम अपने को धन्य समझती रहेंगी।"

"एवमस्तु," श्रीकृष्ण ने कहा और वे अपनी शरण में ले लीं।

इक्कीस

उस कुटीर में कुछ नहीं था। दीवारों के ऊपर का घास-पात का छप्पर भी कभी का हवा के किसी हलके झोंके के हवाले हो गया था। ग्रीष्म में सूरज की किरणें बे-रोक-टोक उसमें आग उगलती थीं तो वर्षा ऋतु में जल की बौछारें उसके अन्दर जल-प्लावन का दृश्य उत्पन्न कर देती थीं। शीत-काल में ठण्डी बयारों का

प्रवेश इसमें सभी ओर से होता था क्योंकि छत-हीन दीवारें कपाट-विहीन भी थीं, अतः हवा का प्रवेश अगल-बगल और आमने-सामने तथा ऊपर सब ओर से होता रहता था और इस सबको उसके अंदर के निवासी खुले बदन झेलते थे क्योंकि जैसा कहा गया इसके अन्दर कुछ नहीं था। न अन्न, न वस्तु, न ईंधन न चूल्हा-चौका, न बर्तन, न चौकी-चारपाई। थे तो पांच चिथड़ों में लिपटे प्राणी—पति-पत्नी और बच्चे। भिक्षाटन ही इनका आधार और हाथ ही इनके भोजन-पात्र। सही अर्थों में करपात्री थे सभी।

आदी हो गए थे ये, सब कुछ झेलने-सहने के। बच्चों के चिथड़ों पर ही नहीं शरीर पर भी धूल और मैल की मोटी परत जम गई थी जिससे उनके शरीर का रंग निश्चित करना भी कठिन था। पति नित्य सन्ध्या-वन्दन करता था, इसलिए उसका त्रिकाल स्नान आवश्यक था। पत्नी भी बिना स्नान-पूजा के भिक्षान्न को भी कण्ठ के नीचे नहीं उतारती थी, अतः एक ही फटी साड़ी होने के बावजूद वह स्नान अवश्य करती थी भले ही गीली साड़ी के सूखने तक उसे निर्वस्त्र ही कुटीर के किसी कोने में छिपकर बैठना पड़ता हो। बरसात में उसकी कठिनाई और अधिक बढ़ जाती क्योंकि तब फटी साड़ी को सूखने में भी दिनों लग जाते थे और उतने समय तक उसे पति तो पति, बच्चों की आंखों से भी ओझल रहना पड़ता था। खाली पेट रहने की बाध्यता हो जाती थी सो अलग।

सुदामा और सत्या की कुटी थी यह। सुदामा, श्रीकृष्ण के गुरु-भाई। आचार्य सांदीपनि के यहां दोनों ने साथ ही शिक्षा पाई थी।

सुदामा का जीवन-क्रम निर्धारित हो चुका था। सुबह भिक्षाटन के लिए गांवों में निकलना और दिन भर आंगन के कोने में निर्मित मिट्टी की एक वेदी पर बैठ शास्त्र-चिन्तन करना, वेदों के अन्त अर्थात् वेदान्त और उपनिषदों का काल था वह। गुरु-गृह में उन्होंने आत्मा की अमरता और कर्मकाण्डों की निरर्थकता की ही बात सुनी थी। सारे कार्य आत्मा को बन्धन में ही डालते थे, अतः सभी कर्मों से विरत वे भिक्षाटन से ही अपने और अपने परिवार के पालन-पोषण की व्यवस्था करते थे। एक तरह से अघोषित संन्यासी थे वे। इनकी तरह के भिक्षा-जीवियों की भरमार ही थी उन दिनों। अतः, कोई संकोच नहीं था उन्हें शास्त्रज्ञ होकर भी अकर्मण्य अथवा परावलम्बी होने का।

हरे-भरे वृक्षों पर पल रही मूल-हीन अमर लता की तरह ही परजीवी थे ये लोग और जैसे यह लता जिस वृक्ष पर पलती है उसकी सभी हरीतिमा का हरण कर उसे जर्जर और पत्र-विहीन कर देती है उसी तरह सुदामा की तरह के घोषित और अघोषित संन्यासी, कर्त्तव्य-हीन और दायित्व-रहित लोग पूरे समाज के शोषण का ही कार्य कर रहे थे। उनका एकमात्र दायित्व था वेदान्त-चिन्तन, ध्यान-मनन, आत्मा-परमात्मा के सम्बन्धों के कभी न उद्घाटित होने वाले सम्बन्धों का उद्घाटन। अगम्य, अबोध और अगोचर आत्मा तक ध्यान-धारणा और समाधि द्वारा पहुंचने का प्रायः निरर्थक प्रयास।

आज भी सदा की तरह आंगन के कोने की वेदी पर बैठे सुदामा आत्म-चिन्तन में लीन थे। पर मन था कि आज उच्छृंखल अश्वों की तरह नियन्त्रण में आ ही नहीं रहा था। कारण था इसका। दो दिनों तक आकाश मेघाच्छन्न ही नहीं था, रुक-रुक कर मूसलाधार वर्षा भी हो रही थी। ऐसे में वे भिक्षाटन को

नहीं निकल पाये थे और दो दिनों से अन्न का एक दाना भी परिवार के किसी प्राणी के पेट में नहीं गया था। ऐसे में ध्यान लगता तो क्या लगता? सुदामा मन को खींचकर एकाग्र करना चाहते पर वह सागर पर उड़ते पक्षी की तरह विभिन्न दिशाओं में दिग्भ्रमित-सा चक्कर काटता रहता।

दिशाओं में उद्देश्य-हीन भ्रमण करता सुदामा का मन गुरु सांदीपनि के आश्रम में जा पहुंचा। वहां मन को आश्रय देने के लिए कुछ और हो या नहीं, सखा कृष्ण तो अवश्य थे। उन दोनों की मित्रता वहां विख्यात थी। लेकिन मित्रता के बाद भी सुदामा कृष्ण को पूरी तरह समझ भी कहां पा रहे थे? गुरु के सान्निध्य में तो सभी साथ ही रहते पर अध्ययन-काल समाप्त होते ही श्रीकृष्ण किसी झाड़ी या वृक्ष के नीचे एकान्त साधना में जा जमते। उस समय सुदामा को भी उनके पास जाना मना था।

"तुम क्या साधते हो अपनी समाधि में?" एक बार एकान्त पाकर सुदामा ने पकड़ा था कृष्ण को।

"मैं जीवन का सही रहस्य जानने का प्रयास करता हूं?" श्रीकृष्ण ने गम्भीरतापूर्वक उत्तर दिया था।

"जीवन का रहस्य?" सुदामा के मुख से अचानक निकला था "और गुरु सांदीपनि से हम क्या सीखते हैं? वह भी तो जीवन का रहस्य बताते हैं। हमारे वेद-वेदान्त भी तो···।"

"एक पक्षीय ज्ञान है यह सब। सैद्धान्तिक।" श्रीकृष्ण ने बीच में टोका था, "जीवन व्यवहार का नाम है। जो ज्ञान, व्यवहार के धरातल पर उपयोगी नहीं उतरे, वह व्यर्थ है। गुरुदेव सिखाते हैं संन्यास की बात। कर्म छोड़ने, जगत् छोड़ने की बात। पर कर्म छोड़ने से जीवन नहीं चल सकता और जब जगन्नियन्ता ने जगत् में भेजा है तो उसका लक्ष्य हमसे जगत् छुड़ाना नहीं है।"

"तो तुम गुरुदेव के उपदेश की उपेक्षा करने पर उतारू हो?" सुदामा ने सशंकित होकर पूछा था।

"नहीं, गुरुदेव की बात अपने स्थान पर, मेरी अपने स्थान पर। उनकी बात को मानकर पेट तो किसी तरह पाला जा सकता है पर परिवार नहीं। और तुम जानते हो यहां से निकलकर हम गार्हस्थ्य धर्म में प्रवेश करेंगे तब यह संन्यास की सीख हमारे लिए बहुत महंगी पड़ेगी।"

"तब?" सुदामा ने आश्चर्य से पूछा।

"मैं तो कर्म में विश्वास करता हूं। भगवान ने हमें दो कर दिए हैं तो हमसे वह कुछ करने की भी अपेक्षा करता है।"

"कर्म बन्धनकारी होते हैं। गुरुजी कहते हैं, आवागमन से मुक्ति चाहो तो कर्म छोड़ना पड़ेगा।"

"उसी बात पर तो मैं अपनी समाधि में विचार करता हूं कि कोई ऐसा मार्ग मिल जाय कि कर्म भी नहीं छूटे और बन्धन भी नहीं हो।"

"कुछ प्रगति है?"

"अवश्य।"

"मार्ग दिखाई पड़ जाय तो मुझे भी बताओगे?"

"बताऊंगा, पर तुम उस पर चलोगे नहीं।"

"क्यों ?"

"तुम पर गुरुदेव का आतंक हावी है। तुम उनके अक्षर-अक्षर का पालन करोगे। ब्राह्मण के लड़के हो न तुम, गुरु-वाक्य को वेद-वाक्य मानकर ही ग्रहण करोगे।" श्रीकृष्ण ने स्पष्ट कहा।

"यह तो होगा। पर अगर तुम्हें कोई नया मार्ग मिल जाय तो मुझे अपना अन्तरंग समझ मुझ पर उसका भेद अवश्य खोल देना।"

"अवश्य।" श्रीकृष्ण ने आश्वस्त किया।

पर जब एक दिन श्रीकृष्ण ने सचमुच सुदामा पर अपनी सिद्धि का उल्लेख किया तो उन्हें हंसी आ गई। उन्होंने श्रीकृष्ण की बात को उसी हंसी में उड़ा दिया। भला यह भी कोई सिद्धान्त हुआ कि कर्म करो पर फल की इच्छा नहीं रखो। इसे कर्मयोग की संज्ञा दी थी श्रीकृष्ण ने और सुदामा अपने वेदान्त और सांख्य ज्ञान की गहराई से बोले थे—"जब कर्म ही निषिद्ध है तो कर्म-योग क्या ? कुछ भी करना बन्धन को आमन्त्रित करना है, अत: कर्म से संन्यास ले लेना ही कर्म पर विजय का सरलतम उपाय है।"

"फल की इच्छा ही बन्धन में डालती है। कर्म नहीं।" श्रीकृष्ण ने अपना सुनिश्चित मत बताया था।

"कैसे ?"

"जब तुम फल के पीछे भागोगे तो कर्म के साथ बंध जाओगे। निस्संगता नहीं रहेगी। निस्संगता का नहीं होना ही बन्धन है। आखिर कर्म बांधता कैसे है, फल का लोभ देकर ही तो ?"

"अर्थात् तुम फलरहित कार्य करो। निष्फल ! यही न ? तो ऐसे कर्म को करने या न करने से लाभ ?" सुदामा सगर्व बोले।

"मैं यह कहां कहता हूं कि कर्म से फल मिले ही नहीं। मिलना हो तो मिल जाय। मैं उसे ग्रहण करने से कब रोकता हूं ? पर मैं उसको लेकर चिन्तित नहीं होऊंगा, न हाथ-पर-हाथ रखकर बैठूंगा ही। निस्संग भाव से प्रयास करूंगा। सफलता का भी स्वागत करूंगा, असफलता का भी। फिर बंधना होगा नहीं। व्यर्थ ही बदनाम है कर्म। उसके बिना तो एक क्षण रहा नहीं जा सकता। जीवन भी नहीं चल सकता। एक बार असफलता मिली तो फिर प्रयास करूंगा, पर कर्म छोड़ूंगा नहीं और न फल के लिए पागल ही बनूंगा। यही है मेरा कर्म-योग। मेरे चिन्तन का सार-तत्त्व। मेरी साधना और ध्यान-धारणा का फल।" श्रीकृष्ण ने अन्तिम बात कह दी थी।

सुदामा चुप थे। श्रीकृष्ण की बात तो सटीक लग रही थी, पर उनका सांख्य-दर्शन उनके सामने आ रहा था। गुरु-शिक्षा। श्रीकृष्ण की बात माने या गुरु की ?

"पर गुरु सांदीपनि तो संन्यास पर ही अधिक जोर देते हैं।" सुदामा ने तर्क दिया।

"पर वे गृहस्थ-धर्म में जाने से तो नहीं रोकते ? यहां की शिक्षा समाप्त कर तुम पत्नी-पुत्र के साथ रहो, इसकी वर्जना भी तो नहीं है।"

"नहीं है।"

"नही है तो पत्नी-पुत्र को खिलाओगे क्या ?"

सुदामा एक क्षण चुप रहे। फिर बोले, "संन्यास इसमें आड़े आयेगा क्या ? वरण तो मैं इसी को करूंगा।"

"आयेगा। पत्नी और बच्चे भूखों मरेंगे। तुम भी। तब तुम्हारा संन्यास तुम्हें मुंह चिढ़ाएगा।"

"चिढ़ाने दो। पर मैं रहूंगा संन्यासी ही। निरग्नि। आग तक नहीं जलेगी मेरे यहां।"

"तब तुम्हारा भविष्य भयावह है। इससे अच्छा है विवाह ही नहीं करो।" श्रीकृष्ण ने तर्क दिया था।

"तब सृष्टि का चक्र जो रुक जायेगा। मैं इस पाप का भागी नहीं बन सकता।"

"और पत्नी-बच्चों को भूखों मारने से पाप नहीं लगेगा ?"

"मैं भिक्षाटन करूंगा।" संन्यासी सुदामा बोले।

"अर्थात् परजीवी बनोगे।"

"जो समझो।"

"इन हाथों के रहते ?"

"तो इन्हें काट फेंकूं ?" सुदामा गुस्से में बोले। श्रीकृष्ण जो भी हों उनके सखा ही तो थे।

"काट नहीं फेंको। इनका अर्थ समझो। ये कुछ करने के लिए ही दिए गए हैं। नहीं, ये पशुओं को भी मिले रहते, उन्हें तो कुछ नहीं करना पड़ता, मात्र हरियाली में मुंह मारना होता है।"

"जो हो, मैं ज्ञान का होकर रहूंगा, कर्म का नहीं। ज्ञान श्रेष्ठ है। कर्म निकृष्ट।" सुदामा ने अपना अन्तिम निर्णय सुनाया था और श्रीकृष्ण चुप हो गए थे।

बाईस

और आज वही ज्ञान-साधना कर रहे थे सुदामा। आंगन की वेदी पर बैठकर। नित्य ही करते हैं वे। पर आज ध्यान कहां लग रहा था ? पेट रह-रहकर अपनी ओर खींचता था। ज्ञान की गहराई में उतरने ही नहीं दे पा रहा था। तभी पहुंची थी पत्नी सत्या।

ध्यान तो जमा ही नहीं था। आंखें उसकी ओर अनायास उठ गईं।

"अब भी कुछ करोगे या नहीं ?" सत्या ने सीधे पूछा। शरीर पर वही मैली-कुचैली स्थान-स्थान से फटी साड़ी। शरीर कंकाल बना हुआ। दरिद्रता और दयनीयता की प्रतिमूर्ति बनी खड़ी थी सत्या। स्वर ऐसे निकले थे जैसे किसी गहरी घाटी से आ रहे हों और ऊपर आते-आते कठिनाई से कानों तक पहुंच पाते हों।

सुदामा चुप।

"अपने लिए नहीं तो बच्चों के लिए तो कुछ करो। वे तो अब बिछावन से उठ भी नहीं सकते।"

सुदामा घबराये। अब उन्हें स्थिति का सही अनुमान हुआ। जब भूख के

कारण उनकी ही यह हालत है तो छोटे बच्चों की क्या गति होगी ?

"वे तो अब रो भी नहीं सकते," सत्या आगे बोली, "जीवनी-शक्ति ही क्षीण हो गई उनकी पूरी तरह । तुम पिता हो पत्थर बन सकते हो, मैं मां होकर कैसे उन्हें मरते देखूं ?"

सुदामा फिर भी चुप । उनका संन्यास उनके आगे आ रहा था । कर्म के नाम पर उनके सामने एक ही कर्म था—भिक्षाटन । पर वह भी इधर नहीं हुआ था । हो भी अब नहीं सकता था । आसपास के गांव उनकी ओर से उदासीन हो गए थे । फिर एक-दो हों तो कोई भीख भी दे । यहां तो झुंड के झुंड उन्हीं की तरह के निष्कर्मी घूम रहे थे ? भिक्षाटन में जाने से अब क्या लाभ ? दिन-भर गांव-गांव दौड़ो तो एक आदमी के पेट भरने लायक ही कुछ मिल जाता था । यहां तो पांच-पांच प्राणी थे घर में ।

क्या बोलते सुदामा ? पर पत्नी थी कि सिर पर सवार थी । हांफती-कांपती । आंखों की कोरों को बार-बार फटे मैले आंचल से पोंछती ।

"तुम कुछ बोलते क्यों नहीं ? इन बच्चों को विष दे दूं ? वह खरीदने के लिए भी तो घर में कुछ नहीं है ?" सत्या किसी तरह बोली ।

"पर मैं क्या कर सकता हूं ? भिक्षा में भी अब कुछ मिलता नहीं ।" सुदामा ने अपनी विवशता प्रकट की ।

"तो कुछ काम करो ।"

"मैं तो संन्यासी हूं । कर्म बन्धन-कारक है । मैं जीवन-मरण के चक्र से मुक्ति चाहता हूं ।"

"पत्नी और बच्चों को मृत्यु-मुख में झोंककर ? तो फिर यह घर ही क्यों बसाया ?"

"सृष्टि-चक्र को चालू रखने के लिए ।"

"कहां चालू रह पा रही है वह ? बच्चे तो एक-दो दिनों में चले हमें छोड़-कर । कहां चला तुम्हारा सृष्टि चक्र ?" सत्या ने भरसक ऊंचे स्वर में कहा, क्रोध से उबल कर । पर शरीर में इतनी शक्ति ही नहीं थी कि बातों में वह गर्मी आये जो वह लाना चाहती थी ।

सुदामा निरुत्तर हो गए । उन्हें अब गुरु सांदीपनि का आश्रम और सखा श्रीकृष्ण की यादें आ रही थीं । श्रीकृष्ण शायद ठीक कह रहा था कि बिना कर्म के तो जीवन भी नहीं चल सकता । संन्यास और ज्ञान के नाम पर अकर्मण्य होकर तो उन्होंने अपने पूरे परिवार के जीवन को विनष्ट कर दिया । सच, शायद वह फलाशा छोड़कर किसी-न-किसी कर्म में रत रहते तो बन्धन में भी नहीं पड़ते और परिवार को भी यह दिन नहीं देखना पड़ता । कुछ नहीं तो वे अपना एक आश्रम ही खोल सकते थे । गांवों में भिक्षाटन के स्थान पर उन्हीं गांवों के बच्चों को कुछ पढ़ते-पढ़ाते तो पांच प्राणियों के पेट तो पल ही जाते । पर अब ? अब क्या हो सकता है ? नये सिरे से इस सबका आरम्भ भी अब कहां सम्भव था ? फिर अब वह जवानी वाली उम्र भी कहां रही ? कुछ नहीं तो जंगल से लकड़ी काटकर ही बेच आते । परिवार पालना क्या कठिन था ?

"क्या सोच रहे हो ?" सत्या थी कि टस-से-मस नहीं हो रही थी ।

"तुम कुछ सोचने भी तो दो ?" सुदामा कुछ खीझकर बोले ।

"जीवन-भर तुमने इसके अलावा किया भी क्या ?" सत्या का क्रोध अब दबाये नहीं दबता था भले ही दुर्बलता के कारण शब्दों में अपेक्षित शक्ति नहीं आ पाती थी, "अगर सोचने के बदले कुछ करने पर ध्यान देते तो आज बात कुछ और होती। आखिर तुम्हारे ही साथ पढ़ने वाला वह कृष्ण ही तो था जिसकी तुम अक्सर चर्चा करते थे। वह कहां कुछ सोचता रहा। आज सुना, वह द्वारिकाधीश बन बैठा है, तुम्हारे सदृश भिक्षुक नहीं।"

बात लगने के लिए ही कही थी सत्या ने और वह सुदामा को लग भी गई थी।

"सबका अपना-अपना भाग्य होता है।" सुदामा तुनककर बोले थे।

"भाग्य नहीं, कर्म फलता है।" सत्या ने उलटकर उत्तर दिया था, "कर्महीन ही भाग्यहीन भी होते हैं।"

"सत्या !" सुदामा उखड़े थे। दुर्बल शरीर क्रोध से कांपने लगा था।

"नहीं, मैं आज कहूंगी। चुप नहीं रह सकती मैं। बहुत सहा अब तक। अपना दुःख तो सह भी लेती हूं पर बच्चों का कष्ट अब नहीं देखा जाता।"

"तब तुम क्या करने को कहती हो ?" सुदामा निरीह-से बोले।

"वही जो अब तक करते आये हो।"

"भिक्षाटन ?"

"हां।"

"पर उसमें अब कुछ नहीं रखा।"

"वैसी भीख मांगने की बात मैं नहीं कर रही। भगवान न करे कोई पत्नी ऐसा परामर्श दे अपने पति को।"

"कैसी भीख मांगने की बात कर रही हो ?" सुदामा कुछ नहीं समझ कर बोले।

"द्वारिकाधीश से मांगो। अपने बाल-सखा से। सुना, वहां जो भी गया है, निहाल होकर लौटा है।"

"छिः, छिः, राम, राम, यह क्या कहा तुमने ?" सुदामा ने अपने कानों में उंगलियां डाल लीं, "एक सखा दूसरे सखा के द्वार पर भिक्षाटन को जाय ? मुझसे नहीं होगा यह, भले ही सभी प्राणियों की समाधि बन जाय इसी कुटी में।"

"यह कुटी भी किधर से है ?" सत्या के स्वर पर व्यंग्य चढ़ा। "ऊपर में खुला आसमान। द्वारों के कपाट तक गायब। एक शृगाल और श्वान को भी बेहिचक प्रवेश की पूरी स्वतन्त्रता।"

"सत्या ! तुम्हें पति के साथ इस तरह बातें नहीं करनी चाहिए," सुदामा का क्रोध परवान चढ़ बैठा। भूखे पेट में क्रोध ऐसे भी अधिक जगता है, यह पत्नी-धर्म के विरुद्ध है।"

"और पति का कुछ धर्म होता है या नहीं ? या मात्र बच्चे पैदा करना और ।"

"बस, बस करो सत्या !" सुदामा तमतमाकर उठ खड़े हुए। "लाओ मेरी लकुटि। मैं अभी चला द्वारिका को। जब भाग्य में यही लिखा है तो यही हो। गाँव के गरीब ग्रामीणों के आगे हाथ पसारता रहा तो उस द्वारिकाधीश के सामने भी फैला लूंगा।"

"उसकी आवश्यकता नहीं पड़ेगी", सत्या अब संयमित हो, आई, "सुना है, साधना द्वारा बहुत बड़ा योगिराज बन आया है तुम्हारा सखा। कुछ-कुछ तो भगवान ही कहते हैं उसे। मन की बातें वह स्वयं जान जायेगा। तुम्हें मुंह भी नहीं खोलना पड़ेगा।"

"सुना उसके संबंध में मैंने भी ऐसा ही है। पर मन की बात तो वह तब जाने जब उसके सामने पड़ूं। वह साधारण व्यक्ति थोड़े है? द्वारिकाधीश है वह! द्वारपाल उस तक मुझे पहुंचने भी देंगे?" सुदामा ने अपनी शंका रखी।

"महान् लोग विपन्न मित्र को भी नहीं भूलते। अपना नाम बोल देना। तुम्हारा सखा द्वार तक दौड़ा नहीं आये तो कहना।"

"ठीक है, तो चलता हूं।" सुदामा उसी तरह उठकर चल दिए, वस्तु के नाम पर वही था जो शरीर पर था, अतः वस्त्र-परिवर्तन का भी प्रश्न नहीं था। स्नान-पूजा के नाम पर रखा दूसरा अंग-वस्त्र भी उसी तरह तार-तार था।

"ठहरो।" सुदामा आंगन पार ही करने वाले थे कि सत्या ने टोका, "देवता, मित्र और पत्नी के पास खाली हाथ नहीं जाते।" और वह देखते-देखते फुर्र हो गई। पता नहीं शरीर में कहां की शक्ति आ गई थी, वह समझ गई कि अब उसके दुर्दिन दूर हुए। वह जानती थी कि देवता की तरफ अभिमुख हुए नहीं कि कष्ट टला और यह श्रीकृष्ण, सुदामा का यह बाल-सखा तो सुना देवताओं का भी देवता साक्षात् ईश्वर था। अब उसके कष्टों को कहां ठहरना था?

सुदामा आंगन में प्रतीक्षा कर रहे थे कि सत्या विद्युत-गति से दौड़ती हुई लौटी। मुख पर की सारी म्लानता सूरज की पहली किरण से ही निःशेष होनेवाले अन्धकार की तरह पता नहीं कहां तिरोहित हो गयी थी। तीव्र गति के कारण सांसें अनियन्त्रित हो गई थीं और कलेजा जोरों से धड़क रहा था जो आंचल के उठने-गिरने से स्पष्टतः परिलक्षित हो रहा था।

"मिल गया। मिल गया।" सुदामा के पास खड़ी होकर आनन्दातिरेक से वह चिल्लाई।

"क्या मिल गया?" सत्या की इस प्रसन्नता से सुदामा को लगा कि शायद कोई पारस-मणि आदि ही सत्या के हाथ लग गई है और उन्हें द्वारिका जाने का कष्ट भी अब नहीं उठाना पड़ेगा।

"यह मिल गया। बड़ी मुश्किल से मिला। मुझे तो उम्मीद ही नहीं थी। पर पड़ोसन बड़ी भली है। मैंने मुख खोला नहीं कि वह लेकर उपस्थित हो गई।" एक अधमैले-से कपड़े में बंधी एक पोटली को सुदामा की ओर बढ़ाते हुए वह बोली। उसकी खुशी का कोई ठिकाना नहीं था। यदि किसी जन्मजात भिखमंगे को धरती में गड़ा कोई खजाना भी मिल जाता तो शायद उसे इतनी प्रसन्नता नहीं होती।

"क्या है इसमें?" सुदामा ने पोटली की ओर हाथ बढ़ाते हुए कहा।

"चिउड़ा। तीन मुट्ठी चिउड़ा। पड़ोसन को शीघ्र ही वापस कर देने का वचन देकर लाई हूं।"

"चिउड़ा? तीन मुट्ठी चिउड़ा। ये तो मेरे मार्ग के पाथेय लायक भी नहीं हैं। क्या होगा इनका?" सुदामा झुंझलाकर बोले।

"पाथेय नहीं, सौगात हैं ये," सत्या घबराकर बोली, "कहीं भूख की ज्वाला में मार्ग में ही इन्हें झोंक नहीं देना, वरना खाली हाथ ही लौटोगे।"

'भूख की ज्वाला···और उसमें झोंक देना।' बात सुदामा को स्मृतियों की उन वादियों में ले गई जहां शायद वे कभी लौटना नहीं चाहते। उन्होंने चुपचाप उस पोटली को कांख के अन्दर दबाया और आंगन से बाहर आ गए। द्वारिका की राह पकड़ी उन्होंने पर स्मृतियों की आग पर पड़ी जिस राख को सत्या ने अनजाने उड़ा दिया था उसका वे क्या करें? मार्ग पर तो वे अग्रसर हो गए थे पर पैर मानो हाथी के पैर हो रहे थे। उठाये नहीं उठते थे। कहीं श्रीकृष्ण ने वही प्रसंग छेड़ दिया तो···। तब तो लेने के देने नहीं पड़ जायेंगे?

सुदामा का मन खिन्न हो आता है। सत्या से आरम्भिक नोंक-झोंक के पश्चात् वह प्रसन्न मन से ही घर से निकले थे। और कुछ नहीं तो बाल-सखा के दर्शन की ही उत्कट अभिलाषा जग आई थी—उसके उत्कर्ष के अवलोकन की। कहां सांदीपनि-आश्रम का वह बाल-चन्द्र और कहां आर्यावर्त के आकाश में उदित पूर्णिमा का यह भरा-पूरा चांद? देखने की प्रबल इच्छा थी द्वारिकापति को! पर यह तो सत्या ने सारे उत्साह पर पानी ही फेर दिया अनजाने में—'कहीं भूख की ज्वाला में···।'

हां, भूख की ज्वाला ही थी वह जिसने उनसे वह निन्द्य कर्म कराया था—उनसे असत्य भाषण कराया था, मित्रों के साथ छल कराया था और एक तरह से चौर्य कर्म ही कराया था सांदीपनि के आश्रम के इस अन्त्यवासी से, सुदामा से।

कर्म का फल मिलता है न? सुदामा सोचने लगे। फिर अपने सोच पर ही हंसी आ गई। कर्म का फल नहीं मिलता तो सारा सांख्य-ज्ञान कर्म से भागने की बात क्यों करता? उनका कृष्ण भी एक बीच का मार्ग क्यों निकालता—निस्संग भाव से कर्म करने का?

मिलता है, कर्म-फल मिलता है। अच्छे कर्म का अच्छा और बुरे का बुरा। सुदामा अब पूरी तरह इस सत्य से परिचित हो गये प्रतीत होते थे। वर्षों पुरानी वह घटना बार-बार स्मरण हो आती थी। कहीं उसी का फल तो इस दारुण दारिद्र्य के रूप में नहीं मिल रहा? सुदामा को विश्वास हो आया, उसी का प्रभाव था यह, उसी प्रवंचना का एक तरह से उसी चौर्य-कर्म का।

गुरु सांदीपनि ने आदेश दिया था, अरण्य से समिधा हेतु लकड़ी लाने-हेतु। बलराम, श्रीकृष्ण, सुदामा एवं कुछ और शिष्य साथ ही निकले थे। प्रातःकाल की बेला में आश्रम से निकले; आशा थी मध्याह्न तक वापस आ जायेंगे। गुरु-पत्नी ने कुछ चने सुदामा को एक पोटली में थमा दिए थे, शायद लौटने में विलम्ब हो तो काम आयेंगे।

विलम्ब सचमुच हो गया। सुबह का निरभ्र आकाश दिन चढ़ते-चढ़ते मेघ-संकुल हो आया। बूंदा-बांदी शुरू हुई और देखते-देखते दिन में ही रात्रि का अन्धकार घिर आया। समिधा तो जुटा ली सभी ने, पर मार्ग खो गए। घोर अरण्य में भटकते-भटकते दिन कब समाप्त हो गया और रात्रि के निविड़ अन्धकार ने उस वन-प्रदेश को पूरी तरह कब धर दबोचा, इसका पता नहीं चला सुदामा और उनके सखाओं को। विवशतः रात्रि एक घने वृक्ष के नीचे बिताने की बात तय हुई। प्रातः शायद मार्ग का संधान मिल जाय अथवा गुरु सांदीपनि ही शिष्यों को ढूंढ़ते उन तक पहुंच जायें।

हुआ यही। प्रातः होते-न-होते चिन्तित गुरु उन तक पहुंच गए और उन्हें

लेकर आश्रम लौट आये। पर रात में जो कुछ घटा, शायद उसी का फल सुदामा अब तक भोग रहे हैं—कर्म-फल।

रात में सबको भूख लगी थी। दिन भर के लक्ष्यहीन भटकाव के पश्चात् स्वाभाविक था कि सबकी आंतें कुलबुला जातीं। रात में वृक्ष के नीचे विश्राम की मुद्रा में आए तो भूख के कारण सबकी स्थिति दयनीय हो रही थी। सुदामा को पोटली के चने की बात याद थी। बड़े यत्न से उन्होंने उसे कमर में खोंस कर रखा था। वे इतने नहीं थे कि सबकी भूख उनसे मिटाई जा सकती और सौभाग्य-वश जिस समय गुरु-पत्नी उन्हें ये चने दे रही थीं उस समय उनके सिवा वहां कोई और नहीं था। उस घोर तिमिर में हाथ-को-हाथ नहीं सूझ रहा था और अन्धकार के इस पर्दे का लाभ उठा सुदामा ने धीरे-धीरे चनों को चबाना आरम्भ किया।

"सुदामा, बड़ी भूख लगी है! तुम्हारे पास कुछ है क्या?" पता नहीं उस काल तक ही श्रीकृष्ण की साधना रंग ला चुकी थी और वह अन्तर्यामी बन गए थे पर टोका उन्होंने ठीक उसी समय था जब दो-एक मुट्ठी चने ही सुदामा पेट के हवाले कर सके थे।

"नहीं तो।" सुदामा घबरा कर बोले। उन्हें भय था कि कहीं चनों का भेद खुल गया और वे सबमें बंट गए तो वे भूखे पेट ही रह जायेंगे।

"पर तुम्हारे मुख से तो कुछ चबाने का स्वर आ रहा है।" विचित्र था यह कृष्ण भी। उसके कान आदमी के थे या सर्प के? सुदामा ने सुन रखा था कि सांपों के कान बड़े तेज होते हैं। वह तो सम्हल-सम्हल बड़े धीरे-धीरे चने चबा रहे थे और यह श्रीकृष्ण था कि कह रहा था कि उसके मुख से शब्द आ रहे थे।

"ठंड के कारण दांत कट-कट कर रहे हैं। देखते नहीं आकाश किस तरह मेघाच्छन्न है? शरीर पर पूरे वस्त्र भी तो नहीं कि शीत से रक्षा हो सके।" सुदामा को अपनी प्रयुत्पन्नमतित्व पर गर्व हुआ। कैसा उचित उत्तर दिया था उन्होंने?

"ओह! यह बात है?" श्रीकृष्ण ने कहा था और फिर चुप हो गए थे।

सुदामा धीरे-धीरे सारे चने चबा गए थे। उनकी भूख तो शान्त हो गई थी पर उनके साथी खाली पेट ही सो गए थे। बात तब से आई-गई हो गई थी। पर आज वह घटना बार-बार सुदामा के मस्तिष्क को मथने लगी थी। उतने दिनों के पश्चात् यह बात मन में क्यों आ रही थी? सुदामा को कुछ विकलता हुई। इसमें भी उसी श्रीकृष्ण की कुछ चाल है क्या? अब तो वह पूरी तरह योगेश्वर बन गया है। कहीं उसे पता ही लग गया हो कि मैं द्वारिका के लिए प्रस्थित हो चुका हूं और इसीलिए वह बार-बार उस छल, उस धोखा, उस मिथ्याचरण का स्मरण करा उसे उसके दु:ख-दैन्य के कारण की ओर इंगित कर रहा हो। तो सुदामा लौट जायें क्या? उनके मन ने उनके पैरों का साथ देना बन्द कर दिया। क्या हुआ जो श्रीकृष्ण ने उस समय कुछ नहीं कहा पर अब अगर वे उस घटना का स्मरण करा दें तो क्या स्थिति होगी सुदामा की? डूबते हुए चांद की तरह, उनका पहले से ही रक्त-हीन मुख, पूरी तरह पीत नहीं हो आएगा क्या। उनकी जिह्वा पक्षाघात-ग्रस्त-सी विवश नहीं हो जाएगीं क्या? बोल फूटेंगे उनके मुख से? शर्म से सिर को झुका लेने के सिवा और क्या उपाय रह जायगा उनके पास?

पर नहीं, शायद श्रीकृष्ण ऐसा नहीं करें। कुछ भी हो, उनके अतिथि बनकर

जा रहे थे वह और अतिथि को कोई असुविधा में डालता है ? विशेषकर, श्रीकृष्ण से तो इसकी स्वप्न में भी आशा नहीं की जा सकती थी। सुदामा ने अपने मन को समझाया और पत्थर बन आये पैर पुनः पथ पर गतिशील हुए।

पर यहीं थी द्वारिका ? अच्छा संकट में डाला था सत्या ने उनको। चलते-चलते कई दिन तो हो गए थे। शरीर पर पड़े पहले से ही बदरंग वस्त्र और धूमिल हो आये थे। यह तो भिक्षाटन की पुरानी आदत थी वरना इस लम्बी यात्रा में कभी के उनके प्राण अनन्त पथ के पथिक बन गए रहते।

और यह क्या था आगे ? इसे पार करना···आसान था क्या उनके लिए ?

तेईस

आक्षितिज विस्तृत अनन्त बालुका राशि ! कहीं रेतीले पहाड़ तो कहीं दूर तक सपाट, सिकता-पटा अछोर विस्तार। ऊपर से आग बरसाती सूरज-किरणें। तप्त हो आई, आग-सी ही जलती धरती पर पद-त्राण रहित पैरों को रोपना असंभव। कहीं-कहीं कंटीले झाड़-झंखाड़ जो तार-तार हो आए वस्त्रों से उलझकर उनके अस्तित्व को ही समाप्त करने को प्रस्तुत। सूखते कण्ठ को पानी की एक बूंद तक अप्राप्य।

यह थी मरुभूमि। इसे पार किए बिना सुदामा द्वारिका नहीं पहुंच सकते थे। अच्छी परीक्षा की घड़ी उपस्थित थी यह। मार्ग के अगल-बगल पशुओं और मनुष्यों के कंकाल पड़े हुए थे। कहीं सद्यः प्राण-गत हुए प्राणी पर गृद्ध और अन्य मांस-भक्षी पशु बुरी तरह टूट पड़े थे। एकाध ने दुर्बल सुदामा की ओर भी लपकने का प्रयास किया था पर उस समय उनकी लकुटि काम आ गई थी और उसी से उसका निवारण करने में वे सफल हुए थे। पर कांख की पोटली को और सजगता से छिपा लिया था। कहीं उसी को झपटकर कोई पक्षी हो गया फुर्र तो घर लौट पायेंगे क्या सुदामा ? इस बालुका-पूर्ण कान्तार से कोई सहज ही पार निकल पाता भी होगा क्या ? जिसको सवारी हो—रथ हो—उष्ट्र (ऊंट) हो, उनकी बात तो पृथक्। पर सुदामा के सदृश पादाति को इस जन-शून्य परदेश में ही प्राण-विसर्जित करने पड़ें तो इसमें क्या आश्चर्य ?

प्राण अब सचमुच व्याकुल हो आये थे। प्रातः तक तो ठीक था पर जैसे ही सूरज क्षितिज पर ऊंचे चढ़ते गया सुदामा का संकट बढ़ता गया। भोजन, नहीं भोजन की आवश्यकता नहीं थी, पर पानी ? हां पानी के बिना वे शायद एक क्षण भी अब जीवित नहीं रह सकते थे। कण्ठ सूखने लगा। जिह्वा तालू से सटने लगी तो पैरों ने भी शक्ति खो दी। आंखों के आगे अंधेरा छाने लगा। घोर तमिस्रा। तो यही था क्या मृत्यु-पथ का वह घोर तम जिसका वर्णन वह उपनिषद्-मन्त्रों में सुनते आये थे—अन्धः तमः प्रविशन्ति ये अविद्यां उपासते—जो अविद्या का अर्जन करते हैं वे मरने के पश्चात् घोर अन्धकार में प्रवेश करते हैं। तो अविद्या की उपासना की थी साधक सुदामा ने ? श्रीकृष्ण से पूछते तो वह तो यही कहते—कर्महीन ज्ञान, अज्ञान से अधिक क्या है ? जो विद्या अपने और अपने स्वजनों की

उदर-पूर्ति में भी सहायिका नहीं हो वह अविद्या ही तो है। अहंकार के सिवा और क्या कहेंगे तथाकथित विद्या-आधारित साधना, ध्यान और धारणा को? अगर सुदामा श्रीकृष्ण के बताये कर्म-योग का आश्रय ले कर्म-रत हुए रहते, अपने और अपने परिवार के लिए अन्न के दो दानों का भी प्रबन्ध किए रहते तो क्या वे आज इस जल-हीन कान्तार में प्राणों से हाथ धोने की स्थिति में पहुंचते रहते?

क्या सचमुच श्रीकृष्ण भगवान हैं, सहसा एक और बात शून्य-से पटते जा रहे मस्तिष्क में कौंधी। सुन रखा था जीव और ब्रह्म के मध्य की दूरी बहुत है। भारी परीक्षा लेता है वह अपने तक उसे पहुंचने देने के पूर्व। भगवान यों ही भक्त को अपना लेता है क्या अगर सांख्य दर्शन की बात छोड़ साधारण भक्ति-भाव की बात करें तो। तो क्या सचमुच श्रीकृष्ण परीक्षा ले रहे थे सुदामा की? अगर यह बात थी तो भगवान द्वारा भक्त की यह परीक्षा बड़ी निष्ठुर थी। गुरु-गृह में तो सांदीपनि की सभी परीक्षाओं को वह बड़ी सहजता से उत्तीर्ण करते गए थे पर यह? यह परीक्षा तो लगता है प्राण लेकर ही रहेगी। तभी आंखों के सामने का अन्धकार और घनीभूत हुआ था। पैर लड़खड़ाये थे। चेतना सहसा लुप्त हुई थी और वह लड़खड़ा कर तपती बालुका-राशि पर गिर पड़े थे। खुले मुख से एक क्षीण स्वर निकला था—पा···नी···पा···नी।

और सचमुच किसी ने पानी के कुछ बूंद कण्ठ में डाले थे। पूर्णतया शून्य चेतना कुछ-कुछ जाग्रत हुई थी। कोई छाया-सी झुकी थी उनके ऊपर। किसी जल-भरे पात्र से वह उनके खुले मुख में पानी की एक क्षीण धार ही उड़ेल रही थी। पर यह सत्य था या स्वप्न? सुदामा कुछ नहीं समझ पाये थे। इतना लगा था, किसी ने उन्हें दो हाथों में उठाया था और किसी ऊंचे स्थान शायद किसी यान पर प्रतिष्ठित कर दिया था और फिर चेतना ने पूरी तरह उनका साथ छोड़ दिया था।

चौबीस

और अब? बालुका के विस्तार से प्राण बचे तो यह सलिल का अनन्त, अछोर भांडार? यह जलनिधि? द्वारिका को आवृत्त करता यह आलोड़ित, आन्दोलित, खूंखार सागर?

थोड़ी देर पहले सुदामा की चेतना लौटी थी। किसी वणिक ने अपने रथ से उन्हें नीचे उतारा था। अब तक पूरी तरह स्वस्थ हो आये थे वे। शायद जल के साथ-साथ मार्ग में वह उनके मुख में कुछ शक्तिवर्द्धक पेय भी डालता आया था। पर रथ से उतारते ही वह गायब क्यों हो गया था? न कोई बात न चीत। शायद उसका गन्तव्य आ गया था अथवा स्पष्ट ही फटेहाल प्रतीत होते एक भिक्षुक से बातें करना भी उसने अपनी मर्यादा के विरुद्ध समझा था। उनके प्राण बचा दिए, यही क्या कम उपकार था उसका उन पर?

चेतना लौटते ही सबसे पहले उन्होंने अपनी पोटली की खोज की थी। सुरक्षित थी वह उनके पार्श्व में। अगर वह मार्ग में ही छुट गई रहती और उस

वणिक ने उनकी उस एकमात्र जमा-पूंजी की चिन्ता नहीं की होती तो रिक्त हस्त ही जाना पड़ता न उन्हें अपने सखा, नहीं, द्वारिकाधीश के पास ? और जब खाली हाथ जाते तो खाली हाथ ही तो लौटते ! तब क्या उत्तर देते वह सत्या को ? उसने कुछ सोच-समझकर ही तो सारे शर्म को ताक पर रख पड़ोस से प्रबन्ध किया था चिउड़े के इन चन्द दानों का ! यों ही थोड़े कहा था उसने कि राजा के पास खाली हाथ नहीं जाते ? कुछ भेद होगा इसके पीछे भारी। खैर, पोटली सुरक्षित थी। पर यह समुद्र ?

दूर, द्वारिका के महलों के स्वर्ण-कंगूरे दिखाई पड़ रहे थे। इन्हीं में कोई महल होगा उनके कभी के सखा पर अब के योगेश्वर, ईश्वर, द्वारिकाधीश और क्या-क्या श्रीकृष्ण का ? कैसे पहुंचेंगे वह उस स्वर्ण-नगरी तक ? परीक्षा की भी कोई सीमा होती है। अगर श्रीकृष्ण सचमुच भगवान ही हो गये हों तो इतने निष्ठुर क्यों थे वे ? ठीक है कि सुदामा सांख्य-दर्शन के विद्वान् थे पर भक्ति से वह अपरिचित थे यह बात तो नहीं थी। अगर उन्होंने व्यास के ब्रह्म-सूत्रों का अध्ययन किया था—अथातो ब्रह्म जिज्ञासा—तो नारद के भक्ति-सूत्रों से भी वह अनभिज्ञ नहीं थे। उस वीणा-वादक भक्त-ऋषि के दर्शन उन्हें भले नहीं हुए हों पर भक्ति की जिस मर्यादा और महत्त्व की वह चर्चा करता था उससे वह अपरिचित भी तो नहीं थे। तो भगवान भक्त को एक के पश्चात् दूसरे संकट में क्यों डालता जा रहा था ? अपने और उसके बीच उसने सलिल का यह अनन्त विस्तार क्यों फैला दिया था ? तो क्या अब लौट जायें सुदामा यहीं से ? इतना कष्ट सहने के पश्चात् ? और फिर वह मार्ग का भीषण कान्तार—वह मरु-प्रदेश ? यहां तो पानी ही पानी है और वहां पानी की एक बूंद के अभाव में ही वे गत-प्राण ही हो गये थे।

सागर-तीर सरक आये थे सुदामा। एक नाविक एकाकी खड़ा था वहां एक विस्तृत स्वर्ण-जटित नौका पर। अवश्य ही साधारण जलयान नहीं था वह। राज-परिवार का ही होगा। इससे द्वारिकापुरी तक ले चलने की बात कहनी धृष्टता के सिवा और क्या होगी ? और फिर मजदूरी देने के लिए उनके पास क्या था ?

"चलना है क्या ?" अत्यन्त मधुर स्वर में पूछा था नाविक ने।

सुदामा को अपने कानों पर विश्वास नहीं हुआ तो यह स्वाभाविक ही था। उनके सदृश भिक्षुक को भला वह यह मान क्यों देता ? वे चुप लगाकर विपरीत दिशा में देखने लगे।

"आप ही से पूछ रहा हूं।" नाविक यान से नीचे उतर आया था और सुदामा के आमने-सामने खड़ा था।

"चलना ? हां, अवश्य चलना है," सुदामा किसी तरह बोले थे, "पर मैं नहीं जा सकता।"

"क्यों ?" नाविक ने विनम्रता से पूछा। सुदामा को आश्चर्य हो रहा था उसकी विनयशीलता पर। क्या द्वारिका के सभी लोग ऐसे ही होंगे ? अगर इस राजकीय नाविक में इतनी नम्रता है तो सामान्य नगर-जनों में वह कितनी होगी ? और श्रीकृष्ण में ? क्या वे भी सांदीपनि के आश्रम वाले वही चंचल, विनम्र और बात-बात में चुहल करने वाले असामान्य होकर भी सामान्य से प्रतीत होते श्रीकृष्ण होंगे ? एक क्षण को सुदामा सांदीपनि-आश्रम और श्रीकृष्ण की स्मृति में ही खो गए। सच था कि बहुत सारे सहपाठियों में सुदामा से ही श्रीकृष्ण

की गहरी छनती थी। उस दिन के छल पर भी उन्होंने कभी ध्यान नहीं दिया था। शायद उसकी ओर उनका ध्यान ही नहीं गया था। और शिक्षा और साधना से बचे खाली क्षण वे सुदामा के साथ ही बिताते थे। सुदामा-श्रीकृष्ण की मित्रता सांदीपनि-आश्रम में ख्यात हो गई थी। सब आश्चर्यचकित थे इस पर। श्रीकृष्ण तब भी सामान्य आश्रम-सेवी नहीं थे। कुछ भी हो, मथुराधिपति उग्रसेन उनके नाना थे। ऐसे भी कंस-दरबार और उसके पूर्व गोकुल और वृन्दावन में जो चमत्कार की सीमा को स्पर्श करते पराक्रम प्रदर्शित किये थे उन्होंने उस सबने कभी का उन्हें विशिष्ट ही नहीं विशिष्टतम बना दिया था। और सुदामा क्या थे? एक साधारण ब्राह्मण-बालक जिसके मस्तिष्क में भले तर्कों का भंडार था पर जिसका पेट अक्सर खाली ही रहता था। जिसने वेदान्त और ब्रह्म-सूत्रों पर जो अधिकार प्राप्त कर लिया हो पर जिसके तन पर साधारण वस्त्रों का भी प्रायः अभाव-सा ही था। यह दो ध्रुवों का मिलन से कुछ कम नहीं था—सुदामा और श्रीकृष्ण की यह मैत्री। सुदामा श्रीकृष्ण के बिना दो क्षण रह भी लें, पर श्रीकृष्ण सुदामा के सामीप्य के बिना शायद जीवित भी नहीं रह सकते थे। बलराम को यह सब अच्छा नहीं लगता था। वे अपने में ही मस्त रहने वाले जीव थे। सुदामा के साथ बिताये गए श्रीकृष्ण के समय को वह अपव्यय के अतिरिक्त कुछ नहीं मानते थे। गुरु-गृह में शास्त्रों पर उन्होंने कोई प्रभावशाली अधिकार प्राप्त किया हो या नहीं पर शस्त्र-ज्ञान उनका अद्भुत रूप से बढ़ा था। गदा-संचालन में उनकी दक्षता से तो गुरु सांदीपनि भी चमत्कृत थे। नर्मदा के किनारे उस द्वादश ज्योतिर्लिंगों में एक औंकालेश्वर के पार्श्व के गुरु-गृह में जब बलराम किसी सहपाठी के साथ कृत्रिम गदा-युद्ध में रत होते तो दो गदाओं की भीषण टकराहट से हवा में जिस असाधारण कम्पन की सृष्टि होती उससे नर्मदा का जल भी तरंगायित हो उठता।

उसी उम्र में एक तरह से गदा-गुरु तो हो ही गए थे संकर्षण (बलराम) पर क्षेत्र-कर्षण के प्रयोग में आने वाले साधारण हल का ही उन्होंने अस्त्र के रूप में इस तरह प्रयोग करना सीख लिया था कि शत्रु पर प्राणघाती वार के लिए उन्हें अपने हल का दुबारा प्रयोग नहीं करना पड़ता था। गदा रहे-न-रहे पर हल सदा उनके साथ रहता था, इसीलिए गुरु ने उनका नाम ही हलधर रख छोड़ा था।

श्रीकृष्ण संतुष्ट थे अपने सुदर्शन-चक्र से। कुम्भकार के चक्र के आकार के ही बने इस धारदार यन्त्र के प्रयोग में इतना दक्ष हो गए थे कि इस रूप में चक्रायित कर वह उसे शत्रु की ओर फेंकते थे कि पुनः लौटकर वह उनके पास ही आ जाता था। ये सारे प्रयोग मिट्टी और तिनकों के बने कृत्रिम शत्रुओं पर होते थे। बलराम और कृष्ण ने यद्यपि शस्त्र और शास्त्र दोनों का पर्याप्त ज्ञान प्राप्त किया पर सुदामा अपने शास्त्र-ज्ञान को ही भांजने में लगे रहे। बलराम और श्रीकृष्ण तो फिर भी क्षत्रिय-कुमार थे, राजवंश से सम्बद्ध थे, उन्हें शस्त्र-ज्ञान की आवश्यकता थी। सुदामा के लिए शास्त्र ही पर्याप्त थे।

पर बलराम ने सुदामा को कभी पसन्द नहीं किया, यह बात सुदामा से छिपी नहीं थी। शायद इसका कारण सुदामा का लिजलिजापन और ग्रन्थि-ग्रस्त स्वभाव ही था। सुदामा दारिद्र्-जनित अपनी हीन-भावना से कभी ऊपर उठ नहीं पाते थे और यही बात बलराम को पसन्द नहीं थी। सुदामा ने कई बार दोनों भाइयों

में अपने को लेकर विवाद की सीमा तक बहस करते भी सुना था।

"तुम व्यर्थ उस ब्राह्मण-पुत्र को इतना सिर चढ़ाए रहते हो।" बलराम कभी-कभी अत्यन्त ऊंचे स्वर में बोलते थे। स्वभाव से वे सदा उग्र रहे। कट्टर अनुशासन-धर्मा।

"एक क्षत्रिय-राजकुमार और एक भिक्षुक ब्राह्मण-पुत्र की यह अस्वाभाविक मैत्री शोभती है क्या ?" श्रीकृष्ण से कुछ उत्तर न पाकर बलराम ही फिर बोले थे।

"मैं सबमें समभाव देखता हूं भैया," श्रीकृष्ण उत्तर देते, "मैंने एक छोटी-मोटी साधना की है तुम्हारी और गुरु की आंखों से छिपकर और मुझे लग गया है बड़ा और छोटा कोई नहीं है। ईश्वर ने सबको समान बनाया है। समत्व ही सही योग है, ध्यान, साधना और ज्ञान है—समत्वं योग उच्चते। अवसर आया तो एक दिन मैं इसे डंके की चोट पर कहूंगा। मेरे लिए सब बराबर हैं भैया, दरिद्र होने के नाते सुदामा मेरे स्नेह-सौहार्द का सर्वाधिक योग्य पात्र है।"

"व्यर्थ का प्रलाप है यह," हलधर क्रोध से भर बोलते। "तुम्हारी तथाकथित साधना ने तुममें मतिभ्रम उत्पन्न कर दिया है और तुम मृतिका और स्वर्ण को एक ही श्रेणी में रखने के अभ्यस्त होते जा रहे हो।"

श्रीकृष्ण मुसकराते और बोलते, "भैया, शस्त्रों के प्रति तुम्हारे आग्रह ने आर्ष वाक्यों के प्रति तुम्हारे आकर्षण को कम कर दिया है। उपनिषदों में प्रथम 'ईशावास्योपनिषद्' की उक्ति को तुम कैसे भूल जाते हो कि इस निखिल ब्रह्मांड में जितना और जो कुछ है सबमें उसी एक ईश का वास है—ईशावास्यमिदं सर्वं यत्किंचित् जगत्यां जगत्…"

"ये सिद्धान्त की बातें हैं, व्यवहार की नहीं," बलराम अपना हल वृषभ स्कन्ध के सदृश चौड़े हो आए अपने कंधे पर डालते और एक ओर चल देते। सुदामा खूब जानते थे, बलराम एक अत्यन्त ही निष्ठावान और न्यायप्रिय व्यक्ति थे। सुदामा के प्रति उनके मन में कोई विद्वेष अथवा घृणा का भाव हो इसका प्रश्न ही नहीं उठता था पर वे यह भी नहीं चाहते थे कि श्रीकृष्ण और सुदामा व्यर्थ के संलाप में अपना समय नष्ट करें। पर श्रीकृष्ण थे कि मानते नहीं थे। समय मिला नहीं कि सुदामा के पास उपस्थित। जैसे सुदामा में ही उनके प्राण बसते हों।

पर अब ? अब तो ऐसे भूले जैसे सुदामा नाम का कोई प्राणी ही इस धरती पर कभी उत्पन्न नहीं हुआ। यह है इसका निस्संग योग। सुदामा ने सोचा, जिस तटस्थता, द्वन्द्वहीनता और संगहीनता की बात वह करता था उसे उसने अपने जीवन में उतार कर दिखाया। गुरु सांदीपनि के आश्रम में आने के पूर्व ही वृषभानु-दुलारी और अन्य व्रज-वनिताओं के अस्तित्व को ही उसने जैसे नकार दिया था, भूलकर, मथुरा छोड़ वृन्दावन की ओर दृष्टि भी नहीं डाली थी उसने, वही हाल तो उसने सुदामा के साथ किया। एक बार जो कभी उसके प्राणों में बसा था आज कैसा उसके प्राणों पर बीत रहा है इसकी चिन्ता भी कभी की उसने ?

"आपने कुछ कहा नहीं ?" स्वर ने सुदामा को सांदीपनि-गृह से वापस खींचा। नाविक अब भी खड़ा था सामने हाथ जोड़े। सुदामा धरती में गड़ने-गड़ने को हुए। यह राजकीय कर्मचारी अब तक उनके उत्तर की प्रतीक्षा में खड़ा था ?

"मैंने कहा न भैया, मैं तुम्हारी नौका पर आसीन होने का अधिकारी नहीं

हूं।" सुदामा ने निस्संकोच उत्तर दिया।

"पर क्यों ?"

फिर वही क्यों ? क्या उत्तर दें सुदामा ? अन्ततः बात स्पष्ट करनी ही पड़ी—"मेरे पास पार-उतराई देने के लिए कुछ नहीं है।" सुदामा ने कहा और अपराधी मन से चिउड़े की पोटली को फिर एक बार ठीक से छिपाने का प्रयत्न किया। कहीं नाविक का ध्यान उस पोटली पर ही चला जाय और वह उतने ही से संतोष कर ले, तब ?

"आपसे मुझे कुछ नहीं लेना।" नाविक ने विनम्र शब्दों में कहा।

"क्यों ?" सुदामा के आश्चर्य की सीमा नहीं थी। यह तो वैसा ही हुआ जैसे कोई बुभुक्षित किसी अन्न की दुकान पर, भूखी आंखों भंडार को निहारता रहे और विक्रयकर्ता बोल उठे, 'जी भर बांध लो गठरी में, मुझे कुछ नहीं लेना तुमसे।' गठरी ! गठरी की बात याद आते ही सुदामा को अपनी पोटली की बात पुनः याद आ गई, तथा उन्हें लगा उन्होंने एक निश्छल व्यक्ति से छल किया है और उन्होंने अब तक बहुत यत्न से छुपाई फटे-पुराने वस्त्रों की वह पोटली उसके सामने कर दी, "है तो मेरे पास कुछ अवश्य। चिउड़े की चार मुट्ठिया हैं इसमें पर इन्हें मैं तुम्हें दे नहीं सकता।"

नाविक ने बड़ी श्रद्धा से उस पोटली को देखा जैसे वह कोई अति साधारण वस्तु नहीं होकर कोई बहुमूल्य रत्न आदि का संग्रह हो और नतमस्तक होकर कहा, "आप इसे अपने पास ही रखें, मैंने कहा न आपसे खेवाई नहीं लेनी।"

सुदामा को आश्चर्य हुआ, यह क्या हो रहा था ? ऐसी रत्नजटित, स्वर्ण-निर्मित-सी नौका, प्रत्यक्ष ही राजकर्मचारी-सा प्रतीत होता यह व्यक्ति और वह कह रहा है वह उनसे कुछ नहीं लेगा। अब तो उसने उनकी पोटली भी देख ली है। कहने को तो उन्होंने कह दिया है कि इसमें चिउड़ा के अलावा कुछ नहीं है। पर उसे कहीं यह लगे कि यह भिखारी अपने जीवन की सारी जमा-पूंजी इसी में समेटे हुए है और पार उतरते ही वह मजूरी लेने पर उतर आंए तब ? सुदामा ने पोटली खोलनी चाही—अब दिखा ही देते हैं इसे कि इसका भी भ्रम टूट जाय और आगे कोई बवेला नहीं खड़ा हो।

"नहीं, नहीं, मत खोलिए इसे, मैंने कहा न कि कुछ नहीं लेना मुझे। आप चलिए, यान आपकी प्रतीक्षा में खड़ा है। आपको विलम्ब हो रहा होगा।"

सुदामा चकराये। आखिर यह व्यक्ति उन्हें निःशुल्क पार उतारने को क्यों प्रस्तुत है ? उन्हें लगा, इसमें भी उस नटखट श्रीकृष्ण की कोई चाल है! इधर अपनी योग शक्ति कुछ और बढ़ा ली होगी उसने और उसे अनुमान लग गया होगा कि मैं यहां पहुंचने ही वाला हूं और उसने यह यान···।

"आप क्या सोच रहे हैं ?" नाविक फिर विनम्रता से बोला।

"वास्तविकता कहूं तो मैं सोच यह रहा हूं कि तुम मुझ पर अकारण कृपा क्यों करना चाहते हो ? जब मैं कुछ दे नहीं सकता तो तुम मुझे पार उतारने पर क्यों उतारू हो ?"

"क्योंकि ऐसी ही मेरे स्वामी की आज्ञा है।"

"कौन स्वामी ?"

"द्वारिकाधीश श्रीकृष्ण। और कौन ?"

आखिर बात आई न वहीं पर ? लग गया न पता श्रीकृष्ण को कि सुदामा आ पहुंचने वाला है सागर तीर ?

"तुम्हें कैसे पता लगा कि मैं आ रहा हूं ?" सुदामा ने पूछा और नाविक के चेहरे पर एक विचित्र भाव उभरा। अन्ततः वह बोला, "पता लगने-न-लगने का यहां कहां प्रश्न है ? यहां तो सभी अतिथियों को निःशुल्क पार करानें का राज्या-देश है। आप इस नगर के निवासी होते तो अवश्य आपको शुल्क देना पड़ता पर अतिथि से शुल्क लेकर मैं राज्यापराध का भागी कैसे बन सकता हूं ?"

"तुम्हें कैसे पता कि मैं अतिथि हूं ? मैंने तो तुमसे कहा भी नहीं ? कहीं मैं इसी नगर का निवासी हुआ तो ?"

सुदामा की बात नाविक सुन तो गया और फिर एक बार उन्हें ऊपर से नीचे तक देखकर अपनी आंखें जमीन में गड़ा दीं। सुदामा समझ गए। नाविक को यह बताने की आवश्यकता नहीं थी कि वह इस नगर के निवासी नहीं थे। सुदामा के प्रश्न का सीधा उत्तर था —इस नगर में भिखारी नहीं रहते। उनके वस्त्र, उनकी दयनीय स्थिति डंके की चोट बता रही थी कि वे द्वारिका नगरी के निवासी नहीं थे, और चाहे जहां के हों। पर उस नाविक ने ऐसा कुछ नहीं कहा। यह उसकी शिष्टता की पराकाष्ठा थी कि उसने नेत्रों को भी नत कर लिया कि कहीं उनमें तैरते भावों को सुदामा पढ़ नहीं लें और अपने दारिद्र्य के प्रकट हो जाने की कुण्ठा से ग्रस्त हो जायें।

"आप अतिथि ही हैं।" नाविक ने सामान्य हो आए अपने नेत्रों को उठाया था, "मैं इस नगर के सभी निवासियों को पहचानता हूं। वर्षों से इसी काम में लगा हूं। आप आयें, विलम्ब हो रहा है।" नाविक ने कहा और यान की ओर बढ़ चला। सुदामा डोर-बंधी पतंग की तरह उसके पीछे लग गए, खैर थी उसने अपने उत्तर में यह नहीं कहा था, 'मैं भिखारियों को ठीक से पहचानता हूं।' तो यह थी उनके सखा, नहीं-नहीं, श्रीकृष्ण की राज्य-व्यवस्था। उनकी शालीनता की सीमा थी यह कि यहां का एक अदना-सा नाविक तक नम्रता से इस तरह झुका हुआ था जैसे फलों-भरी शाखा झुक-झुक आती है धरती तक।

पच्चीस

सुदामा के लिए समुद्र का सामना एक सर्वथा नई अनुभूति थी। अब तक तो उन्होंने समुद्र देखा भी नहीं था और आज उसकी तरंगों पर वे किसी क्षुद्र तिनके की तरह चढ़-उतर रहे थे, भले वह नौका के सहारे ही हो। सुदामा प्रायः प्रातः-काल सागर-तीर पहुंचे थे और नाविक से विचारों के आदान-प्रदान में पर्याप्त समय निकल गया था। सूरज के क्षितिज पर ऊपर चढ़ते ही हवा में भी तेजी आई थी और समुद्र कुछ अधिक ही तरंगायित हो आया था। लहरें कई-कई हाथ ऊपर उठने और गिरने लगी थीं। सुदामा की नौका इन लहरों की दीवारों के सहारे कभी ऊपर चढ़ती और फिर उन्हीं के साथ नीचे गिरती। अकिंचन सुदामा को कभी झूले पर झूलने का अनुभव नहीं था किन्तु उन्हें लगा शायद झूले पर भी ऐसा

ही लगता हो। कुछ देर तक तो ठीक पर थोड़ी ही देर में उन्हें यह अनुभव अत्यन्त ही अद्भुत और भयावह लगने लगा। उन्हें कई बार अनुभव हुआ कि वे समुद्र के गर्भ में जाते-जाते रहे—नौका अब उलटी कि तब।

उन्हें पहले पहल लगा, वे बुरे फंसे। किस मुहूर्त में घर से निकले कि बार-बार प्राणों पर ही बन आ रहा है। पहले उस मरु प्रदेश में पानी के अभाव और ऊपर-नीचे के ताप से मरते-झुलसते बचे तो अब यह राशि-राशि जल ही उन्हें अपनी असंख्य लपलपाती लहरों से निगलने को तैयार है। अगर यहीं विसर्जन हो जाय उनके प्राणों का तो सत्या और उसकी सन्तान जिसके लिए वे इतना कष्ट उठाकर यहां तक पहुंचे हैं, का क्या होगा?

सुदामा का आनन भय से पतझड़ के पत्ते की तरह पीला हो आया। पर नाविक था पूरी तरह निश्चिन्त। बड़े आत्मविश्वास के साथ पतवार को पकड़े वह यान को उचित दिशा देने में व्यस्त था। सुदामा की ओर देखने का उसे अवसर ही नहीं मिल रहा था पर एक बार जब उसने भय से विवर्ण हो आए उनके मुख को देखा तो उसे लग गया कि समुद्र की नई-नई यात्रा ही थी उनकी।

"आप भयाक्रान्त हो रहे हैं? इसकी कोई आवश्यकता नहीं।" नाविक ने पाल थामे ही सुदामा को धैर्य दिलाना चाहा।

"क्यों?" सुदामा ने भयमिश्रित दुर्बल स्वर में पूछा। उनके वेदान्त दर्शन ने आत्मा को ही सर्वोपरि और तन को निरर्थक बताया था पर आज वे इस मरण-धर्मा तन को लेकर इतना चिन्तित क्यों हो आए थे? नाविक कुछ नहीं बोला। वह मनोयोगपूर्वक अपने काम में लगा रहा।

"तुम मुझे वापस ले चलो।" सुदामा ने अपना निर्णय सुनाया था। उन्हें सत्या और सन्तान की याद बुरी तरह सताने लगी थी। नहीं, इस समुद्र में वे अपने शरीर की समाधि नहीं बनाने जा रहे। अब उन्हें कर्म का सही महत्त्व समझ में आया था। अगर वे संन्यासी बन भिक्षाटन को ही वृत्ति के रूप में नहीं अपनाए रहते तो आज उनकी यह दयनीय स्थिति नहीं होती—आज समुद्र सौ-सौ मुखों से उन्हें अपना ग्रास बनाने को प्रस्तुत नहीं होता।

समुद्र पूर्वापेक्षा और आन्दोलित हुआ। लहरें आसमान छूने को आतुर हो आईं और उन पर चढ़ती-उतरती वह नौका हिचकोले पर हिचकोले खाने लगी। सुदामा और नाविक के शरीर लहरों के थपेड़ों से पूरी तरह आर्द्र ही नहीं हो आए बल्कि अब पीड़ा भी देने लगे थे। सुदामा का तार-तार हुआ वस्त्र पूरी तरह उनके शरीर से सट आया था और वे स्वयं को अपनी लाज बचाने में भी असमर्थ पा रहे थे।

"भय की कोई बात तो नहीं," नाविक ने अन्ततः आरम्भ किया था, "भगवान के हाथ इन लहरों से भी बड़े होते हैं, वह चाहे तो ये हमारा कुछ भी नहीं बिगाड़ सकतीं।"

वेदान्ती सुदामा एक तरह से सन्न रह गए थे। यह नाविक तो भक्ति की बात कर रहा था—भगवान में विश्वास की। उन्हें लगा अब तक का उनका सारा दर्शन धरा-का-धरा रह गया। अब तो एकमात्र भगवान ही उनके प्राणों की रक्षा करें तो करें वरना उनका संन्यास-ज्ञान तो यहां किसी काम आने से रहा। सुदामा ने मन-ही-मन कुछ संकल्प किया और जिस अपेक्षाकृत ऊंचे आसन पर वे बैठे थे वहां

से लड़खड़ाते पैरों उठ कर उन्होंने अपने दुर्बल हाथों से हाहाकार करती हवा से अब उड़े कि तब उड़े उस रेशमी पाल को एक ओर से पकड़ा। नाविक ने दूसरी ओर से उसे भरपूर सहारा दिया। नाव कुछ नियंत्रण में आई।

"यह हुई न कुछ बात?" नाविक के मुख पर एक मुसकान खिली। "अब इन चार हाथों का यह समुद्र क्या बिगाड़ सकता है? द्वारिका के घाट अब समीप आने लगे हैं। पूरे प्राण-पण से कर्म में जुट जाओ तो एक बार मृत्यु भी द्वार से निराश वापस लौट जाती है।"

"क्या?" सुदामा के कानों पर किसी ने जैसे वज्र-प्रहार किया। यह बात यह नाविक बोल रहा था या उसके मुख से सांदीपनि-आश्रम का वह बालयोगेश्वर श्रीकृष्ण? तो पूरी द्वारिकापुरी को ही उसने अपने कर्म-योग से आप्यायित कर दिया है? कि कर्म ही महान् है—संन्यास, सांख्य, ज्ञान-विज्ञान, चिंतन-मनन, ध्यान-धारणा सबसे ऊपर है उसकी स्थिति या उन्हें शिक्षा देने के लिए ही यह सारा स्वांग रचा था अपने महल में बैठे-बैठे उस योगेश्वर ने ही। क्या पता कितना बड़ा जादूगर है वह! द्रौपदी के चीर को जब से उसने बढ़ाया तब से उसकी अकल्पनीय शक्तियों ने उसे ऐन्द्रजालिक से लेकर ईश्वर तक बना छोड़ा है। तो जिस पाठ को उनका सखा उन्हें सांदीपनि-आश्रम में नहीं सिखा सका, आज उसने उसे इस समुद्र-तल पर सिखा ही दिया। अगर सुदामा कुछ देर पूर्व ही नाविक का हाथ बंटाने खड़े हो गए रहते तो मृत्यु किधर से उनके समक्ष मुख फाड़कर खड़ी होती? पर उन क्षणों में तो उन पर अपना अहम् सवार था। संन्यासी थे वे—अकर्मी, निरग्नि। वे भला कर्म में प्रवृत्त होंगे? पर प्राणों पर आने पर सब कुछ करना पड़ा या नहीं? श्रीकृष्ण की एक बात अकस्मात् उन्हें याद आई जो सांदीपनि-आश्रम में कही थी उन्होंने—प्रपंच में नहीं पड़ो। कर्म नहीं करूंगा यह तुम्हारा मिथ्या अहंकार है। प्रकृति निष्क्रिय नहीं है, सदा ही सक्रिय है वह। एक दिन वह तुम्हें कर्म में झोंक कर रहेगी। सूर्य, चन्द्र, सारे नक्षत्र, यह पृथ्वी तक तो शान्त, निष्क्रिय नहीं है। कोई क्षण भर भी रुकता है? सब गतिशील हैं। हवा क्षण भर को भी रुक जाय तो तुम गत-प्राण हो जाओगे या नहीं? प्रकृति-पुत्र हो तुम। प्रकृति से ही शिक्षा लो। निष्क्रियता नहीं, क्रियाशीलता ही जीवन का रहस्य है।

और आज यह रहस्य समझ गए थे सुदामा। श्रीकृष्ण ने उस दिन हाथों की ओर इंगित कर कहा था—'इन्हें देखो। कर कहते हैं इन्हें। ये कुछ करने के लिए बने हैं।' आज यही बात इस नाविक ने कही थी—'यह हुई न कुछ बात! अब इन चार हाथों का समुद्र क्या बिगाड़ सकता है?'

तो सांदीपनि-आश्रम की सारी शिक्षा व्यर्थ गई? अन्ततः इस सागर को ही गुरु बनना था उनका? सागर को या श्रीकृष्ण को? सुदामा के होंठों पर दिनों के बाद पहले-पहल एक हलकी मुस्कान खिली। द्वारिका के घाट के पास आ गए थे।

छब्बीस

सुदामा चिन्ता में पड़े। उन्हें सागर तीर—द्वारिका घाट—उतार वह नाविक गायब हो चुका था। उसने यह भी पूछना आवश्यक नहीं समझा कि आखिर उन्हें जाना कहां था। यहां के मार्गों से भी उन्हें परिचय था या नहीं। पर अब सोचने से क्या होता है वह तो गायब हो चुका है, ठीक उसी तरह जैसे श्रीकृष्ण सांदीपनि-आश्रम के किसी कोने में घंटों और दिनों तक छिप बैठता था। साधना-रत हो आता था—समाधिस्थ। तब कहां की और कैसी मित्रता? किसकी चिन्ता? सुदामा, बलराम, विल्वमंगल और विराट् आदि का कहां कोई अस्तित्व होता तब? पूछने पर कह बैठता, निस्संगता साध रहा हूं। होकर भी किसी का नहीं होना—कर्मों में लगकर भी नहीं लगना, सब कुछ करते हुए भी कुछ नहीं करना।

तो यहां के सभी निवासियों को ठीक ही अपना अद्‌भुत योग सिखा गया क्या वह? वह निस्संगता और तटस्थता जो थोड़े ही दिनों में सांदीपनि-आश्रम में ही वह अपने अन्दर विकसित करने में सफल हो गया था?

यह नाविक जो क्षण-भर पूर्व तक उसको प्राणों से भी अधिक मान रहा था, जिसे इस पार लाने के लिए उसने लाख चिरौरियां कीं, खूंखार लहरों के साथ जो साथ-साथ जूझता रहा, क्षण-भर में ही उन्हीं लहरों पर ऐसे वापस लौट गया जैसे सुदामा से उसका कभी का कोई लेना-देना ही नहीं था। तो यह है श्रीकृष्ण का साम्राज्य। यहां सभी घोर कर्मयोगी हैं। समुद्र की खूंखार लहरों से भी हंसी-हंसी खेल लेते हैं और अतिथियों को प्राणों से बढ़कर मान दे फिर उनकी ओर से वे वैसे ही तटस्थ हो जाते हैं जैसे नौका से उतरे यात्री क्षण-भर के अपने सामीप्य और सौहार्द को भूल अपनी-अपनी राह लेते हैं।

तो ठीक ही कह रहा था श्रीकृष्ण? "मैंने सब कुछ समझ लिया है सुदामा।"

"क्या समझ लिया है?"

"संसार एक पड़ाव से अधिक कुछ नहीं।"

"मतलब?"

"मतलब यह कि किसी पेड़ के नीचे अथवा विश्रामागार में कुछ पथिक जमा होते हैं, थोड़ी देर एक दूसरे के दुःख-सुख की बात करते हैं, फिर अपना-अपना पथ पकड़ते हैं। उसी तरह पिता-पुत्र, बन्धु-बांधव, पति-पत्नी, ये सारे पड़ाव के पथिकों से अधिक कुछ नहीं। इस जीवन में ये सभी संबंध बनते हैं। अगले जीवनों में ये सारे समीकरण बदल जाते हैं। फिर कोई पत्नी, पति बन आती है तो कोई पुत्र पिता, कोई मित्र, शत्रु तो कोई शत्रु, मित्र। अनन्त काल से ऐसा ही हो रहा है और अनन्त काल तक ऐसा ही होता रहेगा।"

"तुम पुनर्जन्म की बात करते हो?"

"हां, पुनर्जन्म की और इसी बहाने इस आत्मा की अमरता और शरीर की नश्वरता की भी।"

"अपनी बात तुम्हीं समझो।" सुदामा बात को टालने का प्रयास करते।

"समझना क्या है? तुम्हारा वेदान्त-दर्शन भी तो यही कहता है? तुम्हारे उपनिषद् क्या कहते हैं? भूल गया नचिकेता की वह बात—धान के पौधों की तरह ही मनुष्य उत्पन्न होता है और उसी की तरह गल-पचकर पुनः नये रूप में उत्पन्न

हो आता[1] है ?"

"पढ़ते-सुनते तो हम लोग भी यह सब हैं पर इन पर विश्वास कहां हो पाता है ?" सुदामा कहते।

"अन्तर है सुदामा।"

"क्या अन्तर है ?"

"तुम पढ़ी-सुनी बातों पर जाते हो। मैं आंखों देखी बातें कह रहा हूं।"

सुदामा चकराते। रहता तो यह श्रीकृष्ण हमारे साथ ही है। आंखें भी इसे हम लोगों की तरह दो ही मिली हैं तो वह हम जिन बातों को पढ़ते-सुनते मात्र हैं, उन्हें वह देख कैसे लेता है ? पर सुदामा सँभल जाते और पूछते—"तो यही है तुम्हारी एकान्त साधना की उपलब्धि ? घंटों और कभी-कभी दिनों तक समाधिस्थ हो तुम यही सब देखते रहे हो ?"

"देखता नहीं, देखने की शक्ति जुटाता रहा हूं।" श्रीकृष्ण मुसकरा कर कहते।

"अर्थात् ?"

"अर्थात् यह कि अब तो सब कुछ हस्तामलकवत् दिख जाता है।"

"बिना समाधि लगाए ही ?"

"यही समझो। थोड़ा-सा ध्यान उधर खींचो और भूत, भविष्य, वर्त्तमान सभी सामने।"

"तब तो तुम योगिराज हो गए—योगेश्वर," सुदामा बोलते, "यह सिद्धि तो शायद गुरु सांदीपनि को भी नहीं प्राप्त हो। कैसे बढ़ गए तुम इतना आगे ?"

"कैसे कहूं ? पूर्व जन्म का संस्कार समझो। उस जन्म में कुछ साधना की होगी, इस जन्म में वह सिद्धि बन कर सामने आ गई।" श्रीकृष्ण कुछ सोचते हुए बोलते।

"पर तुम्हारी साधना तो अब भी जारी है ?"

"जारी तो रहेगी ही। जीवन एक अनन्त प्रवाह है। मृत्यु तो शरीर-परिवर्तन मात्र है। अमर आत्मा को तो सदा संस्कारित करते ही रहना पड़ेगा।" ऐसे क्षण श्रीकृष्ण जैसे कहीं दूर खो जाते। लगता वे समाधि से ही बोल रहे हैं।

"अगर तुम इसी तरह साधना-रत रहे सांदीपनि के आश्रम छोड़ने के पश्चात् भी तो पता नहीं कहां पहुंच जाओ।"

"कहां ?" श्रीकृष्ण जैसे परिहास में पूछते।

"अभी तक तो योगेश्वर ही हो, कल परमेश्वर भी बन सकते हो।"

श्रीकृष्ण कुछ नहीं बोले थे। केवल एक मोहक मुसकराहट उनके शुभ्र आनन पर खिल आई थी।

1. शस्यमिव जायते मर्त्यः शस्यमिव पच्यते पुनः

सत्ताईस

और मुसकराए थे सुदामा भी। परमेश्वर बनने की बात वह कहते थे और आज श्रीकृष्ण सचमुच परमेश्वर बन बैठे हैं। पूरा आर्यावर्त तो यही कहता है कि पुरुष नहीं पुरुषोत्तम हैं श्रीकृष्ण—साक्षात् परमेश्वर। आध्यात्मिक साधना और सतत कर्मोपासना का मिश्रित परिणाम है यह, सुदामा को यह समझाने की आवश्यकता नहीं थी।

सुदामा खड़े थे अब उसी परमेश्वर के महल के द्वार पर। नाविक तट पर छोड़ गायब हो गया तो क्या श्रीकृष्ण के महल तक का मार्ग ढूंढने में क्या कठिनाई आनी थी। जिससे पूछो वही बता देता था भले ही वह ऐसा करने के पूर्व एक बार उनको ऊपर से नीचे तक निहार अवश्य लेता था। सुदामा समझ जाते थे इसका मर्म। बेचारा सोचता होगा द्वारिकापति के द्वार पर इस दरिद्र की क्या आवश्यकता? और किधर से आ गया यह। इस द्वारिका में तो कोई अकिंचन ढूंढ़े भी नहीं मिलता। जहां स्वयं योगेश्वर श्रीकृष्ण का वास हो वहां सारी ऋद्धि-सिद्धियां तो हाथ बांधे खड़ी रहेंगी ही, सुदामा सोचते, अगर इस नगरी में उनका भिक्षुक-स्वरूप आश्चर्य का कारण बन रहा है तो इसमें विस्मय की क्या बात है?

कठिनाई अब तक तो नहीं खड़ी हुई थी पर अब वह साक्षात् खड़ी थी उन दुर्धर्ष द्वारपालों के रूप में जो श्रीकृष्ण-महल के द्वार पर अड़े थे।

"अन्दर नहीं जा सकते आप।" उन्होंने सुदामा को साफ-साफ कह दिया था।

"क्यों?" निरर्थक-सा प्रश्न पूछा था उन्होंने। इस क्यों का अर्थ वे अच्छी तरह जानते थे। द्वारिकाधीश के महल में एक भिक्षुक का क्या प्रयोजन हो सकता था?

"यों ही।" संक्षिप्त-सा उत्तर था, प्रहरियों के प्रभारी-से लगते व्यक्ति का। उसने इसकी भी आवश्यकता नहीं समझी थी कि अन्दर जाकर द्वार पर अतिथि-आगमन की सूचना देता। अतिथि थे कहां सुदामा? वे तो एक अयाचित व्यक्ति की तरह उससे आ भिड़े थे। नाविक ने समझा होगा उन्हें अतिथि, पर ऐश्वर्य के इन प्रहरियों को इस भिखारी से क्या लेना-देना? वे किसी हालत में उन्हें अन्दर प्रवेश देने को प्रस्तुत नहीं थे। सुदामा पशोपेश में पड़े। सत्या की आकांक्षा पर द्वारिका के समुद्र का खारा पानी पड़ने जा रहा था। उनका स्वयं का सारा श्रम दरिद्र के सुनहले सपनों की तरह व्यर्थ सिद्ध होने पर था। उन्हें मार्ग के सारे कष्ट एक-एक कर याद आ रहे थे। विस्मृत मरु-कान्तार में पर-कटे पक्षी की तरह पिपासा से तड़पते प्राण। प्रचंड ताप से जलता आपाद-मस्तक तन। इसके पश्चात् जलोर्मियों के साथ वह प्राणघाती युद्ध। व्योम-स्पर्श को आतुर लहरों का वह भयावह नर्तन—आलोड़न-अवलोड़न। नाविक के साहस और चातुर्य से किसी प्रकार द्वारिका के इस तट पर आगमन और अब लौह प्राचीर की तरह अनुल्लंघ्य ये द्वार रक्षक! क्या करें सुदामा? प्रहरियों के व्यवहार से तो स्पष्ट था कि श्रीकृष्ण के दर्शन बिना लौटना ही शायद उनकी नियति थी।

चिन्ता थी तो उन्हें एक ही। अगर किसी तरह पुनः घर लौट भी गए तो सत्या को क्या उत्तर देंगे। अनेक बार वे अपने और श्रीकृष्ण के प्रगाढ़ प्रेम का

वर्णन कर चुके थे। अब किस मुंह से कहेंगे कि उसी अन्तरंग सखा के अन्तःपुर तो अन्तःपुर बाह्य द्वार के भीतर भी प्रवेश नहीं मिला उन्हें? क्या यह अपने सखा श्रीकृष्ण के अहंकार का द्योतक नहीं होगा, उस श्रीकृष्ण के जिनके लिए अहंकार का अस्तित्व भी नहीं था।

एक ब्रह्मास्त्र था सुदामा के पास किन्तु उसका प्रयोग क्या उचित होगा? शायद नहीं। सुदामा का मन साथ नहीं दे रहा था। मात्र अपनी स्वार्थ-पूर्ति अथवा सत्या की भावनाओं को ध्यान में रख वे ऐसा कुछ नहीं कहना चाहते थे जो अपने सखा की मर्यादा पर आंच पहुंचाए। अपनी मित्रता को आधार बना वे उसके पीताम्बर को अपने दारिद्र्य की धूल से धूसरित कर दें इसके लिए वे प्रस्तुत नहीं थे। कहां द्वारिकापति, ऐश्वर्यशाली योगेश्वर-परमेश्वर श्रीकृष्ण और कहां दीनता-दारिद्र्य की साक्षात् प्रतिमूर्ति सुदामा? इन दोनों में अगर कभी मित्रता थी भी, भले ही वह प्रगाढ़ ही नहीं प्रगाढ़तम हो, तब भी उसे भूल जाने में ही कुशल था; कम-से-कम अपने सखा के वर्तमान प्रभाव, प्रभुता और ऐश्वर्य को ध्यान में रखते हुए।

तो क्या करें सुदामा? लौट ही जायें अन्ततः। अपना पुराना परिचय तो वह नहीं ही प्रकट करेंगे इन प्रहरियों के समक्ष। उन्हें कहीं यह न लग जाय कि सुदर्शन चक्रधारी द्वारिकाधीश का भी यही रूप रहा था कभी—एक भिक्षुक का। वरना इनमें मित्रता कैसे होती? श्रीकृष्ण के इस स्वर्णिम वर्तमान पर संशय की कोई कालिमा डालने के बदले वे बगल के सागर में अपने प्राण विसर्जित कर देना अधिक पसन्द करेंगे।

"तुम क्या यहीं जमे रहोगे?" प्रहरियों में से एक ने कहा। यह उनकी शिष्टता ही थी जो सुदामा को द्वारिकाधीश के महल के उस महाद्वार पर झेले जा रही थी। यह शायद श्रीकृष्ण के समत्व योग का प्रभाव था वरना बहुत पहले ही वे बलात् उन्हें सागर-तीर का मार्ग दिखा दे सकते थे। सब जीवधारियों में एक ही तत्त्व की उपस्थिति देखने वाले उनके सखा ने सांदीपनि-आश्रम में ही अपनी सम-दृष्टि के सिद्धान्त को प्रतिपादित करना आरम्भ कर दिया था और शायद उस सिद्धान्त को ही व्यावहारिक स्वरूप प्रदान करने के लिए उन्होंने अपने अन्तरंग एक घनिष्ट सखा के रूप में चुना था सुदामा को—आश्रम के सबसे निरीह, दयनीय और दरिद्र प्राणी को। पर यह सब मात्र दिखावे के लिए नहीं था। श्रीकृष्ण ने अपना निश्छल साहचर्य दिया था उन्हें, इसमें सुदामा को कोई सन्देह नहीं था। अब भी···अब भी वे मात्र जान जायें कि···।

तभी एक बात बिजली की तरह कौंधी थी सुदामा के मस्तिष्क में। न सही अपने सम्बन्धों का विज्ञापन, पर अपना नाम तो वे पहुंचा ही सकते थे उन तक। उनका नाम सुनना ही क्या पर्याप्त नहीं होगा श्रीकृष्ण के लिए? उनकी स्मृति पर अगर विस्मरण की कोई पतली परत पड़ भी आई हो तो सुदामा के नाम का पवन क्या पर्याप्त नहीं था उसे उड़ा फेंकने को?

"तुम एक काम तो कर सकते हो?" उन्होंने डरते-डरते ही निवेदित किया था द्वारपालों से। उन्हें प्रवेश चाहे भले नहीं दे रहे हों पर शिष्टता सचमुच सराहनीय थी द्वारपालों की। सुदामा को लगा कि श्रीकृष्ण की सारी शिक्षा और व्यवहार-प्रभाव के होते हुए भी उनके द्वारपाल अपने को इस स्थिति में नहीं ला

पाये थे कि वे प्रत्यक्ष भिक्षुक प्रतीत होते एक व्यक्ति को द्वारिकापति के समक्ष खड़ा कर दें।

"बोलिए।" प्रहरियों के प्रमुख ने अपनी वाणी को यथासाध्य संयत करते हुए कहा था।

"आप केवल मेरा नाम उन तक पहुंचा दें। इससे अधिक कुछ नहीं कहें।"

प्रहरियों में आपस में कानाफूसी आरम्भ हुई—"केवल नाम कह देने में क्या हर्ज है?"

"वाह, हर्ज कैसे नहीं है। एक नाम के दो व्यक्ति भी तो हो सकते हैं? कहीं महाराज ने किसी भ्रम-वश इसे बुला लिया और इसके रंग-रूप को देखकर वे···।"

"तब एक बात तो कर ही सकते हैं। इसकी पूरी हुलिया उन्हें बता देंगे। इसके बाद उनकी मर्जी!" प्रहरियों के प्रभारी ने अपना निर्णय सुनाया, "कहेंगे, वह द्वार से हटता ही नहीं, अब आप जैसा आदेश दें।"

"ठीक," सभी ने एक स्वर से हामी भरी। प्रहरियों का अगुआ ही अन्दर गया और सुदामा संशय के झूले पर झूलते हुए द्वार पर प्रतीक्षा-रत रहे। कहीं श्रीकृष्ण को उनके नाम का पूर्ण विस्मरण···अथवा वह द्वारपाल तो उनके रूप-रंग का पूरा खाका खींचने ही अन्दर गया है···अगर ऐसी स्थिति में वे इस नाम से जान-बूझकर अपना परिचय घोषित कर दें तब···। तब वे क्या मुंह दिखायेंगे इन द्वार-रक्षकों को भी···?

अट्ठाईस

वह रुक्मिणी-महल था जहां नियति ने अनायास सुदामा को ला पहुंचाया था। श्रीकृष्ण इस समय इसी महल में पट्टमहिषी से किसी परामर्श में लीन थे। प्रहरियों के प्रभारी ने द्वार पर खड़ी दासी को संवाद भेजा था और श्रीकृष्ण बाहर आ गये थे। उनको सहसा अपने समक्ष पा वह आतंकित हुआ था और पहले-पहल उसे पूर्ण अहसास हुआ था कितना गुरुतर भार उसने अपने कन्धे पर ले लिया था।

एक तरफ निरभ्र आकाश की कान्ति वाले पीताम्बरधारी, अंगराग और हीरे-मोतियों के आभूषणों और रत्नजटित स्वर्ण-किरीटधारी, आसेतु हिमाचल आर्यावर्त में वन्दित-पूजित द्वारिकापति श्रीकृष्ण खड़े थे तो उधर महल के महाद्वार पर इनसे मिलने को आतुर खड़ा था जीर्ण-शीर्ण वस्त्रों से अपने तन को कठिनाई से लपेटे, खाली पैर और खुले केश-युक्त धूल-पानी-सना सुदामा नाम का एक भिक्षुक! अपने दायित्व का पूर्ण बोध उसे हुआ तो उसने उलटे पैरों लौट जाना चाहा। पर यह भी अशिष्टता होती, अतः द्वारिकापति को प्रणिपात कर अपना नमन निवेदित कर वह महल के मणि-खचित स्तम्भों की तरह ही कुछ क्षणों तक मूक खड़ा रहा।

"तुम कुछ अनिर्णय की स्थिति में हो प्रहरी। अनिर्णय, अनिश्चय और संशय

तथा भय का प्रवेश द्वारिका में कब से हुआ ? कह डालो जो कुछ कहना है।" श्रीकृष्ण का मेघ-मन्द्र स्वर गूंजा। प्रहरी आश्वस्त हुआ और उसने एक बार और प्रणिपात कर धीरे-धीरे निवेदन किया—

"महाराज ! एक व्यक्ति आपसे मिलना चाहता है।"

"तो मिलना किसे मना है प्रहरी ! श्रीकृष्ण ने किसी के लिए अपना द्वार तो बन्द नहीं किया द्वारपाल !"

"महाराज ! हमने उसे आपसे मिलने-योग्य नहीं समझा। उसके तन के वस्त्र तार-तार हैं। शरीर कंकाल से अधिक कुछ नहीं है जिस पर मढ़ी चमड़ी झूल गई है। उसके पैरों में न पदत्राण हैं, न सिर पर कोई वस्त्र। दाढ़ी-मूंछ के केश बेतरतीब बढ़कर झाड़ियों का स्वरूप ले चुके हैं। उसका सम्पूर्ण गात धूल-सना है। वह आपसे मिलने लायक···।"

"उसका नाम क्या है प्रहरी ?" श्रीकृष्ण आकुल होकर बोले थे।

"उस व्यक्ति ने अपना नाम क्या बताया था प्रहरी ?" इस बार रुक्मिणी ने प्रहरी से जिज्ञासा की थी जो श्रीकृष्ण के इस व्यवहार पर अश्वस्थ वृक्ष की तरह जड़ हो आया था। उसे लग रहा था कितना भारी अपराध किया था उसने उस व्यक्ति को बाहर रोक कर।

"सुदामा।" प्रहरी जिसे द्वारिकाधीश के समक्ष पूरे नाम के उच्चारण का अवसर भी नहीं मिला था, बोला।

"सुदामा !!" पट्टमहिषी ने धीरे-से दुहराया। इस व्यक्ति का नाम उसने अपने पति से कई बार सुना था। अपने गुरु भाई के स्वागत में भागना ही था द्वारिकापति को सो वह दौड़ पड़े वायु-वेग से। वह अन्दर आ गई अर्घ्य-पाद का प्रबन्ध करने।

महाद्वार पर खड़े प्रहरी विस्मय और भय से भर आये थे। ऐसे अद्भुत करुण दृश्य का अवलोकन वे जीवन में पहले-पहल करने पर बाध्य थे। जिस गति से द्वारिकाधीश दौड़े आ रहे थे, उसी से उनको लग गया था कि बात अत्यन्त असामान्य थी। सदा संयम और सन्तुलन का सन्देश देने वाले श्रीकृष्ण आज इस तरह वन्य हिरण की तरह कुलांचें भरते हुए विशाल प्रांगण को क्यों पार कर रहे थे और महाद्वार पर आते-ही-आते उन्होंने उस भिक्षुक को अपने में इस तरह क्यों समेट लिया था जैसे कोई माता अपने नवजात शिशु को अंक में छिपा लेती है ? और फिर यह क्या हो रहा था ? दोनों की आंखों से अश्रु की धाराएं क्यों फूट चली थीं ? भिखारी के वस्त्र तो पहले से ही गीले थे, वक्षस्थल पर पड़ा श्रीकृष्ण का उत्तरीय उनके अश्रुपात से किस प्रकार पूरी तरह आर्द्र हो आया ? और कितनी देर चला था यह अंकमाल ? इसके पूर्व क्या उन लोगों ने श्रीकृष्ण को किसी को गले लगाते नहीं देखा था ? पर यहां तो क्षण पल में बदलने को आये थे और ये द्वारिकापति थे कि इस भिक्षुक को आलिंगनबद्ध किये खड़े-के-खड़े थे।

"सुदामा ! तुम्हारी यह हालत ?" बहुत देर के पश्चात् जब वे दोनों पृथक् हुए थे तो श्रीकृष्ण ने विगलित स्वर में पूछा था। सुदामा क्या उत्तर देते। वे तो श्रीकृष्ण के उस आचरण से ही स्तब्ध हो आये थे। इतना स्नेह-सम्मान तो उन्हें जीवन में कभी मिला ही नहीं था। सांदीपनि-आश्रम में भी श्रीकृष्ण का स्नेहिल स्वरूप देखा था उन्होंने पर आज की तरह द्रवित होते तो कभी नहीं पाया उन्हें।

"ये मेरे बाल सखा हैं। गुरु भाई।" विस्मित खड़े द्वारपालों के लिए ये शब्द कहे थे श्रीकृष्ण ने और सुदामा को अंक में समेटे ही महल की ओर उन्मुख हुए थे। सीधे रुक्मिणी के कक्ष में पहुंचे थे और सुदामा के साथ ही पर्यंक पर आसीन हो गए थे। रुक्मिणी ने तब तक अर्घ्य-पाद का प्रबन्ध कर लिया था किन्तु यह अद्‌भुत दृश्य देख वह पर्यंक के पास ही अवाक् खड़ी थीं। उन्होंने तो समझा था कुछ नहीं तो एक सामान्य नगर-जन की तरह तो होंगे ही श्रीकृष्ण के सखा जिसके लिए वे उफनती नदी की तरह भागे थे महाद्वार की ओर और जिसकी चर्चा करते वे घण्टों नहीं थकते थे। पर यहां तो एक दीन-हीन, धूल-कीचड़ सना, मलीन और श्रान्त-क्लान्त भिक्षुक बैठा था पर्यंक पर! इसके लिए साधारण अर्घ्य-पाद से क्या होगा? इसके तो पाद-प्रक्षालन में ही दो चार कलश जल की आवश्यकता पड़ेगी।

"देखती क्या हो रुक्मिणी, पैर पखारो मेरे सखा के।" श्रीकृष्ण ने लगभग आदेश के स्वर में ही कहा था और रुक्मिणी स्वर्ण-थाल में सुदामा के पैर प्रक्षालन की औपचारिकता निभाने बढ़ी थी।

"नहीं, नहीं, तुम नहीं, मैं पैर धोऊंगा अपने बाल सखा के।" कहते हुए वे पर्यंक से नीचे आ गए थे और सुदामा के पैरों को अपने हाथ में ले लिया था। रुक्मिणी स्वर्ण-पात्र से जल उंड़ेलने लगी थी।

श्रीकृष्ण की आंखों से पुनः अश्रुपात होने लगा था। कभी पदत्राण का मुख नहीं देखे और मार्ग के कुश-कांटों से विवर्ण हो आए विवाइयों भरे सुदामा के पैर लगा, श्रीकृष्ण के कमल-कोमल करों को रक्त-रंजित कर देंगे।

"हाय सखा! तुम्हारी यह स्थिति?" एक ही वाक्य निकला था उनके मुख से और फिर वे पूरी तरह उनके पाद-प्रक्षालन में लग गये थे। कहना कठिन था कि अश्रुधार से धुल रहे थे उनके चरण अथवा रुक्मिणी द्वारा गिराये जा रहे स्वर्ण-पात्र की पतली जल-धार से। फिर भी इस मध्य कई बार पास खड़ी दासियां उस पात्र को भर गई थीं। सभी स्तब्ध थीं, विस्मय-विमुग्ध। पहले-पहल ऐसी अद्‌भुत घटना घट रही थी पट्टमहिषी के महल में।

"सखा, स्नान सम्पन्न कर लो।" पाद-प्रक्षालन के पश्चात् श्रीकृष्ण ने प्रस्ताव रखा।

सुदामा के असमंजस का अन्त नहीं। वे स्नान तो कर लेंगे पर वस्त्र के नाम पर उनके पास क्या है जिसे वे स्नानोपरान्त धारण करेंगे? मार्ग भर तो एक ही वस्त्र पहने आये हैं। स्नान कर गीले वस्त्र से ही सन्ध्या-वन्दन करते रहे। शरीर पर ही वह वस्त्र सूखता रहा। इधर समुद्र-जल ने उसे जब से भिगोया उसे सूखने का भी अवसर नहीं मिला। वस्त्र की याद आते ही कांख के नीचे दबाई पोटली की याद आई। अभी तक उसे पूरी तरह छुपाये हुए थे। मार्ग में तो सोचा था कि जाते ही जाते इसे सखा के समक्ष रखेंगे—लो, तुम्हारी भाभी ने दिया है यह प्रेमोहार। पर यहां के वैभव को देख इस बात को मन से ही निकाल दिया था। चारों ओर बिखरे ऐश्वर्य—स्फटिक के आंगन, रत्नजटित विशाल स्तम्भ, मणि-दीप, स्वर्ण-निर्मित पर्यंक, आसमान छूते मन्दिर-शिखर, दरवाजों और गवाक्षों पर झूलते रजत-स्वर्ण-खचित रेशमी पर्दे—के अवलोकनोपरान्त वह पोटली उस परिवेश में अब उन्हें चिनांशुक पर लगे टाट के पेबंद-सी ही लग रही थी। उन्होंने

हड़बड़ी में और ठीक से छिपाना चाहा था उसे कि श्रीकृष्ण की दृष्टि उस पर पड़ गई। बात समझते उन्हें देर नहीं लगी और स्नान की बात को अभी स्थगित कर उन्होंने सीधे पूछा—"भाभी ने मेरे लिए कुछ भेजा होगा अवश्य। खाली हाथ वह तुम्हें यहां आने देंगी, यह मैं मान नहीं सकता।"

सुदामा की स्थिति बड़ी विचित्र हो गई। मिथ्या कथन के वे आदी नहीं थे। वेद-वेदान्त के पारंगत विद्वान् संन्यासव्रतधारी सुदामा झूठ बोलें यह हो नहीं सकता था और सत्य यहां इतना महंगा पड़ रहा था कि उसे कहा नहीं जा रहा था। पोटली को और अच्छी तरह छुपा लेने के सिवा कोई उपाय नहीं था। वे इसी उपक्रम में लग गए पर छिपाते भी तो कितना और कहां? शरीर के वस्त्र तन को ही ढंकने को पर्याप्त नहीं थे, ऐसी स्थिति में पोटली को तो बाहर झांकना ही था, लाख उसे छिपाने का प्रयास करो।

"चोरी की आदत अभी नहीं गई। गुरु-पत्नी के चने तुमने चोरी-चोरी चबाये थे उसका फल तो देख लिया न। अब भाभी की इस पोटली को चुराये जा रहे हो, इसके परिणाम पर ध्यान दिया है? लाओ इसे।" और श्रीकृष्ण ने सुदामा की कुक्षि के नीचे से उसे खींच लिया। खोलने की आवश्यकता नहीं पड़ी। जीर्ण-शीर्ण वस्त्र स्वतः फट पड़ा और चिउड़े के दाने फर्श पर बिखर गए। श्रीकृष्ण ने झटपट उन्हें समेटा और एक पूरी मुट्ठी मुंह में डाल ली। प्रेम-पूर्वक उसे चबा गए तो बोले—"वाह, क्या स्वाद है भाभी के चिउड़ों में। मां यशोदा का माखन भी तो इतना स्वाद-पूर्ण नहीं था।"

सुदामा शर्म से भर कर सिर छिपाने का स्थान ढूंढ़ने लगे। एक तो मंगनी के मांगे विद्रूप, स्वादविहीन चिउड़े, दूसरे समुद्र के खारे जल में पूरी तरह भीगे; और ये कह रहे हैं बड़े स्वादिष्ट हैं ये। श्रीकृष्ण ने दूसरी बार मुट्ठी भरी और चिउड़ों को मुख में डालने ही जा रहे थे कि रुक्मिणी ने हाथ पकड़ लिया—"इतना स्वार्थी नहीं बनो। भाभी की सौगात को हमें भी चखने का अधिकार है।" श्रीकृष्ण विवश हो गए। वे रुक्मिणी के भय को समझ पा रहे थे। वह जानती है उनके स्वभाव को। मुफ्त में नहीं लेते वह कुछ। जो कुछ लिया उसे लक्ष गुना कर लौटाते हैं। दूसरी मुट्ठी के चिउड़े के भक्षण के पश्चात् शायद रुक्मिणी को यह भवन खाली करने को भी बाध्य होना पड़ता। उन्होंने हाथ रोक लिया—"ले जाओ, खा जाओ तुम सभी। पर तुम्हें वह स्वाद कहां मिलेगा जो मुझे मिला है। भाभी तो मेरी है, तुम्हारी नहीं।"

रुक्मिणी फर्श पर झुक कर चिउड़े के दाने-दाने चुन अन्दर भागी। खाना तो उन्हें नहीं था इन सड़े दानों को पर एक दाने का भी वहां रहना खतरे से खाली नहीं था। एक मुट्ठी में ही कितना कुछ चला गया था, इसका अनुमान लगा सकती थी वह।

उन्तीस

जब से सुदामा घर से निकले थे, सत्या का दायित्व बढ़ गया था। अपने और बाल-बच्चों के पालन-पोषण का भार उसके कन्धों पर आ पड़ा था। पर इसमें उसे

विशेष कठिनाई का अनुभव नहीं हो रहा था। सुदामा एक सत्यनिष्ठ गृहस्थ संन्यासी के रूप में पूरे इलाके में प्रसिद्ध थे, अत: उनकी अनुपस्थिति में इस परिवार की सहायता करनेवालों की कुछ कमी नहीं थी। दूसरे, सबको विश्वास था कि सुदामा जब अपने बाल-सखा द्वारिकाधीश के पास गए हैं तो वहां से भरा-पूरा होकर ही लौटेंगे, अत: सभी मुक्त-हस्त सहायता कर रहे थे। सत्या, सुदामा की तरह भिक्षा-वृत्ति नहीं अपना सकती थी परन्तु लोगों के सौहार्द को आदर देने के अलावा उसके पास और कोई यत्न भी नहीं था। वह सबका एक-एक कण लौटा देगी, इस आशा में ही वह उनकी सहायता ग्रहण कर रही थी।

पर जब दिन सप्ताह में और सप्ताह महीने में बदलने लगे तो सत्या की चिन्ता बढ़ी। उसे पश्चात्ताप होने लगा अपनी दुर्बुद्धि पर। व्यर्थ ही उसने सुदामा को संकट में डाला। द्वारिका तक का मार्ग कितना कठिन था, वह जानती थी। उस पर सुदामा की कृश, कंकालवत् काया। क्या वे द्वारिका पहुंच भी पाये होंगे या पथ में ही ···। नहीं, नहीं, सत्या के मन ने उसे सान्त्वना दी थी। सुदामा श्रीकृष्ण से मिलने जा रहे थे। ऐसे में कोई आपत्ति उन पर आ नहीं सकती थी। सुदामा ही तो कहते थे कि उनका बाल-सखा अपनी अपूर्व साधना के बल पर सर्वज्ञ हो आया है। लोग उसे परमेश्वर के रूप में पूजने लगे हैं। ऐसी स्थिति में क्या श्रीकृष्ण ने सुधि नहीं ली होगी सखा की, मार्ग में? सत्या ने सुन रखा था भक्त यदि भगवान की ओर एक पग बढ़ाता है तो भगवान उसकी ओर सौ पग बढ़ाते हैं। अगर श्रीकृष्ण सचमुच भगवान हैं, सत्या के भावुक मन ने तर्क किया तो उनकी ओर बढ़ चले सुदामा के पगों का उन्हें पता नहीं होगा? सुदामा तो कहते थे अपने सच्चे अनुयायियों के 'योग-क्षेम' का वहन वे स्वयं करते हैं तो क्या अपने असहाय सखा को वे मार्ग की बाधाओं से भी नहीं बचायेंगे? नहीं, नहीं, सुदामा अवश्य द्वारिका पहुंचेंगे, सत्या ने अपने को आश्वस्त करने का प्रयास किया था।

और सुदामा पहुंचे थे द्वारिका, यह बात सत्या को माह लगते-लगते पता लग गई थी। तो इतनी दूरी थी अवन्तिका से द्वारिका की? सत्या ने सोचा था और जो कुछ अकस्मात् उसके यहां और उसके ही नहीं, आस-पास के सभी ग्रामों में घटने लगा था, उससे वह अवाक् हो आई थी। इतने कुछ की तो उम्मीद ही नहीं थी उसे। तो सुदामा पहुंचे थे द्वारिका, सत्या के समक्ष यह सत्य अद्भुत और अप्रत्याशित रूप में प्रकट हो रहा था। सब कुछ बदल रहा था बड़ी तीव्रता से उसके यहां भी, दूसरों के यहां भी। क्या सुदामा को इस सबका पता होगा, सत्या सोच रही थी। शायद हां, शायद नहीं। श्रीकृष्ण यदि उनसे पूछ कर यह सब करते तो सुदामा का संन्यासी-मन इतने कुछ के लिए उन्हें अनुमति ही नहीं देता। नहीं, यह सब कुछ सुदामा के अनजाने हो रहा था और सत्या को लग गया जब तक यह सब पूरा नहीं हो जायगा श्रीकृष्ण छोड़ेंगे भी नहीं सुदामा को। पर अब कोई चिन्ता नहीं थी। यहां की चिन्ता तो निःशेष हो ही गई थी। सुदामा को लेकर भी अब कोई चिन्ता नहीं थी। सुदामा पहुंच गए थे द्वारिका। अपना लिया था भगवान ने भक्त को। नहीं भक्त को ही नहीं, उसके स्वजनों-पुरजनों को भी।

तीस

इधर सुदामा की स्थिति चिन्त्य थी। द्वारिका आए उन्हें एक माह हो गया था। इस मध्य श्रीकृष्ण ने उन्हें अपने विशाल रथ में बैठाकर नगर के प्रमुख स्थलों के परिभ्रमण करा दिए थे। अनेक बार सारथ्य उन्होंने ही किया था। अपनी गज-शाला, अश्वशाला से लेकर शस्त्रागारों तक को उन्होंने उन्हें दिखाया था। अनेक बार राजकीय जलयान में बैठा सागर-तल पर दूर-दूर तक संतरण भी कराया था। वे ही तरंगें जो उस दिन उस छोटे यान को किसी क्षुद्र काष्ठ-खंड की तरह उठा-पटक रही थीं और उनके प्राणों को संकट में डाल रही थीं, इस बड़े यान का वे कुछ नहीं बिगाड़ पाती थीं और सुदामा अपने सखा के साथ, सागर के वक्ष-स्थल को चीरते, इस यान पर सवार अपना भाग्य सराह रहे थे।

पर कहीं गहरे बहुत चिन्तित थे सुदामा। चिन्ता सत्या को लेकर थी। दो माह से वह उससे दूर थे। एक माह तो प्रायः मार्ग में ही लग गया था और एक माह द्वारिका आए हो गया था। सत्या ने, बच्चों ने, इस अवधि को कैसे काटा होगा? भिक्षाटन करने भी तो वह ब्राह्मण-पत्नी नहीं जा सकती थी? तब? तब वे क्या करें? सत्या ने जो किया उसका परिणाम वह भोगे। उसे क्या पता नहीं था कि उन्हें बलात् दूर भेज रही है तो आने-जाने में तो समय लगेगा ही और फिर जाता व्यक्ति अपने मन से है, आता है दूसरे के मन से। अब क्या उन्होंने कम कहा श्रीकृष्ण से कि उन्हें जाने दें पर वे कहां सुन रहे उनकी? सत्या की तो जैसे उन्हें कोई चिन्ता ही नहीं। जिस भाभी के चिउड़े इतने प्रेम से खाये उस पर क्या बीत रही है, यह सोचने का भी जैसे उनके पास समय नहीं। और इधर सुदामा का तो काया-कल्प ही हो गया था। शरीर के जीर्ण-शीर्ण वस्त्र तो उसी दिन उतर गए थे और राजसी वस्त्रों से सजे वे रथ में बैठे विचरण कर रहे थे। कभी स्वप्न में भी नहीं चखे भांति-भांति के भोज्य पदार्थ खाते-खाते तो उनका कंकाल कब का भर चुका था और वे अपनी उम्र से कुछ नहीं तो दस वर्ष छोटे लगने लगे थे।

किन्तु अब नहीं। इतनी निष्ठुरता भी ठीक नहीं। अब उन्हें जाना ही चाहिए घर वरना पत्नी और बच्चों पर क्या बीत रहा हो, पता नहीं।

आज वे अड़ ही जाएं अपने सखा के सामने—"अब तो मुझे जाने ही दो वरना तुम्हारी भाभी मेरी चिन्ता में प्राण ही त्याग देगी।"

"भाभी की इतनी ही चिन्ता थी तो यह संन्यास का ढोंग क्यों रचा? कुछ कमाते-खाते रहते, तो आज यह दिन कैसे देखना पड़ता?"

"अब मुझे अधिक लज्जित नहीं करो," सुदामा ने कहा, "मैं प्रण करता हूं कि अपनी मूढ़ता को मैं अब कभी अपने पर हावी नहीं होने दूंगा। संन्यास को दी मैंने तिलांजलि। कर्म को मैंने माना सर्वस्व। तुम्हारे साथ एक माह रह कर मैंने बहुत कुछ सीखा है। एक क्षण भी तो मैंने तुम्हें खाली बैठे नहीं पाया। मैं अब पूरी तरह समझ गया कि प्रकृति का कोई अवदान अनावश्यक नहीं है। प्रकृति अथवा परमेश्वर ने मनुष्य को जो एक मस्तिष्क और दो हाथ दिए हैं, उन्हें यों ही अकर्मण्य पड़े रहने देने के लिए नहीं। मस्तिष्क से योजनाएं बना कर हाथों से उनका निष्पादन ही उस परम पुरुष के इस विशिष्ट अवदान का उद्देश्य है।"

"तुम तो पण्डित हो आए सुदामा," श्रीकृष्ण ने सखा का कंधा थपथपाते हुए

कहा, "हां इसमें एक बात और जोड़ लो, जो भी करो निःस्पृह भाव से। निस्संगता के साथ। बंधो नहीं कर्म से। और यह तभी होगा जब तुम यह सोचना बंद कर दोगे कि तुम्हारे प्रयास का फल तुम्हारे अनुकूल होने जा रहा या प्रतिकूल। अर्थात् परिणाम की चिन्ता किए बिना कार्य करते जाओ। यहां भी प्रकृति से कुछ सीखने की आवश्यकता है। सुनहली धूप निकलती है। वह किसी के लिए वरदान बन जाती है किसी के लिए अभिशाप। कितनी कलियां उसके स्पर्श से ही फूल बन आती हैं और कितने कोमल किसलय मुर्झा जाते हैं। कमल प्रस्फुटित होता है तो कुमुदिनी मुंह लटका लेती है। वर्षा होती है। धरित्री धन्य हो जाती है। नव अंकुर फूट आते हैं उसके गर्भ से। पेड़-पौधे नव घन के पयदान से परितृप्त हो प्रसन्नता से नाच उठते हैं। पक्षी प्यास बुझाते हैं, पशु आनन्द मनाते हैं। पर यही बरसात नदियों में बाढ़ ला प्रलय की सृष्टि कर देती है। मनुष्यों की बस्तियां इस बाढ़ में बह जाती हैं। जिनके सिर पर छप्पर तक नहीं उनके लिए यह वर्षा भारी असुविधा का कारण बनती है। वे शरण की खोज में वृक्षों की ओर दौड़ते हैं। अपने भाग्य को कोसते हैं। जिनके शरीर पर एक से अधिक वस्त्र नहीं उनके लिए तो प्रकृति का यह पय-दान विष-पान से अधिक क्या होता है? शरीर का वस्त्र सूखने नहीं पाता दिनों तक और वे ठंड से ठिठुरते रहते हैं। पक्षी तो अपने पंखों पर ही इन जल-बूंदों को झेल जाते हैं पर प्रकृति मनुष्य से पक्षियों की तुलना में अधिक ही अपेक्षा रखती है, अतः वह उन्हें अपने प्रयत्न से ही अपनी रक्षा की अपेक्षा करती है! इसके बाद भी कुछ वह नहीं सीखे तो दोष किसका है?"

"मैं सब कुछ समझ गया, सखा!" सुदामा ने श्रीकृष्ण को आश्वस्त करना चाहा, "तुम्हारे साथ एक माह तक सम्पन्न वार्तालाप ने तो मुझे बहुत कुछ सिखाया ही है, तुम्हारे आचरण से मैंने कुछ कम नहीं सीखा। मैं अब पूरी तरह परिवर्तित होकर यहां से जा रहा हूं।"

"तुम जा कहां रहे हो? अभी मेरी अनुमति तुम्हें मिली कहां?" श्रीकृष्ण ने सुदामा के निर्णय की व्यर्थता की उन्हें याद दिलाई। ठीक ही थी यह बात। सुदामा के लिए श्रीकृष्ण अब केवल सखा नहीं थे, वह यह पूर्णतया अनुभव कर चुके थे कि श्रीकृष्ण सचमुच योगेश्वर से परमेश्वर बन आये थे। उनकी सारी प्रजा इसी दृष्टि से उन्हें पूजित-प्रशंसित करती थी। जो बात वह सुनते आये थे, एक माह तक यहां रहकर उन्होंने उसे प्रत्यक्ष देखा था।

और उस दिन श्रीकृष्ण ने स्वयं उन्हें प्रस्थान की अनुमति दे दी थी। लगा, एक माह तक वह शायद किसी अभियान-अनुष्ठान में लगे थे जो आज पूर्ण हो आया था, इसीलिए उन्होंने भोजन-शयन से निवृत्त होते ही सुदामा को सम्बोधित किया, "भाभी की याद बहुत आती हो तो अब तुम जा सकते हो मित्र!" सुदामा प्रसन्नता से भर उठे। वे क्षण भर में ही प्रस्थान को प्रस्तुत थे। तैयारी ही क्या करनी थी? सामान के नाम पर थे शरीर पर पड़े वस्त्र। श्रीकृष्ण ने उन्हें अलग से कुछ देने की आवश्यकता नहीं समझी थी। सुदामा निराश अवश्य हुए थे। सत्या को जाकर वे क्या दिखायेंगे? मात्र शरीर के राजसी वस्त्र? ये वस्त्र भी उस झोंपड़ी में कैसे लगेंगे? जाते-जाते ही तो इसे उतार रखना होगा। पर इन्हें उतार कर वे पहनेंगे भी क्या? उनके पुराने जीर्ण-शीर्ण वस्त्र तो यहीं रह गए। अगर श्रीकृष्ण और कुछ नहीं तो उनके पुराने वस्त्र ही उन्हें प्रदान कर देते तो वे

अपने को धन्य मानते।

लेकिन सुदामा की आशा अभी भी समाप्त नहीं हुई थी। विदाई की वेला के समय श्रीकृष्ण के परिवार के सभी सदस्य तो उन्हें प्रणाम निवेदित करेंगे ही। और एक-दो हैं, श्रीकृष्ण के इस भरे-पूरे परिवार में? रानियों, पुत्रों, पुत्र-वधुओं और पौत्रों की संख्या गणना में भी आती है क्या? श्रीकृष्ण ने शायद उसी अवसर को उनके दारिद्र्य को समाप्त करने के लिए सुरक्षित रखा है। अगर परिवार का एक-एक सदस्य, एक-एक स्वर्ण-मुद्रा भी उनके पैरों पर रखता है तो सहस्त्रों स्वर्ण-मुद्राएं हो जाएंगी उनके पास। तत्काल उनकी समस्या का समाधान तो हो जायगा। उसके पश्चात् क्या करना है वे जान चुके हैं। कुछ नहीं तो कुटी के सामने के आकर्षित क्षेत्र को ही कर्षित कर वे परिवार के पालन-पोषण भर अन्न उत्पन्न कर लेंगे। पीछे के भाग में कपास के पौधे उगा लेंगे तो वस्त्र की समस्या का भी समाधान हो जायगा। सत्या दिन-भर बैठकर खीझती ही रहती है। रुई को कात-बुनकर वह पूरे परिवार के वस्त्र की आवश्यकता की पूर्ति तो कर ही लेगी। लड़के बड़े होते जा रहे हैं, वे भी दोनों के हाथ बंटायेंगे। यहां मिली स्वर्ण मुद्राओं से वे कृषि के औजार और दो वृषभ खरीद लेंगे। वर्षा की उस वन्य प्रदेश में कुछ कमी नहीं। निःशेष हो गया उनका दारिद्र्य। लद गए उनके विवशता और दीनता के दिन।

सुदामा ऐसा सोच ही रहे थे कि श्रीकृष्ण का रथ उनके सामने खड़ा कर दिया गया। ब्रह्म-मुहूर्त का समय ही प्रस्थान के लिए उपयुक्त समझ गया था। तीव्रगामी अश्वों से जुते इस रथ पर सवार वे एक माह की यात्रा एक दिन में ही समाप्त कर सकते थे। सुदामा अन्दर से रुआंसे बने रथारूढ़ होने को प्रस्तुत हुए। प्रातः की उस बेला में परिवार के सारे सदस्य अपने-अपने महलों में नित्य-कर्म में लीन थे। सुदामा को विदा देने के लिए पति-पत्नी, श्रीकृष्ण और रुक्मिणी के सिवा और कोई नहीं था और वे भी खाली हाथ। उनके पुराने वस्त्रों को भी उनके साथ कर देने की आवश्यकता नहीं समझी गई।

चलते समय श्रीकृष्ण ने उन्हें एकटक देखते हुए इतना ही कहा "जो कुछ हुआ है भाभी के लिए हुआ है, सखा !, तुम अपने कर्म से कभी मुख नहीं मोड़ने की बात को नहीं भूलना।"

क्या हुआ है? खाक हुआ है? रथ पर बैठे सुदामा मन-ही-मन सिर पीट रहे थे। भाभी के चिउड़े भी उधार के उधार रह गए। वह उस पड़ोसन को अब कौन-सा मुंह दिखायेगी? दो मास के प्रवास के बाद लौटा पति ऐसी अकिंचन अवस्था में आयेगा, इसकी कल्पना भी सत्या को होगी क्या? कुछ कम अरमान और आशा से भेजा था उसने सुदामा को द्वारिकापति के यहां? किस तरह फिर गया पानी इन सारी आशाओं-आकांक्षाओं पर! इसीलिए तो वे कभी मुंह नहीं कर रहे थे इधर—श्रीकृष्ण की सम्पन्नता की सारी कहानियों को सुनने-जानने के बाद भी। पर आखिर मिट्टी पलीद कर ही दी पत्नी ने। अपमानित ही नहीं आहत भी अनुभव कर रहे थे सुदामा अन्दर ही अन्दर। वायुवेग से भागते रथ की गति भी उनके अन्दर किसी आनन्द-उल्लास की सृष्टि नहीं कर पा रही थी। वे तो उस घड़ी की कल्पना कर रहे थे जब सत्या से उनका सामना होगा और उनके राजसी वस्त्र को देखकर वह उनकी तरफ आशा से भरकर लपकेगी और उन्हें

खाली हाथ पा अपना सिर पीट लेगी।

सुदामा का सोचना जारी ही था कि रथ रुक गया। अचकचा कर चारों ओर देखा था तो दिन प्रायः समाप्ति पर था। सूरज पश्चिमी क्षितिज पर अस्त होने-होने को आया था।

रथ जहां रुका था, वहां एक सम्पन्न नगर बसा था।

"यहां क्यों?" सुदामा ने सारथी से पूछा।

"यहीं तक आपको छोड़ने का आदेश था।" सारथी ने नतमस्तक होकर कहा, "आपका गन्तव्य आ गया।"

खाक गन्तव्य आ गया, सुदामा खीझे। यह तो एक भरा-पूरा सम्पन्न नगर था। स्वर्ण-मण्डित महल-शिखर डूबते सूरज की किरणों का स्पर्श ले चमक उठे थे। व्यस्त सड़कों पर भाग-दौड़ मची थी। उनके किनारे की दुकानों में बहुमूल्य वस्तुएं भरी पड़ी थीं। यह सब सुदामा दूर से ही देख रहे थे।

"तुम आगे बढ़ो। मेरा स्थान अभी नहीं आया। आते समय मार्ग में यह दृष्टि में तो नहीं पड़ा था। तुम शायद मार्ग भी भूल गए हो।" सुदामा रथ पर ही जमे रहे।

"क्षमा करेंगे। मैं स्वामी के आदेश का उल्लंघन नहीं कर सकता। आपको यहीं तक पहुंचाने का आदेश था," सारथी ने कहा और हाथों का सहारा दे सुदामा को धरती पर उतार दिया। उनके चरणों का स्पर्श किया और रथ को मोड़कर लौट चला।

सुदामा विस्तृत राजमार्ग के एक किनारे खड़े रहे। स्तब्ध। किंकर्तव्य-विमूढ़। संध्या की इस वेला में किधर जायें वह? अच्छा लीलाधारी निकला उनका यह बाल-सखा श्रीकृष्ण! बाल्य-काल की, हास-परिहास की प्रवृत्ति अभी तक नहीं गई। पर ऐसा भी कहीं कोई परिहास करता है? अब घिरते आते अन्धकार में किधर ढूंढ़े सुदामा अपना पथ? मार्ग भर चिन्ता-ग्रस्त रहने के कारण उन्हें तो यह भी ध्यान न रहा था कि कब एक बड़े जलयान पर चढ़ाकर उनके रथ को सागर पार कराया गया और कब वह विस्तृत मरु-कान्तार पार हो गया। उन्हें तो लग रहा था कि कहीं अभी वह मरुभूमि पार करनी शेष ही हो तो इस बार तो वे गत-प्राण हुए बिना नहीं रहेंगे।

इकतीस

एक रथ के बाद यह दूसरा रथ? वैसा ही भव्य, उतना ही विशाल! वैसे ही श्वेतवर्णी अश्व! उसी तरह स्वर्ण-मण्डित जिसे डूबते सूरज की सुनहली किरणें सोने से ही स्नात करती प्रतीत होती थीं! सुदामा अचकचाए। कहीं श्रीकृष्ण का सारथी उन पर तरस खाकर वापस तो नहीं लौट आया। वे अपनी चिन्ता में सारथी के चेहरे को ठीक से देख भी तो नहीं पाये थे। मार्ग भर तो पश्चात्ताप भरे रहे थे कि व्यर्थ ही गए दो मास। श्रीकृष्ण ने जैसे का तैसा वापस कर दिया।

उनकी पोटली के बदले कर्म और कर्म-यो ा के उपदेश की अपनी ज्ञान-गठरी थमा कर।

"महारानी ने आपको बुलाया है।" सारथी ने रथ से नीचे उतर निवेदित किया।

"कौन महारानी?" सुदामा के मुख से अनायास निकला। क्या महारानी रुक्मिणी ने वापस बुलाया है, सुदामा ने सोचा। शायद उनके लौटने पर लोगों को पश्चात्ताप हुआ हो कि बेचारे बाल-सखा को खाली हाथों ही वापस कर दिया। पर नहीं, दूसरे ही क्षण सुदामा को अपनी भूल का बोध हुआ, सारथी इतना शीघ्र द्वारिका जाकर वापस कैसे आ सकता था?

"महारानी सत्या जी।" सारथी ने उत्तर दिया।

सत्या! सत्या तो उनकी पत्नी का नाम है। वह कब से महारानी बन गई? अवश्य कहीं कुछ गड़बड़ हो रहा है। शायद सामने के इस नगर की महारानी का नाम भी सत्या हो, पर वह क्यों उन्हें बुलायेगी? संन्यासी सुदामा को? पर अभी तो वे संन्यासी नहीं थे। राजसी वेश में थे। कहीं संध्या-समय में एक राजपुरुष को अपनी अतिथिशाला में आतिथ्य स्वीकार करने के लिए ही यह निमन्त्रण हो। पर क्यों जायेंगे सुदामा? ऊपर के वस्त्र भले राजसी हों, अन्दर से तो वे वही भिक्षुक सुदामा हैं।

"मैं नहीं जाता किसी महारानी से मिलने," सुदामा ने सारथी को उत्तर दिया, "कैसे मालूम तुम्हारी महारानी को मेरे बारे में?"

"उन्होंने अपने महल के गवाक्ष से उस विशाल रथ को यहां रुकते और लौटते देख लिया है। वे समझ गई हैं कि आप ही उतरे होंगे उससे।" सारथी ने निवेदन किया।

"आप अर्थात्," सुदामा कुछ नहीं समझकर बोले।

"आप क्या अपने को भी नहीं पहचान रहे? आप अर्थात् इस क्षेत्र के महान् ज्ञानी, वेद-वेदान्त पारंगत महाराज सुदामा!"

"और तुम?"

"हो क्या गया है आपको? मैं अर्थात् पास के गांव का ही आपका एक भक्त। कई बार आपने मेरे दरवाजे से···।" वह अधिक नहीं कह सका।

"ओह! तुम्हारे इन बहुमूल्य वस्त्रों के कारण तुम्हें नहीं पहचान सका। और यह रथ कहां मिल गया तुम्हें?"

"मुझे कहां से रथ मिलेगा? यह रथ तो आपका है। मैं आपका सारथी नियुक्त हुआ हूं।"

"मेरा रथ? तुम मेरे सारथी? सत्या महारानी? यह सब कौन-सा खेल है? क्या बोले जा रहे हो तुम?" सुदामा अचकचाकर बोले।

"यह खेल तो सब आप ही का है।" सारथी ने उनके पैरों का स्पर्श कर कहा, "उधर आप द्वारिका पहुंचे, इधर परिवर्तन आरम्भ हो गया यहां।"

"मेरी कुटिया कहां गई?"

"वह महल बन गई।"

"और यह नगर कहां से प्रकट हो गया?"

"आस-पास के सभी गांवों के घर, कुटिया, महल में बदल दिए गए। सारे

गांव मिलकर यह नगर बन आया। सभी घरों में अन्न तो अन्न, आभूषण और हीरे-मोती का भी अम्बार लग गया। महीने भर में इस पूरे क्षेत्र का काया-कल्प हो गया।"

"आखिर यह हुआ कैसे ?"

"पूरे एक मास तक रात-दिन एक कर हजारों कारीगरों, मजदूरों और शिल्पियों ने यह सम्पन्न किया। इसके पश्चात् रथों पर लाद-लादकर सभी घरों में सम्पत्ति पहुंचाई गई ?"

"किसके द्वारा ?" सुदामा अभी तक कुछ समझ नहीं पा रहे थे और किंकर्त्तव्यविमूढ़-से खड़े प्रश्न पूछते जा रहे थे।

"यह भी आप मुझी से पूछते हैं ? आपके बाल-सखा द्वारिकापति ने यह सब कराया है। अब आप घर चलें, महारानी सत्या आपकी प्रतीक्षा कर रही हैं।"

सुदामा संभ्रम में पड़े-से रथ में बैठ गए। जिस द्वार पर रथ रोका गया, वहां रंगीन वस्त्रों और नानाविध आभूषणों से लदी और आरती का थाल सजाए कई युवतियां खड़ी थीं, उनमें जो सबसे आगे थी वह अपने थाल को किसी दूसरी युवती के हाथ में पकड़ा आगे बढ़ी और प्रसन्नता से भर कर सबके सामने ही सुदामा को दृढ़ आलिंगन में बांध लेना चाहा।

"हरे ! हरे ! यह क्या ? पर-नारी स्पर्श ?" कहते हुए सुदामा हड़बड़ा कर पीछे हटे।

"नाथ ! मुझे आप पर-नारी समझ रहे हैं ?" आवाज सुनकर सुदामा ने ध्यान से देखा यह तो उन्हीं की पत्नी थी पर आभूषणों से फूटते प्रकाश ने उसके चेहरे को इस तरह ज्योतित कर रखा था कि उसे पहचानना मुश्किल हो रहा था। सदा एक फटी, मैली, कुचैली साड़ी में लिपटी रहनेवाली सत्या के शरीर पर पड़े रेशमी परिधान ने भी उसकी पहचान को कठिन कर दिया था।

सम्मोहित-से खड़े सुदामा ने आरती उतरवाई और सत्या के साथ महल में प्रवेश किया।

"वे अन्य युवतियां कौन थीं तुम्हारे साथ—थाल सजाए ?" सुदामा ने चलते-चलते पूछा।

"वे मेरी दासियां थीं। तुम्हारे सखा ने मेरे चिउड़े के चार दानों के बदले इतना कुछ दिया मुझे। तुम्हारे लिए भी अनेक सेवक नियुक्त हो गए हैं।"

बात करते-करते वे एक कक्ष में पहुंच गए। सुदामा फिर घबराए। यह तो ठीक वैसा ही कक्ष था जैसा द्वारिका में श्रीकृष्ण का शयन-कक्ष। वैसे ही स्वर्णजटित स्वर्णनिर्मित पलंग। द्वारों और गवाक्षों पर वैसे ही बहुमूल्य पर्दे। दीवारों पर वैसी ही रत्न-खचित चित्रकारी। मणि-दीपों से जगमगाते दीपाधार। यत्र-तत्र करीने-से सजे दैनिक उपयोग के सामान—सभी स्वर्ण-निर्मित। पलंग के पास ही पड़ा स्वर्ण-मंडित पादुकाओं का जोड़ा। पलंग से उठ कर उन्होंने उस विशाल कक्ष में जहां-तहां सजे स्वर्ण-रजत-मढ़े काष्ठ के विशाल वस्त्र पेटियों को खोल-खोल कर देखना आरम्भ किया। वे बहुमूल्य वस्त्रों से भरे पड़े थे—उनके लिए भी, सत्या के लिए भी।

"अब बैठिए, आराम कीजिए। बहुत थक गए होंगे आप।" सत्या ने उन्हें खींच कर पलंग पर बैठाते हुए कहा, "कितना देखिएगा ? इस महल के सारे कक्ष

बहुमूल्य वस्तुओं से भरे पड़े हैं।"

"पर यह कक्ष तो एकदम श्रीकृष्ण के कक्ष की तरह ही है।" सुदामा ने अपने आश्चर्य को अभिव्यक्ति दी।

"इसमें आश्चर्य की क्या बात है?" सत्या पर्यंक पर उनके पार्श्व में बैठती हुई बोली, "यह तो प्रसिद्ध ही है कि योगेश्वर कृष्ण परमेश्वर से कम नहीं। तो भगवान जिसे अपनाता है, उसे अपनी तरह तो बना ही देता है, पर एक बात मेरी समझ में नहीं आ रही।"

"क्या?" अभी तक आश्चर्य-भरे, चारों ओर दृष्टि दौड़ाते, चकित-विस्मित सुदामा ने पूछा।

"यही कि हम लोगों की कुटिया तो महल बन ही गई। इसी गाँव ही नहीं, आस-पास के सभी गांवों के घरों और झोंपड़ियों को भी श्रीकृष्ण ने क्यों महलों में परिवर्तित कर दिया और उन्हें भी धन-धान्य पूरित कर दिया?"

"मैं जानता हूं इसका उत्तर।" सुदामा ने सत्या की बात ध्यान से सुनी थी।

"क्या?" सत्या ने आश्चर्य से पूछा।

"श्रीकृष्ण की अनेक नीतियों में एक नीति समता की भी है। वह सबको एक सदृश देखना चाहते हैं।[1] वह यह कैसे स्वीकारते कि सुदामा तो महल में रहें और अगल-बगल के लोग कुटियों में?"

"इधर का तो सारा दारिद्र्य ही समाप्त हो गया।" सत्या ने गहरे सोचते हुए कहा।

"यह तो होना ही था। यहीं का नहीं, मैं समझता हूं कि जहां तक द्वारिका का साम्राज्य है, वहां कहीं भी अब विपन्नता ढूंढ़ने पर भी नहीं मिलेगी। मेरा जाना अच्छा ही हुआ। अपने ही दायित्वों में उलझे श्रीकृष्ण को शायद अपनी प्रजा की स्थिति को ठीक से देखने का अवसर भी नहीं मिलता होगा। मुझे देख कर उन्हें पहले-पहल लगा कि ऐसे लोग भी बसते हैं उनके साम्राज्य में भी। मेरे वहां जाने से उस समतावादी श्रीकृष्ण ने सबको सम्पन्न कर दिया होगा। धन्य है मेरा बाल-सखा! कहां तो मैं मार्ग भर उसके नाम को कोसता आ रहा था और कहां उसने मुझे ही नहीं, मेरे कारण इतने लोगों को इतना कुछ दे दिया!" सुदामा बोलते जा रहे थे और उनकी आंखों से पानी की धारा बहती जा रही थी।

"तो आप रो क्यों रहे हैं?" सत्या ने अपने आंचल से सुदामा की आंखों को पोंछते हुए कहा।

"रोऊं नहीं तो क्या करूं पगली?" सुदामा सिसकियों से भर कर बोले, "तुम्हें क्या पता कि मार्ग-भर मैंने मन-ही-मन कितना श्राप दिया है उसे। एक फूटी कौड़ी तक नहीं रखी थी उसने मेरे हाथ पर। शरीर पर पड़े वस्त्र के साथ ही रथ पर बैठा दिया मुझे। मुझे तो तुम्हारे द्वारा मांग कर लाए चिउड़ों की चिन्ता थी।"

"चिउड़ों की चिन्ता?" सत्या खिलखिलाकर हंस पड़ी, "चिउड़ा देनेवाली मेरे पड़ोसन का महल तो अपने महल से भी अधिक सम्पत्ति से पूरित हो आया है।"

1. समत्वं योग उच्यते—गीता।

"क्यों ?"

"आखिर उसी के चिउड़े ने तो यह सब किया है। जिसका दान उसका पुण्य। उसे तो हमसे ज्यादा सम्पन्न होना ही था।"

"ठीक है।" सुदामा ने कहा और हड़बड़ा कर खड़े हो गए, "मुझे बैठने का अवकाश नहीं है। यह सब तो श्रीकृष्ण की ही सम्पत्ति है। इसे पड़ी रहने दो। मुझे तो अपने परिवार की रोटी का प्रबन्ध अपने हाथों ही करना है। मुझे अब कर्म के महत्त्व का पता लग गया है। मैं महल के आस-पास की धरती का कर्षण स्वयं करूंगा और तुम सबों के लिए अन्न पैदा करूंगा।"

"यह तो ठीक।" सत्या ने खिलखिलाते हुए ही उन्हें पलंग पर पुनः बैठाते हुए कहा, "अभी तो रात हो आई। यह काम तो आप कल से करेंगे न? और अकेले ही क्यों कर्षण करेंगे आप कृषि-भूमि का? आपका हाथ बंटाने के लिए इतने सेवक भी तो हैं। और मैं भी कहां खाली बैठने वाली हूं। अपनी दासियों के साथ मैं भी कुछ-न-कुछ तो करूंगी ही। आप अन्न उत्पन्न कर लायेंगे तो उसका परिष्कार और पाक तो मेरा ही दायित्व होगा?"

"बड़ी अच्छी बात है।" सुदामा ने आश्वस्त-सा होते हुए कहा, "यही शिक्षा लेकर मैं लौटा हूं द्वारिका से। श्रीकृष्ण ठीक कहता है, ये दो कर मिले हैं कुछ करने के लिए। भिक्षाटन के लिए नहीं।"

"यही बात तो मैं भी बार-बार कह रही थी पर आपके सिर पर तो आपके ज्ञान की गठरी सवार थी—संन्यास और सांख्य-दर्शन की दुहाई दे आप मुझे कुछ बोलने, करने ही कहां देते थे?"

"ठीक है, अब संन्यासी नहीं हूं मैं।" सुदामा ने गम्भीरतापूर्वक कहा।

"तो अब क्या हैं आप?"

"कर्मयोगी।" सुदामा ने एक ही शब्द कहा।

"यह कर्म तो ठीक पर इसमें लगा 'योग' शब्द मुझे भय से भर रहा है।"

"भय की बात नहीं। कर्मयोग का अर्थ मैं तुम्हें निश्चिन्तता से ठीक से समझा दूंगा। अब कुछ खिलाओ, पता नहीं इतने जोर की भूख क्यों लग आई है।"

"चिन्ता समाप्त होने से।" सत्या ने कहा और पाकशाला की ओर बढ़ गई।

बत्तीस

यह भी होना था? माखन-चोर आदि की उपाधि तक तो ठीक। अब मणि-चोर भी बनना लिखा है उन्हें! और दधि-छांछ, घी-मक्खन की चोरी—छीना-झपटी—तो बीते-समय की बातें हुईं—बाल्यकाल की। उस समय कोई दधि-चोर कहे या चित-चोर, मन में कोई बात उठती भी कहां थी? बल्कि उस विनोद-प्रमोद में एक आनन्द ही आता था—अनाम, अनजाना। ओह, कहां फिसल गए यमुना पर फिसलती जल-बूंदों की तरह ही गोकुल के वे भले दिन? वहां की चांदनी-भीगी

रातें, गोधूलि-पूरित संध्याएं, ओस-सने प्रातः और वे रुपहली, अलसाई दुपहरियाएं ? और किस विस्मृति के गर्भ में सोकर रह गए वहां की, निश्छल सरिता-सी गोप-गोपियां, प्राणप्रिय बाबा नन्द और स्नेह की साकार सरिता-सी यशोदा अम्मा ! विपत्ति और व्यथा के ऐसे क्षणों में ही तो उनकी स्मृति, बरबस मानस-पटल पर नाना आयामों के साथ उभर आती है। सच स्वजन ही याद आते हैं संकट-काल में। पर चाह कर भी कहां जाना हुआ उधर ? वे तो आ नहीं सकते सुदूर, पश्चिम-समुद्र-तीर-बसे इस द्वारिका-नगरी को। और वह…? कृष्ण के मन में स्मृति की एक सशक्त तरंग-सी उठी है।

नाम देते भी बनता है क्या उसको ? यों तो सैकड़ों नाम दे डाले लोगों ने अब तक उसे। गोकुल के ग्वालबालों से लेकर मथुरा के पुरजनों-परिजनों और द्वारिका की अपनी ही अर्द्धांगिनी रुक्मिणी तक ने। रा…धा से लेकर वृषभानुसुता, कनु-प्रिया और ईर्ष्या-वश कृष्णार्पिता तथा विक्षिप्ता तक कह डाला लोगों ने उसे। किन्तु वही जानते हैं कितनी पवित्र, कैसी पुनीत है वह—चांदनी-धुली, किसी कालिन्दी-तरंग की ही तरह ही। पर इन सारे नामों के बावजूद वह अपने मन में अन्दर रची-बसी अपनी ही अन्तरात्मा को ? शायद नहीं, कभी नहीं। कहां पूर्ण सच्चमुच कोई भी नाम दे पाये क्या उस अनामा को ? कोई संज्ञा गढ़ पाए उसका ? भला अपने का भी कोई स्वयं नाम गढ़ता है ? पहचान पाता है कोई क्या अपने ही हो पाता है आजीवन, स्वयं से स्वयं का ही परिचय ? अपना ही आत्मसाक्षात्कार ? तो कैसे नाम दे पाते वह उसे जो केवल उनके अन्तर में ही आसन मार नहीं जमी थी बल्कि उनके तन के पोर-पोर, रग-रग में भी रच-बस गई थी ! कहने में फिर भी अच्छा लगता है आज भी—रा…धा। सारे नामों, सारी संज्ञाओं में आज भी यही अब भी खींचता है चुम्बक की तरह मन-प्राणों को ! ज्वार जगा जाता है राजनीति-ग्रस्त हो आए अन्तर-मन में आज भी उसका स्मरण। सच सोख ही ले गई न द्वारिका अन्दर के सारे स्नेह-स्रोत को ? हिलोरें लेते, राशि-राशि सलिल संकुल सागर के कूल बसी यह नगरी कैसे सुखा ले गई उनके मन के स्नेह-सलिल को ही ? और कैसी निष्ठुर विवशता है यह कि चाह कर भी चढ़ा नहीं पाते वह इस नाम को अपनी जीभ पर ? चौबीसों घंटे अन्दर श्वासों की सीढ़ियों पर चढ़ते-उतरते, हृत-पिंड की धड़कनों से सदा एकाकार होते इस नन्हें किन्तु अमृत-रस-सने नाम को वह होंठों की कैद से बाहर भी नहीं ला सकते ! कैसी है यह विडम्बना ?

हां, चोरी की बात चली थी। चोरी तो फिर भी चोरी ही होती है और हर चोर कोई-न-कोई चिह्न छोड़ ही जाता है अपना…कि उसी का छोर पकड़, पकड़ ही बैठते हैं लोग उसे। और पकड़ ही लिया था प्रगल्भा रुक्मिणी ने उस दिन, अत्यन्त यत्न से छुपाई इस चोरी को अथवा जान-बूझकर ही चिढ़ा बैठी थी वह उन्हें सदा की तरह। रा…धा का भूत जो सदा सवार रहता था उस पर ! पता नहीं कितनों ने कितनी बार अपनी ओर से विष ही बनाकर उगला था इस अमृत-सदृश नाम को उसके कानों में—कहने को ये कृष्ण तुम्हारे हैं। पर आज का यह द्वारिकाधीश कल का वही गोपाल है जो गोकुल की गलियों और करील-कुंजों में बावला बना फिरता था उस गोपबाला रा…धा के पीछे, ठीक वैसे ही जैसे चांदनी में किसी की परछाईं भागे उसके साथ-साथ।

सच बड़ा विचित्र यत्न ढूंढ़ा था उस दिन रुक्मिणी ने उनकी चोरी पकड़ने का—अपनी ओर से तो चोरी पकड़ने का पर उनकी बात लें तो उनकी सबसे अधिक दुखती रग पर हाथ रख देने का।

"जरा इधर तो आना द्वारिकाधीश !" बड़ी इठला कर कहा था उसने, अपने स्वर में अन्तर का सारा स्नेह उंड़ेलते हुए। पर सम्बोधन भी क्या चुना था इस अवसर के लिए? पीछे, लगा था यह जान-बूझकर उन्हें अधिक-से-अधिक जलाने के लिए ही था—अवमानना के अन्धे गर्त में उन्हें अधिक-से-अधिक नीचे उतारने के लिए। यह प्रकट करने के लिए कि आज चाहे तुम भले छत्र धारण करते हो, अपने उन्नत मस्तक पर, पर कभी मयूर-पंखों का मुकुट सजाए तुम गोप-बालाओं के मन हरने में ही अपनी सम्पूर्ण बुद्धि का व्यय किया करते थे।

"क्या बात है प्राण-प्रिये ?" सच इस सम्बोधन पर झुंझलाई ही होगी रुक्मिणी, जी भर कर, और जो कुछ वह कहने अथवा करने जा रही थी उसके लिए और कृत-संकल्प हो आई होगी।

"इधर आना, और समीप।" और कहने के साथ ही वह स्वयं सट आई थी उनके प्रशस्त वक्ष से। वे कहीं जाने को प्रस्तुत हो रहे थे। शायद आखेट को। कवच आदि से मंडित कर लिया था अपने को। इसी रूप में ही आलिंगन देना पड़ा था उन्हें पट्टमहिषी को। पर अद्भुत किया था उस दिन रुक्मी-अनुजा ने। कलेजे को नहीं, कानों को सटाया था उनके वक्ष से उसने और जैसे लौह कवच से मण्डित वक्ष के अन्दर की धड़कन को पढ़ने में भी बड़ी सहजता से सफल हो गई थी वह।

"कृष्ण !" सहसा उसके मुंह से निकला था। प्रसन्न हुए थे वह, चलो औपचारिकता का बन्धन तो काटा प्राण-वल्लभा ने। हां, इससे कम उसे मानते ही कहां थे वे? राधा उनकी विवशता थी तो रुक्मिणी उनकी आवश्यकता। अगर ऐसी बात नहीं होती तो रूप की इस साक्षात् देवी के हरण तक के उस दुस्साहस पर वे उतरे भी कैसे होते जिसे सोच-सोच आज भी उनका मन कई तरह की मिली-जुली भावनाओं के चक्रव्यूह में जा फंसता है। उसके औचित्य-अनौचित्य तक के विश्लेषण पर उतर आता है। किए पर सोचना कभी उनका सिद्धान्त नहीं रहा, उनके द्वारा प्रतिपादित और आचारित जीवन-दर्शन का दूर से भी सम्बन्ध नहीं है विगत के रो-मंचन का, उसको लेकर पश्चात्ताप-ग्रसित होने का। नदी के बह गए जल की तरह भूत, समय के अजस्र प्रवाह में प्रलुप्त हो जाता है। उसको लेकर कैसा सोच, कैसा अनावश्यक ऊहा-पोह, क्योंकर व्यर्थ का विवेचन-विश्लेषण, प्रश्न-प्रति-प्रश्न? पर रुक्मिणी-हरण-प्रसंग को लेकर कहां अब भी सामान्य हो पाये थे वह? वह तो किसी साही के नुकीले कांटे की तरह अब भी अड़ा पड़ा था उनके अन्तर के अन्दर। वह सभी के बीच से उसे अंक में भर उठा भागना, रथारूढ़ होना और रथ का रुक्मी और उसके संगी-सहायकों के द्वारा पीछा किया जाना। फिर उनके साथ वह निर्णायक युद्ध! अनावश्यक रक्तपात! कैसी घोर विडम्बना है यह उनके जीवन की कि जो नहीं करना चाहते हैं वह, वही करणीय बन खड़ा होता है उनके आगे। कब मान्यता दी है उन्होंने संघर्ष को, युद्ध को, अपने अन्तर-मन से? मानव के रक्त-पात से भी कोई अधिक घृणित कृत्य बन सकता है मानव के हाथों? युद्ध से भी बड़ा, व्यर्थ, अनावश्यक और कुरूप कलंक हो सकता है कुछ भी, मानवता के देदीप्यमान भाल का? उस मानवता का जो देवत्व के समकक्ष

स्थापित करने को आतुर है अपने को ? कब युद्ध पसन्द किया कृष्ण ने ? पर होता क्या रहा अब तक ? वही तो घटित होता रहा बार-बार उनके जीवन में जिसे नहीं घटना था, कभी नहीं घटना था। रुक्मिणी के लिए लड़ा युद्ध तो फिर भी छोटा था—घड़ी-प्रहर का। पर जरासन्ध के साथ हुए अनेकानेक दीर्घ-संघर्ष ? दोनों पक्षों के असंख्य योद्धाओं की पंक्ति पर पंक्ति का बार-बार रण-क्षेत्र में शस्य के कटे पौधों की तरह बिछ जाना और इस सबके पूर्व भी गोकुल में बकासुर, अघासुर और कालिय नाग आदि के साथ के वे युद्ध ? पूतना का प्राणोत्सर्ग ? क्या यह सब चाहा था उन्होंने ? यह हिंसा, यह रक्तपात ? मनुष्य के हाथों ही, मनुष्य की निर्मम समाप्ति ? नियति, प्रकृति के साथ किया जा रहा यह क्रूर अमानुषिक व्यवहार ? किन्तु थोपा गया यह सब कुछ उन पर। सब कुछ आरोपित हुआ अनचाहे, अनमंत्रित, अनाहूत। और तो और अपने ही हाथों अपने ही मामा कंस के वध की बात को कैसे भूल जाएं वह—अपने सारे जीवन-सिद्धान्तों और स्वयं निर्धारित आदेशों के बावजूद; विगत—चर्वण को त्याज्य की संज्ञा देने की अपनी दृढ़ आस्था के आलोक में भी अपने ही रक्त-सम्बन्धी के संहार को समय के इस दीर्घ अन्तराल के बाद भी स्मृति-पटल से धो-पोंछ देना इतना सहज है क्या ? सच, नहीं जी पाता है मनुष्य अपने ही आदर्श को ? नहीं गढ़ पाता है न वह अपने ही सिद्धान्तों के सांचे में अपने को ? पर-कटे पक्षी की तरह ही तो फड़फड़ा कर रह जाता है वह अपनी ही नीतियों-नियमों के पिंजड़े में बन्द ? बार-बार ये बातें आती हैं मन में। नहीं चाहते हुए भी अतीत किसी उद्दण्ड और ढीठ आईने की तरह आ खड़ा होता है उनके मानस-चक्षुओं के समक्ष और वे सारे कृत्य जिनकी ओर से वे बार-बार आंखें मूंदना चाहते हैं उनकी आंखों के समक्ष अपना कुण्ठित नर्तन आरम्भ कर देते हैं। हां यही होता है हर बार, जब-जब ऐसी स्थितियां सामने आती हैं। अभी भी होता है। आगे भी होता रहेगा। जब युद्ध की संभावना बनेगी तब-तब वे संतप्त होंगे। युद्ध छोटा हो या बड़ा, उन्हें व्यथित करेगा। भले ही उसे टालने में वे सफल रहें या असफल—भले ही प्रचण्ड रूप से धधकती युद्धाग्नि में उन्हें अपने हिस्से की भी आहुति देनी पड़े पर वह विवशता ही होगी। मन से कभी समर को महत्त्व न उन्होंने दिया है न कभी देंगे। पर पता नहीं अभी भविष्य के गर्भ में क्या-क्या छिपा है ? पता नहीं महाकाल कब किस महाविनाश का सहभागी तो सहभागी सूत्रधार तक बना छोड़े उन्हें ? भगवान कहा जाता है उन्हें। कम-से-कम उसका अवतार। सोलहों अंशों से पृथ्वी पर प्रादुर्भूत परब्रह्म। नहीं समझ पाए अब तक वे इस भेद को। किधर से क्या कुछ असामान्य, अलौकिक और अद्भुत है उनमें कि नर से नारायण बन बैठे वह, लोगों के मध्य ? पर कहां समझ पाता है मनुष्य चाहकर भी सब कुछ स्वयं के सम्बन्ध में भी ? पर बात इतनी तो अवश्य है कि जब तथाकथित अवतार अथवा ब्रह्म भी विवश है वही कुछ करने को जिसे वह अकरणीय मानता है तो सामान्य मनुष्य, नियति के दुष्चक्र से कैसे और क्यों मुक्त कर पा सकता है अपने को ?

बात कहां से कहां आ गई। हां, उस दिन रुक्मिणी के कान आ लगे थे लौह कवच-मंडित उनके वक्ष से और वह एक मन्द पर किंचित् कुटिल मुसकान के साथ बोल पड़ी थी—"कृष्ण !"

"बोलो !"

"यहां से तो अद्भुत आवाज आ रही है।"

"कहां से?"

"अब क्यों कौतुक करते हो? तुम्हारे कलेजे से और कहां से?"

"कौतुक मैं कर रहा हूं या तुम?" उन्होंने रुक्मिणी को अपने और समीप लाने का प्रयास करते हुए कहा था पर वह थी कि अपने बायें कान के अलावा और कुछ सटने ही नहीं दे रही थी उनके वक्ष से। "कलेजे की धड़कन ही तो पहुंच रही होगी तुम तक? और लौह पर्दों को छेद कर आयेगी वह तुम तक तो विचित्र तो होगी ही कुछ हद तक।"

"चुप करो। धड़कन थोड़े है यह?" उसके मुख की वह भंगिमा वैसी ही वर्तमान थी।

"क्या है?"

"नाम है!"

"नाम?" उन्होंने आश्चर्य से पूछा था।

"हां नाम।" अब वह खिलखिला पड़ी थी, होंठों की वह कृत्रिम अथवा अकृत्रिम कुटिल मुसकान सावनी धूप की तरह गायब हो गई थी और पावस की निर्झरिणी की मुद्रा में ही खिलखिलाती बोली थी वह, "हां नाम ही तो है वह जिसे मैं तुम्हारी हर उठती-गिरती सांस में सुन रही हूं। लो बता ही देती हूं क्या धड़क रहा है यहां—रा···धे! रा···धे! रा···धे! रा···धे!" और छिटककर दूर खड़ी हो गई थी रुक्मिणी। खिलखिलाती, वायु-आन्दोलित पुष्करिणी की तरह ही तरंगायित, पुलकित। और वे थे कि उन पर घड़ों पानी पड़ गया था—अब भी नहीं निकला है राधा का कांटा रुक्मिणी के मन से?" और सच तो यह है कि वह उन्हीं के मन से कहां निकल पाया है? आज भी जब चोरी का यह कलंक उनके भाल में मढ़ा गया है तो उसी बहाने द्वारिका का यह तथाकथित मणि-चोर, माखन-चोर बन वृन्दावन के करील-कुंज में जा बसा है। वृषभानुसुता के क्रोड़ में पड़ा है वह—"लो राधे एक बार जो तुमने मुझे चित-चोर कहा तो चोर की यह संज्ञा लगी ही रह गई मेरे साथ। पर किससे कहूं अपना संत्रास, अपनी मनो-व्यथा? तुमने चोर कहा तो मान लिया, गोकुल के गोप-गोपियों ने यह विशेषण दिया तो शिरोधार्य कर लिया उसे। पर अब इस कुटिल सत्राजित् के द्वारा लगाया यह आरोप? कैसे पी जाऊं इस विष को? बाल्य काल का वह चंचल चोर इस प्रौढ़ावस्था में भी सच का चोर बन आयेगा क्या? तुम रहती थीं तो तुम्हारे कानों में सब दुःख-दर्द उंड़ेल खाली कर लेता था अपने को? पर अब किससे कहने जाऊं। इतने लोगों से घिरा यह कृष्ण तो आज भी अकेला है, नितान्त एकाकी। आज भी तो केवल तुम्हारा है तुम्हारा। और तुम्हारे नहीं होने ही से तो सबका होने और नहीं होने का कोई अर्थ नहीं होता। कोई गलत थोड़े कहा था उस दिन रुक्मिणी ने, ठीक ही सांस-सांस में तो बसी हुई हो तुम तो—हां तुम-ही-तुम हो कनु-प्रिया। तुम्हारे बिना कृष्ण अधूरा है। किधर से पूर्ण ब्रह्म का अवतार कहा जानेवाला यह भोला कृष्ण, राधा के बिना? और कौन समझेगा हमारे-तुम्हारे इस अद्भुत अलौकिक सम्बन्ध को? सदा शरीर के स्तर पर ही सोचनेवाला साधारण मनुष्य तुम्हारे और मेरे अशरीरी, अलौकिक सम्बन्ध की प्रगाढ़ता को कौन-सी संज्ञा दे पायेगा? है उसकी शब्दावली में ऐसा कोई शब्द जो परिभाषित कर दे

हमारे सम्बन्धों की पुनीतता, अलौकिकता और कहो तो इसकी विचित्रता को ही। सांसारिक अर्थों में एक-दूसरे के समीप होने की कल्पना-मात्र से भी रहित हम किस तरह एक-दूसरे से अभिन्न बने रहे, हैं और रहेंगे, यह बात क्या विश्व कभी ठीक से समझ पायेगा ?

अन्त नहीं था श्रीकृष्ण के सोच का—उनके पश्चात्ताप का। अब यह सत्राजित् द्वारा लगाया गया कलंक ? इसे तो धोना ही पड़ेगा उन्हें। और चाहे-अनचाहे शायद फिर वही तो नहीं करना पड़े उन्हें जिससे वह सदा बचना चाहते हैं – युद्ध। चाहेंगे कि बिना इसके भी काम चल जाय। सत्राजित् के आरोप के अपराध में, द्वन्द्व युद्ध में इसे समाप्त कर देने से चोरी का कलंक तो लगा ही रह जायगा उनके माथे पर ? और तब जब जीवन के किसी प्रहर में सचमुच वह मिल गई, वही उनकी प्रेरणा, उनके सारे संघर्षों के साथ ही उनके अनगिनत उत्कर्ष और उत्थान की वह एकमात्र उत्स, वह, वह राधा और वह कह बैठी, 'कृष्ण, तुम तो सच के चोर निकले।' तो क्या उत्तर देंगे वह उसे ?

नहीं, नहीं इस कलंक से मुक्ति पानी ही होगी उन्हें, स्यमंतक मणि की चोरी के इस कलंक से।

तैंतीस

अभी भी सारी बातें पारदर्शी शीशे की तरह स्पष्ट हैं उनके समक्ष। वही चोरी वाली बात ! स्यमन्तक की चोरी। कभी-कभी हंसी भी आती है उन्हें ! किशोरावस्था से लेकर द्वारिकाधीश कहलाने तक के जीवन-क्रम में इतनी ख्याति, इतना यश अर्जित करने के पश्चात् इस चौर्य-कर्म का भी उत्तरदायी बनना था उन्हें ? माना संघर्ष-संकुल रहा उनका जीवन-मार्ग पर संघर्ष के इन असंख्य कांटों में से भी एक सुरभित सुमन की तरह ही तो प्रस्फुटित हुआ है उनका जीवन-पुष्प। नहीं ? कीर्ति और उपलब्धि के सोपान-दर-सोपान चढ़ते, वय के जिस मोड़ पर वे खड़े हैं वहां सम्पूर्ण आर्य-भूमि के नृपतियों की जय-जयकार और उनके स्तुति-गान ने असंतुलित नहीं कर दिया उन्हें, यही क्या काम है ? पर नहीं, संतुलन खोना उन्होंने सीखा ही नहीं। सुख-दुःख, मान-अपमान, कीर्ति-अपकीर्ति सबमें सम रहना उनके जीवन-दर्शन का एक महत्त्वपूर्ण अध्याय है। कभी समय आया तो पूरी व्याख्या ही प्रस्तुत करेंगे अपनी इस जीवन-दृष्टि की। अभी तक तो लोग उनके कृत्यों के ही साक्षी रहे हैं, उनके चिन्तन, उनके दर्शन से कहां ठीक से परिचय हो पाया किसी का ? अनुकूल समय की प्रतीक्षा है उन्हें। कभी खोलेंगे वे अपने मन की गांठों को। उन्मुक्त बहेगा उनका चिन्तन-प्रवाह—किसी पर्वतीय प्रपात की तरह ही स्वच्छन्द, निर्मल और निर्बाध। पर अभी ? अभी तो लगा है मस्तक पर यह कलंक। पूरी द्वारिका में गत दो दिनों से चर्चा का एक ही विषय है—कृष्ण ने अच्छा नहीं किया यह ? माना स्यमन्तक-मणि मूल्यवान है। शुभ है। वह जहां रहता है सम्पत्ति की वर्षा ही होती है वहां। सारे शुभग्रह कुण्डली मार कर बैठ जाते हैं उस गृह में जहां वास होता है स्यमन्तक का। मंगलमय, कल्याणमय बन आता है वह परिवेश जहां

पड़ा रहता है स्यमन्तक। विजय-श्री वरण करती है इसके धारक को। पर यह क्या कि मांगने से नहीं मिले तो चोरी ही कर लें उसकी?

हां मांगा था, अवश्य मांगा था उन्होंने स्यमन्तक को सत्राजित् से। पर मांगा था अपने लिए नहीं। चाहा था उन्होंने उसे नृप उग्रसेन के लिए। असल राजा तो वही थे। भले ही कृष्ण द्वारिकापति के रूप में ख्यात थे पर राज्य तो उग्रसेन का ही था। और राज्य की सर्वाधिक बहुमूल्य एवं शुभ वस्तु को तो राजा के पास होना ही चाहिए। एक व्यक्ति के पास होने से तो स्यमन्तक-मणि केवल उसी का कल्याण कर सकती है। राजा के पास आकर वह सम्पूर्ण प्रजा के कल्याण और समृद्धि का कारण बन सकती थी। तब वह सही हाथों में 'सर्वे भवन्तु सुखिनः' के आर्य-आदर्श को अर्थ दे सकती थी। नहीं, स्यमन्तक को सत्राजित् की निजी सम्पत्ति बनकर नहीं रहना था, उसे तो राज्य-कोष में आना ही था और यही सोचकर उन्होंने सत्राजित् से मणि की मांग की थी। समझने वाले समझ गए कि अपना कंठहार बनाने के निमित्त ही श्रीकृष्ण ने चाहा है इस देदीप्यमान मणि को। जैसे अब तक मन ही नहीं भरा उनका दैहिक साज-श्रृंगार से! किशोरावस्था में मोर-पंख सजाते रहे माथे पर तो अब स्यमन्तक को ही मुकुट में जड़ने का शौक हो आया है उनको! उन्हें इस अवस्था में भी हंसी आ रही थी। नील वर्ण पर शोभित यह पीताम्बर ही क्या पर्याप्त नहीं था उनके व्यक्तित्व को यथेष्ट आकर्षण प्रदान करने के लिए? किसी मणि-मूंगे और रत्न-आभूषण की क्या आवश्यकता थी उन्हें इस नाशवान तन को सजाने-संवारने हेतु? तन की क्षणभंगुरता और आत्मा की अमरता सम्बन्धी शाश्वत सत्य से परिचय नहीं था क्या उनका? यह विनाश-शील शरीर तो अमर आत्मा का आवास-मात्र है। अधिक-से-अधिक उसका बाह्य आवरण वस्त्र-मात्र है यह आत्मारूपी शरीर का। निरन्तर जर्जर और जीर्ण होते-होते अन्ततः निश्चित विनाश को ही तो प्राप्त होता है वह। तो इस शरीर को सजाने के लिए स्यमन्तक की चोरी के सदृश कुकृत्य पर उतरेंगे वे? जैसा सोचा है, उचित अवसर पर अपने जीवन-दर्शन की व्याख्या करेंगे वह, तब संसार समझेगा शरीर का क्या महत्त्व है उनकी दृष्टि में। पर अभी तो एक भयानक प्रश्न चिह्न बनकर ही अड़ा है यह स्यमन्तक उनके समक्ष। सभी द्वारिकावासी सत्राजित् के सदृश लोभी और मिथ्यावादी की बातों में आकर बिना सोचे-समझे मणि के अपहरण का आरोप लगा बैठे हैं उन पर।

दोष उनका भी कुछ कम नहीं है। सभी लोगों की तरह स्यमन्तक की चकाचौंध ने उन्हें भी तो चकित कर दिया था।

सत्राजित् बहुत दिनों से द्वारिका से गायब था। कहा जाता था कि वह किसी अरण्य अथवा गुहा-गह्वर में तपस्या-रत था। सूर्य का उपासक था सत्राजित्। नगर में रहता तब भी सागरतीर जाकर कमर-भर जल में खड़ा, वह घंटों सूर्याभिमुख हो गायत्री-मंत्र का जप करता रहता। सहस्र-सहस्र अंजलि भर सागर-जल से तर्पण करता वह नित्य सूर्य-देव का। पर यह तपश्चर्या जैसे पर्याप्त नहीं थी और सहसा विलुप्त हो हो गया वह द्वारिका से।

लौटा तो नगर में एक अभूतपूर्व हंगामा खड़ा हो गया। नगर-द्वार पर उसके

उपस्थित होते ही सम्पूर्ण नगर ही जैसे देदीप्यमान हो आया। प्रकाश का एक महान् पुंज ही महाद्वार के अन्दर प्रवेश हेतु प्रयत्नशील था। भीषण चकाचौंध से सभी की आंखें चौंधिया गई थीं और कोई समझ नहीं पा रहा था कि प्रकाश का यह अद्भुत वृत्त कैसे और कहां से प्रकट हो गया। सत्राजित् के तन का कोई भाग भी तो दृष्टि-पथ में आ नहीं रहा था – बस प्रकाश, प्रकाश और प्रकाश। ऐसी स्थिति में अगर कोई नगरवासी उसे पहचान नहीं पाया तो इसमें आश्चर्य क्या?

"स्वयं सविता (सूर्य) आपके दर्शनों को पधार रहे हैं, सूर्य-मण्डल को छोड़कर।" कुछ लोग दौड़े-दौड़े पहुंचे थे श्रीकृष्ण के पास। स्वयं उपासना में रत थे उस समय वह। प्रात: में पद्मासन लगाये वे स्वयं भगवान सविता के महा मंत्र—गायत्री—के जाप में लीन थे। नित्य का यह कार्य था उनका। मंदिर के पास ही पहुंच गए लोगों के ऊंचे स्वर ने उनकी एकाग्रता में व्यवधान अवश्य उपस्थित किया पर वे पूजा समाप्त कर ही उठे।

"क्या बात है?" अपने सहज सस्मित रूप में पूछा था उन्होंने विस्मय-विमुग्ध पुरवासियों से।

"सविता, भगवान सूर्य पधार रहे हैं नगर में। आप भी तो सूर्योपासक हैं। नित्य गायत्री-जाप करते हैं। प्रतीत होता है आपकी पूजा से ही प्रसन्न हो वे···।"

"चुप करिए," श्रीकृष्ण ने उन्हें बीच में ही टोका, "मेरी पूजा-मात्र पूजा के लिए होती है। आत्म-शुद्धि के लिए। कोई विशेष लक्ष्य नहीं उसका। किसी फल-प्राप्ति अथवा देव-दर्शन का लक्ष्य नहीं है इस अर्चना-आराधना का। किसी देवी-देवता को मैं क्यों कष्ट देने लगा यहां तक आकर मुझे दर्शन देने हेतु?"

"पर हम मिथ्या-भाषण नहीं कर रहे। स्वयं सविता···। नहीं विश्वास हो तो आप स्वयं चलकर देख लें। इसलिए तो हम दौड़े पहुंचे हैं आप तक।" पुरवासी अपने विश्वास पर अडिग थे।

"चलिए।" उन्होंने अपने पीताम्बर को कन्धों पर सहेजा था और नगर-जनों के साथ लग गए थे।

सत्राजित् अब तक नगर के अन्दर प्रवेश कर चुका था और नगर-मार्गों को प्रोद्भासित-प्रज्वलित करते हुए सचमुच एक प्रकाश-पुंज की तरह ही अपने गन्तव्य की ओर बढ़ता जा रहा था वह।

"देखिए, देखिए, स्वयं रवि-देव ही हैं ये या नहीं? स्वयं सविता···।" नगर-जनों ने समवेत कंठ से कहा था। उनके आश्चर्य का अन्त नहीं था। निर्णय के लिए वे श्रीकृष्ण-मुख की ओर निर्निमेष देखे जा रहे थे।

"सविता नहीं, सत्राजित् है यह," उन्होंने मुसकराते हुए कहा था—"स्यमन्तक मणि मिल गई है इसे किसी गिरा-गह्वर में। भगवान सूर्य का प्रसाद भी कह सकते हैं इसे। पूजा-अर्चना व्यर्थ भी कहीं जाती है? जिसे हम मात्र संयोग कहते हैं, नियति की किसी सुनियोजित क्रिया का परिणाम ही होता है वह। सच भगवान सूर्य संतुष्ट हो आए सत्राजित् की साधना से। साधारण नहीं है यह स्यमन्तक मणि जिसके प्रकाश से सत्राजित् सूर्य की तरह ही भासित हो रहा है। बहुत प्रभाव है इस मणि का। पर नहीं रहना चाहिए इसे सत्राजित् के पास। पात्र नहीं है यह इसका। दुरुपयोग ही करेगा वह इस महान् मणि का।"

अब लगता है यहीं पर गलती हो गई थी उनसे। सार्वजनिक अभिव्यक्ति दे

दी थी उन्होंने मणि के महत्त्व और सत्राजित् की अपात्रता को। अब अगर लोग सत्राजित् के इस कथन में विश्वास करने को बाध्य हैं कि श्रीकृष्ण ने चोरी कर ली है स्यमन्तक की तो उसमें उनका दोष ही क्या ?

पर खूब निकला सत्राजित्, श्रीकृष्ण सोच रहे थे। एक ढेले से दो शिकार करने को उद्यत है वह—श्रीकृष्ण को बदनाम करने और मणि को कहीं सुरक्षित रख छोड़ने को। श्रीकृष्ण की निरन्तर बढ़ती कीर्ति उसके लिए सह्य नहीं हो रही थी और उन्हें अपकीर्ति से मंडित करने के अवसर के अन्वेषण में ही निरन्तर लीन रहता था वह। सूर्य की उत्कट उपासना के मूल में भी यही बात थी। इस रू में स्वयं को शक्ति-सम्पन्न कर लेना चाहता था वह कि लोग श्रीकृष्ण को भूलकर उसी के जय-गान में लग जायें। इस प्रयास में उसे सफलता क्या मिलती, पर इस मणि को प्राप्त कर व्यर्थ की अशान्ति मोल ले ली थी उसने।

सत्राजित् की प्रकृति और उसके कुत्सित लक्ष्य से पूरी तरह परिचित श्रीकृष्ण मणि को उसके पास से हटाने को कटिबद्ध थे।

"इस मणि को तुम राजकीय कोषागार में जमा कर दो।" उसी शाम वे सत्राजित् के महल पर स्वयं पहुंचे थे और यह प्रस्ताव दे दिया था।

"पर क्यों ? मणि तो मेरी अपनी सम्पति है। इसे भगवान सविता ने मेरी तपस्या से प्रसन्न होकर मुझे प्रदान किया है।" सत्राजित् ने छूटते ही कहा था। पश्चिम-आकाश पर घिरते, संध्या के अन्धकार की तरह ही उसके मुख पर आशंका और भय का भाव घिर आया था।

"तुम ठीक बोलते हो ?" श्रीकृष्ण ने पूछा था।

"क्या ?"

"भगवान सविता स्वयं तुम्हारे समक्ष अपने हाथों में मणि लिये प्रकट हुए थे ?"

"······।" सत्राजित् के मुख से सहसा कोई शब्द नहीं निकला था।

"बोलते क्यों नहीं ?"

"नहीं, वे प्रकट नहीं हुए थे।"

"तब ?"

"फिर भी यह उन्हीं की अनुकम्पा से मिली है। आज की पूजा-उपासना के पश्चात् मैं पहाड़ों में एक ओर भटक गया था कि एक गुफा में यह पड़ी मिली।"

"तो यह राजकीय सम्पत्ति हुई।"

"कैसे ?" सत्राजित् के मुख पर अंकित भय और गहरा हो गया था।

"जिस स्थान पर तुम्हें यह मणि मिली वह महाराज उग्रसेन के शासन क्षेत्र के अन्तर्गत ही आता है। अतः इस खनिज-सम्पदा पर महाराज का स्वाभाविक अधिकार है।"

"यह तो घोर अन्याय है।"

"अन्याय नहीं, न्याय है यह। एक बात तुम बताओगे ?" श्रीकृष्ण ने गम्भीर होते हुए पूछा।

"क्या ?"

"इस स्यमन्तक मणि से जो तुम्हें लाभ होगा, तुम्हारी समृद्धि-सम्पत्ति में जो वृद्धि होगी उसे तुम स्वयं तक ही सीमित रखोगे या इससे अन्य नगरवासियों

अथवा समग्र प्रजा को भी लाभ होगा ?"

"कैसी बात करते हैं आप ?" सत्राजित् खीझ कर बोला। खार तो वह सदा उनसे खाये ही रहता था।

"कैसी बात क्या ? एक सीधा-सा प्रश्न तो पूछा है मैंने तुमसे।"

"यह मणि मेरे अध्यवसाय, मेरी साधना, मेरी तपश्चर्या के फलस्वरूप मुझे उपलब्ध हुई है। भगवान सविता ने विशेष अनुग्रह-स्वरूप मुझे इसे प्रदान किया है। मैं उनके इस आशीर्वाद से स्वयं को लाभान्वित करूंगा, शेष प्रजा-जन की मुझे कौन चिन्ता पड़ी है ?"

"यही तो, यही तो," श्रीकृष्ण ने गम्भीर होते हुए कहा, "स्वार्थांध हो रहे हो तुम। जो सार्वजनिक सम्पत्ति को अपना मान बैठे उससे अधिक संकीर्ण-बुद्धि कौन होगा ? सभी समान हैं। समत्व का यह भाव ही व्यक्ति की सच्ची उपलब्धि, उसकी वास्तविक सिद्धि है। तुम्हारी साधना अभी अपरिपक्व ही है। सिद्धि के शिखर पर तुम पहुंचे नहीं, साधना के अनगढ़ सोपानों पर ही भटक रहे हैं अभी तुम्हारे चरण। भगवान सहस्रांशु क्यों देने लगे तुझ स्वार्थ-प्रेरित को यह दिव्य दान ? राज्य की सम्पत्ति है यह, राज्य-कोष में ही इसे जाना है।"

"अपना दर्शन और अपना यह दीर्घ भाषण किसी और के लिए रखिएगा।" सत्राजित् अपने महल-द्वार की ओर बढ़ते हुए बोला, "यह मणि मेरी है, मेरी रहेगी।"

"अगर मैंने इसे ले लिया तो ?" कृष्ण ने कहा तो सत्राजित् मुड़ा और साथ लगे उत्सुक और अपार जन-समूह को सम्बोधित करते हुए बोला—"सुन लो पुरजन, नगर के सभी सम्भ्रान्त नागरिक ! क्या कह रहे हैं आपके द्वारिका-पति। मणि लेकर ही रहेंगे यह।" कहते हुए वह द्वार के अन्दर चला गया। प्रकाश-पीड़ित लोगों के नेत्रों को मुक्ति मिली पर सभी के कानों में सत्राजित् की अन्तिम बात देर तक गूंजती रही—'सुन लें सभी... सम्भ्रांत नागरिक !... मणि लेकर रहेंगे आपके द्वारिकापति !'

चौंतीस

पश्चिम-समुद्र की उत्ताल तरंगें द्वारावती के सुदृढ़ नगर-दीवारों पर पछाड़ खा रही थीं। जैसे कोई महान् फणिधर व्यर्थ ही किसी पाषाण-खण्ड पर अपने फन को बार-बार पटक स्वयं को आहत करता रहे। पूर्णिमा का चांद पूर्वी क्षितिज पर अपनी सोलहों कलाओं से उदित हो, उदधि-जल को उद्विग्न कर रहा था—ज्वार-जगा सागर अपनी राशि-राशि लहरों को नगर-प्राचीर पर सिर फोड़ते देख रहा था—असहाय किन्तु प्रसन्न, तरंगायित, उद्वेलित और आनंदित। पूरे तीस दिनों के पश्चात् चांद जो उगा था ऊपर—नील-मणि के विस्तृत थाल में। स्वर्ण-कुसुम की तरह खिला चांद।

और यही चांद था कि सागर के बीचोबीच बने श्रीकृष्ण-महल में हास-परिहास का व्याज बन आया था—निमित्त।

विशाल महल के विस्तृत प्रांगण के मध्य खड़े थे श्रीकृष्ण। पार्श्व में आ विराजी थीं पट्टमहिषी रुक्मिणी।

"आज इस चन्द्रमा की ओर क्यों टकटकी बंधी है द्वारिकाधीश की? उनके मुखड़े से ज्यादा मोहक है क्या उसका स्वरूप?" चौंका ही दिया था रुक्मी-अनुजा ने द्वारिकाधीश को। सच एकटक देखे जा रहे थे वे अमृत-बरसाते उस गगनचारी को कि पता नहीं कब किधर से आ खड़ी हुई थीं वह।

सहसा कोई उत्तर नहीं बन पड़ा था उनसे। उनकी वाग्मिता की कायल रुक्मिणी को अपने प्रश्न के उत्तर के इस अल्प विलम्ब ने ही असहज कर दिया था। तो कृष्ण का ध्यान खींचकर भी वह नहीं खींच सकी। उसका साहचर्य शायद उन्हें नहीं रुचा इस मधुवर्षिणी रात के इस क्षण, जब वे शायद किसी और···।

"समझ गई, सब समझ गई।" रुआंसी होकर बोली थी रुक्मिणी। उसके होंठों से सदा पारिजात-पुष्प की तरह ही उन्मुक्त झरने वाले मधु-भीगे शब्द आज पतझड़ के पीत पत्रों की तरह ही निकले थे—रस-हीन और लड़खड़ाते।

श्रीकृष्ण समझ गए थे रुक्मिणी के शब्दों के पीछे के भाव को। उसके इंगित को। विलम्ब नहीं हुआ था उन्हें समझने में और अगर पूछ बैठें वह कि क्या समझ गईं तुम तो ले बैठेंगी वह नाम वृषभानु-सुता का—राधा का। हर सुन्दर वस्तु जो उन्हें खींचती है, उसके पीछे राधा ही झांकती दीखती है इस पट्टमहिषी को, जिस पर अपना सब कुछ न्योछावर कर भी 'राधा' के कांटे को उसके मन से नहीं निकाल पाये थे वह।

"कुछ नहीं बोलेंगे आप?" रुक्मिणी और पास सरक आई थी और तब सन्न रह गई थी वह। दूर से दिखा कृष्ण का सुन्दर मुखड़ा बड़ा विवर्ण लगा था उसे। स्वयं ही शत-सहस्र सुधांशुओं की शोभा को मात देने वाले श्रीकृष्ण-मुख पर सीधी पड़ती हिमांशु की ये पीयूष-वर्षिणी किरणें भी उनके आनन को आवृत्त करते एक अनाम अन्धकार को निःशेष करने में असमर्थ हो रही थीं।

"श्रीकृष्ण!" अब अपने प्रिय सम्बोधन पर उतरी थीं श्रीकृष्ण-भार्या। उन्हें लग रहा था द्वारिकापति नहीं, गोकुल का वह अलमस्त गोपाल खड़ा था उनकी बगल में जिसने भले ही कभी ऐसी ही चांद-भरी रात में ऐसी ही अमृत-वर्षिणी किरणों की डोर पर असंख्य गोप-बालाओं के मनों को अपनी मोहिनी मूरत से झुलाया हो, उनके निर्दोष निष्पाप समर्पण और आत्मविस्मृति को पुनीततम क्षणों का साक्षात्कार कराया हो—कुछ दिग्भ्रमित दुर्बुद्धि-जनों के शब्दों में रास-रंग का खेल खेला हो पर जो सदा बाहर सिर पीटते सागर-जल की तरह ही निर्द्वन्द्व और निर्विकार ही रहा। कहने को जो कह ले उसे चिढ़ाने के लिए रुक्मिणी पर उसका रोम-रोम साक्षी है श्रीकृष्ण की पुनीतता और निष्कलुषता का।

"बोलो।" श्रीकृष्ण बोले थे। पर दृष्टि अभी चांद पर ही लगी थी।

"मुझे क्षमा करना प्राणेश्वर, मैं परिहास की मुद्रा में आ गई थी। आपके मुख को समीप से देखने से लगा कि चिन्ता-व्यालिनी ने अब भी आवृत्त कर रखा है आपकी निसर्ग-सुन्दर मुख-मणि को।"

"कारण का पता तुमको है प्राणप्रिये!"

"पता तो है पर इसका समाधान चन्द्र-मुख में ही मिलेगा क्या? आप तो सदा कर्म के कायल रहे। अकर्मण्यता को सदा ही कोसा है आपने। फिर इस

मिथ्या कलंक से मुक्त होने के लिए भी कर्म-रत होने की ही तो आवश्यकता है। या नहीं ?"

मुसकराये थे श्रीकृष्ण। चेहरे को आच्छादित करता चिन्ता का अन्धकार अकस्मात् छंट गया था। नीलोत्पल सदृश शुभ्र आनन प्रसन्नता से ज्योतित हो आया था—जैसे घने कृष्ण बादलों के चक्र-व्यूह का भेदन कर चन्द्र-बिम्ब शत-सहस्र राशियों से चमक पड़ा हो—खिलखिलाता, मधु बरसाता।

प्रसन्नता-पूरित हो आई थी कृष्ण-प्रिया। चलो मुक्त तो हुए चिन्ता के क्षणिक ही सही तनाव से द्वारिकापति पर चांद ? चांद को क्यों देखे जा रहे थे वह—निर्निमेष ? यह प्रश्न था कि निरन्तर कालिय नाग की तरह ही कुण्डली मार कर बैठा था उनके मन के यमुना-जल में।

"जानती हो, मैं इस चांद को क्यों देखे जा रहा हूं ?" आश्चर्य हुआ था पट्ट-महिषी को। आखिर उसके मन के प्रश्न को पकड़ ही लिया था उस द्वारिकापति ने जिसे कुछ लोग चराचरपति भी कहते नहीं थकते। कुछ तो है ही इनमें जिसको समझकर भी आज तक नहीं समझ सकी वह। जिसके इतना समीप रही उसके व्यक्तित्व के सभी आयामों से वह सच परिचित ही कहां हो पाई अब तक ? हाथी के विभिन्न अंगों-उपांगों में किसी एक को स्पर्श कर उसी को गजराज समझ बैठने वाले नेत्र-हीनों में ही एक नहीं रही क्या वह, श्रीकृष्ण को उनकी समग्रता और सम्पूर्णता में समझने के सम्बन्ध में ? कल्पना के चपल विहग जिस लोक के भेदन में अक्षम रहे कृष्ण के उस मनोलोक के भेद को वह अब तक न पा सकी है तो आगे भी पा लेगी इसका क्या विश्वास है ? खैर हों वे किसी के लिए अखिल ब्रह्मांडपति, परब्रह्म और क्या-क्या, उसके लिए तो वे मात्र उसके प्राणपति हैं, अधिक-से-अधिक द्वारिकापति। एक, हां एक है जो इन सारे भेदों को सही रूपों में जानती हो, जिसके लिए शायद इन्होंने अपने सारे आवरण समेट-सहेज लिये हों, जिसके और इनके मध्य शायद भेद की कोई झीनी चादर भी नहीं रही हो। वही रा···धा। पर यह तो वृषभानुसुता के जन्म-जन्मान्तर के पुण्यों का फल होगा। कब और किस जन्म में बन पायेगी वह राधा, जब कुछ नहीं होकर भी वह उनकी सब कुछ होगी, जब कुछ नहीं अर्पित कर भी वह सर्वस्व अर्पित कर पायेगी इस ब्रह्माण्डपति को। नहीं, रुक्मिणी राधा नहीं हो सकती। होना भी नहीं चाहती वह। श्रीकृष्ण के रूप और यश-कीर्ति की रज्जु ने ही बांधा था उसके मन को और उसी बन्धन से विवश हो आमंत्रित कर दिया था उसने इन्हें अपने अपहरण को। अब उतने ही पर, उसी रूप और यश-कीर्ति पर सन्तोष कर लेना है उसे। किन्तु आज तो ग्रहण लग आया है उसी कीर्ति, उसी यश-गाथा को भी ठीक वैसे ही जैसे ऊपर का यह खिलखिलाता चांद कभी उस सिंहिका-सुत राहु से ग्रसित हो आता है। पर कितनी देर रहता है वह ग्रहण ? तो क्यों व्यर्थ की चिन्ता पाल रहे थे ये कर्म-योगी ? कर्म की ओर उन्मुख होते-मात्र ही कलंक का यह राहु तिरोहित होकर रहेगा या नहीं ?

"तुमने मेरी बात का जवाब नहीं दिया ?" कृष्ण ने पुनः प्रश्न कर दिया तो रुक्मिणी अपने में लौटी—"हां, हां···बताओ न तुम ही, क्यों इस चांद की ओर···?" अपने को सहज करते हुए पूछा था उसने। पर सहसा सहज होना भी बहुत आसान था क्या ? अपने सर्वस्व को एक-दो दिनों से इस तरह व्यग्र और

असहज देखते हुए वह स्वयं सहज हो भी कैसे सकती थी ?

"गोकुल की याद आ रही थी, इस भरे-पूरे चन्द्रमा को निहारते हुए।" कृष्ण, रुक्मिणी की ओर सीधे देखते हुए बोले थे। कुछ क्षण पहले ही लौट आई उनके दिव्य मुख की स्वाभाविक छटा चेहरे पर सीधी पड़ती चन्द्र-किरणों से और निखर आई थी। सच इतना सौन्दर्य ? बाहर दीवारों पर अपनी असंख्य लहरों के हाथों से थपकियां देते सागर की विशालता और अनन्तता से भी तुलना की जा सकती थी क्या इस सौन्दर्य-राशि की ? नील-मणि से मुख पर सोने का लेप-सी लगाती यह सुनहली चांदनी जिस आकर्षण का सर्जन कर रही थी उसे कौन-सा नाम दे पायेगी वह ? किससे, हां आखिर संसार की किस जानी-सुनी वस्तु से तुलना कर पायेगी वह उसकी ? अनाम, अतुलनीय और अकल्पनीय ही नहीं रह जायेगा क्या श्रीकृष्ण-मुख का यह श्री-सौन्दर्य ? क्या इसी अनजानी, अनसुनी, शोभा के कारण, इसी अनाम-आकर्षण के फलस्वरूप ही कुछ लोग इन्हें मान बैठे हैं ब्रह्माण्ड-पति ? पर यह गोकुल ? गोकुल की बात क्यों ले बैठे गोपति ? गोकुल अर्थात्···अर्थात्···वही राधा। क्यों, नहीं चाहने पर भी वह गोप-कन्या बार-बार रुक्मिणी के मन:आकाश पर किसी अशुभ तारे की तरह उग आती है ? बार-बार यह विश्वास दिलाने पर भी कि सब कुछ होकर भी कुछ नहीं है राधा श्रीकृष्ण के लिए···कम-से-कम उसके अधिकारों का कभी अपहरण नहीं किया है उसने, न आगे करने की संभावना ही बनती है, क्यों नहीं आश्वस्त हो पाता उसका मन ? पर यही क्या कुछ कम अन्याय करते हैं ? क्यों बार-बार होंठों पर ला बैठाते हैं गोकुल, वृन्दावन और बरसाने तथा उधर के नगर गांव और वहां के लोग तो लोग, लता-गुल्म और विरवों, वनों को भी ?

"तुम फिर चुप कर गईं ? हां भई गोकुल की बात पर तो तुम्हें मान करना ही है। क्यों? पर मैं किसी और संदर्भ में गोकुल की स्मृति की बात कर रहा था।"

"किस सन्दर्भ में ?" रुक्मिणी वापस आई थी अपने चिन्ता-लोक से। मन किसी पिंजरे के पक्षी की तरह चहक आया था, चलो सन्दर्भ नहीं था यह वृष-भानुसुता का।

"सोच रहा था ऐसा चांद तो केवल गोकुल में ही उगता था। किसी नील सरोवर में खिले किसी स्वर्ण-कमल-सा यह चांद तो बस वहीं के खुले आसमान की वस्तु है। द्वारिका की व्यस्तता और भाग-दौड़ तथा सौध-संकुल यहां के आकाश में यह दिखकर भी नहीं दिख पाता है ? जहां आसमान ही नहीं हो वहां चांद कहां ? द्वारिका की ये गगनचुम्बी अट्टालिकाएं गगन के साथ-साथ इसकी सर्वश्रेष्ठ सम्पत्ति चांद को भी खा बैठी हैं। क्यों ?"

"बात तो आप ठीक कह रहे हैं।" अब पूरी तरह आश्वस्ति-युक्त हुआ था रुक्मिणी-मन। नहीं, राधा नहीं है इनके ध्यान में।

"पर जानती हो इस चांद ने मुझे इस क्षण अपने इस उन्मुक्त आकर्षण की याद दिलाने के कारण नहीं बांधा था। इसकी ओर निर्निमेष निहारने का एक अन्य कारण था।" कृष्ण के होंठों पर एक हलकी स्मिति खेली थी। पहले से ही अनबूझ बना उनके मुख का नैसर्गिक आकर्षण और मादक हो आया था। नील मणि पर चढ़ती सुनहली लेप में जैसे कोई हीरक-किरण कौंध आई थी। स्मिति के कारण हलके खुले होंठों से झांकती दाड़िम के दानों-सी दन्त-पंक्तियों ने चांदनी

को भी मात देने वाली जिस चमक की सृष्टि की थी वह कुछ क्षण के लिए उसे विस्मृति के और विस्मय के ऐसे लोक में उठा ले गई थी कि यह सोचने की उसे चिन्ता ही नहीं रही थी कि यह नया सन्दर्भ क्या था ? कहीं यह सन्दर्भ स्मृतियों के उसी छोर से तो नहीं जुड़ता था जिसे अभी-अभी नकार चुकी थी वह ? कहीं फिर उसी·· उसी वृषभानुसुता के चन्द्रमुख का सम्बन्ध तो नहीं था इस निर्निमेष चन्द्रावलोकन में ? नहीं, नहीं अन्त था रुक्मिणी के कष्ट का । ईर्ष्या होती ही है ऐसी । साही के कांटे की तरह एक बार मन में चुभ गई तो लाख निकालो वह निकलने से रही । अगर जानती वह कि इस तरह गड़ी बैठी है वह गोकुल की गोरी इनके अन्दर तो क्यों आमन्त्रण दे बैठती वह उन्हें उठा ले जाने को उस भरी पूरी सभा से ? नहीं, राधा से मुक्ति नहीं है रुक्मिणी की । कभी नहीं होगी । हो भी कैसे ? कई बार तो कह चुके हैं यह राधा और कृष्ण में भेद करना ही तुम्हारे दुःख का मूल है रुक्मिणी ! राधा को राधा नहीं मानकर तुम कृष्ण ही मान लो तो ईर्ष्या और द्वेष को स्थान ही कहां बचता है ? हां, राधा ही कृष्ण है और कृष्ण ही राधा । कृष्ण का दूसरा नाम ही तो राधा है ।

तो स्वयंवरा बनी है वह राधा की ? सोचे जा रही है रुक्मिणी ? और वह मान ले कि राधा किसी बाला, किसी नारी का नाम नहीं होकर एक पुरुष बल्कि परम पुरुष कृष्ण का ही नाम है, यही न ? सत्य तो यही है, समझाती है वह अपने मन को ? कई बार तो कह चुके हैं यह, लिंगों में बांटकर क्यों देखती हो तुम हमें—हम अर्थात् राधा और कृष्ण को । स्त्रीलिंग और पुलिंग की परिभाषाएं यहां महत्त्वहीन और व्यर्थ हो जाती हैं रुक्मिणी ! राधा न स्त्रीलिंग है न पुलिंग । वह मात्र राधा है । और कृष्ण ? रुक्मिणी प्रश्न करती है अपने से । कृष्ण भी क्या पुलिंग स्त्रीलिंग कुछ नहीं, मात्र कृष्ण हैं ? हां, यही तो समझाना चाहते हैं वह इसको । पर इसके लिए तो वह पुलिंग हैं, पुरुष हैं, कैसे मान ले वह कि एक पुरुष का नहीं, स्त्री और पुरुष दोनों से परे किसी और का वरण किया है उसने ? बातें इसी तरह आपस में उलझ जाती हैं, गुत्थम-गुत्थ होकर रह जाती हैं । व्यर्थ है प्रश्नों की इन दीवारों पर सिर फोड़ना । यह मान लेना ही अधिक सुखद है कि राधा बस राधा है, एक नाम है, रूप नहीं वह, रूप हो भी तो न स्त्रीलिंग है न पुलिंग, बस है और इस होने का कोई अर्थ, कोई महत्त्व नहीं होना चाहिए रुक्मिणी के लिए ।

"आज तुम कुछ अधिक ही सोचे जा रही हो प्राणप्रिये ! मेरी बातों की ओर तुम्हारा ध्यान नहीं ।" श्रीकृष्ण ने टोका है तो लौटी है रुक्मिणी अपने में । हां प्रमाद ही हो रहा है आज, आवश्यकता से कुछ अधिक । श्रीकृष्ण की ओर वह चाहकर भी पूरी तरह उन्मुख नहीं हो पा रही । किधर से इस निगोड़े चांद की बात निकल आई ? पर यही तो निर्निमेष करा बैठे थे अपने नयनों को उसकी तरफ़ । ऐसे में चंचल लहरों पर चढ़ी तरी की तरह ही हिचकोले पर हिचकोले खाने लगता है उसका मन तो इसमें उसका दोष ही कितना है ? सोच की अनजानी अनचीन्ही गलियों में दौड़ ही पड़ते हैं उसके कल्पना-तुरंग तो कैसे रोक ले उन्हें वह ?

"आप कहें, मैं सुन रही हूं ।" पूरी तरह सहज होने का प्रयास करते हुए कहा है उसने ।

"गोकुल की बात मैं वहां के उन्मुक्त आकाश और उसके लुभावने चांद के कारण ही नहीं कर रहा था।" श्रीकृष्ण के होंठों की स्मिति अब भी वर्तमान थी। अपनी सारी शंकाओं-आशंकाओं के बावजूद रुक्मिणी कम-से-कम इस बात से प्रसन्न थी कि चलो अपने पर लगे मिथ्या कलंक को अभी भूल बैठे हैं वह। मुख पर आरम्भ में घिरा चिन्ता-घन अभी तक तिरोहित था और किसी रहस्य को खोलने-छिपाने की प्रक्रिया में रह-रहकर वह मधुर मुसकान इनके होंठों को नई-नई भंगिमाएं प्रदान कर रही थी। रुक्मिणी को याद था बचपन में खेला वह खेल जिसमें वह हथेली में कोई चीज बांधकर सहेलियों के सामने मुट्ठी कर बोलती—'बूझो तो जानें।' उस समय जैसा भाव उसके चेहरे पर होता कुछ-कुछ वैसा ही भाव आज द्वारिकापति के मुख पर छाया हुआ था। पर यह सौन्दर्य? श्रीकृष्ण-आनन का यह अनाम, अपरिभाषित आकर्षण? यह कहां कभी आता था उसके मुख पर लड़कपन के उस गोपन-खेल के काल भी? वह एक बार पुनः इस निस्सीम सौन्दर्य-सागर की अतल गहराइयों में गोता लगाकर आत्म-विस्मृत होने ही वाली थी, श्रीकृष्ण बोल पड़े, "तुम नहीं पूछोगी तब भी मैं बिना बतलाए नहीं रहने का।"

"नहीं, नहीं। मैं पूछती हूं। आप बतायें। वस्तुतः मैं वंचित नहीं करना चाहती थी।" वह घबरा कर बोली थी।

"किसको और किससे?"

"दोनों को। आपको और अपने को। आपकी उस प्रसन्नता से जो आज कई दिनों के बाद आपके मुख-कमल पर खिली है और अपने को इस नैसर्गिक, अतुलनीय और अपरिभाषित प्रसन्नता के पान से।"

"बड़ी प्रगल्भा हो तुम!" कृष्ण पुनः मुसकराए थे।

"और साहसी भी।" वह उनके कानों तक खिंचे दीर्घ नेत्रों में देखती बोली थी।

"वह तो सिद्ध ही हो चुका है।" कृष्ण इस बार रहस्यपूर्ण ढंग से मुसकराए थे। वह उनका इंगित समझ रही थी। अपने द्वारा अपने ही हरण को दिए गए आमन्त्रण की याद दिला रहे थे वह। नहीं समझ पा रही थी वह तो यह कि वह कौन रहस्य है जिसकी लुका-छिपी के खेल में लीन हो रहे थे वह। अच्छा था यह खेल कुछ देर और चलता रहे जिससे वंचित न हो पाये वह उस प्रसन्नता से जो आज कितने दिनों पश्चात् किसी स्वर्गिक वरदान-सा ही आ उपस्थित हुआ था उसके समक्ष।

"तो, मैं कह रहा था गोकुल के चांद की बात।" अब रहस्य शायद खुलने ही वाला था। श्रीकृष्ण-होंठों पर निर्णायक हंसी उभरी थी। सतर्क हो आई थी रुक्मिणी। वंचित ही होने वाली थी वह अब तक के सुधा-रस-पान से।

"यशोदा अम्बा ने बहुत डांटा था उस दिन।" सहसा किसी शिशु की सहज निश्छलता खिल आई थी उनके मुख पर। पर वह क्या कहते-कहते क्या कहने लगे थे? यह कैसी असंगति लक्षित हो रही थी उनके कथन में! कहां अभी आकाश और उसके भरे-पूरे चांद की बात और कहां यह डांट-डपट की अटपटी कहानी?

"तुम्हें असंगत ही लग रही होगी मेरी यह बात," शायद मुख-मुद्रा ही पढ़ गए थे वह उसकी ओर बोलते गए थे। ऐसे भी, किसी के मन की कोई बात कहां छिप पाती थी इनकी सब कुछ जानती-समझती-सी, अन्दर तक बेधती-सी आंखों

से ?

"क्यों डांटा था ?" पूछना ही पड़ा था उसे।

"इसी चांद को देखने के कारण।"

"क्यों ?"

"वह पूर्णिमा का ऐसा भरा-पूरा चांद नहीं था।"

"तो ?"

"वह था हांसिए के आकार का अर्द्ध चन्द्र। मैं उसे देखते ही आंगन में दौड़ा था, 'अम्ब ! देखो तो आसमान में यह क्या उग आया है ? सोने का हंसिया'।"

"फिर ?"

"फिर अम्बा ने आसमान की ओर दृष्टि भी नहीं उठाई थी और मेरा दाहिना कान पकड़ लिया था।"

"क्यों ?" रुक्मिणी ने साश्चर्य पूछा था। कृष्ण-आनन की मुसकान और मधुर हो आई थी और मारक।

"कहा था, आगे से न देखना इस दिन के चांद को। इस चौथ (चतुर्थी) के चांद को।"

"क्यों ?" मैंने पूछा था।

"इसके दर्शन से मिथ्या कलंक लगता है—चोरी का।"

"वह तो मुझ पर लगता ही रहता है। दधि-माखन नहीं भी चुराता हूं तब भी रोज मुझे चोर ही तो कहा जाता है।"

"चुप करो। बहुत बातें करते हो।" अम्बा ने उस दिन तो मुझे डांट दिया था पर आज मुझे लगता है कितने दिनों बाद रंग लाया है उस दिन का वह चतुर्थी-चांद-दर्शन।" कहकर श्रीकृष्ण खिलखिलाकर हंस पड़े थे। शरद्-ऋतु में किसी हरसिंगार के वृक्ष से जैसे असंख्य फूल ही झड़ पड़े थे।

"तो आप भी ऐसे ऐसे अन्ध-विश्वासों पर विश्वास करते हैं ?" रुक्मिणी के होंठों पर भी हंसी खेली थी।

"विश्वास करना ही पड़ रहा है न ? अब जब सत्राजित् ने चोरी का यह आरोप…।" कहते-कहते वे पुनः खिलखिला पड़े थे। हरसिंगार के फूल पुनः बिखर पड़े थे।

"अब परिहास में ही लगे रहेंगे या कुछ करणीय भी करेंगे इस कलंक से मुक्ति के लिए ?" रुक्मिणी गम्भीर हो आई थी। उसे अपने दायित्व का बोध हो आया था। आखिर वह उनकी अर्द्धांगिनी भी थी। उचित परामर्श देना भी उसका कार्य था, भले ही वे स्वयं इतने बुद्धिमान थे कि किसी परामर्श की आवश्यकता शायद ही उन्हें थी।

"बोलो क्या करें ?" वे भी गम्भीर हो आये थे।

"आप ही तो कहते हैं कुछ नहीं करने से कुछ करना सदा अच्छा है। हाथ-पर-हाथ धरकर बैठे रहने से तो अच्छा है कि…।"

"पर वही तो समझ में नहीं आ रहा है कि किया क्या जाय ? सत्राजित् ने पता नहीं स्यमंतक को कहां छिपा दिया है। अगर वह उसके महल के किसी भाग में ही होता तो अपने प्रकाश के कारण वह छिप नहीं पाता। मैंने अपने गुप्तचर उसके महल के चारों ओर लगा रखे हैं। उनका स्पष्ट कथन है कि मणि

महल के अन्दर है ही नहीं।"

"एक बात कहूं ?" रुक्मिणी कुछ सोचती हुई बोली थी।

"कहो।"

"आप भैया से परामर्श क्यों नहीं करते ?"

"भैया बलराम से ?" श्रीकृष्ण प्रसन्नता से भरकर बोले थे।

"हां।"

"ठीक कहा तुमने," श्रीकृष्ण शयन-कक्ष की ओर मुड़ते हुए बोले थे, "कल प्रत्यूष यही करूंगा। आखिर कुछ हल तो निकला इस समस्या का ! यों ही मैं तुम्हें अपने प्राणों से भी अधिक नहीं मानता।"

"सच ?" रुक्मिणी के होंठों पर एक व्यंग्य-मिश्रित मुसकान उभरी थी।

"सच। तुम्हें विश्वास नहीं हो रहा ?" श्रीकृष्ण ने मृणाल-कोमल, रुक्मिणी के दाहिने हाथ को अपने हाथ में लेते हुए कहा था।

"हो रहा है !" रुक्मिणी ने अपना हाथ छुड़ाने का प्रयास किए बिना कहा था किन्तु मन कह रहा था इनके प्राणों में तो कोई और बसती है, शरीर पर भले मेरा अधिकार हो। उधर आकाश में विहंसते चांद की तरह नियति भी कहीं हौले-हौले हंसती कह रहा थी—'शरीर का भी तुम्हारा एकाधिकार अब कुछ दिनों का ही है। स्यमन्तक मणि श्रीकृष्ण के लिए तो कलंक बनकर आयी है, तुम्हारे भाग्याकाश में भी धूमकेतु बनकर ही उगी है वह।'

पैंतीस

'ॐ भूर्भुवः स्व. तत्सवितुर्वरेण्यं भर्गो देवस्य धीमहि धियो यो नः प्रचोदयात्।'

सागर-जल में कटि तक खड़े श्रीकृष्ण ने पूर्वाभिमुख हो, गायत्री मंत्र के उच्चारण के साथ सूर्य को जलांजलि दी थी। एक सौ आठ बार मंत्रोच्चारण के पश्चात् वे तीर पर आए थे और प्रतीक्षा में खड़े सेवक से नवीन पीताम्बर ले वस्त्र-परिवर्तन किया था। सविता अभी पूर्वी क्षितिज पर उदित ही हुए थे। सुवर्ण रंग की उनकी पिघलती किरणों ने श्रीकृष्ण के नीलमणि-सदृश शरीर और पीताम्बर पर पड़कर उन्हें एक अद्भुत कान्ति से मंडित कर दिया था। यह उनका नित्य का नियम था। द्वारावती में रहते तो सागर-जल में खड़े होकर ही गायत्री का जप करते और सूर्य को अर्घ्य अर्पित करते। कहीं अन्यत्र होते या यात्रा में रहते तो गायत्री का नियमित जप तो अवश्य सम्पन्न करते पर सुविधा नहीं होने पर सूर्य को मानसिक अर्घ्य ही सम्पन्न कर संतोष कर लेते।

सागर-तीर से लौटकर वे महल के एक किनारे निर्मित मन्दिर में आ बैठे थे। सेवकों ने पूजा-पात्र एवं पुष्पादि का प्रबन्ध पहले से ही कर दिया था। रुक्मिणी भी इस मध्य अर्चना-गृह में आ पहुंची थी। उनका स्नान-ध्यान, श्रीकृष्ण के सागर-तीर प्रस्थान के पूर्व ही सम्पन्न हो गया था। सेवकों द्वारा सम्पन्न कार्यों का निरीक्षण वे प्रतिदिन अवश्य कर लेती थीं—कहीं द्वारिकाधीश की उपासना-सामग्री अथवा आसन आदि के प्रबन्ध में कोई त्रुटि तो नहीं रह गई ?

आश्वस्त हो रुक्मिणी ने जब उन्हें एकाकी छोड़ दिया था तो वे देवी-अर्चना को अभिमुख हुए थे। सर्वशक्तिमयी भगवती भवानी के प्रति उनकी भक्ति निरन्तर बढ़ती ही गई थी। जीवन के अनेक उत्थान-पतन के पश्चात् भी उनकी आस्था कभी डिगी नहीं थी। जरासन्ध के हाथों झेली पराजय और फिर मथुरा से पलायन के काल भी उन्होंने अपनी आराध्या के प्रति मन में उलाहने का कोई भाव नहीं जगने दिया था। उनके इस विधान में भी कोई कल्याण ही निहित होगा, यही उन्होंने उस समय सोचा था और आज जब द्वारावती अपने धन-धान्य और समृद्धि-शक्ति के लिए सम्पूर्ण आर्यावर्त में विख्यात हो गई थी तो उनकी वह धारणा सचमुच सत्य सिद्ध हो आई थी। सम्पुष्टि हो गई थी उसकी। अब कुछ भी विचलित नहीं करता। थोड़ी देर के लिए कोई बड़ी प्रतिकूलता चिन्ता की एक रेखा उनके चेहरे पर भले ही खींच दे पर अन्दर की आस्था सदा अडिग रहती थी। सत्राजित् द्वारा लगाये अपवाद को लेकर भी यही हुआ था। रात, रुक्मिणी के समक्ष भले ही उन्होंने इस आकस्मिक अपवाद को लेकर क्षणिक व्यग्रता प्रकट की हो पर शयनागार में प्रवेश करते ही वे सब कुछ भूल बैठे थे। कर्म-पथ निर्धारित हो गया था, उस पर बढ़ चलने के सिवा और कुछ करना क्या था? अगर आद्या-शक्ति ने यह संकट खड़ा ही कर दिया है तो सदा की तरह इसके पीछे भी उसका कोई मंगल-विधान ही होगा। यही कारण था कि न तो सागर-जल में खड़े सूर्य को अर्घ्य अर्पित करते समय उनके मन में कहीं कोई उलाहने का भाव था न इस देवी विग्रह के अर्चना-काल भी कोई उलाहना उनके अन्दर उठ रहा था।

उन्होंने पूर्ण एकाग्रता से देवी की षोडशोपचार पूजा पूरी की। जवा-कुसुम के पुष्पों से उनके विग्रह को सजाने के पूर्व रक्त-चन्दन और कुंकुम का लेप सम्पन्न किया। पाद्य-अर्घ्य तो पहले ही अर्पित कर चुके थे, गन्ध और दीप-दान के पश्चात् नाना-विध व्यंजनों का भोग पूर्ण भक्ति-भाव से स्वर्ण-पात्र में परोस कर वैदिक मन्त्रों से आद्या का स्तवन सम्पन्न किया।

अर्चना-गृह से बाहर आए तो रुक्मिणी खड़ी मिली। लगता है वह पूरे पूजा-काल बाहर ही खड़ी रही थी। ऐसा होता तो नहीं था। उनके पूजा-प्रबंध का पूर्वावलोकन कर वे अन्य कार्यों में व्यस्त हो जातीं थीं। पति के प्रातराश (सुबह का जलपान) का भी प्रबन्ध करना होता था। तो आज ये यहां क्यों खड़ी हैं? श्रीकृष्ण ने कुछ पूछा नहीं। ध्यान अभी पूजा-गृह में ही अटका था। देवी के श्रीमुख की छवि अभी मन की आंखों के समक्ष वर्तमान ही थी। उन्होंने केवल प्रश्न-भरी आंखों को पट्टमहिषी की ओर उठाया।

"आपको स्मरण दिलाने आई थी।" रुक्मिणी ने कहा था और श्रीकृष्ण अब पूरी तरह अपने में लौटे थे। स्मिति की एक रेखा खेली थी पूजोपरान्त कुछ अधिक ही देदीप्यमान हो आए शुभ्र आनन पर।

"देखता हूं पट्टमहिषी को कुछ अधिक ही चिन्ता सता रही है अपने पति को लेकर।" वे रुक्मिणी के समीप आते बोले थे।

"पति को लेकर नहीं। द्वारिकापति को लेकर।" रुक्मिणी ने धीरे से आरम्भ किया था, "सम्पूर्ण आर्य-भूमि जिसे साक्षात् परब्रह्म के अवतार के रूप में पूजने लगी हो उस पर मिथ्या लांछन या कलंक आ लगे तो चिन्तित होना ही पड़ेगा।"

"मुझे स्मरण है देवि ! रात की बातों को मैं भूला नहीं हूं। आपकी मन्त्रणा की उपेक्षा करूं यह हो नहीं सकता। अभी मैं भैया बलराम के महल को ही प्रस्थित होने वाला हूं। रथ बाहर तैयार होगा। प्रातराश भी मैं उन्हीं के साथ करूंगा। उसी समय आवश्यक योजना बना लेंगे। आप तो मुझे स्मरण दिलाने की चिन्ता में मेरे पेट की चिन्ता भूल ही बैठी होंगी।" वे पुनः मुसकराए और अपने निजी कक्ष की ओर बढ़ने को हुए।

"आपका अल्पाहार भी तैयार है। मैं इसमें प्रमाद कैसे कर सकती थी? आपको शीघ्र अग्रज के यहां भेजना था, अतः मैंने सारा प्रबन्ध पहले ही कर दिया था। आपके वस्त्र भी सजे-सजाए पड़े हैं। किन्तु प्रातराश भैया के साथ ही लेने की बात अच्छी है। मैं इस कार्य में अब थोड़ा भी विलम्ब नहीं होने देना चाहती। आप चलकर वस्त्र-परिवर्तन करें और अग्रज के महल के लिए प्रस्थान कर जायें।"

"अर्थात् आज आपके हाथों का आहार मुझे नहीं ही मिलना है।" श्रीकृष्ण मुसकराते हुए रुक्मिणी के साथ लग गए।

रथ के स्वर ने वीर संकर्षण को द्वार तक खींच लिया था। श्रीकृष्ण-स्यन्दन के स्वर को पहचानने में बलराम के महल-द्वार का कोई भी प्रतिहारी भूल नहीं कर सकता था। महल से पर्याप्त दूरी पर ही राजमार्ग पर बढ़ते आते स्यन्दन में जुते अश्वों के खुरों की आवाज के साथ-साथ रथ के रंग-रूप और आकार ने भी द्वार-पालों को सजग कर दिया था और उनका प्रधान दौड़ पड़ा था श्रीकृष्ण-अग्रज को संवाद देने—"आपके अनुज आ रहे हैं आपके दर्शनों को। लगता है पर्याप्त शीघ्रता में हैं। रथ की गति असामान्य रूप से तीव्र है।"

बलराम को थोड़ा आश्चर्य अवश्य हुआ। अनजाने में निर्धारित परिपाटी के अनुपालन में दोनों भाई प्रातः के स्नान-पूजा के पश्चात् माता-पिता के चरण-वन्दन को प्रायः एक साथ ही उपस्थित होते थे। आवश्यक विचार-विमर्श उसी क्रम में हो जाता था। आज कोई विशेष बात होगी तभी श्रीकृष्ण इस महल की ओर प्रस्थित हुए थे।

अग्रज होते हुए भी बलराम ने महल-द्वार तक आकर अनुज का स्वागत किया। श्रीकृष्ण ने संकर्षण के पैर छुए। उन्होंने उन्हें उठा कर वक्षस्थल से लगा लिया और कन्धे से पकड़ कर अन्दर मन्त्रणा-कक्ष में ले गए।

"सदा उत्फुल्ल कमल की तरह मोहक तुम्हारा मुख आज मेघ ढंके चन्द्र की तरह मलीन क्यों प्रतीत हो रहा है?" अग्रज ने दोनों के द्वारा आसन ग्रहण करते ही कहा।

"कारण आपको ज्ञात है।" श्रीकृष्ण ने संक्षिप्त उत्तर दिया।

"ज्ञात तो है किन्तु तुम्हारा स्वयं का जीवन-दर्शन तो व्यर्थ के पश्चात्ताप को अनुमति नहीं प्रदान करता। मिथ्या कलंक को लेकर तुम इतना व्यग्र होगे यह तो सोचा भी नहीं जा सकता।"

"पर अपमान तो अपमान है। इस गरल को आसानी से पान किया जा सकता है क्या?" श्रीकृष्ण किंचित् सोचते हुए बोले।

बलराम के मुख पर स्मिति की एक रेखा खिली। श्रीकृष्ण उनका मुख देखते रह गए। कहां तो वे आन्तरिक पीड़ा से व्यग्र हो इनसे परामर्श को आए हैं और कहां ये पूर्ण निर्विकार भाव से मुसकराये जा रहे हैं ?

"तुम्हारी समदृष्टि का क्या हुआ ?" बलराम मुसकराते हुए ही बोले ।

"नहीं समझा।"

"सुख-दुःख, मान-अपमान, हानि-लाभ, जय-पराजय सबमें समदृष्टि रखना, सबको एक ही भाव से ग्रहण करना यह तो तुम्हारा ही जीवन-सिद्धान्त है न ? तुम तो जगत् में योगिराज के नाम से विख्यात हो। योग की एक परिभाषा तो यह भी है न—समत्वं योग उच्यते ? तो आज तुम उसी समदृष्टि का सहारा क्यों नहीं लेते हो कि व्यर्थ के अपमान-बोध से विक्षिप्त हुए जा रहे हो ?"

अग्रज की बात में श्रीकृष्ण को कुछ सार लगा। वे सहसा कुछ बोल नहीं पाये। यह सत्य था कि अग्रज से हुए अपने कई वार्तालाप में उन्होंने इन्हीं भावों को स्पष्ट किया था। मान-अपमान, मन के भाव-मात्र हैं। मात्र सोच का अन्तर। इनमें वास्तविक अन्तर तो है नहीं। इनको लेकर सचमुच इतना व्यथित होने की आवश्यकता तो नहीं ! तो क्या वे चुप बैठ जाएं ? लोग जो जी में आए कहते रहें और वे मूक बने सुनते रहें ? जो मिथ्या है, असत्य है, उसके प्रतिवाद का भी कोई प्रयास नहीं करें ? यह तो अकर्मण्यता होगी ? और जैसा कि रुक्मिणी ने कहा अकर्मण्यता में भी तो उनका कभी विश्वास नहीं रहा।

"तुम कुछ बोलते नहीं।" अग्रज ने ही मौन तोड़ा।

"मैं सोचता हूं कुछ करना चाहिए। यह सत्य है कि मैंने जीवन में समदृष्टि को महत्त्व दिया है, पर अकर्मण्यता को भी तो मैंने नकारा है ? करणीय को तो करना ही पड़ेगा ? हाथ पर हाथ रखकर बैठे रहना तो उचित नहीं माना हमने— न आपने, न मैंने ? परिणाम चाहे जो हो, कर्म तो हमें करना ही पड़ेगा न ? माना फल में हमारा अधिकार नहीं है पर कर्म करने के लिए तो हम स्वतंत्र हैं। कुछ करणीय बताओ भैया। मैं इस कलंक को चन्द्रमा पर लगे धब्बे की तरह इतनी सहजता से धारण नहीं कर सकता। मैं तो इस लांछना से मुक्त होने के लिए कुछ भी करूंगा। भले इसमें मुझे प्राणों की बाजी ही क्यों नहीं लगानी पड़े।"

बलराम पुनः मुसकराये, "तुम जानते सब हो तब मुझसे पूछना क्या चाहते हो ? करणीय में विलम्ब घातक होता है। मेरा कहना केवल इतना था कि तुम्हें इस मिथ्या कलंक से चिंतित नहीं होकर इसके निवारण-हेतु प्रयत्नशील होना था।"

"उसी हेतु तो श्रीचरणों के दर्शन को आया हूं।" श्रीकृष्ण विनम्र शब्दों में बोले। मुख की म्लानता पूरी तरह निःशेष हो गई थी।

"मतलब ?"

"मतलब आप समझते हैं भैया। यह सच है कि अपमान अथवा लांछना की बात से विचलित नहीं होकर हमें कुछ करना चाहिए और शीघ्र करना चाहिए। पर क्या करना चाहिए, यही बात मेरी समझ में नहीं आ रही। किंकर्त्तव्य-विमूढ़ता की स्थिति है मेरी। यह स्थिति किसी की हो सकती है भैया जब उसे इस स्थिति में जाने-अनजाने पड़ जाना पड़े। करणीय और अकरणीय के मध्य अन्तर अक्सर विद्वान् भी नहीं कर पाते। फिर मैं तो···।"

"तुम साधारण थोड़े हो—सामान्य ? तुम तो असामान्य हो। जगदीश्वर का अवतार ही लोग मानने लगे हैं तुम्हें। पण्डितों को मति-भ्रम हो सकता हो, पर परमेश्वर को मतिभ्रम का शिकार कब से होना पड़ा ?"

श्रीकृष्ण कुछ क्षणों के लिए असमंजस में पड़े। भैया बलराम आज पहले-पहल खुलकर वही बात कर रहे थे जो अन्य लोग वर्षों से कहते-सुनते आए हैं। वे क्या उत्तर दें उनको ? भैया को नहीं मालूम कि अवतार तो सभी हैं उस परम-पुरुष के। सबमें तो वही एक बसता है—ईशावास्य मिदं सर्वं यत्किंचित् जगत्यां जगत्…।[1] अब किसी में उसका अंश कम आया और किसी में अधिक तो कोई सामान्य रह गया और कोई असामान्य बन गया—अवतार हो आया। द्वारावती के प्रायः चारों ओर हिलोरें लेते सागर में असंख्य ऊर्मियां उठती गिरती हैं—कोई छोटी होती है कोई अत्यन्त बड़ी। सब हैं तो सागर-प्रसूता ही। सबमें तो सागर-जल ही है। उसी तरह उस परब्रह्म रूपी महासागर की छोटी-बड़ी तरंगें ही तो हैं हम सब। उस परमात्मा के अंश ही तो हैं हम असंख्य आत्माएं। अब किसी आत्मा में वह परम तत्त्व कुछ ज्यादा ही अभिव्यक्त हुआ और कुछ में कम तो यह उसके अपने किसी विशेष विधान के अन्तर्गत ही होता होगा अथवा व्यक्ति के पूर्व जन्म कृत कर्मों के अनुसार। इस पर किसका कितना वश है ? अगर श्रीकृष्ण में लोगों को उस परमतत्व के अधिक अंश ही दृष्टिगोचर होने लगे तो यह तो उनकी दृष्टि पर निर्भर है। पर क्या भैया बलराम भी अब ऐसा ही मानने लगे हैं ? तब तो बड़ा गड़बड़ हो जाएगा ? तब कौन अग्रज रहेगा और कौन अनुज ? बाल्यावस्था से ही तो इनका निश्छल स्नेह उन्हें उपलब्ध होता रहा है, वही तो उनके एक मात्र सम्बल रहे हैं—सखा भी और स्वामी भी, परामर्शदाता भी और पथ-निदेशक भी। और आज जब यही औरों की तरह उन्हें परमेश्वर मान बैठें तो निस्सहाय नहीं हो आयेंगे क्या कृष्ण ?

"भैया !" देर के बाद मौन तोड़ा था श्रीकृष्ण ने।

"बोलो।" संकर्षण उनकी आंखों की ओर देखते बोले थे।

"पता है, तुम्हें लोग क्या कहते हैं ?"

"पता है। अनन्त का अवतार। सम्पूर्ण धरित्री को अपने सहस्र फणों पर धारण करने वाले भगवान शेषनाग का ही दूसरा विग्रह। पर इससे क्या हुआ ? शेषनाग तो शेषनाग ही रहेगा, वह शेष-शायी (विष्णु) की समानता तो नहीं कर सकता ?"

"भैया !" श्रीकृष्ण जैसे बिलख पड़े। दीर्घ नेत्रों के कोनों में अश्रुकण एकत्र हुए और श्रीकृष्ण के नहीं चाहने पर भी वे छलक कर अग्रज के दाहिने पैर पर जा पड़े। तप्त स्पर्श से सजग हो संकर्षण ने आम्र-फांक से अपने विशाल नेत्रों को उठाया। श्रीकृष्ण की आंखों में उलाहने का भाव स्पष्ट था। वे अग्रज को अग्रज और अनुज को अनुज की भूमिका में ही देखना चाहते थे। शेषशायी और शेषनाग का यह प्रसंग स्पष्टतः ही उन्हें रुचिकर नहीं लगा था।

"तुम शायद मेरी बात से व्यथित हो गए," भगवान बलराम ने आरम्भ किया, "खैर छोड़ो इस बात को। तुममें असामान्यता मुझसे अधिक रही है आरम्भ से ही,

1. ईशावास्योपनिषद्

इस तथ्य को नकारा नहीं जा सकता। माना, मैं तुम्हारा अग्रज हूं, अमित बलशाली भी लोग मानते हैं मुझे। मुझ हलधर के इस हल में अपार शक्ति की कल्पना कर बैठे हैं लोग। कितनों के अनुसार तो मैं इस स्वर्ण-हल की नोक से सम्पूर्ण धरित्री को ही उलट देने की शक्ति से सम्पन्न हूं।"

"इसमें क्या सन्देह?" श्रीकृष्ण ने टोका।

"खैर, छोड़ो इस बात को। कर्म-भूमि है यह। यहां सबकी अपनी-अपनी भूमिका निर्धारित है। माना, मैं तुम्हारा अग्रज हूं और एक क्षण को यह भी मान लिया कि तुमसे कुछ अधिक ही विद्या-बुद्धि और बल से सम्वलित किया है सृष्टिकर्त्ता ने मुझे। पर इससे क्या? मेरी भूमिका तो मात्र मार्गदर्शक अथवा निर्देशक की है। कर्मयोगी की भूमिका में तो तुम्हें ही उतरना है। अभी बहुत कुछ करना है तुम्हें। अपने तीर्थाटनों और थोड़ी बहुत त्याग-तपस्या के बल पर इतना तो विदित हो ही चुका है मुझे कि सम्पूर्ण आर्यभूमि से अधर्म के विनाश और धर्म तथा न्याय की स्थापना-हेतु ही विधाता ने भेजा है तुम्हें इस धरती पर। मैं मूक साक्षी रहूंगा सबका। कह लो नेपथ्य से कभी-कभी सूत्र-संचालन कर दूंगा तुम्हारी गतिविधियों का, पर असल सूत्रधार तो तुम्हीं रहोगे। रंगमंचीय भूमिका तो तुम्हारी ही होगी। हमारे कार्य बंटे हुए हैं कृष्ण। यह तुम भी जानते हो। अगर लोगों ने तुम्हें तुम्हारी असली भूमिका में पहचान लिया है और तुम्हें परमेश्वर-तुल्य मानने लगे हैं तो इसमें बुरा क्या है? तुम्हारा दायित्व तो इतना ही है कि अपने कार्यकलापों और आचरण से उनकी आस्था को निरन्तर बलवती बनाते रहो।"

"अर्थात् नर होकर नारायण का स्वांग करूं?"

"स्वांग कैसा?" संकर्षण पुनः मुसकराए, "नर और नारायण में अन्तर ही कितना है? नर ही अपने आचरण से नारायण बन आता है। खैर, छोड़ो इस बात को। आज की बात पर आओ। जैसा कहा, नेपथ्य की भूमिका तो है ही मेरी। सूत्र-संचालन यदा-कदा करना ही पड़ेगा। मैं एक बात पूछता हूं इस मणिवाले प्रसंग में।"

"पूछिए।" श्रीकृष्ण सावधान हो आए।

"तुमने अपने गुप्तचर तो लगा रखे होंगे सत्राजित् के महल के आस-पास?"

"हां।"

"तो तुम्हारी यह सूचना पक्की है कि मणि नहीं है सत्राजित् के महल में?"

"हां, वहां वह रहती तो छिप नहीं सकती थी। साक्षात् सविता के सदृश देदीप्यमान वह मणि सत्राजित् के विशाल महल के किसी भी भाग में होती तो उसका भान हमारे चरों को हो जाता। भू-गर्भ में भी छिपाया जाय तो उसकी किरणों को धरती को छेद कर बाहर आने में क्षणार्ध भी नहीं लगेगा।" श्रीकृष्ण ने अपना मत दिया।

"तब यह निश्चित है कि मणि को महल अपितु नगर से ही निकाल दिया गया है?"

"निस्सन्देह।"

"वह भी इसलिए कि तुमने उसकी महाराज के लिए मांग की थी।"

"हां।"

"एक बात पर तो विश्वास करना होगा ?" बलराम ने माथे पर बल देते हुए कहा।

"क्या ?"

"सत्राजित्, मणि किसी साधारण सेवक अथवा सैनिक के हाथों बाहर नहीं भेज सकता। इतनी महत्त्वपूर्ण वस्तु को वह किसी अत्यन्त विश्वासपात्र व्यक्ति के हाथों में ही डाल सकता है ?"

"इसमें क्या सन्देह ?"

"अर्थात् वह व्यक्ति कम-से-कम उसके परिवार का ही कोई सदस्य होगा ?"

"अग्रज का सोचना शत-प्रतिशत सही है।" श्रीकृष्ण ने स्वीकारा।

"तो तुमने यह पता करने का प्रयास किया है कि मणि के साथ-साथ उसके परिवार का भी कोई प्रमुख सदस्य गायब है अथवा नहीं ?"

"नहीं।"

"नहीं, तो यही गलती की है तुमने।" बलराम ने अपना निर्णय सुनाया, 'अपने चरों से यह पता करो कि सत्राजित् के परिवार का कौन सदस्य अनुपस्थित है और कब से।"

छत्तीस

प्रसेन था वह जो गायब था—ठीक उसी समय से जब से मणि का अता-पता नहीं था सत्राजित् के महल में। प्रसेन अर्थात् सत्राजित् का सगा भाई—सहोदर। श्रीकृष्ण के गुप्तचरों ने पक्की सूचना दे दी थी।

"अब ?" उसी शाम, अग्रज के मन्त्रणा-कक्ष में ही श्रीकृष्ण ने उनका मन्तव्य जानना चाहा था।

"स्पष्ट है कि प्रसेन के हाथों मणि को किसी गुहा-गह्वर में छिपाकर रखने की सत्राजित् की योजना है। महाराज के लिए मणि की तुम्हारी मांग ने उसे इस हेतु विवश किया है।"

"प्रसेन नहीं भी लौट सकता है।" श्रीकृष्ण ने आशंका व्यक्त की।

"यह संभव है। उसे लौटना होता तो अब तक लौट सकता था।" संकर्षण ने आशंका की पुष्टि की।

"इसका तात्पर्य यह कि···।" श्रीकृष्ण बोलते-बोलते रुक गए। अब तक प्रायः निर्विकार रहे आनन पर चिन्ता की रेखाएं पुनः उभर आईं। उनकी बड़ी-बड़ी आंखें दो विशाल प्रश्न-चिह्न बन बलराम के मुख से चिपक-सी गईं। दो क्षण को दोनों चुप रहे। मौन का एक संत्रासक साम्राज्य उस मन्त्रणा-कक्ष में व्याप्त हो गया। बलराम अपने अनुज के दर्द का अनुभव कर रहे थे और पूरी आत्मीयता से कर रहे थे। प्रसेन के नहीं लौटने का तात्पर्य श्रीकृष्ण पर लगे कलंक का स्थायी हो जाना था—ठीक शशांक पर मढ़े मलीन धब्बों की तरह।

"प्रसेन मारा भी तो जा सकता है। ऐसी बहुमूल्य मणि लेकर वह एकाकी निकला है। गुप्तचरों की सूचना के अनुसार सत्राजित् की छोटी सेना की टुकड़ी

का कोई सैनिक तक अनुपस्थित नहीं है।" श्रीकृष्ण ने ही मौन तोड़ा। चांद को छोड़कर खिसके बादलों की तरह चिन्ता की रेखाएं उनके शुभ्र आनन को क्षण-भर को मुक्त कर गई थीं।

"यह संभावना भी बनती है और तब हमें इस कार्य में और शीघ्रता करनी चाहिए।" बलराम ने एक तरह से अपना निर्णय सुनाया।

"किस कार्य में?"

"प्रसेनान्वेषण के कार्य में। इसके पूर्व कि उसके शव का भी पता नहीं लगे और वह सड़-गलकर समाप्त हो जाय, हमें उसे ढूंढ़ ही निकालना चाहिए—मृत अथवा जीवित।"

"इसका अर्थ यह कि हम सभी दिशाओं में सैनिक भेज दें।" श्रीकृष्ण कुछ आश्वस्त होते हुए बोले।

बलराम मुसकराए।

"इसकी आवश्यकता नहीं," उन्होंने आरम्भ किया, "केवल तुम्हारा जाना ही पर्याप्त है। सैनिक इस अभियान को उतना महत्त्व नहीं भी दे सकते और फिर इसमें वीरता की कम और बुद्धि-चातुर्य की अधिक आवश्यकता है। प्रसेन ऐसे भी शूर-वीर है, कई सामान्य सैनिकों के लिए वह एकाकी ही भारी पड़ेगा। पर तुम्हारा वह कुछ नहीं बिगाड़ सकता।"

"मैं? मैं सभी दिशाओं में अकेले कैसे जा सकता हूं? मैं तो अभी इसी क्षण प्रस्थान करने को प्रस्तुत हूं पर···।"

"मैं जानता हूं। जानता हूं तुम्हारे कर्मयोगी रूप को। कर्त्तव्य का निर्धारण हो जाने के पश्चात् एक क्षण का भी विलम्ब तुम्हें सह्य नहीं। पर तुम्हारे असमंजस को भी पकड़ पा रहा हूं मैं। एक ही साथ तुम्हें सभी दिशाओं में दौड़ने की आवश्यकता नहीं। प्रसेन तो किसी एक ही दिशा में गया होगा अथवा आगे जाकर दिशा-परिवर्तन कर लिया होगा उसने।" बलराम ने गम्भीरता से कहा।

"यह तो ठीक। पर उस दिशा का पता कैसे लगे? लग जाय तो अभी मैं···।"

बलराम के मुख पर पुनः एक मुसकान खेली। जैसे वे इस बात को लेकर पूरी तरह आश्वस्त थे। जैसे उन्हें पता हो कि प्रसेन किस ओर गया हो। जैसे वह उन्हीं की आंखों के सामने निकला हो।

"तुम्हें लोग अन्तर्यामी कहते हैं," संकर्षण ने आरम्भ किया, "बहुत बातें तुम सहज ही सोच-समझ लेते हो। तुम्हारी छठी इन्द्रिय कुछ ज्यादा ही विकसित है अथवा गायत्री-मन्त्र के तुम्हारे नित्य जाप ने भगवान सविता का कुछ अधिक अनुग्रह ही तुम्हें उपलब्ध करा दिया है और तुम्हारी बुद्धि अत्यधिक प्रखर हो आई है। पर जैसे सूर्य को भी ग्रहण लग जाता है वैसे ही इस समय तुम्हारी सोचने-समझने की शक्ति भी कुछ कुंठित हो आई है। प्रसेन किस दिशा में गया है यह पता लगाना अन्यन्त सहज है।"

"कैसे?" श्रीकृष्ण कुछ नहीं समझकर बोले।

"तुम्हारे गुप्तचरों ने बताया होगा कि वह रथ पर निकला है अथवा अश्व पर। अगर रथ पर निकला है तो और आसान है। रथ-चक्र के चिह्न पकड़कर ···।"

"ठहरिए भैया, इतना तो मैं भी समझता था। प्रसेन के रथ-चिह्नों की पहचान बहुत कठिन नहीं थी पर दोनों भाइयों के रथ तो उनके महल मे ही पड़े हैं। प्रसेन का प्रिय अश्व गायब है।"

"तब तो और आसान है।"

"कैसे ? अश्व के खुरों के चिह्न कभी के मिट गए होंगे।"

"मिट तो रथ के चिह्न भी गए होंगे—कम-से-कम वहां तक जहां तक लोगों का आना-जाना बना रहता है। पर अश्व की एक विशेषता है।"

"क्या ?"

"अश्व अपनी राह में खुरों के निशान ही नहीं, कुछ और पहचान भी छोड़ता है। तुम प्रसेन के अश्व के पोषकों से भेद लो—अपने आदमियों को भेजकर। अश्व के मल-मूत्र की पहचान कर लें वे। उसकी गन्ध तक की। ऐसे प्रशिक्षित लोग अपनी सेना में भी हैं। उन्हें ही प्रसेन के यहां भेजकर इन बातों का पता करो। हो सके तो उसके अश्व-सेवकों में से एक-दो को अपने पक्ष में कर लो।"

बलराम की बात समाप्त भी नहीं हुई थी कि श्रीकृष्ण उठ खड़े हुए। उनका कर्त्तव्य निर्धारित हो चुका था, पथ प्रशस्त। अग्रज की बुद्धि का लोहा उन्हें पुनः एक बार और मानना पड़ा था।

"एक बात और करनी है," संकर्षण ने महल-द्वार तक उन्हें छोड़ते हुए कहा था।

"क्या ?" मुख और आंख दोनों से पूछा था श्रीकृष्ण ने। उन्हें स्पष्टतः शीघ्रता थी। वे स्यन्दन की ओर एक पैर बढ़ा चुके थे।

"न सही अपने साथ सैनिक पर साक्ष्य के लिए नगर के कुछ गण-मान्य व्यक्तियों को अवश्य ले लेना। प्रसेन अकेले गया है तो सैनिकों की सचमुच आवश्यकता नहीं, पर अगर वह सचमुच काल-कवलित हो गया हो तो नगर-जन ही तुम्हारे काम आयेंगे वरना प्रसेन की हत्या का एक नया कलंक भी तुम पर···।"

"ठीक है," श्रीकृष्ण ने शीघ्रता में कहा और स्यन्दन पर सवार हो गए। सारथी ने अश्वों की वल्गाएं संभालीं तो श्रीकृष्ण के मुख पर विषम स्थिति में भी स्मिति की एक रेखा खिच गई। उनका मन अकस्मात् गोकुल की गलियों में लौट गया था। मां यशोदा का कान उमेठना याद हो आया था—'मत देखना फिर इस चतुर्थी के चांद को।' कलंक पर कलंक की संभावना बढ़ती जा रही है। सच, कितना अशुभ था वह चांद-दर्शन ? कौन चांद-दर्शन ? भगवान का मन अब भावुक हो आया था। गगन के उस चांद के दर्शन अशुभ भी हो सकते हैं पर गोकुल की गलियों, कुंज-निकुंजों का वह चांद ? राधा का वह चन्द्र-मुख ? हाय, अगर राधा आज उनके साथ होती तो ? तो क्या वे इस तरह व्यथित और उद्विग्न होते ? उनके मुख की एक-एक भंगिमा, एक-एक सूक्ष्म से सूक्ष्मतम रेखा से परिचिता राधा क्या उनको एक क्षण के लिए भी व्यग्र देख पाती ? सारे दुखों को स्वयं पीकर वह उन्हें आश्वस्त और प्रसन्न कर देने के किसी प्रयास से मुख मोड़ती क्या ? और याद आई थी श्रीकृष्ण को कुछ दिनों पूर्व की एक घटना। रथ की गति सारथी ने तीव्र कर दी और उसी तीव्रता से श्रीकृष्ण का मन पीछे की ओर भाग रहा था—उस अद्भुत घटना की आवृत्ति-पुनरावृत्ति में।

सैंतीस

तंग आ गए थे श्रीकृष्ण अपनी रानियों-महारानियों की कटूक्तियों से। विशेषकर रुक्मिणी की। लाख समझाओ पर उनकी आदत नहीं छूटती थी अथवा यों कहें कि उनकी आशंका निर्मूल होने के बदले दिन-प्रति-दिन बद्धमूल होती जा रही थी।

"राधा कोई नहीं है।"

"उसे मात्र एक कल्पना मान लो। मात्र एक छाया।"

"राधा से मेरा कभी कोई शारीरिक सम्बन्ध नहीं रहा। हम अर्थात् राधा और मैं ऐसा सोच भी नहीं सकते थे।"

"राधा है भी तो वह मात्र मेरे प्राणों की धड़कन के रूप में। वह तुम लोगों के मध्य कहीं नहीं आती और न आएगी।"

"राधा की कोई आकांक्षा नहीं है सिवा मेरी प्रगति के और इस प्रगति से तुम्हीं लोगों को लाभ है।"

"राधा अपना नहीं तुम लोगों का ही सर्वाधिकार मुझ पर मानती है।"

"राधा किसी की याचिका नहीं। उसे न तुमसे कुछ लेना है न मुझसे। समझो राधा कभी रही ही नहीं और न वह है। अगर है भी तो मेरे प्राणों की उन अनन्त गहराइयों में जहां उसके होने-न-होने से तुम्हारा कुछ नहीं बनता-बिगड़ता।"

असंख्य बार असंख्य रूपों में श्रीकृष्ण अपनी रानियों, पटरानियों, विशेषकर इस पट्टमहिषी को समझा चुके थे पर कोई उनका तर्क सुनने को प्रस्तुत नहीं थी। सब ही सदा एक ही रट लगाए रहतीं—राधा, राधा, राधा···।

"राधा है कैसे नहीं, वह पूरी तरह है।" पट्टमहिषी रुक्मिणी स्वभावत: अपने विशेषाधिकार का प्रयोग करना चाहती। शेष रानियां दोनों के वार्तालाप सुनकर ही अपने को आश्वस्त करने का प्रयास करतीं।

"कहां है राधा?" कृष्ण यथासंभव कोमल होकर पूछते।

"गोकुल की गलियों में। वृन्दाविपिन के करील-कुंजों में। कालिन्दी के किनारों पर।" रुक्मिणी अपने ज्ञान का इजहार करतीं।

"वह राधा नहीं है।" कृष्ण आंखों में आंसू भर कर बोलते।

"तो वह क्या है?"

"वह राधा का प्रेत है!"

"तात्पर्य?"

"वह एक विक्षिप्ता है जो श्रीकृष्ण-श्रीकृष्ण रटती चलती है, जो उनके भविष्य को संवारने के लिए ईश्वर से आशीर्वाद मांगती फिरती है। वह राधा नहीं, राधा का कंकाल है जिसने वर्षों से कालिन्दी के जल के सिवा कुछ ग्रहण ही नहीं किया। वह कभी राधा रही होगी, आज वह एक वृद्धा है, असमय वृद्धा। अब तुम्हें संतोष हुआ?" श्रीकृष्ण अनायास पूरी तरह छलछला आईं आंखों को पोंछते हुए बोलते।

"अगर राधा कुछ नहीं है तो उसके नाम पर तुम्हारी आंखों में ये आंसू क्यों?" औरतें सौतों के सम्बन्ध में क्रूर से क्रूरतर हो सकती हैं। पर यहां तो राधा सौत भी नहीं थी उनकी। जो वस्तुत: सौत थी वे तो पट्टमहिषी के साथ संयुक्त होकर राधा के विरुद्ध ही मोर्चा बन्दी कर चुकी थीं।

"तुम बोलते क्यों नहीं ?" भरी आंखों और अवरुद्ध कण्ठ से कुछ नहीं बोल पाने के कारण कुछ देर तक मूक बन आए मुरलीधारी से रुक्मिणी ने ही पूछा था।

"जानना चाहती हो ?" श्रीकृष्ण ने अब तक अपने को नियन्त्रित कर लिया था।

"हां।"

"तो सदा के लिए जान लो, ये प्रेमाश्रु हैं।"

"प्रेमाश्रु हैं अर्थात् प्रेम के अश्रु। बाप रे!" रुक्मिणी लगभग चीखी थीं, "किसका प्रेम और किसके प्रति ?"

"कम-से-कम मेरा नहीं। मैं तो तुम सबों का हो गया हूं।"

"तब ?"

"राधा का प्रेम है वह। श्रीकृष्ण से नहीं, द्वारिकापति से भी नहीं।"

"तब किससे ?" रुक्मिणी और अन्य रानियां कुछ आश्वस्त हुईं।

"श्याम से।"

"यह श्याम भी तो तुम्हारा ही बाल्यकाल का नाम है और सुना राधा ने ही तुम्हें यह नाम भी दिया था।" रुक्मिणी आज पूरी तरह उन्हें घेरने को प्रस्तुत थी।

"हां, श्याम मेरा ही नाम है। बचपन का ही नहीं। तुम्हारे लिए बचपन का। राधा के लिए आज का भी।"

"फिर, राधा ?" रुक्मिणी खीझी थीं।

"क्यों ?"

"तुम्हीं ने तो कहा राधा कुछ नहीं है, मात्र एक कल्पना है, एक छाया ?"

"यह तुम्हारे ही हित के लिए कहा था। राधा द्वारिका नहीं आने जा रही और न श्रीकृष्ण वृन्दावन की ओर प्रस्थान करने जा रहा तो फिर यह रोना क्यों ?"

"यह रोना है और यह रोना रहेगा।" रुक्मिणी भी अपने तर्क पर अड़ी थीं।

"क्यों ?"

"क्योंकि तुम दोनों के मध्य दूरी चाहे जो हो, प्रेम तुम सर्वाधिक राधा से ही करते हो। क्यों भूल जाते हो कि तुम्हारे कवच-मण्डित कलेजे की हर धड़कन से भी एक ही आवाज निकलती है। क्यों ?"

"हर क्यों का भी उत्तर चाहिए ?"

"क्यों नहीं चाहिए ?" रुक्मिणी आज सब कुछ साफ ही कर लेना चाहती थीं।

"तो सुन लो, राधा मुझसे प्रेम करती थी, करती है और जब तक उसके शरीर में सांस रहेगी, करती रहेगी।" श्रीकृष्ण ने एक स्वर में सब कुछ स्पष्ट कर दिया।

"वह हम लोगों से भी अधिक तुमसे प्रेम करती है ?" रुक्मिणी इठला कर बोलीं, "तुम भूल गए कि मैंने तुम्हें अपहरण का निमन्त्रण दिया था।" रुक्मिणी की आंखें भी छलछलाने को हुईं।

"हां, तुम लोगों से भी अधिक प्रेम करती है। [तुम सबों से, रुक्मिणी से भी

अधिक प्रेम करती है। और तुम लोग ही क्या, सृष्टि की सारी नारियों के सम्मिलित-सामूहिक प्रेम—अगर वैसा कुछ होता हो—तो उससे भी अधिक प्रेम करती है वह मुझसे।"

"हम नहीं मानतीं।" रुक्मिणी बोलीं, "तुम तो मेरे आमंत्रण वाली बात को यों ही टाल गए।"

"टाल नहीं गया।"

"तब ?"

"पट्टमहिषी को मैं उनकी इतनी रानियों और महारानियों के समक्ष किसी धर्म-संकट में नहीं डालना चाहता था।"

"वह भी कर लो। अब शेष ही क्या है ?" लगा, रुक्मिणी रो देंगी।

"तुमने आह्वान किया था, निमन्त्रण भेजा था, आर्यावर्त के सर्वश्रेष्ठ नायक श्रीकृष्ण को महारानी, द्वारिकाधीश को। और सुनने की शक्ति हो तो यह भी सुन लो कि उस श्रेष्ठ पुरुष के निर्माण में जिस एक नारी की साधना, प्रेरणा, प्रोत्साहन और त्याग का हाथ था उसने द्वारिका तो द्वारिका, अपने श्याम का हाथ तक नहीं मांगा।" एक क्षण के लिए रुक्मिणी का मुख विवर्ण हो आया, एक क्षण के लिए पहले से ही मूक बनी रानियों-पटरानियों के मुख अनायास खुले तो खुले रह गए।

पर रुक्मिणी भी कच्ची गोलियां नहीं खेली थीं। अन्ततः विदर्भ नरेश की पुत्री और रुक्मी की बहन थीं वह। और यह भी सत्य था कि शिशुपाल और उसके सदृश कई आकर्षक और प्रतापी योद्धाओं के प्रेमनिवेदन को ठुकरा कर ही नहीं अपने प्राणों पर खेलकर ही उसने श्रीकृष्ण का आह्वान किया था—उन्हें अपहरण का निमन्त्रण दिया था। अगर यह प्रेम नहीं था तो क्या वह प्रेम है जिसका उन्हीं के शब्दों में एक विक्षिप्ता ग्वालन गोकुल की गलियों में राग अलापती चलती है ? जिसके, कृष्ण ! कृष्ण ! की पुकार से गोकुल और वृन्दावन की ग्वालों और गोपियों तक के कान तो पक ही गए हैं, वहां के पशु-पक्षी, कुंज-निकुंज, वृक्ष-विटप और लता-गुल्मों, यहां तक कि कालिन्दी की लहरों में भी यही स्वर गूंजता-सा प्रतीत होता है ? आखिर ब्रज की ओर से आने वाले वणिकों से वह और क्या पूछती रहती है ? कौन भेद अप्रकट है पट्टमहिषी पर ?

"तो तुम्हारा मानना है कि तुम्हें अगर सबसे अधिक कोई चाहता है तो वह राधा ही है।" पट्टमहिषी ने स्पष्ट पूछा।

"निस्संदेह।" श्रीकृष्ण भी अब सारे संकोच छोड़ चुके थे।

"इसका प्रमाण भी कुछ दोगे ?"

"प्रेम का प्रमाण स्वयं प्रेम ही होता है ? वह द्वारिका की स्वर्ण मुद्राएं नहीं कि उन्हें गिन अथवा तौल कर उनकी संख्या अथवा भार का अनुमान लगा लो।" श्रीकृष्ण स्पष्टतः खीझे।

"यह तो टालने वाली बात हुई।" विदर्भ-राज कुमारी नेबात को हाथ से जाने देना नहीं जाना था वरना श्रीकृष्ण हाथ नहीं आए रहते उसके हाथों में।

"तो ?"

"प्रमाण तो प्रमाण होता है। माप-तौल से उसका क्या तात्पर्य ? तुम यह प्रमाण दे दो कि राधा तुमसे सर्वाधिक प्रेम करती है, हम स्थिति से समझौता कर लेंगी।"

"प्रमाण ? कैसा प्रमाण ? अन्ततः तुम सब चाहती क्या हो ?" श्रीकृष्ण किंचित् असंयत हुए, "वह मेरे नाम पर अग्नि की चिता में अपने को विसर्जित कर अपने प्रेम का प्रमाण दे अथवा कालिन्दी के जल में छलांग लगाकर ताकि इस राधा नाम से ही तुम सबों का पिंड छूट जाय ?"

"मैं यह सब नहीं जानती," रुक्मिणी ने दृढ़ता से कहा, "हमें तो प्रमाण चाहिए, प्रमाण। चाहे वह जिस रूप में प्राप्त हो। हम राधा के प्राणों की भूखी नहीं। ऐसे भी इस विक्षिप्ता, मांस-मज्जा-विहीना नारी में बचा ही क्या है पर हम तुम्हारी धड़कनों का भेद जानना चाहती हैं कि अन्ततः है कितना गहरा यह राधा-प्रेम कि तुम्हारी हर सांस में, राधा, हर धड़कन में राधा···।"

"तो तुम प्रमाण चाहती हो ?" अन्ततः श्रीकृष्ण कुछ निश्चय कर बोले।

"हां।" रुक्मिणी अपनी विजय पर प्रसन्न हो आईं।

"मिल जायेगा वह ?"

"कब ?"

"शीघ्र ही।"

अड़तीस

अगर किसी से यह कहा जाय कि उसके प्राण-पखेरू कुछ ही देर में अनन्त पथ के पथिक होने वाले हैं तो उसे कैसा लगेगा अथवा किसी से कहा जाय कि उसे प्राप्त कोई बहुमूल्य मणि ग्रहयोग से उसके पास से तिरोहित ही होने वाली है तो उसकी मनोदशा का अनुमान आप आसानी से लगा सकते हैं क्या ? अथवा वय के चतुर्थ भाग में प्राप्त किसी के पुत्र-रत्न के शीघ्र ही काल-कवलित होने की भविष्यवाणी कोई मूर्ख ज्योतिषाचार्य कर दे तो उस व्यक्ति की दारुण व्यथा की अनुभूति का चित्रण किसी के वश की बात है क्या ? या यों कहें कि अति प्रिय व्यक्ति के प्राणों के कंठगत होने का अमंगल संवाद किसी के कर्णरन्ध्रों तक किसी तरह पहुंच जाय तो उसके प्राणों की आतुर अकुलाहट का अंक किसी सिद्धहस्त लेखक की भी शक्ति से परे है तो इसमें कोई अतिशयोक्ति नहीं। वेदों ने नेति-नेति कह-कर परब्रह्म की महत्ता का परिचय देने का प्रयास किया है—इतना भी, इतना भी नहीं, यह भी नहीं, वह भी नहीं। यही बात मेरे मन में अभी उस वृषभानु-कुमारी को लेकर आ रही है जिसने कभी अपने पिता के प्रांगण में स्वर्गिक सुख भोगे थे और आज जिसकी विपन्नता और अर्द्धविक्षिप्तता की स्थिति के साथ भी नियति क्रूर खेल खेलने को कटिबद्ध है। जिसके लिए उसने राजमहल के सुख त्यागे, ब्रज के कुंज-निकुंजों को अपना आवास और मुख्यतः कालिन्दी जल को ही अपने प्राणों की रक्षा का आधार बनाया, जिसके युग-पुरुष, काल-पुरुष बनने की आकांक्षा अपने अन्दर किसी प्रज्वलित अग्नि-सी जमाए वह हर देवी-देवता और ईश्वर के समक्ष अपने प्रार्थना-पूरित आंचल फैलाती रही उसके सम्बन्ध में द्वारिका के दूत का यह संवाद अब तक उसके स्वयं के प्राणों को ही नहीं हर चुका था तो उसका कारण था और कारण यह था कि अगर दूत की बात का विश्वास

किया जाय तो द्वारिकाधीश की जीवन-रक्षा का उपाय अब भी शेष था और उस महान् पुरुष जिसकी महानता को गढ़ने में पता नहीं कभी की राजकुमारी पर अब की मात्र एक विरहिणी विक्षिप्ता की प्रार्थनाओं और मंगल-कामनाओं ने कितना योगदान दिया था, की प्राण-रक्षा का निमित्त वही बन सकती थी।

"घोर उदर-शूल व्यथित कर रहा है द्वारिकाधीश को आज चार दिनों से। अन्न का एक दाना और जल की एक बूंद भी नहीं डाली है उन्होंने इन दिनों में। उनके बचने का अब···।" कहते-कहते वह राजदूत रो पड़ा था।

आजीवन जिसकी आंखें आंसुओं से ही तर रहीं, उसने दूत की इस बात पर रोया या नहीं, यह कैसे कहा जाय? हां, उसके अन्तर को किसी ने निर्ममता से मथ दिया हो यह लगा था उस दूत को सामने बैठी उस कृश-काय, अव्यवस्थित-केश और मलिन-वस्त्रा उस नारी के चेहरे की रेखाओं को पढ़कर जिससे राधा के रूप में परिचित कराया गया था उसे?

"तो क्या द्वारिका के भेषज्ञ कुछ नहीं कर पाये?" हताशापूर्ण किन्तु क्षीण स्वर में पूछा था उसने उस राजदूत से जो अपने हाथों में एक रजतपात्र लिये उसके पास घुटनों के बल बैठा था और मन-ही-मन सोच रहा था कि ऐसी कौन-सी विशेषता थी उस विपन्ना, विक्षिप्ता नारी में जिसके समक्ष पहुंचने के लिए द्वारिका और ब्रज के मध्य की इतनी दूरी को पार कर पहुंचने हेतु उसे बाध्य किया गया था। पर विशेषता थी और इसका पता उस दूत को तत्काल ही लग गया था।

"भेषज्ञों के किए कुछ नहीं हुआ। सबों की राय में रोग असाध्य है, मात्र एक तान्त्रिक ने एक यत्न सुझाया है जिसके द्वारा द्वारिकापति के प्राणों पर आये संकट को निश्चित ही टाला जा सकता है।" उसने अपना संवाद सुना दिया था।

"क्या है वह यत्न?" जिस विह्वलता में यह प्रश्न राधा की जिह्वा पर चढ़ा था इसका वर्णन वह राजदूत ही कर सकता था।

"तान्त्रिक ने बताया है कि अगर द्वारिकाधीश की रानियों, पटरानियों में से कोई अथवा ऐसी भी कोई नारी जो उन्हें प्राणपण से चाहती हो, अपने पैरों का जल उन्हें पान करने के लिए दे दे तो उनका दर्द जाता रहेगा।" अपना संवाद रख दिया था और रजत पात्र की ओर कातर दृष्टि डाली थी—पता नहीं वह यहां से भी रोता ही नहीं चला जाय।

"तो इतने के लिए तुम्हें द्वारिका से ब्रज आना पड़ा?" राधा लड़खड़ाती-सी, खड़ा होने के प्रयत्न में बोली, "क्या द्वारिका की किसी रानी, पटरानी और पट्ट-महिषी के पैरों का जल द्वारिकाधीश के प्राणों की रक्षा नहीं कर सका?"

"करे तो तब जब वे दें?" दूत ने जो कुछ सुना था, कह दिया।

"क्या तात्पर्य?" आश्चर्यचकित और एक ओर अपने दुर्बल पैरों से प्रस्थित हो चुकी राधा नामधारिणी उस नारी ने पूछा था।

"किसी ने अपने पैरों का जल नहीं दिया। यहां तक कि पट्टमहिषी रुक्मिणी ने भी। अन्य तो यह प्रस्ताव सुनते ही अपने प्रकोष्ठों में जा छुपीं।"

"क्यों?" आश्चर्य-मिश्रित प्रश्न किया राधा ने। अपने लड़खड़ाते पैरों से वह एक ओर निरन्तर गतिशील भी रही। वह अपने दुर्बल पैरों में अधिक-से-अधिक गति भरने को व्यग्र थी पर ब्रज की लताओं की तरह ही पतले हो आये उसके पैर

अधिक गतिशील होने की चेष्टा में लड़खड़ा ही जाते और वह भूमि पर पड़ते-पड़ते बचती। उसके पीछे-पीछे सहज भाव से चलते दूत को आश्चर्य हो रहा था कि आखिर उस दुर्बल किन्तु पैरों में प्राणों की सारी शक्ति केन्द्रित कर भागती-सी चली जाती इस पहेली बनी नारी का मन्तव्य क्या था? क्या वह द्वारिका की ओर प्रस्थित हो चुकी थी? तो वहां वह पहुंच भी पायेगी क्या? भले ही वह अपने पैरों न चले और कुछ देर के पश्चात् उसे उसकी क्षीण काया को अपने हाथों में ही टांगना पड़े अथवा किसी सवारी आदि की व्यवस्था करनी पड़े पर उसकी जर्जर काया इस दीर्घ-यात्रा को किसी भी स्थिति में पूर्ण कर पायेगी क्या?

"उन्होंने अपने पैरों का जल नहीं दिया क्योंकि पति को अपने पैर-धोये जल का पान करा कर कोई भी नर्क की भागी नहीं बनना चाहती थी।" दूत ने पीछे भागते-भागते अपनी बात पूरी कर दी। अब तक सचमुच इस नारी के पैरों में पता नहीं कहां की शक्ति उतर आई थी कि अब उसकी गति से चलना भी उस राजदूत को कठिन हो रहा था।

"क्या पट्टमहिषी रुक्मिणी ने भी परलोक संवारने के चक्कर में इस लोक की चिन्ता नहीं की? पति के प्राणों का मूल्य नहीं समझा?" राधा बिना पीछे मुड़े पूछ बैठी।

"हुआ तो यही। तभी मुझे आपके पास आने का आदेश दिया गया।"

"क्यों?"

"राजपुरोहित ने कहा कि जहां तक उनको अभिज्ञान है, ब्रज में राधा नाम की एक नारी है जो द्वारिकापति को अपने प्राणों से भी अधिक चाहती है। रानियों-पटरानियों के पैरों का जल नहीं मिला तो क्या अगर उस पुण्यात्मा के पैरों से स्पर्शित जल द्वारिकाधीश के कंठ में पड़ जाय तो वह तत्काल रोगमुक्त हो जायं।"

"तो शीघ्रता करो। भरो अपने रजत-पात्र को," राधा ने कहा तो पीछे भागते आते दूत ने अचकचा कर देखा कि वह कालिन्दी-कूल खड़ा था। तो यही था राधा का गन्तव्य! बात का अनुमान लगते ही वह जल के प्रबन्ध हेतु प्रस्थान कर गई थी और वह सोच रहा था कि कहां दौड़ी जा रही है, वह अपनी विक्षिप्तता में!

"आगे बढ़ो। शीघ्रता करो। भर लाओ यमुना जल अपने इस पात्र में।" राधा किनारे होती हुई बोली, "मैं डुबाती हूं उसमें अपना पैर, नहीं दोनों पैर। शीघ्र तुम भागो द्वारिका की ओर। अपने श्याम के प्राणों की रक्षा के लिए मुझे एक जन्म नहीं, हर जन्म में नर्क-वास करना पड़े तो कोई चिन्ता नहीं।"

अब तक यमुना-जल से रजत-पात्र को भरकर वह दूत वापस आ गया था। राधा ने उसमें अपने दोनों पैर डाल दिए थे और फिर थकान से भरकर कालिन्दी की रेत पर ही पसर गई थी पर दूत अब बिना आगे-पीछे देखे रजत-पात्र को लिये क्षिप्रता से द्वारिका की ओर प्रस्थित हो गया था। द्वारिका-पति के प्राण जो संकट में थे।

किन्तु द्वारिकापति के प्राण संकट में नहीं थे। यह सब अभिनय था और राज-

पुरोहित के सिवा इसका किसी को पता भी नहीं था। श्रीकृष्ण ने वचन जो दिया था पट्टमहिषी को कि वह सिद्ध कर देंगे कि है राधा में ऐसी कोई विशेषता जो उन लोगों में नहीं है। और सच जब दूत राधा के पैरों से स्पर्शित जल लेकर द्वारिका पहुंचा था तो पट्टमहिषी के आश्चर्य की सीमा नहीं रही थी। वह दौड़ी-दौड़ी फिर श्रीकृष्ण-कक्ष में पहुंची थी और आश्चर्य से आंखें फाड़कर इस गंदले जल को देखा था—ब्रज-रज से सने पैरों को डुबाया गया था उसमें! राधा कोई पट्टमहिषी थोड़े थी कि उसके पैरों में पदत्राण होते!

अश्व की पीठ पर बैठे श्रीकृष्ण के होंठों पर उस घटना को याद कर इस दुरवस्था में भी स्मिति की एक रेखा खिंच गई थी। उन्हें याद है राधा के पैरों से पवित्र जल को वह पूरा-का-पूरा एक घूंट में पी गए थे और अपने पेट पर हाथ फेरते हुए बोले थे, "ओह, सचमुच जाता रहा पेट का दर्द। क्या पट्टमहिषी के पैरों के···।"

"नहीं महाराज, राधा के पैरों को पखार कर लाया गया है जल। आपकी पट्टमहिषी ने तो नर्क जाने के भय से···।" राजपुरोहित बात पूरी कर पाये इसके पूर्व ही पट्टमहिषी वहां से चल पड़ी थीं।

उनतालीस

प्रसेन दुर्भाग्यग्रस्त था। जो स्यमन्तक मणि अन्यों के लिए सौभाग्य-सूचक मानी जा रही थी, वह उसके लिए काल-स्वरूप ही सिद्ध हुई। पात्रता भी कोई चीज है। सुपात्र, सत्यनिष्ठ एवं आध्यात्मिक आस्था वालों के लिए जहां रत्न, और मणि भाग्यप्रद सिद्ध होते रहे हैं, वही अनादिकाल से ही ये कुपात्रों, मिथ्यावादियों और अनास्थावानों के लिए दुर्भाग्य लेकर ही आते हैं।

भाई सत्राजित् के आदेश पर वह सूरज की पहली किरणों के क्षितिज-स्पर्श के पूर्व ही मणि को एक स्वर्ण-मंजूषा में रख और बहुमूल्य वस्त्रों को कई पर्तों में लपेट अपने प्रिय और तीव्रगामी अश्व पर आरूढ़ हो अरण्य की ओर प्रस्थित हो गया था। किसी गुहा-गह्वर में उस दिव्य मणि को छुपा उसने संध्या तक वापस आने की योजना बना रखी थी।

उसके अश्व ने जैसे ही एक घोर अरण्य में प्रवेश किया वैसे ही उसे एक घोर गर्जना का सामना करना पड़ा। अश्व के साथ-साथ प्रसेन के भी प्राण मुख को आ गए। अपनी सहज घ्राण-शक्ति से अश्व समझ चुका था कि यह घोर गर्जन उस वन्य प्राणी का था जो आसपास ही उसका काल बना खड़ा था और प्रसेन को तो इस सिंह-गर्जन के सम्बन्ध में कोई सन्देह ही नहीं था। प्रसेन का अश्व अपने पैरों को जैसे भूमि में ही सदा के लिए आरोपित कर चुका था। आगे बढ़ने का तो कोई प्रश्न ही नहीं था। प्रसेन उसे वापस लौटाना चाह रहा था। निश्चित मृत्यु के मुंह में प्रवेश करने की उसकी कोई इच्छा नहीं थी। पर अश्व को वह क्या कर सकता था? उसकी तो, सारी इच्छा-शक्ति ही जैसे निःशेष हो गई थी। वह न आगे जाने को प्रस्तुत था—न बायें, न दायें, न पीछे।

एक और घोर गर्जना। अत्यन्त समीप से। सिंह के रूप में काल समीप आ रहा था। अश्व की पशु-चेतना को इस तथ्य को समझने में थोड़ा भी समय नहीं लगा और वह जहां का तहां चारों पैरों और पेट के बल भूमि पर कटे वृक्ष की तरह धड़ाम से पड़ गया। प्रसेन की टांगें अपंग होते-होते बचीं और किसी तरह मृतप्राय अश्व से पिंड छुड़ा पूरी गति से वह उलटी दिशा की ओर भागा। पर सिंह को मानव-तन की गंध मिल चुकी थी। वह समीप आए शिकार को यों भागने नहीं दे सकता था।

कुछ पलों में ही सिंह-गर्जन जैसे पीठ पर से ही आता सुनाई पड़ा। संज्ञाहीन होते प्रसेन ने किसी तरह पीछे मुड़कर देखा। अब समय नहीं था। सिंह आक्रामक मुद्रा में आ चुका था। धुंधलाती आंखों से प्रसेन ने देखा, मृगराज की पूंछ विचित्र मुद्रा में ऐंठ रही थी। अपनी पतली कमर को जैसे वह और पतली बना पीछे के पैरों को धरती पर जोर से जमा चुका था। एक और कर्णभेदी गर्जन और उसके बाद प्रसेन आ गया सिंह के पंजों की चपेट में।

गत-प्राण प्रसेन में सिंह ने बहुत रुचि नहीं दिखलाई। उसके रक्त की कुछ बूंदों का पान उसने भले कर लिया हो पर पीछे वह एक इससे अच्छा शिकार छोड़ कर आया था—प्रसेन का पुष्ट अश्व।

सिंह प्रसेन के पास से पीछे मुड़ा तो एक व्यर्थ की मुसीबत में फंस गया। उसके अगले पैरों के दाहिने पंजे में वह वस्त्र जा फंसा जिसमें मणि-युक्त मंजूषा लिपटी पड़ी थी। सिंह जितना ही इस वस्त्र-वेष्टित मंजूषा से पिंड छुड़ाने का प्रयास करता वह और उसके पंजे में फंसती जाती। अन्ततः सिंह लंगड़ाते-घिसटते उस मंजूषा के साथ पीछे लौटा। मार्ग में पड़ा पुष्ट अश्व उसके मुंह में पानी भर रहा था। वह किसी प्रकार अपने आखेट, प्रसेन के अश्व के पास पहुंचा।

पर यह क्या? वहां तो कज्जल-गिरि की तरह विशाल एक रीछ पहले से ही खड़ा था। रीछ मांसाहारी शायद ही होता है पर पता नहीं इस भल्लूक को प्रसेन के अश्व में क्या आकर्षण दिखा था कि सिंह जब अपने आखेट के पास पहुंचा तो वह उसकी परिक्रमा में लीन था।

कभी वह उसके मुख को सूंघता, कभी नाक के पास मुंह लगाता तो कभी कानों के पास। शायद वह जानना चाहता था कि अश्व पूरी तरह गत-प्राण हो गया था अथवा जीवन अभी शेष था—क्षीण रूप में ही सही।

पर इतना धैर्य ही हो तो सिंह क्या? मृगराज भला अपने आखेट पर किसी अन्य वन्य प्राणी की छाया भी कैसे पड़ने दे सकता था? भल्लूक को कोई अवसर दिए बिना ही वह उस पर अपनी पूर्ण शक्ति से आक्रमण कर बैठा। उसने भी शायद अपने जीवन में इतना खूंखार रीछ नहीं देखा था। वह व्यर्थ का खतरा उठाए बिना एक ही बार में उसका काम तमाम कर देने को आतुर था।

वह कज्जल-गिरि इस अप्रत्याशित आक्रमण से पहले तो धराशायी हो गया पर दूसरे ही क्षण सजग हो प्रत्याक्रमण की मुद्रा में आ गया। कुशल था कि उसके घने और लम्बे रूक्ष केशों के कारण सिंह के पंजे उसका कुछ भी बिगाड़ नहीं सके थे। सिंह के लम्बे-लम्बे तीक्ष्ण नाखून उसके कृष्ण केशों को सहलाते हुए-से ही बिछल गए थे। रीछ के उठने के पूर्व उसने उसे अपने शक्तिशाली पंजों के मध्य दबोचना अवश्य चाहा था पर रीछ का पर्वताकार शरीर उसके पंजों में किसी भी

स्थिति में आने को नहीं था।

फिर आरम्भ हुआ था दो विशाल वन्य जीवों के मध्य एक तुमुल युद्ध। दोनों घोर गर्जना के साथ एक-दूसरे पर आक्रमण-प्रत्याक्रमण करते। पैंतरे बदलते। कभी आगे तो कभी पीछे, कभी दायें तो कभी बायें से एक दूसरे को आहत करने का प्रयास करते। दोनों की घोर गर्जना से वह पूरा वन-प्रदेश, आस-पास के घाटी-पर्वत देर तक ध्वनित-प्रतिध्वनित होते रहे। छोटे-मोटे वन्यजीव सांस रोक कर अपने-अपने स्थानों में दुबके पड़े थे। आस-पास के हिरण और वन्य गौ तथा गज आदि के सदृश पशु तो कोशों दूर जा छिपे? मृत पड़े अश्व के आस-पास की भूमि दूर-दूर तक इन दोनों के युद्ध से रक्त-रंजित हो आई। घास और लता—तथा छोटे-मोटे वन्य विटप मसल-कुचल कर रह गए।

दिन के प्रायः दो-प्रहर से आरम्भ हुआ यह भीषण युद्ध संध्या होते-होते प्रायः समाप्ति पर आ गया। सिंह अपनी प्रचण्ड शक्ति और आक्रमण-क्षिप्रता के बावजूद रीछ के भयानक थपेड़ों की मार से श्लथ हो आया। वह प्रचण्ड भल्लूक अपनी जाति की विशेष प्रकृति के फलस्वरूप सर्वप्रथम निरन्तर सिंह के चेहरे को ही अपने पंजों का लक्ष्य बनाता रहा। सिंह पैंतरे बदल और प्रत्याक्रमण के सहारे कुछ देर तक तो अपने चेहरे को सुरक्षित रख सका पर अन्ततः रीछ को सफलता मिल गई और उसने अपने शत्रु को पूरी तरह विद्रूप कर छोड़ा। उसके कान कट गए, ललाट में अनेक गहरी खरोंचें आ गईं जिनसे रक्त की पंक्तियां प्रवाहित हो चलीं और अन्ततः उसे अपनी दोनों आंखों से भी हाथ धोना पड़ा।

अंधा शेर विवश हो गया और रीछ के आक्रमण से प्रतिरक्षा का भी कोई उपाय नहीं रहा उसके पास। आक्रमण करने का तो कोई प्रश्न ही नहीं था। हवा में वह पंजे मारे तो किधर? दिखाई तो कुछ पड़ता नहीं था, ऊपर से आंखों की घोर पीड़ा। कटे पेड़ की तरह वह भूमि पर पड़ गया तब भी उसके वलिष्ठ शरीर को स्पन्दन-हीन करने में रीछ को पर्याप्त समय लगा। पंजों से उसके अंग-प्रत्यंग को नोच-खसोट जब वह पूरी तरह आश्वस्त हो गया कि अब वह वहीं पड़े-पड़े प्रहर-दो प्रहर में अपने प्राणों से हाथ धो बैठेगा तब उसने उस स्थान को छोड़ा पर छोड़ने के क्रम में वही हुआ जो सिंह के साथ हुआ था। युद्ध के समय वस्त्र-वेष्टित मंजूषा जो सिंह के पंजे से छिटक कर दूर जा गिरी थी, भल्लूक के लौटते समय वह उसके भी अगले पैर के दाहिने पंजे में जा फंसी। थके-मांदे भल्लूक ने कुछ देर तो पैर को झटके दे उस अवांछित तत्त्व से मुक्त होने का प्रयास किया पर जब वह उसके पंजे से निकलने के बदले उससे उलझता ही गया तो उसने इसकी चिंता छोड़ दी और उसके साथ ही अपनी गुफा की ओर बढ़ चला। अश्व में भी उसकी अब कोई रुचि नहीं थी। अर्द्ध-दिवस पर्यन्त युद्ध-रत रहने के फलस्वरूप उसकी क्षुधा अवश्य जाग्रत हो आई थी पर उसकी पूर्ति के लिए उसका ध्यान उस समय अपनी गुफा में पड़े फलों विशेषकर उन बदरिक-फलों (बेर) पर लगा था जिन्हें उसकी अनुपस्थिति में उसकी बेटी ने बटोर रखा होगा। पूर्ण दक्षा थी उसकी बेटी फलों को चुनने में क्योंकि वह उसकी तरह चार पैरों पर नहीं चलती थी। उसके आगे के दो पैर पूर्णतया मुक्त रहते थे। पीछे के दो पैरों पर ही वह दौड़-धूप, उछल-कूद कर लेती थी। नहीं, उसकी तरह पशु नहीं थी उसकी बेटी, मानवी थी वह और उसकी भी कहानी थी।

चालीस

अन्ततः बलराम की युक्ति सफल सिद्ध हुई। पशुओं विशेष कर अश्वों के मार्गों के अन्वेषक—उनके मल-मूत्र की गन्धों द्वारा उनके गमन की दिशाओं का ज्ञान रखनेवाले—लोगों की सहायता से श्रीकृष्ण, नगर के उन सम्भ्रान्त लोगों के साथ जिन्हें उन्होंने साक्षी स्वरूप रख लिया था, उस स्थान पर पहुंच ही गए जहां प्रसेन मरा पड़ा था।

श्रीकृष्ण के साथ सभी लोगों ने प्रसेन के वस्त्रों में अच्छी तरह ढूंढ़ा-ढांढ़ा, चारों तरफ दूर-दूर तक अन्वेषित किया किन्तु स्यमन्तक मणि को नहीं मिलना था तो वह नहीं ही मिली।

"यह तो स्पष्ट है कि प्रसेन की हत्या किसी केसरी द्वारा हुई है।" पशु-विशेषज्ञों में से एक ने कहा।

"यह बात तो स्पष्ट ही है। चारों ओर पड़े पंजों के चिह्न किसी सिंह के ही हैं।" कइयों ने हामी भरी।

"तो फिर हम उस सिंह के ही अन्वेषण में क्यों नहीं सक्रिय हों?" किसी वृद्ध ने अपना मंतव्य रखा।

"क्यों? इससे लाभ?" किसी ने अपनी आशंका को अभिव्यक्ति दी।

"हो सकता है वह सिंह ही स्यमन्तक ले गया हो।"

"वृद्धावस्था में आपकी बुद्धि कुंद हो गई है। भला सिंह का मणि से क्या प्रयोजन? वह भी क्या कोई भोज्य पदार्थ है अथवा सिंह को गले में अलंकरण धारण करने की लालसा जगी है?" किसी ने कटाक्ष किया।

"वृद्धस्य वचनं ग्राह्यं—बूढ़े के वचन को अवश्य मानना चाहिए।" किसी अन्य ने उस वृद्ध का समर्थन किया, "मान लिया सिंह का मणि से कोई प्रयोजन नहीं है किन्तु प्रसेन की हत्या के क्रम में कहीं मणि उसके पंजे में फंस गई हो तब?"

"यह संभव है।" पशु-विशेषज्ञों में कइयों ने एक साथ कहा। "चारों तरफ सिंह के तीन पंजे ही स्पष्ट दीखते हैं। आगे के दाहिने पंजे के स्थान पर बड़ा ही धूमिल और कुछ बड़ा-सा चिह्न पड़ा मिलता है। वस्त्र से वेष्टित किसी वस्तु का चिह्न लगता है यह। हो सकता है प्रसेन ने किसी मंजूषा आदि में स्यमन्तक को रख कर उसे किसी वस्त्र-खंड से वेष्टित कर दिया हो और वह वस्त्राच्छादित मंजूषा सिंह के पंजे से जा फंसी हो।"

"आपका कहना उचित प्रतीत होता है।" श्रीकृष्ण ने अपनी सहमति व्यक्त की तो सभी सिंह के पंजों का अनुसरण करते हुए आगे बढ़े।

कुछ ही दूरी पर अश्व का शव दृष्टिगोचर हुआ।

"यह अश्व उसी सिंह द्वारा मृत हुआ है।" पशु विशेषज्ञों ने कहा।

"कैसे? कोई और सिंह या व्याघ्र तो इसके प्राण ले सकता है अथवा कोई रीछ ही।" शंकालुओं की कमी नहीं होती।

"कारण स्पष्ट है। मार्ग के पंजों और यहां के पंजों को मिला लीजिए, कोई भेद नहीं है।" पशु-विशेषज्ञों में से एक ने स्पष्ट किया।

"ठीक है पर अब तो प्रसेन और अश्व दोनों जाते रहे। प्रसेन के पास मणि है नहीं। इस अश्व की 'जीन' में ही ढूंढ़ लें, कहीं उसी में छिपा कर प्रसेन ने

स्यमन्तक को रखा हो।" कहकर एक-दो लोग घोड़े की जीन में तथा आस-पास मणि को ढूंढने लगे।

"व्यर्थ है यह सब।" पशु-विशेषज्ञों ने कहा, "मणि सिंह के अगले पंजे में फंसी पड़ी है, यह सिद्ध हो चुका है। सिंह यहां से आगे बढ़ा है तब भी उसी की तरह के चिह्न छोड़ता गया है। तीन पंजों के स्पष्ट प्रतीत होते और चौथे के स्थान पर वही धूमिल-सा अस्पष्ट चिह्न।"

"तब तो इन पंजों का पीछा करना ही उचित है।" श्रीकृष्ण ने कहा।

"अवश्य।" पशु-विशेषज्ञों ने एक साथ संपुष्टि की।

सिंह के पद-चिह्नों का पीछा करते-करते वे उसके प्राण-हीन तन तक पहुंच गए। सबों ने तत्काल उसके पंजों की परीक्षा ली। उनमें से किसी में कुछ नहीं था। संध्या के घिरते अन्धकार की तरह सबके मुख पर निराशा का तम घिर आया।

"चिन्ता की कोई बात नहीं। मणि अब एक भयानक रीछ के अधिकार में है।" तत्काल एक पशु-विशेषज्ञ बोला।

"कैसे?" कइयों के मुख से एक साथ निकला।

"आस-पास की भूमि का अवलोकन करो। यहां दो विशाल वन्य जीवों में तुमुल युद्ध हुआ है। पंजे के निशानों से स्पष्ट है कि एक तो यह सिंह था और दूसरा एक भीमकाय भल्लूक।" पशु-विशेषज्ञों में से एक ने कहा।

"यह कैसे सम्भव है? इस सिंह की हत्या कोई और सिंह भी तो कर सकता है? भला कोई रीछ किसी सिंह के प्राण ले?" सम्भ्रान्त नागरिकों में से किसी एक ने शंका की।

"अब सत्य को कैसे मिथ्या में परिवर्तित कर दें?" वही पशु विशेषज्ञ कुछ झल्लाया, "इस सिंह के साथ जिस पशु का युद्ध हुआ है उसके पंजों के चिह्न तो उसे स्पष्टतः रीछ सिद्ध करते हैं। वह भी कोई साधारण रीछ नहीं कोई भीमकाय भल्लूक।"

"ठीक है।" नागरिकों में से एक ने कहा, "हमें भल्लूक अथवा शेर से क्या लेना-देना? जिससे मतलब है उसका तो यहां भी दूर-दूर तक पता नहीं।" इस मध्य सभी ने चारों तरफ पूरी तरह देख लिया था, सचमुच स्यमन्तक का कहीं अता-पता नहीं था।

"स्यमन्तक यह रीछ ले गया।" पशु-विशेषज्ञों में से एक अत्यन्त अनुभवी-से प्रतीत होते व्यक्ति ने अपना निर्णय सुनाया।

"यह क्या नाटक है?" एक सम्भ्रान्त नागरिक अपनी खीज पर नियन्त्रण नहीं कर सका, "यह मणि है या कोई मांस-पिंड जिसे कभी कोई सिंह ले जाता है, कभी कोई रीछ?"

"क्रोधित होने की बात नहीं महाशय, हम पशु-विशेषज्ञ कुछ सोच-समझकर ही कोई बात बोलते हैं, मणि जब सिंह के पंजों से गायब है, इस अश्व के आस-पास भी उपलब्ध नहीं तो उस रीछ के सिवा इस घोर कानन में उसे और कौन ले जा सकता है। कोई मानव-आकृति यदि यहां इस मध्य भूले-भटके भी पहुंची होती तो उसके पैरों के चिह्न तो यहां होते?"

"बात तो तथ्याधारित है।" इस बार श्रीकृष्ण ने चारों ओर की भूमि का

सूक्ष्म निरीक्षण करते हुए कहा।

"क्षमा करें द्वारिकाधीश।" एक वृद्ध नागरिक ने कहा, "मुझे नहीं लगता कि स्यमन्तक मणि कोई भल्लूक ले गया है अपने साथ।"

"क्यों?" श्रीकृष्ण ने पूछा।

"यह तो पशु-विशेषज्ञों से ही पूछ लीजिए।" उस व्यक्ति ने विशेषज्ञों के प्रति एक व्यंग्य-भरी दृष्टि डालते हुए कहा।

"क्या कह रहे हैं हमारे यह सम्मान्य नागरिक?" श्रीकृष्ण पशु-विशेषज्ञों की ओर मुड़ते हुए बोले।

"मैं बता रहा हूं," विशेषज्ञों के नेता ने आरम्भ किया, "इनका ध्यान इस बात की ओर गया है कि सिंह की हत्या के पश्चात् रीछ ने यहां से प्रस्थान किया है तो सिंह की तरह मात्र उसके तीन पंजों के ही स्पष्ट चिह्न धरती पर नहीं उभरे हैं, अपितु उसके चारों पंजे स्पष्टतः अपना चिह्न छोड़ते उत्तर दिशा की ओर बढ़ गए हैं। है न यही बात?" पशु-विशेषज्ञ ने पूछा।

"हां, बात यही है। भल्लूक के किसी पंजे में स्यमन्तक मणि की वस्त्र-वेष्टित मंजूषा नहीं फंसी है," उस सम्भ्रान्त नागरिक ने उत्तर दिया, "और उस पशु से यह आशा भी नहीं की जा सकती कि वह मंजूषा को अपनी पीठ पर लाद कर ले गया है।"

"कौन कहता है कि वह उसे अपनी पीठ पर लाद कर ले गया है?" पशु-विशेषज्ञ ने आत्मविश्वास से भर कर पूछा।

"तो कैसे ले गया है?"

"मुंह में।"

"मुंह में? क्या कहते हैं आप? मैंने पहले ही कहा था कि वह कोई मांस-पिंड नहीं कि हर पशु उस पर टूटता चलेगा।" उस प्रतिष्ठित नागरिक ने तर्क दिया।

"और आपको क्या नहीं पता कि रीछ मूलतः शाकाहारी प्राणी है?" पशु-विशेषज्ञ भी अपना नियन्त्रण खोते हुए बोला।

"यही तो, यही तो," उस संभ्रान्त नागरिक ने कहा, "जब रीछ शाकाहारी प्राणी है तो वह एक व्यर्थ की वस्तु को अपने मुंह में लिये क्यों चलेगा?"

"इसलिए कि शाकाहारी रीछ को फल बहुत प्रिय है और अवश्य सिंह के साथ इस घोर युद्ध में मंजूषा और उसके वेष्टन की हो गई होगी दुर्दशा और स्यमन्तक अपनी पूरी चकाचौंध के साथ बाहर आ गया होगा और···।"

"और उसे कोई अद्भुत फल समझ रीछ उसे मुंह में लेकर चलता बना होगा।" पशु-विशेषज्ञ की बात के पूर्ण होने के पूर्व ही उस सम्भ्रान्त नागरिक ने व्यंग्य कसने का प्रयास किया।

"आपका कहना सर्वथा समीचीन है। घटना यही घटी है।" पशु-विशेषज्ञ दृढ़ता से बोला।

"पर आप इसे कैसे भूल सकते हैं महाशय कि वह भल्लूक अपने लुभावने फल को तत्काल अपने पेट के हवाले भी कर सकता है। न टूटे वह दांतों से, निगल तो उसे वह सकता ही है।" नागरिक ने अकाट्य तर्क प्रस्तुत किया।

"यह संभव है।" पशु-विशेषज्ञ ने निराश स्वर में कहा।

"इसमें निराशा की कोई बात नहीं," श्रीकृष्ण ने तत्काल कहा, "मणि यदि

भल्लूक ले गया है तो उसे हम प्राप्त कर ही लेंगे। यदि मुख में रखकर ले गया है तो उसे प्राप्त करने में कोई समय नहीं लगने का और अगर अपने उदर के हवाले कर चुका है तब भी उसके पेट को विदीर्ण कर उसे प्राप्त किया जा सकता है।"

श्रीकृष्ण की बात सबको तर्कपूर्ण लगी पर एक सम्भ्रान्त नागरिक ने अपनी आशंका को अभिव्यक्ति दे ही दी। "भल्लूक अत्यन्त ही भयावह प्राणी होता है। इस कुरूप जीव को तो रूप से घोर वितृष्णा अथवा कहिए ईर्ष्या होती है। यह प्राणियों विशेषकर मनुष्य के आनन को ही अपने खूंखार पंजों का लक्ष्य बनाता है। ऐसी स्थिति में मणि चाहे उसके उदर के बाहर हो या अन्दर उसे प्राप्त करना आसान नहीं। हम सब एकत्रित होकर भी युद्ध-रत हों तब भी उस रीछ का कुछ नहीं बिगाड़ सकते। है भी वह भीमकाय। पंजों के निशान ही यह सिद्ध करते हैं। फिर जो भयावह पशु सिंह तक की हत्या कर सकता है उसके समक्ष कुछेक मनुजों की क्या गणना? लगता है हमें रिक्त हस्त ही द्वारिका लौटना पड़ेगा और श्रीकृष्ण के सिर पर लगे कलंक को धोने में हम समर्थ नहीं हो पायेंगे।"

श्रीकृष्ण एक क्षण को स्तब्ध रहे। यह कलंक बना ही रहेगा? बात फिर राधा की मन में आई। क्या बीतेगा उस पर? क्या सोचेगी वह कि ब्रज के जिस माखन-चोर छोरे को उसने युग-पुरुष, पुरुषोत्तम, क्या-क्या बनाना चाहा था वह मात्र मणि-चोर होकर रह गया! ऐसी जग गई उसके मन में ऐश्वर्य-लालसा की ख्याति, शौर्य, उत्सर्ग, उत्थान आदि सभी दैवी गुणों को तिलांजलि दे वह आसुरी प्रकृति का शिकार हो गया? लोभ का? लालच का? ऐसा कि अपनी तामसी वृत्तियों की अभिपूर्ति के लिए उसे सचमुच के चौर्य-कर्म पर उतरना पड़ा! अभी कुछ ही दिनों पूर्व किस रूप में उसने अपने यथार्थ प्रेम को अभिव्यक्ति दी थी। सभी रानियों-पटरानियों यहां तक की पट्टमहिषी के प्रेमाभिमान को भी चूर्ण-चूर्ण कर दिया था। अब जब वह इस कलंक की संपुष्टि की बात सुनेगी तो क्या बीतेगी उस पर?

"ऐसा नहीं होगा।" श्रीकृष्ण के मुंह से अनायास निकला। सभी की आंखें उनके शुभ्र आनन पर केन्द्रित हो गईं। ऐसा नहीं होगा, क्या तात्पर्य आखिर श्रीकृष्ण कहना क्या चाहते थे? सभी के मन में यही बात थी।

"हम उस रीछ का वध करके रहेंगे। चाहे वह कितना भी विशाल और भयावह क्यों न हो। पहले हम उसका सन्धान तो पा लें।" और ऐसा कहकर वह रीछ के पद-चिह्नों के पीछे-पीछे चल पड़े। विवश होकर पशु-विशेषज्ञ एवं साथ के सम्भ्रान्त नागरिक भी उनके साथ लग गए।

पद-चिह्न पर्याप्त स्पष्ट थे क्योंकि इधर कोई मानव चरण कभी भूल कर ही आते हों। यमराज-सदृश इस रीछराज का भी आतंक रहा होगा इस क्षेत्र में, इसीलिए अन्य पशुओं के पदचिह्नों का भी कोई अता-पता नहीं था इस क्षेत्र में।

पदचिह्नों का पीछा करते उन्हें बहुत समय नहीं लगा कि वे एक भयानक गुफा के पास आकर समाप्त हो गए। निस्सन्देह यह गह्वर ही रीछराज का आवास था। गुफा के मुंह पर सभी ठिठक गए। साक्षात् काल के मुंह में प्रवेश करें, यह साहस कोई नहीं जुटा पा रहा था। सभी एक-दूसरे के मुँह की ओर निहारने में लगे थे। श्रीकृष्ण की दृष्टि जिस पर पड़ती वही अपना सिर नीचा कर लेता—

कहीं उसे ही गुफा-प्रवेश का आदेश नहीं दे देवें। श्रीकृष्ण सबका असमंजस पढ़ गए।

"किसी को अन्दर नहीं जाना है। सभी बाहर खड़े रहें, मैं स्यमन्तक को प्राप्त करूंगा।" उन्होंने अपना निर्णय सुनाया और गुफा के अन्दर प्रवेश करने को हुए।

"यह क्या कर रहे हैं आप?" कइयों ने एक साथ कहा, "रीछ महाबली है और फिर आपका मुख तो स्वयं नील-मणि की कान्ति लिये हुए है। आपको देखते ही आपके आनन को ही अपना आखेट बनाएगा वह। रीछ की प्रकृति के सम्बन्ध में अभी-अभी हम बातें कर चुके हैं।"

"कलंकित मुख को लेकर द्वारिका लौटने के बदले रीछ द्वारा विद्रूप किए चेहरे के साथ लौटना कहीं अधिक अच्छा है।" श्रीकृष्ण ने उत्तर दिया। उनके मुख की नीलकान्ति उनके आत्मविश्वास के प्रकाश में और दीप्त हो उठी।

"किन्तु···।" कुछ लोगों ने कहा।

श्रीकृष्ण पूरी बात समझ गए और उसी दृढ़ता के साथ बोले, "आप यही न कहना चाहते हैं कि कुरूप मुख से भी द्वारिका तो मैं तभी न लौटूंगा जब वह रीछ-राज मुझे लौटने दे? वह मेरा कुछ नहीं बिगाड़ेगा। ब्रज में विशाल पशुओं से युद्ध का मेरा पर्याप्त अभ्यास है। आप निश्चिन्त रहें। मैं सुरक्षित स्यमन्तक के साथ आऊंगा।"

"अगर आप सचमुच सुरक्षित आ गए तो आपके साथ स्यमन्तक ही नहीं, कुछ और भी होगा।" पशु-विशेषज्ञों के नेता ने गुफा के आस-पास की भूमि का सूक्ष्मता से निरीक्षण करते हुए कहा।

"क्या?" श्रीकृष्ण ने साश्चर्य पूछा।

"एक सुन्दरी।" पशु-विशेषज्ञ ने उत्तर दिया और गुफा के इर्द-गिर्द उगे कुछ मानवी पदचिह्नों की ओर इंगित कर कहा, "निश्चित ही ये किसी सुन्दरी नारी के चिह्न हैं। तलवे की रेखाएं उसे अनुपम सुन्दरी बताती हैं। मैंने थोड़ा बहुत ज्योतिष-शास्त्र भी सीखा है। अवश्य एक अनिंद्य सुन्दरी इस गुफा में बन्दिनी बनी पड़ी है। इस गुफा के आसपास से अधिक दूर वह उसे नहीं जाने देता। शायद फल-फूल की प्राप्ति के लिए ही वह उसे इतनी अनुमति देता है। ऐसे भी रीछों द्वारा मनुष्य के बच्चों के पालने के कई उदाहरण सुनने में आए हैं।"

"अब जो हो, मैं तो चला अन्दर। आप बाहर मेरी प्रतीक्षा करें। मां भवानी ने चाहा तो मैं सकुशल स्यमंतक के साथ बाहर आ जाऊंगा।"

"हम भी आपके साथ चलते हैं।" प्रायः सभी नागरिकों ने एक साथ कहा। "हम आपको अकेले काल के गाल में नहीं जाने दे सकते।"

"नहीं।" श्रीकृष्ण ने दृढ़तापूर्वक प्रतिवाद किया, "मैं एक एकाकी रीछ से एकाकी ही निपटना चाहूंगा। आप जब तक चाहें यहां मेरी प्रतीक्षा करें। विलम्ब हो तो द्वारिका लौट जायं।" इतना कहकर श्रीकृष्ण गुफा के अन्दर प्रवेश कर गए।

इकतालीस

जाम्बवती को ठीक ही एक रीछ ने पाला था। वह चार-पांच वर्ष की रही होगी कि कन्द-मूल की खोज में अपनी मां के साथ इस घोर कानन के इस भाग में भटक आई। दुर्भाग्यवश वह रीछराज उस समय गुफा के आस-पास ही घूम रहा था। उसके भीमकाय शरीर पर दृष्टि पड़ते ही मां-बेटी दोनों संज्ञा-शून्य हो गईं। रीछराज ने किसी का कुछ नहीं बिगाड़ा पर मां को मरी समझ वह बेटी को उठाकर गुफा के अन्दर प्रवेश कर गया। होश में आने पर मां ने बेटी को आस-पास नहीं पाया तो रीछराज द्वारा उसकी हत्या के प्रति आश्वस्त हो स्वयं अपने प्राण लेकर भाग खड़ी हुई।

जाम्बवती को अपना नाम-धाम ठीक से याद था। आदिवासी-कन्या होते हुए भी सौन्दर्य-दान में निसर्ग ने उस पर विशेष ही अनुकम्पा की थी। रीछराज देर तक पहले उसके चेहरे को देखता रहा। आकर्षक चेहरों के प्रति स्पर्धा-ग्रस्त होने के बाद भी उस रीछ ने उस बालिका का कुछ नहीं बिगाड़ा। वह तब तक उसके पास बैठा रहा जब तक उसे होश नहीं आया। संज्ञा-शून्यता समाप्त होते ही उस भयानक पशु पर दृष्टि पड़ते ही जाम्बवती एक बार फिर बेहोश होते-होते रही किन्तु रीछ ने एक दुलार भरी चपत अपने दाहिने पंजे से उसके गाल पर लगाई। पता नहीं इस चपत ने उस बालिका के अन्दर आश्वस्ति की सृष्टि की अथवा भय की किन्तु उसके बाद वह कभी बेहोश नहीं हुई।

रीछ ने अपने अनुसार उसकी सुविधा का पूरा ध्यान रखा। कन्दमूल फल विशेषकर बेर आदि वह उसके लिए बाहर से लाता रहा और जाम्बवती धीरे-धीरे बड़ी होती गई। रीछ था तो पशु पर उसकी बुद्धि पर्याप्त प्रखर थी। वह जाम्बवती के भोजन की ही व्यवस्था नहीं करता बल्कि वस्त्र और आभूषण का भी ध्यान रखता। कभी-कभार गुफा के आस-पास कोई औरत दीख जाती तो वह उसका और कुछ नहीं बिगाड़ता पर उसके देखने मात्र से होश खोते ही उस नारी के वस्त्र और आभूषण को अपने अगले पंजों में फंसा वह गुफा में दाखिल हो जाता और जाम्बवती के सामने उन्हें रख देता। वह उसे बेटी की तरह पालने लगा था और जाम्बवती का मन भी धीरे-धीरे उस गुफा में लग गया था। आरम्भ में एकाध बार उसने वहां से, रीछ की अनुपस्थिति में भागना भी चाहा था पर रीछ के पंजे के एक हलके स्पर्श ने ही उसे मार्ग पर ला दिया था और फिर वह भाग्य से समझौता कर बैठी थी।

जाम्बवती अब पूर्ण यौवना थी। फल-फूल पर पलता शरीर पूरी तरह भर आया था और चेहरे की चमक पहले से कई गुनी बढ़ गई थी। इधर कुछेक वर्षों से वह गुफा उसे सचमुच काटने लगी थी और वह वहां से मुक्ति पाने को व्यग्र हो रही थी। रीछराज को भी उसके मनोभावों को पढ़ने में अधिक समय नहीं लगा था और उसने उस पर अपनी चौकसी और बढ़ा दी थी। उसे हर प्रकार से प्रसन्न रखने का भी वह प्रयास करने लगा था और इसी प्रयास के क्रम में लाया था वह उस मणि को अपने मुंह में दबाकर। नहीं वह उसे खा नहीं सकता था, न दांतों से बर्बाद ही कर सकता था उसे। उसे तो देना था उसे अपनी बेटी को जिसे पाकर वह शायद फिर इस गुफा को छोड़कर कभी नहीं जाना चाहे। पर उसे

रीछराज को कहां पता था कि यह मणि ही उसका काल बनने वाली थी और उसकी पोषिता के पलायन का कारण भी।

श्रीकृष्ण ने गुफा-प्रवेश किया तो उनके अनुमान के विपरीत वह पूरी तरह प्रकाश से जगमग लगी। वह अपेक्षाकृत एक विशाल कन्दरा अथवा गुहा थी। पर्वत के अन्दर दूर तक धंसी। वहां किसी तरफ से सूरज की किरणों के प्रवेश का कोई उपाय ही नहीं था। इसके बाद भी वहां दिन से अधिक प्रकाश भरा पड़ा था अपितु ऐसा प्रकाश जिसमें आंखें चौंधिया जायं।

एक क्षण को वह कुछ समझ नहीं सके पर दूसरे ही क्षण उनकी दृष्टि गुफा की एक दीवार पर प्राकृतिक रूप से बने एक छिद्र पर गई और छिद्र में रखी एक वृहदाकार, प्रकाश-उगलती मणि पर। तो यह स्यमन्तक मणि का प्रकाश था जिससे पूर्ण गुफा प्रदीप्त हो रही थी! श्रीकृष्ण को समझने में समय नहीं लगा। किन्तु इसके पूर्व कि वह गुफा का पूर्ण निरीक्षण समाप्त कर पाते, एक कर्णभेदी गुर्राहट उनके कान के पर्दों को फाड़-सी गई। उन्होंने आवाज की ओर दृष्टि फेरी। जैसी उनकी कल्पना भी नहीं थी उससे भी भीमकाय, भयावह भल्लूक उन पर दृष्टि गड़ाए बैठा था। ठीक उससे थोड़ी दूर बैठी थी एक अनिंद्य सुन्दरी जाम्बवती। रीछ द्वारा लाए वस्त्रों-आभूषणों से उसने अपने को भरसक अच्छी तरह सजाया-संवारा था किन्तु अगर वह चिथड़ों में भी ढंकी रहती तो उसके सौन्दर्य और देह-यष्टि किसी को भी आकृष्ट करने को पर्याप्त थे।

श्रीकृष्ण जहां के तहां रुक गए। प्रथमतः वह रीछ और उस युवती पर अपनी उपस्थिति की प्रतिक्रिया का अनुमान लगा लेना चाहते थे। रीछ अपने स्थान पर बहुत कुछ निर्भीक-सा बैठा रहा। पहली गुर्राहट के पश्चात् ही वह चुप हो गया था। शायद उसके लिए एक अकेले व्यक्ति के होने और न होने का कोई अर्थ नहीं था। वह जब चाहता अपने एक पंजे के प्रहार से ही उसके प्राण हर सकता था। किन्तु जाम्बवती की भावभंगिमा विचित्र थी। उसने अपने जीवन में इतना सुन्दर पुरुष देखा ही नहीं था। वह चार-पांच वर्ष की उम्र में इस गुफा की बन्दिनी बनी थी, अतः स्त्री-पुरुष के मध्य के अन्तर से वह अनभिज्ञ हो ऐसी बात नहीं थी। किन्तु यह भी सत्य था कि उस उम्र के बाद उसने मानव-जाति के दर्शन भी नहीं किये थे। ऐसे में श्रीकृष्ण का विश्वमोहन रूप उसके नेत्रों को बांध गया तो बांध ही गया। वह पूर्ण-यौवना थी और स्वाभाविक था कि उसके मन में पहली बात आई कि वह इस सुदर्शन-पुरुष के साथ इस गुफा से किसी तरह निकल भागे। वह जानती थी कि रीछ भले ही अभी आश्वस्त होकर पड़ा है किन्तु वह किसी भी स्थिति में यहां तक पहुंच आये इस व्यक्ति को जीवित वापस नहीं जाने देगा। जाम्बवती के चेहरे के उतरते-चढ़ते भावों का श्रीकृष्ण सूक्ष्मता से निरीक्षण करने लगे थे। उसकी आंखों में उभरते आश्चर्य-भाव को भी लक्षित करने में वह नहीं चूके। रीछ के प्रति तो वे वैसे ही आश्वस्त थे जैसे रीछ उनके प्रति आश्वस्त था। दोनों अपने शौर्य और बल-वीर्य को एक दूसरे से बढ़कर मान रहे थे।

किन्तु श्रीकृष्ण का वास्तविक कर्त्तव्य न तो अभी जाम्बवती से सम्बन्धित था न रीछराज से। जाम्बवती की उपस्थिति तो उनके अन्दर राधा की स्मृति

जगा गई। वह इस तरह उनकी ओर निर्निमेष दृष्टि से देख रही थी कि उन्हें लग रहा था कि वह रीछ का बध कर स्यमन्तक प्राप्त कर गुफा से निकलना भी चाहें तो यह युवती उन्हें अकेले नहीं निकलने देगी। मानवीय दृष्टि से भी यह उचित नहीं था कि उसे उस घोर कानन की उस एकान्त गुफा में छोड़ दिया जाय। पर राधा ! श्रीकृष्ण का मन एक बार पुनः विद्रोह करने को प्रस्तुत हो आया। राधा के होते उन्होंने रुक्मिणीहरण किया फिर विवशता में कई रानियां-पटरानियां भी रखनी पड़ीं, पर इस सबका कोई अन्त नहीं होगा ? उन्हें महान् बनना है, उन्हें राधा की बात याद आती है, "परम्परा के अनुसार कई नारियां उनके जीवन में आ सकती हैं, इसका बुरा उसे नहीं मानना है। वह उनकी है, यही पर्याप्त है, वह कितनों के हैं इसकी चिन्ता उसे नहीं।" पर वे भी सबके होकर भी किसी के कहां हैं ? सबके होते हुए भी तो आज भी राधा ही मात्र उनकी प्रेरणा है। पर जो हो भले ही वे मानसिक रूप से राधा के सिवा किसी और से नहीं जुड़े हों और शारीरिक सम्पर्क भी पट्टमहिषी के सिवा किसी और को कठिनता से ही यदा-कदा संभव होता हो, पर पत्नियों की इतनी बड़ी सेना अपने इर्द-गिर्द बटोरते जाना राधा की उदारता का अनुचित लाभ उठाना नहीं था क्या ?

नहीं, कृष्ण के मन ने विद्रोह किया। राधा के साथ वह बहुत छल नहीं कर सकते और यह सब छल के सिवा कुछ नहीं था। जाम्बवती अगर उनके साथ जाती है तो निश्चित ही वह उन्हीं का होकर रहना चाहेगी। अपने उद्धारक के अलावा नारी किसी अन्य को समर्पित हो नहीं सकती। और दूसरा कोई उसे ग्रहण भी क्यों करेगा ? वासुदेव कृष्ण की संगिनी बनकर जो नारी आये वह सागर-जल में खड़ी होकर भी अपने अन्तर-वाह्य की विशुद्धता की शपथ ले तो कोई उस पर विश्वास करेगा ?

इस एक आकर्षक और एकाकी नारी ने श्रीकृष्ण के कर्त्तव्यबोध को ही जैसे कुंठित कर दिया। उन्होंने मन-ही-मन दृढ़ निश्चय किया, भले ही उन्हें स्यमन्तक के बिना ही लौटना पड़े, भले ही उनके ललाट पर कलंक का टीका सदा के लिए लगा रह जाय पर एक और नारी को अपने जीवन में स्थान दे वह राधा के साथ और अन्याय नहीं कर सकते। यह नारी चाहे जितनी आकर्षक अथवा एकाकी हो, यह अपना जीवन काट लेगी। अभ्यस्त हो चुकी है वह इस जीवन का। पर वे राधा की एक और सौत (?) नहीं रख सकते अपने महल में।

इधर जाम्बवती की स्थिति दयनीय थी। वह किसी मूल्य पर इस सुदर्शन पुरुष की जीवन-रक्षा करना चाहती थी और किसी तरह उसकी होकर ही अपने शेष जीवन को व्यतीत करने को वह दृढ़-प्रतिज्ञ हो चुकी थी। श्रीकृष्ण को देखकर न केवल उसे अपने नारीत्व का पूर्ण बोध हुआ था अपितु अब तक किस रूप में वह जीवन के एक अत्यन्त सुखद पक्ष से वंचित रही, इसका बोध भी उसे बड़ी तीव्रता से हो रहा था। काश, वह उस गुफा में नितान्त एकाकी होती, यह रीछराज यहां पर नहीं होता तो क्या वह इस कमनीय पुरुष को यों ही छोड़ देती जिसके दर्शन-मात्र से ही उसका सम्पूर्ण अस्तित्व जैसे सूर्य के समक्ष पड़े हिम की तरह गला जा रहा था ? नहीं, उसने हिम नहीं देखा था। सूरज की किरणें अवश्य यदा-कदा देखी थीं। पर उसे लग रहा था कि इस पुरुष की उपस्थिति में उसके अन्दर कुछ विगलित होता जा रहा है, पिघलता जा रहा है। काश, वह इस व्यक्ति

को बचा पाती। पर यह असंभव था। यह स्वयं काल के गाल में प्रवेश कर चुका था। अभी यह रीछ बैठा है पर अपनी तरफ पीठ फेरते ही वह अपने पंजे के एक प्रहार से ही इनका काम तमाम कर देगा। वह परिचित थी उसकी शक्ति से। मृगराजों को धूल चटाते उसने इसे देखा था। गुफा के बाहर जब कभी आस-पास घोर गर्जना होती और उसमें इस रीछराज का गर्जन भी सम्मिलित होता तो वह अवश्य ही गुफा-द्वार परं निकलकर बाहर सम्पादित हो रहे तमाशे को देखती। उसके मनोरंजन का वही एकमात्र साधन था। उसका पालक यह रीछ जिसे अब वह अपना पिता भी मानने लगी थी, किसी भी वन्य जीव से भिड़ जाता। चाहे वह गजराज हो या मृगराज या उसी की तरह का भयानक भल्लूक, अधिक-से-अधिक एक-दो घण्टे की पैंतरेबाजी और गर्जन-तर्जन के बाद वह उसकी गर्दन और चेहरे पर अपने खूंखार पंजों से इतने प्रहार करता कि उसके प्राण देखते-देखते शून्य में मिल जाते! नहीं, किसी का उद्धार नहीं था यहां से। न इस नीलमणि की कांति वाले पीताम्बरधारी व्यक्ति का न उसके अभिशप्त जीवन का। उसकी आंखें छलछला आईं। वह तो इस अभिशप्त जीवन को जीने को विवश थी। यही नियति थी उसकी। पर यह किस दुर्भाग्य का मारा स्वयं यहां पहुंच आया? काश, वह बच पाती या नहीं, पर कम-से-कम उसे ही बचा देती तो उसके मन को फिर भी एक सन्तोष होता। उस गुफावासिनी, अनाड़ी आदिवासी जंगली नारी ने प्रेम अथवा त्याग या उत्सर्ग नामक कोई शब्द नहीं सुना था। न प्रथम दृष्ट्या आकर्षण की बात ही वह जानती थी। पर उसे इतना लगता अवश्य था कि इस पुरुष से श्रेष्ठ इस पृथ्वी पर शायद ही और कोई हो। वह सदा-सदा के लिए उसका हो जाना चाहती थी पर अगर यह संभव नहीं था तो वह कम-से-कम इस नर-श्रेष्ठ के प्राण ही बचा पाती तो कुछ कम बड़ी बात नहीं होती। बोलने की आदत उसकी चार-पांच वर्ष की उम्र से ही छुटी हुई थी। उस समय तक जितने शब्द उसने सीखे थे वे पर्याप्त नहीं थे इस अवसर के लिए। पर उन शब्दों से ही काम चलाना था उसे आज।

अगर वह व्यक्ति उसकी तरह यहां बन्दी हो जाय तो क्या अच्छा हो, एक क्षण को यह बात उसके मन में आई तब तो उसके दिन भी आराम से कट जायं। एक तो यह वन्दी बनाया नहीं जा सकता क्योंकि उसकी तरह वह हत-भाग्य नहीं होगा जिसका कोई और ठिकाना नहीं हो, दूसरे वह यहां के कन्दमूल पर अपना जीवन व्यतीत करे तो इसके शरीर की यह कान्ति रह पायेगी?

"पथिक! तुम यहां से चले जाओ।" जाम्बवती ने कहा। श्रीकृष्ण इस मोहक स्वर पर एक बार उसकी ओर मुड़कर देखे फिर अपनी व्रजवासिनी प्रिया राधा की याद कर मन्द स्वर में बोले, "मैं जाने के लिए नहीं आया।"

"तब?"

"मैं इस स्यमन्तक मणि के लिए आया हूं जिसके कारण गुफा असंख्य सूर्य-रश्मियों द्वारा प्रकाशित-सी हो रही है।"

"पथिक, मैं तुम्हारी भाषा नहीं समझ रही। पर इतना समझ गई कि तुम इस चमकीली चीज के लिए आये हो, पर इतना समझ लो इसे हाथ भी लगाया तो मेरा यह पिता तुम्हें जीवित नहीं छोड़ेगा।" जाम्बवती ने अनुनय भरे शब्दों में कहा।

"तो यह तुम्हारा पिता है ?" श्रीकृष्ण कुछ आश्चर्य से बोले।

"हां।"

"कैसे ?"

"क्योंकि इसने मुझे जन्म नहीं दिया है पर पाला-पोसा अवश्य है।"

"तो अगर इस स्यमन्तक मणि जिसे तुम मात्र एक चमकीली चीज समझी हो, के लिए तुम्हारे इस विचित्र पिता से मेरा युद्ध हो तो तुम इसी का साथ दोगी ?"

"नहीं, मैं तटस्थ रहूंगी।"

"क्यों ?"

"क्योंकि यह मेरा पिता जो हो, तुम भी मेरे कुछ अवश्य लगने लगे हो। पता नहीं क्यों एक ही दृष्टि में मैं कैसे तुम्हें एकदम अपना मानने लगी हूं। पर यह युद्ध और इसके सम्बन्ध में सोचना भी व्यर्थ है।" जाम्बवती निराशा से भर कर बोली।

"क्यों ?"

"क्यों क्या ? उत्तर स्पष्ट है। तुम ठहरे मेरी ही तरह साधारण मनुष्य। अगर तुमने इस मणि को हाथ भी लगाना चाहा तो अपने पंजे के एक ही प्रहार से यह जाम्बवान तुम्हारा काम तमाम कर देगा।"

"तुम इस रीछ को जाम्बवान कैसे कहती हो ?"

"मैं नहीं कहती।"

"तब ?"

"आस-पास के लोग ऐसा कहते हैं। गुफा से निकलकर कई बार इसे बाहर विचरण करते तो लोगों ने देखा ही है। वे कहते हैं यह वही रीछराज जाम्बवान है जिसने लंका-युद्ध में राम की सहायता की थी। यह महाबली है। भल्लूक यों भी शीघ्र नहीं मरते। हो सकता है वे ठीक ही कह रहे हों। मैं क्या जानूं, मैं तो पांच वर्ष की उम्र से ही यहां कैद हूं। उस समय जो कुछ सुना-समझा उसी के आधार पर कह रही हूं। पर मैं तुम्हारे हाथ जोड़ती हूं, तुम यहां से चले जाओ।"

"लौटना मेरी प्रकृति में नहीं !" श्रीकृष्ण ने दृढ़ता से कहा।

"तब तुम्हारा कोई शव भी नहीं पायेगा ? कौन आयेगा इस भयावह गुफा में तुम्हारी खोज-खबर लेने ?" जाम्बवती रोने-रोने को हो आई।

श्रीकृष्ण के मन में उसके प्रति स्वाभाविक सहानुभूति जगी, "तुम रोती क्यों हो ?"

"क्योंकि तुम मुझे अच्छे नहीं, अपने लगते हो और अपनी आंखों के सामने तुम्हारे शरीर के चिथड़े होते देखना मैं सहन नहीं कर सकती।" जाम्बवती के स्वर पर फिर अनुनय चढ़ा था।

"तुम्हारा नाम क्या है ?"

"जाम्बवती।"

"यह तुम्हारे माता-पिता का दिया नाम है !"

"माता-पिता के नाम को लेकर अब क्या करना ? मेरा यह पिता जाम्बवान और मैं इसकी बेटी जाम्बवती।"

"जाम्बवती !" श्रीकृष्ण ने सीधे उसे सम्बोधित किया, "मैं इस स्यमन्तक की ओर बढ़ता हूं। तुम चाहो तो गुफा के एक किनारे चली जाओ। यहां घोर युद्ध

होगा। पता नहीं वह कब तक चले।" श्रीकृष्ण निर्णायक शब्दों में बोले।

"तुम्हें डर नहीं लगता ?" जाम्बवती अपने स्थान से बिना हटे ही बोली।

"नहीं, डर मेरी प्रकृति में नहीं है।"

"पलायन तुम्हारी प्रकृति में नहीं है, डर तुम्हारी प्रकृति में नहीं है, आखिर तुम हो कौन ? ऐसा पुरुष तो मैंने अब तक नहीं देखा।"

"मैं पुरुषोत्तम हूं।"

"अर्थात् ?" जाम्बवती कुछ नहीं समझकर बोली।

"मैं सभी पुरुषों में श्रेष्ठ हूं, अतः पुरुषोत्तम हूं।"

"यह तुम कह रहे हो ?"

"नहीं, मैं नहीं कहता। इसे वह कहती है।"

"वह कौन ?"

"एक है जो मेरी सर्वस्व है। जो मेरे कारण न जीती है न मरती है। वह मुझे संसार का सर्वश्रेष्ठ पुरुष मानती है और एक दिन···।" श्रीकृष्ण यहीं पर रुक गए।

"एक दिन क्या ?" जाम्बवती ने जिज्ञासा की।

"एक दिन वह मुझे भगवान के रूप में भी देखना चाहती है।"

"आदमी कहीं भगवान होता है ?" भोली जाम्बवती ने प्रश्न किया।

"होता नहीं, चाहे तो अपने सदगुणों, अपने शौर्य-वीर्य, अपनी चारित्रिक विशेषताओं के कारण लग सकता है।"

"क्या नाम है उसका ?"

"राधा।" श्रीकृष्ण ने बड़े मीठे शब्दों में कहा।

"तुम भी उसे बहुत मानते हो ?" जाम्बवती के स्वर पर निराशा चढ़ी।

"स्वाभाविक है। वह मेरी शक्ति है। मेरी प्रेरणा। उसके बिना मैं कुछ नहीं हूं।" श्रीकृष्ण भावातिरेक में बोल गए।

"कोई बात नहीं," जाम्बवती कुछ सोचती हुई बोली, "मैं फिर भी तुम्हारे साथ रहना पसन्द करूंगी। न करो तुम मुझे प्यार। मैं तुम्हारे चरणों की दासी बनकर ही रहूंगी।"

"यह शब्द तुमने कहां से सीखा ?"

"कौन ?"

"यही प्यार ? यह तो बड़ा विशुद्ध और प्रेरक शब्द है और तुम तो पांच वर्ष की उम्र में ही यहां कैद हो गई ?" श्रीकृष्ण ने आश्चर्य से पूछा।

"हम आदिवासियों में सब कुछ बहुत पहले ही जान लेते हैं। पर प्यार का जो अर्थ तुम मुझे बता रहे हो वह मेरे लिए सर्वथा अपरिचित है।"

"होगा। पर अब वार्तालाप में ही बहुत समय निकल गया है, क्या तुम अब मुझे अपने पिता इस रीछराज से युद्ध की अनुमति देती हो ?"

"एक बात पर ?"

"कौन-सी बात ?"

"अगर किसी तरह तुम विजयी हुए जो कि कठिन ही लगता है तो तुम्हें मुझे अपने साथ रखना होगा।"

"असंभव।"

"क्यों ?"

"क्योंकि मैंने पहले हो कहा कि मेरे अन्दर कोई और बसती है ।"

"राधा ?"

"हां ।"

"तो मैं तुम्हारे अन्दर नहीं, बाहर बसूंगी ।"

"तो तुम्हारी मुझसे कोई अपेक्षाएं नहीं होंगी ?"

"नहीं । न शारीरिक न मानसिक । यह तुम पर निर्भर करेगा कि तुम कैसे रखना चाहते हो ।"

"ठीक है । तो मैं इस स्यमन्तक की ओर बढ़ता हूं ।"

"पर सावधानी से । तुम्हारे हाथ में कोई अस्त्र-शस्त्र भी नहीं । पर चारों ओर देख लो । इस गुफा में चट्टानें ही चट्टानें पड़ी हैं—नुकीली और भारी । अगर तुम पैंतरे बदलने में कुशल हो और इन चट्टानों का ठीक से प्रयोग कर सको तो विजयी भी बन सकते हो । पर इसमें लगेगा समय । यह रीछराज इतना शीघ्र मरने का नहीं । पर मैं तुम्हारी एक सहायता कर सकती हूं ।"

"क्या ?"

"मैं तुम्हारे हाथ में युद्ध के समय चट्टानें थमा सकती हूं ।"

"तुम ऐसा करोगी ?" श्रीकृष्ण आश्चर्य से बोले ।

"क्यों ?"

"यह जाम्बवान तुम्हारा पिता है । तुम्हीं ने तो कुछ देर पहले कहा था ।"

"होगा, पर किया है क्या उसने ? मुझे बन्दिनी बना दिया है । आरम्भ में मैं इसके प्रति भावुक अवश्य हो गई थी । पर अब नहीं । तुम्हें देखने के पश्चात् लगा कि तुमसे बढ़कर कोई मेरा अपना है ही नहीं । हम आदिवासियों में विवाह आदि की विधि बचपन में ही पूरी हो जाती है, अतः मैं जानती हूं कि विवाह के पश्चात् पत्नी का प्यार केवल पति के लिए होता है । वह शेष सभी को भूल जाती है ।"

"तो तुम्हारा विवाह हो गया ?"

"हो तो गया ।"

"अच्छा ? किससे ?"

"तुमसे ।"

श्रीकृष्ण का मन खिलखिलाकर हंसने को हुआ । कहां आये थे स्यमन्तक लेने कहां बैठे-बिठाए यह रीछ-कन्या गले पड़ी ।

"एक बात तो हो सकती है ।" उन्होंने कुछ सोचकर कहा ।

"क्या ?"

"इस रीछ की हत्या के बाद मैं तुम्हें तुम्हारे मां-बाप के पास पहुंचा दूं ?"

"कोई नहीं है मेरा," जाम्बवती ने आरम्भ किया, "कोई रहता तो अब तक मेरी सुधि किसी-न-किसी प्रकार नहीं लिये रहता ? यह रीछ क्या सदा इसी गुफा में पड़ा रहता है ? और फिर मैं भी तो बाहर निकलकर गुफा के आस-पास घूम लेती हूं ? और कहा तो, कोई हो भी तो क्या ? अब तुम्हारे सिवा मेरा कोई नहीं ।"

"तो अब मैं यह मणि उठाता हूं ।" श्रीकृष्ण दो पग आगे बढ़ते हुए ब.ले । रीछ जो अब तक चुपचाप बैठा यह सब तमाशा देख रहा था, जोर से गुर्रा । और उठकर खड़ा हो गया । उसे श्रीकृष्ण का मन्तव्य ज्ञात हो गया था । म । से वह

किसी भी स्थिति में हाथ नहीं धो सकता था। इसके पूर्व कि श्रीकृष्ण का हाथ मणि तक पहुंचे, उसने पंजे से मारकर उसे भूमि पर गिरा दिया। और दूसरा पंजा उसने श्रीकृष्ण की तरफ चलाया। श्रीकृष्ण पैंतरा काटकर उसके इस वार को बचा गया। सिंह से भी अधिक क्षिप्रता से वार बचा जाने की इस कला पर जाम्बवती मन-ही-मन प्रसन्नता से भर गई। उसे लगा कि यह पुरुष देखने में कोमल चाहे जो हो, पर था युद्ध-कुशल।

अपने वार को व्यर्थ जाते देख रीछ क्रोध से भर आया और वह बहुत जोर से श्रीकृष्ण की ओर उछला। जाम्बवती ने आंखें मूंद लीं। उसे लगा, अब प्राण गए इस पुरुष के। पर दूसरे ही क्षण रीछ की एक दर्द-भरी गुर्राहट से उसने आंखें खोलीं। श्रीकृष्ण उसके दाहिने पंजे को अपने हाथ में पकड़ चुके थे और जोर पूर्वक उसे ऐंठ रहे थे। दर्द से रीछ कराह उठा था। जाम्बवती का मन प्रसन्नता से तालियां बजाने को हुआ पर दूसरे ही क्षण वह रीछ मुक्त था। कुछ दूर जाकर खड़ा हो वह अपने पंजे को जमीन पर रगड़-रगड़ उसे कुछ आराम दे रहा था। इसी मध्य जाम्बवती ने एक बड़ी चट्टान उठाकर उनकी तरफ बढ़ाई। श्रीकृष्ण ने जोर से उसे रीछ पर दे मारा। यह ठीक उसके पेट पर लगा। पंजे और पेट के दर्द को भूलकर रीछ इस बार सीधे श्रीकृष्ण की ओर कूदा और उन्हें अपने दोनों पंजों में दबोच लिया। जाम्बवती के तो प्राण मुंह को आ गए। निकट था कि वह रीछ श्रीकृष्ण को अपने बड़े-बड़े नखों से फाड़-चीरकर रख देता। पर उसी समय जाम्बवती ने एक नुकीले चट्टान से रीछ के मस्तक पर भीषण प्रहार किया। बड़े-बड़े काले केशों के कारण रीछ के सिर में वह पत्थर कोई घाव तो नहीं कर सका पर उसे वेदना असह्य हुई। उसने तत्काल श्रीकृष्ण को छोड़ दिया और जाम्बवती की ओर मुड़ा। वह उसकी सभी चालों से परिचित थी। बात की बात में वह पास के एक वृक्ष पर जा चढ़ी। श्रीकृष्ण को उसकी इस क्षिप्रता पर आश्चर्य हुआ। पर आश्चर्य करने का समय नहीं था। वह भल्लूक श्रीकृष्ण को छोड़कर पेड़ की ओर बढ़ गया था और पीछे की ओर से पेड़ पर चढ़ने लगा था। पेड़ पर चढ़ जाने पर वह निश्चित ही जाम्बवती को पकड़ने में सक्षम हो जाता और तब वह उसके चिथड़े कर रख देता।

श्रीकृष्ण विकट स्थिति में थे। चूंकि भल्लूक पीछे की ओर से ही पेड़ पर चढ़ रहा था, अतः उसके दोनों भयानक पंजे और लम्बा कुरूप थूथन (मुंह) नीचे की ओर ही थे। उन्हें छेड़ना आसान नहीं था। फिर भी उन्होंने साहस से काम लिया और दोनों हाथों से उसके दोनों पंजों को पकड़ उसे नीचे खींचना आरम्भ किया। वह नीचे तो नहीं आ सका पर उसकी गति जहां की तहां रुक गई। भयभीत जाम्बवती को तो लग रहा था कि किसी क्षण वह रीछ की चपेट में आ जायेगी। जब देर हुई तो उसने डरते-डरते पीछे मुड़कर देखा। श्रीकृष्ण पूरी शक्ति से उसके दोनों पंजों को पकड़कर झूल रहे थे और दोनों पिछले पैरों को पेड़ में फंसाये वह अपने थूथने से श्रीकृष्ण के चेहरे पर प्रहार करने के प्रयास में लगा था, पर वे उसका हर वार बचाए जा रहे थे। जाम्बवती को कुछ बल मिला। उसने दोनों हाथों से जोर-पूर्वक रीछ की पीठ पर प्रहार आरम्भ किया। पर खाली हाथों का यह प्रहार घने केशों से भरे रीछ का क्या बिगाड़ता? वह निश्चिन्त हो अपने पंजों को श्रीकृष्ण के हाथों से छुड़ाने में लगा रहा। पर उसके पंजे तो जैसे

लौह शिकंजे में फंस गए थे। उसके लाख प्रयासों के बावजूद वे श्रीकृष्ण के हाथों से नहीं छुट पा रहे थे। थूथने से उनके चेहरे पर प्रहार करने का उसका सारा प्रयास विफल हो रहा था। उधर जाम्बवती ने एक नया ही उपाय निकाला था। पेड़ की एक अच्छी मोटी डाली को तोड़कर उसने उससे रीछ पर प्रहार आरम्भ कर दिया था।

यह चोट रीछराज पर भारी पड़ रही थी। उधर श्रीकृष्ण के और जोर लगाने और उसके अगले पंजों को ऐंठते जाने के फलस्वरूप वह विवश हो गया और अन्ततः पेड़ को छोड़कर वह भूमि पर जा कूदा। जाम्बवती कुछ देर पेड़ पर ही बैठी अपनी उखड़ती सांसों को सहेजती रही।

रीछ उधर दोनों पैरों पर खड़ा हो गया था और श्रीकृष्ण पर झपटने को प्रस्तुत था। वह क्रोध में आंखें मूंद कर श्रीकृष्ण की ओर तीव्रता से बढ़ा। खड़े रीछ के दोनों पंजों को श्रीकृष्ण ने दोनों हाथों से पकड़ लिया। पंजों के पकड़े जाने के बाद भी रीछ ने उन्हें जोर का धक्का दिया। उसके भारी-भरकम शरीर का धक्का श्रीकृष्ण नहीं झेल पाये और भूमि पर जा पड़े। रीछ उन्हें पुनः दबोचने के लिए आगे बढ़ा पर श्रीकृष्ण बिजली की गति से उठ खड़े हुए। रीछ भी पुनः दोनों पैरों पर खड़ा हो गया। उसने अगले पंजों से श्रीकृष्ण के चेहरे पर प्रहार करने का प्रयास किया पर वे उसके प्रहार को पैंतरे काट कर बचा गए और पीछे से अकस्मात् सामने आकर उसके अगले पंजों को पुनः पकड़ लिया। अब दोनों गुत्थमगुत्था हो गए।

जाम्बवती भी अब तक पेड़ से नीचे उतर आई थी और वह ध्यान से रीछ और श्रीकृष्ण के मल्ल-युद्ध को देखने में लग गई थी। उसे आश्चर्य हो रहा था कि वह विशालकाय रीछ इस व्यक्ति को अपने लाख प्रयासों के बावजूद भूमि पर गिराने में सफल नहीं हो रहा था। इस बार श्रीकृष्ण ने ही उसके पंजों को पूरी शक्ति से मरोड़ कर एक जोर का धक्का दिया और रीछ पीछे की ओर एक खुरदरे चट्टान पर जा गिरा। श्रीकृष्ण उसकी छाती पर जा बैठे और मुक्कों से उसके वक्ष को पीटना आरम्भ किया। पर इससे उसका क्या बिगड़ना था? थोड़ी देर में अपनी सांसों पर काबू पा वह कर्णभेदी आवाज में गुर्राया और एक जोर की उछाल दे श्रीकृष्ण को अपने ऊपर से दूर फेंक दिया। वह फिर दोनों पैरों पर खड़ा हो गया। किन्तु उस बार उसने उनके पास आने की हिम्मत नहीं की। वह दूर से ही भारी-भारी चट्टानें उठाकर उनकी ओर फेंकने लगा पर वे हर वार को बड़ी सावधानी से बचा जाते। पत्थर फेंकते-फेंकते जब वह थक गया तो फिर वह दोनों पैरों के बल पर खड़ा हो क्रोध से फुफकारते हुए उनकी तरफ बढ़ा। क्रोध की अधिकता से उसके मुख से सफेद गाज निकल रही थी और उसके नथुने जोर-जोर से फड़क रहे थे। उनसे निकली गर्म सांसें श्रीकृष्ण के चेहरे का स्पष्ट स्पर्श कर रही थीं। उसकी गंदी सांसों को झेलना भी उनके लिए कठिन हो रहा था।

वे रीछ को आगे बढ़ते देख पीछे की ओर खिसके और इसी मध्य जाम्बवती ने एक बड़ी चट्टान उनके हाथ में थमा दी। उन्होंने उसे घुमा कर रीछ के चेहरे पर दे मारा। चट्टान भल्लूक के ठीक थूथने पर लगी और उसकी नाक से रक्त-प्रवाह आरम्भ हो गया। इसी मध्य श्रीकृष्ण ने दूसरी चट्टान उठायी और उनका

वह बार भी खाली नहीं गया चट्टान ठीक रीछ के सिर पर लगी और तेजी से आगे बढ़ता वह जहां का तहां बैठ गया।

उस मध्य श्रीकृष्ण भी थक कर चूर हो गए थे। वह भी एक किनारे बैठ गए। जाम्बवती ने उन्हें कुछ फल और मेवे लाकर दिए और एक पत्थर के पात्र में जल भर कर दिया। जाम्बवान अपने स्थान पर बैठा यह सब देखता रहा। उसके काले रूक्ष केश क्रोध में उठते-गिरते रहे। कुछ देर के विश्राम के पश्चात् दोनों फिर उठ खड़े हुए। रीछ फिर दोनों पैरों से ही बढ़ा। श्रीकृष्ण भी आगे बढ़े और उसके दोनों पंजों को पकड़ कर जोर का धक्का दिया। वह तेजी से उसी पेड़ से टकराया जिस पर चढ़कर कभी जाम्बवती ने अपने प्राण बचाये थे। पेड़ धराशायी होकर भूमि पर जा पड़ा। उस बलवान रीछ ने इस पेड़ को ही उठा लिया और उसी से प्रहार करने श्रीकृष्ण की ओर बढ़ा। जाम्बवती के प्राण मुंह को आ गए। उसे लगा अगर पेड़ का यह वार सीधा श्रीकृष्ण पर पड़ा तो वह बच नहीं पायेंगे। पर श्रीकृष्ण तत्परता से पैंतरे काट गए और भल्लूक के ठीक पीछे आ उसकी कमर को अपनी दोनों विशाल भुजाओं से पकड़ लिया। भारी पेड़ को हाथ में लिये वह रीछ अपनी कमर को छुड़ाने के लिए छटपटाता रहा पर जब उसका कुछ वश नहीं चला तो उसने उस पेड़ को बलपूर्वक जाम्बवती की ओर ही फेंक दिया। जाम्बवती तेजी से पीछे भागी और बाल-बाल बच गई।

श्रीकृष्ण अब घोर क्रोध में भर आये और शरीर की सारी शक्ति को अपने हाथों में भरकर उन्होंने भल्लूक की कमर ही मरोड़ डाली। वह कटे वृक्ष की तरह भूमि पर जा गिरा। अब वह चाहकर भी नहीं उठ सकता था। जाम्बवती के आश्चर्य का ठिकाना नहीं रहा। इतने शक्तिशाली, विशालकाय भल्लूक को कमर से तोड़ देना किसी साधारण व्यक्ति का कार्य नहीं हो सकता था। वह तीव्रता से श्रीकृष्ण के वक्ष से आ लगी।

"यहां नहीं। यहां कोई और रहता है।" श्रीकृष्ण ने धीरे से कहा और जाम्बवती को वक्ष से हटा अपने पार्श्व में खड़ा कर लिया। भल्लूक उधर भीषण दर्द से कराह रहा था। उसकी कराह से पूरी गुफा ध्वनित-प्रतिध्वनित हो रही थी।

"इसे इस दर्द में छोड़ना ठीक नहीं।" जाम्बवती ने कहा, "आखिर इसने मुझे पाला तो है।"

"तब?" श्रीकृष्ण ने पूछा।

"उसके प्राणों को मुक्ति दे दो और फिर इसे यहीं गाड़ दिया जाय जिससे इसके मांस को कौए और गीदड़ नहीं खाएं।"

"ठीक कहती हो तुम पर इसकी विशाल काया से प्राणों को निकालना आसान है क्या?"

"है। इन चट्टानों का प्रयोग करो। इनकी मार से घण्टे दो घण्टे न सही, एकाध दिन में तो इसकी जीवन-लीला समाप्त ही हो जायगी। जीवन-भर टूटी कमर लेकर कराहने की अपेक्षा चट्टानों की मार का यह दर्द कम ही खलेगा। मैं अब एक चट्टान भी उस पर नहीं चला सकती। आखिर मैं उसकी पोषिता पुत्री जो हूं।"

श्रीकृष्ण ने वही किया और जब इस रीछराज को अच्छी तरह समाधि दे स्यमन्तक और जाम्बवती के साथ गुफा से बाहर आये तो वहां कोई नहीं था।

निश्चित ही उनके साथी उनकी प्रतीक्षा करते-करते निराश होकर लौट गए थे। गुफा में स्यमन्तक के द्वारा फूटते निरन्तर प्रकाश के कारण दिन और रात का भेद मिट गया था, अतः कहना कठिन था कि कितने दिन और कितनी रातें उन्होंने रीछ के साथ युद्ध में बिताये। बाद में द्वारिका लौटे तो पता लगा, पूरे बारह दिन लगे थे उन्हें गुफा में।

बयालीस

या देवि सर्वभूतेषु शान्ति रूपेण संस्थिता
नमस्तस्यै, नमस्तस्यै, नमस्तस्यै नमोनमः।
या देवि सर्वभूतेषु कान्तिरूपेण संस्थिता
नमस्तस्यै, नमस्तस्यै, नमस्तस्यै, नमोनमः।
या देवि सर्वभूतेषु शक्तिरूपेण संस्थिता
नमस्तस्यै, नमस्तस्यै, नमस्तस्यै, नमोनमः।
या देवि सर्वभूतेषु मातृरूपेण संस्थिता
नमस्तस्यै, नमस्तस्यै, नमस्तस्यै, नमोनमः।

श्रीकृष्ण ने जब स्यमन्तक और जाम्बवती के साथ द्वारिका में प्रवेश किया तो स्थान-स्थान पर सम्पन्न हो रहे अनुष्ठानों और शक्ति-स्त्रोतों ने उनका ध्यान आकृष्ट किया। वे स्वयं दुर्गा भवानी के बहुत बड़े भक्त थे पर इस वृहत् स्तर पर आयोजित अनुष्ठानों ने उन्हें आश्चर्य में डाल दिया। पर उनकी जिज्ञासा शीघ्र ही शान्त हो गई।

नगर-द्वार पर आते-न-आते पुरवासियों के समूह ने अपने प्रसन्नतातिरेक में सब कुछ बता दिया—"अरे आप सकुशल आ गए और साथ में यह सुर-दुर्लभ स्यमन्तक और यह स्वर्गिक सुन्दरी भी! हम सभी तो आपकी प्राण-रक्षा और सकुशल वापसी के लिए ही मां भवानी के प्रति प्रार्थना-रत थे। आपके साथ गए नागरिकों ने तो यहां यह दुःसंवाद फैला दिया कि आप किसी भयानक भल्लूक के द्वारा गत-प्राण हो गए।"

"का-पुरुष!" श्रीकृष्ण के मुख से अनायास निकला, "वे युद्ध-समाप्ति तक मेरी प्रतीक्षा भी नहीं कर सके।"

"वे तो दो ही दिनों में भाग आए!" किसी वाचाल नागरिक ने कहा, "उनके अनुसार दो दिन क्या दो घंटे ही पर्याप्त थे उस खूंखार रीछ के लिए आपके चिथड़े कर देने को। उनके अनुसार उस रीछ के पदचिह्न किसी गज के पद-चिह्नों से कुछ कम नहीं थे। वे तो नाखूनों और पंजों के माध्यम से स्पष्ट हुआ था कि वे किसी विशाल रीछ के चरण-तल थे वरना कहीं भल्लूक भी होता है इतना विशाल!"

"खैर, वह भल्लूक मारा गया।" श्रीकृष्ण ने लोगों को आश्वस्त किया। वे अपने महल तक लौटे, जाम्बवती को रथ में बैठाए। पीछे-पीछे प्रसन्नता से उन्मत्त हुआ नागरिकों का अपार समूह। जय-जयकार की गगनभेदी ध्वनि। अब तक

लोगों ने जाम्बवती का नाम भी श्रीकृष्ण-मुख से ही पता कर लिया था और एक नई रानी के स्वागत के लिए नगर को सजाने-संवारने निकल गए थे।

श्रीकृष्ण को कुछ समय लगा था रुक्मिणी को प्रकृतिस्थ करने में। एक ओर तो वह श्रीकृष्ण के सकुशल आगमन से प्रफुल्ल-चित्त थीं वहीं दूसरी ओर एक अत्यन्त रूपवती, अक्षत-यौवना बाला को उनकी पार्श्वगामिनी बनी देख वह एक अनाम पीड़ा से भी अभिभूत हो आई थीं।

श्रीकृष्ण ने रुक्मिणी के मन के भावों को पढ़ा था और उन्हें आश्वस्त करने के लिए स्पष्ट किया था—"यह दुर्भाग्य-ग्रस्ता बालिका उस भल्लूक की काल-गुहा में ही मिली। इसका कोई कहीं नहीं है। उसने मुझे ही अपना सर्वस्व मान लिया है और यह भी स्पष्ट किया है कि उससे मुझे कोई अपेक्षा नहीं। केवल दृष्टि भर मुझे देख लिया करे, यही उसके लिए यथेष्ट होगा। यह तुम्हारी सौत नहीं, सखी बन कर आई है।"

पट्टमहिषी कुछ क्षणों तक तो स्तब्ध-सी खड़ी रहीं। सोचा, पता नहीं क्यों उस पुरुष पर मैं न्यौछावर हुई जिस पर हर दिन कोई-न-कोई न्यौछावर होकर आ जाती हैं? अब तक इस महल में रानियों की कमी थी कि एक यह चली आ रही है ठीक स्यमन्तक मणि की तरह ही देदीप्यमान और ज्वलंत। पर फिर कुछ संभल कर कहा, "कोई बात नहीं, स्वागत है नई रानी का।" और फिर धीरे से जोड़ा जिससे बात केवल कृष्ण के कानों तक ही पहुंचे, "जब हमने उस राधा को अब तक झेल लिया जो तुम्हारे सांस-सांस में बसी है तो ऐसी कई जाम्बवतियों को झेलना भी हमारे लिए कठिन नहीं।"

पर रुक्मिणी को कहां पता था कि यह स्यमन्तक मणि प्रसेन के लिए जितनी अशुभ रही हो उसके लिए भी उससे कम अशुभ नहीं। अभी तो वह एक ही सौत लेकर आई है, दूसरी इसी नगरी में प्रतीक्षा-रत है। पर वह इस आशंका से सर्वथा निश्चिन्त जाम्बवती के संस्कार और स्वागत में लग गई। वर्षों तक रीछ की गुफा में वास करने से उसके शरीर पर धूल-गर्द और मैल की एक मोटी पर्त्त ही जम गई थी। तन से भी एक विचित्र गन्ध आ रही थी जो रीछ के शरीर की गन्ध से ही मेल खाती थी।

घण्टों के स्नान-मंजन और सुगन्ध-लेपन तथा वस्त्राभूषणों से श्रृंगारित होने के पश्चात् ही वह श्रीकृष्ण की पार्श्ववर्तिनी बनने के सर्वथा उपयुक्त हुई और उस दायित्व को रुक्मिणी ने पूरी तत्परता से निभाया। वह जानती थी कि उस अशरण-शरण ने अपनी प्रकृति-वश भले ही उस जाम्बवती को इस महल में ला पटका है पर उनके तटस्थ स्वभाव और प्रायः अन्तर्मुखी प्रकृति के कारण उसे श्रीकृष्ण सान्निध्य का अवसर तो मिलने से रहा। जब उनके सदृश रूपवती पट्ट-महिषी उ[illegible] मन नहीं मोह सकी और उनके मन के सिंहासन से उस ग्वालन राधा [illegible] अपदस्थ नहीं कर सकी तो एक रीछ की पोषिता पुत्री क्या खाकर उनके मन को बांधेगी?

पर सत्यभामा? वह तो एक अप्रत्याशित विपत्ति थी। सत्यभामा को क्या देखा नहीं था उसने? सत्राजित् की उस लाड़ली और षोडशी कन्या के समक्ष तो सौ पट्टमहिषियों के रूप पानी भरें। क्या सत्यभामा के साथ भी श्रीकृष्ण वही तटस्थ व्यवहार करेंगे, उसी स्थितप्रज्ञता का परिचय देंगे जो वह अन्य रानियों और विशेषकर पट्टमहिषी के साथ देते रहे हैं? उसे क्या पता था कि यह स्यमन्तक मणि अपने साथ उसकी दो-दो सौतें लेकर उपस्थित होगी! भले कह लें श्रीकृष्ण उनको मात्र उनकी सखी पर संसार तो उन्हें उनकी सौत के रूप में ही देखेगा?

तैंतालीस

नहीं, स्यमन्तक नहीं रखनी थी श्रीकृष्ण को अपने पास। उनके भाल से कलंक की कालिमा पुंछ चुकी थी और यही पर्याप्त था। माना स्यमन्तक मणि सौभाग्य-शालिनी थी, माना वह बहुमूल्य थी, बहुमूल्य ऐसी कि द्वारिका का सम्पूर्ण साम्राज्य तुला पर एक तरफ रख दिया जाय और दूसरी तरफ स्यमन्तक तो भारी स्यमन्तक को ही पड़ना था—अपनी महत्ता, अपनी मूल्यवत्ता के कारण। माना श्रीकृष्ण बहुत श्रम से काल के मुंह में प्रवेश कर ही उसे पुनः द्वारिका वापस लाने में समर्थ हो सके थे। इस तरह उस पर उनका सर्वाधिकार था। वह चाहते तो उसे अपने पास ही रख सकते थे अथवा अधिक-से-अधिक उग्रसेन के कोष के हवाले कर सकते थे। पर नहीं, उनका कार्य अब पूर्ण हो चुका था। न उन्हें किसी धनराशि अथवा बहुमूल्य मणि-माणिक्य की आवश्यकता थी न द्वारिका के कोष की ही।

स्यमन्तक को अब सत्राजित् के पास लौटना था। प्रथम अधिकार तो उसी का इस पर बनता था। उसका अनावश्यक गर्व अब चूर-चूर हो चुका था और उसका व्यर्थ अहंकार सर्वथा के लिए आहत।

श्रीकृष्ण ने उग्रसेन को सिंहासनारूढ़ कर नगरवासियों की सभा आहूत की। सभी सामन्त और सभासद, सेनापति भी उपस्थित हुए। सत्राजित् को भी विशेष स्वागत-सत्कार के साथ उस सुसज्जित समारोह में उपस्थित कराया गया। एक उच्चासन पर उसे विराजमान कर नृप उग्रसेन की आज्ञा ले श्रीकृष्ण ने सत्राजित् को सम्बोधित किया—

"महामात्य सत्राजित्, भगवान सविता के प्रति आपकी आस्था अटूट है। उनके प्रति की गई आपकी तपश्चर्या अद्भुत, अनुपम और अपरिमेय है। जगत् में आपके सदृश सविता के अनुग्रह का पात्र अब तक न हुआ है न आगे होगा। महीनों तक सूर्य की ओर निर्निमेष रहकर आपने जिस गायत्री मन्त्र का पुरश्चरण किया वह सामान्य व्यक्ति के धैर्य और श्रद्धा के लिए एक अनन्य उदाहरण है। पर काश, सभी में यह निष्ठा जागृत हो पाती, सबमें यही तपश्चर्या उदित हो जाती। पर ऐसा संभव नहीं है। तभी तो भगवान सूर्य की अनुकम्पा-स्वरूप यह स्यमन्तक मणि आप ही को मिली और आपके पूर्व न वह किसी को हस्तगत हुई न आपके पश्चात् ही यह किसी को प्राप्त होने वाली है। इस दृष्टि से आपकी साधना

सराहनीय है, आपकी उपासना अतुलनीय। आप हम सभी के वरेण्य हैं, हम सभी के श्लाघ्य, पूज्य और स्तुत्य।

"पर आपने एक ही भूल की। व्यर्थ ही भयभीत हो आपने उस मणि को द्वारिका से बाहर भेजने का प्रयास किया और उस क्रम में न केवल अपने प्रिय भाई प्रसेन से आपको हाथ धोना पड़ा अपितु आपने मेरे ऊपर भी कलंक लगाने का अशोभनीय कार्य किया। निश्चय ही यह आपके साधक व्यक्तित्व के अनुकूल नहीं था। आपके तापस रूप को आपके अविवेक ने आच्छादित कर दिया वर्ना जान-बूझकर आप मुझ पर चौर्य कर्म का आरोप नहीं लगाते। माना मैंने किशोरावस्था में ब्रज में दधि-माखन की चोरी की। पर वह तो कैशोर लीला थी। आप कैसे समझ गए कि ब्रज का वह दधि-माखन चोर द्वारिका में भी एक मणि-चोर के रूप में सबकी सहमति का लक्ष्य बन जायेगा?

"खैर जो हुआ सो हुआ। मेरे मस्तक से यह कलंक भी धुल गया और स्यमन्तक मणि भी द्वारिका को वापस आ गई। पर मैं आपको अपने अधिकार से वंचित नहीं करना चाहता। यह निश्चय ही आपकी साधना का प्रतिफल है, इसे आप ही को प्राप्त होना चाहिए। भले ही आरम्भ में मैंने इसे राजकोष में जमा करने की बात कही थी पर जब उसके कारण आपको अपने प्रिय भाई से भी हाथ धोना पड़ा तो मैं इसे नृप उग्रसेन के आदेश से आप ही को वापस करना चाहूंगा। आप इसे कृपया शिरोधार्य करें।"

यह कहकर एक नये स्वर्ण मंजूषा में सुरक्षित स्यमन्तक को श्रीकृष्ण ने सत्राजित् की ओर बढ़ाया। उन्होंने उसके ढक्कन को थोड़ा-सा उठाया जिससे उसकी झलक से सबकी आंखें चौंधियाते-चौंधियाते रहीं और सबको विश्वास हो गया कि मंजूषा के अन्दर स्यमन्तक ही है। सत्राजित् कुछ देर तक अपने स्थान पर काष्ठवत् बैठा रहा।

श्रीकृष्ण ने उसे पुनः सम्बोधित किया, "पूज्य-चरण सत्राजित्, आप संकोच क्यों कर रहे हैं? इस मणि पर अब किसी का अधिकार नहीं, सिवा श्रीकृष्ण के। यह तो आपके तथा सम्पूर्ण द्वारिकावासियों के हाथ से भी जाती रही थी। अब यह मेरी है और मैं स्वयं इसे आपको समर्पित कर रहा हूं।"

सत्राजित् अब खड़ा हो गया और बोला, "आप धन्य हैं वसुदेव पुत्र! ये सम्पूर्ण बातें आप ही के मुख से शोभा दे रही हैं। आप पुरुषोत्तम हैं, परम पुरुष! उस बलशाली रीछ का बध किसी साधारण व्यक्ति के वश की बात नहीं थी। आपने अपनी उदारता, कर्तव्य-भावना, प्रजा-प्रियता के साथ-साथ अनेक बार अपने अद्भुत कार्यकौशल और बुद्धि-चातुर्य के अलावा अपनी भुजाओं के अपार बल और अपने अदम्य पौरुष और अद्भुत शौर्य का भी परिचय दिया है। कंस-बध के पूर्व और उसके पश्चात् भी आपकी असामान्य वीरता और साहस से हमारा साक्षात्कार होता रहा है।" सत्राजित् थोड़ा रुके और फिर आंखों की नम हो आई कोरों को पोंछते हुए बोले, "माना कि उस मणि पर आपका सर्वाधिकार है और आप स्वेच्छा से मुझे उसे प्रदान कर रहे हैं पर इस नगर के नागरिक होने के नाते उस राजकोष के प्रति मेरा भी तो कुछ कर्तव्य बनता है। मैं भी अपनी स्वेच्छा से इस मणि को महाराज उग्रसेन के कोष में दान-स्वरूप प्रदान करता

हूं।" सत्राजित् के यह कहते ही सभा में जोर की करतल ध्वनि हुई और देर तक होती रही।

सत्राजित् उतनी देर तक खड़े रहे और जैसे ही करतल ध्वनि समाप्त हुई, वह बोले। संकोच का एक पर्दा उनके चेहरे पर स्पष्ट झलका पर दूसरे ही क्षण उसने उसे झटक दिया और गुरुगम्भीर स्वर में आरम्भ किया, "वासुदेव! मैं बहुत लज्जित हूं। मैंने आपके साथ अक्षम्य अपराध किया है। पाप किया है मैंने और पाप बिना प्रायश्चित के नहीं कटता। अतः, मैंने उसके प्रायश्चित का भी विधान कर लिया है। मैं इस सभा को साक्षी बनाकर कहता हूं कि उस प्रायश्चित स्वरूप मैं अपनी अत्यन्त रूपवती कन्या सत्यभामा को आपको पत्नी-रूप में प्रदान करता हूं। वह भी आपके प्रति अनुरक्त है और मुझे विश्वास है, आप मेरे इस अनुरोध को टालेंगे नहीं। इस स्यमन्तक को आप सत्यभामा का दहेज ही समझिए। दोनों को ग्रहण कर आप मुझे उपकृत करें और मेरे व्यथित और अपराध-बोध से ग्रसित अन्तर को शान्ति प्रदान करने की कृपा करें···।" इतना कहकर सत्राजित् ने सिंहासन के प्रति सिर झुकाया और बिना कोई एक शब्द बोले सभागृह से बाहर चले गए।

"ठहरिए, ठहरिए। आपने यह क्या किया? स्यमन्तक तो ठीक पर यह सत्यभामा? मैं इसे वैसे···?" पर श्रीकृष्ण का वाक्य पूरा भी कहां हो पाया? सत्राजित् तब तक उनके शब्दों की पहुंच से दूर जा चुके थे।

चौवालीस

सत्यभामा ने देखा था श्रीकृष्ण को। सत्राजित् की एकमात्र सन्तान थी वह। ऐसे नहीं भी देख पाती वह उन्हें। द्वारावती में रहती वह अवश्य थी पर पिता के विशाल महल के प्राचीरों ने उसे असूर्यंपश्या ही बना छोड़ा था। महल के महाद्वार के बाहर उसके पैर शायद ही निकल पाते थे। पिता सत्राजित् की अपेक्षा पितृव्य प्रसेन का पहरा ही अधिक प्रबल था जो उसके पैरों की बेड़ियां बन अड़ा-पड़ा था। बाल्यकाल तो अतीत की सुखद स्मृतियों के रूप में ही संरक्षित था पर कैशोर के पदार्पण के साथ ही उसकी स्वच्छन्दता निर्बाध नहीं रही थी। कृष्ण का भय जो था! वय की पक्की बेला में पहुंचकर भी श्रीकृष्ण का आकर्षण असंख्य पिताओं की चिन्ता का विषय था। गोकुल की सर्वथा अनर्गल गाथाएं द्वारिकापति के व्यक्तित्व से अब भी किसी विशाल वृक्ष के गिर्द गुम्फित लता-गुल्मों की तरह ही लिपटी पड़ी थीं। अपनी वय-प्राप्त सुताओं की दृष्टि-पथ में द्वारिकाधीश नहीं आये यही प्रयास अधिकांश पिताओं का रहता, विशेषकर उनका जिनकी यौवन-प्राप्त पुत्रियां कुछ अधिक ही आकर्षक थीं।

और सत्यभामा आकर्षक थी—आवश्यकता से अधिक। चांदनी-धुले शरीर पर शोभती शंख-ग्रीवा और उसके ऊपर आकार ग्रहण करता त्रिभुजाकार तेज-पूर्ण आनन। सीधी ऊंची नासिका। कानों तक खिंचे दीर्घ नयन। प्रफुल्ल उत्पल की तरह खिले कपोल-युगल। रूप के साथ ही बुद्धि-विवेक का उदार दान भी

दिया था प्रकृति ने सत्यभामा को।

इस रूपसी को पृथक् ही रखना था श्रीकृष्ण की दृष्टि से, सत्राजित् और उसका भाई प्रसेन कोई भी खतरा मोल लेने को तैयार नहीं थे। श्रीकृष्ण सत्यभामा की ओर आकृष्ट हों या नहीं पर सत्यभामा उन पर प्रदीप पर टूटते पतंग की तरह नहीं बिछ जायेगी, यह नहीं कहा जा सकता था। और हुआ यही था। पर हुआ वही जिसका भय था।

बात कुछ दिनों पूर्व की है। स्यमन्तक मणि की घटना के पूर्व की थी। श्रीकृष्ण उस दिन इन्द्रप्रस्थ से लौट रहे थे। द्वारिकापति के अभिनन्दन में पूरी द्वारावती नगरी नई-नवेली बधू की तरह सजाई गई थी। राजमार्ग पर पवित्र जल का छिड़काव किया गया था और मंगल-कलशों को सिर पर सजाए नगर-बालाएं मार्ग के दोनों ओर पीत परिधान में सजी खड़ी थीं— पीताम्बर-धारी के अभिनन्दन में। पिता और चाचा किसी विशेष कार्य से नगर से बाहर गए थे और उनकी अनुपस्थिति का सहारा ले सत्यभामा भी सिर पर एक जल-पूरित रंगीन कलश सजाये सहेलियों की पंक्ति में जा लगी।

बहुत सुन रखा था श्रीकृष्ण के सम्बन्ध में उसने। बचपन में कभी देखा था उन्हें पर उसके बाद तो बस सुनती ही भर रही थी उनके बारे में।

श्रीकृष्ण रथ से उतरे तो दोनों ओर सजी कलश-सज्जित बालाओं के बीच से अपने पीताम्बर के छोर को संभालते आगे बढ़े। पग ऐसे पड़ रहे थे जैसे वनराज केसरी अपनी अलमस्त उन्मुक्तता में बढ़ता जा रहा हो—आगे-पीछे बायें-दायें का ख्याल किये बिना! स्वागत में खड़े नगर-जनों और ललनाओं-बालाओं पर उन्होंने एक दृष्टि डाली थी—उड़ती हुई-सी। उनके स्वागत को अपने मुख पर सदा खेलती मन्द मुसकान को थोड़ा विस्तार दे अपनी स्वीकृति भी प्रदान की थी पर सत्यभामा को तो शायद वह देखकर भी नहीं देख पाये थे। जैसे कोई षोडस व्यंजन से सजी थाली पर एक उपेक्षा की दृष्टि भी नहीं डाले। जैसे किसी के लिए निरभ्र आकाश में उगे कार्तिक के पूर्ण चन्द्र का भी कोई अस्तित्व नहीं हो—उसकी ओर आंखें उठें तो पर उसका स्वर्गिक स्वरूप जो सागर-लहरों तक में हलचल मचा देता है, उसके लिए कोई अर्थ नहीं रखता हो।

सत्यभामा का सौन्दर्य आहत हुआ था। आकर्षण-जनित उसका दर्प एक क्षण पूर्व किसी भुजंग के तने फन के सदृश सहसा दूसरे ही क्षण सिमट-सिकुड़ कर नत हो आया था। अपनी ओर से वह पूरी तरह तैयार होकर गई थी। किसी कोण से भी अपने को सजाने-संवारने में कोई कसर नहीं छोड़ी थी। पर वरांगनाओं की रूपशिखा के विवश पतंग के रूप में ख्यात इस व्यक्ति ने तो इसकी साज-सज्जा, सौन्दर्य-आकर्षण यहां तक कि शरीर-सौष्ठव को कोई महत्त्व ही नहीं दिया था।

श्रीकृष्ण नगरजनों में विलीन हो गए थे। कुमारिकाएं अपने जल-पूरित घटों को लेकर अपने घरों को विदा हुई थीं। पर सत्यभामा बहुत देर तक पथ के किनारे ही खड़ी रही थी। एक झंझावात था जो उसके मन के अन्दर जग आया था। अब लगा था पिता सत्राजित् और विशेषकर पितृव्य प्रसेन उसकी दृष्टि तक भी कृष्ण पर क्यों नहीं पड़ने देना चाहते थे। ओह! ऐसा सौन्दर्य, इसकी तो कल्पना भी सत्यभामा ने नहीं की थी। लोग कहते हैं श्रीकृष्ण साक्षात् ईश्वर हैं, परमेश्वर। तो ईश्वर का ही सौन्दर्य था क्या वह? ब्रह्म-सौन्दर्य? हां,

किसी मानवीय आकृति में यह आकर्षण तो सत्या ने अब तक नहीं देखा था। यों बहुत घूमी-फिरी नहीं थी। पर पिता के घर आते-जाते बहुतों को देखा था। नगर के बाहर के लोग भी किसी न किसी कारण प्रति-दिन वहां आते ही रहते थे। प्रत्यक्ष नहीं तो प्रासाद के गवाक्षों से तो बहुतों को निहारा ही था उसने। नगर के अधिकांश नागरिकों को भी देखा था पर्व-त्योहारों और उत्सवों पर। पचास प्रतिबन्धों के बावजूद सहज पुरुष आकर्षण ने उसे बार-बार लोगों की ओर खींचा ही था—उसकी दृष्टि अनचाहे भी उन पर अटकी ही थी। पर रूप का यह सागर ! इस वय में भी श्रीकृष्ण का यह आकर्षण ! अब तक का देखा-सुना सब कुछ व्यर्थ हो गया था। अब पुरुष की कोई परिभाषा, उसकी कोई पहचान सत्या के लिए कुछ अर्थ रखती थी तो वह श्रीकृष्ण ही थे। उनके अलावा अब उसे कुछ भी, कोई व्यक्ति या दृश्य भी बांधने वाला नहीं था।

पर अभी तो काल ही जैसे थम गया था सत्यभामा के लिए। पृथ्वी अपनी धुरी पर चलते-चलते जैसे रुक गई थी। क्षण पलों में बदले थे और पल भी इतने लम्बे खिंचे थे कि, राजपथ पर उतरती लम्बी छाया का भी ध्यान उसे नहीं रहा था।

ठीक इसी समय अश्व पर आसीन पितृव्य उधर आ निकले थे। सत्यभामा को यहां और इस रूप में पा उनकी आंखों में आश्चर्य से अधिक प्रश्न उभरा था। सत्या को लगा था कि अश्व की पीठ पर पड़ने वाला कशाघात पितृव्य के हाथों सहसा उसकी पीठ पर नहीं पड़ जाय। पर ऐसा हुआ नहीं था। प्रसेन अश्व से उतर गए थे और सत्यभामा को अपने संग चलने का संकेत किया था।

"श्रीकृष्ण के स्वागत में आई थी ? अन्य जनपद-बालाओं की तरह ?" प्रसेन ने कुछ ऊंचे स्वर में ही पूछा था।

सत्या ने अन्तर में साहस बटोरा था और छोटा-सा उत्तर दिया था, "हां।"

"यह जानते हुए भी कि वह हम लोगों का घोर शत्रु है ?"

सत्यभामा इस बार कुछ नहीं बोली थी। उसके पितृव्य की आंखों में कुछ क्षण पूर्व तैरता प्रश्न अब उसकी बड़ी-बड़ी सजल आंखों में तैरने लगा था—शत्रु ! इतना सुदर्शन व्यक्ति भी किसी का शत्रु हो सकता है क्या ? हो भी तो वह अकारण कैसे होगा, अनायास ? अन्दर का सौन्दर्य ही बाहर प्रस्फुटित होता है कि नहीं ? जो भीतर से सुन्दर नहीं हो वह बाहर से सुन्दर हो पाएगा क्या, वह भी इस रूप में ? नहीं, श्रीकृष्ण किसी के शत्रु नहीं हो सकते। पिता और पितृव्य ने यों ही शत्रु-भाव पाल लिया होगा उनके लिए। सत्यभामा कुछ निश्चय कर रही थी अन्दर-ही-अन्दर। प्रसेन ने अनुभव किया था कि उसने उसके प्रश्न का उत्तर नहीं दिया था पर अब पूछने से लाभ भी नहीं था। वह इतना बेवकूफ नहीं था कि सत्यभामा के मन की बात को नहीं पढ़ सके। उसने भी अपना कर्त्तव्य निर्धारित कर लिया था और घर आते ही भाई सत्राजित् को सतर्क कर दिया था—"आखिर उस जादूगर के मोह-पाश में हमारी बेटी भी बंध ही गई। अब इसके बन्धनों को और कड़ा करना पड़ेगा।"

उधर दूसरे ही क्षण बिना कुछ विलम्ब किए सत्यभामा ने अपनी विश्वस्त परिचारिका से श्रीकृष्ण को लिखित सन्देश भिजवाया था—"यह जीवन-पुष्प आपके चरणों में चढ़ गया। चाहे तो इसे उठाकर अपने हृदय से लगा लें या अपने पैरों के नीचे मसल कर इसके अस्तित्व को ही निःशेष कर दें। सत्यभामा अब

श्रीकृष्ण के सिवा किसी और पुरुष की कामना तो अलग, उसकी छाया से भी दूर रहने को दृढ़-प्रतिज्ञ हो गई है।"

श्रीकृष्ण ने इस सन्देश को पढ़ा था। कुछ कहा नहीं था परिचारिका को। पर मन-ही-मन कुछ निश्चय किया था। सत्यभामा को भले ही उस दिन, उस भीड़ में भी उन्होंने देखकर भी नहीं देखा हो। पर उसके रूप के आकर्षण से कहां अपरिचित थे वह? परिचारिका ने उनकी आंखों में तैरते भाव को पढ़ा था और आकर सत्यभामा को अपना निर्णय सुना दिया था—"श्रीकृष्ण आपको यों तड़पते नहीं छोड़ सकते। वे जो चाहते हैं पा लेते हैं। मुझे तो लगता है पहले से ही वे आपको अपनाने को कृत-संकल्प हैं। आपको अब और कुछ नहीं करना है सिवा प्रतीक्षा के।"

और अब प्रसेन नहीं रहा था। पिता के द्वारा अपने को श्रीकृष्ण को सौंप देने की बात भी सत्यभामा ने सुन रखी थी। अब कोई बाधा नहीं थी। उसकी आरम्भिक आकांक्षा की पूर्ति का समय आ गया था पर भय वही था जो प्रायः द्वारिका की प्रत्येक किशोरी के मन में था—श्रीकृष्ण तो सबके होकर भी किसी के नहीं हैं। अगर वह पूरी तरह किसी के हैं तो है वह रा···धा? पर क्या लेना-देना था सत्यभामा को राधा से? वह जहां पड़ी है पड़ी रहे! श्रीकृष्ण को नित्य देखने का, उनके सान्निध्य का अधिकार तो उसे मिल गया था! यही पर्याप्त था उसके लिए। जलना हो तो जलें पट्टमहिषी राधा से। उसे किसी से कोई ईर्ष्या नहीं। श्रीकृष्ण उसके हो गए—मन से अथवा बेमन से—इसी में उसकी सार्थकता थी। पता नहीं पिताजी को भगवान ने कैसे सुबुद्धि दी कि जिस प्रस्ताव पर पितृव्य दावाग्नि की तरह भड़क उठते थे उसी प्रस्ताव को पिता ने स्वयं दे दिया।

पैंतालीस

श्रीकृष्ण ने ही गीता में कहीं कहा है कि मनुष्य के अन्दर विराजमान ईश्वर ही उसे नाना नाच नचा रहा है जैसे, किसी यन्त्र पर चढ़ा मनुष्य चक्रायित होने को विवश हो—"भ्रामयन् सर्व भूतानि यन्त्रारूढ़ानि मायया।"

इसी कालचक्र के वशीभूत हो श्रीकृष्ण की बुआ के पुत्र और उनके प्राण-सखा पाण्डव दर-दर भटकने को विवश थे। कौरवों को वे फूटी आंखों भी नहीं सुहाते थे, वे ही कौरव जो उनके पिता पाण्डु के सहोदर भाई के पुत्र थे। दुर्योधन, दुःशासन एवं उनके मित्र कर्ण आदि उनके प्राणों के पीछे पड़े थे। हस्तिनापुर के सिंहासन पर यों तो पाण्डवों अर्थात् युधिष्ठिर, भीम, अर्जुन, नकुल, सहदेव आदि का अधिकार बनता था क्योंकि उनके दिवंगत पिता पाण्डु ही उस सिंहासन के अन्तिम अधिकारी थे किन्तु अन्धे धृतराष्ट्र ने पाण्डु के देहावसान के पश्चात् जब राज्य-भार संभाला तो उसके ज्येष्ठ पुत्र दुर्योधन के मन में स्वार्थ ने कुछ ऐसी जड़ जमाई कि पाण्डवों को अपने मार्ग से ही हटाने को कटिबद्ध हो आया। वह

अपने पथ को निष्कंटक कर हस्तिनापुर के सिंहासन को अपने लिए सदा के लिए सुरक्षित करना चाहता था।

दुर्योधन की कुटिल गति-नीति में उसके मामा गान्धार-नरेश शकुनि की महती भूमिका रही और वह अपने राज्य को छोड़कर हस्तिनापुर में ही डेरा डाल बैठा रहा।

शकुनि ने पाण्डवों से मुक्ति पाने का एक बहुत अच्छा यत्न निकाला। राजधानी हस्तिनापुर से कुछ दूर वारणावर्त्त नामक एक स्थान था। शकुनि ने वहां लाक्षागृह नामक एक विश्राम स्थल का निर्माण कराया—इस विश्रामालय की विशेषता यह थी कि यह लाक्षा एवं सन आदि ऐसे पदार्थों से निर्मित था जो बात-की-बात में आग पकड़कर सम्पूर्ण गृह को स्वाहा करने में समर्थ थे।

शकुनि ने धृतराष्ट्र को परामर्श दिया कि वे पाण्डवों को अपनी माता कुन्ती के साथ इस विचित्र विश्रामगृह में कुछ दिन विश्राम करने को बाध्य करें। स्वार्थ से भरकर अन्दर की आंखों को भी खो चुके धृतराष्ट्र को शकुनि की यह योजना पर्याप्त रुचिकर लगी और उन्होंने युधिष्ठिर को सपरिवार वारणावर्त्त जाने के लिए सहमत कर लिया।

विदुर, दासी-पुत्र थे। पर थे बड़े नीतिज्ञ, कुशल और धर्मवेत्ता। वे धृतराष्ट्र और पाण्डु के भाई हुआ करते थे क्योंकि तीनों एक ही पिता कृष्ण द्वैपायन व्यास के पुत्र थे। पाण्डवों के प्रति हो रहे अन्याय और अनीति ने उन्हें अन्दर से अव्यवस्थित कर दिया था पर वे कर भी क्या सकते थे? धृतराष्ट्र और शकुनि तथा दुर्योधन के समक्ष उनका कोई वश नहीं चलता था। दुर्योधन पूर्णतया उद्दंड था और युधिष्ठिर को समाप्त कर युवराज बनने के सपने उसे रात तो रात, दिन में भी आते थे।

लाक्षागृह में वास के लिए प्रस्थान के पूर्व विदुर ने युधिष्ठिर को वहां की स्थिति को इशारे से ही स्पष्ट कर दिया।

पाण्डवों के साथ गया था पुरोचन—दुर्योधन का परम मित्र। उसे ही अवसर पाते ही लाक्षागृह को अग्नि की लपटों के हवाले करना था। युधिष्ठिर सतर्क थे। वे बारी-बारी से दिवा-रात्रि एक-न-एक भाई को प्रहरी के रूप में नियुक्त कर पुरोचन को अपने दुष्कर्म के सम्पादन का अवसर ही नहीं प्राप्त करने देते। इसी मध्य पाण्डव-बंधुओं ने गृह के अन्दर से एक सुरंग खोद निकाली जो एक दूर के बियावान वन में निकलती थी।

सुरंग की समाप्ति के दिन ही पाण्डव लाक्षागृह से बाहर निकल गए। पुरोचन ने पहरे पर किसी को न पाकर उस दिन अर्द्धरात्रि में लाक्षागृह को लपटों के हवाले कर दिया। भाग्य की मारी एक भीलनी ने उसी दिन अपने पांच पुत्रों के साथ उस गृह को रिक्त पा उसी में अपना डेरा डाल दिया था। रात्रि में आग की लपलपाती जिह्वाओं ने जब लाक्षागृह को भस्मीभूत कर दिया तो शयनावस्था में ही भीलनी और उसके पुत्र जलकर भस्म हो गए।

सुबह देखीं पुरोचन ने वे जली लाशें। वह निश्चिन्त हो गया—पाण्डव अपनी माता के साथ जल मरे।

वह प्रसन्नता से भरा हस्तिनापुर लौटा और यह सुख-संवाद दुर्योधन, शकुनि और धृतराष्ट्र तक पहुंचाया। दुर्योधन और शकुनि का तो प्रसन्नता का पारावार

नहीं पर अन्धे धृतराष्ट्र को पश्चात्ताप ने घेर लिया। सब कुछ होते हुए भी वे अभी ऐसी निष्ठुरता के लिए प्रस्तुत नहीं थे। पर हो भी क्या सकता था? वे कुछ दिनों तक पश्चात्ताप की अग्नि में भस्म होते रहे फिर शनैः-शनैः सब कुछ सामान्य हो गया।

बात, बात की बात में जंगल की आग की तरह सर्वत्र फैल गई। उसकी लपटों को द्वारिका पहुंचने में भी कुछ समय नहीं लगा।

पाण्डव बुआ कुन्ती के साथ लाक्षागृह में जल मरे इससे अधिक दुःखद संवाद श्रीकृष्ण के लिए क्या हो सकता था? बलराम भी इससे बहुत दुःखित हुए। दोनों भाइयों ने हस्तिनापुर जाकर स्थिति का सही अनुमान लगाना चाहा।

बलराम और श्रीकृष्ण के रथ द्वारिकापुरी से हस्तिनापुर की ओर प्रस्थान कर गए। राज्य का संचालन-सूत्र तो महाराज उग्रसेन के हाथों में था ही। नगर की सुरक्षा-व्यवस्था को और सुदृढ़ कर दिया गया और मन्त्रियों-सामन्तों को आवश्यक निर्देश दे दिए गए जिससे नृप उग्रसेन को राज्य-संचालन में कोई असुविधा नहीं हो।

छियालीस

हस्तिनापुर के लिए बलराम-श्रीकृष्ण के प्रस्थान के पूर्व सत्यभामा-श्रीकृष्ण का परिणय राज्योचित गरिमा के साथ सम्पन्न हुआ था। आखिर न तो सत्राजित् को किसी वस्तु की कमी थी न श्रीकृष्ण को। ठीक है कि सत्यभामा को उस सबका पता था जो हर द्वारिकावासी की जिह्वा पर था अर्थात् राधा-कृष्ण की अब तक प्रायः अमर हो गई गाथा पर श्रीकृष्ण के साथ अपने वैवाहिक सम्बन्ध को उसने उनके प्रथम विवाह की ही शालीनता प्रदान करने का कोई प्रयास शेष नहीं रखा। वह जानती थी कोई स्थान नहीं बना पायेगी श्रीकृष्ण के अन्तस्तल में वह, पर उनके राजमहल में ही स्थान बनाना कम बड़ी बात थी क्या? वहां प्रतिदिन श्रीकृष्ण को दृष्टि-भर देखने का सुख तो मिलता?

पट्टमहिषी के लिए क्या करना था? नियति के साथ समझौता। वह तो वह पहले ही कर चुकी थी। अब चाहे जितनी सत्यभामाएं आयें अथवा जाम्बवतियां, उन्हें सबको सहना था। उनके पूर्व भी कुछ कम ललनाओं ने श्रीकृष्ण-महल की शोभा बढ़ाई थी? पर वे सब थीं दत्ता। प्रसन्न और उपकृत पिताओं द्वारा आर्यावर्त की सेवा में स्वयं समर्पित कन्याएं। वे विशाल महल के कोनों में पड़ी रहती थीं। श्रीकृष्ण की दृष्टि उन पर पड़ते-पड़ते भी नहीं पड़ती। पर एक तरह से उन उपेक्षिताओं को रुक्मिणी ने अपनी अंतरंग सखियां ही बना डाला था और कुछ नहीं तो 'राधा' का नाम लेकर श्रीकृष्ण को चिढ़ाने में तो वे उसकी सहायता करती थीं।

पर जाम्बवती और सत्यभामा? ये तो एक तरह से श्रीकृष्ण की स्वयं उपार्जिता अनिंद्य सुन्दरियां थीं। स्यमन्तक मणि ने सत्राजित् को चाहे स्वर्ण जितना दिया तो, श्रीकृष्ण को भी उसने कुछ कम नहीं दिया जाम्बवती और सत्यभामा

के रूप में। उम्र के जिस मोड़ पर पट्टमहिषी पहुंच चुकी थीं वहां उन्हें अब सहायिकाओं की आवश्यकता थी—अन्तरंग सहायिकाओं की जो उनके दु:ख-सुख को बांट सकें और श्रीकृष्ण-सेवा में उनकी सहायिका बन सकें। ऐसे, महल में दास-दासियों की क्या कमी थी, पर सबकी सेवाएं ली भी तो नहीं जा सकती थीं ? अतः, इन सौत-सुन्दरियों का भी स्वागत पट्टमहिषी ने एक तरह से पूर्ण मन से ही किया और वे उनकी अभिन्न बनकर रह गईं। हां, रुक्मिणी की एक मात्र प्रार्थना यही थी कि अब कोई और श्रीकृष्ण पर अपना अधिकार जताने नहीं आ जाय। पर भविष्य के गर्भ में इस सबसे भी अकल्पनीय और असह्य पीड़ा पड़ी थी, इसका पता भी उन्हें कहां था ?

श्रीकृष्ण और सत्यभामा के परिणय के काल ही लाक्षागृह में पाण्डवों के जल मरने की बात बलराम और श्रीकृष्ण के पास पहुंची थी। अत. इस विवाह-कर्म की समाप्ति के पश्चात् ही वे दोनों पाण्डवों के अन्वेषण में चल पड़े। उन्हें पूर्ण विश्वास था कि पाण्डव उतने मूर्ख नहीं कि दुर्योधन के बिछाए जाल में वे किसी विवेक-शून्य पशु की तरह प्रवेश कर जायेंगे। अवश्य वे अपनी प्राण-रक्षा में सफल हुए होंगे। पर वे कहां थे, कैसे थे और उन तक पहुंचा कैसे जा सकता था, उन प्रश्नों का उत्तर आसान नहीं था।

विवश उन्हें पहले हस्तिनापुर ही जाना पड़ा। धृतराष्ट्र, दुर्योधन आदि उनके अपरिचित नहीं थे। उनसे उनका साक्षात्कार भले न हुआ हो पर श्रीकृष्ण के राष्ट्रव्यापी स्वरूप से उनका अब तक परिचय नहीं हुआ हो ऐसा संभव ही नहीं था। फिर उन्हें यह भी पता था कि पाण्डव-माता कुन्ती उनकी बुआ थी, अतः पाण्डवों के प्रति उनका विशेष आकर्षण भी स्वाभाविक था।

हस्तिनापुर में बलराम और श्रीकृष्ण को वही संवाद दिया गया जिसे वहां सुविचारित रूप में प्रचारित किया गया था—पांचों पाण्डव राजमाता कुन्ती के साथ लाक्षागृह में जल मरे। किसी से उन्हें कोई आशा नहीं थी।

आशा के केन्द्र-बिन्दु थे तो विदुर। कौरव होकर भी जो कौरवों की कुटिलता से सर्वथा अछूते थे। श्रीकृष्ण के बाल्यकाल की घटनाओं और कंस-बध की बात से लेकर द्वारिका से सदृश समुद्र-गर्भ में एक स्वर्गपुरी ही बसाने की बात का उन्हें पूरी तरह पता था। समग्र भारत के असंख्य नर-नारियों की तरह वह भी इस मानव-तनधारी श्याम-वर्ण सुदर्शन किन्तु अनन्त पराक्रमशाली व्यक्ति में नर नहीं नारायण का वास मानते थे।

विदुर ने उन्हें वास्तविकता से परिचित कराया और बलराम-श्रीकृष्ण के प्राण लौटे।

"नहीं, वे लाक्षागृह में नहीं मरे।" विदुर ने उन्हें बताया, "मैंने उनके प्रस्थान-काल पर्याप्त इंगित कर दिया था। बाद में मैंने वहां पाये गए शवों की परीक्षा भी स्वयं की। उनमें किसी पाण्डव का कोई शव नहीं था। कम-से-कम उस मत्त गजराज को भी मात देने वाले भीम का शव तो उन मृतकों में कहीं नहीं था। भीम की हड्डियों का जला-बचा ढांचा भी किसी छोटे-मोटे पहाड़ से कम क्या लगता ? वे लाशें थीं किन्हीं अधमरे भिखारियों और उनकी माता की। मां का

शव कुछ कम ही जल पाया था पर दुर्योधन के उस मूर्ख सहायक पुरोचन को यह भी नहीं दिखाई पड़ा कि एक भीलनी के आधे जले आधे बचे मुख पर राजमाता का मृत तेज भी कहीं नहीं था। वह चाहता तो केवल इसी शव के आधार पर यह निष्कर्ष निकाल लेता कि पाण्डव सकुशल बच गए। पर एक मदान्ध युवराज के सहायक की खुली किन्तु अन्धी आंखों को इतना कुछ देखने-समझने का अवसर कहां था, उसने तो हस्तिनापुर लौटकर स्पष्ट घोषित कर दिया कि भस्मीभूत हो गए पंच पाण्डव अपनी दुर्भाग्य-दग्धा माता के साथ।"

"पर उनका सन्धान कैसे मिले ?" श्रीकृष्ण ने पूछा।

"आप सर्वज्ञ होकर मुझसे यह पूछते हैं। इस आर्यावर्त में कौन नहीं जानता कि अमित बल-बुद्धि विद्या-युक्त आप स्वयं ही परमात्मा हैं। आपको सब कुछ पता होगा।" विदुर ने हाथ जोड़कर कहा।

"अब आप भी अन्य लोगों की तरह अन्धविश्वासपूर्ण बातें करने लगे। मैं भगवान आदि कुछ नहीं, आप ही लोगों की तरह एक सामान्य जन हूं। नारायण नहीं नर हूं मैं। कृपया मुझे अनावश्यक मान नहीं दें।" श्रीकृष्ण ने निवेदन किया।

"श्याम सुन्दर ?" विदुर का स्वर सहसा बदला, "मैं धृतराष्ट्र का सगा भाई सही पर मैं उसकी तरह अन्धा नहीं और न राजमहल के भोगों से सर्वथा असम्पृक्त रह, एक पर्ण कुटीर में साधना-रत रह मैंने धूप में ही अपने केश श्वेत किए हैं। मैं जानता हूं तुम कौन हो। ठीक है तुम भगवान पैदा नहीं हुए थे पर मनुष्य अपनी साधना और शौर्य के बल पर भगवान को भी अंगूठा दिखाने की क्षमता से युक्त हो सकता है। किशोरावस्था में ही कंस के प्राण हरने वाला, अठारह-अठारह बार जरासंध की तेईस-तेईस अक्षौहिणियों को धूल चटाने वाला, सागर की लहरों के मध्य अलकापुरी को भी मात देने वाली द्वारिकापुरी को बसाने वाला, आदमी तो आदमी एक दुर्दान्त पशु—साक्षात मृत्युस्वरूप उस रीछराज की गुफा में प्रवेश कर निरन्तर बारह दिनों तक युद्ध-रत रह अन्ततः उसके प्राणों को हरने में सफल होने वाला नर, नारायण नहीं तो और क्या होगा ? और सब कुछ भूल भी जायं तो गुरु सांदीपनि के आश्रम में अलग-थलग रह तुमने जो यौगिक साधना की, जिसके बल पर भूत, वर्तमान, भविष्य सभी तुम्हारे लिए हस्तामलकवत् हो गए इस बात को कैसे भूल जाऊं ? तुम्हारे नये जीवन-दर्शन, तटस्थता और समता के धरातल पर स्थित तुम्हारे नूतन योग-सिद्धान्त की बात क्या मुझसे छिपी है ? सांदीपनि के शिष्यों ने मुझे सब कुछ बता दिया है। तुमने और कुछ नहीं तो अपनी अलौकिक योग-साधना के बल पर अद्भुत यौगिक शक्तियां तो उपार्जित की ही हैं। उन्हीं का उपयोग करो और पाण्डवों का सन्धान अभी मिल जायगा।"

"यौगिक शक्तियों का यों दुरुपयोग नहीं किया जाता।" श्रीकृष्ण ने अन्ततः विदुर के समक्ष प्रायः पहले-पहल साधना के बल पर उपार्जित अपनी यौगिक शक्तियों को स्वीकारा।

"तब एक ही उपाय है।" विदुर ने कुछ सोचकर कहा।

"क्या ?"

"तुम्हें वारणावर्त जाना होगा। उस लाक्षागृह से निकलने का पाण्डवों ने अवश्य कोई यत्न किया होगा। तुम जाकर उस स्थान का सूक्ष्म निरीक्षण करो और उनके पद-चिह्नों का अनुसरण करते हुए उन तक पहुंच जाओ।" विदुर ने बताया।

सुरंग के पास से पाण्डवों और माता कुन्ती के पदचिह्नों का पीछा करते हुए और एकचक्रा नगरी होते हुए श्रीकृष्ण और बलराम जिस स्थान पर पहुंचे वह पांचाल नरेश की राजधानी से कुछ दूर स्थित एक सामान्य-सी बस्ती थी। जंगल में पद-चिह्नों का पीछा करना कोई कठिन कार्य नहीं था क्योंकि उनके इतना शीघ्र मिटने की कोई संभावना नहीं थी। पांचाल नरेश की राजधानी के पास स्थित वह स्थली निस्सन्देह कुम्भकारों की थी। इनमें पाण्डवों को ढूंढ़ निकालना टेढ़ी खीर सिद्ध हुआ। एक तो ग्राम की गली-कूंची में पगचिह्न अपनी पहचान खो चुके थे दूसरे पता नहीं उन्होंने कौन पाठ पढ़ाया था यहां के निवासियों को कि कोई भी उनका अता-पता बताने को प्रस्तुत नहीं था।

बलराम और श्रीकृष्ण प्राय: निराश हो पांचाल-नरेश के यहां ही पहुंचे। पांचाल नरेश द्रुपद उन दोनों भाइयों को देखकर बहुत प्रसन्न हुए। कुछ ही दिनों में वह अपनी पद्मगन्धा पुत्री द्रौपदी का स्वयंवर करने वाले थे। बलराम, श्रीकृष्ण को उत्सव के काल तक वहां रुक जाने की उन्होंने प्रार्थना की।

"पर हमें तो स्वयंवर में भाग नहीं लेना। हम दोनों विवाहित हैं। भइया बलराम की तो खैर एक ही पत्नी है और उनका विवाह भी मुझसे पूर्व हुआ था पर मेरे पास तो अपनी पत्नियों की गणना नहीं।" श्रीकृष्ण ने कहा।

"आप भले स्वयंवर में भाग नहीं लें। पर हमारे मुख्य अतिथि तो हो ही सकते हैं। स्वयंवर देखकर ही जायं।" द्रुपद ने अनुरोध किया।

बलराम, श्रीकृष्ण को यह प्रस्ताव भा गया। हो सकता था इसी बहाने पाण्डवों से उनकी मुलाकात ही हो जाय। वे रुक गए स्वयंवर तक।

सैंतालीस

अनन्त आकाश में किसी ने दीपमालिकाओं को सजे देखा है? आकाश गंगा और उसके आस-पास टिमटिमाती तारिकाओं को? विशेषकर तब जब उन्मुक्त आकाश का वह एकाधिकारी व्योमपति, राकाशशि उस नील-नभ को अपनी पीतवर्णी आभा से आच्छादित करने वहां उपस्थित नहीं हो? तब? तब कैसी बन आती है आकाश की शोभा? तब कैसी झिलमिलाती हैं ये तारिकाएं? विस्तृत आसमान को आक्षितिज आक्षादित करती, ये मिट्टी नहीं, पर न जाने किस धातु की बनी दीपमालिकाएं?

कुछ ऐसी ही शोभा बन पड़ी थी द्रुपद की राजधानी काम्पिल्य नगर की। आकाश के स्पर्श को आतुर स्वर्ण-खचित शिखरों वाले महल आपाद-मस्तक घृतवर्तिकाओं से सजे स्वर्ण-रजत दीप-पात्रों से शोभित थे। ऐसे पात्र जिनमें स्वर्ण-रजत नलिकाओं द्वारा ही निरन्तर घृत पूरित रखने का प्रबन्ध था।

स्वयंवर-मुहूर्त के एक सप्ताह पूर्व से ही आयोजित थी यह दीपावली जो पूरे नगर के लिए संक्रामक स्वरूप ले चुकी थी। नृप का प्रासाद ज्योतित था भीतर-बाहर से तो पुरवासियों के छोटे-बड़े महल ही क्यों वंचित होते? घर-घर में दीपावली सजी थी। नृप-प्रासाद अगर विस्तृत गगन की आकाशगंगा था तो ये

सजे-संवरे प्रकाशित महल आकाश में यत्र तत्र सर्वत्र विकीर्ण नक्षत्र समूहों की शोभा से ही होड़ ले रहे थे।

राज-प्रासाद के सामने के विस्तृत मैदान यंत्र-चालित फव्वारों से सज्जित हो असमय ही वर्षा-वैभव प्रस्तुत कर रहे थे। वहीं पुष्करणी में खिले कुमुदिनी-पुष्प जैसे ऊपर आकाश के तारा-मंडल को ही प्रतिबिम्बित करने को आतुर थे। दिन में इन्हीं सरोवरों में विकसित कमल-पुष्प, गुनगुनाते भौरों की काली पंक्तियों से विभूषित हो सौन्दर्य के साथ-साथ दिशाओं में सुगन्ध भी बिखेर रहे थे। सरोवरों के कूल खिले विशाल स्थल-कमल भी वातावरण में कुछ कम मादकता नहीं घोलते थे। रात्रि में खिलने वाले रजनीगंधा एवं पारिजात के रक्त श्वेत पुष्प अपनी सुगन्ध से दिग्दिगन्त को व्याप्त करने में सर्वाधिक भूमिका निभा रहे थे। हां, नगर सजा था पांचाली के आसन्न स्वयंवर के लिए। याज्ञसेनी के लिए उपयुक्त वर के अन्वेषण के लिए। स्वयंवरा बनने वाली थी द्रौपदी। जिसकी ग्रीवा में उत्फुल्ल कमल-पुष्पों का माल डाल देगी यह पद्मगन्धा उसके ग्रह-गण अनुग्रहशील हो जाएंगे, उसके भाग्य के बन्द कपाट सहसा खुल जाएंगे।

पर यह आसान नहीं था। ग्रहों की यह अनुकूलता, भाग्य के बन्द कपाटों का यह उद्घाटन।

बड़ी कड़ी शर्त थी द्रुपद की। धनुर्धारियों का युग था वह और आर्यावर्त के सर्वश्रेष्ठ धनुर्धारी की ग्रीवा में ही याज्ञसेनी की वरमाला पड़े इसका पूरा प्रबन्ध कर लिया था राजा द्रुपद ने।

महल के समक्ष निर्मित यज्ञ-मंडप के मध्य एक कृत्रिम सरोवर निर्मित था जिसका पारदर्शी जल पारद की तरह ही स्वच्छ और चकमक था। उसके ठीक ऊपर टंगा था एक काष्ठ निर्मित यन्त्र जो लगातार किसी कृत्रिम प्रक्रिया से द्रुत गति से चलायमान किया जा रहा था। यन्त्र के ठीक मध्य जड़ित था एक काष्ठ-निर्मित सुन्दर मीन। यन्त्र के साथ ही यह मछली भी लगातार तीव्र गति से चलायमान हो रही थी। इस मोहक किन्तु कृत्रिम मीन की आंखें अपेक्षा से कुछ अधिक ही छोटी थीं। इन आंखों में से दाहिनी आंख को जो धनुर्धारी एक ही वाण से वेध देगा उसी की हो जाएगी पद्मगन्धा पांचाली। पर ऐसे नहीं, धनुर्धारी को इस नन्हीं आंख को निशाना बनाने के लिए ऊपर नहीं, नीचे देखना था।

नीचे इसलिए कि लक्ष्य बनाना था मछली की आंख में सीधे देखकर नहीं अपितु सरोवर में पड़ते उसके प्रतिबिम्ब को लक्षित कर।

कठिन था यह कार्य—दुष्कर। द्रुतगति से चलायमान उस मीन की कठिनाई से दृष्टिगोचर होने वाली उस आँख को ऊर्ध्व दृष्टि से भेद पाना ही कठिन था। जल में प्रतिबिम्बित उसकी आंख पर अचूक शर-सन्धान तो असंभव ही प्रतीत होता था।

स्वयंवर के दिन दूर-दूर से आये राजाओं की पंक्ति सजी। बलराम और श्रीकृष्ण तो इस समारोह के मुख्य अतिथि ही थे, अतः उनके लिए रत्न-जटित उच्च सिंहासनों की व्यवस्था की गई थी। उनके समक्ष दोनों पंक्तियों में, स्वयंवर में भाग लेने के इच्छुक नृपतियों के आसन सजे थे।

निर्धारित दिन स्वयंवर-सभा दो घड़ी दिन चढ़ते-चढ़ते ही आरम्भ हो गई। पता नहीं कितना समय लगे मछली के अक्षि-भेद में और कौन तथा कब करे?

अगर प्रयास करते-करते ही दिन व्यतीत हो गया तो रात में तो यह क्रिया होने से रही। जब दिन के प्रकाश में स्पष्ट प्रतिबिम्बित लक्ष्य भेदने में नहीं आये तो रात में कृत्रिम प्रकाश की कितनी भी व्यवस्था हो, वह भिदने से रहा।

सभा में बलराम, श्रीकृष्ण पहले से ही आ विराजे थे। उनके पार्श्व में ही द्रुपद भी थे। उनका पुत्र धृष्टद्युम्न भी पास खड़ा था। सामने के स्वर्णासन भरने लगे। एक-से-एक किशोर, युवा और वृद्ध नृपति तथा योद्धा इन आसनों की शोभा बढ़ाने लगे। सर्वप्रथम दुर्योधन ही अपने अभिन्न मित्र कर्ण के साथ मण्डप में उपस्थित हुआ। आखिर हस्तिनापुर का युवराज जो था वह और अपने अनुसार उसका भावी अधिपति भी। मार्ग के कंटक तो कभी के लाक्षागृह में जलकर भस्म हो गए थे।

फिर अन्य नराधिपतियों का आगमन आरम्भ हुआ। वाराणसी, मिथिला, कलिंग, कम्भोज, कर्नाटक, द्रविणप्रदेश, गुर्जर-प्रदेश, मालवा, सिंध, पंचनद आदि के नरेश एवं धनुर्धर एक-एक कर आसन ग्रहण करते गए।

जैसे ही कोई नृप या धनुर्धर आसन ग्रहण करता, उसके साथ आये चारण उसके राज्य, शौर्य और कुल-वंश की प्रशंसा के पुल बांध किनारे हो जाते।

द्रौपदी एक बात का अनुभव करने से वंचित नहीं रह पाई। दुर्योधन के साथ ही आये और उसके पार्श्व में बैठे एक तेजस्वी युवक का परिचय तो उसके विरुदावली-गायकों ने महान् धनुर्धारी अंग-नरेश के रूप में दिया पर उसके कुल-गोत्र पर किसी ने प्रकाश नहीं डाला। वरमाला लिये वह धृष्टद्युम्न के पार्श्व में ही खड़ी थी। उसने धीरे से अपने अग्रज से इसका कारण पूछा—वह तेजस्वी युवक सूत-पुत्र कर्ण था।

"इसका यहां आने का साहस कैसे हुआ? हंसों के मध्य में बगुला?" पांचाली की त्योरियां चढ़ गईं। बात केवल धृष्टद्युम्न को ही सुनाकर कही गई थी पर वह पास बैठे कृष्ण तक भी पहुंच गई और उनके मन के कमल खिल उठे। अभी तक जितने योद्धा उपस्थित थे उनमें कर्ण ही यह दुष्कर कार्य सम्पन्न करने में समर्थ था। उन्हें पता था पाण्डव अर्जुन के साथ किसी भी क्षण पहुच सकते हैं। न सही पांचाली को पाने के लिए क्योंकि जिस वेष में वे होंगे उसमें पांचाली क्या एक चांडाल-कन्या भी उनके गले में वरमाला नहीं डाल सकती, पर अपने लक्ष्य-भेद का कौशल दिखाने पृथा-पुत्र वहां नहीं आ सके, यह हो नहीं सकता था। यह सही था कि उसे ज्ञात था कि उसके सभी शत्रु वहां अस्त्र-शस्त्रों से सुसज्जित होंगे और उसे अपनी पहचान को छुपाने के लिए निःशस्त्र ही आना पड़ेगा, शायद किसी ब्रह्मचारी, यति के वेष में ही।

और वह क्षण आ ही गया जिसकी श्रीकृष्ण को आतुरता से प्रतीक्षा थी। सभा-मण्डप के दूसरे किनारे पांच ब्रह्मचारी खड़े थे। उनमें एक अप्रत्याशित रूप से विशाल और बलिष्ठ था। भीम है यह, श्रीकृष्ण ने सोचा। उसी के पार्श्व में पुष्ट वृषभ के स्कन्धों वाला एक दूसरा ब्रह्मचारी खड़ा था। देखने से ही असामान्य धनुर्धर प्रतीत होता था वह। बीच में खड़ा था एक प्रौढ़ावस्था को पार करता सौम्य-सा व्यक्ति। शान्ति उसके चेहरे से टपक-टपक पड़ती थी। धर्मराज युधिष्ठिर हैं यह। नकुल और सहदेव को पहचानना अब कठिन नहीं रहा। श्रीकृष्ण आश्वस्त हो गए। पांचाली को अब पार्थ का ही होना था।

द्रुपद के इंगित पर श्रीकृष्ण ने सभा के संचालन का भार संभाला और सभी को सम्बोधित करते हुए खड़ा होकर बोले, "स्वयंवर सभा मे उपस्थित देव, दानव और मानव वीरो ! आप चौंकिए नहीं, मैं जानता हूं कि इस पद्मगंधा पांचाली के पाणि-ग्रहण के आतुर सभी लोकों के पति यहां उपस्थित हैं। महात्मा विदुर ने कहा था कि मैं अपनी योग-शक्ति का अपव्यय नहीं करना चाहता पर पांचाली के लिए उसके व्यय को मैं अपव्यय नहीं मानता। तो मैं आप सभी को पहचान गया हूं।" कृष्ण की बात पर कर्ण ने उनकी ओर एक दृष्टि डाली। मन-ही-मन उनके चरणों में नमन निवेदित किया और फिर नत-मस्तक बैठ गया।

"इस स्वयंवर की एक शर्त है," श्रीकृष्ण ने अपना कथन जारी रखा। "उससे शायद आपका परिचय भी हो गया हो। मण्डप के मध्य बने उस सरोवर में एक कृत्रिम काष्ठ-यन्त्र द्वारा चालित मछली प्रतिबिम्बित हो रही है और साथ ही उसकी दो छोटी पर सुन्दर आंखें। मीन की आंखें यों भी सुन्दर होती हैं और किसी सुन्दर वस्तु पर शर-सन्धान कभी सराहनीय नहीं कहा जा सकता। पर विवशता है आपकी। नृप द्रुपद ने यह शर्त रख दी है कि जो प्रतिबिम्ब को ही अवलोकित कर इस मीन की दाहिनी आंख को अपने शर का अचूक निशाना बना लेगा, पद्मगंधा पांचाली अपने हाथ में पड़ी पद्म-माल उसी के गले में डाल उसे धन्य कर देगी। उसका सौभाग्य-सूर्य उदित हो आयेगा क्योंकि साधारण नहीं है यह श्यामवर्णा याज्ञसेनी। इसके अप्रतिम सौन्दर्य के तो आप स्वयं साक्षी बन ही रहे हैं, इसके सौभाग्य की ओर मैं थोड़ा इंगित कर दूं क्योंकि आपसे तो अब छिपा नहीं रहा कि मैंने यौगिक शक्तियों का कुछ विकास कर लिया है। जिस किसी का भी वरण करेगी, यह अप-रूप रूप की धनी राज्य-कन्या सम्पूर्ण आर्यावर्त का वैभव उसके चरणों पर लोटेगा। चक्रवर्ती सम्राट होगा वह और अगर देव, यक्ष, गन्धर्वों में से कोई ले गया इसे तो वह भी कई लोकों का अधिपति बन कर रहेगा।

"पर अनधिकार प्रयास नहीं करें मनुष्येतर प्राणी तो अधिक अच्छा," श्रीकृष्ण ने अपना वक्तव्य जारी रखा, "मैं योग-बल से इतना तो जानता ही हूं कि किसी नर की ग्रीवा में ही गिरने जा रही है पांचाली की पद्म-माल। अतः और लोग स्वयंवर का आनन्द लें, आर्य-भूमि के एक-से-एक उद्भट वीरों के शौर्य, पराक्रम और लक्ष्य-भेद के प्रयासों का आनन्द लें पर शर-सन्धान का कार्य छोड़ दें किसी मानव-वीर के लिए ही। और उनकी कमी भी नहीं है। मैं देखता हूं मेरे समक्ष इन सुवर्णासनों पर विराजमान हैं एक-से-एक वीर। हस्तिनापुर के युवराज दुर्योधन अपने अनुज दुःशासन, दुर्विमोचन, विवित्सु, निषंगी, अग्रयायिन, विकर्ण और विकट आदि के साथ सामने की पंक्ति में विराजमान हैं तो उनके अन्तरंग सखा अंगराज महाधनुर्धारी कर्ण भी उनके पार्श्व में ही उपस्थित हैं।

"उधर देखता हूं तो वीर-वहूटियों की सजी-संवरी पंक्ति की तरह एक-से-एक पराक्रमी पुरुष उपस्थित हैं। मल्लों में श्रेष्ठ मगध नरेश जरासंध, महान् योद्धा सिन्धुराज जयद्रथ, मद्राधिपति महान् शल्य, चेदिराज शिशुपाल से लेकर चेकितान, चित्रायुध, महाराज भोज, भूरिश्रवा, दृढ़धन्वा, सुषेण, सोमदत्त, सहदेव, सौबल, भगदत्त, शंक, सुकेतु, मणिभान्, रोचमान, रुक्मरथ, शिवि, वृषक्, वृहद्बल, भूरिश्रवा के साथ-साथ अपने सुपुत्र प्रद्युम्न को भी बैठे पाता हूं। देखना तो यह है कि इन नरश्रेष्ठों में कौन याज्ञसेनी का हृदय जीतने में समर्थ होता है,

किसके सूचीभेद शर की नोंक पर चढ़कर पांचाली रूपी राजलक्ष्मी उसके चरणों पर चढ़ती है।

"आइए, स्वयंवर को विधिवत उद्घाटित घोषित किया जाता है। इसके सम्यक् संचालन के निरीक्षण और आवश्यकता पड़ने पर निर्णय को न्याय से संवलित करने वाले अग्रज महा-गदा-योद्धा बलराम भी यहां उपस्थित हैं। आप बारी-बारी- से आगे बढ़ें। यह तो निश्चित ही भाग्य का खेल है जिसका शर सर्वप्रथम मीन के नेत्र को विद्ध कर देगा, मीनाक्षी पांचाली भी उसकी हो जाएगी।

"मैं अपना वक्तव्य समाप्त करता हूं। आप अपना कार्य आरम्भ कीजिए, द्रोणाचार्य, कृपाचार्य, भगवान परशुराम आदि धनुर्वेद के ज्ञाताओं के शिष्यों को अपने धनुर्ज्ञान का परिचय देने का अच्छा अवसर उपस्थित हुआ है, आप इसका लाभ उठाएं और स्वयं के साथ-साथ अपने कुल-वंश और गुरु के गौरव की भी अभिवृद्धि करें।"

इतना कहकर श्रीकृष्ण ने अपना आसन ग्रहण कर लिया। जैसे शान्त सागर के वक्ष पर वायु के हल्के स्पर्श से ऊर्मियों का आलोड़न-अवड़ोलन आरम्भ हो जाता है और वातावरण में जलधि का मन्द-मधुर गर्जन व्याप्त हो जाता है वैसे ही सभागार में उपस्थित नृपतियों और योद्धाओं में खलबली-सी मच गई। काना-फूंसी आरम्भ हो गई और सबसे पहले कौन शर-सन्धान को बढ़े यह होड़ लग गई।

सामान्य योद्धाओं ने पहले शांत रहना ही उचित समझा। आर्यावर्त में आसेतु हिमालय जिन वीरों के नाम विख्यात थे पहले उन्हीं को अवसर देना उचित था, इससे इस दुष्कर कार्य की दुस्साध्यता का भी कुछ अनुमान हो जाता।

अन्तत: सर्वप्रथम दृढ़धन्वा ने अपने भाग्य की परीक्षा का साहस जुटाया। दृढ़ धनुर्धारी होने के फलस्वरूप उसके मित्रों और प्रजा-जनों ने उसका नाम ही दृढ़-धन्वा रख छोड़ा था। वह मस्त गजराज की चाल से, समस्त उपस्थित वीरों पर एक अहंकारपूर्ण दृष्टि-निक्षेप करता हुआ पाषाण निर्मित सरोवर की ओर बढ़ा। पार्श्व की ही एक वेदी पर एक विशाल धनुष रखा था और रखे थे कई तरकशों से भरे भांति-भांति के शर। पर कोई शर-सन्धान तो तब करे जब वह विशाल धनुष को उठाकर उस पर प्रत्यंचा चढ़ा सके।

पता नहीं त्रेता में आयोजित जानकी-स्वयंवर के लिए उपलब्ध शिव-धनुष की तरह ही प्रचंड धनुष कहां से राजा द्रुपद ने प्राप्त कर लिया था कि उस पर प्रत्यंचा चढ़ाना तो पृथक्, दृढ़धन्वा के सदृश धनुर्धर के लिए भी उसे उठाना कठिन हो गया। सर्वप्रथम तो उसने एक हाथ से ही उसे उछाल लेना चाहा, पर जब उस विशाल धनु ने अपने स्थान से हिलने का नाम तक नहीं लिया तो दृढ़-धन्वा ने दोनों हाथ लगा दिए। पर स्थिति वही की वही। उसने अपने सुगठित एवं बलशाली शरीर की सम्पूर्ण शक्ति को अपनी भुजाओं में समेटा और किसी विशाल भुजंग की तरह ही धनुष को उनमें लपेट भूमि से उसका सम्बन्ध-विच्छेद करना चाहा। इस क्रम में धनुष का तो कुछ नहीं बिगड़ा पर दृढ़धन्वा के फेफड़े अवश्य फटने-फटने को हो आये। एक ललचाई किन्तु विवश दृष्टि उसने पांचाली की ओर डाली और अपनी पराजय स्वीकार कर नत-सिर अपने स्थान को लौट आया।

दृढ़धन्वा की इस दुर्दशा के पश्चात् अधिकांश योद्धा हिम्मत खो बैठे। फिर भी कुछ अपने इष्ट-देव का स्मरण कर उस सजल किन्तु हृदयहीन पाषाणी सरोवर तक जाकर धनुष को उठाने का प्रयास करते रहे।

सबकी विवशता पर मुसकराता और अपनी वीरता एवं बाहुबल के अहंकार से मदोन्मत्त चेदिराज शिशुपाल अब सरोवर की ओर बढ़ा। धनुष को हाथ लगाने के पूर्व उसने जी भरकर पांचाली को देखा जैसे वह उसे आश्वस्त करना चाहता हो कि प्रतीक्षा की घड़ी समाप्त हुई और उसके हाथों की वरमाला अब चेदिराज की ग्रीवा की शोभा बढ़ाने ही वाली है। येन-केन प्रकारेण उसने धनुष को उठा तो लिया पर प्रत्यंचा चढ़ाते समय उसकी आंखों की पुतलियां बाहर आती-आती रहीं और इस बार पांचाली की ओर एक दृष्टि-निक्षेप का भी साहस किए बिना वह अपने स्थान पर जा बैठा।

अब पारी थी मगध-नरेश महाबली जरासंध की। किसी मत्त वृषभ-सा ही कन्धों को उचकाता वह सरोवर की ओर बढ़ा। उसके थोड़ा आगे बढ़ते ही किसी ने व्यंग्य भी किया—'यह मल्ल-युद्ध का अखाड़ा है क्या कि गदा-प्रहार से किसी के प्राण ले बैठे ? यहां तो धनुष पर शर चढ़ा लक्ष्य-भेद करना है। यह धनुष उठा भी ले और उसे प्रत्यंचित भी कर ले तो धनुष से छूटा शर मीन की आंख में लगेगा या स्वयं उसकी आंख में आ धंसेगा, कौन जाने ?'

हुआ भी प्रायः वही। महामल्ल जरासंध ने देखते-देखते धनुष को उठा तो लिया। उस पर प्रत्यंचा भी चढ़ा दी पर एक के बाद एक, चार शर छोड़ने के बावजूद कोई भी मछली के शरीर के किसी भाग को भी स्पर्श नहीं कर सका और द्रुत गति से चक्रायित काष्ठ-यन्त्र से टकरा कर सभी शर दूर जा पड़े।

जरासंध भी उल्टे पैरों लौट आया और उसी के साथ तिरोहित हो गई अब तक राजा द्रुपद, राजकुमार धृष्टद्युम्न और राजकुमारी पांचाली के होंठों पर खेलती मन्द-स्मिति भी। क्या यह स्वयंवर व्यर्थ जायगा ? कोई नहीं कर पायेगा मीन की आंख का भेदन ? तब तो सब किये-कराये पर पानी फिर जाएगा।

तभी उठा दुर्योधन। उसके अनेक अनुजों और उसके अभिन्न मित्र अंगराज कर्ण ने उसकी हिम्मत बढ़ाने के लिए जोर से जयघोष किया—हस्तिनापुराधिपति यशस्वी महाराज धृतराष्ट्र के सुपुत्र दुर्योधन, जयतु-जयतु। जयघोष से प्रफुल्लित दुर्योधन के चरण वेग से सरोवर की ओर बढ़े और बात की बात में वहां पहुंचकर उसने सबके देखते-देखते ही किसी फूल की तरह ही उस विशाल धनुष को हाथों में तोल लिया। महाराज द्रुपद और धृष्टद्युम्न के होंठों की लौटी मुसकान वापस आ गई पर पांचाली के मुख का प्रकाश सहसा बुझ गया। इस विलासी कौरव की कहानी उस तक बहुत पहले पहुंच चुकी थी। वह उसे लक्ष्य-भेद से रोक भी नहीं सकती थी। पिता के प्रण में बंधी जो थी वह। बात जिह्वा पर आते-आते रह गई कि नहीं व्यर्थ का प्रयास कीजिए आप। धनुष भले आपके हाथ में हो पर वरमाला मेरे हाथों में पड़ी है, लक्ष्य-भेद के पश्चात् भी वह आपकी ग्रीवा तक नहीं पहुंच पाएगी।

पांचाली कुछ बोल तो नहीं सकी पर मन-ही-मन अपनी इष्टदेवी का स्मरण किया—हे जगज्जननी, कुछ ऐसा करो कि मुझे इस दुराचारी मद्यपायी अहंकारी की अंक-भागिनी नहीं बनना पड़े।

और सुन ली द्रौपदी की इष्टदेवी ने उसकी प्रार्थना को। दुर्योधन ने धनुष उठाया, बात की बात में उसे ज्या-सज्जित भी किया पर उस गदा-वीर को धनुर्वेद का ज्ञान ही कितना था? पहले ही शर के काष्ठयंत्र से टकराकर चूर-चूर होते ही वह क्रोधाभिभूत हो एक पर एक कई वाण मछली की ओर फेंकता गया। पर सबका परिणाम एक ही हुआ। तीव्रता से गतिशील इस काष्ठयंत्र ने सभी तीरों को दूर फेंक दिया और मछली के किसी अंग का स्पर्श भी वे नहीं कर सके। दुर्योधन के हाथों में काष्ठ निर्मित वह धनु कोई विशाल लौह खण्ड बन आया और पीड़ा से उसकी दोनों कलाइयां मुड़ने-मुड़ने को हो आईं। अपमान से भरकर उसने धनुष को उसकी वेदी पर उछाल दिया और अपने स्वर्णासन पर वापस आ गया।

पांचाली के मुख का प्रकाश लौट आया। श्रीकृष्ण के होंठों पर भी एक स्मिति खेली—चलो एक पारिजात-पुष्प किसी व्यभिचारी की गंदी झोली में गिरते-गिरते रहा।

पर पांचाली की पीड़ा दूसरे हो क्षणं वापस आ गई। कौन-सा खेल खेल रही थी नियति उसके साथ? दुर्योधन के अपमान से आग की तरह ही प्रज्वलित तन लिये यह व्यक्ति जो द्रुत गति से सरोवर की ओर बढ़ रहा था वह तो वही था जिसका परिचय महाधनुर्धारी सूत-पुत्र कर्ण के रूप में उसे दिया गया था। यह तो लक्ष्य-भेद करेगा ही। तो क्या एक राजकुमारी किसी सारथि पुत्र की शय्या-सहचरी होने को विवश होगी? आह! कोई रोकता क्यों नहीं इसे? वह तो मत्त सिंह-सा सीधे वेदी की ओर ही बढ़ा जा रहा था और लो इसने एक हाथ से ही धनुष को किसी नन्हें कंदुक की तरह ही उठा लिया और इसके पूर्व कि पांचाली पलक भी झपका पाये, इसने उस पर प्रत्यंचा भी चढ़ा डाली। कैसा वीर है यह? सच धनुर्विद्या तो इसकी चेरी ही प्रतीत होती है। और अब? अब तो तरकश से उसने एक विचित्र वाण खींचा है। सूचीभेद शर है यह, द्रौपदी इसे खूब पहचानती है। खूब ज्ञान है इस वीर को कि किस कार्य के लिए किस शर का प्रयोग हो सकता है। और यह लो वीरासन साध लिया है इसने सरोवर के तट के ऊपर और शर को धनुष पर संधान कर नीचे जल में प्रतिबिम्ब पर इस तरह ध्यान गड़ाया है इसने जैसे कोई बक किसी जलाशय की मछली के ऊपर ध्यान गड़ाता है। पांचाली को विश्वास हो गया, लक्ष्य भेद कर छोड़ेगा यह महान् धनुर्धर। क्षण की देर जो हो रही है वह इसलिए कि जल में प्रतिबिम्बित मीन की आंख को शर के सामने आने की वह प्रतीक्षा कर रहा है। किन्तु वह जानती है कि तीव्रता से चक्रायित मीन को शर के सीध में आने के थोड़ा पूर्व ही वह शर से उस सूची-भेद वाण को छोड़ेगा जिससे शर की नोंक और मछली की आंख का मिलन एक क्षणार्ध में ही हो जाय।

"नहीं।" द्रौपदी जोर से चीखी। दुर्योधन के शर-संधान के समय जिह्वा पर जो लगाम उसने दे रखी थी वह अनजाने ढीली पड़ गई। दुर्योधन कुछ भी था, था तो क्षत्रिय, युवराज था, शायद हस्तिनापुर का भावी सम्राट् भी। पर यह सूत-पुत्र, नहीं, नहीं, इसका वरण नहीं कर सकती द्रुपद-नरेश की दुलारी दुहिता। पद्मगंधा पांचाली अपनी कमल-गंध को अश्व-गंध से युक्त किसी सारथि पुत्र पर नहीं लुटा सकती।

इस जोर से उच्चरित 'नहीं' ने कर्ण की एकाग्रता को भंग कर दिया और उसके हाथ का सूची-भेद शर कठोर काष्ठ-यन्त्र से टकरा कर चूर-चूर हो गया। इसके पूर्व कि वह पास पड़े तरकश से दूसरा वैसा ही तीर खींचे, द्रौपदी की निर्णायक किन्तु निर्भीक वाणी सभा-मण्डप के इस छोर से उस छोर तक गूंज गई—"प्रयास बन्द करो अंगपति। पांचाली की पद्ममाल एक सूत-पुत्र की ग्रीवा की शोभा नहीं बढ़ा सकती। लक्ष्य-भेद के पश्चात् भी तुम उससे परिणय के स्वप्न को साकार नहीं कर पाओगे। वह यहां किसी क्षत्रिय के वरण को आई है, किसी अश्वसेवी के पुत्र की सहचरी बनने नहीं।"

तरकश के पास पहुंचे कर्ण के हाथ जहां के तहां रुक गए जैसे कोई रस्सी पकड़ने के प्रयास में किसी विषैले सर्प के शरीर पर हाथ डालने का प्रमाद करते-करते बचा हो। वह विद्युत् गति से सरोवर-तीर से उठा और किसी विषैले नाग की तरह ही उसने एक विष बुझा फुफकार छोड़ा जो किसी के कानों तक पहुंचा तो किसी के कानों तक पहुंचते-पहुंचते रह गया—'सूत-पुत्र ! हूं। अगर सूत-पुत्र से इतनी घृणा ही थी तो यह प्रण ही क्यों रोपा गया कि मीन की आंख को भेदने वाला कोई भी धनुर्धारी पांचाली के वरण का अधिकारी होगा। महंगा पड़ेगा महारथी कर्ण का यह अपमान पांचाली।...बहुत महंगा।'

अड़तालीस

अपमान से बढ़कर मानव-मन को पीड़ित करने वाली कोई बात नहीं गढ़ी विधाता ने उस सृष्टि में। मानव का आजीवन प्रयास प्रायः दो उद्देश्यों की ओर ही उत्प्रेरित रहता है—मान की वृद्धि और अपमान से रक्षा।

कर्ण का घोर अपमान हुआ था वह भी पूरे आर्यावर्त के समस्त नृपों और योद्धाओं के समक्ष। वह नीलकण्ठ नहीं था कि अपमान रूपी उस गरल को ग्रीवा के मध्य ही स्थापित कर मुक्त हो जाय उससे। वह तो उसकी गर्दन के नीचे उतर गया और उसके सम्पूर्ण शरीर ही नहीं पूरे अस्तित्व को विषाक्त कर गया। पहले से ही अभिशप्त उसका जीवन जैसे और शाप-ग्रस्त हो आया। क्यों नियति किसी के साथ ऐसे क्रूर खेल खेलती है? क्यों जल से लबालब भरे सागर में ही बादल सर्वाधिक जल-दान करते हैं और क्यों मरुभूमि का सिकता, कण-कण प्यासा का प्यासा रह जाता है। क्यों ऐश्वर्यशालियों के पास ही सम्पत्ति का अम्बार लगता जाता है और क्यों दरिद्र और हीन सदा वंचित और अभाव-ग्रस्त ही रह जाते हैं?

पर कर्ण प्रतिशोध लेगा, इस घोर और अप्रत्याशित अपमान का, वह मन ही मन प्रतिज्ञा कर रहा था और उसके मुख की भाव-भंगिमा को पढ़ सदा सस्मित-वदन कृष्ण के चेहरे पर भी आशंका की परतें बढ़ती जा रही थीं।

पर उधर द्रुपद और उनके पुत्र धृष्टद्युम्न की स्थिति गम्भीर होती जा रही थी। कर्ण के सदृश योद्धा के असफल और अपमानित लौटने के पश्चात् अब कोई योद्धा सरोवर की ओर बढ़ने की बात तो दूर, उसकी ओर मुख भी नहीं करना

चाहता था।

"क्या वीर-प्रसूता यह आर्य-धरती आज वीरों से शून्य हो गई ? क्या द्रोण और कृप के सदृश धनुर्धारियों की शिष्य-परम्परा निःशेष हो गई ? प्राप्त-यौवना पांचाली को इसलिए आजीवन कौमार्य-व्रत धारण करने को बाध्य होना पड़ रहा है कि आज यहां ऐसा कोई भी धनुर्धर नहीं जो एक सामान्य-सी शर्त को पूर्ण कर दे ? पेड़ के पक्षी की आंख को एक ही शर से सर्र से बेधने वाले पृथा-पुत्र अर्जुन के लाक्षागृह में जल मरने के साथ ही इस राष्ट्र की धनुर्विद्या ने भी मृत्यु का वरण कर लिया क्या ?" राजा द्रुपद का यह कथन समाप्त भी नहीं हुआ था कि मण्डप के एक छोर से वृषभ-स्कन्धों वाला वही व्यक्ति गम्भीर पद-विन्यास करता हुआ सरोवर की ओर बढ़ा जिसे देखकर कृष्ण को उसके अर्जुन होने का भ्रम हुआ था।

जटा-जूट और श्मश्रु (दाढ़ी-मूंछ) से युक्त पूरे शरीर में भस्म लगाए और वस्त्र के नाम पर संन्यासियों की तरह एक सामान्य अधोवस्त्र धारण किए इस व्यक्ति को देखकर एक और व्यक्ति को इसके असल व्यक्तित्व के सम्बन्ध में आशंका हुई और वह व्यक्ति था स्वयं दुर्योधन। भस्माभिभूत अर्जुन के शरीर का नीला रंग भले ही लुप्त हो गया था और केश-ढंके उसके आनन की रेखाएं भले स्पष्ट नहीं हो पा रही थीं परन्तु जो चीज दुर्योधन के मन में भय की एक भयंकर लहर जगा गई वह थी अर्जुन की तीर की तरह सीधी चाल। गति में भरे इस पार्थीय आत्मविश्वास को पहचानने में दुर्योधन कभी भूल नहीं कर सकता था। उसके शरीर का रक्त जैसे सहसा सूख गया। नहीं, इस विश्वास के कारण नहीं कि द्रुपद-राजकुमारी अब उसी की होकर रहेगी अपितु इस रहस्य के अप्रत्याशित उद्घाटन से कि पार्थ लाक्षागृह में जल कर मरा नहीं। कि वह जीवित है तो निश्चित ही उसके जागते और सोते के सपनों में उसे अव्यवस्थित करने वाला वह दैत्याकार महाबली भीम भी अवश्य जीवित होगा। तो उसका काल, काल के गाल में जाते-जाते भी नहीं गया और उसके शेष जीवन को सदा भय-ग्रस्त और सशंकित रखने के लिए यह जीवित और सुरक्षित था।

श्रीकृष्ण की आंखों में चमक उसी अनुपात में बढ़ती गई जिस तीव्रता से पार्थ के पैर उस कृत्रिम सरोवर की ओर बढ़ते गए। इस सिंह-चाल को रोकने का साहस कोई नहीं जुटा पा रहा था, न तो दुर्योधन, न दुःशासन और न अपमान के बोझ से दबा-कुचला कर्ण ही। यद्यपि स्पष्ट था कि यह भगवा वस्त्रधारी युवक वीर चाहे जैसा हो; राज्य के नाम पर तो उसके पास भूमि का एक टुकड़ा भी नहीं था। वह तो अपने ही पेट को भिक्षान्न से भरने को बाध्य होगा, द्रुपद की राजकुमारी को वह कहां से राजसी भोग दे पायेगा।

होंठों पर ताला लग गया पांचाली के भी। कुछ था ही इस व्यक्ति के सम्पूर्ण व्यक्तित्व में ऐसा, उसकी चाल में एक ऐसी मस्ती और आंखों में ऐसा असामान्य निर्भीक भाव कि दरिद्र होकर भी द्रौपदी को वह महान् ऐश्वर्यशाली लगता था। वह पहले-पहल सोचने को बाध्य हुई कि महान् केवल सिंहासनों के अधिपति ही नहीं होते महान वे भी होते हैं जिन्होंने साधना और अध्यवसाय से तन और मन दोनों को परिष्कार के स्पृहणीय उत्कर्ष पर पहुंचाया हो।

आश्चर्य तो यह था कि पांचाली मन-ही-मन यह प्रार्थना भी करने लगी कि यही भस्म और भगवाधारी व्यक्ति उसके पिता के प्रण को पूर्ण करने में सफलता

प्राप्त करे। उसने सारे संकोच का त्याग कर उच्च सिंहासन पर विराजमान श्रीकृष्ण की आंखों में अनुनय-भरी आंखों से देखा भी। श्रीकृष्ण की आंखों में आश्वस्ति की चमक आई और रक्ताभ होंठों पर स्मिति की एक हल्की रेखा। द्रौपदी आश्वस्त हो गई। श्रीकृष्ण औरों की तरह उसके मन में भी भगवान के तरह ही उतर चुके थे। श्रीकृष्ण इस वीर की विजय के प्रति आश्वस्त थे और वह उनके मन को भा गया था तो द्रौपदी को और कुछ नहीं सोचना था।

और वहां शर-संधान कर चुका था वह भगवाधारी, उस महान् धनुष पर बात की बात में और आंखें गड़ गई थीं उसकी सरोवर जल में। जैसे एक बार उसे गुरु द्रोण के समक्ष परीक्षा देते समय न वृक्ष दिखाई पड़ता था न उसकी शाखा, न उस पर आसीन पक्षी, और दिखाई पड़ रही थी तो मात्र उसकी आंख; उसी तरह सरोवर में पड़ते काष्ठयन्त्र, कृत्रिम मछली और मण्डप के एक भाग के प्रतिबिम्बों को देख कर भी वह नहीं देख पा रहा था। उसे दिखाई पड़ रही थी तो मात्र मछली की तीव्रता से चक्रायित दाहिनी आंख की छाया और जैसे ही वह छाया अपने दूसरे ही चक्कर में उसके ऊर्ध्वमुखी शर की नोंक के सामने आने-आने को हुई उसने उस सूची-भेद वाण को प्रत्यंचा युक्त कर दिया और वह मछली के दाहिने नेत्र की पुतली के बीचोबीच जा धंसा। काष्ठ-यन्त्र का धड़-धड़ाना रुक गया और सम्पूर्ण मण्डप तालियों की गड़गड़ाहट से गूंज उठा। उस स्वर में अगर किसी की करतल ध्वनि नहीं सम्मिलित थी तो वह थी दुर्योधन और उसके मित्र कर्ण की।

एक पल का भी विलम्ब किए बिना द्रौपदी पद्म-माल को दोनों हाथों में सहेजे क्षिप्र पद-विन्यास से सरोवर के तीर ही जा पहुंची और इसके पूर्व कि अर्जुन उस कुण्ड से एक पग भी आगे बढ़ सके, उसकी ग्रीवा में वह कमल-माल डाल दी।

सभा एक क्षण को स्तब्ध हुई पर दूसरे ही क्षण उसे वस्तु-स्थिति का ज्ञान हुआ। एक राजकुमारी एक भिक्षुक का वरण कर चुकी थी। यह वहां उपस्थित सभी नृपतियों का घोर अपमान था। देखते-देखते जरासंध, शिशुपाल, दुर्योधन, दुःशासन आदि वीरों ने उसे घेर लिया। दुर्योधन को उधर जाते देख कर्ण भी अपने अपमान को भूल धनुष-वाणों से युक्त हो उस संन्यासी से प्रतीत होते दुःसाहसी युवक के पास जा पहुंचा। दुर्योधन की आंखें उसी समय फटी की फटी रह गईं। मण्डप के एक कोने से, जो पहले वाले व्यक्ति की तरह ही भस्मपूरित और जटाजूटधारी मस्त गजराज की गति को भी मात देता हुआ उनकी ओर बढ़ता आ रहा था वह भीमसेन के अलावा कोई नहीं था। उसी के पीछे थे दो किशोर-से लगते संन्यासी। निस्सन्देह वे नकुल और सहदेव थे। तो पांचों पाण्डव जीवित थे। पाण्डव जीवित थे तो वह राजमाता के नाम से अपने को सम्बोधित कराने की आदी अहंकार-ग्रस्ता कुन्ती भी अवश्य जीवित होगी।

पर अभी कुछ सोचनें-समझने का समय नहीं था। यथार्थ अंगारे की तरह आंखों के समक्ष चमक रहा था। प्रमाद के लिए अब कोई समय नहीं था। दुर्योधन ने कर्ण के कानों में कुछ कहा और कर्ण का चेहरा पलाश के फूल की तरह

रक्ताधिक्य से लाल हो आया। वह ऊंचे स्वर में सिंह-गर्जन कर बोला, "आप सभी नृप-जन अपने-अपने स्थानों पर बैठ जायें, मैं महाबली कर्ण सूत-पुत्र जो होऊं पर इस शृगाल को मैं इतने सिंहों के आखेट को अपना बनाते नहीं देख सकता। मैं अकेले ही उसे यमलोक भेजने को पर्याप्त हूं।"

क्षण भर में ही स्वयंवर-मण्डप रण-प्रांगण में परिवर्तित हो गया और अर्जुन तथा कर्ण में घोर वाण-युद्ध शुरू हो गया। कर्ण तो पहले से अस्त्र-शस्त्र सुसज्जित था पर अर्जुन वेदी पर पड़े उस विशाल धनुष और वहां पड़े तरकशों के तीरों से ही युद्ध-रत हो आया।

श्रीकृष्ण ने इस स्थिति को देखा। वह चिन्तित हुए। स्वयंवर के लिए प्रयुक्त होने वाले वाण निश्चित ही संख्या में सीमित थे और वह धनुष भी अपेक्षाकृत भारी था। बहुत देर तक इनके सहारे कर्ण के सदृश धनुर्धर का सामना नहीं किया जा सकता था। साथ ही कर्ण की उद्घोषणा की परवाह किए बिना शल्य, शिशुपाल, जरासंध और जयद्रथ के समान योद्धा अर्जुन की ओर अन्धाधुन्ध वाण छोड़ने लगे थे। सब ईर्ष्याग्नि में जलने लगे थे और उसे बुझाने का दायित्व वे केवल कर्ण पर नहीं छोड़ना चाहते थे।

श्रीकृष्ण ने भीम को इंगित किया। भीम इस समय गदाधारी तो नहीं थे पर मंडप के स्तम्भों को उखाड़-उखाड़ ही उन्होंने आक्रमणकारियों पर प्रहार आरम्भ कर दिया। दुर्योधन डर कर किनारे हो गया। उसका काल उसके सामने था। उससे दूर रहने में ही बुद्धिमानी थी। भीम के प्रहारों को सह सकने में असमर्थ बहुत से और नृप भी किनारा कर गए। अब असल युद्ध अर्जुन, भीम और जरासंध, शिशुपाल के मध्य ही सीमित हो गया। अर्जुन के समाप्त होते शरों की मार की पूर्ति, भीम अपने स्तम्भ-प्रहार से निरन्तर करते जा रहे थे।

पर अर्जुन अब बहुत देर तक रणांगण में टिक नहीं सकता था। उसके तरकश के तीर समाप्त हो रहे थे। अकेले भीम के लिए इतने महारथियों का सामना आसान नहीं था। श्रीकृष्ण चिन्तित हुए। पर उसी क्षण एक घटना घटी जिसने श्रीकृष्ण की आंखों की लौटती चमक को वापस ला दिया। कर्ण का पुत्र सुदामन जो अब तक एक कोने में बैठा था अपने पिता की सहायता के लिए बढ़ा। श्रीकृष्ण समझ गए, युद्ध की समाप्ति का समय आ गया। सुदामन की इस धृष्टता को कर्ण नहीं देख सका और इसके पूर्व की सुदामन अपने पिता की रक्षा में कोई भूमिका निभा पाता, एक सनसनाता हुआ तीर कहीं से आकर उसके हृदय को बींध गया और वह एक चीत्कार के साथ पिता के ठीक पीछे धराशायी हो गया। पुत्र की चीत्कार को कर्ण नहीं पहचाने यह हो नहीं सकता था। उसने पीछे मुड़-कर देखा, एक क्षण को वह स्तब्ध हुआ पर पुत्र-मोह भी जिसे युद्ध से विमुख कर सके तो वह कर्ण क्या? इसके पहले कि अपने उत्तरीय से आंखों के भीगे कोनों को पोंछकर वह फिर अर्जुन पर शर-संधान को तत्पर होता, श्रीकृष्ण की गम्भीर वाणी गूंजी—

"बस! आर्यावर्त के वीरो बस। इस युद्ध में एक बड़ा भारी अपशकुन हो गया। एक निरपराध किशोर किसी के शर का आखेट हो खेत रहा। वाणों की इस अनवरत वर्षा में यह तय करना कठिन है कि किसके वाण ने इस वीर के प्राण लिये। महारथी कर्ण का पुत्र मारा गया। यह अपशकुन इस बात का द्योतक है

कि एक यह युद्ध धर्म-युद्ध नहीं होकर अधर्म-आधारित है। हम अन्याय के द्वारा न्याय का गला घोटना चाहते हैं। वह भगवाधारी वीर चाहे जो हो, उसने न्याय-पूर्ण रीति से पांचाली को प्राप्त किया है। उसको उसके सहज प्राप्य से वंचित करना अधर्म और अन्याय के सिवा कुछ नहीं है। आप इस युद्ध को तत्काल बन्द करें वरना और भी अनर्थ हो सकते हैं।"

कृष्ण की बात पर सभी योद्धाओं ने अपने अस्त्र-शस्त्र डाल दिए पर अपने स्थान को लौटते-लौटते शिशुपाल के मुख से निकल ही गया—"गंवार ग्वाला! इसके कारण बनता हुआ काम बिगड़ कर रह गया। भगवान बना फिरता है यह पाखंडी! और कैसे मूर्ख हैं ये तथाकथित योद्धा जो इसकी बातों में आ शस्त्र त्याग कर बैठ गए।"

उनचास

कौन कहता है कि पराक्रम ही सब कुछ है और प्रारब्ध कुछ नहीं? कौन कहता है कि विधि का विधान मात्र व्यक्ति की कोरी कल्पना है? कि मनुष्य परिस्थितियों के वश में नहीं अपितु पराक्रमी मनुष्य परिस्थितियों को ही वशवर्तिनी बनाकर रखता है!

अगर यह बात सत्य होती तो पार्थ के साथ वह सब क्यों घटता जो अकल्पित, अप्रत्याशित रूप में घटित हो रहा है?

पद्मगंधा पांचाली को तो उसने अपने ही एकाकी प्रयास या कह लीजिए पराक्रम से अपनी पत्नी के रूप में स्वयंवर-सभा में प्राप्त किया था। तो वह क्यों पांच भागों में विभक्त हो गई—केवल पार्थ की पत्नी नहीं रहकर वह पांचों पांडवों की पर्यंकशायिनी क्यों बना दी गई? क्यों? माना, माता कुन्ती के अभ्यासवश, द्वार खटखटाते समय युधिष्ठिर के यह कहने पर कि देखो आज हम क्या लाए हैं, यह कह दिया हो कि आपस में बराबर-बराबर बांट लो, पर यह बात ब्रह्म-वाक्य कैसे बन गया? तब जबकि पांचाली कोई पदार्थ नहीं थी, हाड़-मांस-मज्जा की बनी सजीव लावण्यमयी पुतली थी।

अपनी भूल का ज्ञान होने पर माता कुन्ती को पश्चात्ताप भी हुआ था। तब धर्मराज कहे जाने वाले युधिष्ठिर ने क्यों नहीं स्पष्ट कह दिया था कि यह धनंजय की परिणीता है, इस पर पांचों का अधिकार नहीं बनता। कि वर-माला इसने केवल पार्थ की ग्रीवा में पहनाई है, अतः वह केवल उसकी होकर रहेगी।

इसे नियति का कुटिल परिहास नहीं तो और क्या कहने का मन करता है? क्या पार्थ ने मन से इस व्यवस्था को अपनाया था, शायद कभी नहीं और पांचाली ने, शायद उसने भी नहीं। कौन नारी ऐसी होगी जो अपने स्वयंवर-विजेता को छोड़कर अन्य पुरुषों की पार्श्ववर्तिनी बनना चाहे? पर हो तो यही रहा था। पार्थ अथवा पांचाली का इस पर वश ही कितना चलने को था?

बलराम और श्रीकृष्ण पहुंचे थे पाण्डवों की पीठ पर ही उस कुम्भकार के घर जहां छद्मवेश में पांचों पाण्डव और कुन्ती निवास करते थे। पहुंचा था द्रुपद पुत्र धृष्टद्युम्न भी लुक-छिपकर बलराम और श्रीकृष्ण के ठीक पीछे। आखिर जाने तो वह कि जो धनुर्धारी स्वयंवर में अपनी अद्‌भुत वीरता का परिचय दे उसकी बहन को विजित कर ले गया था वह सचमुच एक भगवाधारी, भिखारी था अथवा किसी उच्च कुल से सम्बद्ध कोई धनुर्धारी जो किन्हीं कारणों से अपने परिचय को गुप्त ही रखना चाहता था।

बलराम और श्रीकृष्ण ने बुआ कुन्ती और पाण्डवों से सारा पिछला वृत्तान्त सुना था। कौरवों के दुर्व्यवहार और अन्याय की कहानी भी सुनी थी और सुनी थी लाक्षागृह से उनके चमत्कारिक रूप से निकल भागने की गाथा भी।

साथ ही सुना था द्रुपद-सुत धृष्टद्युम्न ने भी सब कुछ और मन-ही-मन प्रसन्न हुआ था कि चलो याज्ञसेनी किन्हीं और हाथों में नहीं जाकर विख्यात धनुर्धर धनंजय की ही पत्नी बनी थी। पर माता कुन्ती के एक भ्रामक आदेश से पांचों भाइयों में उसका बंट जाना उसे अच्छा नहीं लगा था। पर वह भी अब कर क्या सकता था? दैव को प्रबल मान उसने भी इस व्यवस्था को स्वीकार कर लिया था और घर लौटकर पिता द्रुपद को सारी बातें बताई थीं।

थोड़े ही दिनों में धूमधाम से पांचाली का पाणिग्रहण-संस्कार सम्पन्न हुआ था और पाण्डव कुम्भकार के घर से उठकर द्रुपद के महल में आ गए थे।

पचास

व्यक्ति चाहता क्या है और हो क्या जाता है? बहुत सतर्कता और बुद्धिमानी से बनाई उसकी योजनाओं पर बात की बात में पानी फिर जाता है और आकांक्षा के ऊंचे आकाश में उड़ान भरते उसके मन के पखेरू बात की बात में समय रूपी बहेलिये के वाणों से विद्ध होकर पृथ्वी पर आ गिरते हैं। वह सपने देखता है, सोते में नहीं जागते में किन्तु जब तक वह अपने सपनों को साकार करे, उनके आकार ही धूमिल और ध्वस्त हो जाते हैं।

कम-से-कम दुर्योधन के साथ तो यही हुआ था। अपने जाने तो उसने पाण्डवों को लाक्षागृह में जला ही मारा था और हस्तिनापुर के सिंहासन का एकमात्र अधिकारी बन बैठा था। पर चूर-चूर तो हो गए उसके सपनों के शीश महल। लाक्षागृह तो धू-धू कर जल गया पर पाण्डव तो पता नहीं पुण्य के किस प्रताप से बच निकले। अब तो द्रौपदी के समान सुगन्धित जीवन-संगिनी भी उन्हें मिल गई थी। वही द्रौपदी जिसके रूप और गन्ध पर किसी मुग्ध भ्रमर-सा मोहित हो, उसने किसी तरह उसे स्वयंवर में विजित करना चाहा था, भले ही इस हेतु लक्ष्य भेद उसे नहीं कर्ण को ही करना पड़े।

और अब एक नई योजना पक रही थी हस्तिनापुर के राजमहल में। पितामह, विदुर और द्रोण आदि सभी धृतराष्ट्र को समझाने में लगे थे कि जब पाण्डव बच ही गए और द्रुपद से उनका सम्बन्ध हो ही गया तो उन्हें ससम्मान

राजमहल में लौटा लाना ही उचित है।

धृतराष्ट्र और गांधारी दोनों को यह बात जंच गई और पाण्डव राजमाता कुन्ती और पत्नी पांचाली के साथ हस्तिनापुर में आ विराजे।

दुर्योधन को उनकी उपस्थिति असह्य लग रही थी। स्वयंवर-सभा में अपनी पराजय की बात वह अब तक नहीं भूला था और उसी के राजमहल में द्रौपदी पांच-पांच पतियों की पत्नी बनकर उन्हें सुख पहुंचाए, यह बात उसे सह्य नहीं थी।

उसने धृतराष्ट्र, विशेषकर माता गांधारी के कान भरने आरम्भ किए और धृतराष्ट्र को इस बात के लिए राजी करा लिया कि पाण्डवों को इन्द्रप्रस्थ का राज्य देकर विदा कर दिया जाए।

इन्द्रप्रस्थ कोई बसा-बसाया नगर नहीं था। कभी रहा होगा वह किसी नृप या राजा की राजधानी पर आज वह पूरी तरह वनाच्छादित था। भयंकर जंगली जानवरों से भरा और अभेद्य।

युधिष्ठिर ने सम्राट् धृतराष्ट्र के इस न्याय को सिर झुका कर स्वीकार कर लिया और इन्द्रप्रस्थ को अपनी राजधानी बनाने चल पड़े। बलराम और श्रीकृष्ण भी द्रुपद के यहां से पाण्डवों के साथ ही हस्तिनापुर लौटे थे। वे भी स्वभावतः पाण्डवों के साथ लग गए।

इन्द्रप्रस्थ के वन को काटकर वहां शीघ्रातिशीघ्र एक सम्भ्रान्त नगर बसाने में बलराम और श्रीकृष्ण ने भी पाण्डवों की सहायता की। श्रीकृष्ण ने द्वारिका से शिल्पी और श्रमिक बुला लिये और शीघ्र ही इन्द्रप्रस्थ सचमुच इन्द्रपुरी अलका की तरह शोभायमान हो गया। पाण्डवों का सभागार तो विशेष रूप से विस्तृत और मोहक बनाया गया था। लगता था उसे देवताओं के शिल्पी साक्षात् विश्वकर्मा ने बनाया हो। यह सभा-भवन अत्यन्त विस्तृत था और उसके खम्भों में मणि-माणिक्य तथा हीरे-मोती जड़े थे।

राजमहल का अन्तःपुर भी विशेष रूप से सजाया गया था और पांचाली तथा राजमाता कुन्ती के विस्तृत कक्ष इन्द्राणी के शयनागारों को भी मात करते थे।

इन्द्रप्रस्थ शीघ्र ही वैभव के शिखर पर पहुंच गया। दूर-दूर के व्यवसायी वहां व्यापार करने आने लगे और वहां धन-धान्य की वर्षा होने लगी।

प्रतापी पाण्डवों की राजधानी के विकास को देखकर हस्तिनापुर के बहुत से सम्भ्रान्त व्यक्ति भी वहीं आकर बस गए। पाण्डवों की दिन-दूनी रात-चौगुनी प्रगति दुर्योधन के लिए असह्य हो गई और उसके कलेजे पर सांप लोटने लगा। उसकी रातों की नींद हराम हो गई। जिस बात के लिए उसने पाण्डवों को इन्द्रप्रस्थ के बीयावान में खदेड़ा था वह तो बनी नहीं ऊपर से वे और धनाढ्य और प्रसिद्ध हो आये। उसे तो विश्वास था कि उस जंगल में वे दाने-दाने को तरस कर मर जायेंगे अथवा राजधानी बसाने के लोभ को तिलांजलि दे हाथ में भिक्षा-पात्र लेकर पेट की आग बुझाने निकल पड़ेंगे वहां से; पर प्रतापी पाण्डवों ने तो जंगल को भी स्वर्ण में परिणत कर दिया।

इक्यावन

दुःख एक बहुरूपिया है क्या ? कितने तो आयाम हैं इसके। अनेक छद्म रूप। कब वह किस रूप में आये कौन जानता है ? पर दुःख का एक रूप सुख भी है क्या ? यह तो बड़ा जटिल प्रश्न है। दुख अपने चाहे जितने रूप ले ले पर वह सुख कैसे हो सकता है ? हो भी सकता है। जैसे अन्धकार के गर्भ में प्रकाश छिपा रहता है, जैसे प्रसव-पीड़ा के पीछे सन्तान-सुख विद्यमान रहता है, जैसे नासूर फूटने की वेदना के पीछे उससे मुक्ति का आनन्द निहित रहता है वैसे ही कुछ दुःख, सुख का सन्देशवाहक बनकर आयें तो इसमें आश्चर्य क्या ?

पर जो दुख एक ही साथ दुख और सुख दोनों की अनुभूति दे उसके सम्बन्ध में क्या कहा जाय ? अथवा जब यह निर्णय करना कठिन हो कि समक्ष प्रस्तुत इस स्थिति से दुःखी हों अथवा सुखी तब कौन-सी संज्ञा देंगे उस स्थिति-विशेष को ? दुख कहेंगे उसे या सुख ? किन्तु जो दुःख-सुख के द्वन्द्व से ऊपर उठ गया हो उसके लिए ये दोनों शब्द व्यर्थ और निरर्थक हो जाते हैं। यह स्पष्टतः दुख था पर देखा जाय तो सुख भी। पर जो इस द्वन्द्व से परे था उसके लिए यह कुछ नहीं था। थी वह एक सामान्य घटना।

यह हो रहा था श्रीकृष्ण के साथ। कितनों के लिए यह स्थिति दुःखद थी कितनों के लिए सुखद। पर वे तो द्वन्द्वातीत थे। जीवन भर की साधना और अनुभव ने जिन कुछेक शब्दों से उनका गहरा परिचय कराया था उनमें यह शब्द भी था अथवा कह लें यह स्थिति भी थी—द्वन्द्वातीत की।

ठीक ही पूरी द्वारिका में फैल गए इस संवाद से कि उनका अपना अन्तरंग सखा पृथा-पुत्र अर्जुन उनकी अपनी ही बहन सुभद्रा के प्रति आकृष्ट है और एक दिन वह उसके हरण की भी इच्छा रखता है, उन्हें न दुःख हुआ था न सुख। यद्यपि बलराम एवं अन्य यादववीर इस संवाद से विचलित हो गए थे और सबों ने मिलकर पार्थ की हत्या की भी योजना बना ली थी। बलराम तो स्पष्ट बोले थे—"श्रीकृष्ण ! तुम्हारे इस तथाकथित मित्र की यह उद्दंडता मुझे उद्विग्न कर रही है। हाल-हाल तक जंगल-जंगल, देश-विदेश मारा-मारा फिरने वाला यह भिक्षुक हमारी बहन की आकांक्षा रखे, यह मुझे सह्य नहीं। वह तुम्हारा मित्र नहीं होता तो अपने हल के प्रहार से ही मैं उसके मस्तक को विल्व-फल की तरह दो टुकड़े कर देता।"

"पर वह भिक्षुक कैसे है ? पाण्डु-पुत्र है वह। इन्द्रप्रस्थ के सम्राट् का सगा भाई—सहोदर।" श्रीकृष्ण बोले थे। द्वारिका में फैले अफवाह का भी उन्हें पूर्ण पता था पर किसी शान्त सागर की तरह अनुद्वेलित और अप्रभावित ही बने रहे थे वह अग्रज के इन कोप-पूर्ण शब्दों पर।

"सम्राट् का भाई ! हूं !" बलराम का क्रोध पराकाष्ठा की ओर बढ़ा था, "राज्य तो हस्तिनापुर है। खांडव वन में बस गए उस राज्य को राज्य कौन कहता है ? दुर्योधन युवराज और भिक्षुक और वनचारी तो है ही तुम्हारा तथाकथित महाधनुर्धर मित्र जो अपने सभी भाइयों के साथ कौरवों के डर से बचते जंगल-जंगल डोलता चला और अब भी वही कर रहा है, एक मूर्खतापूर्ण साधारण प्रतिज्ञा के पालनार्थ। अभी वह एक वनचारी से अधिक है क्या ? सुभद्रा

का विवाह ही सम्पन्न करना है तो दुर्योधन ही क्या बुरा है? वह मेरा गदा-शिष्य भी है।"

अग्रज की बात पर श्रीकृष्ण किंचित् चिन्ताग्रस्त हो आये। अभी तो सचमुच वनचारी था अर्जुन।

हुआ यह था कि अर्जुन यह प्रतिज्ञा तोड़ बैठा था कि पांचाली के साथ जब कोई और भाई एकान्त में हो और दूसरा कोई इस एकान्त को भंग करेगा तो उसे बारह वर्षों तक स्वेच्छया वनवास भोगना पड़ेगा। उस रात पांचाली के प्रकोष्ठ में युधिष्ठिर थे। पर इधर एक ब्राह्मण के गोधन को चुराकर कुछ चोर भाग निकले। वह ब्राह्मण अपने गोधन की रक्षा के लिए अर्जुन के पास पहुंचा—"तुम्हारे सदृश धनुर्धर के रहते एक अग्निहोत्री द्विज के गोधन का चीर हरण कर लें, यह उचित है? अब तो मेरा अग्निहोत्र कार्य भी बन्द हो जाएगा और इसका पाप भी तुम्हें ही लगेगा।"

अर्जुन चिन्तित हुए। जिस घर में उनके अस्त्र रखे थे उसी में तो अग्रज पांचाली के साथ विद्यमान थे। अब वह उस प्रकोष्ठ में प्रवेश कर बारह वर्षों के बनवास का वरण करे या ब्राह्मण को उसके गो-धन से वंचित होने दे। उसने बनवास वरण के मूल्य पर भी ब्राह्मण को उसके गो-धन से युक्त करा देना उचित समझा और वह पांचाली के प्रकोष्ठ-द्वार पर पर्याप्त इंगित कर अग्रज और पत्नी को सावधान कर अन्दर प्रवेश कर गया।

ब्राह्मण के गोधन को वापस करा वह वनवास के लिए प्रस्थान कर गया। युधिष्ठिर ने इसे आपत्-धर्म बता कर अर्जुन को बहुत रोकना चाहा पर उन्होंने सामूहिक प्रतिज्ञा-भंग कहना उचित नहीं समझा और राजधानी से बाहर निकल गया।

इसी क्रम में अर्जुन कई स्थानों का भ्रमण करते हुए द्वारिका आ पहुंचे थे और वहां सुभद्रा को देखकर वे उसे अपना मन दे बैठे। सुभद्रा और अर्जुन से संबंधित बात सबसे पहले श्रीकृष्ण तक ही पहुंची थी। उन्हें एक क्षण को आश्चर्य एवं दुःख भी हुआ था पर दूसरे ही क्षण उन्हें सुख की अनुभूति हुई। उन्हें याद आई थी अपनी और राधा की बात। प्रेम को उन्होंने उचित मर्यादा देना आवश्यक समझा। राधा ने तो उनके नाम पर आजीवन कौमार्य ही ग्रहण कर लिया था। कहीं सुभद्रा भी यही कर ले तब? और प्रेम अपने में कितनी बड़ी प्रेरक शक्ति है यह उनसे अधिक कौन जान सकता था? अगर आज राधा नहीं होती तो कृष्ण उसी रूप में होते क्या जिस रूप में वे हैं? क्या पता सुभद्रा, अर्जुन के जीवन में कोई क्रान्तिकारी परिवर्तन ही ला दे अथवा उसकी प्रतिभा को और निखार दे। पर इस सम्बन्ध में कुछ निर्णय लेने के पूर्व उन्होंने दोनों का मन्तव्य जानना आवश्यक समझा था।

सर्वप्रथम उन्होंने अर्जुन से इस सम्बन्ध में पूछा था। अर्जुन ने मिथ्या का सहारा लिये बिना स्पष्ट कह दिया था—"जनार्दन! अब तुम मुझे अपराधी मानो या विश्वासघाती पर यह सत्य है कि मैं सुभद्रा को चाहता हूं और उसके बिना नहीं रह सकता।"

"तो तुम उससे विवाह करना चाहते हो?"

"हां, केशव!"

"मेरी सहमति है।" श्रीकृष्ण ने कहा था और अर्जुन कृतज्ञता के भार से दबकर बोला था, "मैं तुम्हारे इस उपकार को कभी नहीं भूल सकता हृषीकेश ! तुमने मेरे प्रेम को उचित मान दिया है।"

"नहीं, ऐसी कोई बात नहीं," श्रीकृष्ण गम्भीर होकर बोले थे, "मित्र की सहायता करना मित्र का कर्त्तव्य है। तुमने मेरी बहन से विवाह का निर्णय ले मेरा ही मान बढ़ाया है। तुमसे बड़ा वीर इस पृथ्वी पर कौन है ? तुम सर्वथा सुभद्रा के योग्य हो।"

"यह तुम्हारी उदारता है जनार्दन कि तुमने इस बात को इस रूप में लिया। दूसरा कोई तो इसे एक मित्र के प्रति एक मित्र का विश्वासघात ही मानता।" अर्जुन नत-मस्तक बोला।

"ऐसा नहीं सोचते अर्जुन ! तुम्हारा सुख मेरा ही सुख है। तुम्हें प्रसन्न देखने के लिए मैं कुछ भी कर सकता हूं।"

इसके पश्चात् श्रीकृष्ण ने सुभद्रा का मन्तव्य जान लेना भी आवश्यक समझा था और उससे स्पष्टत: पूछा था कि क्या वह अर्जुन से विवाह को प्रस्तुत है।

सुभद्रा क्या बोलती ? उसने सिर झुका लिया था और इसे उसकी मौन स्वीकृति मान ही श्रीकृष्ण अग्रज बलराम से भी भिड़ने में नहीं हिचके थे।

"तुम कुछ बोले नहीं।" बलराम ने पूछा था।

"मैं क्या बोलूं ? मैं तो यह सोच भी नहीं सकता था कि आप सुभद्रा का हाथ दुर्योधन के हाथों में देने की कल्पना भी कर सकते हैं।" श्रीकृष्ण ने उत्तर दिया।

"क्यों, दुर्योधन में कौन बुराई है ? हस्तिनापुर के राज्य के सदृश इस पृथ्वी पर न तो कोई राज्य है न दुर्योधन की तरह कोई गदा-वीर।"

"और भीमसेन ?" अर्जुन ने पूछा।

"वह गदा-वीर हो सकता है पर वह युवराज तो नहीं है।"

"तो आप दुर्योधन की वीरता के समक्ष उसकी सारी बुराइयों की ओर से आंखें मूंद लीजिएगा ?" श्रीकृष्ण ने स्पष्ट पूछा।

"चलो मान ली तुम्हारी बात, पर दुर्योधन से विवाह नहीं होगा सुभद्रा का तो इस वनचारी अर्जुन से भी नहीं होगा।" बलराम ने अपना निर्णय सुनाया।

"पर अर्जुन का वनवास तो अब समाप्त होने को आ रहा है। वह अब इन्द्रप्रस्थ लौटेगा।"

"अभी समाप्त होने को आ रहा है फिर कब आरम्भ हो जाय इसका क्या ठिकाना ? ये वही पाण्डव-बन्धु तो हैं जो लाक्षागृह से जीवित निकलकर भी कौरवों के डर से जंगल-जंगल डोलते रहे ?" बलराम ने अपना तर्क दिया।

"तो आप पाण्डवों को भीरु समझते हैं ? द्रुपद के यहां आयोजित स्वयंवर के समय तो आपने इनकी वीरता को देखा था और उसकी प्रशंसा भी की थी। जो अर्जुन द्रौपदी को जीत सकता है वह सुभद्रा के हाथ का भी अधिकारी नहीं ?"

"श्रीकृष्ण ! तुम व्यर्थ में तर्क दिए जा रहे हो। मैं उस व्यक्ति के हाथों में अपनी बहन का हाथ नहीं दे सकता जो आया तो अतिथि के रूप में और डोरे डाल बैठा घर की युवती पर ही, वह भी अपने मित्रों की बहन पर।"

"तो आपका निर्णय अन्तिम है ?" श्रीकृष्ण ने अग्रज से आग्रहपूर्वक पूछा।

"तो तुमने क्या समझा ? तुम्हारा अग्रज क्या दो बार निर्णय लेता है ?"

"तुम्हारे लिए अब एक ही उपाय बचता है।" श्रीकृष्ण ने अर्जुन से एकान्त में कहा।

"क्या ?"

"तुम सुभद्रा का हरण कर लो।"

"यह तुम क्या कह रहे हो केशव ? संसार तुम्हें क्या कहेगा ? यही न कि तुमने स्वयं अपनी बहन का अपहरण कराया ?"

"मैं मित्र के लिए कुछ भी कर सकता हूं। फिर इसमें सुभद्रा के सुख का भी प्रश्न है। संसार क्या कहेगा, इसकी मुझे चिन्ता नहीं। मैं संसार को मार्ग दिखाने के लिए आया हूं, उससे मार्ग-निर्देश लेने नहीं।"

"बलराम इसका बुरा नहीं मानेंगे ?" अर्जुन ने शंका व्यक्त की।

"मानेंगे। बहुत से यादव-वीर भी इसका बुरा मानेंगे। वे तुम पर आक्रमण भी करेंगे, पर मुझे विश्वास है तुम इन सबों का सफलतापूर्वक सामना कर लोगे।"

"फिर तुम्हीं मार्ग बताओ।"

"बताऊंगा। पूर्णिमा के अवसर पर सुभद्रा देवी-पूजन करने महल से बाहर जाएगी। मैं उसके रथ में पहले से ही पर्याप्त अस्त्र-शस्त्र रख दूंगा। तुम इसी अवसर पर सुभद्रा का हरण कर लेना।"

अर्जुन ने वही किया। देवी-पूजन के पश्चात् ही वह सुभद्रा के साथ-साथ ही रथ पर जा बैठा। सारथि को रथ के नीचे ढकेल उसने अश्वों की वल्गाएं स्वयं संभालीं और रथ को इन्द्रप्रस्थ की दिशा में ले भागा। श्रीकृष्ण ने पहले से ही रथ में तीव्रगामी अश्व जुतवा दिए थे जो बात की बात में हवा से बातें करने लगे। सुभद्रा के सैकड़ों अंगरक्षकों—यादव-वीरों—ने अर्जुन पर तीखे बाण छोड़ने आरम्भ किए पर सबके प्रहार को व्यर्थ कर अर्जुन सुभद्रा को ले भागा।

श्रीकृष्ण को कुछ देर के लिए बलराम का कोपभाजन अवश्य बनना पड़ा। बलराम का विचार था कि अर्जुन के इस कृत्य से द्वारिका की गरिमा को ठेस पहुंची है। पर श्रीकृष्ण के यह समझाने पर कि कन्याओं का बलात् अपहरण कर उनसे विवाह करना वीरोचित कार्य ही है और इससे किसी पक्ष की कोई अवमानना नहीं होती, बलराम शान्त हुए और फिर तो वे सुभद्रा के लिए बहुत-सा वस्त्रा-भूषण ले श्रीकृष्ण के साथ इन्द्रप्रस्थ पहुंचकर अर्जुन-सुभद्रा के विधिवत परिणय के साक्षी भी बने।

बावन

मानवीय आकांक्षाओं के अश्वों के मुंह में वल्गाएं नहीं दो तो वे महत्त्वाकांक्षाएं बन आती हैं और इन वल्गा-हीन अश्वों पर सवारी करने का लोभ करो तो वनाश्वों की तरह ये तुम्हें किस विजन-विपिन में ला पटकेंगे, उसका कोई पता नहीं।

आकांक्षाओं पर अंकुश इसीलिए आवश्यक है। आकांक्षाओं के उन्मुक्त विहग अपार महत्त्वाकांक्षाओं के पर धारण कर तुम्हारे मन के असीम आकाश में उड़ानें भरेंगे तो ये कब तुम्हें किस ऊंचाई से वहां धाराशायी करेंगे इसका पता नहीं। ससीम और सामर्थ्याधीन महत्त्वाकांक्षा बुरी नहीं और तुम्हारे प्रगति-पथ को प्रशस्त ही करती है पर अपनी सामर्थ्य और सीमा की उपेक्षा कर जब तुम अपनी महत्त्वाकांक्षाओं को आधारहीन कल्पनाओं की टांगों पर विभिन्न दिशाओं में दौड़ लगाने को उन्मुक्त छोड़ देते हो तो वे तुम्हें दिग्भ्रमित कर तुम्हारे सर्वनाश का भी कारण बन जायं तो इसमें आश्चर्य क्या ?

तो इन्द्रप्रस्थ में अलकापुरीवासियों की तरह विचरण करते पाण्डव महत्त्वाकांक्षा की उन्हीं लुभावनी डोरों के सहारे आकाश चढ़ने को आतुर हो रहे थे, विशेषकर महाराज पद से विभूषित धर्मराज युधिष्ठिर और अपने बल के अहंकार से ग्रस्त भीमसेन।

अनादि काल से सबल से सबल व्यक्ति की एक दुर्बलता होती है और वह है उसकी प्रशंसा। प्रशंसा के पीछे पागल बना मनुष्य असंभव को भी संभव करने दौड़ता है। वह अपना सर्वस्व दाव पर लगा कर भी अपने यश और कीर्ति के ध्वज को आकाश में ऊंचे से ऊंचे लहराकर अपनी प्रशंसा और प्रचार की पिपासा को शान्त करने को व्यग्र रहता है।

प्राचीन काल में राजसूय यज्ञों के आयोजन के मूल में मनुष्य की यही महत्त्वाकांक्षा, प्रशंसित और पूजित होने की यही आदिम भावना काम करती थी। और इससे वंचित विरले ही होते थे। राजलक्ष्मी ने अल्प कृपा-कटाक्ष से भी कृतार्थ किया नहीं, सैन्य बल में थोड़ी भी वृद्धि हुई नहीं, सामन्तों, सभासदों ने यशोगान का थोड़ा सहारा लिया नहीं कि राजा ने राजसूय यज्ञ की योजना बना ली। पृथ्वी के सम्पूर्ण नरेशों को अपने अधीनस्थ कर लेना किस राजा, या नृप, नराधिपति को प्रिय नहीं है ?

तो पाण्डवों ने भी राजसूय यज्ञ की बात ठानी। कहना आवश्यक है कि राजसूय यज्ञ की यह आकांक्षा-महत्त्वाकांक्षा ही पाण्डवों की आरम्भिक आपत्ति, दीन-हीन से उनके वन-वन भटकने और अन्ततः महाभारत के सदृश महासमर का कारण बनी। पर राजलक्ष्मी पास हो तो उसका प्रचार नहीं करना, शौर्य और सैन्य का बल हो तो उसे प्रदर्शित नहीं करना कुछेक संयमियों के ही वश की बात है।

और राजा युधिष्ठिर धर्मराज पद से विभूषित होते हुए भी उतने संयमी नहीं थे।

वे सभासदों, सामन्तों, अधीनस्थ नरेशों और सदा-सुलभ भाटों-चारणों के बहकाने में आये और राजसूय यज्ञ सम्पन्न करने का प्रण ले बैठे।

श्रीकृष्ण के पास यह अद्भुत संवाद पहुंचा तो वे आश्चर्यचकित हुए। सहायतार्थ उन्हें निमंत्रित किया गया था। पाण्डव और राजसूय यज्ञ ? बात उनकी समझ में नहीं आ रही थी। अभी-अभी तो कौरवों से किसी तरह खाण्डवप्रस्थ की भूमि ले श्रीकृष्ण की सहायता से ही उन्होंने वहां इन्द्रप्रस्थ को बसाया था और अभी वे

चले अपनी सामर्थ्य का प्रदर्शन करने ! कौरवों को यह बात फूटी आंखों भी सुहायेंगी और किसी दुष्चक्र में फंसा वे पुनः इन्हें मार्ग का भिखारी बना देंगे या नहीं ?

पर निर्णय तो लिया जा चुका था। द्वारिका में कुन्ती-पुत्र का सन्देश आ चुका था शीघ्र इन्द्रप्रस्थ पधारने को राजसूय यज्ञ को सफल बनाने को, अब किया भी क्या जा सकता था ?

बलराम और श्रीकृष्ण ने पहले तो इन्द्रप्रस्थ पहुंचकर इस यज्ञ को रोकने का पूर्ण प्रयास किया पर जब पांचाली भी अड़ गई तो वे क्या करते ? स्त्रियों को दूसरों को जलाने में विशेष आनन्द आता है और कृष्ण ने पाया, कृष्णा भी इसका अपवाद नहीं है अपितु प्रदर्शन और प्रचार की भावना उसमें आवश्यकता से कहीं अधिक ही प्रबल है।

श्रीकृष्ण को बाद में सोचना पड़ा था कि यदि पंचाल का वह स्वयंवर नहीं होता और पांचाली पाण्डवों की पत्नी नहीं बनती तो शायद महाभारत का समर भी नहीं होता।

तो राजसूय यज्ञ की योजना बन गई और इसके क्रियान्वयन का एक तरह से पूर्ण दायित्व श्रीकृष्ण के ऊपर ही आ पड़ा। उन्होंने अपनी बुआओं के लड़के विशेषकर पांचाली के इस अनुरोध को सिर आंखों पर उठाया और अपने कर्त्तव्य-पालन में प्रवृत्त हो गए।

तिरेपन

गिरिव्रज की अगम्य स्थली में अपनी राजधानी बसाये मगधराज जरासंध इन तीन विचित्र वेशधारियों के स्वागत के लिए कदापि प्रस्तुत नहीं था। पर सम्पूर्ण शरीर पर भस्म रमाए, मृगछाल पहने इन त्रिपुंडधारी ब्राह्मणों को जब उसके परिचरों ने उसकी सभा में उपस्थित ही कर दिया तो वह क्या करता ? प्रतापी जरासंध की राजसभा सम्पन्न सम्राटों, बुद्धिमान सामन्तों और सभासदों के लिए थी, भस्मधारी भिक्षुकों के लिए नहीं। पर प्रहरी और परिचर भी क्या करते ? भस्मधारी होने पर भी उनके अंग से ऐसी कान्ति प्रस्फुटित हो रही थी जैसे कि वे राख से आवृत्त अंगारों से भी अधिक जाज्वल्यमान हों। अगर ये तेज[illegible] ब्राह्मण श्राप देने पर उतर आते तो अपने स[illegible]र्ण पाषाणी परिवेश के प[illegible] भी सम्पूर्ण गिरिव्रज जलकर खाक नहीं हो जात[illegible] ?

तो ये तीनों तपोपूत ब्राह्मण जरास[illegible]सन के समक्ष पंक्तिबद्ध खड़े थे। मगधराज ने इन्हें बैठने के लिए नहीं कहा। उसकी अनुभवी आंखों और अप्रतिम मेधा को धोखा देना आसान नहीं था।

"सम्राट, तुम अहंकार में भरकर हम ब्राह्मणों को न तो नमस्कार ही निवेदित कर रहे हो न हमारे योग्य आसन ही प्रदान कर रहे हो।" तीनों में जो भस्मपूरित होते हुए भी नीलवर्णी प्रतीत हो रहा था बोला और यहीं पर वह गलती कर गया। यह स्वर तो मगधराज का पहचाना हुआ था। पर अभी उसने

इस भेद को भेद ही रहने दिया।

"तुम ब्राह्मण हो नहीं, तो ऐसी अपेक्षाएं क्यों करते हो?" उसने स्पष्ट खनकते शब्दों में पूछा।

"पर तुम्हें ब्राह्मण नहीं प्रतीत होते? अहंकार ने तुम्हारी दृष्टि को मलीन कर दिया है क्या?" इस बार जो तीनों में सबसे पुष्ट था, वह बोला।

"प्रतीत होने और वस्तुत: होने में अन्तर होता है वृकोदर।" जरासंध ने भीम को सीधे सम्बोधित कर दिया। शेष दो ब्राह्मणों के तन से भस्म अपने आप यों झड़ने लगे जैसे पतझड़ में पेड़ों से पीत पत्ते।

"यज्ञोपवीत धारण करने के पश्चात् भी अपने तन से तुम धनुष और उसकी प्रत्यंचा से निर्मित चिह्नों को नहीं मिटा सके धनंजय! गांडीव फेंक कर आने के पश्चात् भी गांडीव ने ही तुम्हारी पहचान करा दी। प्रथम दृष्टि में ही मैं समझ गया था कि तुम सभी छद्मवेशधारी हो। आसन की आशा कैसे कर रहे हो तुम? और मगधराज सिर कटा सकता है पर वह यों भिखारियों के समक्ष उसे झुका नहीं सकता। नमन की आशा कर तो तुम आकाश-कुसुम की आकांक्षा ही कर रहे थे।"

"और तुम?" जरासंध तीसरे भस्मधारी की तरफ मुड़ा, "तुम्हारे परिचय की भी अब आवश्यकता रही? तुम्हारे स्वर से ही मैं पहचान गया था कि तुम वही भगोड़े यदुवंशी हो जो मेरे भय से भाग कर एक मूषक की तरह द्वारिका की बिल में जा छुपे हो। छल करना तो तुम्हारी पुरानी आदत है। सन्देह नहीं कि यह सारा स्वांग तुम्हारे ही इंगित पर किया गया है।"

जरासंध की बात सत्य थी। यह सम्पूर्ण कार्यक्रम कृष्ण की योजना के अन्तर्गत ही बना था। इन्द्रप्रस्थ पहुंचते ही उन्होंने धर्मराज से कहा था—"राजसूय यज्ञ का संकल्प तो आपने ले लिया, पर आपको यह तो पता होगा कि इसे सम्पूर्ण राजाओं को विजित कर ही सम्पन्न किया जाता है। हस्तिनापुर के शासक तो आपके बन्धु ही हैं, अत: उनको विजित करने का प्रश्न नहीं उठता पर औरों के सम्बन्ध में क्या सोचा है? विशेषकर जरासंध के सम्बन्ध में?"

"आप ही का भरोसा है।" धर्मराज ने संक्षिप्त उत्तर दिया था।

"मेरा? जो स्वयं जरासंध के अठारह आक्रमणों से भयभीत हो मथुरा छोड़-कर ही भाग चला?"

"वह तो आपकी लीला थी। द्वारिका बसाने का एक बहाना। नहीं, जरासंध आपके समक्ष क्या टिकता?"

"वह मेरी लीला चाहे जो रही हो। पर जरासंध के पराक्रम पर भी प्रश्न-चिह्न नहीं लगाया जा सकता। रुद्र का भक्त होने से वह अजेय-सा बन आया है और थोड़े दिनों उसको और उन्मुक्त छोड़ दिया गया तो वह सचमुच अपराजेय हो आयेगा। उसने एक विशिष्ट अनुष्ठान का व्रत लिया है जिसके अन्तर्गत वह एक सौ राजाओं के शीश रुद्र के चरणों में चढ़ायेगा। उसने चौरासी राजाओं को पराजित कर पहले ही बन्दी बना रखा है। सोलह और राजाओं को विजित करने के पश्चात् वह अपना यह नरमेध पूर्ण कर देगा।

"अगर हम किसी तरह इन चौरासी राजाओं को बन्धन-मुक्त करा सकें तो इन चौरासी राजाओं पर हमारा सहज ही अधिकार हो जाएगा और उनके प्राण भी बच जायेंगे।"

"उसके लिए तो जरासंध-बध आवश्यक होगा।" धर्मराज ने कहा।

"अवश्य ! यों वह इन राजाओं को नहीं छोड़ने जा रहा और न जीते-जी आपकी अधीनता को स्वीकार कर वह आपके राजसूय यज्ञ की महत्त्वाकांक्षा को ही पूर्ण होने देने जा रहा।"

"यह काम तो आप ही कर सकते हैं।" धर्मराज ने आरम्भ किया, "आप हमारे सुहृद् सखा और सम्बन्धी हैं। आप ही जरासंध-बध का कोई यत्न निकालें।"

"जरासंध की हत्या सेना के बल पर नहीं हो सकती।" श्रीकृष्ण ने स्पष्ट किया।

"तब ?"

"उसके लिए छल-छद्म का सहारा लेना पड़ेगा। आप मेरे साथ अर्जुन और भीम को कर दें। मैं जरासंध का काम तमाम कर लौटूंगा।" श्रीकृष्ण ने अपनी योजना बताई।

"एवमस्तु।" महत्त्वाकांक्षी धर्मराज ने आदेश दे दिया।

"हां तो ब्राह्मण तो भिक्षाटन में विश्वास करते हैं। बोलो क्या डाला जाय तुम्हारी झोली में ?" जरासंध ने कृष्ण, अर्जुन और भीम को सम्बोधित किया।

"युद्ध।" श्रीकृष्ण ने स्पष्ट कहा।

"युद्ध ?" जरासंध ठठा कर हंसा, "ब्राह्मण और युद्ध ?"

"अब तो भेद खुल ही गया तो कहां के ब्राह्मण और कैसे ऋषि-मुनि ? हम तुम्हारे यहां युद्ध की आकांक्षा से ही आये हैं। देना चाहते हो तो युद्ध दो—युद्धं देहि।" श्रीकृष्ण ही बोले।

"युद्ध ? किससे ?" जरासंध के अहंकार-रूपी सर्प ने पुनः अपने फन को ताना, "तुमसे ? जो मुझे पीठ दिखा चुके हो ? इस धनंजय से जो मेरे समक्ष निरा बालक है ?"

"तो फिर भीम से ही युद्ध कर लो। शोभा भी तुम्हारी इसी में है। एक प्रसिद्ध गदाधारी का सामना एक गदाधारी से हो।" श्रीकृष्ण ने जाल फेंका और जरासंध उसमें फंस गया।

"तो उठाओ भीम, कोने में पड़ी गदा। उतारो इस मृग चर्म को और धारण करो उस तरफ पड़ा वह कवच-कुंडल। मैं तुम्हारे नग्न शरीर को अपने गदा-प्रहार के आरम्भ में ही ध्वस्त नहीं करना चाहता।"

और चौदह दिन चला जरासंध और भीमसेन का गदा-युद्ध। पैंतरे बदल कर वे एक-दूसरे के मर्म-प्रदेश पर आक्रमण करने को इच्छुक थे पर परिणाम होता था गदा से गदा का ही टकराना और उस टक्कर से दूर तक उड़ती स्फुलिंगें—

भीषण चिनगारियां।

इस युद्ध का आनन्द उठाने के लिए पूरा गिरिव्रज अपने राजा के प्रसिद्ध अखाड़े के इर्द-गिर्द आ जुटा था। अच्छा मनोरंजन बन आया था यह दो मत्त गजराजों का आपस में टकराना।

चौदह दिनों तक (बीच में अवश्य नित्य कर्म और भोजनादि का अवकाश प्राप्त होता था) जब यह गदा-युद्ध चलता रहा और भीमसेन का पराक्रम-सूर्य जब जरासंध रूपी राहु से ग्रसित होता जान पड़ा तो श्रीकृष्ण की चिन्ता बढ़ी।

उन्होंने अपनी स्मृति पर जोर दिया और सहसा उन्हें जरासंध की जन्म-कथा याद आई। जरासंध के पिता वृहद्रथ को कोई सन्तान नहीं हो रही थी। उन्होंने एक ऋषि की बड़ी सेवा की तो पुत्र के रूप में जरासंध की प्राप्ति हुई। पर यह कैसा पुत्र? बीच से दो भागों में बंटा हुआ! उस समय उसके राज्य में एक प्रख्यात दाई हुआ करती थी जो सन्तान उत्पन्न कराने की कला और नवजातों की प्राण-रक्षा में अत्यन्त कुशल थी। उसी ने आकर नवजात जरासंध के शरीर के दोनों भागों को तत्काल एक साथ मांस-मज्जा के सहारे जोड़ दिया पर जरासंध का शरीर मध्य भाग से दुर्बल ही रह गया।

इसके स्मरण होते ही श्रीकृष्ण ने श्लथ पड़ते और बार-बार अपनी ओर सहायतार्थ देखते भीम को दिखाकर एक तिनका उठाया और उसे दो भागों में मध्य से चीर दिया।

भीमसेन इंगित समझ गया और उसने सम्पूर्ण शक्ति को अपने हाथों में केन्द्रित कर जरासंध की एक टांग पकड़ी और उसे तब तक ऊपर उठाता गया जब तक वह कमर को चीरते हुए वक्षस्थल और मस्तक के दो भाग नहीं कर गई।

जरासंध की मृत्यु के पश्चात् ही तीनों उस स्थान पर गए जहां चौरासी राजा कैद थे और बलि की प्रतीक्षा करते इन राजाओं को मुक्त कर उन्हें युधिष्ठिर की अधीनता स्वीकार कर उनके यज्ञ में भाग लेने का निमन्त्रण दिया।

इस प्रकार श्रीकृष्ण की योजना से दिग्विजय का प्राय: आधा कार्य अत्यन्त आसानी से सम्पन्न हो गया।

चउअन

कौन कहता है कि मादकता केवल मदिरा में होती है अथवा केवल सम्पत्ति-ऐश्वर्य अथवा वैभव में? किसने पहले-पहल कहा था कि कनक (धतूरे) की मादकता स्वर्ण की मादकता से सौ गुनी है, कि एक को खाकर ही मनुष्य मति खो बैठता है तो दूसरे को पाकर?

मादकता होती है एक और स्थान पर भी। वह होती है प्रभुत्व में। युद्ध में मिली अपनी जय में, शत्रु को मिले पराभव में। किसी प्रसिद्ध कलि-कवि ने ठीक नहीं कहा क्या कि प्रभुत्व पाकर कौन मद-मत्त नहीं हो जाता?

तो जैसे ही जरासंध-बध की सूचना ले और एक नहीं दो नहीं, चौरासी राजाओं द्वारा अधीनता स्वीकार करने और राजसूय में सम्मिलित होने की सूचना लेकर श्रीकृष्ण, अर्जुन और भीम के साथ जैसे ही धर्मराज के समक्ष

उपस्थित हुए वैसे ही धर्मराज का प्रभुत्व उनके विवेक पर हावी हो आया। हाथ में पड़े सुवर्ण-निर्मित राजदण्ड से थोड़ी देर तक उन्होंने यों ही खेला और फिर गम्भीर स्वर में बोले—"अब पाण्डवों को दिग्विजय के लिए निकलना चाहिए। इसके पश्चात् ही राजसूय प्रारम्भ होगा।"

"पर इसमें अत्यधिक रक्त-पात की संभावना है महाराज!" श्रीकृष्ण ने निवेदन किया।

"तो क्या हुआ? क्षत्रियों के राज्यों की नींव का सिंचन तो मानव-रक्त से सदा होता रहा है।"

"यह आप कह रहे हैं महाराज?" श्रीकृष्ण ने साश्चर्य पूछा।

नहीं, यह यह नहीं कह रहे। यह इनका मद कह रहा है। इनका प्रभुत्व, सृष्टि का सर्वनाश ही इनकी जिह्वा पर चढ़ बोल रहा है। यह काल-पुरुष का स्वर था जिसे किसी ने सुना हो या नहीं। श्रीकृष्ण ने अवश्य सुना था।

"मेरा कहा मानिए महाराज तो इस दिग्विजय की योजना को त्याग ही दीजिए अपितु राजसूय यज्ञ की बात ही मन से निकाल फेंकिए। कंस और जरासंध के सदृश प्रतापी पर दुराचारी राजाओं का बध सम्पन्न हो गया, अब अधिक रक्त-पात से क्या लाभ? अब आप विजय-अभियानों के निरर्थक मोह में नहीं पड़ शान्तिपूर्वक इन्द्रप्रस्थ के समृद्ध राज्य का सूत्र संचालन कीजिए। मुझे तो भावी यज्ञ की खूंखार लपटों में विनाश का स्पष्ट ताण्डव दृष्टिगोचर हो रहा है। आप इस राजसूय की महत्त्वाकांक्षा को तिलांजलि दे दीजिए।"

युधिष्ठिर को श्रीकृष्ण की यह बात पसन्द नहीं आई और बोले, "केशव! मनस्वी और केसरी जब अपने पग को आगे बढ़ा देते हैं तो वे फिर पीछे नहीं मुड़ते।"

"यह आपकी आज्ञा है?" श्रीकृष्ण ने आश्चर्य से पूछा।

"आपके लिए अनुरोध पर अपने अनुजों के लिए आज्ञा नहीं, राजाज्ञा। अब वे दिग्विजय के लिए प्रस्थान करें।"

अन्ततः अग्रज की आज्ञा से चारों अनुज चार दिशाओं में दिग्विजय के लिए प्रस्थान कर गए। अर्जुन उत्तर को गए तो भीम पूर्व को, नकुल पश्चिम की ओर तो, सहदेव दक्षिण दिशा को प्रस्थित हुए।

अर्जुन की वीरता प्रसिद्ध थी। उन्हें देखते ही उत्तर के सभी भूपालों ने इनकी अधीनता स्वीकार कर ली। केवल प्राग्ज्योतिषपुर का अहंकारी नृप भगदत्त उनसे आ भिड़ा। पर व्याघ्र और वृक का युद्ध कितनी देर चलता? कुछ देर पश्चात् ही भगदत्त ने अपनी पराजय स्वीकार कर ली और यज्ञ में आकर भेंट देने का वचन दिया।

बिना विशेष रक्तपात किए ही अर्जुन ने उत्तराखण्ड के प्रसिद्ध नृपति चित्रायुध, वृहद्रथ, लोहित और रोचमान आदि को परास्त कर दिया और उनसे भरपूर भेंट ले इन्द्रप्रस्थ लौटे। उनके गांडीव की टंकार से ही अधिकांश राजाओं के होश हिरण हो जाते थे और वे उनसे भिड़ने की अपेक्षा, पराजय स्वीकार कर लेना ही स्वीकार कर लेते थे।

भीम, नकुल और सहदेव को अवश्य अपने अभियानों में समय लगा। भीमसेन तो जब तक अपनी गदा के प्रहार से किसी राजा नहीं तो उसके गजराज का ही मस्तक नहीं फाड़ देते तब तक उनके हाथ की खुजली ही नहीं मिटती। सबसे अधिक रक्तपात उन्होंने ही किया। नकुल और सहदेव को निरा किशोर समझ बहुत से राजा उनसे भिड़ने की भूल कर गए पर तलवार-युद्ध के धनी इन दोनों कुमारों की पराधीनता उन्हें अन्ततः स्वीकार करनी ही पड़ी।

जब चारों भाई चारों दिशाओं से प्रचुर सम्पत्ति—गज, अश्व, रत्न, मणि, माणिक आदि लेकर लौटे और चारों दिशाओं के नृपों को पराभूत कर इन्द्रप्रस्थ के अधीन कर लिया तो धर्मराज ने राजसूय-यज्ञ का मुहूर्त निकलवाया और यज्ञ प्रारम्भ करने की तिथि तय कर दी।

पचपन

हस्तिनापुर में राजसूय का निमन्त्रण मानो दुर्योधन के लिए दुःख का पारावार लेकर पहुंचा। अभी-अभी उसकी कृपा के बल पर खांडवप्रस्थ के कानन को इन्द्रप्रस्थ नामक नगर में बदलने वाले ये पाण्डव अब राजसूय का आयोजन करने लगे? और वह क्या करता रहा अब तक? केवल पाण्डवों के पराभव अथवा विनाश के प्रयास? कभी भीमसेन को विष देने की योजना तो कभी पाण्डवों को सपरिवार जला मारने का यत्न—ये ही रहीं इसकी उपलब्धियां? इसने क्यों नहीं किया कोई राजसूय और अब तक नहीं किया तो अब कब करेगा? अब तो सारे नृप इन्द्रप्रस्थ के अधीन आ गए।

वह अपने दुःख का रोना किसके पास रोता? उसके एकमात्र परामर्शदाता तो मामा शकुनि थे। वह उन्हीं के पास पहुंचा।

"क्या इस निमन्त्रण को स्वीकार करना उचित होगा?" उसने मामा से पूछा।

"सर्वथा उचित होगा भांजे।"

"कैसे?"

"यह कैसे कि इस तरह तुम्हें शत्रु-दुर्ग में प्रवेश का पूर्ण अवसर मिलेगा। तुम उसके वास्तविक पराक्रम, धन-सम्पत्ति का अनुमान लगा पाओगे और भविष्य में अपने उत्कर्ष और उनके पराभव की योजना बना पाओगे।"

"ठीक कह रहे हैं मामा आप। सुना, पाण्डवों की राज-सभा इन्द्र की सभा को भी मात देती है। मुझे भी देखना है कि पाण्डवों का यह सभा-भवन कैसा है और उनके राज-भवन में सम्पत्ति का कैसा अम्बार लगा है।"

"मामा सदा ठीक कहता है भांजे! अब तुम इन्द्रप्रस्थ चलने की तैयारी करो। धृतराष्ट्र, गांधारी आदि तो पहले से ही प्रस्तुत हैं। अपने अधिक-से-अधिक भाइयों को ले लो ताकि आवश्यकता पड़े तो पाण्डवों से वहीं दो-दो हाथ कर लें। जो राजा कूटनीति से काम नहीं लेता उसका विनाश अवश्यम्भावी है भांजे! पाण्डवों ने राजनीति की उपेक्षा कर इतना शीघ्र ही अपने ऐश्वर्य-प्रदर्शन

की योजना बना ली है। इनकी आसन्न नियति की तुम कल्पना नहीं कर सकते। बस तुम देखते जाओ भांजे।"

निर्धारित तिथि के पूर्व ही हस्तिनापुर के पाण्डवों के सभी सम्बन्धी सदल-बल पहुंच गए। धृतराष्ट्र, गांधारी, पितामह, गुरु द्रोण, दुर्योधन, दुशासन, कर्ण आदि सभी आ जुटे।

युधिष्ठिर ने अपने इन बन्धुओं के मध्य इनकी प्रतिष्ठा के अनुकूल कर्तव्य का निर्धारण करने के लिए वयोवृद्ध पितामह से निवेदन किया।

पितामह ने द्रोण से परामर्श कर सबके दायित्वों को परिभाषित कर दिया।

गुरु-पुत्र अश्वत्थामा स्वागताध्यक्ष बने। आगत अतिथियों का स्वागत कर उनके रहने-ठहरने आदि की व्यवस्था उन्होंने संभाली।

दुःशासन का कार्य अतिथियों को खिलाने का हुआ। उन्हें अनेक सहायक दिए गए जिनके माध्यम से उन्हें यह सुनिश्चित करना था कि कोई भी किसी शाम भी भूखा न रहे और सबको अपने मनोनुकूल भोजन प्राप्त हो।

संजय ने सेवाव्रत लिया। अतिथियों की हर प्रकार से सेवा करना, उनके उपचार एवं स्नान-मज्जन आदि की व्यवस्था का भार उनके ऊपर पड़ा।

धर्मात्मा विदुर को व्यय-भार सौंपा गया।

सबसे महत्त्वपूर्ण कार्य युधिष्ठिर के परामर्श पर पितामह ने हस्तिनापुर के युवराज दुर्योधन को दिया। उसका कार्य था राजाओं से भेंट और हीरे, मोती, जवाहरात, अन्न, अश्व, गज आदि ग्रहण कर उन्हें यथा स्थान संचित करना।

श्रीकृष्ण चिन्तित हुए। इतना बड़ा यज्ञ और उन्हें तो कोई कार्य ही नहीं मिला। वे क्या पुण्यसंचय से वंचित ही रह जायेंगे?

"पितामह, मेरा दायित्व?" अन्ततः उन्होंने भीष्म से पूछ ही लिया।

"आप तो सबके पूज्य हैं। आप कौन कार्य करेंगे?" पितामह ने उन्हें टालना चाहा।

"नहीं, मुझे भी कुछ कार्य चाहिए। अकर्मण्य बैठना मेरे सिद्धान्त में नहीं।"

"तो अपना कार्य आप स्वयं चुन लें।"

"मैंने चुन लिया।"

"क्या?"

"मैं विद्वानों, ब्राह्मणों और ऋषि-मुनियों के चरण पखारूंगा।" श्रीकृष्ण ने अपना निर्णय सुनाया।

"यह आपको शोभा देगा?" पितामह ने पूछा।

"खूब शोभा देगा। इस तरह मैं सर्वाधिक पुण्य भी अर्जित करूंगा।"

"जैसी आपकी इच्छा।" पितामह ने अपनी अनुमति दे दी।

छप्पन

शुभ कार्य में विघ्न नहीं उपस्थित हो शायद ऐसा हो ही नहीं सकता। नहीं? तभी तो हमारे आचार्यों ने किसी भी पुण्यायोजन के पूर्व विघ्न-विनाशक गणेश की

पूजा का विधान किया है और विडम्बना यह कि इन्हीं आचार्यों ने इन्हें विघ्नराज की भी उपाधि दे दी है—विनायको, विघ्नराज, द्वैमातुर्गणाधीपः।

पता नहीं राजसूय यज्ञ के याज्ञिकों ने विघ्नेश्वर गणपति का आवाहन-पूजन किया या नहीं—ॐ गणानां त्वा गणपति ग्वं हवामहे, प्रियाणां त्वा प्रिय पति ग्वं हवामहे—पर यज्ञ के आरम्भ में ही घोर विघ्न आ उपस्थित हुआ।

यह विघ्न उपस्थित हुआ 'अग्रपूजा' को लेकर। राजसूय यज्ञों में परिपाटी है कि समुपस्थित व्यक्तियों में सर्वश्रेष्ठ व्यक्ति की 'अग्रपूजा' होती है। पहला अर्घ्य उसे ही अर्पित होता है।

धर्मराज को भी इस यज्ञ में 'अग्रपूजा' की परिपाटी निभानी थी। किसकी हो अग्रपूजा? वय और विद्या में तो पितामह ही सर्वश्रेष्ठ थे। पर यह यज्ञ भी तो उन्हीं का था। कौरवों और पाण्डवों में अन्तर ही क्या था—ऊपर-ऊपर। अन्दर-अन्दर चाहे विद्वेष और घृणा की कितनी अन्तर्धाराएं प्रवाहित होती हों।

तब?

युधिष्ठिर और पितामह ने आपस में परामर्श कर श्रीकृष्ण को 'अग्रपूजा' के योग्य माना।

"श्रीकृष्ण, इस युग के सर्वश्रेष्ठ साधक, पराक्रमी, नीतिज्ञ और धर्म-परायण हैं। उस पुरुष-श्रेष्ठ की अग्रपूजा सर्वथा उचित है।" भीष्म ने अपना निर्णय सुनाया और माद्री-पुत्र सहदेव ने श्रीकृष्ण की अग्रपूजा सम्पन्न की। श्रीकृष्ण ने इसे सहर्ष स्वीकार किया।

श्रीकृष्ण के घोर शत्रु शिशुपाल को यह बात बर्दाश्त नहीं हुई। वह फन-कुचले नाग की तरह, अपने स्थान से उठकर फुफकारने लगा।

उसने सर्वप्रथम धर्मराज को ही अपने क्रोध का शिकार बनाया।

"पितामह तो वृद्ध हुए। इनकी इन्द्रियां शिथिल हुईं। इनके विवेक को पक्षाघात ग्रसित कर गया, पर धर्मराज आपको क्या हुआ कि स्वार्थ-वश आप उस व्यक्ति को अग्रपूजा के योग्य मान बैठे जो किसी रूप में पूजार्ह है ही नहीं। न तो वह किसी देश-प्रदेश का राजा है न विप्र-ब्राह्मण। आपने केवल इसीलिए तो यह कुकर्म किया कि वह आपका सम्बन्धी है—आपकी अपनी बुआ का भाई।

"माना कि धृतराष्ट्र अन्धे हैं। वे प्रज्ञा-चक्षु जो हों उनकी बाहर की आंखें बन्द हैं पर आप तो अन्धे नहीं। आपको तो दिखाई पड़ना चाहिए कि इस यज्ञ-मण्डप में एक-से-एक पूजनीय व्यक्ति वर्त्तमान हैं। क्या आपको द्वैपायन व्यास, गुरु द्रोण, बलशाली कर्ण, गुरुपुत्र अश्वत्थामा, पांचाल-नरेश द्रुपद, गुरु कृप, मद्रपति शल्य, हस्तिनापुर-युवराज दुर्योधन आदि में कोई व्यक्ति अग्रपूजा के योग्य नहीं दिखाई पड़ा कि आपने इस कुटिल कृष्ण को यह सम्मान दिया?"

युधिष्ठिर ने इन बातों को धैर्यपूर्वक सुना और फिर स्वयं शिशुपाल के आसन तक जाकर उसे समझाया कि वीरों को ऐसे कटु वचन शोभा नहीं देते।

शिशुपाल इस पर पितामह की ओर मुड़ा और बोला, "जब वृद्धावस्था के कारण आपका विवेक कार्य ही नहीं कर रहा तो व्यर्थ ही आप लोगों को परामर्श देते हैं। आपको इतने श्रेष्ठ जनों को आमंत्रित कर उन्हें अपमानित करने का क्या अधिकार था? अगर आपकी विद्या-बुद्धि ने आपका साथ छोड़ दिया है तो आप यहां उपस्थित और श्रेष्ठ लोगों से परामर्श कर लेते। आपको अपने एकांगी

निर्णय को इन श्रेष्ठ लोगों पर थोपने का क्या अधिकार था ?"

"श्रेष्ठ यहां कोई हो सकता है पर श्रेष्ठतम द्वारिकापति पुरुषोत्तम श्रीकृष्ण ही हैं।" भीष्म ने स्पष्ट शब्दों में कहा, "मैंने पहले ही स्पष्ट करदिया है कि सारे पुरुषोचित्त गुणों में श्रीकृष्ण अग्रणी हैं। पराक्रम, शौर्य, साहस, ध्यान, साधना, उपासना, नेम, व्रत, सत्य, निष्ठा, योग, संकल्प, शौर्य, वीर्य, धर्म, पुण्य, नीति, राजनीति, विनम्रता और मृदुता सबमें द्वारिकाधीश अग्रगण्य हैं, अतः इनकी अग्रपूजा सर्वथा योग्य है।"

भीष्म से पार नहीं पाकर उसने वहां उपस्थित राजाओं को ललकारा, "आप सभी मेरे सेनापतित्व में युद्ध करें। मैं इस अन्याय का प्रतिकार करूंगा। मैं पितामह और इस ढोंगी धर्मराज के साथ इस तथाकथित द्वारिकापति को भी पाठ पढ़ाऊंगा।" जब उसकी ललकार पर कुछ ही नृपों ने उसका साथ दिया और अधिकांश अपने स्थान पर बैठे रहे तो वह श्रीकृष्ण की ओर मुड़ा और अपने मन की घृणा के असीम ज्वार को उन्मुक्त छोड़ते हुए बोला—"क्यों तुम भी अपने को इस अग्रपूजा के योग्य समझते हो ?"

कृष्ण चुप।

"क्योंकि तुमने अपना बाल्यकाल गोपालकों में गौ और बछड़े चराते बिताया है ?

कृष्ण चुप।

"क्योंकि तुम क्षत्रिय नहीं यदुवंशी हो, अतः तुम्हारे मस्तिष्क में न तो क्षत्रियोचित मेधा है न तुम्हारे हृदय में साहस ?"

कृष्ण चुप।

"क्योंकि तुमने स्वयं अपने ही हाथों अपने मामा की हत्या की है ?"

कृष्ण चुप।

"क्योंकि तुमने विवाहिता-अविवाहिता गोपांगनाओं के साथ रास रचाने में ही अपनी बाल्यावस्था और किशोरावस्था को बिताया।"

कृष्ण चुप पर उनका मुंह इस अभियोग पर पलाश के फूल की तरह लाल हो आया।

"क्योंकि तुम संग्राम में सदा पीठ दिखाते रहे और जरासंध से अठारह बार हार कर अन्ततः समुद्र में जा छिपे ?"

कृष्ण चुप।

"क्योंकि तुमने छल से जरासंध का वध कराया और अपने बुआ के भाइयों के लिए इन्द्रप्रस्थ का साम्राज्य स्थापित करने के लिए द्वारिका की सम्पूर्ण सम्पत्ति लगाकर अपनी ही पूजा का स्वयं प्रबन्ध किया।"

कृष्ण चुप।

"क्योंकि तुमने राधा नामक एक किशोरी से प्रणय-लीला रची और फिर उसकी ओर मुड़कर भी नहीं देखा।"

कृष्ण अब चुप नहीं रहे।

सत्तावन

"शिशुपाल सावधान !" श्रीकृष्ण सहसा गरजे। मेघ-मन्द्र स्वर यज्ञ-मंडप के इस छोर से उस छोर तक आतंक का एक अभेद्य पर्दा फैलाता व्याप्त हो गया। बहुत सारे योद्धाओं के प्राण अनायास कंठगत होने को आ गए। श्रीकृष्ण के इस रौद्र-रूप को तो उन्होंने कभी देखा ही नहीं था। सदा प्रफुल्ल उनका आनन आज कैसे पलाश के रक्त पुष्प की तरह विस्मयकारी रूप में रक्तवर्णी हो आया था ? सदा संयत रहने वाला सुगठित आकर्षक वपु आज किस झंझा के झंकोरे में पड़ आपाद-मस्तक दोलायमान हो रहा था ! श्रीकृष्ण का क्रोध ! आज क्या प्रलय के दिन ही आ गए। सभी अपने-अपने स्थानों पर जड़वत खड़े रह गए।

शिशुपाल कुछ न समझ कुछ क्षणों के लिए स्तब्ध रह गया। किसी बरसाती निर्झर की तरह खुले उसके मुख से झड़ने वाले दुर्वचनों की झड़ी थोड़ी देर के लिए रुक गई। वह पूर्णतया अवाक् और जड़ हो आया। एक प्रश्नचिह्न उसके भयभीत नेत्रों में उभरा—बात क्या थी ? यह सावधान होने की चेतावनी अभी क्यों ? इसी क्षण ?

"गणना भूल गए शिशुपाल !" श्रीकृष्ण मुसकराए, पर इस मुसकान का कोई अर्थ नहीं था। वह क्रोध पर नियंत्रण का बहाना मात्र था। ठंडा लौह ही तप्त लौह-पिंड को काट पाता है। क्रोधावेश में लक्ष्यच्युति की संभावना रहती है। उधर होंठों पर मुसकान खेली थी, उधर संकल्प-बल से आहूत सुदर्शन चक्र उंगलियों पर खेलने लगा था। शिशुपाल का श्वेत पड़ा आनन किसी विवर्ण पत्र की तरह ही रक्त-हीन हो आया था।

"गणना भूल गए शिशुपाल !" श्रीकृष्ण ने अपने कथन को दुहराया। "सौवीं गाली तुम्हारे मुख से एक क्षण पूर्व ही निकल गई। यह एक सौ एकवीं गाली थी। तुम्हारी मां को मैंने वचन दिया था तुम्हारी एक सौ गाली बर्दाश्त करने का। उस सीमा को भी तुम मूढ़ता-वश लांघ गए। लो संभालो अपने को।" और श्रीकृष्ण मुख से अन्तिम बात निकलते-न-निकलते सुदर्शन चक्र युक्त उनकी उंगली शिशुपाल की गर्दन की दिशा में लपकी और चक्र की गति में घूमता हुआ सुदर्शन शिशुपाल की गर्दन का मूलोच्छेद कर वापस आ ही रहा था कि श्रीकृष्ण की तर्जनी ने उसे थाम लिया। इस आपाधापी में थोड़ी गलती तो हो ही गई और चक्र का एक तीक्ष्ण दंत श्रीकृष्ण की उस दाहिनी तर्जनी को हलका-सा छू गया। रक्त की कुछेक बूंदें छलछला कर भूमि पर गिरीं और यज्ञ-मंडप में जितनी शिशुपाल-व्रध से अव्यवस्था नहीं छाई, जितनी श्रीकृष्ण की उंगली से निकले रक्त ने पांडव-पक्ष के स्त्री-पुरुषों में एक हाहाकार का सृजन कर दिया। उंगली का रक्त बन्द नहीं हो रहा था। आवश्यकता थी मात्र वस्त्र के एक टुकड़े की। चारों ओर आपाधापी, दौड़-भाग मची हुई थी। लोग महल के भीतर-बाहर भाग-दौड़ रहे थे। पर कपड़े का कोई टुकड़ा किसी के हाथ में नहीं दिखाई पड़ता था।

"श्रीकृष्ण, जरा इधर आना।" याज्ञसेनी युधिष्ठिर के साथ गठबंधन कर यज्ञवेदी के पास बैठी हुई थी।

श्रीकृष्ण बायें हाथ से अपनी दाहिनी तर्जनी को पकड़े उसके पास पहुंचे, "क्या बात है पांचाली !" श्रीकृष्ण ने पूछा।

"एक क्षण ठहरो।" पांडव-पत्नी ने कहा और अपनी सबसे बहुमूल्य साड़ी जिसे उसने पहन रखा था, का आंचल चर्र से फाड़ा और उसे श्रीकृष्ण की आहत उंगली में लपेट दिया।

"इस उपकार का प्रत्युपकार कैसे होगा याज्ञसेनी?" श्रीकृष्ण ने आहत उंगली को पकड़े हुए कहा।

"अपनों के उपकार का भी प्रत्युपकार?" पांचाली ने उपालम्भ-भरे स्वर में कहा।

"अवश्य!" श्रीकृष्ण का स्वर था, "यह साधारण उपकार नहीं, अत: इसका प्रत्युपकार भी साधारण नहीं होगा।"

"यह छोटा-सा उपकार असाधारण कैसे हो आया?" द्रौपदी ने पूछा। धर्मराज मंत्रोच्चारण में लीन थे।

"असाधारण तो यह है।" श्रीकृष्ण ने कहा, "यह मेरे प्रति तुम्हारी प्रीति और आत्मीयता का द्योतक है, तुम्हारी त्याग-भावना का प्रतीक। देखा तो यहां बहुतों ने मेरी उंगली को रक्त-रंजित होते हुए पर एक साधारण वस्त्र-खंड भी किसी के दिए नहीं दिया गया और तुमने अपनी सबसे बहुमूल्य साड़ी के टुकड़े करने में एक क्षण का भी विलम्ब नहीं किया। यह तुम्हारे असामान्य अनुराग का द्योतक नहीं तो और किस बात का द्योतक···।"

"बस-बस!" द्रौपदी ने बीच में ही श्रीकृष्ण को रोक दिया, "किया तो मैंने कुछ नहीं पर तुम मानते ही हो तो मानो। देखना अब यह है कि तुम प्रत्युपकार किस रूप में करते हो?"

"वह तो मैं करूंगा ही," श्रीकृष्ण धीरे से बोले, "मेरी चिन्ता यह है कि तुमने मुझ पर बहुत बड़ा बोझ डाल दिया। मैं तुम्हारे इस ऋण से पूर्णतया उऋण कैसे हो पाऊंगा, सोचने की बात यही है।"

"यह क्या आवश्यक है?" द्रौपदी ने पूछा। याज्ञिक उधर धर्मराज से आवश्यक कर्मकांड कराये जा रहे थे। द्रौपदी का ग्रन्थिबन्धन युधिष्ठिर के साथ हो ही चुका था, अतः उसकी कोई विशेष भूमिका अभी नहीं थी। पार्श्व में आसीन श्रीकृष्ण से वह बहुत सहजता से वार्तालाप किए जा रही थी।

"आवश्यक है।" श्रीकृष्ण ने कहा।

"क्यों?"

"क्योंकि मैं किसी को बिना दिए उससे कुछ लेता नहीं हूं।" श्रीकृष्ण गम्भीर होकर बोले।

"और देते भी हो तो जितना लेते हो उससे कई गुणा अधिक।"

"शायद।" श्रीकृष्ण ने संक्षिप्त-सा उत्तर दिया।

"तो तुम ऐसा क्यों करते हो?"

"मैं नहीं जानता।"

"लेकिन मैं जानती हूं।"

"क्या?"

"क्योंकि तुम भगवान हो और भगवान एक लेता है तो एक सहस्र देता है।" पांचाली ने श्रीकृष्ण की ओर सीधे देखते हुए कहा।

"तुम भी ऐसा मानती हो?" श्रीकृष्ण कुछ उदास-से बोले।

"क्या ?"

"कि मैं भगवान हूं ?"

"जब सभी मानते हैं तो मुझे भी यह मानना पड़ेगा।"

"पर मैं भगवान नहीं, मनुष्य हूं और मनुष्य ही रहना चाहता हूं।" श्रीकृष्ण ने जोर देकर कहा।

"पर तुम्हें लोग मनुष्य रहने दें तब तो ?"

"नहीं रहने दें, पर मैं केवल एक व्यक्ति, एक के लिए मात्र श्रीकृष्ण रहना चाहता हूं। मात्र एक···?" श्रीकृष्ण का स्वर आर्द्र हो आया।

"कौन है वह व्यक्ति ?" द्रौपदी ने फिर श्रीकृष्ण की ओर सीधे देखा।

"उसका नाम सुनना चाहती हो ?" श्रीकृष्ण गम्भीर हुए।

"हां।"

"तो सुन लो, वह है पांचाली।"

"श्रीकृष्ण !" द्रौपदी आश्चर्यचकित हो बोली।

"हां पांचाली ! मैं तंग आ गया हूं, इस भगवान और अवतार आदि की गाथाओं से। कहीं तो मुझे मात्र मनुष्य के रूप में देखा जाय। कम-से-कम तुम तो मुझे केवल कृष्ण मानो। एक साधारण मनुष्य।"

"क्यों मुझमें तुम्हारी उतनी रुचि क्यों है ?" द्रौपदी ने दो टूक पूछा।

"मैं नहीं जानता। शायद इसलिए कि हम लोगों का कोई जन्म-जन्मान्तर का सम्बन्ध है। कि शायद तुम मेरी बुआ के बेटों की प्रिय पत्नी हो। कि शायद पांच पांडवों के रहते भी तुम असुरक्षा की भावना से ग्रस्त हो और तुम्हें मेरी सुरक्षा की आवश्यकता है।" श्रीकृष्ण एक सांस में बोल गए।

"नहीं, इनमें से कोई कारण सही नहीं है।" द्रौपदी ने कहा।

"तब ?" श्रीकृष्ण ने आश्चर्य से पूछा।

"तब यह कि मैंने अपना सबकुछ—दुःख-सुख, मंगल-अमंगल, वर्तमान, भविष्य, पति-पुत्र—सब तुम्हीं को मान लिया है। अपना योग-क्षेम पूर्णतया मैंने तुम्हारे हाथों में सुरक्षित छोड़ा है। मेरा अपना कुछ नहीं है। जो कुछ है तुम्हारा है। मेरा चलना-बैठना, खाना-पीना, सोना-जागना, रोना-हंसना, देना-लेना सब कुछ तुम्हें ही अर्पित है। तुम भगवान हो या नहीं, मैं नहीं जानती, नहीं हो तो और अच्छा है क्योंकि तब मैं तुम्हें अपने अधिक समीप पाऊंगी पर मैं इतना अवश्य जानती हूं कि मैं हूं तो न अपने लिए न अपने पति पुत्र अथवा अन्य स्वजनों के लिए। मैं बस तुम्हारे लिए हूं, मात्र तुम्हारे लिए···।" इतना कहते-कहते द्रौपदी की आंखों में आंसू आ गए जिन्हें उसने अपने फटे आंचल के छोर से ही पोंछा।

"कृष्णे !" श्रीकृष्ण ने अपने प्रिय सम्बोधन का प्रयोग किया।

द्रौपदी ने मात्र आंखें उठाईं जैसे वह पूछना चाहती थी—बोलो।

"तुमने सच कहा। मैं तुम्हें इसीलिए इतना मानता हूं कि तुमने अपना सर्वस्व मुझ पर छोड़ रखा है। और सच पूछो तो यही बात मुझे भयभीत करती है कि कहीं मैं सचमुच लोगों के बनाते-बनाते भगवान बन ही तो नहीं गया क्योंकि अगर सचमुच भगवान कहीं है तो उसकी पहली शर्त यही है कि वह व्यक्ति से सर्वस्व समर्पण की ही अपेक्षा-आकांक्षा रखता है।" श्रीकृष्ण उस समय यह कह तो गए

पर तब उन्हें भी कहां पता था कि एक दिन सचमुच वे इसी द्रौपदी के एक पति के समक्ष स्वयं को स्पष्टतया भगवान घोषित करेंगे और जिस शर्त की बात वे आज कर रहे हैं ठीक वही शर्त उसके समक्ष रखेंगे—सर्वधर्मान् परित्यज्य मामेकं शरणं व्रज—सभी कुछ छोड़कर केवल मेरी शरण में आ जाओ।

श्रीकृष्ण अब उठने लगे तो द्रौपदी ने उनका पीताम्बर पकड़ लिया।

"अब क्या ?" उन्होंने आश्चर्य से पूछा।

"वह प्रत्युपकार वाली बात तो तुमने बताई नहीं।" द्रौपदी की आंखों में उत्सुकता थी।

"उसे समय बतायेगा कृष्णे !" श्रीकृष्ण ने कहा और धीरे-से अ- ने पीताम्बर का किनारा छुड़ाकर यज्ञ-मंडप से बाहर आ गए।

अट्ठावन

अपनी बुद्धि और दूसरे की सम्पत्ति किसे अधिक नहीं लगती ? कौन है ऐसा जो दूसरे के उत्कर्ष को अपनी ही प्रगति मान प्रसन्न होता है और कितने हैं ऐसे जो अन्यों के उत्थान के लिए सोपान का निर्माण करने के बदले उसके पैरों के नीचे की चट्टान भी नहीं खींच लेते हैं ?

कितने हैं ऐसे मनस्वी जो दूसरों के सुख में सुखी और दूसरों के दुःख में दुःख मानते हैं। अपने प्रतिद्वन्द्वी विशेषकर पड़ोसी की लोकप्रियता और प्रतिष्ठा कितनों को प्रफुल्ल करने में समर्थ होती है ?

कितने हैं ऐसे जिनके वक्षस्थल को अपने ही भाई-बन्धुओं की उपलब्धियों के पुष्प, कंटक बनकर नहीं बिद्ध कर जाते ? कितने दूसरों के हर्ष से विक्षुब्ध और दूसरों के विषाद से प्रसन्न नहीं होते ?

अन्ततः हुआ वही जिसका श्रीकृष्ण को भय था। पांडवों की राजलक्ष्मी दुर्योधन के वक्ष पर वज्र बनकर गिरी। उनके भेंटों का प्राप्तिकर्त्ता तो दुर्योधन ही था। उनके समृद्ध हो आए कोष ने उसकी ईर्ष्याग्नि में घृताहुति का ही कार्य किया।

ऊपर से वह अपमानित भी हुआ। पता नहीं उसे कौन-सी धुन सवार हुई कि वह पांडवों की प्रसिद्ध राजसभा को देखने की जिद पकड़ बैठा। उस भवन के सम्बन्ध में ख्याति थी कि उसे मय राक्षस ने रातों-रात अपने सहायकों के माध्यम से निर्मित कराया था। कि वह वास्तुकला का सर्वश्रेष्ठ उदाहरण था।

मामा शकुनि पर उसने अपनी इच्छा को अभिव्यक्त किया।

"अवश्य देखो भागनेय ! देखो और जलो। अन्ततः यही देखने तो तुम आए हो। देखोगे नहीं तो अपने इन शत्रुओं से इनकी सम्पदा, सम्पत्ति और ऐश्वर्य को हड़पने की प्रवृत्ति तुम में कहां से जगेगी ? इस राजमहल, इस राजसभा पर आधिपत्य स्थापित करने की आकांक्षा किधर से तुम्हारे अन्दर जाग्रत होगी ?" इसीलिए तो मैं लाया हूं। चलो, देखें पांडवों की उस प्रसिद्ध राजसभा को।"

दुर्योधन राजसभा देखने तो गया पर उसकी चकाचौंध में उसकी आंखें धोखा

खा गईं। वह वास्तविकता और कृत्रिमता में अन्तर भी नहीं स्थापित कर सका।

एक स्थान पर सतह सूखा था। पर उसे ऐसा बनाया गया था कि लगता था कि वहां सलिल भरा हुआ है। भीगने के डर से उसने अपने वस्त्रों को ऊपर कर लिया। कितनी हंसियां आस-पास बिखर गईं। लोग उसकी मूर्खता पर हंस पड़े।

आगे बढ़ा तो सचमुच एक सरोवर था पर उसे लगा कि वह स्थान पूर्णतया सूखा है। वह आगे बढ़ा और पूरी तरह सरोवर में गिर गया। उसके राजसी वस्त्र भीग कर व्यर्थ हो गए। हंसियां इस बार कुछ अधिक ही खनकीं और इन हंसियों में कुछ उस सभागार के ऊपर बनी बैठकों से भी आ रही थीं। भीगे वस्त्रों में ही उसने सिर ऊपर किया। हंसने वाली नारियों में पांचाली भी थी—वही पांचाली जो कभी उसके सपनों की परी हुआ करती थी, जिससे विवाह रचाने का वह स्वप्न देख रहा था!

वह किसी प्रकार अपने वास-स्थल को लौटा।

"यह क्या भागनेय? तुम तो पूरी तरह भीग गए। ऐसा लगता है जैसे किसी मूषक के बिल में पानी भरा गया हो और यह प्राण लेकर निकलता-भीगता बाहर आया हो।" शकुनि जो पहले ही से वहां उपस्थित था, बोला।

दुर्योधन को मामा की यह बात पसन्द नहीं आई। वह पहले ही से जला-भुना बैठा था। उसने वस्त्र-परिवर्तन किए और बोला—"मामा।"

"कहो भागनेय?"

"मुझसे अपने ही भाइयों का यह उत्कर्ष सहन नहीं होता।"

"यह तो मुझसे भी सहन नहीं होता भागनेय।"

"ऊपर से यह मेरा अपमान तो और असह्य है।"

"यह तो मेरे लिए भी असह्य है भागनेय!"

"तब?" दुर्योधन ने स्पष्टतः पूछा।

"मेरे पास इसका उपाय है।"

"क्या?"

"उसे यहां नहीं बताऊंगा। मंत्र और भेद स्थान और पात्र देखकर ही प्रकट किए जाते हैं।"

"तो मैं पात्र नहीं हूं?" दुर्योधन खीज कर बोला।

"मेरा इंगित अभी पात्र की ओर नहीं स्थान की ओर है।" शकुनि ने दुर्योधन की क्रोधाग्नि पर ठंडे पानी के छींटे दिए।

"तब?"

"तब लौट चलो हस्तिनापुर। वहां चलकर सब ठीक नहीं कर दिया तो मैं मामा नहीं, तुम भागनेय नहीं।"

"वहां चलकर यहां की बात ठीक करोगे? राज-लक्ष्मी तो यहां है। श्रीकृष्ण की अग्रपूजा के कारण बहुत सारे राजा अभी तक क्रोध में जल रहे हैं। मेरे सभी भाई अभी भी यहीं हैं। पितामह और द्रोण भी साथ में हैं। अभी जो करना हो कर लो।" दुर्योधन क्रोध से भर कर बोला।

"शान्त भागनेय! शान्त! जो बात बल से नहीं बनती उसे बुद्धि से बनाना पड़ता है। अभी हम कुछ नहीं कर सकते। कोई युद्ध किसी के घर में घुसकर नहीं जीता जाता। अभी हम कुछ नहीं कर सकते। तुम हस्तिनापुर तो लौटो। मैं एक

बूंद रक्त बहाए बिना ही सब ठीक कर दूंगा।"

"तो लौटा।" दुर्योधन ने अपना निर्णय सुनाया और दूसरे दिन तक सभी हस्तिनापुर लौट आये।

उनसठ

"अब बोलो।" हस्तिनापुर लौटते ही दुर्योधन ने मामा को पकड़ा।

"अब बोलने का नहीं, करने का अवसर आ गया है।"

"तो कुछ करो और शीघ्र करो। पांडवों के वैभव को देख चुकने के बाद मैं ईर्ष्याग्नि में जला जा रहा हूं। मेरे खाक होने पर तुमने कुछ किया तो क्या किया?" दुर्योधन खिन्न-मन बोला।

"करना मुझे नहीं, तुझे है।"

"तो मुझे आज्ञा दो।"

"तुम अपने पिता धृतराष्ट्र के पास जाओ। उनको भक्ति-भाव और प्रेम से प्रसन्न करो।"

"किसलिए?"

"इसलिए कि वह विदुर को इन्द्रप्रस्थ भेजें और युधिष्ठिर को द्यूत-क्रीड़ा के लिए यहां आमंत्रित करें। मैं जानता हूं युधिष्ठिर युद्ध और द्यूत की चुनौती को कभी अस्वीकार नहीं करता।"

"और तुम द्यूत में पांडवों का सबकुछ हड़प लोगे?'

"मामा पर सन्देह नहीं करो भागनेय! द्यूत-क्रीड़ा में उसका कोई जोड़ नहीं।"

और वही हुआ। विदुर के प्रस्ताव को ठुकराना असम्भव था, अतः धर्मराज अपने पूरे परिवार—यहां तक कि पांचाली को भी साथ ले हस्तिनापुर आ पहुंचे।

मार्ग में विदुर ने धर्मराज से स्पष्ट कह दिया, "मैं द्यूत-क्रीड़ा का घोर विरोधी हूं। यह एक विनाशकारी व्यसन है, उस पर शकुनि इस कला में पारंगत। मुझे इस क्रीड़ा में तुम्हारे विनाश के स्पष्ट लक्षण दिख रहे हैं। जरा संभल कर खेलना।"

खचाखच भरी कौरव सभा में द्यूत का चौसर बिछ गया। धृतराष्ट्र अन्धे थे अतः सर्वसम्मति से उनकी ओर से पाशे फेंकने शकुनि बैठा।

धर्मराज शकुनि के कपट-खेल में सब कुछ खो बैठे। राज्य-पाट, गजशाला, अश्वशाला, कोषागार, वस्त्राभूषण सब कुछ।

"अब? अब क्या दाव पर रखते हो?" शकुनि ने ललकारा।

धर्मराज कुछ क्षण मौन रहे। फिर बोले, "मैं इस बार अपनी पद्मगन्धा पत्नी द्रौपदी को दाव पर रखता हूं।" धर्मराज यह दाव भी हार गए।

"द्रौपदी को राजसभा में उपस्थित किया जाय।" युवराज दुर्योधन ने आज्ञा दी।

"द्रौपदी रजस्वला हैं। एक वस्त्रा हैं। वह सभा में आने से इनकार करती

हैं।" दुःशासन खाली हाथ लौट कर बोला।

"उसे केशों से खींचकर बलात् लाया जाय। अब वह रानी नहीं दासी है। इस बात को तुम कैसे भूल गए दुःशासन ?"

वही हुआ। केशों को पकड़कर रोती-बिलखती पांचाली को दुःशासन ने कौरव-सभा में उपस्थित किया।

दुर्योधन ने अपनी जांघों को निर्वस्त्र किया और दुःशासन को आज्ञा दी—"पांचाली को भी निर्वस्त्र कर मेरी जांघों पर बैठने का आदेश दो।" सम्पूर्ण सभा सन्न रह गई। शर्म से धृतराष्ट्र और गान्धारी के सिर झुक गए। पितामह, द्रोण, कृप, कर्ण, अश्वत्थामा आदि सभी उपस्थित योद्धाओं के मुंह से दुर्योधन की आज्ञा के विरुद्ध एक शब्द भी नहीं निकला।

दुःशासन ने आज्ञा का पालन आरम्भ किया। एक-वस्त्रा द्रौपदी के वस्त्र कटि-प्रदेश से खींचने लगा।

"बचाओ, बचाओ, मेरी शर्म की रक्षा करो। मेरे साथ अन्याय हो रहा है। स्वयं को हारे धर्मराज को मुझे दाव पर रखने का कोई अधिकार नहीं था।" चिल्लाती, बिलखती, अपने वस्त्र को जोर से दोनों हाथों से पकड़े हुई द्रौपदी कातर दृष्टि से पितामह, कृप, द्रोण सबकी ओर देख गई। एक तरफ खड़ा कर्ण मुसकराता रहा। स्वयंवर-सभा में मुझे सूत-पुत्र कहकर अपमानित करने वाली अहंकारिणी अब अपने उस कृत्य का फल भोग, वह मन-ही-मन बोला।

कोई सहायता को नहीं आया। द्रौपदी अब नग्न ही होनेवाली थी। वह जानती थी श्रीकृष्ण इस सभा में नहीं थे पर उसने अन्त में जोर से पुकारा—"कृष्ण !" और जिन हाथों से अपने एकमात्र वस्त्र को पकड़ रखा था उन्हें प्रणाम की मुद्रा में जोड़ दिया—अब जो होना हो हो—सोचकर उसने आंखें मूंद लीं।

पर वह नग्न नहीं हुई, उसके शरीर पर से वस्त्र की एक लम्बी पंक्ति सरकती गई—नीली-पीली, हरी, लाल, विभिन्न रंगों की, उसके शरीर को पूरी तरह ढंके। उसने कुछ देर बाद आंखें खोलीं तो इस लीला को देखकर आश्चर्य-चकित हो गई। महाबलशाली दुःशासन वस्त्र खींचते-खींचते थक गया था और अन्ततः वस्त्रों के उस ढेर पर ही ढहकर बैठ गया।

हुआ यह कि श्रीकृष्ण को पहले से ही इस सबकी आशंका थी। वे छद्म रूप में कौरव-सभा में उपस्थित थे। जब तक द्रौपदी ने अपने हाथों से अपनी साड़ी को पकड़े रखा उन्होंने कुछ नहीं किया। जैसे ही उसने अपनी शक्ति का सहारा छोड़ उन्हें हाथ जोड़े वैसे ही उन्होंने अपनी संकल्प-शक्ति का तत्काल प्रयोग किया। गुरु सांदीपनि के आश्रम में की गई उनकी साधना रंग लाई और उनके संकल्प से वहां वस्त्रों का अम्बार लग गया।

द्रौपदी की लाज बच गई और उसे याद आई शिशुपाल-बध के पश्चात् कही श्रीकृष्ण की बात, "इस फटी साड़ी का मूल्य कभी चक्रवृद्धि ब्याज के साथ चुकाऊंगा।"

द्रौपदी निर्वस्त्र होने से तो रह गई पर द्यूत के अन्तिम परिणाम के रूप में उसे पांडवों के साथ तेरह वर्ष के वनवास पर जाने को बाध्य होना पड़ा। उसमें अन्तिम वर्ष अज्ञात-वास था। उस समय अगर पांडव पहचान में आ जाते तो तेरह वर्ष का दूसरा वनवास आरम्भ हो जाता।

साठ

तेरहवें वर्ष को पाण्डवों ने विराटनगर में बिताया—वेश बदलकर। युधिष्ठिर द्यूत खेलकर विराट का मनोरंजन करने लगे। भीम ने रसोइए का काम संभाला। अर्जुन बृहन्नला नाम की सेविका बनकर विराट-पुत्री उत्तरा की सेवा में लग गया और उसे नृत्य-गान की भी शिक्षा दी। नकुल-सहदेव ने अश्वशाला का भार लिया।

अज्ञातवास का वर्ष समाप्त हुआ तो श्रीकृष्ण विराट के यहां पहुंचे। अब तक विराट को भी पता लग गया था कि पांचों पाण्डव ही छद्म वेश में यहां टिके थे क्योंकि एक बार उनके गोधन को चुराने के लिए कौरवों की पूरी सेना ने उन पर आक्रमण किया तो अर्जुन ने ही सबको मार भगाया। तब तक तेरहवां वर्ष पूर्ण हो गया था, अतः पाण्डवों ने अपना भेद विराट पर खोल दिया।

श्रीकृष्ण ने प्रस्ताव रखा कि अब पाण्डवों को उनका हक मिलना चाहिए क्योंकि उन्होंने सफलतापूर्वक वनवास की अवधि पूरी कर ली है। उस समय आर्यावर्त के अधिकांश राजा वहां उपस्थित थे क्योंकि विराट ने अपनी पुत्री उत्तरा का विवाह अर्जुन-पुत्र अभिमन्यु से आयोजित किया था। सबको यह प्रस्ताव पसन्द आया।

द्रुपद ने अपने पुरोहित को धृतराष्ट्र के यहां यह प्रस्ताव लेकर भेजा कि वह पाण्डवों को अपना हक वापस कर दे वरना युद्ध होगा और उसका दायित्व धृतराष्ट्र का ही होगा।

पुरोहित खाली हाथ लौटा। उलटे नृप धृतराष्ट्र की ओर से संजय सन्धि का प्रस्ताव लेकर आये और कहा कि "दुर्योधन उद्दण्ड है, वह कुछ सुनने को प्रस्तुत नहीं। ऐसी स्थिति में पाण्डव अपने हक के लिए हठ करते रहें तो युद्ध अवश्यम्भावी है पर धर्मराज तो धर्म की साक्षात मूर्त्ति और नीतिज्ञ हैं, अतः उन्हें युद्ध का विचार छोड़ कौरवों को सिंहासन पर बने रहने देना चाहिए। पाण्डवों का क्या वे तो वन्य जीवन के आदी हो गए हैं फिर विराट और द्रुपद के सदृश उनके सहायक भी मिल गए हैं।"

संजय की बात पर श्रीकृष्ण किसी भयानक ज्वालामुखी की तरह भड़क उठे किन्तु उन्होंने दूत को अपमानित करना उचित नहीं समझा और कहा—"अमुक तिथि को मैं स्वयं सन्धि प्रस्ताव ले कुरुओं की राजसभा में उपस्थित होऊंगा। अगर मेरा प्रस्ताव अस्वीकृत हुआ तो युद्ध को कोई नहीं रोक पायेगा।"

सम्पूर्ण हस्तिनापुर में यह बात बड़वानल की तरह व्याप्त हो गई कि अमुक तिथि को श्रीकृष्ण स्वयं पधार रहे हैं। दुर्योधन की उपेक्षा कर उस दिन सभी नगरवासियों ने नगर-पथों को भलीभांति सजाया। उन पर गुलाल छिड़के। सुगन्धित पुष्पों से सजे अनेक तोरण-द्वार बनाए और उस दिन प्रात काल से ही उस युगपुरुष के स्वागत में राजपथ के दोनों ओर पंक्तिबद्ध खड़े हो गए। उनमें धृतराष्ट्र और दुर्योधन को छोड़कर सब लोग थे—पितामह, द्रोण, कृप यहां तक कि कर्ण भी श्रीकृष्ण के स्वागत में नगर-द्वार के बाहर निकल आये।

श्रीकृष्ण के रथ के पहुंचते ही उस पर पुष्पों की वर्षा होने लगी। पाटल, कमल, पारिजात आदि-आदि पुष्पों से वे इस तरह ढंक गए कि यह निश्चय करना कठिन था कि रथ पर कोई नीलमणि की कान्ति वाला पुरुष खड़ा था कि वहां मात्र विविध रंगों और गंधों के पुष्पों का अम्बार लगा था। किसी तरह उनका प्रफुल्ल नील आनन मात्र दिखलाई पड़ रहा था! बाल, वृद्ध, युवा, वृद्धा, युवतियां, किशोरियां सबने उनके दर्शन के लिए राजपथ को पूरी तरह संकुल कर दिया था और सबने मुट्ठी भर-भर भांति-भांति के पुष्प फेंककर उनके प्रति अपनी श्रद्धा व्यक्त की।

दुर्योधन ने साम, दण्ड और भेद सबसे अपना काम बनाना चाहा था। भले ही वह श्रीकृष्ण के स्वागत में नगर-द्वार के बाहर नहीं गया था पर महल में उनके स्वागत का पूर्ण प्रबन्ध किया था।

भांति-भांति के पक्वान्न और हीरे-मोतियों से भरे भेंट के लिए सजे थाल भव्य रूप में पंक्तिबद्ध किये गए थे। कहीं कृष्ण इन पर रीझ गए और कौरवों के मन की बात कर दी तो क्या कहना? पर कृष्ण ने इन भोज्य और भेंट-सामग्रियों को देखकर भी नहीं देखा और सीधे राजसभा पहुंच धनुष से निकले किसी शर की तरह ही तीव्रता से ही वे सीढ़ियां चढ़ गए और अपने लिए निर्धारित आसन पर खड़े होकर सभासदों को सम्बोधित किया :

"नृप धृतराष्ट्र, राजमाता गांधारी और उपस्थित विशिष्ट जनो! मैं पाण्डवों की ओर से सन्धि प्रस्ताव लेकर आया हूं। उन्होंने सफलतापूर्वक अपना वनवास समाप्त कर लिया है। न्याय की पुकार है कि अब उन्हें अविलम्ब इन्द्रप्रस्थ का राज्य वापस कर देना चाहिए जिस पर छलपूर्ण तरीके से कौरवों ने अपना आधिपत्य जमा रखा है···।"

"कौन कहता है छलपूर्ण तरीके से।" दुर्योधन बैठे-बैठे ही बोला, "पाण्डव द्यूत में अपना राज्य स्वयं खो बैठे हैं। शब्दों के चयन पर ध्यान दो युग-पुरुष कहे जाने वाले केशव!"

"माना तुम्हारा अधिकार न्याय-संगत ही था, पर अब तो तुम न्याय के आधार पर ही उसे वापस करोगे?"

"नहीं!" दुर्योधन ने दृढ़ता से कहा।

"क्यों?" श्रीकृष्ण ने पूछा।

"क्योंकि वनचारी पाण्डव राज्य करने में सक्षम नहीं और न उनके लिए राज्य के टुकड़े ही किए जा सकते हैं।"

"तो उन्हें पांच गांव ही दे दो, भरण-पोषण के लिए।" श्रीकृष्ण ने कहा।

"नहीं और कभी नहीं।" दुर्योधन गरजा।

"क्यों?"

"क्योंकि युद्ध के बिना सूई के नोक पर अंटने भर भूमि भी पाण्डवों के भाग्य में नहीं—सूच्यग्रं न दातव्यं विना युद्धेन केशव!"

"तो उस युद्ध के भयंकर परिणामों के भागी भी तुम्हीं बनोगे। संसार तुम्हें ही दोषी ठहरायेगा।"

"संसार ठहरायेगा या तुम?" दुर्योधन की इस बात पर भीष्म पितामह की भृकुटियां तन गईं और वे दुर्योधन को सम्बोधित कर बोले—"अपनी जिह्वा पर

नियन्त्रण करो दुर्योधन ! ध्यान रखो तुम किससे बातें कर रहे हो।"

"मुझे पूरा ध्यान है, आपकी दृष्टि में एक ईश्वरावतार से, युग-पुरुष से। अपनी दृष्टि में एक कुटिल कूटनीतिज्ञ से, एक कायर और पराक्रम-हीन पलायनवादी से।" दुर्योधन गरजा। वह सम्पूर्ण शिष्टाचार खो बैठा। यह भी कि इसी कृष्ण के लिए उसने भांति-भांति के व्यंजन बनवा रखे हैं। उनकी क्षुधा-पूर्ति के लिए।

"तुम्हारे इन दुर्वचनों का उत्तर अब रण-क्षेत्र में ही मिलेगा दुर्योधन ?" श्रीकृष्ण ने भी क्रोध में भरकर कहा।

"वह तो तब मिलेगा जब युद्ध होगा। मैं तुम्हें ही बन्दी बना लेता हूं और तुम्हारे बिना पाण्डव युद्ध-भूमि में उतरने से रहे।" दुर्योधन का अहंकार उसके शब्दों पर पड़ा।

"मुझे बन्दी बनाओगे," श्रीकृष्ण मुस्करा कर बोले, "तुम्हारा दुस्साहस अब इतना बढ़ गया है ?"

"दुस्साहस नहीं साहस कहो।" दुर्योधन ने कहा और अपने आस-पास खड़े परिचरों को आज्ञा दी, "पकड़ लो इस मायावी को और हाथ-पैर बांधकर डाल दो उसे बन्दी-गृह में।"

बीसों की संख्या में परिचर आगे बढ़े। श्रीकृष्ण को एक बार पुनः अपने संकल्प का आह्वान करना पड़ा और बोले, "लो पकड़ लो मुझको, पकड़ सको तो।" इसके साथ ही उनका शरीर विकराल होता गया। तेजी से बढ़ता सिर छत को छू बैठा। भुजाएं अनन्त हो आईं। शरीर से अग्निकण निकल-निकल दूर-दूर तक फैलने लगे जिससे पूरी सभा में भगदड़ मच गई और दुर्योधन सहित सभी सभासद और सहायक भाग खड़े हुए। केवल पितामह हाथ जोड़कर खड़े रहे—"श्रीकृष्ण तुम सचमुच परमेश्वर हो।" अन्धे धृतराष्ट्र और आंखों पर पट्टी वाली गांधारी को कुछ पता नहीं चला। श्रीकृष्ण के शरीर से निकली आंच ने पितामह की तरह उन्हें भी स्पर्श नहीं किया।

पितामह की प्रार्थना पर श्रीकृष्ण अपने सौम्य रूप में आये और तेजी से सीढ़ियां उतर अपने रथ तक पहुंच गए। दारुक रथ को प्रस्थान के लिए प्रस्तुत रखे हुआ था। पर कृष्ण एक क्षण को रुके। उनको छोड़ने जो गिने-चुने लोग थे उनमें कर्ण भी था। उनके अन्दर एक बिजली-सी कौंधी और उन्होंने कर्ण को दाहिनी बांह से पकड़ अपने रथ में बैठा लिया।

इकसठ

एक अपेक्षाकृत सूने स्थान में एक विशाल बरगद पेड़ के नीचे दारुक को रथ रोकने की आज्ञा दे वे कर्ण को लेकर उस पेड़ के नीचे एक शिला पर बैठ गए।

"तुम्हें आश्चर्य होता होगा कि इतने लोगों के मध्य से मैंने केवल तुम्हें ही क्यों चुना अपने साथ बैठने के लिए।" श्रीकृष्ण ने बिना किसी भूमिका के आरम्भ किया।

"आश्चर्य से अधिक सुख हो रहा है।"

"क्यों ?"

"आपके क्षणिक ही सही, सान्निध्य का अवसर तो मिला।" कर्ण ने श्रद्धानत हो उत्तर दिया।

"तो तुम भी मुझे भगवान मानते हो ?"

"मानता क्या हूं जानता हूं। बहुत पहले से और आज जो देखा वह क्या भूलने की बात है ?"

"तो तुम अपने भगवान का कहना मानोगे ?" श्रीकृष्ण से स्पष्ट पूछा।

कर्ण कुछ देर तक चुप कर गया।

"क्यों ? चुप क्यों हो गए ?" श्रीकृष्ण ने पूछा।

"मैं आपकी सारी आज्ञा का पालन कर सकता हूं केवल एक को छोड़कर।"

"कौन-सी ?"

"दुर्योधन से अलग होने की बात को।"

"तुम इस पर दृढ़ हो ?" श्रीकृष्ण ने उसका मन टटोला।

"चट्टान की तरह ?"

"क्यों ?"

"क्योंकि वह मेरा एकमात्र सखा और संरक्षक है। मैं जब सूत-पुत्र की संज्ञा से सम्बोधित हो चारों ओर से प्रताड़ित हो रहा था तो उसी ने मेरे सिर पर अंगराज का मुकुट रख मुझे अपमान और प्रताड़ना से बचाया था। मैं उसके प्रति अकृतज्ञ नहीं बन सकता। मैं इस समय जब हस्तिनापुर के आकाश में युद्ध के बादल मंडरा रहे हैं उससे पृथक् नहीं हो सकता।"

"पर मैं वही कहने वाला हूं।"

"क्या ?"

"दुर्योधन को छोड़कर पाण्डवों से आ मिलने की बात।"

"असंभव जनार्दन ! असंभव ! मैं कौरवों को छोड़ भी दूं तो पाण्डवों से मेरा मिलना उसी तरह असंभव है जैसे जल से तैल का मिलन।" कर्ण दृढ़ता से बोला।

"अब मैं एक कटु सत्य कहने जा रहा हूं।" श्रीकृष्ण ने पूरी गम्भीरता से आरम्भ किया, "शायद यह सत्य तुम्हारी चिन्तन-धारा के साथ जीवन-धारा को भी परिवर्तित कर दे।"

"कह दो जनार्दन ! सत्य सदा कटु होता ही है; पर तुम यह आशा कभी नहीं रखना कि मैं पाण्डवों का स्वप्न में भी हो पाऊंगा।"

"खैर जो हो, मुझे तो उस सत्य को उद्‌घाटित करना ही पड़ेगा," श्रीकृष्ण ने कहा और तत्काल जोड़ा, "तुम उस सत्य को झेलने की शक्ति संचित करो और मैं जो कहने जा रहा हूं उस पर आंखें मूंद कर विश्वास करो क्योंकि तुम कह चुके हो कि तुम मुझे भगवान मानते हो।"

"कह डालो हृषीकेश ! मैं प्रस्तुत हूं।"

"तुम सूत-पुत्र नहीं हो। तुम एक क्षत्राणी की कोख से उत्पन्न हुए क्षत्रिय वीर हो। तुम राजमाता कुन्ती के ज्येष्ठ पुत्र हो। तुम ज्येष्ठ पाण्डव···।"

"श्रीकृष्ण !" कर्ण बीच में ही चीखा, "तुम यह क्या कह रहे हो ? मैं सूत-

पुत्र नहीं हूं ?"

"नहीं, तुम सूर्य-पुत्र हो ।"

"सूत-पुत्र नहीं ! सूर्य-पुत्र । यह क्या पहेली है श्रीकृष्ण ! शीघ्र समाधान करो इसका । मेरे शरीर का सारा रक्त अत्यधिक तीव्रता से मेरे मस्तिष्क की ओर प्रवाहित होने लगा है, मेरी नसें फट जायेंगी । मैं जीवित नहीं बचूंगा माधव ! आज तुम मेरे जीवन-मंच की कौन-सी यवनिका उठा रहे हो ?" कर्ण लगभग चीखता-सा बोला ।

"ठीक ही कर रहा हूं और ठीक ही कह भी रहा हूं । तुम जीवन भर सूत-पुत्र के रूप में प्रताड़ित-अपमानित निन्दित होते रहे । यह नियति की विडम्बना ही थी या तुम्हारा पूर्व-जन्म कृत कर्म-फल । किसी ऋषि द्वारा दिए मन्त्र के प्रभाव से सूर्यांश से ही तुम कुन्ती की कुक्षि से उत्पन्न हुए पर उस समय वह कुमारिका थी, अतः अपने कलेजे पर पत्थर रखकर उसने तुम्हें नदी में प्रवाहित कर दिया । राधा ने तुम्हें पाला-पोसा, बड़ा किया अतः तुम कौन्तेय होकर भी राधेय हो आये ।"

कर्ण बहुत देर तक चुप रहा । फिर बोला, "अगर तुम्हारा यह कथन सत्य भी है कृष्ण, तब भी मैं अब कौरवों का साथ छोड़कर कौन्तेय नहीं बनने जा रहा । जिस राधा माता ने मुझे अपने स्तन का दूध पिलाया उसे छोड़कर नदी में बहा देने वाली निष्ठुर कुन्ती की गोद में अब मैं बैठने नहीं जा रहा । जिन पाण्डवों—अर्जुन और भीम ने मुझे आजीवन सूत-पुत्र कहकर अपमानित किया अब मैं उन्हें अपने सहोदरों के रूप में नहीं अपनाने को । पर यह भेद खोलकर तुमने मेरा भला ही किया कृष्ण ! अब मैं सूर्य-पुत्र के रूप में ही चमकूंगा और सारी कुंठाओं-ग्रन्थियों से मुक्त होकर अब दुर्योधन के कार्य-साधन के लिए कुछ नहीं उठा रखूंगा ।"

"अर्थात् अपनी ही माता के पुत्रों का बध करोगे ?"

"कैसी माता और किस तरह ? केवल जन्म देने से कोई माता नहीं हो जाती । माता तो राधा माता है जिसने अपने रक्त से मुझे सींचा है ।"

"अर्थात् अपने अनुजों की ही तुम हत्या करोगे ?"

"आवश्यकता पड़ी तो अवश्य । और कैसे अनुज ? जिनका मैं कभी अग्रज नहीं रहा वे मेरे अनुज कैसे हो गए ?"

"तो मेरा यह भेद खोलना व्यर्थ गया ?" श्रीकृष्ण के स्वर पर निराशा चढ़ी ।

"पूरी तरह । अब तो मैं पाण्डवों का प्रबलतर शत्रु हो आया विशेषकर अपने को मेरी जननी कहने वाली कुन्ती के सबसे प्रिय पुत्र अर्जुन को तो मैं अब कभी छोड़ने वाला नहीं । कुन्ती को अपने कुकृत्य का, निष्ठुरता और पाषाण-हृदयता का फल भोगना पड़ेगा । एक पुत्र को उसने नदी की धारा को अर्पित किया तो दूसरे को कर्ण के अचूक शरों का शिकार बनना पड़ेगा ।"

"तो तुम यह सब जानकर भी दुर्योधन की ओर से ही युद्ध करोगे ? भाइयों और माता की ममता को तिलांजलि देकर ?"

"हां, दुर्योधन की ओर से ही युद्ध करूंगा क्योंकि प्रताड़ना और अपमान के दिनों में मैंने केवल उसको, अपने पार्श्व में चट्टान की तरह खड़ा पाया है । उसने मुझे अपमान-बोध से बचाने के लिए सब कुछ किया है । और जो ममता कभी उपजी ही नहीं, उसकी तुम बात क्यों कर रहे हो ? फिर कहता हूं, कैसी

माता और कैसे अनुज ?"

"तो मैं चलूं ?" श्रीकृष्ण ने कहा।

"नहीं।"

"क्यों ?"

"एक बात का उत्तर देते जाओ।"

"कौन बात ?"

"इस भेद को तुमने आज ही क्यों खोला ? आज जब युद्ध का समय समीप है। इसीलिए तो कि मुझे पाण्डवों की ओर कर तुम अपने सखा अर्जुन के जीवन को सुरक्षित रख सको ? बोलो ! मैं जब जीवन भर सूत-पुत्र के रूप में अपमानित होता रहा तो तुम मौन क्यों रहे ? आज जब अर्जुन के सिर पर मौत का साया मंडराने लगा तो तुम मुखर क्यों हो आये ? केवल पाण्डवों की विजय को सुनिश्चित करने के लिए ही तो ?"

"नहीं," श्रीकृष्ण चीखे, "मुझे गलत नहीं समझो कर्ण ! केवल अपने रूप में नहीं सोचो, अब तक मैं उन्हीं कारणों से चुप रहा जिन कारणों से माता होकर भी कुन्ती चुप रही।"

"अर्थात् राजमाता की प्रतिष्ठा धूल-धूसरित नहीं हो इसलिए ?"

"यही बात है।" श्रीकृष्ण ने स्वीकारा।

"तब आज उस प्रतिष्ठा की चिन्ता क्यों नहीं रही ? इसीलिए तो कि सखा का प्रेम सामने आ गया ? उसकी जीवन-रक्षा आवश्यक हो गई।" कर्ण ने स्पष्ट पूछा।

"नहीं," कृष्ण फिर गरजे, "तुम अब भी मुझे गलत समझ रहे हो। युद्ध में कौन मरेगा, कौन मारेगा यह कोई नहीं जानता। मैंने आज भेद इसलिए खोला कि एक कौन्तेय दूसरे कौन्तेय की हत्या का कारण न बने। अब स्पष्ट हुआ ?"

"हुआ, पर तुम अपनी योजना में सफल नहीं हुए। युद्ध भी अब अवश्यम्भावी है जैसा कि तुम जानते हो और कर्ण भी दुर्योधन को छोड़ने नहीं जा रहा जैसा कि वह जानता है। एक कौन्तेय दूसरे से अवश्य भिड़ेगा और दोनों में एक अवश्य मारा जायेगा।"

"तुम्हारी प्रतिज्ञा अटल है ?" कृष्ण ने चलने के पूर्व पुनः पूछ लेना उचित समझा।

"हां, पर मुझे एक वचन दोगे, तुम तो भगवान हो। तुमसे वचन-भंग की अपेक्षा नहीं की जा सकती।"

"बोलो, देता हूं।" श्रीकृष्ण बोले, "यद्यपि तुमने मुझे कुछ नहीं दिया।"

"मांग ही तुम असंभव रहे हो। अगर कुरुक्षेत्र के युद्ध में कौरवों की विजय हो गई और मैं जीवित रहा तो उस समय तुम मुझसे मेरा सिर भी मांगो तो मैं सहर्ष दे दूंगा। पर अभी नहीं। अभी दुर्योधन को मध्य धार में छोड़ने की कृतघ्नता मैं कदापि नहीं कर सकता।"

"खैर तुम मांगो, क्या मांग रहे थे।" श्रीकृष्ण ने स्मरण कराया।

"इस भेद को अब तक तीन ही व्यक्ति जानते हैं—तुम, कुन्ती और मैं ?"

"हां।"

"प्रतिज्ञा करो कि अब चौथा कोई नहीं जानेगा।"

"क्यों ?"

"क्योंकि ऐसा हुआ तो बात राधा माता तक पहुंचेगी, बात दुर्योधन तक पहुंचेगी। बात अर्जुन और भीम तक पहुंचेगी। राधा माता का कलेजा फट जायेगा। दुर्योधन का मुझ पर से विश्वास उठ जायेगा। वह मुझे राधेय नहीं कौन्तेय समझ मुझ पर गुप्तचर बैठा देगा। हो सकता है वह मुझे अपने से पृथक् भी कर दे। पर मैं उससे पृथक् भी नहीं होना चाहता, इसमें उसी का अकल्याण होगा। अर्जुन और भीम ? हां, वे मुझे अपना सहोदर समझ बैठेंगे और मुझ पर मारक प्रहार नहीं करेंगे, पर मैं नहीं मानूंगा और वे शायद नहीं मरने वाले होकर भी कुरुक्षेत्र के रणांगण में मेरे शरों से मारे जायेंगे। मैं उनके साथ अन्याय नहीं करना चाहता।"

"मैं वचन देता हूं कर्ण ! चौथा कोई व्यक्ति इस भेद को नहीं जानेगा, पर मैं तुम्हारी न्यायप्रियता के लिए तुम्हारा साधुवाद भी करता हूं। कर्ण सदा नहीं पैदा हुआ करते राधेय, नहीं कौन्तेय !"

"मैं भी तुम्हारा बहुत उपकार मानता हूं जनार्दन !"

"तुमने जीवन के उत्तरार्ध में ही सही, मुझे सूत-पुत्र से सूर्य-पुत्र बना दिया। अब रणांगण में पाण्डवों का सामना सूर्य-बिम्ब की तरह देदीप्यमान कर्ण से ही होगा, सूत-पुत्र के रूप में कलंकित और लांछित कर्ण से नहीं।"

"तो अब चलूं ?" श्रीकृष्ण उठते हुए बोले।

"मुझे माफ करना जनार्दन ! तुम्हें पूज्य मानते हुए भी मैं तुम्हारे आदेश का पालन नहीं कर पा रहा।" यह कहकर कर्ण ने कृष्ण के चरणों पर अपना सिर रख दिया।

बासठ

श्रीकृष्ण को कर्ण से निराशा ही हाथ लगी लेकिन चिन्ता उन्हें इसकी नहीं थी। चिन्ता अवश्यम्भावी युद्ध को लेकर थी।

सन्धि-वार्ता असफल हुई तो युद्ध अनिवार्य हो गया। यह असह्य था। आसन्न युद्ध की परिकल्पना ने ही श्रीकृष्ण को अन्दर तक कंपा दिया। कौरव-सभा के लिए प्रस्थान के पूर्व तक आशा की एक क्षीण लौ मन में कहीं प्रज्वलित थी—शायद दुर्योधन अपनी हठधर्मिता को त्याग दे। शायद प्रज्ञा-चक्षु कौरव-पति महाराज धृतराष्ट्र की प्रज्ञा ही उन्हें विनाश की ओर से विमुख कर इस महान् समर को टालने में सफल हो जाय। शायद पितामह के सदृश तपोपूत और आचार्य द्रोण के सदृश विद्यावारिधि का विवेक ही दुर्धर्ष दुर्योधन को सन्मार्ग पर ला सके। शायद, पति की अन्धी आंखों को देखते ही अपने मीन-सुन्दर नयनों पर सदा के लिए पट्टी बांध लेनेवाली उस गांधार-सुता की न्याय-भावना ही जाग्रत हो अपने विपथगामी पुत्रों को सुपथ पर ला सके। शायद नीतिज्ञ विदुर की नीति ही इस अनीति की समाप्ति में सफल हो जाय। शायद···शायद···शायद। अनेक शायदों और संभावनाओं की बैसाखी के सहारे ही अपने महान् स्यन्दन पर सवार पहुंचे थे

श्रीकृष्ण कौरव-सभा को। पर हुआ कुछ नहीं। सम्भावनाओं की ईंट-ईंट-चुनी उनकी आशा-अट्टालिका बात-की-बात में सिकता-निर्मित दीवारों की तरह धराशायी हो गई। इस आर्य भूमि को महान्-नाश से मुक्त करा ले जाने का उनका स्वप्न शीशे की तरह ही टूटकर असंख्य टुकड़ों में टूक-टूक हो बिखर गया। टूटे मन से ही वह चल पड़े थे। दुर्योधन की भोजन-शाला में सजे भांति-भांति के पक्वान्न, विविध व्यंजन और रस-भरे फल-मेवे भी उनकी क्षुधाग्नि को हवा देने में असफल हो गए थे और दुर्योधनादि के द्वारा बार-बार दिए गए भोजन-निमन्त्रण ठुकरा कर बाहर आ गए वे कौरव-महल के महाद्वार से।

अधिकार के साथ जब अहंकार संयुक्त हो जाता है तब बुद्धि अकरणीय को करणीय और करणीय को भी अकरणीय मान बैठती है। कृष्ण सोच रहे थे, क्यों प्रभुत्व सदा से ही मद का कारण रहा है? क्यों अधिकार सदा ही असन्तुलित कर देता है मनस्वी से मनस्वी के मन-मस्तिष्क को भी? क्यों सिर चढ़ बोलने लगता है सत्ता और साम्राज्य का दर्प? दुर्योधन तो दुर्बुद्धि था ही पर महाराज धृतराष्ट्र? सौ पुत्रों के यशस्वी पिता और सती गांधारी के सदृश साध्वी पत्नी के पति? समस्त आर्यावर्त के एकछत्र अधिकारी होने के कारण उसकी न्याय-तुला का एक-मात्र सन्तुलन-पुरुष? कहां गई उनकी न्याय-प्रियता? कहां गया भ्रातृ पांडु के प्रति उनका कर्तव्य-बोध, उस महान् सहोदर के प्रति उनका स्नेह-भाव कि आज उन्हीं के पांच पुत्रों को वे पांच ग्राम तक देने को प्रस्तुत नहीं? और क्यों पक्षपातग्रस्त हो गई पितामह, द्रोण, कृप और गांधारी तक की न्याय-प्रियता? क्यों शान्त बैठे रहे सभी? मौनं स्वीकार तलक्षणं की उक्ति का सहारा लिए क्यों पक्षधर बन आए दुर्योधन की दुर्नीति का वे? कैसे सह्य हो आई दुर्मति दुर्योधन की गर्वोक्ति उन्हें, राज्य और साम्राज्य की बात क्या कहते हो केशव, सूई की नोक के बराबर भी धरती नहीं मिल सकती आपके पांडव-मित्रों को युद्ध के बिना...।

महाद्वार से निकल श्रीकृष्ण रथारूढ़ हुए तो विचार के अश्वों को थोड़ा विराम मिला। नहीं, अब कुछ सोचना शेष नहीं रह गया था। चिन्तन का नहीं, अब कर्म का काल उपस्थित था। शायद भवितव्यता को टालना सच ही सदा सम्भव नहीं होता। कर्म में उन्होंने सदा विश्वास किया है। यह गलती ही थी कि कर्म से विमुख हो वे कौरवों को सुमार्ग पर लाने के अपने सुनहले सपने को साकार करने चले थे। स्वप्नजीवी कभी नहीं रहे वह। ठोस यथार्थ, कठोर कर्म के पक्षधर को पड़ना था सम्भावना का सूत्र पकड़ असम्भव को साधने के प्रयास में? पर उपाय भी क्या था? कर्म-पथ जब महानाश के स्पष्ट गर्त की ओर ही इंगित कर रहा हो तो उस पर निस्संकोच बढ़ चलने के पूर्व कुछ तो सोचना ही था—महा-काल रूपी महाभुजंग को उन्मुक्त नर्तन का अवसर प्रदान करने के पूर्व ठीक कालिय नाग की तरह ही उसको 'नचाने' का प्रयास अगर उन्होंने किया ही तो उसमें बुरा क्या था? समर अशुभ है, अवरेण्य। अशुभ को विलम्ब से और शुभ को शीघ्र सम्पादित करना ही तो आचारनीति और राजनीति दोनों के अन्तर्गत आता है। सत्य है कि कुछ अति मूल्यवान क्षण व्यर्थ ही बर्बाद हुए दुर्योधन की दर्पाग्नि को शमित करने के प्रयास में, पर यह भी आवश्यक था। आनेवाला कल अब उन्हें इस आसन्न विनाश का एकमात्र कारण बताने के पूर्व बार-बार सोचेगा। नहीं मान लेगा वह उन्हें सूत्रधार दावाग्नि-सदृश उस महाखूंखार-समर का जो अपनी

सर्वग्रासी लपटों में सम्पूर्ण आर्य-भूमि के समस्त शूर-वीरों को बिना लपेटे अब नहीं रहने को। रथ के अश्वों के गतिमान होने के साथ ही विचारों के घोड़े पुनः स्वच्छन्द दौड़ने लगे थे कि सारथि के शब्दों ने उन्हें लगाम दी थी—"कहां चलना है ?"

कैसे बताएं वह ? कहां चलना है इस क्षण उन्हें भी कहां पता था ? कहां था वह स्थान जो विचारों की इस आंधी को नियन्त्रित करने में सक्षम हो ? कौन था वह जो अभी-अभी भोगी असफलता की आग में दग्ध हो रहे तन-मन को सान्त्वना और स्नेह के कुछ शीतल छींटें दे सके ? अभी तो कर्म-क्षेत्र ही पुकार रहा था—टेर रहा था अपनी शत-सहस्र जिह्वाओं से। सदा ऐसा ही होता रहा है उनके साथ। एक बार कर्म-पथ निर्धारित हो गया तो मार्ग के कण-कण ही जैसे शत-सहस्र मुख हो आते हैं और उनसे निकली अनगिन पुकारें ही उन्हें प्रोत्साह-पूरित करने लगती हैं। यों अभी जाना तो था सीधे कुन्ती के पांच महान पुत्रों के पास—कर्म का, संघर्ष का सन्देश लेकर। समर के लिए उन्हें सन्नद्ध करना ही अब प्रथम और प्रमुख कर्तव्य था उनका। पर उसके पूर्व ? हां उसके पूर्व कोई पड़ाव नहीं था क्या जहां वे इस मरु-पथ के तप्त सिकता-कणों से कुछ क्षणों के लिए भी त्राण पा सकें ? असफलता-जनित अशान्ति की इन अग्नि-स्फुलिंगों पर अपने स्नेहिल शब्दों के कुछेक छींटें बिखेरने वाला कोई नहीं है क्या इधर ? मन कह रहा था है पर कौन, कहां, किधर ?

"इधर !" श्वेताश्वों की बल्गाओं को खींचकर रथ को न जाने कब से निस्पन्द किए सारथि को उन्होंने दाहिनी ओर इशारा किया था।

श्रीकृष्ण का महान् स्यन्दन अब जिस मार्ग पर दौड़ चला था वह कोई राजमार्ग नहीं था—पतला-सा, संकीर्ण सर्पिल पथ था वह। जीवन का रथ भी सदा प्रशस्त राजपथों पर ही कहां दौड़ पाता है, श्रीकृष्ण सोच रहे थे, असंख्य बार उसे संकरी गलियों से ही गुजरना पड़ता है। और इस क्रम में उसे अनगिन व्यवधानों-अवरोधों का भी सामना करना पड़ता है। इनका स्वयं का भी जीवन-क्रम भी तो यही रहा था। कहां अप्रतिहत रही उनकी जीवन-गति ? समस्या-संकुल जीवन के समक्ष विरोध-अवरोध और बाधा-व्यवधान के असंख्य पर्वत-शिखर लगातार सिर उठाते रहे। गोकुल के दुर्दान्त असुरों से लेकर मामा कंस और आततायी जरासन्ध तथा स्यमन्तक मणि की चोरी लगाने वाले सत्राजित् तथा अनेक छोटे-बड़े शत्रुओं और वंचकों ने कब निर्बाध रहने दिया उनके जीवन-प्रवाह को ?

पर कहां जा रहे थे वह ? अनुताप-तप्त मन-प्राणों को किस स्नेह-सरोवर में स्नान कराने ? किधर था वह हरीतिमा-कुंज जिसके पार्श्व में पल-दो पल बिता वह थके-हारे मन को हरा करने को आतुर थे ? जानते थे वह अपने गन्तव्य को। भले ही रथ को उस संकीर्ण और ऊबड़-खाबड़ पथ पर सन्तुलित रखने के कठिन प्रयास में रत सूत का मन प्रश्नों के विवर्त में घिरता जा रहा हो—कहां जा रहे हैं इस विचित्र वीथी में, किससे मिलने को आकुल-आतुर हैं द्वारिकाधीश ? प्रेम ही खींचता है उन्हें, सारथि का मन तर्क कर रहा था, भक्ति के रज्जु ने ही यदा-कदा बांधा है इस वीतराग मनस्वी को वरना कहां बंध पाता है वह कभी किसी बन्धन में ? आज दुर्मति दुर्योधन ने भी उन्हें बांधने का कम प्रयास किया ? कभी साम, कभी दाम और अन्ततः दण्ड के माध्यम से भी ? उसकी ललकार पर सशस्त्र सैनिक महाद्वार को अवरुद्ध कर ही खड़े हो गए थे। पर उनकी एक ही क्रुद्ध

हुंकृति ने किस तरह सबको आपाद-मस्तक कंपा दिया था और सभी के हाथों के शस्त्र भूमि पर जा पड़े थे ! बांधना चाहता था उन्हें दुर्योधन। संभव होता तो वह उन्हें कारागार में भी डाल देता पर कहां बांध पाया वह उन्हें ? ठीक ही कहते हैं लोग, नर नहीं साक्षात् नारायण हैं कृष्ण, सारथि सोचे जा रहा था। अनेक चमत्कार देखे थे उसने इनके। दुर्योधन क्या खाकर बन्धन-युक्त कर पाता उन्हें, जो अपने भक्तों को संसार-पाश से ही मुक्त करने में समर्थ माने जाते हैं। पर कौन-सा पाश अभी आबद्ध कर रहा था इन्हें—किस प्रेम-रज्जु को कौन कहां से खींच रहा था कि अवश से खिंचे जा रहे थे वह उस दिशा में जिधर स्वयं वह भी कभी नहीं करना चाहता अपना मुख। उसके अश्व भी किस तरह मुंह फेर-फेर लेते हैं पीछे की ओर। कितना कठिन हो रहा है उन्हें मार्ग पर रखना ? पर प्रेम के पिपासु इस प्रेम पथिक ने पकड़ा है इस पथ को तो किसी महान् भक्त, किसी महान् प्रेमी के द्वार ही जाता होगा वह। जानता था सारथि भी, खूब समझ रहा था उनके अन्तर में उठ रहे उस तूफान को जिससे सदा शान्त रहनेवाले उनके आनन पर भी अशान्ति की असंख्य रेखाएं खिंच चली थीं। जहां चलना हो चलें वह, अगर वहां कुछ शान्ति कुछ स्थिरता का लाभ हो सके उन्हें। वह तो चला ही लेगा इस संकरे पथ पर उनके स्यन्दन को किसी तरह अगर इसी से सुख मिलता है इनके व्यथित, पीड़ित, प्रताड़ित मन को।

तिरेसठ

रथ जहां रुका वह एक कुटी थी—पर्ण-कुटी। कोई साधना-स्थली-सी ही लगती थी वह। निस्सन्देह कोई सिद्ध, साधक ही बसता होगा इन दीवारों के भीतर जिनकी बाहर की सादगी अन्दर की पुनीतता की स्पष्ट साक्षी बन रही थी।

वैभव में लोट-पोट करती हस्तिनापुर नगरी के पार्श्व में ही खड़ी इस लघु कुटी में कौन वीतराग, वैरागी बसता था जिसके दर्शनों को आतुर दौड़ाया था द्वारिकाधीश ने अपना रथ इस कुपथ पर ? सारथि का मन प्रश्न कर ही रहा था कि उत्तर में जो व्यक्ति दरवाजे पर आ खड़ा हुआ उसे देखकर आश्चर्य चकित रह गया था वह। विस्मय से विस्फारित हो आये थे उसके दीर्घ नयन। जिसकी कल्पना भी नहीं कर सकता था वह, वही आ खड़े हुए थे द्वार पर, रथ-चक्रों की आवाज और अश्वों की हिनहिनाहट सुन। घोड़े भी जैसे एक अनाम प्रसन्नता और पुलक से भर आवाज कर रहे थे पर्ण-कुटी के समक्ष रथ के रुकते ही। तभी सारथि का लग गया था कुछ विशेष बात थी। जिन्हें कुछ पल पूर्व राजदरबार में उच्चासन पर विराजमान देखा था वे अभी इस जीर्ण-शीर्ण कुटी के द्वार पर खड़े थे—निःशब्द, पर आनन्दाश्रु से पूरित आंखों और बद्ध हाथों के साथ। श्रीकृष्ण के दरबार छोड़ने के कुछ क्षण पूर्व ही वे दुर्योधन के व्यवहार से क्षुब्ध हो बाहर हो गए थे महाद्वार से। इस स्थान के अणु-परमाणुओं में एक अद्भुत पुनीतता व्याप्त थी। इसीलिए अश्व भी आह्लादित थे यहां आकर। सारथि जानता था कि अश्वों से अधिक बुद्धिमान शायद ही कोई पशु होता है। जैसे अच्छी जाति का

घोड़ा शायद ही कभी बैठता है और नींद भी चारों पैरों पर खड़े-खड़े ही लेता है, उसी तरह अच्छे वर्ण के अश्व का बुद्धि-चातुर्य भी अप्रतिम होता है। वातावरण की गन्ध से ही वह परिस्थितियों की प्रतिकूलता और अनुकूलता को भांप लेता है। आखेट के लिए वन में निकलो तो दूर से ही हिंस्र जन्तुओं—सिंह-व्याघ्र आदि की आहट पा वह कान खड़े कर लेता है और लाख विवश करो आगे बढ़ने का नाम नहीं लेता। घायल और शक्ति-हीन सवारों को सुरक्षित पहुंचाने की कहानी तो साधारण घोड़ों के साथ भी जुड़ी होती है। और श्रीकृष्ण के स्यन्दन में जुटे इन श्वेत-वर्णी श्रेष्ठ अश्वों की बुद्धि की विलक्षणता और कुशाग्रता का उदाहरण तो कहीं और था नहीं। प्रसन्नता-सूचक इनके समवेत स्वर से ही वह समझ गया था कि किसी सामान्य स्थान पर नहीं रुका था श्रीकृष्ण-स्यन्दन। हां, सामान्य नहीं थे वे जो द्वार पर आ खड़े हुए थे।

विदुर थे यह। महान् नीतिज्ञ, और सदाचार-सम्पन्न, श्रीकृष्ण भक्ति को पूर्णतया समर्पित श्रेष्ठ कौरव-विदुर।

"धन्य हुआ मैं—कृतकार्य। आपको अपने द्वार पर पाकर।" वृद्ध विदुर बद्धांजलि बोले। आंखों में सहसा उमड़ आये आनन्दाश्रुओं को उन्होंने अपने उत्तरीय के छोर से पोंछा।

पर श्रीकृष्ण वहां नहीं थे। उनकी आंखें पर्ण कुटी के द्वार को लांघ अन्दर कुछ ढूंढ़ रही थीं—उसके प्रांगण में।

"विदुरानी किधर हैं?" सहसा श्रीकृष्ण के मुख से निकला। विदुर की ओर उनका जैसे ध्यान भी नहीं था पर विदुर पर्ण कुटी के दरवाजे पर अब भी खड़े थे जड़वत, पाषाणवत—विस्मय-विमुग्ध।

"मैं जानता हूं गोविन्द, तुम मेरे लिए नहीं आये। भक्त मैं भी हूं तुम्हारा पर मेरी भक्ति में वह शक्ति कहां कि इस द्वार तक खींच लाये चराचर-पति को। विदुरानी के प्रेम ने ही पागल किया है गोपाल तुम्हें। सब जानता हूं मैं। जब से सुना कि तुम हस्तिनापुर पधारने वाले हो, तुम्हारे नाम से अन्न का एक दाना भी कहां डाला विदुरानी ने मुख में? 'कब आयेंगे गोविन्द? कब पधारेंगे मुरली मनोहर' यही बड़बड़ाती रही है वह, 'आयेंगे भी तो क्या इस ओर मुख भी करेंगे द्वारिकापति? दुर्योधन के नानाविध व्यंजनों और सुमधुर पक्वान्नों को छोड़ मेरे घर के शाक का भोग लगाने क्यों पधारने लगे वह'?"

"अब मार्ग भी देंगे आप या द्वार पर ही रोक रखेंगे?" श्रीकृष्ण ने प्रांगण की ओर देखते हुए ही कहा। प्रेम के इस भिखारी के हृदय को एक वृद्ध तपस्विनी का मूक आकर्षण मथे जा रहा था। एक क्षण का विलम्ब भी उसे सह्य नहीं हो रहा था। हृदय की आकुल पुकार तो हृदय को छू ही लेती है। विदुरानी की व्यथा श्रीकृष्ण के मन को व्यग्र किए जा रही थी। विदुर को लगभग धक्का-सा ही देते हुए वे अन्दर प्रविष्ट कर गए थे। विदुरानी ने देखा तो दौड़ पड़ी जैसे सद्यः प्रसूता धेनु दौड़ती है नवजात वत्स की ओर—"श्रीकृष्ण! द्वारिका-पति! मेरे आराध्य! आखिर आ ही गए इस दरिद्रा के द्वार?" विदुरानी डबडबाई आंखों और भरे गले से बोली।

"दारिद्र्य का वरण तो आप लोगों ने स्वयं किया है माता, वरना कुरुपति धृतराष्ट्र के अपने भाई विदुर को महलों की शोभा बढ़ाने के बदले इस पर्ण-कुटी

में साधना-रत होने की क्या आवश्यकता थी ? पर नीति-निपुण हैं आपके पति। ऐश्वर्य की निस्सारता से भली-भांति परिचित। कीचड़ में रहकर भी कमल की तरह असम्पृक्त रहने वाले इस महान् पति को पाकर धन्य कर लिया अपने जीवन को आपने अम्ब !" श्रीकृष्ण एक सांस में कह गए।

"धन्य तो मैं अब हुई मेरे आराध्य ! मुझे तो विश्वास ही नहीं हो रहा कि मैं स्वप्न देख रही हूं या सत्य से साक्षात्कार हो रहा है मेरा ! जिसके दर्शनों के लिए वर्षों से तड़पती रही, जिसके नाम की रट लगाते-लगाते जीवन के इतने वर्ष व्यतीत हो गए, जिसके ध्यान में ही साधक-पति के साधना-पथ पर सहज ही अग्रसर हो सकी, वह गोपाल, वह व्रजवल्लभ, वह श्रीकृष्ण, वह द्वारिकापति आज मेरी आंखों के सामने साक्षात् खड़ा है, इसका विश्वास ही नहीं हो रहा तो क्या करूं मैं ? जरा और समीप तो आना श्रीकृष्ण, तुम्हारे अंग-प्रत्यंग का स्पर्श कर आश्वस्त हो लूं कि स्वप्न नहीं सच है यह सब !" पागल-सी, प्रेमाधिक्य से विह्वल-सी रोती हुई विदुरानी बोले जा रही थी।

"स्वप्न नहीं सत्य है यह विदुरानी ! तुम्हारा कृष्ण सचमुच ही तुम्हारे सामने खड़ा है। प्रेम का यह भिखारी, भक्ति का यह दास, दुर्योधन के स्वागत-आयोजन को ठुकराकर तुम्हारे द्वार, तुम्हें नहीं अपने को कृतार्थ करने पहुंचा है। लो छूकर ही देख लो कि स्वप्न अथवा सत्य से साक्षात्कार हो रहा है तुम्हारा।" पीताम्बर-धारी पूरी तरह समीप सरक आये विदुरानी के और विदुरानी ने अपने धूल-सने कांपते हाथों से उन्हें नीचे से ऊपर तक टटोलना आरम्भ किया।

"अरे यह क्या कर रही हो," विदुर जो स्वयं भी आंगन में आ इस विचित्र प्रेम-लीला को देख रहे थे, बोल पड़े, "अपने पागलपन में इनके पीताम्बर पर मिट्टी का ही लेप चढ़ाये जा रही हो ! अब कहीं जायेंगे भी ये कैसे इस धूल-धूसरित परिधान को धारण कर ?"

"कौन इतना शीघ्र जाता है यहां से ?" श्रीकृष्ण विदुर जी को टोकते हुए बोले, "बड़ा आनन्द आ रहा है मुझे विदुरानी के इस वात्सल्य में। आप चुप करें, वंचित न करें मुझे इस स्नेह-लाभ से। इसी के लिए इतनी व्यग्रता से मैं पहुंचा हूं आपके द्वार।"

"अब तो तुम्हें विश्वास हुआ अम्ब कि तुम मुंदी आंखों से स्वप्न नहीं अपितु खुली आंखों से अपने कृष्ण को साक्षात् देख रही हो ?" श्रीकृष्ण ने प्रेम से विदुरानी के गंगा-यमुनी केशों पर अपना दाहिना हाथ फेरते हुए कहा।

"हां, हां विश्वास हुआ, विश्वास हुआ श्रीकृष्ण कि तुम सचमुच इस भिक्षुणी के घर पधारे हो। कहां बैठाऊं, कहां उठाऊं मैं तुमको ब्रह्मांडपति···।"

"अरे, तुम बैठाओगी क्या ?" विदुर पुनः बीच में ही बोल पड़े, "तुम्हें पता है कि काष्ठ के जिस नन्हें आसन को तुमने तीन दिनों से धों-पोंछ कर इनके बैठने के लिए तैयार किया था उस पर तो तुम स्वयं बैठ गई हो और ये अब तक खड़े-खड़े ही···।"

"अरे-अरे, सच मैं कैसी पगली हूं," विदुरानी हड़बड़ाकर इस काष्ठासन से उठती हुई श्रीकृष्ण का हाथ खींचकर उन्हें उस पर बैठाने का उपक्रम करती हुई बोली।

"नहीं, नहीं, मैं खड़ा ही ठीक हूं।" श्रीकृष्ण ने विदुरानी के कन्धे पर अपना

कर रखते हुए कहा, "तुम ही बैठो अम्ब, इस आसन पर, बेटा मां के समक्ष बैठ भी कैसे सकता है ?"

"मुझे भुलावे में नहीं डालो भगवान !" विदुरानी खड़ी-खड़ी ही बोली, "लोग कहते हैं पर मैं अपने अन्तर्मन के साक्ष्य के आधार पर, अपनी इस दीर्घ साधना के बल पर भली भांति जानती हूं कि तुम किसी के भी बेटा अथवा सन्तान नहीं बल्कि यह सम्पूर्ण सृष्टि, यह अनन्त ब्रह्मांड तुम्हारी ही सन्तान है। तुमने सबकी सृष्टि की, तुम किसी द्वारा सृष्ट नहीं हो।"

"तुम साध्वी ही नहीं विदुषी की तरह भी बात कर रही हो विदुरानी !" श्रीकृष्ण मुसकराते हुए बोले, "यह तथाकथित विद्वान् और सिद्ध-साधक मुझे व्यर्थ ही भगवान की संज्ञा दिए जा रहे हैं। मैं तो साधारण मनुष्य हूं अम्ब, तुम्हारा एक साधारण सुत। उससे अधिक कुछ भी नहीं।"

"किसी और को बहकाना व्रजवल्लभ, विदुरानी तुम्हारे झांसे में आने से रही। लीलापति हो तुम लीलाधर ! नारायण होकर भी नर-लीला करने को उद्यत हो तो कौन रोक सकता है तुम्हें अपने मन की करने से ? यों ही नहीं तड़पती रही मैं तुम्हारी एक झलक के लिए और बार-बार इन्हें प्रेरित करती रही तुम्हें यहां तक लाने को ! नर तो इस हस्तिनापुर में अनेक हैं, पर जबसे सुना तुम नारायण यहां आ रहे हो दुर्योधन-दरबार में तब से पलक-पांवड़े ही बिछाए रही इस पथ पर। चलो, इस टेढ़े-मेढ़े मार्ग पर भी अपना रथ दौड़ाकर आ तो गए तुम इस दुखिया के द्वार।"

"आ तो गया पर मुझे बातों से ही बहलाती रहोगी या मेरी उदर-पूर्ति का भी प्रबन्ध कर रखा है तूने ? भूख, बड़ी भूख लग आई है विदुरानी।"

"हां, हां, प्रबन्ध कर रखा है और खूब कर रखा है। अभी आई।" कहकर विदुर-पत्नी दौड़ी आंगन में खुलने वाले एक द्वार की ओर। श्रीकृष्ण खड़े-खड़े, लम्बे डगों जाती विदुर-भार्या को निहारते रहे। प्रेम की अधिकता उसके पैरों को असंतुलित कर रही थी। कमान बन आई कमर से टेढ़े-मेढ़े डग भरती विदुरानी प्रवेश कर गई उस कमरे में और लौटी तो उसके हाथ में चन्द केले और नारंगी के कुछ फल थे। एक छोटी डलिया में बड़े यत्न से सजा रखा था उन्हें। दुर्योधन के पक्वान्नों और फल-मेवे भी जिनकी क्षुधाग्नि को हवा देने में विफल रहे थे उनके मुख में इन सूखे-अध सूखे फलों को देखकर ही पानी भर आया।

"तुम इन्हें खिलाओ तब तक मैं बाहर, सारथि का कुछ प्रबन्ध कर आता हूं।" विदुर कहते हुए बाहर हो गए।

"हां, हां, आप अपना काम देखें। मैं अम्ब के आतिथ्य से तब तक अपने को तृप्त करता हूं।"

"तृप्त तो आप जैसा होगे वैसा मैं भी जानता हूं।" विदुर ने मन ही मन कहा और बाहर हो गए।

विदुर जी कुछ देर के बाद अन्दर लौटे तो अपनी आशंका को सही पा हंसने-हंसने को हो आये। धन्य था कृष्ण का स्वजन-प्रेम। एक क्षण को उन्हें लगा कि वे कृष्ण के कमल-कोमल पैरों पर अपना सिर रोप दें और बोलें—"पागलपन की भी सीमा होती है द्वारिकापति ! माना तुम प्रेम के वशीभूत हो, विदुरानी के भक्ति-भाव ने ही खींचा है तुम्हें इस बीहड़ पथ पर, इस पर्ण-कुटी की ओर पर यह क्या

कि तुम्हारा प्रेम, तुम्हारी शालीनता इस तरह विवश कर दे तुम्हें कि खाद्य-अखाद्य का भी भेद किये बिना उदरस्थ करते जाओ वह सब जो प्रेम के नाम पर परोसा जा रहा हो तुम्हारे समक्ष। किन्तु कृष्ण को कुछ नहीं कह विदुरानी पर ही बरस पड़े थे वह धीरे से—"यह क्या विदुरानी ? क्या सचमुच, तुम विक्षिप्ता ही बन आई हो ?"

"क्या ?" अश्रु-विगलित अपने वृद्ध नयनों को विस्फारित करते हुए पूछा था विदुरानी ने।

"क्या क्या ? कुछ समझती भी हो, क्या करती जा रही हो तुम ?"

"क्या ? क्या कर रही हूं मैं ?" स्वर लड़खड़ाये थे विदुरानी के। एक बार उन्होंने श्रीकृष्ण के सस्मित मुख की ओर देखा था और दूसरी बार अपने पति के आश्चर्य-मिश्रित चेहरे की ओर दृष्टिपात कर पूछा था, "फल तो खिला रही हूं अपने और तुम्हारे आराध्य को।"

"खाक फल खिला रही हो।" विदुर अपनी खीझ नहीं रोक पाये थे, "फलों के गूदे तो नीचे डाले जा रही हो और छिलके उन्हें थमाये जा रही हो। देखो न नीचे केले और नारंगी के गूदे भरे पड़े हैं और इनके छिलकों का कहीं पता नहीं। सबके सब उदरस्थ कर गए ये, पता नहीं तुम्हारे प्रेम में पड़कर या सच ही क्षुधाग्नि से प्रेरित होकर।"

"अरे, अरे सच कैसी बावली हूं मैं," विदुरानी ने एक बार नीचे की धरती और दूसरी बार श्रीकृष्ण के मुंह की ओर देखकर कहा। केले का एक छिलका अभी भी कृष्ण के होंठों के बाहर झांक रहा था और दूसरा उनके दाहिने हाथ में पड़ा था।

"हाय, हाय, क्या अनर्थ कर दिया मैंने," टेढ़ी कमर को किसी तरह सीधी कर कृष्ण मुख से झट से अध-खाये छिलके को झटकती हुई वह बोली, "दधि और माखन मिसरी की आदी जिह्वा को मैंने रूखे छिलके खाने को बाध्य किया, हाय कितना कष्ट दिया मैंने अपने आराध्य को ? जिसके लिए इतने दिनों से संजोये रही इन फलों को आज···।"

"कोई बात नहीं, कोई बात नहीं विदुरानी !" कृष्ण ने तृप्त भाव से मुख पोंछते हुए कहा, "तृप्त हो गया मैं। जोरों की भूख लगी थी। सच मुझे तो ध्यान ही नहीं रहा कि मैं छिलके खा रहा हूं या गूदे। तुम्हारे प्रेम के मिठास ने इन छिलकों को भी इतना स्वादिष्ट कर दिया कि ये साधारण छिलके नहीं रह कर···।"

"नन्दन-कानन के अमृत-फल बन आये, यही न ?" विदुर ने बीच में ही टोका, "सच तुम बड़े लीलाधारी हो लीलापति। कहां तो दुर्योधन के यहां के वे सरस व्यंजन और कहां विदुरानी के ये सूखे छिलके ? बड़ा स्वाद आया तुम्हें, नहीं ?"

"प्रेम, आप तो जानते ही हैं प्रेम का ही भूखा हूं मैं विदुर जी ! प्रेम से कोई पत्र, पुष्प,[1] फल, जल जो भी दे दे मैं उसे बड़े भाव से ग्रहण करता हूं।

"हां, हां, ठीक कहा आपने। उसी प्रेम की मारी तो व्रज की गोपियां अब भी

1. "पत्रं, पुष्पं फलं तोयं यो मे भक्त्या प्रयच्छति···।"—गीता

मर रही हैं मुरलीधारी ! भले ही आपके हाथों में मुरली के बदले अब शंख, चक्र शोभा पाने लगे हों पर आपके मयूर-पंखी रूप की मारी राधा तो अब भी करील-कुंजों के पात-पात से कृष्ण का ही हाल पूछ रही है कुंजबिहारी ! कभी उसके प्रेम का भी···।"

"बड़ी दुखती रग पर हाथ रखा है विदुर जी आपने। व्रज-गोपियां, विशेष कर राधा तो प्रेम की साक्षात् पयस्विनी हैं। काश, यमुना-जल की तरह ही पावन उस प्रेम-सलिल के कुछेक और घूंट भी पान कर पाया रहता व्रज छोड़ने के पूर्व ! पर नहीं समझेंगे आप। शायद आप ऐसे अनेक नहीं समझ पायेंगे युग-युगान्तर तक उस अशरीरी प्रेम की पुनीतता को। राधा का ही प्रेम तो अब तक की मेरी सारी उपलब्धियों के मूल में रहा है। राधा प्रेरणा है मेरी, शक्ति है वह, उसके बिना मेरी तथाकथित शक्ति, शून्य से अधिक कुछ नहीं। यह एक गुह्य रहस्य है विदुर जी जिसे समझना सबके वश की बात नहीं। राधा का प्रेम भी उतना ही पवित्र, उतना ही निश्छल और सच उतना ही पागल है जितना इस वृद्धा विदुरानी का, इस अम्ब का। हां विदुर जी, प्रेम का भूखा हूं मैं, प्रेम ही मेरी शक्ति, मेरा सम्बल है क्योंकि वह बांधता है, जोड़ता है, तोड़ता नहीं। पर, शर्त यही कि वह निस्स्वार्थ, निश्छल हो, पुनीत हो, शरीरी नहीं, अशरीरी हो। हां, हां, वह तन के आकर्षण नहीं मन के बन्धन से बंधा हो। राधा का प्रेम अब भी मेरे मन में विराजमान है विदुर जी ! गोपियों और राधा के व्याज मुझे उपालम्भ नहीं दें कुरु-श्रेष्ठ ! आप तो स्वयं साधक हैं। राधा मेरे रोम-रोम में बसी है। वह मेरी गति है, जैसा कहा मेरी शक्ति। उसके बिना मैं पूर्ण नहीं अपूर्ण हूं। पर मैं उससे और वह मुझसे पृथक् भी कहां हैं, हम दो होकर भी एक हैं। दूर होकर भी समीप हैं। शरीरों की दूरी, दूरी नहीं। उनका निकट होना आवश्यक भी नहीं। मन एक हो गए तो तन कहीं भी रहें। राधा कृष्णमय है विदुर जी, और कृष्ण राधा-मय। अच्छा हुआ आपने यह बात निकाल दी। मैंने कहा दुखती रग पर आपने हाथ रखा। ठीक ही कहा। सारे जागतिक सम्बन्धों के बहाने मैं राधा की याद को ही जीवित रखने का प्रयास करता हूं। आपके प्रेम में, विदुरानी के प्रेम में, अर्जुन और रुक्मिणी के प्रेम में मैं राधा के उस अपार्थिव, अशरीरी प्रेम को ही ढूंढ़ता हूं। क्षमा करना विदुरानी !" वह सहसा विदुर-पत्नी की ओर मुड़कर बोले थे, "मैं तुम्हारे प्रेम, तुम्हारी भक्ति के महत्त्व को न्यून नहीं कर रहा पर यह सत्य है कि मैंने जो राधा में पाया है वह तुममें भी ढूंढ़ने का प्रयास करता हूं। तुम्हारे इन छिलकों और धूल-सने राधा के दही-माखन के स्वाद में मुझे विचित्र समानता मिली है। क्षमा करना अगर मैं कहूं कि कृष्ण के लिए राधा और कुब्जा तथा रुक्मिणी और विदुरानी में कोई अन्तर नहीं, कोई भेद नहीं।

"तो अब चलें विदुर जी, कर्म-पथ मुझे पुकार रहा है। राधा की प्रेरणा मुझे अकर्मण्य बैठने देने को नहीं। चलूं विदुरानी, बहुत तृप्त किया आपके वात्सल्य ने, आपके प्रेम ने और गोकुल की याद दिलाकर तो बड़ा ही उपकार किया विदुर जी आपने मेरा।"

"तुम रूठ गए यदुनन्दन ?" विदुर और विदुरानी ने एक साथ श्रीकृष्ण के उत्तरीय के छोर को पकड़कर कहा।

"नहीं विदुर जी, नहीं विदुरानी, मैं रूठा नहीं। मैं प्रसन्न हूं, अति प्रसन्न,

अति उत्फुल्ल।" श्रीकृष्ण ने विदुरानी के पैरों की ओर अपना हाथ बढ़ाया। नत सिर वृद्धा की आंखों से विगलित दो अश्रु-बूंदें पारिजात-पुष्पों की तरह झड़ पड़ीं। उसने कांपते हाथों कृष्ण को ऊपर उठाया और पर्ण-कुटी के दरवाजे तक उन्हें छोड़ती हुई बोलीं—"भूल नहीं जाना व्रजनन्दन!"

"फिर मिलेंगे विदुर जी," विदुरानी से मूक विदा लेते हुए विदुर को ही सम्बोधित कर रथारूढ़ हुए द्वारिकाधीश और जब तक रथ अगले मोड़ से मुड़ नहीं गया तब तक पलट-पलटकर बार-बार पीछे की ओर देखते रहे—नहीं विदुर की ओर नहीं, साक्षात् प्रेम-स्वरूपा वृद्धा विदुरानी की ओर।

चौंसठ

रात सोने में कुछ विलम्ब हो गया था। आसन्न युद्ध की विभीषिका श्रीकृष्ण के अन्तर को उद्वेलित किए जा रही थी। लड़कपन में गोपियों को और मां यशोदा को भी दही बिलोते देखा था। मिट्टी के हंड के दधि को काष्ठ की मथानी बड़ी निर्ममता से मथ छोड़ती थी। चक्राकार घूमती चक्र के आकार की ही वह धारदार मथानी दधि को क्षत-विक्षत, खंड-खंड कर देती थी। उन्हें लग रहा था वैसी ही किसी धारयुक्त वस्तु से कोई उनके हृदय को निरन्तर मथता जा रहा है। युद्ध वे चाहते नहीं थे, पर चाहना पड़ा था। समग्र आर्यावर्त के मान्य महापुरुष के रूप में उनकी एक भूमिका थी - महती भूमिका। वे चाहते तो इस युद्ध को टाल सकते थे। कौरव नहीं तो पांडव तो उनके परामर्श को मान इस समर से पराङ्मुख हो ही सकते थे। तब यह आसन्न प्रलय टल जाता। पर वे ऐसा कर भी कैसे सकते थे, श्रीकृष्ण ने सोचा था, अन्याय का पक्ष लेना कैसे और कितना सम्भव था। तेरह वर्षों तक वन-वन की खाक छानने वाले पांच-पांच राजपुत्रों और द्रुपद के सदृश समर्थ सम्राट् की पुत्री द्रौपदी को वह कब तक अकिंचन और अनाथ के रूप में जीवन-यापन को बाध्य कर सकते थे? कब तक उन्हें अपने वैधानिक अधिकार से बंचित रखा जा सकता था? और क्यों? क्या इसलिए कि वे धर्मपरायण थे और छल-द्यूत में सब कुछ हारकर अपनी धन-धान्य पूरित समृद्ध राजधानी और स्वजन-परिजन को छोड़ मात्र द्यूत की शर्तों के रक्षार्थ वन-वन भटकते रहे थे; कि मात्र पांच ग्रामों की भीख भी उन्हें मांगे नहीं मिली थी?

नहीं, युद्ध को वह रोक नहीं सकते थे। अपनी ओर से तो उन्होंने प्रयास किया ही था। कौरव-सभा में अपने दौत्य कार्य और उसकी असफलता को वे अभी तक भूल भी कहां पाए थे। अगर टाल सकते तो इस महासमर को वे अवश्य टाल देते। पर उनके टाले भी वह नहीं टला। सच, कर्म-फल बहुत प्रबल है न? प्रारब्ध सर्वोपरि? वह पुरुष तो पुरुष, परमेश्वर के बदले भी नहीं बदल पाता न? लोग तो उन्हें परमेश्वर ही कहते आए हैं। पर कहां हुआ इनके किए भी कुछ। व्यक्ति और समष्टि दोनों को अपने किए का फल भोगना ही पड़ता है। कौरवों की अनीति, अत्याचार और अधर्म का घड़ा अब भर चुका है। उन्हें समाप्त होना ही है। इन्हीं के साथ पांडव पक्ष के भी कुछ लोग काम आएं तो आएं। होगा यह भी

उनके पूर्वजन्मों के किसी कृत्य का फल। किसने किस जन्म में कौन-सा कर्म किया और कब और किस जन्म में उसका फल मिलता है यह कौन जाने? जानने का प्रयास कर वह जान भी सकते हैं, वह परमेश्वर हों अथवा नहीं पर उनकी यौगिक शक्तियां तो इतनी विकसित हैं ही कि व्यक्तियों और स्थितियों का भूत तो भूत भविष्य भी उनके लिए हस्तामलक के सदृश है। पर कौन कर सकता है कुछ भी? जब प्रारब्ध को घटना ही है। घटना क्या है, सबकुछ घटा पड़ा है, उसे मात्र सामने आना है।

हां! पूर्वजन्मों के कर्मों के फल पर एक बात उन्हें याद आ रही है। वह सिद्ध करती है कि किस तरह कर्म के रूप में वपन हुआ बीज कभी-न-कभी अंकुरित, पल्लवित, पुष्पित तथा फलित होता ही है। बंध्या धरती में पड़ा कोई बीज भले व्यर्थ हो जाय पर मनुष्य की कर्म-भूमि पर भूल से भी पड़ा कोई बीज व्यर्थ नहीं जाता।

हां! महाराज धृतराष्ट्र ही थे जिन्होंने उस दिन यह बात अकस्मात् चलाई थी। आज भी वह उनको पूरी की पूरी स्मरण है।

"मेरा दुर्भाग्य कि जब तुम इस धरती को धन्य करने के लिए अवतरित हुए तो विधाता ने मुझे दृष्टिहीन करके भेजा। सुना तुम-सा रूपवान आज तक न तो इस पृथ्वी पर उत्पन्न हुआ न भविष्य में उसके उत्पन्न होने की सम्भावना है। रूप की पराकाष्ठा कहा जाता है तुम्हें, सौन्दर्य और लावण्य की परिभाषा तुम्हीं से आरम्भ होकर तुम्हीं पर समाप्त होती है। खैर! मैं भाग्यहीन इस सौभाग्य से तो वंचित ही रहा कि तुम्हारे अपरूप रूप, तुम्हारे अतुलनीय लावण्य की एक झलक भी पा सकता पर···!"

"क्या कहे जा रहे हैं आप?" उन्होंने अव्यवस्थित होकर पूछा था।

गोकुल के ग्वाल-बालों और गोप-बालाओं विशेषकर उस वृषभानु सुता द्वारा अपनी रूप-माधुरी की बहुत विरुदावली सुनी थी उन्होंने पर आज अन्धे धृतराष्ट्र भी यही बात ले बैठेंगे, इसका इन्हें मान भी नहीं था।

"नहीं। मैं दूसरी बात कह रहा था," धृतराष्ट्र ने गम्भीरता से आरम्भ किया था।

"कौन बात?" श्रीकृष्ण के मुख पर उत्सुकता जगी थी।

"तुम तो योगिराज भी हो न?" धृतराष्ट्र ने पूछा था। उसके सदा दृढ़ रहने वाले चेहरे पर एक बाल-सुलभ औत्सुक्य जग आया था। बड़ी आतुरता से वह श्रीकृष्ण के उत्तर की प्रतीक्षा कर रहा था।

"मैं नहीं जानता। लोग ऐसा कहते हैं।" श्रीकृष्ण ने संक्षिप्त उत्तर दिया था।

"जानते तो तुम सब हो। सब। भूत, भविष्य, वर्तमान सब। और कहने को क्या तुम्हें लोग मात्र योगिराज ही कहते हैं? क्या मैं नहीं जानता कि इसी आर्यावर्त के अधिकांश चिंतक, विद्वान् और वीर तुम्हें ईश्वर का ही साक्षात् अवतार मानने लगे हैं?" धृतराष्ट्र के शब्दों में एक अस्पष्ट याचना थी जो श्रीकृष्ण से छिपी न रही।

"लोगों को जो जी में आए कह लेने दीजिए। लोग अपने-अपने रूप से सोचते और कहते हैं। आप कृपया बताएं कि अभी आप क्या कहना चाहते हैं।"

"बहुत छोटी-सी विनती है मेरी, मानोगे?" धृतराष्ट्र स्पष्ट याचक बन आया था।

"विनती नहीं, आदेश कीजिए। आप कुरु-श्रेष्ठ हैं। आपके आदेश का पालन कर मुझे प्रसन्नता ही होगी।"

"तुम कर्म-फल में विश्वास करते हो न?" धृतराष्ट्र ने सहसा बात को अप्रत्याशित मोड़ दिया था। क्या जानना चाहता था वह?

"विश्वास करता हूं।"

"तो कर्म-फल मिलकर ही रहता है?"

"अवश्य मिलता है वह, अगर कर्म निस्संग और तटस्थ भाव से नहीं किया जाए। अगर कर्त्ता होकर भी अकर्त्ता का भाव अपने अन्दर नहीं भरा रहे।" श्रीकृष्ण बोल गए।

"तुम अपने दर्शन और सिद्धान्त की बात अभी छोड़ो। जानता हूं कि एक नये सिद्धान्त के प्रचार में लगे हो तुम। कर्म-योग के सदृश एक नूतन योग-पद्धति ही गढ़ ली है तुमने।"

"कर्म-फल से ही घबराकर। लोगों को कर्मों के फल से मुक्त रखने के लिए ही।" श्रीकृष्ण बीच में ही बोल पड़े थे।

"तो यह बात पूर्णतया सिद्ध हुई न कि कर्म-फल अवश्यम्भावी है कम-से-कम हम अज्ञों के लिए—उनके लिए जो तुम्हारे कर्म-योग की दीक्षा में अब तक दीक्षित नहीं हुए हैं?"

"हां।" श्रीकृष्ण ने छोटा-सा उत्तर दिया था।

"तो मेरा यह अन्धापन भी तो किसी कर्म का फल ही होगा? निश्चित ही पूर्व-जन्म कृत किसी कृत्य का क्योंकि जन्मान्धता इस जन्म के किसी कर्म का फल होने से तो रही।"

"बात आप ठीक कह रहे हैं।" श्रीकृष्ण ने कहा और उन्हें लग गया कि अन्धे धृतराष्ट्र की पहले की सारी भूमिका मात्र यह जानने के लिए थी कि वह जन्मान्ध हुआ तो क्यों?

"तो कृपया अपनी योग-शक्ति का प्रयोग कर यह पता कर दो कि मेरा कौन-सा कृत्य मेरे इस दुर्भाग्य के मूल में है?" धृतराष्ट्र विवश-सा बोला।

"लाभ?" श्रीकृष्ण के मुख से सहसा निकला, "जो होना था वह तो हो चुका, उसका कारण जानकर क्या करेंगे? अतीत को कुरेदना कभी आह्लादकारी नहीं होता है।"

"अब वह चाहे जैसा हो पर मेरे अतीत पर से एक बार तुम पर्दा तो हटा ही दो। कम-से-कम मुझे विश्वास तो हो जाय कि कर्म-फल मिल कर रहता है।"

"अभी तक विश्वास नहीं है?"

"विश्वास तो है पर स्वयं की अनुभूति ही अधिक विश्वसनीय होती है। अपने साथ जो घटा वह तो एक अकाट्य प्रमाण बनकर प्रस्तुत ही हो जाता है।" धृतराष्ट्र तर्क नहीं करना चाहता था पर श्रीकृष्ण उसे बाध्य किए जा रहे थे तर्क पर उतरने को। वह तो जैसे कोई बालक चांद को पकड़ने को मचले उसी प्रकार आज अपने अतीत के उस कृत्य को पकड़ने के लिए व्यग्र हो आया था जिसके कारण उसे ज्योति-विहीन हो इस धरा पर आना पड़ा था।

"वह स्वयं की अनुभूति भी कहां होगी ? जो कुछ मैं कहूंगा उसी पर तो विश्वास करना पड़ेगा ?" श्रीकृष्ण ने शायद उसके विश्वास की परीक्षा लेनी चाही थी।

"तुम्हारी बात पर अविश्वास का कोई प्रश्न ही नहीं। तुम्हारे प्रमाण को मैं अपनी अनुभूति ही मानूंगा। इतनी कृपा तो करो केशव ! मैंने आज तक तुमसे कुछ मांगा नहीं।" धृतराष्ट्र के स्वर में स्पष्ट याचना उभरी।

"आप कहते हैं तो मैं प्रयास करता हूं। ऐसे भूत को उकेरना कभी अच्छा नहीं माना मैंने। स्रष्टा को शायद यह इष्ट नहीं कि हम अपने पूर्व-जन्म के कृत्यों को स्मरण रखें वरना वह इस ज्ञान से हमें वंचित कर क्यों भेजता ?"

"कहा न स्रष्टा तो तुम्हें ही कहते हैं लोग।" धृतराष्ट्र के मुख से अनायास निकला, "ऐसी स्थिति में तुम प्रकृति अथवा सृष्टिकर्ता के नियमों का उल्लंघन भी करते हो तो उसे उल्लंघन नहीं कहेंगे।"

"नियम सबके लिए समान हैं। अगर आपके कथनानुसार मैं ही स्रष्टा और नियामक हूं तो मुझे तो नियमों के पालन पर और ध्यान देना चाहिए। खैर मैं आपकी इस इच्छा की पूर्ति अवश्य करूंगा। मैं समाधि लगाता हूं। आप परिणाम की प्रतीक्षा करें।" कहकर वे समाधिस्थ हो गए थे। उन्होंने क्षण भर में ही धृतराष्ट्र के पूर्वजन्म का सिंहावलोकन कर लिया था। कुछ नहीं था उसमें ऐसा जिसके कारण उन्हें नेत्रों से रहित होना पड़े।

"पूर्वजन्म तो आपका पूरी तरह पुनीत है। मुझे कोई कारण नहीं मिलता आपके इस जन्म की इस दृष्टिहीनता का।"

"तब तो कर्म-फल का सिद्धान्त गलत हुआ न ?" धृतराष्ट्र तटस्थ मुद्रा में बोला।"

"रुकिए। मैं और जन्मों की बात भी देखता हूं।" श्रीकृष्ण ने कहा था और पुनः समाधि में चले गए थे। इस बार समाधि बहुत लम्बी खिंची थी। धृतराष्ट्र का धैर्य निःशेष होने लगा था। वह लगातार श्रीकृष्ण के होंठों के खुलने की प्रतीक्षा कर रहा था।

अन्ततः उनकी समाधि टूटी थी। "मिल गया राजन ! भेद मिल गया आपकी दृष्टिहीनता का।" उन्होंने गम्भीरता से कहा।

"क्या ?" धृतराष्ट्र के स्वर पर उसकी सारी उत्सुकता चढ़ी थी।

"मैंने एक विचित्र घटना देखी राजन् !"

"क्या ?"

"यह आपके एक सौ आठवें जन्म की घटना है।"

"अर्थात् एक सौ आठ जन्म पूर्व की ?"

"हां।"

"क्या देखा केशव ?" धृतराष्ट्र अपनी अन्धी आंखों की पलकों को ऊपर-नीचे कर उत्सुकतापूर्वक बोला।

"देखा मैंने एक ऊंचे वृक्ष को। उस पर बने एक घोंसले को। देखा···।"

"इससे मेरे प्रश्न का क्या सम्बन्ध है ? यह पेड़, यह घोंसला ?" धृतराष्ट्र का धैर्य जैसे जवाब दे रहा था।

"हे राजन् ! थोड़ा धैर्य रखें।" श्रीकृष्ण ने आरम्भ किया, "मैं उस घोंसले में

देख रहा हूं दो लघु पक्षी शावकों को।" श्रीकृष्ण जैसे एक बार पुनः ध्यानावस्थित हो गए थे।

"तो ?"

"पक्षी शावकों के माता-पिता कहीं गए हैं। शायद उनके लिए दाना चुगने। वे शावक-युगल बड़ी आतुरता से उनके लौटने की प्रतीक्षा कर रहे हैं।"

"फिर ?" धृतराष्ट्र की उत्सुकता अधिक जाग्रत हो आई थी।

"राजन् ! मैं एक सोलहवर्षीय बालक को उस पेड़ पर चढ़ते हुए देख रहा हूं। स्वभाव से ही वह नटखट और उद्दंड लगता है।"

"क्यों चढ़ रहा है वह वृक्ष पर ? क्या वह निरीह शावकों को उठा लायेगा ? अपना भक्ष्य बना लेगा ?"

"रुकिए राजन ! वह ऐसा कुछ नहीं करता है। अब वह घोंसले तक पहुंच गया है। दोनों शावकों को वह बारी-बारी से अपने हाथों में उठाता है। पक्षी-शावक कोई विरोध नहीं करते। वे टुकुर-टुकुर उस बालक की ओर देखते जाते हैं। उन्हें लगता है शायद उनके माता-पिता ही उनके लिए भोजन लेकर लौटे हैं। उनकी आंखों में एक विचित्र चमक उभरती है। बालक उनकी आंखों की इस विचित्र चमक को निहारता है। उसकी अपनी आंखों में एक शरारत उभरती है।"

"तब ?" धृतराष्ट्र की सारी इन्द्रियां कर्णवत हो गई हैं।

"तब बड़ा विचित्र घटता है राजन् ?"

"क्या ?"

"लड़का पेड़ की एक पतली टहनी तोड़ता है, उसे और पतली बनाता है और एक पक्षी-शावक की दोनों आंखों में वह उसे बारी-बारी घुसेड़ देता है। रक्त की दो पतली धाराएं उस शावक की आंखों से बह चलती हैं। वह दर्द से तड़प कर ऊंचे स्वर में चीं-चीं कर उठता है। इतनी जोर से कि पास ही कहीं भटकते उसके माता-पिता लौट आते हैं और अपने घोंसले तक पहुंच आये उस चोर पर चंचु-प्रहार करने लगते हैं। बालक दूसरे शावक की वही गति किए बिना पेड़ से उतर कर भागता है। पक्षी उसे दूर तक खदेड़ते हैं फिर घोंसले में लौटकर घायल शिशु को घेर कर बैठ जाते हैं।

"सुना आपने राजन् ?" श्रीकृष्ण, धृतराष्ट्र से जो अपनी दोनों आंखों को अपनी दोनों हथेलियों से ढंककर प्रायः संज्ञा-शून्य-सा बैठ गया है, पूछते हैं।

"सुना।" आवाज जैसे किसी गहरी अंधेरी खाई से आती है।

"केशव !"

"राजन् ?"

"यह बालक तो मैं ही हूं न !"

"हां राजन्, यह आपके ही एक सौ आठवें जन्म की कहानी है। अब आ गई कर्म-फल के अव्यर्थ जाने की बात समझ में ?"

"आ गई केशव," धृतराष्ट्र बहुत देर के बाद बोला, "पर एक बात नहीं आई समझ में ?"

"क्या ?"

"यह कौन-सा न्याय है कि एक सौ आठ जन्म पूर्व के कृत्य का फल आज दिया जाय ?"

श्रीकृष्ण मुसकराए। काश, अन्धा धृतराष्ट्र उस मुसकान को देख पाता। वहां और कोई था भी नहीं इस मोहिनी मुसकान का साक्षी बनने वाला। जंगल में फूल खिला और मुरझा गया।

"केशव ?" धृतराष्ट्र अपने दोनों हाथों को हवाओं में फैलाते हुए बोला। उसे लगा कहीं श्रीकृष्ण उठ कर चल तो नहीं दिए। कौन रुकेगा ऐसे जघन्य पापी के समक्ष जो निरीह शावकों की आंखें फोड़ता चलता है, भले ही वह कई जन्म पूर्व की बात हो।

"बताता हूं राजन् ! आपके सुकृत्यों ने ही इस कुकृत्य के फल को घटने से इतने दिनों तक रोक रखा। आपके उस जन्म के पूर्व के जन्मों के पुण्य-फल उतने अधिक थे, आपने इतने यज्ञ-जाप, इतनी तपस्या, व्रत, उपवास, दान-पुण्य कर रखे थे कि उनके निःशेष होने में काफी समय लगा। और जब उन पुण्यों का फल बहुत कुछ निःशेष हुआ तो आपको उस कृत्य का फल मिला। मैं अपनी लम्बी समाधि में तुम्हारे कई सौ जन्मों का कृत्य देख गया राजन् ! आपके द्वारा कई सहस्र गौओं और धरती के दान के फलस्वरूप ही यह राज्य-सुख मिला है। आंखें नहीं रहीं कुकृत्य से तो राज्य मिला सुकृत्यों से।"

"कब तक के लिए केशव ?" धृतराष्ट्र ने एक गर्म निःश्वास लेकर पूछा।

"यह आप भी जानते हैं राजन् और मैं भी, पर दोनों विवश हैं। आपका पुत्र न आपकी सुनता है न मेरी। उसे भी अपने कर्म के फल भोगने हैं। औरों को भी उसके साथ भोगना है।" कहकर वे उठ गए थे। अब वे भी पूरी तरह समझ गए थे कर्म-फल को टालना संभव नहीं था। नहीं, उनके लिए भी नहीं।

पैंसठ

हर वस्तु यहां ससीम है न ? अर्थात् हर चीज एक सीमा तक ही जा सकती है, उसका उत्क्रमण न तो शोभनीय है और न ग्राह्य। निस्सीम है यहां तो मात्र एक ब्रह्माण्ड जिसके विस्तार का कोई अन्त नहीं और जो नित्यप्रति और विस्तृत ही होता जा रहा है।

खैर, हम इस ब्रह्माण्ड के छोटे-से-छोटे भाग धरती और वहां पर रहनेवाले मनुष्य की बात कर रहे थे। उसकी सीमाएं कुछ स्थितियों में स्वनिर्धारित हैं जैसे अब तक बिना यान के सहारे वह आकाशचारी नहीं बन सकता, जल-भरे सरोवर को मात्र पैरों के बल पार नहीं कर सकता, एक सीमा से अधिक भार का उत्तोलन नहीं कर सकता, एक सीमा से अधिक देख नहीं सकता, सुन नहीं सकता आदि-आदि…।

पर कुछ स्थितियों में सीमाएं हमें स्वयं निर्धारित करनी पड़ती हैं।। उदाहरणार्थ एक मीमा से अधिक हम झुक नहीं सकते, एक सीमा से अधिक हम दे नहीं सकते, एक सीमा से अधिक हम ले भी नहीं सकते और एक सीमा से अधिक हम शर्महीन भी नहीं हो सकते। इस सीमा का अतिक्रमण हमें खतरे में डाल सकता है, हमें हास्यास्पद बना सकता है।

अपनी लक्ष्मण-रेखा का निर्माण अधिकांश क्षेत्रों में हमें स्वयं करना होता है।

पर दुर्योधन तो लांघ गया उस दिन लक्ष्मण-रेखा को अथवा उसकी कोई लक्ष्मण-रेखा ही नहीं थी इस सन्दर्भ में। वह लांघ गया बेशर्मी की सीमा को! शर्म या तो उसे आई नहीं और आई भी तो उसने उसे बिन-बुलाए अतिथि की तरह अपने मन से भगा दिया।

श्रीकृष्ण का अपमान अभी उसने कुछ दिन पूर्व किया था। उन्हें बांधने तक की मूर्खता और निर्लज्जता पर उतरा था, उन्हें अपमान-जनक शब्द कहे थे और आज उसी श्रीकृष्ण-द्वार के समक्ष वह खड़ा था। पौ फटने में भी अभी विलम्ब था। श्रीकृष्ण शयनागार में थे। वह उनसे अतिआवश्यक कार्य से मिलने का हठ करने लगा।

महल के परिचारक करते भी तो क्या? हस्तिनापुर का युवराज स्वयं रात्रि-पर्यन्त रथ दौड़ाता हुआ पहुंचा हो तो बात गम्भीर हो सकती है। उसे नहीं मिलाना भी उनकी दायित्वहीनता का बोधक हो सकता था।

विवश, उन्होंने अन्तःपुर की परिचारिकाओं तक संवाद भेजा—द्वारिकापति के शयनागार को अन्य लोगों से पूर्णतया रिक्त कराया जाय।

शयनागार तो रिक्त हो गया। रुक्मिणी का महल था वह। बाहर निकल आई वह अपने शयन-कक्ष से पर पीताम्बर से मुंह-ढंके सोये पड़े द्वारिकापति की निद्रा में बाधा डालना उसने भी उचित नहीं समझा—सेविकाएं, परिचारिकाएं क्या उन्हें जगा पातीं?

"द्वारिकाधीश अभी विश्राम में हैं। शयनागार में उनके अलावा और कोई नहीं है, आप चाहें तो उनकी निद्रा भंग होने तक वहीं प्रतीक्षा कर सकते हैं।" परि-चारकों ने अपने सिर की बला से शीघ्र मुक्ति लेनी चाही। कौन प्रातः की इस बेला में ही परिचर्या का प्रबन्ध करे हस्तिनापुर के इस उद्दण्ड युवराज का? सारे सभा-सद, सामन्त, अमात्य तक तो अभी सोए पड़े थे। परिचरों को पता भी था कि इस अवसर पर क्या करना चाहिए?

दुर्योधन को मुंहमांगा मिल गया। "ठीक है मैं, वहीं प्रतीक्षा करूंगा," कहकर वह एक परिचर के साथ अन्दर चला गया।

श्रीकृष्ण के विस्तृत शयनागार में बैठने के स्थानों की कमी नहीं थी। स्थान-स्थान पर स्वर्ण अथवा रजत-जटित मंचक पड़े थे जिन पर चीनांशुक-वेष्टित आरामदायी गद्दे पड़े हुए थे।

पर्यंक के पास भी ठीक ऐसे ही दो मंचक थे—एक श्रीकृष्ण के पैर की ओर, दूसरा उनके मस्तक की ओर।

दुर्योधन को एक क्षण नहीं लगा यह निर्णय लेने में कि उसे कहां विराजमान होना चाहिए। हस्तिनापुर का युवराज श्रीकृष्ण के मस्तक की ओर पड़े मंचक पर जा विराजा।

पर परिचरों की आपत्ति का अन्त नहीं था। युवराज को अन्दर भेजे अभी कुछ ही क्षण हुए थे कि श्रीकृष्ण-मित्र पृथापुत्र धनंजय का स्यंदन आ पहुंचा। वह भी श्रीकृष्ण से तत्काल मिलना चाह रहे थे। परिचरों का कार्य अब आसान हो गया था। जब दुर्योधन को अन्दर कर दिया गया था तो पार्थ को श्रीकृष्ण तक

पहुंचाना क्या कठिन था।

अर्जुन अन्दर गए तो दुर्योधन को पहले से ही वहां विराजमान पा आश्चर्य-चकित हुए। वह पैर की ओर पड़े मंचक पर बैठ गए। दोनों प्रतिद्वन्द्वी आमने-सामने पर संवाद की कोई सम्भावना नहीं। दोनों एक-दूसरे से आंखें बचाते रहे। दोनों का धैर्य चरम को स्पर्श कर रहा था—कब श्रीकृष्ण निद्रा-विहीन हों कि उनके मध्य व्याप्त तनाव समाप्त हो।

अन्ततः श्रीकृष्ण ने पीताम्बर को सिर से उठाया और "जय दुर्गे!" बोलते हुए एक अंगड़ाई लेकर उठ बैठे। आंखों को दोनों तलहथियों से मलकर हाथ की रेखाओं पर दृष्टि-निक्षेप किया और सामने देखते ही आश्चर्य-चकित हो बोले, "पार्थ तुम ? इस समय ?"

अर्जुन कुछ बोला नहीं। उठकर उसने श्रीकृष्ण के चरणों पर प्रणिपात किया और फिर अपने स्थान पर जा बैठा।

"मैं भी उपस्थित हूं और अर्जुन के पहले से।" सिर की ओर से स्वर उभरा तो उन्होंने पीछे मुड़कर देखा—हस्तिनापुर-युवराज दुर्योधन अपने दर्प में तना बैठा था। उसने उठने और अभिवादन की भी आवश्यकता नहीं समझी।

"तो आप भी उपस्थित हैं।" नहीं, श्रीकृष्ण के स्वर में व्यंग्य नहीं था। उन्हें पूरी तरह स्मरण था कि अभी ज्यादा दिन नहीं बीते थे जब उसने उन्हें बन्दी बनाने का प्रयास किया था। वे चाहते तो उसे अभी इसी क्षण अपने कारागार में डाल सकते थे। पर वह जानते थे दुर्योधन अभी उनका अतिथि था। अतिथि होकर तो वह भी गए थे कौरव सभा में अपितु अतिथि से भी अधिक, दूत बनकर—वह भी शान्ति-दूत। पर दुर्योधन ने मर्यादा का निर्वाह कहां किया? अतिथि को ही नहीं, दूत, शान्तिदूत को ही जंजीरों में बांधने के कुत्सित उपक्रम पर उतर आया। किन्तु कृष्ण दुर्योधन नहीं हो सकते थे। यह बात दोनों को ज्ञात थी—कृष्ण को भी और दुर्योधन को भी। अतः दोनों सामान्य थे। श्रीकृष्ण सौम्य और शान्त, जैसे उनके मध्य कभी कुछ घटा ही नहीं हो और दुर्योधन निर्भय, निश्शंक—श्रीकृष्ण अपने ही यहां उसे बन्दी बना अपनी उज्ज्वलतम हो आई कीर्ति पर कलंक नहीं लगा सकते थे।

"पार्थ! बोलो। क्यों कष्ट किया इस प्रातःवेला में ही? कोई विशेष बात ही होगी।"

"मैं यहां पहले से उपस्थित हूं, अतः यह प्रश्न पहले मुझसे पूछा जाना चाहिए।" दुर्योधन अव्यवस्थित हुआ कि कहीं जो वह मांगने आया है, श्रीकृष्ण उसे अर्जुन को ही नहीं दे दें।

"अच्छा!" श्रीकृष्ण ने आश्चर्य से कहा, "पर दृष्टि तो मेरी सर्वप्रथम पार्थ पर ही पड़ी।"

"इसलिए कि वह पैरों के पास बैठा था।" यहां भी दुर्योधन का दर्प उसके स्वर पर चढ़ने से रहित नहीं रहा। अर्जुन युवराज तो था नहीं, अतः वह ठीक स्थान पर बैठा था। मन्तव्य यही था दुर्योधन का।

"पर मैंने जब पहले-पहल उसे देखा है तो प्रथम अवसर तो उसे ही प्राप्त होगा।" श्रीकृष्ण ने स्पष्ट कर दिया।

"जैसी आपकी इच्छा। पर यह अन्याय है।" दुर्योधन ने कहा।

"न्याय-अन्याय की बात याचकों के मुख से नहीं शोभती।" श्रीकृष्ण ने संक्षिप्त भाषण द्वारा ही दुर्योधन का मुंह बन्द कर दिया। दुर्योधन क्या बोलता, वह याचक तो था ही और वह इतना मन्द-बुद्धि भी नहीं था कि यह समझे कि प्रत्यूष में ही दरवाजे पर आ पहुंचनेवाला याचक ही हो सकता है इस बात को श्रीकृष्ण को समझने में विलम्ब हो सकता है।

"ठीक है," दुर्योधन बोला, "तो याचना पहले पार्थ की ही पूरी होगी?"

"नीति तो यही कहती है, पर आप कह लें आप चाहते क्या हैं।" श्रीकृष्ण ने दुर्योधन को सम्बोधित किया।

"आसन्न महासमर में आपकी सहायता।"

"और पार्थ तुम?" श्रीकृष्ण अर्जुन की ओर उन्मुख हुए।

"वही।"

"समस्या तो विकट है। तुम दोनों एक ही वस्तु चाहते हो। दुर्भाग्य यह है कि उपलब्ध तो वह किसी एक ही को हो सकती है। किसे उपलब्ध हो वह?" श्रीकृष्ण मुख से निकला।

"मुझे।" दुर्योधन ने असंयम का परिचय दिया। उसे भय था पार्थ को ही सहायता का वचन न दे बैठें श्रीकृष्ण।

"क्यों?" श्रीकृष्ण ने पूछा।

"क्योंकि न्याय न सही पर औपचारिकता की मांग यही है कि जो प्रथम प्रस्तुत हुआ हो प्राथमिकता उसे ही प्राप्त होनी चाहिए। आप द्वारपालों से पूछ सकते हैं कि पहले कौन आया।"

"इसकी आवश्यकता नहीं," श्रीकृष्ण ने कहा, "मुझे युवराज के वचन पर सन्देह करने का कोई अधिकार नहीं पर मेरी दृष्टि प्रथम पार्थ पर ही पड़ी, अतः प्राथमिकता उसी को मिलेगी। यह मेरा निर्णय है।"

"तो मैं निराश वापस लौट जाऊं?" दुर्योधन उठने का उपक्रम करते हुए बोला।

"नहीं," श्रीकृष्ण ने गम्भीरता से कहा, "उसका समय अभी नहीं आया। आशा अब भी दोनों के लिए है। निर्णय थोड़ी देर पश्चात् लेना।"

"क्या आशा है?" दुर्योधन निराश स्वर में बोला, "प्राथमिकता तो पार्थ को देने की बात आपने कह ही दी।"

"आशा है," श्रीकृष्ण ने गम्भीर होकर कहा, "एक योजना मेरे मन में आई है। इससे दोनों का काम हो सकता है।"

"क्या?" दुर्योधन को लगा वह हारी हुई बाजी जीत रहा है। अर्जुन इस मध्य निरन्तर चुप था।

"मेरे पास देने के लिए दो वस्तुएं हैं अगर उन्हें वस्तु मान लें।"

"क्या?" दुर्योधन ही था यह। स्पष्ट व्यग्रता उसके स्वर पर चढ़ी थी।

"मैं और मेरी चार अक्षौहिणियों की नारायणी सेना।" श्रीकृष्ण ने स्पष्ट किया, "अब यह आप लोगों पर है कि आपमें कौन किसे चाहता है। पर मैं साथ ही स्पष्ट कर दूं कि युद्ध में मैं निःशस्त्र ही रहूंगा। मैं स्वयं इस युद्ध में भाग लेने नहीं जा रहा।"

अर्जुन के चेहरे पर सहसा एक अद्भुत चमक लौटी। उसे उसका मनोवांछित

प्राप्त होने वाला था।

"तो मांगेगा अर्जुन ही पहले।" दुर्योधन को अब वहां रुकने में कोई सार्थकता नहीं दिख रही थी।

"स्वभावतः।" श्रीकृष्ण अपने निर्णय पर अडिग थे।

"तो मांग ले वह?" दुर्योधन ने थोड़ी देर प्रतीक्षा कर लेना ही उचित समझा। कहीं अर्जुन मतिभ्रम का ही आखेट नहीं हो जाय। इन मूर्ख कुन्ती पुत्रों की बुद्धि का क्या ठिकाना? वही होती उनके पास तो अब तक जंगल-जगल भटकते रहते?

"तो पार्थ चुन लो तुम्हें क्या चुनना है?" श्रीकृष्ण ने अर्जुन को सम्बोधित किया।

एक क्षण भी अर्जुन को नहीं लगा अपना निर्णय सुनाने में, पर यह क्षणार्द्ध ही दुर्योधन को एक युग के सदृश लगा—कहीं धनंजय श्रीकृष्ण की महती नारायणी सेना ही नहीं मांग ले।

पर दूसरे ही क्षण उसकी बांछें खिल गईं। अर्जुन ने स्पष्ट स्वर में कहा—"मैं आप ही को चाहता हूं।"

"निःशस्त्र?"

"हां" अर्जुन ने अपना दृढ़ निश्चय सुनाया।

"तो नारायणी सेना मेरे पक्ष में आई?" दुर्योधन अपनी प्रसन्नता को अभिव्यक्ति दिए बिना नहीं रह सका।

"अवश्य। यह तो निर्णीत ही हो गया स्वयमेव।" श्रीकृष्ण ने कहा और उठ खड़े हुए। उन्हें अभी नित्यकर्म से भी निबटना था।

दोनों प्रसन्न-चित्त ही श्रीकृष्ण के शयनागार से बाहर आये। अर्जुन प्रसन्न कि अन्ततः श्रीकृष्ण उसे मिल गए। दुर्योधन हर्षित कि अन्ततः यह पृथा-पुत्र अपनी मूर्खता-प्रदर्शन से बाज नहीं ही आया। अवसर तो इसे ही पहले-पहल मिला था पर मांगा भी इसने तो एक निःशस्त्र व्यक्ति को। क्या था वह चार सुसज्जित अक्षौहिणियों के समक्ष।

"विनाश काले विपरीत बुद्धि!" दुर्योधन बुदबुदाया और अपने स्यन्दन पर सवार हो त्वरित गति से प्रस्थित हुआ हस्तिनापुर की ओर। इस संवाद को शीघ्रातिशीघ्र पहुंचाना था धृतराष्ट्र और कर्ण के पास जिनके परामर्श से वह पहुंचा था द्वारिका को।

"यतो कृष्णस्तो जयः" अर्जुन के मुख से भी निकला अपने स्यन्दन पर आसीन होते समय और वह भी व्यग्र हो आया अग्रज धर्मराज को यह संवाद देने के लिए कि अन्ततः धर्म को अपने पक्ष में करने से वह सफल हो ही गया।

छियासठ

अपने कर्तव्य के रूप में श्रीकृष्ण अर्जुन का सारथ्य स्वीकार कर चुके थे। पर मन वायु-आलोड़ित सागर की तरह उद्विग्न था। भवितव्यता को लाख चाहकर भी वे

टाल नहीं सके थे। दुर्मति दुर्योधन की हठधर्मिता और कर्ण तथा शकुनि की कुटिलता ने कुरुक्षेत्र को रणक्षेत्र में परिवर्तित कर दिया था।

श्रीकृष्ण जब पांडव-शिविर में पहुंचे तो कुरुक्षेत्र के चारों ओर देश-देश के योद्धाओं के शिविर लग चुके थे। एक महानगर ही बस आया था वहां। मगध, कलिंग, कम्बोज, सिन्धु, अवन्ति, मद्र, चेदि, गोवासन आदि देशों के राजा अपनी-अपनी सेनाओं के साथ पड़ाव डाल चुके थे। गजों, अश्वों और पदाति सैनिकों की चित्र-विचित्र आवाजों से एक कोलाहलपूर्ण वातावरण ही वहां निर्मित हो गया था। मनुष्यों और पशुओं का ऐसा महासमुद्र इसके पूर्व न तो किसी ने देखा था न सुना।

श्रीकृष्ण ने इस महासमुद्र पर एक दृष्टि डाली और पुनः पांडवों के शिविर में वापस आ गए। युधिष्ठिर, भीम, अर्जुन, नकुल, सहदेव सभी मत्रणा में लगे थे। अर्जुन का पुत्र अभिमन्यु तथा द्रुपद-पुत्र धृष्टद्युम्न भी एक ओर बैठे थे।

जैसे जगमगाते सूर्य-मंडल को मेघ का कोई भूला-भटका टुकड़ा आवृत्त कर लेता है वैसे ही धर्मराज युधिष्ठिर का तेजोदीप्त मुख म्लान पड़ा हुआ था। शेष पांडव और धृष्टद्युम्न प्रत्यक्षतः उन्हें ढाढ़स बंधाने का प्रयास कर रहे थे।

"हमने व्यर्थ ही यह युद्ध मोल ले लिया। इसमें हमारी पराजय प्रायः सुनिश्चित लगती है।" धर्मराज थे यह। एक विचित्र मौन पसरा पड़ा था वहां। कोई कुछ बोल नहीं रहा था। अर्जुन के चेहरे पर अवश्य कुछ भाव उतर-चढ़ रहे थे। श्रीकृष्ण का आनन निर्विकार था। लगता था वे अर्जुन की प्रतिक्रिया जानने के इच्छुक थे।

"आप जो सदा आशा को ही जीवन-सम्बल बनाकर चलते थे, आज इस तरह निराश-ग्रस्त क्यों हो रहे हैं तात?" अर्जुन ने अन्ततः अपना मुख खोला था। उसके चेहरे के भावों में स्थिरता आ गई थी। कोई दृढ़ निश्चय उसके अन्दर जन्म ले चुका था।

"निराशा की बात है," युधिष्ठिर ने आरम्भ किया था, "तुमने वर्षा ऋतु की उफनती सरिताओं की तरह कौरवों की सेनाओं को देखा है? कितनी संख्या है उनकी, ज्ञात है? ग्यारह अक्षौहिणी? और अपनी मात्र सात। प्रायः दूने से थोड़ा ही अन्तर है दोनों में। कौरव-सेना के इस महासागर को हम अपनी इन कुछ काष्ठ-तरियों से कैसे तिर पायेंगे?" युधिष्ठिर के मुख का अन्धकार अमावस्या के तिमिर की तरह घनीभूत हो आया।

"शृंगालों के झुंड-के-झुंड भी शेर का बाल बांका नहीं कर सकते। इस समय जब उत्साह और धैर्य ही हमारे सम्बल हो सकते हैं, आप व्यर्थ ही निराशाग्रस्त हो उत्साह-हीन और धैर्य-रहित हो रहे हैं।"

"शृगाल किसे कह रहे हो तुम? आजीवन ब्रह्मचारी, परशुराम-जयी पितामह को अथवा धनुर्विद्या की साक्षात् प्रतिमूर्ति गुरु द्रोण को, केसरी तुल्य कृप को, महारथी कर्ण को, महान् धनुर्धर महाराज शल्य को? किसको? क्या यह हमारा दुर्भाग्य नहीं है कि आर्यावर्त के प्रायः सभी प्रतिष्ठित योद्धा दुर्योधन के साथ जा लगे हैं। महासमर रूपी महासमुद्र के इन मगरमच्छों से हमारी सेना के मीन-मत्स्य किस आधार पर विजय प्राप्त करेंगे? उनके खुले मुख में विवश प्रवेश के अलावा ये करेंगे भी क्या?"

"भैया !" भीम थे यह। जैसे किसी गिरि-गुहा में केहरी-नाद गुंजित होता है वैसे ही वह पांडव शिविर भीमसेन के कर्ण-भेदी स्वर से भर गया। लगा शिविर की वस्त्र निर्मित छत तथा उसको धारण करने वाले काष्ठ-स्तम्भ तक एक साथ किसी प्रभजन की चपेट में आ कांप गए। सच ही केसरी-नाद ही था वह, उस नर-केसरी का जिसने भरी सभा में द्रौपदी को नग्न करने के व्यर्थ प्रयास में लीन दु:शासन के हृदय को विदीर्ण कर रक्त-पान करने और पांचाली को अनावृत्त जंघा दिखाने वाले दुर्योधन के जह्नुओं को गदा-प्रहार से तोड़ देने का प्रण ले रखा था। उसके स्वर की प्रचण्डता से प्रभावित होते हुए धर्मराज ने उसकी ओर अपनी प्रश्न-भरी आंखें उठाई थीं।

"किसे कहते हैं आप मीन-मत्स्य ? किरात रूपधारी साक्षात् शिव को भी पराजित करने वाले पृथा-पुत्र अर्जुन को, शस्त्रधारियों में अग्रगण्य अश्विनी कुमार सुतों नकुल और सहदेव को, राजा द्रुपद अथवा वीरों में अग्रगण्य धृष्टद्युम्न या वीरता और पराक्रम के पुंज-सदृश अर्जुन-पुत्र अभिमन्यु को ? या इसे अहंकार न मानें तो मदमत्त गजराजों के विशाल मस्तकों को भी गदा के एक प्रहार से ही छिन्न-भिन्न करने में समर्थ अनुज इस भीमसेन को ही ?

"और किसे मगरमच्छ मान रहे हैं आप ? पापी दुर्योधन के पापान्न पर पल रहे संस्कार-पतित पितामह, द्रोण और कृप सदृश गलित नख-दन्त कुछ वृद्ध व्याघ्रों को जिनकी जंघाएं अर्जुन के गांडीव के टंकार पर ही कांपने वाली हैं और जिनके अन्याय, अनीति और अपराध-भाव उन्हें आत्मग्लानि के गर्त में डालकर उनके मनोबल को इस तरह तोड़ चुके हैं कि रण क्षेत्र में वे मिट्टी की कुछ मूर्तियों से अधिक नहीं सिद्ध होने जा रहे ?"

"भीम !" गम्भीर मेघ-गर्जन की तरह ही धर्मराज का स्वर गूंजा था। "अहंकार ने तो तुम्हारी आंखों को सदा बन्द रखा। गुरु-जनों के प्रति अपशब्द कहते हुए तुम्हारी जिह्वा कांपती तक नहीं। जिन्हें मनोबल से रहित और वृद्ध व्याघ्र कहते हो उस कौरव-सेनापति भीष्म को तुमने आज देखा है ? श्वेत शिरो-बस्त्र, हिमधवल अधोवस्त्र एवं दुग्धोज्ज्वल उत्तरीय एवं शारदारम्भ के कास-पुष्पों की धवलता को मात देती और उन्हीं की तरह लहराती श्मश्रु (दाढ़ी-मूंछ) से शोभायमान, स्वर्ण-छत्र से मंडित एवं तपे सुवर्ण के रंग के स्यंदन में विराजमान उस महान् पुरुष-व्याघ्र की आभा मैंने देखी है भीमसेन। स्वच्छ-शुभ्र, मेघ-मालाओं में दमकती दामिनी की शोभा को भी मात करते पितामह के आनन पर लक्षित आत्म-विश्वास को भी मैंने पढ़ा है। मैं नहीं समझता उनसे अधिक तो अधिक, उनके समतुल्य योद्धा को भी पांडव-सेना के समक्ष खड़ा करने की स्थिति में हम हैं। पितामह के व्याज से साक्षात् यमराज ही ग्यारह अक्षौहिणियों की जिस विशाल वाहिनी का नेतृत्व कर रहे हों उसे परास्त करने का हमारा प्रयास वैसे ही विनाशकारी सिद्ध होनेवाला है जैसे प्रभंजन के मार्ग में पड़े निरुपाय पादप छिन्न-भिन्न हो भू-लुंठित हो जाते हैं।"

भाइयों के इस वार्तालाप से लगा श्रीकृष्ण का अच्छा-खासा मनोरंजन हो रहा था। कुछ देर तक सस्मित वदन वे इस वाद-विवाद का रस लेते रहे। अर्जुन और भीम का आत्मविश्वास उन्हें आनन्दित कर रहा था पर धर्मराज का इस तरह भीरु हो जाना उन्हें आश्चर्य में डाल रहा था। अन्ततः युधिष्ठिर को

सम्बोधित किया था उन्होंने—"तो यह समर नहीं लड़ना है ? अगर अपनी शक्ति के प्रति इसी तरह सशंकित होना था आपको तो युद्ध की तैयारी में इतनी तल्लीनता ही क्यों दिखाई थी आपने ? आप अग्रज हैं—पांचों पांडवों में ज्येष्ठ। आप ही के नेतृत्व में महासमर-रूपी इस महासमुद्र को तिरने की आशा रखे हैं आपके अनुज। अगर आप ही इस तरह भीत और शंकाग्रस्त हो आये तो किसके सहारे उठायेंगे ये शस्त्र ?"

"आपने देखा है पितामह को ?" धर्मराज की आंखों में भय की छाया अब भी वर्तमान थी।

"अनेक बार।"

"मैं इस बार की बात कर रहा हूं। साक्षात् कराल काल की तरह खड़े हैं वे कौरवों की अपार वाहिनी के आगे। आत्मविश्वास से भरे उनके आनन के अद्भुत तेज से चौंधिया जाती हैं आंखें ! जिस सेना को ऐसा तेज-पुंज प्राप्त हो सेनापति के रूप में उसे पराजित करने का स्वप्न पालना मृग-मरीचिका से कुछ अधिक नहीं सिद्ध होने का।"

"भैया !" अर्जुन थे यह।

युधिष्ठिर ने अपनी प्रश्न-भरी आंखों को उठाया था उनकी तरफ।

"आपको पता है कि आप क्या कर रहे हैं ? पितामह की प्रशंसा के व्याज से आप पीताम्बरधारी श्रीकृष्ण का निरन्तर अपमान किये जा रहे हैं। किस तेज और ओज की बात कर रहे हैं आप ? पितामह क्या खाकर कौरवों को विजय-श्री से मण्डित कर पायेंगे ? कृष्ण के प्रताप के पासंग में भी पड़ते हैं क्या वे तथा-कथित तेज-पुंज पितामह ? किशोरावस्था से लेकर आज तक जिस श्रीकृष्ण ने अनगिनत दुर्धर्ष राक्षसों और योद्धाओं का मान-मर्दन किया, कंस और जरासंध की तरह छल-बल सम्पन्न नरेश जिसकी बल-बुद्धि के समक्ष आंधी के तिनकों की तरह उड़ गए, समुद्र-तीर के सिकतापूर्ण धरती पर जिसने अपने पराक्रम से द्वारावती की तरह श्री-समृद्धि-सम्पन्न नगरी का निर्माण कर सम्पूर्ण आर्यावर्त को चमत्कृत कर दिया। और तो और, स्वयं अपने ही राजसूय यज्ञ में जिन्हें अग्रपूजा का अधिकारी बना आपने सभी तथाकथित क्षत्रीय-वीरों के शीर्ष पर जिन्हें स्वर्ण-किरीट की तरह स्थापित कर दिया, उसी श्रीकृष्ण के मान की जरा भी परवाह किये बिना आप कौरवों के मोह-पाश में जकड़े पितामह के प्रताप का यशोगान किये जा रहे हैं ? क्या आप भूल गए कि इसी श्रीकृष्ण को साथ लेने के लिए मैंने इनकी चार अक्षौहिणी सेनाएं दुर्योधन के हवाले कर दीं। नहीं तो, जिन अक्षौहिणी सेनाओं की जिस ग्यारह संख्या से आप व्यर्थ ही विचलित हो रहे हैं वह संख्या हमारी ही होती और कौरवों के पल्ले पड़ती मात्र सात अक्षौहिणियां। यह चुनाव तो हमारा अपना है भैया। हमने पुरुषों में परम पुरुष श्रीकृष्ण को अपनाया है। उनकी चिन्ता की है। सामान्य सैनिकों की साधारण अक्षौहिणियों की नहीं। और हमारा एक श्रीकृष्ण सैकड़ों पितामहों और कृपाचार्यों से अधिक है। एक सूर्य के उदित होते ही गगन-मण्डल के सारे नक्षत्र अपना प्रकाश खो बैठते हैं। अभी आप पितामह, कृप और द्रोण के सदृश कुछ टिमटिमाते तारों के प्रकाश में ही चकाचौंध का शिकार हो आये हैं। श्रीकृष्ण के रूप में हमारे इस मार्तण्ड को अवतरित होने दीजिए मैदान में तो देखिए ये सभी किस तरह तेज-हीन हो आते हैं।"

"पर श्रीकृष्ण ने तो शस्त्र नहीं धारण करने की प्रतिज्ञा कर रखी है।" धर्मराज का भय नि.शेष नहीं हो पा रहा था।

"श्रीकृष्ण की उपस्थिति ही पर्याप्त है। उन्होंने मेरा सारथ्य ग्रहण किया है। ये मेरे युद्ध-रथ के ही संचालक नहीं हमारे जीवन-रथ के भी दिशा-निदेशक, हमारे नीति-नियामक होंगे। कहने की आवश्यकता नहीं भैया कि श्रीकृष्ण आज सम्पूर्ण आर्यभूमि के सर्वश्रेष्ठ नीतिज्ञ, अतुलित बलशाली एवं विलक्षण अध्यात्म शक्ति-सम्पन्न हैं। निष्काम कर्म-योग के प्रचारक ये पुरुषोत्तम धर्म के सर्वश्रेष्ठ धारक भी हैं। आप तो स्वयं धर्मराज कहे जाते हैं, आपको क्या बताया जाय कि जहां धर्म है वहीं विजय है। तो श्रीकृष्ण के रहते हमें किसका भय है? जहां धर्म है वहीं कृष्ण हैं और जहां श्रीकृष्ण हैं वहीं विजय है—यतो धर्मस्ततो कृष्णः। यतो कृष्णस्ततो जयः।"

श्रीकृष्ण इतनी देर तक गम्भीर बने यह सब सुनते रहे। उन्होंने अब युधिष्ठिर की आंखों में सीधे देखा था और मुस्कुराये थे। धर्मराज अब बहुत कुछ आश्वस्त लग रहे थे पर श्रीकृष्ण की मुसकान का कुछ भी अर्थ समझने में वे असफल रहे। उन्होंने सोचा था शायद धर्मराज के विशेषण से युक्त होने पर भी इस तरह भय-भीत होने की बात पर ही द्वारिकापति के मुख पर वह मुसकान खेली थी। पर योग शक्ति से प्राप्त उनकी भविष्य-दृष्टि शायद उस श्रेष्ठ पांडव को आश्वस्त करना चाहती थी कि कोई बात नहीं धर्मराज, परीक्षा की विकट घड़ियों में सभी का धैर्य इसी तरह डगमगाने लगता है। चिन्ता नहीं करो, अभी जो तुम्हारा अनुज धर्म और कर्म की इतनी ऊंची-ऊंची बातें करता है, कल वही कुरुक्षेत्र के मैदान में तुमसे भी अधिक भयभीत, मोहग्रस्त और व्याकुल होने वाला है।

"तो अब चलें। मुझे लगता है धर्मराज अब पूर्णतया आश्वस्त हो आये हैं। पितामह के तेज से अब ये परास्त नहीं प्रतीत होते। अर्जुन, तुमने व्यर्थ ही मेरे सम्बन्ध में इतनी ऊंची-ऊंची बातें कर दीं। तुम्हारे अग्रज यों भी कुछ क्षणों में प्रकृतिस्थ हो आते। वस्तुतः, पितामह से रक्षित अपरिमित कौरव-सैन्य अजेय तो प्रतीत हो ही रहा है। इसमें युधिष्ठिर का कोई दोष नहीं। तुमने पितामह का आज का तेजोद्दीप्त स्वरूप नहीं देखा, देखते तो तुम भी इसी तरह शंका-ग्रस्त हो आते। आजीवन अखण्ड ब्रह्मचर्य व्रत-धारक, तप और साधना का वह तेजपुंज सचमुच तारक-मण्डल से घिरे पूर्णिमा के पूर्ण चन्द्रमा-सा ही प्रतीत हो रहा है। सच है कि जहां धर्म है वहीं विजय का वास है। पर अपने पिता की एक साधारण कामना की पूर्ति के लिए जिसने अपने सुरभित जीवन-पुष्प को निर्विकार भाव से तप-त्याग की अग्नि की समिधा के रूप में अर्पित कर दिया उसे तो कर्म की प्रतिमूर्ति मानना ही पड़ेगा। तुम लोग चाहे जितना उन्हें दुर्योधन के पापान्न पर पला बताते रहो पर उनकी धर्म-निष्ठा पर प्रश्नचिह्न लगाना तुम्हारे वश की बात नहीं। हां अगर यह सत्य है कि जहां धर्म है वहां विजय है तो जहां पितामह हैं विजयश्री भी वहीं हाथ बांधे खड़ी मिलेगी।"

"तो?" युधिष्ठिर, अर्जुन, नकुल, सहदेव, धृष्टद्युम्न और अर्जुन-पुत्र अभिमन्यु सभी एक साथ बोल पड़े थे। अर्जुन के द्वारा निर्मित किया गया आत्मविश्वास का वातावरण सहसा दिनमणि के अस्तोपरान्त के गहन अन्धकार में परिवर्तित हो गया था। सबके चेहरे से जैसे एक ही जलता-सा प्रश्न चिपका पड़ा था—तो?

और इस 'तो' का उत्तर किसी के पास नहीं था। देर तक सन्नाटा बिछा पड़ा रहा था पांडवों के इस प्रमुख शिविर में।

"तो इसका अर्थ यह हुआ कि जब तक पितामह जीवित हैं, विजय हमारे लिए स्वप्न ही बनी रहेगी।"

सन्नाटे को पुनः युधिष्ठिर ने ही तोड़ा था। अब उन्हें लग गया था कि उनका भय निर्मूल नहीं था। आखिर अग्रज होने के कारण अपने पक्ष के कल्याण-अकल्याण की चिन्ता तो उन्हें ही करनी थी। और जब श्रीकृष्ण ने ही कह दिया कि पितामह के रहते पांडवों की विजय असम्भव थी तो अब किसी के लिए क्या कहना-सोचना शेष रह गया?

"आपने ठीक कहा।" श्रीकृष्ण चलते-चलते बैठ गए थे, "पितामह के रहते आपको विजय की बात सोचनी भी नहीं चाहिए। और शत-सहस्त्र अर्जुन मिलकर भी पितामह का बध नहीं कर सकते। माना अर्जुन धनुर्धारियों में श्रेष्ठ है पर पितामह के पासंग में भी नहीं पड़ता हमारा पृथा-पुत्र। ऐसे भी इच्छा-जीवी हैं बाल-ब्रह्मचारी वृद्ध-श्रेष्ठ भीष्म। वे नहीं मरना चाहें तो कोई मार भी नहीं सकता उन्हें।"

"तो?" यह 'तो' पुनः सबकी आंखों में तैर आया था। तो किस बूते पर हो रही थी यह सारी तैयारी? किस आधार पर श्रीकृष्ण ने भी सन्नद्ध और प्रेरित किया था पांडवों को युद्ध के लिए? यह तो ज्ञात ही था उन्हें कि कौरवों को छोड़कर पांडवों के पक्ष में नहीं आने को पितामह। यह उनकी विवशता थी। कह लें तो वचन-बद्धता भी। ऐसे भी, जिस अन्धे धृतराष्ट्र के लिए उन्होंने इतना कुछ किया, गांधार नरेश की निसर्ग-सुन्दरी-सुता को उनके हित अपने बाहुबल से विजित किया उसके उद्दंड और दुर्मति सुत को अपनी मौन किन्तु विवश स्वीकृति देते रहे उसे वह जीवन के इस मोड़ पर एकाकी, अरक्षित नहीं छोड़ सकते। तो क्यों फूंकने दिया युद्ध का शंखनाद श्रीकृष्ण ने पांडवों को? हस्तिनापुर के जिस राजभवन से वे निराश और युद्ध को अनिवार्य मान लौटे थे, वहां पितामह भी तो बैठे थे? उनके चेहरे के भाव, कह लें तो कौरव-पक्ष में बने रहने की विवशता को भी तो स्पष्ट ही पढ़ा होगा उन्होंने उनके मुख पर? तो क्यों झोंका पितामह के सदृश संरक्षक से रक्षित कौरव-वाहिनी के खुले मुख में उन्होंने पांचों पांडवों और उनके सहायक नृपतियों और उनकी सात ही सही, अक्षौहिणी सेनाओं को? इसका उत्तर किसके पास हो सकता है उनके सिवा?

श्रीकृष्ण की दृष्टि एक-एक कर सबके मुख पर फिर गई। सब जैसे उनसे एक ही प्रश्न पूछ रहे थे—क्यों, क्यों, क्यों?

श्रीकृष्ण के मुख पर पुनः एक स्मिति खेली। कितना नादान और विवश होता है मनुष्य भी? परिस्थिति की साधारण विपरीतता भी अन्दर तक विचलित कर उसे किंकर्त्तव्यविमूढ़ कर निरुपाय छोड़ जाती है! कितनी दुर्बल है मनुष्य की आस्था कि आशंका का एक साधारण झोंका ही उसे उखाड़ फेंकने में सक्षम हो जाता है! श्रीकृष्ण ने अर्जुन की ओर सीधे देखा। आश्वस्त हुए। नहीं, वहां वह आशंका उस रूप में कुण्डली मार कर नहीं बैठी थी, जैसे वह औरों के चेहरों पर जमी थी। अर्जुन आश्वस्त है तो यह महासमर विजित होकर ही रहेगा। कौरवों के सैन्य रूपी सागर को अर्जुन के शौर्य और धैर्य के जलयान से ही तो पार करना

था पांडवों को ! पता नहीं कैसा भावनात्मक बन्धन था जो उन्हें निरन्तर उससे बांधे रहता था। अर्जुन की प्रसन्नता के लिए वह कुछ भी कर सकते थे। तभी तो उसके सारथ्य को भी प्रस्तुत हो गए थे। क्या पता इसमें उसके सान्निध्य की अभिलाषा ज्यादा प्रबल थी या पास रहकर उसे आगत-अनागत भयों से मुक्त रखने की भावना।

"तो हम यह युद्ध नहीं लड़ें ? अब भी समय है। रातों-रात हम अपने शिविरों को समेट ले सकते हैं।" युधिष्ठिर ने शायद सबकी ओर से कहा था। श्रीकृष्ण अपने में लौटे थे। आनन की स्मिति कुछ और फैली थी।

"यह पलायन नहीं होगा क्या ? समर भूमि में पीठ दिखाना ? क्षत्रियों को यह शोभा देता है क्या ?" श्रीकृष्ण सस्मित बोले थे। युधिष्ठिर और अन्य योद्धा कुछ समझ नहीं पा रहे थे। इधर ये स्वयं पितामह के रहते पराजय को अवश्यंभावी मान रहे थे और इधर युद्ध के लिए भी कटिबद्ध लगते थे।

"आपको समझना सदा कठिन रहा है। जो आप कहें हम वही करने को प्रस्तुत हैं। जय हो या पराजय हमें उसकी कोई चिन्ता नहीं।" अन्ततः युधिष्ठिर का आत्म-विश्वास लौटा था। सभी उनकी ओर देखने लगे थे—भीम, नकुल, सहदेव, धृष्टद्युम्न व अभिमन्यु सभी। समाधान तो अभी मिला नहीं था। पितामह-रूपी प्रचंड समस्या तो अभी जहां की तहां थी तो कैसे हिम्मत बटोर ली थी पांडव-श्रेष्ठ ने।

"यही तो, यही तो," श्रीकृष्ण ने धर्मराज की ओर देखते हुए कहा था, "सदा तो मैं यही कहता आया हूं—कर्तव्य से मुंह मोड़ने की आवश्यकता नहीं। फल जैसा मिले, जब मिले उसकी चिन्ता व्यर्थ है। शायद कोई मार्ग निकल ही आये अन्ततः। पितामह के भय से हम पीछे नहीं लौटने को। हम अपना कार्य करेंगे। नियति अपना। फल पर हमारा वश नहीं तो प्रयत्न पर तो है ! युद्ध हम लड़ेंगे, एक नहीं सौ पितामह भी कौरव-सेना का नेतृत्व करेंगे तब भी।"

बात सबकी समझ में आ गई थी और सबने समर्थन में जोर से करतल ध्वनि की थी और श्रीकृष्ण की जय-जयकार भी। भीमसेन की दाहिनी मुट्ठी अपनी गदा पर कुछ ज्यादा ही कस आई थी और अर्जुन ने कंधे से लटकते अपने गांडीव को अनजाने ही एक हलका स्पर्श दिया था।

"तो अब चलें।" श्रीकृष्ण फिर सहसा उठ खड़े हुए थे। "आप सब भी अब विश्राम करें। प्रातः ही युद्ध के लिए सन्नद्ध होना पड़ेगा। सेनापति का चुनाव तो आपने कर ही लिया है। द्रुपद-पुत्र इस महाबली धृष्टद्युम्न से अच्छा सेनाधिकारी आपको मिल ही नहीं सकता था।"

श्रीकृष्ण के साथ ही सभी उठ खड़े हुए थे। उन्हें वे उनके शिविर तक छोड़ कर आये थे। धर्मराज का मन फिर भी आशंकाओं से पूरी तरह निवृत्त नहीं हुआ था। भीमसेन के चेहरे से स्पष्ट था कि वे सोच-विचार की दुनिया से ऊपर उठ चुके थे। गदा पर बार-बार कसती उनकी मुट्ठी युद्ध सम्बन्धी उनके संकल्प को दृढ़ से दृढ़तर करती प्रतीत होती थी। सबसे अधिक अश्वस्त थे अर्जुन। उनका मन पता नहीं क्यों बार-बार यही दुहरा रहा था—कृष्ण के रहते पराजय कैसी ? प्रकाश के पास अन्धकार कब टिक पाता है ? रह-रहकर उन्हें अपने द्वारा ही कुछ पल कही बात बार-बार याद आ रही थी—जहां कृष्ण हैं वही धर्म है और जहां धर्म है वहीं विजय है—यतो कृष्णस्ततो धर्मः, यतो धर्मस्ततो जयः।

सड़सठ

सभी ने वैसा ही पाया था पितामह को जैसा कल सायं धर्मराज ने बताया था उन्हें। उधर पूरब के क्षितिज पर सविता किसी स्वर्ण-थाल की तरह उदित हो रहे थे, इधर धर्मक्षेत्र-कुरुक्षेत्र के बीचो-बीच भी उग आया था एक स्वर्णिम सूर्य। भीष्म, कौरव-सेना के सेनापति के रूप में आत्मविश्वास के साक्षात् विग्रह के रूप में विराजमान थे। स्वर्ण-मंडित रथ पर स्वर्ण-कवचों से ही आवेष्टित तप्त स्वर्ण के रंग का ही गौरवर्णी तन। सिर पर सूरज की पहली किरणों से जगमगाता धवल शिरोवस्त्र। किसी वन्य केसरी की तरह ही निर्भीक निश्चल, वीरासन में बैठे थे भीष्म, विशाल रथ के मध्य। दाहिने कन्धे पर शोभित महान् धनुष और दोनों स्कन्धों पर लटकते भांति-भांति के शरों से खचाखच भरे तूणीर। विस्तृत रथ में स्थान-स्थान पर सजे गदा, शूल, परशु, परिघ, पाश, खड्ग, तोमर, भल्ल, इणु, शक्ति, ऋष्टि, आयास, चक्र, वर्मा एवं ढाल के अलावा अन्य अनेकानेक अस्त्र-शस्त्र। पूरा रथ जैसे एक विशाल शस्त्रागार के रूप में ही सुसज्जित था। रथ के आगे कुछ निचाई पर आसीन सारथि और पिछले भाग में बैठे सहायक जिनका एक मात्र कार्य था स्कन्धों से लटकते तरकशों को खाली होते ही शरों से उन्हें भर देना अथवा हाथ का इंगित पाते ही परशु, पाश अथवा गदा को सेनाध्यक्ष के हाथ में थमा देना।

सच, अजेय थे पितामह, यही एक बात सबके मस्तिष्क में एक साथ कौंधी थी। सूर्योदय के साथ ही तेज-हीन हो जाने वाले तारक-समूहों की तरह ही सबके चेहरे बुझ गए थे—ठण्डी राख की तरह तेज-हीन और म्लान। युधिष्ठिर का भय भी पुनः वापस आ गया था। नहीं परिवर्तित हुआ था तो श्रीकृष्ण के आनन का रंग। अर्जुन के श्वेताश्वों की वल्गाओं को अपनी पतली पर रक्ताभ उंगलियों में थामे वे कौरव-सेना से कुछ दूरी रखकर रुक गए थे। पितामह ने इस पीताम्बर-धारी को सश्रद्ध निहारा था और उनका गर्वोन्नत सिर एक क्षण को सहसा नत हो आया था—श्रीकृष्णाय परब्रह्मणे नमः—उनके मुख से एक अस्फुट स्वर निकला था। दुर्योधन के साथ-साथ अन्य कौरव-पाण्डव-वीरों ने भी पितामह के झुकते सिर और हिलते होंठों को देखा था पर शायद ही कोई इस भेद को समझ पाया था। सबको लगा था पूरबी क्षितिज के उस तेजपुंज सविता को ही सिर नवाया था कौरव-सेनापति ने। श्रीकृष्ण के होठों पर एक मन्द स्मिति ही खेली थी पितामह के प्रणाम की स्वीकृति में। चाहकर भी वे अपनी कमल-कोमल दाहिनी हथेली को आशीर्वाद अथवा आश्वस्ति की मुद्रा में नहीं उठा पाये थे। इसका गलत अर्थ लगाया जा सकता था—दोनों सेनाओं के योद्धाओं के साथ-साथ पितामह के द्वारा भी। नहीं, वे भीष्म को भ्रम नहीं पालने दे सकते थे।

धर्मराज, अपने भाइयों और अन्य पाण्डव-वीरों से घिरे खड़े थे। विराट, पुरुजित, कुन्तीभोज, शैब्य, धृष्टकेतु, विक्रान्त, चेकितान, काशिराज, द्रुपद, उत्तमौजा तथा युधामन्यु के अलावा भीम, अर्जुन, नकुल, सहदेव एवं द्रौपदी के सभी पुत्र युधिष्ठिर के दाहिने-बायें आसीन थे। सेनापति धृष्टद्युम्न भी एक विशाल रथ में आसीन हो धर्मराज के पार्श्व में आ लगे थे। सूर्योदय के पूर्व ही उन्होंने अर्जुन की सहायता से अपनी सेना की व्यूह-रचना कर दी थी। यह वज्र-

व्यूह था जिसके मुख द्वार पर मत्त गजराज के सदृश दुर्धर्ष भीम जमे थे। उधर पितामह ने पतत्रि नामक व्यूह की रचना की थी। पक्षी के आकार के इस व्यूह का मुंह चारों तरफ था, अर्थात् किधर से भी जाइए इसके मुंह में ही जाना पड़ेगा। कौरव-पक्ष के महान् सेनानियों से घिरे पितामह मृगों के मध्य मृगराज की तरह ही शोभित हो रहे थे। उनके रक्षार्थ द्रोणाचार्य, कृपाचार्य, अश्वत्थामा, जयद्रथ, कलिंगदेशपति केतुमान, अवन्ति के विन्द और अनुविन्द, बाह्लिक, विकर्ण, भूरिश्रवा, दुर्मुख, दु:सह आदि सन्नद्ध थे। दुर्योधन की स्पष्ट आज्ञा थी कि पितामह की रक्षा हर स्थिति में करनी थी। वह भी इस तथ्य से पूर्णतया परिचित था कि भीष्म ही कौरवों को विजय-श्री का वरण कराने में एकमात्र सक्षम योद्धा थे। जब तक भीष्म रूपी छत्र की छाया कौरवों को उपलब्ध थी तब तक उनकी विजय सुनिश्चित थी। हां, एक और व्यक्ति था कौरव-सेना में—कर्ण जिसमें दुर्योधन की अडिग आस्था थी और जिसके शौर्य-वीर्य की समानता करने वाला पाण्डव-सेना में अर्जुन के अलावा कोई नहीं था। परन्तु कर्ण मान किये बैठे था। भीष्म पितामह ने महारथियों की गणना के समय उसके नाम की उपेक्षा कर दी थी। अब वह वीर प्रण कर बैठा था कि जब तक भीष्म सेनाध्यक्ष रहेंगे वह शस्त्र नहीं उठायेगा। रणांगण के एक किनारे, वह अपने शिविर में पड़ा था। दुर्योधन के लिए यह दुर्योग सह्य नहीं था। इसी क्षण के लिए उसने कर्ण को वर्षों से तैयार किया था। उस पर अपने प्राण छिड़के थे। सूत-पुत्र की संज्ञा से सदा सम्बोधित होते-होते हीन-भावना से ग्रस्त हो आये इस दुर्दम्य वीर के सिर पर अंग-देश का मुकुट सजा उसने उसे सहसा एक सामान्य सारथि से एक बड़े भू-भाग का शासक बना दिया था। आज अगर पितामह के प्रमाद ने उसे ऐसा भीषण प्रण करने को विवश नहीं किया होता तो कौरव-सेना में एक नहीं दो-दो सूर्य साथ-साथ चमकते होते—प्रतापी भीष्म और महाबली कर्ण। तब इन दो प्रचंड सूर्यों के प्रकाश में पाण्डव-सेना स्वयं ही श्री-हीन हो आती और बिना युद्ध ही विजय-श्री कौरवों की झोली में आ टपकती।

क्या कहे दुर्योधन इसे? अपना दुर्भाग्य अथवा पृथा-पुत्र अर्जुन का सौभाग्य? जानता था वह, अर्जुन-रूपी बट-वृक्ष को निर्मूल कर धराशायी करने में प्रचंड झंझावात की तरह एक ही व्यक्ति सक्षम था और वह था महाधनुर्धारी कर्ण—दुर्योधन के तरकश का सर्वाधिक महत्त्वपूर्ण तीर। हां, बलशाली थे भीष्म। किसी को भी समरांगण में वीर-गति प्रदान करा देने में पूर्णतया सक्षम। माना कि उनके रहते कौरव-सेना अजेय थी पर पाण्डवों की पराजय भी इससे कहां सुनिश्चित होती थी? जब तक वह सर्व शस्त्रास्त्रों का ज्ञाता अर्जुन और सारथि के व्याज से उसका सहायक बना बैठा वह चमत्कारी कृष्ण पाण्डव-सेना में जीवित है तब तक पाण्डवों को पराजित करने का उसका सुनहला स्वप्न दु:स्वप्न ही बना रहेगा? और लेंगे प्राण इनमें से किसी का पितामह? कभी नहीं। दुर्योधन इस धोखे में नहीं आने वाला था कि पांचों पाण्डवों में से किसी पर मर्मान्तक प्रहार करेंगे पितामह। आखिर उन्हें भी तो अपने परिवार का ही सदस्य मानते थे वे? कौरवों की ओर से लड़ चाहे वे जो लें—दुर्योधन के दुर्व्यवहार अथवा लोक-लाज के भय से—पर पाण्डवों के प्राण लेंगे वे यह बात सोचने की भी नहीं थी। और वह कृष्ण? उसे तो भगवान ही मानते हैं वे, और मूर्खों की तरह।

बुद्धि, कुंद हो आई है पितामह की भी वृद्धावस्था में। औरों से भले छिपा हो पर दुर्योधन को इसमें कोई सन्देह नहीं कि रणांगण में पधारते ही जो प्रणाम निवेदित किया था पितामह ने, वह आकाश के सूर्य को नहीं होकर अर्जुन के इस सारथि को ही था। ऐसे में बाल भी बांका करेंगे वे इसका? सारथि यों भी अबध्य होता है। पर युद्ध में सब चलता है। कितने महारथी विरथ और सारथि-रहित हो जाते हैं। कोई भूला-भटका शर आ ही लगे किसी कोचवान के कंठ से तो इसमें योद्धा का क्या दोष? पर करेंगे ऐसा कभी पितामह? स्वप्न में भी नहीं। उनका वश चले तो सबके समक्ष ही बिछ जायं उसके काले पैरों पर वे।

ऐसे में कर्ण का युद्ध से विरत होना कितना खलता है? कृष्ण पर तो वह भी शस्त्र नहीं उठाता, ज्ञात है दुर्योधन को। नित्य प्रातः राशि-राशि मणि-माणिक और रजत-स्वर्ण को अभ्यागतों में मुक्त हस्त वितरित करने वाले इस धर्म-भीरु को भी इस कपटी कृष्ण में भगवान ही दिखाई पड़ते हैं। अर्जुन का कट्टर शत्रु होने के बाद भी आज तक एक भी अपशब्द नहीं चढ़ा उसकी जिह्वा पर अर्जुन-सखा कृष्ण के लिए; बल्कि अनेक बार कृष्ण के लिए उसकी आंखों में उमड़ते श्रद्धा-भाव को भी देखा है दुर्योधन ने विवश और निरीह बना-सा। कर भी क्या सकता था वह जब सब पर अपनी माया का जाल फैला रखा है इस मायावी ने?

न सही कृष्ण का विनाश पर अर्जुन के लिए तो काल ही था कर्ण। कृष्ण ऐसे भी, कहां युद्ध-रत होने जा रहा था समर में? यह भी अच्छा ही है कि इसका सारा सैन्य-बल अपनी ओर आ गया है और वह मात्र अश्वों की वल्गा थामने पाण्डवों के पक्ष में जा मिला है। शस्त्र नहीं छूने की शपथ खा रखी है इसने भी। अब इसका आशीष कितना काम आने को पाण्डवों के? व्यर्थ ही भयग्रस्त हो रहा है वह इस सारथि को लकर। होगा वह किसी के लिए परब्रह्म परमेश्वर, निखिल ब्रह्मांडपति? पड़ती होगी दिखाई इसमें कोई अलौकिकता पितामह की बूढ़ी आंखों को और जाह्नवी जल में पहर-पहर तक खड़े रहकर सूर्य को अर्घ्य अर्पित करने वाले कर्ण के तथाकथित अन्तर्चक्षुओं को अथवा इन्हीं की तरह के अनेक धर्मान्धों को, पर मूर्ख बनाना आसान नहीं है दुर्योधन को। कुछ नहीं कर सकता यह मायावी यदि मात्र अर्जुन और अर्जुन से रहित हो जाय पाण्डव-सेना। अर्जुन और भीम ही सदा से भय के कारण रहे हैं उसके। लाक्षागृह में पाण्डवों को जला मारने के षड्यन्त्र में वह इन्हीं दोनों से मुक्त होना चाहता था। द्यूत-प्रेमी उस तथाकथित धर्मराज और निरीह नकुल-सहदेव से वह कब, कुछ भी भय-ग्रस्त हुआ है? भीमसेन से निपट लेने को तो वह स्वयं को ही पर्याप्त मानता है। वर्षों तक इस वृकोदर की लौह मूर्ति के साथ गदा-युद्ध के अनवरत अभ्यास के पश्चात् भीम इसे अब अपराजेय नहीं लगता। पर यह अर्जुन? किसी नुकीले कांटे की तरह वह वर्षों से उसकी छाती में अड़ा पड़ा है यह। इस अवांछित कांटे को निकाल फेंकने में एक मात्र समर्थ वह अंगराज कर्ण तो युद्ध-विरत हो किनारे पड़ा है। हाय कर्ण! पता नहीं तुम्हारे नहीं रहने से यह युद्ध कितना लम्बा खिंच जाय? कितना पश्चात्ताप हो रहा है उसे आज भीष्म के स्थान पर कर्ण को ही सेनाध्यक्ष नहीं बनाकर? और क्या ठिकाना है कब तक अड़े रहेंगे रणांगण में पितामह और कब तक वंचित रहेगी कौरव-सेना पराक्रमी कर्ण के प्रताप-प्रदर्शन से? स्वयं नहीं मरें तो कौन मार सकता है इच्छा-मृत्यु के वरदान से मंडित इस

वृद्ध पितामह को ? तो क्या इस युद्ध का परिणाम पहले से ही निर्धारित है—पाण्डवों की विजय और कौरवों की पराजय ? अर्जुन का अबध्य रहना और दुर्योधन का उसके अथवा किसी और पाण्डव-वीर के हाथों…? "नहीं, नहीं, ऐसा नहीं होगा।" दुर्योधन बड़बड़ाया। कर्ण को उतरना पड़ेगा रणांगण में। भीष्म को स्थान बनाना पड़ेगा उसके लिए। पाण्डव ही कितने दिनों तक झेल पायेंगे पितामह को ? कोई उपाय निकालेंगे वे ही इनसे मुक्ति का। पर तब तक ? तब तक तो कर्ण के बिना ही लड़ा जायगा यह युद्ध ? हाय कर्ण, एक तुम्हारे नहीं होने से दुर्योधन की इतने दिनों की यह योजना यों ही व्यर्थ सिद्ध होने जा रही है। क्या रखा है बिना-मन, बिना-निष्ठा से लड़े जा रहे युद्ध में ? जिस सेना के सेनाध्यक्ष का मन ही माया-विद्ध होकर दो भागों में विभक्त हो, उस सेना को समर-सागर के पार कौन ले जाएगा ? कितना चाहता है दुर्योधन कि इस प्रथम दिन के संग्राम में ही काम आ जायं पितामह और कर्ण के सिर पर वह सेनापति का सेहरा बांध दे ? पर उसके चाहने मात्र से क्या होता है ? चाहा उसने क्या कुछ नहीं ? चाहा तो उसने भीम को विष देकर मार देना भी, लाक्षागृह में माता-सहित पाण्डवों को जला मारना, भरी सभा में पांचाली को वस्त्र-विहीन कर देना, द्यूत में उनका सर्वस्व-हरण कर उन्हें जंगल-जंगल भटका मारना और इस पर भी उनकी जिजीविषा नहीं शेष हुई तो तेरहवें वर्ष के अज्ञात-वास में उनका पता लगा उन्हें फिर अगले बारह वर्षों के लिए वनवासी बना देना। पर उसके चाहने मात्र से क्या हुआ ? पता नहीं क्यों द्यूत के पाशों को उसके पक्ष में पड़ने के बावजूद भाग्य का पाशा उसके लिए सदा उलटा ही पड़ता रहा है। जिन पाण्डवों को वह चींटियों की तरह पैरों के नीचे ही मसल कर समाप्त कर देना चाहता था वे सामने खड़े हैं सात अक्षौहिणियां जुटाये और अर्जुन तथा भीम और ऊपर से इस तथाकथित द्वारिकापति को अपने पक्ष में मुकुट के मयूर-पंख की तरह सजाए। और वह ? वह एक कर्ण के बिना निराधार, हताश और भविष्य के प्रति शंकाकुल। हाय कर्ण ! तारों से सजे रात्रि-आकाश में मात्र एक चांद के नहीं होने से राशि-राशि नक्षत्रों का होना-न-होना कितना व्यर्थ हो जाता है ? इस तथ्य को इस हत-भाग्य दुर्योधन से अधिक कौन समझ सकता है ? कर्ण ! कर्ण !! कर्ण !!! कोई अन्त नहीं था दुर्योधन की अन्तर्वेदना का ? जल से निकल, सरिता कूल के सिकता-कणों पर तड़पती एक बेबश मछली से अधिक नहीं पा रहा था दुर्योधन अपने को। उसके सपनों के शीशमहल को पितामह के मिथ्या आभिजात्य ने सदा-सदा के लिए चूर-चूर ही कर दिया था। कर्ण के बिना इस महासमर रूपी महासमुद्र को पार करना पतवार-रहित पोत से सागर पार करने की तरह ही था। दुर्योधन जानता था इसे पूरी तरह और इसीलिए उद्विग्न था वह, व्यथित। ग्यारह अक्षौहिणी सेनाओं का संरक्षण प्राप्त कर भी असुरक्षित, अव्यवस्थित, असंतुलित और भविष्य के प्रति शंका एवं अविश्वास से ग्रस्त। क्या ही अच्छा होता इस समय भी यह युद्ध टल जाता ! कर्ण नहीं तो महाभारत क्या ? नहीं, वश चलता उसका तो मुंह ही मोड़ लेता वह इस युद्ध से इसी क्षण।

अड़सठ

पाण्डवों की सेना के निरीक्षण को निकले उद्धत दुर्योधन ने जब उनकी व्यूह-रचना को प्रायः अभेद्य और उनके सैन्य-बल को अजेय पाया तो वह घबरा कर वापस लौट आया। उसका अन्तर किसी तूफान-आन्दोलित सागर की तरह उद्वेलित हो रहा था। क्या करूं क्या न करूं की स्थिति में उसने सारथि को आचार्य द्रोण के शिविर की ओर रथ मोड़ने का आदेश दे दिया।

आचार्य अपने कक्ष में चिन्ता-मग्न थे। भावी युद्ध की भयानकताओं ने उनके मन-मस्तिष्क को आक्रान्त और आन्दोलित कर रखा था। आखिर इस युद्ध में केवल पाण्डव-पक्ष के लोग ही तो संभावित मरण के आखेट होने वाले नहीं थे। उनके अपने अत्यन्त प्रियजन-स्वजन भी तो इस विनाशकारी समर-यज्ञ की आहुतियां बनने को प्रस्तुत थे। और-तो-और उनका एकमात्र प्रिय-पुत्र, समस्त ज्ञान-विज्ञान और दर्शन का प्रकाण्ड पण्डित अश्वत्थामा भी तो किसी विल्व-फल की तरह अपने मस्तक को अपनी अंजलि में लिए कौरवों की ओर से समर-हेतु सन्नद्ध हो गया था। वे इस युद्धाग्नि में स्वाहा हो गए तो कोई बात नहीं, जीवन के असंख्य उत्थान-पतन, अवदान-उपदान देख चुके थे वे पर यह उनका हृत्खंड आत्मज अश्वत्थामा? उसने कहां कुछ देखा था इस वैभव-सम्पन्न धरती की विपुलता को, इसकी प्राकृतिक सुषमा और श्री-सौन्दर्य तक को भी? आसेतु-हिमाचल विस्तृत इस आकर्षक आर्यभूमि का कितना कुछ अनदेखा-अनछुआ शेष था उसके लिए? अगर ईश्वर न करें वह इस महासमर में काम आ गया तो···।

गुरु द्रोण इस विचार के नाते ही सहसा इतने व्यथित और व्याकुल हो गए कि उन्हें अपने ऊपर ही ग्लानि होने लगी। क्या कुरुक्षेत्र के इस विस्तृत प्रांगण में मृत्यु का जो महा नर्तन होने जा रहा था, उसके मूल में उनकी भूमिका सर्वाधिक नहीं थी? क्या दुर्योधन को दुर्दान्त बनाने में उनका हाथ कुछ भी नहीं था—उसके अहम् की अग्नि को हवा देने में, उसको उपलब्ध उनके प्रत्यक्ष समर्थन और समय-समय पर उसके शौर्य-वीर्य की प्रशंसा का कोई महत्त्व नहीं था। महज क्षुधा-पूर्ति के लिए ही क्या, आजीवन दारिद्र्य के दंश झेलने को अभिशप्त वे, हस्तिनापुर के इस राजकुमार की शरण में जाने को बाध्य हुए थे? नहीं, महज भूख की पुकार नहीं थी वह जिसने उन्हें कौरवों का पक्षधर बनने को बाध्य किया था, सारी अनीति, अन्याय और असंख्य अत्याचारों की ओर से आंखें मोड़ लेने को विवश किया था। उन्हें आज भी स्मरण है इतिहास-पृष्ठों में काले अक्षरों में अंकित हो गई वह घटना जिसमें एक-वस्त्रा पांचाली को पूर्णतया नग्न करने के प्रयास में रत दु:शासन को सभी कौरव-बन्धु तालियां बजा-बजाकर उत्साहित कर रहे थे—केवल एक उस कौरव विकर्ण को छोड़कर। क्या इस समुपस्थित समर के लिए अन्तिम आह्वान नहीं थी वह लज्जा को भी लजा देने वाली घटना? यदि नहीं तो उसी क्षण और उसी जगह सहस्र गजों की शक्ति से सम्पन्न उस पाण्डु-पुत्र भयानक भीम ने कैसे सार्वजनिक रूप से उद्घोषित कर दिया था—एक दिन दु:शासन के वक्ष-रक्त से ही पांचाली के केशों को सींचने के प्रण के साथ-साथ दुर्धर्ष दुर्योधन के उरुओं (जंघाओं) को गदा-प्रहार से भंग करने की बात को? क्यों नहीं तब भी जगी थी आचार्य की सुषुप्त चेतना? अगर द्रौपदी की

व्यथा-पूर्ण आह्वान, उसके अनुनय-विनय और लज्जा-रक्षार्थ उसके करुण-क्रन्दन ने भी अन्य कौरव-वीरों की तरह इनके कर्ण-रन्ध्रों में भी प्रवेश से इन्कार कर दिया था तो भीम के स्वर में प्रकट होते काल-देवता के स्पष्ट इंगित को समझने में भी कैसे प्रमाद कर गए थे वे ? कैसे नहीं सोच पाये थे वे कि एक विवश नारी का यह अकल्पनीय अपमान उस महान् समराग्नि को सुलगाने जा रहा था जिसकी आहुति वे भी बन सकते थे और उनका एक-मात्र सुत अश्वत्थामा भी ?

अश्वत्थामा, मेरे प्रिय अश्वत्थामन् ! आखिर इसमें तुम्हारा अपराध ही कितना है, तुम तो निरपराध ही मृत्यु-मुख की ओर चरण बढ़ाने को बाध्य कर दिए गए हो ? पर नहीं, नहीं होगा इनके पुत्र के प्राणों को असमय अवसान इस नरमेध में, उनके आजीवन की तपस्या उनके अंश, उनके सुत को बचा लेने में अवश्य सक्षम होगी, भले ही उनकी जर्जर वृद्ध काया अर्जुन के शरों का आखेट हो जाए…।

चिन्ता, चिन्ता और चिन्ता, गुरु द्रोण की चिन्ता का कोई अन्त नहीं था। सहसा उनकी चिन्तनधारा स्व की परिधि को अतिक्रमित कर गई, अब वह मात्र उनके और उनके पुत्र के जीवन-मरण से सम्बद्ध नहीं रही, व्यष्टि नहीं समष्टि की चिन्ता ने उन्हें आ घेरा। वे चाहते तो यह समर रुक जाता जो केवल उनके और उनके पुत्र के लिए ही काल बनकर उपस्थित नहीं हुआ था बल्कि जिसकी सर्वग्रासी क्षुधा के ग्रास लक्ष-लक्ष निर्दोष और निरपराध होने जा रहे थे, आखिर जिन लोगों के भरोसे दुर्योधन ने इस युद्ध का आह्वान किया था उनमें उनका ही तो नाम शीर्ष पर था ? गुरु थे वह, शस्त्र-गुरु; पाण्डवों और कौरवों दोनों के। उनसे बड़ा शस्त्रज्ञ, अस्त्रज्ञ, धनुर्धारी कौन था इस धरती पर ? वह अपनी असहमति का स्वर ऊंचा करते तो दुर्योधन को शत-सहस्र बार सोचना पड़ता समरांगण में उतरने के लिए प्रस्तुत होने के पूर्व। स्वार्थ, स्वार्थ और भोग; राजसी सुखों का मुक्त भोग, बरगद के विशाल वृक्ष की छाया की तरह आश्वस्ति-पूर्ण राज्याश्रय। इन्हीं सबों ने तो मलीन किया था उनके विवेक को वरना जिस अर्जुन के लिए उन्होंने एकलव्य का अंगूठा मांग लेने की अमानुषिकता तक का प्रदर्शन कर विशुद्ध गुरु-शिष्य परम्परा को सदा के लिए कलंकित कर दिया था, उसी अपने प्रिय शिष्य के विरुद्ध समर में उतरने को प्रस्तुत होते वे ?

कोई अन्त नहीं था द्रोणाचार्य की चिन्ता का कि तभी रथ-चक्रों का स्वर उनके कानों में पड़ा। पहचाने हुए थे ये स्वर। द्रोण सतर्क हो गए। हस्तिनापुर का राजकुमार, उसका भावी सम्राट् आ रहा था उनके शिविर की ओर। पर क्यों ? किसलिए ? अब जब दोनों ओर की अक्षौहिणियां एक दूसरे पर टूट पड़ने को तैयार हैं और पितामह का सेनापति के रूप में अभिषेक हो चुका है और स्वयं वह भी शस्त्रास्त्रों से सुसज्जित रणांगण में जाने को प्रस्तुत हैं, राजकुमार के इधर आने का प्रयोजन ?

दुर्योधन ने आते ही आचार्य के चरणों में प्रणिपात किया। आचार्य ने उसे उठाकर अंक से लगाया और मुख से कुछ नहीं बोलकर आंखों में ही प्रश्न भरा—"इस असमय तुम यहां ?"

दुर्योधन आचार्य के इंगित को समझ गया और अत्यन्त विनम्रता से मस्तक झुकाकर बोला—"गुरुप्रवर! पाण्डवों की इस महती सेना को देखने की कृपा करें जो आप ही के शिष्य, विद्वान् द्रुपद पुत्र (धृष्टद्युम्न) के द्वारा व्यूहाकार की गई है।"

आचार्य शिविर से बाहर आये। उन्होंने पाण्डवों और कौरवों दोनों की सेना पर दृष्टिपात किया। आचार्य को कौरवों के व्यूह में अपने लिए निर्धारित स्थान पर स्थारूढ़ हो उपस्थित हो जाना था पर इधर दुर्योधन था कि अनावश्यक भय का शिकार हो रहा था। पाण्डवों के सरोवर के सदृश सैन्य-बल के समक्ष कौरवों की सागर की तरह तरंगायित सेना का अवलोकन कर दुर्योधन को तो उत्साह-पूरित होना चाहिए था, वह हताशा का आखेट कैसे हो गया? भला सात अक्षौहिणियों और ग्यारह अक्षौहिणियों में कोई तुलना थी? दूनी से थोड़ी ही तो न्यून थी कौरवों की सैन्य-शक्ति।

"इस युद्ध में भीम और अर्जुन के सदृश पराक्रम प्रदर्शित करने वाले महान् धनुर्धर हैं जैसे युयुधान, विराट और द्रुपद की तरह के महारथी" दुर्योधन, निस्सन्देह भयाक्रान्त दुर्योधन, अपनी रौ में बोलता जा रहा था, "इसमें धृष्टकेतु है, चेकितान है, बलशाली काशिराज हैं, पुरुजित् हैं, कुन्ति-भोज हैं, और शैल्य आदि ये नरपुंगव हैं।

"विक्रान्त युद्धामन्यु है, बलवीर्ययुक्त उत्तमौजा है, सुभद्रा का पुत्र (अभिमन्यु) है और हैं द्रौपदी के सभी पुत्र। ये सब महारथी हैं।"

द्रोण हत-प्रभ हुए। पाण्डवों से अनावश्यक रूप से भयभीत यह उद्दंड और उद्धत हम लोगों के शौर्य-वीर्य की उपेक्षा ही कर जायेगा क्या? अन्धे महाराज की तरह इस मदान्ध किन्तु अभी भय-कातर इस कुमार को मैं नहीं दिखाई पड़ रहा तो नहीं पड़ रहा, क्या बालब्रह्मचारी शस्त्रज्ञों में श्रेष्ठतम कुरु-श्रेष्ठ पितामह की उपस्थिति भी इसे आश्वस्ति नहीं दे पा रही?

तभी दुर्योधन में कुछ धैर्य का संचार हुआ। शायद यह पार्श्व में ही विराज-मान आचार्य के फलस्वरूप ही हो और कौरव-दल की ओर दृष्टिपात करते हुए वह मन्द स्वर में बोल पड़ा, "द्विज श्रेष्ठ! हमारी ओर के भी जो विशिष्ट जन हैं, उन्हें भी आप जान लें। अपने सैन्य-नायकों का नाम मैं आपके अभिज्ञान के लिए प्रकट कर रहा हूं। इनमें आप हैं, पितामह भीष्म हैं, कर्ण हैं और युद्ध-विजयी कृपाचार्य हैं। अश्वत्थामा हैं, विकर्ण हैं तथा सोमदत्त का पुत्र भी विद्यमान है।"

अश्वत्थामा का नाम सुनकर आचार्य का मुख त्रिवर्ण हो आया कि दुर्योधन पुनः शुरू हो गया, "इनके अलावा मेरे लिए अपने प्राणों को भी उत्सर्ग करने वाले और बहुत-से शूर-वीर हैं, ये सभी अनेक प्रकार के शस्त्रों के संचालन में निपुण हैं और सभी युद्धविशारद हैं।"

तब तो यह व्यर्थ ही चिन्तित हो रहा है, एक क्षण को आचार्य द्रोण ने सोचा पर दूसरे ही क्षण दुर्योधन का भय पुनः उसके स्वर पर चढ़ आया, "भीष्म द्वारा अभिरक्षित हमारा यह सैन्य-बल फिर भी अपर्याप्त है और भीम द्वारा रक्षित इनका बल पर्याप्त। अतः, यह आवश्यक है कि सभी युद्ध-वीथियों में अपने-अपने स्थान पर अवस्थित हो आप लोग सब ओर से भीष्म की ही रक्षा करें।"

बातें करते-करते दोनों भीष्म के समीप ही आरक्षित द्रोण के स्थान तक पहुंच गए थे और शायद भीष्म ने दुर्योधन की अन्तिम बात सुन भी ली थी। उन्हें

दुर्योधन के भयातुर होने की बात बुरी लगी थी और उस प्रतापी कुरु-वृद्ध ने दुर्योधन के हृदय को हर्ष-पूरित करने के लिए सिंह के सदृश गर्जना कर शंख-ध्वनि की थी।

फिर तो जैसे वाद्यों में होड़-सी लग गई।

सहसा शंख बजने लगे, रणभेरियां बजने लगीं, ढोल बजने लगे, गोमुख बजने लगे और चारों ओर एक तुमुल कोलाहल व्याप्त हो गया।

द्रोण ने देखा, उसी समय धवल अश्वों से युक्त एक महान् रथ में आसीन श्रीकृष्ण और अर्जुन ने भी दिव्य शंख बजाए।

श्रीकृष्ण ने पांचजन्य शंख बजाया तो अर्जुन ने देवदत्त नामक शंख फूंका। भीमकर्मा वृकोदर भीम भी कहां चूकने वाले थे, उन्होंने पौंड्र नामक शंख से ध्वनि की।

कुन्ती-सुत राजा युधिष्ठिर ने अनन्त विजय नामक शंख बजाया तो नकुल ने सुघोष नामक और सहदेव ने मणिपुष्पक नामक। परमधनुर्धर काशिराज ने, महारथी शिखण्डी ने, धृष्टद्युम्न ने, विराट ने, कभी न पराजित होने वाले सात्यकि ने, राजा द्रुपद ने, द्रौपदी के सभी पुत्रों ने, महाबाहु अभिमन्यु आदि सभी ने अलग-अलग शंख-ध्वनि की।

नभ और पृथ्वी के अन्तराल को भर देने वाले इस तुमुल निनाद ने धृतराष्ट्र-पुत्रों के हृदयों को ही जैसे विदीर्ण कर दिया।

इसी समय एक अकल्पनीय और अद्भुत घटना घटी।

कपिध्वज अर्जुन ने जब देखा कि सभी धृतराष्ट्र-वीर व्यवस्थित हो गए तो शस्त्रास्त्रों के छूटने के उस काल में उसने अपने धनुष को उठाकर श्रीकृष्ण से कहा, "हे अच्युत ! मेरे रथ को दोनों सेनाओं के मध्य खड़ा करो। युद्ध की कामना से उपस्थित इन लोगों को मैं जरा देखूं कि अन्ततः इस उपस्थित युद्ध में मुझे किन-किन लोगों से रण-रत होना है। दुर्बुद्धि धृतराष्ट्र-पुत्रों के शुभेच्छु जो युद्ध-कामी यहां एकत्रित हुए हैं उन्हें मैं जरा अवलोकित करता हूं।"

अर्जुन की इस बात को सुनकर श्रीकृष्ण ने दोनों सेनाओं के मध्य, भीष्म और स्वयं द्रोण तथा सभी राजाओं के सम्मुख अपने श्रेष्ठ रथ को खड़ा कर कहा, "अर्जुन ! देख लो सभी कुरुओं को एक साथ।"

अर्जुन ने वहां अपने पिताओं (पिता-तुल्यों) को देखा, पितामहों को देखा, आचार्यों को देखा, मामाओं को देखा, भाइयों को, पुत्रों और पौत्रों को देखा तथा मित्रों, श्वसुरों, सुहृदों को भी अवलोकित किया।

वहां स्थित सभी बन्धुवांधवों को देखकर अपार करुणा से अभिभूत हो विपन्न कुन्ती-सुत अर्जुन बोल पड़ा, "युद्ध-कामी अपने स्वजनों को यहां उपस्थित देख, कृष्ण ! मेरे शरीर के अंग कांपने लगे हैं, मेरा मुख सूखने लगा है, शरीर डोलायमान हो गया है तथा रोम कंटकित हो रहे हैं।

"हाथ से गांडीव छूटा जा रहा है, त्वचा में भी जलन हो रही है। मैं तो खड़ा भी नहीं रह सकता हूं। मेरा मन भ्रमित हो रहा है। हे केशव ! सभी परिणामों को मैं विपरीत ही देख रहा हूं। युद्ध में अपने ही लोगों का बध कर मैं कोई कल्याणकारी परिणामों को नहीं देख पा रहा।

"हे कृष्ण ! मुझे न तो विजय की इच्छा है, न राज्य की, न सुखों की। हे

गोविन्द ! उस राज्य, उन भोगों अथवा कहो तो इस जीवनधारणा से ही हमें क्या लेना-देना है ?

"जिनके लिए हमें राज्य चाहिए, भोग चाहिए, सुख चाहिए, वे तो अपने धन और प्राणों तक को ताक पर रख यहां इस युद्ध में खड़े हैं।

"आचार्य-जन हैं यहां, पितृतुल्य लोग हैं, पुत्र हैं, पौत्र हैं, श्याला हैं तथा अन्य सम्बन्धी हैं।

"हे मधुसूदन ! मैं अपने मारे जाने के मूल्य पर भी इन्हें मारना नहीं चाहता। तीनों लोकों के राज्य के लिए भी नहीं, इस पृथ्वी की तो बात ही क्या ?

"इन धृतराष्ट्र-पुत्रों का बध कर हमें कौन-सी प्रसन्नता होगी जनार्दन ? इन आततायियों को मार कर तो हमें पाप ही लगेगा।

"अतः, माधव ! अपने ही बन्धुओं, धृतराष्ट्र-पुत्रों को मारना हमारे लिए उचित नहीं। भला अपने ही स्वजनों की हत्या कर हम कैसे सुखी हो सकते हैं ?

"यद्यपि लोभ से जिनकी चेतना ग्रस्त हो गई है ऐसे ये लोग कुलनाश के दोष और मित्रद्रोह-जनित पाप को नहीं देख पा रहे हैं किन्तु कुलक्षयकृत दोष को जानते हुए भी हम इस पाप से निवृत्ति का उपाय क्यों नहीं सोचें ?"

अर्जुन के शान्त होने का कोई लक्षण ही नहीं दृष्टिगोचर हो रहा था, वह बोला तो बोलता ही गया। श्रीकृष्ण को मुंह खोलने का उसने अवसर ही नहीं प्रदान किया। मानो धर्म-अधर्म के सम्पूर्ण विवेचन पर, विश्व ब्रह्मांड के सारे ज्ञान पर उसका ही एकछत्र अधिकार हो। इस आसन्न युद्ध में उसे अपने सम्पूर्ण वंश का विनाश स्पष्ट दृष्टिगोचर हो रहा था। उसे लग रहा था कौरव तो कौरव, पाण्डवों में भी शायद ही कोई बचने वाला था, अतः कुल-समाप्ति की आशंका उसके समक्ष अपनी सम्पूर्ण भयावहता में खड़ी थी।

"कुल के क्षय से सदा से आते कुल-धर्म नष्ट हो जाते हैं," अर्जुन आगे बोला, "और धर्म के नष्ट होने पर सम्पूर्ण कुल को अधर्म धर दबोचता है। अधर्म की प्रधानता से हे कृष्ण, कुल की ललनाएं प्रदूषित हो जाती हैं और हे वार्ष्णेय ! स्त्रियों के इस पतन से, वर्णसंकर सन्तान की उत्पत्ति होती है। कुलघातियों के कुल को यह वर्णसंकर वर्ग में पहुंचाता है। साथ ही पिंड-पानी आदि के दान की समाप्ति से इनके 'पितर' भी पतन को प्राप्त करते हैं।"

अर्जुन की आशंका का अन्त नहीं था। वर्णसंकरों की उत्पत्ति की संभावना से व्यथित वह बोलता गया, "कुलघातियों के इन वर्ण-संकरकारक दोषों से शाश्वत जातिधर्म और कुल धर्म दोनों समाप्त हो जाते हैं और जनार्दन ! मैंने तो यह भी सुना है कि जिनके कुल-धर्म समाप्त हो गए हैं ऐसे मनुष्य सदा नरक में ही वास करने को विवश होते हैं।"

अर्जुन अन्ततः अपने को रोक नहीं सका और स्पष्ट शब्दों में उसने कृष्ण से निवेदित कर ही दिया, "अरे हमसे कितना पाप बनने जा रहा था कि हम राज्य-सुख के लोभ से अपने ही स्वजनों की हत्या को उद्यत थे। मैं तो अब इस युद्ध का भागी नहीं ही बनूंगा और न हाथों में शस्त्र ही धारण करूंगा। ऐसे, मुझको अगर ये शस्त्रधारी धृतराष्ट्र-पुत्र लड़ाई में मार भी देते हैं तो मैं इसे अपने लिए क्षेम-कारी ही मानूंगा।"

अर्जुन ने केवल कहा ही नहीं। अपने कथन को क्रिया के स्तर पर भी उतारा

और उपर्युक्त कथन के पश्चात्, शोकग्रस्त मन से युक्त वह, धनुष-वाण का त्याग कर उस संग्राम में अपने रथ के पिछले भाग में जा बैठा।

उनहत्तर

अर्जुन के इस आकस्मिक व्यवहार पर जहां पाण्डव-सेना में इस छोर से लेकर उस छोर तक भय, आशंका और निराशा का वातावरण व्याप्त हो गया, वहीं कौरव-सेना में आनन्द और उत्साह की लहर जग आई। बात, बात की बात में दोनों पक्षों में व्याप्त हो गई।

भीष्म पितामह सिंहनाद कर और लम्बी खींची शंख-ध्वनि द्वारा युद्धारम्भ की घोषणा कर चुके थे। इस ओर से भी उत्साह में आ पाण्डव-महारथियों ने शंख-ध्वनि की थी। जिस समय भीम ने अपना विशाल 'पौंड्र' शंख फूंका था तो धर्मराज ने अपने 'अनन्त विजय' शंख में फूंक मारी थी। अनुज नकुल और सहदेव ने भी युद्ध के लिए अपने को सन्नद्ध करते हुए 'सुघोष' और 'मणि पुष्पक' शंखों की ध्वनि की थी। उस समय तो पार्थ का उत्साह देखने योग्य था, कृष्ण सोच रहे थे पर सहसा जैसे स्वच्छ आकाश में विचरते सूर्य को किसी ओर से आकर मेघ का कोई मलिन खण्ड ढंक ले, उसी तरह अकस्मात् उत्पन्न हुए उसके मोह ने ही यह दारुण स्थिति पैदा कर दी थी।

धर्मराज और अन्य योद्धा जहां अर्जुन को गांडीव फेंकते देख हताशा से भर एक-दूसरे से परामर्श में लीन हो गए थे, वहीं दुर्योधन प्रसन्नता से भर पितामह के पास पहुंचा था और उनके श्रवणों के पास मुख ले जाकर बोला था—"यही समय है तात! रथ में विषण्ण पड़े उस अहंकारी पृथा-पुत्र का सिर आप एक अर्द्ध-चन्द्र वाण से ही इसी क्षण विच्छिन्न कर दें। लड़ाई अभी समाप्त हुई जाती है। रह गया वह पेटू भीम तो मैं उसको गदा के एक ही प्रहार से…।"

"चुप करो।" दुर्योधन अभी अपनी बात पूरी भी नहीं कर पाया था कि पितामह खिन्न हो बोल पड़े थे, "सच्चे योद्धा निःशस्त्रों पर प्रहार नहीं करते। फिर अभी तो युद्ध आरम्भ भी नहीं हुआ है। पता नहीं कौन-सी बात पार्थ और श्रीकृष्ण के मध्य आ पड़ी है। हम प्रतीक्षा करेंगे। युद्ध के नियमों की अवहेलना उसके आरम्भ में ही कर मैं इतिहास के पृष्ठों को कलंकित करने को प्रस्तुत नहीं।"

'भाड़ में जाय आपका आदर्श।' दुर्योधन मन-ही-मन बड़बड़ाया था। आज कर्ण का न होना उसे कितना-कितना तो खल रहा था। अगर वह अंगराज इस कुन्द-मस्तिष्क वृद्ध के स्थान पर होता तो महाभारत अभी का अभी समाप्त हो जाता, इसी क्षण।

उधर श्रीकृष्ण ने अश्वों की वल्गाओं को रथ-दण्ड से बांधा ताकि वे अनियंत्रित नहीं हों और हाथ के प्रदोत को एक किनारे रख, रथ के पिछले भाग में बैठे प्रथा-पुत्र के पास जा पहुंचे। उसके स्वेद-सिक्त हाथों को उन्होंने अपने कमनीय करों में थामा था और बोल पड़े थे—"आज तो बहुत बड़ी-बड़ी बातें सूझ रही हैं। नहीं?"

"कैसी बड़ी बात ?" कुरुक्षेत्र के विस्तृत मैदान पर जमे चमचमाते रथों, विशाल गजों, अश्वारोहियों और पदातियों पर एक उड़ती दृष्टि डाल वह खिन्न-मन, बोला था।

यही धर्म-अधर्म, पाप-पुण्य की बात और क्या ? योद्धा से सहसा दार्शनिक बन आए आज। मैंने समझा गुरु द्रोण ने शस्त्रास्त्र संचालन की कला में ही निपुण किया तुम्हें पर जिस दर्शन का रणांगण में किसी वृद्ध व्याघ्र की तरह अड़े आचार्य को भी शायद पता नहीं, वह तुम पर हावी हो गया, आश्चर्य है !"

"अगर गुरुजन गलत रास्ते पर जाएं तो हमें भी वही मार्ग अपनाना चाहिए क्या ? जन-संहार और कुल-नाश अपितु साक्षात् मृत्यु के इस महाताण्डव की बात उनकी समझ में नहीं आ रही जनार्दन, तो क्या हम भी नेत्र रहते नेत्र-हीन हो जाएं ? विवेकपूर्ण होते हुए भी विवेकशून्य हो जाएं ? नहीं, नहीं, इस महासमर को टालो गोपाल ! मृत्यु के साक्षात् मुख में जाते इन निरीह रथियों, अतिरथियों और महारथियों को रोको। इन अठारह अक्षौहिणियों की इस युद्ध-यज्ञ की आहुति नहीं होने दो। तुम चाहो तो सब हो सकता है। पर तुम कब चाहने लगे ? एक बार पैर आगे बढ़ाकर पीछे लौटना सीखा कब तुमने ? चलते रहना, सदा चलते रहना तो तुम्हारा जीवन-दर्शन रहा। जहां से आये वहां पलट कर भी नहीं देखा। वृन्दावन से मथुरा, मथुरा से द्वारिका और द्वारिका से पता नहीं कब कहां चल दोगे ? पर तुम जो चाहे करो, अग्रज धर्मराज और पितामह भीष्म को चाहे जो पसन्द हो करें पर पृथा-पुत्र अर्जुन मृत्यु के नर्तन का न तो साक्षी बन सकता है न निमित्त...।"

किसी ने नीलमणि पर पड़ती सूरज की पहली किरणों को देखा है, अथवा नील कमल को सहलाती प्रात की रवि-रश्मियों को, अथवा नीले क्षितिज पर हौले-हौले पसरती पहली लाली को ? कैसी अद्भुत दिखती है तब वह नीलमणि, कैसी अनुपम आभा बिखेरता है तब वह नीलोत्पल, कैसा मोहक लगता है तब पूरब का वह क्षितिज ? सब कुछ अलौकिक, स्वर्गीय, अपार्थिव और कल्पित। नहीं ? कुछ ऐसी ही, नहीं उससे भी शत-सहस्र शायद अनन्त-गुना अधिक आकर्षक, मोहक, मारक छवि उभरी थी श्रीकृष्ण के मुख-कमल पर उस समय, कुरुक्षेत्र के उस समरांगण में। अर्जुन का कायरतापूर्ण, अनर्गल, अर्थहीन प्रलाप उनके मुख पर एक हलकी मुसकान जो बिखेर गया था। धर्म-अधर्म, पाप-पुण्य की बात कर रहा था वह पृथा-पुत्र जिसने इसी घड़ी के लिए जीवन भर साधना की थी, असंख्य दिव्यास्त्र संजोये थे घोर तपश्चर्या और साधना द्वारा। धर्म की बात कर रहा था वह—कुल धर्म की—जो स्वयं अपना क्षात्र धर्म ही विस्मृत कर बैठा था। पितरों के पिण्ड-दान के विलुप्त होने की बात कर रहा था वह पार्थ जिसे पता था कि उसके कापुरुषत्व, उसकी कायरता को अभी निःशेष नहीं किया जाए तो दुर्योधन की ओर से अड़ी ग्यारह अक्षौहिणियां पांडव-कुल में एक व्यक्ति भी नहीं छोड़ेंगी उसके पितरों को अंजलि-भर जल-दान के लिए भी। कुलनाओं के भ्रष्ट होने की बात कर रहा है यह कुन्ती-पुत्र जिसके समक्ष सारे पांडवों के जीते-जी इसकी स्वयं की पत्नी पांचाली को नग्न करा दुर्योधन अपने अनावृत्त जंघा पर बैठाने को व्यग्र था।

अब और कोई उपाय शेष नहीं है, श्रीकृष्ण ने सोचा सिवा इसके कि शस्त्रास्त्र त्याग कर रथ के पिछले भाग में जा बैठे इस तथाकथित वीर को जीवन का सही दर्शन समझाया जाए। धर्म-अधर्म और कर्म-अकर्म की वास्तविक प्रकृति से इसका परिचय करा कर इसे युद्ध के लिए उद्यत किया जाए वरना जैसे जलप्लावन-सा दृश्य उत्पन्न करने वाली नदी की आकस्मिक-असामयिक बाढ़ कृषि-क्षेत्रों को डुबो कर कृषकों के सारे श्रम पर पानी फेर जाती है, उसी तरह इस महत्त्वपूर्ण अवसर पर जब रण-वाद्य बज उठे हैं, इस गांडीवधारी पांडव का अनावश्यक मोह पांडवों के भविष्य को सदा-सदा के लिए समाप्त कर जाएगा।

ऐसा सोचकर श्रीकृष्ण ने दया के वशीभूत हो आये, आंखों में अश्रु-भरे और विषाद-ग्रस्त हुए अर्जुन से कहा, "अर्जुन, इस विषय घड़ी में तुम्हें इस अकीर्तिकर और आर्यों के लिए अनुचित कलंक ने कहां से आ घेरा ? यह तो स्वर्ग के मार्ग का भी बाधक है।"

इतना कहकर ही कृष्ण शान्त नहीं हुए। उन्हें नहीं कहने योग्य बात भी कहनी पड़ी। अर्जुन को सम्बोधित कर उन्होंने स्पष्ट कहा, "पृथा-पुत्र, तुम नपुंसकत्व को कैसे प्राप्त हो रहे हो ? यह क्या तुम्हारे लिए उचित है ? हे परंतप ! तुम हृदय की इस क्षुद्र दुर्बलता का त्याग कर उठ खड़े होओ।"

किन्तु कृष्ण की इतनी-सी बात से अर्जुन सन्तुष्ट कहां होने वाला था ? उसे और नहीं तो सामने डटे गुरुजनों पर शस्त्रास्त्र उठाने की बात तो बड़ी कष्टदायक दुस्सह लग रही थी।

उसने श्रीकृष्ण से स्पष्ट पूछा, "मधुसूदन, अरिमर्दन, जरा यह तो स्पष्ट करना कि जो पूजा के अधिकारी हमारे भीष्म और द्रोण हैं उन पर मैं संग्राम में शरों का प्रहार कैसे करूंगा ?"

"मैं एक बात कहूं ?" अर्जुन आगे बोला, "मेरा तो विश्वास है कि महानात्मा गुरुजनों की हत्या करने से अच्छा तो इस संसार में भिक्षान्न पर जीवन व्यतीत कर देना अधिक अच्छा है। अर्थलोलुप गुरुओं की भी हत्या करना रक्त-सने भोगों को ही ग्रहण करना है।"

अर्जुन बोलता गया, "यह मैं समझ ही नहीं पाता कि हमारे लिए क्या उचित अथवा श्रेष्ठ है, यह भी नहीं कि वे विजय-श्री का वरण करेंगे कि हम। जिनको मारकर हम जीवित रहने की भी इच्छा नहीं रखते वे धृतराष्ट्र-सुत हमारे सामने खड़े हैं।"

अन्ततः अर्जुन को अपनी दुर्बलता स्वीकारनी पड़ी और वह बोला, "कायरता के दोष से ग्रसित प्रकृति वाला मैं (सच पूछिए तो) धर्म के विषय में विमूढ़-चित हो गया हूं। अब मैं आपकी शरण में हूं, अपने को आपका शिष्य समझता हूं, इसलिए मुझे ज्ञान-दान दीजिए और मेरे लिए जो उचित हो वही निश्चय करके बताइए। निष्कंटक और समृद्ध भूमि का राज्य तो राज्य, देवताओं पर अधिकार प्राप्त कर भी मैं अपनी इन्द्रियों को व्यथित करने वाले शोक से मुक्त होने का कोई उपाय नहीं देख रहा।"

इसके पश्चात् तो अर्जुन ने हद ही दी। ऊपर की सारी बातों को कृष्ण से

कहने के पश्चात् उसने स्पष्ट शब्दों में कह दिया कि "मैं युद्ध नहीं करूंगा" और फिर चुप बैठ गया।

श्रीकृष्ण फिर हंसे और दोनों सेनाओं के मध्य विषन्न-से खड़े अर्जुन से बोले—

"नहीं सोचने योग्य बातों को तो तुम सोचते हो और उधर पांडित्य-पूर्ण बातें भी करते हो। जिनके प्राण चले गए हैं अर्थात् जो गत-प्राण हो गए हैं और जिनके प्राण नहीं गए हैं उन सबों में से किसी के सम्बन्ध में बुद्धिमान् शोक नहीं करते।

"तुम क्या सोचते हो हम और तुम पहले-पहल इस धरती पर आये हैं? सच बात तो यह है कि न तो तुम, न मैं और न ये नृप-गण इसके पूर्व कभी नहीं थे और यह भी नहीं कि इसके बाद भी हम सब नहीं होंगे।

"आत्मा के निवास-स्थल शरीर को जैसे कौमार्यावस्था, युवावस्था और वृद्धावस्था प्राप्त होती है, वैसे ही मृत्यु के पश्चात् उसे अन्य देह प्राप्त होती है। ऐसी स्थिति में बुद्धिमान् व्यक्ति इस मृत्यु के भय से अनावश्यक रूप से भयभीत नहीं होता।"

श्रीकृष्ण समझते थे कि अर्जुन के मन में मृत्यु का भय भर गया है—यह मृत्यु स्वजनों की हो या परजनों की। इसीलिए वह द्रोण, भीष्म एवं अन्य परिजनों आदि की मृत्यु की दुहाई देकर युद्ध-विमुख होना चाहता था। श्रीकृष्ण मृत्यु के इस अनावश्यक भय को पूरी तरह उसके अन्दर से निकाल देना चाहते थे। इसके लिए उन्होंने विभिन्न उपमा-उपमानों एवं दृष्टान्तों का सहारा लेना आवश्यक समझा जिससे अर्जुन मृत्यु की व्यर्थता के प्रति पूर्णतया आश्वस्त हो जाए। मृत्यु सामान्य जन के लिए निश्चय ही दुःख का कारण है। दुःख और चिन्ता का कारण है। विश्व का सबसे बड़ा दुःख है यह, अतः मृत्यु के साथ-साथ अन्य दुःखों और चिंताओं से भी अपने शिष्य को मुक्त करने हेतु वे कटिबद्ध थे। दुःख अथवा सुख काज्ञान अक्सर इन्द्रियों से होता है, अतः श्रीकृष्ण ने यहीं पर उनके सम्बन्ध में कुछ कह देना आवश्यक समझा और वे बोले—

"कौन्तेय! इन्द्रियों और इन्द्रियों के विषय ही शीत, ताप तथा सुख-दुःख के कारण हैं। ये सब अर्थात् सुख-दुःख, आने-जाने वाले अर्थात् अनित्य हैं, अतः तुम इनकी चिन्ता नहीं करो।"

अर्जुन चकराया। इन्द्रियों की बात तो समझ में आती है। आंख, कान, नासिका, जिह्वा आदि ये सब इन्द्रियां हैं। सुख-दुःख भी माना आने-जाने वाली चीजें हैं पर यह इन्द्रियों का विषय? इससे क्या तात्पर्य है श्रीकृष्ण का। वह उत्सुक हुआ तो श्रीकृष्ण बोल बैठे—

"इन्द्रियों का विषय नहीं समझे? इन्द्रियों का विषय अर्थात् इन्द्रियों का सुख अथवा दुःख प्रदान करने वाली वस्तुएं। एक-दो उदाहरण लो। आंख एक महत्त्वपूर्ण इन्द्रिय है पर इसका विषय क्या है, रूप। यदि आंख किसी सुन्दर दृश्य को देखती है तो उसे सुख प्राप्त होता है लेकिन वह कोई कुरूप-विद्रूप वस्तु देख ले, कोई दुर्घटना उसके समक्ष घट जाए तो उसे निश्चय ही दुःख होगा। उसी तरह कान को प्रशंसा अच्छी लगती है, संगीत उसके लिए प्रिय हो सकता है पर निन्दा, कटु अथवा कर्कश स्वर उन्हें दुःख पहुंचाएंगे न? तो आंख का विषय रूप हुआ, कान का स्वर, नाक की गन्ध, त्वचा का स्पर्श, जिह्वा का स्वाद। इसी तरह अन्य

इन्द्रियों और उनके विषयों की बात समझो। इनके द्वारा प्राप्त सुख-दु:ख की बात भी तो समझ गए ? मैंने कहा ये सुख-दु:ख आने-जाने वाली वस्तुएं हैं। वसन्त में तुम्हारी त्वचा को सुख मिल सकता है लेकिन यह सुख, यह शीतलता, ग्रीष्म के आने के साथ ही समाप्त हो जाती है, पर ग्रीष्म की यह उष्णता भी तो जाकर रहती है। इसीलिए कहा कि सुख-दु:ख ताप-शीत आदि इन्द्रिय और उनके विषयों के संयोग का परिणाम है। ये अस्थायी हैं, क्षणभंगुर हैं, अत:, दु:ख-सुख की चिन्ता ही क्यों करो ?"

"बोलो, अब तो मेरी बात स्पष्ट हुई ?" श्रीकृष्ण ने पूछा।

"अवश्य।" अर्जुन का उत्तर था।

"अब आगे बढ़ूं ?"

"बढ़ो।"

"पुरुष श्रेष्ठ अर्जुन ! जिनको ये इन्द्रिय-जनित सुख-दु:ख व्यथित नहीं करते और जो सुख-दु:ख में सम रहते हैं वे ही अमरत्व को प्राप्त कर सकते हैं।"

"यह अमरत्व की बात किधर से आ गई ?" अर्जुन ने कुछ नहीं समझ कर पूछा।

"वह इसलिए कि अमरत्व की अभिलाषा तो मनुष्य-मात्र की सबसे बड़ी आकांक्षा है। व्यक्ति मर कर भी लोगों की स्मृति में जीवित रहना चाहता है। और साथ ही यह भी कि इन्द्रियों और उनके विषयों पर नियन्त्रण ही मनुष्य को अमरता के राज-पथ पर अग्रसर कर सकता है वरना किनारों के खाई-खन्दकों में गिरने की संभावनाएं कुछ कम नहीं हैं।

"अब कहो तो उस मृत्यु और विनाश वाली बात पर पुन: आऊं ?" श्रीकृष्ण को ज्ञात था कि मृत्यु के भय को उसके अन्दर से दूर करने में अभी वह पूरी तरह सफल नहीं हुए हैं।

"अवश्य।"

"जो असत् अर्थात् अयथार्थ है उसका तो अस्तित्व है नहीं और जो सत् है अर्थात् यथार्थ है उसका अभाव हो नहीं सकता अर्थात् उसे समाप्त नहीं किया जा सकता। इन दोनों की इस स्थिति का ज्ञान तत्व-दर्शियों ने कर लिया है।"

"यह तुम किस सन्दर्भ में कह रहे हो ?" अर्जुन कुछ नहीं समझ कर बोला।

"यह मैं वही मृत्यु अथवा आत्मा और शरीर के सम्बन्ध की बात को लेकर कह रहा हूं। शरीर असत् है अयथार्थ, अत: उसका अस्तित्व क्षणिक है, आत्मा सत् है, यथार्थ है अत: उसका कभी अभाव नहीं, उसकी अनुपस्थिति नहीं। वह सदा विद्यमान है, शरीर के होने पर भी, शरीर के नहीं होने पर भी। अत:, मैंने आरंभ में कहा मृत्यु कुछ नहीं, आत्मा का शरीर-परिवर्तन मात्र है। समझ गए तुम ?" श्रीकृष्ण ने पूछा।

"समझ गया।"

"अब तुम यह समझो कि यह आत्मा अथवा आत्मतत्व अविनाशी है और इसी के द्वारा यह सम्पूर्ण सृष्टि आच्छादित है। इस अव्यय आत्मा का कोई विनाश करने में समर्थ नहीं है।" कृष्ण ने बात आगे बढ़ाई।

"आत्मा का विनाश संभव नहीं है, यह तो समझ में आने की बात है पर इसके द्वारा यह सम्पूर्ण सृष्टि आच्छादित है यह कैसे मान लूं ?" अर्जुन के लिए ये

दार्शनिक बातें बहुत भारी पड़ रही थीं।

"वह इस तरह कि आत्मा एक परमतत्व अर्थात् परमात्मा का ही अंश है और उस परमात्मा द्वारा यह सम्पूर्ण सृष्टि व्याप्त है।"

"मैं बताऊं," कृष्ण आगे बढ़े, "यह जो आत्मा अथवा दूसरे शब्दों में इस शरीर का मालिक शरीरी है वह अविनाशी है, परिवर्तन-रहित है, नित्य है, यह जिन शरीरों में रहता है वे ही नाशवान हैं, अतः तुम युद्ध के लिए प्रस्तुत हो जाओ।"

"जो इस आत्मा को मारने वाला अथवा मारने योग्य समझते हैं वे दोनों इसके स्वरूप को जानते नहीं, न तो यह मरता है न मारा जाता है।"

"यह न तो कभी जन्म लेता है, न कभी मरता है, न यह एक बार होकर पुनः कभी नहीं होता, यह अजन्मा है, नित्य है, शाश्वत है, अति प्राचीन अथवा अनादि है। इस मारे जाने में समर्थ शरीर में रहकर भी यह नहीं मरता।

"पार्थ ! जो इसे अविनाशी, नित्य एवं अव्यय समझ लेता है वह व्यक्ति कैसे किसी का घात, कैसे उसकी हत्या करता है?"

श्रीकृष्ण ने बार-बार आत्मा को अविनाशी और नित्य बताकर अर्जुन के मन से मृत्यु का भय भगाना चाहा। जब उन्हें लगा कि इन सूक्ष्म बातों से बहुत काम नहीं चलने का तो उन्होंने एक बड़ी अच्छी उपमा का सहारा लिया—

"जैसे पुराने अर्थात् जीर्ण-शीर्ण वस्त्रों को त्याग कर मनुष्य दूसरे नये वस्त्र धारण करता है उसी तरह जीर्ण शरीरों को छोड़कर आत्मा दूसरे नये शरीरों को धारण करता है।

"अब मैं तुमसे एक अत्यन्त महत्त्वपूर्ण बात कहता हूं।" श्रीकृष्ण ने अपनी बात जारी रखी, "तुम बहुत मरने-मारने की बात करते हो न, शस्त्र-अस्त्र के प्रयोग की ? मुझसे सुनो, इस आत्मा को—

"न तो शस्त्र काट सकते हैं, न आग जला सकती है, न इसे जल गला सकता है, न इसे धूप कलेश दे सकती है, न इसे हवा ही सोख सकती है। दूसरे शब्दों में कहूं तो यह अछेद्य है, अदाह्य है, अकलेश्य है और है अशोस्य अर्थात् नहीं सोखने योग्य है। यह नित्य है, सभी में एक साथ विद्यमान है, स्थायी है, अचल है और सनातन अर्थात् अनादि काल से है।

"इसे अव्यक्त, अचिन्त्य और अविकारी कहा जाता है, अतः इसे ऐसा जान-समझ कर तुम्हें चिन्ता करने की कोई आवश्यकता नहीं।"

श्रीकृष्ण इतना कह कुछ देर मौन हुए फिर कुछ सोच कर कहा—"अच्छा यदि तुम इसे सदा जन्म लेने वाला और सदा मरने वाला भी मानते हो तथापि महाबाहु अर्जुन, तुम्हें चिन्ता करने की कोई आवश्यकता नहीं।"

"क्यों ?" अर्जुन के मुंह से सहसा निकला।

"क्योंकि जो जन्म लेता है, उसकी मृत्यु निश्चित है, इस अपरिहार्य स्थिति में तुम्हें शोक-ग्रस्त होने का कहां प्रश्न उठता है?"

"बात तो बड़ी सटीक है।" अर्जुन ने कहा।

"बात इतनी ही नहीं बात और भी है किन्तु कुछ टेढ़ी है उसे भी सुन लो।"

"सुना डालो।" अर्जुन ने कहा।

"ये जो सभी जीव हैं ये आरम्भ में तो अव्यक्त अथवा अदृश्य रहते हैं, बीच में व्यक्त अथवा दृश्य हो जाते हैं तथा अन्त में पुनः मृत्यु के पश्चात् अव्यक्त हो

जाते हैं, अतः यह वेदना-ग्रस्त होने की बात कहां उठती है।"

"समझे ?

"नहीं।" अर्जुन ने स्पष्ट कहा।

"बात स्पष्ट है। साधारण रूप में हम जन्मपूर्व की अपनी स्थिति को नहीं जानते, जन्म के पश्चात् की स्थिति जिसे जीवन कहते हैं को जानते हैं, जीवन की समाप्ति के पश्चात् हमारा क्या होता है, उसका हमें पता नहीं अतः, सोच करने की बात व्यर्थ है।

"समझ गए ?"

"हां।" अर्जुन ने हामी भरी।

"तो आगे सुनो," श्रीकृष्ण ने कहा और आरम्भ किया, "कुछ इसके सम्बन्ध में आश्चर्य से भरकर कहते हैं, कुछ लोग इसे आश्चर्यपूर्वक सुनते हैं किन्तु सुनने के पश्चात् भी इसे कोई जान नहीं पाता है।"

"और तुम मुझे वही आत्म-तत्व समझाने का प्रयास कर रहे हो ?" अर्जुन ने किंचित् विनोदपूर्वक कहा।

"हां।"

"क्यों ?"

"क्योंकि तुम इसके पात्र हो और अधिक सुनना चाहते हो तो यह भी कि तुम मेरा शिष्यत्व स्वीकार कर चुके हो, मेरे द्वारा सब कुछ जान-समझ लेने की इच्छा भी प्रकट कर चुके हो।

"अब आगे बढ़ूं ?" श्रीकृष्ण ने पूछा।

"बढ़ो।"

"हे भारत ! सभी शरीरों के अन्दर जो यह आत्मा है वह नित्य अबध्य है, अतः सभी जीवों (के मरने-जीने की बात) के सम्बन्ध में तुम्हें चिन्ता करने की कोई आवश्यकता नहीं।

"एक बात और कहनी है।" श्रीकृष्ण ने बात बदली।

"क्या ?"

"अपने धर्म अर्थात् स्वधर्म की बात को ध्यान में रखो तब भी तुम्हें इस तरह कम्पित अथवा भयभीत होने की आवश्यकता नहीं क्योंकि धर्म-युद्ध से बढ़कर क्षत्रियों के लिए अन्य कोई श्रेयस्कर बात है ही नहीं जो स्वयं ही स्वर्ग के उन्मुक्त द्वार को उसे उपलब्ध करा देता है। भाग्यशाली क्षत्री ही इस प्रकार के युद्ध में सम्मिलित हो पाते हैं।"

श्रीकृष्ण रुके नहीं, "अतः तुम यदि इस धर्म-युद्ध से विमुख होते हो, इसे नहीं करते तब तुम अपने स्वधर्म और कीर्ति की हत्या कर पाप-प्राप्ति का कारण बनोगे।

"तुम्हारी अनन्त अकीर्ति की गाथा लोगों द्वारा गाई जाएगी। और तुम यह जानते हो कि सज्जनों के लिए अकीर्ति अथवा अयश मृत्यु से भी बढ़कर है।

"ये सब महारथी तुम्हें भय के कारण युद्ध-त्याग कर भागने की बात कहेंगे और जिनके समक्ष आज तुम महान् हो उन्हीं के सामने तुच्छ हो जाओगे।

"तुम्हारे शत्रु तुम्हारे लिए अनेक नहीं कहने योग्य बातें कहेंगे। तुम्हारी सामर्थ्य की वे निन्दा करेंगे—उन पर प्रश्नचिह्न लगायेंगे—क्या यह तुम्हारे लिए

दु:खतर नहीं होगा ?"

श्रीकृष्ण अपनी लौ में बोलते गए—"अगर तुम मारे गए तो स्वर्ग प्राप्त करोगे अगर जीवित रह गए तो पृथ्वी (के राज्य) का भोग करोगे, इसलिए हे कुन्ती-पुत्र, युद्ध के लिए कृत-संकल्प हो तुम उठ खड़े होओ।

"सुख में, दु:ख में, लाभ में, हानि में और जय तथा पराजय में समभाव रख तुम युद्ध के लिए प्रयास करो, तुम्हें कोई पाप नहीं लगेगा।"

अर्जुन युद्ध-जनित पाप को लेकर भी बहुत चिन्तित था, अत: श्रीकृष्ण को यह बात भी कहनी पड़ी।

श्रीकृष्ण ने जब यह समझ लिया कि मृत्यु के भय को, अपने विभिन्न तर्कों से उन्होंने अर्जुन के मन से पूरी तरह निकाल दिया तो उन्होंने सहसा विषय-परिवर्तन किया और दूसरी किन्तु अधिक महत्त्वपूर्ण बात पर आ गए।

श्रीकृष्ण ने कहा—"अब तक मैंने जो कुछ बताया वह सांख्य (ज्ञान-योग) से सम्बन्धित था अब तुम बुद्धि-योग की बात सुनो। इस बुद्धि से मुक्त होकर तुम कर्म-बन्धन से मुक्त हो जाओगे।"

"बुद्धि-योग का अर्थ बुद्धि से युक्त होना है ?" अर्जुन ने स्पष्ट कराना चाहा।

"अवश्य," श्रीकृष्ण ने कहा, "मैं तुम्हें अभी बताऊंगा कि यह बुद्धि किस प्रकार की होगी। मुझे पहले अपनी बात पूरी करने दो—यह बुद्धि-योग ऐसा है कि एक बार इसका आरम्भ हो जाय तो छूट जाने पर भी जो कुछ उपलब्ध हो गया है उसका विनाश नहीं होता। साथ ही उसका कोई विपरीत फल भी नहीं होता। इस धर्म (बुद्धि योग) का थोड़ा पालन भी महान् भय से रक्षा करता है।

"पार्थ ! व्यवसायिका बुद्धि एक ही होती है किन्तु जो अव्यवसायी हैं उनकी बुद्धियां अनेक और बहु-शाखा वाली होती हैं।"

"यह बात मेरी समझ में नहीं आई।" अर्जुन ने स्पष्ट कहा, "यह व्यवसायिका बुद्धि क्या हुई और ये अव्यवसायी क्या हुए ? उनकी बुद्धियों का अनन्त और बहु-शाखाओं वाली होने का क्या अर्थ हुआ ?"

"बात बहुत सीधी है," श्रीकृष्ण ने कहा, "व्यवसायिका बुद्धि वह है जो किसी व्यवसाय अथवा कार्य को सम्पादित करने के लिए प्रयुक्त हो। उसे एक ही होना होता है—एकाग्र। जो अव्यवसायी हैं, जिन्हें किसी कार्य को पूर्णता तक पहुंचने का कौशल प्राप्त नहीं है उनकी बुद्धि अनेक दिशाओं में दौड़ती है अर्थात् वह अनेक और बहु-शाखाओं वाली होती हैं।

"मैं कहूं," श्रीकृष्ण ने आगे कहा, "जो भ्रमित चित्त वाले वेदवादों में रत, कामनासिद्धि को आतुर, स्वर्ग जाने को व्यग्र, उस भोग और ऐश्वर्य को प्रदान करने वाली, बहुत क्रिया—कर्माकांक्षा वाली, उस बुद्धि की सराहना बड़े लच्छेदार शब्दों में करते हैं तथा इसके अलावा और कुछ नहीं है ऐसा मानते हैं। भोग और ऐश्वर्य को समर्पित ऐसी उनकी बुद्धि के द्वारा उनकी चेतना के अपहृत होने के कारण वह बुद्धि कभी स्थिर नहीं होती अर्थात् समाधि को नहीं प्राप्त करती।

"वेद तीनों गुणों (सत्, रज और तम) के पक्षधर हैं। तुम्हें इन तीनों गुणों से ऊपर उठ जाना है अर्थात् निस्त्रैगुण्य बनना है, निर्द्वन्द्व बनना है तथा नित्य सत्य में

स्थित हुए योगक्षेम के प्रति भी विरक्त हो आत्मावान होना है अर्थात् आत्मा को ही सर्वश्रेष्ठ मानना है।

"जैसे चारों ओर जल-ही-जल फैल जाने से कुएं का कोई महत्त्व नहीं होता उसी तरह ज्ञानी विद्वान के लिए वेदों का कोई अर्थ नहीं रखता।"

वही हुआ जिसका कृष्ण को डर था। अर्जुन पूछ बैठा, "तो तुम वेदों के विरुद्ध हो ?"

श्रीकृष्ण अपने दायित्व के प्रति सजग थे। उन्होंने कहा, "मैं वेदों का विरोधी नहीं, पर उनकी उस कर्मकांड पक्ष का अवश्य विरोधी हूं जो मात्र किसी कर्म के फल की इच्छा से किया जाता है। मैं तुम्हें एक बात अत्यन्त स्पष्ट रूप में कहना चाहता हूं—

"तुम्हारा अधिकार केवल कर्म में है, उसके फल में नहीं। तुम कर्म-फल का हेतु बनने का प्रयास नहीं करो। साथ ही अकर्मण्यता के भी तुम आखेट नहीं होओ।"

"अर्थात् ?" अर्जुन ने स्पष्ट कराना चाहा।

"अर्थात् यह कि कर्म करते जाओ फल की चिन्ता नहीं करो और हाथ पर हाथ रख कर बैठो भी नहीं।"

"तब तो एक बड़ी चिन्ता से मुक्ति हो गई," अर्जुन ने सहर्ष कहा, "हमारी सबसे बड़ी चिन्ता तो यही रहती है कि किस कर्म का फल क्या होगा। हमें सफलता मिलेगी कि असफलता ? यह कार्य पूर्णता तक भी पहुंचगा अथवा नहीं ?"

"यही चिन्ता तो मैं तुम्हारे अन्दर से दूर करना चाहता हूं। तुम तो स्वयं चिन्तित थे कि पता नहीं इस युद्ध में क्या हो, उन्हें हम जीतेंगे या वे हमें ? है कि नहीं ?"

"वह तो है ही।" अर्जुन को कहना पड़ा।

"तो आगे सुनो," श्रीकृष्ण ने आरम्भ किया, "उस लक्ष्य की प्राप्ति के लिए तुम्हें योगारूढ़ होकर कार्य करना पड़ेगा। निस्संग होकर। सफलता और असफलता के मध्य सम भाव रखना ही योग है।"

"अर्थात् बुद्धि योग ?" अर्जुन ने स्पष्ट कराना चाहा।

"अवश्य। बुद्धि को तो ही इस रूप में प्रशिक्षित करना है कि वह सफलता-असफलता, मान-अपमान, जय-पराजय के मध्य कोई अन्तर नहीं देखे।"

"कर्म के साथ बुद्धि को युक्त कर दो तो वही योग हुआ—कर्म योग।"

"मैं आगे बढ़ता हूं।" श्रीकृष्ण ने कहा।

"ठीक है।" अर्जुन ने हामी भरी।

"इस बुद्धि-योग से मात्र कर्म सचमुच बहुत श्रेष्ठ है। इसीलिए तुम बुद्धि की शरण में जाओ। फल की इच्छा रखने वाले दया के पात्र हैं।

"बुद्धि से युक्त होने वाला पाप-पुण्य सब कुछ यहीं छोड़ जाता है। अतः, तुम योग-प्राप्ति के लिए ही प्रयास करो। योग कर्म का कौशल है।"

"योग कर्म का कौशल , क्या मतलब ?" अर्जुन को बात समझ में नहीं आई थी।

"योग कर्म का कौशल इस रूप में है कि हम इसके द्वारा यह सीखते हैं कि किस कुशलता, किस चातुर्य से हम कार्य करें कि हम उसके प्रति, उसके फल के

प्रति निस्संग हो जायें। तटस्थ हो जायें। अगर ऐसा नहीं हुआ तो असफलता की स्थिति में कष्ट, पीड़न और संताप अवश्यम्भावी है।"

"बात तो बड़े पते की है।" अर्जुन को मानना पड़ा।

"आखिर यह मेरा कर्म-योग जो है, बुद्धियोग। श्रीकृष्ण मुसकराए। मैं एक और महत्त्वपूर्ण बात कहने जा रहा हूं।" वह आगे बोले।

"कहो।"

"बुद्धि से युक्त होकर अथवा बुद्धि-योग का सहारा ले कर्म-जनित फल को छोड़ने वाला मुनि जन्म के बन्धन से मुक्त होकर उस स्थान को प्राप्त करता है जहां कोई कष्ट नहीं है।

"और साथ ही एक बात यह भी।"

"क्या?" अर्जुन ने पूछा।

"जब तुम्हारी बुद्धि इस माया रूपी कलुष से मुक्त हो जायेगी अर्थात् तुम अपने-पराये, फल-कुफल, सफलता-असफलता के इन व्यर्थ बन्धनों से अपने को मुक्त कर लोगे तब तुम जो कुछ सुनने योग्य है अथवा जो कुछ तुम्हारे द्वारा सुना जा चुका है उस सबके प्रति तटस्थ हो जाओगे।"

"क्या मतलब?" अर्जुन इस बात को नहीं समझ सका, "यह सुनने योग्य और सुन चुके कि बात क्या हुई?"

"उसे ऐसे समझो," श्रीकृष्ण ने कहा, "सुनने योग्य बात तो यह हुई कि अक्सर तुम प्रशंसा सुनना चाहते हो, अपने बन्धु-बान्धवों का कुशल क्षेम सुनना चाहते हो, अपनी हर मांग की स्वीकृति चाहते हो, पर ऐसा सदा थोड़े सम्भव होता है? जो कुछ सुना जाता है वह अक्सर अपनी निन्दा ही होती है, अपने परिजनों-स्वजनों से सम्बन्धित अनिष्टकारी बातें भी होती हैं, अपनी मांगों की अस्वीकृति भी होती है। इनसे पीड़ित नहीं होने का एक ही उपाय है कि तुम्हारी बुद्धि माया के बन्धन को काट डाले। यह अपने-पराये, यह प्रिय-अप्रिय, यह निन्दा-प्रशंसा, ये सब माया ही तो हैं। कि नहीं?"

"है," अर्जुन को मानना पड़ा।

श्रीकृष्ण ने सहसा बात को एक नया मोड़ दिया, "श्रुतियों अर्थात् वेदों की (कर्म फल) सम्बन्धी भिन्न बातों से तुम्हारी बुद्धि जब विचलित नहीं होगी तब वह समाधि में स्थिर हो जाएगी अर्थात् उसकी भाग-दौड़ समाप्त हो जाएगी और तभी तुम योग को प्राप्त कर सकोगे।"

"अर्थात् योग की प्राप्ति के लिए बुद्धि का निश्चल होना आवश्यक है?" अर्जुन ने पूछा।

"अवश्य। शाखा मृग की तरह दौड़ती-भागती बुद्धि स्थिर कैसे होगी और वह निस्संगता जो योग की प्रथम और अन्तिम शर्म है को कैसे प्राप्त करेगी? वह व्यक्ति स्थित-प्रज्ञ कैसे होगा जिसका बुद्धि पर नियन्त्रण नहीं है?"

अर्जुन को एक नई बात मिल गई स्थित-प्रज्ञ। वह इसे सुनने में तो अच्छी लगी ही, स्थित-प्रज्ञता की प्राप्ति भी उसके लिए बड़ी आकर्षक लगी। कैसे होते होंगे वे जो सही अर्थों में स्थिति-प्रज्ञ होते हैं, यह जिज्ञासा स्वाभाविक रूप से उसके अन्दर जगी

और वह पूछ बैठा—

"केशव ! जो स्थित-प्रज्ञ है अथवा समाधिस्थ है उसकी पहचान क्या होती है, वह कैसे बोलता है, कैसे चलता है, कैसे बैठता है ?"

श्रीकृष्ण ने तत्काल उत्तर दिया, "मन में उत्पन्न सारी कामनाओं को जब व्यक्ति त्याग देता है, स्वयं के द्वारा ही जो संतुष्ट रहता है उसी को स्थित-प्रज्ञ कहते हैं।"

"यह स्वयं के द्वारा सन्तुष्ट होने की बात क्या हुई ?" अर्जुन ने जिज्ञासा की।

"अपने को अर्थात् स्वयं को इस तरह प्रशिक्षित करना कि अपने अन्दर ही वह सन्तुष्टि ढूंढ़े। सन्तुष्टि कहीं बाहर होती नहीं। वह मृग-मरीचिका है, उसके पीछे नहीं भागो।"

"ठीक है ?"

"ठीक," अर्जुन की जिज्ञासा शान्त हो गई थी।

"तो और सुनो।"

"सुनाओ।"

"जो दुःख में उद्विग्न नहीं होता, सुख में व्यर्थ ही आनन्दित नहीं होता अर्थात् स्वयं को स्पृहणीय नहीं समझता। जिसकी इच्छाओं का अन्त हो गया है, जिसमें भय नहीं है, क्रोध नहीं है, मुनि अर्थात् ज्ञानी लोग उसी को स्थित-प्रज्ञ कहते हैं।"

"एक बात और बहुत महत्त्वपूर्ण है।"

"क्या ?" अर्जुन ने पूछा।

"जो सब कहीं स्नेह-रहित है। शुभ और अशुभ दोनों में किसी की प्राप्ति जिसके अन्दर कोई अन्तर नहीं लाती अर्थात् जो न तो सुख की प्राप्ति में आनन्दित होता है, न दुःख की प्राप्ति से व्यथित ही होता है उसी की बुद्धि को स्थिर मानो। उसकी प्रज्ञा स्थिर है। वही स्थित-प्रज्ञ है।

"इसका एक उपाय है।" कृष्ण फिर बात को बदलने वाले थे।

"बोलो।"

"मैंने पहले भी कहा था कि इन्द्रियों और इन्द्रियों के विषय ही सुख-दुःख देने वाले होते हैं। फिर मैं उन्हीं इन्द्रियों पर आऊंगा।"

"आओ।" अर्जुन सतर्क होकर बैठ गया।

"जैसे कछुआ अपने अंगों को चारों ओर से समेट लेता है, उसी तरह जो व्यक्ति इन्द्रियों को उनके विषयों की ओर से मोड़ लेता है, उसी की प्रज्ञा स्थिर है, वही स्थित-प्रज्ञ है।

"किन्तु इन इन्द्रियों को विषयों की ओर से हटाना बहुत कठिन है," श्रीकृष्ण ने स्वयं आरम्भ किया, "निराहार रहने के पश्चात् भी लोगों की, विषयों की ओर से प्रवृत्ति तो निःशेष हो जाती है पर उसका भाव रह ही जाता है अर्थात् लिप्सा नहीं छोड़ती और उससे भी मुक्त होने का एक ही उपाय है, वह है परम तत्व का दर्शन।"

बात बड़ी थी। अर्जुन के पल्ले यह परमतत्व की बात नहीं पड़ रही थी। उसे

पूछना पड़ा—"यह परम तत्व क्या है ? और उसकी प्राप्ति ? यह कैसे सम्भव है ?"

"परमतत्त्व की बात मैंने पहले बताई है। यह परमतत्त्व परमात्मा ही है किन्तु उसकी प्राप्ति की बात पर फिर आयेंगे। शायद उसके दर्शन तुम्हें हो ही जाएं। अभी के लिए एक महत्त्वपूर्ण बात सुनो।"

"क्या ?"

"ये उत्पातकारी इन्द्रियां लाख प्रयास के बावजूद विद्वान् व्यक्ति के सबल मन का भी हरण कर लेती हैं, उसे विचलित कर देती हैं।"

"इन सभी इन्द्रियों को संयमित कर, (बुद्धि द्वारा) युक्त होकर और मेरा आश्रय ग्रहण कर अपनी इन्द्रियों को वश में करे। जिसकी इन्द्रियां वश में हैं उसी की प्रज्ञा प्रतिष्ठित है अर्थात् वही स्थित-प्रज्ञ है।

"एक बात और सुनो।" श्रीकृष्ण ने स्पष्ट करना चाहा।

"क्या ?"

"इन्द्रियों के विषयों अर्थात् रूप, रंग, स्वर आदि का ध्यान करने से उन विषयों के प्रति संग-भाव अर्थात् आसक्ति की उत्पत्ति होती है। संग से, काम (वासना) की उत्पत्ति होती है इस काम की पूर्ति नहीं होने से क्रोध की उत्पत्ति होती है और क्रोध से सम्मोहन और सम्मोहन से स्मृति के भ्रमित होने की स्थिति आती है और भ्रमित स्मृति अर्थात् क्या करणीय है और क्या अकरणीय, इसका ज्ञान नहीं होने से बुद्धि का विनाश होता है और जिसकी बुद्धि का विनाश हो गया उसका नाश अवश्यम्भावी है।"

"यह तो बड़ी महत्त्वपूर्ण बात है।" अर्जुन ने कहा।

"वह तो है ही और आगे सुनो। एक उपाय है इससे बचने का।"

"क्या ?"

"जो आत्मनिष्ठ व्यक्ति अपनी वश में की हुई, रागद्वेष से रहित इन्द्रियों द्वारा इन्द्रियों को उनके विषयों में भ्रमित होने देता है, अर्थात् इन विषयों के प्रति न तो प्रेम प्रदर्शित करता है न घृणा, न आकर्षण न विकर्षण वही आनन्दपूर्ण स्थिति को प्राप्त करता है।

"और जब वह इस आनन्द की स्थिति को प्राप्त कर लेता है तो इसके सम्पूर्ण दु:खों का विनाश हो जाता है। जिसकी चेतना, जिसका मन प्रसन्न है उसकी बुद्धि भी स्थिर हो जाती है।"

"एक बात और कहूं ?"

"क्या ?"

"इस सब में मेरे द्वारा बताये योग का बहुत महत्त्व है। जो अयुक्त अथवा योग-रहित है उसमें बुद्धि की उपस्थित नहीं रहती, उसमें भावना भी नहीं होती और भावना के नहीं होने से शान्ति नहीं मिलती और जहां शान्ति नहीं है, वहां सुख कहां से आयेगा ?"

"यह भावना द्वारा शान्ति की बात मेरी समझ में नहीं आई।" अर्जुन ने अपनी विवशता प्रकट की।

"इसे ऐसे समझो। यह भावना तो तुम्हें करनी ही होगी कि ये इन्द्रियों के विषय हैं, इनसे मन को हटाना है, काम से, क्रोध से बचना है तो जब तक ऐसी

भावना नहीं जगेगी, तब तक इन्द्रियों, उनके विषयों पर नियन्त्रण कैसे होगा और जब इस नियन्त्रण का अभाव होगा तो शान्ति किधर से मिलेगी ? आई बात समझ में ?"

"आ गई।" अर्जुन ने स्वीकारा।

"तो और सुनो।"

"क्या ?"

"इन चंचल इन्द्रियों के पीछे जिसका मन भागता है उसका मन उसकी बुद्धि का वैसे ही हरण कर लेता है जैसे जल में नाव को हवा अपने वश में कर लेती है और उसे लहरों पर उठाती-गिराती है।

"इसलिए हे महाभाग ! जिसकी इन्द्रियां सभी ओर से नियन्त्रण में हैं, जो विषयों के पीछे नहीं दौड़तीं उसकी प्रज्ञा प्रविष्ठित है अर्थात् वही स्थित प्रज्ञ है।"

"मैं बताऊं ?" कृष्ण ने आगे पूछा।

"बोलो।" अर्जुन को इन अत्यन्त महत्त्वपूर्ण बातों में रुचि आ रही थी।

"यह इन्द्रियों का विषयों के प्रति आकर्षण, यह राग-अनुराग सामान्य व्यक्तियों के लिए प्रकाश के सदृश है वे इन्हीं में जागते हैं, इनका आनन्द लेते हैं किन्तु संयम-शील व्यक्ति इन सबमें इस अन्धकार में सोया-सा रहता है उस पर उनका कोई प्रभाव नहीं पड़ा।"

"यह तो विचार करने योग्य बात है।" अर्जुन को मानना पड़ा।

"यह तो है ही, अतः एक ही उपाय है।"

"क्या ?"

"जैसे भरे हुए, अचल और अपरिवर्तनशील समुद्र में पानी बिना उसमें कोई विकार लाये—बिना उसके जल में वृद्धि लाये—प्रवेश करता जाता है उसी तरह सारी कामनाओं का जिनके अन्दर प्रवेश होकर भी प्रवेश नहीं होता, उनसे जो अप्रभावित रहते हैं, वे ही शान्ति प्राप्त करते हैं। कामनाओं के पीछे भागने वालों को शान्ति नहीं मिलती।"

"अब मुझे इस सम्बन्ध में अन्तिम बात कहने दो।" कृष्ण ने आगे कहा।

"कहो।"

"जो व्यक्ति सारी कामनाओं का त्याग कर निस्पृह भाव से विचरण करता है, जो कहीं ममता नहीं रखता, जो अहंकार-रहित है वही शान्ति प्राप्त करता है।

"इसी स्थिति को ब्राह्मी अर्थात् ब्रह्म को प्राप्त कर लेने की स्थिति कहते हैं। इसको प्राप्त कर लेने के पश्चात् व्यक्ति मोह ग्रसित नहीं होता। इसी में अगर वह स्थित रह सके तो वह ब्रह्म-निर्वाण को प्राप्त कर जाता है।

सत्तर

कुरुक्षेत्र पर उतरी सेनाओं में कोलाहल मचा हुआ था। जो व्यूहों की अगली पंक्तियों में थे वे तो श्रीकृष्ण और अर्जुन के मध्य चल रहे इस संवाद के

रसास्वादन में लीन थे। कुछ काल के लिए वे यह बात भी विस्मृत ही कर बैठे थे कि यहां वे एक भीषण युद्ध के सहभागी के रूप में उपस्थित हुए थे। किन्तु जो पिछली पंक्तियों में थे उनका धैर्य निःशेष हो रहा था। सेनापतियों के आदेश के अभाव में वे निष्क्रिय बैंठने को बाध्य थे और व्यर्थ की बातों और जिज्ञासा-प्रति-जिज्ञासा में समय काट रहे थे। नाना तरह की भ्रामक बातें उनके मध्य फैल रही थीं। कोई कह रहा था कि श्रीकृष्ण के सद्‌प्रयास से युद्ध टल गया तो कोई बता रहा था कि कौरवों की भारी सेना को अवलोकित कर पाण्डवों ने स्वयं शस्त्र डाल दिए। कौरव-पक्ष में ही कोई यहां तक कहने लगा था कि दुर्योधन को ही सुबुद्धि आ गई और अपनी ओर से ही, आरम्भ के पूर्व ही युद्ध-समाप्ति की उसने घोषणा कर दी।

विभिन्न महारथियों, अतिरथियों और पदातियों के मध्य चल रहे तारतम्यहीन संवादों से वहां का वातावरण तो निनादित हो ही रहा था, निरुद्देश्य खड़े गजों की चिंघाड़ों एवं अश्वों की हिनहिनाहटों से भी सम्पूर्ण समर-भूमि के साथ-साथ उसके आस-पास का प्रदेश भी उद्वेलित हो आया था।

दोनों ओर के सेनाध्यक्षों ने अपने सैनिकों को संयम रखने का सन्देश भेजा तो मानव-जनित कोलाहल में कुछ कमी आई पर पशु फिर भी अनियंत्रित ही रहे। अंकुशों से गजों को नियंत्रित करने के प्रयास में महावत उनकी चिंघाड़ों में कमी लाने के स्थान में वृद्धि ही ला रहे थे और वल्गाओं पर अपनी पकड़ को बार-बार मजबूत कर भी अश्वों के सारथि उनके स्वर को शान्त करने में सफल नहीं हो पा रहे थे। पर इन सारे स्वरों के प्रति पूर्णतः तटस्थ, श्रीकृष्ण एवं अर्जुन अपने-अपने रूप में अपनी बातों एवं तर्कों को प्रस्तुत करने में रत थे।

श्रीकृष्ण को लग गया था कि कर्मयोग की उनकी व्याख्या से अर्जुन संतुष्ट नहीं हुआ था। वे कुछ क्षणों के लिए मूक हो उसकी प्रतिक्रिया की प्रतीक्षा करते रहे जो अन्ततः इस रूप में प्रकट हुई थी—

"बुद्धि अर्थात ज्ञान? यही न? तो ज्ञान का स्थान प्रधान हो गया और कर्म का गौण? क्यों केशव?" अर्जुन ने अकुलाहट-भरे स्वर में श्रीकृष्ण को सम्बोधित किया।

श्रीकृष्ण किंचित् मुसकराए। यह मुसकराहट अन्तर की गहराइयों मे उभरी थी। वह जानते थे अर्जुन का इंगित किधर था। वह अपने को कूप से उबर कर खाई में गिरने की स्थिति में पा रहे थे। भयों में सर्वोपरि मृत्यु-भय से तो उन्होंने उसे मुक्त कर दिया था। सामान्य जनों को अक्सर ग्रसित करने वाली सफलता-असफलता, सिद्धि-असिद्धि सम्बन्धी चिन्ता-रूपी आधि से भी मुक्त कर उसके समक्ष एक स्वस्थ जीवन-दर्शन का राजपथ भी उन्होंने प्रशस्त कर दिया था। पर उधर जीवन-दर्शन की इस व्यवस्था को सही सन्दर्भ में नहीं लेकर अर्जुन एक नये द्वन्द्व से ग्रसित हो आया था। अपनों और परायों के मृत्यु-भय से मुक्त कर भी उसे युद्ध-रत करने की स्थिति में वे आते-आते भी नहीं आ पाये थे। वह जानते थे, अर्जुन अब क्या कहने वाला था। ज्ञान अर्थात् ज्ञान जनित संन्यास की आड़ ले वह युद्ध तो युद्ध, सारे कर्मों से विरत होने की बात सोचने लगा था। यह नई स्थिति थी जिसके लिए वह प्रस्तुत नहीं थे। यही कारण था उस गहरी मुसकराहट के उनके नीलमणि सदृश आनन पर स्वच्छ धूप की तरह खिल आने का।

"हां, बुद्धि अर्थात् ज्ञान," श्रीकृष्ण ने उत्तर दिया था, "बोलो, आगे क्य। पूछना है ?"

"पूछ तो रहा हूं जनार्दन, जब ज्ञान का स्थान कर्म से ऊंचा हो गया तब तुम मुझे कर्म में क्यों झोंकना चाहते हो ? वह भी इस युद्ध-कर्म में ?"

"तो क्या मैं तुम्हें संन्यास ग्रहण कर गांडीव के स्थान पर हाथ में भिक्षा-पात्र ले द्वार-द्वार भिक्षा-रत होने का आदेश दूं ?" नहीं, श्रीकृष्ण के स्वर में खीझ नहीं थी। क्षोभ का कहीं लेश भी नहीं। जैसे कोई पिता अपने अबोध बालक को सहज स्नेह और उपालम्भ के साथ समझाता है उसी तरह उन्होंने अर्जुन को समझाना चाहा।

"ज्ञान को कर्म के ऊपर मानने का अर्थ तो यही होगा।" अर्जुन ने कुछ उद्विग्नता से कहा।

श्रीकृष्ण कुछ क्षणों तक चुप रहे। अर्जुन का तर्क ऊपर से तो सर्वथा उचित प्रतीत होता था किन्तु वह उन्हें समझने में असमर्थ हो रहा है। पर इसमें उसका दोष ही कितना है ? बात पूरी तरह उस पर स्पष्ट ही कहां हो पाई ? उन्होंने ज्ञान को कर्म से ऊपर मानने की बात कही ही कहां ? ज्ञान अथवा संन्यास जिसके लिए सर्वोपरि महत्त्व का होगा उसके लिए होगा, अर्जुन के लिए वह कब और कैसे महत्त्वपूर्ण हो गया ? उसके लिए अर्थात् उसके सदृश शत-सहस्र क्या लक्ष-लक्ष व्यक्तियों के लिए भी ? यहां तक कि स्वयं उनके लिए भी ? अगर उन्होंने ज्ञान अथवा संन्यास अर्थात् दूसरे शब्दों में कर्म-त्याग को इतना महत्त्व दिया होता तो आज हाथ में प्रदोत लिये उसके अश्वों की परिचर्या में जुटे होते ?

"तुमने ठीक से समझा नहीं।" अन्ततः श्रीकृष्ण ने अपना लम्बा मौन तोड़ा।

"क्या नहीं समझा ?"

"मेरी बात और क्या ? अप्रशिक्षित अश्वों की तरह तुम, मैं जिस दिशा में ले जाना चाहता हूं, ठीक उसकी विपरीत दिशा में ही दौड़ना चाहते हो।

"बात अलग-अलग व्यक्तियों की अलग-अलग आवश्यकता की है। सच ही दो प्रकार के आचरण इस विश्व में प्रचलित हैं—संन्यास और कर्मयोग। बहुत पहले, अपने किसी और जन्म में मैंने स्पष्ट किया था कि विश्व-विरत व्यक्तियों के लिए ज्ञान-योग अथवा संन्यास श्रेयस्कर है पर सांसारिक दायित्वों के प्रति प्रतिबद्ध व्यक्तियों के लिए तो कर्मयोग ही एक मात्र मार्ग है—कर्मयोग अर्थात् जैसा कि पहले कहा, फल की आकांक्षा से सर्वथा रहित होकर निरन्तर कर्मरत रहना।

"अर्जुन, कुछ अज्ञानियों द्वारा फैलाई इस भ्रान्ति के चक्कर में तुम नहीं पड़ो कि सभी कर्मों को छोड़कर हाथ पर हाथ धर कर बैठ जाने से ही कोई सारी क्रियाओं के सम्पादन से मुक्त हो जाता है अथवा नैष्कर्म्य को प्राप्त हो जाता है। ऐसा सोचना स्वयं को व्यर्थ के छलावे में डालने के सिवा कुछ नहीं है। उसी प्रकार यह भी गलत है कि मात्र संन्यास-मार्ग ही सिद्धि अथवा मोक्ष-प्राप्ति का एक मात्र पथ है।"

"एक बात पूछूं ?" श्रीकृष्ण ने आगे पूछा। अपनी ओर से उठाए गए एक महत्त्वपूर्ण प्रश्न को श्रीकृष्ण द्वारा इस तरह महत्त्वहीन बनाते देख अर्जुन ने सोचा, निश्चित ही कोई अत्यन्त महत्त्वपूर्ण बात अब उठाने जा रहे हैं भगवान—हां,

भगवान से कम उन्हें मानता भी कहां है वह ? भले ही यदा-कदा वह संशय-ग्रस्त हो आता हो और उनके कुछ आलोचकों की बातों में आ वह भी उन्हें सामान्य मनुष्य की कोटि में गिनने की गलती कर जाता हो पर अक्सर तो उसने उन्हें सर्वशक्तिमान परमेश्वर, साक्षात् ब्रह्मांड-संचालक के रूप में ही देखा है।

"पूछिए।" उसने अपनी स्वाभाविक निश्छलता से कहा।

"तुम नैष्कर्म्य की बात कर रहे थे न ? कर्म छोड़ने की ? कभी सोचा है कितना भ्रामक और व्यर्थ है यह सोच ? कोई एक क्षण, हां एक क्षण के लिए भी कर्म-विरत होता है क्या ? नहीं करते हुए भी वह कुछ-न-कुछ करता ही रहता है कि नहीं ? हाथ-पांवों को हिलाना, उठना-बैठना, चलना-घूमना, खाना-सोना, यहां तक कि पलकें झपकाना—ये सब कर्म नहीं हैं क्या ? जाने या अनजाने सम्पादित कर्म ? प्रकृति ने तो विवश कर रखा है सबको कुछ-न-कुछ करते रहने के लिए। कुछ भी, कोई भी निष्क्रिय है यहां ? मनुष्य तो मनुष्य, पशु-पक्षी, पेड़-पौधे—यह सम्पूर्ण जीवन-जगत् क्षण भर के लिए भी निष्क्रिय है ? वृक्ष के पत्रों का यह मन्द मृदु कम्पन, सागर की लहरों का उठना-गिरना, नदियों का कल-कल निनाद के साथ प्रवहमान होना, झरनों से जल का अबाध झरना, सूर्य-चन्द्र एवं अन्य ग्रहों का सतत गतिमान रहना, यह सब कौन-सी कहानी कहते हैं अर्जुन ? गतिशीलता की अथवा निष्क्रियता की, कर्महीनता की ? जब इस प्रकृति में कहीं भी कोई भी निष्क्रिय नहीं है तो तुम निष्क्रिय होने, कर्म-रहित होने की बात सोच भी कैसे सकते हो ?"

श्रीकृष्ण ने देखा उनकी, बातों का अर्जुन पर स्पष्ट प्रभाव पड़ा था। वे प्रसन्न हुए—चलो, निष्क्रियता की बात नि शेष हुई तो अब बात बनते बहुत देर नहीं लगेगी।

"लेकिन कुछ लोग तो यह सब देखते हुए भी हाथ-पर-हाथ रख बैठे रहते हैं। अपने को कर्म-विरत मानते हैं। दूसरों के द्वारा उपार्जित अन्न पर पलने वाले ऐसे लोगों की कमी है क्या ?" अर्जुन ने शायद कहने के लिए ही कहा था।

"ढोंगी हैं उनमें अधिकांश," श्रीकृष्ण ने स्पष्ट किया, "मिथ्याचारी। हाथ-पैरों से तो कार्य नहीं करते पर विषय-वासना के ये कीट शान्त प्रतीत होकर भी अन्दर से स्थिर नहीं रहते। इस शाखा से उस शाखा पर छलांग लगाने वाले वानर की तरह ही इनका मन विषयों के चिन्तन में वहां से यहां दौड़ता-फांदता रहता है। वाह्य रूप से कर्म से विरत होकर भी इन्द्रियों को विषय-चिन्तन की खुली छूट दे दी तो संन्यासी अथवा त्यागी कैसे मानोगे उन्हें ?

"इससे अच्छे तो वे हैं जो इन्द्रियों के व्यर्थ के भटकाव को नियन्त्रित कर निस्संग भाव से करणीय कार्यों का सम्पादन करते हैं। असल कर्मयोगी हैं ये।

"अकर्मण्यता की बात करते हो अर्जुन ? अकर्मण्य होने से तो तुम अपनी स्वयं की जीवन-यात्रा को भी सफलतापूर्वक सम्पन्न नहीं कर पाओगे। औरों की क्या सहायता करोगे तुम ? इसलिए सबसे अच्छी बात यही है कि तुम नियत कर्म को निष्ठापूर्वक सम्पादित करते चलो। कर्मरत रहना अकर्मण्यता से सदा श्रेष्ठ है।"

'यह 'नियत' कार्य क्या है ?" अर्जुन की उत्सुकता जगी थी।

"नियत अथवा निर्धारित। देश, काल और परिस्थिति ने जो कार्य तुम्हारे लिए निर्धारित कर दिये हैं उनका तटस्थ भाव से सम्पादन ही तुम्हारा दायित्व है।

अभी तुम्हारा नियत कार्य युद्ध-रत होना और मेरा, तुम्हारा सारथ्य करना है। इन कार्यों के सम्पादन में प्रमाद न तुम्हारे लिए योग्य है न मेरे लिए।"

"तो एक बार जो कार्य जिसके लिए निर्धारित हो गया वह सदा-सदा के लिए उसका दायित्व हो गया? मेरा तात्पर्य हमारे अभी के कार्यों से नहीं है। लेकिन आप शाय, यह तो कहना चाहेंगे ही कि क्षत्रिय होने से मेरा नियत कार्य युद्ध है और अगर कोई ब्राह्मण-कुल में पैदा हो गया तो उसका नियत कार्य अध्ययन-अध्यापन और वेद-उपनिषदों का पारायण हो गया।"

"मेरा तात्पर्य यह नहीं है। पर मेरी दृष्टि वर्तमान पर अवश्य है। भूत और भविष्य व्यर्थ हैं। भूत बीत गया, भविष्य अनिश्चित है। ऐसी स्थिति में वर्तमान के स्वर्णिम क्षण में जो तुम्हारा दायित्व है, वही तुम्हारा सर्वश्रेष्ठ कार्य है। वही तुम्हारा नियत कार्य। रह गई बात वर्ण और जाति के आधार पर कार्यों के निर्धारण की तो मेरे विचार से यह कोई आवश्यक नहीं कि व्यक्ति की जन्मगत परिस्थितियां ही उसके नियत कार्य की निर्णायिका बनें। सूत-पुत्र कहला कर भी अंगराज कर्ण क्षत्रियोचित कार्यों का सम्पादन कर रहा है, ब्राह्मण-कुलोद्भव होकर भी द्रोण और कृप युद्ध-क्षेत्र में मरने-मारने पर उतारू हैं, क्षत्रिय होकर भी विश्वामित्र ब्राह्मणों के लिए दुष्प्राप्य ब्रह्मर्षि-पद प्राप्त कर चुके थे और ब्राह्मण होकर भी परशुधारी जमदग्नि-पुत्र परशुराम ने अनेक बार क्षत्रिय-वीरों का शिरोच्छेदन कर इस धरती को रक्त-रंजित कर दिया था। ऐसी स्थिति में जन्मगत विशेषता तुम्हारे दायित्वों के निर्धारण में बाधा किधर से बनती है? जिस व्यक्ति में जो सम्भावनाएं हों उनका विकास और उनके अनुसार ही उसे आचरण करना चाहिए। पर वर्तमान सबसे बड़ा सत्य है। इस काल जो कार्य तुम्हारे हाथ में है वह तुम्हारा नियत अथवा निर्धारित कार्य अवश्य है और उससे तुम मुंह नहीं मोड़ सकते। तुम्हें याद है न कि एक वर्षीय गुप्त आवास के दौरान स्त्री-वेश धारण कर पुंसला के रूप में, तुम्हारा कार्य राजा विराट के अन्तःपुर में उनकी पत्नी और पुत्री की केश-सज्जा और उन्हें नृत्य-गान सिखाना भी था? उस समय वही तुम्हारा नियत कार्य था। ध्यान दो कि अगर उस काल तुमने अपने कार्य के सम्पादन में थोड़ा भी प्रमाद किया होता तो उसका क्या फल होता? तब कहां की यह युद्ध-भूमि और कैसा युद्ध? तब तो पांडवों को अतिरिक्त बारह वर्षों का वनवास झेलना पड़ता और ये अतिरिक्त वर्ष तुम सभी को पूरी तरह तोड़ देने के लिए पर्याप्त होते। इसीलिए कह रहा हूं कि नियत कार्य ही सर्वश्रेष्ठ है और फलाशा से रहित हो उसका सम्पादन ही व्यक्ति का सर्वश्रेष्ठ दायित्व।

"आई मेरी बात कुछ समझ में?" श्रीकृष्ण ने ध्यानावस्थित-से हो आये अर्जुन से पूछा। लगा वह उनकी एक-एक बात को उसी तरह पीता चला जा रहा है जैसे आजीवन पिपासित कोई चक्रवाक पक्षी स्वाती-नक्षत्र की सलिल बूंदों का पान करे।

"आई। पर अभी कुछ पूछने का नहीं मात्र सुनने का मन करता है।" अर्जुन ने छोटा-सा जवाब दिया।

श्रीकृष्ण मुसकुराए। नहीं, यह मुसकान नीलमणि पर पड़ने वाली रवि-रश्मियों की आभावाली वह मोहक मुसकान नहीं थी। इसमें कहीं से झांकता एक हल्का व्यंग्य था—परिहास।

"तो सुनो। पर पूछना तो पड़ेगा ही। जिज्ञासा से कहां मुक्ति है ?" मुसकराहट में अभिव्यक्त व्यंग्य शब्दों के माध्यम से मुखर हो आया था, "जिस समय तुम्हारी जिज्ञासा पूरी तरह निःशेष हो जायगी उस समय तुम अपनी अनिश्चितता को त्याग कर स्वयं युद्ध के लिए सन्नद्ध हो जाओगे। खैर, इस समय कोई और बात कह रहा था। कर्म-विमर्श के इस क्रम में मुझे यज्ञ की याद आ गई।"

"यज्ञ ? उसका यहां क्या सन्दर्भ है ?"

कृष्ण पुनः मुसकराए। तात्पर्य स्पष्ट था—आखिर तुम्हें पूछना पड़ा तो। कितना शीघ्र जग आई तुम्हारी निःशेष हो आई जिज्ञासा ?

"सन्दर्भ है," श्रीकृष्ण ने आरम्भ किया, "यद्यपि मैंने आरम्भ में कहा था कि वैदिक ज्ञान सच्चे ज्ञानी के लिए कुछ महत्त्व नहीं रखता, पर वेदों की सारी बातें उपेक्षणीय नहीं हैं। यज्ञ भी एक वैसी ही बात है। इसका सन्दर्भ यहां कर्म की निष्कामता को लेकर है। किसी भी कर्म को यदि यज्ञ-स्वरूप मान कर किया जाय तो वह बन्धनकारी नहीं होता। कर्म से तो लोग इसीलिए भयभीत रहते हैं कि वह मुक्ति-मार्ग का भारी बाधक है। हर कर्म का फल अवश्य मिलता है और उसके भोग के लिए जन्म-मरण के चक्कर में भी फंसना अनिवार्य हो आता है।

"मैंने पहले फलाशा को छोड़ने अथवा निस्संग कर्म की बात, चिन्ता-मुक्ति के सन्दर्भ में की थी; अब उसका उल्लेख बन्धन-मुक्ति के सन्दर्भ में कर रहा हूं। मोक्ष सभी का परम साध्य है और कर्म है कि वह अगर निस्संग नहीं हुआ तो इस मोक्ष को असम्भव बना देता है।"

"तो तुम्हारा कथन है कि यज्ञ-हेतु किए गए कार्य बन्धनकारी न होकर मोक्ष-दायी होते हैं ?" अर्जुन ने जिज्ञासा की।

"हां, और यह भी कि हर कर्म को यज्ञ समझ कर करो तब भी वह निस्संग कर्म की ही श्रेणी में आता है और बन्धनकारी नहीं होता।"

"बात स्पष्ट नहीं हो रही," अर्जुन ने जिज्ञासा की, "यज्ञ के हेतु किए गए कार्य बन्धनकारी नहीं होते यह बात मान भी लूं तो कर्म को यज्ञ समझ कर करने की बात और वैसा करने से उसके मोक्षदायी हो आने की बात समझ में नहीं आती।"

"समझाता हूं," श्रीकृष्ण ने कहा, "पहले दूसरी बात को ही लेता हूं क्योंकि यज्ञ के सम्बन्ध में बहुत कुछ कहना है।"

"यज्ञ को साक्षात् विष्णु कहा गया है—'यज्ञो वै विष्णुः'। ऐसी स्थिति में यज्ञ समझ कर कुछ करने का अर्थ विष्णु के लिए ही कुछ करना है। विष्णु तो स्वयं मोक्षप्रदाता है, उसको जो कर्म अर्पित हो गए वे बन्धनकारी किधर से होंगे ?"

"विष्णु तो तुम्हीं को कहते हैं—विष्णु का द्वितीय विग्रह, उसका पूर्ण अवतार।" अर्जुन सहसा बोल पड़ा।

"कहने और मानने में अन्तर होता है।" श्रीकृष्ण मुसकराए, फिर वही मारक मुसकान—नीलकान्त मणि पर पड़ती प्रातः की स्वर्ण-किरण।

"अर्थात् मैं तुम्हें भगवान नहीं मानता हूं, यही न ?"

"एक दिन मानने भी लगोगे," श्रीकृष्ण की मुसकान अर्थपूर्ण हो आई, "खैर, उस पर बाद में बातें होंगी। अभी यज्ञ की चर्चा कर रहा था। कर्म को यज्ञ समझ कर सम्पादित करना किस तरह कर्म-जनित बन्धन से मुक्त रखता है यह

स्पष्ट कर दिया, अब यज्ञ के सम्बन्ध में एक महत्त्वपूर्ण बात बताऊं।"

"क्या ?" अर्जुन का औत्सुक्य उसके स्वर पर चढ़ा।

"यज्ञ बड़ी चीज है। मनुष्य की सभी इच्छाओं की पूर्ति का साधन। सद्यः फलदायक।"

"अभी तो तुम फलाशा से मुक्त होने की बात कहते थे ? निस्संग और तटस्थ कर्म की बात ?"

"वह अब भी करता हूं। आगे भी करता रहूंगा। यही तो वास्तविक योग है—कर्म-योग। पर फलाशा से रहित होकर कर्म-रत होने का मतलब यह कहां हुआ कि तुम्हें फल मिले ही नहीं, तुम्हारा श्रम व्यर्थ चला जाय ? नहीं, सृष्टि का नियन्ता इतना निष्ठुर नहीं हो सकता। फलाशा का त्याग तो चिन्ता-मुक्त होने का आधार है। फल जो मिलना है वह तो मिलेगा ही। उसको लेकर व्यर्थ की चिन्ता नहीं पाल लेना ही बुद्धिमानी है - यही तो वह जीवन दर्शन है जिससे मैं तुम्हें परिचित कराने का प्रयास कर रहा हूं। पर फल तो तुम्हें चाहिए ही। तुम्हारे जीवन के सारे प्रयास निष्फल चले जाएं, यह न तुम चाहोगे, न तुम्हारा निर्माता।"

"तो यज्ञ सभी के लिए आवश्यक है। यही न ?"

"हां, उन सभी के लिए जो फल की चिन्ता से मुक्त हैं फिर भी फल चाहते हैं। उसके लिए कर्म करते हैं। निस्सन्देह यज्ञ उनकी फल-प्राप्ति को सुनिश्चित कर देता है। उनका दायित्व मात्र प्रयासरत रहना होता है—निश्चिन्त और निर्लिप्त होकर।

"अर्जुन, यह बात विचित्र लग सकती है पर है सत्य," श्रीकृष्ण ने अपना कथन जारी रखा, "जिस तरह शिशु के लिए पोषण के सृष्टिकर्त्ता उसके जन्म के साथ ही जननी के स्तनों में दूध की सृष्टि कर देता है, उसी तरह अपनी प्रजा—मनुष्य जाति—की सृष्टि के साथ-साथ उसके पालन-पोषण और अभ्युदय-विकास के लिए उसने यज्ञ की सृष्टि कर दी। उसकी आकांक्षाओं, अभिलाषाओं की पूर्ति का प्रमुख साधन है यज्ञ—उसकी प्रगति और उन्नति का कारण।

"इस विश्व में रहना है अर्जुन और कुछ करके रहना है तो देवताओं को प्रसन्न करना होगा; वे ही तो प्रसन्नता और प्रगति के कारक हैं। और देवता प्रसन्न और पोषित होते हैं यज्ञ से। यह सब कुछ पारस्परिक है। यज्ञ द्वारा तुम देवताओं को प्रसन्न और सबल करो तो देवता तुम्हें समृद्ध और समर्थ करेंगे।

"यज्ञ द्वारा प्रसन्न हुए देवता निश्चित ही तुम्हारी इच्छित वस्तुओं को प्रदान करते हैं किन्तु नियम यही है कि उन वस्तुओं का एक अंश तुम यज्ञ के माध्यम से देवताओं को भी प्रदान करो। उनके द्वारा दिए साधनों का उपयोग जो बिना उनको सहभागी बनाए करता है उसे चोर के अलावा क्या कहोगे ?

"यज्ञ के माध्यम से देवों को प्रसन्न कर शेष बचे साधनों को ग्रहण करने वालों के सारे पाप-ताप विनष्ट हो जाते हैं, लेकिन वे तो घोर पापी हैं जो देव-प्रदत्त वस्तुओं को अकेले खा-पी जाने में जरा भी संकोच नहीं करते।

"और एक बात बताऊं ?" श्रीकृष्ण ने कुछ सोचते हुए कहा।

"अवश्य। यज्ञ की इस महिमा से तो मैं अब तक अनभिज्ञ ही था।" अर्जुन ने हामी भरी।

"तुम्हें शस्त्रास्त्र की प्राप्ति और उनके संज्ञान के प्रशिक्षण से अवकाश ही कब

मिला कि तुम जीवन के इन मूल विषयों पर विचार करो। यहां सब कुछ पारस्परिक है। कुछ लेने के पहले कुछ देना पड़ता है। देना उन सभी को पड़ता है, कम या अधिक, जो कुछ प्राप्ति के आकांक्षी हैं। राजा-रंक सभी को। इस नियम का कोई अपवाद नहीं है।

"एक राजा हाथी पर सवार होकर कहीं जा रहा था। मार्ग में एक भिखारी मिला। उसने अपने भिक्षा-पात्र को दोनों हाथों में टांग कर ऊपर उठाया—'भिक्षां देहि—राजा भीख दो।'

"राजा ने भिखारी की ओर देखा और कहा, 'पहले तुम कुछ दो'।

"भिखारी अवाक्। राजा उस भिखमंगे से मांग रहा है? मांग रहा है या यों ही हंसी कर रहा है? राजा की बात को अनसुनी कर वह हाथी के पीछे पुनः दौड़ा, 'राजा, मैंने कहा मुझे भीख दो।'

"राजा ने कहा, 'मैंने भी तो कहा कि पहले तुम कुछ दो।'

"भिखारी ने क्रोध में भर कर अपने भिक्षा-पात्र से चावल के चार दाने निकाल कर राजा की ओर फेंक दिए। राजा ने ध्यान से देखा, चार चावल। उसने हाथी को रोका, अपने बटुए में हाथ लगाया और सोने के चावल के चार दाने भिखारी के पात्र में डाल दिए। हाथी आगे बढ़ गया। भिखारी ने ध्यान से देखा आखिर इस कंजूस राजा ने दिया क्या? देखा तो चार सोने के दाने पात्र में चमक रहे थे। वह प्रसन्नता से भर आया और सोचा, उसे अपने सारे दाने फेंक देने थे। पर तब तक पर्याप्त विलम्ब हो चुका था। हाथी बहुत आगे बढ़ गया था'।"

"अर्थात् देवताओं अथवा ईश्वर को भी हमसे कुछ लेने की अपेक्षा रहती है?"

"अवश्य। वे तुम्हारे भक्ति-भाव और त्याग-भावना की परीक्षा करते हैं। सुपात्र को ही सभी देते हैं जो कुपात्र है उसे क्या देना?

"खैर, मैं दूसरी बात कह रहा था, यह बात तो प्रसंग-वश आ गई। मैं कह रहा था कि यह तो मानोगे कि अन्न पर ही हमारा जीवन आधारित है?"

"अवश्य!"

"और अन्न का उत्पादन बिना वर्षा के सम्भव नहीं?"

"यह भी सत्य है।"

"तो यह बात भी जान लो कि वर्षा के लिए यज्ञ भी आवश्यक है। यज्ञ का धूम बादलों की सृष्टि करता है और समुद्र-जल से बने बादल बरसें-न-बरसें, यज्ञाग्नि से बने ये बादल बरस कर रहते हैं।

"पर एक बात तो मानोगे?" श्रीकृष्ण ने ही आगे कहा।

"क्या?"

"यज्ञ भी तो कर्म के बिना सम्भव नहीं है। कर्म नहीं करो तो यज्ञ-सामग्री किधर से आयेगी अन्न और घृत? तो कर्म की महत्ता हुई न? उसी कर्म की जिससे तुम मुंह मोड़ने को तैयार हो?"

अर्जुन चुप। प्रायः हर बात को कृष्ण कर्म से ही संयुक्त कर देते हैं। कितनी गलती की, उसने गांडीव फेंक कर। उसका मन करता है अभी इसी क्षण वह गांडीव हाथ में ले रथ के अग्रभाग में जा बैठे और चिल्ला पड़े, 'लो श्रीकृष्ण, हो गया मेरा मोह-भंग। कर्म-विमुख अब नहीं रह सकता मैं एक क्षण भी। ऐसे भी

कहां हूं, कर्म-हीन, जैसा तुम स्वयं कहते हो।'

पर नहीं अभी वह ऐसा नहीं करेगा, वह आगे सोचता है। अच्छा सुयोग आ बना है यह। कितनी अच्छी-अच्छी बातें तो कढ़ रही हैं श्रीकृष्ण-मुख से। अब सब कुछ सुन ही लेना है आज, भले युद्धारम्भ में विलम्ब हो। उसने दोनों सेनाओं पर फिर एक उड़ती दृष्टि डाली। उनकी व्यग्रता का उसे बोध हुआ। पर कोई उपाय नहीं था। सखा जब इतनी सारी बातें सुनाने को सन्नद्ध थे तो उन्हें बीच में ही रोक देना अपने हित में नहीं है।

"एक बात और सुनो।" श्रीकृष्ण बोलते हैं तो अर्जुन की विचार-शृंखला टूटती है। वह पूरी तरह पुनः उनकी ओर उन्मुख हो जाता है।

"यह कर्म मात्र इसलिए महत्त्वपूर्ण नहीं है कि वह तुम्हारी जीवन-यात्रा का सम्बल है और यज्ञ-कार्य में सहायक है। मैंने यज्ञ को कर्म से उत्पन्न होने अथवा उस पर आधारित होने की बात की न, और जानते हो इस कर्म की उत्पत्ति का स्रोत कौन है? इसका उत्स?"

"कौन?"

"स्वयं ब्रह्म। मैंने बताया था न कि प्रकृति किसी को निष्क्रिय रहने नहीं देती? कि क्रियाशीलता उसकी स्वयं की प्रकृति में है। तो यह प्रकृति है क्या? यह तो ब्रह्म की ही सहायिका शक्ति है, उसी से उत्पन्न। इस तर्क के आधार पर कर्म ब्रह्म से ही उत्पन्न हुआ न? वह ब्रह्म जो स्वयं अविनाशी है, अक्षर तत्त्व से समुत्पन्न है। खैर, बात यहां तक पहुंची कि यज्ञ के कर्म पर आधारित होने अथवा उससे उत्पन्न होने और स्वयं कर्म के ब्रह्म से उत्पन्न अथवा संयुक्त होने के कारण ब्रह्म ही सदा यज्ञ में प्रतिष्ठित रहता है। यह है इस यज्ञ का महत्त्व, ब्रह्म से किसी तरह कम नहीं है, इसीलिए ब्रह्म और विष्णु में अन्तर ही क्या है, जो ब्रह्म वही विष्णु, जो विष्णु वही ब्रह्म, जो ब्रह्म वही यज्ञ।"

"तो यज्ञ सचमुच महत्त्वपूर्ण है?" अर्जुन ने आश्चर्य व्यक्त किया।

"महत्त्वपूर्ण तो है ही और यह भी जान लो कि जो इस महत्त्वपूर्ण चक्र को तोड़ने अथवा बाधित करने का अपराधी होता है उसका जीवन पाप-पूर्ण और व्यर्थ है। उसका जीना नहीं जीने से अच्छा है।" श्रीकृष्ण ने गम्भीरतापूर्वक कहा।

"कौन-सा चक्र?"

"यही कर्म से यज्ञ की, यज्ञ से वर्षा की, वर्षा से अन्न की और फिर अन्न से यज्ञ की उत्पति का चक्र। यह चक्र ही सृष्टि का धारक है। यज्ञ नहीं तो वर्षा नहीं, वर्षा नहीं तो अन्न नहीं, अन्न नहीं तो जीवन नहीं। नहीं?"

"बात तो ठीक है।" अर्जुन ने स्वीकृति में सिर हिलाया।

"तो बात अन्ततः पुनः कर्म पर आई न?"

"आई ही। अगर कर्म नहीं तो यज्ञ कहां सम्भव है?"

"पर कर्म से कुछ लोगों को मुक्ति अवश्य है," श्रीकृष्ण कुछ सोचते हुए बोले, 'अर्थात् वे कुछ नहीं करेंगे तब भी चलेगा।"

"कौन हैं वे सौभाग्यशाली?" अर्जुन ने उत्सुकता से पूछा।

"सौभाग्यशाली क्या कहोगे उन्हें, कर्म-विरत होना सौभाग्यवान थोड़े होना है किन्तु जो अपने ही में लीन रहते हैं, जो कुछ उपलब्ध है उसी में तृप्त हैं; वे कुछ करें-न-करें उनके लिए क्या अन्तर पड़ेगा? उनके कुछ करने का भी कोई महत्त्व

नहीं और नहीं करने का भी कोई महत्त्व नहीं। ऐसे आत्मलीन प्रकृति के व्यक्तियों का उदाहरण हमारे लिए आदर्श नहीं हो सकता। अतः, जैसा पहले कहा आसक्ति-रहित होकर सदा कर्म में तत्पर रहना ही हमारी नियति है, हमारा दायित्व भी। और यह व्यर्थ है कि सिद्धि अथवा मोक्ष या परम पद की प्राप्ति केवल कर्म-हीनों अथवा संन्यासियों के लिए ही सुरक्षित है। निस्संग भाव से किया गया कार्य भी मोक्ष ही प्रदान करता है क्योंकि फलाशा-युक्त नहीं होने से वह बन्धनकारी बन नहीं पाता।

"तुमने राजर्षि जनक की बात तो सुनी ही होगी। वही जनक जिनकी पुत्री से त्रेता में भगवान राम का परिणय सम्पन्न हुआ। कहां मुंह मोड़ा उन्होंने कर्म से। और किसी सामान्य कर्म में निरत रहे वह? सम्पूर्ण मिथिला-प्रदेश के शासन का सफलतापूर्वक संचालन कोई साधारण कार्य था? फिर भी वे ऋषि ही नहीं राजर्षि की उपाधि से विभूषित हुए कि नहीं? कर्म ही उनकी सिद्धि का कारण बना न?

"और एक बात और है।" श्रीकृष्ण ने कुछ रुकते हुए कहा।

"कौन-सी बात?"

"तुम और मैं कोई साधारण व्यक्ति नहीं। अर्थात् लोगों की दृष्टि में एक विशेष स्थान है हमारा। सामान्य जन हमारे आचरण से ही स्वयं का आचरण निर्धारित करते हैं। हम जैसा करेंगे वे भी वैसा ही करेंगे, अतः लोक को, समाज को सही दिशा मिले, वह दिग्भ्रमित नहीं हो, इसलिए भी तुम्हारा और मेरा कर्म-निरत रहना आवश्यक है। यह स्पष्ट है कि श्रेष्ठ-जन जिस मार्ग का निर्धारण करते हैं, दूसरे उसी का अनुगमन करते हैं। वैसी स्थिति में हमें उदाहरण तो वही प्रस्तुत करना चाहिए जो सबों के लिए अनुकरणीय हो। अब अगर तुम्हारे अनु-करण में तुम्हारे भाई और पुत्र तथा अन्य योद्धा भी अपने अस्त्र-शस्त्र फेंक कर रथों के पीछे जा बैठें तो बिना श्रम ही विजय हो गई दुर्योधन की कि नहीं?"

इसके बाद श्रीकृष्ण के मुख पर एक अनाम गाम्भीर्य व्याप्त हो गया। अर्जुन को लगा अब वे कुछ विशेष करना चाहते हैं। उनकी मुखाकृति से स्पष्ट था कि अब तक बहुत ध्यान से गोपित रखे किस भेद को स्पष्ट करने को वे अपने को प्रस्तुत कर रहे थे पर शायद कुछ सोचकर अपने निश्चय को क्रियान्वित करने में झिझक भी रहे थे।

"आप किसी द्वन्द्व के शिकार हो रहे हैं।" अर्जुन ने ही चट्टान की तरह दोनों के मध्य अड़ आये इस मौन को तोड़ने का प्रयास किया गया।

"शायद।" श्रीकृष्ण ने छोटा-सा उत्तर दिया था।

"जो स्वयं दूसरों को निर्द्वन्द्व होने का परामर्श देता है वह कैसे द्वन्द्वग्रसित होता है?" अर्जुन को आश्चर्य हुआ था।

"बात उस द्वन्द्व की है नहीं। यह एक बड़ी बात है," श्रीकृष्ण ने धीरे-धीरे आरम्भ किया था, "वास्तविकता यह है कि हमारा वार्तालाप उस मोड़ पर पहुंच गया है जहां मुझे बाध्य होकर उस भेद को प्रकट करना पड़ रहा है जिसे मैंने गोपनीय ही रखने को सोचा था।"

"मुझसे भी? जिसे आप अपना अन्तरंग सखा मानते हैं?"

"हां, तुमसे भी क्योंकि विश्वास शायद उस पर तुम भी नहीं करोगे यद्यपि

विश्वास करने का प्रयास तुम अब तक करते आये हो।"

"किस बात पर ?"

"तुम शायद मेरा इंगित समझ रहे हो।" श्रीकृष्ण ने मुसकराने का प्रयास किया।

"वह आपके परमेश्वर होने वाली बात पर ?" अर्जुन कुछ सोचते हुए बोला।

"शायद।"

"जब अधिकांश आपको परब्रह्म परमेश्वर का स्वरूप मानते ही हैं तो मेरे संशय-ग्रस्त होने से क्या होगा फिर आपने ही तो कहा कि मैं भी विश्वास करने का प्रयास कर रहा हूं। ऐसे, मैंने भी तो कई बार आपको उसी रूप में देखना चाहा है, कहा भी है।"

"कहने और विश्वास करने में अन्तर होता है अर्जुन, मैंने पहले भी यह बात कही थी। कहने को हम किसी के लिए बहुत ऊंची-ऊंची बातें मुंह से कह लेते हैं पर आवश्यक नहीं कि उसमें हमारे अन्तःकरण, हमारे विश्वास का भी साथ हो। उससे हमारी आस्था भी जुड़ी हो। और यह भी कोई आवश्यक नहीं कि मैं आज, अभी अपने मुंह से कह भी दूं कि सच मैं वही हूं जो अधिकांश लोग मानते रहे हैं तो तुम पूर्णतया विश्वास ही कर लो। लेकिन बात यहां तक आ गई तो उसे बीच में छोड़ा भी तो नहीं जा सकता ?" कह कर श्रीकृष्ण ने अर्जुन की आंखों में सीधे देखा। वहां विश्वास था, नहीं भी था। उनके ढेर सारे देखे-सुने चमत्कारों ने कई बार स्वयं उसके मुंह से ही उन्हें भगवान के रूप में सम्बोधित कराया था। कई बार स्वयं उसने भी इसी मान्यता के पक्ष में तर्क दिए भी थे। पर उसकी आंखों में तैर रहे संशय को भी वे कैसे सहसा उपेक्षित कर दें ? चमत्कार तो आंखों का भ्रम भी हो सकता है। साथ ही केवल चमत्कार के भरोसे भगवान नहीं हुआ जा सकता। ऐसा होता तो संसार के सारे बाजीगर ईश्वर ही बन बैठते। खैर अभी तो जो कहना है उसे कह ही देना है, विश्वास दिलाने की घड़ी आयेगी तो वह भी किया जाएगा। श्रीकृष्ण ने सोचा और आरम्भ किया, "यही नहीं तीनों लोकों में भी मेरे लिए कुछ भी करने की आवश्यकता नहीं है···।" श्रीकृष्ण यहीं पर रुके। बात अब अप्रत्यक्ष नहीं प्रत्यक्ष रूप से कही जा चुकी थी। तीनों लोकों का अर्थ ही था कि वे त्रैलोक्यपति हैं। अर्जुन पर इसका प्रभाव देखना था, इसके पूर्व कि बात आगे बढ़ाई जाय। प्रभाव अपेक्षित ही था। वह पहले की अपेक्षा अधिक ही सावधान हो सुनने की मुद्रा में आ गया था पर आंखों में तैरते संशय के समाप्त होने में अभी विलम्ब था। पर बात तो अब स्पष्ट करनी ही पड़ेगी। अब तक दूसरे उन्हें त्रैलोक्यपति, सर्वेश्वर और साक्षात् परब्रह्म मान रहे थे; आज उन्होंने उसे स्वयं स्वीकारा था। अब पीछे मुड़ने की स्थिति में ये थे कहां ?

"हां तो मैं कह रहा था," उन्होंने आरम्भ किया कि तीनों लोकों में मेरे लिए कुछ भी करणीय नहीं है। कुछ करने की आवश्यकता नहीं है मुझे क्योंकि कुछ भी ऐसा प्राप्य नहीं है जिसे मुझे प्राप्त करना है। कोई आवश्यकता मेरी अपूर्त नहीं है। ऐसी स्थिति में भी मैं सदा कर्म-रत रहता हूं। और कुछ नहीं तो अभी तुम्हारा सारथ्य ही कर रहा हूं। जानते हो क्यों ?"

"नहीं।" अर्जुन ने छोटा-सा उत्तर दिया। शायद सारथ्य की बात वह सोच रहा था। शायद यह कि त्रैलोकाधीश्वर आज उसके रथ का सारथि बना बैठा है

और तब भी वह भय-ग्रस्त है, भय-ग्रस्त नहीं तो मोह-ग्रस्त ! यह विडम्बना नहीं तो क्या है ?

"क्योंकि यदि मैं सावधान होकर सदा कर्म-रत नहीं रहूं तो शेष लोगों का क्या होगा ? सभी तो मेरे द्वारा ही दिखाए मार्ग पर चलेंगे ? तब तो मेरे अकर्मण्य होते ही सभी कर्म छोड़ बैठेंगे। यदि मैं कर्म नहीं करूं तो पृथ्वी ही नहीं शेष सारे-के-सारे लोक कर्त्तव्यहीनता का शिकार हो समाप्त हो जायं। हां अकर्मण्यता, निष्क्रियता एवं गतिहीनता का ही सूचक है और गतिहीनता सूचक है अन्त का, मृत्यु और सर्वस्व-समाप्ति का।"

"कुछ समझ रहे हो तुम ?" श्रीकृष्ण ने रुक कर पूछा।

"समझ रहा हूं जनार्दन ! समझने का प्रयास कर रहा हूं, नहीं समझ रहा तो केवल इतना कि अब तक तुम्हें क्यों ठीक से नहीं समझ सका। तुम तीनों लोकों के महेश्वर सदा मेरे साथ डोलते रहे और मैं तुम्हें एक सामान्य मनुष्य ···।"

"छोड़ो इस बात को," श्रीकृष्ण ने बीच में ही टोका, 'मैं कहने जा रहा था कि इस प्रकार सभी अकर्मण्य हो जायं तो मैं सभी लोकों में घोर अव्यवस्था और असन्तुलन का कारण बन सकता हूं। इस प्रकार तुम जिस वर्णसंकरता की बात कर रहे थे उसका कारण मैं स्वयं बन सकता हूं और अन्ततः इस घोर अव्यवस्था, असन्तुलन और अकर्मण्यता के फलस्वरूप मेरे ही द्वारा सृष्ट सारी प्रजा, सम्पूर्ण चराचर सृष्टि विनाश को प्राप्त हो सकती है।"

अर्जुन आश्चर्य-चकित-सा यह सब सुन रहा था। तो यह महत्त्व था कर्म का, कर्त्तव्य का। सभी लोकों का सृष्टि-कर्ता जिसकी इच्छा मात्र से सब कुछ सृष्ट-सम्पन्न हो जाता है वह भी क्रियाशील होने को बाध्य है।

"अब मैं कर्म के सम्बन्ध में मूल बात पर आऊं ?"

मूल बात ? इतना कुछ सुनने के बाद भी अभी मूल बात रह गई है क्या, अर्जुन ने सोचा।

"जिस तरह विद्या-बुद्धि-हीन व्यक्ति फलाशा के कारण पूर्ण आसक्ति-भाव से कर्म-सम्पादन में लगे रहते हैं, उसी तरह विद्वानों को भी कर्म में सर्वदा प्रवृत्त रहना चाहिए, अन्तर इतना ही कि उनमें आसक्ति का अभाव होना चाहिए। हमारी तथाकथित बुद्धिमत्ता और ज्ञान को कर्म-सम्पादन के आड़े नहीं आना चाहिए। यह तुम्हारी बुद्धिमत्ता ही तो है जो तुम्हें निश्चय-अनिश्चय और निर्णय-अनिर्णय की स्थिति में डालकर कर्म-च्युत कर रही है वरना ये असंख्य महारथी, रथी और पदाति तो बिना एक क्षण भी विचार किए युद्ध में रत होने को तत्पर खड़े हैं। कहां है इनमें कोई संशय, कोई मोह ?"

"तो भीष्म, द्रोण और कृप के समान ये सभी आचार्य मूर्खों—सामान्य जनों की श्रेणी में आते हैं ? ये ही तो युद्ध के लिए तत्पर खड़े हैं।"

"नहीं, ये मूर्ख नहीं है, पर तुम्हारी तरह व्यर्थ का ज्ञान जिसे अज्ञान ही कहेंगे, इन पर हावी नहीं है। ये उम्र और अनुभव में तुमसे बड़े हैं और ये निश्चय ही सत्य से परिचित हैं। इनकी अनासक्ति ही इनको कर्त्तव्य-प्रेरित कर रही है, जबकि अधिकांश की आसक्ति ने उन्हें समर भूमि में ला खड़ा किया है। भीष्म, द्रोण और कृप आदि को जय-पराजय से क्या लेना है ? धरती का एक टुकड़ा भी तो नहीं चाहिए इन्हें, यद्यपि शेष लोग तो इस लालच में बंधे होंगे कि अपने पक्ष

जय हुई तो कुछ-न-कुछ तो हाथ लगेगा ही।

"बड़ी अच्छी बात है जिस तथ्य को मैं सिद्धान्त द्वारा समझाना चाहता था उसे तुमने स्वयं ही प्रमाण द्वारा स्पष्ट कर दिया। तो जिस तरह बहुत सारे सेनानी और योद्धा आसक्ति से बंध कर और जिस तरह भीष्म, द्रोण और कृप की तरह महापुरुष अनासक्ति भाव से कर्म के लिए सन्नद्ध हैं, तुम भी वैसा ही करो, अन्तर यही कि तुम्हारे उदाहरण ज्ञानवान् गुरुजन ही बनें, दुर्योधन की तरह दुर्बुद्धि और अज्ञानी नहीं। जैसा कि पहले कहा, बुद्धिमानों को दूसरों के पथ-प्रदर्शन के लिए भी सही मार्ग निर्धारित करना पड़ता है, अतः कर्म तुम्हारे और मेरे सदृश लोगों के लिए भी अनिवार्य है।

"बल्कि मैं तो यह भी कहूंगा कि जो आसक्त-भाव से ही सही कर्म में लगे हैं उन्हें व्यर्थ का उपदेश देकर आसक्ति-अनासक्ति की बात कर उन्हें संशय में डालने का प्रयास भी उचित नहीं है क्योंकि महत्त्व कर्म का ही है—किसी भाव से सही वे कर्म कर तो रहे हैं? बुद्धिमानों के लिए स्वयं के आचरण को सम्यक् रखते हुए अर्थात् निस्संग रहकर कर्मयोग का आचरण करते हुए उनसे कर्म सम्पादित कराते रहना ही उचित है। कम-से-कम, कर्म-रत तो रहेंगे वे। कर्म-योग जब सीखना होगा सीख लेंगे। सृष्टि का क्रम तो नहीं प्रभावित होगा उनकी अकर्मण्यता से।"

अर्जुन सोच रहा था श्रीकृष्ण कितना महत्त्व दे रहे हैं कर्म को कि अपने प्रिय कर्म-योग—निस्संग भाव से कर्म-रत रहने की बात—की भी बलि चढ़ाने को तत्पर हैं। सच, कर्म कितना महत्त्वपूर्ण है इस कर्मयोगी के लिए तभी तो यह कहता है कि तीनों लोकों में कुछ भी करणीय नहीं रहने पर भी वह कुछ-न-कुछ करता ही रहता है।

"तुम कुछ सोच रहे हो।" श्रीकृष्ण ने टोका।

"नहीं कुछ खास नहीं। तुमसे सुनना ही अच्छा लगता है। कृपया सुनाते जाओ।"

"मात्र सुनने से क्या होगा," श्रीकृष्ण मुसकराए, "उसे हृदयंगम भी करना होगा।"

"हृदयंगम-योग्य बातें तो स्वतः हृदय में बैठ ही जाती हैं," अर्जुन ने निवेदन किया, "अब तक तुमने जो कुछ कहा मैंने माना ही तो। भले ही अपने समझने-बूझने के लिए कहीं पर कुछ प्रश्नचिह्न लगाए हों, कुछ तर्क किया हो पर अन्ततः उस सबको तो अपनाना ही पडा जिसे तुमने कहा। कहां मैं उतर रहा हूं किसी कुतर्क पर?"

"उतरोगे भी कैसे?" श्रीकृष्ण ने रस लेते हुए कहा, "शिष्यत्व को पहले ही ग्रहण कर चुके हो—शिष्यस्तेऽहं शाधि मां त्वं प्रपन्नम्—मैं तुम्हारा शिष्य बना, अब तुम मुझे उपदिष्ट करो। शिष्यत्व स्वीकारे बिना मैं तुम्हें इतना कुछ बताने वाला भी कहां था?"

"ठीक है। जारी रखो इस क्रम को। पूर्ण मार्ग-निर्देशन हो रहा है मेरा। बहुत सारी व्यर्थ की ग्रन्थियां छिन्न होती जा रही हैं।"

"एक बड़ी महत्त्वपूर्ण बात कहने जा रहा हूं" श्रीकृष्ण ने मुसकराते हुए कहा।

अर्जुन इस मुसकान का अर्थ नहीं समझ सका पर सारी इन्द्रियों को उसने कर्णवत् अवश्य कर लिया।

"यह कर्म भी बड़ा विचित्र है। यहां कौन कुछ करता है और कौन कराता है? ठीक वैसे ही जैसे कौन किसे मारता और मरवाता है?

"यह अहंकार व्यर्थ है कि मैं कर्ता हूं—मैं कुछ करने जा रहा हूं अथवा मेरा मन, मैं कुछ नहीं करूंगा।"

यह क्या हुआ? अर्जुन को लगा एक करारा चांटा ही जड़ दिया जनार्दन ने उसके चेहरे पर। अब बात समझ में आई। क्या कह रहे हैं वे यही न कि वह कौन है, कुछ करने वाला; दूसरे शब्दों में यह कहने वाला कि वह युद्ध नहीं करेगा।

"हां अहंकार ही है यह सोचना," श्रीकृष्ण ने अपनी बात को जारी रखते हुए कहा, "कि मैं कर्ता हूं। प्रकृति सबको विवश कर रही है अपने अनुसार कार्य करने को। प्रकृति अथवा परिस्थिति। प्रकृति की कुछ-न-कुछ कर लेने के इसी गुण इसी विशेषता के कारण तो सारे कर्म संपादित हो रहे हैं और अपने अहंकार का शिकार मूढ़ व्यक्ति यह सोचता है कि वही सब कुछ कर रहा है, ठीक वैसे जैसे दोनों टांगों को आकाश की ओर उठाकर सोने वाला वह पक्षी-विशेष सोचता है कि सम्पूर्ण आसमान उसके टिकाए ही टिका है।

"तत्त्वों को, यथार्थ को, जानने वाले इस बात को अच्छी तरह जानते हैं अर्जुन कि प्रकृति के गुण ही एक दूसरे में बरत कर कर्मों का सम्पादन कर रहे हैं। इस सत्य को जानने वाले कभी तुम्हारी तरह मोह-ग्रस्त नहीं होते। प्रकृति के इन गुणों अथवा विशेषताओं, गुणों को एक दूसरे में बरतने की बात नहीं जानने वाले ही प्राकृतिक गुणों द्वारा सम्पादित हो रहे इन कार्यों से अपने को संयुक्त कर व्यर्थ के बन्धन में पड़ते हैं। ऐसे मन्द बुद्धि वाले मूर्खों को जैसा कि पूर्व में ही कहा उसी रूप में कर्मरत रहने देना ही श्रेयस्कर है। तत्त्व का उपदेश देकर और आसक्ति-अनासक्ति के पचड़े में डालकर उन्हें कर्त्तव्य-विमुख करना बुद्धिमानी नहीं होगी।"

श्रीकृष्ण ने बात समाप्त की तो अर्जुन अवाक् उनकी ओर देख रहा था। उन्हें लग गया कुछ बातें उस पर अब भी स्पष्ट होनी शेष हैं।

"शायद मेरे समझाने में कहीं कुछ कमी रह गई।"

"कोई विशेष नहीं, हां प्रकृति के गुणों का ही गुणों में बरत कर कर्म संचालित कराने वाली बात मेरी समझ में नहीं आई।"

श्रीकृष्ण मुसकराए और बोले, "बात है ही कुछ टेढ़ी। टेढ़ी तो यह प्रकृति ही है—मेरी ही शक्ति जो है वह—तो उससे सम्बन्धित बातें तो कुछ कठिन होंगी ही।

"प्रकृति के गुणों को गुणों में बरतने की बात समझाई जा सकती है। कुछ उदाहरण लो। गर्म हवा का गुण है ऊपर उठना, सामान्य हवा का गुण है खाली स्थान को भरने के लिए दौड़ पड़ना। इससे क्या होता है, झंझावात की सृष्टि। सूर्य-रश्मियों का गुण है पानी को वाष्प में परिवर्तित करना, इस वाष्प का गुण है ऊपर जाकर बादल के रूप में परिवर्तित हो जाना और फिर पहाड़ों और वृक्षों का सान्निध्य पा जलधार बनकर बरस पड़ना। प्रकृति में ऐसे सारे उदाहरण हैं गुणों के गुणों में बरतने के। मनुष्य प्रकृति से परे नहीं है, उसी से उत्पन्न है, उसी का अंग। उसके साथ भी यही गुणों में गुणों के बरतने का खेल चलता है और यह खेल ही उसे क्रियाशील करता है। शरीर के अन्दर जठराग्नि है, उसका गुण है जो कुछ ग्रहण किया जाए उसे गला-पचा देना। उसका दूसरा गुण है प्रदीप्त होकर पुनः कुछ पाने की आशा करना; उसका यह गुण तुम्हारे

अन्दर क्षुधा की सृष्टि करता है और क्षुधा का गुण है तुम्हें व्यग्र कर देना, कुछ-न-कुछ कहीं-न-कहीं से प्राप्त कर उदर में डालने के लिए बाध्य करना और क्षुधा का यह गुण उसकी यह विशेषता ही तुम्हें कर्म के लिए प्रेरित करती है। तुम उत्कृष्ट या निकृष्ट कार्यों द्वारा क्षुधा-पूर्ति को बाध्य होते हो। कर्म स्वतः बन आता है। प्रकृति स्वयं इसे तुम्हारे समक्ष उपस्थित कर देती है, अपने गुणों को अपने ही गुणों में 'बरता' कर। अभी न तुम बड़ी-बड़ी बातें कर रहे हो। देखना तो यह है कि थोड़ी देर बाद क्षुधा की ज्वाला अन्दर जगती है तो तुम हाथ पर हाथ रख बैठे रहते हो या कहीं-न-कहीं से क्षुधा-पूर्ति का प्रयास करते हो। अब बात आई समझ में प्रकृति के गुणों के गुणों में 'बरतने' की ?" श्रीकृष्ण ने पूछा।

"आ गई।"

"आ गई तो ठीक है पर है एक सामान्य व्याख्या ही किन्तु तुम्हारे समझने के लिए पर्याप्त है। ऐसे मुझ परमेश्वर की इस अपार शक्ति प्रकृति के गुणों, विशेषताओं और उनकी क्रिया, प्रति-क्रिया को समझना बहुत आसान भी नहीं है। गहराई में जायं तो प्रकृति के सारे पदार्थ एक ही ऊर्जा से बने हैं और यह अणु-परमाणुओं के अनुपात की विशेषता है कि कोई वस्तु कुछ दिख रही है और कोई कुछ, प्रकृति में कहीं कुछ हो रहा है तो कहीं कुछ। पर है यह सब गुणों का गुणों में 'बरतना' ही।

"खैर छोड़ो इन बातों को। इनका अभी यहां कोई सन्दर्भ नहीं। मैं तुम्हारी वर्तमान स्थिति के सन्दर्भ में एक उपयोगी बात कह रहा हूं।"

"कहिए।" अर्जुन ने उत्सुकता से भर कर कहा।

"कर्म बन्धन-कारक लगते हैं इसीलिए तुम उनसे भागना चाहते हो। युद्ध में गुरु-जनों, स्वजनों की हत्या पाप और अधर्म का कारण बनती है, इसीलिए तुम युद्ध-विरत हो रहे हो। यही न ?"

"हां बात तो यही है।"

"तो इसका एक उपाय मैंने पहले बताया—निस्संग होकर कार्य करो। यह कार्य तुम्हें बन्धन में नहीं डालता। कर्म में निर्लिप्तता नहीं है तो तुम पाप-पुण्य के भागी नहीं बनते। अब एक दूसरी ओर उससे भी महत्वपूर्ण बात कह रहा हूं।"

"क्या ?"

"कर्मों का दायित्व अपने ऊपर नहीं लो। अपने सारे कर्मों को मुझ परमेश्वर को समर्पित कर दो। इस समर्पण के बाद तो तुम्हारे पास कुछ नहीं बचता है जो तुम्हें बांधे जो तुम्हारे लिए पाप-पुण्य का कारण बने।"

"यह कैसे सम्भव है ! कार्य मैं करूं और यह मान लूं कि कह देने मात्र से वह आपको समर्पित हो गया और मैं उसके फलाफल से रहित भी।" अर्जुन ने अविश्वास से भर कर कहा।

"संभव है," श्रीकृष्ण ने आरम्भ किया, "पर इसके लिए मात्र कह देना पर्याप्त नहीं होगा। इसके लिए एक विशेष प्रकार के भाव, विशेष चेतना का विकास करना होगा। वह चेतना अध्यात्म-चेतना होगी।"

"यह अध्यात्म-चेतना क्या है ?" अर्जुन पूछ बैठा। श्रीकृष्ण समझ गए कि यह बात उसके पल्ले नहीं पड़ रही।

"अध्यात्म शब्द का सम्बन्ध है आत्मा से ही। यह तो मैं आरम्भ में ही बता

चुका कि यह आत्मा एक सर्वव्यापी तत्व है अर्थात् वह सभी प्राणियों में तो व्याप्त है ही, सभी प्राणियों के कर्ता मुझ परमेश्वर में भी वह अवस्थित है। यहां उसकी संज्ञा है परमात्मा। आत्मा एक तरह से परमात्मा का ही अंश है जैसे समुद्र की लहर समुद्र का ही भाग है। आत्मा और परमात्मा के इस सम्बन्ध का ज्ञान ही अध्यात्म चेतना है। अध्यात्म-चेतना के विकसित होने पर कर्मों का परमेश्वार्पण अर्थात् परमेश्वर को सर्मपित करना कहां कठिन है? जब आत्मा, परमात्मा प्रायः एक ही हैं तो आत्मा द्वारा सम्पादित कार्य को परमात्मा को तुम सर्मपित कैसे नहीं कर सकते? और यह तो पहले ही कहा कि तुम देह नहीं आत्मा हो, अतः जिस कर्म को तुम देह द्वारा सम्पादित मानते हो, वह मूलतः आत्मा द्वारा ही सम्पादित है।

"क्यों अब भी कुछ अस्पष्ट रह गया?" श्रीकृष्ण ने पूछा।

"नहीं रहा।"

"नहीं रहा तो चिन्तारहित होकर तुम युद्ध करो और युद्ध के सारे फलाफल मुझे सर्मपित करते चलो। अब तो ठीक?"

"बात तो ठीक ही लग रही है।" अर्जुन ने हामी भरी।

"हां, बात ठीक है अर्जुन! जो मेरी इस उक्ति में सन्देह नहीं करते और सदा श्रद्धापूर्वक इसके अनुसार आचरण करते हैं वे सारे कर्म-बन्धनों से स्वतः मुक्त हो जाते हैं। और जो सारे ज्ञानों से रहित मूढ़ लोग मेरे इस मत में अविश्वास कर उसके अनुकरण से मुंह मोड़ते हैं उनको नष्ट ही समझो। उनके विनाश और पतन को कोई नहीं रोक सकता।"

श्रीकृष्ण ने बात समाप्त की। उन्हें लगा कि कर्म को लेकर अब इतना कुछ कहा जा चुका कि वह पर्याप्त है। अर्जुन के मुख की ओर देखकर भी वे आश्वस्त हुए। उसकी मुख-मुद्रा से स्पष्ट था कि उनकी बातों पर पूरी तरह उसका विश्वास जम आया था। पर उसको इसी मोड़ पर वे नहीं छोड़ सकते थे। उन्होंने प्रकृति की बात चलाई थी और अगर वे प्रकृति द्वारा सम्भावित संकटों की ओर उसका ध्यान आकृष्ट कर उनसे सुरक्षा के यत्न नहीं बता देते तो उनका कार्य अधूरा ही रह जायगा।

"अर्जुन! उन्होंने आश्वस्त से लगते पार्थ को सम्बोधित किया।

"जनार्दन!"

"जानते हो प्रकृति का एक अर्थ स्वभाव भी है—तुम्हारा मेरा अन्य सारे लोगों का स्वभाव?"

"जानता हूं।" अर्जुन ने स्वीकार में सिर हिलाया।

"तो एक बात यह भी जान लो," श्रीकृष्ण ने शब्द-शब्द पर जोर देते हुए कहा, "मूर्ख से लेकर विद्वान् तक अपने स्वभाव के वश में है। अपनी प्रकृति के अनुसार ही आचरण करते हैं। यद्यपि इस बात का यहां प्रसंग नही है, पर यह बता देना आवश्यक है कि यह प्रकृति बहुत प्रबल है। निग्रह का हर उपाय यहां व्यर्थ हो जाता है। व्यक्ति ही क्या हर जीव की प्रकृति अपने अनुसार ही उससे आचरण करा लेती है।

"जब हम प्रकृति की बात करते हैं तो स्वभावतः इन्द्रियों के महत्व की बात सामने आती है। इस सम्बन्ध में पहले भी कह चुका हूं। यहां यह बताना है कि यह इन्द्रिय का अपने 'अर्थ' अर्थात् लक्ष्य के प्रति राग और द्वेष स्वाभाविक है।

इस राग और द्वेष से ही मुक्त होने की आवश्यकता है क्योंकि ये ही व्यक्ति के प्रगति-पथ के सबसे बड़े लुटेरे हैं—सबसे बड़े बाधक।"

अर्जुन अवाक्। श्रीकृष्ण को समझते देर नहीं लगी कि अर्जुन किस बात पर भटक रहा है।

"इन्द्रिय का इन्द्रिय के 'अर्थ' के प्रति राग-द्वेष की बात तुम शायद नहीं समझे। मैं समझता हूं। एक उदाहरण पर्याप्त होगा। एक बार मैं ऐसा कुछ पहले भी कह चुका हूं।

"आंख को ही लो। आंख का 'अर्थ' एवं लक्ष्य—विषय—क्या है, दृश्य। यह दृश्य सुन्दर भी हो सकता है असुन्दर भी। सुन्दर हुआ तो वह उसे आकृष्ट करेगा, उसके प्रति 'राग' उत्पन्न होगा, असुन्दर होगा तो उसके प्रति दुर्भाग्य, वितृष्णा पैदा होगी, यह 'द्वेष' होगा। दोनों बन्धनकारी हैं। प्रेम हुआ तब भी निरन्तर उसी की चिन्तना करोगे, द्वेष हुआ तब भी उसी पर ध्यान केन्द्रित रहेगा। मनुष्य न तो मित्र को भूल पाता है न शत्रु को। बांधते दोनों हैं अलग-अलग रूपों में। समझ गए अब ?"

"समझ गया हृषीकेश ! अच्छी तरह समझ गया।"

"तो ठीक है। लगे हाथों एक बात और भी कह दूं। मैंने कभी नियत कार्य की बात की थी। नियत कर्म ही व्यक्ति का धर्म है। धर्म यहां सामान्य अर्थ में प्रयुक्त न होकर विशेष अर्थ में प्रयुक्त हो रहा है—करणीय के अर्थ में। उदाहरण के लिए अग्नि का धर्म है जलाना तो व्यक्ति का जो स्वधर्म अर्थात् नियत निर्धारित कार्य है उसे हठात् त्याग कर दूसरे का धर्म अर्थात् कार्य इसलिए नहीं ग्रहण कर लेना चाहिए कि अपना कार्य देखने में निकृष्ट प्रतीत होता है और दूसरे का उत्कृष्ट। अक्सर ऐसा होता है व्यक्ति को दूसरे का व्यवसाय अथवा कार्य और अपनी बुद्धि सदा श्रेष्ठ मालूम पड़ते हैं। मैं तो यही कहूंगा कि अनावश्यक रूप से पर-धर्म अथवा पर-कार्य को अपना लेने की अपेक्षा मृत्यु का ही वरण करना पड़े तो वह श्रेयस्कर है। पर-धर्म सदा भयावह होता है।"

"पर आपने तो नियत कार्य की व्याख्या के समय स्पष्ट किया था कि नियत कार्य में परिवर्तन भी हो सकता है। आपने परशुराम और विश्वामित्र आदि के उदाहरण भी दिए थे।" अर्जुन ने याद दिलाई।

"मैं उस बात पर अब भी दृढ़ हूं। यहां पुनः प्रकृति अथवा स्वभाव की बात आती है। अगर कोई और कार्य जो तुम्हारे प्रकृति के अनुकूल आता है तो अपने नियत कार्य को छोड़कर तुम उसे अपनाने में स्वतन्त्र हो। मैं तो हठात् धर्म अर्थात् कर्म के परिवर्तन की बात कर रहा था। जैसे तुम अभी की सहसा अपने क्षत्रिय-धर्म को छोड़कर ब्राह्मणों के लिए उचित संन्यास-मार्ग को अपनाने के लिए प्रस्तुत बैठे हो।" श्रीकृष्ण ने मुसकराकर कहा।

मुसकुराने का प्रयास अर्जुन ने भी किया। शायद वह कहना चाहता था क्यों बार-बार मुझे मेरे स्खलन का स्मरण दिला मुझे संकोच में डाल रहे हैं ?

श्रीकृष्ण ने अर्जुन-मुख की मुसकान को लक्षित किया और इस प्रकरण को यहां समाप्त करना चाहा कि अर्जुन ने अपने मन में देर से उमड़ते-घुमड़ते एक प्रश्न को प्रस्तुत कर दिया। वस्तुत: जब से जनार्दन ने प्रकृति और उसके गुणों की बात चलाई थी तभी से यह प्रश्न उसे मथ रहा था।

"एक बात पूछनी है हृषीकेश !" अर्जुन ने अपनी जिज्ञासा प्रकट की।

"पूछो।" श्रीकृष्ण ने उसका मन बढ़ाया।

"पूछने में संकोच होता है फिर भी पूछना ही पड़ता है कि ऐसा क्यों होता है कि नहीं चाहते हुए भी हम बलात् नियोजित होने की नाईं पाप करने को बाध्य हो जाते हैं ? कौन प्रेरित करता है इसके लिए हमें ?"

"काम।" कृष्ण ने एक शब्द में उत्तर दिया।

"काम ?" अर्जुन ने जोर देते हुए पूछा।

"हां, रजोगुण से उत्पन्न यह महाभक्षी, महापापी काम अर्थात् वासना ही इस संसार में हमारा सबसे बड़ा शत्रु है। यह काम ही क्रोध का भी कारण है— काम एष क्रोध एष रजोगुण समुद्भवः।

"मैं बताऊं, ज्ञानियों का यह नित्य शत्रु काम हमारे ज्ञान को ठीक उसी प्रकार ढंक देता है जिस प्रकार धुआं अग्नि को ढंकता है, धूल दर्पण को ढंक देती है और जेली गर्भ को ढंके रखती है। कौन्तेय, यह काम ऐसी अग्नि है जिसकी क्षुधा की पूर्ति कभी नहीं होती। इससे बचो अर्जुन ! इससे बच गए तो सब कुछ से बच गए।" श्रीकृष्ण ने प्रायः विह्वल होकर कहा।

"पर इसका स्थान ?" अर्जुन ने पूछा। "शत्रु का वास-स्थान जान लें तो उसकी समाप्ति में सुविधा होती है।"

"इन्द्रियां, मन और बुद्धि ही काम के वास-स्थल हैं। इन्हीं को वश में कर वह व्यक्ति के ज्ञान को समाप्त कर उसे मोहित कर देता है। अकरणीय करा बैठता है।

"इसलिए आवश्यकता तो इस बात की है कि इन्द्रियों को नियन्त्रित कर ज्ञान-विज्ञान के महान् शत्रु पाप-स्वरूप इस काम को विनष्ट किया जाय।"

"इन्द्रियों का नियन्त्रण आसान है ?" अर्जुन ने शंका व्यक्त की।

"नहीं है," श्रीकृष्ण ने कहा, "पर मैं इनके नियन्त्रण का यत्न बताता हूं। माना इन्द्रियां प्रबल हैं पर इन्द्रियों के ऊपर मन है जो इनसे ज्यादा प्रबल है, इनका नियन्त्रक है, अतः मन को नियन्त्रित कर इन्द्रियों को नियन्त्रित किया जा सकता है। पर मन भी दुर्बल होता है और जैसा कहा काम का वास वहां भी है, अतः, मन की नियंत्रिका शक्ति जो बुद्धि है उसको वश में कर उसके द्वारा मन को नियंत्रित कर उस नियंत्रित मन द्वारा इन्द्रियों को नियंत्रित किया जा सकता है।

"पर बुद्धि भी तो विचलित हो सकती है ? आप ही ने तो उसे भी काम का एक वास-स्थल बताया ?"

"हां बताया," श्रीकृष्ण ने कहा, "पर मेरी पूरी बात को सुन लो। बुद्धि से भी प्रबल, उससे भी ऊपर एक वस्तु है और वह है आत्मा। काम के विनाश के लिए तुम्हें इस आत्मा का सहारा लेना होगा। अपनी विकसित आत्मा द्वारा अपनी बुद्धि को पूरी तरह नियंत्रित कर तुम काम-रूपी इस दुर्धर्ष शत्रु को समाप्त कर सकते हो।"

"अर्थात् आत्मा से बुद्धि को, बुद्धि से मन को और मन से इन्द्रियों को नियंत्रित कर इस काम को नियंत्रित किया जा सकता है ?"

"हां, मार्ग तो यही है।" श्रीकृष्ण ने कहा और थोड़ी देर के लिए मौन हो गए।

इकहत्तर

प्रात: की बेला में जैसे दिशाएं शान्त रहती हैं और एक अलौकिक अनाम सौन्दर्य चारों ओर व्याप्त रहता है, दीर्घ समाधि से जगे योगी का मुख जैसे प्रफुल्ल पद्म की तरह निर्विकार एवं निर्विकल्प प्रतीत होता है, वायु के शान्त पड़े रहने से मध्य रात्रि को सरोवर-सलिल जैसे अनुद्वेगित और अनालोड़ित पड़ा रहता है, वातहीन स्थिति में जैसे दीप-शिखा निष्कम्प और निश्चित प्रज्ज्वलित रहती है वैसे ही इस समय अर्जुन का आनन, निश्चिन्त, निर्विकार और निर्द्वन्द्व प्रतीत हो रहा था।

श्रीकृष्ण ने अपने शिष्य और सखा की इस परिवर्तित स्थिति को देखा और प्रसन्न हुए। उनकी बातों का अपेक्षित प्रभाव पड़ा था, अत: वे आश्वस्त हुए। पर बात निकल पड़ी थी तो अभी बहुत कुछ कहना शेष था। अर्जुन ने उनका शिष्यत्व ग्रहण किया था, सखा के स्थान से उठाकर सहसा गुरु के उच्चासन पर आसीन कर दिया था उन्हें। गुरु का दायित्व तो उन्हें निभाना ही था। एक सम्यक् जीवन-दर्शन को जो उसकी जीवन-यात्रा को पूर्णतया सफल कर दे, उसके समक्ष उन्हें स्पष्ट ही कर देना था। शिष्य से कुछ भी छिपा कर तो नहीं रखा जा सकता। उसके लिए तो कुछ भी अदेय नहीं है। श्रीकृष्ण ने निश्चित कर लिया, जीवन-यात्रा के सभी विघ्न-बाधाओं से तो अर्जुन को अवगत करा ही देना है, एक स्वस्थ और सन्तुष्ट जीवन-प्रणाली की आवश्यकताओं से भी उसे पूर्णरुपेण परिचित कराना है।

वे जानते थे जो बात वह अर्जुन को बता रहे थे वह नई नहीं थी। पहले भी इसका ज्ञान और लोगों को था, काल के अनन्त प्रवाह में वह विलुप्त हो गया था। फिर जैसे कोई सफल गोताखोर समुद्र के गहरे गर्भ में उतर रत्नों को चुनता है उसी तरह आज के भूत के गर्भ से इन ज्ञान-मोतियों को चुन-चुन अपने शिष्य और सखा के समक्ष सजाने के उपक्रम में लगे थे।

"जानते हो जिस योग—ज्ञान—कर्मयोग—की बात तुमने सुनी उसके प्रथम श्रोता तुम नहीं हो?" श्रीकृष्ण ने सहसा कहा। इसकी आवश्यकता नहीं होकर भी थी। अर्जुन को इस बात का अहंकार भी हो सकता था कि साक्षात् परब्रह्म परमेश्वर से ऐसे सारगर्भित उपदेश के प्रथम श्रवण का सौभाग्य उसे ही प्राप्त हुआ है और अहंकार का लेश-मात्र भी श्रीकृष्ण अपने अनुयायियों में सह लें ऐसा संभव ही नहीं था।

"मैं इसका प्रथम श्रोता नहीं हूं तो कौन है?" अर्जुन पर अपेक्षित प्रतिक्रिया हुई थी। उसके शान्त मुख पर सहसा अशान्ति की कुछ रेखाएं उभर आई थीं। अच्छा किया उन्होंने, श्रीकृष्ण ने सोचा कि अहंकार के इस अंकुर को विकसित होने के पहले ही निर्मूल कर दिया।

"हां, इसके प्रथम श्रोता तुम नहीं ग्रहपति विवस्वान सूर्य हैं।" श्रीकृष्ण ने संक्षिप्त उत्तर दिया।

"क्या कह रहे हैं गोविन्द?" अर्जुन ने किंचित् आश्चर्य से पूछा, "मात्र प्रकाशपुंज ये सूर्य किसी व्यक्ति की तरह श्रोता अथवा वक्ता बन सकते हैं?"

"सूर्य मात्र प्रकाशपुंज नहीं हैं," श्रीकृष्ण मुसकराए, "गायत्री के अधिष्ठाता देवता जो सभी प्राणियों के जीवन का कारण और इस सम्पूर्ण सृष्टि का धारक होने के साथ हमारी बुद्धि और विवेक के भी महान् प्रेरक हैं, को तुम मात्र अग्नि-

पिण्ड अथवा प्रकाश-पुंज कैसे कहते हो ?"

"जानता हूं गोविन्द, तुम सूर्योपासक हो और गायत्री-मन्त्र के आस्थावान जापक भी पर सूर्य को मैं एक विशाल जाज्वल्यमान अग्नि-पिण्ड से अधिक मानूं, इसके लिए मेरा मन तैयार नहीं हो रहा।" अर्जुन अपने प्रतिवाद पर अटल था।

"बात यहां मन की नहीं, बुद्धि की है और बुद्धि से परे आस्था की। सूर्य को एक ग्रह तो मानते हो न ? तो हर ग्रह का एक अधिष्ठाता देवता होता है यह मान लो। वह देवता तुम्हारे और मेरी तरह श्रोता और वक्ता कुछ भी हो सकता है। बात मात्र आस्था और दृष्टि की है।"

"तो तुम्हारा मतलब कि वह देवता दृष्टिगम्य है ?"

"आस्थावानों के लिए है ही। जिस तरह गणेश, शिव, दुर्गा, लक्ष्मी आदि की तरह देवता और देवी आस्थावान भक्तों के लिए दृष्टिगम्य हैं उसी तरह तुम्हारे इस तथाकथित मात्र अग्नि-पिण्ड सूर्य का अधिष्ठाता-देवता अर्थात् भगवान सविता भी भक्त-प्राण व्यक्तियों के लिए दृष्टिगम्य हैं।"

"तो तुमने इस कर्म-योग का पाठ सर्वप्रथम् सविता को ही पढ़ाया ?"

"हां।"

"चलो मान भी लिया कि सूर्य का अधिष्ठाता-देवता श्रोता अथवा वक्ता बन कर किसी के समक्ष उपस्थित हो सकता है पर इस बात को कैसे भूल जाऊं कि तुम तो आज उत्पन्न हुए हो, प्रायः मेरे समकालीन हो और सूर्य ग्ता नहीं कब से है। ऐसी स्थिति में तुम उसके गुरु बने, यह बात विश्वसनीय प्रतीत होती नहीं।"

"हा ! हा ! हा ! हा !" श्रीकृष्ण उन्मुक्त हंसे।

"क्यों ?" अर्जुन ने आश्चर्य किया।

"मेरी बात इतना शीघ्र विस्मृत कर गये ? कहा था न मैंने कि आत्मा परिधान-परिवर्तन करती है और अनेक बार उसे नया परिधान अथवा शरीर मिलता है ? तो आज पुनः बताना पड़ेगा कि तुम्हारा और मेरा अभी का होना ही होना नहीं है, इसके पूर्व भी हम अनेक बार हो चुके हैं, जन्म-ग्रहण कर चुके हैं। अन्तर इतना ही कि मैं इन सारे जन्मों को जानता हूं, तुम नहीं जानते।"

"क्योंकि तुम मनुष्य नहीं ईश्वर हो, इसीलिए न ?"

"हां।" श्रीकृष्ण ने निःसंकोच कहा। भेद तो बहुत पहले ही प्रकट हो चुका था। अब छिपाने को रह भी क्या गया था ?

"तो परमेश्वर भी बार-बार जन्म लेता है ?" अर्जुन ने 'श्रीकृष्ण' को गलत मोड़ पर पकड़ना चाहा था।

श्रीकृष्ण पुनः मुसकराए थे, "लेता है, उसका जन्म नहीं होता अवतरण होता है। आज वह श्रीकृष्ण रूप में अवतरित है। इसके पूर्व भी वह कई रूपों में अवतरित हो चुका है। अन्तर यही है कि कभी वह अपनी कुछ कलाओं से अवतरित होता है और कभी कुछ। सभी कलाओं से संयुक्त, पूर्णावतार कभी-कभी ही होता है।"

"पर तुम्हें तो लोग पूर्णावतार ही बोलते हैं, अवतार भी नहीं बल्कि साक्षात् जगदीश्वर भगवान ?"

"तब ज्ञान-युक्त होकर भी अज्ञानी बनने की क्या आवश्यकता है ? जब मुझे ईश्वर मान ही लिया तो मेरी बातों का विश्वास भी करो। ईश्वर के प्रति

अनास्था उचित है क्या ?" श्रीकृष्ण ने मुसकराते हुए कहा।

"चलो मान लिया कि कर्म-योग की यह शिक्षा पहले-पहल तुमने सूर्य को दी। कम-से-कम इसके द्वितीय श्रोता होने का सौभाग्य तो मुझे प्राप्त है ?"

"नहीं।"

"क्या ?" अर्जुन का अहंकार और टूटा।

"मनुष्य को यह ज्ञान आदि मानव मनु के माध्यम से ही प्राप्त हुआ।"

"अर्थात् सूर्य के पश्चात् तुमने स्वयं यह ज्ञान मनु को दिया ?" अर्जुन का अहंकार अब निराशा में परिवर्तित हुआ।

"नहीं।" श्रीकृष्ण ने कहा, "मनु को यह ज्ञान स्वयं सविता ने ही दिया।"

"अर्थात् सूर्य के अधिष्ठाता-देवता ने ? मनु के समक्ष प्रकट होकर ?" अर्जुन ने जिज्ञासा की।

"नहीं, सूर्य के लिए यह आवश्यक नहीं था। गायत्री-मन्त्र के जापकों को इसका अनुभव है। सूर्य स्फुरणा-मात्र से तुम्हारे अन्दर ज्ञान का संचार कर सकते हैं। गायत्री मन्त्र ही बुद्धि को प्रखर करने के लिए मन्त्रराज है तो इस मन्त्रराज के अधिष्ठाता सविता को किसी के मानस को संस्कारित करने हेतु रूप ग्रहण करना पड़ेगा ?"

"समझ गया," अर्जुन ने कहा।

"कर्म-योग का यह ज्ञान सर्वप्रथम आपने सूर्य को दिया, सूर्य ने मनु को इसे प्रदान किया ? उसके पश्चात् ?"

"मनु ने इक्ष्वाकु को दिया। इस प्रकार परम्परा द्वारा यह जनक आदि राजर्षियों तक पहुंचा।"

"किन्तु अभी तो यह किसी ऋषि अथवा राजर्षि, महर्षि के पास नहीं है ?"

"हां, रहता ही तो मुझे पुनः इसे तुम्हारे समक्ष उपस्थित करने की आवश्यकता क्यों पड़ती ? काल के अबाध प्रवाह में यह ज्ञान लुप्त हो गया था। चूंकि तुम मेरे सखा हो, भक्त हो इसीलिए मैंने तुम्हारे समक्ष इस उत्तम रहस्य का उद्घाटन कर दिया।"

श्रीकृष्ण की बात समाप्त होते ही अर्जुन के मुख पर सहसा एक स्मिति खेली जैसे सायं में मुर्झाये किसी कमल पुष्प रवि-रश्मियों का स्पर्श मिल गया हो।

"क्या बात है ?" श्रीकृष्ण ने भी प्रसन्नता से भरकर जिज्ञासा की।

"मेरा सौभाग्य तो सिद्ध हुआ न ? आप मुझे जिस अधिकार से वंचित समझ रहे थे, वह अधिकार तो मेरा सुरक्षित ही रहा न ?" अर्जुन की मुसकान रहस्यमय हो आई।

"मैं कुछ समझ नहीं सका।" श्रीकृष्ण समझते हुए भी नहीं समझने का नाटक करते हुए बोले।

"तुम समझते सब हो गिरिधारी।" अर्जुन की मुसकान अव उन्मुक्त हास्य में बदल गई थी, "लीलाधर हो न ? लीला करने में ही तुम्हें आनन्द आता है। मैं कह रहा था कि मनुष्यों में तो मैं ही वह व्यक्ति हूं जिसने सीधे तुमसे यह ज्ञान ग्रहण किया ?"

श्रीकृष्ण हंसे, "बात तो तुम ठीक कह रहे हो, पर इसका अहंकार नहीं करना।"

"आपके समक्ष अहंकार करने की मूर्खता कौन करेगा ? किसको पता नहीं कि भक्तों-आश्रितों का अहंकार ही आपका प्रिय भोज्य पदार्थ है ?" अर्जुन ने सिर झुकाकर निवेदन किया।

कृष्ण प्रसन्न थे कि बहुत देर के पश्चात् अर्जुन के मुख पर प्रथम-प्रथम हंसी लौटी थी। वह अपने प्राप्त ज्ञान, परब्रह्म के प्रत्यक्ष शिष्यत्व पर अन्दर से आह्लादित हो आया था तो यह अच्छी बात थी, एक शुभ चिह्न। पर अभी तो उसे बहुत कुछ सीखना था, उन्हें बहुत कुछ बताना।

"बात चल ही पड़ी तो अपने सम्बन्ध में और कुछ बता ही दूं।" श्रीकृष्ण ने ही मौन तोड़ा।

"यह मेरा अतिरिक्त सौभाग्य है कि आप मुझ पर इस तरह सदय हैं। मुझे आज पूरी तरह लग रहा है कि किस तरह इतने दिनों तक आपके साथ रहकर भी मैं नहीं रहा। आपको जानकर भी नहीं जाना। सच कितना कुछ जानना शेष रह गया है उसके सम्बन्ध में ही जिसे मैं अपना अन्तरंग मानता रहा हूं। इसके लिए मैं किसे दोष दूं, आपको, अपने को या परिस्थिति को ?"

"किसी को नहीं," श्रीकृष्ण ने आश्वस्त किया। "सब कुछ समय से घटता है। समय पूर्व कुछ नहीं। इस सबको आज इसी दिन इसी कर्मक्षेत्र-कुरुक्षेत्र में घटना था तो यह पहले कैसे घट जाता ?"

"हां तो आप अपने सम्बन्ध में कुछ कह रहे थे ?" अर्जुन ने श्रीकृष्ण को स्मरण दिलाने का प्रयास किया।

"हां। वह अपने जन्म-कर्म के सम्बन्ध में था। मैंने पहले कहा कि मेरे अनेक जन्म हो चुके हैं—अनेक अवतार। मैं यहां स्पष्ट कर देना चाहता हूं कि मैं वास्तव में अजन्मा हूं और हूं अविनाशी अर्थात् अज और अव्यय। वस्तुतः न तो कभी मैंने जन्म लिया है न कभी मेरा विनाश होगा। सभी प्राणियों का ईश्वर हूं मैं और मात्र अपनी प्रकृति विशेषतः ईश्वरीय वातावरण की स्थापना हेतु मैं अपनी माया के द्वारा ही अपने को सृष्ट करता रहता हूं। दूसरे शब्दों में कहो तो उत्पन्न होता रहता हूं।

"हे भारत ! जब-जब धर्म का विनाश होता है और अधर्म का प्रचार बढ़ता है तब-तब मैं उत्पन्न हुआ करता हूं। साधु-सन्तों, सज्जनों के रक्षार्थ और पापियों, दुराचारियों के विनाशार्थ मैं हर युग में अपने को सृष्ट करता आया हूं।

"इस प्रकार मेरा यह जन्म-धारण करना और धर्म-संस्थापन अथवा दुष्ट-दलन ये सब कार्य सामान्य नहीं हैं असामान्य हैं, प्राकृत नहीं, दिव्य हैं। जो उनकी दिव्यता को पहचान लेता है, मुझे सामान्य व्यक्ति नहीं समझ कर; वह जन्म-मरण के बन्धन से मुक्त होकर मुझको ही प्राप्त हो जाता है और फिर इस संसार में नहीं लौटता।"

"तुमने तो कहा कि सबको जन्म-धारण ही करना पड़ता है।" अर्जुन ने छोटा-सा प्रतिवाद किया।

"यह तो नियम है। नियम का अपवाद नहीं होता है क्या अर्जुन ? नियम का अपवाद ही तो नियम को सिद्ध करता है। जन्म सभी लेते हैं, ठीक है; पर यह भी इतना ही ठीक है कि मुझ परमेश्वर को प्राप्त हुए का आवागमन का चक्कर समाप्त हो जाता है।

"और ऐसे लोगों की कमी नहीं है जो राग, भय और क्रोध से मुक्त हो, मुझ में ही लगे रहकर मेरी उपासना और ज्ञान तथा तप के बल पर अपने को शुद्ध कर मुझमें ही आ मिले हैं।

"और सच तो यह है कि जो जिस रूप में मुझे चाहते हैं मैं भी उन्हें उसी रूप में अपनाता हूं, सभी प्रकार से मनुष्य मेरे ही मार्ग का तो अनुसरण करता है।"

"नहीं समझ सका इस बात को। जो जिस रूप में आपको चाहता है, उसी रूप में उसे अपनाने का अर्थ क्या हुआ?"

"समझाना कोई कठिन नहीं है। यह तो सबके समक्ष है। गोपियों ने मुझे बाल-सखा के रूप में चाहा, मैं उन्हें उसी रूप में मिला, पिता वसुदेव और माता देवकी ने पुत्र-रूप में चाहा था, उन्हें वैसे ही प्राप्त हुआ, तुमने मुझे सखा के रूप में चाहा तो सखा तो सखा तुम्हारा सारथि बन बैठा। हुआ कि नहीं? कितने उदाहरण लेंगे?"

"और सभी प्रकार से लोग आप ही के मार्ग का अनुसरण करते हैं, इसका अर्थ?"

"क्योंकि सब कुछ मेरे ही द्वारा सृष्ट है, अतः जो कोई जो कुछ भी करता है, मेरा ही कार्य तो करता है।"

"यदि पाप भी करता है तो आप ही के कारण।"

"अवश्य, क्योंकि वह कर्म-फल के नियम के अनुसार ऐसे कर्म में प्रवृत्त होता है और यह नियम भी तो मेरे ही द्वारा निर्मित है।"

"कर्म-फल के नियम के अनुसार तो उसे अपने पाप का फल मिलेगा, मैं पाप में लीन होने की बात कर रहा था।" अर्जुन ने स्पष्ट करना चाहा।

"बड़े भोले हो तुम।" श्रीकृष्ण किंचित हंसे, "पाप की ओर प्रवृत्ति भी तो किसी पूर्व-कर्म के कारण ही होगी। दुर्योधन ने यह जो संहार-लीला आयोजित की है इसके पीछे तो उसके पाप-कर्म ही हैं। पाप का फल मिलता है यह निश्चित है और वह फल अनुकूल नहीं प्रतिकूल ही होगा यह भी असंदिग्ध है तो किसी से पाप-कार्य भी तो उसका कोई पूर्व कृत दुष्कर्म ही करायेगा?"

"अर्थात् तुम्हारे इस दुष्चक्र का कोई अन्त नहीं।" अर्जुन मुसकराया।

"अन्त क्यों नहीं है? अभी तो बताया। मेरे को प्राप्त हो जाना। फिर तो आवागमन का बन्धन ही समाप्त। फिर कैसा पुण्य और कैसा पाप? और दूसरा उपाय तो पहले ही बताया—निस्संगता। फलाशा का त्याग। निस्संगता की स्थिति में भी पाप-पुण्य कुछ भी कहां छू पाता है?"

"सखे! अर्जुन के ध्यान में कोई और बात आई थी। उसे आश्चर्य हो रहा था कि श्रीकृष्ण के बार-बार स्वयं को परमेश्वर उद्घोषित करने के बावजूद वह अभी तक उन्हें सखा शब्द से ही सम्बोधित किए जा रहा था।"

"बोलो।"

"लोग यहां देवताओं की पूजा भी तो करते हैं। मात्र तुम परमेश्वर की आराधना कर तुममें लय हो जाने का प्रयास कितने करते हैं?"

"इस बात पर मैं विस्तार से बाद में आऊंगा, इस समय के लिए इतना ही कि देवताओं की पूजा लोग मोक्ष प्राप्ति के लिए नहीं, आकांक्षा-पूर्ति के लिए करते हैं। देवताओं की आराधना से कर्मों में सिद्धि सद्यः मिलती है। इस बात का उल्लेख मैं

यज्ञ सम्बन्धी विश्लेषण के समय भी कर चुका हूं। अतः किसी मनोरथपूर्ति की आवश्यकता हो तो देवताओं की उपासना निस्संदेह फलदायक है।

"एक बात और।" भगवान ने आरम्भ किया, "पूजा की बात करने लगो तो वर्ण अथवा जाति की बात भी अवश्य आ जाती है—अमुक वर्ण के लोग अमुक पूजा के अधिकारी हैं। अमुक के नहीं; अमुक वर्ण के लोग मन्दिर-प्रवेश कर सकते हैं अमुक के नहीं।

"तो एक बात स्पष्ट कर लें। इन चार वर्णों की सृष्टि मैंने ही की है पर इसका आधार जन्म नहीं, कर्म है। कर्म के कारण ही कोई ब्राह्मण, क्षत्रिय, वैश्य अथवा शूद्र होता है। जो इस वर्णावस्था को रूढ़ और जन्म-आधारित कर देते हैं वह मेरी इच्छा के प्रतिकूल आचरण के ही भागी होते हैं। हां, यद्यपि मैं अकर्ता हूं, अव्यय हूं तब भी गुण और कर्म के आधार पर वर्णों का यह विभाजन मेरा ही किया हुआ है और इस आधार पर बनाई यह व्यवस्था अब तक तो सम्यक् रूप में ही चल रही है। द्रोण के समान ब्राह्मण को क्षत्री होने और जनक के सदृश क्षत्री को राजर्षि तक होने से कौन कब रोकता है?

"यह बात भी है कि यह सब करते हुए भी मैं अपने द्वारा संस्थापित नियम का उल्लंघन नहीं करता अर्थात् निस्संग भाव से ही सब कुछ करता हूं। न तो मैं कर्मों में लिप्त होता हूं न मुझे कर्मफल की इच्छा ही है।

"हे अर्जुन! जो इस सत्य को जान-भर लेते हैं वे भी कर्म-बन्धन से मुक्त हो जाते हैं।"

"इसलिए कि वे भी तुम्हारे सदृश ही आचरण करते हैं। यही न?" अर्जुन ने जिज्ञासा की।

"हां इससे भी।"

"इसलिए कि परमेश्वर के गुण-धर्म को पहचानना, उनका चिन्तन करना व्यक्ति को उसके समीप तो लाएगा ही और अन्ततः उसे सुफल अर्थात् मोक्ष की प्राप्ति होगी ही।

"खैर मैं यह कहना चाहता था कि इसी सिद्धान्त को ध्यान में रखकर अर्थात् कर्मों में लिप्त नहीं होते हुए और फल की इच्छा नहीं रखते हुए पहले भी मोक्षार्थियों द्वारा कर्म किए गए हैं। अत, तुम भी पूर्व में अपनाई गई पूर्वजों की कर्म-प्रणाली को अपनाकर ही उन्हीं की तरह कार्य करो।

"एक बात और है।" श्रीकृष्ण ने कुछ सोचते हुए कहा।

"क्या?"

"कर्म का सिद्धान्त स्वयं में बड़ा जटिल और अहम् है। कर्म और अकर्म दोनों के मध्य के अन्तर को समझना विद्वानों के लिए भी दुष्कर रहा है।

"सच कहो तो कर्म, अकर्म और विकर्म; कर्म के ये तीन प्रमुख प्रभेद हैं और इन तीनों को जानना आवश्यक है।

"मैं तुम्हारे समक्ष कर्म-सिद्धान्त को पूरी तरह स्पष्ट अवश्य करूंगा जिससे तुम्हें कभी पाप का भागी नहीं होना पड़े।"

"किन्तु केशव, अगर आगे बढ़ने के पूर्व आप कर्म, अकर्म और विकर्म में अन्तर बता देते तो अच्छा होता। मेरी जिज्ञासा जग आई है।" अर्जुन ने निवेदन किया।

“कर्म को तो यों समझो कि जो भी करणीय है वह कर्म है, अकर्म को कर्महीनता की स्थिति मानो और जो अकरणीय है, निकृष्ट है, वह विकर्म है।

“पर बात जटिल यह नहीं है। जटिल है, कर्म को भी अकर्म के रूप में और अकर्म को कर्म के रूप में लेना। कर्म में भी अकर्म और अकर्म में भी कर्म की उपस्थिति हो सकती है।”

“अर्थात् कुछ करके भी कुछ नहीं किया जा सकता है और कुछ नहीं करते हुए भी बहुत कुछ किया जा सकता है। यही न ?” अर्जुन ने पूछा।

श्रीकृष्ण प्रसन्न हो आये, “बात को अब तुम ठीक से समझने लगे हो। निस्संग होकर कर्म करो तो वह कर्म होकर भी अकर्म है, हाथ-पैरों को बांधकर बैठे रहो और मन से इन्द्रिय और इनके विषयों का चिन्तन करते रहो तो वह अकर्म होकर भी कर्म है।

“अर्जुन, जिसके सभी कार्य इच्छा या संकल्प से संयुक्त नहीं हैं अर्थात् उनके पीछे किसी आकांक्षा-पूर्ति की व्यग्रता नहीं है उनके इन कार्यों को ज्ञान-रूपी अग्नि में दग्ध समझो। ऐसे विचारवान कर्मियों को ही बुद्धिमान लोग पण्डित की संज्ञा से अभिषिक्त करते हैं।

“और हां, ज्ञान से तुम संन्यास की बात नहीं समझने लगना। यहां ज्ञान से तात्पर्य कर्म और अकर्म के भेद से है। कुछ नहीं करके भी करने की बात और कुछ करके भी कुछ नहीं करने से है। अर्थात् कर्म की निस्संगता और उसके महत्व का ज्ञान ही सही ज्ञान है। यही कर्म-योग है—बुद्धि के साथ कर्म का योग—कुछ करते हुए भी कुछ नहीं करने का सुख।

“कर्म-फल की आसक्ति से रहित जो सदा स्वयं में सन्तुष्ट है और अपनी इच्छा-पूर्ति के लिए किसी पर आश्रित नहीं है वह कर्म करता हुआ भी कुछ नहीं करता है।

“मैं तुम्हें शान्ति का मार्ग दिखलाने को व्यग्र हूं। मृत्यु के भय से तो मैंने तुम्हें मुक्त कर ही दिया। किन्तु इस शान्ति की प्राप्ति जरा कठिन है। सारा विश्व इसी के अन्वेषण, इसी की उपलब्धि को समर्पित है। मानव-मन की यह शाश्वत भूख है। और इसका सम्बन्ध हमारे जीवन-दर्शन और दूसरे शब्दों में कहो तो हमारे विचारों और कर्मों से है। यही कारण है कि कर्म को लेकर हमें बार-बार कहना पड़ता है, कई प्रकार से अपनी बात को स्पष्ट करना पड़ता है।

“अभी मैं यह कहना चाहता था कि आशा ही अनेक कष्टों के मूल में है। किसी व्यक्ति से कोई आशा—उपकार के बदले उपकार की आशा, संतति से सेवा-श्रद्धा की आशा, मित्र से संकट में साहाय्य की आशा—अशान्ति का कारण है। अतः, सुखी और शान्त वही है जो कोई आशा पालता ही नहीं। कर्म-फल की अनुकूलता की आशा भी नहीं। तो आशारहित व्यक्ति जिसकी बुद्धि और आत्मा पूर्णतया वश में है और जो किसी प्रकार के संचय में विश्वास नहीं करता अर्थात् जो अपरिग्रही है और केवल शरीर-निर्वाह मात्र के लिए कार्य करता है वह कुछ करते हुए भी नहीं करता, अतः किसी पाप का भागी भी नहीं बनता।”

“अगर यही मात्र शरीर-निर्वाह के लिए कार्य करने लगे तो यह सृष्टि चलेगी ? इसका विकास होगा ? इसकी प्रगति अवरुद्ध नहीं हो जाएगी क्या ?” अर्जुन ने अपनी जिज्ञासा प्रकट की।

"मनुष्य का लक्ष्य शान्ति की प्राप्ति है," श्रीकृष्ण ने धीरे से आरम्भ किया, "बहुत सारे भौतिक साधनों का विकास कर और उन्हें संजोकर भी अगर वह अशान्त ही बना रहा तो यह विकास किस कार्य का? और विकास की चिन्ता मनुष्य को क्यों हो? उसके चाहने से ही विकास होना है क्या? प्रकृति अपना विकास स्वयं करती चलती है। मनुष्य निमित्त मात्र होता है। हर युग में ज्ञान-विज्ञान का स्फुरण किन्हीं विशेष मेधावी व्यक्तियों में प्रकृति स्वयं करती है और फिर वह स्फुरण एक विचार, एक सिद्धान्त, एक क्रिया, एक अन्वेषण-अनुसंधान का रूप लेता है। मनुष्य इसको लेकर व्यग्र क्यों हो? सृष्टि को जहां तक विकसित होना है, वह होगी ही, प्रकृति अपने नियमों को मनुष्य पर जितना प्रकट करना चाहेगी करेगी ही, अतः व्यग्रता किस बात की? चरम लक्ष्य शान्ति है, शान्ति के सिवा सब व्यर्थ है। अतः, भौतिक प्रगति की दौड़ में अन्धे अश्व की तरह कूद पड़ने से कुछ प्राप्त नहीं होने का। प्राप्त होंगी तो बस निराशा, कुंठा और अशान्ति। जीवन को अभिशप्त बनाकर छोड़ेंगे ये। अतः, मैं तो कहूंगा कि स्वतः जो कुछ उपलब्ध हो जाए, उसी में जो सन्तुष्ट रहता हो और सुख-दुख, मान-अपमान, जय-पराजय, हानि-लाभ के द्वन्द्वों से जो रहित है, ईर्ष्या से जिसका दूर का भी सम्बन्ध नहीं तथा सफलता-असफलता दोनों जिसके लिए बराबर हैं वह कर्मरत होकर भी बन्धन-युक्त नहीं होता। कर्म उसे बांध नहीं पाते अर्थात् कर्म-फल का वह भागी नहीं बनता। कर्म-फल का भागी बनना भी दुख-सुख की प्राप्ति के मूल में है।"

"तो तुम दुख के साथ सुख को भी त्याज्य मानते हो?"

"सुख के त्याग की बात नहीं। सुख तो व्यक्ति के अन्दर पहले से ही विद्यमान है। वह तो सच्चिदानन्द का अंश ही है। आनन्द-स्वरूप तो है ही वह। नहीं कुछ करे और जैसा कि कहा केवल शरीर-धारण सम्बन्धी ही कार्य करे अथवा निस्संग होकर जो करणीय हो उसे करे तो सुख तो उसे मिलना ही है। अर्जित तो व्यक्ति दुःख को ही करता है, अकरणीय कर्मों को करके अथवा फलाशा से बंधकर। आशा जब निराशा में परिवर्तित होती है तो वह अशान्त, व्यग्र और दुखी होता है। जैसा कि ऊपर कहा ईर्ष्या अथवा अहंकार भी कष्ट का कोई कम कारण नहीं। दूसरों की प्रगति और उपलब्धि भी अपनी अशान्ति का कारण बनती है, अतः इस ईर्ष्या से भी ऊपर उठना होगा। सही जीवन-दर्शन वही है जिसमें आशा, आकांक्षा, लोभ, अहंकार एवं द्वन्द्व का कोई स्थान नहीं।"

"अपनी बुद्धि और आत्मा को पूर्णतया वश में रखने की बात आपने ऊपर कही है। बुद्धि को तो वश में रखने का प्रयास किया जाए, यह समझने की बात है, पर आत्मा को आप सर्वशक्तिशाली, अनादि और अनन्त मानते हैं, उसे वश में करने का क्या तात्पर्य?"

"हां आत्मा पर भी नियन्त्रण संभव है। आत्मा परमात्मा का ही अंश है, अतः जो परमात्मा का हो गया उसकी आत्मा तो अन्य लोगों की आत्माओं की तुलना में श्रेष्ठ और नियन्त्रित होगी ही।

"खैर छोड़ो। प्रधान बात निस्संगता की है—संगहीनता की। जो किसी भी व्यक्ति, वस्तु या स्थिति से रागात्मक सम्बन्ध नहीं स्थापित करता, वस्तुतः वही मुक्त है। दूसरे शब्दों में निस्संगता से बढ़कर सुख नहीं, उससे बढ़कर शान्ति का कोई साधन नहीं। वही सुख है, वही शान्ति है और अन्ततः वही मोक्ष है। जहां

संग है, संयोग है, वहां वियोग अवश्यंभावी है। संग अगर क्षणिक सुख और शान्ति का साधन है तो वियोग शाश्वत अशान्ति और दुःख का मूल। बातें बार-बार दुहरानी पड़ती हैं पर उनके प्रति तुम्हारी अदम्य आस्था स्थापित करने का और कोई यत्न भी नहीं है। तो जो गत-संग है, वही मुक्त है और वही सच्चा ज्ञानवान् है—उसकी चेतना सर्वोच्च ज्ञान में स्थित है। ऐसा व्यक्ति जो कुछ कर्म रहता है वह यथार्थ ही होता है और निस्संग भाव से किया हुआ उसका यह यज्ञ-हित कर्म भी उसे बांधता नहीं, वह स्वयं ही समाप्त हो जाता है— विलीन।"

"आप अभी केवल शरीर-रक्षार्थ कर्म की बात कर रहे थे, पुनः यज्ञ पर आ गए ?" अर्जुन ने शंका व्यक्त की।

श्रीकृष्ण मन्द मुसकराए। उत्फुल्ल कमल की पंखुड़ियों पर पुनः सूर्य की प्रथम रश्मियां चमकीं। वे बोले—"शरीर रक्षार्थ तो कर्म करना है पर यह शरीर-रक्षा भी निष्प्रयोजन है क्या—विशेष कर मानव शरीर की रक्षा ? शरीर-रक्षा तो पशु-पक्षी भी कर लेते हैं। ऐसे कार्य का विधान तो मैंने केवल उनके लिए किया जो जीवन-जगत् से पूर्णतया विरक्त हो गए हैं और मात्र ज्ञान-साधना ही उनका लक्ष्य है। किन्तु संसार के सारे मनुष्य ऐसे हो जाएं तो इस सृष्टि-चक्र का क्या हो ? यज्ञ की चर्चा के काल मैंने कहा था कि इस चक्र को तोड़ने में जो सहायक होता है अर्थात् यज्ञ-कर्म से विमुख होता है वह पापात्मा के सिवा कुछ नहीं है।"

"तो यज्ञ का महत्व है।" अर्जुन के मुख से अनायास निकला।

"अब भी इसे कहने की आवश्यकता है ? पर अब मैं यज्ञ के सम्बन्ध में कुछ गूढ़ बातें कहूंगा।"

"कहिए।" अर्जुन और एकाग्र हो आया।

"सामान्यतः यज्ञ अग्नि में हवि अर्पित करने की क्रिया है। नहीं ?"

"हां।"

"तो इस यज्ञ को सम्पादित करने के लिए प्रथम आवश्यकता तो अर्पण-पात्रों की होती है अर्थात् स्रुवा आदि, दूसरी महत्वपूर्ण वस्तु होती है हवि'—घी अथवा हविष जिसे अर्पित किया जाता है। तीसरी वस्तु है अग्नि जो उस हवि को देवताओं तक पहुंचाने का कार्य करती है और इन सबके ऊपर होता है—यज्ञ कर्ता जो 'हवि' को अग्नि के हवाले करता है।

"ठीक है न ?" श्रीकृष्ण ने प्रश्न-भरी आंखों से अर्जुन की ओर देखा।

'हां, यज्ञ की सामान्य प्रक्रिया तो यही है।" अर्जुन ने हामी भरी।

"तो इस सामान्य प्रक्रिया के पीछे के असामान्य विचार पर प्रकाश डालना चाहता हूं। मैंने एक बार पहले कहा था कि वस्तुतः ब्रह्म ही सभी यज्ञों में प्रतिष्ठित है। उसी सर्वव्यापक ब्रह्म को लेकर याज्ञिक क्रिया के सम्बन्ध में एक और महत्वपूर्ण बात कहने जा रहा हूं।

"वह बात यह है। जो सही अर्थों में यज्ञ-कर्ता है, वह यज्ञ की इस सामान्य-सी प्रक्रिया में भी सदा ब्रह्म की ही परिकल्पना करता है। जो अर्पण-पात्र हैं उन्हें भी वह ब्रह्म मानता है, अर्पणीय पदार्थ अर्थात् हवि को भी ब्रह्म समझता है, जिस अग्नि में हविष् अर्पित होता है उसे भी ब्रह्म-स्वरूप मानता है और यज्ञ-कर्ता अर्थात् स्वयं को भी ब्रह्म-रूप में ही यज्ञ-लीन देखता है।

"इसका परिणाम जानते हो क्या होता है ?"

"क्या ?"

"इस प्रकार वह होता—वह यज्ञ-कर्त्ता—जो समाधिस्थ-सा हुआ अपने को इस यज्ञ-कर्म के माध्यम से ब्रह्म का ही निमित्त बनाता है, अन्ततः ब्रह्म को ही प्राप्त होता है।"

"अर्थात् मृत्यु-उपरान्त ब्रह्मलीन हो जाता है ?"

"हां।"

"तो ब्रह्म-प्राप्ति अथवा मोक्ष प्राप्त करने का साधन यज्ञ ही है ?" अर्जुन को शंका हुई।

श्रीकृष्ण मुसकराए, "नहीं, यज्ञ ही है यह बात नहीं, यज्ञ भी है यह बात है और फिर वही यज्ञ जो उपर्युक्त रूप में सम्पन्न हो। ब्रह्म-भाव से। स्वार्थपूर्ति के लिए किए गए वैदिक कर्मकांड और यज्ञ तो फलदाई होने के कारण बन्धन के ही कारण बनेंगे। मोक्ष कैसे सधेगा उनसे ?"

"तो क्या यह मान कर चला जाय कि यज्ञ का अर्थ मात्र अग्नि में आहुतियों का अर्पण है ? या यज्ञ का कोई और भी प्रकार हो सकता है ?" अर्जुन ने प्रश्न किया।

"बड़ा सटीक प्रश्न है। मात्र आहुति-अर्पण ही यज्ञ नहीं है। तुमने बात चलाई तो मैं यज्ञ के विभिन्न प्रकारों का वर्णन करूंगा।

"आहुति वाले यज्ञ और उसकी सार्थकता की बात तुमने सुनी—उसके माध्यम से मोक्ष-प्राप्ति की भी। यज्ञ का यह एक प्रकार है।

"कुछ योगी लोग दैव यज्ञ भी करते हैं ?"

"यह दैव यज्ञ क्या है ?" अर्जुन नहीं समझ सका।

"इस यज्ञ की चर्चा पहले की जा चुकी है। देवताओं को प्रसन्न करने के लिए जो यज्ञ किए जाते हैं वे दैव यज्ञ हैं। मैंने कहा था मनुष्य और देवता इस यज्ञ के द्वारा एक दूसरे को तुष्ट करते हुए अभिवृद्धि को प्राप्त होते हैं।"

"हां, आपने बताया था नर-लोक में इससे कर्मों में शीघ्र ही सफलता मिलती है—क्षिप्रं हि मानुषे लोके सिद्धिर्भवति कर्मजा।"

"हां," श्रीकृष्ण ने कहा, "यज्ञों को लेकर वेदों में बड़ा प्रपंच खड़ा हुआ है। खूब महत्त्व दिया गया है उन्हें पर ये सभी यज्ञ आकांक्षा-पूर्ति के साधन-मात्र ही हैं, इसीलिए मैं यज्ञ के अन्य स्वरूपों का निरूपण कर रहा हूं—श्रेष्ठ यज्ञों की।

"एक यज्ञ वह भी है जिसमें ब्रह्म को ही अग्नि मान कर यज्ञ के द्वारा यज्ञ का ही हवन किया जाय।" बात बोलकर श्रीकृष्ण कुछ समय तक मौन रहे, शायद इस कथन का अर्जुन पर पड़े प्रभाव को जानना चाहते हों।"

अर्जुन चुप। बात उसके पल्ले नहीं पड़ी थी।

"अग्नि को ही ब्रह्म मानकर यज्ञ करने की बात तो आपने पहले भी की थी।" वह अन्ततः बोला। बात की मूल तक वह जाना चाह रहा था पर जा नहीं पा रहा था।

"वहां अग्नि को ब्रह्म समझने की बात थी, यहां ब्रह्म को ही अग्नि मानने की बात है। अन्तर तो स्पष्ट है। रह गई बात इस अग्नि में यज्ञ द्वारा यज्ञ के हवन की बात तो मैं उसको भी स्पष्ट ही कर दूं। आत्मा की एक संज्ञा यज्ञ भी है। ब्रह्म तो

परमात्मा है ही, अतः जो व्यक्ति अपनी आत्मा (यज्ञ) को परमात्मा (ब्रह्माग्नि) में हवन (विलीन) कर देता है वही यज्ञ द्वारा यज्ञ का हवन करता है ब्रह्म रूपी अग्नि में। अर्थात् आत्मा को परमात्मा से संयुक्त कर देना भी यज्ञ-क्रिया ही है।"

"इसीलिए आपने यज्ञ द्वारा यज्ञ के हवन की बात कही ?"

"हां। अर्थात् यह यज्ञ अग्नि में आहुति अर्पित होनेवाला यज्ञ न होकर भी है यज्ञ ही इसीलिए यज्ञ द्वारा यज्ञ (आत्मा) के ब्रह्माग्नि में हवन (अर्पण) की बात कहनी पड़ी।"

"आप कभी-कभी बातों को बहुत उलझा कर प्रस्तुत करते हैं।" अर्जुन ने उलाहना-भरे शब्दों में कहा।

"यह उलाहना तुमने पहले भी दिया था। आगे भी दोगे। पर मेरी विवशता है कि कुछ बातें हैं ही पहले से उलझी हुई। मैं तो उन्हें मात्र समझाने का प्रयास कर रहा हूं। तुम स्वयं जानते हो वेदों की कैसी-कैसी व्याख्याएं आज प्रचलित हैं और उनके कर्मकाण्ड-पक्ष की कैसी दुर्गति हो रही है। सम्प्रदायवादिता का युग आ गया है और लोग संन्यास के नाम पर कर्मों को त्याग कर सृष्टि-चक्र को ही बाधित करने पर कटिबद्ध हो गए हैं। उसी दुष्चक्र के प्रभाव से तो तुम भी ग्रस्त हो गए हो और अपने सहज कर्म को तिलांजलि देकर संन्यासियों के आचरण को अपनाने को व्यग्र हो रहे हो।

"खैर, अभी मैं यज्ञ की बात कर रहा था। वेदों ने तो केवल अग्नि को अर्पित होने वाले आहुति-दान को ही यज्ञ की संज्ञा दी जैसा कि पहले कहा मैं तो यज्ञ को कई रूपों में देखता हूं। तुम्हें मेरी यह व्याख्या अटपटी भी लग सकती है पर है यह सही और उपयोगी।

"अब देखो मैंने पहले काम (वासना) और उसमें इन्द्रियों के योगदान की बात की थी। यज्ञ की बात चल रही है तो मैं कहना चाहूंगा कि कान, आंख आदि इन इन्द्रियों की प्रवृत्तियों को संयम की अग्नि में स्वाहा कर दिया जाय तो इससे बड़ा यज्ञ क्या होगा ?"

"प्रभु !" अर्जुन ने विचलित स्वर में कहा और श्रीकृष्ण ने उसके इस सम्बोधन पर उसकी ओर अपनी आश्चर्य-भरी आंखों को उठाकर देखा।

"आपने कितनी महान् बात कही।" अर्जुन ने ही आरम्भ किया, "मुझे याद है आपकी 'काम एष क्रोध एष' की बात और विषयों की ओर अनियंत्रित अश्वों की तरह इन्द्रियों के भागने की बात। इन्द्रियों के इस प्राबल्य को देखते हुए सचमुच संयम की अग्नि में इनकी वृत्तियों को जला देने से बड़ा मात्र अन्न और घृत को जलानेवाला यज्ञ क्या होगा ? मैं आपकी इस व्याख्या से उपकृत हुआ।"

"ठीक है," श्रीकृष्ण ने प्रसन्न होकर कहा, "तो साथ ही यह भी सुन लो कि इन्द्रियों के जो विषय अथवा प्रिय लक्ष्य हैं उन्हें इन्द्रियों की अग्नि में ही जला डालता है, वह भी यज्ञ ही करता है।"

कृष्ण पुनः चुप हुए। अर्जुन की प्रतिक्रिया को जानना आवश्यक था।

"यह तो महान् उपलब्धि होगी।" अर्जुन को बात समझ में आ गई थी।

"हां, उपलब्धि तो होगी ही। इसका अर्थ होगा इन्द्रियों का पूर्ण दमन, इन्द्रियों को जलाने की अपेक्षा इन्द्रियों के विषयों को ही इन्द्रियों पर हावी नहीं होने देना उच्चतर उपलब्धि तो है ही। विषयों की ओर इन्द्रियों की प्रवृत्ति ही न

हो तो इन्द्रियों को संयमाग्नि में जलाओ या नहीं क्या अन्तर आता है ?"

"यह बात तो सचमुच ग्राह्य है। मुझे दुःख है जैसा मैंने पहले भी कहा कि आपके संग को इतने दिनों तक निरन्तर सुलभ रहने के बाद भी मैं आपके वास्तविक सम्पर्क से वंचित ही रहा। ज्ञान-विज्ञान की इतनी सारी बातें आज सुनने को मिल रही हैं, विशेष कर तब जब युद्ध सिर पर आरूढ़ है और समय अल्प है, अगर यही अवसर···।"

"सबका समय होता है अर्जुन," श्रीकृष्ण ने अर्जुन को मध्य में ही टोकते हुए कहा, "इस समय को आज ही आना था, खैर मैं आगे की बात करने वाला था, इन्द्रियों की प्रवृत्तियों अथवा उनके विषयों को जला डालना तो यज्ञ है ही किन्तु अगर यह सम्भव नहीं भी हो पाता है तो यज्ञ का एक और प्रकार है जिसमें इन्द्रिय-जनित सभी कर्मों और प्राणजनित सभी क्रियाओं को ज्ञान से प्रदीप्त आत्म-संयम-रूपी योगाग्नि में योगी जला डालते हैं।

"बात दुरूह हो गई शायद, मैं स्पष्ट कर रहा हूं," कृष्ण आगे बोले, "संयम की बात मैंने पूर्व में भी की है और इन्द्रियों अर्थात् इन्द्रियों की प्रवृत्तियों को उसमें स्वाहा करने की बात भी बताई है। यहां मैं ज्ञान से प्रदीप्त संयमाग्नि की बात कर रहा हूं, यही योगाग्नि है। संयम सायास होता है तब वह मात्र संयम हेतु होता है। यह संयमाग्नि बहुत प्रदीप्त नहीं होती। पर इस ज्ञान से प्रदीप्त अग्नि की वासना विनाशकारी है, अनियन्त्रित इन्द्रियां सचमुच अनर्थकारी हैं और निस्संगता ही मुक्ति है, यह इन्द्रियों के कर्मों को भी जला मारती है और प्राणों के कर्मों को भी।"

"पर प्राण-क्रियाओं की बात मैंने नहीं समझी," अर्जुन ने अपनी अनभिज्ञता प्रकट की। "इन्द्रियों के कर्मों की बात तो ठीक पर प्राण-कर्म क्या हुए ? क्या इन्द्रियों की क्रियाओं के पीछे प्राणों का हाथ नहीं हता ? प्राणों की प्रेरणा और सहयोग के बिना भी कोई कार्य सम्भव है क्या ?"

श्रीकृष्ण मुसकराए "पता नहीं तुमने प्राणों का क्या अर्थ लिया ? शरीर के अन्दर जो आत्मा है प्राणों का आधार वही है। सही है कि प्राणों की शक्ति के बिना कोई कर्म नहीं होता, इन्द्रियों के कर्म के पीछे भी प्राणों का योगदान है। प्राणहीन शरीर की इन्द्रियां भी निष्क्रिय, मृत हो जाती हैं। पर इन्द्रिय-जनित कार्यों के अलावा प्राणों द्वारा सम्पादित और कार्य भी तो हैं। सामान्यतः जब हम इन्द्रियों की बात करते हैं तो हमारा तात्पर्य तथाकथित ज्ञानेन्द्रियों—आंख, कान, नाक आदि से होता है। तथाकथित मैं इसलिए कह रहा कि ज्ञानेन्द्रिय होते हुए भी अधिकांश अज्ञानाधारित कार्य भी ये ही करती हैं। विषय-वासना की बात इन्हीं को लेकर उठती है। किन्तु कर्मेन्द्रियों से भी तो कार्य बनते हैं—हाथ, पैर से। ये प्राणों के ही तो कार्य हैं ? इसीलिए मैंने कहा कि ज्ञान से प्रदीप्त संयम रूपी योगाग्नि में इन कर्मों को जला मारना भी एक यज्ञ ही है।"

"अर्थात् ज्ञान से प्रज्ज्वलित संयम-रूपी अग्नि सभी प्रकार के कर्मों को निःशेष कर देती है।"

"हां कर्मों से मेरा अर्थ यहां निस्संदेह अकरणीय कार्यों से है। मैंने पहले ही कहा है कि कर्म, अकर्म और विकर्म— कर्म के ये तीन प्रभेद हैं। यहां मेरा तात्पर्य विकर्म से है। ज्ञान से प्रदीप्त संयम किसी विकर्म को सम्पादित होने ही नहीं देगा,

चाहे वे इन्द्रिय-आधारित हों या प्राण-आधारित। बात आई तुम्हारी समझ में ?"

"आ गई।" अर्जुन ने स्वीकार में सिर हिलाया।

"आ गई तो आगे बढ़ते हैं। अब तक कुछ सूक्ष्म बातों की चर्चा होती रही। अब कुछ स्थूल को भी ले लें।

"यज्ञ के स्थूल प्रकार लें तो ये मुख्यतः चार प्रकार के होते हैं—द्रव्य यज्ञ, तपो यज्ञ, योग यज्ञ और स्वाध्याय जनित ज्ञान-यज्ञ। कठोर व्रतधारी, यत्नशील लोग ही इन यज्ञों में प्रवृत्त होते हैं।"

"आपने तो यज्ञ को विविध आयाम दे दिए और देते ही जा रहे हैं," अर्जुन ने कहा, "यज्ञ की मूल परिभाषा जिसके अनुसार यज्ञ-मात्र अग्नि में अन्न, घृत आदि को स्वाहा करना था, का तो आपने मूलोच्छेद ही कर दिया।"

"नहीं यज्ञ के उस प्रकार का भी मैं विरोधी नहीं हूं पर यह कहना अवश्य चाहता हूं कि यज्ञ के और भी प्रकार हैं और इनके लिए सम्पादित कर्म भी यज्ञार्थ कर्म ही हैं। ऐसा इसलिए स्पष्ट करना पड़ रहा है कि मैंने आरम्भ में ही कहा कि यज्ञार्थ कर्मों के अलावा सभी कर्म बन्धनकारी होते हैं।"

"तो इन यज्ञों को स्पष्ट करने की कृपा करें।" पार्थ ने प्रार्थना की।

"द्रव्य-यज्ञ दान-यज्ञ है। तुम जानते हो तुम्हारा प्रतिद्वन्द्वी और दुर्योधन-सखा कर्ण नित्य सहस्रों मुद्राओं और मणि-माणिक्य का दान करता है, वह मूर्ख तो नहीं है, वह द्रव्य-यज्ञ का सम्पादन करता है। दूसरी ओर पारम्परिक यज्ञ भी द्रव्य-यज्ञ ही है क्योंकि बिना द्रव्य के उनका सम्पादन भी कहां सम्भव है?

"तपो यज्ञ तपस्याजनित यज्ञ है। नाना-विध तप करना, व्रत रखना, तीर्थों का पर्यटन करना, निरन्तर निराहार नाम-जप करना ये सब तपो-यज्ञ के उदाहरण हैं। तपस्या रूपी यज्ञ के बल पर बड़े-बड़े कार्य सिद्ध हुए हैं। तपस्या के माध्यम से ही विश्वामित्र क्षत्रिय वंश में उत्पन्न होकर भी ऋषि तो ऋषि ब्रह्मर्षि तक बन बैठे, और तो और एक नवीन सृष्टि तक रच डाली। तप को साधारण नहीं समझो। इसी के बल पर ब्रह्मा सृष्टि करते हैं, विष्णु इसका पालन करते हैं और शिव इसका संहार करते हैं। तप-यज्ञ निस्सन्देह श्रेष्ठ यज्ञ है।"

"और यह योग-यज्ञ ?" अर्जुन ने अकस्मात् पूछा।

"अभी तक योग के सम्बन्ध में जानना तुम्हारे लिए शेष ही रह गया है ?" श्रीकृष्ण ने किंचित् मुसकराकर पूछा।

"नहीं, जानना शेष नहीं है। जानना इतना ही है कि यह योग-यज्ञ पातंजल योग है जिसमें ध्यान, धारणा, समाधि आदि की बात आती है अथवा आपके द्वारा व्याख्यायित कर्म-योग है, दूसरे शब्दों में बुद्धि-योग।"

"तुम क्या सोचते हो ?" श्रीकृष्ण-मुख की मुसकान वर्तमान थी।

"मैं तो सोचता हूं आप कर्म-योग की ही बात कर रहे हैं।"

"तुम ठीक सोच रहे हो। पातंजल योग पर मैं कभी आऊंगा। अभी मेरा तात्पर्य कर्म-योग से ही है। मैं तुम्हें आगे बताऊंगा कि कर्म-योगी, तपस्वी, ज्ञानी आदि सभी से श्रेष्ठ है, अतः योग-यज्ञ से तो तुम कर्म-योग रूपी यज्ञ को ही समझो अर्थात् फलाकांक्षा रहित कर्म को।

"रह गया स्वाध्याय जनित ज्ञान यज्ञ तो यह आर्ष ग्रन्थों वेद, उपनिषद् आदि के पारायण और चिन्तन-मनन से सम्बन्धित है। अच्छे ग्रन्थों का अध्ययन भी यज्ञ

ही है क्योंकि ज्ञान के आगार होने के कारण वे हमारे बुद्धि-विवेक को परिष्कृत और आचरण-व्यवहार को विशुद्ध बनाते हैं। स्वाध्याय ज्ञान का मूल है, अतः स्वाध्याय-यज्ञ को ज्ञान-यज्ञ भी कह ले सकते हो।

"अब मैं तुम्हारे पातंजल योग पर भी आता हूं। प्राणायाम का विशेष महत्त्व है उसमें। प्राणायाम में वायु को साधते हैं। वायु के दो प्रकार हैं—अपान और प्राण। कुछ लोग अपान में प्राण का हवन करते हैं अर्थात् प्राणायाम की पूरक क्रिया द्वारा प्राण वायु को भीतर भरते हैं। कुछ लोग प्राण में अपान का हवन करते हैं अर्थात् रेचक द्वारा भीतर की अपान अपवित्र वायु को बाहर फेंकते हैं। कुछ लोग प्राण-अपान दोनों वायुओं को अवरुद्ध कर प्राणायाम की कुम्भक क्रिया करते हैं।

"दूसरे लोग अपने आहार की मात्रा को नियन्त्रित कर अन्दर के प्राण को शनैः-शनैः बाहर विस्तृत प्राण में (क्योंकि बाहर फैली प्राण-वायु प्राण ही है) विसर्जित करते हैं।

"ये सभी लोग यज्ञ विधियों के ज्ञाता ही हैं, यज्ञ-कर्ता हैं, यज्ञों के सम्पादन द्वारा इनके कलुष अर्थात् पाप कट चुके हैं। यही यज्ञ का महत्त्व है, प्रकार उसका जो हो पाप काटता वह अवश्य है।"

"तो ये सभी यज्ञ-कर्ता, पापों के क्षय के कारण परमलोक को प्राप्त होते होंगे?" अर्जुन की जिज्ञासा स्वाभाविक थी।

"परलोक क्या? साक्षात् ब्रह्म को ही। मैंने कहा था न कि यज्ञों में ब्रह्म स्वयं उपस्थित होता है। तो जो व्यक्ति यज्ञों से बचे अन्न, अथवा समय का उपभोग-कर्ता होता है वह सनातन, अनन्त ब्रह्म में विलीन हो जाता है।

"एक बात बताऊं अर्जुन?" कृष्ण सहसा रुक कर बोले।

"अवश्य जनार्दन!" अर्जुन ने उत्सुकतापूर्वक कहा।

"इन विभिन्न यज्ञों में किसी भी एक यज्ञ का जो व्यक्ति सम्पादन नहीं करता उसका इस लोक में भी कुछ नहीं सधता, दूसरे लोक की तो बात ही छोड़ो।

"यज्ञों के ये सब प्रकार ब्रह्म द्वारा स्वयं कहे गए हैं।"

"ब्रह्म तो लोग आप ही को कहते हैं," अर्जुन ने टोका, "फिर आपने ही तो कहा था कि यह ज्ञान जो आप मुझे आज प्रदान कर रहे हैं, सर्वप्रथम आपने ही उसे सूर्य को दिया था।"

श्रीकृष्ण हलके हंसे, "अच्छा पकड़ते हो तुम, खैर मैं कहना चाहता था ये सभी यज्ञ जो लोक और परलोक के लिए इतने महत्त्वपूर्ण हैं, कर्म से ही उत्पन्न हैं, बिना कर्म के ये सधने को नहीं। यही बात मैंने आरम्भ में ही कही थी।"

"अर्थात् घूम-फिरकर बात कर्म पर आ गई।"

"उसे तो आना ही है," श्रीकृष्ण ने दृढ़ता से कहा, "कर्म के बिना निस्तार कहां है? जब इस सत्य को पूरी तरह समझ जाओगे तो मुक्ति हेतु अन्य प्रयास नहीं करने पड़ेंगे, स्वयं विमुक्त हो जाओगे।"

"किस बात को?" अर्जुन ने स्पष्ट कराना चाहा।

"इसी कर्म की बात को अपितु कर्मयोग की बात को, निस्संग होकर कर्म करने की बात को, फलाकांक्षा रहित कर्म-रत होने की बात को, दूसरे शब्दों में कर्म-योग की बात को। समझ गए।"

"आपने इतनी तरह, इतने प्रकार से समझाया कि समझे बिना रहा भी कहां

जा सकता ?" अर्जुन मुसकराया। धीरे-धीरे उसकी आरम्भिक जिज्ञासा पूर्णतया निःशेष होती जा रही है, यह देख कर श्रीकृष्ण को प्रसन्नता हुई।

"ठीक है यज्ञ के सम्बन्ध में अब अन्तिम बात कहूंगा—निष्कर्ष।"

"वह क्या है।"

"वह यह है कि द्रव्य द्वारा सम्पन्न होने वाले सभी यज्ञों से ज्ञान-यज्ञ श्रेष्ठ है।" श्रीकृष्ण ने निर्णय सुनाया।

अर्जुन मौन।

"क्यों ?" श्रीकृष्ण ने मौन तोड़ा।

"कहीं यह कर्म के ऊपर ज्ञान की श्रेष्ठता का आरोपण तो नहीं ? अब तक तो आप कर्म को ही सर्वश्रेष्ठ बताते रहे हैं।"

"नहीं, ऐसा नहीं है," श्रीकृष्ण ने जोर देकर कहा। "मैंने अभी बताया कि सारे यज्ञ कर्माधारित हैं अर्थात् कर्म के बिना ज्ञान यज्ञ भी सम्भव नहीं है। ज्ञान यज्ञ की व्याख्या करते हुए मैंने कहा कि स्वाध्याय इस यज्ञ में सहायक है। तो क्या स्वाध्याय कर्म के बिना सम्भव है ? आगे मैं ज्ञान-प्राप्ति का एक और मार्ग भी बताने जा रहा हूं। वह भी कर्म-साध्य ही है। खैर, अभी मैं यह जोड़ना चाहूंगा कि सारे कर्मों का लक्ष्य ज्ञान-प्राप्ति ही है और अगर सम्यक् ज्ञान की प्राप्ति नहीं हुई तो कर्म का करना-न-करना व्यर्थ हो गया।"

"इस ज्ञान-प्राप्ति के किसी और साधन की भी आप चर्चा कर रहे थे।"

"हां, ज्ञान-प्राप्ति के दो सुनिश्चित साधन हैं, स्वाध्याय और श्रवण। स्वाध्याय की बात मैंने पहले कर दी। श्रवण उससे कम महत्वपूर्ण नहीं है। श्रवण अर्थात् गुरु-मुख से श्रवण, अधिकारी से श्रवण। यह भी कर्म-साध्य है। घोर कर्म साध्य। उसके लिए तत्त्वदर्शी गुरु-ज्ञानी की चरणोपासना करनी पड़ती है, विनम्र भाव से प्रश्न-प्रतिप्रश्न-जिज्ञासा की आवश्यकता होती है, सेवा भी सम्पादित करनी होती है। सेवा से प्रसन्न होकर ही तत्त्ववेत्ता गुरु तुम्हें ज्ञान-सम्पन्न कर सकता है। इस ज्ञान को तुम प्राप्त कर लो तो फिर इस प्रकार मोहग्रस्त होने की आवश्यकता ही नहीं रह जाय।"

"वह ज्ञान है क्या ?" अर्जुन का आश्चर्य चरमबिन्दु पर आ गया था।

"ज्ञान के एक भाग की चर्चा तो मैं पहले कर चुका हूं निस्संग होकर कर्म करने की बात की, फलाकांक्षा रहित होने की बात की, शरीर के अनित्य और आत्मा के नित्य अथवा अक्षय और अविनाशी होने की बात की। ज्ञान का यह दूसरा पक्ष है और पहले से ज्यादा महत्त्वपूर्ण है।"

"क्या है यह ?" अर्जुन आश्चर्यचकित हो बोला।

"यह है संसार के सभी जीवों को अपने अन्दर ही देखना और फिर सबको मेरे अन्दर (परमात्मा के अन्दर) भी देखना।"

"अर्थात् ?"

"अर्थात् यह कि अपने और संसार के सारे जीवों में अभेद देखना, सबको एक समझना। उनमें और अपने में कोई अन्तर नहीं देखना और अन्ततः अपने को तथा सबको मुझसे ही उत्पन्न मानना।"

"इसका दूसरा अर्थ यह हुआ कि सब जीवों में आप ही व्याप्त हैं ?"

"निश्चय ही।"

"तो यही ज्ञान सर्वोपरि है ? अर्थात् सर्वत्र सबमें आप ही के दर्शन ?"

"हाँ, सब में समभाव।" भगवान ने हामी भरी।

"एक बात और बताऊं ?" श्रीकृष्ण ने पूछा।

"आपकी कृपा। मैं तो यों ही आपकी अहैतुकी दया से दबा जा रहा हूं। आप जो कुछ कहेंगे, शिरोधार्य होगा।"

"बात है उस ज्ञान की ही," श्रीकृष्ण ने आरम्भ किया, "यह ज्ञान सारे पापों का विनाशक है। यदि कोई संसार के पापियों में सर्वाधिक पापी हो तब भी ज्ञान-रूपी नौका से पाप के महासागर को वह बड़ी सहजता से पार कर पायेगा ? जैसे अच्छी तरह प्रज्वलित अग्नि काष्ठ समूह (ईंधन) को भस्म कर छोड़ती है वैसे ही ज्ञान-रूपी अग्नि सभी कर्मों को भस्म कर देती है।"

"अर्थात् उनका कोई शुभाशुभ फल नहीं होता ?"

"हो ही नहीं सकता। ज्ञान को मैंने दो भागों में बांटा। पहले भाग को पुनः याद करो। निस्संगता को साध लिया, कर्म में भी अकर्म को उतार लिया तो कर्म-फल रहे कहां ? दूसरे पक्ष को लो तो जब सर्वत्र मैं ईश्वर ही विराजमान हूं यह भावना तुम्हारे अन्दर घर कर गई तो तुम जो कुछ कर रहे हो मेरे लिए कर रहे हो, तुम्हारा किया-कराया मुझे ही प्राप्त हो रहा है तो कर्म-फल तुम्हें कैसे मिलेगा ? वह मुझे भले मिल जाय।"

"तो पाप भी करूं, कुकर्म भी, तो वह भी तुम्हारे लिए ही कर रहा हूं ?"

श्रीकृष्ण खिलखिलाकर हंसे। मेघाच्छन्न आकाश में दामिनी दमकी। उत्फुल्ल पद्म-दल पर रवि-रश्मियां बिखरीं, बरसते आकाश के एक छोर पर इन्द्र-धनुष उभरा, "बड़े भोले हो पार्थ।"

"क्यों ?" अर्जुन ने आश्चर्य से पूछा।

"जब सब कुछ मेरे लिए ही करोगे, मेरी देखती आंखों के सामने करोगे तो पाप-कर्म किधर से कर पाओगे ? खैर इस बात पर मैं बाद में विस्तार से चर्चा करूंगा। अभी के लिए इतना कि ज्ञान सचमुच एक अमूल्य निधि है—दुर्लभ उपलब्धि। व्यक्ति के अन्दर-बाहर को पूत-पुनीत करने का इससे बड़ा कोई साधन नहीं। और इसकी विशेषता यह है कि स्वाध्याय और गुरु के माध्यन से जो जानो सो जानो, यदि योग पथ पर अग्रसर हो तो यह स्वयं धीरे-धीरे तुम्हारे अन्दर प्रकट होता है जैसे रात्रि के अन्धकार को चीर कर प्रत्यूष-काल में धीरे-धीरे प्रकाश प्रकट होता है।"

"ज्ञान भी तो प्रकाश ही है।"

"और अज्ञान अन्धकार।"

"इसीलिए आपने ज्ञान-प्राप्ति की उपमा प्रकाश के प्राकट्य से दी।"

"शायद।" श्रीकृष्ण ने कहा।

"पर एक बात मेरे मन में आ रही है।" अर्जुन ने कहा।

"क्या ?"

"मान लीजिए, किसी में इतना धैर्य नहीं हो कि वह ज्ञान को अपने अन्दर धीरे-धीरे प्रकट होने की प्रतीक्षा नहीं कर सके तब ?"

"तब तो मैंने स्वाध्याय और गुरु-सेवा की बात कर ही दी है। पर इस प्रकार से ज्ञान-प्राप्ति की एक बड़ी शर्त है।"

"क्या ?"

"श्रद्धा।"

"हां श्रद्धा," श्रीकृष्ण ने आगे कहा, "स्वाध्याय में, आर्ष ग्रन्थों के पारायण में श्रद्धा, उनमें निहित सत्य के प्रति श्रद्धा, गुरु के प्रति श्रद्धा, उसके वचनों के प्रति श्रद्धा, उनमें विश्वास। साथ ही तत्परता और इन्द्रिय-संयम। तत्परता ज्ञान-ग्रहण के प्रति—प्रमाद रहित होकर एक-एक शब्द को पीना-पचाना। और यह सब सम्भव है इन्द्रिय-निग्रह से ही—इन्द्रियों के संयम द्वारा ही।

"और एक बात और कहूं ?" श्रीकृष्ण के मुख पर बच्चों के मुखड़े पर खेलती प्रसन्नता खेली।

"क्या ?" अर्जुन ने उत्सुकता से पूछा। कोई बड़ी बात ही निस्सृत होने जा रही थी श्रीकृष्ण-मुख से।

"शान्ति सबकी इष्ट है न ? सभी इसी के लिए लालायित हैं न—व्यग्र। शान्ति की एक बूंद भी मनुष्य के लिए चातक की स्वाती बूंद की तरह होती है न ?"

"इसमें क्या सन्देह ?"

"तो अर्जुन, यह ज्ञान जब सध जाय तो शान्ति भी सुलभ हो जाती है। ज्ञान के अन्दर से शान्ति उसी तरह प्रकट होती है जिस तरह पुष्प के अन्दर से पराग। ज्ञान मिल गया तो शान्ति मिली ही जानो—शान्ति अर्थात् सारी सांसारिक चिन्ताओं से मुक्ति। यही तो मनुष्य का साध्य है, युग-युग की उसकी अभिलाषा। और इसी की प्राप्ति का मैं साधन बता रहा हूं। अब अगर कोई इस सहज प्राप्त वस्तु को भी प्राप्त करने में प्रमाद करे तो मैं क्या करूं ? ज्ञान क्या है मैं कई बार कह चुका। तुम ज्ञान के बनो, शान्ति तुम्हारी बन कर रहेगी।

"एक बात और सुन लो। विनाश के तीन ही प्रमुख कारण हैं—अज्ञानता, अश्रद्धा और संशय। ये तीनों जिसके साथ लगे हों उसकी प्रगति सम्भव नहीं। संशयात्मा का तो विनाश सुनिश्चित है। उसका यह लोक भी गया, परलोक भी, सुख तो खैर संशयात्मा क्या पायेगा ?"

"यह तो बड़ी बात है जनार्दन !" अर्जुन के मुंह से सहसा निकला।

"बड़ी तो है ही। संशय सबसे बड़ा शत्रु है व्यक्ति का। संशय ही द्वन्द्व की सृष्टि करता है—यह ठीक है कि गलत ? इस मार्ग पर अग्रसर होने से सफलता मिलेगी या असफलता ? यह व्यक्ति मित्र है अथवा शत्रु ? संशय कहीं का नहीं छोड़ता। संशय छोड़ कर विश्वासपूर्वक कर्म-पथ पर अग्रसर हो जाओ तो सफलता असंदिग्ध हो आती है। तुम भी तो इस समय इसी संशय-रूपी घोर शत्रु के शिकार हुए हो। संशय ही निश्चय-अनिश्चय, निर्णय-अनिर्णय के द्वन्द्व में डालता है। संशय सर्वनाश का कारण है धनंजय, इससे बचो।"

"तो इस संशय से कैसे रक्षा हो ?" अर्जुन का प्रश्न स्वाभाविक था।

"ज्ञान के द्वारा।" श्रीकृष्ण ने कहा, "अज्ञान ही तो संशय के मूल में है। बातें ठीक से जान लो तो संशय क्योंकर रहे ? अज्ञान अन्धकार है, ज्ञान प्रकाश। अन्धकार में तो रज्जु को सर्प समझ लेना बड़ा आसान है। जहां वस्तुस्थिति का पूर्ण ज्ञान है वहां अज्ञान का अन्धकार रहेगा नहीं और तब तुम्हारे संशय-ग्रस्त होने का भी प्रश्न नहीं उठेगा।

"अब इस सम्बन्ध में मेरा निर्णय सुनो।"

"क्या ?"

"कर्मों को अथवा कर्म-फल को तो योग (कर्म योग द्वारा) समाप्त कर दो, संशय को ज्ञान द्वारा निःशेष कर दो। अपनी आत्मा को—उसके महत्त्व—को ठीक से समझ लो। मैं पहले भी बता चुका हूं आत्मा की महत्ता को। जो भी व्यक्ति इन तीनों पद सम्यक् ध्यान देता है वह कर्म-बन्धन में नहीं बंधता।

"तो अन्ततः अज्ञान ही रह गया सभी अनर्थ के मूल में। अज्ञान और इससे उत्पन्न संशय। हृदय में स्थित, अज्ञान से उत्पन्न इस संशय को तुम ज्ञान की तलवार से काट फेंको और तब तुम सचमुच योगारूढ़ हो जाओगे। कर्मयोग साध लोगे तुम।"

बहत्तर

कर्ण ने सुना तो उसको अपने कानों पर सहसा विश्वास नहीं हुआ पर द्वार-रक्षक अपनी बात पर दृढ़ था। द्वार पर सुयोधन विराजमान थे। अपने उत्तरीय को संभालते हुए वह झटपट द्वार पर उपस्थित हुआ।

"क्या बात है मित्र ! जब इस समय दोनों पक्षों की सेनाएं समरांगण में एक दूसरे के विरुद्ध जमी हैं, तुम यहां कैसे ?"

"खाक जमी हैं," दुर्योधन के मुख पर झुंझलाहट स्पष्ट थी, "भीतर चलो तो बातें करें।"

कर्ण शिविर के रेशमी पर्दे को हटाकर दुर्योधन के साथ अन्दर आया। उसे आसन प्रदान कर सामने बैठते हुए बोला, "बोलो, बात क्या है ? इस समय हस्तिनापुर के भावी अधिपति को, युद्ध-विरत कर्ण के पास पाकर आश्चर्य हो रहा है। आखिर हो क्या रहा है रणांगण में ? एक बार शंख-ध्वनि सुनी, रण-भेरियों, गोमुखों का नाद सुना। उसके बाद से सब शान्त-शान्त-सा प्रतीत हो रहा है। दिशाएं शान्त। वायु शान्त। आकाश शान्त। नहीं कहीं शरों की सरसराहट, न आहत अश्वों-गजों की कर्णभेदी चीत्कार, न कोई कोलाहल, न कोई स्वर। भला ऐसे भी कोई समर रचित होता है ? बात क्या है सुयोधन ?"

"स्वर है और वह है उस सारथि, कृष्ण का। आज उसका जादू उसके स्वरों पर चढ़ा उस पाखण्डी पृथा-पुत्र के कर्ण-रन्ध्रों में अमृत उंड़ेल रहा है।" सुयोधन अपनी खीझ में बोला।

कर्ण को बात कुछ समझ में आई नहीं। वह आज प्रत्यूष से ही अपने शिविर में किसी मत्त गजराज-सा इस कोने से उस कोने तक चहलकदमी कर रहा था। कान निरन्तर समरांगण की ओर लगे थे। पर हाथ लगातार निराशा ही लग रही थी। ऐसा कुछ इंगित ही नहीं हो रहा था कि महाभारत का आरम्भ हो गया हो, कि ग्यारह अक्षौहिणी सेनाएं आपस में इन्द्र-कुलिशों की तरह जा टकराई हों और इस टकराहट-जन्य स्फुलिंगों से दिशाएं व्याप्त हो गई हों। क्या हो रहा था यह सब ? उसे तो आशा थी कि प्रथम आमना-सामना में ही दो नर-

शार्दूलों – पितामह और पार्थ— में एक का अन्त हो जाएगा। और तब या तो सेनापतित्व सहसा उसकी झोली में आ गिरेगा या पार्थ की समाप्ति के साथ ही यह महासमर आरम्भ के पूर्व ही शेष हो जाएगा। पर उसकी आशाओं के विपरीत, समरांगण तो शान्त पड़ा था जैसे वह कोई उद्वेलित तरंगायित सागर नहीं होकर कोई श्मशान हो—सदा से मृत और शान्त। और अब यह कौन-सा प्रस्ताव लेकर आया है सुयोधन? इस संकट-काल में अपनी सेना को छोड़ मेरे शिविर तक भागे-भागे आने के मूल में कोई विशेष बात तो होगी ही। दुर्योधन के उर्वर मस्तिष्क की कोई नवीन परिकल्पना ही इसे यहां तक खींच लाई होगी। पता नहीं वह करणीय की अपेक्षा करता है मुझसे या अकरणीय की। पर अभी यह कृष्ण और अर्जुन के किस संवाद की बात कर रहा था? क्या इसी ने अभी तक समर-आरम्भ को रोक रखा है?

"तुम श्रीकृष्ण के किस कथन की चर्चा कर रहे थे?"

"तुम तो लगातार उस सारथि को श्रीकृष्ण, श्रीकृष्ण ही पुकारे जाते हो। किधर से और कौन-सी श्री संयुक्त है उसके साथ कि सारथि नहीं होकर, एक निपट, लंपट गोपाल यदुवंशी नहीं होकर तुम्हारे लिए सदा श्रीसम्पन्न बना वह 'श्रीकृष्ण' 'श्रीकृष्ण' ही बना रहता है?" पहले से ही अव्यवस्थित दुर्योधन और उद्वेलित हुआ था और मूल बात को विस्मृत कर राधेय पर झुंझला पड़ा था।

मन-ही-मन हंसा था राधेय कर्ण। यह सही था कि दुर्योधन उसका अंतरंग मित्र था। वह उसके लिए प्राणाहुति के लिए भी कृतसंकल्प था पर यह अन्तरंगता मात्र सतह की थी। सुविधा की। सुयोधन को अर्जुन की काट चाहिए थी और इस रूप में सहज ही उपलब्ध हो गया कर्ण जिसके सिर पर अंग-राज का मुकुट चढ़ा उसने उसे सदा के लिए अपना ऋणी और उपकृत बना लिया था। सारथि-पुत्र से सहसा शासक बना दिया था—पूज्य और वरेण्य, जिसक समक्ष बड़े-से-बड़े योद्धाओं को भी मस्तक टेकने में अब अपमान-बोध नहीं होता था।

कर्ण को चाहिए था अपने घोर शत्रु अर्जुन को परास्त करने के लिए राज्याश्रय— उसके माध्यम से उपलब्ध साधन और संयोग। संयोग ही तो था यह महासमर और कुरु-राज से अधिक साधन-सम्पन्न कौन था अभी इस आर्यावर्त की भूमि पर जिसका सहारा ले वह अर्जुन से इस धरा को मुक्त करने की अपनी महत्वाकांक्षा की पूर्ति कर पाता? एक वन में तो एक ही सिंह रह सकता है। इस धरा को या तो कर्ण को धारण करना था या अर्जुन को। पर अभी तो बात ही कुछ और थी। समर का आरम्भ नहीं होना कोई शुभ शकुन नहीं था, उस पर युवराज सुयोधन का यहां आ उपस्थित होना। बात जानने के लिए सुयोधन को शांत करना पड़ेगा। व्यर्थ ही उसने अनचाहे में श्रीकृष्ण का नाम उच्चारित कर इस उद्धत कौरव की अहंकार-अग्नि में घृत-आहुति डाल दी थी। चाहे जो हो, दुर्योधन के उपकार को तो आजीवन वह भुलाने वाला नहीं था। कृतघ्न नहीं हो सकता था कर्ण।

"बात बताओ मित्र!" कर्ण ने शब्दों में यथेष्ट माधुर्य घोलकर कहा था। "तुम जानते हो मैं तुम्हारे लिए कुछ भी करने को प्रस्तुत हूं। मेरे प्राण तुम्हारी ही थाती हैं, इनका और कोई उपयोग नहीं। राधेय कर्ण अगर जीवन-धारण करता है तो मात्र अपने परम हितैषी और एक मात्र सुहृद् सुयोधन के लिए।

बोलो, कौन-सी बात तुम्हें इस संकट काल में यहां खींच लाई है?"

"वचन दो कि जो मैं कहूंगा वह करोगे। अभी तुमने कहा कि तुम्हारे प्राण केवल मेरे हित के लिए हैं।" दुर्योधन ने उल्लसित होकर कहा।

"यह सत्य है। और मैं तुम्हें वचन भी देता हूं। पर एक वचन को छोड़कर।"

"कौन-सा?"

"वही जिसको लेकर मैं यहां अलग शिविर में पड़ा हूं। जब तक पितामह सेनाध्यक्ष रहेंगे, मुझे युद्ध नहीं करना है।"

दुर्योधन एक क्षण को असमंजस में पड़ा। बात तो युद्ध की ही थी और भीष्म ही सेनापति भी थे। पर दूसरे क्षण उसके दिमाग ने एक यत्न ढूंढ़ लिया।

"युद्ध का अर्थ तो समझते हो?" वह कुछ ऊंचे शब्दों में ही बोला।

कर्ण को आश्चर्य हुआ। अब यह सुयोधन उसे युद्ध का अर्थ भी समझायेगा? वह सुयोधन जो केवल इस युद्ध रूपी महासागर को कर्ण रूपी विशाल पोत के सहारे ही पार करने का स्वप्न देखता है।

"कहना क्या चाहते हो मित्र?" कर्ण ने प्रश्न का उत्तर प्रश्न में ही दिया।

"कहना यह चाहता हूं कि युद्ध में दो पक्षों की भूमिका होती है। दोनों ओर से अस्त्र-शस्त्र संचालन होता है। द्वन्द्व युद्ध हुआ तो दो वीर आपस में मरने-मारने की घड़ी तक गुत्थम-गुत्थ हो जाते हैं। मैं तुम्हें युद्ध करने की बात नहीं कहने आया फिर भी तुम्हें शस्त्र-संचालन करना है। इसमें भीष्म पितामह के सेनापति रहने या नहीं रहने से कोई अन्तर नहीं पड़ता। तुम्हारी प्रतिज्ञा अपने स्थान पर बनी रहेगी और मेरा काम भी हो जाएगा।"

"अर्थात् मुझे किसी निहत्थे पर शस्त्र संचालित करना है?" कर्ण ने पूछा।

"शायद।"

"शायद नहीं स्पष्ट बोलो और यह भी कि वह दुर्भाग्य-दग्ध व्यक्ति है कौन? क्योंकि तुम जानते हो कि शस्त्रधारी के लिए भी कर्ण का वेग झेलना आसान नहीं तब वह निःशस्त्र तो तत्काल काल-कवलित होकर ही रहेगा।"

"यही तो मैं चाहता हूं और इसीलिए इस संकट के काल भी तुम्हारे द्वार तक दौड़ा आया हूं। जानता हूं, तुम्हारे द्वार से कोई याचक निराश नहीं लौटता। महादानी कर्ण का द्वार है यह।"

"पहेलियां नहीं बुझाओ मित्र! स्पष्ट बोलो। मुझे क्या करना है। और कैसे तुमने सोच लिया कि राधेय कर्ण किसी निःशस्त्र को अपने शस्त्र का लक्ष्य बना देगा?"

"क्योंकि इसमें हम दोनों का कल्याण है और हम दोनों का ही नहीं, सम्पूर्ण आर्यावर्त का। अभी-अभी जो रक्त की बेगवती धारा इस कुरुक्षेत्र में प्रवाहित होने वाली है उसकी संभावना-मात्र मान कुछेक बूंदों के पतन के साथ ही समाप्त हो जाएगी। तुम चाहो तो यह महायुद्ध अभी और इसी क्षण समाप्त हो जाएगा।"

कर्ण को आश्चर्य हुआ। अभी-अभी तो वह ठीक इसी रूप में सोच रहा था और यह सुयोधन भी यही बात कह रहा है। वह कुछ उत्तेजित होकर बोला—"मैंने कहा न पहेलियां नहीं बुझाकर स्पष्ट बात कहो। लेकिन अभी तक किसी निःशस्त्र पर शस्त्र उठाने की बात मेरी समझ में नहीं आई। फिर तुम अपनी बात बताओ।"

"वह निःशस्त्र कोई साधारण व्यक्ति होता तो मैं यह प्रस्ताव तुम्हारे सामने रखता ही नहीं। मैंने कहा न कि उसकी समाप्ति के साथ ही इस विनाशकारी युद्ध की समाप्ति भी है।"

"वह पाण्डव-पक्ष का है ?"

"निस्सन्देह !"

"अर्जुन ?"

"तुमने ठीक समझा।"

"और तुमने कहा कि वह अभी चुप बैठा कृष्ण का कोई सन्देश सुन रहा है।"

"चुप और निःशस्त्र। गांडीव का उसने त्याग कर दिया है। रथ के पार्श्व-भाग में बैठा वह कृष्ण से मनोबल प्राप्त कर रहा है। जीवन और मरण की समस्याओं की चर्चा सुन रहा है। वह युद्ध-निरत होना चाहता है और जितनी बातें मुझ तक पहुंची हैं उनके अनुसार वह कृष्णि-वंशी, सारथि इसे कई-कई युक्तियों-उक्तियों का सहारा ले युद्ध-रत करना चाहता है। यही वह सुअवसर है जिसका लाभ उठाया जा सकता है।"

"अर्थात् मैं गांडीव फेंक कर बैठे अर्जुन पर शर-सन्धान कर एक ही वाण से उसकी गर्दन को धड़ से अलग कर दूं ?"

"हां।"

"सुयोधन !" कर्ण जोर से चीखा। कर्णभेदी आवाज में। शिविर की वस्त्र निर्मित छत भी एक क्षण को उड़ने-उड़ने को हो आई।

दुर्योधन हत-प्रभ। कर्ण को हो क्या गया है ? इतने अच्छे अवसर की अवहेलना करने पर वह क्यों उतारू है ?

"सुयोधन !" कर्ण ही आगे बोला। अबकी बार इसका स्वर पहले की अपेक्षाकृत शान्त था। "मुझे अफसोस है कि मैं तुम्हारी यह इच्छा पूर्ण नहीं कर सकता। मैं निःशस्त्र अर्जुन पर शस्त्र चलाने नहीं जा रहा। माना अर्जुन मेरा सबसे बड़ा शत्रु है और उसी के प्राणों की बलि चढ़ाने के लिए मैं समरांगण में जमा हुआ हूं। पर नहीं, ऐसा नहीं, जब तक अर्जुन के हाथ में गांडीव नहीं आता, कर्ण उसके पास भी फटकने की बात नहीं सोच सकता।"

"सोच लो, यह सुनहरा अवसर है।"

"मैंने सोच लिया। पर क्षमा करना, मुझे तुम्हारे सोच पर दया आ रही है। तुमने यह सोचा भी कैसे कि कर्ण यह कुकृत्य कर सकता है ?"

"तुम वचनवद्ध हो।" दुर्योधन ने पैंतरा बदला, "तुमने अभी कहा है कि तुम एक को छोड़कर मेरी कोई भी बात मानने को तैयार हो।"

"पर मैं तुमसे वीरोचित बात की अपेक्षा करता था। मुझे कभी भी यह विश्वास नहीं हो सकता था कि तुम ऐसी बात करोगे जो न राजा सुयोधन के योग्य है न योद्धा सुयोधन के लायक।"

"और तुम्हारी दान-वीरता का क्या हुआ ? तुम्हारे यहां से कोई याचक खाली हाथ नहीं लौटता।" दुर्योधन से अपना अन्तिम अस्त्र छोड़ा।

"इतना नीचे नहीं गिरो सुयोधन," कर्ण दुर्योधन की ओर पीठ कर खड़ा हो गया, "तुम दान मांगने आते तो मैं अवश्य तुम्हें खाली हाथ नहीं भेजता, पर अफसोस है कि तुम पाप मांगने आये हो। जाओ, लौट जाओ मित्र ! कर्ण महादानी

हो सकता है पर वह महापातकी की संज्ञा से विभूषित होना नहीं चाहेगा। जाओ, उस दिन की प्रतीक्षा करो जब भीष्म अर्जन के हाथों समरांगण में गिरेंगे। उस दिन तुम्हारा यह मित्र तुम्हें निराश नहीं करेगा। पर तब तक के लिए क्षमा सुयोधन, क्षमा। मुझसे यह घोर पाप नहीं कराओ।"

"मैं तो चल रहा हूं, पर सोच लो, युद्ध में सब चलता है और इस बात की कोई निश्चितता नहीं कि तुम्हारे इस आदर्श का पालन तुम्हारे शत्रु भी करेंगे। भगवान नहीं करे, किसी दिन तुम्हें निःशस्त्र और निस्सहाय ही शत्रु-अस्त्र का सामना करना पड़े।"

"अगर वह दिन आया भी तो इतिहास के पन्ने मेरे कृत्यों से काले नहीं माने जायेंगे। कम-से-कम इस विश्वास के साथ ही मैं अपने प्राण विसर्जन करूंगा।"

दुर्योधन चलते-चलते दरवाजे पर रुक गया था और अपनी अन्तिम बात कह कर ही वह विदा हुआ, "तुमने सामने आये सुअवसर को ठुकराया है राधेय, यह शायद बहुत महंगा पड़े। खैर, मैंने अपना कर्तव्य कर दिया। मैं भी यही चाहूंगा कि तुम्हारे आदर्शों का पालन वह घोर शत्रु पार्थ और उसका प्रपंची सारथि भी करे, पर मुझे उनसे ऐसी कोई आशा नहीं है। ऐसी हालत में भगवान ही मालिक है तुम्हारे प्राणों का।"

"मुझे माफ करना सुयोधन। योद्धा प्राणों का मोह लेकर रणांगण में आते नहीं। अगर मुझे प्रपंच में पड़कर भी प्राणों से हाथ धोना पड़ा तो काल पुरुष कम-से-कम तुम जिन व्यक्तियों को अपने कठघरे में खड़ा करेगा, मुझे प्रसन्नता है कि मैं उनमें नहीं होऊंगा।"

तिहत्तर

"तब तुम सचमुच योगारूढ़ हो जाओगे। कर्म योग साध लोगे तुम।" उधर अर्जुन ने पकड़ा था श्रीकृष्ण के इन्हीं शब्दों को। कौन-सा खेल था यह? कैसी विडम्बना चल रही थी यह? मार्ग स्पष्ट होते-होते भी अस्पष्ट क्यों हो जाता था—सहसा विलीन? जैसे मरु-कान्तार का पथिक, पथ पाकर भी नहीं पाता, रेत के विस्तार में सब कुछ गड्म-गड्ड हो जाता है। ठीक वैसी ही हालत पा रहा था पार्थ अपनी।

कुछ देर पहले तो कृष्ण ज्ञान की विशद व्याख्या कर रहे थे। ज्ञान की आग में सभी कर्म, सारे पाप-पुण्य के जल जाने की। यहां तक कि ज्ञान के सदृश पापनाशक और पुण्यप्रदायक कोई अन्य वस्तु ही इनकी दृष्टि में नहीं आ रही थी—न हि ज्ञानेन सदृशं पवित्रमिह विद्यते। और फिर ले बैठे अपना वही पुराना राग—"कर्म का, कर्म योग का—तब तुम सचमुच योगारूढ़ हो जाओगे। कर्म-योग साध लोगे तुम।"

"हूं," क्या पूछे वह इस व्यक्ति से जो सुबोध होते-होते ही दुर्बोध हो जाता है, सुगम होते-होते ही दुर्गम। जैसे हाथ में आता-आता पारा फिसल पड़े उंगलियों के पोरों की राह, जैसे टिकते-टिकते भी नहीं टिक पाये कमल-पत्र पर जल-बिन्दु। पर पूछना तो पड़ेगा ही। पूछने के सिवा निस्तार भी क्या है? जब गुरु मान ही लिया

जगद्‌गुरु को ही, वह भी इस विषय परिस्थिति में, इस अदेश-देश, इस रण-प्रदेश में तो पूछते तो जाना ही होगा अपने प्रश्नों को जब तक वे सारे के सारे निःशेष न हो जायं, जब तक संशय का लेश मात्र भी नहीं पड़ा छुपा रह जाए अन्तर के किसी कोने में। ठीक उसी तरह जैसे प्राणों पर पड़ आये धनुर्धारी को तब तक अपने धनुष पर शर-संधान करते ही रहना पड़ता है जब तक उसके तरकश का अन्तिम तीर तक नहीं निकल जाए। और पूछ लिया पृथा-पुत्र ने बिना किसी संकोच के, सारथि बने बैठे अपने ज्ञान-गुरु से—"कभी तो तुम ज्ञान के उपदेश के माध्यम से कर्मों से संन्यास की बात करते हो और कभी योग की प्रशंसा करने लगते हो। भई, इन दोनों में जो श्रेयस्कर हो उसे ही तुम सर्वथा निश्चयपूर्वक क्यों नहीं बता देते ?"

श्रीकृष्ण पुनः मुसकराए। अर्जुन को लगा, मुसकान जैसे उनके व्यक्तित्व का अंग ही बन बैठी है। छोटी-सी बात पर भी वह चिपक आती है उनके होंठों से ठीक वैसे ही जैसे प्रत्यूष हुआ नहीं कि लालिमा आ विराजी प्राची के क्षितिज पर। क्या अवतारों की यही पहचान है ? अर्जुन क्षण-भर को अपने मन में सोचने लगा। सदा प्रसन्न रहना ही उनकी विशेषता ? कृष्ण को परब्रह्म का अवतार तो मानने ही लगे हैं लोग तो ब्रह्म तो आनन्दमय, प्रमादमय होता ही है। तब जब बात की बात में वे मुसकरा पड़ते हैं, उत्फुल्ल कमल-सा खिल उठते हैं तो इसमें आश्चर्य क्या ? पर नहीं, जानता है अर्जुन, अभी कृष्ण की मुसकान मात्र उसकी अज्ञानता पर है। जैसे पिता पुत्र की अज्ञानता पर मुसकराता है और गुरु शिष्य की अबोधता पर, उसी तरह श्रीकृष्ण मुसकरा रहे हैं अभी अर्जुन के प्रश्न पर जो उसके लिए तो बहुत महत्व रखता है, पर उनके लिए जैसे उसका कोई अर्थ ही नहीं। ठीक वैसे ही जैसे गुरु द्रोण के लिए कठिन-से-कठिन लक्ष्य भी कहीं से कठिन नहीं लगता था। नहीं वे पेड़ पर बैठे पक्षी की आंख की पुतली पर शर-संधान का आदेश कैसे दे बैठते उस दिन अपने सभी शिष्यों को। यह तो सौभाग्य था कि लक्ष्य-च्युत नहीं हुआ उसका सूची-सिर-शर वरना असफल ही हो जाता वह अपनी परीक्षा में, ठीक वैसे ही जैसे अन्य सारे उसके सहपाठी हो गए थे।

क्या पता इसी तरह सारे लक्ष्यों पर शर-संधान में निपुण हो, उसके सारथ्य का नाटक करने वाला यह ज्ञान-विज्ञान सम्पन्न व्यक्ति, जो किसी के लिए ब्रह्म है तो कुछ लोगों के लिए मात्र एक वृष्णि-वंशी जादूगर, कुटिल कूटनीतिज्ञ और पता नहीं क्या-क्या विशेषकर दुर्योधन और उसके मित्रों के लिए।

उत्तर आया था और अर्जुन ने जैसी अपेक्षा की थी वैसा ही आया था। कर्म को अभी भी कहां छोड़ने वाले थे श्रीकृष्ण !

"संन्यास और कर्म-योग दोनों श्रेयस्कर हैं पर दोनों की तुलना ही करें तो कर्म-संन्यास से कर्म-योग श्रेष्ठ है। श्रेयस्कर होने की बात ही तो तुम पूछ रहे थे ? वह बता दी मैंने।

"अब आगे कुछ सुनो। पूरी तरह भ्रमर-निवारण कर लो अपना। वह कभी भी किसी संन्यासी से कम नहीं (भले ही वह मात्र कर्मयोगी ही क्यों न हो) जिसका मन द्वेष और आकांक्षा से शून्य है। ऐसा निर्द्वन्द्व व्यक्ति बड़ी सहजता से सारे बन्धनों से मुक्त हो जाता है।"

बात तो समझ में आने लायक थी, द्वेष आकांक्षा और द्वन्द्व से रहित होना

मन को बन्धन-मुक्त तो कर ही देता है, पर इसके आगे जो बात श्रीकृष्ण कहने जा रहे थे, वह शायद ज्यादा गूढ़ थी क्योंकि उनके मुख की मृदु मुसकान ने अब एक नई भंगिमा अपनाई थी, अब वह कुछ अधिक ही गहरी हो आई थी। किन्तु बहुत प्रतीक्षा नहीं करनी पड़ी थी अर्जुन को। एकदम दो-टूक कहा था श्रीकृष्ण ने, "वे बालक से अधिक कुछ नहीं हैं जो सांख्य और योग को पृथक्-पृथक् कर देखते हैं, दो भागों में विभक्त कर ! जाह्नवी के जल में रेखा खींचकर उसे दो भागों में बांट दोगे क्या ? किसी भी घाट पर पानी पी लो प्यास तो बुझा ही देगा गंगा-जल कि नहीं ? संन्यास और योग दोनों में किसी एक को ठीक से साध लो तो दूसरा स्वतः सध जाता है। दोनों का फल मिल जाता है ऐसे व्यक्ति को।

"अरे मरणोपरान्त जिस लोक में ये ज्ञानी-संन्यासी जाते हैं, उसी में ये निष्काम कर्मोपासक कर्मयोगी भी जाते हैं। संन्यास और योग दोनों को जो एक ही समझते हैं, एक ही दृष्टि से देखते हैं, जिनके लिए दोनों में अभेद है, वस्तुतः वे ही सच्ची दृष्टि से सम्पन्न हैं। शेष आंखें रखकर भी नहीं देखते। बाहर की आंखों को खुली रहने से क्या, खुली तो अन्दर की आंखों को रहना चाहिए।"

"एक बात और बताऊं ?" श्रीकृष्ण कुछ रुककर बोले।

"बताइए," अर्जुन अपनी जिज्ञासा को अभी पूरी तरह शान्त नहीं पा रहा था।

"तुम संन्यास की बात कर रहे हो। यह संन्यास भी कर्मयोग के बिना बहुत कठिनाई से सधता है। निष्क्रिय भाव से कर्मरत रहकर, व्यक्ति यदि बाद में संन्यास भी ग्रहण करना चाहे तो वह उसके लिए सहज होता है क्योंकि कर्म-योग तो उसे त्याग का पाठ पहले ही पढ़ा देता है।

"ऐसे भी बिना संन्यास ग्रहण किए मात्र कर्मयोग से ही व्यक्ति उस चरम लक्ष्य, ब्रह्म को संन्यासियों की अपेक्षा शीघ्र ही प्राप्त कर लेता है।"

"यह क्यों ?" अर्जुन को आश्चर्य हुआ।

"यह इसलिए कि संन्यासी तो कर्म-विरत हो सुविधा का जीवन जीता है। जीवन-यापन के लिए दूसरे पर भार बन आता है। कर्मयोगी तो निरन्तर कर्मरत रह, संन्यासियों तक की सुख-सुविधा का कारण बनता है, तटस्थ भाव से कार्य करने के कारण वह बन्धनमुक्त भी रहता है, अतः ब्रह्म को वह संन्यासी की अपेक्षा अधिक शीघ्र प्राप्त कर ले तो इसमें आश्चर्य क्या ?"

"बात तो आप बहुत तर्क-पूर्ण कह रहे हैं केशव !" अर्जुन ने अपनी सहमति प्रकट की।

"ठीक तो कह ही रहा हूं," कृष्ण ने आरम्भ किया, "मैं फिर कहूंगा कि बात मात्र लिप्तता और अलिप्तता की है। तुम कितना भी कर्म करते जाओ लेकिन निस्संग और निर्लिप्त भाव से करो तो वे तुम्हें बांधने से रहे। जो योग-युक्त है अर्थात् कर्मयोगी है, जिसकी आत्मा शुद्ध है और जिसने उसे जीत भी लिया है, जिसने इन्द्रियों पर विजय प्राप्त कर ली है और जो सभी प्राणियों में एक ही आत्मा, अपनी ही आत्मा, को देखता है अर्थात् जो व्यक्ति-व्यक्ति में, प्राणी-प्राणी में अन्तर नहीं देखता वह कर्म-रत होकर भी कर्म-फल का भागी नहीं होता। बोलो, इससे अच्छी बात क्या हो सकती है ?"

"समझ रहा हूं।" अर्जुन किंचित् मुसकराते हुए बोला।

"क्या समझ रहे हो ?" श्रीकृष्ण ने उत्सुकता से पूछा।

"यही कि तुम आत्मा की शुद्धता और इन्द्रियों के निग्रह पर भी कम जोर नहीं दे रहे और फिर सम-दृष्टि के भी तुम उतने ही कायल हो जितना निर्लिप्तता और तटस्थता के। सब प्राणियों में अपनी ही आत्मा को देखना कोई छोटी बात थोड़े है ?"

"लेकिन मैं इससे भी एक बड़ी बात कहने जा रहा हूं।" श्रीकृष्ण ने देखा, भूमिका अब पूरी तरह बन गई है।

"वह भी कह डालो।" अर्जुन ने अपने ध्यान को और केन्द्रित करने का प्रयास करते हुए कहा।

"कुछ कर्म तो स्वयं करते हो और कुछ स्वतः सम्पादित होते जाते हैं। है न यह बात ?"

"अर्थात् ?" अर्जुन समझाने का प्रयास करते हुए बोला।

"अर्थात् चलने-फिरने, शस्त्र-संचालन करने आदि के कार्य तो तुम्हें सायास करने होते हैं किन्तु श्वास लेने, पलक झपकाने आदि के सदृश कार्य ? क्या इनके लिए तुम्हें कोई प्रयास करना पड़ता है ? ध्यान भी रहता है इन कार्यों का ?" कृष्ण गम्भीरता से बोले।

"नहीं तो। पर तुम कहना क्या चाहते हो ?" अर्जुन बात के इस आकस्मिक मोड़ का कोई अर्थ नहीं निकाल पा रहा था।

"कहना यह चाहता हूं कि ये भी कर्म ही हैं और तत्ववेत्ता सच्चा कर्मयोगी देखने, सुनने, स्पर्श करने, सूंघने, खाने, चलने, सोने, श्वास लेने, बोलने, मल-मूत्र विसर्जित करने, हाथ से अनायास अथवा सायास कुछ लेने, पलक खोलने और बन्द करने आदि इन सभी क्रियाओं में भी स्वयं को कर्त्ता के रूप में कभी नहीं देखता। वह इन सबको इन्द्रियों का खेल—इन्द्रियों को अपने विषयों-लक्ष्यों में 'बरतने' के अलावा कुछ और नहीं मानता।" इतनी सारी बातें एक साथ कहकर श्रीकृष्ण गम्भीर हो अर्जुन पर इनकी प्रतिक्रिया देखने लगे।

"यह तो पराकाष्ठा ही है ?" अर्जुन ने सहसा मुख खोला।

"किसकी ?"

"तुम्हारे कर्मयोग की और किसकी ?"

"हां है यह पराकाष्ठा। निर्लिप्तता हो तो पूरी तरह। शरीर अथवा इन्द्रियों के किसी व्यापार के हम सहभागी क्यों बनें ? जिन कार्यों को सम्पादित होना है वे स्वयं सम्पादित होते जाते हैं। हम कर्त्ता नहीं, अधिक-से-अधिक द्रष्टा हैं। तटस्थ द्रष्टा। बात समझी तुमने ?"

"समझ गया। ठीक ही है जब निर्लिप्त ही होना है तो पूरी तरह निर्लिप्त हो जाएं। शरीर की स्वचालित क्रियाओं को भी तटस्थ भाव से ही लें। सच्चा कर्म-योग—कर्म के प्रति तटस्थता और अनासक्ति—की यही उच्चतम स्थिति होगी। मान लिया मैंने तुम्हारी बुद्धि का लोहा।" अर्जुन सहमति के स्वर में बोला।

"इस तटस्थता और निर्लिप्तता को आसान करने का एक और उपाय है।"

"वह क्या ?"

"ब्रह्मार्पण।"

"अर्थात् ?"

"जो भी कर्म हो, सायास अथवा अनायास सबको ब्रह्म को अर्पित कर दो। तुम्हारा उससे कोई लेना-देना नहीं। जैसे भगवान की मूर्ति को कोई भोग लगाता है उसी तरह अपने कर्मों को नैवेद्य बनाकर ब्रह्म को अर्पित कर दो—तुम्हारी यह लीला, तुम्हीं को भावे। मैंने कुछ नहीं किया अपने लिए। जो कुछ किया है वह तुम्हारा है, तुम्हारे लिए है।"

"तब?"

"तब यह होगा कि जैसे कमल के पत्ते पर जल की बूंद नहीं ठहरती है इसी तरह निस्संग भाव से, ब्रह्मार्पण हेतु किए गए किसी कार्य से भी व्यक्ति को कोई पाप नहीं लगता।"

"अर्थात् युद्ध करने से भी?" अर्जुन मुसकराया।

"अर्थ तो यही है।"

"एक बात और है।" श्रीकृष्ण आगे बोले, "और वह महत्वपूर्ण है।"

"महत्वपूर्ण तो तुम्हारी सारी बातें हैं।" अर्जुन के चेहरे पर गाम्भीर्य का भाव उभरा।

"नहीं, इस पर कुछ विशेष ध्यान देने की आवश्यकता है।"

"कह जाओ। मैं तुम्हारी सारी बातों पर समान रूप से ध्यान दे रहा हूं। बातें अब पल्ले पड़ने लगी हैं। ऐसे भी जैसा पहले कहा, तुम्हें गुरु तो मान ही चुका हूं, तो तुम्हारी बातों पर ध्यान नहीं देने का प्रश्न ही कहां उठता है?"

"मैं कहना चाहता था कि बहुत सारे कार्य तो आत्मशुद्धि के लिए करने पड़ते हैं चाहे वे शरीर से करने पड़ें, मन से करने पड़ें बुद्धि से करने पड़ें अथवा केवल इन्द्रियों से करने पड़ें। ऐसे कार्यों को भी कर्मयोगी निस्संग भाव से सम्पादित करते हैं।"

"बात तो सचमुच महत्वपूर्ण है अथवा प्रथमदृष्टया मेरी समझ में ही नहीं आ रही। कर्म द्वारा आत्मशुद्धि का क्या अर्थ हो सकता है?"

"कर्म द्वारा आत्मशुद्धि होती है," श्रीकृष्ण समझाने का प्रयास करते हुए बोले, "शरीर की स्वतः संचालित—मल विसर्जन आदि—क्रियाओं को छोड़ भी दें तो जप-तप, पूजा-पाठ, हवन-भजन, तीर्थाटन आदि के सदृश क्रियाएं तो आत्मशुद्धि में सहायक हैं ही।"

"जब इनके फल की तुम आकांक्षा ही नहीं करते तो इनसे आत्मशुद्धि कैसे सम्भव है?" अर्जुन को लगा उन्होंने कृष्ण को एक गलत मोड़ पर पकड़ लिया है।

कृष्ण मुसकराए, "फल की आकांक्षा नहीं करना और फल प्राप्त हो जाना ये दोनों दो बातें हैं। मैंने आरम्भ मे ही कहा था कि कर्म करने में तुम्हारा अधिकार है, फल में नहीं। मिलना होगा तो वह मिल ही जाएगा। यही बात आत्मशुद्धि सम्बन्धी क्रियाओं को लेकर है। अग्नि में जान-बूझ कर हाथ डालो या अनजाने में, वह तो जलायेगी ही, अतः निस्संग भाव से किया भी आत्मशुद्धि संबंधी कर्म तुम्हें शुद्ध करेगा ही। निस्संगता पर तो मैं बार-बार जोर इसलिए दे रहा हूं कि वैसी स्थिति में कोई भी कर्म बन्धनकारी नहीं होता। वह अपना फल देकर भी निःशेष, निर्वीर्य हो जाता है। यहीं पर कर्मयोगी और साधारण कर्ता में अन्तर होता है। फल मिले या न मिले, इस भाव से कार्य कर कर्मयोगी जहां सारे ऊहापोह

से रहित हो अपार शान्ति का लाभ करता है वहीं सामान्य व्यक्ति, अयुक्त (योग हीन) व्यक्ति, फलाशय अथवा कामना के वश हो नाना नाच करता और अशान्त होकर कर्म-बन्धन का भागी बनता है।

"एक बात सोचने योग्य है और बात भी शायद इससे स्पष्ट हो।" श्रीकृष्ण ने आगे कहा।

"क्या ?"

"कभी ध्यान दिया है कि तुम्हारी यह आत्मा जिस गृह में रहती है उसमें कितने दरवाजे हैं ?"

"नहीं तो।"

"तो सुनो। इसमें नौ छिद्र हैं, अर्थात् नौ दरवाजे। मुख, दो आंखें, नाकों के दो छिद्र, दो कान, मल-मूत्र विसर्जन की दो इन्द्रियां। ये नौ हुए न ?"

"हुए।" अर्जुन ने कहा और सोचा पता नहीं श्रीकृष्ण कहना क्या चाहते हैं। थोड़ी देर पूर्व ऊंचे दर्शन की बात करते हुए अकस्मात् ये सामान्य इन्द्रियों के स्तर पर कैसे आ गए !

"जरा सोचो, एक ही दरवाजे वाले मकान में रहना कितना कठिन होता है। पता नहीं वह गलती से खुला रह गया तो कौन किधर से आ जाए ! अब जो व्यक्ति नौ दरवाजों वाले मकान में रहे उसकी व्यथा-कथा का क्या कहना ? उसे तो निरन्तर सजग रहना पड़ेगा। यही हालत हमारे साथ है। ये नौ इन्द्रियां हमें कभी भी बहका कर गलत मार्ग पर ले जा सकती हैं। हमसे अकरणीय करा सकती हैं। ऐसी स्थिति में उपाय यही है कि मन में सभी कर्मों के प्रति अनासक्ति उत्पन्न कर ली जाए, इन्द्रियों को वश में रखा जाए और तब सुखपूर्वक इस नौ दरवाजों वाले विचित्र मकान में निवास किया जाए।

"क्यों ?" अर्जुन को चुप देख श्रीकृष्ण ने ही पूछा। "बात तो वही है, तुमने द्वारों की उपमा से उसे अधिक आकर्षक बना दिया है।" अर्जुन मुसकराते हुए बोला।

"जो हो। बात को ठीक से तुम्हारे दिमाग में बैठाने के लिए कई युक्तियों का सहारा लेना पड़ता है। अब जब बात निकल ही गई तो इसे पूरी तरह स्पष्ट ही कर देना है। अब देखो न, बहुत सारे अज्ञानी अपने दुःखों और कष्टों के लिए प्रारब्ध और परमेश्वर को दोष देने लगते हैं। कोई भी कष्ट आया कि कह उठेंगे, भगवान ने ऐसा किया। अब मैं बताऊं परमेश्वर न तो कर्तृत्व (करने की भावना) न कर्म, न कर्म-फल के लिए उत्तरदायी है। इनमें किसी का सृजन वही नहीं करता। सब कुछ प्रकृति-वश, स्वभाव-वश होता है। तुम लिप्त भाव से अच्छा और बुरा कर्म करते हो और उसका अच्छा या बुरा फल पाते हो। परमेश्वर किसी के पाप अथवा पुण्य को अपने ऊपर नहीं लेता अर्थात् वह इन दोनों में से किसी का कारण नहीं है। सारा खेल कर्म का है। पाप भी कर्म से। पुण्य भी कर्म से। मैंने पहले भी कहा था कि 'कर्म, अकर्म और विकर्म' को जानना आवश्यक है। अब तुम विकर्म करोगे तो पाप के भागी बनोगे ही, कष्ट उठाओगे ही। इस सबमें बेचारा परमेश्वर किधर से आता है ? वह तुम्हें थोड़े कष्ट दे रहा है ? कष्ट के कारण तो तुम्हारे स्वयं के कर्म हैं। भाग्य को कोसने की अपेक्षा तो अच्छे कर्मों में निस्संग भाव से संलग्न होना अधिक अच्छा है।

"और जानते हो यह सब क्यों होता है ?" कृष्ण ने आगे पूछा।

"क्यों ?"

"अज्ञान के कारण। ज्ञान तो तुम्हारे अन्दर सृजित पड़ा है पर वह अज्ञान से ढंका है जैसे राख से अग्नि ढंकी हो। राख को उड़ा दो, अग्नि का तेज प्रत्यक्ष हो जायेगा। यह अज्ञान समाप्त हो जाय कि कर्म ही बन्धनकारक है, सुख-दुःख दोनों का कारण है तो फिर सुख ही सुख है।"

"और इसी ज्ञान को तुम बार-बार मेरे अन्दर भरना चाहते हो ?" अर्जुन ने परिहास किया।

"हां, ज्ञान को भरना चाहता हूं और अज्ञान को समाप्त करना चाहता हूं। अपितु अज्ञान के समाप्त होते ही ज्ञान स्वयं प्रकट हो जायेगा। जैसे सूर्य तो आसमान में होता ही है। मेघ उसे ढंके रहते हैं। मेघों को हवा हटा दे तो सूर्य का प्रकाश-बिम्ब तो स्वयं चमक उठता है।"

"यह मेघ और सूर्य की उपमा बड़ी अच्छी रही," अर्जुन ने कहा। "इससे आंखें स्वत खुल जाती हैं। ज्ञान तो अपनी आत्मा में ही है। अज्ञान के, मोह के, ममता और आसक्ति तथा भोग और कामना की इच्छा के कारण वह ढंका पड़ा है। इन सारी इच्छाओं से निवृत्ति पा लें तो ज्ञान स्वतः हमारे पथ को आलोकित कर देगा। हमसे करणीय करवायेगा और अकरणीय से दूर रखेगा। क्यों ?"

"वाह ! वाह !" श्रीकृष्ण खिलखिला पड़े, "बात अखिर तुम्हारे पल्ले पड़ ही गई।"

"तो तुम मुझे क्या नीरा मूढ़ ही समझ बैठे हो ?" अर्जुन की परिहास-भावना अभी जाग्रत थी। श्रीकृष्ण के द्वारा कही अधिकांश बातों का गूढ़ार्थ अब उसके समझ में आ गया था और वह अपने को अत्यन्त हलका अनुभव कर रहा था जैसे हवा के कन्धों पर सवार कोई पत्ता, जैसे दूर आकाश में तैरता कोई मेघ-खण्ड, जैसे जल-धार पर तैरता जाता कोई भारहीन तिनका···।

"तुम कहीं खो गए लगते हो।" श्रीकृष्ण ने टोका।

"नहीं, मैं तुम्हारी बातों पर ही विचार कर रहा था। कहा न यह मेघ और सूर्य वाली उपमा मुझे अत्यन्त पसन्द आई।"

"सूर्य की उपमा का प्रयोग तो मैं अभी एक और सन्दर्भ में करने वाला हूं।" श्रीकृष्ण ने आरम्भ किया, "कहना यह था कि जिस व्यक्ति ने इस प्रकार अपने अज्ञान से मुक्ति प्राप्त कर ली है उसका ज्ञान सचमुच सूर्य की तरह ही प्रकाश-मान हो उस परम तत्व को उसके समक्ष प्रकाशित, उद्घाटित कर छोड़ता है।"

"किस परम तत्त्व को ?"

"परब्रह्म को। परमात्मा को। और किसको ? जिस तरह मेघ हमारे और सूर्य के मध्य बाधक है उसी तरह यह अज्ञान भी हमारे और परब्रह्म के बीच का परदा है। अज्ञान का यह परदा हटा नहीं कि परब्रह्म अथवा परमात्मा का स्वरूप प्रकट हुआ।"

"यह इतना आसान है ?"

"क्या ?"

"परब्रह्म के दर्शन ?" अर्जुन ने पूछा।

"है ही। इसमें आश्चर्य की क्या बात है ? जब अज्ञान हट गया, कर्म शुद्ध हो गए और उनके प्रति लिप्तता का भाव निःशेष हो गया तो वह परम तत्त्व तो तुम्हारे समक्ष स्पष्ट होगा ही। वही परम तत्त्व अथवा परब्रह्म जिसकी एक झलक के लिए योगी-यति और साधक वर्षों साधना-लीन रहते हैं, तपस्या-रत रहते हैं। और अधिक क्या कहूं अज्ञान की समाप्ति के पश्चात् जिसकी बुद्धि उसी परम तत्त्व से लग जाती है, जिसकी आत्मा उसी से एकाकार अनुभव करती है, जिसकी सारी निष्ठा उसी को समर्पित हो जाती है, जो उसी का होकर रह जाता है अर्थात् उसी के पारायण हो जाता है वह जन्म-मरण के बन्धन से भी मुक्त हो जाता है क्योंकि उसका ज्ञान उसे स्वयं ही पूत-पवित्र, निष्काम कर देता है। और यह क्या कम बड़ी उपलब्धि है ? आज तक के सारे तपस्वियों-मनस्वियों का लक्ष्य तो यही रहा कि वे इस जन्म-मरण, इस आवागमन के चक्कर से मुक्त हो जाएं। तुम्हारी सहमति है मुझसे ?" श्रीकृष्ण ने रुककर पूछा।

"असहमति का कोई कारण नहीं। मोक्ष किसे प्रिय नहीं, मुक्ति ? जन्म-मरण के चक्कर में कौन पड़ा रहना चाहता है ?"

"ठीक है, तो अब एक सर्वथा पृथक् बात पर आता हूं। यह है सम भाव समत्व की बात। मैंने कभी कहा था कि समत्व ही योग है (समत्वं योग उच्यते)। उसी बात को दूसरे रूप में मैं कहना चाहता हूं। अभी-अभी हम परम सत्ता और उससे साक्षात्कार की बात कर रहे थे। कुछ समय पूर्व मैंने अपनी आत्मा को शेष आत्माओं में और शेष सभी आत्माओं को अपनी आत्मा में ही देखने की बात कही थी।"

"अभी तुम क्या कहना चाहते हो ?" अर्जुन ने श्रीकृष्ण को अनावश्यक विस्तार में जाने से रोका।

"अभी मैं यह कहना चाहता था कि चूंकि परब्रह्म सर्वव्यापी है, सारी आत्माएं एक ही हैं, उसी परमात्मा परब्रह्म का अंश; अतः जो सही अर्थों में ज्ञानी और पण्डित हैं वे प्राणी-प्राणी में अन्तर नहीं देखते, वे उनमें भेद नहीं अभेद का दर्शन करते हैं। अपने शब्दों में कहूं तो पण्डित लोग विद्या-विनय से युक्त ब्राह्मण में तथा तथाकथित नीच चाण्डाल में, गौ, कुत्ते और हाथी सबमें समदृष्टि रखते हैं। यहां केवल मनुष्यों-ब्राह्मण और शूद्र की बात नहीं यहां तो समस्त प्राणी-जगत् की बात है। पण्डित के लिए सबमें एक ही परब्रह्म का वास है, अतः उसके लिए सभी समान हैं।

"इस समबुद्धि को जिसने साध लिया उसने जीते-जी ही स्वर्ग प्राप्त कर लिया। ब्रह्म सर्वथा निर्दोष, शुद्ध-विशुद्ध और सम है, अतः इसलिए समदृष्टि-युक्त व्यक्ति ब्रह्म के सन्निकट पहुंच जाता है। उसी में स्थित हो जाता है। सम-दृष्टि की यह बात आगे तक जाती है। प्रिय अथवा इच्छित वस्तु को प्राप्त कर न तो वह प्रसन्नता को प्राप्त होता है न अप्रिय अथवा अवांछित को प्राप्त कर अप्रसन्नता को। ब्रह्म को जान लेनेवाले व्यक्ति की बुद्धि स्थिर हो जाती है, उसकी मूढ़ता निःशेष हो जाती है और वह जैसा कि पहले कहा ब्रह्म में ही स्थित रहता है। उसे नित्य उसका सान्निध्य सुलभ रहता है।

"मनुष्य के लिए तो सबसे बड़ा सुख इन्द्रिय सुख ही है न, उसमें भी स्पर्श-सुख ?" कृष्ण ने बात बदल कर पूछा।

"सो तो है ही !" अर्जुन ने हामी भरी।

"तो जिसने आत्मा पर अधिकार नहीं किया वह इस स्पर्श-जनित सुख को प्राप्त कर जितना आनन्दित होता है, उसके कम सुख ब्रह्म से युक्त आत्मा को नहीं प्राप्त होता। अन्तर इतना ही है कि पहले का सुख क्षणिक होता है और दूसरे का स्थायी-अक्षय। इन्द्रियों से प्राप्त होनेवाले ये जो भी सुख अथवा भोग हैं वे दुःख के कारण हैं, इनका आरम्भ है तो अन्त भी है अर्थात् ये नितान्त अस्थायी हैं, बिद्वान् व्यक्ति कभी ऐन्द्रिक भोगों के पीछे नहीं भागता। इस सम्बन्ध में मैं प्रकारान्तर से पहले भी कह चुका हूं। अब भी कहता हूं।

"इस शरीर में रहते-रहते ही जो काम और क्रोध से उत्पन्न वेगों को निर्विकार भाव से सह लेता है वही असली योगी है और वही सुखी है।"

"इस शरीर में रहते-रहते का क्या अर्थ ?" अर्जुन को कृष्ण की बातों में रस आ रहा था। फिर भी वह अपनी शंका को रोक नहीं सका।

"अर्थ यह कि इस शरीर से ही तो साधना सोती है। कर्म-शरीर तो यही है। और काम-क्रोध के सदृश शत्रुओं को विजित करने के लिए कुछ कम साधना-संयम की आवश्यकता होती है ? इसीलिए इस शरीर में रहते-रहते काम और क्रोध पर नियंत्रण रखने की बात मैंने कही।

"अब सुख का असली भेद सुनो अर्जुन ! सारा संसार सुख की मृग-मरीचिका के पीछे दौड़ता जा रहा है पर सुख है कि हाथ आता नहीं। आता भी है तो कुछ देर के लिए और फिर अपने से अधिक दुःख की सृष्टि कर तिरोहित हो जाता है।"

"क्या है सुख का वह भेद ?" अर्जुन की उत्सुकता उसके स्वर पर चढ़ आई थी।

"वह भेद है कि सुख अन्दर की वस्तु है, बाहर की है नहीं। जो बाहरी व्यक्तियों, स्थितियों अथवा वस्तुओं में सुख ढूंढ़ता है वह छला जाता है। मेरे द्वारा सुनो तो जो अपनी आत्मा में ही सुख ढूंढ़ लेता है, अपनी आत्मा में ही आराम अथवा शान्ति पा लेता है, जो वहीं से प्रकाश प्राप्त कर अपने पथ को आलोकित कर लेता है वह कर्मयोगी स्वयं ही ब्रह्म-स्वरूप हो आता है और अन्ततः ब्रह्म को प्राप्त कर ही रहता है। ब्रह्म-प्राप्ति की इस स्थिति को प्राप्त करने की कुछ शर्तें हैं—तुम्हारे सब पापों को प्रथमतः नष्ट होना है और यह ज्ञान द्वारा सम्भव है जैसा कि पहले कहा तुम्हें सारे शंकाओं, आशंकाओं, तर्कों-कुतर्कों से रहित होना है, अपनी आत्मा को नियन्त्रित करना है, सभी जीवों के हित-साधन में रत होना है क्योंकि सभी में एक ही परब्रह्म विराजता है। ऐसी स्थिति को प्राप्त कर और काम-क्रोध से रहित हो जो कर्मयोगी अपनी बुद्धि अथवा चेतना पर भी नियन्त्रण प्राप्त कर लेता है, ऐसे आत्मज्ञानी व्यक्ति के चारों तरफ ब्रह्म ही ब्रह्म होता है। उसे ब्रह्म-निर्वाण ढूंढ़ने की आवश्यकता कहां रहती है ? ब्रह्म-निर्वाण अथवा मुक्ति तो उसकी चेरी बन आती है। उत्फुल्ल कमल पुष्पों से युक्त सरोवर के मध्य प्रवेश करने वाले के लिए कमल-पुष्प और उसकी सुगन्ध के अन्वेषण की आवश्यकता होती है क्या ? वह तो उनसे घिरा ही रहता है। पद्म-पराग और उसकी सुगन्ध तो उसके नासिका-रन्ध्रों में प्रवेश ही करते रहते हैं। ठीक यही स्थिति आत्मजयी योगी की समझो, काम-क्रोध विजेता की समझो, सम-दृष्टि-सम्पन्न की समझो,

निर्लिप्त और तटस्थ भाव से अपने निर्धारित कर्मों में संलग्न कर्म-योगी सच्चे ज्ञानी की समझो।

"अब तक मैं तुम्हें प्रायः सिद्धान्त की बात बताता रहा। अब कुछ व्यवहार की भी बात बताऊंगा।"

"बताइए।" अर्जुन ने उत्सुकता प्रकट की।

"पर पहले तुम्हें एक बात बतानी होगी।"

"क्या?" अर्जुन को लगा, पता नहीं अब कौन-सी पहेली लेकर श्रीकृष्ण उपस्थित हुए हैं।

"मनुष्य का सर्वोच्च अभीष्ट क्या है?"

अर्जुन कुछ देर चुप रहा फिर बोला—"सुख।

"क्या कुछ गलत कहा?" श्रीकृष्ण पर कुछ प्रतिक्रिया होते नहीं देख उसी ने पूछा।

"नहीं गलत तो बहुत नहीं कहा। पर सही बात भी नहीं कही। मैं ही इसे आसान किए देता हूं। सुख कहां है?"

"शान्ति में।" अर्जुन झट से बोला।

"ठीक, तो मैं इसी शान्ति की प्राप्ति की बात बता रहा हूं।"

"तो अब तक क्या कर रहे थे?" अर्जुन को लगा सुख और शान्ति की ही बात तो अब तक हो रही थी।

"कहा न अब तक सिद्धान्त पर अधिक जोर था। अब व्यवहार पर दूंगा।"

"ठीक है, बताओ। बिना व्यवहार के सिद्धान्त सधता भी कहां है और बिना गुरु के ज्ञान व्यवहार के धरातल पर उतरता भी नहीं। फिर तुमसे बड़ा गुरु मिलेगा भी कहां? तुम तो जगत् गुरु हो।" अर्जुन ने विनम्रतापूर्वक कहा।

"कहते हो तो अब यह बात मान भी लेता हूं। पर उस बात पर अभी थोड़ी देर बाद आऊंगा। पहले वह व्यवहार वाली बात सुनो। यह क्रिया-योग है। इसको व्यवहार में लाने से वह सब कुछ सधेगा जिसकी अब तक चर्चा करते रहे हैं। इस पर आगे भी विस्तार से प्रकाश डालूंगा पर अभी संक्षेप में ही सुनो।

"सर्वप्रथम तुम्हें इन्द्रियों के विषयों अथवा लक्ष्यों को अपने मन से बाहर करना पड़ेगा। फिर दृष्टि को दोनों भौंहों के मध्य स्थिर करना पड़ेगा। प्राण और अपान अर्थात् नाक से निकलनेवाले श्वास और उच्छ्‌वास को सम करा पड़ेगा अर्थात् जितना श्वास भीतर जाएगा (प्राण) उतना ही बाहर आयेगा (अपान)। इन्द्रिय, मन, बुद्धि को नियन्त्रित करना पड़ेगा और मोक्ष परायण अर्थात् मुक्ति का आकांक्षी बनना पड़ेगा। मुक्ति का अर्थ यहां जीवनोपरान्त मोक्ष से नहीं। यहीं रहकर सारे बन्धनों से मुक्त होने की बात है। इच्छा, भय और क्रोध से रहित होना पड़ेगा। इस तरह जब तुम आचरण करोगे तब तुम सचमुच मुक्त हो जाओगे। और जो तुम मेरे जगद्‌गुरु होने की बात कह रहे थे और बार-बार कहते आये हो, वह भी सुन लो। मैं ही सभी प्रकार के यज्ञों और तपस्याओं का भोक्ता हूं, इसी लोक नहीं सभी लोकों का ईश्वर ही नहीं महेश्वर हूं, सभी जीवों का मित्र अथवा शुभेच्छु हूं। मुझको इस तरह जानना ही शान्ति का सही रास्ता है।"

"क्यों?" अर्जुन के मुख से सहसा निकला।

"क्योंकि जब मैं सभी जीवों का मित्र हूं तो तुम्हारा भी हूं तो जब परमेश्वर

ही तुम्हारा मित्र हो गया तो तुम्हें कैसा भय, कैसी अशान्ति ?"

"श्रीकृष्ण !" अर्जुन सहसा गद्गद होकर बोला।

"बोलो।"

"तुम कितने महान् हो। तुमने मेरे मन से तो भय का भूत ही भगा दिया। सचमुच तुम जब सबके सखा और सुहृद् हो तो मनुष्य व्यर्थ ही भयभीत और अशान्त रहता है।"

"यह तो है ही और इस पर पुन: और प्रकाश डालूंगा। भय का भूत इतनी आसानी से नहीं भागता। जन्म, जन्म से लिपटे पड़े संस्कारों से बहुत आसानी से पिंड नहीं छूटता। खैर, अभी मैं व्यावहारिक बातें कर रहा था।"

"उनमें केवल एक बात का प्रयोजन मेरी समझ में नहीं आया।"

"किसका ?"

"यही, दृष्टि को भौंहों के बीच रखने का।"

"इससे नेत्र इन्द्रिय नियन्त्रित होती है। और तुम जानते हो नेत्र ही सभी अनर्थों की जड़ में है। दृष्टि कहीं इधर-उधर नहीं जाकर भौंहों के बीच ही फंसी रहे, इससे अच्छी बात क्या होगी ? देवी गांधारी की, आंखों पर पट्टी बांधने की बात भूल गए ? उन्होंने यह जितना धृतराष्ट्र को प्रसन्न करने के लिए नहीं किया था उतना रूप के माया-जाल से अपने को मुक्त करने के लिए किया था। आंखों वाले पति की आंखों का भय तो पत्नी को भटकने से रोक देता है पर जहां पति की आंखों का अंकुश ही नहीं हो, वहां भटकने में कितना समय लगता है ? और फिर भौंहों के मध्य दृष्टि को रखना साधना का एक उत्कृष्टतम साधन भी है। यहीं तो तीसरा नेत्र है ! मैं व्यवहार की बात कर रहा था न ? क्रिया योग की ? इस पर और बातें बाद में करूंगा। अभी के लिए इतना ही कि इस स्थान पर दृष्टि गड़ाए तुम त्रिनेत्र हो जाओ—तुम्हारी अन्दर की आंख खुल जाय, मेरे शब्दों में 'अन्त-र्ज्योति' हो जाओ तो इससे बड़ी उपलब्धि क्या होगी ?"

चौहत्तर

"मैं 'क्रिया-योग' की बात कर रहा था। इसी क्रम में मैंने अन्तर्ज्योति को जाग्रत करने की बात भी कही। अन्तर्ज्योति के जगने से बहुत कुछ स्वत: स्पष्ट होने लगता है। भविष्य की बहुत-सी घटनाओं का भान होने लगता है, विधि-निषेध का ज्ञान प्राप्त हो जाता है। करणीय-अकरणीय का भेद स्पष्ट होने लगता है। खैर, इस क्रिया योग पर मैं पुन: थोड़ी देर के बाद आऊंगा।

"कुछ देर पहले तुमने संन्यास और योग की बात उठाई थी। बात पूरी नहीं हो सकी। आजकल लोगों में संन्यास की प्रवृत्ति कुछ अधिक ही बढ़ती जा रही है। परजीवी बनते जा रहे हैं बहुत-से लोग। कुछ नहीं करके भी जीवन-यात्रा चलती रहे तो क्या हर्ज ? यही मनोवृत्ति घर करती जा रही है। गृहस्थों का संकट बढ़ गया है इससे। उन्हें अपने स्वजनों-परिजनों का तो भरण-पोषण करना ही पड़ता है, संन्यासियों के इस नित्य वृद्धिशील संख्या का भार भी अन्ततः उन्हीं पर आता

है। यह स्वस्थ प्रवृत्ति नहीं है। हमें इसे रोकना होगा। अतः, मैं क्रिया-योग पर लौटने के पूर्व संन्यास और कर्मयोग को लेकर कुछ कहूंगा।"

अर्जुन श्रीकृष्ण की बातें ध्यान से सुन रहा था। उसे अन्तज्योंति वाली बात बड़ी पसन्द आई थी। वह तत्सम्बन्धी साधना करने को भी प्रस्तुत था। पर श्रीकृष्ण फिर अपने प्रिय विषय कर्मयोग के प्रतिस्थापन पर लौटना चाहते थे, यह बात उससे छिपी नहीं रही। इस क्रम में वे संन्यास की धज्जियां भी उड़ायेंगे वह समझ रहा था। आखिर युद्ध से विरत होने का निर्णय किसी-न-किसी रूप में संन्यास की वर्तमान प्रवृत्ति से ही तो जुड़ा है? अगर संन्यास का विकल्प उसके पास नहीं रहता तो वह गांडीव फेंक कर युद्ध-भूमि से पलायन की बात सोचता भी कैसे? निस्संदेह उसके अवचेतन में संन्यास अथवा अकर्मण्यता का भाव कुंडली मारकर बैठा है और श्रीकृष्ण हैं कि इस प्रवृत्ति को निर्मूल करने पर ही पड़े हुए हैं।

"तुम सुन रहे हो गुणाकेश!" श्रीकृष्ण ने अर्जुन को कहीं गहरे खोये देख टोका है।

"मैं सब सुन रहा हूं केशव!" अर्जुन अपने में लौटा है, "आपकी एक भी बात को अनसुनी कर दूं यह अपराध मुझसे कैसे बन सकता है? आप अपना कथन जारी रखें।"

"हां, तो मैं संन्यास और कर्मयोग की बात कर रहा था। संन्यासी कोई अपने में महान् व्यक्तित्व अथवा अधिक वरेण्य और अनुकरणीय, पूजनीय हो ऐसी बात नहीं। कर्मयोगी भी ऐसा हो सकता है। संन्यासी अग्नि तक स्पर्श नहीं करने अर्थात् भोजन तक नहीं पकाने का व्रत लिये बैठे रहते हैं। अकर्मण्यता अपना जन्मसिद्ध अधिकार मानते हैं।

"मुझे तो केवल इतना कहना है कि कर्मफल पर आश्रित नहीं होकर जो करणीय कर्म करता जाता है, उससे महान्, उससे वरेण्य, उससे श्लाघ्य कोई नहीं। मुझसे सुनो तो वही संन्यासी भी है, वही योगी भी है और जो निरग्नि (आग तक नहीं छूने) और अक्रिय होने का स्वांग रचते हैं वे ही संन्यासी हैं, यह बात नहीं।

"जिसे संन्यास की संज्ञा दी गई है उसे ही तुम योग भी समझो। संकल्प को, कामेच्छा को संन्यस्त कर ही योगी, योगी बनता है, अतः, वह किसी संन्यासी से कम कैसे है?"

"और एक बात बताऊं?" श्रीकृष्ण ने रुककर कहा।

"बताइए।" अर्जुन ने हामी भरी।

"जो मुनि अथवा साधक योग की साधना के पथ पर अवरूढ़ होने का इच्छुक है उसका प्रथम सोपान कर्म ही है। और जो योगारूढ़ हो गया है उसके लिए 'शम' अर्थात् इन्द्रियों पर नियन्त्रण अथवा संयम ही असल पहचान है। दूसरे शब्दों में जो इन्द्रियों के विषयों, लक्ष्यों और कर्म-फल में लिप्त नहीं होता और जिसने सभी प्रकार की शंकाओं, इच्छाओं से अपने को मुक्त कर लिया है उसे ही हम 'योगारूढ़' अथवा पूर्ण योगी कहते हैं।"

"सखे! क्या आपको नहीं लगता कि कुछ विशेष बातों को आप बार-बार दुहराते हैं। उदाहरणार्थ इन्द्रिय-निग्रह और फलाशा को छोड़ने अथवा उससे संन्यास लेने की बात?"

"हां, यह ठीक है," श्रीकृष्ण ने गम्भीरतापूर्वक कहा, "और इसका स्पष्ट लक्ष्य है इन तथ्यों को तुम्हारे अन्दर पूरी तरह बैठा देना। और आगे तो मैं यह कहने जा रहा हूं कि आत्मोद्धार और आत्मोत्थान का माग भी यही है, विशेषकर यह इन्द्रिय-निग्रह।

"मैं यह स्पष्ट कहना चाहूंगा और यह बात पूर्णतया मन में बैठा लेने योग्य है कि व्यक्ति अपने सारे प्रयासों से अपनी आत्मा का उद्धार करे। आत्मा को किसी प्रकार अवसाद-ग्रस्त नहीं होने दे। आत्मा ही मूल तत्व है, निसर्ग से मिला मनुष्य को बहुत बड़ा वरदान। वही उसके उत्थान-पतन, प्रगति-अवनति, सफलता-असफलता के मूल में है। उससे बड़ा न तो अपना कोई मित्र है न उससे बड़ा कोई शत्रु।"

"यह बात तो बहुत महत्त्वपूर्ण है," अर्जुन ने कहा, "पर मैं इसे ठीक से समझ नहीं सका। क्या आत्मा सचमुच इतना महत्त्वपूर्ण है?"

"है।" श्रीकृष्ण ने जोर देकर कहा, "यह बात अब तक तुम्हारी समझ में नहीं आई तो मैं क्या करूं? इसीलिए तो कई तथ्यों को मैं बार-बार दुहराता हूं। इस जीवन में, इस जगत् में जो कुछ भी है वह आत्मा का ही खेल है। तुम महान् भी हो तो एक महान् आत्मा के कारण, तुम दीन-हीन, बेबश और दरिद्र तथा का-पुरुष भी हो तो एक दीन-हीन दरिद्र और अपेक्षित, अविकसित आत्मा के कारण, अतः सब कुछ छोड़कर इस आत्मा के विकास पर जोर दो, इसे उत्साहित करो, इसे अवसाद-ग्रस्त नहीं होने दो।"

"कैसे?" अर्जुन ने जिज्ञासा की।

"कैसे क्या? बात स्पष्ट है। अच्छे कार्य इन्द्रिय-निग्रह, सत्याचरण, परोपकार, परदुःखकातरता, फलाकांक्षा-रहित कर्म, भक्तिभाव, यज्ञ-जप ये सब आत्मा के उद्धार, उत्थान के कारण हैं और इनसे विपरीत कार्य इसके पतन, इसकी अवनति के कारण। अब इससे अधिक स्पष्ट क्या करूं?

"दूसरे शब्दों में कहूं कि जिसने इस आत्मा को जीत लिया है, आत्मा उसका मित्र है, पथ-प्रदर्शक है और जिसने इस आत्मा पर विजय नहीं पाई है, आत्मा उसके साथ शत्रुवत् व्यवहार ही करता है।"

"अर्थात्?"

"वह उन्हें अनर्थ की ओर ले जाता है, तुम्हारी तरह निश्चय-अनिश्चय, निर्णय-अनिर्णय के द्वन्द्वों में फंसाता है, करणीय की ओर से मुख मोड़वाता है और अकरणीय करने को बाध्य करता है।

"समझ गए?" श्रीकृष्ण ने रुककर पूछा। अर्जुन को थोड़ी ग्लानि भी हुई। दूसरे शब्दों में सखा यही तो कहना चाहते हैं कि मैंने इस समय इस मोह का प्रदर्शन कर रण से विरत होने का प्रयास कर एक अविकसित आत्मा का ही परिचय दिया है।

"समझ गया।" अर्जुन ने उत्तर दिया, "पर तुम क्रिया-योग पर कुछ और प्रकाश डालना चाहते थे। शायद उस व्यावहारिक ज्ञान से आत्मोद्धार में कुछ अधिक ही सफलता मिले।"

"अवश्य मिलेगी, मैं उस पर भी शीघ्र आऊंगा पर पहले मैं जो कह रहा था उसे पूर्ण कर लेने दो।"

"पूरा कर लो। मैं ध्यान से सुन रहा हूं।"

"जिसने आत्मा को जीत लिया है, जो शान्त हो गया है, जो परमात्मा में ही समाहित है, गर्मी-सर्दी, सुख-दु:ख तथा मान-अपमान में जो समान भाव रखने लगा है, जो ज्ञान और विज्ञान का अनुसरण कर अपनी आत्मा को तृप्त कर चुका है, जो अपने अन्दर ही निहित है अर्थात् जिसके विचार व्यर्थ के भटकाव के शिकार नहीं होते, जिसने इन्द्रियों पर विजय प्राप्त कर ली है, जिसके लिए लोहे और सोने में कोई अन्तर नहीं है, वही योगी है।" श्रीकृष्ण इतनी बातें एक साथ कहकर कुछ रुके।

"शर्तें तो तुमने कई रख दीं?" अर्जुन कुछ सोचते हुए बोला।

"कई अवश्य रख दीं, पर सब ध्यान देने योग्य हैं और इनमें कोई नई नहीं है। प्रत्यक्ष या प्रकारान्तर से मैं सब पर जोर देता रहा हूं। बात तुम्हारे अन्दर ठीक से बैठ जाय, इसीलिए उन्हें कई रूपों में और कई बार कहना पड़ता है। अब इसी इन्द्रिय-निग्रह की बात लो। इसे मैंने कई बार कहा और अभी शायद कई बार कहूंगा भी। इससे यह तो स्पष्ट होता ही है कि इन्द्रिय-निग्रह प्रथम आवश्यकता है, विकास का प्रथम और अन्तिम सोपान। इन्द्रिय-निग्रह के बिना शेष सब व्यर्थ है।

"हां मैं पुनः समत्व की बात भी कर रहा था। लोहे और स्वर्ण को समान समझने की बात मैंने कही। इसे और स्पष्ट करूंगा। सम-बुद्धि महत्त्वपूर्ण है। सम-बुद्धि अर्थात् अभेद-दर्शन। जिसने इस समबुद्धि अथवा समत्व भाव को विकसित कर लिया है उसके लिए शुभेच्छु, मित्र, शत्रु, तटस्थ, मध्यस्थ (न मित्र, न शत्रु) द्वेषी, अबन्धु (परिजन), साधु और पापी में कोई अन्तर नहीं होता। वह सबमें समदृष्टि रखता है और इसीलिए वह अन्य व्यक्तियों की अपेक्षा विशिष्ट होता है। वह सही कर्मयोगी होता है।"

"अर्थात् समदृष्टि इस रूप में महत्त्वपूर्ण है?" अर्जुन ने प्रायः आश्चर्यचकित होकर पूछा।

"है ही, तभी तो मैं समत्व को ही योग मानता हूं—समत्वं योग उच्यते। खैर, अब तुम्हारे द्वारा अति प्रतीक्षित क्रिया-योग पर आता हूं।"

"साधु।" अर्जुन ने अपनी प्रसन्नता व्यक्त की।

"जो सही अर्थों में योगी बनना चाहता है अर्थात् योग-साधना का इच्छुक है···।"

"व्यवधान के लिए क्षमा करना," अर्जुन ने बीच में ही टोक कर कहा, "तुम्हारा अर्थ यहां भी कर्मयोगी से है अथवा मात्र साधक से जो धारणा, ध्यान आदि प्रक्रियाओं द्वारा योग की प्राप्ति का प्रयास करता है!"

श्रीकृष्ण मुसकराए, "तुम ध्यान से सुनो तो इसमें स्वतः दोनों आ जायेंगे।"

"कहो।"

"जो योगी होने का इच्छुक है वह प्रथम इतने काम करे।"

"क्या?'

"वह एकान्त में अर्थात् जन-शून्य स्थान में एकाकी (कोई साथी अथवा धर्म-पत्नी को भी साथ नहीं रखकर) सतत साधना करे।"

"कैसे?"

"चित्त और आत्मा दोनों पर नियन्त्रण करे। अर्थात् चित्त-वृत्तियों को इधर-उधर नहीं भागने दे। आत्मा को शुद्ध विचारों-भावों से युक्त कर उसे ऊंचा उठाए, आशा-आकांक्षा से मन को अलग करे और अपने पास कोई सामान नहीं रखे अर्थात् अपरिग्रह का आश्रय ले।"

"इतने से योग सध जायेगा ?"

"नहीं, और सुनो। यह साधना है। इसकी प्रक्रिया तो कुछ विशद होगी ही। पर अधिक विशद भी नहीं है।

"एक शुद्ध स्थान का चयन करे। शुद्ध अर्थात् नदी तट, किसी मन्दिर का एकान्त कोना, वन-उपवन। वहां सर्वप्रथम अपने बैठने के लिए एक आसन का प्रबन्ध करे। यह आसन न तो ऊंचा हो न बहुत नीचा। पहले कुशा (दर्भ) बिछाये, उसके ऊपर मृगचर्म और उसके ऊपर वस्त्र बिछाए। इसी आसन पर योगाभ्यास करे।"

"कैसे ?"

"सर्वप्रथम मन को एकाग्र करे। उसे इधर-उधर भटकने से रोके। चित्त और इन्द्रियों की क्रियाओं को भी नियन्त्रित करे।"

"अर्थात् ?"

"अर्थात् यह कि चित्त में अच्छे विचार ही उठें। ईश्वर की भावना हो। इन्द्रियों के व्यर्थ के कार्य-कलाप बन्द हों। आंखें मुंदी रहें तो अच्छा। कानों को व्यर्थ की बातों की ओर से मोड़ दिया जाय। नासिका-छिद्र केवल श्वास-प्रश्वास की क्रिया में संयमित रूप में भाग लें। ऐसे ही और इन्द्रियों के सम्बन्ध में समझो।

"इस प्रकार वह आत्मशुद्धि के लिए योग-साधना में तत्पर हो।"

"अर्थात् यह साधना आत्मशुद्धि में सहायिका होती है ?"

"अवश्य। जब आत्मा की शुद्धि हो जायेगी तब कर्म-योग भी स्वयं सध जाएगा। तुम वही बात तो पूछ रहे थे। सामान्य योग और कर्म योग की बात। शुद्ध आत्मा वाले व्यक्ति के अन्दर निस्पृहता, समत्व एवं परोपकार आदि के भाव स्वयं विकसित हो जायेंगे। वह साधक, वह योगी, स्वतः कर्मयोगी बन जायेगा। मूल बात तो मन और इन्द्रियों के नियन्त्रण की है, आत्मशुद्धि की है। कर्म-योग तो स्वयं सध जाएगा।" श्रीकृष्ण ने समझाया।

"अर्थात् यह साधन-योग, कर्म-योग का आरम्भ ही है, इसका सोपान अथवा उसकी पूर्व पीठिका ?"

"मैं तो यही कहूंगा। मूल तो कर्मयोग ही है। साधना तो उसे ही हैं। मैं जिस क्रिया-योग की चर्चा कर रहा हूं, वह आत्मनियन्त्रण, आत्मशुद्धि के लिए ही तो है। खैर अब आगे की प्रक्रिया सुनो। पहले थोड़ा कह भी चुका हूं। यहां विस्तार से कहूंगा।

"आसन पर बैठने के पश्चात्, शरीर, मस्तक और गले को अचल रूप में एक रेखा में धारण कर स्थिर हो जाए।"

"शरीर, मस्तक और गर्दन को एक रेखा में धारण करने का अर्थ क्या हुआ ? क्या मस्तक और गर्दन शरीर के भाग में नहीं हैं ?" अर्जुन की उत्सुकता जगी।

"तुम्हारी जिज्ञासा ठीक है," श्रीकृष्ण ने कहा, "यहां शरीर से मेरा तात्पर्य गर्दन के नीचे के भाग से ही है। मेरुदंड से। स्पष्ट शब्दों में समझो तो सुखासन या

पद्मासन में बैठ कर मेरुदंड सिर और गर्दन को एक सीधी रेखा में रखना मन को एकाग्र करने की उपयुक्त स्थिति है।"

"फिर तुम आंखों को नासिकाग्र पर टिकाने की बात करोगे ?"

"अवश्य", श्रीकृष्ण ने उत्तर दिया, "नासिकाग्र पर ध्यान देने के लाभ का वर्णन मैं पहले भी कर चुका हूं। नासिकाग्र पर ध्यान रखकर किसी भी अन्य दिशा में दृष्टि नहीं डालना साधक के लिए आवश्यक है।"

"इसके पश्चात् ?"

"इसके पश्चात् यह कि वह अपने को शान्त कर, भय छोड़कर, ब्रह्मचर्य का पालन करते हुए, मन को संयमित कर, मुझमें चित्त लगाकर अपने को मेरा ही समझकर स्वयं को योग में स्थित करे।"

"इस साधना से कोई विशेष लाभ होगा ?" अर्जुन ने पूछा और उसे लग गया कि श्रीकृष्ण ने स्वमुख से ही स्पष्टतः अपने को परब्रह्म अथवा परमात्मा का स्वरूप स्वीकार कर लिया। वरना वे अपने में ही चित्त लगाने दूसरे शब्दों में ही ध्यान करने की क्यों कहते ?"

"लाभ होता है," श्रीकृष्ण ने कहा, "इस प्रकार जो योगी मन को नियन्त्रित कर सदा इस योग में तत्पर रहेगा वह अवश्य शान्ति प्राप्त करेगा जो मनुष्य का परम लक्ष्य है।"

"वह शान्ति कैसी होगी ?" अर्जुन ने जिज्ञासा की।

"कैसी होगी का तात्पर्य क्या ? मेरा ध्यान करने से वह मुझमें ही स्थित मोक्ष-स्वरूपा शान्ति होगी। अर्थात् इसी जीवन में ही वह कर्मों के फलाफल से मुक्त हो मोक्ष अथवा मुक्ति को प्राप्त कर आनन्ददायक शान्ति का अनुभव करेगा।"

"अर्थात् शान्ति के स्रोत तुम्हीं हो ?"

"अगर तुमको विश्वास हो तो अवश्य।"

"तब तो तुम्हें परब्रह्म का अवतार मानने वाले ठीक ही कहते हैं ?" अर्जुन की शंका निःशेष नहीं हो रही थी।

"तुम भी तो कहते ही हो। पर पूरी तरह नहीं। यही न ? तो शायद वह भी समय आ जाय कि तुम औरों की अपेक्षा अधिक ही मुझे अपार्थिव अथवा इस जीवन-जगत् से भिन्न वह परमात्म शक्ति मानने लगो। वह समय शायद दूर नहीं है।" श्रीकृष्ण ने गम्भीरता से कहा।

"कहना क्या चाहते हो हृषीकेश, मैं समझा नहीं।" अर्जुन ने विनम्रतापूर्वक कहा।

"समय सब कुछ कह देगा अर्जुन। प्रतीक्षा करो पर अभी तो मुझे इस उपयोगी क्रिया योग की व्याख्या समाप्त करने दो। यद्यपि यह अन्ततः कर्मयोग अर्थात् निर्लिप्त भाव से कार्य-सम्पादन की ओर ही ले जाती है तथापि जैसा कि पहले स्पष्ट किया आत्मोत्थान, आत्मशुद्धि और एकाग्रता के लिए यह क्रिया-योग अत्यंत आवश्यक है। यह साधना-योग है। एक तरह से प्रचलित योग-प्रणाली यही है। मेरा कर्म-योग तो मेरा अपना अनुसंधान है पर सहस्रों वर्षों से आ रही इस योग-साधना की उपेक्षा भी उचित नहीं। अन्ततः आत्मशुद्धि के मार्ग से होकर यह मेरे कर्मयोग तक पहुंचते ही हैं।"

"तो स्पष्ट कर दो शेष बातों को भी।" अर्जुन ने उत्सुकता दिखलाई।

"इस योग-साधना में मध्यम मार्ग की आवश्यकता है।"

"क्या अर्थ ?"

"अर्थ यह कि यह न तो अधिक खाने वाले को सिद्ध होता है न एकदम उपवास रखने वाले को, न तो अधिक सोने वाले को न निरन्तर जाग्रत रहने वाले को।"

"तब तो यह मेरे भाई भीम को कभी नहीं सिद्ध होगा क्योंकि वह बहुत खाता है।" अर्जुन के मन में यह परिहास जगा पर उसे दबा उसने पूछा "तब ?"

"तब यह कि आहार-विहार में संयम रखने वाले, अथवा अति से बचने वाले, कर्मों में भी मध्यम मार्ग अपनाने वाले अर्थात् न अधिक श्रम करने वाले न कर्म से एकदम मुंह मोड़ने वाले और जागने और सोने में भी युक्तायुक्त का विचार रखने वाले को ही यह योग सहजता से सिद्ध हो जाता है।" श्रीकृष्ण ने स्पष्ट किया।

"तब तो कठोर तपों में अपने तन को व्यर्थ ही सुखाने वाले मूर्खता ही करते हैं ?"

"और क्या ?" श्रीकृष्ण ने कहा, "शरीर ही तो सारे साधनों का मूल है, उसे ही भोजन और निद्रा के अभाव में अथवा हठयोग द्वारा कृश और अशक्त कर डालो तो कौन-सा योग सधेगा ? मैंने कहा न माध्यम मार्ग ही सदा कल्याणकारी है।

"प्रमुख लक्ष्य आत्मसाधन का है।" श्रीकृष्ण ने थोड़ा रुककर आरम्भ किया, "इस सबका लक्ष्य यही है कि चित्त को नियन्त्रित कर अपने अन्दर, अपनी आत्मा में ही स्थित हो जाय। सभी कर्मों के प्रति निःस्पृहता विकसित कर ले। ऐसा व्यक्ति ही योगी कहाने का अधिकारी होता है।"

"एक बात और कहूं ?" श्रीकृष्ण ही कहते गए।

"कहो।"

"किसी तेज हवारहित स्थान में किसी दीपक की जलती लौ को देखा है।"

"देखा है।"

"कैसी होती है वह ?"

"स्थिर, शान्त।"

"तो इसी तरह वह योगी होता है जो दत्तचित होकर आत्मयोग में तल्लीन होता है अर्थात् दीप की लौ की तरह उसका चित्त भी पूरी तरह अचंचल हो जाता है। यही सिद्धि है, पहचान है इस साधना की और इसका परिणाम जानते हो ?"

"क्या ?"

"इस तरह योग-साधन से जब साधक का चित्त निरुद्ध हो जाता है तब वह जहां रहता है वह और कुछ नहीं आत्मा ही होती है। वह योगी आत्मा द्वारा आत्मा को ही देखता हुआ आत्मा में ही तुष्ट-प्रसन्न रहता है।"

"अर्थात् आत्म-दर्शन ही सुख, प्रसन्नता और शान्ति का कारण है ?"

"अवश्य।" श्रीकृष्ण ने जोर देकर कहा। "पर यह आत्मा द्वारा, आत्मा में ही देखते हुए आत्मा में ही तुष्ट होने की बात नहीं समझ में आई।" अर्जुन विवश सा बोला।

"नहीं आई ? मैं बताता हूं।

"एक अंधेरे कमरे में दीप जला दो तो क्या होता है ?"

"प्रकाश।"

"वहां प्रकाश के सिवा कुछ होता है?"

"नहीं।"

"उस प्रकाश का कारण क्या होता है?"

"दीप।"

"दीप अथवा प्रकाश?"

"प्रकाश ही कह लो।"

"और इस प्रकाश को भी क्या प्रकाश के बिना देख सकते थे?"

"नहीं।" अर्जुन ने कहा।

"और इस प्रकाश से प्रसन्नता होती है न? बोलो? कि अन्धकार से प्रसन्नता होती है?"

"नहीं, यहां तो प्रकाश से ही प्रसन्नता होती है।"

"तो प्रकाश द्वारा प्रकाश को देखकर प्रकाश से ही प्रसन्नता प्राप्ति की बात सिद्ध हुई न?"

"हो तो गई।" अर्जुन ने हामी भरी।

"तो इसी तरह आत्मा द्वारा, आत्मा को देखते हुए आत्मा में ही प्रसन्न होने की बात समझो। दरअसल प्रसन्नता का उत्स अपने अन्तर में ही है—जाग्रत आत्मा के ही अन्दर और उसे प्राप्त करने के लिए ही ये सारे साधन बताए गए। कस्तूरी-मृग की तरह प्रसन्नता, शान्ति और सुख रूपी गन्ध के अन्वेषण में कहीं और भटकने की आवश्यकता नहीं। सब कुछ अन्तर में ही उपलब्ध है।"

"यह योग-साधन तो सचमुच महत्त्वपूर्ण है?" अर्जुन ने उत्साह दिखलाया।

"महत्त्वपूर्ण तो है ही। आत्म-तत्त्व से योगी जब विचलित नहीं होता अर्थात् आत्मा में ही रमा रहता है तो जानते हो वह कैसा सुख प्राप्त करता है?"

"कैसा?"

"ऐसा जो मात्र बुद्धिग्राह्य है। इन साधारण इन्द्रियों के द्वारा तो यह ग्राह्य भी नहीं।"

"अर्थात् आंखों से जो रूप दिखलाई देता है, उससे भी सुन्दर रूप योगी को मात्र बुद्धि द्वारा प्राप्त होता है। अनुभूत होता है?" अर्जुन ने आश्चर्य से पूछा।

"हां, आत्म-राज्य में इन्द्रिय-जनित सुखों का महत्त्व क्या है? वे तो तुच्छ से तुच्छ हैं। जैसे कोई हीरे को पाकर कांच को फेंक देता है वैसे ही आत्म-सुख की अनुभूति के समय इन्द्रिय-जनित इन सुखों की स्थिति होती है। जो बात आंखों के सम्बन्ध में कही उसे ही अन्य इन्द्रियों के सम्बन्ध में भी समझ लो।

"यह वह लाभ है अर्जुन जिसके समक्ष और सभी लाभ इससे न्यून ही मालूम पड़ते हैं। योग की इस स्थिति में पहुंचकर मनुष्य गम्भीर से गम्भीर दुःख से भी विचलित नहीं होता।

"हां यह योग दुःख-सम्बन्ध का नाशक है अर्थात् इसकी प्राप्ति से दुःख का सयोग सदा के लिए समाप्त हो जाता है। अब बताओ ऐसे योग को प्रसन्नता-पूर्वक साधना आवश्यक है या नहीं?"

"निश्चय ही आवश्यक है।" अर्जुन ने उत्तर दिया।

"तो इस क्रिया-योग को और ठीक से समझाएं?" श्रीकृष्ण ने आगे कहा।

"समझाएं।"

"इसके कई चरण हैं।"

"बताते जायं।"

"पहली बात तो वही कामनाओं वाली है। संकल्प अथवा इच्छा से उत्पन्न होने वाली जितनी कामनाएं हैं उन्हें पूरी तरह छोड़ दें।"

"यह तो प्रथम चरण हुआ।"

"हां।"

"फिर?"

"मन द्वारा सभी इन्द्रियों को नियंत्रित करें और धैर्य न छोड़ते हुए बुद्धि द्वारा धीरे-धीरे विषयों से पिंड छुड़ा लें।"

"जब इन्द्रियां नियंत्रित हो जायेंगी तो विषयों से स्वतः पिंड नहीं छूट जायगा क्या?" अर्जुन ने सन्देह किया।

"नहीं, मैंने मन, बुद्धि और आत्मा के महत्त्व को इन्द्रियों के सम्बन्ध में पहले भी स्पष्ट किया है। मन द्वारा इन्द्रियों पर नियन्त्रण संभव है पर मन को बुद्धि की लगाम आवश्यक ही होगी। यह भी धीरे-धीरे ही करना होगा। धैर्य रखना होगा। आत्म-तत्त्व की प्राप्ति तो यहां लक्ष्य ही है, अत आत्मा की बात मैं अलग से नहीं कर रहा। बल्कि कहना तो यह है कि मन को एकदम आत्मा में स्थित कर किसी बात को सोचें ही नहीं। सर्वथा चिन्ता-शून्य, विचार-शून्य हो जायें।"

"पर मन तो चंचल है। वह तो भागेगा।" अर्जुन ने सन्देह व्यक्त किया।

"यही तो परीक्षा है," श्रीकृष्ण ने कहा, "जहां-जहां से जिन-जिन द्वारों, छिद्रों से यह चंचल और अस्थिर मन भागने का प्रयास करे वहीं-वहीं से उसे रोक कर उसे आत्मा में केन्द्रित करे।

"ऐसा योगी तो ब्रह्मस्वरूप ही हो आता है। उसका मन शान्त, रजोगुण-रहित और पापरहित हो जाता है और वह उत्तम सुख को प्राप्त होता है। यही साधना का महत्व है। इस प्रकार सदा अपने को योग-साधना में रत रखने वाला निष्कलुष योगी अत्यन्त आसानी से ब्रह्म-प्राप्ति रूपी अपार सुख की प्राप्ति करता है।"

"अर्थात् तुम्हारे विचार से ब्रह्म-प्राप्ति का साधन मात्र यह योग-साधना ही है?" अजुन ने शंका की।

"यही है यह बात नहीं। परन्तु यह अवश्य है। और साधन भी हैं इसकी प्राप्ति के। मैं उन पर आऊंगा भी पर अभी बताया गया क्रिया-योग ब्रह्म और अन्ततः सुख की प्राप्ति का निश्चित साधन तो है ही।

"और बताऊं?"

"बताते जाओ।"

"क्या बताऊं? एक ही बात तो कई बार आ जाती है।"

"वह तो आयेगी ही। मेरी मूढ़ता भी तो अपनी ही तरह की है। तुम बताते जाओ। पुनरुक्ति की चिन्ता नहीं करो। मेरा उद्धार भी इसी में है।" अर्जुन ने स्पष्ट कहा।

"वही समदृष्टि वाली बात पुनः आती है। जो सचमुच में योग-युक्त हो जाता है, वह सब जीवों में अपने को और अपने में ही सब जीवों को देखता है। उसकी

भेद-दृष्टि समाप्त हो जाती है। इसका दूसरा अर्थ सर्वत्र मुझे ही देखना है क्योंकि सब जीवों में तो मैं ही हूं। अतः, जो सर्वत्र मुझे ही देखता है और सब कुछ को मेरे अन्दर ही स्थित देखता है वह न तो मेरे लिए कभी नष्ट होता और न मैं इसके लिए कभी नष्ट होता हूं। अर्थात् हम दोनों सदा एक-दूसरे के लिए प्रत्यक्ष रहते हैं। वह मेरी उपेक्षा नहीं करता, फलतः मैं भी इसकी उपेक्षा नहीं करता।"

"अर्थात् तुम्हारी उपेक्षा से बचने के लिए यह आवश्यक है कि सर्वत्र तुम्हारा ही दर्शन किया जाय?"

"हां, सबमें मुझको देखा जाय और मुझको सबमें देखा जाय। कई घड़ों को सरोवर में डुबो दो तो क्या होगा? सब घड़ों में पानी होगा और सब घड़े पानी में होंगे। यही सम्बन्ध सभी प्राणियों का मुझ परब्रह्म से समझो। जो इस भेद को जान लेता है, वह न मुझे छोड़ सकता है, न मैं उसे छोड़ता हूं। ऐसा योगी जो मुझे सभी जीवों में स्थित समझ ऐकान्तिक भाव से मुझे ही भजता है वह सभी प्रकारों के क्रिया-कलापों में रत रहकर भी मेरे में ही रहता है अर्थात् मुझसे पृथक् कभी नहीं होता।"

"अर्थात् एक लम्बी डोरी से बंधी हुई कोई गौ खूंटे के इर्द-गिर्द चाहे जितना चक्कर काट ले अन्ततः वह खूंटे से ही बंधी रहती है, वैसे ही न?" अर्जुन ने बात साफ करनी चाही।

"वैसे ही समझ लो अथवा उस वृहत् सरोवर के मगरमच्छ की बात ले लो जो किनारे-किनारे लोट-पोट आने के बाद पुन-पुनः सरोवर की ही शरण जाता है, उसी तरह समदृष्टि-सम्पन्न योगी सब कुछ करते हुए भी मुझसे अयुक्त नहीं होता अर्थात् सदा युक्त ही रहता है।

"और समता की ही बात लो तो सुख हो अथवा दुःख हो जो सभी स्थितियों में सबको अपने ही मापदण्ड से मापता है वही योगी मेरे विचार से श्रेष्ठ है। अर्थात् जिससे अपने सुख को सुख का अनुभव होता है और जिससे अपने को दुःख का अनुभव होता है उसी से क्रमशः दूसरों को भी सुख-दुःख का अनुभव हो सकता है, ऐसी दृष्टि जो विकसित कर लेता है, वही व्यक्ति श्रेष्ठ योगी कहलाने का अधिकारी है।"

"क्या तुम इस क्रिया-योग को ठीक से समझ गए पार्थ?" श्रीकृष्ण ने अपने इस महत्त्वपूर्ण वक्तव्य में अन्त में पूछा।

"तुम्हारी यह समदृष्टि वाली बात तो बड़ी अच्छी है। मैं इसकी प्रशंसा करता हूं। पर एक बात है।"

"क्या?"

"इसे प्राप्त तो कर लिया जा सकता है लेकिन इस स्थिति, इस विचार को चंचलत्व के कारण स्थिर रखना, इस पर टिके रहना बहुत आसान नहीं है।

"श्रीकृष्ण! तुम जानते हो कि मनुष्य का मन अत्यन्त चंचल है, बलवान् और दृढ़ है तथा मनुष्य के अन्तर को निरन्तर मथते रहने वाला है। स्पष्ट कहूं तो जैसे कोई शाखा मृग (बन्दर) एक डाली से दूसरी डाली पर कूदता-फांदता रहता है वैसे ही मन किसी एक धारणा अथवा विचार पर स्थिर नहीं रहता। मेरे विचार से तो जिस तरह वायु को नियंत्रण में रखना कठिन है, उसी तरह मन को नियंत्रित रखना दुस्साध्य।"

"तुम्हारा कहना तो ठीक है। मन चंचल है। इसीलिए तो मैं बार-बार उसे पर संयम रखने, उसे नियंत्रित रखने की बात करता रहा हूं।" श्रीकृष्ण ने सहमति व्यक्त की।

"तब इस चंचल मन को नियंत्रित कैसे किया जाय?"

"अभ्यास और वैराग्य से।" श्रीकृष्ण ने छोटा-सा उत्तर दिया।

"अभ्यास की बात तो समझ में आई। धीरे-धीरे अभ्यास-रत रहने से असंभव भी संभव हो जाता है, दु:साध्य भी साध्य हो जाता है पर यह वैराग्य? इसका यहां क्या तात्पर्य?" अर्जुन ने बात स्पष्ट करनी चाही।

"तात्पर्य है। मैंने विषयों की ओर से मन खींचने की बात बार-बार कही है। इन्द्रिय-निग्रह पर जोर दिया है। आकांक्षाओं को सीमित करने पर बल दिया है। कामनाओं की ओर से मुंह मोड़ने की बात कही है। यही है वैराग्य। वैराग्य अर्थात् वीत-राग होना। मन में राग उत्पन्न ही नहीं होने दो, वह कहीं रमे ही नहीं, वैराग्य शनै:-शनै: स्वत: सध जायगा और मन पर नियन्त्रण भी आसान हो जायगा।

"समझ गए?" श्रीकृष्ण ने पूछा।

"समझा।"

"तो यह भी समझ लो कि योग संयत व्यक्ति की ही वस्तु है। जिसमें संयम नहीं है, मन पर जिसका नियन्त्रण नहीं है, ठीक ही उसके लिए योग दुष्प्राप्य है। लेकिन जिसने अपने को धीरे-धीरे वश में कर लिया है, वह यदि लगा रहे तो उसका यत्न व्यर्थ नहीं जायगा। वह उसे साध लेगा।"

"मेरा विचार है इसी दृष्टि से तुमने क्रिया-योग और ध्यान आदि की बात कही।"

"अवश्य।" श्रीकृष्ण ने स्वीकारा, "मुख्य बात तो मन को साधने की है ही। संयम के बिना तो कुछ संयम नहीं। बिना लगाम के अश्व की तरह दौड़ता-भागता मन तो तुम्हें भटका-भटकाकर मार ही डालेगा। कर्म-योग में तो फल की ओर से मुंह मोड़ना प्रथम आवश्यकता है और असंयमित, अनियंत्रित मन तो सर्वप्रथम फल की ओर ही दौड़ता है! जैसे अनियंत्रित अश्व अपने गन्तव्य की चिन्ता छोड़ मार्ग के तृणों-पौधों की ओर मुंह मारने को लालायित रहता है।"

"एक बात मन में आ रही है।" श्रीकृष्ण के लम्बे भाषण के पश्चात् अर्जुन ने कहा।

"क्या?"

"यह तुम्हारा योग तो जरा कठिन कार्य है। मुझे पूछना यह है कि मान लो कोई पूर्ण श्रद्धा के साथ इसको साधने में लग भी जाता है किन्तु उससे पूरा यत्न संभव नहीं हो पाता और वह योग-पथ से विचलित हो योग-सम्बन्धी सिद्धि नहीं प्राप्त कर पाता तो उसकी क्या स्थिति होती है? क्या वह लोक-परलोक दोनों को गंवाकर नष्ट-भ्रष्ट तो नहीं हो जाता ठीक वैसे ही जैसे कोई मेघ-खंड वायु की चपेट में पड़ छिन्न-भिन्न हो जाता है? ब्रह्म प्राप्ति के मार्ग पर बढ़ा वह व्यक्ति चंचलता के कारण विमूढ़ हुआ उस मार्ग पर जब पूरी तरह टिक नहीं पाता तो आखिर उसकी क्या गति होती है? मेरे इस संशय को पूरी तरह समाप्त करने में तुम्हीं सक्षम हो, तुम्हारे अलावा कोई इस शंका का निराकरण

नहीं कर सकता, अतः तुम्हीं से इसका समाधान करा लेना उचित समझता हूं।"

श्रीकृष्ण पुनः मुसकराए। अर्जुन को इस मुसकान का अर्थ समझ में नहीं आया। एक बार उसने कुरुक्षेत्र के विस्तृत मैदान की ओर दृष्टि डाली। दोनों तरफ के योद्धा युद्ध आरम्भ होने में इस अनावश्यक विलम्ब से उतावले प्रतीत हो रहे थे। स्वाभाविक था कि उनके चेहरे पर एक क्रोध एवं खिन्नता का भाव स्पष्टतः अंकित था। अर्जुन समझ पा रहा था कि यह खिन्नता, यह क्रोध उसी को लेकर था। सारे योद्धा सोच रहे होंगे कि अगर मुझे युद्ध से ऐसी ही विरक्ति है तो मैं श्रीकृष्ण को रथ मोड़ कर लौट जाने को क्यों नहीं कहता कि व्यर्थ के वार्तालाप में रत हो सबके बहुमूल्य समय को नष्ट कर रहा हूं। पर अर्जुन की भी विवशता थी। बात तो आरम्भ में बहुत छोटी थी और लगा था शीघ्र ही उसका निष्कर्ष सामने आ जायेगा। पर वह उसके रथ के ध्वज पर आरूढ़ हनुमान की पूंछ की तरह बढ़ी तो बढ़ती ही चली गई। अब श्रीकृष्ण की बात में इतना रस आने लगा था कि उसे मध्य में छोड़ा भी नहीं जा सकता था। लोक-परलोक, राग-विराग, जीवन-मुक्ति की इतनी सारी गुत्थियां इस तरह सुलझती जा रही थीं और जीवन-जगत् की विभिन्न जटिल समस्याओं का ऐसा सुन्दर समाधान मिलता जा रहा था कि बात को बीच में ही छोड़ देना वैसा ही अव्यावहारिक और कष्टकर होता जैसे कोई समुद्र के मध्य ही जलपोत को छोड किनारे तक स्वयं की क्षमता पर पहुंचने की बात सोचे। अब तो यह वार्तालाप लम्बा खिंच ही गया था और उसने उसके मन में इतने प्रश्न, प्रति-प्रश्न उत्पन्न कर दिए थे कि इसकी शीघ्र समाप्ति संभव भी नहीं थी। अब योद्धाओं को जो सोचना हो सोचें, जो करना हो करें, पर वह तो श्रीकृष्ण से अपने सारे प्रश्नों के उत्तर प्राप्त कर ही दम लेगा। वह पूरी तरह जानता था कि अगर युद्ध का यह प्रथम दिन ही नहीं होता तो युद्ध सम्बन्धी सारे नियमों को तिलांजलि दे प्रतिपक्ष के योद्धा प्रहार पर उतर आते किन्तु युद्धारम्भ के काल ही अधर्म-युद्ध पर उतरने का साहस शायद ही कोई कर पाये।

पर अभी तो बात श्रीकृष्ण की मुसकान को लेकर थी। अर्जुन जानता था श्रीकृष्ण की यह मुसकान जितनी ही मारक होती है उतनी ही अर्थ-पूर्ण। इस मुसकान के माध्यम से अवश्य ही वह अर्जुन की मूर्खता की ओर संकेत करना चाहते हैं अथवा अपने किसी पूर्व कथन का स्मरण दिलाना ही उनका लक्ष्य है।

"क्यों जनार्दन? मैंने क्या कुछ गलत पूछा?" अन्ततः अर्जुन ने अपने सखा के मुसकान के रहस्य को उद्घाटित करा लेना ही उचित समझा।

"गलत अवश्य पूछा," श्रीकृष्ण ने मुसकराते हुए ही उत्तर दिया, "मैंने आरम्भ में ही कह दिया था कि इस रथ पर बढ़ चलने वालों को न तो किसी कारण किसी विपरीत स्थिति का सामना करना पड़ता है न जो कुछ किया जा चुका है उसका नाश ही होता है। अगर किसी कारण पूर्ण सिद्धि को प्राप्त किए बिना ही कोई इस पृथ्वी को छोड़ भी जाता है तो तुम्हारे शब्दों में वह किसी मेघखण्ड की तरह छिन्न-भिन्न नहीं होता।

"अर्जुन! एक बात मैं यहां स्पष्ट कर दूं कि ऐसे व्यक्ति का न तो इस लोक में न उसमें ही विनाश होता है अथवा उसका कुछ बिगड़ता हो है। किसी भी

व्यक्ति की जो कल्याण-कार्यों में लगा है, दुर्गति नहीं होती। भलाई का फल यहां बुराई में नहीं मिलता।

"खैर, यह बात तो प्रसंग-वश आ गई," श्रीकृष्ण ने आगे आरम्भ किया, "अब तुम्हारे प्रश्न पर आता हूं। मैं तो पहले स्पष्ट ही कर चुका हूं कि आत्मा अमर है और वह नये शरीर धारण करती है अर्थात् व्यक्ति का पुनर्जन्म होता है। तो जो व्यक्ति योग-साधना में लगा रहता है और सिद्धि की प्राप्ति के पूर्व ही मृत्यु को प्राप्त हो जाता है अर्थात् योग-भ्रष्ट हो जाता है वह मृत्यु के उपरान्त पुण्यवान् लोग जिन लोकों में जाते हैं उनमें कुछ काल तक वास कर फिर पवित्र आचरण वाले श्री-सम्पन्न व्यक्तियों के यहां जन्म धारण करता है।"

"अर्थात् इस लोक के अलावा और लोक भी हैं?"

"इसमें कोई सन्देह है? स्वर्ग-लोक, गो-लोक, इन्द्र-लोक आदि केवल[1] कल्पना के विषय थोड़े हैं। जो नहीं दिखाई पड़ता अथवा जहां तक नहीं पहुंच पाते उसका अस्तित्व ही नहीं है, यह बात तो नहीं।

"खैर, आगे सुनो। यदि श्री-सम्पन्न लोगों के यहां उसने जन्म ग्रहण नहीं लिया तो विद्वान् योगियों के यहां ही उसका जन्म होता है किन्तु इस प्रकार का जन्म कुछ दुर्लभ ही है। यह कुछ अधिक पुण्य से ही प्राप्त होता है।"

"ऐसे जन्म-ग्रहण के पश्चात् क्या उसे पूर्व जन्म के प्रयत्नों का परिणाम मिलता है?"

"अवश्य। वह पूर्व जन्म के बुद्धि-संस्कार को प्राप्त करता है और समय आने पर पुनः सिद्धि के लिए प्रयासरत हो जाता है। मानते हो इस बात को?"

"तुमने कहा तो मानना ही पड़ेगा।"

"मानने की बात तो यह है ही और मैं तो कहूंगा कि यह योग इतना महत्त्व-पूर्ण है कि इसका जिज्ञासु मात्र भी, जो केवल ब्रह्म की शाब्दिक चर्चा-मात्र करते हैं, उनसे आगे बढ़ जाता है।"

"यह बात नहीं समझ में आई।" अर्जुन ने स्पष्ट कराना चाहा।

"कौन बात?"

"यही ब्रह्म की शाब्दिक चर्चा करने वालों से आगे बढ़ जाने की बात।"

"हां कुछ लोग केवल शास्त्रार्थ—ब्रह्म की चर्चा—को ही सब कुछ मानकर सन्तोष कर लेते हैं लेकिन योगाभ्यासी तो क्रिया में, कर्म में, विश्वास करता है, अतः कर्मयोग के अभ्यास की ओर प्रवृत्त होने वाला भी, उसके सम्बन्ध में जिज्ञासा करने वाला भी मात्र शाब्दिक चर्चा करने वालों से बहुत आगे होता है। निश्चित ही क्रिया का महत्त्व ज्ञान से अधिक होता है। अग्नि-अग्नि जपने से कोई शीत का निवारण नहीं कर सकता, उसके लिए तो अग्नि-सेवन अनिवार्य हो जाता है। जो योग-साधना के प्रति जिज्ञासु होगा, वह एक-न-एक दिन साधना-रत भी होगा ही किन्तु मात्र शब्द-जाल में फंसा तो ब्रह्म-ब्रह्म रटते हुए अपने समय को व्यर्थ गंवाएगा। इसीलिए कहा कि योग का जिज्ञासु भी ब्रह्म का मात्र शाब्दिक ज्ञान

---

1. अन्य लोकों की सत्यता के सम्बन्ध में लेखक की प्रसिद्ध पुस्तक 'बन्धक आत्माएं' (प्रभात प्रकाशन, चावड़ी बाजार, दिल्ली) पठनीय। यहां विस्तार से लिखना कठिन है।

रखने वाले से बहुत आगे होता है।

"इस प्रकार जन्म-जन्म तक प्रयास करता हुआ, पाप को धीरे-धीरे काटता हुआ वह योगी अनेक जन्मों के पश्चात् सिद्धि को प्राप्त कर लेता है।"

"अर्थात् सिद्धि के लिए कई जन्म आवश्यक होते हैं?" अर्जुन ने आशंका व्यक्त की।

"कइयों के लिए तो कई जन्म लग ही जाते हैं। यह तो साधना की प्रखरता और योगी की तत्परता पर निर्भर करेगा। और फिर कई जन्मों की बात को लेकर चिन्ता क्या? जन्म तो हम अनन्तकाल से लेते रहे हैं, लेते रहेंगे। मृत्यु तो शरीर की ही होती है, आत्मा तो अमर है, वह बार-बार नये शरीर बदलती ही रहती है। समय का प्रवाह तो निरन्तर और अबाध है। इसमें कहीं, किसी समय सिद्धि मिल जाय तो इसमें बुरा ही क्या है?"

"तो योग का महत्त्व इतना है कि वह कभी भी प्राप्त हो जाय तो वह हमारा सौभाग्योदय ही है।"

"अवश्य। योग और योगी का महत्त्व तो है ही। मुझसे स्पष्ट सुनो तो योगी, तपस्वियों से भी बड़ा है, ज्ञानियों से भी बड़ा है, मात्र कर्म-रत रहने वालों से भी बड़ा है, अतः हे मेरे मित्र अर्जुन, तुम योगी बनो।"

"योगी अर्थात् कर्मयोगी? यही न?" अर्जुन ने बात स्पष्ट करानी चाही।

"अवश्य, फलाफल की चिन्ता किए बिना निरन्तर कर्म-रत रहने वाला कर्मयोगी।" श्रीकृष्ण ने स्पष्ट किया।

"अब एक बात और कहूंगा।"—श्रीकृष्ण ही बोले।

"क्या?"

"यह बात श्रद्धा को लेकर है। अब तक मैंने इस पर बहुत जोर नहीं दिया क्योंकि अपने को मैं पूरी तरह तुम पर प्रकट करना चाहता नहीं था। पर अब यह स्पष्ट ही कर दूं कि मेरी भक्ति करने वाले, मेरे प्रति श्रद्धा रखने वाले का महत्त्व मात्र कर्मयोगी से अधिक है। अतः, सभी योगियों में वही सर्वश्रेष्ठ है, जो मुझमें मन लगाकर श्रद्धाभाव से मुझे ही भजता है।"

"अर्थात् अन्ततः तुम्हारे प्रति, अर्थात् तुम परमेश्वर के प्रति श्रद्धा और भक्ति का महत्त्व ही सबसे अधिक है?"

"सबसे अधिक अवश्य है. किन्तु निष्काम कर्म का महत्त्व इससे गौण नहीं होता। मेरा कहना तो इतना ही है कि मेरे प्रति भक्ति-भाव रखते हुए कर्म-रत रहो। इससे तुम्हें लाभ ही होगा।"

"कैसे?"

"इस पर आगे विस्तार से प्रकाश डालता हूं। तब तक थोड़ा धैर्य रखो। जो कुछ कहा उस पर कुछ चिन्तन-मनन करो।"

पिचहत्तर

श्रीकृष्ण प्रत्यक्षतः अर्जुन के साथ के अपने वार्तालाप को एक महत्त्वपूर्ण मोड़ प्रदान करने को उद्यत थे। वह जानते थे कि कर्म आवश्यक है पर बिना परम शक्ति में

श्रद्धा और आस्था के कर्त्ता दिशा-हीन भी हो सकता है। उन्होंने जो कर्म, अकर्म और विकर्म की बात की थी उनके मध्य भेद करना क्या बिना ईश्वरीय शक्ति में विश्वास किए संभव था? और जब उन्होंने धीरे-धीरे अपने ईश्वरत्व की बात स्वीकार ही कर ली थी तो छिपाने को रह ही क्या गया था। अर्जुन पर अब पूरी तरह स्पष्ट कर देना था कि व्यक्ति का कल्याण बिना उनकी शरण गए असम्भव ही रहेगा। कर्म महत्त्वपूर्ण है, कर्म-योग भी आवश्यक है किन्तु भक्ति के बिना ये दोनों व्यर्थ हैं। श्रीकृष्ण के अनुसार मनुष्य-जीवन का वास्तविक लक्ष्य कर्म-बन्धन से मुक्त हो एक शान्तिमय, सुखमय जीवन जीना और अन्ततः ईश्वर-सान्निध्य प्राप्त करना है। इस लक्ष्य की प्राप्ति भगवत्कृपा, दूसरे शब्दों में श्रीकृष्ण-कृपा के बिना सम्भव नहीं। अतः, वे अर्जुन पर इस रहस्य को पूरी तरह प्रकट कर देना उचित समझते थे। अब तक की सारी बातें तो जैसे भूमिका स्वरूप थीं। एक पूर्व-पीठिका का निर्माण ही किया था उन्होंने। मानव-जीवन का परम साध्य, ईश्वर-भक्ति तो अभी प्रायः अछूती ही रह गई थी।

अर्जुन के सखा, गुरु और पथ-प्रदर्शक होने के नाते वे उसे असल रहस्य से वंचित रख देते, ऐसा हो नहीं सकता था, भले ही इसके कारण अपने वास्तविक स्वरूप—स्वयं ही ईश्वर अथवा उसके अवतार होने की बात— को अब पूरी तरह प्रकट कर देना उनकी बाध्यता हो गई थी। धीरे-धीरे यह बात भी उन्होंने उस पर प्रकट कर ही दी थी किन्तु उन्हें लग रहा था कि उसकी इस बात पर पूरी आस्था जम नहीं रही। जिसे वह नर के रूप में वह भी अपने सारथि के रूप में देखता आ रहा था उसे नारायण के रूप में मानने का उसका मन सहसा तैयार नहीं हो पा रहा था। श्रीकृष्ण अर्जुन के इस द्वन्द्व को पहचानते थे और उन्होंने मन ही मन तय किया था कि अर्जुन पर अपने ईश्वरत्व को स्पष्ट करने के लिए शायद उन्हें विशेष कुछ करना पड़ेगा। अवसर आने पर वे ऐसा करेंगे ही पर अभी के लिए इतना ही पर्याप्त था कि वे उसके मन में कर्म-योग के साथ-साथ भक्ति-भाव को भी भर सकें।

"सोच लिया तुमने मेरी बात पर? किया कुछ चिन्तन-मनन?" अन्ततः पूछा था उन्होंने पार्थ से।

"वही भक्ति-भाव वाली बात पर तो?"

"हां।"

"सोचा, पर तुमने तो कहा था कि अभी बहुत कुछ कहना है उसके सम्बन्ध में।"

"हां, कहना है और जो कुछ कहना है उसे स्पष्ट रूप में ही कहूंगा। विश्वास करना या नहीं करना तुम्हारे ऊपर है।"

"नहीं, विश्वास नहीं करने का कोई कारण नहीं। मैंने तो तुम्हें गुरु मान रखा है। तुम्हारी हर बात मेरे लिए मान्य ही नहीं, ग्राह्य भी है।"

"तो अभी मुझे यह बताना है कि मुझमें ही अपने मन को आसक्त कर मुझ पर ही आश्रित हो, जो योग-साधना में रत रहता है वह किस तरह निस्संदेह मुझे पूरी तरह समझ लेता है।

"मैं तुम्हें ज्ञान के साथ-साथ विज्ञान को भी इस तरह पूर्ण रूप से बताऊंगा कि उसको जान लेने के पश्चात् और कुछ जानने की आवश्यकता ही नहीं रहेगी।"

"यह तो बड़ी बात है," अर्जुन ने कहा, "पर तुम्हारे ज्ञान के साथ-साथ विज्ञान की बात बताने की बात मेरी समझ में नहीं आई।"

"मैं स्पष्ट करता हूं। ज्ञान तो तुम समझते ही हो। सामान्यतः शास्त्रों पर आधारित ज्ञान को ही ज्ञान की संज्ञा दी जाती है। विज्ञान वह ज्ञान है जो आत्म-साक्षात्कार से प्राप्त होता है। जैसा कि पहले बतलाया इन दोनों को मैं तुम पर इस तरह प्रकट करूंगा कि उसके पश्चात् तुम्हें और कुछ जानने की आवश्यकता ही नहीं रहेगी।"

"ठीक है। मैं तुम्हारी हर बात को गुरु-वाक्य की तरह ही ग्रहण करूंगा।"

"यह बताना आवश्यक है अर्जुन ! कि सब मुझे यथार्थ रूप में जानते नहीं। तुम्हें यह जानकर आश्चर्य होगा कि सभी लोग सिद्धि-प्राप्ति के लिए यत्नशील भी नहीं होते। हजारों मनुष्यों में कोई एक ही सिद्धि के पथ पर अग्रसर होता है और यत्नशील, सिद्ध व्यक्तियों में भी कोई एकाध ही मुझे यथार्थतः जान पाता है।"

"तब तुम स्वयं ही अपना यथार्थ ज्ञान प्रकट करो।"

"वही कर रहा हूं।"

"यह बात तुम जानते हो कि मेरी प्रकृति अथवा रूप आठ भागों में विभक्त है।"

"नहीं।"

"तो सुनो। ये आठ भाग हैं—भूमि, जल, अग्नि, वायु, आकाश, मन, बुद्धि तथा अहंकार।"

"सब तो समझा पर यह अहंकार क्या है?" अर्जुन ने पूछा।

"हां," भगवान ने आरम्भ किया, "अहंकार है अहम्-भाव, अपने को दूसरे से पृथक् समझना, अपने अस्तित्व को बनाये रखने के लिए अहंकार का होना आवश्यक है। इस अहंकार के कारण ही हर व्यक्ति एक-दूसरे से अलग है, एक प्राणी दूसरे प्राणी से पृथक्। यह अहंकार सभी जीवों में वर्तमान है। अपनी रक्षा, अपने अस्तित्व को बनाए रखने की इच्छा इस अहं-भाव इस अहंकार की ही द्योतिका है।"

"ये सभी बातें अर्थात् ये आठ घटक—पृथ्वी, जल आदि तो मनुष्य शरीर में भी उपलब्ध हैं।"

"हैं," श्रीकृष्ण ने कहा, "किन्तु मेरे कहने का तात्पर्य यह है कि ये मेरे द्वारा ही निर्मित हैं, मेरी ही प्रकृति के भाग हैं। और मैं जब मनुष्य-रूप में अवतरित हूं तो मेरे अन्दर भी वे वर्तमान हैं ही। खैर, अभी मैं दूसरी बात कह रहा था। ये आठों घटक मेरे अपर रूप अथवा अपरा प्रकृति हैं। परन्तु वास्तविक महत्व मेरी 'परा' प्रकृति है क्योंकि वही जीवों की उत्पत्ति का कारण है और उसी के द्वारा यह समग्र विश्व धारित किया जाता है।"

"यह तो वस्तुतः एक गूढ़ बात है। पर 'परा' 'अपरा' की बात तो मेरे लिए सर्वथा नई है।" अर्जुन ने समझने का प्रयास करते हुए कहा।

"मैंने तो कहा ही था कि आज मैं तुम्हें ज्ञान और विज्ञान दोनों की बातें बतलाऊंगा। कुछ धैर्य रखो तो तुम सृष्टि की समस्त निर्माण-प्रक्रिया को ठीक से समझ पाओगे। मैंने अपनी जिस अपरा प्रकृति की चर्चा की वह 'जड़' है और जो 'परा' है वह चेतन है। बिना 'चेतना' के जड़ पदार्थों में जीवन का स्पन्दन असंभव

है। अब यह समझो कि ये मेरी दोनों प्रकृतियां ही सभी प्राणियों की उत्पत्ति का कारण हैं और मैं ही इस सम्पूर्ण विश्व की उत्पत्ति और विनाश दोनों के मूल में हूं। अर्थात् मेरी इच्छा से ही विश्व का निर्माण और विनाश होता है।"

"तुम अर्थात् श्रीकृष्ण ?" अर्जुन ने आश्चर्य से पूछा। अब तक तो वह श्रीकृष्ण के भगवान होने की बात को बहुत हलके से ले रहा था पर अब जब वह स्पष्ट रूप में उद्घोषित कर ही रहे थे कि समस्त सृष्टि की उत्पत्ति और विनाश के मूल में वही हैं तो इस बात को गम्भीरता से लेने की आवश्यकता थी।

"हां मैं अर्थात् कृष्ण। तुम्हारा सखा, बन्धु एवं सारथि भी।"

अर्जुन कुछ क्षणों के लिए स्तब्ध रह गया। चिन्ता की स्पष्ट रेखाएं उसके चेहरे पर उभरीं।

श्रीकृष्ण उसकी चिन्ता को समझते थे। उन्होंने मुसकराते हुए कहा, "तुम्हें यही चिन्ता तो लग गई कि ईश्वर होकर भी मैं तुम्हारा सारथ्य-कर्म कर रहा हूं ? तो अर्जुन, मैं यह कोई नई या विचित्र बात नहीं कर रहा। मैं तो इस सम्पूर्ण सृष्टि का सारथि हूं ही। मेरे इंगित और दिशा-निर्देश पर तो यह चल ही रही है। आज अन्तर इतना ही आ पड़ा है कि मैं केवल तुम्हारा सारथि बन बैठा हूं।"

"तो तुम्हारे शेष विश्व का क्या बन रहा है ?" अर्जुन ने परिहास किया। श्रीकृष्ण को लगा उनका सोचना सही था। अपने इस अबोध मित्र को अपने ईश्वरत्व की प्रतीति दिलाने के लिए उन्हें कुछ करना ही पड़ेगा किन्तु अभी उसका समय नहीं आया है यह सोचकर उन्होंने बात आगे बढ़ाई, "मैं तुम्हारे परिहास का बुरा नहीं मानता, यह स्वाभाविक है और तुम्हारी अबोधता का द्योतक भी। साथ ही तुम केवल मेरे मित्र ही नहीं, मेरी बुआ के बेटे होने के कारण मेरे सम्बन्धी भी हो। ऐसी स्थिति में तुम्हें परिहास का अधिकार है। हां, जहां तक इस सृष्टि के संचालन का प्रश्न है, इतना कहना ही पर्याप्त है कि वह मेरे संकल्प के द्वारा ही संचालित हो रही है। मेरा कहीं होना नहीं होना कोई अर्थ नहीं रखता। मेरा संकल्प, मेरी इच्छा ही उन सभी क्रिया-कलापों के मूल में है जो मुझे इष्ट हैं।

"अब आगे बढ़ूं ?" श्रीकृष्ण ने ही पूछा।

"बढ़ो, पर मेरे परिहास का बुरा नहीं मानना। ठीक ही है कि यह मेरी अबोधता अथवा अज्ञान का ही सूचक है, साथ ही यह मेरा अधिकार भी है जैसा तुमने कहा।"

"तो मैं कहना चाहता हूं अर्जुन, कि इस सम्पूर्ण ब्रह्मांड में मुझसे बढ़कर कुछ भी नहीं है। जैसे मणिमाला के सूत्र में सारे मनके पिरोये होते हैं वैसे ही मैं वही सूत्र हूं जिसमें सृष्टि का सब कुछ पिरोया हुआ हूं अर्थात् मैं सर्वत्र हूं, और मुझी में सब हैं।

"अधिक विस्तार से सुनो तो यह एक दीर्घ व्याख्या है। यह तुम्हारे आश्चर्य को और वृद्धिशील ही करेगा, साथ ही तुम्हारे ज्ञान का वर्द्धन भी। तुममें धैर्य हो तो मैं अपनी विभिन्न विशेषताओं का वर्णन करूं। ऐसे यह बहुत नीरस भी नहीं है। तुम ऊबोगे नहीं, ऐसा मेरा विश्वास है।"

"आरम्भ करो।" अर्जुन ने निवेदन किया।

"तो पार्थ, मैं अपनी विभूतियों का विस्तार से वर्णन करता हूं। जरा ध्यान से सुनना। इस सृष्टि में जो कुछ विशिष्ट है, वरेण्य और श्रेय है वह सब मेरा ही रूप

है। मेरे ही कारण उसका अस्तित्व है, मैं ही उनका उत्स—उनका स्रोत हूं।

"जल में रस मैं हूं,
सूर्य-चन्द्र में प्रभा मुझसे ही है,
वेदों का प्रणव मुझे ही समझो
और आकाश का शब्द
तथा पुरुषों का पौरुष भी मुझे ही जानो।
धरा की सुगन्ध और अग्नि का प्रकाश
तथा सभी प्राणियों के प्राण एवं
तपस्वियों की तपस्या भी मैं ही हूं।
समग्र जीवधारियों का सनातन मुझे ही समझो
और बुद्धिमानों की बुद्धि तथा तेजस्वियों का तेज मुझसे ही है।
काम-राग-रहित बल जो बलवानों में है
और धर्म-पूर्ण काम जो प्राणियों में है,
वह मुझसे ही तो है अर्जुन !
सात्विक, राजसी और तामसी ये तीनों प्रवृत्तियां मुझसे ही उत्पन्न हैं,
ये सभी मुझमें हैं,
पर मैं कहां इनमें ?
इन्हीं तीनों प्रवृत्तियों से मोहित सम्पूर्ण जगत् नहीं पहचान
पाता मुझ अविनाशी को, इन्हीं तीनों गुणों से प्रभूत यह माया है
मेरी जो अलंघ्य है, अपार है किन्तु जो शरणागत हैं मेरे
वे सहज ही तिर जाते हैं इसको।
किन्तु माया से हरी गई बुद्धि वाले,
आसुरी प्रवृत्ति-पूर्ण मूढ़ अधम, पापी,
शरण भी कहां आ पाते हैं मेरी ?
अतः मुझे वे जानें भी तो क्या जानें ?"

श्रीकृष्ण ने अपनी बात समाप्त की तो अर्जुन कुछ देर मौन बना रहा। वह मन ही मन उस व्यक्ति की अपार विभूतियों के सम्बन्ध में सोच रहा था जिसे वह अपने रथ का सारथि बना बैठा था।

"क्या सोच रहे हो अर्जुन ?" श्रीकृष्ण की बात पर वह अपने में लौटा था।

"कुछ नहीं, कुछ भी तो नहीं।" शीघ्रता से वह कह गया था। क्या कहे वह उसको जिसे वह आज तक क्या समझ रहा था और वस्तुतः वह अपने को क्या बता रहा था। सही था कि असंख्य लोग उसे परमेश्वर अथवा उसका अवतार आदि मानने लगे थे। वह भी उनमें एक था पर इस सबको उसने उतनी गम्भीरता से कब लिया था जिस गम्भीरता से वह स्वयं जो अपने को सब कुछ कह रहा था, सब कुछ उद्घाटित किए जा रहा था। और कितना आत्मविश्वास था इसमें ? कहां का तेज, कैसा तो प्रकाश आ विराजा था इसके सदा सहज आनन पर ! कैसी अलौकिक आभा भर आई थी इसकी आंखों में ? अर्जुन लाख चाह रहा था इन आंखों से आंख चार करना, पर अब यह सब कुछ इतना आसान था क्या ? उसके मन में आ रहा था बार-बार वह उस घड़ी को कोसे जिसमें इसने इस विचित्र व्यक्ति को अपना सारथ्य सौंपा था। इससे अच्छा तो यही होता कि जहां

वह बैठा है वहां वह (अर्जुन) बैठता और जहां वह बैठा है वहां वह (श्रीकृष्ण) बैठता। वह जैसा है, जैसा अपने को बताता है, उसकी सेवा कर व्यक्ति अपने को धन्य कर सकता है अथवा उसकी सेवा लेकर ?

"चार प्रकार के पुण्यवान् लोग मुझे भजते हैं हे भारत!" अर्जुन अपने विचारों में खोया ही था कि श्रीकृष्ण आरम्भ हो गए, "आर्त, जिज्ञासु, अर्थार्थी अर्थात् धन के आकांक्षी और ज्ञानी। इन सबों में ज्ञानी जो एकान्त भाव से मेरी भक्ति करता है और सर्वदा युक्त अर्थात् योग-साधना-रत है, विशिष्टतम है। मैं ज्ञानियों को अत्यन्त प्रिय हूं और ज्ञानी मुझे प्रिय हैं।"

"तो फिर ज्ञान की ही प्रधानता की बात आ गई न ?" अर्जुन पुनः सहज हो आया था और उसने तत्काल अपने मन की जिज्ञासा रख दी।

"नहीं आयी," श्रीकृष्ण ने कहा, "तुमने ध्यान नहीं दिया कि ज्ञानी मैंने माना किसे—जो नित्य युक्त (योगी) और मुझमें एकान्त भक्ति रखने वाला है। योग और भक्ति तो तुम्हें ज्ञान प्राप्त कराएंगे ही और जब ज्ञान होगा और भक्ति-जनित ईश्वरीय अनुग्रह की प्राप्ति होगी तो योग अथवा कर्मयोग और दृढ़ होगा। फलेच्छा और कामेच्छा की समाप्ति होगी।

"खैर, मुझे आगे कहने दो। मैं कहना चाहता था कि मुझे भजनेवाले ये चारों प्रकार के व्यक्ति श्रेष्ठ ही हैं किन्तु ज्ञानी तो मेरी आत्मा ही है। वह मुझसे स्वयं को जोड़कर अन्ततः मेरी स्थिति को ही प्राप्त कर लेता है। किन्तु यह नहीं समझो कि मैं इतनी आसानी से प्राप्त हो जाता हूं। अनेक जन्मों के उपरान्त ही वह मुझे प्राप्त करने में समर्थ होता है। जो यह विश्वास कर बैठता है कि वासुदेव ही सब कुछ है ऐसा महात्मा अत्यन्त दुर्लभ ही है।"

वासुदेव अर्थात् वसुदेव का सुत अर्थात श्रीकृष्ण अर्थात् वह जो मेरा सारथि बन बैठा है, अर्जुन श्रीकृष्ण के इस प्रत्यक्ष उद्घोष से पुन विचारों के संसार में खो गया।

"क्या सोच रहे हो अर्जुन ?" श्रीकृष्ण को अर्जुन के सोच को पकड़ने में देर नहीं लगी।

वासुदेव ही सब कुछ हैं, वासुदेव ही सब कुछ हैं (वासुदेवः सर्वमिति) यह बात अर्जुन के मन को बार-बार उद्वेलित करने लगी। अगर यह बात है तो वह कितना भाग्यशाली है। जिस वासुदेव को वासुदेव के अनुसार ही ज्ञानीजन जन्म-जन्मांतर में प्राप्त कर पाते हैं उन्हें वह अपने सखा और सारथि के रूप में प्राप्त कर बैठा है। पर यह प्राप्त करना भी कोई प्राप्त करना हुआ क्या, अर्जुन के मन ने तर्क किया। वह इन्हें जानकर भी कहां जान पाया! जानता तो जग-पालक को अश्व-पालक बना बैठता ? यह तो वैसा ही हुआ न जैसे कि मूर्ख को 'मरकत' मणि मिल जाय और वह उसे पत्थर का टुकड़ा समझ उपेक्षा से गांठ बांध ले। यह गांठ बांधना और नहीं बांधना दोनों बराबर ही नहीं है क्या ?

"तुम पुनः कहीं खो गए।" श्रीकृष्ण को पुनः टोकना पड़ा। "तुम्हारा खोना, चकराना सभी स्वाभाविक है। मैंने तो आरम्भ में ही कह दिया था कि आज मैं तुम्हें वह सब कुछ बता दूंगा जिसको जानने के पश्चात् और कुछ जानना शेष ही नहीं रह जायेगा। मुझे ध्यान से सुनो और अपने विचारों के भटकाव को नियन्त्रित करो। अभी बहुत उपयोगी बातें शेष रह गई हैं।

"तो मैं कहना यह चाहता था," श्रीकृष्ण ने आरम्भ किया, "कि नाना विध इच्छाओं ने जिनका ज्ञान हर लिया है वे अपने स्वभाव-वश भिन्न-भिन्न नियमों का आश्रय ले भिन्न-भिन्न देवताओं की उपासना करते हैं। वे मुझे ही सब कुछ कहां मानते हैं? किन्तु जो-जो व्यक्ति जिन-जिन देवताओं के स्वरूपों की श्रद्धापूर्वक अर्चना करते हैं उन-उन व्यक्तियों की श्रद्धा को उन-उन देवताओं में मैं अचल कर देता हूं। मेरे द्वारा ऐसा करने से व्यक्ति पूरी तरह श्रद्धा-पूरित हो अपने आराध्य देवता की आराधना में जुट जाता है और अपनी इच्छाओं की पूर्ति कर लेता है। किन्तु वस्तुतः देखो तो उसकी ये इच्छाएं मेरे द्वारा ही पूरी की जाती हैं। किन्तु एक बात समझोगे? इन अल्पबुद्धि वाले अर्थात् मुझ वासुदेव को छोड़ अन्य देवताओं को भजने वालों को प्राप्त उनके इच्छित फल नाशवान ही होते हैं अर्थात् शीघ्र ही उन फलों का अन्त हो जाता है। और मुख्य बात तो यह है कि मरणोपरान्त देवताओं के पूजक देवलोकों को ही प्राप्त होते हैं किन्तु मेरा भक्त मुझको प्राप्त करता है।

"दुःखद बात तो यह है," श्रीकृष्ण ने अपना वक्तव्य जारी रखते हुए कहा, "कि मूढ़ लोग मुझ अव्यक्त ईश्वर को व्यक्ति मान बैठते हैं क्योंकि वे मेरे परम अविनाशी और अत्युत्तम भाव से अनभिज्ञ होते हैं।"

जैसे मैं। अर्जुन का सोच फिर उस पर हावी हो गया। मुझसे बड़ा मन्द-बुद्धि और मूढ़ कौन होगा। मैं भी तो इस अविनाशी, अनन्त और अत्युत्तम को व्यक्ति ही मान बैठा हूं। कहीं यह बात वासुदेव मुझे ही लक्षित कर तो नहीं कह रहे? नहीं, अर्जुन ने अपने को स्वयं ही सान्त्वना दी—ये तो आरम्भ में ही कह चुके हैं कि मुझे सखा और शिष्य मानकर ही अप्रकट को प्रकट कर रहे हैं। ऐसी स्थिति में मेरे ऊपर व्यंग्य का प्रश्न कहां उठता है?

"अपनी योग-माया से आवृत्त मैं सबके समक्ष अपने को प्रकट भी नहीं कर पाता अर्थात् अधिकांश के लिए उनके और मेरे मध्य माया की दीवार खड़ी रहकर मुझे उनके लिए अगोचर रखती है। यह मूढ़ लोक मुझ अव्यय को जान नहीं पाता।"

क्या कहना चाहते हैं श्रीकृष्ण, अर्जुन फिर सोचने लगा था। जगत् के द्वारा अपने को सम्यक् रूप में नहीं जान पाने की पीड़ा भी है न इनको? पर यह पीड़ा जगत् के लिए है या अपने लिए? निश्चय ही यह जगत् के लिए है, अर्जुन ने सोचा क्योंकि अपने को तो ये निर्लिप्त निर्विकार घोषित कर ही चुके हैं। इन्हें क्या चिन्ता कि जगत् इन्हें जाने या न जाने। चिन्ता तो उन्हें यह है कि जगत् उन्हें ठीक से समझ पाये तो उसका ही कल्याण हो।

"जो बीत चुके हैं मैं उन सबको जानता हूं," श्रीकृष्ण पुन शुरू हो गए थे, "जो वर्तमान हैं उन्हें भी जानता हूं, जो होने वाले हैं उन्हें भी जानता हूं पर विडम्बना तो देखो कि मुझे कोई नहीं जानता।"

हां, यह विडम्बना तो है ही, अर्जुन फिर सोचने लगा। जब छाया की तरह उनके साथ लगकर वह स्वयं भी उन्हें नहीं जान सका तो अन्य उन्हें क्या जानेंगे?

"और इसका भी कारण है, मुझे नहीं जानने का भी," श्रीकृष्ण का स्वर फिर गूंजने लगा था, "इच्छा और द्वेष से उत्पन्न द्वन्द्व से इस संसार में सभी मोह-ग्रस्त हो रहे हैं। ऐसे में मुझको पहचानने का अवसर ही कहां मिलता है? जब तक

इच्छा और द्वेष तथा अन्य पाप हैं तब तक लोक और मेरे मध्य परदा तो रहेगा ही।

"हां, जो पुण्यकर्मी हैं और जिनके पापों का अन्त हो गया है वे द्वन्द्व और मोह से रहित दृढ़व्रती ही मेरी भक्ति करते हैं।

"जो मेरा ही आश्रय लेकर जरा-मरण से मुक्ति का प्रयास करते हैं, वे निश्चय ही ब्रह्म को जान जाते हैं, सम्पूर्ण अध्यात्म को भी जान जाते हैं और समग्र कर्म को भी समझ लेते हैं।

"जो मुझे अधिभूत, अधिदैव और अधियज्ञ के साथ जान जाते हैं ऐसे युक्त-चित्त वाले अपनी मृत्यु के समय भी मुझे ही जानते अथवा मेरा ही स्मरण करते हैं।"

श्रीकृष्ण यदि ईश्वर हैं तो मृत्यु के समय इन्हें स्मरण करना अवश्य ही मोक्ष-दायक होगा, अर्जुन ने सोचा, और शायद इनके कहने का लक्ष्य भी यही है पर यह अधिभूत, अधिदैव और अधियज्ञ का क्या चक्कर है? यह बात तो मेरी समझ में आने से रही। इनका अर्थ इन्हीं से पूछना होगा पर ठीक ही आज आंखें खोल दीं, मेरे इस तथाकथित सखा ने मेरी। यह तो समग्र जगत् का सखा, शुभेच्छु और सुहृद है। यह मेरा विशेष सौभाग्य ही है कि इसने मुझे अपना इतना अन्तरंग बना रखा है। ठीक ही उसने आज इतना कुछ बता दिया कि अब बताने अथवा जानने को बचता ही क्या है? वासुदेव ही सब कुछ हैं—वासुदेवमिति सर्वम्—इतना भी कोई ठीक से जान-समझ ले तो और कुछ जानने की आवश्यकता भी क्या है?

छिहत्तर

अर्जुन की चिन्ता जारी थी। सरल होते हुए भी श्रीकृष्ण कभी-कभी इतना दुरूह क्यों हो जाते हैं? अब अभी की बात लें। अब तक की सारी बातें तो बड़ी सरलता से उसके पल्ले पड़ रही थीं जैसे जाह्नवी का कल-कल करता जल बहता चला जाता है वैसे ही श्रीकृष्ण के सहज प्रवाहित शब्द-समूह उसके लिए कभी भी अबोध अथवा अगम्य नहीं लगे। यह बात पृथक् है कि अपनी छोटी-मोटी शंकाओं के निवारण हेतु वह उनसे प्रश्न प्रति-प्रश्न से भी नहीं चूकता किन्तु अब तक उसके सखा (अब उनको सखा कहने का भी उसमें कितना साहस है?)ने कोई ऐसा शब्द-जाल उसके सामने नहीं बुना था जिसे काट पाना कठिन लगा हो। जैसे दाना चुगते कपोत-परिवार छोटे-मोटे जालों को खेल-खेल में ही ले उड़ते हैं और उनको उड़ान के मध्य ऊपर ही छोड़ नीचे से सरक जाते हैं वैसे ही श्रीकृष्ण द्वारा निर्मित सहज शब्द-जालों से तो वह अनेक बार उबर गया। पर इस बार? इस बार किस वाक्पटुता का परिचय दिया है इस व्यक्ति ने जो अपने को ही सृष्टि ही नहीं ब्रह्माण्ड का सर्वस्व, उसका उत्स और उसके विनाश का कारण बताता है। है भी शायद वह यह सब, अर्जुन सोच रहा है। पर अभी तक उसकी इन बातों पर उसे पूर्ण विश्वास नहीं हुआ है। किन्तु अभी तो चिन्ता है नये बुने इस शब्द-जाल के पार जाने की। यह अधिभूत, अधिदैव और अधियज्ञ क्या बला है? और श्रीकृष्ण

का कहना है कि इन तीनों के साथ ही जो मुझे जान पाता है वही सही रूप में मुझे जानता है दूसरे शब्दों में वही मुक्ति का भी अधिकारी होता है।

अब देर करने से क्या लाभ? पूछना तो इनसे ही पड़ेगा। हां अब तक के प्रश्नों और इस प्रश्न में अन्तर अवश्य है। अब तक के प्रश्न अधिक-से-अधिक उसकी उत्सुकता के द्योतक थे किन्तु यह प्रश्न उसकी स्पष्ट अनभिज्ञता अथवा मूर्खता का ही परिचायक होगा। किन्तु पूछने के सिवा त्राण भी कहां है और वह अपनी सारी दुविधा से मुक्त हो पूछ बैठा। श्रीकृष्ण ने इन तीनों शब्दों के साथ ब्रह्म की भी चर्चा की थी। यद्यपि ब्रह्म शब्द उसके लिए नया नहीं था किन्तु श्रीकृष्ण के मुख से इसकी व्याख्या सुनना कुछ और अर्थ रखता। इस बात का भी उन्होंने एक छोटा-सा उत्तर देकर पिंड छुड़ा लिया था। अतः, सारी बातों को वह साथ ही पूछ बैठा—पीछे जो तुमने ब्रह्म की बात की, अध्यात्म की बात की, अधिभूत और अधिदैव की बात की, इनसे तुम्हारा क्या तात्पर्य है। साथ ही इस देह में अधियज्ञ कहां है और साथ ही नियतात्माओं द्वारा तुम मृत्यु-काल में किस प्रकार जान लिये जाते हो अथवा तुम्हारा स्मरण हो आता है?

श्रीकृष्ण ने कुछ सोच कर उत्तर दिया, "जो परम अक्षर तत्त्व है अर्थात् जिसका कभी विनाश नहीं होता, कभी क्षरण नहीं होता वही अक्षर तत्त्व ब्रह्म है।

"अध्यात्म से यहां हमारा तात्पर्य सचमुच इसके प्रचलित अर्थ से नहीं है। इसका अर्थ है स्वभाव। चूंकि मैंने तुम्हें अध्यात्म, अधिभूत आदि के साथ मुझे जानने को कहा है अतः यह स्वभाव मेरा ही अर्थात् ब्रह्म का ही है। किसी को जानो और उसके स्वभाव अथवा प्रकृति को नहीं जानो तो उसे जानना, नहीं जानना समान है। कर्म भी यहां अन्य अर्थ में प्रयुक्त है। चूंकि यह मुझी से संबंधित है, अतः, कर्म का अर्थ यहां प्राणियों के उत्पन्न करने और सृष्टि को चलाते रहने की जो क्रिया है वही कर्म है। भूत अर्थात् जीव तो जीवों का जो क्षर-भाव, विनाशशील प्रवृत्ति है वही अधिभूत है। तुम कह सकते हो कि यहां मैंने अधिभूत को अपनी प्रकृति में माना। नहीं, ऐसी बात नहीं है। तुम्हें ज्ञात ही है कि मेरा एक अंश सभी प्राणियों में भी है। मैं अक्षर और क्षर दोनों हूं। पुरुष ही अधिदैव है। यहां पुरुष से तात्पर्य सामान्य नर से नहीं परम पुरुष से है और जहां तक अधियज्ञ का प्रश्न है सम्पूर्ण शरीरों में मैं ही अधियज्ञ के रूप में वर्तमान हूं क्योंकि यज्ञ के महत्त्व की चर्चा करते समय मैंने बताया था कि यज्ञ के बल पर ही यह सृष्टि चल रही है अतः अधियज्ञ के रूप में मैं सभी देहधारियों में वर्तमान हूं।"

"अर्थात् इन सबको जानना तुम्हें जानना है।"

"अवश्य मुझे समग्रता में, पूर्णता में जानना है, सृष्टि के मूल और इसके पालक के रूप में जानना है। इसलिए तो जो इस धरती से प्रयाण के समय मेरा ही स्मरण करता हुआ शरीर छोड़ता है वह मेरे भाव को ही, मुझको ही प्राप्त होता है, इसमें कोई सन्देह नहीं।"

अर्जुन सोचने लगा कि बात कहां से कहां आ गई। कहां तो वह युद्ध करने-न-करने से, कर्म और अकर्म से आरम्भ हुई और कहां वह इस दार्शनिक तत्त्व-विवेचन पर पहुंच गई। श्रीकृष्ण का क्या लक्ष्य है? इसी बहाने वह मुझ पर ब्रह्माण्ड का संपूर्ण रहस्य ही प्रकट कर देना चाहते हैं क्या? मनुष्य की यहां और वहां की नियति ही स्पष्ट कर देने को वह आकुल हैं?

और बात भी यही थी। श्रीकृष्ण अब कुछ भी गोपनीय नहीं रखना चाहते थे और वे आरम्भ हो गए थे—"मैंने कहा कि मृत्यु के समय जो मेरे स्मरण में रत रहता है वह मुझी तक पहुंचता है। इसी से यह भी स्पष्ट है कि उस समय जिस-जिस भाव का वह स्मरण करता है उसी-उसी प्रकार के भाव को वह प्राप्त करता है क्योंकि जीवनपर्यन्त जो भाव लगा रहता है वह मृत्यु के काल भी कहां छूटता है? अतः, उस भाव से भावित होने के कारण मृत्यु के बाद भी वह वही भाव-युक्त शरीर धारण करता है। इसीलिए उचित तो यही है, सभी समय मेरा ही स्मरण करते हुए तुम कार्यरत रहो। ऐसी स्थिति में मुझे ही समर्पित मन-बुद्धिवाला तुम मुझको ही प्राप्त करोगे। इसमें कोई सन्देह नहीं।"

"सदा तुम्हें स्मरण भी रखे और सांसारिक कार्य भी करे यह सम्भव है क्या?" अर्जुन ने शंका व्यक्त की।

"कैसे नहीं सम्भव है? मन से मेरा स्मरण करते हुए कर्मेन्द्रियों से कार्य करते रहना कठिन कैसे है? सिर पर जलपूर्ण घट रख कर चलनेवाली नारी को देखा है कि नहीं? हाथों को कुम्भ से हटा लेने के बाद भी वह चलती रहती है कि नहीं? और पतित हो जाता है क्या सिर का वह जल-पात्र। नहीं, तो क्यों? क्योंकि उसका ध्यान तो कुम्भ पर ही लगा रहता है, पैर भले चलते रहते हैं।"

"व्रज की गोपांगनाओं का तुम्हें स्मरण हो आया क्या?" अर्जुन ने परिहास किया, "वहीं तो तुमने यह कुम्भ-लीला देखी होगी? यमुना-जल पूरित घटों को सिर पर रखे झुंड के झुंड गोपियों का स्वरूप अवश्य इस समय तुम्हारे मानस-चक्षुओं के समक्ष साकार हो उठा है।"

श्रीकृष्ण अन्दर-ही-अन्दर कुछ व्यथित हुए। अर्जुन को भी किस अवसर पर परिहास सूझा है। उसे पता नहीं क्या कि व्रज के साथ केवल यमुना-कूल और असंख्य गोप-गोपियों का ही प्रसंग नहीं जुड़ा है। जिसका प्रसंग सर्वाधिक जुड़ा है और जो आज भी मेरी प्रेरक शक्ति है उस···क्या नाम दें वह उसको और क्यों ·· क्या उसका प्रसंग नहीं जुड़ा है उससे? जिस निर्लिप्तता की बात मैं बार-बार कहता हूं उसी से रहित करने का यह प्रयास नहीं है अर्जुन का क्या? उसका स्मरण करा कर अनजाने वह मेरे सारे सिद्धान्त पर पानी ही फेरना चाहता है क्या? शायद नहीं, क्योंकि वह तो मेरा अंश ही है उस वृषभानुसुता, उस लली, उस राधा—आखिर नाम स्मरण करना ही पड़ा न – मैं और मुझमें अन्तर ही कहां है? अभेद है कि नहीं दोनों में। वह तो आह्लादिनी, प्रेरणादायिनी शक्ति है मेरी। शक्ति के बिना शक्तिवान क्या? क्या आश्चर्य कि मेरे माध्यम से वही नहीं बोल रही? कृष्ण के बोलने-करने और राधा के बोलने में अन्तर है क्या? और सच कहां होगी वह, इस समय क्या कर रही होगी? कैसी होगी? एक तरह से तो वह यही समझ बैठी होगी कि मैं उसे सदा-सर्वदा के लिए भूल गया पर उसे पता है क्या कि कोई अपने श्वासों की गिनती भूल भी जाय तो वह उनसे रहित भी रहता है क्या? बिना उनके उसका जीवन क्षण भर भी चल पाने को है? नहीं, राधा को नहीं भूले हैं कृष्ण। न राधा कृष्ण को भूल पाती होगी। हाय रे कर्म-संकुल जीवन की यह विवशता! कहां कुरुक्षेत्र के मैदान में जीवन-जगत् और अखिल ब्रह्माण्ड का भेद खोलने के प्रयास में रत यह पार्थ-सारथि कृष्ण और कहां व्रज में उन्मुक्त गोचारण करता वंशी-वादन करता, गोप बालाओं के साथ ठिठोलियां करता, आंख

मिचौलियां खेलता वह कन्हैया ? राधा कभी भी माफ कर पायेगी इसे क्या ? पर कैसे बताये वह उसे कि नहीं भूला है उसको। कुरुक्षेत्र हो या द्वारिका, कहीं रहकर भी वह रहता है ब्रज में ही, उन वीथियों और कुंज-गलियों में ही, उस कालिन्दी-कूल ही जहां राधा के साथ वह डोलता था और राधा जहां आज भी डोलती । हाय री क्रूर नियति ! जो अभी अपने को सृष्टि का नियामक बताते नहीं चूकता वह भी कैसे, स्थितियों के क्रूर हाथों का शिकार हो अभिशप्त होने को बाध्य होता है ? और श्रीकृष्ण की आंखें छलछला आईं। पीताम्बर के एक कोने से उन्होंने दोनों आंखों की कोरों को पोंछा। बात अर्जुन से छिपी नहीं। वह हड़बड़ा कर बोला—"यह क्या कृष्ण, तुम्हारी आंखों में जल ?"

"जल नहीं, यमुना-जल।" श्रीकृष्ण ने कहा और दूसरे ही क्षण सब कुछ भूल-कर मूल बात पर लौट आये—"मैं कह रहा था अर्जुन कि निरन्तर मेरा अथवा परमेश्वर का स्मरण करते रहना और कार्य-रत रहना कोई कठिन नहीं है। इसमें अभ्यास-योग से जो चित को नियंत्रित कर सदा उस दिव्य परम पुरुष को ध्यान करता है अन्ततः वह उसे ही प्राप्त करता है।"

"अर्थात् तुम्हें ?"

"हां," श्रीकृष्ण ने कहा और मन में आया कह दें कितने भोले हो तुम ? केवल मुझे नहीं, केवल परम पुरुष को नहीं पूर्ण पुरुष को — राधा-कृष्ण —को प्राप्त करता है वह। आज इस कुरुक्षेत्र के मैदान में राधा का स्मरण दिला अच्छा किया है क्या अर्जुन ने ? श्रीकृष्ण फिर सोचने लगे थे। ऐसे तो वह उनके अन्तर में रची-बसी ही है पर जैसे आरसी (आईना) सामने कर अपने उसी रूप को देखने को कोई बाध्य कर दे जो सदा उसी के साथ पलता है, ऐसा ही हुआ कि नहीं यह सब ? संसार कभी जान भी पायेगा क्या कि गीता-ज्ञान बखारते समय एक अवसर ऐसा भी आया था कि उस ब्रज-बाला, उस राधा की स्मृति श्रीकृष्ण को उसी तरह मथ गई थी जैसे ब्रज की ग्वालिनों को मथानियां दधि मथती थीं। कैसी क्रूरता की है अर्जुन ने अनजाने में ? पर क्या पता नियति को क्या स्वीकार्य है ? कहीं इस कुरुक्षेत्र के महासमर के पश्चात् राधा···। नहीं, नहीं, यह संभव है क्या ? राधा के पुनः दर्शन होंगे ? स-शरीर ? कैसी होगी वह ? पूरी तरह वृद्धा नहीं हो गई होगी क्या ? वे भी कुछ कम दिनों के हुए ? वृद्धा हो या युवती ? श्रीकृष्ण, राधा के बाह्य रूप कब गए ? जो तन-मन के रग-रग में बसा हो, उसके रूप का पता किसे होता है ? वह रूप होकर भी अरूप है कि नहीं ? राधा किसी शरीर का नाम है ? किसी रूप का ? किसी नारी अथवा नर का ? वह तो श्रीकृष्ण का ही एक स्वरूप है — अपना रूप। वह कैसा है, क्या है, इसका क्या अर्थ ? अर्थ तो इसका है कि वह सदा उसके साथ है, उसकी छाया, नहीं, नहीं, उसके प्राणों का स्पन्दन है, उसके श्वास, उसकी गति, उसकी अस्ति-नास्ति। पर अकारण कुछ नहीं होता। श्रीकृष्ण चाहे नर-रूप में जो हों, पर इतना वह कैसे भूल जायं कि राधा का यह असामयिक स्मरण व्यर्थ नहीं जायगा। यह एक प्रबल आकर्षण बन खींचेगा उस वृद्धा, विवशा (हाय आज अपनी उस प्राणवल्लभा, प्रियतमा को भी वर्षों में माप कर देखने को बाध्य होना पड़ता है) को कुरुक्षेत्र की ओर और क्या पता युद्ध की समाप्ति के साथ ही उसके दर्शन भी···।

पानी फिर आंखों के कोनों में एकत्र होने को हुआ था पर बलपूर्वक रोका

था उन्होंने उसे। अर्जुन फिर कहीं कुछ नहीं कह बैठे? इन जलबिन्दुओं में उसे राधा का झिलमिलाता स्वरूप ही नहीं दिखाई पड़ जाय? तब क्या वह माफ करेगा उन्हें? उनके सारे दर्शन निर्लिप्तता और तटस्थता के सिद्धान्त पर ही प्रश्नचिह्न नहीं लगा बैठेगा वह? उसे क्या और कैसे समझा पायेंगे वह कि इस लौकिक सिद्धान्त का इस नैसर्गिक बन्धन से कोई सम्बन्ध नहीं जो उनके और राधा के मध्य है। कि जैसे श्रीकृष्ण साधारण पुरुष नहीं, वैसे ही उनकी वह अन्तरंग सखी भी साधारण नारी नहीं। कहने मात्र को वृषभानुसुता है पर है वह उन्हीं की तरह इस जीव-जगत् से अलग। वह श्रीकृष्ण ही है, जैसे श्रीकृष्ण राधा ही है, राधा के अलावा और कुछ नहीं। शक्ति के बिना शिव भी शव ही रह जाता है कि नहीं? शक्ति के ही उपासक हैं नर-रूप धारी श्रीकृष्ण अतः खूब रहस्य जानते हैं वह शक्ति और शक्तिमान के मध्य स्थित अभेद का। यदि शिव ही पार्वती है, और पार्वती ही शिव तो कृष्ण ही राधा हैं और राधा ही कृष्ण।

क्यों भटक रहा है मन इस क्षण? श्रीकृष्ण का हाथ अश्वों की वल्गा पर अकस्मात् कस आया था। वे हिनहिनाकर दो पैरों पर खड़े हो गए थे। रथ असन्तुलित हो गया था। पार्श्व में बैठा पार्थ लुढ़कते-लुढ़कते बचा।

"श्रीकृष्ण!" उसने उन्हें टोका था। उसे उनके अन्दर के ज्वार का अनुमान नहीं था। हो भी नहीं सकता था। व्रज का कन्हैया कभी के मथुरा और फिर द्वारिका का श्रीकृष्ण बन चुका था। आर्यावर्त का परमश्रेष्ठ वीर, नीतिज्ञ, धर्मा-चारी और क्या-क्या? इन सबों के लिए राधा कभी की समाप्त हो चुकी होगी। बसती होगी वह रुक्मिणी, और सत्यभामा के मनों में एक ठिठोली अथवा पहेली के रूप में पर पार्थ को कहां पता था शक्ति के उस स्रोत का जिसने व्रज के एक अदना-से छोरे, गायों के पीछे भागने वाले, बांस की अनगढ़ बंशी के छिद्रों में स्वर फूंकने वाले ग्वाल-बाल गोपाल को द्वारिकाधीश श्रीकृष्ण बनाया था? एक क्षण को उन्होंने सोचा था क्या छल नहीं कर रहे थे वह उससे जिसे वह अपना सखा और शिष्य मान चुके थे? क्यों नहीं उगल देते थे इस सारे ज्ञान-विज्ञान के साथ इस भेद को भी जो उनके अन्दर छुपा पड़ा था? जो उन्हें कन्हैया से कृष्ण बना रहा था? जो उनकी सारी शक्ति, सारे ज्ञान-विज्ञान और सम्पूर्ण पुरुषत्व का उत्स था। नहीं, उसका समय नहीं है यह। अर्जुन को सब कुछ जानना आवश्यक नहीं था। यह वैद्य ही जानता है कि किस रोग को किस औषधि की आवश्यकता है। अर्जुन की समस्या अभी दूसरी थी। इसी का निदान आवश्यक था। नहीं, नहीं, यह समय नहीं है उस भेद को खोलने का। अभी वे कन्हैया नहीं बन सकते, श्रीकृष्ण भी नहीं, यहां तक कि अर्जुन का सारथि भी नहीं, अभी तो वे मात्र ब्रह्म हैं, पुरुष ही नहीं पुरुषोत्तम हैं। अभी इसी भूमिका में उन्हें रहना है। उन्होंने अनजाने में खिंच आई वल्गा को ढील दी और आरम्भ किया, "अन्यथा न लेना पार्थ मेरे प्रमाद को। ठीक है कि क्षण भर को मैं कहीं खो गया था पर अब मूल विषय पर लौट रहा हूं।

"मैं तुमसे नासिकाग्र पर दृष्टि गड़ाने की बात एक से अधिक बार कर चुका हूं—क्रिया योग की बात। उसका महत्त्व अब यहां अधिक स्पष्ट होने वाला है। जब बात निकल ही गई तो सब कुछ तुम्हारे समक्ष खोलकर रख ही देना है। अवसर बार-बार नहीं आता। जीवन और मोक्ष का प्रश्न भी कोई साधारण प्रश्न

नहीं। सच है कि युद्ध जीवन है, जीवन का कटु किन्तु अनिवार्य पक्ष। संघर्ष जीवन की शाश्वत नियति है। पर इस जीवन, इस युद्ध के परे भी कुछ है जो अधिक उपयोगी, अधिक सार्थक है। मैं उसके ज्ञान से भी तुम्हें क्यों वंचित करूं? इसीलिए इसे विषयान्तर नहीं समझना? इस पर भी पूर्ण ध्यान देना।

"हां तो, मैं कहना चाहता था कि वह जो है न वह परम पुरुष? वह विश्वेश्वर, पुरातन सबका पालनकर्ता, वह कवि अर्थात् सर्वज्ञ; वह छोटा से भी छोटा, अणु से भी अणु है। सूर्य से प्रखर प्रकाशवान, अन्धकार अर्थात् तमस् की छाया से भी रहित, उसका प्रयाण-काल के समय, अचल मन से, भक्तिपूर्वक, जो योग-बल द्वारा भृकुटि के मध्य अच्छी तरह अपने प्राणों को स्थिर कर, ध्यान करता है वह उस दिव्य परम पुरुष का स्मरण करता हुआ उसी को प्राप्त होता है।

"अर्जुन, मैं इस ज्ञान-विज्ञान की कोई बात अब तुमसे गुप्त नहीं रखना चाहता। वेदज्ञ जिसे 'अक्षर' की संज्ञा देते हैं, वीतराग योगी-यति जिसे प्राप्त करने, जिसमें लीन हो जाने की इच्छा रखते हैं, जिसकी इच्छा अथवा कामना से ब्रह्मचारिगण ब्रह्मचर्यव्रत के पालन को सन्नद्ध होते हैं मैं उसके सम्बन्ध में, उसकी उपलब्धि के सम्बन्ध में तुम्हें संक्षेप में बताऊंगा।

"मैंने कहा था न कि इस शरीर में नौ द्वार हैं तो जो व्यक्ति इन सभी द्वारों को संयमित कर, मन को हृदय में रोक कर अपने प्राणों को भृकुटि मध्य अर्थात् भ्रुओं में स्थिर कर योग धारण किए हुए 'ॐ' इस एकाकार ब्रह्म का उच्चारण करता हुआ शरीर छोड़ता है, वह निश्चय ही परम गति को प्राप्त करता है।"

"अक्षर की बात तो तुम पहले भी कर चुके हो?"

"हां, इस अक्षर को ही मैंने ब्रह्म बताया था न, अक्षर जिसका क्षरण नहीं होता।"

"और यह 'ॐ' भी ब्रह्म है?"

"हां है। जैसा कहा एकाक्षर ब्रह्म। एक ही अक्षर है यह 'ॐ' परन्तु सृष्टि में यह सर्वत्र व्याप्त है। ध्यान से सुनो तो सर्वत्र यही गूंजता सुनाई पड़ता है। जब सब कुछ समाप्त हो जाता है तब भी यह 'ॐ' वर्तमान रहता है। यह तुम्हारे अन्दर भी है, बाहर भी। यह ब्रह्म ही है। शब्द-ब्रह्म।

"खैर, आगे सुनो जो मुझमें ही नित्य युक्त रहने वाला योगी पुरुष अनन्य चित्त से सदा मेरा ही स्मरण करता है उसे मैं आसानी से प्राप्त हो जाता हूं।"

"अर्थात् तुम्हारी भक्ति का फिर महत्त्व आ गया न?"

"हां और यह भी जान लो कि परमसिद्धि को प्राप्त हुए महात्मा-जन मुझ को प्राप्त कर दुःख-पूर्ण पुनर्जन्म को नहीं प्राप्त करते हैं अर्थात् आवागमन के चक्कर से मुक्त हो जाते हैं।

"तुम्हें कितना बताऊं अर्जुन! ब्रह्म लोक तक से लेकर जितने भी लोक हैं उन सबों में आवागमन का चक्कर चलता रहता है। केवल मैं हूं जिसे प्राप्त कर पुनर्जन्म सदा के लिए समाप्त हो जाता है।

"अब एक भेद की बात बताऊं? जो रात्रि और दिन की बात जानते हैं वे जानते हैं कि ब्रह्म का एक दिन हमारे हजार युग के बराबर होता है और उसी तरह एक ब्रह्म-रात्रि हमारे हजार युग के समान होती है।

"अब सृष्टि और प्रलय का भेद समझो। ब्रह्म के दिन के आरम्भ के समय

अव्यक्त प्रकृति से सभी व्यक्त जीव उत्पन्न होते हैं और ब्रह्मा की रात्रि के आरंभ के समय उसी अव्यक्त संज्ञा वाली प्रकृति में लीन हो जाते हैं।

"कैसी दुर्दशा है पार्थ ! जीवों का यह समुदाय इस तरह बार-बार ब्रह्म दिन के आगमन के समय जन्म लेता है और बार-बार ब्रह्मरात्रि के आगमन के समय समाप्त होता है। कैसा घोर चक्कर है यह ?"

"तो इससे बचने का उपाय भी तो तुम्हीं बताओगे ?" अर्जुन की उत्सुकता इस विचित्र वर्णन से बढ़ आई थी।

"हां, वह तो बताता ही आ रहा हूं। अभी कहना यह चाहता था कि इस अव्यक्त प्रकृति से परे भी एक अव्यक्त परम सनातन सत्ता है जो सब प्राणियों के विनाश के पश्चात् भी नष्ट नहीं होता। वही मेरा परम धाम है, निवास है, वह अव्यक्त और अविनाशी है। वहां जाने के बाद फिर लौटना नहीं होता—यं प्राप्य न निवर्तन्ते तद्धाम परमं मम।

"तो जो उस लोक का मालिक है वह भी तो अक्षर, अव्यय और परम होगा। उसकी प्राप्ति कैसे सम्भव है जनार्दन ?"

"हां अर्जुन ! वह परम पुरुष जो सभी प्राणियों का निवास-स्थान है अर्थात जिससे सभी प्राणी जन्म लेते हैं और जिससे ही यह सम्पूर्ण संसार व्याप्त है वह प्राप्त हो सकता है।"

"कैसे ?"

"भक्ति से, अनन्य भक्ति से।"

"तुम फिर इति से अथ पर आ गए न ?"

"भक्ति से आरंभ कर पुनः उसी पर ?"

"हां अर्जुन ! भक्ति के बिना त्राण कहां ? वही तो एक प्राप्य वस्तु है। उसको प्राप्त कर लो तो सब कुछ प्राप्त हो जाता है।

"खैर छोड़ो इस बात को। यह तो तुम्हारे अन्दर घर कर ही गई। मैं अब उस समय को बताऊंगा जिस काल में योगी इस संसार को छोड़ने पर पुनः यहां नहीं लौटते और उसको भी बताऊंगा जिसमें शरीर त्यागने पर यहां लौटना पड़ता है।"

"बताओ।" अर्जुन ने उत्सुकता दिखलाई।

"छह मास वाला उत्तरायण काल हो, शुक्ल पक्ष हो, दिन का समय हो, पास में अग्नि की ज्योति हो; उस समय जो ब्रह्मज्ञानी इस संसार को छोड़ता है वह ब्रह्मलीन हो जाता है।

"अर्थात् उसके आवागमन का चक्कर निःशेष हो जाता है ?"

"हां।"

"और ?"

"छह माह वाला दक्षिणायन चल रहा हो, कृष्ण पक्ष हो, रात्रि का समय हो, अग्नि से धूम्र उठ रहा हो, उस समय यहां से प्रस्थान करने वाला योगी चन्द्रमा की ज्योति को प्राप्त कर पुनः इस संसार में वापस आ जाता है।"

"अर्थात् उसका पुनर्जन्म हो जाता है !"

"हां। पर आगे सुनो, जगत् से जाने के दो मार्ग सदा से माने गए हैं—एक है प्रकाशमान, एक है अन्धकार-युक्त। प्रथम से जाने वाला फिर नहीं

लौटता, दूसरे से जाने वाला लौटता रहता है।"

"इन्हें कैसे पहचाना जा सकता है?"

"किन्हें?"

"प्रकाशपूर्ण और अन्धकार-युक्त इन दो मार्गों को?" अर्जुन ने उत्सुकता से पूछा।

"योग द्वारा। योग द्वारा जो योगी इन दोनों मार्गों को जान लेते हैं वे कभी मोह अथवा भ्रम के वश में नहीं आते, अतः तुम सदा योग-युक्त बने रहो।

"और अन्तिम बात सुन लो। तप, यज्ञ, दान आदि इस योग के समक्ष कुछ नहीं हैं। यज्ञों से, तपस्याओं से, वेदों के अध्ययन से, विविध प्रकार के दानों से जो फल प्राप्त होता है योगी उन सबसे अधिक ही फल प्राप्त कर लेता है और वह सर्वप्रथम और परम स्थान का अधिकारी होता है।"

"योग अर्थात्?"

"अर्थात् क्या?" श्रीकृष्ण अर्जुन की बात पर चकराए। तो अब तक वे अरण्य-रोदन कर रहे थे? अर्जुन को अभी तक योग का अर्थ भी स्पष्ट नहीं हुआ।

"अर्थात् यह कि तुम कुछ देर पूर्व ही भक्ति की बात कर रहे थे न? अनन्य भक्ति की? कि इसी के द्वारा सब प्राप्य है? अब पुनः योग की बात करने लगे।"

श्रीकृष्ण मुसकराए बहुत देर के बाद, "सच, बड़े भोले हो अर्जुन! योग को भक्ति से मैंने काटा कब? भक्ति, मेरी भक्ति तो योग में सहायक ही है। तुम क्या समझते हो कि बिना भक्ति के तुम इस कर्मयोग—इस निर्लिप्त भाव से कर्म-रत होने की बात—को साध लोगे? भक्ति तो आवश्यक है अर्जुन! सब कुछ उसी से सधता है। तुम्हारा, मेरा यह कर्म-योग भी।"

सतहत्तर

श्रीकृष्ण को लग रहा था कि उनकी सारी निर्लिप्तता और रागहीनता के सिद्धान्त के बावजूद अर्जुन के प्रति उनके हृदय में कुछ विशेष ही पक्षपात-भाव उत्पन्न हो आया था। जैसे पके फलों से लदा वृक्ष अपना सर्वस्व धरती पर बिछा देना चाहता है, जैसे पूनम का भरा-पूरा चांद अपनी सम्पूर्ण रजत-ज्योत्स्ना पृथ्वी को न्योछावर कर देना चाहता है, जैसे समुद्र की ओर प्रवहमान पूर्ण सलिला नदी अपना राशि-राशि जल सागर-गर्भ को अर्पित कर देना चाहती है, जैसे आसमान में उमड़ा भरा-पूरा मेघ अपने को पूरी तरह रीता कर धरित्री को तृप्त कर देना चाहता है, वैसे ही आज श्रीकृष्ण का मन हो रहा था कि अपने सारे ज्ञान-विज्ञान को अर्जुन के अन्दर उतार उसे आप्त काम कर दें। और उसका कारण था। अर्जुन उनका प्रिय सखा और सम्बन्धी चाहे जो हो वह एक अच्छा श्रोता भी था। अगर श्रीकृष्ण की तरह का ज्ञाता और वक्ता मिलना कठिन था तो अर्जुन के सदृश सजग, संवेदनशील और समर्पित श्रोता का मिलना भी दुस्साध्य था। उनकी सारी चिन्ता उसके दोनों लौकिक और पारलौकिक जीवनों को समृद्धतम करने की थी और इसीलिए जो कुछ कथनीय और करणीय था उसे आज वह अपने पटु शिष्य के समक्ष

पूर्ण रूप से स्पष्ट कर देना चाहते थे। अपने इस वक्तव्य की नींव भी उन्होंने वहीं पर डाली थी :

"हे निर्दोष अर्जुन, मैं तुझे ज्ञान-विज्ञान सम्बन्धी उस गूढ़तम ज्ञान को प्रदान करने जा रहा हूं जिसे जान कर तुम जो कुछ अशुभ अथवा दोष-पूर्ण है उससे मुक्त हो जाओगे।

"यह विद्या ही नहीं राज-विद्या है, गोपनीय से गोपनीय है, पवित्र और उत्तम तो है ही, प्रत्यक्ष फल देनेवाला भी है, धर्म-पूर्ण है, अविनाशी और साधने में सुगम है।"

अर्जुन की जिज्ञासा जाग्रत हुई। अब तक किसी ज्ञान अथवा विद्या के सम्बन्ध में इतने विशेषणों का प्रयोग तो श्रीकृष्ण ने किया नहीं था। किन्तु जो बात विशेष रूप से उसकी समझ में नहीं आ रही थी वह थी राज-विद्या वाली। विद्या तक तो ठीक, यह राज-विद्या क्या थी? अन्ततः उसे पूछना ही पड़ा तो श्रीकृष्ण को हंसी आ गई। धवल दंतावली जैसे श्याम मेघों के मध्य तड़ित की तरह चमक गई, "राज-विद्या अर्थात् सर्वश्रेष्ठ विद्या, विद्याओं में राजा और क्या," पुनः मुसकराते हुए बोले, "जो सम्पूर्ण आर्यावर्त की राज्य-प्राप्ति के लिए युद्ध-रत होने आया हो उसे राज-विद्या, राजनीति आदि का अर्थ भी समझाना पड़ेगा?"

अर्जुन चिन्तित हुआ। कहां आया था वह समग्र आर्यावर्त अथवा उसके एक अंश के राज्य का भी आकांक्षी बन? हां, पहले, उत्साह में वह अवश्य समरांगण में जुट पड़ा था। पर बाद में? बाद में कहां शेष रहा था वह उत्साह? अगर वह रहता ही तो श्रीकृष्ण को इतना सब कुछ कहने को कष्ट करना पड़ता? पर श्रीकृष्ण को कष्ट हुआ तो हुआ उसे तो लाभ ही हो गया, अर्जुन ने सोचा। अगर वह युद्धभूमि में नहीं आता और यहां आकर उस प्रकार मोह-ग्रस्त नहीं होता तो कहां सुन पाता वह इतनी गूढ़ बातें? उसे आश्चर्य इस बात से हो रहा था कि आज ही क्यों श्रीकृष्ण की ज्ञान-गंगा इस तरह प्रवाहित होने लगी थी। साथ तो उन दोनों का पर्याप्त पुराना था, क्या पहले ये बातें वे उसके समक्ष नहीं रख सकते थे? अर्जुन को इस प्रश्न का कोई उत्तर नहीं मिल पा रहा था। ठीक है कि उसकी मोहग्रस्तता ने उन्हें यह अवसर प्रदान किया पर वे ऐसे भी इन लौकिक-पारलौकिक भेदों को उस पर खोल सकते थे? तब कम-से-कम इस समर-क्षेत्र को ज्ञान-क्षेत्र तो नहीं बनना पड़ता। इतने योद्धाओं की उत्सुक और उलाहना-भरी आंखों का तो सामना नहीं करना पड़ता! खैर, श्रीकृष्ण की बात तो श्रीकृष्ण ही जानें। शायद यही अवसर अनुकूल लगा हो उन्हें उसके ज्ञान वर्द्धन के लिए। आखिर यहां पर तो पहले-पहल उसने उन्हें गुरु के रूप में स्वीकारा है। तो जब तक वह उनका शिष्यत्व नहीं ग्रहण करता उन्हें क्या पड़ा था उसे उपदिष्ट करने का?

"समझ गए तुम?" श्रीकृष्ण ने टोका तो वह सहमा अपने में लौटा।

"समझ गया," अर्जुन ने निवेदन किया। "अब आप इस श्रेष्ठ विद्या को मुझ पर कृपा कर स्पष्ट ही कर दें।"

"पर इस विद्या को हस्तगत करने की एक शर्त है।"

"क्या?"

"श्रद्धा।"

"श्रद्धा की बात तो आपने पहले भी कही है।" अर्जुन ने याद दिलाई।

"हां पहले कही है, अब भी कह रहा हूं और आगे भी कहूंगा। कुछ बातें बार-बार कहने और सुनने की होती ही हैं। ठीक उसी प्रकार जैसे कई वस्तुएं बार-बार देखने की होती हैं। ईश्वर का नाम एक बार लेना पर्याप्त होता है क्या? या एक बार सुनना? उसी तरह पूर्णिमा के भरे-पूरे चांद को एक ही बार देख कर सन्तोष कर लेते हो क्या? क्या उसे बार-बार देखने का मन नहीं करता—प्रति माह?"

अर्जुन के मन में आया, यह कह दे बात तो ठीक ही है जैसे आपके नील-मणि-सदृश सुन्दर स्वरूप को एक बार देखकर ही कोई कहां तुष्ट होता है? उसे भी तो बार-बार देखने का मन करता ही है।

"आप ठीक कह रहे हैं।" अर्जुन ने अपने मन की बात को किनारे कर हामी भरी।

"हां तो मैं श्रद्धा की बात कह रहा था, जिसमें श्रद्धा का अभाव है वे इस धर्म को नहीं पा सकते, और उसे नहीं पा सकते तो मुझे नहीं पा सकते और मुझे नहीं पा सकने के कारण इस मृत्युलोक पर बार-बार लौटते रहते हैं?"

"किस धर्म को?" अर्जुन ने सोचा यह धर्म किधर से आ गया?

"मैंने बताया तो कि वह विद्या, धर्म-पूर्ण और अविनाशी है, मैं उसी धर्म की बात कह रहा हूं। पर इस पर आने के पूर्व मैं श्रद्धा को लेकर तुम्हें एक दृष्टान्त देना चाहूंगा। यह इसलिए आवश्यक है कि श्रद्धा की बात को तुम्हारे अन्दर बैठा देना है। तुमने इसको लेकर प्रश्न उठाया है और मैंने भी कहा है कि मैं श्रद्धा पर बार-बार आऊंगा और आता रहा हूं। तुम मेरी रूखी बातें सुनते-सुनते ऊब गए होगे, अतः यह दृष्टान्त श्रद्धा पर तुम्हारी आस्था को प्रगाढ़ करने के साथ-साथ तुम्हारा कुछ रंजन भी अवश्य करेगा।"

"बिना दृष्टान्त के भी चलेगा। हमारे इस दीर्घ वार्तालाप ने दोनों पक्षों के योद्धाओं को पर्याप्त कष्ट दिया है। अब हमें या तो युद्ध करना है या इन्हें इस प्रतीक्षा से मुक्ति देनी है।"

"युद्ध करना है या मुक्ति देनी है।" श्रीकृष्ण को मन-ही-मन हंसी आई। अभी यह द्वन्द्व से मुक्त नहीं हो पाया है। अनिर्णय अभी भी इसकी प्रकृति में है। अब तक का उपदेश कुछ ही प्रभाव ला सका है। वह युद्ध नहीं करने की बात तो नहीं कर रहा पर युद्ध-रत होने को भी उत्सुक नहीं है। जैसे प्रातःकाल का हलका पवन सागर-तल पर कुछ नन्हीं ऊर्मियों का सृजन कर दे। सागर को अन्तर-तल तक मथ देने के लिए तो किसी प्रचण्ड तूफान की ही आवश्यकता होती है। अन्तत. उन्हें वही करना पड़ेगा जो उन्होंने सोच रखा है। और जिसे अब तक टालते रहे हैं पर अब उसे बहुत देर तक टाला भी नहीं जा सकता। खैर, तब तक वह दृष्टान्त वाली बात तो कह ही दें पर अर्जुन के मन का अहंकार अब तक नहीं गया। वह सोच रहा है कि सब कुछ उसके लिए ही होता जा रहा है। कब खुलेंगी उसकी आंखें? ये सारे योद्धा, भीष्म, कृप, द्रोण और अश्वत्थामा, विकर्ण, सोमदत्त आदि क्या मात्र उत्सुकता-वश या प्रतीक्षा-वश रुके खड़े हैं? यह मुझे परमेश्वर मानता भी है और नहीं भी मानता। अगर मन से वह मेरी परमसत्ता को स्वीकार कर लेता तो इसे समझने में देर होती क्या कि ये सब निर्विरोध प्रायः चित्रलिखित-से खड़े हैं तो इसमें मेरा, मेरी माया का अवश्य कुछ हाथ होगा? अपनी अपार माया का मैं पहले ही वर्णन कर चुका हूं। यह क्यों नहीं समझ पाता कि ये मेरे रुके ही रुके पड़े

हैं। इनकी आंखों में उत्सुकता और विवशता चाहे जो झांकती हो पर इनके हाथों को अस्त्रों पर जाने से कौन रोक सकता था ? क्यों नहीं समझ पाता यह छोटी-सी बात अर्जुन कि यह सब ईश्वरीय क्रीड़ा है, कि मैंने समय-बोध ही समाप्त कर दिया है इनके मस्तिष्क से वरना मत्त गजराज की तरह बलोन्मत्त दुर्योधन क्या अपनी सेनाओं और सेनापतियों को यों पंक्तिबद्ध छोड़ देता ? मैंने जब तक छिपाया तब तक छिपाया, अब तो प्रकट ही कर दिया है मैंने इस पार्थ पर अपने परमेश्वरत्व को। अब भी इसे यह नहीं लग पा रहा कि जब ब्रह्माण्डपति ही इसके सारथ्य को स्वीकारे बैठा है तो इसको सारी चिन्ताओं से मुक्त हो जाना चाहिए। अब तक का मेरा उपदेश किस काम आया ? अन्ततः वही करना होगा जिसे मैंने सोच रखा है। पर दृष्टान्त तो इसे सुना ही दूं।

"एक राजा था।" श्रीकृष्ण शुरू हो गए थे। अर्जुन को भी लग गया था, कृष्ण को अपनी बात कहने ही देना चाहिए। उसके अन्दर अवश्य ही कुछ कमी रह गई होगी जिसे वह समाप्त करना चाहते हैं।

"एक दिन वह आखेट को निकला। किसी वन्य पशु के पीछे भागते-भागते वह अपने साथियों-सेनापतियों से बिछुड़ गया। मार्ग भी भूल गया। उधर संध्या भी घिर चली थी। अरण्य में अन्धकार भी शीघ्र ही उतरता है, पर अब सूरज पूरी तरह अस्ताचलगामी नहीं हुआ था। आशा की एक क्षीण लौ शेष थी। मार्ग ढूंढ़ निकालना और राजधानी लौट जाना तो अब कठिन था पर इस समय भी आस-पास कोई शरण-स्थली मिल जाती तो वह रात्रि वहां व्यतीत कर लेता वरना वन्य जीवों का आखेट करने को आया वह स्वयं उनका आखेट होकर रह जाता।"

"तब ?" अर्जुन की कहानी में उत्सुकता जगी।

"इसी समय राजा जहां खड़ा था वहां से थोड़ी दूर पर का आकाश धूम्राच्छादित दिखा। अर्थात् वहां कोई था। किसी ऋषि-तपस्वी की कुटी रही होगी। राजा उस ओर बढ़ गया। सचमुच वह एक सिद्ध की साधना-स्थली ही थी। साफ-सुथरा और हविष-धूम्र से गम-गम करती हुई। ऋषि संध्या-वन्दन के लिए नदी-तीर जाने को प्रस्तुत था। अतिथि को द्वार पर देख उसने कुटिया के एक खाली कमरे की ओर इशारा किया 'यहीं विश्राम करो। राज-पुरुष लगते हो। लौट कर मैं तुम्हारे भोजन के लिए कन्द-मूल की व्यवस्था करता हूं। इस गहन विपिन में इसके सिवा मिलेगा भी क्या ?'

" 'मेरी भूख की चिन्ता छोड़ें महाराज ?' राजा ने निवेदन किया। 'मुझे निर्विघ्न विश्राम की आवश्यकता है बस। इस कठिन कानन में मृगया के पीछे भटकते-भटकते पूर्णतः क्लान्त हो आया हूं।' नृप ने निवेदन किया।

" 'तो कुटिया में पड़े तख्त पर विश्राम करो। मैं तुम्हें प्रातःकाल तक कोई बाधा नहीं दूंगा।' कहकर तपस्वी चला गया। नृप ने कुटिया के कपाटों को संपुटित किया और तख्त पर पड़ गया। पर क्षण भी नहीं बीता था कि बाहर से खटखट के शब्द का आना आरम्भ हुआ। नहीं, यह दरवाजे पर किसी के आगमन का सूचक नहीं था। स्वर कुछ दूर से आ रहा था पर था रुक्ष। राजा के विश्राम को बाधा पड़ी।

" वह बाहर आया। कुटी के साफ-सुथरे प्रांगण में खड़ा हो गया। हवनकुण्ड

से अब भी हविष-गन्ध निकल कर दिशाओं को सुगन्ध-पूरित कर रही थी।

" खट्-खट्-खट्···। आवाज की दिशा ने अपनी ओर राजा का ध्यान आकृष्ट किया। पास ही में एक ऊंचे पेड़ के ऊपर एक लकड़हारा पेड़ की एक सूखी डाल काट रहा था। डूबते सूरज की अस्ताचल-प्रस्थित किरणें वृक्ष के शिखर को अपना अन्तिम स्पर्श दे रही थीं और उन रश्मियों के प्रकाश में लकड़हारे के हाथ में पड़ी लौह कुल्हाड़ी चकाचौंध-सा उत्पन्न कर रही थी।

" नृप ने वृक्ष-शिखर की ओर आंखें उठाईं। लकड़हारे को नीचे किसी की उपस्थिति का स्पष्ट भान हुआ और उसने आंखें नीची कर देखा तो एक राज-पुरुष। भय उसकी आंखों में तैरा और कुल्हारी हाथ से छूटकर धरती पर आ गिरी। नृप निश्चिन्त हुआ। वह अपनी कुटिया में लौटा, पर अभी लेटा भी नहीं था कि फिर वही खट्-खट्-खट्-खट् खट्···।

" राजा फिर बाहर आया। वही लकड़हारा लकड़ी काटने में व्यस्त था। उसी ऊंचाई पर। राजा की आंखें लकड़हारे की आंखों से फिर मिलीं। कुल्हाड़ी फिर नीचे गिरी। नृप पुनः कुटिया में लौट आया पर हालत फिर वही। तख्त पर पैर दे पाता कि फिर वही व्यवधान। वही खट-खट्···।

" ऐसा कई बार हुआ। राजा कई बार बाहर आया। कुल्हाड़ी कई बार नीचे गिरी। अन्त में तंग आकर राजा ने नीचे से आवाज दी, 'पेड़ से उतर आओ।'

" लकड़हारे को काटो तो खून नहीं। एक बार मन किया, वहीं पर बैठा रह जाय। नीचे का आदमी जो स्पष्टतः कोई नृप या सामन्त लग रहा था, उस ऊंचाई तक तो चढ़ नहीं सकता था। पर इस विचार को किनारे कर वह नीचे उतर आया। हाथ में वही चमकती कुल्हाड़ी लिये।

" 'तुम्हारे पास कितनी कुल्हाड़ियां हैं?' अब तक अन्धकार प्रायः कुटी-आंगन को आवृत्त कर चुका था। धूनी की आग के क्षीण प्रकाश में ही वार्तालाप हो रहा था।

" 'कितनी का कहां प्रश्न है? मुझ दरिद्र के पास यही एक कुल्हाड़ी है। इसे भी चाहिए तो आप ले जा सकते हैं।' लकड़हारे ने कांपते स्वर में कहा।

" 'तुम झूठ बोलते हो।' राजा ने क्रोध में भरकर कहा।

" 'नहीं महाराज, मैं झूठ क्यों बोलूंगा? यह बात ठीक है कि मेरे पास बस यही एक कुल्हाड़ी है।' लकड़हारा हाथ जोड़ कर बोला।

" 'एक ही है तब ऐसा कैसे होता है कि मैं अन्दर जाता हूं और तुम खट्-खट् आरम्भ कर देते हो? इतनी देर में किसी हालत में पेड़ से उतर भी नहीं सकते, कुल्हाड़ी लेकर पुनः पेड़ पर चढ़ना तो दूर की बात है।'

" 'यह बात ठीक है महाराज कि मैं पेड़ से नीचे नहीं उतरता हूं।'

" 'तब यह खट्-खट् फिर कैसे शुरू कर देते हो? जब एक ही कुल्हाड़ी तुम्हारे पास है?' राजा क्रोधित होकर बोला।

" 'मैं कुल्हाड़ी तक नहीं पहुंचता महाराज पर कुल्हाड़ी मुझ तक पहुंच जाती है।'

" 'क्या मतलब?' राजा आश्चर्यचकित होकर बोला।

" 'हां महाराज, मैं ठीक कहता हूं। मुझे एक आकर्षण-मन्त्र आता है जिसके द्वारा मैं आपके अन्दर जाते ही कुल्हाड़ी को ऊपर आकृष्ट कर लेता हूं।'

" लकड़हारे की बात सुनकर राजा आश्चर्य से भर गया। पर उसके मन में लालच जगी—क्या ही अच्छा हो अगर यह आकर्षण मंत्र जान जाऊं। तब तो मैं बैठे-बैठे ही शत्रु-सेना के सारे अस्त्र-शस्त्रों को आकृष्ट कर लूंगा।

" 'तुम मुझे यह मंत्र सिखा दो।' राजा ने लकड़हारे से कहा।

" 'यह नहीं हो सकता।'

" 'क्यों ?' राजा ने आश्चर्य से पूछा, 'जानते हो मैं इस देश का राजा हूं। जब तुम एक अदना-सा लकड़हारा होकर यह मंत्र सिद्ध कर सकते हो तो मैं इसे क्यों नहीं सिद्ध कर सकता।'

" लकड़हारा मुसकराया, 'यही तो बात है महाराज, यह राजा होना ही तो आड़े आयेगा !'

" 'कैसे ?' राजा ने आश्चर्य से भरकर पूछा।

" 'यंह मंत्र तो आपको मुझसे ही लेना होगा ?'

" 'हां,' राजा ने उत्तर दिया।

" 'तो मैं ठहरा साधारण लकड़हारा और आप ठहरे इस देश के नरेश। आपकी श्रद्धा जाग्रत होगी मेरे लिए ?' लकड़हारे ने सीधा प्रश्न किया।

" राजा चुप रहा। क्या उत्तर देता ? एक लकड़हारे के प्रति वह श्रद्धा प्रदर्शित कर पायेगा ? शायद नहीं।

" 'बिना श्रद्धा के कुछ नहीं होता महाराज !' लकड़हारे ने अपनी कुल्हाड़ी उठाते हुए कहा, 'कम-से-कम मंत्र तो नहीं ही सिद्ध होते।'

" यही बात मैं कह रहा था अर्जुन कि श्रद्धा का बहुत महत्त्व है ज्ञानार्जन के क्षेत्र में।" श्रीकृष्ण ने कहानी समाप्त कर कहा।

"यह दृष्टान्त तो वड़ा मनोरंजक रहा, साथ ही आंख खोलने वाला भी।" अर्जुन ने स्वीकार किया।

"तो मैं बात को आगे बढ़ाऊं ? अब तो तुम पूरी श्रद्धा के साथ उसे ग्रहण करोगे ?"

"श्रद्धा अधूरी कब थी हृषीकेश, परन्तु हां अब वह और प्रगाढ़ हो गई। तुम बात आगे बढ़ाओ।" अर्जुन ने निवेदन किया।

"तो यह एक सत्य सुनो। इसकी ओर पहले भी मैंने इंगित किया था। मेरे द्वारा अव्यक्त रूप से यह सम्पूर्ण जगत् व्याप्त है। मेरे में ही सभी प्राणी अवस्थित हैं किन्तु मैं उनमें स्थित नहीं हूं।"

"अर्थात् ?"

"अर्थात् यह कि मेरे बिना किसी प्राणी का अस्तित्व असंभव है। मैं उसके अन्दर हूं तभी वह है यद्यपि मेरे अस्तित्व के लिए किसी प्राणी के होने, न होने से कोई अन्तर नहीं पड़ता।"

"समझ गया इसे।"

"पर आगे की बात इतनी आसानी से नहीं समझोगे।"

"कहो।"

"पहले मैंने कहा कि सभी प्राणी मुझमें स्थित हैं, अब मैं कह रहा हूं कि सभी प्राणी मुझमें स्थित नहीं हैं। यद्यपि मेरी आत्मा सभी प्राणियों को उत्पन्न और पालन करने वाली है तथापि वह उनमें नहीं है। देखो, यह मेरे योग का कैसा

सामर्थ्य है ?" कृष्ण मुसकराए।

"यह तो घोर विरोधाभास है। पहले तुमने कहा कि तुम सभी प्राणियों में हो, तुम्हारे बिना किसी का अस्तित्व ही संभव नहीं, अब तुम कहते हो कि तुम उनमें नहीं हो।"

"इसीलिए तो कहा कि यह तुम नहीं समझोगे।"

"तो समझाओ।" अर्जुन ने अनुनय किया।

"यही तो योग है अर्जुन ! इसी की शिक्षा तो मैं तुम्हें आरम्भ से दे रहा हूं। होकर भी नहीं होने का। करके भी नहीं करने का। यही निर्लिप्तता की बात तो मेरे कर्मयोग का सार तत्व है। कमल-पत्र जल में होता है और नहीं भी होता। जल की एक बूंद तो उस पर ठहर नहीं पाती। उसी तरह मैं जगत् के प्राणियों में होकर भी नहीं हूं। उनका उत्पादक हूं, पालक हूं, पर उनसे निर्लिप्त हूं। इसी तरह सच्चे योगी को भी सृष्टि में रहते हुए, सारे नियत कार्यों को करते हुए भी नहीं करना है। अर्थात् कर्त्तापन का भाव नहीं आने देना है। यही है कर्म में भी अकर्म को देखने का भाव। यही है कर्मयोग। समझे ?"

"समझ गया।" अर्जुन श्रीकृष्ण के इस चमत्कारिक विश्लेषण से प्रत्यक्षत: प्रभावित हुआ था।

"एक और उदाहरण लो, जैसे सर्वव्यापी वायु आकाश में सदा स्थित है उसी तरह सभी प्राणी मुझमें स्थित हैं, इस बात को ठीक से समझ लो।"

"कैसे समझूं ?" अर्जुन ने नहीं समझ पाने की अपनी असमर्थता प्रकट की।

"क्या आकाश के बिना वायु का अस्तित्व संभव है ? जहां आकाश नहीं है वहां वायु की कल्पना भी की जा सकती है क्या ? सम्पूर्ण आकाश की बात छोड़ो। जहां थोड़ा भी आकाश है, थोड़ी भी खाली जगह है वहीं तो वायु है। आकाश अर्थात् अवकाश—खालीपन। तो जहां खालीपन नहीं है, आकाश नहीं है वहां वायु नहीं है। छोटा-सा उदाहरण लो, जब तक घट अथवा जलपात्र खाली है तब तक उसमें वायु भरी है। उस घट को जल से भर दो तो उसमें वायु बचती है ?"

"नहीं बचती।"

"उसी प्रकार जैसे आकाश के बिना वायु का अस्तित्व असंभव है, उसी तरह मेरे बिना जीव का अस्तित्व असंभव है।

"अब आगे की बात बताऊं ? यह सृष्टि और प्रलय की कथा बड़ी विचित्र है। कुछ देर पूर्व भी इसकी ओर इंगित किया था। कल्प के अन्त में सभी प्राणी मुझमें, मेरी प्रकृति में विलीन हो जाते हैं। कुछ भी नहीं बचता पर कल्प के आरम्भ में मैं पुन: सबकी सृष्टि कर देता हूं।

"अपनी प्रकृति का सहारा ले मैं इन जीव-समुदायों को बार-बार सृष्ट करता रहता हूं और ये अपने स्वभाव-वश बार-बार अवश से सृष्ट होते रहते हैं।

"कुछ समझ रहे हो अर्जुन ?" श्रीकृष्ण ने रुककर पूछा।

"समझ तो रहा हूं कि इस सृष्टि के सूत्रधार तुम्हीं हो। इसकी उत्पत्ति, इसके पालन और प्रलय का दायित्व सब तुम्हारा ही है। कितना कुछ तो करना पड़ता है तुम्हें।"

"यही तो बात है," कृष्ण मुसकराए, "इतना कुछ करके भी मैं कुछ नहीं करता। ये कर्म मुझे कभी बांध नहीं पाते क्योंकि मैं उदासीन और असक्त बना

इन्हें करता हूं। इनमें मेरी कोई आसक्ति होती नहीं।"

"यही शिक्षा तुम हमें देना चाहते हो? ठीक ही है जब तुम इतने महान् कार्य करते हुए भी उनसे निर्लिप्त रह सकते हो तो कुछेक छोटे कार्यों के बन्धन में हमें क्यों पड़ना? हम भी उन्हें करके भी नहीं कर सकते हैं।" अर्जुन ने अपने आत्म-विश्वास को अभिव्यक्ति दी।

"यही तो बात है। इतना समझ लो तो योग सध गया। खैर, अब आगे की बात सुनो। यह प्रकृति मेरी ही अध्यक्षता में अर्थात् मेरे ही आदेश से चर-अचर सभी प्राणियों की रचना करती है। इसी कारण से यह सारा सृष्टि-चक्र चल रहा है।

"एक बात और है।"

"क्या?"

"मैं जब मनुष्य-शरीर धारण करता हूं तो मूर्ख और अज्ञानी मेरी अवमानना करते हैं, मुझे महत्त्व नहीं देते। इसका कारण यह है कि वे इस परम भाव को कि मैं ही सब प्राणियों का ईश्वर हूं, नहीं जानते।

"ऐसे लोगों की प्रकृति आसुरी और मोह में डालने वाली होती है। राक्षसी वृत्ति होती है इनकी। इनकी न कोई आशा पूरी होती है, न इनका कोई कार्य भी सध पाता है। ऐसे भ्रमित-चित्त पुरुषों का सारा ज्ञान भी व्यर्थ ही होता है।

"किन्तु जो दैवी प्रकृति से युक्त हो, मुझे ही सभी जीवों की उत्पत्ति का मूल मान मुझ अव्यय अविनाशी की ही अनन्य भाव से उपासना करते हैं, वे दृढ़व्रती निरन्तर यत्नशील रहकर और नित्य मुझसे युक्त होकर भक्ति-भाव से मेरा कीर्तन और नमन करते हैं। मेरी उपासना का यही मार्ग है।"

"अर्थात् कीर्तन और भजन भी आवश्यक है?"

"अवश्य। मैंने पहले ही कहा न कि भक्ति सर्वोपरि है। कर्म योग को भी यही साधती है और इस भक्ति की परिपूर्णता के लिए तो मेरे नामों का कीर्तन और मेरे प्रति नित्य नमन-भाव आवश्यक ही है।"

"अर्थात् नाम-भजन, भक्ति का, सिद्धि का, सोपान है?"

"अवश्य!" श्रीकृष्ण ने दृढ़ता से कहा।

"क्या भक्ति के अलावा तुम्हारी उपासना का कोई और मार्ग नहीं है?"

"है। यज्ञों की बात मैंने पहले की थी न? तो ज्ञान-यज्ञ के द्वारा भी मेरी उपासना होती है। बहुत लोग मेरी एक रूप में, बहुत से कई रूपों में मेरी पूजा, मेरी उपासना करते हैं?"

"बहुत रूपों में क्यों?" अर्जुन को आशंका हुई।

"क्योंकि मैं तो विश्वमुख हूं। सारे विश्व में तो मैं ही प्रकट हूं। मैंने पहले कहा न कि सारे देवी-देवताओं की उपासना भी अन्ततः मेरी ही उपासना है?

"कितनी बार और कितने रूपों में कहूं? पर तुम्हें प्रतीति दिलाने के लिए कहना ही पड़ेगा।

"मैं ही कर्मकांड हूं। मैं ही यज्ञ हूं। मैं ही तर्पण हूं। मैं ही यज्ञ में—हवन में—पड़ने वाली औषधि हूं। मैं ही यज्ञ का मन्त्र हूं। मैं ही आहुति का घृत हूं। मैं ही अग्नि हूं। मैं ही आहुति हूं।

"मैं ही इस जगत् का पिता हूं, माता हूं। पितामह हूं। मैं ही इसका धारण-

कर्त्ता, पालन-कर्त्ता हूं। मैं ही वह पवित्र 'ॐकार' हूं जो जानने योग्य है। मैं ही ऋग्वेद हूं, सामवेद हूं, यजुर्वेद हूं।

"मैं ही सबकी अन्तिम गति हूं। सबका पोषक, सबका प्रभु हूं। जो कुछ यहां घट रहा, सबका साक्षी हूं, सबका निवासस्थल, शरणस्थल और मित्र भी हूं। मैं उत्पत्ति हूं। मैं प्रलय हूं। सबका आधार हूं, अन्तिम विश्राम स्थल हूं। मैं ही सबका बीज हूं। मैं अव्यय, अविनाशी हूं।

"सूर्य के रूप में मैं ही तपता हूं। जल को सागर से आकृष्ट कर मैं ही पुनः उसे वर्षा के रूप में धरती को प्रदान करता हूं। हे अर्जुन! मैं ही मृत्यु हूं, मैं ही अमृत भी हूं। मैं सत् भी हूं। मैं ही असत् भी हूं।"

इस तरह श्रीकृष्ण ने खुलकर अपने विविध और दिव्य रूपों, अपनी अपार शक्ति और सामर्थ्य का बड़े आकर्षक रूप में अर्जुन के समक्ष वर्णन किया। स्पष्टतः उनका एकमात्र लक्ष्य अपने प्रति अर्जुन की भक्ति उत्पन्न करना था। अपनी सर्वव्यापकता सिद्ध करनी थी। साथ ही यज्ञों को उस काल तक दिए जा रहे अनावश्यक महत्त्व को कम करना था। श्रीकृष्ण यज्ञ के विरुद्ध नहीं थे। पर जब सब कुछ श्रीकृष्णमय था तो श्रीकृष्ण की उपासना ही पर्याप्त थी। तब अनावश्यक कर्मकांड और यज्ञों में पशु-हत्या कहां आवश्यक थी?

यज्ञों के महत्त्व को एकदम समाप्त नहीं कर देने की दृष्टि से वे पुनः यज्ञों पर आते हैं। यज्ञ-कर्त्ताओं की प्रशंसा करते हैं, पर यज्ञों से प्राप्त होने वाले विनाशी, अस्थायी फलों को भी बताने से नहीं चूकते। वे स्पष्ट कहते हैं—

"तीनों वेदों में वर्णित कर्मकांडों अथवा यज्ञों में रत, सोमरस का पान करने वाले, पापरहित पुण्यवान पुरुष यज्ञ द्वारा मेरी उपासना और प्रार्थना कर स्वर्ग प्राप्ति की कामना करते हैं। सत्य है कि वे इस प्रकार पुण्य अर्जित कर इन्द्रलोक-स्वर्गलोक को प्राप्त कर वहां के दिव्य भोगों को भोगते हैं।

"किन्तु विशाल स्वर्गलोक के सुख को भोग कर पुण्य के क्षय होने पर मृत्युलोक में ही गिरते हैं। इस तरह इन तीनों वेदों के अनुगामी, कामना से प्रेरित लोग जन्म-मरण के बन्धन को ही प्राप्त करते हैं। वे मुक्त कहां हो पाते हैं?"

"तो इसका उपाय?" अर्जुन निश्चित ही मात्र वेदों और उनके कर्मकांडों यज्ञों—में विश्वास रखने वालों की दुर्दशा पर चिन्तित हुआ।

"उपाय? उपाय तो मैं पहले ही बता चुका हूं।"

"क्या?"

"भक्ति। मेरी भक्ति। कृष्ण-भक्ति।

"मैं बताऊं तुम्हें," श्रीकृष्ण ने पुनः जोर देकर कहा, "इसे तुम मेरी प्रतिज्ञा ही समझना। जो अनन्य भाव से अर्थात् सभी देवी-देवताओं, यज्ञों आदि को भूलकर निरन्तर मेरा ही चिन्तन करते हुए, मेरी ही उपासना करते हैं, ऐसे नित्य अपने में ही लगे हुए लोगों के योग-क्षेम का वहन भी मैं ही करता हूं।"

"यह योग-क्षेम क्या है?"

"योग जो कुछ प्राप्त है उसकी रक्षा, और क्षेम जो कुछ अप्राप्त है उसे प्राप्त कराना। दूसरे शब्दों में कहो तो मैं अपने भक्त, अपने अनन्य उपासक का सारा दायित्व, सारी चिन्ता स्वयं अपने ऊपर ले लेता हूं। वह मेरा काम करता है, मेरा हो जाता है तो मैं उसका काम करता हूं। उसका हो जाता हूं।"

"यह तुम्हारी प्रतिज्ञा है ?"

"कहा तो कि है ।"

"तब तो यह बड़ी उपयोगी और आसान है," अर्जुन ने कहा, "तब यज्ञादि के झंझटों में नहीं पड़, व्यर्थ की चिन्ताओं से ग्रस्त नहीं होकर तुम्हारे ही हाथों में अपने को सौंप कर व्यक्ति निश्चिन्त क्यों नहीं हो जाय ?"

"हो जाना चाहिए। मैं रोकता भी कब हूं ? मेरी प्रतिज्ञा तो युगों-युगों से कायम है। मैंने कहा न कि मेरे और तुम्हारे भी अनेक जन्म हो चुके हैं। अनेक कल्पों में यह कहानी दुहराई गई है। अनेक कल्पों में यह महाभारत रचा गया है। अनेक कल्पों में मैंने यह प्रतिज्ञा की और कई बार तो कई हठी भक्तों ने इसकी परीक्षा भी की है।"

"जैसे ?"

"जैसे यह कि एक बार मेरे एक आचारी-भक्त ने यह ठान ही लिया कि श्रीकृष्ण योग-क्षेम की रक्षा करने वाली अपनी प्रतिज्ञा का कैसे पालन करते हैं। कैसे वह उसकी सारी सुख-सुविधा का प्रबन्ध कर उसे अपने दायित्वों से मुक्त कर देते हैं।"

"तब ?" अर्जुन की उत्सुकता बढ़ी।

"तब यह कि वे पण्डित जी खाना-पीना छोड़कर एक घोर कानन में जा बसे। दो-तीन दिन बिना खाये-पीये हो गए। एक रात को भूख ने बहुत जोर मारा तो उनके क्रोध का पारावार ही नहीं रहा। उन्होंने मुझे खूब कोसा। वे मेरे बाल-रूप के उपासक थे।"

"अर्थात् कन्हैया के ?" अर्जुन ने जिज्ञासा की।

"हां, पर कन्हैया ही तो कृष्ण बना न ?" श्रीकृष्ण ने कहा और कहानी आगे बढ़ाई, "उन्होंने सोचा अच्छा छलिया है यह कृष्ण भी, कह दिया मैं भक्तों के योग-क्षेम का वहन करता हूं और यहां मैं खाये-पीये बिना कई दिनों से इस बीहड़ वन में पड़ा हूं।

"कुछ रात्रि और बीती। उनकी भूख ने और जोर मारा और क्रोध के वशीभूत हो उन्होंने गीता की हस्तलिखित पुस्तक अपनी झोली से निकाली और उस श्लोक को जहां मैंने कहा है कि मैं योग-क्षेम का वहन करता हूं पर स्याही पोत दी, 'झूठा कहीं का।' उन्होंने कहा और पुस्तक को यथा-स्थान रख दिया।"

"फिर ?"

"फिर यह कि भूख तो भूख थी और कुछ देर के बाद उसने फिर जोर मारा और इस बार क्रोध और क्षोभ से विक्षिप्त से होते हुए पण्डितराज ने उस पूरे श्लोक को कलम की नोक से खरोंच ही दिया।"

"तुम भी तो खूब हो," अर्जुन ने कहा, "जब तुमने प्रतिज्ञा की थी तो उस प्रतिज्ञा को निभाना भी था कि नहीं ?"

"निभाना तो था ही। तुम आगे तो सुनो। वह पण्डित मेरी परीक्षा ले रहा था तो मुझे भी तो उसके विश्वास और धैर्य की परीक्षा लेनी थी ? खैर, थोड़ी देर के पश्चात् उस भक्त को जरा-सी निद्रा आई पर कुछ हलचल के कारण वह टूट गई। उस अर्द्धनिद्रावस्था में उसने देखा कि एक सुन्दर किशोर हाथ में स्वर्ण-थाल और जलपात्र लिये खड़ा था। भक्त तो भूख से व्याकुल था। उसे इस बात पर

ध्यान देने का अवसर कहां था कि उस घोर कानन में भोजन की व्यवस्था कैसे हो सकती थी, वह भी एक किशोर के हाथों ? उसने तो मुझ पर ठीक ध्यान ही नहीं दिया। जैसे बाज किसी पक्षी शावक पर टूटता है वैसे वह विविध स्वादिष्ट व्यंजनों से भरे थाल पर टूटा। जल-पात्र के जाह्नवी-जल को गले के नीचे उतारा और तृप्त होकर आंखें उठाईं तो स्तब्ध रह गया ?"

"क्यों ?" अर्जुन ने आश्चर्य से पूछा।

"सामने एक सुन्दर-सलोना किशोर खड़ा था। सौन्दर्य की साक्षात् मूर्ति। ऐसा अपरूप रूप तो उसने कभी देखा ही नहीं था। पर यह क्या ? वह क्षण भर बाद ही आश्चर्य से भर आया। इतने सुन्दर चेहरे पर एक तरफ स्याही क्यों लगी थी और दूसरी तरफ खरोंचें क्यों पड़ी थीं जिनसे रक्त-कण स्पष्ट ही झांक रहे थे।

" 'तुम्हारी यह गति किसने की ?' और कुछ पूछने के बदले व्यथित हो उसने यही पूछा।

" 'आपने।'

" 'मैंने ?' उसने साश्चर्य पूछा।

" 'हां आपने ही तो। मुझे थोड़ा-सा विलम्ब हो गया आपकी सेवा में, इसी कारण तो आपने…।'

"भक्त को अब स्थिति का पूर्ण भान हो गया पर उसके पहले कि वह अपने आराध्य के चरण पकड़ लेता वह गायब हो चुका था।"

"ऐसा क्यों किया तुमने ? ठीक ही हमेशा से तुम लोगों को छलते रहे हो। व्रज की गोपियों को कम छला ?" अर्जुन उलाहना-सा देते बोला।

"फिर व्रज !" श्रीकृष्ण ने सोचा, 'आज क्या हो गया है अर्जुन को कि वह हर बार दुखती रग पर हाथ रख देता है।' भावनाएं पुनः अनियंत्रित हों इसके पूर्व ही श्रीकृष्ण ने उधर से अपना ध्यान खींच अर्जुन को उत्तर दिया, "छलना तो था ही। उसको तो मेरी परीक्षा लेनी थी। मेरे दर्शन-वन्दन का तो वह आकांक्षी था नहीं। मैं परीक्षा देकर चल पड़ा तो इसमें उसे दुःखी क्यों होना चाहिए ? पर उससे भी कष्टकर कहानी है एक दूसरे भक्त की। यह जान लो अर्जुन कि हर कल्प में मैं यह प्रतिज्ञा करता रहा हूं। यह तुम्हारे-मेरे संभाषण का प्रायः मध्य भाग है। मैं इस उक्ति को बहुत महत्त्व देता हूं और इस दिए आश्वासन की पूर्ति में कभी पीछे नहीं रहता। मेरे कुछ भक्त तो आंख मूंद कर इस पर विश्वास करते हैं और अपने योग-क्षेम को सुनिश्चित कर लेते हैं पर कुछ हठी व्यक्ति मेरे इस कथन की सत्यता को परखने पर भी उतर आते हैं और मेरी परीक्षा लेने लगते हैं। कभी-कभी तो उनको अपनी हठधर्मिता का अच्छा मूल्य चुकाना पड़ता है। ऐसी ही है इस भक्त की भी करुण-गाथा।"

"सुना ही दो इसे भी।" अर्जुन उत्सुक होकर बोला।

"एक कल्प का यह भक्त तो घोर वन के एक पेड़ पर ही जा बैठा। उसकी सबसे ऊंची शाखा पर।"

"क्यों ?"

"मेरी परीक्षा लेने।"

"कैसे ?" अर्जुन परीक्षा की इस विचित्र विधि को समझ नहीं पा रहा था।

"यह देखने कि मैं उसे उस निर्जन विपिन में, उस ऊंची चोटी पर खाने-पीने को कैसे बाध्य करता हूं।" श्रीकृष्ण मुसकराए।

"तुम्हारे भक्त ऐसे ही पागल होते हैं क्या ?" अर्जुन ने परिहास किया।

"भक्ति प्रेम का पर्याय है अर्जुन ! भक्ति और प्रेम जब तक पागलपन की सीमा तक नहीं पहुंचें तब तक मिलता भी कहां कुछ है ?" श्रीकृष्ण कहने को तो कह गए पर उनका मन पुन बलात् कालिन्दी-कूल, करील-कुंजों की ओर खिंच गया। प्रेम पागलपन होता है तो वह राधा भी तो कहीं मेरे प्रेम में पागल···। यह बार-बार राधा क्यों सामने आ रही है ? श्रीकृष्ण को अपने से ही चिढ़ हुई। क्या अधिकार है उन्हें निर्लिप्तता, तटस्थता और कामनाहीनता का उपदेश देने का जब स्वयं का उनका मन ही राग-रिक्त नहीं हुआ था ? नहीं, यह कोई साधारण लौकिक राग नहीं था, उन्होंने अपने को समझाया। यह स्वयं के प्रति स्वयं का आकर्षण था। यहां द्वैत था कहां ? राधा और कृष्ण दो कैसे और कब थे ! यह तो सारा अद्वैत, अभेद का खेल है। श्रीकृष्ण का मन बार-बार राधा की ओर खींचता है तो खींचे। वह इसका बुरा नहीं मानेंगे। कोई पश्चात्ताप नहीं है उनको इसका। उसकी आवश्यकता भी नहीं है। यह सब कुछ लौकिक है ही नहीं, पारलौकिक है। नर होकर भी वह नारायण तो हैं ही और राधा उनकी नारायणी शक्ति। वह तो उसकी ओर आकृष्ट होंगे ही। उसकी स्मृति तो शाश्वत ज्योति की तरह उनके अन्तर में प्रज्वलित रहेगी ही। वह तो उनकी प्रेरणा है, उनकी शक्ति। उसके बिना वे प्राणवान किधर से रहेंगे और शक्तिमान ? अगर अर्जुन इस मर्म को, इस पारलौकिक तत्त्व को नहीं समझे और कभी उनके मन की बात को पढ़कर उनके उपदेशक होने की पात्रता पर प्रश्नचिह्न लगा ही बैठे तो उनका सीधा उत्तर होगा, 'श्रीकृष्ण के करने पर नहीं जाओ, उसके कहने पर जाओ। वह जो कहता है वह मनुष्य रूप में आ मनुष्य के लिए कहता है। वह जो करता है, वह मनुष्यलोक की बात होकर भी मनुष्य के अनुकरण के लिए नहीं है। वह लौकिक प्रतीत होते हुए भी पारलौकिक है। उसका अनुकरण कष्ट का कारण हो सकता है और कृष्ण का कार्य कष्ट का कर्षण है, उसका निवारण। अतः कष्ट से मुक्ति पानी है तो कृष्ण जो कहता है उसे आंखें मूंद कर अपने व्यवहार में उतारो। उसके अपने व्यवहार पर नहीं जाओ।'

"तुम उस भक्त की कहानी कह रहे थे न ?" अर्जुन ने याद दिलाई।

श्रीकृष्ण आश्वस्त हुए। अर्जुन उनके मन के भटकाव को नहीं पकड़ सका है। उस योगीराज को प्रकृतिस्थ होने में कितना समय लगने को था। उन्होंने कहानी की छूटी हुई कड़ी जोड़ी—"उसे पेड़ पर टंगे कठिनाई से कुछ घण्टे ही हुए थे कि दूर पर आदमियों का एक झुंड दिखाई पड़ा। वह घबराया, वह तो सोचकर आया था कि इस नितान्त जन-शून्य स्थान में कोई उसकी सुधि लेनेवाला नहीं होगा और वह मेरी प्रतिज्ञा को मिथ्या सिद्ध कर देगा, पर यहां एक क्या अनेक लोग चले आ रहे थे उसी तरफ।"

"कौन थे वे ?" अर्जुन की उत्सुकता जगी।

"वह एक राजा था जो अपनी सेना के साथ लौट रहा था।" श्रीकृष्ण ने कहा, "वह व्यक्ति, वह मेरा परीक्षक-भक्त और पूरी तरह पत्रों में छिप गया। बिना हिले-डोले, अविचल। उसका दुर्भाग्य कि राजा की सेना ने उसी पेड़ के नीचे पहुंच

कर पड़ाव डाल दिया।"

"तब ?"

"तब क्या ? मध्याह्न का काल आ गया था। राजा और उसके सैनिक भूखे थे। पेड़ के नीचे ही पाक सिद्ध होने लगा—भोजन बनने लगा।"

"भोजन की सुगन्ध से तो तुम्हारे भक्त की क्षुधा और जाग्रत हो आई होगी ?"

"यह तो था ही। पर वह खाने को कहां प्रस्तुत था ? वह तो परीक्षा ले रहा था। अपनी भूख और पानी से भरती जिह्वा पर यथासाध्य नियन्त्रण कर वह पूरी तरह निश्चल हो आया।

"नीचे भोजन तैयार हो गया," श्रीकृष्ण ने कहानी आगे बढ़ाई, "राजा का नियम था कि बिना किसी एक बाहरी व्यक्ति को खिलाए वह भोजन नहीं ग्रहण करता था। पर उस महाविपिन में कोई बाहरी व्यक्ति मिले तो कहां से ? मेरा भक्त डर गया और अपने को और छिपाने के प्रयास में वह वृक्ष-पत्रों को खड़खड़ा बैठा।

" 'वह रहा, वह रहा आदमी।' कुछ सैनिक चिल्लाए। उनका ध्यान मेरे भक्त की ओर आकृष्ट हो गया था।

" 'नीचे उतरो।' सेनापति ने आदेश दिया। पर वह क्यों उतरने लगा ? नीचे भोजन बना है, कहीं लोग उसे खिला ही नहीं दें ! वह डाली से और चिपक कर बैठ गया।

" इधर राजा की भूख जोर मार रही थी। उसने सेनापति से विलम्ब का कारण पूछा।

" 'महाराज ! एक व्यक्ति तो मिला है। पर वह पेड़ से नीचे ही नहीं उतर रहा।'

" 'उसे मेरी ओर से आदेश दो। पेड़ से नीचे आये।'

" 'सेनापति पेड़ के नीचे जा जोर से बोला, 'यह राजाज्ञा है, तुम्हें नीचे उतरना ही पड़ेगा। बिना तुम्हारे भोजन-ग्रहण कराए राजा खाना नहीं खा सकते।'

" राजाज्ञा है ! पर इससे क्या, वह तो राजाओं के राजा की परीक्षा लेने पर तुला था, वह क्यों नीचे उतरने लगा ? वह मौन साध गया।

" 'इसे बलात् उतारा जाय। पेड़ से नीचे खींच लो इसे।' सेनापति ने सैनिकों को आज्ञा दी।"

"तब तो उसकी दुर्दशा हो गई होगी ?" अर्जुन चिन्तित होकर बोला।

"वह तो हुई ही। उस खींच-खांच और कर्षण में कई स्थानों से उसकी चमड़ी छिल गई। वह लहूलुहान हो गया।

" नीचे आया तो उसके सामने थाल में विविध व्यंजन परोस कर रखे गए—'लो खाओ।'

" पर वह कहाँ खाने को था ? उसने जोर से होंठ दबा लिये। दांत भींच लिये।

" 'क्या हुआ ?'

" 'महाराज ! वह तो खाने को प्रस्तुत ही नहीं।' सेनापति ने निवेदन किया।

" 'उसे खाने को बाध्य किया जाय। बलात् खिलाया जाय।' "

"तब तो उसकी और दुर्दशा हुई होगी !" अर्जुन की चिन्ता बढ़ी।

"वह तो हुई ही। सैनिकों ने उस पर प्रहार आरम्भ किया। एक व्यक्ति नंगी तलवार लिये उसके सिर पर सवार हो गया—'खाओ अथवा जान से हाथ धोओ।' "

"तब ?"

"तब क्या ? वह तो परीक्षा लेने आया था। प्राण देने थोड़े ? परीक्षा में तो मैं सफल ही हो गया था। उसके खाने का प्रबन्ध ही नहीं, उसके लिए मैंने उसे विवश भी कर दिया था। उसने भोजन ग्रहण किया और अपनी मूर्खता पर पछताया।"

"तो तुम्हारे भक्तों की यह दुर्दशा भी होती है ?" अर्जुन ने चुटकी ली।

"हठधर्मिता और संशय का और क्या उपाय है ? मैं तो कहता ही हूं, संशय नहीं करो। संशयात्मा विनश्यति—संशय करनेवालों का विनाश होता है, यह तो मैं पहले ही कह चुका हूं।

"तो अब मैं आगे बढ़ूं ? तुम्हारा अच्छा भला मनोरंजन भी हो गया वरना मेरे नीरस दर्शन को सुन-सुन तुम मुझे कोसते तो होगे ही।"

"नहीं, ऐसी बात नहीं," अर्जुन ने प्रतिवाद किया, "तुम्हारे मुख से निकली हर बात अमृत की तरह मीठी है। अभक्तों को वह नीरस भले लगे। तुम्हारे आप्त-जनों को तो उनसे आनन्द ही आता है।"

'ठीक है तो मैं कहना चाहता था और यह बात पहले-पहल नहीं कह रहा पर इस बार दूसरे शब्दों में पूरी दृढ़ता के साथ कहता हूं कि जो लोग किसी अन्य देवता की भी श्रद्धा-पूर्वक पूजा-उपासना करते हैं वे वस्तुतः मेरी ही अर्चना करते हैं भले ही वह अप्रत्यक्ष होने के कारण विधि-पूर्वक सम्पन्न नहीं कही जा सकती।

"मैं पुनः स्पष्ट कर दूं कि मैं ही सभी यज्ञों का भोक्ता और उनका स्वामी हूं। सभी यज्ञ-जप मेरे ही लिए हैं। उन पर मेरा ही अधिकार है। ऐसा नहीं मानने वाले लोग मुझे ठीक से नहीं जानते, इसीलिए उनका पतन भी होता है।

"और यह भी जान लो कि देवताओं की पूजा में रत लोग देवताओं को प्राप्त होते हैं, पितरों की पूजा करनेवाले पितरों को प्राप्त होते हैं, भूतों की पूजा करने वाले भूतों को प्राप्त होते हैं और मेरे भक्त, मुझको पूजने वाले लोग मुझको ही प्राप्त होते हैं।"

"ऐसा क्यों होता है ?" अर्जुन ने शंका की।

"अर्थात् ?"

"तुम ही ने कहा कि सारी पूजाएं तुम्हें ही प्राप्त होती हैं तो विभिन्न प्रकार के पूजक विभिन्न स्थितियों को क्यों प्राप्त करते हैं ?"

श्रीकृष्ण मुसकराए, "अपनी-अपनी श्रद्धा के कारण। वे मेरी पूजा तो करते हैं पर अनजाने में ही न ? भले ही उनकी पूजा मुझे प्राप्त होती है, पर उनकी श्रद्धा तो किसी और को प्राप्त होती है न ? ऐसी स्थिति में वे मुझे कैसे प्राप्त होंगे ? यह श्रद्धा एक बड़ी वस्तु है अर्जुन ! पहले भी मैंने इस पर विस्तार से प्रकाश डाला है। एक दृष्टान्त भी दिया है पर मुझे लगता है एक बार पुनः मुझे इस पर लौटना पड़ेगा। पर अभी नहीं। कुछ समय पश्चात्।

"एक बात और सुन लो।" श्रीकृष्ण ने गम्भीरतापूर्वक कहा।

"मेरी पूजा-उपासना में कोई विशेष आडम्बर और व्यय की भी आवश्यकता नहीं। जो कोई मुझे पत्र, पुष्प, फल या जल भी भक्तिपूर्वक अर्पित कर देता है तो उस शुद्ध चित्त वाले व्यक्ति की भक्तिपूर्वक प्रदत्त उस भेंट को ही ग्रहण कर मैं सन्तुष्ट हो जाता हूं।

"इसलिए, एक बात और कहूं?" श्रीकृष्ण आगे बोले।

"कहो।"

"यह अत्यन्त महत्त्वपूर्ण है। यह किसी भी व्यक्ति को सभी पापों, सभी बन्धनों, सभी कुकृत्यों से पृथक् रखने का अद्‌भुत यत्न है। इससे बड़ा सन्देश मैं तुम्हें और कोई दे नहीं सकता।"

"ऐसा महत्त्वपूर्ण है वह? तब शीघ्र कह ही डालो।" अर्जुन ने व्यग्रता दिखाई।

"उसका आचरण करोगे तो?"

"यह भी पूछने की बात है?"

"तो सुन लो। जो कुछ भी करते हो, जो कुछ भी खाते हो, जो कुछ हवन-यज्ञ करते हो, जो कुछ भी देते हो, जो कुछ भी तप आदि करते हो वह सब मुझे अर्पित कर दो।"

"इससे लाभ?"

"लाभ?" श्रीकृष्ण मुसकराकर बोले, "लाभ तो यही है कि तब तुम कुछ गलत करोगे ही नहीं, अखाद्य खाओगे ही नहीं, जो हवन करने योग्य नहीं है उसका अर्थात् मांस-मज्जा का प्राणियों का हवन करोगे ही नहीं, व्यर्थ और अनुपयोगी वस्तुओं का दान करोगे ही नहीं और गलत रूप में तथा गलत इच्छा रखकर तप करोगे ही नहीं। बोलो इससे भी अच्छी कोई बात हो सकती है? आचरण-शुद्धि का इससे भी अच्छा कोई उपाय हो सकता है? इससे भी अच्छा कोई सन्देश हो सकता है?"

"नहीं!" अर्जुन ने जोर देकर कहा।

"तब इस सन्देश को गांठ बांध लो, यह सार तत्त्व है मेरे उपदेश का।

"ऐसा करने का सबसे बड़ा लाभ यह है," श्रीकृष्ण ने थोड़ा रुककर आरम्भ किया, "कि इस प्रकार तुम कर्मों के बन्धनकारी शुभ-अशुभ फलों से स्वयमेव मुक्त हो जाओगे। संन्यास-योग-युक्त अर्थात् कर्मफलों की ओर से उदासीन होकर तुम सर्वथा मुक्त हो जाओगे और मुझको ही प्राप्त हो जाओगे।

"अर्जुन! मैं स्पष्ट कर दूं कि यह तथ्य केवल तुम्हारे साथ ही नहीं, मेरे सभी भक्तों के साथ समान रूप से लागू होता है। मैंने तो पहले ही कहा था कि सम-भाव ही योग है—समत्वं योग उच्यते। तो यह जान लो कि मेरे लिए सभी प्राणी समान हैं। मेरा न किसी से द्वेष है न कोई मेरा प्रिय। जो भक्ति-पूर्वक मेरा भजन करते हैं वे मुझमें हैं और मैं उनमें हूं। अर्थात् हम दोनों में अभेद है। हम एक ही हैं।"

"थोड़ी देर पहले तुमने कहा था कि तुममें सब हैं लेकिन तुम किसी में नहीं हो।" अर्जुन ने स्मरण दिलाया।

"वह और बात थी। वह सामान्य बात थी। सृष्टि की बात थी। यह भक्ति की बात है। भक्ति में और सामान्य व्यवहार में तो अंतर होगा ही। वह नियम था। यह अपवाद है। भक्ति होने पर तो मैं भक्त के हाथों बिक ही जाऊंगा।

वह मुझ में रहेगा और मैं उसमें रहूंगा ही।"

"तो यह है तुम्हारे भक्तों की महिमा ?"

"हां, है तो यही। देख लो भक्ति का कितना महत्त्व है। पर फिर याद दिलाने की आवश्यकता नहीं कि यह भक्ति भी कर्म-योग की साधना के बिना व्यर्थ है। कर्म की उपेक्षा की बात मैंने कभी नहीं की बल्कि मेरी यह भक्ति कर्म-योग को साधने में सहायिका ही होगी।"

"और एक बात यह भी जानो।"

"क्या ?"

"यदि कोई दुराचारी भी अनन्य भाव से मुझे भजता है तो उसे साधु ही समझना चाहिए। उसे अच्छे, शुद्ध-संकल्प वाला ही समझना चाहिए।

"वह शीघ्र ही धर्मात्मा बन जाता है। उसे शाश्वत शान्ति प्राप्त होती है, हे अर्जुन, तुम निश्चित समझो, मेरे भाव का कभी विनाश नहीं होता.।

"यदि कोई नीच कुल में ही क्यों नहीं उत्पन्न हुआ हो, चाहे वह स्त्री हो, वैश्य हो अथवा शूद्र हो, यदि वह मेरी शरण आता है तो वह परम-गति को ही प्राप्त करता है।

"जो पुण्यवान है, ब्राह्मण है, अर्थात् ब्रह्म को जानने वाले हैं, भक्त हैं, राजर्षि हैं उनकी तो बात ही क्या है ? अर्जुन यह संसार अनित्य है, सुख-रहित है, इसमें आ ही गया तो इससे मुक्ति का एक ही उपाय है, मेरा भजन कर।

"और, प्रमुख बात सुन लो। गांठ बांध लो इसे—मुझी में मन लगाओ, मेरा भक्त बनो, मेरी ही पूजा-अर्चना करो, मुझे नमन करो, इस तरह मुझसे युक्त होकर मेरे परायण होकर तुम मुझको ही प्राप्त हो जाओगे।"

अठहत्तर

मेरा ही भक्त बनो, मेरी ही पूजा-अर्चना करो, मुझे ही नमस्कार करो ··अर्जुन श्रीकृष्ण के इस आत्मकेन्द्रित कथन पर मनन करने में लीन हो गया था। कितना अद्‌भुत घटा था यह सब ? अब तक जो कुछ वह श्रीकृष्ण के मुख से सुन रहा था उसने उस व्यक्ति को वैसा कहां रहने दिया था जैसा वह कुछ पल पूर्व था। अभी तक जो मात्र उसका सखा, सम्बन्धी और सारथि था अकस्मात् सम्पूर्ण जगत् का सखा, मित्र और संचालक बन बैठा था। क्या वह यही कृष्ण था जिससे पहले-पहल उसकी भेंट राजा द्रुपद के दरबार में पांचाली-स्वयंवर के पश्चात् हुई थी और जो बाद में अपने अग्रज बलराम के साथ उस कुम्भकार के घर पर आकर जहां अर्जुन अपने भाइयों और माता कुन्ती के साथ ठहरा था एक स्वर में बोल गया था, 'हमें तुम लोगों को जीवित देख बहुत प्रसन्नता हुई। हम तुम्हारे सम्बन्धी ही हैं। माता कुन्ती मेरे पिता की अपनी बहन है, वह हमारी बुआ है। पहले तो हमें लगा कि तुम लोग लाक्षागृह में जलकर समाप्त ही हो गए। पर हमारा मन यह मानता नहीं था, इसीलिए हम इस स्वयंवर में आये थे कि तुम अगर जीवित हो तो इस लक्ष्य-वेध की चुनौती को स्वीकार कर अवश्य आओगे। खैर, ईश्वर की महती अनुकम्पा है

कि तुम पांचों भाई सकुशल हो। भविष्य तुम लोगों से एक बड़ी भूमिका की आशा लगाए बैठा है। आने वाला समय बड़ा महत्वपूर्ण किन्तु भयावह है। आर्यावर्त टुकड़ों में बंटा पड़ा है। मणिमाला के इन विभिन्न मनकों को एक सूत्र में पिरोने की आवश्यकता आ पड़ी है। इसमें पांचाली की भी महती भूमिका होगी, न सही प्रत्यक्ष किन्तु अप्रत्यक्ष रूप में यह तुम्हारी नव परिणीता आर्यावर्त के इतिहास को एक नवीन मोड़ देगी। आज इतना ही। हम फिर मिलेंगे।' या वह वही कृष्ण है जो धृतराष्ट्र के दरबार में उनकी ओर से सन्देश लेकर गया था और लौटकर बोला था—'युद्ध अनिवार्य हो गया हे अर्जुन! कौरव सूई के अग्रभाग के बराबर भी भूमि, बिना युद्ध देने को तैयार नहीं।'

या वह वही कृष्ण है जिसने इसके पूर्व कौरवों की सभा में विवस्त्रा होती जा रही कृष्णा के वस्त्रों को न जाने कैसे अछोर विस्तार दे दिया था और तब लोग उसे जादूगर या क्या-क्या कहने लगे थे?

और आज यह कृष्ण अकस्मात् कहने लगा था कि वही सब कुछ है। इस जगत् का कर्ता, धर्ता, नियन्ता, नियामक सब कुछ। यहां तक कि परम पुरुष परमेश्वर भी।

तो कौन कृष्ण सही है, वह जो उसका सम्बन्धी था, वह जो उसका सन्देश-वाहक था, वह जो जादूगर था अथवा वह जो उसका सारथि था या वह जो यह कह रहा है कि यहां जो कुछ है, सब वही है, सबमें वही है कि वह परमेश्वर है, परब्रह्म है। अगर उसे इस बात का पूरी तरह भान होता कि जिसे वह अपने अश्वों की वल्गा थमाने जा रहा है वह वस्तुतः सम्पूर्ण जगत् का सूत्रधार है तो भूलकर भी वह यह दुस्साहस करता? किन्तु गलती तो उसी की है। क्या उसने उस दिन वह विस्मय-विमुग्धकारी घटना अपनी आंखों नहीं देखी थी जिस दिन इसी के कारण पांच पांडवों की पत्नी पांचाली नग्न होते-होते बची थी? वस्त्रों, अम्बरों का वह अम्बार? और उसी अम्बर के अनन्त अम्बार पर त्रस्त-ध्वस्त पड़ा दुःशासन? चीर को खींचते-खींचते उसका श्रान्त पड़ा भय-कम्पित गात? क्यों नहीं मिला ओर-छोर, एक-वस्त्रा पांचाली के परिधान का जो सहसा श्वेत-से पीत और फिर कई रंगों में रंग आया था? माना अनेक लोगों ने इसे इन्द्रजाल और जादू की संज्ञा दी पर अर्जुन की बुद्धि को क्या हो गया था? वह भी कैसे इसे ऐन्द्रजालिक चमत्कार मान गया? उसी समय क्यों नहीं लग गया उसे कि है इस व्यक्ति में कुछ? कि यह सामान्य नहीं असामान्य है। कि और कुछ नहीं तो संकल्प-सिद्धि है इसे? और दुर्वासा के कोप से बचाने वाली वह घटना? द्रोपदी के रंधन-पात्र के एक शाक-पत्ते से ही सम्पूर्ण सृष्टि को तृप्त कर देनेवाली बात? किस तरह दुर्वासा और उनके सहस्र शिष्य आकण्ठ भर आये उदर पर हाथ फेरते भाग खड़े हुए थे? वह भी था कोई इन्द्रजाल या जादू?

पर मन है कि अब भी मानता नहीं अर्जुन का। माना कृष्ण बहुत चमत्कारी है, अद्भुत है उसकी संकल्प-शक्ति पर वहीं सब कुछ है, सर्वोपरि है, इस सृष्टि का, कर्ता-धर्ता, विधाता है; यह कैसे मान ले वह? मात्र इसलिए कि इसे श्रीकृष्ण स्वयं कह रहा है और श्रीकृष्ण से मिथ्या-कथन की अपेक्षा नहीं की जा सकती?

"हे महान् बाहुओं वाले अर्जुन!" अर्जुन अपने सोच में मग्न ही था कि श्रीकृष्ण पुनः शुरू हो गए, "तू मेरे वचन को फिर से सुन ले। यह परम वचन मैं

तुम्हारी प्रसन्नता और हितकामना के लिए ही कह रहा हूं।

"सच बात तो यह है कि मेरी उत्पत्ति के रहस्य को कोई नहीं जानता है—न तो देवता, न तो ऋषि। इसका कारण है। मैं ही तो इन सभी देवताओं और ऋषियों का भी उत्पत्ति-स्थल हूं।

"जो मुझे अच्छी तरह जान पाता है अर्थात् यह समझ लेता है कि मैं अजन्मा हूं, अनादि और सभी लोकों का ईश्वर ही नहीं महेश्वर मालिक हूं, वह मनुष्यों में सबसे बुद्धिमान् है और वह सभी पापों से मुक्त हो जाता है।"

"मात्र इतना जान लेने से?" अर्जुन के शंकालु मन ने प्रश्न किया।

"जानने का अर्थ मानना भी तो होगा। तब जैसा मैंने पहले कहा है वह अनन्य भाव से मेरी उपासना करेगा, मात्र मेरा होकर रहेगा। तब तो उसे पापों से मुक्त होना ही है।" श्रीकृष्ण ने तर्क दिया।

"और समझ लो। प्राणियों के जो विभिन्न भाव हैं जैसे बुद्धि, ज्ञान, मोह-हीनता, क्षमा, सत्य, दम, शम, सुख, दु:ख, होना, नहीं होना, भय, अभय, अहिंसा, समता, सन्तुष्टि, तप, दान, यश, अपयश ये सब मुझसे ही उत्पन्न होते हैं।

"तुम जानते होगे कि सृष्टि के आदि में सात महर्षि और चार मनु हुए। इन्हीं के द्वारा यह सारी मानवीय सृष्टि उत्पन्न हुई। वे सातों महर्षि और चारों मनु मेरे ही मानस-पुत्रों की तरह हैं। इस तरह यह सम्पूर्ण सृष्टि मेरी ही मानस-सृष्टि है। मेरे ही संकल्प से प्रसूत है।

"जो कोई व्यक्ति इस भेद को—मेरी इस विभूति—विशेषता और ऐश्वर्य—को तथा मेरी इस योग-शक्ति को ठीक से जान लेता है वही अविचल योग से युक्त हो जाता है, इसमें कोई सन्देह नहीं।

"मैं ही सबकी उत्पत्ति का कारण हूं। मेरे कारण ही सभी चेष्टावान-क्रियावान हैं, इसे मान कर बुद्धिमान लोग मुझे श्रद्धा और भक्ति से समन्वित होकर भजते हैं।

"मेरे भक्तों की विशेषता समझो अर्जुन, उनका चित्त मुझी में लगा रहता है, उनके प्राण मुझी में बसते हैं, वे परस्पर एक-दूसरे को मेरा बोध कराते हैं, मेरे सम्बन्ध में ही वार्ता करते हैं और इस तरह मुझमें ही रमते और आनन्दित होते हैं।

"ऐसे जो लोग मुझसे सदा युक्त रहते हैं और प्रेमपूर्वक मेरा भजन करते हैं, मैं उन्हें बुद्धियोग प्रदान करता हूं और वे मुझे ही प्राप्त होते हैं।"

"यह बुद्धियोग कर्मयोग से पृथक् है क्या?" अर्जुन ने पूछा।

"नहीं है। मैंने तो कर्मयोग की व्याख्या करते समय स्पष्ट ही कर दिया था कि कर्म को निष्काम भाव से निष्पादित करने के लिए बुद्धि के कौशल का सहारा लेना होता है इसीलिए कर्मयोग बुद्धियोग ही है। 'योग: कर्मसु कौशलम्' की बात तुम भूल गए?"

"नहीं, भूला नहीं हूं और यह भी नहीं भूला हूं कि निष्काम कर्म अथवा कर्मयोग ही इस लोक को साधता ही है, यहां चिन्ता और बन्धन से मुक्त तो रखता ही है, इस बन्धन-मुक्ति के कारण वह कर्मयोगी को तुम तक पहुंचा भी देता है।"

"तब तो तुम्हारे समक्ष मेरी भक्ति का रहस्य भी एक बार पुन: प्रकट ही हो गया कि मेरी भक्ति के फलस्वरूप बुद्धियोग अथवा कर्मयोग सहज ही सध जाता है?"

"हां, हो तो गया। इतना तो स्पष्ट ही हो गया कि तुम्हारी भक्ति के बिना त्राण नहीं।" अर्जुन ने स्पष्ट किया।

"तो यह भी सुन लो, ऐसे भक्तों की उपकार-भावना से प्रेरित हो मैं उनकी आत्मा में ही बैठ प्रकाशमान ज्ञान-दीप से उनके अज्ञान-जनित अन्धकार को समाप्त करता हूं।"

श्रीकृष्ण की उन बातों से अर्जुन के सोच को नया मोड़ मिला। श्रीकृष्ण के इस कथन ने उसे विशेष प्रभावित किया कि जो उनकी सारी विभूतियों से ठीक से परिचित हो जाता है वही अविचल योग को प्राप्त कर पाता है। योग अर्थात् कर्म-योग। इसी कर्मयोग की शिक्षा तो श्रीकृष्ण आरम्भ से ही देने का प्रयास कर रहे हैं। और यह भी सही है कि कर्म-योग का यह रहस्य अब तक पूरी तरह उसके पल्ले नहीं पड़ सका अथवा उसकी आस्था इसमें पूर्ण दृढ़ नहीं हो सकी। अब श्रीकृष्ण कह रहे हैं कि जो उनकी विभिन्न विभूतियों को ठीक से ज्ञात कर लेता है उसका योग अविचल हो जाता है अर्थात् तब वह सम्पूर्ण भाव से योगारूढ़ हो जाता है—कर्मयोग का समर्पित साधक बन जाता है। तब तो एक ही यत्न है कि श्रीकृष्ण से ही उनकी इन सारी विभूतियों का परिचय प्राप्त किया जाय। अपनी कुछ विभूतियों का परिचय तो उन्होंने पहले दिया भी है परन्तु लगता है वह पर्याप्त नहीं है। अर्जुन ने सोचा अब तक प्रायः श्रीकृष्ण ही बोलते जा रहे हैं, और वह कुछेक प्रश्नों-प्रति-प्रश्नों पर ध्यान केन्द्रित करने के अलावा विशेष कुछ बोल नहीं पाया है। श्रीकृष्ण को शायद उसकी आस्था, पात्रता अथवा समर्पण-भाव पर पूर्ण विश्वास जम नहीं पाया है, इसी कारण उन्होंने अपनी विशिष्ट विशेषताओं—विभूतियों—का पूर्ण वर्णन नहीं किया है और उसने निश्चय किया कि अब वह बोलेगा और श्रीकृष्ण से प्रार्थना करेगा कि वह अपना पूर्ण भेद उस पर खोल दें, कि अब कुछ गोपनीय नहीं रहे उसके और उनके मध्य।

प्रार्थना की शक्ति से वह अवगत था। अगर उसने ठीक से श्रीकृष्ण से अनुरोध किया तो वह निश्चय ही अपनी असाधारण विशेषताओं को उसके समक्ष प्रकट कर देंगे और वह प्रार्थना-रत हो गया—

"प्रभु! आप परमब्रह्म हैं
परम धाम हैं,
परम पवित्र, आप शाश्वत पुरुष हैं,
आप दिव्य हैं, आदि देव अजन्मा
और सर्वव्यापी हैं आप।
सारे ऋषि चाहे वे नारद हों, असित हों
अथवा हों देवल या व्यास
आपका इसी रूप में वर्णन करते हैं
और आप भी तो कहते हैं ऐसा ही।
हे केशव, मैं उस सबको सत्य मानता हूं,
जो कुछ आपने कहा है;
सही है कि आपके स्वरूप को,
मनुष्य क्या, देवता और असुर तक
नहीं जानते हैं।

हे ! प्राणियों के पालक भूतभावन,
हे ! भूतेश, हे पुरुषोत्तम, हे जगत्पते,
हे ! देवों के भी देव,
आप स्वयं ही अपने को जानते हैं,
आपके सिवा आपको और कौन
जान सकता है ?

"अतः, आप ही कृपा कर मेरे समक्ष अपनी उन सारी दिव्य विभूतियों को प्रकट कीजिए जिनके द्वारा इन सभी लोकों को व्याप्त कर अवस्थित हैं आप।

"हे योगेश्वर ! आप ही यह बताएं कि ऐसा कौन यत्न है जिसके द्वारा मैं सदा आपकी ही चिन्तना करता हुआ जान सकूं आपको।

"किन-किन भावों से मेरे द्वारा आपका स्मरण किया जा सकता है। हे जनार्दन ! आप पुनः विस्तार से कहिए—
अपनी विभूति को,
योग को अपने,
क्योंकि आपके सुधा-सदृश
वचनों के श्रवण से
अभी तृप्त ही कहां हो
पाया हूं मैं ?"

श्रीकृष्ण को भी आश्चर्य हुआ। इतनी देर के वार्तालाप में अर्जुन पहले-पहल पूरी तरह खुल पाया था और उसने अपनी आस्था भी उनमें व्यक्त की थी। उसकी पात्रता अब पूर्णतया सिद्ध हो गई थी और अब उसे वह अपनी विभिन्न विभूतियों अथवा ऐश्वर्य के ज्ञान से वंचित नहीं रख सकते थे।

उसकी प्रार्थना को ध्यान में रख उन्होंने अपनी विभूतियों का वर्णन आरम्भ किया किन्तु उन्होंने स्पष्ट कर दिया कि मैं अपनी दिव्य विभूतियों में प्रधान-प्रधान का ही वर्णन कर पाऊंगा क्योंकि उनके विस्तार का कोई अन्त नहीं है।

"सभी जीवों के हृदय में स्थित,
आत्मा मुझे ही जानो
तथा जीवों के आदि, मध्य और अन्त
के रूप में भी मुझे ही मानो।
देव माता अदिति के बारह पुत्रों में प्रमुख
विष्णु हूं मैं,
और हूं मैं किरणधारियों में सूर्य।
वेदों में सामवेद हूं मैं
और देवों में हूं देवेन्द्र इन्द्र।
इन्द्रियों की बात करो तो मन हूं मैं
और सभी प्राणियों की चेतना भी मैं ही हूं।
रुद्रों में शिव हूं मैं तथा
यक्षों-राक्षसों में हूं कुबेर।
वसुओं में अग्नि हूं मैं
और पर्वतों में हूं मेरु।

पुरोहितों का मुख्य पुरोहित बृहस्पति हूं मैं ।
सेनाध्यक्षों में कार्तिकेय जानो मुझे
और जलाशयों में समझो समुद्र ।
महर्षियों में भृगु हूं मैं
और वाणी में हूं एकाक्षर 'ॐ' कार ।
यज्ञों में जप-यज्ञ हूं तो
अचल वस्तुओं में हूं हिमालय ।
सभी वृक्षों में प्रधान अश्वत्थ अर्थात्
पीपल हूं मैं और देवर्षियों में हूं नारद ।
गन्धर्वों में चित्ररथ हूं मैं
और सिद्धों में हूं कपिल मुनि ।
घोड़ों में अमृत से उत्पन्न इन्द्र का अश्व उच्चैश्रवा हूं तो
हाथियों में हूं ऐरावत ।
नरों में नराधिप हूं तो
आयुधों की बात करो तो वज्र हूं मैं
और धेनुओं में हूं कामधेनु ।
प्रजनन स्वरूप कामदेव मैं हूं
और हूं सर्पों में वासुकि मैं ।
नागों में शेषनाग हूं मैं
तो जलचरों में हूं जलदेव वरुण ।
पितरों में अर्यमा हूं मैं जो
है एक वृक्ष मय लोक का स्वामी ।
संयम-स्थापकों में यम हूं मैं
और दैत्यों में हूं प्रह्लाद ।
गणना की विधियों की बात लो तो
स्वयं समय हूं मैं
और पशुओं में हूं मैं मृगेन्द्र सिंह ।
पक्षियों में गरुड़ हूं तो
पवित्र करने वालों में हूं पवन ।
शस्त्रधारियों में राम मानो मुझे
तो जलजीवों में मकर
और नदियों में गंगा ।
सभी सृष्टियों का आदि, मध्य और अन्त
मैं ही हूं ।
तथा हूं विद्याओं में अध्यात्म विद्या
वाद-विवाद में संलग्न लोगों का
तर्क हूं मैं
तो अक्षरों में हूं मैं अकार और
समासों में द्वन्द्व ।
सभी दिशाओं में मुख वाला विश्वमुख मैं,

सृष्टियों का धारणकर्त्ता भी हूं।
अक्षय काल मैं ही हूं
तो सब कुछ को ग्रसने वाली मृत्यु
मैं हूं।
भविष्य की घटनाओं का उद्भव भी मैं ही हूं।
स्त्रियों की कीर्ति, श्री,
वर्ण, स्मृति, बुद्धि, धैर्य और क्षमा भी मैं ही हूं।
कहा मैंने पहले भी कि वेदों में सामवेद हूं मैं,
साथ ही सामवेद की सम्पूर्ण गेय श्रुतियों में प्रसिद्ध श्रुति बृहत्साम
भी मैं ही हूं।
छन्दों में मैं गायत्री हूं
तो महीनों में हूं मार्गशीर्ष।
ऋतुओं में मुझे वसन्त मानो
तो छल-पूर्ण व्यवहारों में मैं हूं द्यूत।
तेजस्वियों का तेज हूं मैं।
जय हूं मैं, प्रयास हूं मैं
और सत्त्वधारियों का हूं सत्त्व।
जानते ही हो तुम कि
वृष्णिवंशियों में हूं मैं वासुदेव
अर्थात् वसुदेव-पुत्र कृष्ण।
पाण्डवों में श्रेष्ठ पाण्डव अर्थात् धनंजय
अथवा अर्जुन मैं ही हूं।
मुनियों में व्यास हूं
तो कवियों में शुक्राचार्य।
दमनकारियों का दण्ड हूं मैं
तो हूं विजयेच्छुओं की नीति।
गोपनीय भावों में मौन समझो मुझे
तो ज्ञानियों का तत्त्वज्ञान हूं मैं
सभी प्राणियों का उत्पत्ति-बीज मैं हूं अर्जुन।
है ऐसा कहां चर-अचर कुछ भी
जो सम्भव हो मेरे बिना ?
कहा मैंने पहले ही परन्तप कि
अन्त नहीं है मेरी विभूतियों का,
यहां जो कुछ कहा वह तो है मात्र उदाहरण-मात्र।
विशेष क्या कहूं,
जो-जो भी वस्तु यहां शक्ति-युक्त है,
ऊर्जा-युक्त है, श्री-युक्त है,
वह सब है मेरे ही अंश से समुत्पन्न।
अथवा अर्जुन ! बहुत जानने से तुम्हें लाभ ही क्या,
इतनी ही बात जान लो कि

इस सम्पूर्ण जगत् को
अपने एक अंश-मात्र से धारण कर
स्थित हूं मैं।

उनामी

मनुष्य की आकांक्षाओं की कोई सीमा नहीं। एक अभिलाषा पूरी होती है तो दूसरी सिर उठा लेती है। अर्जुन ने पहले तो श्रीकृष्ण की विभूतियों के विस्तार को ही जानना चाहा था पर जब इतनी सारी विस्मयकारी बातें वह सुन गया तो उसके मन में यह इच्छा स्वभावतः जाग्रत हो आई कि श्रीकृष्ण के वास्तविक स्वरूप को भी देखा जाय। जो ऐसा ऐश्वर्यशाली है, जो जगत् को अपने एक अंश से ही व्याप्त कर उसका धारण ही नहीं, भरण-पोषण तक कर रहा है, जो सम्पूर्ण श्री-सुषमा और सौन्दर्य-आकर्षण और ऊर्जा का एकमात्र केन्द्र है, उसका वास्तविक स्वरूप कैसा होगा भला ?

अपनी इस अदम्य आकांक्षा को अभिव्यक्ति देने के पूर्व उसने एक छोटी सी भूमिका गढ़ी और कहा, "हे अच्युत ! मुझ पर अनुग्रह करके तुमने जो मुझे यह परम गोपनीय अध्यात्म संबंधी बात बताई उससे मेरा मोह समाप्त हो गया। हे कमल-नयन ! मैंने तुमसे प्राणियों की उत्पत्ति और उनके विनाश की कथा सुनी और तुम्हारे अविनाशी माहात्म्य को भी सुना। इसमें कोई संदेह नहीं कि तुम वैसे ही हो जैसा तुमने मुझे बताया पर हे ईश्वरों के भी ईश्वर, परमेश्वर, हे पुरुषोत्तम, मैं तुम्हारे ऐश्वर्यशाली रूप को प्रत्यक्ष देखना चाहता हूं। यदि तुम यह मानते हो कि मैं तुम्हारे उस रूप को देखने में समर्थ हूं तो हे योगेश्वर ! तुम अपने उस अविनाशी स्वरूप को मुझे अवश्य दिखलाओ।"

अर्जुन की यह प्रार्थना सुनकर श्रीकृष्ण कुछ चकराये। अर्जुन के लिए क्या अपनी इन आंखों से उनका नैसर्गिक रूप देखना सम्भव था। और यदि वह अपना वह रूप उस पर प्रकट नहीं करते हैं तो क्या उस सब पर जो उन्होंने अब तक कहा है, वह आसानी से विश्वास कर लेगा ? लगता तो यही है कि उनकी बातों पर उसकी पूर्ण आस्था अभी जमी नहीं है। नहीं तो वह उन्हें अपने ऐश्वर्य, अपनी विभूतियों को सिद्ध करने, अपने वास्तविक स्वरूप को प्रकट करने की बात करता ही क्यों ? उन्हें पहले भी लगा था कि कुछ विशेष ही करना पड़ेगा अर्जुन को अपनी बातों पर विश्वास दिलाने के लिए और श्रीकृष्ण को अब पूरी तरह लग गया कि वह समय आ गया है। अब उस घडी को टाला नहीं जा सकता और उन्होंने मन-ही-मन निर्णय ले लिया कि अर्जुन पर अपने वास्तविक स्वरूप को प्रकट कर ही देना है।

श्रीकृष्ण पूरी तरह आवेश में आ गए और अपनी संपूर्ण संकल्प-शक्ति का आह्वान करते हुए अर्जुन से बोले—"पार्थ, अब तुम मेरे सैकड़ों और सहस्रों रूपों को देखो। नाना प्रकार के इन दिव्य रूपों, वर्णों और आकृतियों को देखो। मेरे भीतर ही तुम आदित्यों, वसुओं, रुद्रों और अश्विनी-कुमारों तथा मरुत को भी देखो।

अब तक अपने द्वारा नहीं देखे गए, अनेक आश्चर्यों को तुम देखो। आज मेरी इसी देह में तुम चराचर जगत को एक साथ एकत्रित देखो। इसके अलावा जो कुछ और भी देखना चाहो उसे भी देखो! किन्तु अपनी इन आंखों से तुम मुझे देख नहीं पाओगे, अतः मैं तुम्हें दिव्य नेत्र प्रदान करता हूं जिसके द्वारा तुम मेरे योग और ऐश्वर्य को देख सको।"

अब कुछ छिपाना भी कहां था? अर्जुन की अब तक की मुखाकृति से उन्हें लग गया था कि उसे उनकी बातों के प्रति उत्सुकता चाहे जितनी जगी हो और उस पर बहुत हद तक विश्वास भी चाहे जो हुआ हो पर वह अब तक ऐसी स्थिति में नहीं आया था कि वह उन्हें क्रियान्वित भी कर सके। वह मुंह से चाहे उन्हें जो भगवान या परमेश्वर या परब्रह्म मानने लगा हो पर उसके अन्तर के किसी कोने में कहीं यह भाव अवश्य बैठा हुआ था कि सामान्य मनुष्य-सा प्रतीत होने वाला यह व्यक्ति सचमुच असंख्य दिव्य गुणों से सम्पन्न साक्षात् ईश्वर हो सकता है क्या? मगर इतने समय के श्रम को व्यर्थ नहीं जाना था और अर्जुन को पूरे मन से युद्ध में उतारना था तो वह अब करना ही था जिसे उन्होंने अब तक घटने से रोक रखा था।

उन्हें अपनी शक्तियों का पता था। गुरु सांदीपनि के यहां विद्याध्ययन के काल ही उन्हें योगाभ्यास के लिए जो विशेष अवकाश उपलब्ध हुआ था उसी काल उनमें यौगिक शक्तियां अद्भुत रूप में जग आई थीं और उन्हें विश्वास हो गया था कि सृष्टि में जो कुछ है वह मानव-शरीर के अन्दर भी है, कि पिण्ड और ब्रह्माण्ड में कोई अन्तर नहीं। इस धारणा के बाद उन्होंने अपनी यौगिक साधनाओं को नियमित कर दिया था और एक समय के पश्चात् उनका विश्वास दृढ़ हो गया था कि इन साधनाओं ने उन्हें सामान्य से असामान्य, लौकिक से पारलौकिक और शायद नर से नारायण ही बना दिया था। हर स्थान में, हर वस्तु, हर प्राणी— मनुष्य, पशु, पक्षी यहां तक कीट-पतंग सबमें—सूर्य, चांद और मेघ-गर्जन तथा तड़ित-विलास में भी उन्हें अपना ही स्वरूप दिखाई पड़ने लगा था। यौगिक क्रियाओं के नित्य संपादन ने उनकी संकल्प-शक्ति को इतना जाग्रत कर दिया था कि वे जो कुछ सोचते थे वह साकार हो उठता था। इसकी प्रथम परीक्षा हुई थी द्रौपदी के चीर-हरण के समय। उन्होंने चाहा था—द्रौपदी की लाज रह जाय, चित्र-विचित्र वस्त्रों का अम्बार लग जाय और वह लग गया था। उसी काल से उन्हें अपने संकल्प-बल में अटल विश्वास जग आया था और यही कारण था कि उन्होंने अपने संबंध में इतनी सारी बातें अर्जुन से कह डाली थीं। साधना से सब कुछ संभव था, यह उन्हें तब भी लगा था जब उन्होंने छोटी उम्र में ही शरीर-साधना द्वारा कालिय नाग को नाथ डाला था और कंस और उसके हाथी के लिए भी भारी पड़े थे। छोड़ी उन्होंने कुछ नहीं थी, न तो शरीर-साधना, न आध्यात्मिक। पर काल-क्रम से यह आध्यात्मिक-यौगिक साधना कुछ अधिक ही तीव्रता पकड़ती गई थी और परिणाम अब उनके सामने था। गुरु संदीपनि ने कहा था—विश्वास ही सब कुछ है। विश्वास के साथ यदि रूई को पर्वत में परिवर्तित करने की बात सोच लो तो क्षण नहीं लगने को था पत्थर का पहाड़ खड़ा होने में। और उन्होंने साधा था विश्वास को, जाग्रत हो आया था उनका संकल्प-बल और उसकी परीक्षा का भी समय आ गया था। आज वह यह सिद्ध ही कर देंगे कि यौगिक-साधनां-

सम्पन्न व्यक्ति और जगत् नियामक में कोई अन्तर नहीं होता, कि एक ही साथ वह सृष्ट भी होता है और स्रष्टा भी, कि नर से नारायण बन आना कुछ कठिन नहीं था कि सृष्टि के अणु-परमाणु तक में वही सब था जो सूर्य, चन्द्र, पृथ्वी, सागर और आकाश के अनन्त-विस्तार में स्थित अनेकानेक ब्रह्मांडों और लोकों में निहित था। कि सबका निर्माण-स्रोत एक ही था और बाह्य रूप का कोई अर्थ नहीं था। एक स्वरूप का दूसरे में परिवर्तन उतना ही आसान था जैसे कुम्भकार द्वारा मिट्टी के घडे को नष्ट कर फिर उसी मृतिका से मिट्टी के अन्य सामान - कटोरे, गिलास अथवा खिलौने—बना डालना। स्रोत एक ही थी मिट्टी - स्वरूप थे भिन्न-भिन्न।

श्रीकृष्ण ने अब विलम्ब करना उचित नहीं समझा। पर्याप्त बहुमूल्य समय पहले ही निकल गया था। उन्होंने अपने संकल्प-बल को साधा और जिस स्वरूप की उन्होंने इच्छा की वही अर्जुन के समक्ष उपस्थित हो गया। उन्होंने अपनी इसी इच्छा-शक्ति से अर्जुन के साधारण नेत्रों में असाधारण शक्ति तो भर ही दी, साथ ही अन्य लोगों के लिए अपने इस अद्भुत रूप को अदृश्य कर दिया।

अर्जुन की आंखें फटी तो फटी रह गईं। अभी-अभी जो सारथि बना उसके रथ के अग्र भाग पर आसीन था, वह उससे नीचे उतरा था, देखते-देखते उसका आकार बढ़ने लगा था और क्षण नहीं लगा था कि वह गगन-व्यापी हो गया था। विचित्र विस्तार हुआ था उसका। लगता था आस-पास के पेड़-पौधे, सैनिक, सेना-पति आदि सब विलुप्त हो गए थे और वहां जो कुछ था वह एक व्यक्ति का विस्तार मात्र-भर था। श्रीकृष्ण ने अनेक बार अपने सम्भाषण में अपने को विश्व-मुख कहा था और यहां तो वे सचमुच के विश्व-मुख, अनन्त-मुख हो गए थे। एक सिर के स्थान में अनगिनत सिर, दो हाथों के स्थान में अनन्त हाथ, एक पेट के स्थान पर अनेक पेट···सब कुछ असंख्य, अनन्त, अगणित। उसने सुना था यह ब्रह्मांड अनन्त है, इसमें इस दृष्टिगम्य सूर्य, पृथ्वी और चन्द्र के अलावा ऐसे अनेक सूर्य, चांद और धरती हैं और यहां तो वह यह सब प्रत्यक्ष देख रहा था, वह भी एक ही व्यक्ति में केन्द्रित। सब कुछ उसी से निकलता, उसी में प्रविष्ट करता। कहां देख पाती थीं उसकी आंखें दिव्य होने के बाद भी इस सबको एक साथ। अनेकानेक प्रकाशमान दिव्य आभूषणों, परिधानों से युक्त इस दिव्य स्वरूप का सब कुछ दिव्य ही तो था। दिव्य पुष्प-मालाओं से वह सुसज्जित था, उससे निस्सृत दिव्य गन्ध से दिशाएं व्याप्त थीं, दिव्य द्रव्य से वह विशाल, विश्वमुखी तन उप-लिप्त था और अनेकानेक दिव्यातिदिव्य अश्त्र-शस्त्र जैसे प्रयोग हेतु उद्यत और सन्नद्ध थे।

और वह प्रकाश? यह सब कुछ प्रकाश से ही बना था क्या? उस विशाल वपु और उसके अस्त्र-शस्त्र, आभूषण और आयुध से फूटते प्रकाश से अर्जुन की सामान्य आंखें तो, कभी की चौंधिया गई रहतीं। उस प्रकाश की तुलना वह किससे करे? उसे लगा यदि आकाश में एक साथ सहस्र सूर्य उदित हो आएं और उनसे जितना प्रकाश फूटे उससे भी कई गुना अधिक था श्रीकृष्ण के परिवर्तित स्वरूप से फूटता यह अद्भुत अलौकिक प्रकाश। और यह सब क्या है? ये विकराल दाढ़, ये लपलपाती जिह्वाएं, ये आग उगलती आंख, ये विशाल, विकराल दंत, ये कंदराओं की तरह खुले खूंखार से दिखते मुख-द्वार और इनमें प्रवेश करते ये सारे योद्धा, सेनापति, सेनानी, कृप, द्रोण, कर्ण सभी? क्या हो रहा है यह सब? प्रलय ही

उपस्थित हो गया क्या कुरुक्षेत्र की इस धरती पर ? और धरती भी क्या कहे वह ? कहां रही धरती यहां ? कहां है आकाश ? किधर है क्षितिज ? सर्वत्र तो बस एक विशाल, देदीप्यमान वपु ही फैला पड़ा है जिसका न आदि है न अनन्त। और ये सब हाथ जोड़े इसके इर्द-गिर्द कौन खड़े हैं ? देवता, महर्षि, सिद्ध ! ये सब भी उसी की तरह डर गए हैं क्या ? नहीं, वे हाथ बांधे स्तुति क्यों कर रहे हैं ? क्या सचमुच श्रीकृष्ण का यह विकराल रूप सब कुछ को स्वाहा कर जायेगा ? उसे भी ? और अर्जुन भयग्रस्त हो आया। शरीर के रोम-रोम कांपने लगे। नहीं, वह अब बहुत नहीं देख सकता था इस स्वरूप को। अब यह बताने की आवश्यकता नहीं कि जिसे वह अब तक एक सारथि के रूप में, एक सखा के रूप में, एक नर के रूप में देखता-सुनता आ रहा था वह वैसा कुछ नहीं था। वह इन सबसे भिन्न एक अकल्पनीय, अवर्णनीय, अचिन्तनीय शक्ति था। वह सचमुच ब्रह्म था। नहीं, परमब्रह्म था। वह अब तक जो कुछ कह रहा था, वही सब था वह। पर जो अब तक इतना सौम्य, इतना मधुर और प्रिय था वह अकस्मात् ऐसा दुर्धर्ष संहारक और भयावह क्यों हो आया था ? यह सृष्टि का दृश्य था या प्रलय का ? सच, शायद वह जो अब तक श्रीकृष्ण था उसका सखा और सारथि था उसके अन्दर के संशय-ग्रस्त विश्वास को पढ़ गया था और इसी कारण इसने अपने इस प्रचंड रूप को प्रकट किया था। नहीं, नहीं, अब एक क्षण भी वह यह सब नहीं देख सकता था। और वह जो कुछ देख पा रहा था इसी को अपनी स्तुतियों में पिरो प्रार्थना-रत हो आया था। भय से रक्त-हीन हो आये शरीर के हाथ अकस्मात् जुड़ गए थे और अभ्यर्थना के शब्द धारा-प्रवाह, सूखते होंठों से फूट पड़े थे—

हे देव ! तुम्हारे इस शरीर में ही
मैं सभी देवताओं और
प्राणियों के विशेष समूहों को देख रहा हूं।
ब्रह्मा को भी देख रहा हूं, शंकर को भी
और कमल पर आसीन विष्णु को भी।
सभी ऋषियों और सभी दिव्य सर्पों
को भी तुम्हीं में अवलोकित कर रहा हूं मैं।
अनेक भुजाओं, अनेक उदरों और अनेक नेत्रों
और अनेक मुखों वाले आप अनन्त-रूप को
मैं यहां-वहां सर्वत्र देख रहा हूं।
हे स्वामिन् ! आपके इस रूप के न आदि का पता
लग रहा है, न मध्य का, न अन्त का।
मुकुटों, गदाओं और चक्रों से युक्त
सभी दिशाओं को प्रकाशित करने वाले
प्रज्वलित अग्नि और सूर्य के तेज की
तरह आप प्रकाशपुंज
को मैं सर्वत्र ही व्याप्त पा रहा हूं।
आप अज्ञेय के इस तेजवान
रूप पर आंखें भी कहां ठहर पाती हैं ?
कभी क्षय को नहीं प्राप्त होने वाले

और परम ज्ञेय आप ही इस विश्व के
परम आश्रय हैं।
आप अव्यय हैं, धर्म के शाश्वत रक्षक;
आप ही सनातन पुरुष हैं।
आदि, मध्य और अन्त से रहित
आप अनन्त शक्तिशाली के
अनन्त बाहु और सूर्य-चन्द्र के रूप में
अनन्त नेत्र हैं।
प्रज्वलित अग्नि के सदृश मुख वाले आपको मैं
अपने तेज से सम्पूर्ण विश्व को
तपाते हुए देख रहा हूं।
हे महात्मन् ! आकाश और पृथ्वी
के मध्य का यह अन्तराल तथा
सभी दिशाएं एक आप ही के द्वारा
व्याप्त हैं।
तथा आपके इस अद्भुत उग्र रूप को देखकर
तीनों लोक व्यथित हो रहे हैं।
ये देवताओं के समूह, आप में ही
प्रवेश कर रहे हैं।
इनमें से कुछ तो भयभीत हो हाथ जोड़े
आपकी स्तुति कर रहे हैं और
महर्षि और सिद्धों के संघ
'स्वस्ति' 'स्वस्ति' कह अनेक
स्तुतियों से आपकी प्रार्थना कर रहे हैं।
हे प्रभु ! सभी तो आपके इस रूप को देखकर
विस्मृत हुए जा रहे हैं,
चाहे वे रुद्र हों, बारहों आदित्य हों,
आठों वसु हों, साध्यगण हों, विश्वदेव हों,
मरुद्गण हों, पितर हों, अथवा
गन्धर्व, यक्ष, असुर और सिद्धों के समुदाय हों।
हे महाबाहो ! आपके इस अनेक बाहुओं, मुखों, नेत्रों, जघाओं
उदरों, विकराल दाढ़ों और पैरों वाले इस महान् रूप को देखकर
मैं तथा सभी लोक व्यथित हुए जा रहे हैं।
हे विष्णो ! व्योमस्पर्शी आपके अनेक वर्ण वाले,
खुले मुखवाले और प्रज्वलित नेत्रों वाले
इस रूप को देखकर
व्यथित अन्तरात्मा वाला मैं
न तो धैर्य धारण कर पाता हूं
न शान्ति ही प्राप्त कर पाता।
हे जगन्निवास ! अब आप प्रसन्न हो जाइए,

कालानल के सदृश भयानक जबड़ों वाले
आपके मुखों को देखकर मुझे तो
दिशाओं का ज्ञान भी भूल गया है
और मेरा सुख भी समाप्त हो गया है।
देख रहा हूं मैं कि धृतराष्ट्र के सारे पुत्र
राजाओं के सम्पूर्ण समूह तथा भीष्म, द्रोण—
और कर्ण तथा हमार पक्ष के भी प्रमुख योद्धाओं के साथ
आपके मुख में ही तेजी से प्रवेश करने जा रहे हैं।
इनमें से कुछ तो चूर्ण हुए सिरों के साथ
आपके दांतों में ही फंसे पड़े हैं।
जिस प्रकार सागर की ओर
दौड़ते हैं नदियों के असंख्य वेगवान प्रवाह,
उसी तरह अग्नि की लपटों से भरे आपके मुखों की ओर
दौड़ते, प्रवेश करते चले जा रहे हैं
नर-लोक के ये सभी योद्धा।
जिस प्रकार प्रदीप्त अग्नि पर अपने विनाश हेतु ही
झपटते हैं पतंगे,
उसी प्रकार ये सभी अतिवेग से,
अपने नाश-हेतु ही आपके मुखों में
प्रवेश करते चले जा रहे हैं।
हे विष्णो ! आप अपने धधकते मुखों से
सभी लोकों को निगलते हुए,
जीभ चटकार रहे हैं
और आपका यह प्रचंड प्रकाश
सम्पूर्ण जगत् को आपके तेज से आपूर्त कर
उसे तपाये जा रहा है।
हे देववर ! आप प्रसन्न होइए
और बताइए कि उग्ररूप वाले
आप हैं कौन ?
आप आदि-पुरुष को मैं जानने की इच्छा रखता हूं
और यह भी कि आपकी इस प्रवृत्ति का
लक्ष्य क्या है ? कहां ले जाएगा आपका यह रूप
इस जगत् को ?

श्रीकृष्ण अर्जुन की इस प्रार्थना से प्रसन्न हुए। उन्हे लग गया कि अर्जुन अब उनके यथार्थ स्वरूप को पूर्णतया पहचानने में समर्थ हो गया है। भय से विस्फारित उसके नेत्रों ने उनके अंदर करुणा का संचार किया और उनका मन हुआ कि वे अपने इस ब्रह्मांड-व्यापी भयानक रूप को समेट लें पर उन्होंने ऐसा किया नहीं। अर्जुन की आस्था को और भी प्रगाढ़ करना आवश्यक था। उसने उनकी स्तुति अवश्य की थी पर उसमें निवेदन और समर्पण की अपेक्षा भय का भाव ही अधिक था। उसने यह प्रश्न भी पूछा था कि आखिर उनके इस स्वरूप-धारण का लक्ष्य क्या

था ? पहले उसके प्रश्न का उत्तर देना आवश्यक था, इसके बाद पुनः उसकी प्रतिक्रिया की प्रतीक्षा करनी थी। जब तक पूर्ण समर्पण-भाव से वह उनका शरणागत नहीं होता तब तक उन्हें अपना प्रयास अधूरा ही लगेगा। अर्जुन के अहंकार को भी पूरी तरह नष्ट करना था, अतः उन्होंने उसके प्रश्न के उत्तर में स्पष्ट शब्दों में कहा, "लोकों के विनाश के लिए वर्द्धमान काल ही हूं मैं। सभी लोकों को विनष्ट करने हेतु ही मैं प्रवृत्त हुआ हूं। मत समझो कि तुम्हारे मारे ही ये प्रतिपक्षी योद्धा मरेंगे। तुम्हारे बिना भी ये सभी योद्धा जो सामने की सेना में भरे पड़े हैं बिना मरे नहीं रहने को। इसलिए उठो, शत्रुओं को विजित कर यशस्वी बनो और समृद्ध राज्य का भोग करो। मेरे द्वारा तो ये सभी पहले ही मारे जा चुके हैं, अतः हे सव्यसाची अर्जुन ! तुमको तो केवल इनकी मृत्यु का निमित्त मात्र बनना है।

"भीष्म, द्रोण, कर्ण, जयद्रथ तथा और बहुत सारे योद्धा मेरे द्वारा मारे ही जा चुके हैं, तुम भयरहित होकर इनका संहार करो। युद्ध के लिए प्रस्तुत हो जाओ तुम। इस संग्राम में तुम अपने शत्रुओं को जीतने जा रहे हो, इसमें सन्देह नहीं।"

श्रीकृष्ण के इस कथन का अर्जुन पर स्पष्ट प्रभाव पड़ा। युद्ध में अपनी विजय की सुनिश्चितता की बात इस विराट्-स्वरूप वाले विश्व-रूप कृष्ण के मुख से सुन कर वह गद्गद हो आया और यद्यपि भय से उसका शरीर अब भी कांप रहा था फिर भी हाथ जोड़ कर बार-बार नमस्कार निवेदित कर उसने पुनः उनकी प्रार्थना आरम्भ की। पर इस प्रार्थना में अब भय का भाव कम था। श्रीकृष्ण तो कह ही चुके थे कि भय मत करो, अतः उसने प्रसन्न-मन से उनका कीर्तिगान आरम्भ किया—

हे हृषीकेश ! यह सर्वथा उपयुक्त ही है
कि आपके कीर्तन से
यह जगत् प्रसन्न और आनन्दित होता है।
भयभीत राक्षस दिशाओं में भाग खड़े होते हैं
और सिद्धों के समूह आपको नमस्कार करते हैं।
हे महात्मन् !
कैसे नहीं आपको सभी नमस्कार करें
क्योंकि आप तो सृष्टिकर्ता ब्रह्मा के भी
आदिकर्ता हैं ?
हे अनन्त, हे जगन्निवाश, हे देवेश
आप अक्षर अर्थात् अविनाशी हैं,
आप सत् हैं आप ही असत् हैं
और सत् तथा असत् से परे जो कुछ है,
वह भी आप ही हैं।
आप आदिदेव हैं, आप पुरातन-पुरुष हैं,
आप ही इस विश्व के परम आश्रय हैं
आप ज्ञाता भी हैं और ज्ञेय भी
आप परम धाम हैं और अनन्तरूप वाले
आप से ही यह सब कुछ व्याप्त है !
आप ही पवन हैं, यम हैं, अग्नि हैं,

वरुण और चन्द्र हैं,
आप प्रजापति हैं, और पिताओं के पिता के भी पिता,
प्रपितामह हैं।
आपको हजार बार नमस्कार है, बार-बार नमस्कार है।
हे अनन्त वीर्य और अतिविक्रमशाली
आपको आगे से नमस्कार है, आपको पीछे से नमस्कार है।
हे सर्वारूप ! आपको सब ओर से नमस्कार है।
आप सब कुछ को व्याप्त किए हुए हैं,
अतः आप ही सब कुछ हैं।

अर्जुन को इसी समय स्मरण आया कि उसने कई बार तो उन्हें नाम ले-लेकर पुकारा है। अनेक बार परिहास भी किया है। यह सब क्या उचित था उसके लिए ? अत उसने विनम्र होकर निवेदन किया--

आपको सखा मानकर जो मैंने हठपूर्वक
कभी हे कृष्ण ! हे यादव ! हे सखा आदि कहा
वह आपकी इस महिमा को नहीं जानने के कारण ही था
अथवा मेरे प्रमाद अथवा प्रेम-वश ही।
हे अच्युत !
जो कुछ भी आपके प्रति
परिहास का भाव प्रदर्शित हुआ,
चाहे वह विहार के समय हो अथवा शयन के समय
बैठते-उठते अथवा खाते-पीते,
अकेले में हुआ हो अथवा अन्यों के समक्ष,
मैं उस सबके लिए आप अचिन्त्य प्रभाव वाले से
क्षमा मांगता हूं।
आप चराचर जगत् के पिता हैं,
और इसके पूज्य और श्रेष्ठ गुरु हैं।
आपके सदृश तीनों लोकों में भी कोई अन्य नहीं है,
आपसे अधिक प्रभाव वाले होने का तो प्रश्न ही नहीं उठता
हे अनन्त प्रभाव वाले !
इसीलिए आपको प्रणाम कर और
आपके समक्ष प्रणिपात कर अपने शरीर
को आपके चरणों में बिछाकर
मैं आप स्तुतियोग्य ईश्वर से
कृपा की भिक्षा मांगता हूं,
पिता जैसे पुत्र के,
सखा जैसे सखा के
व्यवहार को सहन करते हैं
वैसे आप मेरे प्रिय, मेरे कल्याणार्थ
मेरे भी व्यवहार को सहन करें।
हे देव, हे देवेश, हे जगन्निवास !

आपके कभी न देखे इस रूप को देखकर
मैं हर्षित तो हो रहा हूं,
पर भय से मेरा मन व्यथित भी हो रहा है,
इसलिए आप अपने पूर्व रूप को ही फिर दिखाइए।
आप मुझ पर कृपा कीजिए।
हे हजार बाहुओं वाले, हे विश्वमूर्ति,
आपको मैं मुकुट धारण किए हुए
हाथों में गदा और चक्र धारण किए हुए
चतुर्भुज रूप में ही देखना चाहता हूं।

विनम्र भाव से की गई अर्जुन की इस स्तुति से श्रीकृष्ण वस्तुतः पुलकित हुए और उन्हें अर्जुन के पूर्ण समर्पण में कोई शंका नहीं रही।

उन्होंने स्पष्ट रूप में कहा, "हे अर्जुन! मैंने तुम पर प्रसन्न होकर ही अपने आत्मयोग के बल से तुम्हें यह परम रूप दिखाया है। यह मेरा तेजोमय विश्वरूप अनन्त और आदि है। तुम्हारे सिवा इसे पहले किसी और ने नहीं देखा। हे गुरु-श्रेष्ठ! इस लोक में मेरा यह रूप तेरे सिवा किसी और के द्वारा न तो वेदाध्ययन से, न यज्ञ से, न दान से, न किन्हीं अन्य क्रियाओं से, न उग्र तपस्याओं से ही देखा जा सकता है।"

ऐसा कहकर श्रीकृष्ण ने अपने को पूर्व रूप में लाने का संकल्प किया और अर्जुन को सम्बोधित कर कहा—"मेरे इस भयावह रूप को देखकर तुम व्यथित नहीं होओ और न 'किंकर्त्तव्यविमूढ़' ही बनो। तुम भय को त्याग दो और प्रसन्न मन से पुनः मेरे उसी रूप के दर्शन करो।"

अर्जुन से ऐसा कहकर महात्मा श्रीकृष्ण ने पुनः अपने वास्तविक रूप को दिखाया। अपने सौम्य रूप को धारण कर उन्होंने भयग्रस्त अर्जुन को आश्वस्त किया।

श्रीकृष्ण के परिवर्तित रूप को देखकर अर्जुन की जान में जान आई और उसने कहा, "जनार्दन, तुम्हारे इस सौम्य मनुष्य-रूप को देखकर मेरा चित्त अब स्थिर हो गया है और मैं अपनी स्वाभाविक अवस्था को प्राप्त हो गया हूं।"

अर्जुन की यह बात सुनकर श्रीकृष्ण ने उसे पुनः स्पष्ट बताया कि मेरे जिस रूप का तू अब दर्शन कर रहा है उसका दर्शन अत्यन्त कठिन है, देवता भी सदा इसे देखने को इच्छुक रहते हैं।

मेरे इस रूप को जिसका तुम दर्शन कर रहे हो न तो वेदों से, न तपस्या से, न दान से, न पूजा से देखा जा सकता है।

श्रीकृष्ण ने यहां पुनः भक्ति के महत्त्व को प्रतिपादित किया और कहा कि अनन्य भक्ति से ही मेरा ऐसा दर्शन, मुझसे सम्बन्धित ऐसा ज्ञान तथा तत्त्वपूर्वक मुझमें प्रवेश संभव है।

श्रीकृष्ण ने पुनः अपनी उसी भाषा में कि "मेरे मन वाले बनो, मेरे भक्त बनो, मेरे परायण बनो," एक बार पुन. स्पष्ट किया जिससे उनके प्रति अर्जुन का भक्ति-भाव दृढ़ हो जाय—"जो मेरे लिए ही कर्म करता है, जो पूरी तरह मेरा है, मेरा भक्त है तथा संगदोष से रहित है और सभी जीवों के प्रति निर्वैर-भाव रखता है, वह निस्सदेह मुझे ही प्राप्त करता है।"

अस्सी

श्रीकृष्ण ने अपना प्रलयंकर रूप समेट लिया था पर अर्जुन की आंखों के सामने वह दृश्य बार-बार साकार हो जाता था। यद्यपि अपने प्रलयंकारी रूप के पश्चात् उन्होंने उसे अपना सौम्य, शंख-चक्र गदाधारी स्वरूप भी दिखाया था किन्तु प्रथम रूप की भयावहता मन से मिट नहीं पा रही थी। उसे विश्वास ही नहीं हो रहा था कि श्रीकृष्ण का एक ऐसा भी रूप हो सकता था—दिग्दिगन्तव्यापी, अनन्त, अछोर, आक्षितिज। उस पर प्रल्याग्नि के सदृश, मुखों की दहकती अग्नि, विशाल अंगारों की तरह लाल रक्तवर्णी आंखें, तीक्ष्ण तलवारों की तरह लपलपाती जिह्वाएं और गिरि-गह्वर की तरह खुले, आग-भरे मुखों में प्रवेश करते सभी योद्धा वीर, रथी, अतिरथी, महारथी सभी। भीष्म, द्रोण, कृप तथा कर्ण के सदृश पराक्रमी लोग? यह सब क्या भूलने की बात थी? और यह सब भूल भी जाया जाय तो वह सहस्र सूर्यों का प्रकाश? वह असंख्य सूर्य-चन्द्रो और अनेकानेक लोकों को उसी विताल स्वरूप से निकल-निकल पुन: उसी में विलीन होना? वह कांपते, हाथ बांधे देवों, ऋषियों और सिद्ध-साधकों का आर्त-गान? कैसे भूल पाये वह इस सबको? पर मानना पड़ेगा न कि श्रीकृष्ण वह नहीं हैं जो दिखते हैं, अर्जुन ने सोचा। यह सब भूलने का तो एक ही उपाय है और वह है सर्वतोभावेन उनकी भक्ति। वह बार-बार कहते भी आये थे—मेरे बनो, मेरी शरण में आओ, मेरे परायण बनो, मैं तुम्हारे योग-क्षेम का वहन करूंगा पर इस सबका प्रभाव भी उस पर कितना पड़ता था? पर अब? अब तो जैसे सब कुछ भूलकर वह श्रीकृष्ण का ही हो गया है। अब कहां का सखा, सारथि और सम्बन्धी? अब तो मात्र भगवान हैं वे; उसके आराध्य। सच, बिना भय के भक्ति भी नहीं उमड़ती न? नहीं तो, अब जैसे वह भीतर और बाहर दोनों से श्रीकृष्णमय, भगवानमय हो रहा है, पहले वैसा कहां था?

नहीं, अस्थायी नहीं है यह सब, अर्जुन ने सोचा। अब हो गया है वह पूरी तरह सदा-सदा के लिए उनका ही। जैसे वह 'अदृश्यपूर्व' रूप नहीं भूला जा सकता वैसे ही अब श्रीकृष्ण को भूलना कठिन है। क्या गोपियों के प्रेम का यही भेद था? उन्होंने भी क्या इनका यही रूप देखा था? एक क्षण को अर्जुन के मन में आया, और वह वृषभानु-सुता राधा? वह तो सुना श्रीकृष्ण-प्रेम में पागल ही हो गई है। कहने वाले कहते हैं वृन्दावन की वीथियों में वह बावरी-सी डोलती रहती है। सदा कृष्ण! कृष्ण! ही पुकारती रहती है। यह भक्ति है या प्रेम? क्या मात्र प्रम इतने दिनों तक जीवित रह सकता है? मांसल प्रेम? शरीर के प्रति शरीर का आकर्षण? नहीं, अर्जुन के मन ने तर्क किया, राधा प्रेम नहीं करती श्रीकृष्ण से। वह भी इनकी भक्ति ही करती है। पर क्यों? क्यों? क्यों? गलत है कि उन्होंने भय से बांधा होगा उसे। उस समय श्रीकृष्ण थे भी कहां? वे तो मात्र कन्हैया थे, नन्दलाल। उस समय क्या दिखाया होगा उन्होंने अपना यह भयावह विश्वरूप? और दिखाया भी होता तो उसे देखकर जीवित भी रह पातीं क्या वे गोपबालाएं, वह मक्खन से कोमल वृषभानु-सुता? तब क्या किया था इन्होंने उस समय? कौन-सा जादू चलाया था उन किशोरियों पर कि सभी मन-प्राण से न्योछावर हो गई थीं उन पर? क्या किया था इन्होंने राधा का मन जीतने के

लिए कि आज तक वह इन्हीं का होकर तड़पती रही है? क्या होगा वह कुछ भी? या होगा आरम्भ से ही इनमें अदम्य आकर्षण। आखिर कैसा सौम्य, मोहक चतुर्भुज रूप दिखाया इन्होंने अपने उस भयावह स्वरूप के पश्चात्। कौन कह सकता है कि उनके उसी रूप ने अधिक नहीं जीता हो अर्जुन के मन को और उमड़ पड़ा हो यह कभी न शेष होने वाला भक्ति-भाव?

जो हो; अर्जुन का चिन्तन जारी था, श्रीकृष्ण के सौम्य रूप पर ही रीझी होगी राधा और उसकी सखियां। उस समय तो यह सुदर्शन चक्र भी नहीं आ पाया था इनके हाथों में। बांसुरी पड़ी रहती थी हाथ में और मुकुट के स्थान पर मोर-पिच्छ ही शोभता था सिर पर। कृष्ण कहां, कन्हैया पर मरमिटी थी व्रजांगनाएं और कुछ ऐसी लुटीं इन पर कि आज तक अपने में नहीं लौटीं। कहां हटती है एक क्षण को भी वृन्दावन से इनकी वह रास-संगिनी राधा? अब भी आशा का दीपक जलाए बैठी है वह इनकी आशा में। कहां से है यह सामान्य सांसारिक प्रेम? नैसर्गिक, अलौकिक ही है यह आकर्षण कि नहीं? भक्ति ही है यह भी। नहीं है यह प्रेम। और कैसे हैं यह श्रीकृष्ण कि कभी भूलकर भी नाम नहीं लाते राधा का अपनी जिह्वा पर? अकेले में भले लाते हों पर उसके समक्ष तो कभी गलती से भी नहीं उच्चारण किया इन्होंने राधा के नाम का? क्या वे पूरी तरह भूल गए उसे? नहीं, ऐसा नहीं हो सकता। जो इन पर मरमिटी, उसको ये अपने मन से निकाल फेंके, ऐसा हो कैसे सकता है? अवश्य ही जैसे कोई अकिंचन अपनी मूल्यवान मणि को गुदड़ी में छिपाकर रखता है, उसी तरह इन्होंने भी अपने अन्तर के किसी गोपनीय कोने में संजो रखा होगा राधा की स्मृति को। सब कुछ को तो जिह्वा पर ही नहीं लाया जा सकता? कौन ठिकाना, वे समझते हों कि जीभ पर चढ़ते ही राधा का नाम अपवित्र हो जाय। भले ही राधा का तन वृन्दावन की गलियों की धूलि में सन धूमिल हो रहा हो पर वे उसके प्रेम, नहीं, नहीं, उसकी भक्ति को अपनी स्वीकारोक्ति प्रदान कर उसके महत्त्व को कम नहीं करना चाहते।

कहां भटक गया वह, अर्जुन ने सोचा। कहां तो वह अपनी भक्ति की बात सोच रहा था और कहां भटक गया गोकुल और वृन्दावन की गलियों में गोपियों के भक्ति-भाव को आंकने। क्यों किया उन्होंने किशोर कन्हैया से प्रेम अथवा क्यों पड़ीं वे उसकी अन्ध भक्ति में, इसका उत्तर तो वे ही जानें। अभी तो उसके समक्ष अपनी ही समस्या है, उसी का समाधान खोजना है उसे। भक्ति तो वह करेगा ही श्रीकृष्ण की। करेगा क्या, करने ही लगा है पूरी तरह। अब रोके भी कहां रुकना है इस प्रवाह को। पर उसकी समस्या अभी दूसरी है। श्रीकृष्ण के व्यक्त रूप बल्कि रूपों को वह देख चुका है। व्यक्ति श्रीकृष्ण को तो वह देखता ही आया है प्रथम मिलन के पश्चात् से ही उनके दो अद्भुत रूपों को भी आज देखा—एक भयंकर 'बहुभुज' और एक सौम्य चतुर्भुज। उनका अव्यक्त रूप भी है एक, वह जानता है। श्रीकृष्ण जब भगवान हैं और वह तो आज सिद्ध ही हो गया तो इनका एक अव्यक्त रूप होगा ही। ईश्वर को साकार और निराकार दोनों रूपों में होना ही है। वह भूला नहीं है, वह कह चुके हैं कई बार कि अपनी परा प्रकृति का आश्रय ले वह प्रकट हुआ करते हैं इस धरती पर—संतों की रक्षा और दुष्टों के विनाश के लिए, धर्म की स्थापना के लिए।

उनके किस रूप की भक्ति अधिक श्रेयस्कर है, अधिक सहज ? यही समस्या आ खड़ी हुई थी उसके समक्ष और इसका समाधान भी कौन कर सकता है सिवा श्रीकृष्ण के ? अतः उसने श्रीकृष्ण से ही इस प्रश्न को सीधे पूछ लेना उचित समझा और बोल पड़ा—"यह बतलाइए कि जो भक्त निरन्तर आपसे युक्त रहकर आपके इस रूप की उपासना करते हैं वे श्रेष्ठ योगी हैं अथवा वे जो आपके अव्यक्त-निराकार रूप की उपासना करना पसन्द करते हैं ?"

श्रीकृष्ण ने बिना किसी झिझक के स्पष्ट कर दिया—"मुझ में मन लगाकर जो अपार श्रद्धा के साथ मुझसे नित्य युक्त रहकर मेरी—अर्थात् मेरे व्यक्त रूप—की उपासना करते हैं वे युक्ततम अर्थात् योगियों में श्रेष्ठतम हैं।"

"इसका अर्थ कि आपके अव्यक्त रूप की उपासना से लाभ नहीं है ?"

"नहीं, नहीं, यह बात नहीं," श्रीकृष्ण ने स्पष्ट किया, "जो मेरे अक्षर, अदृश्य सर्वव्यापी, अचिन्त्य, स्थिर, अचल तथा ध्रुव रूप की; इन्द्रियों पर नियंत्रण करते हुए सर्वत्र समबुद्धि से युक्त हुए और सभी प्राणियों के कल्याण में लगे रहकर उपासना करते हैं, वे भी मुझे ही प्राप्त करते हैं।"

"यहां तो भक्ति की अपेक्षा ज्ञान की ही आवश्यकता अधिक प्रतीत होती है। ये अचिन्त्य, अचल, स्थिर, ध्रुव आदि बातें बहुत आसानी से पल्ले पड़ती हैं क्या ?" अर्जुन ने कहा।

"व्यक्त की अपेक्षा अव्यक्त की उपासना कठिन तो है ही," श्रीकृष्ण ने आरम्भ किया, "जिनका मन अव्यक्त में आसक्त है उनको कहीं अधिक क्लेश होता है क्योंकि अव्यक्त गति की प्राप्ति शरीरधारियों द्वारा कठिनाई से ही प्राप्त होती है।"

"अर्थात जो देहधारी हैं अथवा व्यक्त रूपधारी हैं उन्हें व्यक्त रूप की ही उपासना करनी चाहिए ?" अर्जुन ने जानना चाहा।

"यह बात तो है ही," श्रीकृष्ण ने कहा और फिर जोड़ा, "इस बात को ठीक से समझ लो, जिन्होंने सभी कर्मों को मुझमें ही लीन कर दिया है, जो मेरे परायण हैं और जो अनन्य योग से मेरा ध्यान और मेरी उपासना करते हैं तथा मुझमें ही जिनका चित्र आविष्ट है उनका मैं शीघ्र ही संसार-सागर से उद्धार कर देता हूं।

"मुझमें ही मन को एकाग्र करो, मुझमें ही अपनी बुद्धि को लगाओ, इसके पश्चात् तुम मुझमें ही निवास करोगे, इसमें संदेह नहीं।

"यदि तुम मुझमें अपने चित्त को स्थिर करने में अपने को असमर्थ पाते हो तब तो तुम्हें अभ्यास-योग का आश्रय लेना पड़ेगा अर्थात् अभ्यास के द्वारा मुझे प्राप्त करने का प्रयत्न करना पड़ेगा।

"यदि अभ्यास में भी तुम असमर्थ हो तो एक दूसरा यत्न है।"

"क्या ?"

"तब मेरे कर्म-परायण बनो अर्थात् मेरे लिए ही कर्म करो। मेरे लिए ही कर्म करते हुए भी तुम सिद्धि को प्राप्त कर लोगे।"

"तुम्हारे लिए कर्म करने का अर्थ ?" अर्जुन ने पूछा।

"अर्थ वही जो पहले बतलाया है। जो कुछ करो मुझे अर्पित कर दो।"

"अच्छा।"

"अच्छा नहीं," श्रीकृष्ण ने आरम्भ किया—"यदि यह करने में भी असमर्थ

हो तब मुझसे युक्त होकर, आत्मा को वश में कर सभी कर्मों के फलों का त्याग कर दो।"

श्रीकृष्ण अन्ततः अपने प्रिय विषय कर्म-योग पर आ गए—फल की इच्छा छोड़कर कर्म सम्पादित करते जाना और इसे और स्पष्ट करने अथवा इस पर अधिक बल देने के लिए उन्होंने जोड़ा—"अभ्यास से ज्ञान श्रेष्ठ है, ज्ञान से ध्यान श्रेष्ठ है किन्तु ध्यान से भी कर्मफल-त्याग का मार्ग अधिक श्रेष्ठ है। त्याग से तत्काल शान्ति प्राप्त होती है।"

"और शान्ति ही हमारा लक्ष्य है?" अर्जुन ने जोड़ा।

"अवश्य। यह तो मैंने आरम्भ में ही कहा था। पर आगे सुनो, तुम मेरी भक्ति अथवा मेरे अनुग्रह की प्राप्ति की बात कर रहे थे तो स्पष्ट सुन लो—जो सभी प्राणियों के प्रति मित्रता और करुणा का भाव रखता है, जो उनके प्रति द्वेष नहीं रखता, जो ममत्व रहित है, अहंकार रहित है, सुख-दुःख में सम भाव रखता है, क्षमाशील है, सदा संतुष्ट रहता है, योगी है, आत्मा को वश में किए हुए है, दृढ़-निश्चयी है और अपने मन और बुद्धि सबको मुझे ही अर्पित कर रखा है, वह मेरा भक्त ही मुझे प्रिय है।"

अर्जुन पर पूरी रह स्पष्ट हो गया कि भक्ति महत्त्वपूर्ण है और वह भी श्रीकृष्ण के साकार स्वरूप की भक्ति। किन्तु यह भक्ति भी सहज प्राप्य नहीं है। भक्ति का पात्र बनने के लिए भी कई शर्तें आवश्यक हैं। अपने में पात्रता लानी है। अर्जुन इन शर्तों के सम्बल में सोच ही रहा था कि श्रीकृष्ण ने और शर्त रख दी—"जो लोगों को उद्विग्न नहीं करता और जिससे लोग उद्विग्न नहीं होते, जो हर्ष, क्रोध, भय आदि उद्वेगकारी तत्त्वों से रहित है वही मुझे प्रिय है।"

श्रीकृष्ण ने अपने प्रिय अथवा भक्त की पात्रता की विभिन्न शर्तों तो रखीं पर वे पुनः अपने परम संदेश, फल-त्याग की बात पर आने को नहीं भूल सके—"जो कोई अपेक्षा नहीं रखता, जो पवित्र है, दक्ष है, तटस्थ है, व्यथारहित है, सभी उद्यमों का परित्याग किए हुए है अर्थात् किसी फल को ध्यान में रख कोई प्रयत्न नहीं करता वह मेरा भक्त मुझे प्रिय है।"

तटस्थता की बात को आगे बढ़ाते हुए श्रीकृष्ण ने स्पष्ट किया—"जो न व्यर्थ में हर्षित होता है, जो द्वेष नहीं करता, जो शोक नहीं करता और न किसी वस्तु की कामना ही करता है, जो शुभ और अशुभ दोनों को छोड़ चुका है, वह भक्तिमान व्यक्ति मुझे प्रिय है।"

अर्जुन देख रहा था कि श्रीकृष्ण अभी भी भक्ति पर ही निरन्तर जोर दिए जा रहे थे, वह भी अपनी भक्ति अर्थात् साकार भक्ति पर। उसके प्रश्न का उत्तर स्वत और लगातार मिलता जा रहा था। अर्जुन इस बात को मन में ठीक से बैठा ही रहा था कि श्रीकृष्ण ने पुनः आरम्भ किया, "शत्रु-मित्र तथा मान-अपमान, सर्दी-गर्मी तथा सुख-दुःख में जो सम है, जो आसक्तिरहित है, जो निन्दा और स्तुति दोनों में समभाव रखता है, जो मितभाषी है, जो कुछ भी मिल जाए उसी से संतुष्ट रहता है और जो अनिकेत है अर्थात् जिसका कोई निश्चय स्थान नहीं, जिसकी बुद्धि स्थिर है वह भक्तियुक्त व्यक्ति मेरा प्रिय है।"

"अनिकेत!" सभी बातें तो अर्जुन की समझ में आ गईं। पर यह अनिकेत की बात। तो मनुष्य क्या बिना निकेत, बिना घर के ही रहे। वह अपनी जिज्ञासा

को रोक नहीं सका—"अनिकेत की यह बात मैं समझ नहीं सका। आदमी अनिकेत हो जाय, यह बात क्या ठीक है?"

"ठीक है," श्रीकृष्ण ने कहा, "घर बनाकर एक स्थान पर बस रहने से चलते रहना, नये-नये स्थानों का भ्रमण करना, तीर्थों का भ्रमण करना, नदी-तटों, सागर-तीरों और पर्वत-शिखरों के दर्शन करते चलना अधिक उचित है। 'चरैवेति' 'चरैवेति' का सिद्धान्त ही सर्वश्रेष्ठ है। पक्षी घोंसला बनाकर रहते हैं, मूषक बिलों में रहते हैं, साधारण पशु भी गुहा-गह्वर में अपना आवास बना लेते हैं किन्तु मृगराज, वह कानन-केसरी, वह कहां एक स्थान पर रहता है? एक वन को छोड़ दूसरे वनों को प्रस्थान करते जाना ही उसकी प्रकृति है। मुनीन्द्र भी वैसा ही करते हैं जैसा वनेन्द्र। अनिकेत होना अच्छा है, यह निस्संगता के साथ-साथ ज्ञान-वर्द्धन का भी कारण है।"

और इस सम्बन्ध में अन्तिम बात कहकर श्रीकृष्ण ने अर्जुन की शंका का सदा के लिए समाधान कर दिया, "जो मेरे द्वारा बताये इस अमृत तुल्य धर्म का पालन करते हुए मेरे परायण हो, अत्यन्त श्रद्धा-भाव से मेरी भक्ति करते हैं वे मुझे अत्यन्त प्रिय हैं।"

अर्जुन को उत्तर मिल गया था। उसे सारे द्वन्द्वों से रहित हो भक्ति करनी थी, साकार रूप की भक्ति करनी थी, श्रीकृष्ण की भक्ति करनी थी। श्रीकृष्ण ही भगवान थे—साकार भी, निराकार भी।

उक्यासी

कई बातें मन में आ रही थीं। कुछ देर पूर्व देखे दो अद्भुत रूपों—एक अत्यन्त भयावह, प्रलयंकर और दूसरा अति सौम्य, सुदर्शन—तथा अभी-अभी समाप्त वार्तालाप ने प्रश्नों के अनेक पक्षियों को अर्जुन के मन के व्योम में उड़ने को छोड़ दिए थे। ये पक्षी थे कि लगातार पर फड़फड़ा रहे थे और अर्जुन के मनाकाश को उद्वेलित किए जा रहे थे। पर अभी-अभी क्या कहा था श्रीकृष्ण ने जो लोक को उद्वेलित नहीं करता और लोक जिसे उद्वेलित नहीं कर पाता वह मेरा सबसे प्रिय है। इसी एक बात ने तो प्रश्नों के कई परिन्दे उड़ा दिए थे उनके मन-गगन में।

लोक को उद्वेलित करने का अर्थ क्या? और लोक द्वारा उद्वेलित होने का? क्या इन दो बातों में ही श्रीकृष्ण ने अब तक की अपनी सारी बातों का सार नहीं रख दिया था? जैसे कोई द्राक्षा के गुच्छों को निचोड़ कर उसके रस को परोस दे स्वर्ण-चषक में। फिर जो महत्त्व था वह चषक के पेय का, द्राक्षा के निचुड़े दानों का क्या अर्थ रह जाता था तब? तो यही सार तत्त्व था श्रीकृष्ण के अब तक के इस दीर्घ संदेश का! अर्जुन ने अपने को समझाने का प्रयास किया।

क्या उद्वेलित करता है मनुष्य को? क्रोध, द्वेष, ईर्ष्या, आकांक्षा, स्पर्धा—एक दूसरे से आगे बढ़ जाने की प्रबल भावना—और सबसे ऊपर काम, इन्द्रियों का लगातार अपने लक्ष्यों के प्रति आकर्षण? यही न? और सबसे ऊपर फलेच्छा। इसे क्यों भूल जाता है वह? सारे संघर्ष, सारी आपा-धापी और भाग-दौड़ के पीछे

क्या फलाकांक्षा ही नहीं है ? सारे प्रयत्न तो किसी लक्ष्य की प्राप्ति, किसी फल की उपलब्धि को लेकर ही होते हैं और तब आरम्भ होता है आशा-निराशा, विश्वास-अविश्वास और आस्था-अनास्था का एक प्राय: असमाप्य-सा चक्र। सफलता-असफलता और संभावनाओं-आशकाओं के बीच, शाखाओं पर उलटे लटके चमगादड़ों की तरह झूलने लगता है मनुष्य का मन। क्या यह सब उसे उद्वेलित-अव्यवस्थित और अशान्त करने को पर्याप्त नहीं है ? शान्त पड़े किसी सागर के वक्ष पर भी हवाओं का तूफान उतर आये तो लहरें नहीं जगेंगी क्या वहां ? आन्दोलित-आलोड़ित नहीं होगा सागर-तल ? और तल का यह तूफान क्या सतह तक ही सीमित रहेगा ? कुछ गहरे नहीं उतरेगा क्या वह ?

इसी तरह लोक उद्वेलित करता है न मनुष्य को ? ये सारी आशाएं-आकांक्षाएं, स्वप्न, दिवा-स्वप्न, ईर्ष्या, द्वेष, स्पर्धा, असूया कौन सृजित करता है ? लोक ही तो ? वहां के लोग ही तो ? कौन सृजित करता है प्रतियोगिता के झंझा-वात मनुष्य-मन के शान्त सतह पर ? और फिर मथ जाता है उसे अन्दर तक ? एक अन्धी दौड़ ही आरम्भ हो जाती है। यही सब तो निकालना चाहते हैं श्रीकृष्ण अर्जुन के मन से। नहीं ? यह सब नहीं पड़ें मनुष्य के मन में, इन सबों को उत्प्रेरणा और प्रोत्साहन नहीं प्राप्त हो लोक से तब क्यों आन्दोलित हो वह ?

और लोक को कैसे उद्वेलित करता है वह ? अर्जुन का मन पूछ बैठा। स्पष्ट है अपनी अनुपलब्धियों—असफलताओं—जनित क्रोध द्वारा। अपनी कामनाओं-वासनाओं को उन्मुक्त नर्तन की छूट दे। दूसरों की सफलताओं-उपलब्धियों पर प्रश्नचिह्न लगाकर। ईर्ष्या की अग्नि में स्वयं जलकर और दूसरों को भी अपने कुचक्रों के जाल में फंसाने का प्रयास कर। और यह सब क्यों, क्यों, क्यों ? प्रश्नों के पंछी पर फड़फड़ाए ही जा रहे हैं। यह राज्य-साम्राज्य का लोभ ? यह विजय की कामना ? यह पराजय का भय ? यह सब क्या मन को उद्वेलित करने को पर्याप्त नहीं ? अर्जुन को लगा उसके मनाकाश के पंछी कुरुक्षेत्र के इस आकाश पर ही उतर आए हैं—जय-पराजय की संभावनाओं और आशंकाओं का रूप लेकर। कौन काम आयेगा इस युद्ध में—अर्जुन अथवा कर्ण ? धर्मराज या धृतराष्ट्र ? भीम या दुर्योधन ? द्रुपद अथवा जयद्रथ ? या सभी ? किसके सिर को सुशोभित करेगा कौरवों का राजमुकुट ? युधिष्ठिर के या दुर्योधन के ? या किसी के नहीं ? कहीं सभी दावानल के वृक्षों की तरह ही स्वाहा हो गए समराग्नि में तो ?

प्रश्न असंख्य थे। इन्हीं को लेकर अर्जुन के मन की अशान्ति का आरम्भ हुआ था। इन्हीं को लेकर लहरें जगी थीं उसके अन्तर के शान्त सागर-तल पर।

पर लौटना होगा प्रश्नों के परिन्दों को अपने-अपने नीड़ों में, अर्जुन ने अन्दर-ही-अन्दर निश्चय किया। अथवा सबके पंख कतर देने होंगे अब। श्रीकृष्ण ने सबका समाधान रख दिया है। आवश्यकता है उन पर गहराई से मनन करने की। क्रिया के स्तर पर ज्ञान को उतारने की। उत्तर उनका स्पष्ट था, सपाट और सरल। लोक को उद्वेलित नहीं करो और लोक को अपने को उद्वेलित नहीं करने दो। अर्थात् तटस्थ हो आओ आस-पास की इस अन्धी दौड़ के प्रति। निकाल फेंको क्रोध को, काम को अन्दर से। ईर्ष्या और द्वेष को। क्या कहा था उन्होंने ? क्रोध ही काम है और काम ही क्रोध—काम एष क्रोध एष। ये दोनों नहीं रहें तो बहुत सारी उद्वेलनकारी शक्तियां चली गईं मन के बाहर। और क्या कुछ कहा था उन्होंने,

सोच रहा है अर्जुन। तो सोच क्यों रहा है वह? इस सोच को भी नियन्त्रित करने को क्या नहीं कहा उन्होंने? इच्छा-आकांक्षा से भी मुक्ति की बात नहीं कही? हर्ष-विषाद से भी परे रहने की बात? हर्षित होना क्या और रोना भी क्या? सफलता और असफलता, हर्ष और विषाद, मान और अपमान, कीर्ति और अपकीर्ति, जय और पराजय क्या एक ही सिक्के के दो पहलू नहीं हैं? शुक्ल पक्ष और कृष्ण पक्ष दोनों के अस्तित्व को स्वीकारना पड़ेगा कि नहीं? तो समझौता कर लिया कि नहीं मानव-मन ने चांद के इस बदलते रूप से? अब कहां काटता है कृष्ण पक्ष उसे? कभी काटता होगा वह आदिम मानव के मन को। पर अब? समय के अनन्त अन्तराल ने सिखा दिया कि नहीं, उसे तटस्थ भाव से ग्रहण करने को। इस अनिवार्यता को गले लगा लेने की बात को?

कहां भटक गया अर्जुन का मन? वह लौटता है अपने में। पर प्रश्नों के परिन्दे लौटें अपने नीड़ों को? शायद हां, शायद नहीं, हां इसीलिए कि प्रश्नों के समाधान रख दिए थे श्रीकृष्ण ने। कर्मयोग के अपने सिद्धान्त द्वारा—तटस्थता, निस्पृहता की अपनी नीतियों द्वारा। पर इन समाधानों के अनुसार आचरण? यह सहज था क्या? प्रश्न का यह विहग तो अब भी पर फड़फड़ाए जा रहा है।

'था,' उत्तर दिया था, अर्जुन-मन ने। उसे श्रीकृष्ण द्वारा अभी-अभी कही सारी बातों के सार पर ध्यान देना था। भक्ति। हां, श्रीकृष्ण की अनन्य भक्ति ही समाधान था इन सारी समस्याओं का। अनन्य का अर्थ खूब समझता था अर्जुन। और शायद इसीलिए अपने अद्भुत ज्ञान का पात्र बनाया था श्रीकृष्ण ने उसे। शायद इसीलिए लग गए वे अकेले ही उसके साथ और अपनी वह नारायणी सेना दे दी थी दुर्योधन को। और शायद इसीलिए आ बैठे वह उसका सारथि बनकर। सारा संयोग उन्होंने ही गढ़ा क्योंकि वे जानते थे कि उनकी बातों को ग्रहण करने और उन पर आचरण करने की क्षमता उसी में है। कि अनन्य भक्ति का भेद अगर कोई ठीक से समझ सकता है तो दोनों पक्षों में वही है वह व्यक्ति। शायद उन्होंने सुन रखी हो वह घटना जिसने उसकी अनन्यता, एकनिष्ठा और एकाग्रता को अनायास ही सिद्ध कर दिया था। श्रीकृष्ण अनन्य भक्ति चाहते हैं—मेरे हो जाओ, केवल मेरे, मेरे ही मन वाले बनो, मेरा ही भक्त बनो, मेरी ही पूजा करो, मुझे ही नमस्कार करो—मन्मना भव मद्भक्तो। हां जानता है वह इस अनन्यता का मर्म। सध गया था एक बार वह उससे स्वभाव-वश ही और याद आ रही है उसे किशोरावस्था की वह घटना जिसके कृष्ण द्वारा कभी सुन लेने की बात उसके मन में आई है।

वह परीक्षा की घड़ी थी उनकी। उनकी अर्थात् गुरु द्रोण के शिष्यों की। कौरव और पांडव दोनों पक्षों के राजकुमारों को लेकर निकल आये थे द्रोणाचार्य एक वन में। परीक्षा करनी थी उनकी धनुर्विद्या के ज्ञान की। दुर्योधन, दुःशासन, उनके अन्य भाई तथा भीम, युधिष्ठिर सभी थे वहां।

एक पक्षी ही बैठा था वृक्ष की एक डाली पर जिसके नीचे जुटे थे गुरु-शिष्य।

"उस पक्षी के दाहिने नेत्र को वाण-विद्ध करना है।" समझाया था गुरु ने।

दुर्योधन ने संभाला था पहले धनुष-वाण। लक्ष्य की ओर दृष्टि उठाई थी उसने और इसके पूर्व कि वाण छूटता उसके धनुष से, बोल पड़े थे गुरु द्रोण—"क्या कुछ आ रहा है दृष्टि-पथ में?"

"देख रहा हूं मैं वृक्ष की उस शाखा को, उस पर बैठे पक्षी को और उसकी दोनों आंखों को।" दुर्योधन ने उत्तर दिया था।

"रख दो धनुष-वाण। व्यर्थ प्रयास है तुम्हारा।" गुरु-आज्ञा हुई थी और दुर्योधन प्रतियोगिता से अलग हो गया था।

"तुम क्या देख रहे हो?" अग्रज युधिष्ठिर ने जब वाण-संधान किया तो पूछा था गुरु ने।

"मैं पक्षी और उसकी आंखों को स्पष्ट देख रहा हूं।" युधिष्ठिर का उत्तर था।

"तुम भी रख दो धनुष-वाण।" युधिष्ठिर को आज्ञा हुई।

"तुम भी वही सब देख रहे हो जो तुम्हारे भाई ने देखा था?" अपनी गदा को किनारे कर जब भीमसेन ने धनुष पर वाण चढ़ाया तो उनसे पूछा था गुरु ने।

"मैं पक्षी की आंखें देख रहा हूं।" भीम ने सगर्व कहा था।

"तुम भी अलग हो जाओ।"

सभी इसी प्रकार एक-एक कर प्रतियोगिता से बाहर हो गए तो गुरु ने पुकारा था उसे।

शर-संधान किया था उसने कि गुरु का परिचित प्रश्न पड़ा था कानों में—"क्या कुछ दिखाई पड़ रहा है?"

"पक्षी की दाहिनी आंख-मात्र।" उसने उत्तर दिया था। आंखें लक्ष्य पर ही टिकी थीं।

"साधु ! वाण छोड़ो।" गुरु द्रोण ने आज्ञा दी थी।

उसने वाण छोड़ा था और पक्षी धरती पर आ गिरा था। सभी एक साथ दौड़े थे। वाण पक्षी की दाहिनी आंख की पुतली के बीचोंबीच गड़ा पड़ा था।

तो यह थी उसकी एकाग्रता। उसकी अनन्यता। अगर श्रीकृष्ण उसकी अनन्य भक्ति ही चाहते हैं और यह भक्ति सहायिका बनेगी उसके कर्म-योग-साधना की तो उसे कोई आपत्ति नहीं थी अपनी अनन्य भक्ति प्रदान करने में। और जैसा कि पहले भी उसके मन में आया था, भक्त तो बन ही आया था वह श्रीकृष्ण का, रह गई थी अनन्यता की बात तो वह भी अब सध आई थी श्रीकृष्ण के इन स्वरूपों के दर्शन से। कह ही दिया था उसने अपनी स्तुति के क्रम में कि यहां क्या, तीनों लोकों में भी तुम्हारे सदृश कोई नहीं है, तुमसे अधिक होने की तो बात ही व्यर्थ है। ऐसी स्थिति में उसकी भक्ति को तो केवल कृष्ण को ही समर्पित होना ही था। इस अप्रमेय और अतुलनीय को छोड़कर वह और किसी की आराधना में लगता?

"तुम कहीं खो गए लगते हो।" श्रीकृष्ण ने टोका। बहुत देर से वह सोच रहे थे कि अब समय आ गया है कि प्रकृति के कुछ गूढ़ रहस्यों को अर्जुन के समक्ष उद्घाटित किया जाय। भूमि उन्होंने गढ़ दी थी। श्रद्धा के बिना इस गूढ़ ज्ञान का ग्रहण असंभव था और वह श्रद्धा और भक्ति अर्जुन में जाग्रत हो आई थी इसमें उनको अब कोई संदेह नहीं रहा। अतः अब जो कुछ बताना शेष था उसे भी बता ही देना था पर यह था अब तक की बताई सब बातों से एकदम पृथक्।

"अर्जुन, इस शरीर को क्षेत्र कहते हैं।" श्रीकृष्ण ने आरम्भ किया और अर्जुन चकराया, क्षेत्र अर्थात् खेत, कर्षण योग्य, कृषि-योग्य भूमि यही न? तो यह क्या

कह रहे हैं श्रीकृष्ण, यह शरीर क्षेत्र अथवा कृषि-भूमि कैसे हो गया ! पर उसे पूरी बात सुन लेनी थी उसके पश्चात् ही वह अपनी शंका उनके समक्ष रखता । "इसको जो जानता है विद्वान् उसे क्षेत्रज्ञ कहते हैं ।" श्रीकृष्ण ने अपना यह अद्भुत कथन समाप्त किया ।

"यह शरीर क्षेत्र कैसे है ?" अर्जुन ने पूछ ही लिया ।

"वह ऐसे कि क्षेत्र में क्या होता है ? तुम उसमें बीज डालते हो । फिर उस बीज की फसल काटते हो । जैसा बीज वैसी फसल । उसी तरह शरीर रूपी इस क्षेत्र में तुम कर्म का बीज बोते हो फिर कर्मफल के रूप में उसकी फसल काटते हो । जैसा कर्म वैसा फल । सुकर्म का भला । कुकर्म का बुरा । क्यों ? समझना बहुत कठिन है क्या ?"

"नहीं तो," अर्जुन ने कुछ सोचकर कहा, "पर खेत में बीज डालने के पहले और कुछ भी करते हैं ।"

"क्या ?"

"उसे कर्षित करते, जोतते, गोड़ते, घास-फूस और झाड़-झंखाड़ को भी निकालते हैं ।"

"तब क्या होता है ?"

"तब फसल अच्छी होती है ।" अर्जुन ने तत्काल उत्तर दिया ।

"बहुत ठीक । तो यही बात इस शरीर रूपी क्षेत्र के साथ भी है । साधना के द्वारा इसका कर्षण करो । ईर्ष्या, द्वेष, घृणा, क्रोध, लोभ, परिग्रह आदि की तरह के घास-फूस और झाड़-झंखाड़ को निकाल फेंको तो इसमें भी अच्छी फसल होगी । तब तुम्हारे संकल्पों का बीज शीघ्र अंकुरित और पल्लवित-पुष्पित होगा । तब तुम सत्कर्म की खेती करोगे और उसका फल भी अच्छा पाओगे । अच्छी तरह गोड़े गए खेत में कोई विष-वेल नहीं बोता, उसी तरह अच्छी तरह संस्कारित मन-मस्तिष्क वाले खेत में कोई कुकर्म की खेती नहीं करता । अच्छे कर्म करने हैं और उनका अच्छा फल लेना है तो खेत का संस्कार करना कोई आश्चर्य की बात नहीं ।"

अर्जुन निरुत्तर हो आया । बात सटीक थी । कर्म तो इस शरीर से ही बनता है । जैसे बीज का खेत में ही वपन होता है । बीज का फल मिलता है तो कर्म का फल भी मिलेगा ही । अच्छी फसल के लिए अच्छे खेत और अच्छे बीज की आवश्यकता है तो अच्छे फल के लिए भी विशुद्ध और सुसंस्कृत शरीर और अच्छे कर्म आवश्यक हैं ।

"और यह क्षेत्रज्ञ ?" अर्जुन ने आगे प्रश्न किया, "तुमने कहा कि जो इस क्षेत्र को, खेत को, जानता है वह क्षेत्रज्ञ कहा जाता है । कौन है यह क्षेत्रज्ञ ?"

"कौन होता है साधारण क्षेत्र को जानने-पहचानने वाला ? उसकी मिट्टी और मेढ़ से परिचय रखने वाला ? उसमें पड़ते बीजों और उर्वरक, जल आदि का ज्ञान रखने वाला ?"

"उसका मालिक और कौन ?"

"उसी तरह इस क्षेत्र, इस शरीर का जो मालिक है, वही क्षेत्रज्ञ है ?"

"कौन ?"

"आत्मा और कौन ?" श्रीकृष्ण ने उत्तर दिया, "पर बात यहीं नहीं रुकती है, यह तो एक क्षेत्र, शरीर-विशेष की बात हुई पर सभी क्षेत्रों, सभी शरीरों का जो

क्षेत्रज्ञ है, वह मैं हूं।"

"अर्थात् इस शरीर में आत्मा के अलावा तुम भी हो?"

"हां।"

"अर्थात् परमात्मा?"

"यही समझो," श्रीकृष्ण ने कहा, "किन्तु यह भी जानो कि क्षेत्र और क्षेत्रज्ञ अर्थात् शरीर, आत्मा और परमात्मा संबंधी जो ज्ञान है, मेरे मत से वही वास्तविक ज्ञान है।

"यह क्षेत्र अथवा शरीर जैसा है और जो कुछ है, इसमें जो विकार हैं और जिससे यह उत्पन्न हुआ है और इसका जो प्रभाव है, वह मैं सब संक्षेप में तुम्हें बता रहा हूं।

"ऋषियों ने विविध छन्दों से इसका पृथक्-पृथक् वर्णन किया है, कार्य-कारण के सिद्धान्त निश्चित करने वाले ब्रह्मसूत्र के पदों द्वारा भी इसका वर्णन किया गया है।"

"यह कार्य-कारण सिद्धान्त क्या है?"

"मैंने क्षेत्र की व्याख्या करते समय यह बात बता दी है। हर कार्य का कोई कारण होता है। हर फल के पीछे कोई कर्म। जैसा बीज वैसा फल। यही कार्य-कारण सिद्धान्त है।

"तो मैं अब इस क्षेत्र—इस शरीर—के विषय में बता दूं?"

"बताइए।"

"इस शरीर में पंच महाभूत हैं—मिट्टी, जल, अग्नि, आकाश और वायु। अहंकार है, बुद्धि है, अव्यक्त प्रकृति है, दस इन्द्रियां—पांच ज्ञानेन्द्रियां और पांच कर्मेन्द्रियां हैं—एक मन है और इन्द्रियों के पांच विषय हैं—देखना, सूंघना, सुनना, स्वाद और स्पर्श हैं। इच्छा है, द्वेष है, सुख-दुःख है, स्वयं यह स्थूल देह है और हैं चेतना तथा धैर्य। संक्षेप में अपने सारे विकारों सहित शरीर का यही स्वरूप है।"

"तुमने मानवीय शरीर की सारी विशेषताओं का संक्षेप में बड़ा अच्छा वर्णन किया।"

"किन्तु यह वर्णन कुछ दुरूह है।" श्रीकृष्ण ने कहा, "मैंने पहले कहा था न कि क्षेत्र-क्षेत्रज्ञ का ज्ञान ही असल ज्ञान है।"

"हां।"

"तो फिर स्पष्ट जान लो कि वास्तविक ज्ञान क्या है?"

"बताइए।"

"अभिमान-शून्यता, दम्भहीनता, अहिंसा, क्षमाभाव, सरलता, आचार्य-गुरु की सेवा, पवित्रता, स्थिरता, आत्म-संयम, इन्द्रियों का विषयों के प्रति अनाकर्षण, अनहंकार, जन्म, मृत्यु, वृद्धावस्था, रोग, दुःख इन दोषों को निरन्तर ध्यान में रखना, अनासक्ति, पुत्र, पत्नी, गृह आदि के साथ निस्संगता, इष्ट और अनभीष्ट की प्राप्ति में निरन्तर समभाव, मेरी अनन्य और एकनिष्ठ भक्ति, एकान्त सेवन, जनसमूहों में अरुचि, आत्म-ज्ञान में अबाध तन्मयता, तत्त्वज्ञान के अर्थ का नित्य साक्षात्कार; यही सब ज्ञान है और इससे परे जो है, वह अज्ञान है।"

"तुम्हारे ज्ञान की यह सूची तो बड़ी लम्बी है। यह सब सधेगा?" अर्जुन को आशंका हुई।

"सध सकता है।"

"कैसे?"

"उसे भी क्या बार-बार बताना पड़ेगा? वह तो इस सूची में ही आ गया है।"

"समझ गया।"

"क्या?"

"तुम्हारी अनन्य, एकनिष्ठ भक्ति।"

"ठीक है," श्रीकृष्ण ने कहा, "अब मैं उसे बतलाता हूं जो वस्तुतः जानने योग्य है और जिसको जान लेने से अमरत्व की प्राप्ति हो जाती है। वह है अनादि परब्रह्म जो न सत् है न असत् है अर्थात् इन दोनों से परे है। इस संसार में सब ओर उसके हाथ-पैर हैं, सब ओर उसकी आंखें हैं, सब ओर उसके सिर और मुख हैं, वह सब कुछ को आवृत्त किए हुए है।"

"यह तो तुम्हीं हो। कुछ देर पहले जो तुम्हारा रूप देखा, वह भी तो ऐसा ही था।"

"ठीक है अर्जुन, किन्तु आगे सुनो, अद्‌भुत है वह ब्रह्म। सभी इन्द्रियों के गुणों का आभास-बोध तो उसे है पर वह सभी इन्द्रियों से रहित जैसा है अर्थात् इन्द्रियों के भोगों के प्रति उसका आकर्षण नहीं है। वह आसक्ति-रहित है फिर भी वह सब कुछ संभाले हुए है। वह गुणों से रहित है फिर भी गुणों का भोक्ता है।"

"अर्थात्?"

"अर्थात् यह कि सत्व, रज, तम ये जो तीन गुण हैं उनका उस पर कोई प्रभाव नहीं है, पर सब इसमें समाहित हैं। उसी के अन्दर हैं। वह उनका अधिपति है, उस पर उनका कोई वश नहीं। वह जीवों के बाहर भी है, अन्दर भी, वह अचर भी है और चर भी, सूक्ष्म होने के कारण वह अज्ञेय है किन्तु वह दूर भी है और पास भी।

"यद्यपि वह अखंडित है फिर भी विभिन्न जीवों में वह खंडित हुआ-सा विद्यमान है। जीवों का भरण-पोषण करने वाले के रूप में वह ख्यात है किन्तु वही सब प्राणियों के विनाश का कारण भी है और फिर सभी उसी से उत्पन्न भी होते हैं।"

अर्जुन ने सोचा यह भी तो श्रीकृष्ण की ही बात है। अपने संबंध में तो ये कह ही चुके हैं कि प्रलय-काल में सभी प्राणी इन्हीं में प्रविष्ट हो जाते हैं और सृष्टि के आरम्भ में इन्हीं से उत्पन्न होते हैं। किस ब्रह्म की विशेपता बताये जा रहे हैं ये जो स्वयं ही साक्षात् ब्रह्म हैं। फिर भी यदि इन्हें अपनी विशेषताएं बतानी ही हैं तो अच्छा ही है। अपने स्वरूप का दर्शन कराकर अपनी विशेषताओं के वर्णन द्वारा ये विशेष ही अनुग्रह कर रहे हैं उस पर। यद्यपि उनमें बहुत-सी कई बार की कही-सुनी हैं तथापि उनके मुख से बार-बार सुनकर उनमें विश्वास ही बढ़ता है।

"वह ज्योतियों की भी ज्योति है, वह तम से परे है अर्थात् अन्धकार उसे छू भी नहीं पाता।" अर्जुन को याद आता है, सहस्र सूर्यों वाला वह प्रकाश जो श्रीकृष्ण के विराट् रूप के साथ प्रकट हुआ था।

"वही ज्ञान है, ज्ञेय भी वही है," श्रीकृष्ण कहते जा रहे थे, "किन्तु ज्ञान के बिना वह ज्ञात नहीं होता यद्यपि वह सबके हृदय में ही बैठा हुआ है।"

श्रीकृष्ण यहां रुके और फिर कहा, "मैंने तुम्हें क्षेत्र अर्थात् शरीर, ज्ञान तथा ज्ञेय तत्त्व के संबंध में संक्षेप से बता दिया। जो मेरा भक्त इसे ज्ञात कर लेता है वह मेरे भाव अर्थात् प्रकृति को ही प्राप्त कर जाता है।"

अर्जुन को पुनः याद आती है, 'मेरे ही में मन को लगाने वाला बनो, मेरा भक्त बनो—मन्मना भव, मद्भक्तो···।' तो यही उपाय है उनका बनने का? उनकी प्रकृति को प्राप्त करने का? उपाय तो एक ही है, अर्जुन ने सोचा जो उसके अनुकूल है और वह है श्रीकृष्ण की भक्ति। यज्ञ, ज्ञान-विज्ञान की बात श्रीकृष्ण जितना बता दें पर अपनायेगा वह भक्ति को ही।

"प्रकृति और पुरुष को भी तुम जान लो।" श्रीकृष्ण अपने सम्पूर्ण ज्ञान को जैसे आज ही निःशेष कर देना चाहते थे, "दोनों अनादि अर्थात् आदि रहित हैं। वे विकार जो मैंने पहले बताएं हैं और सत्व, रज, तम आदि गुण प्रकृति से ही उत्पन्न हैं। कार्य-कारण की उत्पत्ति में प्रकृति ही सहायक है। अर्थात् कार्य-कारण, कर्म-फल आदि से सम्बन्धित सिद्धान्त का मूल प्रकृति ही है। कार्य-कारण संबंध के कारण उत्पन्न सुख-दुःख का भोग पुरुष को ही करना पड़ता है।

"दूसरे शब्दों में प्रकृति-स्थित पुरुष प्रकृति से उत्पन्न तीनों गुणों—सत्व, रज और तम को भोगता है और इन्हीं गुणों के संग के कारण वह उत्तम या अधम योनियों में उत्पन्न होता है। अर्थात् सत्व गुण की प्रधानता अथवा संग के कारण वह उत्तम योनि में तो रज और तम के संग के कारण अधम योनियों में जाता है।

"मैंने पहले भी कहा है और फिर कह रहा हूं कि इस देह में एक परम पुरुष अर्थात् परमात्मा भी बसता है जो सब कुछ का साक्षी है, पालनकर्ता है, भोक्ता है और है महेश्वर।"

"वह भोक्ता है, यह कैसे?" अर्जुन को शंका हुई।

"पुरुष जो भी भोग करता है उसका परम भोक्ता तो वह परम पुरुष है ही, भले ही इस भोग को वह अनासक्त रूप में ही भोगता है। इसी रूप में वह भोक्ता अर्थात् परम भोक्ता है।

"इस प्रकार जो पुरुष और प्रकृति को उसके सभी गुणों के साथ जान लेता है वह कैसा भी बर्ताव करे किन्तु उसका पुनर्जन्म नहीं होता।"

'अर्थात् ज्ञान का भी महत्त्व है,' अर्जुन ने सोचा, 'हुआ करे पर उसके लिए तो भक्ति ही पर्याप्त है और श्रीकृष्ण पहले भी कह चुके हैं कि मेरा अनन्य भक्त ही मुझे सबसे अधिक प्रिय है।' प्रकृति और पुरुष की यह विशद व्याख्या अर्जुन के लिए बहुत भारी पड़ रही थी किन्तु श्रीकृष्ण के मुख से निस्सृत होने के कारण इसे सुनना ही था। किन्तु उसके मन में एक बात आ रही थी, अगर अपने अन्दर आत्मा के अलावा वह परमात्मा भी बैठा हुआ है तो क्या उसका दर्शन अपने ही भीतर संभव है? श्रीकृष्ण शायद उसके मन की बात पकड़ गए और स्वयं आरम्भ किया—"कुछ लोग तो ध्यान-योग द्वारा, कुछ कर्म-योग द्वारा और कुछ ज्ञान-योग द्वारा अपने अन्दर स्थित उस परमात्मा को स्वयं देख लेते हैं।"

अर्जुन को आश्चर्य हुआ। कर्म-योग, ज्ञान-योग तो स्पष्ट है, ध्यान-योग का अर्थ तो भक्ति ही है। अभी एक क्षण पूर्व तो वह सोच रहा था कि भक्ति ही उसके लिए सरल मार्ग है और अब श्रीकृष्ण ने स्वयं ही स्पष्ट कर दिया कि भक्ति द्वारा भी अन्तःस्थित परमात्मा का दर्शन संभव है। किन्तु अर्जुन के आश्चर्य का विषय

केवल यही नहीं था। उसे आश्चर्य श्रीकृष्ण के समन्वयात्मक प्रयत्न पर हो रहा था। उन्होंने ज्ञान कर्म और भक्ति के मध्य के विवाद को ही समाप्त कर दिया था। तीनों में से किसी द्वारा हृदयस्थ परमात्मा का दर्शन सुलभ था।

"दूसरे लोग अर्थात् वे जो इन तीनों में से कोई मार्ग नहीं जानते और वे दूसरों से सुनकर मेरी उपासना करते हैं, मेरे स्वरूप अथवा कीर्ति के सुनने में निरन्तर तत्पर हैं, वे लोग भी मृत्यु को पार कर जाते हैं। उनका भी जन्म-मृत्यु का चक्कर समाप्त हो जाता है।"

"अर्थात् कथा-श्रवण अर्थात् कीर्तन का भी वही महत्व है जो कर्म-ज्ञान और भक्ति का है?"

"अवश्य क्योंकि परमात्मा के कीर्तिगान को सुनना, सद्ग्रन्थों का पारायण करना उनके प्रति भक्ति ही तो है।" श्रीकृष्ण ने समाधान रखा।

"यह समझ लो अर्जुन!" श्रीकृष्ण ने आरम्भ किया, "कि इस संसार में जो कुछ भी स्थावर या जंगम वस्तु है वह क्षेत्र और क्षेत्रज्ञ के संयोग से ही उत्पन्न है।"

"अर्थात् शरीर और आत्मा के संयोग से? क्योंकि क्षेत्रज्ञ तो आत्मा ही है न?"

"अवश्य!" श्रीकृष्ण ने कहा, "किन्तु इन दोनों के अलावा उस तीसरे तत्त्व परमात्मा को भी तो नहीं भूला जा सकता।"

"यह तो ठीक है," अर्जुन ने कहा और श्रीकृष्ण ने इस तीसरे तत्त्व की बात को और आगे बढ़ाया, "और ये सभी तो विनाशकारी हैं अर्थात् स्थावर, जंगम सभी। इनमें जो उस अविनाशी तत्त्व को जो सर्वत्र समभाव से स्थित है देख पाता है, वही वस्तुतः देखता है। शेष आंखें रहते हुए भी देख कहां पाते हैं?

"उस परमात्मा को सर्वत्र समान रूप से स्थित देखने वाला व्यक्ति किसी भी तरह अपनी आत्मा का हनन नहीं कर पाता अतः वह परम गति को प्राप्त करता है।"

"कैसे?" अर्जुन के मुख से अनायास निकला।

"वह ऐसे कि व्यक्ति अपनी आत्मा का हनन तभी करता है, जब वह किसी भी जीव की उपेक्षा और अनादर करता है। उसकी हत्या तक करता है। जो सर्वत्र परमात्मा को ही देखने लगेगा वह किसी भी जीव का अनादर नहीं कर सकता, अत उसकी आत्मा का हनन संभव नहीं है।

"एक बात और जान लो, कि जो यह देख लेता है कि सारे कार्य प्रकृति द्वारा ही किए जा रहे हैं और मैं कुछ नहीं करता, वही वस्तुतः देखता है अर्थात् वास्तविकता का बोध उसे ही हो पाता है।"

"अर्थात् जैसा तुमने पहले कहा, हम निमित्त मात्र हैं।" अर्जुन ने निवेदन किया।

"हां!" श्रीकृष्ण ने कहा और आगे बोले, "जब वह विभिन्न प्राणियों के भिन्न-भिन्न स्वरूपों को पृथक्-पृथक् नहीं देखकर सबमें एक ही परमात्मा की व्याप्ति अथवा विस्तार देखता है तब वह ब्रह्म को प्राप्त कर लेता है।

"किन्तु यह भी जान लो कि अव्यय, निर्गुण और अनादि होने के कारण वह परमात्मा न तो स्वयं कोई कर्म करता है न कर्मों में लिप्त ही होता है।"

"जो स्थिति परमात्मा की है वही आत्मा की समझो। इसे मैं एक उदाहरण

द्वारा स्पष्ट करूंगा, जैसे सर्वत्र व्याप्त होकर भी आकाश अपनी सूक्ष्मता के कारण किसी वस्तु से लिप्त नहीं होता, उसी प्रकार सभी प्राणियों में स्थित होने के बावजूद आत्मा भी निर्लिप्त ही रहता है।"

"आकाश की बात नहीं समझ में आई।" अर्जुन ने निवेदन किया।

"इसमें क्या समझना है अर्जुन ! आकाश में मेघ घिरते हैं, धूल-गर्द चढ़ती है पर उस सबका उस पर क्या प्रभाव होता है ? वह स्वच्छ का स्वच्छ ही रहता है। घड़े में देखो तो वहां का खुला स्थान जिसे आकाश कहते हैं, उसमें भी कभी पानी भरता है कभी दूध भरता है पर इन्हें निकाल दो तो वह खुला स्थान जैसे का तैसे रहता है।

"जैसे एक ही सूर्य सम्पूर्ण लोक को प्रकाशित करता है, उसी प्रकार इस शरीर, इस क्षेत्र का स्वामी आत्मा सम्पूर्ण शरीर को प्रकाशित अथवा जीवन से स्पन्दित रखता है।

"यह क्षेत्र और क्षेत्रज्ञ की चर्चा तुम्हें नीरस भी लगी होगी," श्रीकृष्ण ने इस प्रसंग को समाप्त करते हुए कहा, "पर जो लोग क्षेत्र और क्षेत्रज्ञ अर्थात् शरीर और आत्मा के अन्तर को पहचानते हैं और जो जीवन, प्रकृति तथा मोक्ष के साधनों को अपनी ज्ञान दृष्टि से देखने में समर्थ हो जाते हैं वे परम पद के अधिकारी बन जाते हैं।"

'मोक्ष के साधन तो आप कई बार बता चुके हैं—कर्म, ज्ञान, भक्ति ये तीन ही तो साधन हैं उसके और इनमें भक्ति ही मेरे लिए सहज और सुखद है,' अर्जुन के मन में आया कह दे परन्तु उसने अभी इसे नहीं कहना ही उचित समझा। क्या पता श्रीकृष्ण उसके मन की बात को पढ़कर पुनः स्वयं कभी इस बात पर लौट आयें।

बयासी

श्रीकृष्ण को लग रहा था कि वे एक ऐसे विषय को अनजाने छेड़ बैठे हैं जिसका शीघ्र अन्त ही नहीं हो रहा। उनका लक्ष्य तो मात्र अर्जुन को युद्ध के लिए सन्नद्ध कर देना था। इसके लिए आत्मा के अमरत्व और मृत्यु की व्यर्थता को सिद्ध कर देना ही पर्याप्त था। अपने सखा और सम्बन्धी अर्जुन को कर्म की प्रधानता और फलाकांक्षा को त्यागने का उपदेश दे उन्होंने उसके समक्ष शान्ति और सुख के पथ को भी प्रशस्त कर दिया था। अपने विराट् रूप और फिर सौम्य सुदर्शन रूप के दर्शन करा उन्होंने उसके भक्ति-भाव को भी जीत लिया था और कर्म-योग के साथ-साथ भक्तियोग के प्रति भी उसे अनुरक्त कर दिया था। साथ ही साथ यह स्पष्ट कर कि प्रतिपक्ष के सभी योद्धा तो पहले ही मारे जा चुके हैं, उसे तो निमित्त मात्र बनना था। उन्होंने उसको अपनी विजय के प्रति आश्वस्त भी कर दिया था। इतना पर्याप्त था और उनके इंगित पर वह किसी क्षण भी युद्ध-रत हो सकता था किन्तु बात थी कि बढ़ती ही जा रही थी। जानने योग्य सभी बातों को अर्जुन को बता कर ही वे दम लेना चाहते थे। ऐसा अवसर पुनः कब आये, न आये अतः वे

अर्जुन को जो उनका शिष्यत्व स्वीकार कर चुका था वंचित नहीं छोड़ सकते थे। यही कारण था कि कर्म और भक्ति के महत्त्व को सिद्ध कर अब वे उसे ज्ञान की बातें बताने पर उतारू थे। उन्हें याद है वे अर्जुन को बता चुके हैं कि ज्ञान के सदृश पवित्र वस्तु यहां कोई और है ही नहीं — न हि ज्ञानेन सदृशं पवित्रमिह विद्यते।

ऐसी स्थिति में वे अर्जुन के समक्ष ज्ञान-योग को पूरी तरह उद्घाटित नहीं करें तो यह उसके प्रति अन्याय के सिवा और क्या होगा? किन्तु यहां वे अत्यधिक सावधानी का सहारा ले रहे थे। जैसे सूरज की प्रथम रश्मियों के स्पर्श से प्रस्फुटित कमल-पुष्प धीरे-धीरे अपनी पंखुड़ियों को खोलता है उसी तरह वे शनैः-शनैः, क्रमशः ही इस पक्ष को उसके समक्ष प्रस्तुत करने का प्रयास कर रहे थे। सरल बातों को पहले और कठिन को बाद में रख कर वे उसी तरह आगे बढ़ रहे थे जैसे कोई किसी ऊंचाई पर स्थित मंदिर के सोपानों की पंक्तियों को क्रमशः पार करता हुआ गर्भ-गृह तक पहुंचता है।

गर्भ-गृह की बात आई तो श्रीकृष्ण मन-ही-मन मुसकरा पड़े। अभी तो गर्भाधान की ही बात करनी है। सृष्टि के गर्भाधान की। सृष्टि की उत्पत्ति के रहस्य को अर्जुन पर प्रकट करना था और बिना गर्भाधारण के तो कहीं कोई उत्पत्ति होती नहीं। पर इस बात पर आने के पूर्व एक छोटी भूमिका आवश्यक थी, इस प्रसंग के महत्त्व को स्पष्ट करना था, अतः श्रीकृष्ण ने आरम्भ किया :

"अर्जुन, पुनः अब मैं ज्ञानों में उत्तम, परम ज्ञान को तुम्हारे समक्ष रखूंगा जिसको ज्ञात कर मुनि-गण इस संसार से विदा होने के पश्चात् परम गति को प्राप्त करते हैं।

"इस ज्ञान की प्राप्ति के कारण मेरे सामीप्य का लाभ प्राप्त करने वाले व्यक्ति सृष्टि के काल में भी जन्म नहीं लेते और प्रलय-काल भी उन्हें पीड़ित नहीं कर पाता।"

"कौन-सा है वह ज्ञान जो व्यक्ति को आपके इतना समीप ला देता है और जन्ममरण के बंधन से उसे इस तरह मुक्त कर देता है?" अर्जुन को उत्सुकता हुई।

"यह प्रकृति मेरी योनि है और मैं उसमें गर्भ स्थापित करता हूं। इस तरह सभी जीवों की उत्पत्ति होती है।"

"तब तो प्रकृति माता हुई और पुरुष अर्थात् तुम पिता हुए, इस सम्पूर्ण सृष्टि के?"

"कहना तो यही चाहता हूं।" अर्जुन द्वारा बात को इतना शीघ्र समझ लेने पर श्रीकृष्ण को प्रसन्नता ही हुई। "साथ ही मैं यह भी बता दूं कि इस प्रकृति को मैं 'ब्रह्म' ही नहीं 'महद् ब्रह्म' मानता हूं।"

"क्यों?"

"क्योंकि सृष्टि में माता का स्थान सदा प्रधान होता है।"

"अर्थात् तुम ब्रह्म हुए तो यह प्रकृति महद् ब्रह्म।"

"अवश्य।"

"मनुष्य ही नहीं," श्रीकृष्ण ने पुनः आरम्भ किया, "सभी कोटियों के जो प्राणी उत्पन्न होते हैं उन सबकी योनि यह प्रकृति ही है और मैं उनका बीज-दाता पिता हूं।

"यह बात समझ गए तो आगे की बात सुनो जो अत्यन्त महत्वपूर्ण है,"

श्रीकृष्ण ने कहा, "यह अविनाशी आत्मा तो बन्धन-रहित है लेकिन प्रकृति से ही उत्पन्न जो तीन गुण हैं—सत्व, रज और तम वे ही उसके इस देह में बन्धन का कारण बनते हैं।"

"अर्थात् रज और तम की बात तो पृथक्, यह सत्त्व गुण भी बन्धनकारी है?" अर्जुन को आश्चर्य हुआ।

"हां।"

"यह कैसे ?"

"इसमें सन्देह नहीं कि सत्त्व गुण सबसे निर्मल होने के कारण प्रकाशवान और सुखकारी है किन्तु वह भी सुख और ज्ञान के बहाने तो हमें बांधता ही है ! सत्त्व गुणी किसी को दुःख नहीं दे यह तो ठीक किन्तु स्वयं के सुख की कामना तो उसे भी होती है। फिर वह ज्ञान की उपासना करता ही है। ज्ञान-जनित अहंकार भी तब उत्पन्न हो सकता है। इस तरह सत्त्व गुण भी बन्धनकारी है।"

"और रजोगुण ? वह कैसे बांधता है ?"

"रजोगुण उत्पन्न होता है राग से। राग का अर्थ प्रेम और क्रोध कुछ भी हो सकता है। इसके साथ लगी रहती है कामना। तो कामनापूर्ति के लिए तो कर्म की आवश्यकता होगी ही और जब कर्म करोगे तो वह बंधेगा ही।"

"किन्तु जब तुम्हारे कर्म-योग का सहारा लिया जाय ? जब निस्संग और फलाकांक्षा से रहित होकर कर्म सम्पादित किया जाय ?"

"तब वह कहां से बांधेगा ? मेरे पूरे सन्देश का तो सार यही है।" श्रीकृष्ण को प्रसन्नता हुई कि कर्म-योग पूरी तरह घर कर गया है अर्जुन के अन्दर।

"अब तमोगुण की बात सुनो," श्रीकृष्ण ने आरम्भ किया, "इसकी तो बात ही निराली है। यह तो बांधे-बांधेगा ही। यह अज्ञान से पैदा होता है। प्राणियों में मोह की उत्पत्ति का कारण यही है और रजोगुण-प्रधान व्यक्ति में आलस्य, प्रमाद और निद्रा की अधिकता है। वह इन्हीं से बंधता है।"

"सूत्र रूप में सुनो तो सत्वगुण, 'सुख' से, रजोगुण 'कर्म' से और तमोगुण 'प्रमाद' से लोगों को बंधन में डालता है। तमोगुण की विशेषता यह है कि वह ज्ञान को अज्ञान के अन्धकार से ढंक देता है।"

"क्या पृथक्-पृथक् व्यक्तियों में इनमें से एक-एक गुण की सदा प्रधानता रहती है ?" अर्जुन ने पूछा।"

"ऐसा हो सकता है," श्रीकृष्ण ने उत्तर दिया, "परन्तु सदा ऐसा होता नहीं है।"

"तो क्या होता है ?"

"होता यह है कि एकही व्यक्ति में कभी सत्त्व गुण 'रज' और 'तम' को दबाकर प्रधान हो आता है तो कभी सत्त्व गुण और तमोगुण को दबा कर रजोगुण उत्पन्न हो आता है और सत्त्व गुण और रजोगुण को ढंक कर तमोगुण प्रधान हो आता है।"

"यह तो बड़े काम की बात है। इन तीनों की पृथक्-पृथक् स्पष्ट पहचान बताओगे क्या ?" अर्जुन ने उत्सुक होकर पूछा।

"बताया तो है, अब और स्पष्ट कर देता हूं।" श्रीकृष्ण ने उत्तर दिया।

"जब शरीर के इन्द्रियों-रूपी सभी द्वारों में प्रकाश और ज्ञान का उदय होता

है तो सत्त्व गुण की वृद्धि होती है ऐसा समझना चाहिए।

"रजोगुण की वृद्धि होने पर लोभ, नाना प्रकार की प्रवृत्तियां, कर्मों का आरम्भ, अशान्ति, विषय-भोगों की वासना आदि देखने में आते हैं।

"तमोगुण की वृद्धि होने पर, प्रकाश अर्थात् ज्ञान का अभाव, कार्य करने की इच्छा की समाप्ति और प्रमाद की उत्पत्ति होती है।

"और यह भी सुन लो।"

"क्या?" अर्जुन ने उत्सुकता से पूछा।

"एक बार मैंने मृत्यु के उपरान्त की गति पर प्रकाश डाला था न? एक बार और डालता हूं।"

"बताओ।"

"जब सत्त्व गुण की प्रधानता की स्थिति में मनुष्य शरीर छोड़ता है तो वह उत्तम ज्ञानियों को प्राप्त होनेवाले निर्मल लोकों में जाता है। जब रजोगुण की प्रधानता की स्थिति में मृत्यु को प्राप्त होता है तो कर्म में आसक्त लोगों की योनियों में जन्म लेता है और जब तम की प्रधानता में मरता है तब मूढ़ अर्थात् ज्ञान-शून्य प्राणियों की योनियों में जन्म लेता है।"

"इसका अर्थ तो यह हुआ कि सत्त्व गुण की प्रधानतावाले जहां जन्म-मरण के बन्धन से मुक्त हो जाते हैं वहीं रजोगुण और तमोगुण की प्रधानता वाले इस चक्कर में पड़े रहते हैं?" अर्जुन ने पूछा।

"हां। वस्तुतः आजीवन जिस गुण की प्रधानता रहती है, मृत्यु के समय वही गुण प्रधान हो आता है और तब उसी गुण के अनुकूल फल मिलता है, अतः प्रयास तो यह होना चाहिए कि व्यक्ति में सदा सत्त्व गुण की ही प्रधानता रहे।"

"यहां भी सूत्र रूप में सुन लो,' श्रीकृष्ण ने आगे कहा, "पुण्य-युक्त कर्मों का फल सात्विक और निर्मल होता है। रजोगुणी कर्मों का फल दु:ख और तमोगुणी कर्मों का फल अज्ञान होता है। सत्त्व से ज्ञान की, रज से लोभ की और तम से प्रमाद, मूढ़ता और अज्ञान की उत्पति होती है। लोकों की ही बात लो तो सत्त्व-गुणी ऊपर के लोकों को जाते हैं, रजोगुणी मध्यलोक अर्थात् पृथ्वी पर आते हैं और अधम गुण और कार्य में रत तम-प्रधान लोग नीचे के लोकों अर्थात् नरक आदि को प्राप्त होते हैं।

"इसमें एक बात समझने की है," श्रीकृष्ण ने रुककर कहा।

"क्या?" अर्जुन को आश्चर्य हो रहा था कि श्रीकृष्ण सत्त्व, रज और तम इन तीन गुणों की व्याख्या में क्यों इतना समय दे रहे हैं।

"वह यह कि इन तीनों गुणों के अलावा कर्मों का कोई और कर्त्ता नहीं है। अर्थात् इन्हीं गुणों में से किसी एक की प्रधानता के कारण कर्म होते हैं। अतः जो इस तथ्य को जान लेता है और इन गुणों के परे हो जाता है वह मेरे भाव को अर्थात् मुझे प्राप्त कर लेता है।"

तो बात यह थी, अर्जुन ने सोचा, अपने को प्राप्त करने के साधन को स्पष्ट करने के लिए ही श्रीकृष्ण को इन तीन गुणों का विशद विश्लेषण करना पड़ा।

अपनी बात को आगे बढ़ाते हुए श्रीकृष्ण ने कहा, "जो देह से उत्पन्न होनेवाले इन तीनों गुणों पर विजय प्राप्त कर लेता है वह जन्म, मृत्यु और वृद्धावस्था के दुःखों से मुक्त होकर अमरत्व को प्राप्त कर लेता है।"

यह तो बड़ी बात है, अर्जुन ने सोचा, तीनों गुणों पर विजय प्राप्त कर अथवा उन्हें पार कर अमरत्व प्राप्त करना। भला कैसी होती होगी ऐसे व्यक्ति की पहचान जो इन गुणों को पार कर जाता है और कैसे पार करता है वह? और यही बात वह श्रीकृष्ण से पूछ बैठा—"इन तीन गुणों से परे व्यक्ति किन चिह्नों अथवा पहचानों द्वारा जाना जाता है? उसका आचार-व्यवहार कैसा होता है और वह कैसे इन गुणों को पार करने में सफल हो जाता है?"

"जो व्यक्ति प्रकाश अर्थात् ज्ञान, प्रवृत्ति और मोह इनको प्राप्त कर न तो इनसे द्वेष करता है अर्थात् ये क्यों आये ऐसा सोचता है और जो इनके चले जाने पर इनकी इच्छा नहीं करता, जो उदासीन अर्थात् तटस्थ व्यक्ति की तरह इस संसार में रहता है, तीनों गुणों से जो विचलित नहीं होता, सर्वत्र गुणों का ही खेल है ऐसा समझ कर जो स्थित रहता है और विचलन को नहीं प्राप्त करता, जो सुख-दुःख को समान समझ कर स्वस्थ भाव से युक्त रहता है, जो मिट्टी, पत्थर और स्वर्ण को समान समझता है, जो धैर्यवान व्यक्ति प्रिय और अप्रिय को, निन्दा और स्तुति को, मान और अपमान को, शत्रु और मित्र को समान भाव से देखता है, जिसने सभी कर्मों का त्याग कर दिया है, वही इन तीनों गुणों से रहित होता है।"

"इन तीनों गुणों को पार कर जाने का उपाय? कोई सहारा?" अर्जुन के मुख से अनायास निकला। तीनों गुणों को पार करने पर तो आनन्द-ही-आनन्द है, अर्जुन ने सोचा पर इनसे पार पायें तो कैसे?

"मेरी अनन्य भक्ति।" श्रीकृष्ण ने स्पष्ट उत्तर दिया, "जो अनन्य भक्ति से मेरी उपासना करता है, वह इन तीनों गुणों को अच्छी तरह पार कर ब्रह्म बनने के योग्य बन जाता है।"

भक्ति, अनन्य भक्ति, अर्जुन सोचने लगा, अन्ततः श्रीकृष्ण उसी बात पर आये न जिसकी उसे कामना थी। उसने सोचा था न कि भक्ति ही उसके लिए सभी साधनों से सरल है और समय आने पर पुनः श्रीकृष्ण स्वयं इस बात को स्पष्ट कर देंगे। हुआ न वही। वह सभी सहारों को छोड़ केवल इनकी भक्ति में ही मन देगा और जिस ब्रह्म की बात वे कह रहे हैं, क्या वह नहीं जानता कि इनके सिवा वह कोई अन्य नहीं है।

'मैं ही अमर और अविनाशी ब्रह्म का,' अर्जुन सोच ही रहा था कि श्रीकृष्ण ने पुनः उसके मन की बात कह दी, "शाश्वत धर्म का, एकान्त सुख का, आश्रय अथवा स्थान हूं।"

श्रीकृष्ण की इस उक्ति पर अर्जुन का मन उत्फुल्ल कमल की तरह हो आया और उसने सोचा कितना सौभाग्यशाली है वह कि ऐसे श्रीकृष्ण, ऐसे ब्रह्म, सुख-आनन्द के ऐसे साक्षात् स्रोत को उसने सखा के रूप में प्राप्त किया है, उनके सतत सान्निध्य का लाभ मिला है उसे। अच्छा ही हुआ जो उसे रजोगुण ने ग्रस लिया—रजोगुण के सिवा था भी क्या वह जिसके कारण वह युद्ध-विरत होना चाहता था—कि उसे श्रीकृष्ण के इस स्वरूप के ज्ञान का यह अवसर प्राप्त हुआ।

तिरासी

"एक पीपल का पेड़ है। उसकी जड़ ऊपर है किन्तु डालियां नीचे हैं। वैदिक मन्त्र इसके पत्ते हैं।" श्रीकृष्ण ने आरम्भ किया।

"यह कोई कहानी है क्या?" इस विचित्र वर्णन को सुनकर अर्जुन ने टोका।

"यह कहानी नहीं है। यह तत्त्व-दर्शन है। इस वृक्ष को जो ठीक से जानता है उसे ही पंडित समझो या समझो वेद-वेत्ता। यह कहानी भी है तो यह संसार की कहानी है। इसी सृष्टि की कहानी है।"

"यह कैसे?" अर्जुन ने जिज्ञासा की।

"यह इस प्रकार कि संसार की उत्पत्ति का मूल ब्रह्म है और वह ऊपर है। जब मूल ऊपर है तो शाखाएं अर्थात् विश्व के विभिन्न प्राणी नीचे की ओर ही तो फैलेंगे? वैदिक छन्द इसके पत्ते इस रूप में हैं कि पत्तों के बिना वृक्ष का अस्तित्व रह नहीं सकता, वह नष्ट हो जायगा। उसी तरह वेदों के ज्ञान और उनके अनुसार आचरण के बिना यह विश्व-वृक्ष भी नहीं रहने को।"

अर्जुन के मन में आया कि वह श्रीकृष्ण से पूछे कि आपने तो वेदों के कर्म-कांड का विरोध किया था फिर उसे याद आया कि निस्वार्थ भाव से किया गया कर्म, कर्म-योग का आश्रय लेकर किया कर्म, तो सर्वश्रेष्ठ है ही और श्रीकृष्ण के अनुसार एक क्षण को भी हम बिना कर्म के रह नहीं सकते, अतः उसने अपने प्रश्न को स्थगित कर दिया।

"ऊपर-नीचे की तरफ इस वृक्ष की शाखाएं फैली हुई हैं," श्रीकृष्ण ने अपने कथन को आगे बढ़ाया जो अर्जुन को एक कहानी का ही आनन्द दे रहा था, "विषय-वासना रूपी कोंपलें इन शाखाओं से फूट रही हैं और ये कोंपलें मेरे द्वारा बताए तीनों गुणों—सत्व, रज और तम के सहारे वृद्धिशील हो रही हैं। इस वृक्ष की कुछ जड़ें नीचे की ओर भी फैली हुई हैं। ये जड़ें कर्म-रूपी ही हैं जो मनुष्य-लोक में मनुष्य के बन्धन का कारण बनती हैं।"

"नीचे की ओर की जड़ों का तात्पर्य नहीं समझा।" अर्जुन ने अनभिज्ञता व्यक्त की।

"बरगद वृक्ष को देखा है? उसकी कुछ जड़ें ऊपर डालियों से उतर कर नीचे धरती में भी नहीं समा जाती हैं क्या? और ये जड़ें वृक्ष को और अच्छी तरह धरती से नहीं बांध देती हैं क्या?"

"ऐसा तो होता है।" अर्जुन ने हामी भरी।

"तो इसी तरह संसार-रूपी इस वृक्ष को भी समझो। किन्तु यहां जो वास्तविक मूल है वह तो ऊपर है, ब्रह्म-प्रसूत है वह। अतः, बन्धनकारी तो वह नहीं बनता। पर बरगद की नीचे उतरती जड़ों की तरह जो कर्म हैं वे ही यहां बन्धन के कारण बनते हैं।"

"तो तुमने पीपल के बदले बरगद वृक्ष की ही कहानी कही होती।"

"अब कहा न यह कहानी नहीं है और मानना हो तो तुम इसे बरगद वृक्ष ही मान सकते हो। पीपल और बरगद में बहुत अन्तर नहीं है।"

"ठीक है।" अर्जुन ने कहा, "पर ऐसा कुछ लगता तो नहीं अर्थात् जिस रूप में तुम इस संसार का वर्णन कर रहे हो उस रूप में यह प्रतीत तो नहीं होता।"

"नहीं होता, यही मैं कहने जा रहा था और इसीलिए लोग धोखा खाते हैं। कर्म-बन्धन में बंधते हैं। वृक्ष का सहारा तो मात्र उपमा के लिए लिया गया है, मूल बात तो यह है कि ब्रह्म से प्रसूत इस उलटे लटके विश्व में कर्म में आसक्ति ही है जो लोगों को बन्धन में डालती है।

"इस विश्व-रूपी वृक्ष का न आदि है न अन्त," श्रीकृष्ण ने आगे आरम्भ किया, "न इसका आधार ही प्रत्यक्ष दिखलाई पड़ता है किन्तु है यह विश्व-वृक्ष अत्यन्त दृढ़ और जैसे किसी वृक्ष को काटने के लिए तेज शस्त्र की आवश्यकता होती है उसी तरह असंग रूपी तीक्ष्ण शस्त्र से इस दृढ़मूल वाले विश्व-वृक्ष को काटकर व्यक्ति को उस स्थान अर्थात् लोक को प्राप्त करने का प्रयास करना चाहिए जहां पहुंचकर फिर लौटना नहीं होता। इसके लिए उसी आदि-पुरुष की शरण में जाना पड़ेगा जिससे यह पुरातन प्रवृत्ति अर्थात् सृष्टि निस्सृत हुई है।"

"अर्थात् भगवद्भक्ति ?" अर्जुन अपने मन की बात सुनकर प्रसन्न हुआ।

"हां किन्तु मैं जिस परमधाम की प्राप्ति की बात कर रहा था उसकी प्राप्ति भगवद्भक्ति के अलावा और बातों की भी अपेक्षा करती है। जो मान और मोह से मुक्त हो गए हैं, संग-दोष अर्थात् आसक्ति जिनके अन्दर नहीं है, जो नित्य आत्मा में ही लीन हैं, जिनकी सारी कामनाएं निःशेष हो गई हैं, जो सुख-दुःख नामक द्वन्द्व से मुक्त हो गए हैं, ऐसे ही मूढ़ता-रहित लोग उस अव्यय पद को प्राप्त करते हैं।"

"वह तो तुम्हारा ही स्थान है न ? तुम्हारा धाम ?" अर्जुन को इस अव्यय पद के सम्बन्ध में कोई संदेह नहीं था फिर भी उसने पूछा।

"हां," श्रीकृष्ण ने कहा, "वह मेरा ही स्थान है जहां जाकर फिर लौटना नहीं होता। किन्तु उसके सम्बन्ध में कुछ और विचित्र बातें बताऊं ?"

"अवश्य, यह तो तुम्हारी अतिरिक्त कृपा होगी।"

"न वहां सूर्य चमकता है, न शशि, न अग्नि। समझे कुछ ?" श्रीकृष्ण ने ही कहा।

"समझ गया, वह तुम्हारा लोक तुम्हारे स्वयं के प्रकाश से ही इस तरह प्रकाशित है कि वहां सूर्य, चन्द्रमा अथवा अग्नि की आवश्यकता है ?"

"बहुत ठीक। अब आगे सुनो। मेरा ही अंश इस जीव-लोक में जीव अर्थात् प्राण के रूप में सनातन काल से स्थित है। यही प्रकृति में प्राप्त मन और पंच-इन्द्रियों को खींच कर अपने युक्त कर लेता है।"

"अर्थात् तब एक प्राणी पैदा हो जाता है।"

"हां।"

"किन्तु तुमने मन और इन्द्रियों को प्रकृति में स्थित क्यों बतलाया ?" अर्जुन ने नहीं समझ कर पूछा।

"क्योंकि मैं पहले ही बता चुका हूं कि उस अपरा प्रकृति से जब मेरी परा प्रकृति का संयोग होता है तो सृष्टि होती है। मन, इन्द्रिय आदि इस अपरा प्रकृति के ही तो अंग हैं। ये जीव के साथ थोड़े लगे रहते हैं। वह जीव, वह मेरा अंश तो इनसे सर्वथा पृथक् है। किन्तु एक बात होती है।"

"क्या ?"

"जब यह जीव शरीर ग्रहण करता है उस समय तो इनको अर्थात् मन और इन्द्रियों को अपने साथ कर लेता है पर जब वह शरीर छोड़ता है तब भी जैसे वायु गन्ध को लिए जाती है उसी तरह वह इनको अपने साथ लिए जाता है।"

"क्यों ?"

"क्योंकि दूसरे शरीर में इनकी आवश्यकता तो पड़ती है।"

"तब तो मन और इन्द्रियों पर पड़े अच्छे-बुरे संस्कार भी वह दूसरे शरीर में ले जाता है ?"

"अवश्य। इसीलिए तो अच्छे संस्कारों के विकास की आवश्यकता है। खैर, आगे सुनो।

"यह जीव, मेरा ही अंश, जो यों तो निर्विकारी और विषयों से पृथक् है, वही जब शरीर धारण कर लेता है तो कान, आंख, त्वचा, जिह्वा, नासिका और मन द्वारा विषयों का सेवन आरम्भ कर देता है।"

"क्या यह जीव, यह तुम्हारा अंश लोगों की दृष्टि में आता है ? कोई इसे देख भी पाया है ?"

"हां, मूर्ख तो नहीं देख पाते किन्तु जिनके ज्ञान-चक्षु खुले हैं वे इस जीव को अथवा मेरे अंश को उस समय भी देखते हैं जब यह शरीर छोड़ने लगता है, उस समय भी देखते हैं जब वह इस शरीर में वर्तमान रहता है और प्रकृति के तीनों गुणों—तत्व, रज और तम—के अधीन हो नाना भोगों को भोगता है। साधना में लगे योगी लोग अपने अन्दर स्थित इस आत्मा को देख लेते हैं लेकिन जो शुद्ध चित्त वाले नहीं हैं और जिनकी चेतना विकसित नहीं हुई है वे प्रयास करके भी इसे देख नहीं पाते।"

अर्जुन सोच रहा था क्या उसके लिए इसे देखना संभव होगा ? फिर उसने सोचा उसने तो श्रीकृष्ण-कृपा से आत्मा क्या परमात्मा के ही दर्शन कर लिए हैं। अब वह आत्मा को देखे या न देखे क्या अन्तर पड़ता है ? श्रीकृष्ण के उन दो रूपों को देखने के पश्चात् अब कुछ देखने को शेष भी रह जाता है क्या ?

"जो सूर्य का तेज सम्पूर्ण संसार को प्रकाशित करता है, जो तेज चन्द्रमा में है, जो अग्नि में है वह मेरा ही तेज है, ऐसा समझो।" श्रीकृष्ण बोलते जा रहे थे, "पृथ्वी में प्रविष्ट होकर मैं अपने प्रताप से सब प्राणियों को धारण करता हूं और रस से परिपूर्ण होकर चन्द्रमा बना मैं सभी औषधियों का पोषण करता हूं। मैं ही प्राणियों के अन्दर जठराग्नि बनकर वास करता हूं और प्राण और अपमान से युक्त होकर चारों प्रकार के अन्न— भक्ष्य, भोज्य, चर्व्य और लेह्य—को पचाता हूं।

"सबके हृदय में मैं ही बैठा हुआ हूं। मुझसे ही स्मृति, ज्ञान और विस्मृति की स्थिति आती है। सभी वेदों के द्वारा मैं ही जानने योग्य हूं, मैं ही वेदान्त का रचयिता हूं, वेदों को जानने वाला भी मैं ही हूं।

"और एक बात ध्यान से सुनो।"

"क्या ?"

"इस संसार में दो पुरुष हैं क्षर और अक्षर। क्षर अथवा नाशवान। अक्षर अर्थात् अविनाशी। जगत् के सभी जीव क्षर हैं अर्थात् इनका नाश होता है किन्तु इनके अन्दर स्थित जो आत्मा है वह अक्षर है। वह अक्षर पुरुष है। शेष सभी क्षर पुरुष हैं।"

"चूंकि मैं क्षर से अतीत हूं और अक्षर से भी उत्तम हूं अतः लोक और वेद दोनों में पुरुषोत्तम रूप में ख्यात हूं।

"जो मोहरहित व्यक्ति इस तरह मुझे पुरुषोत्तम रूप में जानता है वह सब कुछ जानता है और सब तरह से मेरी ही उपासना करता है।"

इतना कहकर श्रीकृष्ण रुके और फिर बोले, "अर्जुन, तुम पापरहित हो, अतः मैंने तुझे यह गुह्यतम ज्ञान बता दिया। इसे जानकर मनुष्य बुद्धिमान् और कृत-कृत्य हो जाता है।"

चौरासी

श्रीकृष्ण ने अभी-अभी अर्जुन को बताया था कि उनके द्वारा वर्णित ज्ञान को जानकर व्यक्ति बुद्धिमान और कृतकृत्य हो जाता है। वह सोच रहे थे बुद्धिमान होना ही पर्याप्त है क्या? बुद्धिमान भी अगर आचरण-हीन है, सदाचार नहीं, कदाचार को, शौच नहीं अशौच को प्रश्रय देता हो तो उसकी बुद्धिमत्ता किस काम की? वे जानते थे कि चरित्र का स्थान बुद्धि से ऊपर है। विद्या जब तक क्रिया के स्तर पर नहीं उतरे, आचरण के परिष्कार का कारण नहीं बने तब तक वह व्यर्थ है। अतः उन्होंने तय किया कि आचरण सम्बन्धी बातों को भी अर्जुन पर प्रकट कर देना चाहिए और वे बोले :

"अर्जुन, इस विश्व में मनुष्य दो प्रकार की प्रवृत्तियां लेकर ही आता है, एक दैवी और दूसरी आसुरी। इन प्रवृत्तियों का जानना आवश्यक है, अतः मैं उन पर कुछ विस्तार से प्रकाश डालूंगा।"

"मुझे प्रसन्नता होगी।" अर्जुन ने उत्सुकता दिखाई।

"निर्भयता, अन्तःकरण की शुद्धता, ज्ञान और योग में सम्यक् स्थिति, दान, दम, यज्ञ, स्वाध्याय, तप, सरलता, अहिंसा, सत्य, क्रोध का अभाव, त्याग, शान्ति, दूसरों की चुगली नहीं करना, प्राणियों के प्रति दया, निर्लोभता, कोमलता, लज्जा, चंचलता का अभाव, तेज, क्षमा, धैर्य, पवित्रता, द्रोह की अनुपस्थिति, निरभिमानता, ये सब उनके गुण हैं जो दैवी संपदा अर्थात् विशेषता लेकर उत्पन्न होते हैं।

"दम्भ, दर्प, अभिमान, क्रोध, निष्ठुरता, अज्ञान ये उनके लक्षण हैं जो आसुरी संपदा लेकर उत्पन्न होते हैं।

"दैवी सम्पदा मुक्ति प्रदायिनी होती है जबकि आसुरी सम्पदा बन्धन का कारण बनती है।"

अर्जुन इस समय सोचने लगा, वह किस श्रेणी में आयेगा? श्रीकृष्ण तो बहुत सारी दैवी विशेषताएं गिना गए, क्या वह···।

श्रीकृष्ण शायद अर्जुन के मनोभावों को पढ़ने में सफल हो गए और बोले, "तुम अपनी चिन्ता नहीं करना अर्जुन? तुम दैवी-सम्पदा से युक्त उत्पन्न हुए हो।

"जैसाकि मैंने पहले कहा," श्रीकृष्ण ने बात आगे बढ़ाई, "इस संसार में दो प्रकार के प्राणियों की सृष्टि हुई है—दैवी और आसुरी।"

श्रीकृष्ण को लगा कि उन्होंने दैवी विशेषताओं की तो एक लम्बी सूची अर्जुन के समक्ष रख दी पर आसुरी पर थोड़ा ही प्रकाश डाला, अतः, स्वतः बोले, "दैवी लक्षणों का तो मैंने विस्तार से वर्णन किया, अब आसुरी प्रवृत्तियों को भी सुन लो :

"आसुरी स्वभाव के लोग न तो कार्यों में प्रवृत्ति अर्थात् रत होने की बात ठीक से जानते हैं न निवृत्ति अर्थात् कार्यों के न करने की ही बात को। उनमें न पवित्रता होती है, न आचार, न उनमें सत्य ही देखा जाता है। वे मानते हैं कि यह संसार असत्य है, आधार-हीन है, इसका कोई ईश्वर नहीं है तथा इसकी उत्पत्ति अनायास और अनियोजित अर्थात् पूर्वापर सम्बन्ध से रहित है, अतः कामना-पूर्ति में सहायक होने के अलावा इसका और कोई प्रयोजन ही नहीं है।"

ईश्वर नहीं है, क्या कहते हैं लोग, अर्जुन ने सोचा। कभी वह भी शायद यह सोच सकता था कि ईश्वर हो भी सकता या नहीं भी हो सकता। पर अब? अब जब सब कुछ उसने अपनी आंखों ही देखा है तो वह कैसे कह सकता है कि ईश्वर नहीं है और केवल कामना-पूर्ति का स्थल है यह विश्व? छिः, अर्जुन के मन ने प्रतिकार किया। ऐसे, आसुरी प्रकृति के लोगों से तो संसार का भारी अहित होगा।

अर्जुन यह सोच ही रहा था कि श्रीकृष्ण जैसे उसके मन की बात जानकर बोल पड़े, "ये अल्पबुद्धि, नष्टात्मा, उग्र कर्मा तथा सबके अहितकारी लोग अपने इस दृष्टिकोण का सहारा ले इस विश्व के विनाश के लिए ही उत्पन्न हुआ करते हैं। कभी न पूर्ण होने वाली कामना का आश्रय ले, दम्भ, मान और मद से भरे मोह-वश बुरे आग्रहों से युक्त ये लोग अपवित्र लक्ष्यों की पूर्त्ति हेतु कार्यों में प्रवृत्त होते हैं।

"इनकी चिन्ता का कोई अन्त नहीं होता। इनका वश चले तो प्रलयकाल तक वे इन चिन्ताओं-कामनाओं से ही ग्रस्त रहें। ये कामोपयोग में ही तत्पर रहते हैं और इस सबके अलावा और कुछ का कोई अर्थ ही नहीं होता, ऐसा निश्चय किए बैठे होते हैं ये। सैकड़ों आशाओं के पाश में बंधे काम और क्रोध के वशीभूत ये लोग अपनी कामनाओं के भोग-हेतु अन्यायपूर्ण उपाय से धन-संचय में लगे रहते हैं।"

इस विस्तृत वर्णन के बाद श्रीकृष्ण कुछ रुके और फिर इन आसुरी प्रवृत्ति वालों के चरित्र के एक बड़े मनोरंजक पक्ष का उन्होंने चित्र खींचा—"जानते हो अर्जुन! ये अपनी अन्यायपूर्ण प्रवृत्तियों और अहंकारी वृत्तियों में ही आनन्द पाते हैं। इनकी कामनाओं-वासनाओं का कोई अन्त ही नहीं होता। वे सोचते हैं मैंने आज यह प्राप्त कर लिया, फिर अब इस मनोरथ को पूर्ण करूंगा। यह धन तो मेरे पास है ही, यह धन भी मुझे प्राप्त होकर रहेगा। वे सोचते हैं यह शत्रु मेरे द्वारा मारा गया, और शत्रुओं को भी मार डालूंगा। वे समझते हैं मैं ही ईश्वर हूं, मैं ही सब भोगों का अधिकारी हूं, मैं ही सिद्ध हूं, बलवान् और सुखी हूं।"

"अर्थात् उनके अहंकार का कोई अन्त नहीं होता?" अर्जुन ने टोका।

"नहीं होता," श्रीकृष्ण ने कहा, "वे सोचते हैं मैं धनवान् हूं, उच्चकुल में पैदा हुआ हूं, मेरे सदृश और कौन है? इस प्रकार अज्ञान से मोहित ये सोचते हैं कि मैं क्या नहीं कर सकता हूं—मैं यज्ञ करूंगा, दान करूंगा और सब कुछ करते

हुए आनन्द का उपभोग करूंगा।"

"इनकी तो बड़ी दुर्गति होती होगी ?" अर्जुन की जिज्ञासा जगी।

"हां।" श्रीकृष्ण ने कहा, "अनेक रूप से भ्रान्त चित्त वाले, मोह-जाल में आवृत्त और कामभोगों में निमग्न ये अपवित्र लोग नरक के भागी ही बनते हैं।

"अपनी ही प्रशंसा में रत, धन-मान के मद से युक्त ये मूर्ख दम्भ से भरकर मात्र नाम-अर्जन हेतु विधिविधान से रहित यज्ञों में रत होते हैं।

"अहंकार, बल, दर्प, काम और क्रोध के वशीभूत ये लोग जो दूसरों की निन्दा में ही आनन्द पाते हैं अपने में तथा अन्यों में भी विराजमान मुझ परमात्मा से द्वेष भाव रखते हैं।"

अर्जुन को आश्चर्य हुआ। परमेश्वर से द्वेष तो मूर्खता की सीमा ही हुई। मनुष्य जब अपने को ईश्वर या उससे भी अधिक मानने लगे तो उसके पतन को कौन रोक सकता है ?

"मैं इन क्रूरों और द्वेष-भाव वालों को," अर्जुन के मन की ही बात श्रीकृष्ण बोल पड़े, "जो नराधम और अशुभ के अलावा कुछ नहीं, बार-बार आसुरी योनियों में ही डालता हूं। प्रत्येक जन्म में आसुरी योनि को प्राप्त ये मूढ़, मुझे प्राप्त करने में असफल हो अधम गति को ही प्राप्त करते हैं।"

श्रीकृष्ण ने विषय परिवर्तन करना चाहा और बोले, "नरक के तीन द्वार हैं जो आत्मा के विनाश के भी कारण हैं। ये हैं काम, क्रोध तथा लोभ। अतः, इन तीनों को छोड़ना चाहिए। अन्धकार की ओर ले जाने वाले इन तीन द्वारों से जो अपने को मुक्त कर लेता है वह अपने कल्याण-हेतु यत्न करते हुए परमगति को प्राप्त करता है। किन्तु जो शास्त्रोक्त विधियों को छोड़कर मनमाना आचरण करते हैं, उन्हें न सिद्धि मिलती है, न सुख, न परमगति।"

श्रीकृष्ण एक बार कर्म, अकर्म और विकर्म की बात कर चुके हैं और यह भी कि क्या कर्म और अकर्म है इसके निर्णय में विद्वान् भी समर्थ नहीं होते, अतः वे कर्म-अकर्म-सम्बन्धी बातों को शास्त्रों पर ही छोड़ना ज्यादा श्रेयस्कर समझते हैं और अर्जुन पर स्पष्ट कर देते हैं, "करणीय और अकरणीय के सम्बन्ध में तुम शास्त्र को ही प्रमाण मानो और शास्त्र द्वारा विहित विधान को ज्ञात कर ही तुम इस संसार में कर्म-रत होओ।"

पिचासी

शास्त्र ? अर्जुन चकराया। सदा शास्त्रों के विधि-निषेध का अनुपालन सम्भव है क्या ? और शास्त्रों में भी मतैक्य उपलब्ध है क्या ? भिन्न-भिन्न शास्त्र कभी-कभी एक ही बात को भिन्न-भिन्न स्वरूप प्रदान करते पाये जाते हैं या नहीं ?

तब ? तब बचती है एक ही वस्तु। वह है भक्ति। अर्जुन का मन बार-बार इसी पर क्यों लौटता है ? वह सोचता है। क्योंकि शायद वह उसके लिए सरलतम विधि प्रतीत होती है। उसके लिए मात्र एक शर्त आवश्यक है और वह है श्रद्धा। श्रद्धा के बिना तो भक्ति असम्भव है। तो इस श्रद्धा का ही महत्त्व है। इस प्रकार

एक तरह से यह भक्ति से भी ऊपर है। सर्वोपरि है श्रद्धा। श्रद्धा विकसित हो जाय तो भक्ति स्वयमेव उत्पन्न हो जाय कि नहीं ?

श्रीकृष्ण कुछ देर पूर्व सात्विक, राजसी और तामसी प्रवृत्तियों का उल्लेख कर रहे थे, अर्जुन का सोच चल रहा है। सात्विक प्रवृत्तियों की उन्होंने भरपूर प्रशंसा की। अगर सात्विकता सध जाय तो और कुछ सधना शेष कहां रहता है ?

तो शास्त्रों का चक्कर छोड़ केवल श्रद्धा को अपनाया जाय तो कैसा रहेगा ? तब सात्विक प्रवृत्ति विकसित होगी कि राजसी अथवा तामसी ? आखिर वह श्रीकृष्ण से पूछ ही बैठा। सिवा उनसे पूछने का उपाय भी क्या था ?

"जो शास्त्रोक्त विधियों का पालन नहीं कर पाते किन्तु श्रद्धापूर्वक उपासना-रत रहते हैं, उनकी निष्ठा को क्या कहोगे ? सात्विक, राजसी या तामसी ?"

"श्रद्धा," श्रीकृष्ण ने सोचा, अच्छा प्रश्न उठाया है पार्थ ने। "श्रद्धा भी क्या एक प्रकार की होती है ? वह भी तो व्यक्ति-व्यक्ति पर निर्भर करती है। व्यक्ति के स्वभाव से उसका सम्बन्ध नहीं है क्या ? जैसा स्वभाव वैसी श्रद्धा। वह स्वयं भी तो सत्त्व, रज या तम की प्रधानता से युक्त हो जाती है। अतः, उन्होंने श्रद्धा की इस प्रकृति को ही स्पष्ट कर देना उचित समझा—"मनुष्यों की श्रद्धा भी उनके स्वभाव के अनुसार तीन प्रकार की होती है—सात्विक, राजसी और तामसी।

"अपने अन्तर के स्वभाव के अनुसार ही सबकी श्रद्धा होती है। सच पूछो तो मनुष्य श्रद्धामय ही है, जिसकी जैसी श्रद्धा होती है, वह वैसा ही हो आता है। और इस श्रद्धा के स्वरूप का प्रभाव उसकी पूजा-उपासना पर भी पड़ता है।

"जो सात्विक प्रवृत्ति के व्यक्ति होते हैं वे देवताओं की उपासना करते हैं, जो राजसी प्रकृति के हैं वे यक्षों-राक्षसों की पूजा करते हैं और जो तामसी प्रवृति के हैं वे प्रेतों और भूत-गणों की उपासना करते हैं।

"काम और राग के बल के वशीभूत और दंभ तथा अहंकार से युक्त जो शास्त्रों से वर्जित कठोर तप करते हैं वे मूढ़ लोग शरीर में स्थित पंच महाभूतों को तो कष्ट देते ही हैं, उसी शरीर के अन्दर स्थित मुझको भी कष्ट देते हैं। ऐसे लोगों को तुम आसुरी प्रकृति वाले ही जानो।

"ऐसे तीनों प्रकार के लोगों के आहार भी भिन्न-भिन्न होते हैं। यही स्थिति यज्ञ, तप और दान को लेकर भी होती है। इस भेद को तुम सुन लो।

"जो आहार सत्व, बल, आरोग्यकारक हों, सुख और प्रसन्नता की वृद्धि में सहायक हों, रस-पूर्ण हों, स्निग्ध हों, शरीर को स्थिर रखनेवाले हों, रुचिपूर्ण हों वे तो सात्विक हैं किन्तु जो कड़वे हों, खट्टे हों, अधिक नमक-युक्त हों, अत्यन्त गर्म हों, तीक्ष्ण, रूक्ष, दाहकारक हों, ये आहार राजसी प्रकृति वालों को प्रिय होते हैं और इनके सेवन से दुःख, शोक और रोग की उत्पत्ति होती है।"

"जो देर का बना हुआ हो, जिसका रस समाप्त हो गया हो, सड़ा हुआ हो, बासी हो, जूठा हो, गन्दा हो, ऐसा भोजन तामसी प्रवृत्ति वालों को प्रिय होता है।

"अब यज्ञों के बारे में सुनो।" श्रीकृष्ण ने आगे कहा।

"जो यज्ञ यह समझ कर सम्पन्न किया जाता है कि इसे करना ही है, जिसके पीछे फलाकांक्षा नहीं होती और जो मन को स्थिर रख विधिपूर्वक किया जाता है वह सात्विक है। जो फल की इच्छा से तथा दम्भ-प्रदर्शन-मात्र किया जाता है वह राजसी है।

"जो यज्ञ विधिविहीन है, मंत्रहीन है, जिसमें दक्षिणा नहीं दी जाती तथा जो अश्रद्धापूर्वक किया जाता है वह राजसी है।"

यज्ञों के वर्णन के पश्चात् श्रीकृष्ण तपश्चर्या की चर्चा करने लगे और बोले, "तप तीन प्रकार के समझो—शारीरिक, वाचिक तथा मानसिक।

"देवता, विप्र, गुरु और विद्वान् की पूजा, पवित्रता, मृदुता तथा ब्रह्मचर्य और अहिंसा ये शारीरिक तप हैं। जो वचन सत्य हों, उद्वेगकारी नहीं हों, प्रिय और हितकारी हों उन्हें बोलना तथा सद्ग्रन्थों का स्वाध्याय करना और उनका अभ्यास करना ये वाचिक अथवा वाणी सम्बन्धी तप हैं। मन को प्रसन्न रखना, सौम्य बने रहना, मौन धारण करना, आत्मसंयम पर ध्यान देना, शुद्ध भावना का आश्रय लेना, ये सब मन सम्बन्धी अर्थात् मानसिक तप हैं।"

अर्जुन ने ध्यान दिया तपों के इस वर्णन में तो क्लेश का कहीं नाम ही नहीं था। अब तक तो वह समझ रहा था कि तप, कम-से-कम शारीरिक तप तो अत्यन्त कष्टकर कार्य है। निराहार रहना, एक पैर पर खड़ा हो नाम जप करना, पत्ते चबा कर रहना, गर्मी में अग्नि और ठण्डक में शीत का सेवन करना; अब तक तो तपस्या का यही रूप उसके सामने था। पर श्रीकृष्ण द्वारा वर्णित तप तो बड़ा आसान था। अर्जुन को स्मरण हुआ, श्रीकृष्ण ने कहा था जो अनावश्यक रूप से शरीर को कष्ट देते हैं वे मुझे भी कष्ट में डालते हैं और स्वयं भी पीड़ा भोगते हैं।

अर्जुन यह सोच ही रहा था कि श्रीकृष्ण ने तप के भी तीन प्रकारों का वर्णन आरम्भ किया, "परम श्रद्धा और योग से युक्त हो, फलाकांक्षा रहित जब ये तीनों तप किए जाते हैं, तब वे सात्विक तप की संज्ञा पाते हैं। जो तप अस्थिर हैं अर्थात् कभी किए गए और कभी नहीं किए गए तथा जो मात्र सत्कार, मान और पूजा की प्राप्ति हेतु दम्भ-पूर्ण रूप में किए जाते हैं वे राजसी है एवं जो तप मात्र मूढ़ता-वश शरीर को कष्ट देने के लिए अथवा दूसरों के अहित को ध्यान में रखकर किये जाते हैं वे तामसी हैं।"

अर्जुन अब समझ सका कि वह जिस कायिक तप को—शरीर को कष्ट देने वाली क्रियाओं को—जो अब तक वास्तविक तपस्या समझने की भूल कर रहा था, वे तो राजसी तप के अलावा कुछ हैं ही नहीं अर्थात् तपों में निकृष्टतम तप।

तप के पश्चात् श्रीकृष्ण सात्विक, राजसी और तामसी दान-क्रियाओं पर आये। अर्जुन पर अब स्पष्ट हो गया था कि व्यक्ति हो अथवा क्रिया या प्रकृति सबको परखने का एक ही उपाय था कि वह सात्विक है अथवा राजसी या तामसी।

इसका कारण भी था, अर्जुन अपने को समझा रहा था, आखिर यह सम्पूर्ण सृष्टि तो गुण-प्रधान है। सत्व, रज और तम इन्हीं तीन गुणों का तो खेल है यह। ऐसी स्थिति में जहां सत्व की प्रधानता है उसे तो प्रश्रय देना ही पड़ेगा।

"जो दान मात्र देने की इच्छा से दिया जाता है," श्रीकृष्ण आरम्भ हो गए थे, "और जो ऐसे व्यक्ति को दिया जाता है जिससे कोई उपकार नहीं हुआ हो तथा जो स्थान, समय और पात्र को ध्यान में रखकर दिया जाता है वह सात्विक है।"

"स्थान, पात्र और समय की बात क्या हुई?" अर्जुन ने जिज्ञासा की।"

"दान में इन तीनों का महत्त्व होता है," श्रीकृष्ण ने स्पष्ट करना चाहा। यदि तीर्थ-स्थान में दान दिया जाता है, अकाल-ग्रस्त क्षेत्र में दान दिया जाता है,

अनाथालयों में दान दिया जाता है तो उसका सदुपयोग होगा। जहां पापाचार होता हो, जो द्यूत के अड्डे हों, जहां समृद्धि ही समृद्धि हो, वहां दान देकर क्या करोगे? उसी तरह समय की बात लो। अगर जाड़े में किसी को सूती वस्त्र और ग्रीष्म में ऊनी वस्त्र दो तो क्या लाभ? जिस समय कोई व्यक्ति भूख से पीड़ित हो उसे भोजन अथवा अन्न-दान तृप्त कर देगा किन्तु जिस समय उसका पेट भरा हो उस समय उसे भोजन कराकर क्या पाओगे? पात्र की बात लो तो श्रद्धावान पुजारी-पण्डित को दान दोगे तो वह उसे देव-सेवा में लगायेगा, भिक्षुक को दोगे तो वह अपने आवास-भोजन की व्यवस्था करेगा, मद्यप और द्यूत-प्रेमी को दोगे तो निश्चय ही तुम्हारे धन का दुरुपयोग होगा, उससे पापाचार की ही वृद्धि होगी।

"जो दान प्रत्युपकार के रूप में दिया जाय या फलाकांक्षा से प्रेरित होकर दिया जाय अथवा जिसको देने में क्लेश हो वह राजसी है।

"स्थान, समय और पात्र का ध्यान किए बिना जो दान, अवज्ञापूर्वक और बिना श्रद्धा-सत्कार के दिया जाता है वह दान तामसी कोटि का है।

"एक बात और बताऊं अर्जुन?" श्रीकृष्ण कुछ रुककर बोले, "'ॐ' शब्द का उच्चारण तुमने प्रायः हर मंत्र के आरम्भ में सुना होगा। इसके महत्व के सम्बन्ध में भी कुछ सुन लो।"

"बताइए। मेरी भी इस सम्बन्ध में कुछ जिज्ञासा थी।"

"ॐ ही नहीं," श्रीकृष्ण ने कहा, "ॐ, तत्, सत ये तीनों ब्रह्म के ही तीन निर्देश अथवा स्वरूप हैं। इन्हीं से प्राचीन काल में ब्राह्मण, वेद और यज्ञ तीनों की उत्पत्ति हुई। एक तरह से समझो तो ये तीनों ब्रह्म-तत्त्व के ही वाचक हैं।

"इनमें 'ॐ' अधिक महत्त्वपूर्ण है, इसीलिए ब्रह्मवेत्ता लोग विधानोक्त यज्ञ, तप, दान आदि जो भी कार्य करते हैं उनके पूर्व 'ॐ' का उच्चारण अवश्य करते हैं।

"मोक्ष की इच्छा रखने वालों द्वारा यज्ञ, तप, दान आदि विविध कर्म, फल की कामना किए बिना, 'तत्' के साथ आरम्भ होते हैं।

"ॐ और तत् का महत्त्व तो सुन लिया अब सत् का भी समझ लो।

"सद्भाव और साधुभाव में अर्थात् कल्याण के उद्देश्य से ही सत् का प्रयोग होता है। प्रशस्त अर्थात् परोपकार-भावना से युक्त कार्यों में भी सत् का प्रयोग होता है। यज्ञ, तप और दान में मनुष्य की स्थिति अथवा प्रवृत्ति भी 'सत्' ही का वाचक है अर्थात् ये 'सत्' पूर्ण क्रियाएं हैं। इनको पूर्ण करने के लिए किए गए कर्म भी 'सत्-युक्त' हा कहे जाते हैं।

"अर्जुन, इस प्रसंग में मैं अन्तिम बात कहना चाहूंगा। श्रद्धा की बात तो तुम से मैंने कई बार और कई प्रसंगों में कही। अन्त में कहना यह है कि श्रद्धा के बिना किया हुआ कोई भी कार्य व्यर्थ होता है। अश्रद्धापूर्वक किया हवन, अश्रद्धा से दिया दान, अश्रद्धा से किया तप अथवा अश्रद्धा से किया हुआ कोई भी कार्य 'असत्' की परिधि में आता है और उससे न तो इस लोक में लाभ होता है और न उसमें।"

छियासी

श्रीकृष्ण के लिए यह अप्रत्याशित नहीं था। इसकी आशंका उन्हें पहले से ही थी। जिस रूप में अस्त्र-शस्त्र को त्याग कर अर्जुन युद्ध से विरत हो आया था उससे उन्हें पहले ही लग गया था कि आर्यावर्त में किसी महामारी की तरह फैलते जा रहे संन्यास की छूत उसे भी लग गई है। वचन से न सही पर आचरण से तो उसने श्रीकृष्ण की इसी आशंका की पुष्टि की थी और इसीलिए युद्ध-क्षेत्र में भी उन्हें इतना दीर्घ उपदेश देना पड़ा था और उसकी प्रतीति को बल देने के लिए अपने विश्व-रूप का भी दर्शन कराना पड़ा था। और अब जब वह पूरी तरह निश्चिन्त हो आये थे और अर्जुन को युद्ध में सन्नद्ध होने का आदेश देने की स्थिति में अपने को समझ रहे थे कि अर्जुन ने उनकी आशंका को मौखिक अभिव्यक्ति दे दी थी। वे उसके सीधे प्रश्न पर एक क्षण को आश्चर्यचकित हो आये थे। वह स्पष्ट पूछ रहा था—"मैं संन्यास के तत्त्व को जानने का इच्छुक हूं। त्याग के भी। कृपया दोनों को पृथक्-पृथक् बतलाइए···।"

"मैं संन्यास के तत्त्व को जानने का···।" शब्द, लौह हथौड़े की तरह ही उनके कानों पर लगे थे। जहां तक उनको स्मरण है इतना प्रत्यक्ष प्रश्न तो उसने किसी भी विषय को लेकर नहीं पूछा था। अधिकांशतः तो वही बोलते रहे थे और वह 'हां', 'हूं' में ही उनके प्रश्नों का उत्तर दे रहा था। और अब क्या हो गया था उसे? अब जब वह अपने संदेश को समेटने की स्थिति में थे, किसी सुप्त ज्वाला-मुखी की तरह वह फट पड़ा था—'मैं संन्यास का तत्त्व···।'

और अब तक क्या करते रहे थे वह? इसी संन्यास-रूपी सर्प पर तो विभिन्न दिशाओं और विभिन्न वैचारिक शस्त्रास्त्रों से प्रहार कर रहे थे और अब क्या हुआ कि जब वे उसे पूरी तरह मृत समझ रहे थे, वह पुनः फन फैलाकर खड़ा हो गया, ठीक उसी तरह जैसे नेवले के द्वारा क्षत-विक्षत किया हुआ विषधर वायु का एक शीतल स्पर्श पाते ही जीवन से स्पन्दित हो उठता है। नहीं, वह निराश नहीं हुए थे। इतनी देर का श्रम व्यर्थ गया था, यह भी वह मानने को तैयार नहीं थे। दीपक की मृत-प्राय लौ थी वह जो बुझने के पहले एक बार पूरे वेग से फफक उठती है। उड़ेलेंगे वह, आकंठ-भरा एक विशाल जल-पात्र ही उड़ेल देंगे वह दम तोड़ती इस लौ पर कि सदा के लिए शान्त ही हो जाय वह।

हां, दो-टूक बात ही अब कहनी पड़ेगी उन्हें। संन्यास के प्रति उसका मोह-भंग पूरी तरह करना पड़ेगा। नहीं, उनका अब तक का सारा श्रम अरण्यरोदन के सिवा और कुछ नहीं सिद्ध होगा। उन्हें लगा उन्होंने जो सात्विक, राजसी और तामसी इन तीन प्रवृत्तियों की विशेषताओं को पूरी तरह अर्जुन के अन्दर प्रतिष्ठित कर दिया है, उनके सहारे यहां काम कुछ अधिक आसानी से सिद्ध हो सकता है। किन्तु इन पर आने में अभी थोड़ी देर है, इसके पूर्व उन्हें अर्जुन के दोटूक प्रश्नों का दो-टूक ही उत्तर देना है और उन्होंने दिया—"संन्यास और त्याग की बात कर रहे हो न?

"काम्य कर्मों के त्याग को पंडितों द्वारा संन्यास की संज्ञा दी गई है और सभी कर्मों के फल के त्याग को ही विद्वान् त्याग कहते हैं।"

श्रीकृष्ण ने स्पष्टतः अर्जुन की अपेक्षा पर पानी फेर दिया। वह तो सोच रहा

था कि संन्यास का नाम लेते ही श्रीकृष्ण को सभी प्रकार के कार्यों से हाथ खींचने की बात करनी पड़ेगी और हाथ में दंड-कमंडलु ले संसार से विरत होने की हामी भरनी होगी। पर यहां तो वे साफ निकल गए। कर्म से मुक्ति की बात की ही नहीं—न संन्यास के हेतु न त्याग के हेतु। अधिक-से-अधिक कर्म छोड़ने की बात की तो काम्य कर्मों की—जिनके पीछे कोई कामना हो—और त्याग की बात की, तो मात्र कर्म-फल के त्याग की अर्थात् अपने कर्म-योग की। ले-देकर बात तो कर्म-योग पर ही आ टिकी और कर्म-योग की बात आई तो भक्ति की बात आयेगी ही क्योंकि बिना उसके कर्म-योग सधेगा कहां ?

पर अभी वह कुछ बोलेगा नहीं, उसे मात्र सुनना है। वह जानता है श्रीकृष्ण यहीं रुकेंगे नहीं। अभी तो वे दूसरों की बात कर रहे हैं फिर अपनी बात करेंगे हालांकि यह बात भी उन्हीं की है, उसे दूसरों के मुंह में चाहे वे जो डालें।

"कुछ लोग सारे कर्मों को ही दोष-युक्त मान छोड़ने की शिक्षा देते हैं," श्रीकृष्ण ने आगे जोड़ा और अर्जुन को लगा उसके मन की बात कही गई पर दूसरे ही क्षण उन्होंने उसकी आशा पर तुषारापात कर दिया, "किन्तु दूसरे यह कहते हैं कि सब कर्म भले ही छोड़ दो किन्तु यज्ञ, दान और तप को नहीं छोड़ा जा सकता।" अर्थात् कर्म करना ही पड़ेगा। इससे मुक्ति नहीं है, अर्जुन ने सोचा, पर अब भी निस्तार था—यज्ञ, दान और तप ही तो करना था। युद्ध तो नहीं। माना, कर्म मे पूरी तरह मुक्ति नहीं थी, दंड-कमंडलु लेकर भिक्षान्न पर जीने की बात नहीं थी पर साथ ही बहुत सारे सांसारिक कार्यों में रत होने की बात भी तो नहीं थी। पर यह यज्ञ ? उसे याद है कृष्ण ने कहा था यज्ञ कर्म से ही उत्पन्न है—यज्ञ: कर्म समुद् भव:। बिना कर्म के यज्ञ किधर से संभव था ? और यह दान ? कोई दान कहां से देगा अगर वह अर्जन करेगा और अर्जन बिना कर्म के होगा क्या ? तो श्रीकृष्ण ने बांध दिया पूरी तरह अर्जुन को इस परिभाषा के द्वारा भी न ? कर्म करो न करो पर यज्ञ, दान, तप अवश्य करो। तप बिना कर्म के भले सध जाय पर यज्ञ और दान कर्म के बिना कैसे सधेंगे ? कहां संभव है कर्म का त्याग ? और अर्जुन को याद आया श्रीकृष्ण तो पहले ही कह चुके हैं कि सांख्य अथवा संन्यास या ज्ञान और योग अर्थात् कर्म-योग दोनों एक ही हैं और इनमें दोनों में जो अन्तर देखता है वह बाल-बुद्धि वाला है, पंडित तो वह हो नहीं सकता और यह भी कि संन्यास और कर्मयोग दोनों कल्याणकारी हैं, पर दोनों में विशिष्ट कर्म-योग ही हैं—कर्मयोगो विशेष्यते। अब इनसे ऐसी आशा करना कि ये कर्म-त्याग की बात करेंगे, रेत से तेल निकालने का ही प्रयास है।

"इस संबंध में मेरे निर्णय को सुन लो," अर्जुन अपनी सोच में मग्न ही था कि कृष्ण की यह बात उसके कानों में पड़ी और उसके कान खड़े हो गए। महत्त्व तो श्रीकृष्ण के ही निर्णय का था। विश्वरूप देखा था उसने उनका। साक्षात् ब्रह्म तो ये थे ही, ये जो कुछ कहें, वही सत्य, वही शिरोधार्य होगा।

"क्या है तुम्हारा निर्णय ?" उसने आशा-निराशा के मध्य झूलते हुए पूछा।

"त्याग के संबंध में मेरा निश्चय यह है कि त्याग भी तीन प्रकार का होता है। यज्ञ, दान और तप को तो नहीं ही छोड़ना चाहिए, ये मनस्वियों को शुद्ध करने वाले हैं। किन्तु इन कर्मों को भी आसक्ति रहित होकर और फलाशा छोड़कर करना चाहिए यह मेरा निश्चित और उत्तम मत है।"

और श्रीकृष्ण ने आगे जो कुछ कहा उसने अर्जुन की रही-सही आशा को भी समाप्त कर दिया—"जो कार्य नियत हैं उनका त्याग तो किसी स्थिति में उचित नहीं है। यदि मोहवश कोई उसका त्याग करे तो उस त्याग को तामस त्याग की ही संज्ञा मिलेगी।" त्राण नहीं है अर्जुन का, वह समझ गया। उसे ज्ञात है नियत अथवा निर्धारित कर्म क्या है उसका? क्षत्रिय है न वह और गुरु द्रोण से अस्त्र-शस्त्र संचालन की नियमित शिक्षा ली है? उसका नियत कर्म तो युद्ध है ही। यही नियति है उसकी। यदि वह इस कर्म को छोड़ेगा तो तामसी वृत्ति वाला ही तो माना जायेगा? एक अच्छे निकष (कसौटी) का आविष्कार कर लिया है श्रीकृष्ण ने, या तो सात्विक वृत्ति का सहारा लो या राजसी का या तामसी का। अब किसे पड़ा है कि वह अपने को तामसी प्रकृति से युक्त घोषित करे। युद्ध करना ही पड़ेगा अर्जुन को। नहीं गिर सकता वह श्रीकृष्ण की दृष्टि में।

अर्जुन जानता है अब शुरू हो गए तो श्रीकृष्ण सात्विक और राजसी कर्मों पर आयेंगे ही। प्रकृति के इन तीन विशिष्ट गुणों—सत्व, रज और तम—के पूर्ण नियन्ता और नियामक श्रीकृष्ण को इन गुणों का वर्णन क्यों इतना प्रिय है, अर्जुन की समझ में नहीं आता। जैसे कोई सद्य.प्रसूता गौ बार-बार अपने वत्स की ओर ही मुड़ती है उसी तरह घूम-फिर कर ये अपनी अपरा प्रकृति के सत्व, रज और तम इन तीन गुणों पर ही आ जुटते हैं। और कारण भी है इसका, अर्जुन सोच रहा था, सात्विक प्रवृत्तियों के पोषक जो ठहरे वह।

जिन कार्यों का दुःख अथवा शारीरिक कष्ट के कारण त्याग किया जाए वह त्याग राजसी त्याग कहा जाता है। ऐसे त्याग का कोई फल नहीं मिलता।

"जो कार्य नियत है और जिसे करना आवश्यक ही है ऐसा समझ कर और फल की इच्छा का त्याग कर निस्संग भाव से जिसे किया जाता है वह त्याग सात्विक है।"

'हो गया,' अर्जुन ने सोचा, श्रीकृष्ण ने अपनी बात स्पष्ट कर दी। नियत कर्म का पालन उनकी दृष्टि में सात्विक है और उससे त्राण नहीं है।

"जो अप्रिय कार्य से घृणा नहीं करता, प्रिय कर्म में अनुरक्त नहीं हो जाता वही त्यागी, सात्विक, संशय-रहित तथा मेधावी है।"

श्रीकृष्ण और स्पष्ट हो आये और जैसा एक बार पहले कहा था कि कोई एक क्षण भी बिना कार्य किए नहीं रह सकता उसी तरह बोले—"किसी भी देहधारी के लिए कर्मों का पूर्ण रूप से त्याग संभव नहीं है, जो कर्म-फल का त्याग कर देता है असल त्यागी वही है।"

अनिष्ट, इष्ट और मिश्र ये तीन प्रकार के फल मृत्यु के पश्चात् उनको मिलते हैं जिन्होंने फलों का त्याग नहीं किया है किन्तु उन्हें नहीं मिलते जो संन्यासी अर्थात् कर्म-फल त्यागी हैं।

अर्जुन निश्चिन्त हो गया कि उसे कर्म-रत होना ही है अर्थात् अपने नियत कर्म युद्ध का सम्पादन करना ही है, अतः उसने अन्य प्रश्नों की ओर अपना ध्यान मोड़ा—"कार्यों के कारण क्या हैं?"

"सांख्य सिद्धान्त में सभी कर्मों की सफलता के लिए पांच प्रकार के कारण बताए हुए हैं। वे हैं कार्य का स्थान, कर्त्ता, करण, अर्थात भिन्न-भिन्न प्रकार के साधन तथा भाग्य।

"हम शरीर, मन अथवा वाणी से जो कोई भी कर्म करते हैं चाहे वे न्याय-संगत हों या अनुचित, इनके पीछे ये तीन ही कारण होते हैं।"

"कैसे ?" अर्जुन ने स्पष्ट कराना चाहा।

"वह ऐसे कि बिना स्थान के तो कोई काम हो नहीं सकता, कर्ता भी आवश्यक है, बिना साधन के भी कोई काम हो नहीं सकता, जैसे यह युद्ध ही लड़ना है तो अस्त्र-शस्त्र की आवश्यकता पड़ेगी ही। रह गया भाग्य अथवा दैव तो उसकी सहायता भी आवश्यक होती ही है। सारे प्रयत्नों के बाद भी अगर किसी कार्य में सफलता और थोड़े प्रयत्नों से ही किसी कार्य में व्यक्ति सफल हो जाता है तो इसे भाग्य अथवा दैव का ही तो खेल कहेंगे ?

"ऐसी स्थिति में," श्रीकृष्ण आगे बोले, "जो बुद्धि की विपरीतता के कारण केवल स्वयं को ही कर्त्ता समझता है वह दुर्बुद्धि देखते हुए भी नहीं देखता है अर्थात् समझ कर भी नहीं समझता।"

"और सुनोगे ?" श्रीकृष्ण कोई गम्भीर बात कहने जा रहे थे, अर्जुन को समझते देर न लगी पर अब वह गम्भीर बात कहें या अगम्भीर, वह तो निर्णय ले ही चुका था। युद्ध-रत होना ही था उसे

"कहो, मैं प्रस्तुत हूं।"

"जिसमें अहंकार का भाव नहीं हो, जिसकी बुद्धि कर्मों में लिप्त नहीं हो वह इन सारे लोकों की हत्या कर भी उनकी हत्या नहीं करता, न वह इस कार्य के कारण बन्धन में ही पड़ता है।"

संदेश स्पष्ट था। अर्जुन को समझते देर नहीं लगी, यह उसके लिए ही था। कुरुक्षेत्र की ये कुछ अक्षौहिणी सेनाएं क्या, कई लोकों को भी वह समाप्त कर दे और निर्लिप्त बना रहे तो वह न तो किसी पाप का भागी बनेगा न किसी बन्धन का।

"कर्म के प्रेरक तत्त्व तीन हैं," श्रीकृष्ण आज कर्म की पूर्ण व्याख्या पर ही उतारू थे—'ज्ञान, ज्ञेय और ज्ञाता। कर्म के आधार भी तीन हैं—कर्ता, कर्म तथा करण अर्थात् साधन।"

"मैंने समझा नहीं।" अर्जुन के चेहरे से ही स्पष्ट था कि बात उसके पल्ले नहीं पड़ी।

"मैं समझाता हूं," श्रीकृष्ण ने आरम्भ किया—"पहले प्रेरणा की ही बात लो, यहां ज्ञान, ज्ञेय और ज्ञाता की आवश्यकता है। मान लो किसी को घड़ा बनाना है तो पहले उसे यह जानना आवश्यक है कि घड़ा कैसे बनता है, यह हुआ ज्ञान, फिर उसे यह जानना है कि किस आकार का, किस रंग-रूप का घड़ा बनाना है, यह हुआ ज्ञेय और अगर वह घड़े की निर्माण-कला का ज्ञाता नहीं है तो वह घड़ा बना नहीं सकता। यह हुआ ज्ञाता का महत्त्व। कर्ता और साधन की बात पहले मैं कर चुका हूं। कर्म तो वही है जो करणीय है अथवा जिसे करना है।

"स्पष्ट हुआ कि मुख्य हुए ज्ञान, कर्म और कर्ता। कर्म का जब पता हो, उसको सम्पादित करने का ज्ञान हो और कर्ता उपस्थित हो तो कर्म बन ही जाएगा अत: सांख्य शास्त्र में गुणों के आधार पर इन तीनों के जो विभिन्न भेद बताये गए हैं उन्हें सुनो।

"जिस ज्ञान के द्वारा व्यक्ति सभी जीवों में एक ही अविनाशी भाव को देखता

है, भिन्न-भिन्न श्रेणियों में विभक्त जीवों में एक ही अभिव्यक्त सत्य को देखता है, वह ज्ञान सात्विक है।

"पृथक्-पृथक् विभिन्न भावों के कारण जो सभी जीवों में पार्थक्य देखता है उसका ज्ञान राजसी है।

"जिस ज्ञान के द्वारा तत्त्व से रहित व्यक्ति एक ही कार्य में आसक्त हो जाता है और जो ज्ञान अल्प है, वह तामस है।

"जो कर्म फल की कामना से रहित लोगों द्वारा आसक्ति, राग और द्वेष से रहित होकर किया जाता है और जो नियत अथवा निर्धारित है, वह सात्विक है।

"जो कार्य फलाकांक्षियों द्वारा, अहंकार से युक्त होकर, और बहुत श्रमपूर्वक किया जाता है वह राजसी है।

"जो कार्य परिणाम और साधनों की हानि का विचार किए बिना संभावित हिंसा को ध्यान में रखे बिना, अपनी सामर्थ्य पर भी ध्यान दिए बिना मात्र मोह-वश किया जाता है वह तामसी है।

"जो कर्ता आसक्ति रहित है, अहंकार रहित है, धैर्य, उत्साह तथा साहस से युक्त है, सफलता और असफलता को लेकर निर्विकार है वह सात्विक है।

"जो राग अर्थात् आसक्ति से युक्त है, कर्म-फल की आकांक्षा रखने वाला है, लालची है, हिंसक वृत्ति वाला है, अपवित्र है, हर्ष और शोक से युक्त है, वह कर्ता राजसी है।

"जो अयुक्त अर्थात् योग रहित है, विषयी है, जड़-बुद्धि है, दुष्ट है, दूसरों को अपमानित करने में कुशल है, आलसी है, विषादयुक्त और दीर्घसूत्री है अर्थात् कार्य-सम्पादन में विलम्ब करता या उसे टालता जाता है, वह कर्ता तामसी है।"

इन वर्णनों के पश्चात्, श्रीकृष्ण बुद्धि और धैर्य को अपनी तीन कसौटियों पर कसने को प्रस्तुत हुए।

"अब तुम बुद्धि और धैर्य के तीन विविध गुणों को अलग-अलग पूर्ण रूप से सुनो।

"जो बुद्धि धर्म में प्रवृत्ति को और अधर्म में निवृत्ति को और करणीय तथा अकरणीय को, भय और अभय को, तथा बन्धन और मोक्ष को जानती है वह सात्विक है।

"जिस बुद्धि द्वारा धर्म तथा अधर्म को, करणीय और अकरणीय को, भली-भांति नहीं जाना जा सकता, वह बुद्धि राजसी है।

"अज्ञान के अन्धकार द्वारा आविष्ट होने के कारण जिस बुद्धि द्वारा अधर्म को धर्म और सभी बातों को विपरीत ही समझा जाता है, वह तामसी है।

"अब धृति अर्थात् धैर्य के संबंध में सुनो।

"अनन्य योग का आश्रय ले जिस धृति द्वारा मन, प्राण और इन्द्रिय की क्रियाओं को धारण किया जाता है वह धृति सात्विक है।

"फल की इच्छा और आसक्ति से जिस धृति द्वारा धर्म, अर्थ और काम को धारण किया जाता है, वह बुद्धि राजसी है।

"जिस धृति द्वारा निद्रा, भय, शोक, विषाद और मद का त्याग मूर्ख व्यक्ति द्वारा नहीं किया जाता, वह तामसिक है।"

इसके पश्चात् श्रीकृष्ण तीन प्रकार के सुखों के वर्णन की ओर प्रवृत्त हुए और

बोले—"अब तुम सुख के तोन प्रकारों को सुनो जिनमें अभ्यास-वश रमने के कारण मनुष्य दुःख के विनाश को प्राप्त होता है।

"आत्मा और बुद्धि के प्रसाद के फलस्वरूप प्राप्त जो सुख आरम्भ में तो विष के सदृश प्रतीत होता है और अन्त में अमृत के सदृश फलदायी होता है वह सात्विक है।

"विषय और इन्द्रियों के संयोग से प्राप्त जो सुख पहले तो अमृत के सदृश प्रतीत होता है और अन्त में विष-सदृश सिद्ध होता है वही राजसी है।

"किन्तु जो सुख आरम्भ और अन्त दोनों में व्यक्ति को मोह-ग्रस्त करता है और जो निद्रा, आलस्य तथा प्रमाद से उत्पन्न है वह राजसी है।"

श्रीकृष्ण द्वारा बार-बार सत्व, रज और तम इन तीनों की विस्तृत चर्चा का भेद अर्जुन पर तब खुला जब उन्होंने स्पष्टतः यह उद्घोषित किया—"पृथ्वी पर या स्वर्ग में देवताओं के मध्य ऐसा कोई प्राणी नहीं है जो प्रकृति से उत्पन्न इन तीन गुणों—सत्व, रज और तम—से मुक्त हो।

"अपने-अपने स्वभाव से उत्पन्न गुणों के कारण ही ब्राह्मण, क्षत्रिय और वैश्य वर्णों के मध्य कार्य बंटे हुए हैं। अर्थात् जिसमें सत्व गुण की प्रधानता हो वह ब्राह्मण है, जिसमें रजोगुण की प्रधानता है वह क्षत्रिय और जो वैश्य का काम देखता है और जिसमें तमोगुण की प्रधानता हो वह शूद्र का काम देखता है।"

श्रीकृष्ण के कथन से अर्जुन के समक्ष यह स्पष्ट हो गया कि जन्म से कोई ब्राह्मण, क्षत्रिय, वैश्य अथवा शूद्र नहीं होता, वह अपनी प्रवृत्ति अथवा स्वभाव के कारण ही ऐसा होता है, यदि किसी की प्रवृत्ति में परिवर्तन हो जाय तो उसके वर्ण में भी परिवर्तन सम्भव है। श्रीकृष्ण की यह बात अर्जुन को अत्यन्त पसन्द आई। उसे लगा क्षत्रिय होने पर भी भीष्म किस ब्राह्मण से कम हैं, अथवा वैश्य या ग्वाला कहलाकर भी श्रीकृष्ण किस ब्रह्मवेत्ता से न्यून हैं अथवा ब्राह्मण कुलोद्भव होकर भी द्रोणाचार्य और कृप किस क्षत्रिय से कम हैं तथा क्षत्रिय होकर भी दुःशासन और शकुनि के सदृश लोग किस शूद्र से कम हैं? अर्जुन ने सोचा, अभी-अभी श्रीकृष्ण, ब्राह्मणों, क्षत्रियों और शूद्रों के कर्तव्यों का वर्णन अवश्य करेंगे, उससे उसके इन विचारों की पुष्टि अवश्य हो जायेगी कि यह जाति अथवा वर्ण-व्यवस्था जन्मजात है या लोगों की रुचि और स्वभावगत विशेषताओं के कारण है। उसके पूर्व भी वे एक बार कह ही चुके हैं कि चारों वर्णों की सृष्टि मैंने ही गुण और कर्म के आधार पर किए हैं। यह बात अभी तक वह भूला नहीं है।

"ब्राह्मणों के स्वाभाविक धर्म हैं," अर्जुन अपनी चिन्ता में लगा ही हुआ था कि श्रीकृष्ण ने आरम्भ किया, "शम, दम, तप, पवित्रता, सहिष्णुता तथा सरलता। इसके साथ ही, ज्ञान, विज्ञान और आस्तिकता भी उसके लक्षण हैं।

"शौर्य, तेज, धैर्य, दक्षता और युद्ध में स्थिरता, दान तथा प्रभुत्व का भाव ये स्वाभाविक क्षात्र गुण हैं।

"कृषि, गौरक्षण, व्यापार ये वैश्यों के स्वाभाविक कर्म हैं तथा शूद्रों का स्वभाव-गत कार्य है अन्यों की सेवा-परिचर्या।

"एक बात स्पष्ट करूंगा अर्जुन!" श्रीकृष्ण ने विभिन्न वर्णों के कार्यों के वर्णन के बाद आरम्भ किया, "अपने-अपने कर्म में निरत व्यक्ति भी सिद्धि को प्राप्त कर जाता है। यह कैसे होता है वह बताता हूं।

"जिससे सभी प्राणियों की उत्पत्ति होती है और जिसके द्वारा यह सब व्याप्त है अर्थात् जो परब्रह्म अथवा परमेश्वर है उसकी अपने-अपने कार्यों द्वारा ही अर्चना कर मनुष्य सिद्धि प्राप्त कर लेता है।"

"अर्थात् कर्म को ही पूजा मान ले।" अर्जुन ने कहा।

"अवश्य," श्रीकृष्ण ने कहा, "मैंने पहले भी एक बार कहा था जो कुछ करते हो, जो कुछ यज्ञ-जाप करते हो, जो कुछ खाते-पीते हो उस सबको मुझे अर्पित करते जाओ।"

अर्जुन के मन में कर्म के इस महत्त्व ने एक विचित्र वैचारिक क्रान्ति की सृष्टि कर दी। 'कर्म ही पूजा है' यह बात पहले-पहल उसके अन्दर उभरी थी। अगर यह बात है तो कोई कर्म न उत्कृष्ट, न कोई निकृष्ट। साथ ही, मोक्ष और मुक्ति के नाम पर नाना प्रकार के कर्मकांडों और पूजा-पाठ तथा तीर्थाटन का क्या अर्थ? अपने कार्य को ही पूरी लगन से सम्पादित करते जाओ तो और यह लोक और परलोक दोनों सध जाएं। और इस बात को मिथ्या भी कैसे माना जाय? शंका-संदेह की उंगली भी इस कथन पर कैसे उठ सकती है? स्वयं श्रीकृष्ण के मुख से जो यह निस्सृत है। वह श्रीकृष्ण जिसके विराट् स्वरूप के दर्शन के पश्चात् उनके ईश्वरत्व के सम्बन्ध में कोई संदेह नहीं रहा था।

"और व्यर्थ में दूसरे के कर्मों के प्रति आकृष्ट भी नहीं होना चाहिए। अगर वैसी प्रवृत्ति ही हो तो बात पृथक् है वरना दूसरे के अत्यन्त प्रतिष्ठित प्रतीत हुए कर्म से भी अपना सामान्य-सा प्रतीत होता हुआ कर्म भी श्रेष्ठ है। इस पर मैंने पहले भी एक बार प्रकाश डाला था। उस कथन के महत्त्व को रेखांकित करने के लिए पुन उसे दुहराना पड़ रहा है।" अर्जुन सोच ही रहा था कि श्रीकृष्ण ने कहा और आगे जोड़ा—

"जो कर्म स्वभाव के द्वारा निर्धारित है उसके पालन से कोई पाप भी नहीं लगता।"

अर्थात् इस युद्ध में भाग लेकर भी उसे कोई पाप नहीं लगेगा भले ही उसके द्वारा सहस्रों लोगों का ही संहार क्यों न हो जाय। यही न? अर्जुन श्रीकृष्ण के इंगित को स्पष्ट समझ पा रहा था। पर श्रीकृष्ण यहीं रुके नहीं। वे स्वाभाविक अथवा निर्धारित कर्म की विशेषताओं का उल्लेख करते ही गए—

"स्वाभाविक कर्म में अगर कोई दोष भी है तो उसे छोड़ना उचित नहीं। सभी कर्म तो दोषों से उसी तरह युक्त होते हैं जैसे धुएं से आग। अग्नि को धूम्र से पृथक् कर देख सकते हो क्या? उसकी कल्पना भी?"

अर्जुन ने सोचा, श्रीकृष्ण यह उपदेश मात्र उसके लिए नहीं पूरी मानवता के लिए दे रहे हैं। सच, ये कितनी बड़ी विडंबना है कि प्रत्येक व्यक्ति को दूसरे व्यक्ति का कार्य, उसका दायित्व अधिक आकर्षक लगता है। और यह उसकी चिन्ता और अशान्ति का कुछ कम कारण बनता है क्या? ब्राह्मण समझता है कि क्षत्रिय का कार्य अधिक महत्त्वपूर्ण है और क्षत्रिय ब्राह्मण का सम्मान-सत्कार देखकर सोचता है कि वह ब्राह्मण ही क्यों न हुआ। यह तो इस युग की बात है, आने वाले युगों में जब कार्यों की विविधता और अधिकता हो जाएगी तो यह चिन्ता और बढ़ जाएगी। तब अगर कोई दैव योग से किसी महान् संस्थान का शिक्षक हुआ तो वह सोचेगा कि किसी चिकित्सालय से सयुक्त चिकित्सक का कार्य अधिक महत्त्वपूर्ण है

और चिकित्सक सोचेगा कि वह वणिक जो दूरस्थ प्रदेशों से वाणिज्य-व्यवसाय कर निरन्तर सम्पन्न हुआ जा रहा है, वह उससे अधिक प्रसन्न है। अगर श्रीकृष्ण की इस सीख को, अपने-अपने कार्य-व्यवस्था को ही श्रेष्ठ समझने की बात को मान लिया जाय तो विश्व को व्यर्थ की चिन्ता और तनाव से कितनी मुक्ति मिल जाय !

सच, श्रीकृष्ण क्या अपने आज के इस संदेश द्वारा मानव को ग्रस्त करने वाली सारी चिन्ताओं से उसे मुक्ति दिलाने को ही कटिबद्ध हैं क्या ? क्या वे अपने इस दीर्घ उपदेश द्वारा एक स्वस्थ जीवन दर्शन को ही शनैः-शनैः उद्घाटित नहीं करते गए हैं ? मानव के सबसे बड़े शत्रु क्या हैं ? चिन्ता और भय ही तो ? और उन्हीं से मुक्ति का मार्ग प्रशस्त करने को जैसे ये आज पूरी तरह प्रस्तुत हैं। पहले इन्होंने सबसे बड़े भय मृत्यु को ललकारा, फिर फलाकांक्षा को कर्म से पृथक् कर सफलता-असफलता की चिन्ता से मुक्ति दी, पुनः अपनी भक्ति के माध्यम से सम्पूर्ण योग-क्षेम की आश्वस्ति दे उन्होंने जैसे सम्पूर्ण मनुष्यता को निर्भयता का ही संदेश दे दिया। और अब ये इस पीढ़ी के लिए कम और आने वाली पीढ़ियों के लिए अधिक, कहते हैं कि अपने-अपने दायित्वों का सम्यक् पालन कर सुख-शान्ति का उपभोग करो, व्यर्थ ही दूसरे के कार्यों को अधिक आकर्षक समझ चिन्ता और तनाव को निमन्त्रण नहीं दो।

अर्जुन जानता था, श्रीकृष्ण का यह संदेश द्वापर तक ही सीमित नहीं रहेगा अथवा वह केवल उसी के कानों के मार्ग उतर कर अपनी उपयोगिता व्यर्थ नहीं कर बैठेगा। उसे मालूम था राजभवन में प्रज्ञाचक्षु धृतराष्ट्र के समक्ष बैठे संजय, वेदव्यास द्वारा दिव्य शक्तियों से सम्पन्न हो सब कुछ देखते और सुनते-सुनाते जा रहे हैं। और साथ ही इस युग के महान् मंत्रद्रष्टा महामुनि वेदव्यास भी क्या इस सबको यों ही समाप्त होने, मिटने को छोड़ देंगे ? वे एक-एक बात, एक-एक छोटी-बड़ी घटना को भूर्ज पत्रों पर लिपिबद्ध करेंगे। सृष्टि के अन्त तक सुरक्षित रहेगा यह श्रीकृष्ण-संदेश, एक महान् जीवन-दर्शन के रूप में और जो कोई भी इस संदेश को समझ पायेगा, इस जीवन-दर्शन को अपना पायेगा वह समस्या-संकुल जीवन को सहजता और शान्ति से जी पाने में अवश्य ही सफल होगा।

कुरुक्षेत्र के इस युद्ध-क्षेत्र में विजय चाहे किसी पक्ष की हो वह इस समर की उपलब्धि नहीं होगी, अपितु इसकी सर्वश्रेष्ठ उपलब्धि है यह श्रीकृष्ण-संदेश जो केवल उसके नहीं बल्कि मानव-मात्र की हित-चिन्तना हेतु दिया जा रहा है। जय-पराजय से अब ऊपर, बहुत ऊपर उठ गया है अर्जुन और उसे आरम्भ में अपने विषादग्रस्त होने और अस्त्र-शस्त्र छोड़ बैठने का भी कोई क्षोभ अथवा पश्चात्ताप नहीं है। यह तो अच्छा ही हुआ कि वह मोह-ग्रस्त हो बैठा वरना आज विश्व को यह अमर संदेश, यह महान् जीवन दर्शन कैसे उपलब्ध होता ?

"तुम पुनः कहीं खो गए लगते हो।" श्रीकृष्ण-वाक्य ने उसे अपने में लौटाया और उसने उनसे अपना कथन चालू रखने का अनुरोध किया।

"जिसकी कहीं आसक्ति नहीं रह गई है, जिसने अपनी आत्मा पर विजय प्राप्त कर ली है और जो इच्छाओं से रहित हो गया है वह मेरे द्वारा बताए गए संन्यास द्वारा अर्थात् कर्म फल की आकांक्षा से मुक्त होकर निष्कर्मता रूपी परम सिद्धि को प्राप्त कर लेता है। अर्थात् वह सब कुछ करते हुए भी कुछ नहीं करता।

"सिद्धि की उपलब्धि के पश्चात् वह ब्रह्म को कैसे प्राप्त कर लेता है उसे संक्षेप में सुनो। यह अवस्था निश्चय ही ज्ञान की पराकाष्ठा है।"

"कौन अवस्था ?"

"ब्रह्म-प्राप्ति का अनुभव।

"जो विशुद्ध बुद्धि से युक्त होकर, धारणा द्वारा अपने को नियन्त्रित कर, शब्द आदि इन्द्रियों के विभिन्न विषयों से पृथक् हो, राग-द्वेष, अहंकार, बल, दर्प, काम, क्रोध, ममता, परिग्रह सबसे मुक्त हो, एकान्तवास करता हुआ, अल्पाहार करता हुआ तथा वाणी, शरीर और मन को नियन्त्रित करते हुए सदा ध्यान-रत रहता हुआ विराग को प्राप्त कर शान्त-चित्त हो जाता है वह ब्रह्म-स्वरूप ही हो जाता है अर्थात् वह ब्रह्म से ऐक्य प्राप्त कर लेता है। उसकी आत्मा प्रसन्नता से पूरित हो जाती है, वह न शोक करता है, न आकांक्षा करता है, सभी जीवों में सम दृष्टि रखने लगता है और मेरी परम भक्ति को प्राप्त कर लेता है।"

"इसका सुफल क्या होता है ?" अर्जुन ने पूछा।

"किसका ?"

"आपकी भक्ति को प्राप्त कर लेने का ?"

"भक्ति के द्वारा वह जान लेता है कि मेरा तात्विक रूप कैसा है और मुझको तत्त्व से जानकर अन्ततः वह मुझमें ही प्रवेश कर जाता है।

"मेरे आश्रय में रहकर सभी कर्मों को सदा करता हुआ भी वह मेरे प्रसाद से मेरे शाश्वत और अविनाशी पद को प्राप्त कर लेता है।"

वह आगे बोले, "बुद्धि द्वारा सभी कर्मों को मुझे अर्पित कर, मेरे परायण बन कर बुद्धि-योग का आश्रय लेकर मुझमें ही अपना चित्त लगाने वाला बनो।"

"यह बुद्धि-योग क्या है ?"

"बुद्धि-योग कर्म-योग से पृथक् नहीं है, यह मैंने पहले ही स्पष्ट किया है। कर्म-योग में फलाकांक्षा से रहित होने और निस्संगता अपनाने के लिए बुद्धि का आश्रय लेना ही पड़ता है, उससे युक्त होना पड़ता है। यही है बुद्धि-योग।

"एक बात और बताऊं ?" श्रीकृष्ण की आंखों में एक विशेष चमक उभरी थी।

"बताओ।"

"मुझमें चित्त लगाए हुए तुम मेरी कृपा से सभी कष्टों को पार कर जाओगे किन्तु अहंकार के वशीभूत हो इन पर ध्यान नहीं दोगे तो नष्ट भी हो जाओगे।"

श्रीकृष्ण को लगा कि अब अन्तिम बात कहने का समय आ गया है क्योंकि स्नेह-प्रेम की बातें करते-करते उन्होंने भय की बात भी अन्ततः कह ही दी—अगर मेरी बातों पर ध्यान नहीं दिया तो नष्ट हो जाओगे। राजनीति और कूटनीति के विशारद श्रीकृष्ण ने अर्जुन को मार्ग पर लाने के लिए सभी युक्तियों का सहारा ले लिया था। अन्तिम अस्त्र बचा था चेतावनी का, भय का, उसका भी प्रयोग कर उन्होंने आगे की बात की भूमिका गढ़ ली थी—

"तुम क्या समझते हो कि अहंकार-वश अगर तुम मान लेते हो कि तुम युद्ध नहीं करोगे तो तुम अपनी मनमानी कर लोगे ? तुम्हारा ऐसा निश्चय मिथ्या ही सिद्ध होगा और स्वयं प्रकृति ही तुम्हें युद्ध में झोंक देगी। तुम मोहवश जिस कार्य को नहीं करना चाहते उसे अपने स्वभावगत कर्म से बंधे हुए तुम अवश-सा करोगे,

क्योंकि तुम्हारी प्रकृति, तुम्हारे स्वभाव में ही, संस्कार में ही युद्ध है, तुम्हारी प्रकृति तुम्हें छोड़ेगी कहां, उधर से शस्त्रास्त्र चलेंगे तो तुम क्या शान्त बैठे रहोगे ? अवश हुए-से, निरुपाय-से क्या तुम प्रतिकार नहीं करोगे ? युद्ध-रत नहीं होओगे ?

"एक बात जान लो अर्जुन !" श्रीकृष्ण ने दृढ़ निश्चयपूर्वक कहा, "ईश्वर सभी जीवों के हृत्-प्रदेश में बैठा हुआ है और जैसे यन्त्र (चरखी) पर चढ़ा हुआ व्यक्ति घूमता रहता है, वैसे ही वह सभी जीवों को अपनी माया से घुमाता रहता है, नचाता रहता है।

"सभी प्रकार से उसी ईश्वर की शरण में जाओ, उसी की कृपा से परम शान्ति और शाश्वत स्थान की भी प्राप्ति होगी।"

अन्ततः वही उसकी मन-चाही भक्ति, अर्जुन ने सोचा पर श्रीकृष्ण आगे बढ़ते गए—

"मेरे द्वारा तुम्हारे लिए तो यह गोपनीय से भी गोपनीय ज्ञान उद्घाटित कर दिया गया। इस पर पूरी तरह विचार कर अब जैसी तुम्हारी इच्छा हो वैसा ही करो।

"और जो मेरा गुह्यतम वचन है, वह भी सुन लो, निश्चय ही तुम मेरे प्रिय हो इसीलिए मैं तुम्हारे कल्याण हेतु यह बात कहता हूं।

"मेरे मन वाले बनो, मेरे भक्त बनो, मेरी ही पूजा करो, मुझे ही नमस्कार करो। मैं प्रतिज्ञा करता हूं कि तब तुम अन्ततः मुझे ही प्राप्त करोगे क्योंकि तुम मेरे प्रिय हो।"

'महान् हैं श्रीकृष्ण,' अर्जुन ने सोचा, उसकी हित-कामना के लिए इन्होंने उसकी प्रिय बात को पुनः दुहरा ही दिया—मेरे मन वाले, मेरे भक्त बनो...। पर कृष्ण यहीं रुके कहां ? उन्होंने स्पष्टतः उद्घोषित कर दिया—

"सभी धर्मों को छोड़कर मेरी शरण में आ जाओ। मैं तुम्हें सारे पापों से मुक्त कर दूंगा। डरो नहीं।"

अर्जुन समझ गया, आज की यह एक तरह से अन्तिम बात थी। शेष कुछ औपचारिकताएं रही होंगी। तो सम्पूर्ण सन्देश का सार यही है कि सबको छोड़कर श्रीकृष्ण-शरण ही जाना है। ऐसा करने पर सारे भयों से स्वयं ही मुक्ति मिल जाती है।

"मेरे इस सन्देश को कभी भी उन तक न पहुंचाओ जो तपस्वी नहीं हैं, जिनमें भक्ति नहीं है, जो सेवा-भाव से रहित हैं और जो मेरे निन्दक अर्थात् नास्तिक हैं।

"जो मेरे इस परम गोपनीय रहस्य को मेरे भक्तों तक पहुंचाता है, वह मेरी ही परम भक्ति करता है और अन्तत मुझ तक ही पहुंचता है, इसमें कोई सन्देह नहीं।

"ऐसा व्यक्ति अर्थात् जो मेरे सन्देश को मेरे भक्तों तक पहुंचाता है उससे अधिक संसार में मेरा कोई प्रिय नहीं है और न इससे प्रियतम कोई आगे होगा ही।

"जो हम लोगों के इस धर्म-युक्त संवाद का अध्ययन करेगा वह ज्ञान-यज्ञ द्वारा मेरी उपासना ही करेगा, यह मेरा मत है।"

"जो परनिन्दा से विमुख व्यक्ति इसे सुनेगा भी वह मुक्त होकर ऐसे शुभ-

लोकों को प्राप्त करेगा जो पुण्यवानों को ही प्राप्त होते हैं।"

श्रीकृष्ण यहां पर रुके और अर्जुन से स्पष्ट रूप में पूछा—

"पार्थ ! क्या तुमने एकाग्र चित्त से यह सब सुना और क्या तुम्हारे अज्ञान और मोह समाप्त हो गए ?"

अर्जुन के मन में अब अज्ञान और मोह का अन्धकार बचा ही कहां था ? वह तो उनके विश्व रूप के दर्शन के पश्चात् ही नष्ट हो गया था और जो कुछ थोड़ा बहुत बचा था वह बाद के उपदेश से निःशेष हो गया। अब तो कृष्ण-भक्ति ही उसके जीवन का एकमात्र लक्ष्य था। कृष्णाज्ञा के उल्लंघन का अब प्रश्न ही कहां उठता था और उसने तत्काल उत्तर दिया :

"हे अच्युत ! तुम्हारी कृपा से मेरा मोह समाप्त हो गया है, मुझे अपने वास्तविक स्वरूप का स्मरण हो आया है, सारे सन्देहों से रहित हो मैं स्थिर-चित्त हो गया हूं। मैं तुम्हारी आज्ञा का पालन करने को तत्पर हूं।"

सतासी

"समाप्त हो गया यह श्रीकृष्णार्जुन सम्वाद ?" कुरुक्षेत्र के मैदान से दूर हस्तिनापुर के राज-प्रासाद में बैठे धृतराष्ट्र ने संजय से पूछा था। इतना लम्बा खिंच गए वार्तालाप से वह स्वभावतः कुछ उद्विग्न हो आये थे। श्रीकृष्ण की बहुत-सी बातें उनकी समझ में आकर भी नहीं आई थीं। किसी अपराध-भाव से ग्रसित वे जब-जब श्रीकृष्ण मुख से लोभ, परिग्रह और विषय-वासना की बात सुनते उनका मन अश्वत्थ के पत्रों की तरह कांप-कांप उठता। जब-जब वे सात्विक, राजसी और तामसी प्रवृत्तियों की चर्चा सुनते अगल-बगल झांकने लगते। सपाट, भावना-शून्य अन्धी आंखों में कोई भाव भी तो नहीं तिरपता पर संजय को लग जाता कि कुरु-सम्राट् अन्दर से अव्यवस्थित हो गए हैं। जैसे सारी तामसी प्रवृत्तियों को वे अपने अन्दर ही ढूंढ़ने लगे हों। और इसका कारण भी था जो स्पष्ट था। अगर अपने पुत्रों विशेषकर दुर्योधन के प्रति वे पक्षपात का भाव नहीं पालते तो आज ग्यारह अक्षौहिणियां धर्मक्षेत्र-कुरुक्षेत्र में मरने-मारने को प्रस्तुत आमने-सामने क्यों खड़ी रहतीं ? दुर्योधन के किस अन्याय, किस कुचक्र का उन्हें ज्ञान नहीं था फिर भी उनके पुत्र-स्नेह ने उन्हें न्याय का पक्ष लेने दिया ? पांच ही ग्राम तो मांग रहे थे पांडव ? पर उसके युद्धोन्मत्त पुत्र ने जब यह घोषणा की कि बिना युद्ध के सूई के अग्रभाग भी भूमि नहीं दी जा सकती तो वे चुप क्यों बैठे रहे ? ऐसी स्थिति में उनमें सात्विक भाव का भरमार था या राजसी का या तामसी का ? स्पष्ट था तमस-प्रधान ही हो आई थी उनकी प्रकृति। और हो क्या वह आज आई थी ? जिस क्षण ज्योति-हीन होने के कारण उनके राज्याधिकार को उनके अनुज पांडु को दे दिया गया था, उसी दिन से प्रतिशोध की ज्वाला उनके अन्दर जलने लगी थी जो पांडु के अकाल काल-कवलित होने और उनके सिंहासनासीन होने से भी शान्त नहीं हुई थी।

अनजाने में वे पांडु का प्रतिशोध उनके पुत्रों से लेने को प्रस्तुत हो गए थे और युद्ध की इस स्थिति को उत्पन्न करने में उनका योगदान कुछ कम नहीं था।

पर उनकी आशाओं पर तुषारापात तभी हो गया था जब उन्होंने यह सुना था कि दुर्योधन ने श्रीकृष्ण के बदले उनकी नारायणी सेना को अपने साथ रखना अधिक श्रेयस्कर समझा था। बाहरी आंखों के बन्द होने से उनकी अन्दर की आंखें कुछ अधिक ही खुल आई थीं और दूसरों को चाहे जो शंका-आशंका हो, उन्हें इस बात में तनिक भी सन्देह नहीं था कि श्रीकृष्ण साधारण पुरुष नहीं थे, पुरुषोत्तम थे, साक्षात् भगवान। उस समय तो उनका मन सागर-वक्ष पर तिरते किसी जल-पोत की तरह ही अचानक अतल गहराइयों में डूब गया था जब संजय ने श्रीकृष्ण के विश्व-रूप का वर्णन किया था और उनके द्वारा अर्जुन के निमित्त-मात्र होने की बात कही थी—इन सारे योद्धाओं को तो मैं पहले ही मार चुका हूं, तुम निमित्त मात्र बन जाओ — निमित्त मात्र भव सव्यसाचिन !

"समाप्त हो गया महाराज। समाप्त हो गया वह अद्भुत श्रीकृष्ण-अर्जुन संवाद।" संजय ने बहुत देर के पश्चात् धृतराष्ट्र के प्रश्न का उत्तर छलछलाई आंखों से दिया था। भावातिरेक से वे विह्वल हो आये थे। श्रावण की धरती की तरह आर्द्र हो आया उनका मन श्रीकृष्ण की विभिन्न उक्तियों पर मनन करने में मग्न था। उनके विराट् और फिर सौम्य रूप के दर्शन अब भी उनको भावातिरेक से विह्वल कर रहे थे। फिर भी धृतराष्ट्र की जिज्ञासा को उन्हें शान्त करना ही था।

"राजन् ! मैंने आपको उस अदभुत और आह्लादकारी संवाद को सुना दिया जो श्रीकृष्ण और अर्जुन के मध्य घटा। भगवान् व्यास की कृपा से दिव्य दृष्टि प्राप्त कर मैंने साक्षात् योगेश्वर श्रीकृष्ण के मुख से परम गुह्य योग को सुना और आपको सुनाया।"

संजय अपनी प्रसन्नता को रोक नहीं पा रहे थे और उन्होंने धृतराष्ट्र को सम्बोधित करते हुए पुनः कहा, "महाराज, मैं श्रीकृष्ण और पार्थ के उस अद्भुत संवाद का स्मरण कर अभी भी बार-बार प्रसन्नता से भरता जा रहा हूं। साथ ही श्रीकृष्ण के उस अद्भुत विराट् रूप को याद कर तो मुझे बार-बार विस्मय हो रहा है और मैं बार-बार हर्षित हो रहा हूं। काश, आपने उस रूप को देखा होता।"

धृतराष्ट्र को यह बात लग गई। सचमुच व्यास ने अच्छा नहीं किया। अगर उन्हें दिव्य दृष्टि ही देनी थी तो संजय के बदले उन्होंने उन्हें क्यों नहीं दे दी ? तब तो वह सब कुछ अपनी आंखों से देख लेते, सब कुछ अपने कानों से सुन लेते। उनका मन किया वह संजय से ही पूछ लें कि कृष्ण द्वैपायन व्यास ने ऐसा क्यों नहीं किया। पर संजय का उत्तर भी बड़ा सटीक था, "महाराज, आप यह सब झेल नहीं पाते। आप ही कहिए जब अपनी आंखों दुर्योधन, दु:शासन, कर्ण आदि योद्धाओं को श्रीकृष्ण के विराट् खुले मुख में विवश से प्रवेश करते आप देखते तो आप पर क्या बीतता ?"

धृतराष्ट्र ने सोचा, संजय ठीक ही कह रहे हैं। अपनी आंखों यह सब देखना सम्भव नहीं हो पाता। और पता नहीं अभी आगे वास्तविक युद्ध में क्या-क्या घटना है। सब कुछ अपनी आंखों देखना पड़े तो पता नहीं मन पर क्या-क्या बीते।

पर एक बात तो संजय से पूछनी ही थी और लाख रोकते-रोकते भी वह पूछ बैठे, "संजय, क्या विचार है तुम्हारा ? इस महासमर में विजय-श्री किसका वरण करने जा रही है ?"

संजय को एक क्षण भी नहीं लगा उतर देने में और उसने दोटूक बात कह दी—

"महाराज ! जहां योगेश्वर कृष्ण हों, जहां धनुर्धर पार्थ हों वहीं श्री होगी विजय होगी, वहीं विभूति होगी और वहीं अचल नीति होगी, यह मेरा निश्चित मत है।"

अठासी

अर्जुन युद्ध के लिए सन्नद्ध हो गया, यह संवाद कुरुक्षेत्र के इस छोर से उस छोर तक बात की बात में व्याप्त हो गया। एक ओर जहां दुर्योधन की उस दुराशा पर पानी फिरा कि पांडव बिना शस्त्र उठाए ही श्वेत ध्वज फहराकर पराजय स्वीकार कर लेंगे वहीं पांडव पक्ष में हर्ष की लहर दौड़ गई।

युधिष्ठिर ही जो गीता-दान के आरम्भ से ही एक तरह से अर्जुन के रथ के साथ जमे खड़े थे, श्रीकृष्ण के समक्ष अर्जुन की स्वीकारोक्ति के एकमात्र साक्षी बने "नष्ट हो गया मोह मेरा, छंट गया अज्ञान-कुहरा, अब मैं तुम्हारे कथन का पालन करूंगा—करिस्ये वचनं तव।"

'युद्ध होगा', 'युद्ध होगा' बात हवा पर तिरती उन सभी योद्धाओं के कानों में भी जा पड़ी जो युद्ध में उतर तो आये थे पर प्राणों के मोह में पड़ निरन्तर इसी प्रार्थना में रत थे कि इस मूढ़ अर्जुन का मोह इसी तरह वर्तमान रहे और युद्ध किसी तरह टल जाय। पर युद्ध की अनिवार्यता से आमना-सामना होते ही वे भी अपने आलस्य और प्रमाद को त्याग अपने को लड़ने की मनः-स्थिति में लाने को विवश हो गए।

पर यह क्या हो रहा था ? श्रीकृष्ण आश्चर्य से भर आये। अब जब अस्त्र-शस्त्र के संचालन का समय आ गया था और दोनों ओर की सेनाएं एक-दूसरे पर आक्रमण करने को कटिबद्ध थीं, धर्मराज ने अपने अस्त्र-शस्त्र क्यों उतार दिए। अपने शरीर को कवच-कुंडलों से भी क्यों मुक्त कर दिया ? क्या उन्हें भी अर्जुन की तरह मोह ने ग्रस लिया अथवा इस धर्म के अवतार कहे जाने वाले ज्येष्ठ पांडव पर 'अहिंसा परमो धर्मः' का सिद्धान्त अपनी पूरी दृढ़ता से हावी हो गया ? और तो और, ये विरथ क्यों हो गए ? रथ से उतर क्यों पड़े उस विचित्र वेष में—अस्त्र-शस्त्र-हीन, कवच-कुंडल-रहित।

श्रीकृष्ण के आश्चर्य की सीमा न रही जब धर्मराज बिना किसी से कुछ बोले पदाति ही कौरव-सेना की ओर चल पड़े। क्या करें कृष्ण ? कुछ समझ में नहीं आ रहा था। हांक दें अर्जुन के रथ को धर्मराज के पीछे-पीछे ? पता नहीं कौन-सा अनर्थ घटा दे धर्मराज का यह व्यवहार। युद्ध के लिए आकुल सेनाधिपतियों का कोई शर इनके कवच-रहित तन को भेद जाय तब ? पर नहीं, यह युद्ध-नियमों के विरुद्ध था, श्रीकृष्ण ने अपने को सान्त्वना दी। निःशस्त्र विशेषकर कवच-कुंडल

रहित एक विरथ महारथी पर कोई प्रहार करने की भूल नहीं कर सकता। वह भी सभी शास्त्रों और वेद-वेदान्तों में निष्णात धर्मराज युधिष्ठिर के साथ किसी का यह व्यवहार अकल्पनीय था। कुछ देर तक मूक दर्शक बनने के अलावा श्रीकृष्ण के लिए कोई और चारा नहीं था।

दोनों सेनाओं के मध्य दूरी भी कुछ कम नहीं थी। इस दूरी को शीघ्रातिशीघ्र तय करने के लिए धर्मराज लम्बे-लम्बे डग भरते हुए कौरव-सैन्य की ओर बढ़ते जा रहे थे। श्रीकृष्ण के साथ ही दोनों पक्षों के अन्य योद्धा भी धर्मराज के इस अप्रत्याशित व्यवहार पर विस्मय-विमुग्ध थे।

देखते-देखते युधिष्ठिर के साथ, अर्जुन, भीम, नकुल, सहदेव तथा स्वयं श्रीकृष्ण भी लग गए। आखिर धर्म-भीरु नि:शस्त्र ज्येष्ठ कुन्ती-पुत्र को उस युद्धभूमि में एकाकी भी तो नहीं छोड़ा जा सकता था ?

युधिष्ठिर जहां रुके वह कौरव-सेनाध्यक्ष पितामह भीष्म का रथ था। देखते-देखते वह शान्तनुपुत्र भीष्म के रथ पर आरूढ़ हो गए और पदत्राणयुक्त उनके दोनों पैरों को अपने हाथों में बांध बोले—"पितामह ! विधि का विधान विचित्र है। उसी के अधीन हो आज आप ही के पुत्र-पौत्रों को आपसे युद्ध करने को विवश होना पड़ रहा है। इस धर्मराज कहे जाने वाले निकृष्ट व्यक्ति को आप पर शस्त्र संचालन को बाध्य होना पड़ रहा है। आप हमारे पूज्य और वरेण्य हैं। आपकी अनुमति का मैं आकांक्षी हूं। आप कृपया हमें अपने से युद्ध करने की अनुमति दें।"

"साधु पुत्र, साधु !" पितामह के मुंह से अनायास निकला, "तुमने युद्ध-पूर्व मुझसे अनुमति मांग कर अपने पक्ष का बहुत भला किया। गुरु-जनों का आदर करने वाला सदा विजय-श्री का वरण करता है। मैं तुमसे प्रसन्न हूं। तुम युद्ध के अतिरिक्त कोई भी वरदान मुझसे मांग लो।"

युधिष्ठिर को लगा कि उनकी वांक्षा की ही पूर्ति हो गई। वे तत्काल बोले—"पितामह, आप अजेय हैं। आपके जीवित रहते यह कौरव-सेना भी हमारे लिए अजेय है। आप कृपया अपनी मृत्यु का उपाय बताइए क्योंकि हममें से कोई आपके बध में समर्थ नहीं है।"

कुरुश्रेष्ठ पितामह के होंठों पर एक मन्द स्मिति खेली और वे स्पष्ट बोले, "तुम्हारा अनुमान सही है पांडु-नंदन ! मुझे इच्छा-मृत्यु का वरदान प्राप्त है। मेरे नहीं चाहने पर कोई मेरा बध नहीं कर सकता, साथ ही यह भी सही है कि मेरे रहते यह कौरव-सेना भी अजेय है। पर अभी मेरी मृत्यु की बात मन से निकाल दो, उसका समय अभी नहीं आया और समय आने पर वह तुम पर प्रकट कर दी जायेगी।"

युधिष्ठिर इसी तरह बारी-बारी से द्रोणाचार्य, कृपाचार्य और शल्य के पास गए और उनसे युद्ध की अनुमति ले अपने पक्ष में लौट आये।

धर्मराज के इस व्यवहार ने श्रीकृष्ण के मन में भी एक विचित्र योजना को जन्म

दिया। यद्यपि इस मोर्चे पर वे एक बार बुरी तरह परास्त हो गए थे पर एक बार पुनः प्रयास करने के लोभ का वे संवरण नहीं कर सके। उन्हें पता था कि राधा-सुत महारथी कर्ण भीष्म के व्यवहार से क्षुब्ध हो कुरुक्षेत्र के किनारे निर्मित अपने शिविर में चुपचाप पड़ा है।

जब तक युधिष्ठिर अपने अनुजों के साथ अपने रथ के पास लौटे तब तक श्रीकृष्ण द्रुत गति से एक अतिरिक्त रथ को दौड़ाते हुए कर्ण के शिविर-द्वार पर जा पहुंचे। भीतर पड़ा कर्ण श्रीकृष्ण की शरीर-गन्ध से ही उनकी उपस्थिति का अनुमान लगा गया। वह शिविर-द्वार तक आया और श्रद्धापूर्वक श्रीकृष्ण को अन्दर ले गया।

उन्हें उच्चासन प्रदान कर भूमि पर बैठता हुआ दोनों हाथ जोड़कर उसने उन्हें संबोधित किया—"इस विकट घड़ी में जब संग्राम किसी क्षण आरम्भ हो सकता है, आप यहां कैसे प्रकट हुए केशव ?"

"मैं एक बार पुनः तुम्हारे यहां याचक बनकर आया हूं।" श्रीकृष्ण ने अपनी बात रखी।

कर्ण मन्द-मन्द मुसकराया, "आप जानते हैं कि कर्ण के यहां से कोई याचक रिक्त हाथ नहीं लौटता, इसीलिए आप सदा याचक की मुद्रा में आते हैं। पर आप भूल जाते हैं कि औरों की तरह मैं भी आपको नर नहीं नारायण ही मानता हूं और नारायण की याचना की पूर्ति नहीं कर पाने की मुझे कोई ग्लानि नहीं होती, भला एक अदना-सा आदमी एक ईश्वर की अभिलाषा की पूर्ति में कहां तक समर्थ हो सकता है ?"

"तो तुम इस बार भी मुझे निराश लौटाने को ही कृतसंकल्प बैठे हो।" श्रीकृष्ण ने सस्मित स्वर में कहा।

"अभी तो आपने अपना उद्देश्य बताया ही नहीं हृषीकेश !" कर्ण ने निवेदन किया। उसके हाथ अब भी जुड़े थे।

"मैंने सुना तुम सम्प्रति कौरवों की ओर से युद्ध नहीं कर रहे।"

"आपने ठीक सुना।" कर्ण ने स्वीकार किया।

"तो मैं तुम्हें अपनी ओर से अर्थात् पांडवों की ओर से युद्ध करने का आमंत्रण देने आया हूं, केवल तब तक जब तक तुम दुर्योधन की ओर से युद्ध करने की स्थिति में नहीं आ जाते अर्थात् पितामह वीरगति को नहीं प्राप्त करते।"

कर्ण हंसा, "केशव, मैं आपकी श्रद्धा करता हूं और आपकी नीतिज्ञता का भी लोहा मानता हूं। अवसर पहचानने की जो अद्भुत क्षमता आपमें है उसका कोई उदाहरण नहीं। पर मुझे अफसोस है यादवश्रेष्ठ ! कि एक बार पुनः मैं आपको निराश करने को बाध्य हूं। सही है कि मैं युद्ध-विरत हूं पर मेरा झगड़ा पितामह से है, अपने प्राणप्रिय दुर्योधन से नहीं। क्या हुआ जो मैं अभी दुर्योधन की ओर से युद्ध नहीं कर रहा किन्तु मैं इस मध्य पांडवों की ओर से युद्ध-रत हो दुर्योधन पर प्रहार करूं तो यह कैसी मित्रता होगी ? और अभी आप मुझसे चाहे जो कह रहे हों पर जिस क्षण मैं अपने मित्र के विरुद्ध शस्त्र उठाने को प्रस्तुत होऊंगा उस समय आप भी क्या मेरे प्रति घृणा से नहीं भर जायेंगे ? अगर हम मित्र का हित नहीं कर सकें तो उसका अहित करने की बात भी मन में लाना कैसा मैत्री-भाव है ? मैं विवश हूं केशव, मैं पितामह की मृत्यु की प्रतीक्षा करूंगा

और तब अपने मित्र के पक्ष से समरांगण में वह अग्नि बरसाऊंगा, वह अग्नि बरसाऊंगा कि मुझे भय है स्वयं आपको ही मेरे बध के लिए कुटिल से कुटिल योजना बनाने को बाध्य होना पड़ेगा। अन्ततः युद्ध और प्रीति में सब कुछ क्षम्य है न?"

"तो तुम अडिग हो अपनी बात पर?" श्रीकृष्ण ने खड़ा होते-होते पूछा।

"यह मेरी विवशता है मधुसूदन! इसे अन्यथा नहीं लीजिएगा। कर्ण इसीलिए कर्ण है कि वह सत्यपरायण है। मैंने दुर्योधन को मित्रता का वचन दिया है। मैं इस वचन की हर स्थिति मे रक्षा करूंगा। विश्व ने, केशव, मुझसे बहुत कुछ छीन लिया है। स्वयं आप इस बात के साक्षी हैं कि नियति ने मेरी अंजलियों में फूल भरते-भरते अंगारे भर दिए। आप, कम-से-कम मुझसे मेरी सत्यपरायणता, मेरी सुदृढ़ वचनबद्धता नहीं छीनिए, इस अकिंचन कर्ण को और अकिंचन नहीं बनाइए द्वारिकापति!" कहकर कर्ण भी खड़ा हो गया।

"ठीक है," श्रीकृष्ण ने शिविर-द्वार से बाहर निकलते-निकलते कहा, "मैं युद्ध-भूमि में ही तुम्हारी प्रतीक्षा करूंगा। मैं भी चाहूंगा कि पितामह शीघ्रातिशीघ्र स्वर्ग सिधारें और तुम्हें समरांगण में अपना पराक्रम दिखलाने का अवसर मिले।"

"यह तो आप ही के हाथ में है नटवर नागर! आपके किए क्या नहीं हो सकता? जाइए केशव जाइए, यह अभागा कर्ण आज तक आपकी एक बात भी नहीं मान सका। पता नहीं इसकी हठधर्मिता का क्या परिणाम हो! पर जाइए, जो आपकी इच्छा हो उसी की पूर्ति हो। हम सामान्य मनुष्यों की इच्छा का क्या, अनिच्छा का क्या?"

नवासी

युधिष्ठिर के साथ-साथ सभी पांडव-बंधुओं के वापस लौटकर रथारूढ़ होते ही दोनों पक्षों के योद्धा किसी एकाकी विपिन में चिंघाड़ते मस्त हस्ती-दलों की तरह गर्जन करने लगे और अपने धनुषों पर प्रत्यंचा चढ़ा जोर-जोर से स्वर करने लगे।

सागर-मुख पर पहुंचते ही जैसे नदी की वेगवती धारा कई भागों से विखंडित हो हाहाकार करती हुई समुद्र-जल में जा मिलती है, उसी तरह दोनों पक्षों की सेनाएं भीषण स्वर करती हुई एक-दूसरे की ओर वेग से बढ़ चलीं। दोनों पक्षों की व्यूह-रचना इस अप्रत्याशित उत्साह के कारण छिन्न-भिन्न होने को आ गई फिर भी सेनापतियों ने व्यूह-संरचनाओं को संभालने में किसी तरह सफलता प्राप्त कर ही ली।

जैसे देर से अवरुद्ध सलिल-धार, अवरोध की समाप्ति के साथ ही अपार वेग से कूल-किनारों की मर्यादा तोड़ते हुए दौड़ पड़ती है, उसी तरह गीता-उपदेश के कारण हुए विलम्ब के फलस्वरूप दोनों ओर की प्रतीक्षा-रत सेनाओं ने दूने उत्साह से एक-दूसरे पर आक्रमण आरम्भ कर दिया।

अर्जुन के रथ पर श्वेत अश्वों की वल्गाएं अपनी सुकोमल अंगुलियों में सहेजे

श्रीकृष्ण मुसकराए। आखिर नियति ने मंच से यवनिका उठा ही दी। अब वही होने वाला था जिसे अन्त-अन्त तक रोकने का उन्होंने अथक प्रयास किया—एक अनावश्यक नरमेध, एक अवांछित मृत्यु-तांडव; युद्ध।

नहीं, गीता के उपदेश द्वारा युद्ध उन्होंने थोपा नहीं था। वह तो मात्र एक-पक्षीय संहार को रोकने का प्रयास था जिसमें दैवयोग से वह सफल हो गए थे, युद्ध तो अठारह अक्षौहिणी सेनाओं के कुरुक्षेत्र में मोर्चा संभालते ही अनिवार्य हो आया था। तो जो होना हो हो। सभी की तरह वह भी तो अब निमित्त-मात्र थे। अर्जुन के रथाश्वों की वल्गाएं भले उनके हाथ में हों पर युद्ध, इस महासमर, अब तक के देखे-न-सुने गए एक आसन्न नरसंहार की वल्गाओं को तो नियति अपने ही हाथों में सहेज चुकी थी।

वे कर भी क्या सकते थे? वे तो अभी-अभी सम्पन्न अपने गीता-संदेश में स्वीकार ही कर चुके थे कि सब कुछ यहां प्रकृति के इंगित पर होता है, मनुष्य व्यर्थ में अपने को कर्त्ता समझ बैठता है।

प्रकृति जब धरती पर भार बन आई जनसंख्या को नियन्त्रित ही करना चाहती है तो उसे सहयोग देने के अलावा उनका और कर्त्तव्य भी क्या शेष रह जाता था? अगर, सर्वत्र व्याप्त अधर्म, अन्याय और स्वार्थ के नग्न नृत्य को अधर्मियों और पापाचारियों के विनाश द्वारा ही नियति को रोकना स्वीकार्य था तो उनका भी दायित्व निर्धारित था। धार के विपरीत चलना कभी-कभी साहस का कार्य हो सकता है, पर वह साहस दुःसाहस में परिवर्तित होने लगे तो वह विनाश का ही कारण बनेगा। नहीं, उन्होंने धार के विपरीत चलने का बहुत प्रयास किया, धार को अवरुद्ध कर देने के लिए भी उन्होंने कुछ नहीं उठा रखा। पर अब नहीं। जब सारे प्रयास निष्फल हो गए तो उनकी नियति को भी धार के साथ बहना ही है।

इतना सोचकर उन्होंने वल्गाओं को ठीक से सहेजा और पीछे मुड़कर देखा तो अर्जुन अपने गांडीव पर प्रत्यंचा चढ़ा उसे शर-सज्जित कर चुका था। एक क्षण को उनका मन हुआ वे अर्जुन को रोक दें—छोड़ो, नहीं डालो समिधा इस यज्ञाग्नि में। वांपस लौटाता हूं तुम्हारे रथ को। भीषण रक्तपात और दारुण संघर्ष को शायद मेरी आंखें भी नहीं झेल पायें। शायद हमारे लौट चलने से युद्ध टल ही जाय। पर, दूसरे ही क्षण उन्होंने अपने को संभाला। क्या करने जा रहे थे वह? अब तक तो उन्होंने अर्जुन को क्लीव और कायर और न जाने कौन-कौन संज्ञाएं दे अपने कर्मयोग की दुहाई दे युद्ध के लिए सन्नद्ध करने का प्रयास किया और अब जब वह पूर्णतया प्रस्तुत हो गया अपने कर्त्तव्य-निर्वाह को तो उनका ही मन क्यों अनियन्त्रित अश्वों की तरह पीछे भागने लगा? अब क्या एक और गीतोपदेश होगा इस कुरुक्षेत्र में? और इस बार ठीक विपरीत? अब अर्जुन ही उपदिष्ट करेगा क्या कृष्ण को? नारायण बन आये व्यक्ति को नर से ही पथ-निर्देश लेना पड़ेगा क्या? नहीं, ऐसा नहीं होगा, श्रीकृष्ण ने अपने मन को दृढ़ किया। वल्गाओं को ढीला किया और इंगित पाते ही अश्व वायुवेग से बढ़ पड़े सामने की ओर। महासमर आरम्भ हो गया।

श्रीकृष्ण अर्जुन के रथ को भीष्म के सामने ले जाना चाहते थे पर उसी समय उन्हें यह देखकर आश्चर्य हुआ कि उनके भी रथ को पीछे छोड़ता हुआ जो रथ तीव्र गति से आगे बढ़ गया वह भीम का था। यह रथ था या धनुष से छूटा कोई प्रचंड शर? पर बात उतनी ही होती तो श्रीकृष्ण को आश्चर्य नहीं होता। हाल ही में युवावस्था-प्राप्त किए, ललाट से मद बहाते जैसे कोई गजराज अपने-आपमें नहीं रहते हुए बार-बार चिंघाड़ता और अकारण ही विपिन के विशाल वृक्षों से शरीर मलता, उन्हें मसलता और धूल-धूसरित करता पागल हुआ-सा दौड़ लगाता है, उसी तरह भीमसेन अपने रथ के मध्य भाग में खड़ा भयानक स्वर में सिंहनाद कर रहा था। उसका सारथि उसके अश्वों पर निरन्तर कशाघात करता हुआ उन्हें तीव्र से तीव्रतर वेग से भागने को विवश कर रहा था और गर्जन करते एवं अपने धनुष को वृत्ताकार घुमाते तथा उससे एक ही साथ असंख्य वाण छोड़ते भीमसेन ने शत्रुपक्ष की सेना को इस तरह मथ दिया जैसे कोई मक्खन निकालने के लिए मथानी से दूध मथता है।

इस उपमा पर श्रीकृष्ण को मन-ही-मन हंसी आ गई। अन्ततः वह व्रज को लौट ही गए न? इस युद्धभूमि की भयंकरता के मध्य भी! किसने खींचा उन्हें व्रज में? श्रीकृष्ण ने सोचा। बाबा नन्द ने? गोप-गोपियों के प्रेम ने? अथवा सचमुच मां यशोदा की मथानी ने?

किसी ने नहीं। श्रीकृष्ण के मन ने तर्क किया। व्रज में खींचा है उसी ने जिसने कभी उन्हें आर्यावर्त के सर्वश्रेष्ठ पुरुष के रूप में—पुरुषोत्तम—के रूप में देखना चाहा था। वह जो व्रज की वीथियों और करील-कुंजों और कालिन्दी-कूलों पर केवल उनका नाम रटते घूमा करती है। जिसके होंठों पर एक ही प्रार्थना है, अपने बाल-सखा की सुरक्षा की और जिसके अन्तर में एक ही कामना है अपने श्याम को इस आर्यभूमि की सर्वाधिक कीर्तिमान व्यक्ति बनाने की।

क्या उसे इस युद्ध का पता होगा, श्रीकृष्ण कल्पना-लोक में ही खोए थे, और इसका भी अनुमान होगा क्या कि आज उसका श्याम सचमुच इस आर्यावर्त का एक तरह से सर्वश्रेष्ठ पुरुष बन आया है? क्या पता होगा उसे कि युधिष्ठिर के राजसूय-यज्ञ में जिस व्यक्ति की अग्रपूजा हुई थी वह उसका श्याम ही था? और क्या उसे पता होगा कि आज इस युद्धभूमि में पूरी अठारह अक्षौहिणी सेनाओं का सूत्रधार भी वही था क्योंकि रण-भूमि के सर्वश्रेष्ठ धनुर्धर अर्जुन के रथ का सारथ्य वही कर रहा था? मात्र पार्थाश्वों की वल्गाओं को अपने हाथ में होने से वह युद्ध को मनमाना मोड़ दे सकता था? पता होगा उसे कि भीष्म, द्रोण, कृप और कर्ण के सदृश महारथियों के भाग्य तो भाग्य उनके प्राण भी उसकी मुट्ठी में ही बंद थे क्योंकि वह वीर पांडवों का पक्षधर था और अपनी अपेक्षाकृत न्यून सैन्य शक्ति के बावजूद पांडव उसके सहारे इस महान् समर-उदधि को उसी तरह मथ देने की स्थिति में थे जिस तरह कभी मदराचल ने समुद्र को मथ कर रख छोड़ा था?

शायद उसे पता नहीं ही हो, श्रीकृष्ण ने सोचा। कौन उस अर्द्धविक्षिप्ता-सी प्रतीत होती, वार्धक्य की ओर पैर रख चुकी, आजीवन कौमार्य-व्रत पालन के पागलपन को समर्पित हो चुकी एक नारी से उसका दुःख-सुख बांटने जायेगा?

श्रीकृष्ण का मन व्यथित हो आया। राधा! हाय, प्राण-प्रिये! उनके मुख

से बाहर होते-होते रहा। वे सचेत हो गए। पर उन्होंने मन-ही-मन प्रतिज्ञा की। ज्ञात होगा राधा को सब कुछ। ज्ञात करायेंगे वे उसे स्वयं। अभी एक-दो बार ही उन्होंने अपनी संकल्प-शक्ति और साधना-जनित सिद्धियों का उपयोग किया है।

एक बार पुनः वे उनका उपयोग करेंगे। कुरुक्षेत्र के संग्राम के पश्चात्। जब विजय-श्री पांडवों का वरण कर लेगी, वे राधा का आह्वान करेंगे। मिले तो वह उनसे! जिस सिद्धि के लिए वह जीवन भर साधना-रत रही उसके फल का उपयोग वह भले नहीं कर सके, पर साधना से पके फल को वह एक बार आंखों से देखेगी अवश्य! नहीं, वंचित नहीं किया जा सकता उसे जो निरन्तर उनके मन-प्राणों में बस कर उन्हें प्रेरित करती रही, जिसने उन्हें उस युग के सर्वश्रेष्ठ पुरुष के रूप में ढाला, जिसने अपने इस लक्ष्य की पूर्ति के लिए किशोरावस्था में दिये वचन के रक्षार्थ अपने को पूरी तरह मिटा डाला, वह इस संसार से असन्तुष्ट नहीं उठेगी। आयेगी, वह कुरुक्षेत्र आयेगी। आ रहा है उसका समय। इस महासमर के सूत्रधार हैं वह। इन अठारह अक्षौहिणियों की समाप्ति में अठारह दिनों से अधिक नहीं लगने को। अठारहवें दिन सम्पूर्ण खेल को समाप्त होना है। ठीक उसी दिन प्रकट होगी उनकी प्रिया, उनकी राधा!

"जनार्दन! तुम कहीं खो गए। तुम्हें पता है तुम्हारे हाथ से अश्वों की वल्गाएं पूरी तरह छूट चुकी हैं और अश्व विवश से एक ही स्थान पर खड़े हैं। अब मैं इस गांडीव को संभालूं या इन अश्वों को? क्या भीमसेन का कर्णभेदी गर्जन भी तुम्हारे ध्यान को तोड़ने के लिए पर्याप्त नहीं है।" अर्जुन की बातों पर श्रीकृष्ण अपने में लौटे।

"मैंने भीम के गर्जन और उसके प्रलयंकारी स्वरूप को लक्षित कर ही तुम्हारे अश्वों को रोक लिया है," श्रीकृष्ण ने एक तरह से ठीक ही कहा था।

'यह समर सच कहो तो एक तरह से भीम का ही विजय-पर्व है। पार्थ, तुम जानते हो कि पांडव युद्ध की ओर कभी प्रवृत्त नहीं होते अगर इसमें भीम और द्रौपदी की प्रतिष्ठा का प्रश्न नहीं होता। यह युद्ध तो भीम द्वारा दुःशासन का वक्ष विदीर्ण कर उसके रक्त से द्रौपदी के अब तक उन्मुक्त केशों की सज्जा के लिए लड़ा जा रहा है—उस दुःशासन का जिसने अनावश्यक प्रमाद का शिकार हो रजस्वला और एकवस्त्रा पांचाली को कौरव-सभा में नग्न करना चाहा था।

"हां, पार्थ, यह युद्ध तो भीम की गदा द्वारा दुर्योधन के उन अपवित्र जङ्घाओं को खंडित करने के लिए लड़ा जा रहा है जिन्हें अनावृत्त कर उसने उन पर बैठने के लिए पांचाली का आह्वान किया था।

"गरजने दो भीम को अर्जुन! पूरी तरह उत्सव-मग्न होने दो उसे। खेलने दो मस्त गजराज को कमल-दल से आच्छादित सरोवर में पूरी तरह। हां जैसा कि पहले कहा यह रंगमंच इसी के लिए खड़ा किया गया है। मैं इसका सूत्रधार चाहे जो होऊं, तुम और अन्य योद्धा इसके कुछ प्रमुख-अप्रमुख पात्र चाहे जो होओ, पर इस नाटक का असल नायक भीम ही है और वही इसके खलनायक दुर्योधन का बध भी करेगा।

"तुम्हें अभी विशेष चिंतित होने की आवश्यकता नहीं। तुम्हारी भूमिका ही निर्णायक सिद्ध होगी इस युद्ध में, पर समय की प्रतीक्षा करो। अभी और वीरों

को अपना पराक्रम दिखाने दो। भीम के तांडव-नृत्य में तो हमें बाधा देनी ही नहीं है।"

प्रथम दिन पांडव-पक्ष में भीम के अलावा अभिमन्यु का पराक्रम विशेष उल्लेखनीय रहा। अभिमन्यु को आगे बढ़ने से रोकने के लिए कौरव-सेनापति भीष्म को स्वयं आगे आना पड़ा और इसके बाद क्रुद्ध पितामह ने ऐसा नर-संहार आरम्भ किया कि पांडव-पक्ष में त्राहि-त्राहि मच गई।

प्रथम दिन का यह युद्ध असंख्य पदातियों, रथियों, अधिरथियों, महारथियों, गजों, अश्वों आदि के साथ-साथ दो प्रमुख वीरों विराटसेन-कुमार उत्तर और उसके ज्येष्ठ भ्राता महाबली श्वेत का बलिदान लेकर समाप्त हुआ। पर दिन के अवसान काल तक पूरे रणांगण में शान्तुन-नन्दन भीष्म की जो जय-जयकार छाई रही उसने न केवल पांडवों अपितु श्रीकृष्ण को भी चिन्ता में डाल दिया।

नब्बे

क्या धर्म, भीरुता का ही पर्याय है अथवा का-पुरुष और भीत व्यक्ति ही धर्म की शरण जाते हैं? पौरुष और पराक्रम के समक्ष धर्म सर्वथा निरुपाय है क्या? या यह कि जहां धर्म है वहीं विजय होती है—यतो धर्मस्ततो जयः—इस तथ्य को जानकर भी कभी-कभी धर्माचारियों का विश्वास भी धर्म-जनित आश्वस्ति से उठने लगता है?

श्रीकृष्ण का चित्त अस्थिर था और ये सारे प्रश्न उनके उद्विग्न मस्तिष्क को अशांत किए जा रहे थे।

ऐसा नहीं होता अगर इस सबके मूल में वह व्यक्ति नहीं होता जिसे संसार धर्मराज की संज्ञा से विभूषित कर बैठा था। सच, सत्यनिष्ठ युधिष्ठिर के अप्रत्याशित व्यवहार ने ही उन्हें भी धर्म को लेकर इस रूप में सोचने को बाध्य किया था। श्रीकृष्ण बहुत गम्भीरता से इस प्रश्न पर विचार कर रहे थे। युद्ध के प्रथम दिन की संध्या ही पूर्णतया हतोत्साह हो आये धर्मराज के अप्रत्याशित व्यवहार ने श्रीकृष्ण को यह सब सोचने को बाध्य कर दिया था।

विचित्र है यह मन भी या कि हिंसा इसकी प्रवृत्ति ही नहीं जैसे अप्रसन्नता से मूलतः उसका कोई लेना-देना नहीं। तभी तो इस युद्ध के नाम पर कभी अर्जुन के सदृश सर्वश्रेष्ठ धनुर्धारी घबरा उठता है तो कभी उनका स्वयं का मन भी विचलित हो उठता है। अभी कल ही तो वह स्वयं सोच रहे थे अर्जुन के स्यन्दन को वापस मोड़ लेने की बात।

किन्तु यह धर्मराज? यह तो एक गूढ़ पहेली है। युद्ध के आरम्भ में ही किसी ऊंचे शिखर से लुढ़कते हिम-खंड की तरह ही उनका आत्म-विश्वास भी लुढ़क पड़ा था। कितना कुछ करना पड़ा इन्हें, तब जाकर किसी तरह उन्हें संग्राम के लिए प्रस्तुत किया जा सका। अब प्रथम दिन की प्रतिकूल स्थिति ने ही इन्हें इस तरह भयभीत कर दिया है कि ये संन्यास लेने तक की बात सोचने लगे हैं। भीष्म पितामह के आज के रौद्र रूप को देख कर प्रातःकालीन चांद की तरह ये पूर्णतया

निस्तेज हो गए हैं। कहते हैं—भीष्म एक भीषण दावाग्नि की तरह सम्पूर्ण पांडव-सेना को अपना ग्रास बनाकर छोड़ेंगे। जैसे प्रज्वलित दीप-शिखा पर पतंगे विवश-से जल मरते हैं उसी तरह भीष्म-रूपी दाहक अग्नि-स्तम्भ से टकरा-टकरा हमारे सभी वीर स्वाहा हो जायेंगे।

क्या-क्या बातें उठती हैं एक भीत मन के भीतर? हां, धर्मराज को भीरु कहने के अलावा और क्या कहने को मन करता है? साथ ही उन्हें अपनी धर्म-परायणता पर भी विश्वास नहीं रहा वरना धर्म की आस्था के समक्ष पराजय की परिकल्पना भी कहां टिकती है? और कैसे नहीं होंगे अपने धर्माचरण के प्रति भी संदिग्ध ये तथाकथित धर्मराज। स्वयं को द्यूत में हारने के पश्चात् भी एक नहीं पांच-पांच भाइयों की असहाय पत्नी को दाव पर लगा देनेवाला अपने इस कृत्य को किधर से धार्मिक मानेगा?

खैर, अभी तो सबसे बड़ी समस्या थी उन्हें युद्ध के लिए पुनः सन्नद्ध करने की। भीष्म निस्सन्देह इनके लिए दुःस्वप्न बन आये हैं। कल रणांगण में उतरने से ठीक उसी तरह घबड़ा रहे हैं जिस तरह जिस ओर मृगराज की गन्ध मिल जाय उस तरफ कोई वन्य जीव भूलकर भी मुंह नहीं करता।

क्या वे युधिष्ठिर से स्पष्ट कह दें कि आप कायर हैं और ज्येष्ठ कुन्ती पुत्र को यह का-पुरुषत्व नहीं शोभा देता है? कि एक बार आरम्भ हो गया यह युद्ध अब बन्द नहीं होने को।

नहीं, वे ऐसा नहीं कर सकते। पाण्डव उनके मित्र ही नहीं, उनकी बुआ के लड़के भी हैं और युधिष्ठिर इनमें सबसे बड़े हैं। उनके प्रति श्रद्धा रखना श्रीकृष्ण का भी कर्त्तव्य बनता है।

तब? तब यह कि धर्मराज के आत्मविश्वास को ही वापस लाना होगा।

और श्रीकृष्ण शुरू हुए, "आप व्यर्थ ही भयभीत हो रहे हैं पांडु-नन्दन! भीष्म आप सबों का क्या बिगाड़ लेंगे? आपके यहां पराक्रमी शस्त्रधारियों की कौन कमी है? आपके अपने अनुज पार्थ-सा धनुर्धर विश्व में कहीं ढूंढ़े भी मिलेगा? और भीमसेन के सदृश गदा-वीर? इसके अलावा नकुल, सहदेव शौर्य-वीर्य में किससे कम हैं? फिर इनके ऊपर आपका सेनापति द्रुपद-पुत्र धृष्टद्युम्न? उसकी वीरता, निर्भीकता और आत्मविश्वास तथा संगठन-शक्ति किधर से संदिग्ध है? और उनके ऊपर विभिन्न राज्यों के वे महावीर जो अपने प्राणों की चिन्ता किए बिना आपके साथ आ लगे हैं? कभी उनकी भी चिन्ता की? अगर आप स्वयं ही भीष्म से भय खाकर युद्ध से पलायन कर जायेंगे तो ये योद्धा जो आपकी सहायता में आ जुटे हैं कौन-सा मुंह लेकर अपने-अपने स्थानों को लौटेंगे? और ये लौट भी पायेंगे यह कौन जानता है? तब तो जैसा कि आप कहते हैं, ठीक ही ये इस युद्धाग्नि में क्षुद्र जीवों की तरह जल मरेंगे। दुर्योधन के सदृश अविचारी और अहंकारी कौरव के रहते हुए ये वीर जो पांडवों को अपना खुला समर्थन प्रदान कर चुके हैं, शस्त्र डालकर समर्पण कर देने पर भी अपने प्राणों को सुरक्षित रख पायेंगे क्या? दुर्योधन के समक्ष नीति-अनीति का कोई अर्थ होता है?

"धर्मराज! इसलिए आप अपने अन्तर से भीष्म-रूपी भय को ठीक उसी तरह भगा दें जिस तरह अंधकार के छंटते ही अंधविश्वासियों के मन से भूतों का भय तिरोहित हो जाता है। आप सच व्यर्थ ही भयग्रस्त हो रहे हैं। आपके साथ जब

अन्य सारे वीरों के अलावा महायशस्वी सात्यकि, विख्यात योद्धा विराट्, नृप द्रुपद, महारथ एवं भीष्म के काल-स्वरूप शिखंडी वर्तमान हैं तो आपके व्यथित होने का कोई कारण नहीं।"

बात युधिष्ठिर को लग गई थी। नहीं कहकर भी श्रीकृष्ण ने उन्हें भीरु और का-पुरुष के अतिरिक्त कुछ और नहीं कहा था।

"मैं एक ही स्थिति में युद्ध के चलते रहने में अपनी सहमति दे सकता हूं।" धर्मराज ने अन्ततः साहस बटोरा।

"बोलिए, क्या है आपकी शर्त ?" श्रीकृष्ण ने पूछा।

"आज की भीष्म की उद्दण्डता का कल पूर्ण उत्तर दिया जाय। आप भीम और धृष्टद्युम्न की ओट ले अर्जुन को भीष्म के साथ मात्र आंख-मिचौनी नहीं खेलाएं। सखा-धर्म का निर्वाह छोड़ें। मेरी तरह आप भी जानते हैं कि भीष्म अजेय हैं पर उनका एकमात्र प्रतिरोधी है तो वह पार्थ के सिवा कोई और नहीं। कल आपको पितामह और पार्थ को आमने-सामने करना है।"

श्रीकृष्ण असमंजस में पड़े। वह अर्जुन की उपयोगिता जानते थे। वह उसकी शक्ति को अभी से क्षीण नहीं करना चाहते थे। उन्हें यह ज्ञात था कि कौरव-पक्ष में अगर पाण्डवों का कोई सबसे बड़ा शत्रु है तो वह भीष्म नहीं बल्कि सूत-पुत्र के नाम से विख्यात, सूर्यांशसंभूत राधेय कर्ण है। इस कर्ण की हत्या करने में सामान्य स्थिति में अर्जुन भी सक्षम नहीं था पर उपयोग तो अर्जुन का ही करना था इस कार्य के लिए ! अतः अर्जुन की ऊर्जा को वह तब तक अक्षुण्ण रखना चाहते थे जब तक कर्ण रूपी साक्षात् काल से वे पाण्डवों को मुक्ति नहीं दिला देते और इसके लिए अभी प्रतीक्षा करनी थी। जब तक कौरव पक्ष के अधिकांश योद्धा गत-प्राण नहीं होते और कर्ण का रक्षा-कवच दुर्बल नहीं पड़ता तब तक उस पर निर्णायक आक्रमण व्यर्थ था। ऐसे भी, अभी कर्ण युद्धभूमि से बाहर था। जब तक कौरव-सेना का सूत्र-संचालन भीष्म के हाथ में है तब तक वह समर में उतरने से रहा। इस दृष्टि से भी भीष्म का जीवित रहना अभी आवश्यक था क्योंकि भीष्म जो कुछ भी हों, पांडवों के भी उसी तरह अपने थे जिस तरह कौरवों के। एक तो शायद ही वह अपने हाथों पांचों पाण्डवों में से किसी एक का भी बध करते दूसरे वे चाहे जितना भी पराक्रमी हों, कर्ण का प्रतिशोध-भाव उनके अन्दर नहीं था। भीष्म के पराभव के पश्चात् कर्ण के रणांगण में उतरते ही युधिष्ठिर की स्थिति तो और दयनीय हो जायेगी। भीष्म अगर पाण्डव-सेना के लिए तूफान हैं तो कर्ण साक्षात् झंझावात।

पर धर्मराज को कौन समझाए ? खैर, कल वे भीष्म को अर्जुन के शरों का कुछ स्वाद चखायेंगे। आज तो उन्होंने केवल थोड़ी देर के लिए दोनों को आमने-सामने किया था पर कल भीष्म के बढ़ते मनोबल पर अंकुश लगाना ही पड़ेगा वरना अगर अग्रज ने ही अस्त्र-शस्त्र छोड़ दिए तो शेष चारों पाण्डवों को किसी तरह भी उनका अनुकरण करने से रोकना एक असम्भव और दुस्साध्य प्रयास के सिवा और कुछ नहीं होगा।

"ठीक है, कल भीष्म रूपी भयावह बाढ़ को हम पूर्णतया रोकेंगे," श्रीकृष्ण ने धर्मराज को आश्वस्त किया। "अब आप जाकर विश्राम करें।"

और दूसरे दिन पूरबी क्षितिज पर सूरज के आगमन के साथ ही नीचे पृथ्वी पर भी दो सूरज एक दूसरे के आमने-सामने आ जुटे थे – भीष्म और अर्जुन। दोनों आपस में एक-दूसरे से इस तरह टकराते थे जैसे दो पक्ष-युक्त पर्वत ही एक-दूसरे से जा भिड़े हों। अर्जुन के गांडीव से श्रावण की वर्षा की बौछार की तरह वाणों की बरसात हो रही थी और यद्यपि अधिकांश शरों को भीष्म कुशलतापूर्वक काट फेंकते थे अथवा अपनी ढाल पर झेल लेते थे पर कुछेक तो उनके तन को विद्ध ही कर गए और उनके गौर शरीर पर स्थान-स्थान से रक्त की पंक्तियां इस तरह बह चलीं जैसे किसी गेरू के पर्वत पर गुलाल की रेखाएं खिच गई हों। अर्जुन की स्थिति प्रायः वही थी, पर सब कुछ होने के बावजूद वृद्ध भीष्म की ममता उन्हें अपनी ही सन्तान पर मारक प्रहार करने से रोक रही थी।

अर्जुन के वाण-वर्षण ने पितामह के सुवर्ण-मण्डित ताल-ध्वज वाले रथ को मेघ-खण्डों द्वारा सूर्य-बिम्ब की तरह आच्छादित देखकर, दुर्योधन अस्त-व्यस्त हो आया और वह दुःशासन, जयद्रथ, शल्य, इरावन, सोमदत्त, विकर्ण, अश्वत्थामा, चित्रसेन, नन्द, उपनन्द, भूरिश्रवा, विन्द, अनुविन्द आदि के साथ भीष्म के रक्षार्थ पहुंचा। पितामह का रथ वाणों के आवरण से शीघ्र मुक्त हुआ और फिर सभी वीरों ने मिलकर अर्जुन पर एक साथ प्रहार आरम्भ किया। किन्तु इन सभी योद्धाओं के सम्मिलित प्रहार को भी अर्जुन हंसते-हंसते झेलता रहा। साथ ही भीष्म पर शरों की अनवरत वर्षा उसने जारी रखी। आज के युद्ध में अर्जुन के हाथों भीष्म की पराजय सर्वविदित हो गई।

दूसरी ओर द्रोणाचार्य और धृष्टद्युम्न में घोर युद्ध छिड़ा हुआ था। पांचाल-कुमार धृष्टद्युम्न आचार्य द्रोण के समक्ष टिक पाने में असमर्थ था और बरसाती निर्झर से निस्सृत जलधारों की तरह उसके शरीर से रक्त के असंख्य प्रवाह फूट चले थे।

भीमसेन ने द्रुपद-पुत्र की यह स्थिति देखी तो वे उसकी रक्षार्थ दौड़े और उसे अपने रथ पर बैठा कर दूसरी ओर चल पड़े।

भीमसेन को धृष्टद्युम्न को लेकर भागते देख दुर्योधन ने पास ही खड़ कलिंग-राज को अपने जन्मजात शत्रु भीम का पीछा करने का आदेश दिया।

श्रीकृष्ण ने मुड़कर देखा, भीम को पुनः एक बार अपने तांडव का अवसर मिल गया था। घोर गर्जन करता हुआ भीमसेन कलिंग-सेना का इस तरह संहार करने लगा कि वहां मचे हाहाकार ने भीष्म और उनके रक्षार्थ अड़े योद्धाओं के भी कान खड़े कर दिए। अन्ततः भीष्म को, अर्जुन को छोड़कर कलिंग-राज के रक्षार्थ दौड़ना पड़ा। भीष्म की पराजय संपुष्ट हो गई।

पर भीष्म की उपस्थिति भी मदोन्मत्त भीम के प्रलयंकारी स्वरूप में कोई परिवर्तन नहीं ला सकी। श्रीकृष्ण मुसकराए और अपने ललाट से श्रम-जनित स्वेद पोंछते हुए अर्जुन से बोले—"मैंने कहा न था पार्थ कि यह युद्ध भीम का विजय-पर्व है? उसके जीवन की सर्वोच्च महत्त्वाकांक्षा की चरम परिणति? देख लो उसके युद्ध-नर्तन को। इस युद्ध में जय या पराजय जिसकी हो पर प्रसन्नता का सर्वाधिक भाग भीम की झोली में ही पड़ने वाला है।"

इस मध्य सागर-ज्वार की तरह अबाधित भीम के प्रभाव को लक्षित कर और कौरव-योद्धा भी द्रोणाचार्य के सहायतार्थ आ जुटे। भीम की सहायता के लिए भी सात्यकि, अभिमन्यु एवं अन्य पाण्डव वीर उसके पक्ष में आ खड़े हुए।

सहायकों से समृद्ध भीम का शौर्य समिधा-युक्त अग्नि की तरह और प्रज्वलित हो आया और उसने अपना ध्यान कलिंगों को छोड़कर पितामह पर ही केन्द्रित कर दिया। सभी पांडव-वीरों ने ऐसा ही किया। और नर-केसरी, शान्तनु-नन्दन महा-धनुर्धर भीष्म को उस समय असह्य अपमानबोध का सामना करना पड़ा जब सात्यकि के धनुष से छूटे एक शर ने उनके सारथि के सिर को ही धड़ से अलग कर दिया।

सारथि रहित पितामह के रथाश्व उनके वृहत् रथ को लेकर वायु-वेग से भाग चले जिसका अर्थ कौरव और पाण्डवों दोनों ने पितामह का पलायन लगाया और भीम के नेतृत्व में पांडव-सेना ने ऐसा भीषण रक्तपात आरम्भ किया कि अगर शीघ्र ही सूर्यास्त नहीं हो गया रहता तो कौरवों की आज क्या गति होती, इसकी कल्पना नहीं की जा सकती। अगर कल का युद्ध भीष्म के पक्ष में गया था तो आज के सूर्यास्त ने भीम के स्वर्ण-किरीट की विजय-किरणों का स्पर्श दिया और पाण्डव शिविर में कल संध्या को व्याप्त निराशा आज कहां ढूंढ़े भी नहीं मिलती थी। युधिष्ठिर आज पूर्णतया संतुष्ट थे और वे बार-बार श्रीकृष्ण का साधुवाद किए जा रहे थे—"हृषीकेश! यह सब आप ही की कृपा का प्रसाद है। आज मेरी प्रसन्नता का पारावार नहीं। जिस तरह पूर्ण चन्द्र के दर्शन-मात्र से उदधि-तल पर प्रसन्नता की गगनचुम्बी लहरें जाग्रत हो आती हैं, उसी तरह मेरा अन्तर भी आज की विजय-जनित प्रसन्नता पर आपके प्रति शत-सहस्र बार नमित होने को व्यग्र हो रहा है।"

"गलत बात है कुन्ती-पुत्र!" श्रीकृष्ण ने आरम्भ किया। प्रसन्नता और अप्रसन्नता, प्रकाश और अन्धकार की तरह जीवन के दो अनिवार्य सत्य हैं। इनका आना-जाना कोई रोक नहीं सकता। जीवन के यथार्थ से परिचित पुरुष इन दोनों में किसी को कुछ भी महत्त्व नहीं देते। कल तुम अप्रसन्नता-जनित अवसाद से ग्रस्त थे, आज तुम्हारी प्रसन्नता का पारावार नहीं। कल तुम्हें पुनः अप्रसन्नता का वरण करना पड़ सकता है। धीर पुरुष अन्तिम परिणाम की प्रतीक्षा करते हैं। लक्ष्य-प्राप्ति के मार्ग में आनेवाली छोटी-बड़ी सफलताओं और असफलताओं पर न तो वे आह्लादित होते हैं न विषाद-ग्रस्त। अतः, तुम भी इस युद्ध की परिणति पर ही ध्यान रखो और यदि सचमुच तुम अपने को धर्म के प्रति पूर्णतया समर्पित मानते हो तो इस महासमर को तुम्हारा धर्म इसी तरह सुरक्षित पार करा देगा जैसे प्रबल पतवार-युक्त पोत का सागर की खूंखार लहरें कुछ नहीं बिगाड़ पातीं और वह तट का स्पर्श करके ही रहता है।"

इस तरह दूसरे दिन की संध्या पाण्डवों के लिए हर्ष और कौरवों के लिए विषाद का सन्देश लेकर ही अवतरित हुई।

इक्यानवे

भवितव्यता का ज्ञान किसे होता है? नियति अपने रंगमंच की किस यवनिका को कब उठाकर कौन-सा दृश्य ला खड़ा करेगी, कौन जानता है? श्रीकृष्ण को कभी

स्वप्न में भी विश्वास नहीं था कि उन्हें प्रतिज्ञा-भंग का भी भागी बनना पड़ेगा ? रणांगण में शस्त्र नहीं छूने का व्रत ले रखा था उन्होंने। पर आज युद्ध के तीसरे दिन तो भीष्म ने उनसे अपनी प्रतिज्ञा तोड़वा ही दी। क्रोध को, अपने गीतोपदेश में भर्त्सना करने वाले स्वयं श्रीकृष्ण को ही आज क्रोध का शिकार होना पड़ा था और वे अपनी प्रतिज्ञा भूल कर भीष्म का वध करने के लिए हाथ में सुदर्शन चक्र धारण किए उनकी तरफ दौड़े थे।

श्रीकृष्ण को आज घटी सारी बातें पूर्णतया याद थीं। कल भीमसेन ने जब समरांगण में तांडव कर कौरवों के मनोबल को तोड़ दिया था तो दुर्योधन भीष्म के पास पहुंचकर बोला था, "पितामह, यह तथ्य सारी सृष्टि को ज्ञात है कि आप अजेय हैं और आपके रहते पांडवों को कभी सफलता नहीं मिल सकती। फिर भी जैसे किसी चक्रवात के चक्कर में पड़कर आम्र-वृक्षों के फल निरन्तर धरती पर बिछते जाते हैं, उसी तरह कौरव-वीर सहस्रों की संख्या में कालकवलित हो रहे हैं। आपका मन तो अपने प्रिय पाण्डवों की ओर है, केवल तन से आप हमारी तरफ से युद्धरत हैं पर जब तक मन का सहयोग नहीं मिले तब तक तन की उपलब्धि नगण्य ही होती है। आप ही के कारण मैंने कर्ण के सदृश धनुर्धर को युद्ध से विरत रखा और आप ही हमें मध्यधार में किसी अन्यमनस्क नाविक की तरह खूंखार लहरों के सहारे छोड़ बैठे हैं।"

दुर्योधन की यह स्पष्टवादिता पितामह को अन्दर तक काट गई थी। उन्हें लगा था कि कोई उनके वक्ष-स्थल को तीक्ष्ण वस्ती-वाणों से बींधता जा रहा है, बींधता जा रहा है। वे सहसा किसी क्रुद्ध केसरी की तरह ही गरज पड़े थे—"बस करो सुयोधन, बस। मेरे कानों में तुम्हारे शब्द तप्त लौह द्रव्य की तरह पड़कर मेरे सम्पूर्ण तन को व्यथित और व्यग्र कर रहे हैं। अपने कर्मों के फल को भोगने को सब विवश हैं, मैं भी और तुम भी। अगर तुम अपने कुकर्मों पर अंकुश दिए रहते तो कुरुक्षेत्र में काल का यह भैरव-तांडव नहीं होता और मैं अगर तन की आवश्यकताओं की पूर्ति हेतु तुम्हारे दरबार का एक चाटुकार मात्र बनकर नहीं रह जाता तो आज मुझे ये मर्म-भेदी वचन नहीं सुनने पड़ते।

"मैंने तुमसे पहले भी कहा था कि जहां धर्म होता है वहीं विजय होती है और धर्म-प्राण पांडव अपनी धर्मपरायणता के कारण अजेय हैं किन्तु तुम्हारे राज-मद ने कब किसी के कथन को मान दिया है ? चाहे वे सम्राट् धृतराष्ट्र के वचन हों अथवा धनुर्वेद के साक्षात् अवतार गुरु द्रोण के अथवा कृपाचार्य या किसी अन्य गुरु-जन के।

"खैर, तुमने मेरे ऊपर संदेह के असह्य स्फुलिंग फेंके हैं जो तुम्हारे ही योग्य हैं तो कल के युद्ध में तुम मेरा पराक्रम भी देख लोगे। तुम्हें जय मिलेगी या पराजय इसका निर्णय तो काल-पुरुष के हाथ में है पर कल जिसे तुम पितामह कहते हो उसके पराक्रम से त्रैलोक्य थर्रा उठेगा। जाओ, तुम निश्चिन्त होकर अपने शिविर में विश्राम करो।"

दुर्योधन प्रसन्न-मन लौटा था और तीसरे दिन का सूरज कुरुक्षेत्र के क्षितिज पर कुछ अधिक तेज लेकर ही उदित हुआ था। आज उसे धरती के एक सूरज के अमित पराक्रम का साक्षी जो बनना था !

और ठीक ही कृतान्त बन आये थे भीष्म रणांगण में। उन्होंने गरुड़ के आकार

में व्यूह-रचना की थी—गरुड़ जो काल-स्वरूप सर्प का भी भक्षण कर जाता है। बदले में पांडवों ने अर्द्ध-चन्द्राकार रूप में अपने सैन्य को सजाया था। भीष्म के उग्र रूप को देखकर अर्द्धचन्द्र के एक छोर पर अर्जुन और दूसरे पर भीमसेन व्यूह के रक्षार्थ खड़े हो गए।

युद्ध का तीसरा दिन आज भयंकर रूप लेकर सामने आया। दोनों पक्षों के वीर मरने-मारने पर उतारू थे और एक-दूसरे पर परिघ, तोमर, प्रास, गदा, शूल, खड्ग, शक्ति, तलवार, शर, कम्पन, कणप आदि भयानक अस्त्र-शस्त्रों से प्रहार करने लगे थे।

कौरवों की ओर से दुर्योधन, पुरुमित्र, विकर्ण, सिन्धुपति जयद्रथ, सुबल पुत्र शकुनि, भीष्म, द्रोण, कृप आदि सिंह-गर्जन करते हुए रणभूमि में विचर कर शत्रु-सेना का संहार कर रहे थे तो पांडवों की ओर से अर्जुन, भीम, घटोत्कच, सात्यकि, चेकितान, द्रौपदी के पांचों पुत्र, सुभद्रा-पुत्र अभिमन्यु, माद्री-पुत्र नकुल और सहदेव आदि के सदृश वीरों ने प्रलय का दृश्य उपस्थित कर दिया था।

सर्वत्र त्राहि-त्राहि मची हुई थी। पदाति, अश्वारोही, अधिरथी, रथी, अति-रथी, महारथी सभी भीष्म-जनित युद्ध की प्रचंड ज्वाला में निरीह से झुलस रहे थे। कहीं कमर और टांगों के टूट जाने से युद्धाश्व धराशायी हो रहे थे तो कहीं गदाओं की चोट से गंड-स्थल के विदीर्ण हो जाने से गजराज जोर की चिंघाड़ मारते हुए धरती पर लोटपोट हो रहे थे। सर्-सर् करते हुए, सूची-भेद, नागमुख, अर्द्ध-चन्द्राकार और वस्ती-वाण समर-भूमि के एक सिरे से दूसरे सिरे तक इस तरह उड़ रहे थे जैसे कुरुक्षेत्र के आकाश में असंख्य टिड्डी-दल छा गए हों।

कुछ ही प्रहर के इस महासमर ने बड़े-बड़े योद्धाओं के मन में भय भर दिया और सब प्राणों की रक्षा के लिए यत्र-तत्र भागने लगे। समरांगण में काम आए मनुष्यों, घोड़ों, हाथियों के शरीरों से प्रवाहित रक्त की नदियां ही बह चलीं जिनमें मांस-मज्जा ने कीचड़ की तरह जमकर रण-भूमि को वीरों के विचरण-योग्य नहीं छोड़ा। स्यार, गिद्ध, चील, श्वान आदि मांस-भक्षी जीवों के लिए वह महोत्सव का दिन हो आया और सभी मृत तो मृत, आहत और अधमरे वीरों के मांस भी नोंच-नोंच कर खाने लगे।

चारों ओर व्याप्त त्राहि-त्राहि और वीरों के सिंह-गर्जन ने कुरुक्षेत्र के आकाश को स्वरों से इस तरह पाट दिया कि वहां कोई अन्य शब्द सुने भी नहीं सुनाई पड़ता था।

सबसे दुर्भाग्यपूर्ण घटना तो यह घटी कि दो महान् गदा-वीरों—भीमसेन और दुर्योधन—के युद्ध में भीम के भीषण प्रहार से दुर्योधन संज्ञा-शून्य हो गया। उसका सारथि उसके प्राणों की रक्षा के लिए उसे युद्ध-क्षेत्र से बाहर ले भागा। संज्ञा-प्राप्त होने पर दुर्योधन ने सारथि को बहुत सारे दुर्वचन कहे और भीष्म के पास जाकर उन्हें अपने कल की प्रतिज्ञा की याद दिलाई "पितामह, आप अब भी पांडवों के प्रति कृपालु बने हुए हैं। रणांगण कौरवों के शव से पट गया है। उन्मत्त भीम हुंकार भरता हुआ अजेय-सा समरांगण में सर्वत्र विचरण कर रहा है, यहां तक कि उसने मुझे भी संज्ञा-शून्य कर दिया और आप यह सब निर्विकार भाव से देखे जा रहे हैं।

"कभी आपने यह देखने का प्रयास किया है कि उस यादव कृष्ण से प्रेरित हो

उस क्षुद्र पृथा-पुत्र अर्जुन ने अपने असंख्य वाणों की अनवरत वर्षा से इस प्रकार हमारे वीरों के शव से भूमि को पाट दिया है जैसे आसमान के ओले धरती पर दूर-दूर तक बिछ जाते हैं ? जाइए, साहस हो तो उस पराक्रमी पार्थ को रोकिए वरना यह युद्ध आज ही समाप्त हो जायगा। कोई नहीं बचेगा कौरवों में, अर्जुन के गांडीव और भीम की गदा के कारण।"

पितामह ने दुर्योधन की बात का उत्तर देना अनावश्यक समझ पार्थ के रथ की ओर प्रस्थान किया। मार्ग में अपने तीक्ष्ण शरों के प्रहार से पांडव-वीरों में प्रलय की सृष्टि कर दी। उनके प्रचंड धनुष से छूटे हुए शर सम्पूर्ण संग्राम में जलती मसालों की तरह दौड़ लगाने लगे जिनकी चपेट में आ असंख्य पांडव-वीर मृत्यु का वरण करने को विवश हो गए। क्रोध एवं अपमान से युक्त स्वयं भीष्म इस समय किसी भयावह अग्नि-पुंज की तरह ही प्रतीत हो रहे थे।

श्रीकृष्ण ने यह देखा तो वे अर्जुन से बोले—"रोको, पार्थ रोको, पितामह की इस अबाध गति को अथवा कोई नहीं बच पायेगा पांडव-पक्ष में मृतकों के पिंड-दान के लिए भी।"

दूसरे ही क्षण भीष्म और अर्जुन आमने-सामने थे। दोनों एक-दूसरे पर काल सर्पों की तरह अनवरत वाणों की वर्षा करने लगे। दोनों की प्रत्यंचाओं की टंकार से कुरुक्षेत्र की दूर-दूर तक की धरती कम्पायमान हो गई। क्रोध से दोनों के चेहरे पलास के फूलों की तरह रक्त-वर्णी हो आए, दोनों के कर कुम्भकार के चक्र की तरह तीव्र गति से चक्रायित हो चारों ओर शरों की ऐसी वर्षा करने लगे जिसके कारण उनके शरीर तो आहत होने ही लगे दूर-दूर तक पदाति, अश्वारोही और रथारोही प्रकाशित दीपाधारों के पास गिरते शलभों की तरह ही धरती पर बिछने लगे।

पितामह का पराक्रम आज पूरे वेग पर था जैसे कोई वेगवान प्रलयनद अपने कूल-किनारों की मर्यादा को भूल सर्वत्र विनाश की ही सृष्टि कर डाले—सर्वत्र जल ही जल जिसमें जड़-चेतन सब डूब-गल कर पच मरे। अपने पितामह के इस पराक्रम के संबंध में पार्थ ने सुना अवश्य था पर उसे देखने का अवसर उसे आज ही मिल रहा था। अब झेल नहीं पा रहा था वह उनके निर्मम प्रहारों को। उसके कर शिथिल हो रहे थे। गांडीव असंतुलित हो रहा था, तरकश के तीर चुक रहे थे, उधर पितामह निरन्तर प्रलय ढाये जा रहे थे। पांडव-वीरों की लाशों से धरती पटती जा रही थी।

श्रीकृष्ण को यह सह्य नहीं हुआ। उन्हें लगा था, उनके होते हुए भी यह भूमि आज ही पांडव तो पांडव असंख्य धनुर्धारी वीरों से भी रहित हो जाएगी।

नहीं, अब कुछ करना ही था, श्रीकृष्ण ने सोचा अन्यथा अगर पितामह के इस प्रचंड प्रवाह को नहीं रोका गया तो कोई नहीं बचेगा संध्या तक इस धर्मक्षेत्र-कुरुक्षेत्र के मैदान में। उनके शरों को मित्र और शत्रु के मध्य भेद करने को भी कहां अनुमति थी ? अपमान से क्रुद्ध हो आया वह वृद्ध व्याघ्र आज सम्पूर्ण धरित्रि को ही अपना आखेट बना डालने को आतुर था।

"ठहर जाओ शान्तनुनन्दन !" श्रीकृष्ण को प्रतिज्ञा की स्मृति पता नहीं कैसे लुप्त हो गई और वे रथ से कूद कर जोर से चीखे। दाहिनी तर्जनी पर उनका सुदर्शन चक्र तीव्र गति से गतिमान हो घर्-घर् का भयानक रव करने लगा था।

वे आकाश से टूटी उल्का की तरह ही भीष्म के रथ की तरफ बढ़े। पितामह ने श्रीकृष्ण के रूप में साक्षात् काल को अपनी ओर बढ़ते देखा। भय से उनका विशाल धनुष स्वयं ही हाथों से छूट गया और वे उच्च स्वर में बोले—"आओ, आओ, अवश्य आओ जनार्दन! विच्छिन्न कर दो अपने चक्र द्वारा इस वृद्ध के मस्तक को इसके शरीर से। मैं तो इसी घड़ी की प्रतीक्षा कर रहा था। तुम्हारे हाथों वीरगति प्राप्त कर किसे प्रसन्नता नहीं होगी?"

निकट था कि श्रीकृष्ण पितामह के सिर को लक्ष्य बना अपने सुदर्शन को छोड़ देते कि पीछे से किसी ने उनके पीताम्बर को खींच दिया। उन्होंने पीछे मुड़कर देखा। पार्थ था यह। पता नहीं, किस क्षिप्रता से वह अपने रथ से कूद कर उनके पीछे दौड़ा था।

"यह तो ठीक।" वह बोला, "तुम्हारे प्रहार से पितामह अभी प्राण गंवा बैठेंगे पर तुम्हारी प्रतिज्ञा का क्या होगा? तुमने तो इस युद्ध में अस्त्र-शस्त्र को हाथ भी नहीं लगाने की प्रतिज्ञा कर रखी है। यह क्या तुम्हारे सदृश महापुरुष को···।"

पार्थ की बात पर श्रीकृष्ण के पैर सहसा रुके थे। तर्जनी पर नाचता सुदर्शन भी थमा था और रथ की ओर लौटते हुए वे पार्थ से बोले थे, "आर्यावर्त के सर्वश्रेष्ठ धनुर्धर माने जाते हो तुम। तुम्हारे हाथ अगर शिथिल नहीं पड़ते तो मुझे अपने प्रतिज्ञा-भंग पर क्यों उतरना पड़ता?"

"आप क्षमा करें जनार्दन मेरे प्रमाद को? और देंखे कि मैं पितामह को किस तरह अस्त-व्यस्त कर देता हूं अपने प्रहारों से। अगर आज का सूरज असमय ही नहीं अस्ताचलगामी हो गया तो आज की संध्या भी पितामह नहीं देख पायेंगे।"

पर बिगड़ा नहीं पितामह का कुछ भी। श्रीकृष्ण के लौटते ही उन्होंने अपने धनुष को फिर उठाया और उससे पहले की तरह ही प्राणघाती शरों की झड़ी लगा दी। कहना कठिन था कि ठीक ही अगर एक घड़ी में ही सूर्यास्त नहीं हो गया रहता तो श्रीकृष्ण अपने रथ को पार्थ के जीवित या मृत शरीर के साथ कुरुक्षेत्र के बाहर ले जाते।

पितामह ने आज सिद्ध कर दिया था कि इस वय में भी वह किसी वीर से शौर्य, पराक्रम और बल-वीर्य में आगे थे। यह तो उनकी ममता थी जो आड़े आ रही थी वरना कुरुक्षेत्र के युद्ध को तो वे एकाकी विजित करने में सक्षम थे।

पश्चिमी क्षितिज पर अस्त होते अंशुमाली के स्वर्ण-किरणों ने पितामह के सुवर्ण-किरीट को अपना अन्तिम प्रणाम निवेदित किया और तीसरे दिन का यह युद्ध पितामह के पराक्रम-प्रदर्शन के साथ-साथ पीताम्बरधारी के प्रतिज्ञा-भंग के साथ ही समाप्त हुआ।

बानवे

चतुर्थ दिन भी नित्य की भांति श्वेताश्वों से युक्त अर्जुन के विशाल स्यन्दन को लेकर श्रीकृष्ण रणभूमि में प्रविष्ट हुए। सदैव की भांति अर्जुन ही कौरव-

महारथियों का लक्ष्य बना और उसके कपिध्वज-रथ को देखते ही सभी उस पर चारों ओर से टूट पड़े।

पर नहीं, आज नहीं। आज अर्जुन की शक्ति का व्यर्थ ही क्षय नहीं करना था। कल ही पितामह के साथ युद्ध में और उसके पूर्व भी उसे काफी श्रम करना पड़ा था। आज उसे अनावश्यक मार-माट में नहीं लगाना था। गजों के आखेट के लिए अवतरित मृगराज को शृगालों के शिकार में फंसाना कोई बुद्धिमत्ता नहीं थी।

श्रीकृष्ण ने यों ही पूरी नारायणी सेना कौरवों को सौंप पांडव-पक्ष का सारथ्य नहीं स्वीकार किया था। उन्हें पता था कि इस महासमर रूपी सागर को पार कराने में समर्थ पांडवों के पक्ष में एक ही योद्धा था और वह था पार्थ। उसे अभी बड़े-बड़े मगरमच्छों से निपटना था जिनके रहते समर-समुद्र को पार करने की परिकल्पना भी नहीं की जा सकती थी। अर्जुन वह बहुमूल्य रत्न था जिसकी मंजूषा को घनी अंधियारी रातों में ही खोलना था जिससे उसकी प्रकाश-किरणें सूचि-भेद तम को समाप्त कर दिन के सदृश प्रकाश फैला सकें। इस मंजूषे को बार-बार अनावृत्त करने से इसके बहुमूल्य धरोहर के लुट जाने का भय भी स्वाभाविक था।

अभी कर्ण-रूपी, विशाल और समर-सागर जल में अर्द्ध-निमग्न पर्वत से पांडवों के विजय-पोत को खतरा बना ही हुआ था। पता नहीं कब इस चट्टानी अवरोध से पांडवों का जल-पोत जा टकराए और नाविक की थोड़ी-सी असावधानी से ही वह खंड-खंड हो जाय। नहीं, श्रीकृष्ण अपने सारथ्य में यह खतरा मोल नहीं ले सकते थे और वे अर्जुन की शक्ति को यथासंभव अक्षुण्ण रख उसका निर्णायक प्रयोग करने वाले थे। भीष्म का क्या? वे तो इच्छा-मृत्यु प्राप्त व्यक्ति थे और पांडवों पर अपने विशेष अनुग्रह और दुर्योधन की इधर की निरन्तर वृद्धिशील उद्दंडता और अनावश्यक अहंकार के कारण वे कभी भी पांडवों को अपने वध की युक्ति बतला सकते थे। डरना था कर्ण से और जैसा कि उन्होंने पहले सोचा था, अभी इस सुषुप्त सिंह को अपनी मांद में ही तब तक पड़े रहने देना था जब तक उसके सहायकों में अधिकांश का अवसान नहीं हो जाता।

अपनी योजना के अनुसार उन्होंने अर्जुन के रथ को अपेक्षाकृत कम शक्ति वाले सैन्य-पथकों की ओर मोड़ दिया और आज के युद्ध में सुभद्रा-पुत्र अभिमन्यु, प्रचंड भीमसेन और उन्हीं के राक्षस-पुत्र घटोत्कच को अपना पराक्रम दिखलाने के लिए छोड़ दिया। आज उन्हें इस बात की प्रसन्नता ही हो रही थी कि पांडवों के वनवास-काल में राक्षसी हिडिम्बा भीम पर मोहित हो गई और उसके द्वारा उन्हें घटोत्कच के सदृश महान् वीर और मायावी पुत्र प्राप्त हुआ। उन्हें ज्ञात था कि इन दो वीरों की भविष्य में भी पर्याप्त आवश्यकता पड़ सकती थी, शायद उन्हें राक्षसी-पुत्र घटोत्कच के साथ-साथ कभी अपनी बहन सुभद्रा के पुत्र की भी आहुति इस यज्ञाग्नि में देनी पड़े पर अभी नहीं, अभी तो इन वीरों को पूर्ण अभ्यास का अवसर देना था। बिना अभ्यास के विद्या व्यर्थ होती है चाहे वह शस्त्र से संबंधित हो अथवा शास्त्र से।

तो आज का दिन प्रमुखतः अभिमन्यु, घटोत्कच और भीम का था।

सर्वप्रथम वाण-युद्ध में अभिमन्यु ने अपने सामर्थ्य का प्रदर्शन किया जिसके समक्ष भीष्म भी तिलमिला गए। अभिमन्यु के निरन्तर वर्द्धमान पराक्रम को देखते

हुए दु:शासन, विकर्ण, शल्य, कृतवर्मा, दुर्मद, जय, जयत्सेन, चित्सेन, दुष्कर्ण, सुदर्शन, चारुचित्र, जयद्रथ, भगदत्त, अश्वत्थामा, शकुनि, वाहिक आदि वीरों ने उसे चारों ओर से घेर कर अपने शरों का लक्ष्य बनाना आरम्भ किया। पर वह महावीर किशोर अपने पिता से पराक्रम में थोड़ा ही कम था। जैसे रवि-रश्मियां मेघों की पर्त-पर पर्त को छेदकर महि पर विकीर्ण होकर ही रहती हैं, उसी तरह इन सारे वीरों द्वारा बरसाये जा रहे शरों को अपने अद्भुत हस्त-लाघव से काटते हुए वह इन पर मर्मभेदी प्रहार भी करता रहा। अन्ततः इस युवा केसरी किशोर के आघात को नहीं झेल पाकर अधिकांश कौरव-वीर इधर-उधर खिसक गए।

पर आज युद्ध देखने लायक था भीम का। भीम के लिए तो हर प्रातः एक नया ही पर्व लेकर आता था और अपनी प्रचंड गदा के साथ जिस ओर वह निकल जाता था उस तरफ हाहाकार ही मच जाता था। आज गदा-युद्ध पर उतरने के पूर्व उसने अपनी धनुर्विद्या का भी पूर्ण परिचय दिया और दुर्योधन के भाइयों ने जब उसे वाणों की वर्षा से व्यर्थ ही घेरने का प्रयास किया तो क्रोधाभिभूत हो उसने अपने विशाल धनुष से ऐसे-ऐसे प्राणघाती शर छोड़े कि दुर्योधन के कई अनुज जिनमें सुलोचन, उग्र, भीमरथ, दुर्मुख, वीरबाहु, विकट, विवित्सु, अलोलुप, सम आदि प्रमुख थे, को बात की बात में यमपुरी पहुंचा दिया। कौरवों को अपने गज-दल पर बहुत अहंकार था और इधर गजारोहियों ने पांडव-सेना का कुछ कम विनाश भी नहीं किया था।

भीमसेन ने कुछ सोच-विचार कर अपने रथ को गजपतियों की ओर ही मोड़ा और स्वर्ण-मंडित भीषण लौह गदा से दुर्दान्त गजों का मस्तक फोड़ना आरम्भ किया। देखते-देखते अजेय-से प्रतीत होते गजारोही बृक्ष के पके फलों की तरह भूमि पर टप्-टप् बरसने लगे और भीम के मर्मान्तिक प्रहारों से व्यग्र और व्यथित गजों के समूह जोर-जोर से आर्तनाद कर समरांगण में लोटने लगे। उनके प्राणान्तक चिंघाड़ से दिशाएं व्याप्त हो गईं और सारी समरभूमि जहां एक क्षण पूर्व रक्त की अधिकता से लाल दिख रही थी अब मरे-अधमरे हाथियों से पटकर काली बन आई। महापराक्रमी भीम की भुजाओं में पता नहीं आज कहां से अपार शक्ति सिमट आई थी कि उन्होंने गदा को अपने विशाल रथ में एक किनारे रख हाथियों से ही हाथियों का विनाश आरम्भ किया। वे एक हाथ से ही सवार-सहित हाथी को उठा लेते और उसे दूसरे हाथी पर दे मारते। दोनों के योद्धा तो काम आते ही, दोनों गजों के प्राण-पखेरू भी परमधाम के पथिक बन जाते।

भीम के इस संहारक रूप का सामना करने को कोई प्रस्तुत नहीं था। सभी महारथी, अतिरथी, रथी और अर्द्धरथी उससे दूर-दूर ही रहने में अपना कुशल समझते थे। पता नहीं किसके रथ पर वह कौन-सा गज-पहाड़ दे मारे और बेचारा योद्धा अपने स्यन्दन के साथ-साथ धूल में मिल जाय।

भीम ने जैसे आज ही कौरव-पक्ष के गज-दल को समाप्त करने का प्रण ही कर लिया था। उसके अन्तर में निरन्तर प्रज्वलित प्रतिशोधाग्नि निरन्तर प्रज्वलित होती जा रही थी। उसके प्रण उसे निरन्तर स्मरण थे और अपनी प्राणप्रिया पांचाली को दिए वचनों को वह शीघ्र से शीघ्र पूर्ण करना चाहता था। चार दिनों का यह विलम्ब उसके लिए असह्य हो रहा था और वह जानता था कि जब तक दु:शासन और दुर्योधन अपने अभेद्य अक्षौहिणियों के अन्दर छिपे रहे तब तक उन्हें

हाथ में लेना कठिन था, अतः वे आज कम-से-कम उनके सर्वाधिक प्रबल पक्ष, गज-सैन्य को समाप्त कर ही छोड़ना चाहते थे। उसके इस प्रचंड वेग को पितामह के शर ही रोक सकते थे पर श्रीकृष्ण के इंगित पर सेनापति धृष्टद्युम्न ने उन्हें पांचाल वीरों के साथ इस तरह घेर रखा था कि उनके लिए इस घेरे को तोड़ना कठिन था। इसके अलावा कल के भीषण युद्ध ने उनके एक सौ अस्सी वर्ष के वृद्ध शरीर को श्रान्त भी कर दिया था और कल अर्जुन से लोहा लेने के पश्चात् आज वे द्वितीय कृतान्त (यम) बन आये भीम से भिड़ने को एकदम प्रस्तुत नहीं थे।

इधर संध्या कुरुक्षेत्र के मनहूस क्षितिज पर घिरने-घिरने को आ रही थी और इधर गज-दल का एक बड़ा अंश विध्वंस की प्रतीक्षा में ही था। इसी समय घटोत्कच अपने महावीर पिता की सहायता में दौड़ा और पिता-पुत्र ने मिलकर अधिकांश गज-सैन्य को उसी तरह रौंद डाला जैसे दो मस्त गजराज किसी सरोवर में खिले असंख्य कमल-पुष्पों को अपने पैरों और सूंडों से समाप्त कर छोड़ते हैं।

चौथे दिन का सूर्य दुर्योधन के अनेक भाइयों की मृत्यु तथा अभिमन्यु, भीम और घटोत्कच के पराक्रम का साक्षी बन ही अस्ताचलगामी हुआ और उसकी सुनहली किरणें सहस्रों की संख्या में मृत पड़े और कज्जल-गिरि की तरह दृष्टि-गोचर होते हुए करियों (गजों) के कृष्ण देह पर एक स्वर्णिम आभा बिखेरती ही विदा हुई।

रात्रि के आगमन के साथ कौरव और पांडव दोनों शिविरों में आज अभिमन्यु, भीम और भीम-पुत्र के ही पराक्रम की चर्चा प्रमुख रही।

तिरानवे

चिन्ता श्रीकृष्ण की प्रकृति में नहीं थी। अपने सम्पूर्ण गीतोपदेश में उन्होंने अर्जुन को चिन्ता से मुक्त रहने का ही मार्ग बताया था। पर जैसे कभी-कभी चन्द्र पर भी ग्रहण लग आता है, उसी तरह आज श्रीकृष्ण का शुभ्र-आनन भी चिन्ता-संकुल हो गया था।

युद्ध के पांचवें दिन की यह संध्या श्रीकृष्ण के लिए विशेष विषाद के साथ-साथ हृदय-मंथन का भी अवसर लेकर प्रस्तुत हुई थी। आज उन्हें पहले-पहल सोचने को बाध्य होना पड़ा था कि उपदेश और उसके आचरण दोनों के मध्य कितना अन्तराल है। अर्जुन के साथ के अपने वार्तालाप में मृत्यु को बार-बार व्यर्थ और मिथ्या बताने वाले योगिराज श्रीकृष्ण के समक्ष आज मृत्यु ने ही उन्हें अपने सिद्धान्तों पर पुनर्विचार करने के लिए बाध्य कर दिया था। उन्हें पता नहीं था कि उनके जीवन में यह क्षण भी आयेगा जब उन्हें स्वयं से ही प्रश्न-प्रतिप्रश्न में संलग्न होना पड़ेगा और यह सोचने को बाध्य होना पड़ेगा कि उनका सिद्धान्त निरा वायवीय और कल्पना-प्रसूत है अथवा यथार्थ के धरातल पर भी उसकी सत्यता को सिद्ध किया जा सकता है।

आज पांडव-शिविर में सब दुःखी थे भीम को छोड़कर। वह सोमरस का पान

करे या नहीं करे, युद्ध का नशा ही उस पर इस तरह हावी था कि दिन-रात वह उसी की बात करता। अपनी विजय का बखान करता और अगले दिन की योजनाएं बनाता। उसे सबसे अधिक आनन्द हस्तियों का अपने प्रचंड-प्रहार से प्राण हरने में आता और उसके इस पराक्रम से कौरव-पक्ष का गज-पथक प्रायः शून्य हो चला था। उसे उस अवसर की प्रतीक्षा थी जब वह दुःशासन को पराजित कर उसके वक्ष का रक्त छक कर पीता और उसका अंजलि भर उष्ण रक्त ला वह पांचाली के वर्षों से मुक्त केशों में उड़ेल देता—"लो, अब अपना प्रण तोड़ो द्रुपद-सुता ! दुःशासन नहीं रहा इस संसार में। सज्जित करो वर्षों से अव्यवस्थित पड़े अपने सुन्दर केशों को। उसे प्रतीक्षा थी दुर्योधन के समय एकल गदा-युद्ध की जब वह उसकी दोनों जांघों को विच्छिन्न कर अट्टहास करता और वह अट्टहास पांचाली के कानों में पड़ उसे यह सूचित करता कि जिन जांघों को अनावृत्त करने की उद्दंडता उसने भरी सभा में की थी वे जांघें अब मांस के लोथड़ों के अतिरिक्त कुछ नहीं रहीं।

भीमसेन को इसकी चिन्ता नहीं थी कि कौन मरे, कौन जीवित रहे। श्रीकृष्ण ने एक क्षण को सोचा उन्हें शायद सिद्धान्त का ज्ञान मात्र है, उसे जीना तो भीमसेन ही जानता है।

पर श्रीकृष्ण चिन्तित थे और पूर्णतया चिन्तित थे। युद्धभूमि में आज जो कुछ घटा था वह उन्हें अन्दर-बाहर से उसी प्रकार झकझोर गया था जैसे कोई प्रबल झंझावात किसी विस्तृत मैदान में एकाकी खड़े वृक्ष को आमूल-चूल झकझोर जाता है। अपने सिद्धान्तों को कभी की प्रचंड पाषाणी दीवारें उन्हें आज रेत-निर्मित-सी लग रही थीं और वे यह निर्णय करने में अपने को सर्वथा अक्षम पा रहे थे कि सत्य क्या था—वह सांख्य योग जो उन्होंने अर्जुन को सुनाया था जिसमें आत्मा ही सर्वोपरि है और नाशवान तन उसका वाह्य आवरण-मात्र जिसका रहना-न-रहना कोई अर्थ नहीं रखता या आज की उनकी यह पीड़ादायी गहरी अनुभूति जिसने कुछ शरीरों के नहीं रहने से उन्हें अप्रत्याशित रूप में व्यथित और व्याकुल कर दिया था।

हुआ यह था कि आज के युद्ध में उनके अत्यन्त प्रिय और पांडवों के अन्ध-भक्त सात्यकि के एक नहीं दो नहीं, तीन नहीं, चार नहीं; दसों लड़के काम आ गए थे। यह वज्रपात तो था ही पांडव-पक्ष पर, श्रीकृष्ण रूपी पाषाणी तटस्थता वाले सांख्यवादी के लिए भी यह असह्य और दारुण सिद्ध हुआ था।

यह सब कुछ नहीं घटता अगर अहंकार से अभिभूत दुर्योधन आज आचार्य द्रोण को ही अपने व्यंग्य-बाणों का शिकार नहीं बना देता। सेनापति पितामह को तो वह कई बार अपने शब्दों से अपमानित कर ही चुका था, आज गुरु द्रोण ही आ गए उसकी चपेट में। कौरव-सेना की निरन्तर होती क्षति और पांचवें दिन भी युद्ध के निर्णायक मोड़ पर नहीं पहुंचने से वह किसी सुप्त ज्वालामुखी की भयंकरता लिये अकस्मात् द्रोणाचार्य पर फट पड़ा था—"आप परजीवी ब्राह्मणों, तपस्वियों का यही हाल है। पेट अन्न से भरपूर हो गया तो और किसी बात की चिन्ता ही नहीं रहती। मुझे ज्ञात है कि आपमें और सब दुर्बलताओं के अतिरिक्त पृथा-पुत्र उस तथाकथित महाधनुर्धारी पांडव अर्जुन के प्रति प्रबल पक्षपात-भावना भी है। मैं कैसे इस बात को भूल जाऊं कि उसे इस आर्यावर्त के सर्वश्रेष्ठ

धनुर्धारी के पद से च्युत नहीं होने देने के लोभ में आपने उस निर्दोष भील बालक और अपने अनन्य भक्त एकलव्य का अंगूठा तक दान मांग उसका सर्वथा के लिए धनुष-वाण से सम्बन्ध ही विच्छेद कर दिया था।

"पर पक्षपात तो पक्षपात, आपकी कृतघ्नता को कैसे क्षमा किया जा सकता है? पांचाल-नरेश द्रुपद द्वारा अपमानित होने के पश्चात् आप और आपके परिवार ने कहां शरण ताकी थी? आज अगर हस्तिनापुर का यह राज्य नहीं होता और मेरे पिता धृतराष्ट्र के सदृश कोमल-हृदय सम्राट्, तो आप मार्ग के भिखारी से अधिक क्या होते? आपकी सारी धनुर्विद्या धरी की धरी रह जाती। प्रशंसकों के अभाव में उपवनों से भी अधिक सुन्दर और गन्ध-पूरित पुष्प एकान्त काननों में खिलते और झड़ जाते हैं? कौन जाता है उन्हें किसी नरेश के गले में पड़ने वाले पुष्पहार में पिरोने?

"क्यों भूलते हैं आप कि यह हस्तिनापुर ही है जिसने आपको कांच से मणि बनाया, मिट्टी से उठाकर राजगुरु के सिंहासन पर विराजमान कराया, आप और आपके पुत्र अश्वत्थामा की सारी सुख-सुविधाओं का प्रबन्ध किया और आज जब इसी हस्तिनापुर रूपी विशाल अश्वत्थामा वृक्ष के मूल को पांडव रूपी चूहे जोरों से कुतरते जा रहे हैं तो आप निर्विकार और तटस्थ भाव से सब कुछ देख रहे हैं। औपचारिकता का निर्वाह करने के लिए आप युद्ध-भूमि में भले कौरवों की ओर से अवतरित हुए हों पर आपके प्राण पांडवों में ही बसते हैं, इस तथ्य को आप कैसे गलत सिद्ध कर सकते हैं?"

"बस, बस, सुयोधन बस।" गुरु द्रोण अपने कानों में उंगली डाल चिल्ला पड़े थे। उनके गर्दन की नीली नसें रक्त के ऊर्ध्वगामी प्रवाह से भयंकर रूप में फूल आई थीं और उनका वृद्ध शरीर बुरी तरह कंपायमान हो आया था। अपमान और क्रोध से भर आने के कारण उनके श्वास-प्रश्वास की गति तीव्रतम हो उठी थी और उनके दीर्घ नासिका-पुटों से निस्सृत गर्म निःश्वास को दूर से ही अनुभव किया जा सकता था।

"मैंने यह अच्छी तरह पढ़ रखा है," गुरु द्रोण ने आरम्भ किया और अपने इस दीर्घ जीवन के अनुभव के आधार पर भी लक्षित किया है कि कर्म-फल अवश्य मिलता है। मृत्यु का दंश अपमान की पीड़ा से अधिक दुखदाई भी नहीं होता। मैंने जो एकलव्य के अंगूठे को कटवा लिया था, मुझे प्रसन्नता है उसका फल मुझे आज मिल गया। मैंने तो मात्र उसके अंगूठे से उसको वंचित किया था तुमने तो इतने योद्धाओं के मध्य एक तरह से मेरी ग्रीवा को ही मेरे शरीर से पृथक् कर दिया। अब मैं जीवित रहूं तब, मर जाऊं तब क्या अन्तर पड़ता है। अपने ही शिष्य से अपमानित होकर मैं एक शव से अधिक क्या रहा?

"हर कर्म का फल मिलता है तो तुम्हारे अहंकार का फल भी मिलकर रहेगा, पर जाओ मैं अपनी ओर से पांडवों के विनाश के लिए कुछ शेष नहीं छोड़ूंगा। मैं और मेरा परिवार तुम्हारे अन्न पर पला है तो उसका ऋण-शोधन कर ही मैं इस धरती से उठूंगा पर इस धर्मभूमि (धर्म क्षेत्र) में हो रहे इस संग्राम में तुम्हारे सदृश एक अहंकारी अधर्मी का वरण विजय-श्री करेगी, इसमें मुझे संदेह ही है।"

ऐसा कहकर वृद्ध गुरु ने अपना महान् धनुष उठाया था और जैसे कभी प्रलय-काल के मेघों में व्रज के ऊपर वर्षा की धुआंधार झड़ी लगा दी थी वैसे ही उनके

उस धनुष से वाणों की अनन्त झड़ी लग गई जिसमें पांडव-पक्ष के वीर प्रकाश पर मर मिटते शलभों की तरह ही खाक होने लगे। क्षण भर में आसपास का रणांगण घायल और मृत पांडवों से पट गया। घायलों के आर्तनाद को सह्य करना भी कठिन हो गया और उनको नहीं सुन पाकर कितने योद्धा नहीं चाहकर भी आज के समर में पीठ दिखाने को बाध्य हो गए। एक-दो घड़ी के पश्चात् द्रोण के आस-पास कुछ नहीं था। थे तो पांडव-वीरों के शव जो द्रोण के आस-पास बिखरे ऐसे ही लग रहे थे जैसे किसी एकाकी वृक्ष के आस-पास पतझड़ में गिरे अनन्त पीले-सूखे पत्ते बिखरे पड़े हों।

पांडव सेना की यह दुर्गति सात्यकि से नहीं देखी गई थी और वह अपने दसों पुत्रों के साथ द्रोणाचार्य की ओर दौड़ा था। पर उसका मार्ग अवरुद्ध कर दिया था अपनी विशाल वाहिनी के साथ भूरिश्रवा ने और सात्यकि तथा उसके पुत्रों पर वायु-वेग की तरह टूट पड़ा था। देखते ही देखते प्रसिद्ध खड्गधारी भूरिश्रवा ने सात्यकि के दसों पुत्रों के धनुष की प्रत्यंचाएं काट डाली थीं और इसके पूर्व कि वे नई प्रत्यंचा चढ़ा पाते, उसने उनकी गर्दनों को भी उनके धड़ों से विच्छिन्न कर दिया था।

सात्यकि के रथ को चूर्ण कर और उसके भी धनुष को काट कर उसने उसे भी विवश कर दिया था तलवार उठाकर अपनी ओर दौड़ने को पर भाग्य अनुकूल था कि ठीक उसी समय भीमसेन अपने रथ के साथ उधर से आ निकला था और सात्यकि को बलात् अपने रथ में बैठा युद्ध-भूमि से बाहर आ गया था। तलवार-युद्ध में भूरिश्रवा पारंगत था और सात्यकि को अपने इस दुःसाहस का मूल्य अपने सिर की बलि देकर ही चुकाना पड़ता।

अर्जुन ने इसके पश्चात् अपने गुरु के कृत्यों का उत्तर अवश्य दिया था और प्रायः सम्पूर्ण रणभूमि में पागल-सा दौड़ते उसने गांडीव से निस्सृत अपनी अजस्र वाण-धारा से कौरवों के असंख्य सैनिकों को काल-देवता की बलि चढ़ा दिया था। द्रोण से कई गुना अधिक सैनिकों को ही उसने हत किया था और सर्वत्र उसकी जय-जयकार की धूम मच गई थी। पर श्रीकृष्ण इस सबके दौरान शान्त और तटस्थ ही बैठे रहे थे। अश्वों की वल्गाएं आज नाम-मात्र को उनके हाथ में थीं। वे उड़े जा रहे थे पार्थ के गांडीव और उससे छूटे वाणों के ही इंगित पर। सात्यकि-सुतों का निर्मम बध पार्थ-सारथि को अन्दर से अव्यवस्थित कर गया था और इस वेदना को वे शिविर लौटने के पश्चात भी देर तक भोगते रहे थे।

अन्ततः निशीथ की शान्ति जब सर्वत्र व्याप्त हो गई थी और सभी कौरव-पांडव श्रान्त-क्लान्त अपने शिविरों में सो गए तो वे अपने शिविर से उठे थे। अपने पुष्पमाल से उन्होंने दस कमल पुष्प अपने करों में सहेजे थे और बायें हाथ में एक जलती मसाल ले शव-पटे रणक्षेत्र में ही किसी तरह मार्ग बनाते सात्यकि-सुतों के शवों तक पहुंचकर उन सबों पर एक-एक कमल पुष्प चढ़ाकर उन्होंने कहा था—"मुझे क्षमा करना वीरो ! इस प्रलय-समर के सूत्रधारों में कहीं-न-कहीं मैं भी हूं। पर इतनी देर के हृदय-मंथन के पश्चात् मैं अन्ततः अपने पुराने निष्कर्षों पर ही पहुंचा हूं कि मृत्यु ही सत्य है और जीवन मिथ्या। मुझे अब कोई अफसोस नहीं। तुम्हारी आत्मा जहां भी रहे, शान्ति का लाभ करे। श्रीकृष्ण

अपने सिद्धान्तों पर अटल रहेगा और कुरुक्षेत्र का यह युद्ध अपनी निर्णायक परिणति तक अबाध चलता रहेगा।"

चौरानवे

कुरुक्षेत्र के विस्तृत मैदान पर युद्ध का छठवां दिन सूरज की पहली किरणों के साथ ही उतरा। साथ ही श्रीकृष्ण के मन में भी एक बात बड़ी तीव्रता से उभरी। भीमसेन युद्ध के प्रारम्भ से ही निरन्तर उग्र से उग्रतर होता जा रहा था। निरन्तर मिलती जा रही उसकी अप्रत्याशित विजय ने तो उसे आज भी अहंकार-युक्त कर दिया था।

मस्त गजराजों को मक्खियों-मच्छरों की तरह मसलने की शक्ति रखने वाले इस महान् योद्धा का अहंकार यद्यपि बहुत अनुचित नहीं कहा जा सकता फिर भी अहंकार और स्वाभिमान में अन्तर होता है। भीमसेन का स्वाभिमान अगर पराकाष्ठा पर भी होता तो श्रीकृष्ण को कोई चिन्ता नहीं होती पर वे भीमसेन के अन्तर में अहंकार के अंकुर को जड़ जमाते देख रहे थे। पांडवों के इस मित्र और शुभेच्छु की चिन्ता स्वाभाविक थी।

अर्जुन के विशाल स्यन्दन की अश्व-वल्गाओं को अपने हाथों में सहेजे वह समरांगण की ओर प्रस्थान कर रहे थे किन्तु भीमसेन की बात किसी दुश्चिन्ता की तरह निरन्तर उनके मस्तिष्क को मथती जा रही थी।

किन्तु हुआ वही जिसकी श्रीकृष्ण को चिन्ता थी। भीम सचमुच आज अपने में नहीं था। उसके विशाल, रक्ताभ और विस्तृत नेत्रों को देखते हुए ही श्रीकृष्ण को लगा कि कल गजवाहिनी का विध्वंस करने के प्रयास में उसने जो सोम-रस के कुम्भ के कुम्भ अपने उदर में उंड़ेले थे उनका प्रभाव अभी तक उस पर वतमान है और कहीं विजयोल्लास की अधिकता में वह आज कुछ अकरणीय कर बैठा तो वे क्या करेंगे? कहीं उन्हें अपने शस्त्र न उठाने की प्रतिज्ञा को भंग करने के लिए पुनः नहीं बाध्य होना पड़े। आखिर भीम की शक्ति की भी सीमा थी। अगर गर्वोन्नत हो वह कौरव-पक्ष के सम्मानित महारथियों और पूज्य जनों के प्रति कोई दुर्व्यवहार ही कर बैठा और प्रतिकार में सभी कौरव-वीर उसे घेर बैठे तो उसके प्राणों पर आये संकट से तो उन्हें उसकी रक्षा करनी ही पड़ेगी।

और हुआ भी वही जिसकी श्रीकृष्ण को संभावना थी।

आज भीष्म ने अपने सैन्य को सारंग पक्षी का आकार दिया था और उसके प्रत्युतर में पांडवों ने मकर-व्यूह की रचना की थी। कौरव-सेना के बहुत से वीर अब तक खेत रहे थे, अतः पांडवों की विशाल मकर-सेना भीष्म के सदृश सेनापति के अन्तर में भी कुछ क्षणों के लिए भय का संचार कर गई। किन्तु अन्य कौरव-पांडव वीरों का आश्चर्य उस समय चरम सीमा को पहुंच गया जब सामने खड़े अपने सेनापति धृष्टद्युम्न के आदेश की चिन्ता किए बिना भीमसेन ने अकारण क्रोधाभिभूत हो द्रोणाचार्य, शल्य और अश्वत्थामा के रथों को उठा-उठाकर फेंकना आरम्भ कर दिया। ये महारथी रथों के टूटने से भूलुंठित हो समरांगण में फैले

मनुष्यों और पशुओं के शोणित और मांस-मज्जा में सन गये। किसी का मुकुट गिरा तो किसी का कवच। किसी की टांग टूटते-टूटते रही तो किसी के सिर से रक्त-प्रवाह आरम्भ हो गया।

"यह कैसा युद्ध नियम है!" कौरव-सेनापति भीष्म ने सिंह-गर्जन किया। "मैं अभी इस उद्दंड भीम को यमलोक का मार्ग दिखलाता हूं। जिस गुरु द्रोण से इस कृतघ्न ने शस्त्रास्त्रों की शिक्षा ली उनके प्रति भी अश्रद्धा प्रदर्शित करने में यह पीछे नहीं रहा।"

भीष्म का क्रोध कुछ भी कर सकता था, अतः भीम के कृत्य-कुकृत्य की चिन्ता किए विना धृष्टद्युम्न, अर्जुन और माद्री-पुत्र नकुल और सहदेव तत्काल उसकी सहायता के लिए आगे आ गए। दुर्योधन भी भीष्म की सहायता में आगे बढ़ा पर भीम ने उसके वक्ष में भीषण गदा-प्रहार किया जिससे वह अपने रथ में मूर्छित होकर पड़ गया। भीष्म को अपने पराक्रम का परिचय देने का अवसर मिले इसके पूर्व ही धृष्टद्युम्न, भीम और श्रीकृष्ण के इंगित पर अर्जुन ने भी भीष्म के साथ-साथ अन्य कौरव सैनिकों पर भी भीषण वाण-बौछार आरम्भ कर दी।

पर पितामह ने आज कोई विशेष उत्साह नहीं दिखाया। उन्हें ज्ञात था कि अगर आज भी उन्होंने कुछ अतिरेक उत्साह का परिचय दिया तो श्रीकृष्ण को पुनः अपने प्रतिज्ञा-भंग पर उतरना पड़ेगा। अथवा यह भी हो सकता था कि पांडवों के प्रति जब तब जाग्रत हो आते उनके मोह ने भीम की उद्दंडता को भी सहजता से ही झेल लिया हो।

पर संकट अश्वत्थामा का बढ़ गया था। वह मूर्छित दुर्योधन के रथ को शीघ्रातिशीघ्र रणांगण से ले भागना चाहता था। पर वाणों की अनवरत बौछार से कौरव-सेना में ही ऐसी अव्यवस्था और भाग-दौड़ मच गई थी कि दुर्योधन के स्यन्दन को सुरक्षित निकाल ले जाने का मार्ग भी गुरु-पुत्र को नहीं मिल रहा था। श्रीकृष्ण को इस बात की प्रसन्नता थी कि मूर्छित दुर्योधन के मस्तक को अपनी गदा के एक ही प्रहार से चूर्ण करने में समर्थ भीम अवसर पाकर भी ऐसा नहीं कर रहा था। श्रीकृष्ण को याद आया ऐसा कर उद्दंड भीम युद्ध-नियमों की मर्यादा का उल्लंघन करने से अपने को रोक नहीं रहा था अपितु उसे तो दुर्योधन की जंघाओं को तोड़कर अपनी प्रतिज्ञा पूर्ण करनी थी। ऐसी स्थिति में वह उसके मस्तक को अपनी गदा का आखेट बनाने क्यों बढ़ता?

पर भीम के अहंकार को तो नष्ट होना ही था। श्रीकृष्ण को दृढ़ विश्वास था। अहंकार सर्वनाश के मूल में है। अगर नियति ने समय से समूल उसका नष्ट नहीं किया तो एक दिन अपने अहंकार का आखेट हो वह स्वयं ही नष्ट हो जायगा।

श्रीकृष्ण साक्षी बन रहे थे आज भीमसेन के दर्प-दलन का। युद्ध के दौरान दुर्योधन के कई भाइयों का बध कर वह आज इतना उन्मत्त हो आया था कि उसने सोच लिया कि आज वह उसके बचे-खुचे भाइयों को भी समाप्त कर देगा। युद्ध प्रगति पर था। दोनों ओर के योद्धा भीषण प्रहार में रत थे कि भीमसेन ने सहसा अपने सारथि 'विशोक' से कहा, तुम मेरे रथ को लेकर यहीं रहो, मैं अकेले ही धृतराष्ट्र के पुत्रों को यमपुरी भेजकर आता हूं। ऐसा कहकर वह अपनी विशाल गदा ले रथ से कूद पड़ा और अकेले ही कौरव-दल में जा घुसा।

सेनापति धृष्टद्युम्न ने जब भीमसेन के रथ को रिक्त पाया तो उसे बहुत चिन्ता हुई। उसने समझा कहीं भीम बन्दी तो नहीं बना लिया गया। वह व्यग्र हो विशोक से पूछ बैठा—"विशोक! भीमसेन कहां गया?"

"वह तो एकाकी ही शत्रु-सैन्य में प्रवेश कर गए हैं। कहते थे, दुर्योधन के भाइयों का काम तमाम कर आता हूं।"

सारथि की यह बात सुनकर द्रुपद-पुत्र धृष्टद्युम्न अत्यन्त चिन्तित हुआ और वह अपने रथ पर सवार हो भीम की दिशा में बढ़ा। उसकी गदा के प्रहार से मृत पड़े गजों, अश्वों, पदातियों और चूर्ण हुए रथों के सहारे वह भीम तक पहुंचने में सफल हुआ।

वहां के दृश्य ने धृष्टद्युम्न के हृदय को दहला दिया। हाथ में गदा लिये खड़े विरथ भीमसेन पर कई कौरव वीरों ने चारों ओर से आक्रमण कर दिया था। असंख्य वाणों से भीम का शरीर छलनी हो गया था और उसके शरीर से स्थान-स्थान से रक्त-प्रवाह जारी था।

धृष्टद्युम्न ने जो पहला कार्य किया वह था भीमसेन को खींचकर अपने रथ में बैठाने का। उसके शरीर से वाणों को निकालते हुए वह बोला—"ऐसा भी दुस्साहस नहीं करते। अभी क्षण का भी विलम्ब होता तो ये खूंखार कौरव जैसे वृकों (भेड़ियों) का झुंड किसी मृगराज को घेर मारता है वैसे ही तुम्हें मार डालते।"

द्रुपद-पुत्र के रथ पर भीमसेन के आसीन होते ही दुर्योधन क्रोध से आग बबूला हो गया और उसने कौरव-वीरों को आज्ञा दी—"क्या देखते हो, इस वृकोदर भीम और इस दुष्ट द्रुपद-पुत्र के प्राण अभी हर लो। भागने नहीं पायें ये।"—दुर्योधन एक ही साथ दोनों से अपना प्रतिशोध लेने पर उतारू हो गया था। भीमसेन से तो उसकी जन्मजात शत्रुता थी ही, धृष्टद्युम्न ने अपनी बहन द्रौपदी का हाथ उसके हाथों में नहीं देकर अर्जुन को दे डाला था, इसका दु:ख भी उसे कम नहीं था।

भीमसेन और धृष्टद्युम्न बड़ी असमंजस की स्थिति में पड़े। एकाकी इन दो वीरों के लिए कौरवों की एक महती सैन्य टुकड़ी तथा कई महारथियों, रथियों का सामना करना आसान नहीं था।

ठीक इसी समय युधिष्ठिर को इन दोनों की स्थिति का पता चला और अभिमन्यु के नेतृत्व में उन्होंने एक बहुत बड़ी सेना उन दोनों की सहायता के लिए भेज दी। भीमसेन और धृष्टद्युम्न के प्राण बचे और फिर दोनों तरफ से भयंकर समर आरम्भ हो गया। दुर्योधन भी युद्ध की भयानकता का शिकार हो मूर्छित हो अपने रथ में पड़ गया। इसी अवसर पर कौरव सेनाध्यक्ष भीष्म भी उधर आ पहुचे और उन्होंने दुर्योधन आदि वीरों की प्राण-रक्षा की। पर ठीक इसी समय सूर्य अस्ताचलगामी हो गया और युद्ध बन्द करना पड़ा।

श्रीकृष्ण धृष्टद्युम्न के साथ जब पांडव-शिविर को लौटे तो उनके व्रण-पूरित और रक्तरंजित तन को देखकर द्रौपदी ने श्रीकृष्ण को उलाहना देते हुए कहा—"मधुसूदन, तुम्हारे रहते भी एक पांडव वीर की यह दुर्दशा हुई" और श्रीकृष्ण ने मुसकराते हुए कहा, "यह तो होना ही था। तुम्हारे भीमसेन का अहंकार पराकाष्ठा पर पहुंच गया था। आज तो वह अपने गुरु को भी अवमानना करने मे पीछे नहीं रहा। आखिर मनुष्य जो बोता है वही तो काटता है।"

पिचानवे

आज श्रीकृष्ण कुछ अधिक ही प्रसन्न थे। यों प्रसन्नता और अप्रसन्नता से बहुत पूर्व अपने को ऊपर घोषित कर चुके कृष्ण की प्रसन्नता का अतिरेक बहुत स्वाभाविक नहीं लग रहा था पर एक तरह से उनकी प्रसन्नता स्वाभाविक भी थी। उनके सिद्धान्त व्यवहार के निकष पर खरे उतर रहे थे। सात्यकि-पुत्रों की मृत्यु के पश्चात् वे विकल अवश्य हुए थे पर अपने सिद्धान्तों की अटलता के प्रति वे उसी रात आश्वस्त भी हो गए थे।

आज छठे दिन की युद्ध-समाप्ति के पश्चात् उन्हें एक बार पुनः इस तथ्य की पुष्टि का अवसर मिला था, अहंकार व्यक्ति का सर्वनाश करके ही रहता है। आज के युद्ध में और जो कुछ हुआ था वह तो हुआ ही था, भीमसेन और दुर्योधन के गदा-युद्ध में दुर्योधन की स्थिति शोचनीय हो गई थी। भीमसेन को अपना काल समझने वाला दुर्योधन वर्षों से भीम की लौह मूर्ति बना उससे युद्ध का अभ्यास करता रहा था पर आज तक का सारा अभ्यास उसी तरह व्यर्थ सिद्ध हुआ जिस तरह पलास के रक्तवर्णी पुष्पों के फल में परिवर्तन होते ही उन पर बसेरा बनाए पक्षियों की आशा पर तुषारपात हो जाता है। फलों के अन्दर होती है नीरस और व्यर्थ रुई जिस पर चंचु-प्रहार कर-कर पक्षी पाते तो कुछ नहीं, अपनी आंखों और पंखों को उस श्वेत और तारतम्य-हीन वस्तु से आच्छादित कर देर तक देखने और उड़ने—दोनों में असमर्थ हो जाते हैं।

भीमसेन के प्रहारों से माता के आशीर्वाद से वज्र बन आये अपने शरीर को स्थान-स्थान से क्षत-विक्षत होने से बचाने में वह समर्थ नहीं हो सका। भले ही वज्रांग हो आये उसके अंग कट कर उसके तन से पृथक् नहीं हुए पर भीषण पीड़ा से वह इस तरह उत्पीड़ित हो रहा था जैसे बहेलिए के वाण से विद्ध हुआ क्रौंच पक्षी भूमि पर लोट-लोट असह्य वेदना से तड़पता है।

यद्यपि प्रतिशोध आदि कुत्सित भावनाओं से सर्वथा रहित थे श्रीकृष्ण पर उनके स्मृति-पटल पर वह घटना पुनः-पुनः प्रतिबिम्बित हो रही थी जिसमें जब सन्धि का प्रस्ताव लिए एक प्रतिष्ठित दूत के रूप में हस्तिनापुर के सभागार तक पहुंचने पर अहंकारी दुर्योधन ने वहां भी उनके अपमान में कोई कोर कसर नहीं छोड़ी थी। यहां तक कि वह उन्हें बन्धन-युक्त करने के लिए भी अपने योद्धाओं को आमन्त्रित कर चुका था। यह तो उन्होंने अत्यन्त अनिवार्यता की स्थित में ही प्रयोग करने को कृतसंकल्प अपनी साधना-शक्ति का आह्वान कर उस दिन अपने तन को विशाल और अबध्य बना लिया था वरना यह दुर्मति दुर्योधन तो उन्हें अपने कारागार में डाल ही चुका था। सूई के अग्र भाग पर भी किसी तरह थर-थर करती अंट पानेवाली भूमि का एक अणु भी बिना युद्ध के पाण्डवों को नहीं प्रदान करने वाला वह अहंकारी कौरव किस तरह आज युद्ध के परिणाम-स्वरूप ही पीड़ित और व्यथित हो रहा है। उसके शिविर में हो रहे हलचल और उधर से आ रहे गुप्तचरों के सन्देश से उन्हें सब कुछ ज्ञात हो रहा था।

हस्तिनापुर के सिंहासन पर, किसी केसरी द्वारा किए गए आखेट पर ध्यान गड़ाए शृगाल की तरह ही जिस व्यक्ति का ध्यान निरन्तर केन्द्रित रहा था आज वह अपनी प्राणांतक पीड़ा से त्राण पाने के लिए विषपान करने को भी प्रस्तुत था।

कितना अल्पजीवी और व्यर्थ है मनुष्य की महत्त्वाकांक्षा और कितना निरर्थक और आत्मघाती उसका अहंकार ? कृष्ण आज यही सोच रहे थे। नियति के अदृश्य हाथों का एक कठपुतली-मात्र यह मानव आकाश की किन ऊंचाइयों में व्यर्थ ही निरन्तर उड़ानें भरता रहता है ?

उधर दुर्योधन के शिविर से सूचना आई थी। जिस भीष्म को समय-असमय अपने वाग्बाणों से विद्ध करने में वह बाज नहीं आता था उसी भीष्म ने उसकी व्यथा-कथा का पता पाकर उसके शरीर ही नहीं मन का भी उपचार किया था। व्रण-उपचारी वैद्यों को लेकर ही वे उसके शिविर में पहुंचे थे और इन कुशल औषधिज्ञाताओं द्वारा निर्मित द्रव्यों के लेपन से निमिष मात्र में ही उसकी पीड़ा जाती रही थी और वह महान् किन्तु उद्दण्ड तथा अहंकारी कौरव अपने पर्यंक पर सीधा बैठ गया था। औपचारिकता के निर्वाह में उसने पितामह के प्रति अपना प्रणाम भी निवेदित किया था पर क्षण भर में ही उसकी महत्त्वाकांक्षा के व्याल ने फुफकार मारा था और वह पितामह से बोल पड़ा था :

"मैं एक बार पुनः कहने को बाध्य हूं पितामह कि आप, द्रोण, कृपाचार्य, अश्वत्थामा, भूरिश्रवा आदि सहायकों के रहते हुए भी हमारी सेना कृष्ण-पक्ष के चन्द्रमा की तरह निरन्तर क्षीण क्यों होती जा रही है और युद्ध में विजय-श्री हमारे लिए मृग-मरीचिका क्यों सिद्ध हो रही है।"

'क्योंकि तुम्हारे साथ धर्म नहीं है और जहां धर्म नहीं है वहां विजय नहीं है।' पितामह के मन में आया था वे दोटूक कह दें पर अभी-अभी कुछ शान्त हुए पीड़ित दुर्योधन को वह और पीड़ित नहीं करना चाहते थे। अतः, उन्होंने अभी उसे सान्त्वना का स्वर ही देना चाहा और उसे ढाढ़स बंधाते हुए बोले, "चिन्ता की कोई बात नहीं सुयोधन ! भविष्य किसी का दास नहीं किन्तु हम तुम्हारी विजय के लिए हरसंभव प्रयास कर रहे हैं। सैन्य शक्ति में निश्चित ही तुम पाण्डवों से आगे हो और आर्यावर्त के विख्यात योद्धाओं में अधिकांश तुम्हारे पक्ष से ही लड़ रहे हैं। जिसके साथ द्रोणाचार्य, कृपाचार्य, कृतवर्मा, शल्य, अश्वत्थामा, भगदत्त, विकर्ण, शकुनि, अवन्तिदेश के नृप विन्द और अनुविन्द, वृहद्वल, विविंशति, बाह्लिक वीरों के साथ बाह्लिकराज, महाबली चित्रसेन आदि के समान दुर्जेय वीर हों, उसे इस तरह चिन्ता करने की कोई आवश्यकता नहीं। भविष्य तो पुनः जैसा कहा दैवाधीन है। पर कर्त्तव्य पर हमारा सर्वाधिकार है। तुम्हें हतोत्साह होने की आवश्यकता नहीं, तुम अपने इन मित्रों के साथ मिलकर विजय का प्रयास करो। प्रयास हमारा पुनीत कर्त्तव्य है जिसकी ओर से मुंह मोड़ना प्रमाद और कायरता से अधिक कुछ भी नहीं। मैं भी कल अपनी शक्ति भर प्रयास करूंगा और तुम्हारे शत्रुओं को अधिक-से-अधिक संख्या में यमलोक पहुंचाने में पीछे नहीं रहूंगा।"

इतना कहकर और दुर्योधन के मस्तक पर अपना आशीर्वाद-जनक करतल रख भीष्म उसके शिविर से बाहर आ गए।

सातवें दिन भीष्म ने सचमुच बहुत सतर्कता से कार्य किया। उन्होंने आज की अपने व्यूह की रचना मंडलाकार की। एक-एक गजारोही के साथ-साथ सात-सात रथारोही खड़े किए गए क्योंकि अब तक कौरव सेना को पता लग गया था कि सेनापति

नहीं होते हुए भी भीम पाण्डव सेना में सबसे आगे खड़ा होता था और पता नहीं किस पागलपन के अन्तर्गत उसके प्रहार के लक्ष्य कौरव-दल के मस्त गजराज ही होते थे। अब तक वह कौरव सेना को प्राय: गजों से रहित ही कर चुका था। अब जो कुछ हस्ती बचे थे उनकी रक्षा अनिवार्य थी।

गजों की रक्षा के बाद हर रथ की रक्षा के लिए सात-सात अश्वारोही नियुक्त थे। एक-एक अश्वारोही के रक्षार्थ दस-दस धनुर्धारी और एक-एक धनुर्धारी की रक्षा के लिए दस-दस पदाति तलवार और ढाल लिए कवच-मण्डित हो उपस्थित थे। भीष्म ने दुर्योधन के मनोबल को उच्च करने के लिए उसे इस मण्डलाकार व्यूह के मध्य में स्थापित कर दिया था। वह स्वर्णकिरीट धारी महाबली गगन मण्डल में शोभित मार्तंड की तरह ही देदीप्यमान और प्रभावान प्रतीत हो रहा था।

सब कुछ के पश्चात् आज के इस युद्ध में किसी पक्ष की कुछ उल्लेखनीय प्रगति नहीं हुई। मनोरंजक बात यह थी कि भीष्म की सारी व्यूह रचना प्रहर भर दिन बीतते-न-बीतते ही छिन्न-भिन्न हो गई थी और युद्ध कई मोर्चे पर एक साथ लड़ा जा रहा था।

श्रीकृष्ण को हंसी आ रही थी। सच, कौरव-सेनापति का वृद्ध मस्तिष्क या तो व्यर्थ हो चुका था अथवा ममता के दृढ़ बन्धन ने निर्णय-अनिर्णय की स्थिति में डालकर उन्हें कहीं का न छोड़ा था। श्रीकृष्ण पूरी तरह जानते थे कि कौरव पक्ष में भीष्म पितामह और दोनों में से किसी एक का होना उनकी विजय को सुनिश्चित करना था। पर हाय रे दुर्योधन का दुर्भाग्य। एक तो रूठ कर अपने शिविर में बैठा था और दूसरा सामर्थ्यशाली होते हुए भी सामर्थ्यहीन-सा इस विशाल रणांगण में खेत में कौओं को भगाए जानेवाले एक पुआल के पुतले से अधिक कुछ नहीं सिद्ध हो रहा था।

खैर, कई मोर्चे खुल गए थे और एक पर माद्रीपुत्र नकुल और सहदेव को स्वयं अपने मामा शल्य से जूझना पड़ रहा था तो दूसरे पर युधिष्ठिर और श्रुतायु जूझ रहे थे। विराट्‌राज अपनी मूर्खता में द्रोण से जा भिड़े थे और क्षण भर में ही जैसे एक भेड़िया सिंह के मुकाबले से भाग खड़ा होता है, भाग पड़े थे। आचार्य अब भी अपने अममान की आग में जल रहे थे और जिस किसी को उसमें लपेट भस्म करने को प्रस्तुत हो अपने अविवेक का परिचय देने में कोई संकोच नहीं कर रहे थे।

दु:खद बात यह रही कि आज विराट् कुमार का तीसरा पुत्र शंख भी जाता रहा।

घटोत्कच ने आज भी अद्‌भुत पराक्रम दिखलाया और भगदत्त के साथ भयानक युद्ध कर उसकी और उसकी सेना दोनों का मनोबल कच्चे बांस की तरह तोड़कर रख दिया। सात्यकि ने पुत्र-शोक के बावजूद वीरोचित मर्यादा का प्रदर्शन किया और अलम्बुष के छक्के छुड़ा दिए।

अश्वत्थामा और शिखंडी में भी कुछ देर के लिए लोम-हर्षक युद्ध हुआ पर अश्वत्थामा ने शिखंडी की तलवार को ही काट कर उसे नि:शस्त्र कर दिया। रथ तो उसका पहले ही टूट चुका था। पाण्डव-पक्ष का अत्यन्त उपयोगी मोहरा युद्ध के इस चौसर पर खेत हो जाता अगर ठीक इसी समय सात्यकि ने आकर उसकी

प्राण-रक्षा न कर ली होती।

दुर्योधन को आज धृष्टद्युम्न से बुरी तरह पराजित होना पड़ा। उसके रथाश्व बेकार हो गए और वह खड्ग-हस्त भूमि पर ही कूद पड़ा। दुर्योधन तलवार-युद्ध में द्रुपद-पुत्र के समक्ष कहीं नहीं ठहरता पर भीम की प्रतिज्ञा को स्मरण कर धृष्टद्युम्न ने उसके प्राण छोड़ दिए और वह शकुनि के रथ पर चढ़ कर अपने प्राण बचाकर भाग खड़ा हुआ। अपनी इस पराजय से दुर्योधन के कल के घाव पुनः हरे हो गए और वह उसमें कल्पित पीड़ा का अनुभव करने लगा।

अभिमन्यु का पराक्रम भी आज पराकाष्ठा छू रहा था और उसने दुर्योधन के तीन भाइयों को बुरी तरह परास्त कर दिया।

श्रीकृष्ण रात्रि में जो भीष्म की बात सुन चुके थे इससे वे अर्जुन को पितामह से दूर-दूर ही रखने का प्रयास कर रहे थे। आरम्भ में उन्होंने उनसे उसकी एक हल्की झड़प कराई थी। पर इस बार अभिमन्यु के पराक्रम से पराभूत होते दुर्योधन के अनुजों को देखकर पितामह स्वयं उनके रक्षार्थ आगे आ गए और ऐसा देख श्रीकृष्ण को अर्जुन के रथ को आगे करना पड़ा।

भीष्म एक क्षण को सब कुछ भूलकर बुभुक्षित व्याघ्र की तरह अर्जुन पर टूट पड़े किन्तु इसके पहले कि युद्ध कोई निर्णायक मोड़ लेता, सूर्यास्त हो गया और युद्ध-समाप्ति की घोषणा कर दी गई।

श्रीकृष्ण मुसकराते हुए अर्जुन के रथ को लेकर समरांगण से बाहर आये।

अर्जुन ने उनकी मुसकराहट को स्पष्टतः लक्षित किया और पूछ बैठे—"इस संग्राम भूमि में तुम्हारे मुख पर स्मिति की यह रेखा क्यों जनार्दन?"

"सब कुछ तुम्हीं नहीं समझ जाओगे पार्थ," श्रीकृष्ण ने उत्तर दिया, "कुछ मेरे लिए भी छोड़ दो। मत भूलो कि इस समर में मैं केवल तुम्हारे अश्वों का ही नहीं, तुम्हारा ही नहीं, सम्पूर्ण पाण्डव-सेना का सारथ्य कर रहा हूं।"

छियानवे

कुरुक्षेत्र के महासमर में जिन विवश मछलियों को विवश एक विशाल मगरमच्छ का आहार बनना पड़ रहा था वे थे धृतराष्ट्र के सौ पुत्र। भीमसेन रूपी मगरमच्छ नित्य उसमें से कुछ को उदरस्थ कर उनकी संख्या में नित्य ह्रास किए जा रहा था।

वह अपनी सभी धृतराष्ट्र-पुत्रों को इस युद्ध में एकाकी ही हत्या करने के प्रण को पूर्ण करने पर सन्नद्ध था और जैसे कोई शार्दूल अपने शिकार को देखते ही बिना उसे अपने चपेट में लिए नहीं रहता, उसी तरह दुर्योधन के एक भी भाई को अपने समक्ष देखकर भीम के रक्त में पता नहीं कैसा भयंकर ज्वार जगता था कि वह बिना उसके प्राण को अनन्त पथ का पथिक बनाए नहीं छोड़ता था। सात दिन के युद्धों में वह दुर्योधन के कई अनुजों को निर्ममता से मृत्यु के घाट उतार चुका था। जैसे किसी सुनसान पगडंडी पर चलते किसी व्यक्ति को सर्प दिखाई पड़ जाए और उसका मुख सहसा रक्तहीन हो जाय, वही स्थिति किसी दुर्योधन-अनुज की

होती थी जब उसकी दृष्टि भीमसेन के उक्त रूप पर पड़ती थी।

आज आठवें दिन के युद्ध के सभारम्भ के साथ ही दुर्योधन के आठ पुत्र भीम की भयानक गदा के प्रहार से दिवंगत हो गए। भीमसेन के इस भयानक कर्म से कौरव सेना के अधिकांश वीरों में भारी भगदड़ मच गई। आठों भाइयों का बध कर सफलता से चांदनी रात में फूलते किसी सागर की तरह ही भीमसेन का विशाल वक्ष फूल आया और वह घोर गर्जन करता हुआ समरांगण के इस सिरे से उस सिरे तक स्वच्छन्द विचरण करने लगा। कोई उसके इर्द-गिर्द भी भटकने का नाम नहीं लेता पर जो भूलवश उसके मार्ग में आ जाता उसको तो स्वर्ग सिधारना ही था।

भीम के लिए गजारोही, रथारोही, अश्वारोही या पदाति योद्धाओं को लेकर कोई अन्तर नहीं पड़ता था। रथी हुए तो वह रथ के साथ ही इस संसार से प्रयाण करने को विवश थे, गजारोहियों की तो और दुर्दशा थी क्योंकि भीम अपने में कई गजों की शक्ति सन्निहित मानता था। गजारोही के प्राण तो उसके प्रिय गज के साथ गदा के एक-दो प्रहार में ही निकल पड़ते थे। अश्वारोहियों और पदातियों को तो वह मक्खियों की तरह मसल डालता था। उन पर गदा-प्रहार भी वह अपना अपमान ही समझता था। मुष्टिका प्रहार ही उनके लिए पर्याप्त था।

भीम नाम था कौरव सेना के लिए साक्षात् मृत्यु का। एक अर्जुन और दूसरे भीम से ही कौरव-सेना व्यथित रहती थी और कोई भी महारथी, अतिरथी आदि इनके पथ से दूर रहने का ही प्रयास करता था।

अर्जुन को तो कृष्ण जानबूझकर जहां तक संभव था, भयंकर मुठभेड़ों से बचाये चलते थे क्योंकि उन्हें ज्ञात था कि भीम और जो चाहे जो कर ले भीष्म, कर्ण जयद्रथ आदि महान् योद्धाओं का संहार अर्जुन के वश की ही बात थी और जब तक ये महान् कार्य पूर्ण नहीं हो जाते तब तक अर्जुन की ऊर्जा की यथासंभव सुरक्षा आवश्यक थी।

आज पितामह ने कौरव-सेना के व्यूह को कूर्म रूप दिया था जिसका भेदन अत्यन्त कठिन माना जाता है—भला अपने सम्पूर्ण अंग-प्रत्यंग को अपनी पीठ के अभेद्य कवच के अन्दर समेटे कूर्म का कोई सहजता से क्या बिगाड़ सकता था? पर भीम की गदा के समक्ष कौन वस्तु अभेद्य थी? बात की बात में पितामह के इतने श्रम से निर्मित इस व्यूह को भी उसने छिन्न-भिन्न कर छोड़ दिया।

भीम यदि प्रलयंकर था तो उसका राक्षस पुत्र घटोत्कच भी इस युद्ध में कुछ कम कहर नहीं ढा रहा था। सुयोग्य पिता के सुयोग्य पुत्र के रूप में अगर किसी का स्मरण किया जायेगा तो घटोत्कच का नाम अगली पंक्ति में ही रहेगा।

उन दिनों वनवासियों की कुछ विशेष प्रजातियां हुआ करती थीं जिन्हें राक्षस, नाग आदि बोलते थे। वनों में हिंस्र जीवों से होते निरन्तर संघर्ष के कारण ये प्रजातियां मनुष्यों की अपेक्षा अधिक ही बलशाली हो गई थीं। एकान्त वनों में तन्त्र-साधना आदि की भी विशेष सुविधा थी, अतः माया-युद्धों में भी ये अधिकांश प्रवीण थीं। घटोत्कच की उपलब्धि इनमें सर्वाधिक थी। तन्त्र-जनित अपनी माया के कारण दिवा को रात्रि में और रात्रि को दिवा में परिवर्तित कर देना उसके बायें हाथ का खेल था। स्वच्छ आसमान को मेघ-संकुल कर देना और उससे रक्त, मांस,

मज्जा, अग्नि की वर्षा आरम्भ करा देने में भी वह सिद्ध-हस्त था।

आज घटोत्कच की क्रोधाग्नि भड़की भी एक विशेष कारण से। अर्जुन को नागजाति की एक कन्या से उत्पन्न एक अत्यन्त ही वीर और युद्ध-कौशल पुत्र था इरावन। यह उसी यात्रा में उत्पन्न हुआ था जब अपनी प्रतिज्ञा-भंग के कारण अर्जुन बनवास झेल रहे थे। इरावन ने अपने पराक्रम से आज कौरव-सेना की दुर्दशा कर दी थी।

भीम और इरावन आज काल बनकर ही कुरुक्षेत्र के मैदान पर उतरे थे। धूमकेतु की तरह ही समरांगण के क्षितिज पर उग आये इन दो वीरों में भीमसेन का कुछ करना तो कौरवों के वश की बात नहीं थी पर अर्जुन-पुत्र इरावन को नहीं झेला जा सकता था।

जब कौरव सेना का स्थिर रहना असंभव हो गया और पलायन पर उतर आई तो दुर्योधन ने ईंट का उत्तर पत्थर से देने का निर्णय लिया। उसके पास उपलब्ध था अलम्बुष नाम का एक राक्षस वीर। नाग राक्षसों के समक्ष कम ही ठहर पाते थे। भीम की सन्तान होने के कारण घटोत्कच की बात कुछ और थी।

दुर्योधन ने अलम्बुष को इरावन के साथ भिड़ा दिया और प्रायः एक प्रहर के भयानक युद्ध में जिसे देखने के लिए अधिकांश कौरव-पांडव वीर अपनी-अपनी शत्रुता भूल मंडलाकार खड़े हो गए, इरावन मारा गया।

इरावन की मृत्यु अर्जुन के लिए भारी दुख का कारण बनी क्योंकि आज तक के युद्ध में उसका कोई विशेष आत्मीय जन काम नहीं आया था पर आज अपने एक पुत्र की हत्या उसे पुनः विवादग्रस्त कर गई और वह श्रीकृष्ण से पुनः युद्ध की सार्थकता और निरर्थकता पर चर्चा करने लगा।

जब श्रीकृष्ण अर्जुन को एक तरफ ले जाकर उसे ढाढस बंधाते रहे तब अपने भाई सदृश इरावन की मृत्यु की बात सुनकर घटोत्कच की क्रोधाग्नि में घृताहुति पड़ गई। भयंकर गर्जना कर कौरव-सेना पर किसी भयानक उल्का की तरह ही टूट पड़ा वह। कौरवों की सेना में इस राक्षस वीर का सामना करने का साहस कहां से आता? अधिकांश योद्धा समरांगण से विमुख होने लगे। अन्ततः दुर्योधन को स्वयं इस राक्षस-वीर का सामना करने आगे आना पड़ा। दुर्योधन का घटोत्कच पर क्या वश चलता पर उसने इसके अधिकांश राक्षस-सैनिकों को मौत के मुंह में झोंक दिया। इस पर क्रोधित हो घटोत्कच ने एक मन्त्राभिषिक्त शक्ति ही इस कौरव योद्धा पर चला दी थी। इस अमोघ शक्ति के प्रहार से दुर्योधन के प्राण उसी क्षण निकल जाते और महाभारत युद्ध आठवें दिन ही समाप्त हो जाता। पर बड़ी कुशलता से दुर्योधन के मित्र बंगराज ने जो उनको संकट मे घिरा देख आ धमका था, अपने हाथी को आगे कर दुर्योधन की रक्षा कर दी। शक्ति लगते ही हाथी के प्राण क्षणार्द्ध में ही निकल गए पर दुर्योधन के प्राणों की रक्षा हो गई।

इस महासमर को अभी और लम्बा खिंचना था।

सत्तानवे

युद्ध का नवां दिन। अठारह अक्षौहिणी सेनाओं की आधी संख्या का सूचक नवें दिन का सुनहला प्रभात नित्य की तरह कुरुक्षेत्र के रक्त-रंजित मैदान पर गुलाल-सा बिखेर गया। पर नौ दिनों के इस युद्ध में केवल आधी सेना ही समाप्त हुई हो यह बात नहीं थी। यद्यपि कौरव-पक्ष या पांडव-पक्ष का भी कोई प्रतापी वीर अभी तक अपने प्राणों से हाथ नहीं धो सका था किन्तु कृष्ण पक्ष की चन्द्र-कला की तरह कुरुक्षेत्र के विस्तृत मैदान पर अवतरित विशाल सैन्य-समूह निरन्तर बड़ी तीव्रता से क्षीण होता जा रहा था। मरने वालों में कौरव-पक्ष के लोग ही अधिक थे। भीष्म आदि से अर्जुन को यथासंभव हल्की टक्कर देते हुए श्रीकृष्ण एक ओर अर्जुन के गांडीव से कौरव-सैनिकों को शस्य के पौधों की तरह कटवा कर रण-भूमि को पाट रहे थे तो दूसरी ओर भीम अपने गदा-प्रहार से अब तक लक्ष-लक्ष वीरों के प्राण हर चुके थे। सात्यकि, धृष्टद्युम्न, अभिमन्यु, घटोत्कच आदि तो अपना काम कर ही रहे थे।

आज का युद्ध एक तरह से आरम्भ हुआ सात्यकि और अश्वत्थामा के मध्य ही। श्रीकृष्ण ने अर्जुन के रथ को गुरु द्रोण की ओर मोड़ दिया और कुछ देर तक दोनों के मध्य विचित्र वाण-युद्ध होता रहा। गुरु-शिष्य के करों के चमत्कार को देखने के लिए अधिकांश योद्धा युद्ध से विरत हो गए।

नहीं, इससे काम नहीं चलने को था, श्रीकृष्ण ने सोचा। अब केसरी को उसके शिकार से खेलने का पर्याप्त अवसर दिया गया। अब नहीं। द्रोण और कृप लक्ष्य नहीं थे। अभी लक्ष्य थे तो पितामह। अब तक सबको लग गया था कि जब तक भीष्म रूपी नर-शार्दूल जीवित था पांडव पक्ष के अधिकांश योद्धा शृगालों से अधिक कुछ नहीं थे और इस युद्ध का अन्त नहीं होना था और होना भी था तो कौरवों के पक्ष में ही—पितामह के पक्ष में ही।

पितामह के लिए भी आज का दिन शुभ नहीं था। पता नहीं किस मुहूर्त में युद्ध आरम्भ हुआ था कि पितामह जो आजीवन श्रद्धा और पूजा के ही पात्र रहे, जीवन के अन्तिम दिनों में निरन्तर अपमान और अवमानना के गरल पान को बाध्य हो रहे थे। दुर्योधन तो उद्दंड पहले से ही था, पर जैसे-जैसे युद्ध प्रगति कर रहा था पितामह के प्रति उसकी उद्दंडता बढ़ती जा रही थी। उसे पूर्ण विश्वास था कि पितामह अपनी ममता के कारण पांडवों पर मारक प्रभाव नहीं करते और इसलिए युद्ध की कोई परिणति दृष्टिगोचर नहीं होती। उसे सर्वाधिक पीड़ा इस बात की थी कि इन्हीं पितामह के कारण कर्ण के सदृश महान् पराक्रमी और उस पर प्राण छिड़कने वाला वीर मैदान से बाहर पड़ा था। उसका अटल विश्वास था कि पितामह के स्थान पर अगर कर्ण को सेना के सूत्र संचालन का भार दिया गया होता तो विजय-श्री अब तक उसके चरणों में लोटती होती। इस पीड़ा से कोई त्राण नहीं पा अपने मन की इस व्यथा को वह किसी-न-किसी बहाने पितामह का अपमान कर ही मिटा पाता था।

आज भी उसने पितामह को बहुत भला-बुरा कहा और उनकी क्रोधाग्नि को बुरी तरह प्रज्ज्वलित कर दिया। पितामह आज अपनी सम्पूर्ण शक्ति से पांडव-सेना पर टूट पड़े। भीष्म के इस अनदेखे रूप को देखकर पांडव-सेना में भगदड़ मच

गई। आसमान से धरती पर किसी मारक द्रव्य के प्रभाव से गिरते टिड्डी-दल की तरह पाण्डव-सेना समरांगण में बिछने लगी।

सभी को लगा कि युद्ध का अन्त आज ही हो जाएगा। भीष्म के सदृश तपी, आजीवन ब्रह्मचर्य-व्रतधारी, सत्यनिष्ठ व्यक्ति का एक संकल्प ही पांडव-सेना की समाप्ति के लिए पर्याप्त था, उसके ऊपर से तो इस प्रचण्ड वीर योद्धा ने अस्त्र-शस्त्र भी धारण कर लिए थे जिनमें अधिकांश अमोघ और मंत्र-पूत थे। लगता था, अपमान के समक्ष ममता का भाव मृत हो गया था और आज पांडव-सेना को समाप्त कर वह नित्य-प्रति मिलने वाले अपमान से तो मुक्त होना चाहते ही थे, दुर्योधन के कुअन्न जिस पर वे पले थे उसका ऋण-शोधन भी कर देना चाहते थे।

श्रीकृष्ण को भी अच्छा बहाना मिल गया। ऐसे भी भीष्म के इस वेग को आज नहीं रोका गया तो किसी बाढ़-ग्रस्त विशाल नदी की तरह वे आज सारे कूल-किनारों को तोड़ अपने क्रोध की प्रबल धार में सब कुछ प्रवाहित ही कर देने वाले थे।

श्रीकृष्ण ने अर्जुन के रथ को द्रोण की ओर से मोड़ा और अर्जुन से बोले—"भूल जाओ कि तुम किसी कुरु-श्रेष्ठ पर अपितु अपने ही पितामह पर प्रहार करने जा रहे हो। मुझे पुनः एक बार आत्मा-परमात्मा की व्याख्या का अवसर नहीं प्रदान करना। पितामह पर तुम्हें आज, दारुण और मर्मान्तिक प्रहार करने हैं। इसी दिन के लिए मैंने तुम्हारी सम्पूर्ण ऊर्जा को अब तक प्रायः सुरक्षित रखा है। अगर तुम ऐसा नहीं कर सके और तुम्हारा मोह तुम्हारे गांडीव और पितामह के दिव्यास्त्रों के मध्य आ गया तो आज की संध्या इस कुरुक्षेत्र को पाण्डवों से शून्य ही देखेगी और कोई आश्चर्य नहीं कि पितामह द्वारा बिछाए शवों के ढेर में अभिमन्यु, भीम, सात्यकि यहां तक कि धर्मराज के साथ-साथ पार्थ का भी शव पड़ा दृष्टिगोचर हो।" इसके साथ ही श्रीकृष्ण ने जोर से अपने शंख पांचजन्य पर ध्वनि कर सभी पांडव-वीरों की क्षीण होती शक्ति को बल दिया और सभी को एक साथ पितामह की ओर मुड़ने का इंगित कर दिया।

घिर गया नर-केसरी, व्याघ्रों, वृषों और शृगालों के समूह से। पितामह पर पांडव पक्ष के महारथियों, रथियों, अतिरथियों, पदातियों, गजारोहियों, अश्वारोहियों, सबका प्रहार आरम्भ हो गया। जिस तरह सृष्टि का सम्पूर्ण प्रकाश-पुंज एक ही केन्द्र विन्दु सूर्य में केन्द्रित रहता है उसी तरह सभी प्रमुख वीरों की सम्मिलित शक्ति एक ही केन्द्र-विन्दु पितामह पर केन्द्रित हो गई। श्रीकृष्ण के प्रभावकारी वचनों से प्रभावित हो अर्जुन का गांडीव भी, सर्पमुख, सूची-भेद, अर्द्ध-चन्द्र-मुख, वस्ती आदि वाणों की वर्षा करने लगा। जब पितामह ही अपने परिजनों के प्रति ममता-हीन हो गए थे तो पार्थ ही क्यों उनके प्राणों की चिन्ता करने लगे? उसकी सारी श्रद्धा, सारा मोह-बन्धन पितामह के क्रोध-रूपी अग्नि में जलकर भस्म हो गए।

पर कब कुछ बिगाड़ा है मृगपति का, वन के असंख्य मृगों ने? व्याघ्रों और वृकों ने भी? कब तक घेरा है तम के घेरों ने मध्याह्न के मार्तण्ड को? पितामह पर पांडव वीरों के सम्मिलित प्रहार का भी कोई प्रभाव नहीं पड़ सका। वे झंझा से पीड़ित होते हुए भी किसी अडिग अश्वत्थ वृक्ष की तरह कुरुक्षेत्र के विस्तृत मैदान में अडिग, अचल, अविचल, अश्रान्त खड़े रहे। पांडव-वीरों का सम्पूर्ण मारक प्रहार

उन पर कोई असर डालने में सफल नहीं हुआ। उनके आक्रामक प्रहारों—विभिन्न अस्त्रों-शस्त्रों—को वे अपने प्रतिरोधी प्रहारों से काटते गए और साथ ही अपने प्रहारों से उन्हें पीड़ित भी। उन्होंने कभी अपने प्रशस्त, उन्नत और तेजोदीप्त ललाट से स्वेद का एक कण भी नहीं पोंछा। अपनी दोनों विशाल भुजाओं को क्षण भर का विश्राम भी नहीं दिया। अपने सहायकों द्वारा निरन्तर भरते जा रहे अपने विशाल कन्धों से लटके तूणीरों को वे निरन्तर खाली करते जा रहे थे। युद्ध-भूमि के एक विस्तृत भाग में असंख्य वाणों के उड़ने से जो घना अंधकार व्याप्त हो गया था उसमें अधिकांश शर असंख्य पांडव-योद्धाओं के नहीं होकर वृद्धकौरव सेनापति के ही थे।

कुछ नहीं हुआ। सूर्य की किरणें अस्ताचलगामी हुईं। उन्होंने इस अपराजेय बीर के स्वर्ण-किरीट को सदा की तरह अपना अन्तिम नमन निवेदित किया और युद्ध-समाप्ति की घोषणा हो गई।

मैदान का एकाकी बरगद वृक्ष अन्त तक एकाकी और अविजित ही खड़ा रहा और पार्थ के स्यन्दन को वापस लौटाते पार्थ-सारथि को कुछ सोचने और एक भयावह निर्णय लेने को बाध्य भी कर गया।

आज प्रणिपात किया पितामह को दुर्योधन ने युद्ध-समाप्ति के साथ ही। "अगर आप इसी तरह कल भी अपने रण-कौशल का प्रदर्शन करते रहे पितामह तो मैं स्पष्ट कहता हूं, कुरुक्षेत्र का यह युद्ध कल ही समाप्त हो जायगा।" उसने श्रद्धा से नत होते हुए कहा।

"कल किसने देखा है पुत्र!" पितामह के मुंह से सहसा निकला पर उस भविष्यद्रष्टा तपस्वी के वचन के गूढ़ार्थ को दुर्योधन समझ ले, ऐसी मेधा कब विधाता ने प्रदान की थी उसको?

अट्ठानवे

श्रीकृष्ण की चिन्ता का कोई अन्त नहीं था। कल संध्या समरांगण से लौटते समय ही जो बात उनके मन में आई थी, शिविर तक पहुंचते-पहुंचते वह बद्ध-मूल हो गई थी। अपने निर्णय को क्रियान्वित करने को वे कृतसंकल्प हो आये थे। अब एक दिन का भी विलम्ब घातक था, अतः जो होना था उसे कल ही सम्पन्न होना था।

आज उन्हें पूरी तरह लग गया था कि सेनापति भीष्म अजेय थे, अन्ततः इच्छा-मृत्यु जो उनको प्राप्त थी। कौन विजित कर सकता था, वय के इस द्वितीय शतक की भी पूर्णता की ओर बढ़ चले इस बलशाली नर-शार्दूल को, अगर वह स्वयं ही पराजित होना नहीं चाहे।

और यही एक बात श्रीकृष्ण के मस्तिष्क को बार-बार मथने लगी—स्वयं पराजित होना, स्वयं पराजित होना। अपने पराभव, अपितु अपने, अवसान, अपनी मृत्यु का स्वयं यत्न बताना। क्या पितामह करेंगे ऐसा? कोई अपने काल का स्वयं बरण करना क्यों चाहेगा? और कोई करना भी चाहे तो पितामह क्यों करेंगे, विशेष कर इस घड़ी में जब कौरवों का भाग्याकाश मेघाच्छन्न है और उन्हीं की

अनुकम्पा, उन्हीं के अन्न पर पल कर उन्होंने अब तक जीवन-यापन किया है ?

पर क्या कभी-कभी असम्भव भी सम्भव हो जाता क्या ? या अकल्पित भी कल्पित की परिधि में नहीं आ जाता क्या ? स्वप्न भी सत्य नहीं बन बैठता क्या ? या कि असम्भव कुछ होता भी है क्या ? विशेषकर कर्मयोगी के लिए ? गीता में तो अर्जुन को उपदिष्ट करते हुए उन्होंने स्पष्ट कहा था कि कर्म से विमुख होना कदापि श्रेयस्कर नहीं। साथ ही यह भी कि संशयग्रस्त होना अपने ही विनाश का बीज-वपन करना है—"संशयात्मा विनश्यति।" अर्जुन को कहा अपना यह वचन उन्हें आज भी स्मरण है।

तब संशय का आश्रय ही क्यों लिया जाय ? जिस कर्म की कल्पना उनके मन में जगी है, उसे नहीं करना अपने ही द्वारा प्रतिपादित कर्मयोग का उपहास नहीं है क्या ? अपने द्वारा निर्दिष्ट पथ क्या औरों के लिए ही है ? उसका अनुपालन स्वयं का भी कर्त्तव्य नहीं बनता क्या ? और इससे अच्छा अवसर कब आयेगा उसकी परीक्षा का ? संशयग्रस्त होना तो स्वाभाविक है। पितामह की प्रतिक्रिया के सम्बन्ध में कुछ भी कहना कठिन है। कौरव और पांडव दोनों एक तरह से उनकी ही संतति थे। दोनों के संरक्षक-पोषक वही थे। यह बात पृथक् थी कि उनके आजीवन ब्रह्मचर्यव्रतधारी होने के कारण वे अन्तिम कौरव थे, उनके पश्चात् किसी की धमनियों में कौरव-रक्त नहीं प्रवाहित था। धृतराष्ट्र, पांडु, और विदुर तीनों कृष्ण द्वैपायन व्यास के पुत्र थे। विदुर तो खैर दासी की ही सन्तान थे। पांडु के क्लीव अथवा शाप-ग्रस्त होने के कारण पांचों पांडवों में कोई उनकी सन्तान नहीं था। ऐसे भी जब धृतराष्ट्र और पांडव ही कुरु-वंशावतंश नहीं रहे तो दुर्योधन और पांडवों के कौरव होने का कहां प्रश्न था ? इससे बड़ा घोर मिथ्या कथन क्या हो सकता था कि यह युद्ध कौरवों और पांडवों के मध्य लड़ा जा रहा था जब कि कोई कौरव नहीं था और न कोई पांडु-पुत्र पांडव।

खैर इन सब बातों पर अभी सोचने का समय नहीं था, श्रीकृष्ण ने विचार किया। विचारणीय तो यह था कि तथाकथित कौरवों और पांडवों के वे समान रूप से संरक्षक थे। दोनों उनकी गोद में अपनी धूल-सनी देह लेकर लोट-पोट कर चुके थे। यह बात पृथक् थी कि नियति के कुचक्र से पांडवों को वन-वन भटकना पड़ा और विवश पितामह को कौरवों के अन्न पर पलना।

अब क्या करेंगे पितामह ? ममता का पलड़ा किस ओर भारी पड़ेगा ? कौरवों के नमक का बदला चुकायेंगे वह अथवा अनाथ-से हो आये पांडवों की ममता की डोर खींचेगी उन्हें अपनी तरफ।

इसी संशय का तो निवारण करना था। और उसी संशय के वर्त्तमान रहते न तो पितामह को युद्ध में पराभूत होना था, न पांडवों को विजय-श्री के दर्शन होने को थे। तो क्या उपाय था इसका ? श्रीकृष्ण के मन ने प्रश्न किया। इस संशय का मूलोच्छेदन। पितामह की परीक्षा। सत्यनिष्ठ, धर्माचारी, बालब्रह्मचारी, तप के साक्षात् विग्रह भीष्म की न्याय-प्रियता की परीक्षा। नव दिनों तक उन्होंने कौरवों की ओर से युद्ध किया है। अठारह अक्षौहिणियों का युद्ध जिसके अधिकांश सैनिक स्वर्ग सिधार चुके थे, और नौ दिनों से अधिक क्या चलेगा ? तो युद्ध के नौ दिन पितामह ने कौरवों के 'अन्न' को दिये तो शेष नौ दिन वे पांडवों की ममता को नहीं प्रदान कर पायेंगे ? पर पांडवों के लिए इन नौ दिन का दान साधारण था क्या ?

यह तो पितामह के प्राणों के दान का ही प्रश्न था। अपने रहते वे पांडवों का क्या उपकार कर सकते थे, अतः पांडवों के प्रति अपनी ममता उन्हें सिद्ध करनी थी, न्याय की पुकार को उन्हें अनसुना नहीं करना था तो अपने प्राणों की अमूल्य आहुति ही उन्हें इस घोर प्रज्ज्वलित अग्नि में देनी थी ? पर करेंगे पितामह ऐसा ? श्रीकृष्ण का चिन्तन जारी था। यही तो देखना था। इसी संशय का तो निराकरण करना था। इसी कल्पना को तो कार्यरूप देना था।

और नवें दिन की उस संध्या को श्रीकृष्ण ने पांचों पांडवों को अपने शिविर में बुलाया।

"आज असम्भव को साधना है।" उन्होंने बिना किसी भूमिका के कहा।

"यह तो आप ही कर सकते हैं। आप सर्वसमर्थ हैं। आप असम्भव को सम्भव और सम्भव को असम्भव करने में सर्वथा सक्षम हैं।" अर्जुन जो उनके विराट् रूप को देख चुका था, बोला।

"नहीं, यह मुझे नहीं करना है। यह करना है धर्मराज को।" श्रीकृष्ण ने स्पष्ट कहा।

"आपने ठीक कहा। धर्माचारी के लिए कुछ भी असम्भव नहीं। इन्हीं के धर्म के मारे हुए तो हम अब तक मर रहे हैं। साधने दीजिए इन्हीं को असम्भव को।" भीमसेन जो इधर युद्ध में निरन्तर मिलती जा रही सफलताओं से अहंकार से भर आया था, बोला।

"यह परिहास का समय नहीं वृकोदर !" श्रीकृष्ण ने भीम को डांटा, "मैं एक गम्भीर प्रस्ताव रखने जा रहा हूं।"

"क्या ?" धर्मराज ने धीरे से पूछा। श्रीकृष्ण ने अपने शिविर को पूरी तरह रिक्त करा दिया था, अतः उन लोगों की बातें उन्हीं लोगों तक सीमित थीं।

"हमें पितामह से यह पूछना है कि उनके प्राण किस तरह लिए जा सकते हैं।" श्रीकृष्ण ने बिना किसी भूमिका के कहा।

"और यह कठिन कार्य मुझे सौंपा जा रहा है ? मैं जो ज्येष्ठ-पांडव हूं और जिसने पितामह का सर्वाधिक प्यार पाया है ?" युधिष्ठिर ने प्रतिवाद किया।

"हां।" श्रीकृष्ण ने कहा।

"क्यों ?"

"क्योंकि तुम्हीं संग्राम के आरम्भ होने के पूर्व सर्वप्रथम पितामह के पास गए थे और तुमसे ही पितामह ने कहा था कि उनके रहते तो तुम्हारी विजय असम्भव थी पर समय आने पर वह यह भी बता देंगे कि उनकी मृत्यु कैसे होगी। है न यह बात सत्य ?"

"सत्य है।" धर्मराज ने स्वीकारा।

"तो तुम्हें सत्याचरण से कोई परहेज है ?"

"नहीं।" धर्मराज ने मन मार कर कहा।

"और अगर पितामह ने अपनी मृत्यु का उपाय बता भी दिया तो वह घोर कठोर और कुत्सित कार्य को करने का दायित्व मेरा ही होगा ?" धनंजय जो अब तक चुप बैठे थे, बोले। नकुल और सहदेव को तो बड़ों की बातों में पड़ना ही नहीं था।

"हां।" श्रीकृष्ण ने दृढ़ता से कहा।

"क्यों ?" अर्जुन ने विनम्रतापूर्वक पूछा।

"इस क्यों का कोई अर्थ नहीं। ममता, मोह के बन्धन को तुम बहुत पूर्व काट चुके हो। मेरे गीतोपदेश के समय दिए गए अपने वचन को याद करो—मैं तुम्हारे आदेश का अब सदा पालन करूंगा—'करिष्ये वचनं तव।' तो क्या तुम वचन-भंग को प्रस्तुत हो ?"

"नहीं," अर्जुन ने सिर झुका कर कहा और सोचा आखिर वह दिन आ ही गया जिसका उसे भय था। अपने ही पौत्र द्वारा अपने ही पितामह की निर्मम हत्या। क्योंकि अर्जुन जानता था कि उसे निःशस्त्र भीष्म का ही बध करना पड़ेगा। शस्त्रधारी, परशुराम विजयी भीष्म को कौन पराजित करने में समर्थ था ?

"तो चलो युधिष्ठिर मेरे साथ। तुम लोग मेरे लौटने तक यहीं प्रतीक्षा करो।" श्रीकृष्ण ने कहा।

अब तक रात्रि पर्याप्त बीत चुकी थी। अगल-बगल के सभी शिविरों में दिन भर के श्रान्त-क्लान्त योद्धा कभी के सो चुके थे। प्रहरी भी निद्रा की गोद में चले गए थे।

निशीथ के इस प्रहर में भी भीष्म के शिविर से प्रकाश छन-छन कर बाहर आ रहा था। श्रीकृष्ण इस भेद को जानते थे। वे तो गीता में स्वयं कह चुके थे, जब रात्रि में सम्पूर्ण चराचर सोता है तो संयमी पुरुष अपनी साधना में रत रहता है—'या निशा सर्वभूतानां तस्यां जागर्ति संयमी।'

श्रीकृष्ण और धर्मराज दोनों निःशब्द भीष्म के शिविर में प्रविष्ट हो गए।

कुछ देर पैरों के पास बैठे रहे तो समाधि से जाग्रत होते ही पितामह का ध्यान उन्हीं की ओर गया। उन्होंने उठकर श्रीकृष्ण की चरणवंदना करनी चाही पर श्रीकृष्ण ने उन्हें रोक दिया—"आप वय में मुझसे बहुत बड़े हैं।"

"मैंने तो अपनी उम्र यों ही बिता दी। एक बड़े राज्य और परिवार की सुरक्षा और पालन-पोषण में। थोड़ी बहुत शस्त्रास्त्रों की साधना की। पर आप तो अपनी अनवरत साधना, शौर्य और पराक्रम के बल पर जगत् में आज ईश्वर के रूप में पूजित हैं। साक्षात् ईश्वर ही हो आये हैं आप, इसमें कोई सन्देह नहीं। इस एकान्त में भी तो अपनी चरण-धूलि देकर कृतार्थ करें मुझे।" इतना कह कर भीष्म ने श्रीकृष्ण के कमल-कोमल चरणों पर अपना सिर रख ही दिया।

"वही हो जो ईश्वर चाहता है।" श्रीकृष्ण के मुख से निकला।

"ईश्वर ही ईश्वर की बात करता है।" पितामह मुसकराये। उनकी हिम-श्वेत लम्बी दाढ़ी के केशों में कुछ कम्पन हुआ।

"हम यहां एक विशेष प्रयोजन से आये हैं।" श्रीकृष्ण ने ही कहा।

"जानता हूं मैं।" भीष्म के होंठों पर स्मिति की रेखा पुनः खेली।

"क्या और कैसे ?" धर्मराज थे यह।

"आज के युद्ध ने तुम्हें यह दिखा दिया है कि मेरे जीवित रहते तुम संग्राम में विजय नहीं प्राप्त कर सकते, अतः तुम मेरी मृत्यु मांगने आये हो।"

"पितामह !" धर्मराज के मुंह से इतना ही निकला।

पितामह कुछ देर तक मौन रहे। श्रीकृष्ण के लिए ये क्षण बड़े संशय-भरे थे। संशय का ही निवारण करने आये थे वे और भीष्म के मौन ने उन्हें संशय के गर्त में

ही डाल दिया था। वे पितामह के अन्तर्द्वन्द्व को समझ रहे थे। कौरवों को मझधार में छोड़ देना उचित था क्या? अथवा उनका साथ दे पांडवों को राज्य तो राज्य, मात्र पांच ग्रामों से भी वंचित रखना कहां का न्याय था।

अन्ततः श्रीकृष्ण का संशय समाप्त हुआ। पितामह ने मौन तोड़ा। उनकी न्यायप्रियता ने उनका साथ दिया और वे बिना किसी भूमिका के बोल पड़े—"मरूंगा मैं। युधिष्ठिर तुम्हारी विजय होगी।"

"कौन मार सकेगा आपको?" युधिष्ठिर ने अपनी शंका को अभिव्यक्ति दी।

"कोई नहीं।"

"तब?"

"मैं अपने मरने की भूमिका स्वयं गढ़ रहा हूं। अर्जुन को शिखंडी को आगे कर युद्ध करने को कहो। मैं शस्त्र-त्याग दूंगा। शिखंडी पहले स्त्री था, बाद में पुरुष हो गया। मैं स्त्रियों पर प्रहार नहीं करता। अब जाओ। आराम करो। कल की संध्या का सूरज अपने साथ मेरा भी अस्त कर जायेगा।"

"पितामह!" युधिष्ठिर ने धरती में सिर टेक कर प्रणाम निवेदित किया और उठ खड़े हुए। पितामह ने आंखों ही आंखों में श्रीकृष्ण को प्रणाम निवेदित किया और पुनः समाधिस्थ हो गए।

निन्यानवें

युद्ध के इस दसवें दिन प्रातः श्रीकृष्ण अत्यन्त प्रसन्न थे। उनके लिए आज कोई विशेष कार्य ही नहीं बचा था सिवा अर्जुन के रथ को भीष्म के रथ से भिड़ा देने के। शिखंडी को रात में ही श्रीकृष्ण शिविर में बुलाकर सम्पूर्ण योजना से परिचय करा दिया गया था।

सर्प जैसे अपनी बांबी से सरकता है वैसे उसे चुपचाप युद्ध के आरम्भ में ही सरक कर भीष्म और अर्जुन के बीच अपने रथ के साथ आ जाना था। इस सारी योजना का ज्ञान केवल आठ व्यक्तियों को था - पांचों पांडवों, श्रीकृष्ण, भीष्म और शिखंडी को।

नित्य रथ को भटका-भटका कर अर्जुन की शक्ति के साथ उसके दिव्यास्त्रों की भी सुरक्षा करते रहने वाले श्रीकृष्ण की प्रसन्नता का एक कारण यह भी था कि आज कौरवों के दो शौर्य-शिखरों में एक का पतन अवश्यंभावी था। पितामह के वचन पर भी उन्हें संदेह नहीं था न शंका थी गांडीव से निस्सृत शरों की प्रहार-शक्ति पर। भीष्म रूपी शिखर ढहा तो कर्ण के गिरने में भी समय नहीं लगने को था। पता नहीं पूर्वजनित किस कर्म के कारण नियति स्वयं उसके मूल को किसी चालाक चूहे की तरह शनैः-शनैः स्वयं कुतर रही थी। श्रीकृष्ण को उसे मिले अब तक दो भीषण अभिशापों का पूर्ण पता था।

'जाओ ठीक अवसर पर यह दिव्यास्त्र तुम्हें स्मरण नहीं आयेगा।' परशुराम थे वह। बहुत सेवा और निष्ठा से उनकी सेवा कर कर्ण ने उनसे एक अमोघ दिव्यास्त्र सीखा था। पर जैसे ही उन पर यह भेद खुल गया कि वह एक सूत-पुत्र

था, उन्होंने उसे शाप दे डाला।

'जाओ तुम्हारी घोर संकटावस्था में यह विश्वम्भरा धरती ही तुम्हारे रथ-चक्र को निगल जायेगी।' एक ऋषि-पुत्र था यह जिसके समाधिस्थ पिता के गले में भूल से एक मृत सर्प डाल देने के कारण यह अभिशाप दे डाला था उसने।

इन दोनों भीषण अभिशापों से युक्त होकर कर्ण कब तक मृत्यु से बच सकता था? अर्जुन के शरों का शिकार तो उसे होना ही था भले ही उस समय धर्म और अधर्म के द्वन्द्व में फंस आये अर्जुन को एक बार और गीता का उपदेश ही क्यों न देना पड़े उन्हें।

रथ को रणांगण में बढ़ाते श्रीकृष्ण का मन इस तरह उनके अश्वों से भी तीव्र गति से भाग रहा था कि अकस्मात् उन्होंने अपने रथ को भीष्म के रथ के सामने पाया। शिखंडी? किधर था शिखंडी? उसका तो कहीं पता नहीं था तो क्या वह भीष्म के शरों से डर कर भाग गया? अब वे क्या करेंगे? अर्जुन की प्राण-रक्षा के लिए वे उसके रथ को भगा भी नहीं ले जा सकते। रण में पीठ दिखाना वीरों का काम नहीं था और अपने प्राण देने को कृतसंकल्प पितामह माया-ममता के सभी बन्धनों को विच्छिन्न कर चुके थे। ऐसे में वे आमने-सामने के युद्ध में अर्जुन के प्राण नहीं ले लेंगे, यह कौन कह सकता था?

अर्जुन के रथ को श्रीकृष्ण ने जान-बूझ कर भीष्म के रथ के थोड़ा पूर्व ही रोक लिया था। उनके हाथों की वल्गाओं के कसते ही अर्जुन के रथाश्व हिनहिना कर दो पैरों पर खड़ा हो आये थे और अर्जुन का रथ उलटते-उलटते बचा था। तभी तीर की तरह पांडव-व्यूह से छूटा था शिखंडी का रथ और देखते-देखते भीष्म और अर्जुन के रथों के मध्य आ जमा था।

अपने धनुष पर पहला शर चढ़ाया था शिखंडी ने और उसने जाकर भीष्म के दाहिने पैर के अंगूठे को धीरे-से छुआ था। रक्त की एक बूंद छलछला आई थी वहां। यह प्रणाम-निवेदन था शिखंडी का और उसे देखते ही भीष्म ने घृणा से एक ओर मुंह फेर लिया था और अपने विशाल धनुष को हाथों से उसी तरह छूट जाने दिया था जिस तरह बालक के हाथों से कोई खिलौना छूटता है।

शिखंडी प्रसन्न हो आया था और शर पर शर भीष्म पर छोड़े जा रहा था। उसे इस बात की घोर प्रसन्नता थी कि शायद उसी के वाणों से पितामह के प्राण निकल जाएं और उसे कौरव-सेनापति के पराजय का श्रेय प्राप्त हो जाए। पर उसके शर या तो लक्ष्यच्युत होकर भीष्म के दाहिने-बायें या ऊपर निकल जाएं अथवा वे उनके लौह शरीर का स्पर्श पाते ही रथ में जा गिरें। शिखंडी का कोई शर भीष्म के शरीर पर टिक पाने में अब तक समर्थ नहीं हो सका था।

"अर्जुन क्या देख रहे हो? अभी सारे प्रसिद्ध कौरव योद्धा भीष्म को आ घेरेंगे और हमारी योजना धरी की धरी रह जायेगी। शिखंडी के शरों से भीष्म के प्राण निकलेंगे? कहीं कौए की चोंच से पका हुआ भी बिल्व-फल फूटता है? शीघ्रता करो, गांडीव से छूटे शरों के अलावा और कोई शर भीष्म के शरीर में स्थान बनाने से रहा।"

अर्जुन ने श्रीकृष्ण के वचन का पालन किया और उसका प्रथम प्रणाम-शर ही भीष्म के दाहिने अंगूठे के आर-पार हो गया। रक्त की एक पतली धार ही वहां बह निकली।

"साधु पार्थ !" पितामह ने कहा और मध्य में खड़े अभी तक शर बरसाते शिखंडी की ओर देखा। वे अपना धनुष नहीं उठा सकते थे। इधर कानों तक खींच-खींच छोड़े गए अर्जुन के धनुष भीष्म के अंग-प्रत्यंग को पार करते जा रहे थे। अंगूठे से आरम्भ हुआ यह अभिदान दाहिने पैर, फिर बायें पैर और कमर तक पहुंचा। सारे शर प्रायः आधे इस पार और आधे उस पार होते गए। समाधिस्थ भीष्म निरुपाय-सा यह सब झेलते रहे।

इसी मध्य यह संवाद कौरवों और पांडव पक्ष के सभी योद्धाओं तक दावाग्नि की तरह फैल गया। दुर्योधन, दुःशासन, द्रोणाचार्य, कृपाचार्य, शल्य, अश्वत्थामा आदि वीरों ने आकर भीष्म की ओर से अर्जुन पर शर बरसाना आरम्भ किया तो युधिष्ठिर, भीम, द्रुपद, सात्यकि, अभिमन्यु, नकुल, सहदेव, धृष्टद्युम्न आदि ने अर्जुन की ओर खड़े होकर उन वाणों को व्यर्थ करना आरम्भ किया। दुर्योधन ने सारी चाल समझ ली और उसने चौसर के खेल के मूल मोहरे शिखंडी को ही उखाड़ फेंकना चाहा। पर पांडव-पक्ष के घोर प्रतिशोध के कारण उसका कोई शर भी शिखंडी का स्पर्श करने में असमर्थ रहा। अन्त में वह गदा लेकर शिखंडी के मस्तक को चूर-चूर करने आगे बढ़ा कि भीमसेन उसमे आ भिड़ा और दोनों में भयंकर गदा-युद्ध आरम्भ हो गया।

इधर अर्जुन के सभी शर अब भीष्म का स्पर्श नहीं कर पा रहे थे। कौरव महारथियों में अधिकांश इस भय से भीत हो गए थे कि पितामह को नहीं बचाया गया तो उनके प्राणों की भी खैर नहीं। वे अर्जुन के बहुत से वाणों को व्यर्थ कर रहे थे। पर गांडीव से शर बरसना उसी तरह जारी था जिस तरह किसी विशाल वृक्ष पर बसेरा बनाए चमगादड़ों के झुंड के झुंड उस पर से किसी कारणवश उड़ना आरम्भ करते हैं। कुछ क्षणों के लिए वहां के नीचे की धरती ही अन्धकारमय हो जाती है। उधर अर्जुन के सहायक भी कौरवों के बहुत से शरों को अर्जुन के शरों तक पहुंचने के पूर्व ही काट डालते थे। इस तरह धीमे ही सही पर भीष्म का बींधना जारी था। दाहिने पैर के बाद फिर बायें कर, फिर कमर, फिर दाहिना हाथ, फिर बायां और अब लक्ष्य बन रहा था पार्थ-शरों का, पितामह का मर्म भाग—उनका वक्ष-स्थल।

दुर्योधन ने इस पर पितामह को एक बार ललकारा भी—"क्या एक षंड के कारण व्यर्थ में आप अपने को मृत्यु का ग्रास बना रहे हैं ?" इस पर शरों के प्रहार से प्रहार होश खोते जा रहे भीष्म ने एक दिव्य शक्ति का आह्वान कर उसे अर्जुन की ओर छोड़ा भी। पर उस शक्ति को अपनी ओर आते देख अर्जुन ने तीन शरों का एक ही साथ संधान कर उसके तीन टुकड़े कर दिए। इस पर भीष्म को अपना अन्त समय अत्यन्त समीप दिखाई पड़ा और शिखंडी को भूल वे हाथ में ढाल और तलवार ले अर्जुन की ओर बढ़ने के प्रयास में रथ से उतरने लगे। कौरव-वीरों ने निरन्तर वाण-वर्षा से उन्हें संरक्षण भी देना चाहा पर इधर गांडीव के शरों के अचूक वाण उनके मर्म-स्थल के प्रत्येक भाग को बेधने में लगे रहे। भीष्म के ढाल-तलवार भी टूक-टूक हो गए और अर्जुन के एक शर के ठीक वक्ष-स्थल में लगते ही वह मूल-कटे किसी विशाल बरगद-वृक्ष की तरह अपने रथ से नीचे गिर पड़े। उनके शरीर में शर पूरी तरह से आर-पार थे, अतः भूमि पर गिरने पर भी इस वीर की पीठ ने धरती का स्पर्श नहीं किया और वे वाणों पर ही टंगे रह गए।

उनके गौरवर्णी तन से स्थान-स्थान से रक्त की धाराएं प्रवाहित थीं जैसे गैरिक पर्वत पर कोई रक्तचिह्न खींचता गया हो।

भीष्म के धराशायी होते ही कौरव-पक्ष में हाहाकार मच गया। सभी धनुर्धरों ने अब युद्ध को व्यर्थ समझ अपने-अपने धनुष छोड़ दिए। सभी रथ से उतर उनके शरीर को घेरकर खड़े हो गए।

इधर सूरज भी पश्चिमी क्षितिज को अंतिम स्पर्श दे रहा था। नीचे एक महान् वीर के शरीर से निस्सृत लालिमा ऊपर की लालिमा से होड़ ले रही थी। इनमें कौन ज्यादा प्रभावशालिनी थी, कौन अधिक पूज्य ?

श्रीकृष्ण, पार्थ, भीम आदि सभी अपने रथ से उतर-उतर पितामह को घेरकर खड़े हो गये थे।

पितामह इस प्रकार आहत होकर भी संज्ञा-शून्य नहीं हुए थे। वे सभी वीरों को सम्बोधित कर बोले, "अभी प्राण नहीं निकलेंगे मेरे। सूर्य दक्षिणायण है, उसके उत्तरायण होने तक प्रतीक्षा करूंगा। तुम लोग इस स्थान को घेरकर मुझे जंगली जानवरों से सुरक्षित कर दो और हां, अर्जुन ने शायद जानबूझ कर ही मेरे मस्तक में वाण नहीं मारे हैं, सिर नीचे लुढ़क रहा है, उसके लिए तकिया का प्रबन्ध कर दो तो अच्छा।"

सुनते ही दुर्योधन ने अनेक सहायक दौड़ाये। वे तरह-तरह के छोटे-बड़े रेशमी, मखमली तकिया लेकर उपस्थित हुए।

इस व्यथा में भी भीष्म के होंठों पर एक मुसकान खेली और वे सारे प्रतिशोध-भाव भूलकर अपने प्राणघाती अर्जुन को लक्ष्य कर ही बोले—"पार्थ, वीरोचित तकिया का प्रबन्ध करो।"

अर्जुन इशारा समझ गया और उसने भीष्म के सिर के नीचे भूमि में तीन वाण मारकर उन पर भीष्म के सिर को अवलम्बित कर दिया।

"पितामह भूख ? कुछ खाने-पीने का प्रबन्ध ?" अश्रु-विगलित स्वर में दुर्योधन बोला।

"अब इस वाण-विद्ध शरीर में भोजन किधर पचेगा ? हां, पानी अवश्य चाहिए। कंठ सूख रहा है। पानी, पार्थ !" पितामह के मुख से फिर अर्जुन की ही पुकार हुई। वह समझ गया साधारण जल की आवश्यकता नहीं पितामह को। उसने उनके सर के पार्श्व में थोड़ी दूरी पर गांडीव को कानों तक खींच एक अत्यंत तीक्ष्ण शर धरती में दे मारा और उसके पाताल-तोड़ वाण ने दूसरे ही क्षण जल की एक सशक्त धार पृथ्वी से प्रकट कर दी जो सीधे पितामह के खुले मुख में गिरी।

"अब तुम लोग जा सकते हो।" पितामह ने कहा। "मुझे शान्ति से नाम स्मरण करने दो। हां गोविन्द, कृष्ण कहां हो तुम ? जरा इधर आना। अपनी एक झलक दिखा दो ताकि मैं उसी का स्मरण करता हुआ ध्यानस्थ हो जाऊं। इस संसार वाले तुम्हारी महिमा को अभी नहीं पहचानेंगे। तुम्हारे असली स्वरूप को या तो प्रत्यक्षदर्शी पार्थ जानता है या मैं, उसे अपनी अन्तर्दृष्टि से उसे देख सका हूं। कहां हो पीताम्बरधारी ? नर होकर भी कोई कैसे नारायण बन सकता है, उसके तुम साक्षात् उदाहरण हो।"

श्रीकृष्ण मन्द-मन्द मुसकराते हुए भीष्म के सामने आ खड़े हुए—"दुःख न

करें पितामह ! जीवन-मृत्यु नियति का एक मनोरंजक क्रीड़ा-मात्र है। शरीर की मृत्यु से आपका कुछ नहीं बिगड़ेगा। आप यशःकाय हो सृष्टि के अन्त तक अमर रहेंगे। आपके पश्चात् यह उर्वरा धरती कोई और तपोनिष्ठ और घोरव्रतधारी, पितृभक्त तथा पराक्रमी वीर नहीं उत्पन्न करने जा रही। मेरा नमन स्वीकार करें। भीष्म ने एक बार अपनी आंखों को पूर्ण रूप से उन्मीलित किया। दो रक्त-कमल पूर्ण रूप से खिल आये। उनमें कुछ उभरा, शायद जिसे वह भगवान कह रहे थे उसके प्रति एक अगाध श्रद्धा-भाव और फिर उन्होंने अपने नयनों को पलकों का कपाट दे दिया। सभी वीर एक-एक कर वहां से नत-सिर अलग हो गए, जिनमें कर्ण भी था।

"सारा खेल इस ग्वाले का है। अर्जुन और शिखंडी तो कठपुतली-मात्र थे। नेपथ्य से उनका सूत्र संचालन तो यही कर रहा था। ऊपर से वृद्धावस्था में मति-भ्रम के शिकार पितामह इसे परमात्मा और नारायण क्या-क्या कहे जा रहे थे।" मार्ग में दुर्योधन ने कर्ण को समझाया।

"अब तो कंटक दूर हो गया। कल से तो मैं समर में कूदने जा रहा हूं। अब तो चिन्ता छोड़ो।" कर्ण ने दुःखी दुर्योधन को बांहों में भरकर कहा।

"पर यह सत्य तो सत्य रहेगा अंगराज कि कौरवों के पराक्रम का एक अति उच्च शिखर भूलुंठित हो गया।" दुर्योधन दुःखी मन से बोला।

"यह तो मानना ही होगा मित्र पर अध्यवसायी जन आने वाले कल की बात सोचते हैं, बीते कल की नहीं। कल तुम्हारा कर्ण तुम्हारे साथ होगा और ईश्वर ने चाहा तो विजय-श्री तुम्हें ही वरण करेगी। मैं अपने एक-एक अपमान का पांडु-पुत्रों से गिन-गिनकर बदला लूंगा।"

"कल तुम सेनापति बनोगे?" दुर्योधन ने सहसा पूछा।

"नहीं," कर्ण ने दृढ़ता से प्रत्युत्तर दिया। "यह अवसर पद-प्रतिष्ठा के पीछे भागने का नहीं, अपनी सम्पूर्ण शक्ति से अपने मित्र की हित-साधना का है। सेनापति तुम द्रोणाचार्य को बनाओ। सब उनका नेतृत्व स्वीकारने को प्रस्तुत होंगे। मैं तो तुम्हारे लिए बना ही हूं। मैं तुम्हारी छाया हूं। मुझे तुम अपने से पृथक् नहीं पाओगे।"

सौ

कुरुक्षेत्र के क्षितिज पर आज ग्यारहवें दिन जब सूर्य का सुवर्ण थाल उभरा तो उसकी स्वर्ण-किरणों ने आज प्रथम-प्रथम कौरव वीर भीष्म को सेनापति के रूप में अनुपस्थित पा गुरु द्रोण के सुवर्ण किरीट को ही अपना मूक नमन निवेदित किया।

द्रोणाचार्य अपने तपोबल और शस्त्र-शास्त्र-ज्ञान से तो पहले ही से प्रभामंडित थे पर कौरवों से मिले नये सेनापतित्व ने उन्हें और भी तेजोदीप्त कर दिया था।

उन्होंने अपने सैन्य की व्यूह-रचना कर जोर से सिंहनाद किया और भीष्म की पराजय से हतप्रभ हुई कौरव-सेना के मनोबल को उच्च करने का प्रयास भी।

उधर कर्ण भी आज पहले-पहल अपने जैत्ररथ पर सवार हो रणभूमि में

उतरा। वह तेज, प्रताप और शौर्य-वीर्य में द्रोणाचार्य से थोड़ा भी कम नहीं लग रहा था। सूर्य-उपासक और नित्य जाह्नवी-जल में कमर तक खड़ा होकर गायत्री मन्त्र का जप करने वाले कर्ण ने सूर्य-किरणों से अपने किरीट को चुम्बित करने की अपेक्षा नहीं की अपितु रणभूमि में प्रवेश करते ही उसने स्वयं दोनों करों को जोड़-कर सूर्य-नमस्कार किया।

उसे आज के अपने दायित्व का पता था। सेनापति बनाने के पूर्व दुर्योधन ने द्रोणाचार्य से यह वचन ले लिया था कि वे उसके लिए कुछ करें या न करें, एक कार्य अवश्य कर दें।

"क्या ?" सेनापति ने पूछा था।

"आप धर्मराज को बन्दी बनाकर हमें सौंप दें।"

"क्योंकि मैं उसे मार नहीं सकता ?" द्रोण ने प्रतिवाद किया, "मैं अर्जुन को छोड़कर किसी भी पांडव-योद्धा को मारने में सक्षम हूं।"

"ऐसी बात नहीं कि आप युधिष्ठिर को मार नहीं सकते। अपितु हम तो एक ढेले से अनेक शिकार करना चाहते हैं। युधिष्ठिर धर्म-प्रिय हैं। शकुनि मामा भाग्य से अभी जीवित हैं। हम उनके समक्ष पुनः द्यूत का प्रस्ताव रखेंगे और इस बार इस युद्ध को ही दाव पर चढ़ा देंगे। अगर पांडव हार गए तो यह महाभारत बन्द और पांडवों का आजीवन का वनवास। और अगर हम हार गए तब भी युद्ध बन्द और हस्तिनापुर का साम्राज्य पांडवों को समर्पित। इस तरह भीषण रक्त-पात से भी हम बच जायेंगे और मामा शकुनि के रहते द्यूत में हमारी पराजय का तो प्रश्न ही नहीं उठता।"

"फिर वही द्यूत ? वही शकुनि ? इसीलिए तुम लोगों ने मुझे सेनापति बनाया है। वीरों के विक्रम की परीक्षा रणभूमि के विस्तृत प्रांगण में होती है, खेल के पाशों-भरे रेशमी चौसरों पर नहीं। मुझे एक दिन भी तुम लोग अपना पराक्रम दिखाने दोगे या नहीं ?" द्रोण इस प्रस्ताव पर झल्लाए थे पर हठी दुर्योधन के सामने उनकी एक नहीं चली थी और वे युधिष्ठिर को बन्दी बनाने को प्रस्तुत हो गए थे।

गुप्तचरों ने बात युधिष्ठिर तक भी पहुंचाई थी और वे संभावित अपमान-बोध से विक्षिप्त-से हो आये थे। कोई उनके प्राणान्त कर दे, यह तो उन्हें स्वीकार था पर कोई उन्हें जीतेजी पाशबद्ध कर ले यह उनके पराक्रम-रूपी सूर्य को ग्रहण लगने के सदृश था—पूर्ण ख-ग्रास ग्रहण।

वे अर्जुन से बोले थे, "तुम्हें पता है, दुर्योधन फिर अपनी दुर्बुद्धि पर उतर आया है ?"

"कैसे ?"

"पितामह की मृत्यु से भयग्रस्त हो अब इस युद्ध को इस धर्मक्षेत्र के समरांगण में नहीं, द्यूत द्वारा छल के चौसर पर जीतना चाहता है।"

"यह कैसे ?"

"वह मुझे बन्दी बनाकर द्यूत के लिए बाध्य करना चाहता है।"

"और आप पुनः द्यूत के लिए प्रस्तुत हो जाएंगे ? इतना कुछ देखने और झेलने के बाद भी ?" अर्जुन ने आश्चर्य से पूछा।

"तुम जानते हो मेरी प्रतिज्ञा को ?"

"किसको ?"

"कि युद्ध और द्यूत की चुनौती को मैं अस्वीकार नहीं कर सकता।"

'फिर वही द्यूत ! हे भगवान।' पार्थ ने मन-ही-मन कहा और धर्मराज को स्पष्टतया आश्वस्त कर दिया, "मेरे रहते द्रोणाचार्य आपको बन्दी नहीं बना सकते। मैं श्रीकृष्ण से अपने रथ को आपके आस-पास ही रखने को कहूंगा।"

"पर द्रोणाचार्य मेरे बन्दी होने तक अकेले नहीं रहना चाहेंगे।"

"तब ?"

"आज कर्ण भी पहले-पहल समरांगण में उतरेगा और वह द्रोण को आप्तकाम करने में कुछ भी उठा नहीं रखेगा। दुर्योधन की किसी बात को वह टाल नहीं सकता। अगर दुर्योधन कहे तो मेरे स्थान पर वह एक बार यमराज को भी बन्दी बनाकर उनके चरणों पर डाल सकता है।"

"यह अच्छा रहा। एक ओर धर्मराज तो दूसरी ओर यमराज।" श्रीकृष्ण भी सारी वार्ता को मनोयोगपूर्वक सुन रहे थे और पुनः कुछ सोचते हुए बोले, "मैं शायद कभी-कभी ठीक ही सोचता हूं कि एकाकी धर्मभीरुता का भी कारण बनता है। धर्म आन्तरिक-आध्यात्मिक शक्तियों को तो पुष्ट करता है पर शरीर की शक्ति को क्षीण कर देता है। शरीर क्षीण होता है तो मन भी विश्वास खोने लगता है और आत्मविश्वास से रहित व्यक्ति धर्म से सुरक्षित होकर भी अपने को असुरक्षित समझ भय-ग्रस्त हो उठता है अथवा उसके आत्मविश्वास का अभाव सचमुच उसकी धर्म-भावना अथवा धर्म-परायणता पर हावी हो जाता है और वह विजय के स्थान पर पराजय का कारण बन बैठता है। धर्मराज ! आप बंदी नहीं बनेंगे, यह आश्वासन मैं भी देता हूं और आवश्यकता पड़ी तो मैं आपकी रक्षा के लिए अपनी एक बार टूटी प्रतिज्ञा को पुनः तोड़ सकता हूं। मैं भीष्म की ही तरह द्रोण की ग्रीवा को भी अपने सुदर्शन चक्र का लक्ष्य बनाने से पीछे नहीं रहूंगा अगर द्रोणाचार्य ने धर्मराज को बन्दी बनाने का दुःसाहस किया। आप मात्र ज्येष्ठ पांडव ही नहीं हैं। युधिष्ठिर, आप सही अर्थ में इस युग के साक्षात् धर्मराज हैं। स्वयं धर्म हैं। नहीं, कृष्ण के जीवित रहते धर्म बन्दी नहीं बन सकता। धर्म की रक्षा और अधर्म की पराजय के लिए ही युग-युग में कृष्ण शरीर धारण करता है। इस सत्य को अर्जुन अच्छी तरह जानता है। आप निर्भय होकर समर-भूमि में प्रवेश करें।"

"धन्य हैं हृषीकेश आप !" धर्मराज जाने को प्रस्तुत हो गए।

और युधिष्ठिर सचमुच बन्धन में नहीं आ सके। द्रोण ने दुर्योधन, दुःशासन, जयद्रथ, कर्ण, शल्य, विकर्ण आदि योद्धाओं के साथ मिलकर युधिष्ठिर पर वाणों की बौछार शुरू कर दी। एक ही साथ कई प्रलय-मेघ भयंकर जलधार का वर्षण करने लगे। युधिष्ठिर कुछ ही देर के पश्चात् श्रान्त और निरुपाय हो आये। उनके रक्षार्थ जुटे, सात्यकि, भीम, द्रुपद, अभिमन्यु यहां तक कि घटोत्कच आदि योद्धा भी उनकी कोई सहायता नहीं कर पा रहे थे।

युधिष्ठिर के दुर्भाग्य ने अन्ततः उन्हें आ घेरा। द्रोणाचार्य ने उनके धनुष को काट डाला। उन्होंने बारी-बारी से कई धनुष उठाये पर सबकी वही गति हुई। युधिष्ठिर ने असहाय से हाथ पीछे की ओर किया। सहायक ने एक गदा उनके हाथ

में थमा दी। युधिष्ठिर और गदा? द्रोणाचार्य मुसकराए और अपने हाथ के धनुष को फेंककर एक हाथ में गदा और दूसरे में पाश लेकर अपने रथ से उतरने को हुए। कौरवों के सेनापति के रूप में प्रथम दिन ही वह उनका मनोवांछित देने जा रहे थे। पर इसके पूर्व कि द्रोण अपने रथ से उतर कर युधिष्ठिर के रथ की ओर बढ़ पाते लगा कोई वर्षों से अवरुद्ध प्रबल जल-प्रवाह टूट गया और जल की प्रचंड धार कई खंडों में विभक्त होकर उससे बह चली। द्रोणाचार्य पर शरों की ऐसी अनवरत वर्षा आरम्भ हुई कि वे जहां के तहां खड़े रह गए। शरों ने उनके समक्ष एक अमोघ दीवार-सी खड़ी कर दी जिसे तोड़ना संध्या के इस प्रहर में न तो श्रान्त-क्लान्त हो आये द्रोणाचार्य के लिए संभव था न उनके सहायक कर्ण आदि महारथियों के लिए।

युधिष्ठिर ने श्रीकृष्ण की बुद्धि का लोहा मान लिया। अब तक अर्जुन के रथ को इधर-उधर के पथकों में घुमाते हुए उन्होंने द्रोण और उनके सहायकों को पूर्णतया थक जाने का पूर्ण अवसर प्रदान किया था और अन्तिम घड़ी में अर्जुन को उनके समक्ष ला खड़ा कर उनकी आशा पर पानी फेर दिया था।

सूर्य अस्ताचलगामी हुए। धर्मराज निर्बन्ध रहे। कौरव-सेना कल की तरह आज भी खिन्न-मन अपने शिविर को लौटी। धर्मराज मार्ग भर श्रीकृष्ण के प्रति अपनी कृतज्ञता ज्ञापित करते रहे। वे अर्जुन के रथ पर ही आ बैठे थे। श्रीकृष्ण तो मन्द-मन्द मुसकराते रहे जैसे उनके लिए यह सब बालकों का खेल हो पर अर्जुन ने अग्रज को सम्बोधित कर कहा—"आप व्यर्थ ही भयभीत हो रहे थे। विजय वहीं होती है जहां धर्म है, और धर्म वहीं होता है जहां कृष्ण हैं। भूल गए क्या आप—यतो धर्मस्ततो जयःयतो कृष्ण. ततो धर्मः।"

यही नहीं, बारहवें दिन भी द्रोण ने अथक परिश्रम किया युधिष्ठिर को बन्दी बनाने के लिए पर वे आज भी असफल ही अपने शिविर को वापस लौटे।

दो दिनों के निरन्तर प्रयास के पश्चात् उन्होंने धर्मराज को बन्धनयुक्त करने के अपने प्रयास को व्यर्थ समझ उसका परित्याग ही कर बैठे।

एक सौ एक

क्या परोपदेश सबके लिए सहज है और अपने ऊपर उसी उपदेश का प्रयोग कठिन और दुस्साध्य? क्या चिन्तारहित होने के लिए किसी को उत्प्रेरित करना एक बात और स्वयं चिन्ताविहीन होना दूसरी?

अगर ऐसी बात नहीं थी तो आज की संध्या श्रीकृष्ण क्यों स्वयं इतना व्यग्र और व्यथित हो रहे थे? क्या केवल स्वयं के संबंध में चिन्ता निन्द्य है और परिजनों, मित्रों और आप्त जनों—आत्मीयों को लेकर चिन्ताग्रस्त होना ग्राह्य?

श्रीकृष्ण कुछ समझ नहीं पा रहे थे। उनका मन द्वारावती के तीर जा पहुंचा था जहां हर पूनो की रात को सागर की लहरें हाहाकार करती हैं, उत्ताल तरंगें उदधि-वक्ष को मथ देती हैं और आसमान छूने की प्रतिस्पर्धा में एक-दूसरे से ऊपर निकल जाना चाहती हैं। आज वैसे ही उनके हृदय में भी चिन्ता की, आशंका की

लहरें अनियंत्रित-सी उठ-गिर रही थीं। उनका हृदय भी किसी उदधि-वक्ष की तरह ही अव्यवस्थित हो आया था।

क्या यह उचित है? यही प्रश्न मन में बार-बार पिंजड़े से बाहर गए पक्षी की तरह पुनः-पुनः लौट-लौट आता है। वे नहीं जानते कि वे भगवान हैं कि नहीं? कैसी विडम्बना है? जिन्हें सम्पूर्ण जगत् ईश्वर के रूप में ही देखता है उसके मन में ही अपने प्रति शंका-आशंका और आत्मविश्वास के अभाव के कंटीले झाड़-झंखाड़ करील के पौधों की तरह उग आते हैं। करील की स्मृति उन्हें व्रज की ओर खींचना चाहती है, राधा की स्मृति को एकदम-से जाग्रत कर देना चाहती है पर नहीं, अभी उसका समय नहीं है। अभी तो यह विचार करना है कि वे पांडवों के कल के भविष्य के लिए चिन्तित क्यों हैं?

क्या इसलिए कि वे भगवान हैं? शायद हां, शायद नहीं। वे भगवान होते तो चिन्ताग्रस्त क्यों होते और भगवान होकर भी भक्तों के लिए वे चिन्तित नहीं हुए, उनके दुःख को अपना दुःख नहीं समझा, उनके योग-क्षेम की रक्षा नहीं की तो वे कैसे भगवान हैं? गीतोपदेश के काल तो उन्होंने स्वयं को भगवान ही सिद्ध किया था। अपने संकल्प-बल और सिद्धि के आधार पर अर्जुन को अपने विराट् रूप के दर्शन भी कराये थे। तब वे भगवान कैसे नहीं थे? संकल्प-बल पर भी सबके लिए यह संभव है क्या? यही, आत्मरूप में परमात्म-रूप का दर्शन? आत्मा और परमात्मा के अद्वैत का यह विश्वासपूर्ण प्रदर्शन? अपने में ही सब कुछ के समाहित होने का भान? पिंड में ही सब कुछ के समाहित होने का बोध? पिंड में ही ब्रह्मांड का अभिज्ञान—यथा पिंडे तथा ब्रह्मांडे। यही तो किया था उन्होंने उस दिन अर्जुन के साथ? पिंड में ब्रह्मांड का प्रदर्शन?

तो वे शायद भगवान थे। या उन्हें ईश्वरत्व की दिशा में अग्रसर होने में औरों की अपेक्षा कुछ अधिक ही सफलता मिली थी। क्या कारण हो सकता था इसका? शायद गुरु सांदीपनि के आश्रम में किया गया एकान्त का आत्म-चिन्तन, ध्यान, योग, जप और साधना। अथवा पूर्व जन्म की साधना की अनवरतता और इस जन्म में समय पाकर उसकी परिपक्वता-पूर्णता। उन्हीं ने तो अर्जुन से कहा था—इस योग को एक बार आरम्भ कर दो तो इसका वह आरम्भ भी व्यर्थ नहीं जाता। तो कहीं पूर्वजन्म की उनकी साधना ही इस जन्म में और पुष्पित-पल्लवित हुई हो।

तब तो वे ईश्वर थे या ईश्वरत्व के बहुत समीप थे। अर्जुन को उपदिष्ट करते समय एक बार अपने को सम्पूर्ण जगत् का कर्ता-धर्ता मान लेने के पश्चात् अब पीछे जाने का प्रश्न कहां था? तब जब वे ईश्वर थे तो उनकी चिन्ता स्वाभाविक थी। हां, वे अपने लिए चिन्तित नहीं हो सकते थे पर अपने आश्रितों के लिए, भक्तों के लिए, अपने परायणों के लिए? उनके लिए तो उनकी चिन्ता स्वाभाविक थी। अपितु उनकी चिन्ता उनकी स्वयं की ही चिन्ता थी। अर्जुन से उन्होंने स्पष्ट नहीं कह दिया था कि सब कुछ छोड़कर मेरी शरण में आ जाओ तो किसी भय से भयभीत होने की आवश्यकता ही नहीं—सर्वधर्मान् परित्यज्य मामेकं शरणं व्रज, अहं त्वां सर्व पापेभ्यो मोक्षयिष्यामि मा शुचः। यह मा शुचः (डरो नहीं) क्या था? भक्तों की चिन्ता को स्वयं की चिन्ता बनाए बिना इस प्रतिज्ञा की रक्षा कैसे हो सकती थी?

और प्रतिज्ञा की ही बात चली तो अपने आश्रितों के 'योग-क्षेम' के वहन की प्रतिज्ञा भी तो वे स्पष्टतः अर्जुन से कर ही चुके हैं—योगं क्षेमं वहाम्यहम् ।

तब उनकी चिन्ता स्वाभाविक थी । वे आश्वस्त हुए । नहीं, वे किसी आत्म-वंचना अथवा अहंकार का शिकार नहीं हो रहे थे । पांडव—उनके आश्रितों के योग-क्षेम का वहन उनका कर्त्तव्य ।

श्रीकृष्ण की चिन्ता व्यर्थ नहीं थी । कौरव दो दिनों से कुरुक्षेत्र के समर में निरन्तर अपमानित हो रहे थे । दसवें दिन के युद्ध में उनके प्रबल सहायक पितामह धराशायी हो गए थे । ग्यारहवें और बारहवें दिन के युद्ध में सेनापति के मुकुट को धारण किए द्रोणाचार्य मुं; दिखाने योग्य नहीं रहे थे ।

अनेक गुप्तचरों ने उन तक सूचना पहुंचाई थी कि बारहवें दिन के युद्ध के अन्त में दुर्योधन ने गुरु द्रोण का घोर अपमान किया था । उसका कहना था कि वे युधिष्ठिर को बन्दी बनाने के अपने व्रत का पालन नहीं कर सके और पांडु-पुत्रों की ममता में फंसकर उन्होंने हाथ आये धर्मराज को मुक्त हो जाने दिया ।

इस अपमान से व्यथित हो गुरु द्रोण ने कल किसी विशिष्ट पांडव के बध की भीष्म प्रतिज्ञा कर ली थी । पितामह तो फिर भी स्वजन थे । पांडवों के प्रति उनकी ममता थी, अतः उन्होंने एक भी पांडव को अपने हाथों नहीं मारा ! सब कुछ होते हुए भी द्रोण मात्र शस्त्र-गुरु थे (वह भी कौरवों और पांडवों दोनों के) ऐसी स्थिति में अगर वे अपनी प्रतिज्ञा का पालन कर बैठें तो इसमें क्या आश्चर्य ?

किस प्रमुख पांडव का कल गुरु द्रोण बध करेंगे ? अपने प्रिय शिष्य अर्जुन का ? हो सकता है । प्रयास वे अवश्य करेंगे । अपने पुरुषार्थ को सिद्ध करना था, अपने अपमान-बोध से मुक्त-होना था तो अर्जुन की हत्या ही आवश्यक थी ।

पर कृष्ण अर्जुन की हत्या होने देंगे ? अर्जुन रूपी वट-वृक्ष धराशायी हो गया तो पांडव-सेना और किस वृक्ष की छाया में शरण ताकेगी ? नहीं, श्रीकृष्ण कल अर्जुन पर द्रोण की छाया भी नहीं पड़ने देंगे । कर ले द्रोण और किसी पांडव की हत्या जो उनके हाथ में आये । भीमसेन को ही अभी स्वयं की अपनी कई प्रतिज्ञाएं पूरी करनी थीं । वह कब उनके हाथ लगने लगा ? और लगे भी तो उसकी तरह गदायुद्ध में निष्णात हैं क्या द्रोण ? धनुष फेंक कर वह गदा लेकर उनकी ओर लपके तो रण में पीठ दिखाने के सिवा उनके पास क्या बचेगा ?

तब ? तब जिसका प्राणबध होगा वही कल गुरु द्रोण के शरों का भोज्य बनेगा । हां, वे भवितव्यता को नहीं टाल सकते । किसी के पूर्व जन्म का कोई कर्म अगर इस जन्म में प्रकट होकर उसे फल देना चाहे तो वे क्या कर सकते हैं ? हां, भगवान होकर भी वे कुछ नहीं कर सकते । कर्म-फल अटल है । उसे वे कुछ दिनों के लिए टाल भी दें तो भोगना उसी व्यक्ति को कभी-न-कभी पड़ेगा उसे ।

तो जो होना हो सो हो । कल जिसे द्रोण-रूपी प्रज्वलित अग्नि-शिखा का शलभ बनना हो बने, उनका कर्त्तव्य अर्जुन को बचा जाना है । कुछ भी हो, द्रोण उसके धनुर्गुरु थे और यह कहना कठिन था कि सर्वश्रेष्ठ धनुर्धारी के रूप में विख्यात होने के बावजूद अर्जुन ने इतनी प्रवीणता प्राप्त कर ली थी कि वह साक्षात् धनुर्वेद के आचार्य से आमने-सामने लोहा ले सके ।

अपनी योजना के अनुसार श्रीकृष्ण अर्जुन के रथ को संशप्तकों की ओर ले गए और वहां उन्हें घोर युद्ध में उलझा दिया।

अर्जुन को अनुपस्थित पा उसके शस्त्र-गुरु ने एक ऐसे व्यूह की रचना की जिसमें घुमना और जिससे निकलना आसान नहीं था। चक्रव्यूह था यह। जैसे मकरा अपना चक्राकार जाल बुनकर उसमें किसी-न-किसी कीड़े को फंसाकर उसकी हत्या कर बैंठता है उसी तरह इस चक्रव्यूह में गुरु द्रोण किसी-न-किसी पांडव की बलि लेने को प्रस्तुत थे। जयद्रथ, कर्ण, दुर्योधन, दु:शासन, शकुनि आदि सभी वीर इस चक्रव्यूह में स्थान-स्थान पर खड़े थे। दुर्योधन-पुत्र लक्ष्मण भी ठीक मध्य स्थान में अन्य वीरों से सुरक्षित जमा हुआ था।

युधिष्ठिर इस व्यूह को देखकर चिन्तित हुए। उन्हें ज्ञात था कि अर्जुन के सिवा पांडव पक्ष का कोई वीर इस व्यूह के भेदन में कुशल नहीं था। तभी उनकी चिन्ता को कुछ कम करते हुए सुभद्रा-सुत अभिमन्यु प्रकट हुआ, ''चचाजी, मैं चक्रव्यूह-भेदन की क्रिया तो अपने पिता से पहले ही सीख चुका हूं पर उससे बाहर निकलने की कला मुझे नहीं आती।''

''अरे तुम अन्दर प्रवेश का मार्ग तो बनाओ, बाहर निकलने का मार्ग तो मैं अपनी गदा के जोर पर स्वयं बना लूंगा।'' भीमसेन थे यह। युद्ध में निरन्तर मिलती जाती सफलता ने उनमें अतिरिक्त अहंकार ही भर दिया था।

युधिष्ठिर की चिन्ता जाती रही। उन्होंने अभिमन्यु को चक्रव्यूह-भेदन का आदेश दे दिया। किसी विशाल भुजंग की तरह ही सर-सर मार्ग बनाता हुआ अभिमन्यु चक्रव्यूह में प्रवेश कर गया। भीम अपने कथन के अनुसार बाहर जाने का मार्ग तो क्या बनाते, जयद्रथ ने उनको तथा उनके सभी सहायकों को अपने दिव्यास्त्रों के प्रयोग से अन्दर घुसने तक नहीं दिया।

चक्र के मध्य में द्रोण, कृप, वृहद्‌बल, कृतवर्मा, दुर्योधन, दु:शासन और कर्ण की तरह सात-सात महारथी खड़े थे। वे सब चारों ओर से उस किशोर पर आक्रमण करने लगे। बड़ी क्षिप्रता से वह उनके शरों को काटता गया। पर अपने को एकाकी पा उसका आत्मविश्वास जाता रहा। कोई भी पांडव वीर जयद्रथ के कारण अन्दर नहीं आ पाया था।

अभिमन्यु ने इसी मध्य दुर्योधन के पराक्रमी किन्तु किशोर पुत्र लक्ष्मण पर एक भाले का प्रयोग किया जो उसकी ग्रीवा में लग तत्काल उसकी मृत्यु का कारण बना। दुर्योधन इस पर क्रोध से अन्धा हो आया और उसने सातों महारथियों को एक साथ ही किशोर अभिमन्यु पर आक्रमण का आदेश दे दिया। इस पर भी उस वीर का कुछ नहीं बिगड़ते देख सेनापति द्रोण को लगा कि आज भी वे अपनी प्रतिज्ञा नहीं पूरी कर पायेंगे तथा दुर्योधन के व्यंग्य वाणों से उन्हें विद्ध होना पड़ेगा। उन्होंने युद्ध के नियमों को तिलांजलि देते हुए कर्ण को आदेश दिया कि वह अभिमन्यु के अश्वों की हत्या कर उसे विरथ कर दे और उस पर पीछे से आक्रमण किया जाए क्योंकि उसके वक्ष-स्थल का कवच अभेद्य बन आया था।

वही हुआ। विरथ अभिमन्यु पर पीछे से प्रहार आरम्भ किया गया। उसका धनुष भी काट दिया गया और अन्त में टूटा रथ-चक्र ले वह दु:शासन के पुत्र से जा भिड़ा। सातों महारथी उस पर निरन्तर वाण-वर्षा करते रहे। वाणों की मार से

छलनी हो आये शरीर वाला अभिमन्यु भूमि पर गिर पड़ा और दुःशासन-पुत्र ने उसके सिर पर कई बार गदा का प्रहार कर उसे चूर-चूर कर दिया ।

द्रोण की प्रतिज्ञा पूर्ण हुई और दुर्योधन आदि पांडव वीरों की प्रसन्नता की कोई सीमा न रही । पर अर्जुन को पुत्र-वध का पता तभी लगा जब वह संशप्तकों से युद्ध समाप्त कर शिविर में लौटे । अभिमन्यु की माता सुभद्रा और पत्नी उत्तरा का विलाप सुन उनका हृदय विदीर्ण हो गया और तत्काल उन्होंने प्रतिज्ञा की कि अभिमन्यु की मृत्यु के मूल कारण जयद्रथ की वे कल ही हत्या करेंगे और ऐसा नहीं कर पाये तो अग्नि-प्रवेश कर अपने प्राणों को विसर्जित कर देंगे ।

वह रात पांडवों के लिए जहां काल-रात्रि बनकर आई वहीं कौरवों के शिविर में नृत्य-गान और सोम-रस के पान द्वारा महान् उत्सव का आयोजन हुआ जिसमें जयद्रथ की बार-बार जय-जयकार की गई ।

एक सौ दो

जो बिना सोचे ही कुछ कर बैठता है, वह तो अविवेकी है और जो बिना परिणाम पर ध्यान दिए कोई निर्णय ले बैठे, उसे आप कौन-सी संज्ञा देंगे ? बुद्धि और तर्क-शक्ति से सम्पन्न कर प्रकृति ने मनुष्य को पृथ्वी पर भेजा है । अगर वह इन शक्तियों को अंगूठा दिखा, भावनाओं में बहकर कोई मूर्खतापूर्ण प्रण कर ले तो क्या कहेंगे आप उसको ? मूढ़ ? यही न ?

तो उस दृष्टि से अर्जुन मूढ़ से कम या अधिक कुछ नहीं था, श्रीकृष्ण की दृष्टि में ।

मित्र, सहायक, परिजन, शुभेच्छु, अभिभावक क्यों होते हैं व्यक्ति के ? अथवा क्यों बनाता है वह उन्हें ? इसीलिए तो कि आपत्ति की घड़ियों में उनसे सान्त्वना ले और किसी महत्वपूर्ण निर्णय पर पहुचने के पूर्व उनका परामर्श ? अगर वह ऐसा नहीं करे, केवल अपनी ही बुद्धि-चातुर्य अथवा बाहुबल के आधार पर कोई असंभव-सा निर्णय ले बैठे तो उसकी मन्दबुद्धि को कोसेंगे आप या उसके अहंकार की प्रबलता को ?

एक गलती से दूसरी गलती ठीक होती है क्या ? ठीक है कि व्याधि का उपचार औषधि है किन्तु किसी वैद्य को रोगी को दी जाने वाली किसी कड़वी औषधि का अपने ही ऊपर प्रयोग करते सुना या देखा गया है ? अगर वह ऐसा करता है तो वह भेषज्ञ (वैद्य) है अथवा आत्मघाती, अविवेकी मूर्ख ?

क्या कहें श्रीकृष्ण अर्जुन को ? वह तो उनका प्रिय ही नहीं, अभिन्न है । उसे जो-जो संज्ञाएं दी जायं सब अपने पर ही तो आ बैठेंगी, जैसे एक पेड़ से उड़े पंछी दूसरे पेड़ की शाखाओं पर जा बैठते हैं ।

कल से ही आरम्भ हुई चिन्ता का कोई अन्त था ही नहीं । मेघ-हीन आकाश की तरह निर्मल उनके मन के आकाश पर ये काले-काले जलद-शावक किधर से घिरने लगे हैं ? किस तूफान, किस झंझा का संकेत दे रहे हैं ये ? उनके मन की शाखाओं पर पीत और शान्त तोतों की पंक्तियों के स्थान पर हिंसक बाजों ने

कैसे स्थान बना लिए हैं ?

कल की घटना में तो उनका भी प्रत्यक्ष या अप्रत्यक्ष हाथ था। हर बुद्धि-सम्पन्न व्यक्ति अधिक स्थान पर अल्प का त्याग ही करने में बुद्धिमता समझता है। अभिमन्यु की बलि देकर भी अगर अर्जुन को बचाया जा सका तो इसे कोई कम बड़ी उपलब्धि नहीं माना जा सकता। अर्जुन की समाप्ति का अर्थ था महाभारत-युद्ध की समाप्ति और महाभारत-युद्ध की समाप्ति का अर्थ था पांडवों की अन्तहीन व्यथा-कथा का आरम्भ। सदा-सर्वदा के लिए अरण्य-सेवन। याचक और अभावग्रस्त एवं दुःस्वप्न-पूर्ण तथा अभिशप्त जीवन।

पर आज ? आज क्या किया अर्जुन ने ? अपनी मूढ़ता का ही तो परिचय दिया। अपनी विवेकशून्यता का अथवा कह लें तो अपने अहंकार का ही। क्या उसके पूर्व उसे किसी से कोई परामर्श नहीं लेना था ? पत्नी द्रौपदी से नहीं तो अभिमन्यु-माता सुभद्रा से भी नहीं ? अनुज भीम से नहीं तो अग्रज युधिष्ठिर से भी नहीं ? और किसी से नहीं तो क्या अपने अभिन्न सखा उस कृष्ण से भी नहीं ? और अब कौन करेगा इस आसन्न विपत्ति से अर्जुन का निवारण ? कर लेगा वह इसे एकाकी ? है यह इतना आसान जितना भावनाओं से आविष्ट हो उसने समझा था इसे ? है इतना आसान क्या जयद्रथ का बध विशेषकर तब जब अपनी अहम्मन्यता का घोर परिचय देते हुए उसने अपनी इस प्रतिज्ञा को जानबूझकर कौरव-शिविर तक भी पहुंचवा दिया है ? क्या था इसके पीछे ? कौन-सी भावना ? यही न कि धनुर्धारियों में श्रेष्ठ अर्जुन अपने पुत्र की हत्या को यों नहीं ले सकता। कि उसका प्रतिशोध लेकर रहेगा वह ? यहां तक तो ठीक पर प्रतिज्ञा के दूसरे भाग को प्रसारित करने की मूर्खता का क्या उत्तर था ? 'अगर जयद्रथ-बध में सूर्यास्त तक सफल नहीं हुआ तो स्वयं अग्नि-प्रवेश कर जाऊंगा।'

अब होने देंगे द्रोण, कृपाचार्य, कर्ण, शल्य, कृतवर्मा, दुःशासन, दुर्योधन और पाशों की चालों में ही नहीं युद्ध की चालों में भी सिद्धहस्त वह पाखंडी शकुनि कल जयद्रथ का बध ? उन्हें मनमाना वरदान मिल गया कि नहीं ? अप्रत्याशित और अयाचित। अब जल मरे अर्जुन अपने ही अहंकार की अग्नि में। अब किस दिव्यास्त्र की आवश्यकता है उसकी पराजय के लिए ? अब तो केवल सूर्यास्त तक किसी तरह जयद्रथ की रक्षा कर लेनी थी, इसके पश्चात् उधर सूर्य के अस्त होने के साथ-साथ इस अहंकारी, आर्यावर्त के सर्वश्रेष्ठ धनुर्धारी, अर्जुन का भी अन्त सुनिश्चित था।

पहुंचने भी देंगे ये महारथी पूरे दिन के श्रम के बावजूद जयद्रथ के पास भी अर्जुन-स्यन्दन को, भले ही उसका सारथ्य वे स्वयं ही क्यों नहीं कर रहे हों। जयद्रथ को व्यूह के किसी कोने में असंख्य वीरों से रक्षित कर उस तक पहुंचने के मार्ग को ये महान् योद्धा पग-पग पर अवरुद्ध करते रहेंगे या नहीं ?

क्या बोलें वह अर्जुन से ? वह तो बोल बैठेगा यह प्रतिज्ञा मैंने अपनी शक्ति के आधार पर थोड़े की है ? हमारे संरक्षक तो तुम हो और आगे की बात भी अब तुम्हीं जानो। उसने मेरा विराट रूप जो देखा है ? मुझे भगवान जो मान बैठा है ? तो मैं क्या उसके रथ पर सदा नारायण ही बनकर बैठा रहता हूं ? नर के रूप में उसके अश्वों की वल्गाओं को सहेजता हूं या नारायण के रूप में ? मेरी यह ईश्वरीय शक्ति या जो भी कुछ हो, सदा दाव पर लगाने के लिए ही है क्या ? और है भी तो

एक बार पूछने से भी गया वह मुझसे? माना जयद्रथ का बध वही करेगा—आर्यावर्त का वह सर्वश्रेष्ठ धनुर्ज्ञाता? पर उसके स्यन्दन को जयद्रथ तक पहुंचाने का दुष्कर ही नहीं प्रायः असम्भव कार्य? झुंझलाए थे कृष्ण मन-ही-मन। कर ले कल अर्जुन ही अपने रथ का सारथ्य। पहुंचा दे उन्हें जयद्रथ के पास। एक बार पुनः वे अपनी प्रतिज्ञा को भंग करेंगे और सुदर्शन चक्र से जयद्रथ की गर्दन उतार फेंकेंगे। पर है अर्जुन में यह सामर्थ्य?

कल जयद्रथ तक पहुंचना किसी प्रकार सम्भव नहीं था और तब अर्जुन के प्राणों को बचाने का भी कोई मार्ग नहीं था। यही सोचते-सोचते श्रीकृष्ण रात भर अपने शिविर के पर्यंक पर करवटें बदलते रहे। नींद को नहीं आना था, नहीं आई।

पर दूसरे दिन के प्रातः को आने से कौन रोक सकता था? नित्य की तरह सूर्यागमन के पूर्व उनके आसन्न आगमन की सूचना क्षितिज की लालिमा दे गई। साथ ही दोनों पक्षों के युद्ध-वाद्य बज उठे। शंख, भेरी, नगाड़े, गोमुख आदि के स्वर से दिशाएं गुंजित हो उठीं। कौरव-पक्ष की ओर से ये स्वर कुछ अधिक ही ऊंचे उठ रहे थे। पांडव-पक्ष एक तरह से पक्षाघात-ग्रस्त रोगी की तरह निस्पंद ही पड़ा था। सैनिकों की प्रस्तुति के लिए रण-वाद्य अवश्य बजा दिए गए थे पर न तो उनके वादकों में कोई उत्साह था न वाद्य-यन्त्रों के स्वर में कोई दम।

चौदहवें दिन का युद्ध आरम्भ हो गया। रणांगण में पहुंचते ही श्रीकृष्ण ने चारों ओर दृष्टि दौड़ाई पर जयद्रथ का कहीं पता नहीं था। किस ओर ले चलें वह रथ को? व्यूह के मुंह पर गुरु द्रोण आज स्वयं विद्यमान थे। उनसे भिड़ें तो एक क्या दो-दो सूर्यास्त देखते-देखते निकल जायं। दूसरी ओर कर्ण, दुर्योधन, दुःशासन, शल्य, शकुनि आदि मार्ग को अवरुद्ध कर खड़े थे। अवश्य ही जयद्रथ इधर ही कहीं होगा। केवल द्रोण के भरोसे शंकालु दुर्योधन जयद्रथ को छोड़नेवाला नहीं था। जो भी हो, अर्जुन उनका परमप्रिय शिष्य था। उसे वे अपने प्राणों को अग्नि में विसर्जित करते कैसे देख सकते थे?

विवश जनार्दन कई-कई महारथियों से लोहा लेने के लिए अर्जुन के रथ को उस तरफ ही मोड़ ले गए। कूल की ओर भागती हुई ज्वार-आन्दोलित सागर की लहरों की तरह महारथियों के विष-बुझे शर उनके स्यन्दन की दिशा में बढ़े। पूरा रथ एक बार वाणों के बादल में ढंक ही गया, जैसे पूर्णग्रास के समय चन्द्रमा कहीं दिखाई नहीं देता, उसी तरह वाणों की उस वर्षा में अर्जुन का स्यन्दन विलुप्त ही हो गया। पर अर्जुन के आज दूसरे रूप का ही दर्शन कर रहे थे जनार्दन! पुत्र-शोक से पीड़ित पार्थ आज पहले वाला धनंजय कहां था? वह तो धधकता हुआ अग्निपुंज बन आया था। उसके गांडीव से शर निकल रहे थे या प्रलय के मेघों से जलधार? या असंख्य बांबियों से असंख्य, अगणित फणिधर फुफकारते और विषाग्नि का वमन करते? सामान्य शरों के अलावा अनेक दिव्यास्त्रों का प्रयोग कर वह क्रुद्ध काल-सा ही प्रतीत होने वाला पार्थ अन्ततः इस भीषण मोर्चा-बन्दी को तोड़ने में समर्थ ही हो गया और उनके एक इंगित पर ही रथ के अश्व पवन-वेग से उड़ चले उस ओर जिस ओर जयद्रथ के छिपे होने की आशंका थी।

पर कब तक? धनुर्धारियों ने फिर बगल से आकर अर्जुन के रथ के पथ को अवरुद्ध कर दिया। इस बार कर्ण ने अद्भुत पराक्रम दिखलाया और प्रहर भर से अधिक अर्जुन को रोके रखा। अन्ततः पुनः किसी तरह पथ बनाकर श्रीकृष्ण ने

स्यन्दन को आगे बढ़ाया। रथ की गति निस्सन्देह धीमी हो गई थी। बादल और सूर्य का खेल जारी था। कभी सूर्य-बिम्ब की तरह उनका रथ वाणों के मेघ में छिप जाता तो कभी वह उन्हें चीरता हुआ बाहर आ जाता।

उधर भगवान भास्कर भी अपनी सामान्य गति से अस्ताचल की ओर सरकते जा रहे थे। उसके साथ ही कौरव-पक्ष की प्रसन्नता और पांडव पक्ष की अप्रसन्नता में वृद्धि होती जा रही थी।

नहीं, अब नहीं। अब शायद ही संभव था, सूर्यास्त के पूर्व जयद्रथ की एक झलक भी पाना। अर्जुन भी श्लथ हो आया था। उसका गांडीव भी असन्तुलित हो रहा था। उससे छूटे शर निरन्तर लक्ष्यच्युत हो रहे थे। वेग से भागते और अवरोध पर अवरोध पार करते रथाश्व भी थक कर चूर हो गए थे। वे अवश्य ही क्षुधा और पिपासा से भी व्याकुल हो आये थे। पर श्रीकृष्ण के पास इतना समय भी नहीं था कि वे अर्जुन को रथ से नीचे उतर वाणों से धरती की छाती को फोड़कर जलधार निकालने को कहें। उनकी गति अत्यन्त ही मन्द पड़ गई। उधर सूरज भी प्राय: पश्चिमी क्षितिज के पास पहुंच चुके थे। कौरव-पक्ष में प्रसन्नता की लहर व्याप्त हो गई थी। पार्थ प्राय: पराजय स्वीकार कर चुका था। अब थोड़ी ही देर में भगवान अंशुमाली की अन्तिम किरण भी अस्ताचलगामी होने वाली थी। पांडव-पक्ष के वीर श्रीकृष्ण के इंगित पर चिता सजाने के लिए काष्ठादि के प्रबन्ध में लग गए थे।

उधर अर्जुन इस सबसे अनभिज्ञ गांडीव से उलटे-सीधे शर छोड़े जा रहा था। पर अकस्मात् यह क्या हो गया? सूर्य जो धीरे-धीरे अस्ताचल की तरफ बढ़ रहे थे, एक-ब-एक विलुप्त कैसे हो गए? उस ओर तो किसी का ध्यान ही नहीं गया।

तो सूर्यास्त हो गया! शायद सबका ध्यान युद्ध पर ही केंन्द्रित था, अत: दो क्षण पूर्व ही सूर्य को अस्ताचल के पीछे सरक जाने की बात किसी को अस्वाभाविक नहीं लगी।

"अर्जुन, शीघ्र चितारोहण करो। सूर्य बिम्ब डूब गया।" चिल्लाते हुए सभी कौरव सेनापतियों ने अर्जुन को घेर लिया। चिता तो पहले ही प्रस्तुत हो गई थी। पर श्रीकृष्ण की आंखें उन कौरव-वीरों में व्यग्रता से किसी एक चेहरे को ढूंढ़ रही थीं। "अर्जुन एक वीर की तरह, गांडीव व शर-पूर्ण तूणीर के साथ ही चितारोहण करो।" श्रीकृष्ण ने अर्जुन को आदेश दिया और अर्जुन आज्ञा का पालन करने हेतु रथ से उतरने को प्रस्तुत हुआ। उसके मुख पर कोई रेखा नहीं थी, न विषाद की, न पश्चात्ताप की। गीता का उपदेश जो सुन चुका था वह। जीवन-मृत्यु के मध्य के भेद को वह भलीभांति समझ चुका था। उसने अस्तंगत हुए सूर्य को सिर झुकाकर नमन निवेदित किया। इधर चिता को किसी ने मसाल से प्रज्वलित कर दिया था। अब कौरवों को अर्जुन के अन्त के सम्बन्ध में कोई सन्देह नहीं रहा।

इसी समय श्रीकृष्ण की चारों ओर घूमती आंखों में एक चमक उभरी। वहां, वहां, कर्ण-दुर्योधन आदि सबके पीछे मुख को अपने उत्तरीय में लपेटे और आंखों से अर्जुन के अन्त के दृश्य को देखने का प्रयास करता हुआ जो व्यक्ति बार-बार गर्दन उचका रहा था, वह जयद्रथ ही तो था। उसी समय सूर्य जैसे किसी खग्रास से मुक्त हुआ। उसकी अन्तिम किन्तु सुनहली किरणें कुरुक्षेत्र के मैदान में एकत्रित सभी वीरों पर जैसे गुलाल-सा छिड़क गईं।

"अभी सूर्यास्त नहीं हुआ अर्जुन ! गांडीव तुम्हारे हाथ में ही है। वह रहा जयद्रथ।" श्रीकृष्ण ने जयद्रथ की दिशा में उंगली बढ़ाई। अर्जुन ने क्षण भर में गांडीव पर पाशुपतास्त्र का संधान किया और जयद्रथ की ग्रावा का लक्ष्य साध उसे छोड़ दिया। दूसरे ही क्षण जयद्रथ की ग्रीवा को लिए पाशुपतास्त्र आकाश में उड़ चला।

यह कैसे हो गया ? यह अघटित कैसे घटा ? सब आश्चर्य कर रहे थे। पर प्रसन्न मन पार्थ के समक्ष श्रीकृष्ण ने उसका भेद खोला, "तुम्हारी रक्षा के लिए मुझे बड़े श्रम से अर्जित साधना का पुनः एक बार दुरुपयोग करना पड़ा। अपने संकल्प-बल से पश्चिमी क्षितिज पर प्रायः पहुंच चुके सूर्य को लाल-पीले मेघ खण्डों से ढंकना पड़ा और सूर्यास्त का कृत्रिम दृश्य उपस्थित करना पड़ा।"

"तुम धन्य हो सखा ! आखिर तुमने अपनी प्रतिज्ञा की पूर्ति करके दिखा ही दी।" अर्जुन ने सिर झुका कर विनीत भाव से कहा।

"अपनी," अर्जुन ने मुसकराकर कहा, "याद करो, अपनी उस दिन की गीता की पंक्ति को—योग क्षेमं वहाम्यम्। तुम्हें तो मेरे योग-क्षेम का वहन करना ही था।"

"ठीक कह रहे हो तुम," श्रीकृष्ण भी मुसकरा कर बोले, "पर आगे से बिना सोचे-समझे मुझे ऐसी परीक्षा में उत्तीर्ण होने को बाध्य नहीं करना।"

एक सौ तीन

नियति अपनी निर्धारित योजनाओं को पूर्ण करने के सारे यत्न पूर्व में ही कर लेती है। घटना क्रमों को अपने अनुकूल मोड़ दे वह असम्भव को भी सम्भव करने को तत्पर होकर केवल उस घड़ी की प्रतीक्षा करती है जिसे वह अपने लक्ष्य की प्राप्ति के लिए निर्धारित किये रहती है।

क्या कभी मनुष्य इससे कुछ शिक्षा लेगा ? वह भी अपनी योजनाओं को एक निर्धारित कार्यक्रम के अन्तर्गत क्रियान्वित करता हुआ अपने जीवन-उद्देश्यों की प्राप्ति का प्रयास करेगा, अथवा वह सदा बिना पतवार के जल-पोत की तरह समय की खूंखार लहरों पर किसी विवश तिनका-सा डोलता हुआ, एक दिन यों ही अनचीन्हा, अनदेखा, महत्वहीन और पहचान-रहित-सा समय रूपी समुद्र के गर्भ में जा छिपेगा ? भिन्न-भिन्न लोगों ने इस सत्य को समझा है, समय के महत्त्व को जाना है, योजनाबद्ध रूप में कार्य किया है, वह समय के सागर पर भी पगचिह्न छोड़ गए हैं, असंभव को भी संभव कर गये हैं, पर जिन लोगों ने समय को मात्र समय मानकर उसे जीवन का पर्याय नहीं माना है उनके इस विश्व में आने-जाने का लेखा तक भी समय ने नहीं रखा है। अध्यवसायियों के साथ सदा सदय रहने वाला समय आलस्य-प्रेमियों के लिए सदा निर्दय सिद्ध हुआ है।

खैर अभी हम नियति की बात कर रहे थे। वह राधेय कर्ण के पीछे हाथ धोकर पड़ी हुई थी। उसने इसकी हत्या को पूर्व निर्धारित कर छोड़ा था और अपने इस लक्ष्य की प्राप्ति के लिए उसे योजनाबद्ध रूप से निःसहाय और निर्बल

किए जा रही थी।

उसने उसके कवच और कुंडल का दान एक ब्राह्मण के हाथों करा दिया था। कहते हैं वह ब्राह्मण छद्मवेषधारी इन्द्र था। जो हो, किसी ने इन्द्र को देखा या न देखा हो पर याचक ब्राह्मणों को सभी जानते हैं। एक बार कर्ण के शरीर से कवच-कुंडल गया तो गया, अब वह अपनी अरक्षित देह को ही कवच के रूप में प्रयुक्त करने वाला था।

नियति ने उसे दो-दो श्राप दिला रखे थे जिनमें एक के द्वारा युद्ध के निर्णायक दौर में उसके एक रथ चक्र को पृथ्वी में ऐसा फंसना था कि उसे निकाले नहीं निकलना था। दूसरे श्राप द्वारा उसे असल समय पर अत्यन्त कठिन तप से अर्जित और उसके एक मात्र समतुल्य शत्रु और संहारक अर्जुन के बध में समर्थ ब्रह्मास्त्र को ही विस्मृत हो जाना था।

फिर भी उसके पास एक और अमोघ शक्ति थी जिससे वह अर्जुन को स्वर्ग-लोक का मार्ग दिखला सकता था। वह शक्ति उसे इन्द्र की कृपा से प्राप्त हुई थी। देवताओं को आप देखें-न-देखें, पर आधुनिक पाठक को भी इतनी स्वतन्त्रता नहीं दी जा सकती कि वह उनके अस्तित्व को ही नकार दे और उनकी कृपा-अकृपा को कुछेक कट्टरपंथियों की कपोल-कल्पना माने। दैवी शक्तियों के अस्तित्व को चुनौती केवल इसलिए नहीं दी जा सकती कि हम उन्हें नहीं देखते। न जाने इन पंक्तियों को लेखक को प्राय: सभी द्वारा अनुभूत इस सत्य को कब तक अपनी कई कृतियों से उद्धृत करने को बाध्य होता रहना पड़ेगा कि "नहीं दिखना ही नहीं होना नहीं होता।"

खैर, अभी हम नियति की बात कर रहे थे। उसने कर्ण को इस शक्ति से भी रहित करने का मन बना लिया था, तभी तो उसने वहुत पूर्व ही पांडवों को घटोत्कच नामक राक्षस (भीम-पुत्र) प्रदान किया था और आज चौदहवें दिन के युद्ध में उसे पराक्रम की पराकाष्ठा पर पहुंचाया था।

चौदहवें दिन का यह युद्ध नित्य की भांति सूर्यास्त के साथ ही समाप्त नहीं हुआ था। दोनों पक्ष किसी निर्णायक स्थिति पर पहुंचने के लिए इतने व्यग्र हो गए थे कि योद्धाओं के अत्यन्त श्रान्त-क्लान्त हो जाने के पश्चात् भी इसे रात्रि में भी खींच लिया गया था। यह नियति का एक नूतन विधान था। रात्रि में राक्षसों की शक्ति प्रचंडतम हो आती है, तभी उन्हें निशाचर की संज्ञा दी जाती है। राक्षस नामक यह जनजाति जिससे घटोत्चक उत्पन्न हुआ था, निशाचर ही थी।

रात्रि के युद्ध के लिए दोनों ओर से बड़ी-बड़ी मसालों और उनके वाहकों का प्रबन्ध कर दिया गया था।

घटोत्कच यों तो नित्य अपने पराक्रम का प्रदर्शन बड़े प्रबल रूप में करता था, पर आज की तो बात ही कुछ और थी। रात्रि का रणांगण तो उसका अपना ही साम्राज्य था।

उस काल-रात्रि बन आई रात्रि में घटोत्कच ने कैसा और कितना पराक्रम दिखाया, उसका वर्णन कुछेक पृष्ठों में संभव नहीं है।

महाभारत का कथन है कि वह राक्षस-राज विचित्र प्रकार के एक भयानक रथ में चढ़कर समरांगण में उतरा था। उसका विशाल रथ शस्त्रास्त्रों से खचा-खच भरा हुआ तो था ही, वह पूर्णतया काले लोहे से बना और काले रीछ के चमड़े

से ही मढ़ा हुआ था।

उस रथ में हाथी के आकार वाले पशु जुते थे पर वे हाथी थे, न घोड़े। हो सकता है महाभारत काल के वनों में ऐसे अद्भुत पशु हुआ करते हों पर अब तो शायद वे अफ्रीका के वनों में भी नहीं मिलते।

उस रात्रि-युद्ध में घटोत्कच ने प्रचंड पराक्रम दिखाया और लगा कि सारी कौरव-सेना उसी रात समाप्त हो जायेगी।

रुधिर-भीगी पताका पर एक भयानक गृद्ध बैठाये और मानवीय आंतों की माला धारण किए हुए उस दुर्दान्त दैत्य के दर्शन-मात्र-से ही बड़े-बड़े योद्धाओं के पांव उखड़ गए और वे रण-भूमि छोड़कर भाग खड़े हुए। उसके द्वारा बहाई शूल, शर, पट्टिश, चक्र, शुंडि, पाश तोमर आदि अस्त्रशस्त्रों की भयानक, वेगवती और प्रचंड धारा को झेलने का साहस कौरव-सेना में किसी को नहीं रहा। यहां तक कि कर्ण आदि के सदृश महाधनुर्धारी भी किसी भयानक झंझा में पड़े वृक्ष की तरह उखड़ गए और सभी जिस दिशा में मार्ग मिला उसी दिशा में भाग चले।

अपनी विशाल राक्षस-वाहिनी के साथ घोर गर्जना करता हुआ भीमपुत्र घटोत्कच समरांगण में एक मदमत्त योद्धा की तरह विचरण करने लगा और कौरव-सेना के भागते-गिरते सैनिकों को मच्छरों-मक्खियों की तरह पकड़-पकड़ अपने शरीर से मसलने लगा। उसकी एक अक्षौहिणी सेना के राक्षस-सैनिक हाथ में लिए पेड़ों, वृक्ष-शाखाओं, चट्टानों, हड्डियों और भयानक मूसलों आदि से कौरवों को त्रस्त और भयाक्रान्त करने लगे। कौरव-सेना क्षण-मात्र में पूर्णतया अव्यवस्थित हो गई और दुर्योधन को उसे ललकार कर व्यवस्थित करने में पर्याप्त समय लगा।

अन्ततः जो योद्धा घटोत्कच के निर्बन्ध प्रवाह को नियन्त्रित करने में सफल हुआ वह था द्रोण-पुत्र अश्वत्थामा।

अश्वत्थामा अपने साथ रथियों, गजारोहियों, अश्वारोहियों और पदातियों की एक भारी सेना ले घटोत्कच के सामने किसी नदी की धार को रोककर खड़े पर्वत की तरह आ अड़ा। महान् धनुर्धर अश्वत्थामा वाणों की अनवरत वर्षा से घटोत्कच और उसके सैनिकों द्वारा प्रयुक्त अस्त्र-शस्त्रों, वृक्ष और शिला-खंडों को चूर्ण-चूर्ण करने लगा।

अश्वत्थामा-रूपी इस आकस्मिक व्यवधान को घटोत्कच ने पसन्द नहीं किया और क्रोध से भरकर उसने अपने प्रहार को और प्रखर कर दिया। उसने गुरु-पुत्र और उसके सैनिकों को अस्त-व्यस्त कर डाला।

अश्वत्थामा ने क्रोध में भरकर घटोत्कच के पुत्र अंजनपर्वा का बध कर दिया।

पुत्र-बध से दुःखी और क्रोधाभिभूत घटोत्कच ने गुरु-पुत्र पर वाणों की ऐसी घोर वर्षा आरम्भ की कि वह रथ सहित वाणों से ऐसा ढक गया जैसे प्रलय-मेघों से आकाश-मंडल आच्छादित हो जाता है। पर अश्वत्थामा ने दिव्यास्त्रों के प्रयोग से अपने और अपने रथ को क्षण भर में मुक्त करा लिया।

राक्षस पुत्र घटोत्कच ने इसके पश्चात् मायायुद्ध आरम्भ किया और एक ऐसे पर्वत को ही समरांगण के बीचो-बीच निर्मित कर दिया जिससे, परशु, परिश, तलवार, त्रिशूल, शर सभी अस्त्र इसी तरह झड़ने लगे जैसे पर्वतों के निर्झरों से

जल की अनन्त धारें बहती हैं।

घटोत्कच की इस माया को तथा और ऐसी कई मायाओं को अश्वत्थामा ने उसी तरह अपने मन्त्र-पूत शरों के प्रहार से काट डाला जैसे मध्याह्न सूर्य की प्रखर किरणें बादलों की पर्त-दर-पर्त को काटकर भूमि पर फैल जाती हैं।

घटोत्कच थोड़ा हतप्रभ हुआ और वह अपनी सेना के पुनर्संयोजन में लग गया।

दुर्योधन को भय हुआ कि कहीं अर्जुन घटोत्कच की सहायता के लिए नहीं आ जुटे, अत: उसने मामा शकुनि से अनुरोध किया कि वह साठ हजार हाथियों की सेना लेकर और कर्ण, कृपाचार्य, कृतवर्मा, नील, वृषसेन, दु शासन, उरुक्रम, पुरुमित्र, तथा पुरंजय, दृढ़रथ, शल्य, इन्द्रसेन, जयवर्मा, पुरु आदि के साथ अर्जुन पर आक्रमण कर दे।

शकुनि ने ऐसा ही किया और उसने प्राय: सभी पांडव-योद्धाओं को एक नया मोर्चा खोलकर परेशान कर दिया।

इधर अश्वत्थामा ने जो पराक्रम दिखाया वह महाभारत-युद्ध के अद्‌भुत आख्यानों में एक है। इस महान् धनुर्धारी ने इतने राक्षसों का बध किया कि समरांगण में रक्त-मज्जा और मांस की नदी ही बह चली जिसमें उनके रुंड-मुंड, कटे हाथ-पांव, अस्त्र-शस्त्र उसी तरह प्रवाहित हो रहे थे जैसे बाढ़-ग्रस्त नदी में मूल-हीन वृक्ष, घास-पत्ते, छप्पर आदि बहते दृष्टिगोचर होते हैं।

घटोत्कच अपने बंधुओं के इस घोर संहार से बहुत क्रोधित हुआ और उसने कौरव-सेना का ऐसा विनाश आरम्भ किया कि दुर्योधन भय से भर आया। उसे लगा अब कौरवों में कोई नहीं बचने का।

ऐसी स्थिति में उसने कर्ण को घटोत्कच का सामना करने के लिए भिड़ा दिया। कर्ण भी घटोत्कच के वेग को संभालने में असफल रहा। गुरु-पुत्र अश्वत्थामा लम्बे युद्ध में थक गया था। कर्ण को एकाकी घटोत्कच का सामना करना पड़ा। उसने वाणों की बौछार से बहुत देर तक घटोत्कच को पराक्रम-हीन करने का प्रयास किया पर उसमें वह सफल नहीं हुआ।

घटोत्कच, रात्रि के और गहरी होने से कौरवों की सेना को जंगली घासों की तरह जलाकर भस्म करने लगा। दुर्योधन को लगा, उसे कर्ण को पहले ही बुलाना था। अब एक ही उपाय था। घटोत्कच की हत्या।

दुर्योधन चिल्लाकर बोला, "अंगराज, इस राक्षस का बध कर वरना आज की रात ही यह सारी कौरव-सेना को समाप्त कर देगा।"

"पर कैसे ? मैं तो पूरा प्रयास कर रहा हूं पर उसका वल बढ़ता ही जा रहा है।"

"तुम उस शक्ति का प्रयोग करो जिसे तुमने इन्द्र से प्राप्त किया है।" दुर्योधन चिल्लाकर बोला।

"पर दुर्योधन !" कर्ण कहना चाहता था कि उसे तो उसने अर्जुन के बध के लिए सुरक्षित रख छोड़ा है।

"कुछ नहीं," दुर्योधन ने जैसे आज्ञा दी, "हम लोग जीवित रहे तो अर्जुन को भी देख लेंगे। हमीं नहीं रहे तो तुम्हारी शक्ति रही या नहीं रही।"

कर्ण विवश हो आया। उसने अपने दुर्भाग्य को कोसा और शक्ति को अभि-

मंत्रित कर घटोत्कच पर छोड़ दिया। जमीन पर गिरते-गिरते भी घटोत्कच कई कौरव-वीरों को यमलोक पहुंचा गया।

घटोत्कच की हत्या के पश्चात् शर्त के आधार पर शक्ति इन्द्र के पास लौट गई।

नियति ने कर्ण के हाथों से उसकी रक्षा और अर्जुन की हत्या का अन्तिम साधन भी निर्ममतापूर्वक अपहृत कर लिया।

एक सौ चार

जीवन में परीक्षा की घड़ियां आती ही रहती हैं न? शायद पग-पग पर कोई छोटी-बड़ी परीक्षा हमारी प्रतीक्षा ही करती रहती है। अब हम उनमें किसमें सफल और किसमें असफल होते हैं, यह हमारे बुद्धि-बल के साथ-साथ हमारे साहस और कार्य-चातुर्य पर भी आश्रित होता है। इसीलिए अर्जुन को उपदिष्ट करते समय श्रीकृष्ण को योग की एक नई परिभाषा गढ़नी पड़ी थी और कहना पड़ा था, कार्य का कौशल से निर्वाह ही योग है—योगः कर्मसु कौशलम्।

पर श्रीकृष्ण आज अर्जुन की परीक्षा किसी और रूप में लेना चाहते थे। आखिर गीता का उपदेश दिया था उन्होंने उसे और इस उपदेश को पूर्णतया ग्रहण कर लेने की बात कर वह युद्ध में प्रवृत्त भी हुआ था। पर इससे उसकी परीक्षा पूर्ण नहीं हो जाती थी।

अर्जुन ने आरम्भ में ही रथ-पार्श्व में बैठते हुए कहा था कि सब कुछ तो संभव है पर गुरु-हत्या? नहीं, यह तो जघन्यतम अपराध है। गुरुओं की हत्या करना तो रक्त-सने अन्न के भक्षण के सदृश है। उन्हें जीवित छोड़कर भिक्षान्न पर भी निर्भर होना पड़े तो यह श्रेयस्कर है।

आज यही परीक्षा की घड़ी आ गई थी। युद्ध के पन्द्रह दिन के प्राय ही श्रीकृष्ण ने पार्थ पर स्पष्ट कर दिया था कि गुरु द्रोण को अब बहुत नहीं सहन किया जा सकता। तुमने अभिमन्यु-वध का प्रतिशोध जयद्रथ का बध कर भले ले लिया हो, पर तुम यह नहीं भूल सकते कि अभिमन्यु-वध के मूल में द्रोण ही थे, उनका वह चक्रव्यूह ही था। ऐसे भी द्रोण के जीवित रहते महाभारत में विजय की अपेक्षा तुम नहीं कर सकते। अतः, द्रोण से आज मुक्ति लेनी ही होगी।

"तो क्या मुझे गुरु द्रोण की हत्या करनी पड़ेगी? उस द्रोण की जिन्होंने मुझे केवल शस्त्रास्त्रों का ज्ञान ही नहीं दिया है, मुझे अपना परमप्रिय शिष्य ही नहीं मानते हैं अपितु जिन्होंने मुझे आर्यावर्त का सर्वश्रेष्ठ धनुर्धारी भी घोषित कर रखा है?"

"नहीं।"

"फिर भी गुरु की हत्या तो गुरु की ही हत्या है, पांडव-सेना का एक सैनिक होने के नाते द्रोण की हत्या का भागी तो मैं भी बनूंगा? क्या बिना उनकी हत्या के कार्य नहीं चलता?"

"नहीं चल सकता। और गुरु द्रोण यों ही नहीं मारे जायेंगे। जब तक उनके

हाथ में धनुष-वाण हैं, वे अवध्य हैं। उनकी हत्या छल से होगी और इस छल में तुम्हारी मूक सहमति भी आवश्यक है।" परीक्षा फिर उपस्थित हो गई। पार्थ का मुख विवर्ण हो आया। श्रीकृष्ण के चेहरे पर एक मुसकराहट उभरी। तो हो गया गीता-ज्ञान समाप्त ? गुरु द्रोण की छलपूर्ण हत्या से ही हतप्रभ हो आया पार्थ ?

'बिना छल के उनकी हत्या सम्पन्न नहीं हो सकती ?" अर्जुन ने बुझे मन से कहा।

"नहीं। कौन करेगा धनुर्वेद के इस साक्षात्-अवतार का वध ? तुम ? है तुममें इतनी शक्ति ?"

"नहीं।" अर्जुन ने स्वीकारा।

"तब छल के सिवा उपाय भी क्या है ? हत्या तुम्हारे सेनापति धृष्टद्युम्न और तुम्हारे अनुज भीम के सम्मिलित प्रयास से होगी। छल का सहारा अनिवार्य होगा। उसका स्वरूप बाद में सामने आयेगा, पर इसमें तुम्हारी सहमति आवश्यक हैं। पांडव-पक्ष के तुम सर्वाधिक प्रतापी वीर हो, द्रोण के प्रियतम शिष्य भी। तुम्हें अन्धकार में रखकर मैं यह कार्य सम्पन्न कराऊं तो तुम्हें शायद अच्छा नहीं लगे।"

"कैसे होगी यह हत्या ? शस्त्र रहते अगर द्रोण अजेय हैं तो क्या निःशस्त्र द्रोण पर प्रहार किया जाएगा ?" अर्जुन का मन डूब रहा था।

"हां।"

"कैसे त्याग करेंगे वे शस्त्रास्त्र का ?" अर्जुन दुःखित होकर बोला।

"यह तुम उसी समय देख लेना पर अभी अपनी सहमति प्रदान करो इस षड्यंत्र में।" श्रीकृष्ण ने जानबूझ कर षड्यंत्र शब्द का प्रयोग किया।

"मैं इस दुरभिसंधि का भागीदार नहीं बन सकता।" अर्जुन ने स्पष्ट कहा। वह परीक्षा में असफल होने जा रहा था और वह भी बुरी तरह। वह स्वयं तो गुरु द्रोण की हत्या को प्रस्तुत नहीं ही था, किसी और द्वारा भी वह उनकी हत्या कराने के पक्ष में नहीं था।

"सोच लो।" श्रीकृष्ण ने मुसकराकर कहा।

"क्या ?"

"तुमने मुझे वचन दिया है।"

"कौन-सा ?" अर्जुन का विवेक अभी काम नहीं कर रहा था। निःशस्त्र गुरु की हत्या वह भी कल, पूर्ण तरीके से उसके मन को उद्वेलित कर गई थी।

"कौन-सा वचन ? याद दिलाऊं ?"

"नहीं।" अर्जुन ने कहा, "मैं तुम्हारी सभी बातों को मानने को बाध्य हूं जनार्दन ! यह मेरी विवशता है। मैं सचमुच वचनबद्ध हूं पर मेरी एक प्रार्थना है।"

"क्या ?"

"गुरु द्रोण की छलपूर्ण हत्या में भी अनुमति है मेरी पर अनुरोध इतना ही है कि मुझे इस दृश्य से वंचित ही रखा जाय और किसी प्रकार मुझे इस दुरभिसंधि का अंग नहीं बनाया जाय।" अर्जुन परीक्षा में फिर लड़खड़ा रहा था। श्रीकृष्ण को चिन्ता हो रही थी।

"ऐसा नहीं होगा। तुम गुरु-हत्या के दृश्य को भले नहीं देखो पर तुम्हें इस

दुरभिसंधि का अंग किसी-न-किसी प्रकार तो अवश्य बनना पड़ेगा।"

"कैसे ?"

"तुम्हें अपनी पूरी शक्ति लगाकर कौरव-वीरों को गुरु द्रोण के पास फटकने से रोकना होगा। उनके वेगवान प्रवाह के आगे तुझ गांडीवधारी को चट्टान बनकर अड़ना होगा।"

"ताकि धृष्टद्युम्न पूर्ण निश्चिन्तता से निःशस्त्र गुरु की हत्या कर सके ?"

"हां।"

"यह मुझसे नहीं होगा जनार्दन ! मुझे आज युद्ध-क्षेत्र से बाहर ही रखो। जो करना हो वे कर लें भीमसेन और धृष्टद्युम्न। मुझे कुछ नहीं लेना-देना इस पापाचार से।" अर्जुन ने स्पष्ट और दृढ़ शब्दों में उद्घोषित किया।

"फिर सोच लो," कृष्ण ने आरम्भ किया, "इस दुरभिसंधि के भागी वे भी बनने जा रहे हैं जिन्हें संसार धर्मराज के नाम से जानता है और जिन्हें न तो गीता का उपदेश दिया गया है और जिन्होंने न तो मुझे कोई वचन ही दिया है।"

"कौन ? अग्रज युधिष्ठिर ?" अर्जुन हतप्रभ होता-सा बोला।

"हां, क्योंकि वे धर्मराज होने के साथ हस्तिनापुर के भावी महाराज भी हैं और उन्हें इतना तो जानना ही चाहिए कि राज्य केवल धर्म के सहारे नहीं चलता, उसके साथ नीति भी आवश्यक है। मैं पहले से ही सोचता आया हूं कि एकाकी धर्म कहीं का-पुरुषत्व का पर्याय ही नहीं हो। पर आज हमारी योजना में सहमति से धर्मराज ने सिद्ध कर दिया है कि वे हस्तिनापुर के सिंहासन के सर्वथा उपयुक्त व्यक्ति हैं। वे जानते हैं कि रोग और शत्रु का हरसंभव उपाय से विनाश करना ही बुद्धिमान का कर्त्तव्य है। उन्हें तुम्हारी तरह गीता ज्ञान नहीं प्राप्त है पर वे अच्छी तरह जानते हैं कि युद्ध में सब कुछ उचित है। बोलो, अब क्या कहना है ?"

"अगर अग्रज प्रस्तुत हैं तो मुझे अब कुछ नहीं कहना।"

"तो तुम कौरव-वीरों की बाढ़ को रोकोगे ?"

"पूरे प्रयत्न से।" अर्जुन ने कहा और श्रीकृष्ण प्रफुल्लित हो आये। वह अपनी परीक्षा में उत्तीर्ण हो गया था।

द्रोणाचार्य का मृत शरीर उनके विशाल रथ से नीचे गिर गया। कौरव-पक्ष का एक और प्रबल स्तम्भ धराशायी हो गया। कौरव सेना में सर्वत्र अशान्ति और अव्यवस्था व्याप्त हो गई। दुर्योधन आदि वीर हाहाकार कर उठे।

हुआ सब कुछ योजना के अनुसार ही। धृष्टद्युम्न ने अपने सहायकों के साथ द्रोण पर अकस्मात् धावा बोल दिया। इधर अश्वत्थामा नामक एक हाथी जो इन्द्र वर्मा का था, मार दिया गया। पांडवों ने सर्वत्र संवाद फैला दिया —अश्वत्थामा मारा गया, अश्वत्थामा मारा गया। गुरु द्रोण के वीर-पुत्र का नाम भी अश्वत्थामा ही था। वे घबराये। हाथ का धनुष कांपा। कहीं, अश्वत्थामा, उनका पुत्र ही तो नहीं रण में हत हुआ ? युधिष्ठिर धृष्टद्युम्न के पास ही डोल रहे थे। धर्मज्ञ थे वे। सत्यनिष्ठ भी। द्रोण ने सोचा, सत्य इन्हीं के मुंह से फूट सकता है।

उन्होंने पूछा, "धर्मराज ? क्या मेरा आत्मज अश्वत्थामा सचमुच मारा गया ?"

धर्मराज ने पूर्व निर्धारित योजना के अनुसार कहा—"अश्वत्थामा हतो हता नरो वा कुंजरो (अश्वत्थामा मारा गया, मनुष्य अथवा हाथी)।" किन्तु उन्होंने जान-बूझकर नरो वा कुंजरो (अथवा हाथी) को धीरे से कहा जिससे गुरु द्रोण को केवल इतना ही सुनाई पड़ा कि अश्वत्थामा नामक व्यक्ति नहीं रहा। उनके कांपते हाथों से उनका विशाल धनुष छूट गया और पुत्र-शोक में वे थोड़ी देर के लिए मूर्छाग्रस्त-सा हो जड़ हो आये।

धृष्टद्युम्न इसी घड़ी की प्रतीक्षा में था। वह झट से हाथ में तलवार लेकर अपने रथ से कूदा और उसने द्रोण के रथ में सवार हो उनके स्वर्ण किरीट को एक झटका दे, उनके नग्न केशों को बायें हाथ से पकड़, दाहिने कर से उनकी गर्दन उतार ली।

एक सौ पांच

युद्ध का सोलहवां दिन। श्रीकृष्ण को पुनः रात्रि पर्यन्त नींद नहीं आई थी। कल द्रोण रूपी कौरव-ध्वज के ध्वस्त होते ही यह स्पष्ट हो गया था कि दूसरे दिन कर्ण को सेनापति के रूप में अभिषिक्त किया जाएगा।

कर्ण? कौरव-पक्ष का सर्वाधिक प्रतापी वीर सूत-पुत्र नहीं कुन्ती-पुत्र कर्ण। ज्येष्ठ-पांडव कर्ण। श्रीकृष्ण जानते थे वह वय में ही नहीं बल-बुद्धि, विद्या, उदारता, तप, दान, आराधना, अर्चना सबमें ज्येष्ठ था। अर्जुन को द्रोणाचार्य लाख आर्यावर्त का सर्वश्रेष्ठ धनुर्धर घोषित करते रहे हों पर श्रीकृष्ण से यह छिपा नहीं था कि कर्ण के समक्ष अर्जुन कहीं नहीं टिकता था। अंगराज के पास शौर्य, सामर्थ्य और अद्‌भुत युद्ध-कौशल तो था ही, वह धर्म से युक्त होकर सर्वथा सुरक्षित और अजेय भी था। नित्य घंटों तक सूर्योपासना करने वाला, प्रतिदिन स्वर्ण, अन्न और वस्त्र का मुक्त-हस्त दान करने वाले अंगराज कर्ण के साथ अगर धर्म डोलता चलता था तो इसमें आश्चर्य क्या?

अर्जुन अपने शस्त्रास्त्रों के बल पर एक क्षण को कर्ण पर विजय पाने की कल्पना भी कर ले तो अपने को क्षत्रिय-पुत्र जानकर भी सूत-पत्नी राधा माता का त्याग नहीं करने वाले और आज भी नित्य नियम से उसके तलबों में तिल के कर्पूर मिश्रित सुगन्धित तेल के मर्दन करने वाले कर्ण की रक्षा धर्म नहीं करेगा क्या?

श्रीकृष्ण की दूसरी चिन्ता पूर्वी क्षितिज पर छिटकती लालिमा के साथ ही बढ़ती जा रही थी। वह प्रातः की पूर्ण प्रतीक्षा किए बिना ही अपने पीताम्बर को स्कन्धों पर डाल कर शिविर से बाहर आ गए। सूर्योदय में अभी विलम्ब था। पक्षी फिर भी नीड़ों से उड़ रहे थे, दानों की खोज में।

धर्म, धर्म और धर्म! श्रीकृष्ण के मन को यही बात मथती जा रही थी। कर्ण की धर्मपरायणता के समक्ष अर्जुन कहीं नहीं टिकता था। बिना धर्म के विजय असंभव थी। तो क्या धर्मराज को ही कर्ण से भिड़ा दिया जाय? नहीं यह भी मूर्खता होगी। नरभक्षी व्याघ्र की मांद में एक जीवित मनुष्य को डाल देने की तरह। केवल धर्म से सब कुछ नहीं सधता। कर्म और कौशल भी आवश्यक हैं।

कर्ण के युद्ध-कौशल के समक्ष धर्मराज कहीं नहीं टिकते थे। एक प्रहर भी वे उससे लोहा नहीं ले पाएंगे।

तब ? तब क्या हो ? यह प्रश्न एक जलते अंगारे-सा श्रीकृष्ण के मनःचक्षुओं के समक्ष चक्कर काटने लगा।

धर्म, कौशल, शौर्य, पता नहीं कौन-कौन से शब्द उनके मस्तिष्क को मथने लगे। इनमें धर्म ही सर्वोपरि थे। अर्जुन और कर्ण में स्पष्ट अन्तर करने वाला कोई ज्वलंत और निर्विवाद सत्य था तो वह धर्म ही था। कर्ण ने धर्म की रक्षा की थी, धर्म उसकी रक्षा में पीछे नहीं रहेगा—'धर्मो रक्षात रक्षितः।'

"नहीं। नहीं और नहीं।" श्रीकृष्ण के मुंह से सहसा निकला और वे प्रसन्नता से सूरज के आगमन की प्रत्याशा में उत्फुल्ल होते कमल-पुष्प की तरह ही खिल आये। कर्ण के साथ धर्म था और अधर्म भी था। उन्हें आश्चर्य हुआ कि कैसे भूल गए थे वे इस बात को। उसके अधर्म ने उसे शाप-ग्रस्त करके छोड़ा था। उसने परशुराम से असत्य कथन किया था और उसके बदले ठीक समय पर अपने ब्रह्मास्त्र को विस्तृत कर जाने का घोर अभिशाप ले लिया था।

उसने एक ध्यानस्थ संन्यासी से परिहास का आनन्द लेना चाहा था उसके गले में एक मृत सर्प डालकर और बदले में कुसमय में धरती द्वारा अपने रथ-चक्र के निगल लिए जाने का अभिशाप अर्जित कर लिया था ऋषि-पुत्र से।

यह अधर्म ? ये अभिशाप ही कर्ण की पराजय का, उसके बध का कारण बनेंगे, आवश्यकता है अर्जुन के मन को थोड़ा दृढ़ करने की कि ठीक अवसर पर वह स्वयं धर्माधर्म के व्यर्थ विवेचन में पड़ स्वर्णिम अवसर को अपने हाथ से नहीं गंवा दें।

और श्रीकृष्ण चिन्ता-मुक्त हुए। नित्य कर्म से निवृत्त हो, गायत्री का नियमित जप सम्पन्न कर, अपनी आराध्या दुर्गा की मूर्ति के समक्ष नमन निवेदित कर वे श्वेताश्वों से युक्त अर्जुन के रथ-नीड़ पर जा बैठे।

"चलो अर्जुन, आज कौरवों के नये सेनापति कर्ण के पराक्रम के दर्शन करो। तुम्हारा जन्मजात शत्रु आज तुम्हारे सैनिकों और तुमको काल के गाल में भेजने के किसी प्रयास से मुंह नहीं मोड़ेगा।"

अर्जुन रणांगण में पहुंचा तो देखा ठीक ही सेनापति का मुकुट धारण किए कर्ण अपने सैन्य को मकराकृति में खड़ा किए ठीक उसके मुख-भाग पर खड़ा था। सूर्य आसमान में थोड़ा ऊपर चढ़ आया था और उसकी स्वर्णिम किरणें कर्ण के स्वर्ण-खचित किरीट पर पड़ कौरवों के नये सेनाध्यक्ष को अभिनन्दित कर रही थीं।

पांडवों का व्यूह अर्द्धचन्द्राकार था। धृष्टद्युम्न की इस योग्यता पर श्रीकृष्ण मन-ही-मन प्रफुल्लित हुए और वे कर्ण से अर्जुन का रथ बचाकर दूसरी ओर ले गए और पुनः संतप्तकों के साथ उन्हें भिड़ा दिया।

वर्षों से अपमान की अग्नि में जलते और प्रतिशोध के भयंकर भाव से आकंठ भरे कर्ण के सम्मुख अभी अर्जुन को ले जाना कहीं की बुद्धिमानी नहीं थी।

अर्जुन को हाथ से निकलते देख कर्ण क्रुद्ध केसरी-सा पांडवों की सेना पर टूट पड़ा। वह पांडवों की कई अक्षौहिणी सेनाओं का एक साथ ही सर्वनाश कर गया।

चारों पांडवों में किसी की उसने हत्या नहीं की। कुन्ती को वह वचन दे चुका

था जब वह उस पर भेद खोलने आई थी कि वह सूत-पुत्र नहीं अपितु ज्येष्ठ पांडव है।

"अब बहुत देर हो चुकी है। श्रीकृष्ण से मुझे सारी बातों का पता लग गया है। पर मैं दुर्योधन को छोड़कर पांडवों के पक्ष में नहीं आ सकता। भले ही तुमने मुझे लांछना और अपमान-पूर्ण जीवन के सिवा कुछ और नहीं दिया पर दान-वीर के रूप में प्रसिद्ध कर्ण के पास से कोई रिक्त-हस्त नहीं लौट सकता। जाओ, मैंने तुम्हें वचन दिया, अर्जुन को छोड़कर मैं और किसी पांडव की अवसर पाकर भी हत्या नहीं करूंगा। इस युद्ध में या तो अर्जुन बचेगा या कर्ण। तुम हर स्थिति में पांच पांडवों की ही जननी रहोगी।"

यही कारण था कि आज और आने वाले कल के युद्ध में पांडवों को पकड़-पकड़कर भी उसने छोड़ दिया। एक बार तो युधिष्ठिर की गर्दन में अपने धनुष की प्रत्यंचा डाल उसने इतनी जोर से खींचा कि वे मुंह के बल गिरते-गिरते रहे। अन्त में उन्हें यह कहकर छोड़ दिया, "भाग जाओ कुन्ती-नन्दन, तुम द्यूत के खेल में कुशल हो सकते हो। धर्मराज की उपाधि से विभूषित होकर अपनी पत्नी को भी दांव पर लगा सकते हो, पर युद्ध तुम्हारे वश का रोग नहीं। जाओ, मैंने तुम्हें प्राण-दान दिया।"

इस अपमान से युधिष्ठिर इतने अव्यवस्थित हुए कि उन्होंने सोचा इससे तो अच्छा था कि यह सूत-पुत्र मेरे प्राण ही हर लेता। इतने योद्धाओं के समक्ष मेरी ऐसी दुर्दशा तो नहीं होती।

उसी प्रकार एक बार उसने अपने में कई-कई हाथियों का बल रखने वाले भीम को धर पकड़ा। उनकी गदा धरी की धरी रह गई। कर्ण चाहता तो जैसे नेवला सर्प की गर्दन को मसल-मसल उसके प्राण हर लेता है उसी तरह उसके सिर को भूमि में घिस-घिस कर उसे स्वर्गारोही कर देता। पर उसे भी छोड़ते हुए बोला—"अधिक अन्न के भक्षण से ही कोई वीर नहीं बन जाता वृकोदर! जाओ, अपनी पेट-पूजा का प्रबन्ध करो। कर्ण के समक्ष आने का फिर प्रयास नहीं करना।"

उस दिन के युद्ध में पांडव सेना की अपार क्षति के मूल्य पर भी श्रीकृष्ण ने अर्जुन का कर्ण के साथ से आमना-सामना नहीं होने दिया। पर दोनों वीरों ने आज अपने-अपने शत्रु-पक्षों का इतना संहार किया कि कुरुक्षेत्र के मैदान में गिनती के सैनिक बचे रहे। कौरव-सेना का संहार तो पहले ही अत्यधिक हो चुका था, आज कर्ण ने पांडवों को भी प्रायः शक्तिहीन करके छोड़ा।

सूर्यास्त के समय शिविर को लौटते समय थककर चूर कर्ण के मन को एक ही बात कांटे की तरह साल रही थी, वह अपने जन्मजात शत्रु अर्जुन को नहीं पा सका और श्रीकृष्ण के मन को एक ही बात आनन्दित कर रही थी—आज कर्ण इतना श्रान्त हो आया है कि कल के सूर्योस्त को वह शायद ही देख सके।

एक सौ छः

और आज सत्रहवें दिन के सूर्यास्त को कर्ण ही नहीं, कौरव और पांडव पक्ष के कई वीर नहीं देख सके।

कल के अपमान का बदला भीमसेन ने गदा-युद्ध में दुःशासन को पराजित कर उसके वक्ष को फाड़कर तथा गर्म-गर्म रक्त का पान कर अपनी प्रतिज्ञा को पूर्ण कर लिया।

अंजलि-भर रक्त हाथ में ले पागलों-सा नर्तन कर वह पांचाली के शिविर में भी गया और उसके मुक्त केशों में अपनी अंजलि में अब तक बर्फ की तरह जम आये दुःशासन के रक्त को डालते हुए कहा—"केश-विन्यास करो द्रुपद-सुता। दुःशासन अब नहीं रहा।" भीम की प्रतिज्ञा पूरी हुई।

प्रहर भर दिन चढ़ते ही दुर्योधन, कृपाचार्य, अश्वत्थामा आदि कुछेक कौरव-वीरों और पांचों पांडव और उनके कुछ गिने-चुने सहायकों के साथ कुछेक सहस्र वीर ही कुरुक्षेत्र के मैदान में जीवित खड़े थे। सारा मैदान पशुओं और मनुष्यों के शवों से अंटा पड़ा था। स्थान-स्थान पर रुधिर और पशुओं तथा मनुष्यों के मांस-मज्जा के कारण दलदल-सा बन आया था।

श्रीकृष्ण ऐसे ही एक अपेक्षाकृत भीषण दलदल के अन्वेषण में लगे थे। वे स्यन्दन को निरन्तर इधर-उधर नचा रहे थे। सैनिकों की संख्या कम होने के कारण वे न तो कर्ण की आंखों से बच पा रहे थे, न उसके मर्मभेदी व्यंग्य-वाणों से। "कब तक बचाते रहोगे हृषीकेष अपने पृथा-पुत्र को कर्ण के वाणों से? अच्छा हो अब निर्णायक युद्ध लड़ ही लें हम दोनों।"

कर्ण ऐसा कहता हुआ अर्जुन के रथ पर अपने असंख्य वाण बरसाते हुए उनके पीछे दौड़ा। पर श्रीकृष्ण को जिस स्थान पर मोर्चा लेना था वह तो अभी मिला नहीं था। फलतः उनके रथ और कर्ण के वाणों की गति में होड़-सी लग गई जिसमें श्रीकृष्ण का रथ ही विजयी रहा। अब तक कर्ण का एक शर भी उसे छू नहीं सका।

अगर धर्म को साथ लेना था तो कर्म की भी साधना आवश्यक था। श्रीकृष्ण इस बात को भलीभांति जानते थे। अगर पृथ्वी को कर्ण के रथ-चक्र को निगलना था तो उसे ऐसा सुयोग प्रदान करना भी आवश्यक था। इसीलिए श्रीकृष्ण सर्वाधिक दलदल पूर्ण रथ के अन्वेषण में भटक रहे थे।

अन्ततः वह स्थान मिल गया। एक तरफ पूरी तरह सूखी भूमि और दूसरी तरफ दूर तक फैला रक्त और मांस-मज्जा से गिली हो आई मिट्टी।

श्रीकृष्ण ने सूखी भूमि पर रथ को खड़ा कर दिया। पीछे से दौड़ते आते कर्ण के सारथी शल्य को इस दलदल-पूर्ण भूमि में रथ खड़ा करने के अलावा और कोई चारा नहीं रहा।

दोनों योद्धाओं ने एक-दूसरे पर मारक प्रहार आरम्भ किया। नाराच, शक्ति, तोमर, शर, परीध, मल्ल, तलवार, खड्ग सभी अस्त्र-शस्त्रों का खुल कर प्रयोग हुआ पर विजय-श्री किसी का वरण करती दृष्टिगोचर नहीं हुई। शरों के प्रहार से दोनों वीरों के कवच क्षत-विक्षत हो गए। उनके शरीर से रक्त की धारा बह चली।

श्रीकृष्ण चिन्तित हुए। शायद आज कर्ण हाथ नहीं आये। उन्होंने एक चाल चली। अपने रथ को सूखे भाग के अन्तिम छोर पर उन्होंने ला खड़ा किया। अर्जुन के प्रहार समीप से और मारक हो गए।

"रथ पीछे करो," कर्ण चिल्लाया। सदा की तरह उसका परिहास करने वाला उसका सारथि मद्रराज शल्य बिगड़ा—"पीछे घोर दलदल है। वहां रथ नहीं खड़ा किया जा सकता।"

"मैं कहता हूं, रथ पीछे करो।" कर्ण के स्वर में ऋषि-पुत्र का श्राप बोल रहा था।

विवश शल्य ने रथ को पीछे किया और कर्ण के रथ का एक चक्र दलदल में जा धंसा। कर्ण ने पहले तो इसे अनदेखा किया पर जब रथ असंतुलित होने लगा तो वह धनुष छोड़कर नीचे कूदा। रथ-चक्र को दोनों बाहुओं में भर कर ऊपर उठाना चाहा पर वह धंसता गया तो धंसता ही गया।

अर्जुन ने गांडीव से शर वर्षण बन्द कर दिया था।

"यह क्या पार्थ," श्रीकृष्ण चिल्लाए, "यही अवसर है, गांडीव पर अर्द्धचन्द्राकार वाण का संधान करो और कर्ण का सिरोच्छेदन कर दो।"

"निःशस्त्र पर शस्त्र प्रहार!" अर्जुन बुदबुदाया। पर बात कर्ण तक जा पहुंची और वह बाजुओं में रथ-चक्र को थामे बोला, "तुम इस कृष्ण की बात में नहीं आना अर्जुन! तुम एक योद्धा हो। यह एक मात्र सारथि। योद्धा धर्म-युद्ध ही करते हैं। निःशस्त्र पर आक्रमण धर्म-विरुद्ध है। तुम ऐसा अधार्मिक कार्य नहीं करोगे।"

श्रीकृष्ण ठठाकर हंसे, "मैं सारथि ही सही पर धर्म की बात तुमसे अधिक जानता हूं। आज जब अपने पर आ पड़ा है तो तुम्हें धर्म कैसे सूझने लगा है राधेय! कौरवों ने जब पांडवों को छल-द्यूत में हराकर वन-गमन को विवश किया था तो तुम्हारा धर्म कहां गया था? क्यों नहीं खुला था तुम्हारा मुख? कौरवों की भरी सभा में जब एकवस्त्रा रजस्वला पांचाली नग्न की जा रही थी तो किस उत्सुकता से और क्या देख रहे थे तुम? दुर्योधन के हर अन्याय और अधर्म में साथ देनेवाले नराधम, जब तुम सात महारथियों ने एक साथ घेरकर किसी शृगाल-श्वान की तरह किशोर अभिमन्यु की हत्या की थी उस समय तुम्हारा धर्म कहां था सूत-पुत्र?"

कृष्ण ने जानबूझ कर अभिमन्यु वाली बात अन्त में कही थी। अर्जुन का क्रोध भड़का था और उसने तत्काल गांडीव पर एक प्रखर शर-संधान कर कर्ण की ग्रीवा को लक्ष्य बना दिया था। हाथ से व्यर्थ ही अर्जुन के वाण को रोकने के लिए उसे हवा में उठाए कर्ण उसी रक्त-मज्जा और मांस के दलदल में निष्प्राण हो गिर गया था।

श्रीकृष्ण ने जोर से अपने पांचजन्य शंख पर विजय-ध्वनि की थी और दोनों पक्षों के वीरों को ज्ञात हो गया था कि कौरवों का अन्तिम स्तम्भ भी जाता रहा। आज का युद्ध उसी समय समाप्त हो गया। कर्ण के गिरने के साथ ही सभी कौरव-वीर यत्र-तत्र भाग खड़े हुए। पांडव अब युद्ध करें तो किससे?

एक सौ सात

कर्ण की मृत्यु के साथ ही कृष्ण का सारथ्य भी अब समाप्त हो गया था। अब कौरव पक्ष में ऐसा कोई वीर नहीं बचा था जिससे अर्जुन का सामना हो। पर पांडव और कौरव-पक्षों में कुछ सैनिक तो शेष ही थे और दुर्योधन भी अभी जीवित था। उसके जीवित रहते युद्ध का अन्त नहीं माना जा सकता था।

अठारहवें दिन के युद्ध के पूर्व कृपाचार्य ने दुर्योधन को समझाया—"अब भी कुछ नहीं बिगड़ा, पांडवों को आधा राज्य देकर उनसे सन्धि कर लो।"

दुर्योधन को कृपाचार्य की इस बात पर हंसी आई। उसने कहा—"अब जब मेरे निन्यानवे भाई, पितामह भीष्म, गुरु द्रोण, और कर्ण सब मेरे लिए मृत्यु का वरण कर चुके हैं तो मैं अपने प्राणों की रक्षा के लिए सन्धि करूं? आप कहां की बात कर रहे हैं आचार्य?"

निदान, अठारहवें दिन दुर्योधन ने शल्य को सेनापति के पद पर विभूषित किया और बचे-खुचे सैनिकों और योद्धाओं को उनके अधीन कर युद्ध के लिए सन्नद्ध हो गया। शल्य ने सर्वतोभद्र नामक व्यूह की रचना की।

पाण्डवों की ओर से युधिष्ठिर ने सर्वप्रथम कौरव-सेना पर आक्रमण किया। यह देख मद्रराज शल्य ने गदा-युद्ध के लिए भीम को ललकारा। किन्तु वह उनके समक्ष टिक नहीं सका। रणभूमि से भाग खड़ा हुआ।

पुनः वह अपनी बची-खुची सेना लेकर युधिष्ठिर से आ भिड़ा। धर्मराज ने शक्ति के प्रहार से शल्य को यमलोक भेज दिया।

सेनापति के पतन के साथ ही बची-खुची सेना भी भाग खड़ी हुई। दुर्योधन अपने घोड़े पर थोड़ी देर तक एकाकी खड़ा रहा फिर अपनी गदा के साथ संग्राम-स्थल से भाग खड़ा हुआ। कौरवों के पक्ष के अब तीन ही वीर शेष थे, अश्वत्थामा, कृपाचार्य और कृतवर्मा।

दुर्योधन इन सभी के साथ-साथ सरोवर के पास आया और जल-समाधि लगा सरोवर के अन्दर छिप बैठा। शेष तीनों वीर वहां से खिसक गए। श्रीकृष्ण को जब पता चला कि दुर्योधन रणांगण से भाग गया तो वे बहुत चिन्तित हुए—कुरुक्षेत्र का युद्ध तो अनिर्णीत ही रह गया!

वे युधिष्ठिर, भीम और अन्य पांडवों के साथ दुर्योधन के अन्वेषण में निकले। अन्ततः एक व्याध्रा ने उस सरोवर को दिखा दिया जिसमें दुर्योधन छिपा पड़ा था।

युधिष्ठिर ने उसे ललकारा, "यह तो वीरोचित कार्य नहीं है दुर्योधन! संपूर्ण कुल का नाश कर तुम जल में छिपे बैठे हो। तुम बाहर आओ और किसी एक से भी युद्ध कर इस महासमर का अन्तिम निर्णय कर लो। अगर तुम उस एक योद्धा की भी हत्या कर सके तो हम युद्ध में हार मान लेंगे।"

श्रीकृष्ण को युधिष्ठिर की यह अनर्गल बात पसन्द नहीं आई। दुर्योधन गदा-युद्ध में अद्वितीय था और भीम के सिवा उसका कोई सामना नहीं कर सकता था। अगर दुर्योधन ने भीम को छोड़कर किसी और को चुन लिया तब? पर अब चिन्ता करने से क्या होना था? युधिष्ठिर तो वचन हार चुके थे।

पर दुर्योधन ने अपने घोर शत्रु भीम को ही इस युद्ध के लिए चुना।

"मुझे एक गदा दो और भीम को मेरे सामने करो।" सरोवर-जल को चीर-

कर बाहर निकलते हुए दुर्योधन ने कहा।

दुर्योधन को ज्ञात था कि गदा-युद्ध में वह भीम को परास्त कर देगा क्योंकि जांघों को छोड़कर उसका सारा शरीर वज्र-तुल्य हो आया था। माता गांधारी ने एक बार कहा था, "पुत्र, तुम मेरे समक्ष एकदम वस्त्रविहीन खड़े हो जाओ। मैं अपनी आंखों की पट्टी को थोड़ी देर के लिए खोलती हूं और अपने पातिव्रत्य के आधार पर तुम्हारे सम्पूर्ण शरीर को वज्रवत् बना देती हूं।" दुर्योधन ने सारे वस्त्र तो उतार दिए पर शर्म के कारण वह 'लंगोट' पहने ही रहा; फलस्वरूप उसकी जांघें वज्र बनने से रह गईं। किन्तु गदा-युद्ध में कमर के नीचे प्रहार वर्जित है, अत: अपनी विजय के प्रति वह पूर्णतया आश्वस्त था, यही कारण था कि अपने समतुल्य गदायोद्धा भीम को चुनने में उसने एक क्षण का भी समय नहीं लगाया।

भीम और दुर्योधन में गदा-युद्ध देर तक चलता रहा। दोनों एक-दूसरे के मर्म पर प्रहार करने को उद्यत थे। दोनों की गदाएं एक-दूसरे से टकराकर स्फुलिंग उगलने लगी थीं।

युद्ध को किसी निर्णायक मोड़ पर नहीं पहुंचते देख श्रीकृष्ण चिन्तित हुए। कहीं वज्र-तनधारी दुर्योधन भीम को परास्त करने में सफल हो गया तो सभी किए-कराए पर पानी फिर जाएगा। उन्होंने भीम को दिखाकर अपनी जांघें थपथपाईं। भीम इंगित समझ गया और ऊपर उछल कर नीचे आते दुर्योधन की दोनों जांघों पर घोर गदा-प्रहार किया। उसकी दोनों जांघें टूट गईं और वह किसी विशाल उल्का की तरह पृथ्वी पर जा गिरा।

दुर्योधन दर्द से कराहने लगा।

इसी समय तीर्थाटन करते-करते श्रीकृष्ण-अग्रज बलराम वहां पहुंच चुके थे। गदा-युद्ध उन्हीं के निर्णायकत्व में हो रहा था। भीम द्वारा दुर्योधन की जांघों पर प्रहार करने से वे भीषण रूप में क्रुद्ध हो आए। वह अपना हल लेकर भीम की ओर बढ़े। निकट था कि वे भीम की हत्या कर देते कि श्रीकृष्ण ने उन्हें बांहों में भरकर रोक लिया और कहा—"भैया, यह सही है कि धर्म का पालन हर स्थिति में करना चाहिए। पर केवल धर्म के आधार पर जीवन-यापन तक नहीं हो सकता; राज्य पाने की बात तो और है। जीवन रूपी रथ के चार चक्र हैं—धर्म, नीति, पराक्रम और आत्मविश्वास। इनमें किसी एक से भी रहित व्यक्ति जीवन में सफलता नहीं प्राप्त कर सकता। नीति नहीं हो तो धर्म व्यर्थ है। भीम ने नीति से काम लिया है। कौरवों द्वारा थोपे गए युद्ध के कारण जब सब कुछ समाप्त हो गया था तो अब धर्म की दुहाई दे दुर्योधन को जीवित छोड़ उसे पुन: राज्य प्रदान कर स्वयं वन-वन भटकना कहीं की बुद्धिमानी नहीं थी। भीमसेन ने दुर्योधन का बध कर सर्वथा ठीक किया है। नीति, पराक्रम और आत्मविश्वास से हीन व्यक्ति को छोड़कर धर्म भी उसी तरह भाग जाता है जैसे अस्त्र-शस्त्र से हीन सेनापति को छोड़ उसकी सेना।"

कृष्ण की यह बात बलराम को पसन्द आई और वे भीम को क्षमा कर द्वारिका की ओर प्रस्थित हो गए।

पर कृष्ण का कार्य अभी शेष नहीं हुआ था। रात्रि में दुर्योधन को देखने आये कृपाचार्य, अश्वत्थामा और कृतवर्मा ने एक दुरभिसंधि रची जिसमें आज की विजय से निश्चिन्त सोये पड़े पांचों पांडवों और धृष्टद्युम्न पर अश्वत्थामा को

आक्रमण कर देना था और सुषुप्तावस्था में ही उनकी गर्दन काट देनी थी।

अश्वत्थामा ने भी ऐसा ही निश्चय किया। पर सौभाग्यवश उस समय पांचों पांडव श्रीकृष्ण द्वारा अन्यत्र बुला लिए गए थे। उसने द्रौपदी के पांच पुत्रों को ही पांडव समझ उनकी गर्दनें उतार लीं। धृष्टद्युम्न तथा उत्तमौजा और युधामन्यु के भी सिर काट लिए।

प्रात जब द्रौपदी को अपने पुत्रों से बध की बात ज्ञात हुई तो वह युधिष्ठिर को उलाहना देने लगी और अश्वत्थामा को दंडित करने का अनुरोध करने लगी। श्रीकृष्ण और पांडव गुरुपुत्र के अन्वेषण में निकले। अन्ततः, वह गंगा किनारे मिल गया। पांडवों को देख उसने ब्रह्मास्त्र का प्रयोग कर दिया जिसे अर्जुन ने अपने ब्रह्मास्त्र-ज्ञान से व्यर्थ कर दिया। कुपित गुरुपुत्र ने एक तिनके को ही मन्त्र से अभिषिक्त कर पांडवों के कुल-नाश के लिए अभिमन्यु-पत्नी उत्तरा के गर्भ पर छोड़ दिया। वह मंत्राभिषिक्त तिनका वज्र बन आया और उत्तरा के गर्भ में प्रवेश कर वह उसे समाप्त ही कर देता कि श्रीकृष्ण को एक बार पुनः और शायद अंतिम बार अपनी साधना और संकल्प-शक्ति का सहारा ले सूक्ष्म रूप से उत्तरा के गर्भ में ही प्रवेश करना पड़ा। वहां पहुंच उन्होंने अपने सुदर्शन-चक्र से उस वज्र के टुकड़े-टुकड़े कर दिये। यही गर्भ परीक्षित नाम से पैदा हुआ जिससे पांडु-वंश आगे बढ़ा।

एक सौ आठ

स्वप्न जब टूटता है तो यथार्थ सामने शीशे-सा खड़ा दृष्टिगोचर होता है। यह शीशा सपनों का शीशमहल नहीं होकर यथार्थ का साक्षात् प्रतीक होता है। उसमें जो भी प्रतिबिम्बित होता है वह स्वप्न के माया-जाल से दूर एक ऐसा सत्य है जिसका सामना सबके वश की बात नहीं।

महाभारत रूपी स्वप्न समाप्त हो गया था। पूरे अठारह दिनों तक सपनों के शीशमहल में घुमाने के पश्चात् काल-पुरुष ने श्रीकृष्ण को यथार्थ के विशाल शीशे के समक्ष ला खड़ा किया था—"देख लो इसमें जो कुछ देखना हो। देख लो क्या पाया और क्या खोया, यह महाभारत रचाकर। देख लो ये शवों के अम्बार जो कुरुक्षेत्र में यत्र-तत्र ईंट-पत्थर के ढेरों की तरह पड़े हैं—शव सबके। मनुष्य तो मनुष्य, पशु—गज, अश्व, भार-वाहक वृषभ, गर्दभ, दोषी, अपराधी और निरपराध सबके। और देख लो इन लावारिश लाशों पर झपटते, आपस में छीना-झपटी करते, एक-दूसरे पर टूटते-टकराते मांसजीवी पक्षियों—गृद्ध, चील—और पशुओं—शृगाल, श्वान—आदि के इस महोत्सव को। और देखना हो तो देखो कुछ विशेष भाग्यशालियों की जलती चिताओं को, उन पर जलते-ऐंठते चट्-चट् करते उनके कटे-फटे अंगों को, उनसे निकलती जले मांस से भरी दुर्गन्ध का भी अनुमान करना चाहो तो कर लो इसी समय।

"और देखना चाहते हो? तो ये रहीं युवती और किशोरी तथा बाल-विधवाएं जिनकी मांग के लाल सिन्दूर को तुम्हारे दोनों पक्षों के योद्धाओं और सैनिकों ने

बड़ी निर्ममता से असमय पोंछ दिया है। देखो, देखो, इन बिलखती, बिललाती बहनों को जिनके भाई तुम्हारी समराग्नि में स्वाहा हो चुके हैं। देखने से भयभीत नहीं होते हो तो देखो पलित (श्वेत) केश, दृष्टिहीन आंखें और कमान-सी झुकी कमर वाले इन वृद्धों और वृद्धाओं को जिनके बुढ़ापे के एक मात्र सहारे को तुम्हारे इस महासमर ने सदा के लिए छीन लिया है। देख लो इन लाशों के ढेरों में पागल से घूमते इन कुछ पुरुषों-औरतों, बाल-वृद्ध और युवाओं को भी जो अपनी मूर्खता-वश मृत्यु के इस महापर्व में जीवन के कुछ चिह्न ढूंढ़ने को व्यग्र हैं—शायद कोई अधमरा उनका सगा सम्बन्धी मिल ही जाय लाशों के अनन्त और अछोर विस्तार में। मूर्ख हैं ये। सड़ते शवों में स्पन्दित जीवन ढूंढ़ रहे हैं। अठारह दिनों से सड़ रही इन लाशों की दुर्गन्ध तुम्हारी नासिका-रन्ध्रों तक नहीं पहुंचती? कैसे पहुंचे, स्वयं भगवान जो हो तुम, जो घट रहा है, घट चुका है और घटित होने वाला है उसके प्रति पूर्णतया तटस्थ। नहीं? निर्विकार और निश्चिन्त।

"कालपुरुष तो मैं व्यर्थ अपने को कह रहा हूं। वह तो स्वयं तुम्हीं हो। हां जो तुम कभी गोकुल और वृन्दावन में गाएं चराया करते थे, गो-वत्सों के पीछे भागते-खेलते चलते थे, नन्द-यशोदा के आंगन और व्रज की वीथियों में ताता-थैया नाचा करते थे। राधा से अपना किशोर किन्तु मानना पड़ेगा, अमांसल, अपार्थिव प्रेम निवेदन किया करते थे, गोपों और गोपांगनाओं के प्राण प्यारे थे, उनके जीवन-धन। फिर तुम अकस्मात् बदलने लगे। राधा की प्रेरणा जो किशोरावस्था में ही तुम्हारे मन में बैठ गई थी और वह भी जो तुम्हारे उत्थान, तुम्हारे विकास और तुम्हारी निरन्तर वृद्धिशील लोकप्रियता के लिए व्रज के करील-कुंजों और कालिन्दी-कूलों पर भूखी-प्यासी भटकती रहती थी।

"तुम अब गोकुल के सामान्य ग्वाल-बालक कहां थे? नहीं थे तुम अब अबोध गोपाल। सामान्य से असामान्य बनते जा रहे थे तुम। तुमने किशोरावस्था में ही अपने मामा कंस का निर्मम वध सम्पन्न कर दिया। क्यों? उत्तर तुम्हारे पास था क्योंकि वह अन्यायी, दुराचारी और निरंकुश था। उसने तुम्हारे अपने माता-पिता को कुछ नहीं तो कोई दस वर्षों तक बन्दी बनाया था और अपने प्रभावहीन अशक्त और वृद्ध पिता को सिंहासन-च्युत कर स्वयं उस पर आसीन हो गया था। अन्याय के बदले न्याय देना तुम्हारा स्वयं ओढ़ा हुआ कर्त्तव्य था। तुमने अन्याय का नाश कर न्याय की स्थापना की। उग्रसेन को तुमने सिंहासन सौंपा। सम्पूर्ण मथुरा में तुम्हारी जय-जयकार हुई। उग्रसेन के नाममात्र के नृपत्व में तुम वास्तविक मथुराधिपति हो गए। तुम्हारा प्रभाव बढ़ता गया। तुमने जरासन्ध के सदृश वीर से लोहा लिया भले उससे हारकर तुम्हें द्वारिका के द्वीप में शरण ताकनी पड़ी।

"पर तुम रुके कहां? बढ़ते ही गए। तुमने साधना की थी गुरु सांदीपनि के आश्रम में। तुमने अपने जीवन-सिद्धान्त वहीं निर्धारित किए थे जिसकी व्याख्या तुमने कुरुक्षेत्र के मैदान में अर्जुन को अहिंसक से हिंसक बनाने के लिए की। तुम अब पुरुष कहां थे? युग-पुरुष हो आये थे। नर कहां थे तुम, नारायण बन गये थे। आर्य-भूमि के सभी नृप तो तुम्हें इसी रूप में देखने लगे थे। तभी तो युधिष्ठिर के राजसूय-यज्ञ में अग्र-पूजा के अधिकारी तुम्हीं बने थे भले ही [illegible] के

फलस्वरूप शिशुपाल को अपने प्राणों से भी हाथ धोना पड़ा था।

"तुम बढ़ते गए थे, बढ़ते गए थे एक वर्द्धमान वट-वृक्ष की तरह। तुम्हारी साधना, सिद्धि को छूने लगी थी, तुम्हारा संकल्प-बल इतना प्रबल हो गया था कि कभी वह द्रौपदी की शर्म-रक्षा के लिए वस्त्रों के अम्बार में परिवर्तित होता जा रहा था तो कभी उद्दंड अर्जुन के होश ठिकाने लाने के लिए वह विराट रूप धारण करने लगा था। पितामह और द्रोण तक के सिर तुम्हारे चरणों पर झुकने लगे थे। राधा का दिया मंत्र काम कर गया था। उसने जाने या अनजाने प्रेरणा का जो एक नन्हा दीप जलाया था वह अब एक गगनचुम्बी प्रकाश-स्तम्भ बनकर खड़ा था।

"पर किसलिए ? किसलिए यह सब ? प्रेरणा के इस दिग्व्यापी प्रकाश-स्तम्भ पर तो कुरुक्षेत्र के असख्य शलभ पर पटक कर जल मरे ? न्याय की स्थापना करने चले थे ? किसके लिए ? धर्म का विजय-ध्वज फहरा कर अधर्म का नाश करने चले थे तुम ? किसके लिए ? बोलो किसके लिए ? इन बिलखती विधवाओं के लिए या इन असहाय वृद्धों-वृद्धाओं के लिए ? इन वीरान पड़े, बीयाबान बनते जा रहे जन-शून्य जनपदों के लिए या कुरुक्षेत्र के विस्तृत मैदान पर सांय-सांय करती इस दुर्गन्ध-बयार के लिए ? बोलो, किसके लिए ? किसके लिए ? किसके लिए ?"

"चुप।" श्रीकृष्ण के मुंह से पागलों की तरह चीत्कार निकला। "सुनना चाहते हो तुम इसका उत्तर, तुम चाहे काल-पुरुष हो या जो कुछ पर मेरे पास उत्तर है। हां, मैंने जो कुछ किया है, ठीक किया है। युद्ध भयावह है, घृणित है, अमानवीय है, मैंने कभी उसे प्रश्रय नहीं दिया, सदा उसे टालने का प्रयत्न किया पर जब वह अनिवार्य हो गया, अपरिहार्य हो आया तो मैंने, सही है मैंने युद्धाग्नि के लिए समिधाएं भी एकत्रित कीं और आहुतियां भी। ठीक है मैंने युद्धाग्नि को भरपूर भड़काया, मैं धर्म-अधर्म दोनों का सहारा लेने में पीछे नहीं हटा। हां, मैं युग-पुरुष हो आया था, काल-पुरुष ! जो तुम अपने को कह रहे हो। मेरे एक इंगित पर पृथ्वी का घूमना और रुकना आश्रित था। मैं चाहता तो यह महासमर रुक भी सकता था, केवल मुझे किनारे होने की आवश्यकता थी। पर मैंने ऐसा नहीं किया। तुम पूछते हो किसके लिए ? यही न ?"

"हां।"

"तो कान खोलकर सुन लो। यह सब वर्तमान के लिए नहीं किया मैंने। भविष्य के लिए किया यह सब ताकि भविष्य वर्तमान से शिक्षा ले सके, ताकि फिर किसी को लाक्षागृह में जला मारने की दुरभिसंधि नहीं रची जा सके, क्योंकि फिर किसी को छल-द्यूत के बल पर उसे अपने राज्य से वंचित कर तेरह-तेरह वर्षों तक वन-वन भटकने को बाध्य नहीं किया जा सके, ताकि युद्ध को स्वयं अंक-माल देने को प्रस्तुत किसी दुर्धर्ष युवराज को यह कहने का साहस नही हो कि सूच्यग्र भूमि भी बिना संग्राम के नहीं दी जा सकती, ताकि भविष्य में कोई शान्ति दूत बने और मात्र पांच ग्रामों की भीख मांगते किसी कृष्ण को बन्धन-युक्त करने का प्रयास न करे। और सुनना चाहते हो तुम काल-पुरुष या जो कुछ भी तुम हो, तो सुन लो इस समराग्नि को इसलिए भड़काया गया, इसीलिए भड़काया गया कि भविष्य में कोई पांचाली एक-वस्त्रा और रजस्वला किसी खचाखच भरी राज सभा में विवस्त्रा होने को विवश नहीं हो...।"

"बस-बस।" आवाज आई, "तुम्हारे तर्क अकाट्य हैं। तुम्हारी योजनाएं निःस्वार्थ। मैं संतुष्ट हुआ। युग-पुरुष या कहो ईश्वर के रूप में मैं भी तुम्हारा नमन करता हूं। पर एक बात बोलोगे।"

"क्या ?"

"जिस राधा ने तुम्हें गोकुल की मिट्टी से उठा ईश्वर के सिंहासन पर बैठाया, जिसने और कुछ नहीं तो तुम्हें युग-पुरुष, पुरुष-श्रेष्ठ या पुरुषोत्तम क्या-क्या बनाया उसे क्यों भूल गए तुम ?"

"अभी-अभी तो तुम बोले हो कि राधा की अमांसल और अपार्थिव प्रेरणा ने ही मुझे यहां तक पहुंचाया है। राधा मुझसे कभी दूर नहीं रही, एक क्षण के लिए भी नहीं। वह आज भी मेरे अन्तर में प्रेरणा की एक अकम्प दीप-शिखा के रूप में प्रज्वलित है। देखना चाहते हो तुम ? फाड़ूं अपने वक्षस्थल को ?"

"नहीं, नहीं, इसकी आवश्यकता नहीं। पर सब पता है मुझे। रुक्मिणी, सत्यभामा, जाम्बवती, सत्या और भौमासुर की वन्दिनी साठ-साठ हजार सुन्दरियों के होते हुए भी तुम केवल राधा के होकर रहे। मुझे अपने प्रश्न को सुधारने दो। युग-पुरुष या पुरुषोत्तम होने से, तुम्हारी अग्रपूजा से, तुम्हारे ईश्वरत्व की चर्चा से और सबसे ऊपर अलका को भी मात देने वाली तुम्हारी इस द्वारिका से तुम्हें क्या मिला ?"

"कुछ नहीं पर सब कुछ ?"

"क्या मतलब ?"

'वह अपने श्याम को युग-पुरुष के रूप में देखना चाहती थी, नर नहीं नारायण के समान समस्त आर्य भूमि में पूजित होते देखना चाहती थी। उसका यही सपना था, वह साकार हो गया। राधा अपने को धन्य मानती होगी। नहीं, विश्वास हो तो उससे जाकर पूछ लो।"

"जाने की आवश्यकता नहीं। मुझे यह भी मालूम है। करील के कांटों में ढूंढ़ती उस अन्धी वृद्धा को श्याम-श्याम की रट लगाते मैं अब भी सुन रहा हूं। तुम तक भले उसके स्वर नहीं पहुंचे। पर मैं तो जानना चाहता था कि तुमने कहा था कि उसे कुछ नहीं मिलकर भी सब कुछ मिल गया। यह कुछ नहीं क्या है ?"

"यह है द्वारिका। तुम्हीं तो कह रहे थे। यह है पट्टमहिषी का गरिमामय पद। भय है अपने प्रिय का विशुद्ध और निःस्वार्थ ही सही सतत सान्निध्य। पर एक बात सुनोगे ?"

"क्या ?"

"सच्चा प्यार कुछ मांगता नहीं, देता है। राधा ने अगर अपने आंचल में करील कांटे और कालिन्दी की रेत भरकर मेरे लिए यश, कीर्ति और ऐश्वर्य की कामना की है तो इसमें कुछ नया नहीं है। उसने कुछ लिया नहीं दिया है। उसने मुझे सच्चा और निस्स्वार्थ प्रेम दिया है। उसे इसके प्रतिदान की आकांक्षा नहीं।"

"और तुम प्रतिदान देने भी नहीं जा रहे ?"

"यह तुम कैसे कह सकते हो ? क्या तुमने मेरे अन्तर में झांक कर देखा है ?"

"नहीं, तुम्हारे अन्तर की गहराइयों में उतरना आसान नहीं। तुम तो अब स्वयं काल-पुरुष बन आये हो अपितु काल-पुरुष के भी काल।"

"तो सुन लो।"

"क्या?"

"मुझे तुम और कुछ नहीं तो संकल्प-शक्ति से युक्त एक पुरुष तो मानते हो।"

"अवश्य। मानने वाले तो तुम्हें ईश्वर ही मानते हैं।"

"तो कान खोलकर सुन लो काल-पुरुष! अखंड काल तक श्रीकृष्ण सचमुच ईश्वर के रूप में ही पूजित रहेगा और वह अपनी संकल्प शक्ति के बल पर ही उद्घोषित कर रहा है कि इस अखंड काल तक रुक्मिणी नहीं, सत्यभामा नहीं, जाम्बवती नहीं, सत्या नहीं, राधा ही उसके पार्श्व में विराजेगी। विवश नहीं करो कहने को। राधा कृष्ण की अंकशायिनी नहीं रही, न है, अतः द्वारिका के पर्यंक पर रुक्मिणी का जो अधिकार रहा भविष्य के सिंहासन पर कृष्ण के वामांग में राधा ही विराजेगी।

"और कुछ सुनना चाहते हो कि संतुष्ट हो गए?" श्रीकृष्ण ने जोर देकर पूछा।

"संतुष्ट हो गया पर एक बात बता दूं। राधा का पार्थिव शरीर अब जर्जर हो चुका है। वह बहुत दिन इस धरा-धाम पर नहीं रह सकती। तुम अपनी यह ईश्वरीय तटस्थता छोड़कर उसके अन्त समय में भी उसको अपने पास नहीं बुलाओगे?"

"तुम्हें यह कहने की आवश्यकता नहीं। मैं तटस्थ हो सकता हूं पर निर्मम नहीं। समर के समय और उसके पूर्व इसे बुलाने का उचित अवसर नहीं आया। अब वह आयेगी। तुम्हारे कहने के पूर्व ही मैंने तय कर लिया था। समर-समाप्ति के साथ ही राधा को आना है।"

"समर तो समाप्त हो गया।"

"तो लो, राधा भी आ गई। यह मेरी संकल्प-शक्ति का अन्तिम प्रयोग है।"

और राधा उपस्थित थी। अन्धी। मलीना, कुरूपा। लकड़ी के सहारे टो टो कर पग धरती।

"राधा!!" श्रीकृष्ण ने वृद्धा राधा को अंक में समेट लिया। दोनों की आंखों से एक साथ अश्रुप्रवाह जारी हो गया।

"कृष्ण! मेरे श्याम!!! यह देखो न मेरे आंचल में क्या बंधा है?" राधा भीगे स्वर में बोली।

"क्या? क्या है राधा, मेरी प्राणवल्लभा!"

"तुम्हारी मुरली, श्याम! तुम्हारी मुरली। इसे तो तुम व्रज में ही छोड़ आये। फिर तो तुम चक्रपाणि बन आये। सब सुना है मैंने, सब कुछ जाना। तुमने मेरी आकांक्षा की पूर्ति कर दी। तुम युग-पुरुष ही नहीं परमेश्वर बन आये। मैं आप्त-काम हुई। अब इस धरती पर रहने की कोई अभिलाषा नहीं। केवल एक इच्छा बची है उसे लेकर मरना नहीं चाहती हूं। उसे पूर्ण कर दोगे तुम?"

"क्या? बोलो, तुम्हारी कोई इच्छा अधूरी नहीं रह सकती।"

"तो छेड़ो अपनी इस बांसुरी पर अपना प्रिय राग। मैं उसे सुनते-सुनते तुम्हारे अंक में ही इस विश्व से विदा लेना चाहती हूं।"

"राधा!"

"बोलो श्याम !"

"यह कैसा हठ ? मालूम है, मेरी उम्र क्या है ? अस्सी वर्ष। अब यह शोभा देता है। बांसुरी पर राग छेड़ना ?"

"यह मेरी इच्छा है श्याम !" राधा ने जिद्द की, "अन्तिम इच्छा। कभी तुमसे कुछ मांगा क्या ? इसे भी नहीं दोगे ?"

"तो लो," और श्रीकृष्ण ने राधा की जर्जर काया को अपने अंक में सुला बांसुरी छेड़ दी। उसका स्वर कुरुक्षेत्र के मैदान पर पूरी तरह पसर गया। हवाएं थम गईं। पक्षियों के कलरव बन्द हो गये। बस यहां एक ही स्वर था, कृष्णा की बांसुरी का, उसके सुर का।

"तृप्त हुई राधा ?" अधमुंदी आंखों से लेटी राधा से श्रीकृष्ण ने पूछा।

"हां श्याम, अब अनुमति दो। चलूंगी अब !"

"राधा !"

"श्याम !!"

"राधा !!!"

"श्याम !!!!"

"राधा !!!!!"

"श्याम···!"

और राधा की इहलीला श्याम के अंक में ही समाप्त हो गई।

उपसंहार

समाप्त हो गई श्रीकृष्ण-गाथा। शेष बचे अंश को अनावश्यक विस्तार दे मैं अभी-अभी समाप्त राधा-श्याम के संवाद के रसास्वादन में बाधा नहीं बनना चाहता।

आपका मन, आप इस उपसंहार को पढ़ें। आपका मन, छोड़ दें।

संक्षेप में यह कि महाभारत युद्ध की समाप्ति के पश्चात् श्रीकृष्ण ने छत्तीस वर्षों तक द्वारिका पर राज्य किया। उधर हस्तिनापुर के सिंहासन पर युधिष्ठिर अभिषिक्त हो गए थे।

श्रीकृष्ण के इन छत्तीस वर्षों के राज्य में जैसा कि उनको भय था प्राय सभी यदुवंशी विलासी, शराबी और दुराचारी हो गए।

'अधर्म का विनाश करने के लिए ही मेरा अवतार हुआ है तो इन विधर्मियों का भी विनाश होना चाहिए।' श्रीकृष्ण ने सोचा और उनका संकल्प काम कर गया।

द्वारिका में कुछ तपोपूत ऋषि आये। उच्छृंखल यादव साम्ब नामक एक राजकुमार को स्त्री-वस्त्र में उन ऋषियों के पास ले गए और उनसे पूछा—"आप भविष्य-द्रष्टा हैं तो बतलाइए, इस गर्भवती नारी को पुत्र की प्राप्ति होगी या पत्री की?" ऋषियों को क्रोध आया और उन्होंने कहा—"मूर्खो, इसके गर्भ से एक मूसल पैदा होगा जो तुम सबों का विनाश करेगा।"

श्रीकृष्ण ने यह संवाद सुना तो बहुत प्रसन्न हुए। समय आने पर साम्ब के गर्भ से सचमुच एक मूसल पैदा हुआ। यदुवंशियों ने डर से उसका चूर्ण कर उसे जला डाला और द्वारिका के समुद्र-किनारे उस राख को फेंक दिया। कुछ ही दिनों में इस राख से बड़ी-बड़ी कांटेदार घासें उग आईं।

एक दिन शराब के नशे में सभी यदुवंशी समुद्र-किनारे एकत्रित हो गए। तू-तू, मैं-मैं; मार-काट में बदल गई और अन्ततः सभी एक-दूसरे पर इन घासों से ही प्रहार करने लगे। ऋषियों के श्राप के कारण इन घासों ने तलवार के सदृश ही काम किया और सभी द्वारिकावासी एक-एक कर कट मरे।

बलराम ने यदुवंशियों का विनाश सुना तो समाधिस्थ हो प्राण त्याग दिए।

अपने बन्धुओं विशेषकर अग्रज के निधन से चिन्तित श्रीकृष्ण एक शाम वन में एक वृक्ष के नीचे एक पैर पर दूसरा पैर चढ़ा लेटे हुए थे। उनका रक्त-वर्णी कोमल तलवा किसी मृग के खुले मुख-सा लग रहा था। एक व्याध ने जिसके वाण

की नोक पर चूर्ण किए गए मूसल का ही एक अंश जड़ा हुआ था, श्रीकृष्ण के तलवे को निशाना बनाकर तीर छोड़ दिया।

जब श्रीकृष्ण के मुख से एक आह निकली तब वह उनके पास दौड़ा हुआ गया और वाण निकाल कर अपने कुकृत्य के लिए क्षमा मांगने लगा।

"यह सब दैवाधीन हुआ है। ऋषियों के श्राप के फलस्वरूप यदुवंश का अन्त हो रहा है। यह घाव अब अच्छा नहीं हो सकता। तुम वापस जाओ, मैं अब इस मिट्टी को छोड़ रहा हूं।" इतना कहते-कहते श्रीकृष्ण ने प्राण त्याग दिए।

उनके प्राण निकलने के प्रहर-भर के अन्दर ही सागर में एक भीषण ज्वार आया जो पूरी द्वारिका को समुद्र-गर्भ में बहा ले गया।

इसी द्वारिका की खोज अब भी जारी है।

वृन्दावन, होलिकोत्सव, 1990।